HEYNE BÜCHER

Die Autorin:
Barbara Erskine, promovierte Historikerin, erlangte mit ihren weltweit erfolgreichen Romanen *Die Lady von Hay, Die Tochter des Phönix* (Heyne-TB Nr. 01/9720) und *Mitternacht ist eine einsame Stunde* (Heyne-TB Nr. 01/10357) internationale Berühmtheit. Sie ist verheiratet, hat zwei Söhne und lebt mit ihrer Familie abwechselnd in Wales und an der Küste von Essex.

BARBARA ERSKINE

DIE HERRIN VON HAY

Roman

WILHELM HEYNE VERLAG
MÜNCHEN

HEYNE ALLGEMEINE REIHE
Nr. 01/7854

Titel der englischen Originalausgabe
LADY OF HAY
Deutsche Übersetzung von Rainer Schmidt

11. Auflage

Printed in Germany 1997
Umschlagzeichnung: Agentur Luserke/J. C. Christensen
Umschlaggestaltung: Atelier Ingrid Schütz, München
Gesamtherstellung: Presse-Druck Augsburg

ISBN 3-453-03278-0

Für Michael

DANKSAGUNGEN

Ich danke allen, die sich endlosen Mühen unterzogen haben, um mir bei den Recherchen für dieses Buch zu helfen, vor allem Professor Ann Matois für ihre Übersetzungen ins Mittel- und Neu-Walisische (Fehler in der Transkription habe ich allein zu verantworten). Ich danke außerdem Dr. Brian Taylor, Dr. Michael Siddos und Dr. Brain Blandford für ihre Beratung in medizinischen, heraldischen und musikalischen Fragen, meinem Vater, der meilenweit durch die walisischen Berge gefahren ist, um Schauplätze zu überprüfen, und Carol Blake für all ihre Hilfe und Ermutigung. Besonders zu erwähnen ist schließlich auch Jean Walter, ohne deren sorgfältiges Maschinenschreiben dieses Buch vielleicht nie vollendet worden wäre!

PROLOG

Edinburgh 1970

Es schneite. Müßig starrte Sam Franklyn durch das schmutzige Fenster zum Himmel und fragte sich, ob die bleiernen Wolken bis zum Wochenende genügend Schnee zum Skifahren bringen würden.

»Das Band bitte jetzt einschalten, Dr. Franklyn, wenn Sie so nett sein wollen.« Professor Cohens ruhige Stimme unterbrach seine Gedanken. Sam drehte sich um; er warf einen Blick auf die junge Frau, die so still auf der Couch lag, und schaltete den Recorder ein. Sie war ein attraktives Mädchen, schlank und dunkelhaarig, mit lebhaften, graugrünen Augen, die jetzt hinter geschlossenen Lidern mit langen, geschwungenen Wimpern verborgen waren. Er grinste in sich hinein; später würde er ihr anbieten, sie mit in die Stadt zu nehmen.

Im psychologischen Labor war es kalt. Er nahm sein Notizbuch und schlug eine neue Seite auf; gleichzeitig beugte er sich vor, faßte an den grotesk großen, cremefarbenen Heizkörper und verzog das Gesicht. Er war lauwarm.

Cohens Büro war klein und vollgestopft; das Mobiliar bestand aus einem riesigen, unter Büchern und Papieren begrabenen Schreibtisch, etwa einem halben Dutzend dicht beieinanderstehenden Stühlen für Tutoriumsstudenten – für den Fall, daß welche kamen – und der Couch mit der buntkarierten Decke; die meisten seiner Freiwilligen zogen es vor, sich hier hinzulegen, wenn sie in Hypnose versetzt wurden, »als befürchteten sie, umzufallen«, wie er Sam gegenüber einmal bemerkt hatte, als sich wieder eine Frau nervös wie auf einem Opferaltar ausgestreckt hatte. Die Wände des Raumes waren in einem kalten Hellblau gestrichen. Jeder, der sich in Michael Cohens Büro behaglich entspannen konnte, war, wie Sam stets amüsiert dachte, bereits halb hypnotisiert. Im Heizkörper neben ihm stieg ein unterirdisches Gurgeln auf. Wärmer wurde es nicht.

Professor Cohen setzte sich neben die Couch und nahm die Hand des Mädchens. Diese Mühe hatte er sich bei seinen beiden letzten Opfern erspart, dachte Sam und mußte wieder grinsen.

Er griff nach seinem Stift und begann zu schreiben:

Hypnotische Regression: Klinische Therapieversuche
Proband 224: Joanna Clifford, 2. Studienjahr (Englisch)
Alter: 19
Einstellung:

Er kaute an seinem Stift und sah noch einmal zu ihr hinüber. Dann schrieb er »enthusiastisch, aber geistig offen« in die Spalte.

Historische Befähigung:

Wieder hielt er inne. Sie hatte mit den Schultern gezuckt, als sie ihr die Routinefragen gestellt hatten, mit der sie in groben Umrissen ihre Prädisposition ermitteln wollten.

»Durchschnittlich, nehme ich an«, hatte sie lächelnd erwidert. »Schwerpunkt Geschichte in der Schulabschlußprüfung. Der langweilige alte Disraeli und solche Leute. Sonst nicht viel. Ich interessiere mich für die Gegenwart, nicht für die Vergangenheit.«

Er beäugte ihren Pullover und die Jeans, die sich um ihre Figur schmiegte, und dann notierte er das, was er in so viele andere Akten geschrieben hatte: »Wahrscheinlich Durchschnitt.«

Professor Cohen hatte seine Eingangstests abgeschlossen. Er sah Sam an. »Das Mädchen ist eine gute Probandin. Eine tiefe Trance ist bereits hergestellt. Ich werde jetzt mit ihrer Regression beginnen.«

Sam wandte sich wieder dem Fenster zu. Zu Beginn der Testreihe hatte er diesem Stadium immer in gespannter Erwartung beigewohnt und sich gefragt, was wohl zutage kommen würde. Manche Probanden brachten nichts hervor, keine Erinnerungen, keine Erfindungen; andere entpuppten sich als farbige Charaktere, die ihn fesselten und verblüfften. Aber seit Tagen arbeiteten sie jetzt mit Leuten, die alle Fragen langweilig und einsilbig beantworteten und das Forschungsprojekt kaum voranbrachten. Das einzige, wodurch sich dieses Mädchen - soviel er wußte - von ihnen unterschied, war sein Aussehen: Das allerdings war eine Klasse für sich.

Der Schnee fiel dichter, wirbelte schräg, verschluckte die Gebäude auf der anderen Straßenseite und dämpfte die Geräusche der Autos, die auf die Stadt zurollten. Er machte sich nicht die Mühe, auf das zu hören, was das Mädchen sagte. Die sanfte englische Stimme klang müde und undeutlich in der Hypnose, und er würde sich die Tonbandaufzeichnung ohnedies wieder und wieder anhören müssen, wenn Cohen sie transkribierte und zu ergründen versuchte, woher ihre Äußerungen, falls sie welche machen sollte, gekommen waren.

»Und jetzt, Joanna«, der Professor hob seine Stimme ein wenig, als er sein Gewicht auf dem hohen Schemel verlagerte, um es sich bequemer zu machen, »jetzt gehen wir wieder zurück, wenn es recht ist, vor die Dunkelheit zurück, vor die Träume, zurück bis dahin, wo du schon einmal auf dieser Welt warst.« Er langweilt sich allmählich auch, dachte Sam, als er mitbekam, daß sein Chef auf die Uhr sah.

Das Mädchen streckte plötzlich den Arm aus, bekam einen Stapel Bücher auf dem Tisch neben der Couch zu fassen und warf sie polternd zu Boden. Sam fuhr hoch, aber die junge Frau schien nichts bemerkt zu haben. Sie stützte sich auf den Ellbogen, starrte mit offenen Augen vor sich hin.

Cohen zeigte gespannte Aufmerksamkeit. Flink glitt er von seinem Schemel herunter, und als sie aufstand, schob er ihn beiseite.

Sam erholte sich von seiner Überraschung und notierte hastig: »Probandin schlafwandelt; entfernt sich von der Couch. Augen geöffnet, Pupillen erweitert. Gesicht blaß und ernst.«

»Joanna«, sagte Cohen leise, »willst du dich nicht wieder setzen, Mädchen? Und uns sagen, wie du heißt und wo du bist?«

Sie drehte sich schwungvoll um, sah ihn aber nicht an. Ihr Blick war starr auf einen Punkt mitten im Zimmer gerichtet. Sie öffnete den Mund, als wolle sie etwas sagen. Dann zog sie schaudernd die Schultern hoch, und ihre Hände krallten sich in den Halsausschnitt ihres Pullovers.

»William?« wisperte sie schließlich. Ihre Stimme war rauh und kaum hörbar. Sie tat einen Schritt vorwärts, den Blick noch immer starr auf denselben Punkt gerichtet. Sam spürte ein Prickeln in seinem Nacken, als er merkte, daß er ebenfalls auf diesen Punkt starrte und halb damit rechnete, daß dort jemand oder etwas erschien.

Sein Notizbuch war vergessen; er hielt den Atem an und wartete darauf, daß sie noch etwas sagte, aber sie blieb stumm. Sie schwankte leicht, und aus ihrem Gesicht war alle Farbe gewichen. Bestürzt sah er, daß jetzt Tränen ihre Wangen hinunterrollten.

»Sag uns, wo du bist und warum du weinst.« Professor Cohens ruhige und beharrliche Stimme kam Sam wie eine unpassende Störung ihres Schmerzes vor, aber zu seiner Überraschung drehte sie sich um und sah ihn direkt an. Ihr Gesicht wirkte ausgemergelt und alt. »William«, sagte sie noch einmal und stieß dann einen langen, verzweifelten Schrei aus, der Sam zutiefst erschütterte. »William!« Langsam hob sie ihre Hände und starrte sie an. Sam riß seinen Blick von ihrem Gesicht los und sah ebenfalls auf ihre Hände. Dann hörte er ein Keuchen und erkannte verblüfft, daß es aus seiner eigenen Kehle aufgestiegen war.

Ihre Hände bluteten.

Sam sprang auf sie zu, aber Cohen hielt ihn zurück.

»Nicht anfassen. Tun Sie gar nichts. Es ist unglaublich. Unglaublich!« stöhnte der ältere Mann. »Es ist Autosuggestion. Die Stigmata religiöser Fanatiker. Das habe ich noch nie gesehen. Unglaublich!«

Sam war nur einen Schritt weit von ihr entfernt, als sie wieder schwankte und die Hände an der Brust barg, als wolle sie den Schmerz lindern. Dann fiel sie unbeherrscht zitternd auf die Knie. »William, verlaß mich nicht. O Gott, rette mein Kind«, flüsterte sie mit gebrochener Stimme. »Mach, daß jemand kommt. Bitte ... bringe uns ... bringe ihm ... zu essen. Bitte ... mir ist so kalt ... so kalt ...« Ihre Stimme wurde zu einem Schluchzen. »O Gott ... hab Erbarmen mit ... mir.« Ihre Finger krallten sich in den Sisalteppich. Sam starrte entsetzt auf das Blut, das von ihren Händen auf den Sisal rann, von den Fasern aufgesogen wurde und gerann, während sie dalag und von trockenem, krampfhaften Schluchzen geschüttelt wurde.

»Joanna? Joanna!« Cohen kniete unbeholfen neben ihr nieder und legte ihr, seinen eigenen Anordnungen zum Trotz, eine Hand auf die Schulter. »Joanna, Mädchen, ich möchte, daß du mir zuhörst.« Sein Gesicht war voller Mitleid, als er sie berührte, eine Strähne ihres schweren, dunklen Haars aufhob und sanft über ihre Wange strich. »Ich möchte, daß du aufhörst zu weinen, hörst du? Hör auf zu weinen, und setze dich auf. Sei ein braves Mädchen.« Seine Stimme klang ruhig und verströmte professionelle Zuversicht, aber sein Blick verriet wachsende Besorgnis. Langsam beruhigte sich die Schluchzende, und sie lag still; das rauhe Rasseln in ihrer Kehle erstarb. Cohen beugte sich tiefer über sie, ohne die Hand von ihrer Schulter zu nehmen. »Joanna.« Er schüttelte sie behutsam. »Joanna, hörst du mich? Ich möchte, daß du aufwachst. Wenn ich bis drei gezählt habe. Bist du bereit? Eins . . . zwei . . . drei . . .«

Ihr Kopf rollte unter seiner Hand zur Seite und auf den Teppich. Ihre Augen waren offen und reglos, die Pupillen erweitert. »Joanna, hörst du mich? Eins, zwei, drei.« Während er zählte, packte Cohen sie bei den Schultern und hob sie halb vom Boden auf. »Joanna, um Gottes willen, hör doch . . .«

Die Panik in seiner Stimme riß Sam aus seiner Erstarrung. Er fiel neben den beiden auf die Knie, und seine Finger tasteten hastig nach der Halsschlagader des Mädchens.

»O Gott! Da ist nichts!«

»Joanna!« Cohen schüttelte sie jetzt richtig; sein Gesicht war aschgrau. »Joanna! Du mußt aufwachen, Kind!« Mit sichtbarer Anstrengung beruhigte er sich wieder. »Hör mir zu. Du wirst jetzt anfangen zu atmen, langsam und ruhig. Hörst du mich? Du atmest jetzt, langsam. Du bist bei William, und ihr habt beide gegessen. Du bist glücklich. Du lebst, Joanna. Du lebst!«

Sams Kehle war wie zugeschnürt. Das Handgelenk des Mädchens hing schlaff zwischen seinen Fingern, wurde kalt. Das Gesicht war von tödlicher Blässe überzogen, die Lippen färbten sich grau.

»Ich rufe einen Krankenwagen.« Cohens Stimme hatte jede Autorität verloren. Er klang wie ein alter, erschöpfter Mann.

»Keine Zeit.« Sam drängte den Professor beiseite. »Geben Sie ihr eine Mund-zu-Mund-Beatmung. Jetzt! Wenn ich es sage!« Er kauerte sich über das Mädchen und drückte ein Ohr an ihre Brust. Dann begann er, beide Handballen übereinandergelegt ihr Herz zu massieren und zählte dabei. Einen Augenblick lang rührte sich Cohen nicht. Dann beugte er sich über Joanna. In dem Augenblick, als seine Lippen ihren Mund berührten, atmete sie qualvoll keuchend ein. Sam richtete sich auf; wieder tasteten seine Finger nach ihrem Puls.

Ihre Lider begannen zu flattern. »Reden Sie weiter mit ihr«, flüsterte er drängend. Allmählich nahm sie wieder Farbe an. Noch einmal legte er ihr die Hände auf die Rippen und fühlte das zarte Regen des wiederkehrenden Lebens. Ein Atemzug, dann noch einer – ein mühsames, schmerzhaftes Luftschnappen. Sanft rieb Sam ihre eiskalte Hand. Er fühlte das klebrige Blut, das an Fingern und Handflächen getrocknet war. Er starrte die Wunden an. Die Schnitte und Abschürfungen waren echt: Wunden um die Fingernägel und an den Fingerkuppen, Blasen und Risse in den Handflächen, eine Abschürfung an einem Gelenk.

Mit äußerster Mühe gelang es Cohen, ruhig zu klingen, als er nun auf sie einredete, um sie langsam aus der Trance zu wecken. »Das ist hervorragend, Joanna. Braves Kind. Du bist jetzt entspannt, warm und zufrieden. Wenn du dich kräftig genug fühlst, möchte ich, daß du die Augen öffnest und mich ansiehst... So ist's schön... Braves Mädchen.«

Sam beobachtete, wie sie langsam die Augen öffnete. Ihr Blick war irgendwo in die Ferne gerichtet, ihre Miene ausdruckslos, leer. Cohen lächelte erleichtert. »So. Fühlst du dich jetzt so wohl, daß du dich aufsetzen kannst?«

Behutsam faßte er sie bei den Schultern und richtete sie auf. »Ich helfe dir, dann kannst du dich wieder auf die Couch setzen.« Er warf Sam einen Blick zu. Vorsichtig halfen sie Joanna auf die Beine und führten sie zur Couch. Gehorsam legte sie sich nieder und Cohen deckte sie mit der Wolldecke zu. Ihr Gesicht war immer noch ernst und blaß, aber ihr Atem ging wieder normal.

Cohen zog mit der Fußspitze seinen Schemel zu sich heran, setzte sich, beugte sich vor und nahm ihre Hand. »So, Joanna. Ich möchte, daß du jetzt aufmerksam zuhörst. Ich werde dich gleich aufwecken, und dann wirst du nicht mehr wissen, was dir heute passiert ist, verstehst du? Du wirst dich an nichts erinnern, bis wir dich fragen, ob du noch einmal zurückversetzt werden möchtest. Dann wirst du uns erlauben, dich wieder zu hypnotisieren. Wenn du dann wieder in Trance bist, wirst du alles noch einmal erleben, was zu diesem schrecklichen Augenblick deines Todes geführt hat. Verstehst du mich, Joanna?«

»Das können Sie doch nicht machen.« Sam starrte ihn entsetzt an. »Lieber Himmel! Sie pflanzen dem Mädchen eine Zeitbombe ins Gehirn!«

Cohen funkelte ihn an. »Wir müssen wissen, wer sie ist und was ihr zugestoßen ist. Wir müssen versuchen, es zu dokumentieren. Wir haben ja nicht einmal eine Zeitvorstellung...«

»Ist das denn wichtig?« Sam rang um Gelassenheit. »Um Himmels willen! Sie wäre fast gestorben!«

Cohen lächelte leicht. »Sie ist gestorben. Für einen Augenblick. Was für eine Probandin! Um sie herum kann ich ein komplettes neues Programm entwickeln. Diese Hände! Wie mag sich die arme Frau ihre Hände so zugerichtet haben? Nein, Doktor Franklyn, ich muß wissen, was da mit ihr passiert ist; sehen Sie das nicht ein? Sie könnte der Fall sein, der alles beweist!« Er sah wieder auf sie hinunter, legte ihr die Hände leicht aufs Gesicht und achtete nicht auf Sams Protest. »So, Joanna, meine Liebe, du wirst aufwachen, wenn ich bis drei gezählt habe. Du wirst erfrischt sein und dich wohl fühlen, und du wirst überhaupt nicht mehr daran denken, was heute hier geschehen ist.« Er blickte zu Sam auf. »Ist ihr Puls jetzt normal, Doktor Franklyn?« fragte er kühl.

Sam sah ihn an. Dann legte er die Finger auf Joannas Handgelenk. »Absolut normal, Professor«, antwortete er förmlich. »Ihre Gesichtsfarbe kehrt ebenfalls zurück.«

»Dann schicken wir sie jetzt nach Hause«, sagte Cohen. »Ich möchte kein weiteres Trauma riskieren. Sie begleiten sie und sorgen dafür, daß ihr nichts fehlt. Sie wohnt mit einer Technikerin aus unserem Labor zusammen. Ich werde die Dame bitten, sie ebenfalls im Auge zu behalten, damit keine Nachwirkungen eintreten, obwohl ich nicht damit rechne.«

Sam ging zum Fenster und starrte in das Schneetreiben.

»Es können sehr wohl Nachwirkungen eintreten. Der Tod ist, physisch betrachtet, ein anstrengendes Erlebnis«, bemerkte er mit leichter Ironie.

Cohen schüttelte den Kopf. »Das Mädchen wird sich absolut nicht erinnern. Wir geben ihm zwei Tage Zeit zum Ausruhen, und dann lasse ich es wieder herkommen.« Seine Augen hinter den dicken Brillengläsern funkelten erregt. »Unter besser kontrollierten Bedingungen werden wir sie in dieselbe Person zurückführen, und zwar in die Zeit vor ihrem Tod.« Er schürzte die Lippen, zog ein Taschentuch aus der Tasche und wischte sich über die Stirn. »Also, los geht's. Joanna, hörst du mich? Eins ... zwei ... drei.«

Joanna blieb bewegungslos liegen und blickte benommen von einem zum anderen. Dann lächelte sie zögernd. »Entschuldigung. Hat die Hypnose bei mir nicht geklappt? Insgeheim war ich sicher, daß es nicht klappen würde.« Sie setzte sich auf, schlug die Decke zur Seite und schwang die Beine von der Couch. Unvermittelt hielt sie inne und legte die Hände an den Kopf.

Sam schluckte. »Sie waren prima. Für uns ist jedes Resultat interessant, vergessen Sie das nicht.« Er zwang sich zu einem Lächeln und schob die Papiere auf dem Tisch zusammen, so daß die Notizen über sie unter dem Stapel verschwanden. Sein Blick fiel auf das Tonbandgerät; die Spulen drehten sich noch. Er schaltete es ab, zog den

Stecker heraus und rollte das Kabel zusammen; dabei sah er sie an.

Das Aufstehen strengte sie an; sie war immer noch blaß und wirkte plötzlich eigenartig verloren. »Bekomme ich keine Tasse Tee oder so etwas, wie beim Blutspenden?« Sie lachte. Es klang angestrengt; ihre Stimme war heiser.

Cohen lächelte. »Doch, die sollen Sie haben. Ich glaube, Doktor Franklyn wird Sie stilvoll zum Tee einladen. Das gehört hier zu unserem Service. Um Sie zum Wiederkommen zu ermuntern.« Er stand auf, ging zur Tür und nahm ihren Anorak vom Haken. »Wir bitten unsere Freiwilligen, noch ein zweitesmal zu kommen, um sicherzustellen, daß unsere Resultate schlüssig sind«, erklärte er mit fester Stimme.

»Aha.« Sie machte ein skeptisches Gesicht, während sie in ihre Jacke schlüpfte und sich den Schal um den Hals schlang. Sie wühlte in der Tasche nach ihren Handschuhen und stieß plötzlich einen Schmerzensschrei aus. »Meine Hände! Was ist damit passiert? Da ist Blut an meinem Schal - überall ist Blut!« Das Entsetzen ließ ihre Stimme lauter werden.

Cohen zuckte mit keiner Wimper. »Das muß an der Kälte liegen. Sie waren ein unartiges Mädchen und haben Ihre Handschuhe nicht getragen. In der Kälte bekommt man scheußliche Hautrisse.«

»Aber . . .« Verwirrt sah sie ihn an. »Ich hatte keine kalten Hände. Ich habe meine Handschuhe doch getragen. Ich begreife nicht . . .«

Sam langte nach seinem Regenmantel. Ihm war plötzlich ganz schlecht. »Das sind die plötzlichen Schneefälle so kurz nach einer Wärmeperiode«, erklärte er so beruhigend er konnte. »Ich verschreibe Ihnen etwas, wenn Sie wollen. Aber ich möchte meinen, Scones, dicke Sahne und heißer Tee sind zunächst einmal die beste Medizin; finden Sie nicht auch?« Er nahm sie beim Arm. »Kommen Sie. Mein Wagen steht hinter dem Haus.«

Als er die Tür hinter ihnen ins Schloß zog, wußte er, daß er dafür sorgen würde, daß sie nicht noch einmal wiederkam.

1

London - heute

»Grundsätzlich gefällt mir die Idee.« Bet Gunning lehnte sich über den Tisch, den intensiven Blick ihrer Augen hinter den großen, viereckigen Brillengläsern auf Jo gerichtet.

Jo beobachtete sie aufmerksam, bewunderte Bets Professionalismus nach dem entspannten Lunch im *Wheeler's*.

Sie waren seit fünf Jahren miteinander befreundet, seit Bet Chefredakteurin bei *Women in Action* geworden war. Jo hatte das journalistische Handwerk in dier Redaktion gelernt. Sie hatte es schnell begriffen. Als sie sich selbständig gemacht hatte, war sie in der Lage, die Honorare für ihre Artikel zu bestimmen.

»›Ethnologische Erfahrungen‹, ›Medizin des Mittelalters‹, ›Kosmisches Bewußtsein‹ - mein Gott, was ist das denn? -, ›Meditation und Religion‹ - das mußt du aber in einem leichten Ton halten« - Bet ging die Liste in ihrem Kopf durch. »›Regression - Ist die Geschichte noch lebendig?‹ Das ist die Reinkarnationsgeschichte, nicht? Ich habe erst kürzlich irgendwo einen Artikel darüber gelesen. Von einer Amerikanerin, wenn ich mich recht erinnere. Sehr überzeugend. Ich muß sehen, ob ich ihn nicht wiederfinde. Du wirst dich natürlich aus skeptischer Sicht damit befassen.«

Jo lächelte. »Sie haben's an der Universität mal an mir ausprobiert. Das hat mich auf die Idee gebracht. Eine Autorität von Weltrang, Michael Cohen, hat versucht, mich zu hypnotisieren. Vergeblich. Er hat mich das Gruseln gelehrt! Die ganze Sache ist Humbug.«

Bet seufzte. »Okay, Jo. Zeig mir ein Exposé. Als Erscheinungstermin denke ich an das Frühjahr; du hast also reichlich Zeit. Ach ja, wie sieht es mit Illustrationen aus? Sorgst du dafür oder sollen sie von der Redaktion gemacht werden?«

»Ich denke an Tim Heacham.«

»Da müßtest du aber Glück haben. Der ist zur Zeit voll ausgebucht. Und seine Honorarforderungen sind gepfeffert.«

»Für mich wird er's machen.«

Bet hob eine Augenbraue. »Weiß er es schon?«

»Er wird es bald erfahren.«

»Und was wird Nick dazu sagen?«

Jos Miene verdüsterte sich kurz. »Nick Franklyn kann mich mal, Bet.«

»Aha. So schlimm?«

»So schlimm.«

»Ist er ausgezogen?«

»Er ist ausgezogen. Mit Sahne bitte.« Jo lächelte zu dem Kellner auf, der mit der Kaffeekanne am Tisch stand.

Bet wartete, bis er wieder gegangen war. »Für immer?«

»Ja. Ich habe seine Kamera quer durchs Zimmer geworfen, als ich hörte, daß er mit Judy Curzon geschlafen hatte.«

Bet lachte. »Du Schwachkopf.« Es klang bewundernd.

»Sie war versichert. Meine Nerven sind es nicht. Ich stelle keine Besitzansprüche, Bet, aber so spielt er mit mir nicht herum. Was nicht läuft, läuft nicht. Ich führe schließlich keine Pension. Was hältst du von dem Titel der Serie?«

»›Die sezierte Nostalgie‹?« Bet legte den Kopf leicht schief. »Nicht schlecht. Völlig überzeugt bin ich nicht, aber auf jeden Fall macht das deine Auffassung deutlich.« Sie winkte dem Kellner. »Willst du mir über Nick nichts weiter erzählen?«

Jo stellte ihre Kaffeetasse ab. Sie krümmte und streckte die Finger, als wundere es sie, daß sie noch funktionierten. »Es ist drei Jahre, vier Monate und acht Tage her, seit ich Sam wiedertraf und er mich mit seinem Bruder bekannt machte. Überrascht dich das nicht?«

»Es überrascht mich, daß du mitgezählt hast, Schätzchen«, sagte Bet ein bißchen bissig und legte ihre *American Express*-Karte auf das Tablett des Kellners.

»Ich habe gestern abend in der Badewanne nachgerechnet. Das ist einfach zu lange, Bet. Zu lange, um sich an jemanden zu hängen, so gut man sich auch verstehen mag. Und wie du weißt, ist es damit nicht mal allzu weit her.«

»Blödsinn. Ihr seid wie füreinander geschaffen.«

Jo malte mit ihrem Kaffeelöffel ein Kreuz in den Zucker in der Keramikschale auf dem Tisch.

»Vielleicht liegt es daran, daß wir uns in vieler Hinsicht so ähnlich sind. Und wir konkurrieren miteinander. Das ist schlecht für eine Beziehung.« Sie stand auf.

»Tim hat gesagt, er sei heute nachmittag in seinem Atelier; also gehe ich jetzt mal hin. Mußt du sofort wieder in die Redaktion?«

»Leider. Um drei ist eine Besprechung.« Bet schob ihre Kreditkarte wieder in ihre Brieftasche. »Ich will dir keine Ratschläge geben, Jo, denn ich weiß, du wirst nicht auf mich hören, aber spring nicht aus Rachedurst schnurstracks mit Tim ins Bett, ja? Er ist ein netter Kerl. Zu nett, als daß man ihn benutzen sollte.«

Jo lächelte. »Das habe ich nicht gehört, Miss Gunning. Außerdem – ich bin manchmal auch ein netter Kerl, wissen Sie noch?«

Sie schob sich langsam durch das Gedränge auf der Straße. Die Junisonne brannte. Vor einigen Restaurants standen sonnenschirmüberdachte Tische auf dem Gehweg; die Gäste genossen ihren Kaffee. In England, dachte sie angenehm berührt, bringt die Sonne die Menschen zum Lächeln. Das war gut so. In heißen Gegenden trieb sie sie zum Mord.

Sie lief die dunkle, läuferlose Treppe zu Tims Atelier in einem alten Lagerhaus in einer Nebenstraße von Long Acre hinauf und trat ein, ohne anzuklopfen. Das Atelier war leer, und die Reihen der Spots waren dunkel und kalt. Sie fragte sich, ob Tim ihre Verabredung vergessen hatte, doch da war er: In Hemdsärmeln lehnte er auf der samtbezogenen Chaiselongue, einer seiner Lieblingsrequisiten, in der Hand eine Dose Bier. Über ihm strömte die Sonne, nicht wie meistens durch schwere Blenden ausgesperrt, durch das große offene Oberlicht herein. »Jo! Wie lebt sich's?« Er richtete sich auf - ein erschreckend dünner Mann, knapp einsneunzig ohne Schuhe, mit dünnem, blondem Haar. Sein Hemd war nicht zugeknöpft, und man sah seine schwere Silberkette mit einem gravierten Amulett.

»Bier oder Kaffee, Sweetheart? Champagner ist gerade ausgegangen.«

Jo ließ ihre Tasche auf den Boden fallen und ging zu der Kochnische neben einer der Dunkelkammern. »Kaffee, danke. Ich mache ihn selbst. Bist du nüchtern, Tim?«

Gekränkt hob er die Augenbrauen. »Wann wäre ich das nicht?«

»Häufig genug. Ich habe einen Auftrag für dich. Sechs, um genau zu sein, und ich möchte mit dir darüber reden. In ein oder zwei Wochen gehen wir dann zu Bet Gunning, falls du einverstanden bist.«

Sie brachte zwei Becher schwarzen Nescafé und reichte einen Tim. Dann zog sie einen Stapel Aufzeichnungen aus ihrer Tasche und gab ihm ein Blatt. »Schau dir die Themen an, damit du eine Vorstellung bekommst.«

Langsam wanderte sein Blick über die Seite, und er nickte kritisch, während sie ihren Kaffee trank. »Vermutlich ist es die Betrachtung, die neu ist an der Sache, Sweetie, hm? Wann ist Liefertermin?«

»Ich habe ein paar Monate. Es sind umfangreiche Recherchen nötig. Machst du mit?«

Er sah zu ihr auf; der Blick seiner klaren, hellgrünen Augen war intensiv. »Natürlich. Ein paar hübsche gestellte Aufnahmen, ein bißchen Ateliermaterial. Großartig. Das hier gefällt mir besonders. Reinkarnation. Da kann ich 'ne grüne Witwe unter Hypnose ablichten, die sich für Kleopatra hält und einen Orgasmus mit Antonius hat - bloß, daß Antonius fehlt.« Er ließ das Blatt zu Boden fallen und trank nachdenklich einen Schluck Kaffee. »Vor ein paar Monaten habe ich gesehen, wie jemand hypnotisiert wurde. Es war verrückt. Er plapperte wie ein Baby und heulte sich die Seele aus dem Leib.

Dann führten sie ihn zurück in sein sogenanntes früheres Leben, und da begann er, Deutsch zu sprechen, fließend wie ein Einheimischer.«

Jo kniff die Augen zusammen. »War natürlich Schwindel.«

»Nein. Ich glaube nicht. Der Knabe schwor, er habe nie auch nur ein Wort Deutsch gelernt, und es gibt keinen Zweifel daran, daß er es fließend sprach. Wirklich fließend. Ich wünschte nur, es wäre jemand dagewesen, der etwas über Deutschland um 1880 gewußt hätte, denn um diese Zeit wollte er gelebt haben. Dann hätte man ihn ins Kreuzverhör nehmen können. Jemand aus dem Publikum sprach Deutsch mit ihm. Der Hypnotiseur selbst brachte kaum mehr als ein paar Worte Schuldeutsch zustande.«

»Meinst du, so etwas könnte eine gute Story werden?« fragte Jo.

»Eher ein Buch, Schatz. Du solltest es nicht allzu voreilig abtun. Ich persönlich glaube, es steckt 'ne Menge dahinter. Soll ich dich mit Bill Walton bekannt machen? Das ist der Hypnotiseur.«

Jo nickte. »Bitte, Tim. Ich habe massenweise Informationen aus Büchern und Artikeln zu diesem Thema, aber ich muß auf jeden Fall an ein paar Sitzungen teilnehmen. Es ist unglaublich, daß es tatsächlich Menschen gibt, die so etwas tatsächlich für eine Rückkehr in die Vergangenheit halten. Das ist es keinesfalls.« Stirnrunzelnd betrachtete sie die gegenüberliegende Wand, an die Tim eine Reihe großer Schwarzweiß-Aufnahmen einer bildschönen blonden Nackten im Gegenlicht geheftet hatte. »Ist das die, für die ich sie halte?«

Er grinste. »Wer sonst? Gefallen sie dir?«

»Gefallen sie ihrem Mann?«

»Werden sie, da bin ich sicher. Das macht das Gegenlicht. Zeigt das Haar, verbirgt die Titten. Im wirklichen Leben sind sie eigentlich ein bißchen zu groß. Ich würde sagen, in ihrem früheren Dasein war sie die sprichwörtliche Milchkuh.«

Jo lachte. »Okay, Tim. Sag deinem Mister Walton, er soll an mir Überzeugungsarbeit leisten.« Sie stand auf, um die Photos näher zu betrachten. »Man nennt so etwas Kryptomnesie. Erinnerungen, die ganz und gar verdrängt und vergessen sind. Vermutlich könntest du herausfinden, daß der Mann im Alter von drei Monaten von einem deutschen *Au Pair*-Mädchen betreut wurde. Er hat wirklich vergessen, daß er sie je hat reden hören, aber gelernt hat er es trotzdem. Man kann das Unterbewußtsein überreden, alles wieder auszuspuken. Die sind ungeheuer gut. Du hast es geschafft, sie wirklich schön aussehen zu lassen.«

»Dafür werde ich bezahlt, Jo.« Er betrachtete sie aufmerksam. »Ich habe letzte Woche mit Judy Curzon gesprochen. Sie hat eine Ausstellung in der Beaufort Gallery, weißt du das?«

»Ich weiß.« Sie drehte sich um. »Du bist also informiert.«

»Über dich und Nick? Ich hielt es für eine Spielerei von ihm. Es überrascht mich, daß du es ernst genommen hast.«

Sie nahm ihren Kaffeebecher und begann auf und abzugehen. »Es ist zu oft vorgekommen, Tim. Und allmählich tut's zu weh.« Sie verzog das Gesicht. »So tief werde ich mich darauf nicht einlassen. Das kann ich mir nicht leisten. Wenn mich ein Mann um den Schlaf bringt, beginne ich mich über ihn zu ärgern, und das ist schädlich für eine Beziehung. Deshalb ist es besser, ihn rasch loszuwerden.«

Tim stemmte sich hoch. »Eine Lady ohne Skrupel. Ich bin froh, daß ich nicht zu deinen Liebhabern gehöre.« Er nahm ihr den Kaffeebecher ab und trug ihn in die Küche. »Und du bist in diesem Punkt so gelassen, nichts dagegen zu haben, daß ich ihn und Judy zur Party einlade?«

»Nicht, wenn ich auch jemanden mitbringen kann.«

»Jemanden?«

»Mir wird schon jemand einfallen.«

»Ach, so jemand. Jemand, mit dem du Nick eine lange Nase drehen kannst.« Er lachte. »Selbstverständlich kannst du jemanden mitbringen.« Er legte ihr die Hände auf die Schultern und sah sie einen Augenblick lang unverwandt an. »Ich könnte jederzeit dieser Jemand sein, Jo.«

Sie reckte sich hoch und küßte ihn auf die Wange. »Könntest du nicht, Tim. Ich hab dich zu gern.«

Er stöhnte. »Das ist das Allerabscheulichste, was eine Frau zu einem Mann sagen kann. Eine wahrhaft kastrierende Bemerkung. ›Ich hab dich zu gern‹«, parodierte er, und seine Stimme hob sich zu einem unbehaglichen Falsett. Dann platzte er lachend heraus: »Na, wenigstens hast du nicht gesagt, ich sei zu alt. Und nun schieb ab. Ich habe zu arbeiten. Mit deinen Photos kannst du rechnen, aber sag mir die Termine, sobald du sie weißt.«

Nick Franklyn betrat Bet Gunnings Büro. Sie stand an ihrem Fenster im elften Stock, starrte auf die Themse hinunter und zündete sich eine Zigarette an. Ein Vergnügungsdampfer kämpfte gegen die Strömung an, daß das Wasser seinen Bug umgischtete, während er vom Westminster Pier auf den Tower zupflügte.

»Was kann ich für dich tun, Nick?« Sie zog an ihrer Zigarette und musterte ihn von Kopf bis Fuß. Er trug Jeans und eine Denimjacke, die seine hochgewachsene, schlanke Figur und sein sonnengebräuntes Gesicht betonte.

Er lächelte. »Du siehst großartig aus, Bet. Die viele harte Arbeit bekommt dir.«

»Mit anderen Worten: wieso konntest du mich nicht schon vor drei Tagen empfangen, als ich anrief?«

»Mit anderen Worten: Chefredakteurinnen sind offensichtlich vielbeschäftigt. Sie haben keine Zeit für den Knaben, der für einen ihrer größten Werbeetats verantwortlich ist.« Unaufgefordert nahm er vor ihrem Schreibtisch Platz und deponierte einen Fußknöchel auf dem anderen Knie.

Sie lächelte. »Mach mir nichts vor, Nick. Du bist nicht wegen des Wonda-Etats hier.«

»Stimmt. Ich bin hier, weil ich dich um einen Gefallen bitten möchte. Als Freundin.«

Mit schmalen Augen sah sie wieder auf das gleißende Wasser hinunter. »Worum geht es?«

»Um Jo.«

Sie schwieg und spürte seinen Blick im Rücken. Dann drehte sie sich langsam um.

»Ist Jo auf Gefallen von mir angewiesen?« fragte sie.

»Sie wird dir ein paar Vorschläge machen, Bet. Ich möchte, daß du einen davon ablehnst.«

Er sah, daß Ärger in ihrem Gesicht aufblitzte, den sie aber rasch verbarg, als sie sich an ihren Schreibtisch setzte. »Ich denke, das mußt du mir erklären, Nick.«

»Sie plant eine Artikelserie für *Women in Action.* Bei einem davon geht es um Hypnose. Ich möchte nicht, daß sie ihn schreibt.«

»Zum Teufel, mit welchem Recht willst du bestimmen, was sie schreibt und was nicht?« Bets Stimme klang gefährlich ruhig.

Ein kleiner Muskel zuckte in seiner Wange. »Ich habe sie sehr gern, Bet.«

Bet stand auf. »Ich habe da anderes gehört. Deine Interessen sollen sich abrupt der Kunstszene zugewandt haben. Daher bist du kaum qualifiziert, dich in Jos Leben einzumischen. Falls du überhaupt jemals das Recht dazu hattest.« Sie drückte ihre halbgerauchte Zigarette aus. »Sorry, Nick. Kommt nicht in Frage. Wieso willst du den Artikel überhaupt verhindern?«

Nick stand auf. »Ich habe gute Gründe dafür, Bet. Ich habe keine Ahnung, wer mit dir über mich gesprochen hat, aber die Tatsache, daß ich mich mit einer anderen Frau getroffen habe, bedeutet noch längst nicht, daß mir an Jo nichts mehr liegt.« Er lief nervös auf und ab. »Sie ist eine verflucht gute Journalistin, Bet. Sie wird für den Artikel gründlich recherchieren . . .« Er brach ab und fuhr sich mit den Fingern durch sein blondes Haar.

»Weshalb sollte sie das nicht tun?« Bet setzte sich auf die Schreibtischkante und betrachtete ihn aufmerksam.

Er beendete seinen Marsch über ihren Teppich und lehnte sich mit verschränkten Armen an die Wand. »Wenn ich es dir erzähle, begehe ich einen Vertrauensbruch.«

»Wenn du es mir nicht erzählst, werde ich auf keinen Fall auch nur in Betracht ziehen, den Artikel zu stoppen.«

Er zuckte mit den Schultern. »Du bist ein harter Brocken, Bet. Okay. Aber behalte es für dich, sonst machst du es für Jo nur noch schlimmer. Zufällig weiß ich, daß sie höchstwahrscheinlich in Schwierigkeiten kommt, wenn sie sich hypnotisieren läßt. Sie war während ihres Studiums freiwillige Testkandidatin im Psychologielabor an der Universität. Mein Bruder Sam arbeitete damals an seiner Promotion und hat es miterlebt. Es ging um die Erforschung von Regressionstechniken als Bestandteil eines medizinischen Programms. Sie ist völlig ausgeflippt. Jo weiß nichts davon. Sie haben diesen Hokuspokus mit ihr gemacht: ›Du wirst dich an nichts erinnern, wenn du aufwachst.‹ Aber Sam hat mir erzählt, daß der Professor, der für das Projekt verantwortlich war, nie zuvor eine so dramatische Reaktion erlebt hatte. Sie wäre fast gestorben.«

Bet nahm einen Bleistift und begann auf dem Ende zu kauen, ohne den Blick von Nicks Gesicht zu wenden. »Meinst du das ernst?«

»Noch nie habe ich etwas so ernst gemeint.«

»Aber das ist phantastisch, Nick! Stell dir vor, was für einen Artikel sie da produzieren wird.«

»Himmel, Bet!« Nick stieß sich von der Wand ab und schlug mit der Faust auf den Schreibtisch. »Siehst du denn nicht, daß sie es nicht darf?«

»Nein, sehe ich nicht. Jo ist nicht blöd, Nick. Sie wird kein Risiko eingehen. Wenn sie weiß, daß . . .«

»Aber sie weiß es nicht.« Der Zorn ließ seine Stimme lauter werden. »Ich habe sie danach gefragt, aber sie erinnert sich an nichts. An gar nichts! Ich habe ihr gesagt, daß ich es für gefährlich halte, mit Hypnose herumzuspielen, aber sie lachte mich aus. Wenn sie glaubt, ich bin dagegen, ist sie um so erpichter darauf, es zu tun; so ist sie nun mal. Sie hält alles, was ich sage, für Schwachsinn. Bitte, Bet. Mach, was ich dir sage, nur dieses Mal. Wenn sie mit dieser Idee ankommt, lehne ab.«

»Ich werde es mir überlegen.« Bet griff nach einer neuen Zigarette. »Aber jetzt mußt du mich entschuldigen; ich habe unten eine Konferenz.« Sie lächelte ihn honigsüß an. »Weißt du eigentlich, daß wir diese Woche eine Kritik über Judy Curzons Ausstellung bringen? Ich glaube, sie wird ganz angetan sein. Pete Leveson hat sie geschrieben; es dürfte also gute Publicity sein.«

Er funkelte sie an. »Es ist auch eine verdammt gute Ausstellung.« Er streckte die Hand nach dem Türknauf aus. »Bet . . .«

»Ich habe gesagt, ich werd's mir überlegen, Nick.«

Nachdem er gegangen war, blieb sie noch ein paar Augenblicke an ihrem Schreibtisch sitzen und starrte vor sich hin. Dann langte sie nach der Tasche, die zu ihren Füßen auf dem Teppich lag, und zog Jos Konzept heraus. Der Abschnitt über hypnotische Regression lag zuoberst. Als sie ihn durchlas, lächelte sie. Dann legte sie die Blätter in ihre oberste Schreibtischschublade und schloß sie ab.

2

Als Jo ihre Wohnung betreten hatte, blieb sie stehen und lauschte. Erst dann schloß sie die Wohnungstür hinter sich. Sie schob den Riegel vor. Eigentlich hatte sie auch nicht damit gerechnet, daß Nick da sein würde.

Sie ging in die Küche und setzte den Kessel auf. Nur in den ersten paar Minuten nach dem Heimkommen vermißte sie ihn, das Durcheinander, das ihn umgab: Hingeworfene Jacketts, Zeitungen, Zigarettenkippen und das unaufhörlich dudelnde Radio. Sie schüttelte den Kopf und griff in den Schrank, um den Kaffee herauszuholen. »Nichts da, Nicholas«, sagte sie laut. »Du gehst mir nicht mehr unter die Haut!«

Auf dem Tisch im Wohnzimmer türmte sich ein Berg von Büchern und Zeitungen. Sie machte Platz für ihre Kaffeetasse und öffnete dann die hohen Glastüren, die auf den Balkon mit Blick auf Cornwall Gardens hinausführten. Geißblatt rankte sich über die Brüstung und sein Duft flutete ins Zimmer.

Als das Telephon klingelte, fuhr sie hoch.

Es war Tim Heacham. »Jo? Ich habe einen Besuch bei meinem Freund Bill Walton arrangiert.«

»Tim, du bist ein Engel. Wann und wo?« Sie griff nach Block und Bleistift.

»Achtzehn Uhr fünfzehn am Donnerstag, in der Church Road in Richmond. Ich bin dabei, und mein Werkzeug bringe ich mit.«

Sie lachte. »Danke. Aber vorher sehe ich dich auf deiner Party.«

»Ich freue mich auf dich und jemanden. Okay, Jo. Ich muß los.«

Tim hatte es immer eilig am Telephon. Keine Zeit für Vorreden und Verabschiedungen.

Ein breiter Streifen Sonnenlicht lag auf dem rehbraunen Teppich. Von draußen kamen die Geräusche des Londoner Nachmittags – das Summen des Verkehrs, die Rufe der spielenden Kinder im Park, die mahlende Monotonie einer Zementmischmaschine. Jo griff nach ihrer Tasse, ließ sich auf dem Teppich nieder und streckte die langen Beine von sich; sie blätterte durch das Adreßbuch, das sie vom Tisch genommen hatte. Dann angelte sie sich das Telephon und wählte Pete Levesons Nummer.

»Pete? Jo hier.«

»Na, was sagt man dazu.« Die lakonische Stimme am anderen Ende der Leitung heuchelte Erstaunen. »Und wie geht's der schönen Joanna?«

»Sie ist partnerlos und will auf eine Party. Kommst du mit?«

»Bei wem?«

»Tim Heacham.«

Am anderen Ende der Leitung trat eine Pause ein. »Es wäre mir natürlich eine Ehre. Entnehme ich dem, daß Nick wieder mal in Ungnade gefallen ist?«

»So ist es.«

Pete lachte. »Okay. Aber vorher darf ich dich zum Essen einladen. Was macht die Arbeit?«

»Ich habe da eine interessante Sache. Hast du schon mal von einem Burschen namens Bill Walton gehört, Pete?« Ihr Blick war auf den Notizblock gefallen, der vor ihr auf dem Boden lag.

»Ich glaube nicht. Müßte ich?«

»Er hypnotisiert Leute und führt sie in ihr früheres Leben zurück.« Zu ihrer Verblüffung lachte er nicht.

»Aus therapeutischen Gründen oder aus Jux?«

»Aus therapeutischen Gründen?« echote sie ungläubig. »Jetzt sag mir bloß nicht, so was gilt als gesundheitlich fördernd!« Ihr Blick wanderte über den Berg von Büchern und Artikeln, die die Basis für ihre Recherchen bildeten. Die Hälfte davon war noch ungelesen.

»Das ist es tatsächlich. Faszinierendes Thema.« Petes Stimme wurde für einen Augenblick leiser, als habe er sich vom Telephon abgewandt; dann kehrte sie in alter Fülle zurück. »Ich hab gerade eine Telephonnummer herausgesucht. Du erinnerst dich an David Simmons? Seine Schwester arbeitet bei einem Hypnosetherapeuten, der Regressionstechniken einsetzt, um die Leute von Phobien zu heilen. Ich kann dir davon erzählen, falls es dich interessiert.«

Um zwei Uhr nachts klingelte das Telephon. Das Läuten hallte durch das leere Studio. Judy Curzon fuhr im Bett hoch. Ihr rotes Haar war zerzaust. »Du lieber Gott, um diese Zeit!«

Nick wälzte sich stöhnend herum und streckte die Hand nach ihr aus. »Laß es klingeln. Da hat sich jemand verwählt.«

Aber sie war bereits aus dem Bett. Gähnend riß sie ihm die Decke weg und wickelte sich darin ein. Dann tastete sie nach der Lampe. »Um diese Zeit ist man nie falsch verbunden. Vermutlich ist jemand gestorben.« Sie stieß die Schlafzimmertür auf und verschwand im Studio.

Nick sank zurück, fuhr sich mit den Fingern durchs Haar und lauschte. Er hörte ihr fernes Murmeln. Dann war es still. Sie erschien in der Tür. »Es ist dein gottverdammter Bruder aus Edinburgh. Du hättest ihn um Rückruf gebeten – ganz gleich, um welche Zeit.«

Nick stöhnte wieder. »Ich hab gestern fast den ganzen Tag versucht, ihn zu erreichen. Tut mir leid, Judy. Ich muß unbedingt mit ihm sprechen.«

Er schloß die Tür hinter sich und nahm den Hörer auf. »Sam? Hörst du mich? Es geht um Jo. Ich brauche deinen Rat.«

Hörbares Grinsen am anderen Ende. »Mit der einen im Bett, in die andere verliebt. Ich würde sagen, du brauchst meinen Rat sogar dringend.«

»Sam, es ist ernst. Jo ist entschlossen, einen Artikel über hypnotische Regression zu schreiben. Kann ich ihr erzählen, was beim letztenmal passiert ist?«

»Nein! Nein, Nick, das ist zu riskant. Vielleicht könnte ich es tun, aber du nicht. Verflixt! Ich kann diese Reise nicht aufschieben. Kannst du sie überreden zu warten, bis ich wieder da bin? Es dauert nur eine Woche, und dann fliege ich schnurstracks nach London und unterhalte mich mit ihr darüber. Halte sie solange hin, okay?«

»Ich werde es versuchen.« Nick verzog das Gesicht. »Aber du kennst Jo. Wenn sie sich erst mal festgebissen hat . . .«

»Nick, es ist wichtig.« Sams Stimme klang sehr ernst. »Ich kann mich irren, aber ich habe den Verdacht, daß in ihrem Unterbewußtsein ein regelrechter Vulkan brodelt. Ein dutzendmal habe ich mit Michael Cohen darüber diskutiert. Er wollte sie immer noch einmal holen, weißt du, aber schließlich hab ich ihn davon überzeugen können, daß das zu gefährlich wäre. Es bleibt eine Tatsache, daß Herz und Atmung ausgesetzt haben – ausgesetzt, Nick. Wenn das noch einmal passiert . . . na, ich brauche wohl nicht deutlicher zu werden, oder? Es nützt nichts, sie einfach zu warnen. Wenn du ihr, nachdem man ihr posthypnotisch suggeriert hat, die Episode zu vergessen, einfach davon erzählst, wird sie dir entweder nicht glauben – das ist das Wahrscheinlichste –, oder – und darin besteht das Risiko – wird eine Art Trauma oder Rückfall erleiden oder sich als unfähig erweisen, mit der Erinnerung fertigzuwerden. Nick, du mußt dafür sorgen, daß sie wartet, bis ich da bin.«

»Okay, Sam. Danke für deinen Rat. Ich werde mein Bestes tun. Das Dumme ist nur, daß sie nicht mit mir spricht.«

Sam lachte. »Das überrascht mich nicht, wenn du mit einer anderen Frau im Bett liegst.«

»Wieso mußt du eigentlich mitten in der Nacht eine halbe Stunde lang mit deinem Bruder über Jo Clifford diskutieren?«

Wie ertappt drehte sich Nick um. Judy stand in der Schlafzimmertür, den Gürtel ihres Bademantels eng um die Taille geschlungen.

»Judy ...«

»Ja, Judy! Judys Bett. Judys Apartment. Judys gottverdammtes Telephon!«

»Schatz.« Nick ging zu ihr und legte ihr die Hände auf die Schultern. »Es hat nichts mit dir – mit uns – zu tun. Es ist nur ... na ja.« Er suchte nach Worten. »Sam ist Arzt.«

»Sam ist Psychiater.« Sie holte tief Atem. »Soll das heißen, daß mit Jo etwas nicht stimmt?«

Nick lächelte so gelassen, wie es ging. »Nein, so ist es nicht. Jedenfalls nicht so, daß du etwas davon merken würdest. Judy, Sam wird mit ihr sprechen, das ist alles. Er kennt sie seit fünfzehn Jahren. Sam hat mich mit ihr bekannt gemacht. Sie mag Sam, vertraut ihm. Ich mußte noch heute nacht mit ihm sprechen, weil er morgen in die Schweiz fliegt. Mehr steckt nicht dahinter. Er wird ihr bei einem Artikel helfen.«

Sie sah ihn skeptisch an. »Was hast du denn damit zu tun?«

»Nichts. Er ist mein Bruder, und sie würde ich gern noch als Freundin betrachten.«

Etwas in seinem Gesichtsausdruck veranlaßte sie, die ironische Bemerkung doch noch hinunterzuschlucken. Ein kleines, verlorenes Lächeln erschien auf ihren Lippen.

Nick widerstand dem Impuls, sie in die Arme zu nehmen.

Am nächsten Morgen fuhr er zu Jos Apartment. Ihr Schlüsselbund baumelte an seinem Finger, als er auf die Säulenveranda zuging, die ihren Balkon trug. Bevor er die Tür aufschloß, schaute er hoch und sah, daß das Fenster unter dem Vorhang von Geißblatt weit offenstand.

»Jo?« Er schob die Wohnungstür auf, steckte den Kopf hinein und sah sich um. »Jo, bist du da?«

Sie saß mit gekreuzten Beinen auf dem Boden, vor sich auf dem flachen Couchtisch die Schreibmaschine. Sie trug Jeans und einen weiten, türkisgrünen Pullover. Das lange dunkle Haar war mit einem Seidentuch nach hinten gebunden. Sie schien ihn nicht zu hören.

Er musterte ihr Gesicht einen Moment lang – die schmalen, gebogenen Augenbrauen, die dunklen Wimpern, die Konturen der hohen Wangenknochen, den zierlich geformten Mund. Es war das Gesicht einer schönen Frau, die mit dem Alter noch schöner werden würde. Er merkte, daß er sie unversehens mit Judys mädchenhafter Hübschheit verglich. Klickend ließ er die Tür hinter sich ins Schloß fallen.

»Den Schlüssel will ich zurückhaben, bevor du gehst«, sagte sie ohne aufzublicken.

Grinsend ließ er ihn in seine Brusttasche gleiten. »Dann wirst du ihn mir wegnehmen müssen. Weißt du, daß dein Telephon nicht funktioniert?«

»Es ist abgestellt. Ich arbeite.«

Er nahm das oberste Buch vom Stapel neben ihrer Schreibmaschine und las: »Die Fakten der Reinkarnation.« Er runzelte die Stirn.

»Jo, ich möchte mit dir über deinen Artikel reden.«

»Gut. Diskussionen sind immer hilfreich.«

»Du kennst meine Ansicht über diese Hypnosegeschichten.«

»Und du kennst meine.«

»Jo, versprichst du mir, dich nicht hypnotisieren zu lassen?«

Sie beugte sich vor. »Ich verspreche dir gar nichts, Nick. Nicht das geringste.«

»Herrgott noch mal, Jo! Weißt du nicht, wie riskant Hypnose ist? Man hört erschreckende Geschichten über Leute, die einen Dauerschaden davongetragen haben, weil sie mit etwas herumgespielt haben, wovon sie nichts verstanden.«

»Ich spiele nicht herum, Nick«, entgegnete sie eisig. »Ich arbeite. Ich arbeite an einer Artikelreihe. Wäre ich Kriegsberichterstatterin, würde ich an die Front gehen. Wenn ich auf dem Gebiet der Hypnose zu recherchieren habe, lasse ich mich hypnotisieren. Wenn es nötig ist.« Erregt stand sie auf und marschierte ein paarmal im Zimmer auf und ab. »Aber wenn es dir solche Sorgen bereitet, sage ich dir noch einmal, daß man mich nicht hypnotisieren kann. Es gibt Leute, die dagegen immun sind.«

Nick richtete sich abrupt auf. »Sam hat mir davon erzählt.«

»Wieso zum Geier läßt du es dann nicht gut sein?« Sie drehte sich zu ihm um. »Ruf deinen Bruder an und frag ihn. Samuel Franklyn, Doktor der Medizin, Diplompsychologe. Er wird dir alles erklären.«

»Jo, Sam kommt nächste Woche nach London. Warte so lange. Versprich es mir. Wenn er dich gesehen hat . . .«

»Wenn er mich gesehen hat?« wiederholte sie. »Um Himmels willen, Nick, was ist los mit dir? Deinen Bruder brauche ich ungefähr so dringend wie dich im Augenblick – also nicht sehr dringend.«

»Jo, es ist wichtig«, beharrte er verzweifelt. »Da gibt es etwas, das du nicht weißt. Etwas, woran du dich nicht erinnerst . . .«

»Was soll das heißen, ich erinnere mich nicht? Ich erinnere mich an jede Einzelheit dieser Sitzung in Edinburgh. Offensichtlich besser als Sam. Oh, ich bin überzeugt davon, daß es ihm nicht paßt, wenn ich das Thema Regression untersuche. Es ist ja schließlich eine seiner Lieblingstheorien, und er will nicht, daß ich es öffentlich herunterputze! Wenn dein Bruder mich sehen will, soll er mich besuchen. Aber du und ich – wir haben einander nichts weiter zu sagen. Nichts!«

»Dann ist es am besten, wenn ich gehe«, sagte Nick.

Jo schloß die Tür hinter ihm.

Am Abend der Party war das große Atelier bereits rappelvoll, als Jo und Pete eintrafen. An der Tür blieben sie kurz stehen und musterten die Menge - farbenprächtig gewandete Frauen und Männer in Hemdsärmeln. Der Lärm erstickte mit wildem Crescendo das Gewimmer einer einsamen Geige irgendwo unten auf der Straße.

Jemand drückte ihnen Sektgläser in die Hand.

Jo entdeckte Nick fast sofort; er stand vor Tims Photos. Sie kannte die Haltung seiner Schultern, die Neigung seines Kopfes: Er war wütend. Einen Augenblick lang fragte sie sich, wen es wohl diesmal treffen mochte.

»Du wirkst versonnen, Jo.« Tim Heachams Stimme ertönte dicht hinter ihr. »Und das steht dir nicht.«

Sie drehte sich um. »Versonnen? Niemals. Herzlichen Glückwunsch zum Geburtstag, Tim. Leider hab ich dir kein Geschenk mitgebracht.«

»Wer hat das schon?« Er lachte. »Aber ich hab eins für dich. Judy ist nicht hier.«

»Sollte mich das kümmern?« Sie stellte fest, daß sich Pete ans andere Ende des Raumes verzogen hatte.

»Ich finde nicht.« Er nahm ihr das Glas aus der Hand, nippte daran und gab es zurück. »Du und Nick, ihr geht einander im Moment auf die Nerven. Das hast du mir selbst erzählt.«

»Und ich habe meine Meinung nicht geändert.«

»Über morgen abend hoffentlich auch nicht?«

»Morgen abend?«

»Unser Besuch bei Bill Walton. Er will etwas Besonderes für uns arrangieren. Wir werden Kleopatra und ihren Antonius erleben. Ich finde das alles ein bißchen verdreht.«

Sie lachte. »Ich hoffe, du wirst nicht enttäuscht, Tim. Es kann nur so gut werden wie die Phantasie der Anwesenden.«

In gespieltem Entsetzen hob er die Hand. »Nein. Nein, du wirst es mir nicht vermiesen. Ich glaube.«

»Jo?« Die ruhige Stimme ließ sie zusammenfahren, und sie verschüttete ihren Sekt. »Jo, ich möchte mit dir reden.«

Sie wirbelte herum und sah, daß Nick hinter ihnen stand. Hastig hakte sie sich bei Tim unter. »Nick, ich hatte nicht erwartet, dich zu sehen. Bist du mit Judy da? Oder mit Sam? Vielleicht ist Sam darauf vorbereitet, mich hier zu analysieren?« Sie drehte ihm den Rücken zu.

»Tim, tanzt du mit mir?« Sie zog ihren überraschten Gastgeber fort und ließ Nick stehen.

»Jo, Schatz, du zitterst ja.« Tim zog sie an sich. »Jetzt komm. Es paßt nicht zu dir, derart die Krallen auszufahren. Wir holen dir einen neuen Drink – von deinem letzten ist das meiste auf dem Boden gelandet und der Rest in meinem Kragen.« Fest nahm er ihre Hand. Dann machte er ein klägliches Gesicht. »Du liebst Nick, weißt du das, Jo? Es ist ernst.«

Sie lachte. »Nein. Nein, Tim, du hoffnungslos altmodische Seele. Ich liebe niemanden. Ich bin frei wie ein Vogel und noch zu haben. Aber mit dem anderen hast du recht. Ich brauche etwas zu trinken.«

Unter keinen Umständen würde sie sich selbst oder sonst jemandem gegenüber zugeben, daß sie Nick liebte.

Hinter ihr sah Tim zur Tür. Er runzelte die Stirn. Da stand Judy Curzon in einem knöchellangen, mit flammend orange- und bernsteinfarbenen Perlen bestickten weißen Kleid; ihr rotes Haar war glatt um den Kopf gebürstet und sah aus wie eine glänzende Kappe. Ihre großen Augen hingen an Nicks Gesicht.

Tim schüttelte langsam den Kopf. Mit fester Hand bugsierte er Jo ins dichteste Gedränge.

»Warum hast du das getan, Judy?« fragte Nick am folgenden Abend.

Er stieß die Studiotür auf, daß sie krachend gegen die Wand schlug.

Sie stand vor der Staffelei und drehte sich nicht um.

»Du weißt, warum. Weshalb hat es neunzehn Stunden gedauert, bis du kommst und mich danach fragst?«

»Weil ich heute gearbeitet habe, und weil ich nicht sicher war, ob ich überhaupt noch einmal herkommen wollte. Ich hatte nicht gewußt, daß du ein solches Biest sein kannst.«

»Von Kindesbeinen an.« Sie lächelte. »Jetzt weißt du's. Vermutlich haßt du mich.«

Ihr Gesicht verzog sich plötzlich, und sie ließ den Pinsel fallen. »Oh, Nick. Mir ist so elend zumute.«

»Das geschieht dir recht. Erzählst Jo vor all diesen Leuten, was Sam und ich besprochen haben. Es ihr überhaupt zu erzählen, wäre schon niederträchtig, aber es so zu tun, auf einer Party – das war wirklich bösartig.«

»Sie hat mit keiner Wimper gezuckt, Nick. Sie ist so selbstsicher, so eingebildet. Und sie hat's sowieso nicht geglaubt. Niemand hat es geglaubt. Alle dachten, ich wollte nur ekelhaft sein.«

Sie schlug die Arme um seinen Hals und zupfte mit den Lippen an der Haut unter seinem Ohr. »Sei nicht böse. Bitte.«

Er machte sich los. »Ich bin aber böse. Ich bin wirklich sauer.«

»Und vermutlich bist du ihr nachgelaufen?« Ihre Stimme zitterte leicht.

»Nein. Sie hat mich zum Teufel geschickt, wie du sehr wohl weißt.« Er wandte sich ab, zog sein Jackett aus und warf es über einen Stuhl. »Ist was zu trinken da?«

»Du weißt verdammt genau, daß etwas da ist.« Erbost hob sie ihren Pinsel auf und wandte sich wieder ihrem Gemälde zu. »Und bring mir einen mit.«

Er funkelte sie an. »Die perfekte Gastgeberin, wie immer.«

»Eine bessere als Jo auf jeden Fall!« gab sie zurück. Mit einem Spachtel attackierte sie das Gemälde und trug eine dicke Schicht Zinnoberrot auf.

»Laß Jo aus dem Spiel, Judy«, sagte Nick leise. »Ich sag's dir nicht noch einmal. Du fängst an, mich zu langweilen.«

Lange herrschte Schweigen. Trotzig trug sie weitere Farbe auf.

Nick seufzte. Er wandte sich ab und ging in die Küche. Im Kühlschrank war eine Flasche Wein. Er nahm sie heraus und suchte zwei Gläser. Er hatte Judy nicht die Wahrheit gesagt. Gestern abend, gegen Mitternacht, war er nach Cornwall Gardens gefahren. In Jos Wohnung war es dunkel gewesen, und er hatte vorsichtig die Tür aufgeschlossen. Als er bemerkt hatte, daß in der Küche doch noch Licht brannte, hatte er sich dorthin geschlichen. Sie war leer gewesen; auf der Abtropfplatte hatte sich gespültes Geschirr gestapelt.

»Was suchst du hier?« Lautlos war Jo in einem weißen Bademantel hinter ihm aufgetaucht.

»Jo, ich mußte mit dir reden . . .«

»Nein, Nick. Es gibt nichts zu reden.« Sie hatte nicht gelächelt.

Er hatte sie angestarrt, und plötzlich hatte er sie in die Arme nehmen wollen. »Oh, Jo, Liebling. Es tut mir leid . . .«

»Mir auch, Nick. Sehr leid. Stimmt es, was Judy sagt? Ist es wahrscheinlich, daß ich verrückt werde?«

»Das hat sie nicht gesagt, Jo.«

»Hat Sam das gesagt?«

»Nein. Er hat nur gemeint, du müßtest sehr vorsichtig sein.«

»Woher weiß Judy so gut Bescheid? Hast du mit ihr darüber gesprochen?«

»Selbstverständlich nicht. Sie hat ein Telephongespräch mitgehört. Es ging sie nichts an. Und sie hat auch nicht viel mitbekommen, das versichere ich dir. Eine Menge hat sie einfach erfunden.«

»Wie kamst du aber auch dazu, darüber mit Sam zu sprechen, Nick?« Unvermittelt war Empörung aus ihr hervorgebrochen.

»Himmel! Ich wünschte, du würdest deine Nase nicht in meine Angelegenheiten stecken. Ich will nicht, daß du dich da einmischst. Ich will auch nicht, daß sich dein Bruder einmischt! Ich will mit keinem der Franklyns je wieder etwas zu tun haben. Und jetzt mach, daß du rauskommst!«

»Nein, Jo. Erst, wenn ich weiß, daß dir nichts fehlt.«

»Mir fehlt nichts. Verschwinde!« Ihre Stimme hatte gezittert.

»Jo, beruhige dich, um Gottes willen.« Nick war vor ihr zurückgewichen, als ihre Stimme immer lauter geworden war. »Ich gehe ja. Aber du mußt mir versprechen ...«

»Raus!«

Er war gegangen.

Nick nahm zwei Schlucke und füllte das Glas wieder auf, bevor er ins Atelier zurückging.

Pete Leveson stand neben Judy und starrte auf die Leinwand.

Nick stöhnte, als Pete die Hand hob. »Ich dachte mir, daß ich dich hier finden würde. Hat dir schon jemand gesagt, daß du ein fünffaches Stück Scheiße bist?«

Nick reichte ihm ein Glas. »Du kannst mir nichts an den Kopf werfen, was ich mir noch nicht selbst an den Kopf geworfen hätte«, meinte er trocken.

Judy fuhr herum. »Hört auf, ihr Kerle. Ihr braucht gar nicht so verdammt großherzig zu tun. Ich bin diejenige, die alles ausgeplappert hat. Ich bin diejenige, die es ihr erzählt hat, nicht Nick. Wenn du also hergekommen bist, um jemandem Vorwürfe zu machen, dann mach sie mir, nicht ihm.« Trotzig stemmte sie die Hände in die Hüften.

Pete lächelte schmal. »Richtig. Du warst das.«

»War Jo sehr aufgebracht?« fragte sie nach einem Moment, unfähig, der Versuchung zu widerstehen.

»Ein bißchen. Natürlich war sie aufgebracht. Sie hat nichts geglaubt von dem, was du gesagt hast, aber du hast dir eine ziemlich publikumswirksame Bühne für ziemlich provozierende Äußerungen ausgesucht.«

»Es hat doch niemand gehört, was ...«

»Judy.« Pete warf ihr einen vernichtenden Blick zu. »Buchstäblich jeder hat dich gehört, einschließlich Nigel Dempster. Ich habe bereits mit ihm telephoniert, aber leider findet er diese kleine Neuigkeit so delikat, daß er sich nicht verkneifen kann, sie in seiner Spalte zu verbraten. Er hat schließlich einen Job. ›Bekannte Kolumnistin ein Fall für die Klapsmühle, enthüllt blonde Malerin auf Heacham-Party ...‹ Wie könnte er einer solchen Story widerstehen? Wo er doch sogar persönlich dabei war! Am Freitag steht's in der *Mail.*«

»Verdammt!« Nick schlug sich mit der flachen Hand an die Stirn. »Sie werden Jo in der Luft zerreißen. Im Laufe ihrer Karriere hat sie zu vielen Leuten auf die Zehen getreten.«

»Das wird sie überstehen«, warf Judy ein. »Sie ist hart im Nehmen.«

»Sie ist nicht halb so hart, wie sie sich darstellt«, entgegnete Nick langsam. »Im Innern ist sie sehr verwundbar.«

Judy wandte sich ab. »Und ich bin es vermutlich nicht?«

»Wir reden nicht über dich, Judy. Deine geistige Verfassung wird in der Presse nicht in Frage gestellt werden.«

»Sie kann jederzeit dagegen klagen.«

»Wenn sie jemanden verklagt, wirst du das sein. Wegen Rufmordes oder übler Nachrede. Und es würde dir ganz recht geschehen.«

Judy wurde blaß. Wortlos nahm sie Nick das Glas aus der Hand, ging zum Fenster und sah hinunter auf die Wäscheleinen im Garten.

Pete runzelte die Stirn. »Wieviel Wahres ist an dieser Geschichte?« fragte er leise.

»Kein Wort. Judy hat alles ganz und gar mißverstanden.« Nick preßte die Lippen zusammen. »Würg die Story ab, wenn du kannst, Pete. Es ist ohnehin lauter Quatsch, aber wenn es keiner wäre . . .«, er machte eine winzige Pause, ». . . wenn es keiner wäre, dann überleg dir nur, welchen Schaden die Sache anrichten kann.«

Pete nickte. »Ich frage aus einem bestimmten Grund. Du bist sicher, daß eine Hypnose ihr nicht schaden könnte?«

»Natürlich nicht.« Nick lachte kurz und ungemütlich auf. Dann sah er Pete scharf an. »Warum fragst du?«

»Nur so. Aus keinem besonderen Grund . . .«

3

Während Tim den Wagen abschloß, starrte Jo an der Fassade des Hauses hinauf. Es war ein hohes, schäbiges Gebäude inmitten einer langen Reihe einstmals eleganter edwardianischer Stadthäuser.

»Jo, wegen gestern abend . . .« Tim steckte die Schlüssel ein.

»Ich möchte nicht darüber sprechen.« Jo zog die Schultern hoch. »Für einige war es eine tolle Party.«

»Judy hat sich abscheulich benommen . . .«

»Sie ist eine eifersüchtige Dame, Tim, die um einen Mann kämpft. Frauen sind so. Steinzeitlich.«

»Wirst du denn nicht auch kämpfen?«

»Um Nick? Nein.« Sie schenkte ihm ein kleines Lächeln. »Komm schon, Tim. Gehen wir rein und sehen wir uns 'ne kleine Regression an.«

Tim warf ihr einen warnenden Blick zu. »Jo, Schatz. Würdest du bitte daran denken, daß dieser Knabe der Freund eines Freundes ist? Mach ihn nicht allzu kräftig herunter.«

»Ich werde niemanden heruntermachen, Tim.« Sie hakte den

Daumen um den Schulterriemen ihrer Tasche. »Ich bin ausschließlich Beobachterin, und ich werde kein Wort sagen. Ich verspreche es.«

Die Haustür wurde von einer Frau in einem langen Laura-Ashley-Kleid geöffnet, deren Haare zu einem unordentlichen Pferdeschwanz zusammengebunden waren. Sie hielt ein Clipboard in der Hand.

»Mister Heacham und Miss Clifford?« fragte sie. »Die anderen sind schon da. Folgen Sie mir bitte.«

Der dunkle Flur war mit dickem braunem Teppichboden ausgelegt, der ihre Schritte dämpfte; sie folgten der Frau an mehreren geschlossenen Türen vorbei und eine Treppe hinauf in den ersten Stock. In einem großen Zimmer mit Blick auf die langen, schmalen Gärten hinter den Häusern saßen Bill Walton und ein rundes Dutzend andere Leute im Halbkreis auf Stühlen mit geraden, hohen Lehnen.

Walton streckte ihnen die Hand entgegen. »Guten Tag. Wie Sie gewünscht hatten, Tim, habe ich allen Anwesenden mitgeteilt, daß eine Dame und ein Herr von der Presse anwesend sein werden. Niemand hat etwas dagegen.« Er war ein kleines, runzliges Männlein von etwa fünfzig Jahren, und sein aschblondes Haar stand ihm in dünnen Wirbeln vom Kopf ab. Jo sah ihm erwartungsvoll in die großen grünen Augen, als sie ihm die Hand gab.

Irgendwo draußen spielten Kinder in der Abendsonne; sie hörte ihr aufgeregtes Geschrei und den dumpfen Zusammenprall zwischen einem Fuß und einem Ball. Im Zimmer herrschte gespannte Stille. Zwei Mädchen saßen nebeneinander am Ende der Reihe. Beiden merkte man die Angst deutlich an. Neben ihnen hockte ein Mann im Rollkragenpullover; er flüsterte seinem Nachbarn etwas zu und lachte dann leise.

Der Raum war ein Arbeitszimmer - ein großes, behagliches, unaufgeräumtes Zimmer, eine Wand mit Büchern bedeckt, die andere mit ein paar japanischen Drucken geschmückt, die auf rehbraunes Leinen aufgezogen waren. Jo nahm auf einem der freien Stühle Platz; Tim hockte sich auf die Armlehne eines Sessels vor dem Kamin. Er nahm die Schutzkappe vom Objektiv seiner Kamera und legte sie neben sich auf die Sitzfläche des Sessels.

Walton ging zum Fenster und zog die Vorhänge halb zu und schaltete eine Schreibtischlampe an. Lächelnd wandte er sich dem kleinen Publikum zu.

»Meine Damen und Herren, als erstes möchte ich Sie begrüßen. Ich hoffe, dieser Abend wird informativ und unterhaltsam für Sie. Es gibt keinerlei Grund, sich zu fürchten. Man kann niemanden gegen seinen Willen hypnotisieren.« Er warf Jo einen Blick zu, als sie behutsam ein Notizbuch aus der Tasche zog. Sie legte es geschlossen auf ihre Knie. »Für gewöhnlich verfahre ich so, daß ich zunächst mit ein paar einfachen Tests feststelle, wie viele von Ihnen gute Hypnoseobjekte sind; unter denjenigen, die mir geeignet erscheinen, suche ich mir dann Freiwillige, die ich in eine tiefe Hypnose versetzen und, wenn möglich, in ihre Vergangenheit zurückführen werde. Ich sollte darauf hinweisen, daß es nicht immer klappt; es ist schon vorgekommen, daß ich in meinem Publikum überhaupt niemanden gefunden habe, der sich geeignet hätte.« Er lachte aufgeräumt. »Deshalb ziehe ich es vor, mindestens ein Dutzend Leute dabeizuhaben. So haben wir eine bessere Auswahl.«

Jo rutschte unbehaglich auf dem harten Stuhl hin und her und schlug die Beine übereinander. Ihre Nachbarn blickten Walton an, von seiner ruhigen, sanften Stimme vermutlich bereits halb hypnotisiert.

»So«, fuhr er fort, stemmte sich am Schreibtisch hoch und setzte sich auf die Kante. Seine Beine baumelten mit überkreuzten Knöcheln in der Luft. »Vielleicht schauen Sie jetzt einmal alle auf meinen Finger.« Langsam hob er den Finger, bis er sich in Höhe seiner Augen befand. »Und wenn ich nun meine Hand hebe, werden Sie merken, daß Ihre eigene Rechte wie aus eigenem Antrieb in die Höhe geht.«

Jo spürte, daß sich ihre Finger krampfhaft um ihren Bleistift schlossen. Aus dem Augenwinkel sah sie die Hand des Mannes neben sich; sie zuckte leicht, fiel dann aber wieder auf sein Knie zurück. Sie sah, daß sein Adamsapfel heftig hüpfte. Dann schaute sie wieder auf Walton, der sie alle scheinbar desinteressiert beobachtete. »Schön. Jetzt möchte ich, daß Sie sich alle entspannt auf Ihren Stühlen zurücklehnen. Vielleicht können Sie Ihre Augen auf das Licht hinter mir auf dem Schreibtisch richten. Das Licht ist hell und tut den Augen weh. Vielleicht möchten Sie Ihre Augen jetzt für ein Weilchen schließen und ausruhen lassen.« Seine Stimme hatte einen sanften, monotonen Klang angenommen, der den Ohren wohltat. »Schön. Wenn Sie jetzt versuchen, die Augen wieder zu öffnen, kann es sein, daß es Ihnen nicht gelingt. Ihre Lider sind versiegelt. Das Licht ist zu grell; Sie können nicht hineinschauen. Die Dunkelheit ist besser.«

Jo fühlte, daß sich ihre Fingernägel in die Handflächen gruben. Sie beugte sich vor und blickte an der Reihe der Sitzenden entlang. Zwei blinzelten fast trotzig ins Licht. Die anderen saßen ruhig mit geschlossenen Augen da. Walton lächelte. Leise rutschte er vom Schreibtisch herunter und kam über den dicken Teppich auf sie zu. »Jetzt werde ich Ihre Hände berühren, eine nach der anderen. Ich werde sie hochheben, und Sie werden feststellen, daß Sie sie nicht mehr senken können.« Seine Stimme hatte jetzt einen gebieterischen Kommandoton angenommen. Er näherte sich dem Mann neben Jo, ohne ihr die geringste Beachtung zu schenken. Die Augen des Mannes waren geöffnet; er sah beinahe angstvoll zu, wie Walton sein Handgelenk ergriff und die schlaffe Hand hochhob. Walton ließ los, und zu Jos Überraschung blieb der Arm, wo er war, in unbequemer Stellung, halb erhoben. Walton gab keinerlei Kommentar. Er ging zum nächsten. Hinter sich hörte Jo das leise Klicken des Kameraverschlusses.

Einen Augenblick später war alles vorüber. Walton sprach sanft und beinahe lässig über die Schulter, während er zu seinem Schreibtisch zurückkehrte. »Schön, meine Damen und Herren. Ich danke Ihnen. Sie können die Hände sinken lassen und die Augen öffnen. Ich schlage vor, daß wir jetzt erst einmal Kaffee trinken, während wir uns überlegen, wie es weitergehen soll.«

Jo fuhr sich nervös mit der Zunge über die Lippen. Ihr Mund war trocken geworden. Die Hand des Mannes neben ihr war langsam wieder auf seinen Schoß gesunken, völlig natürlich, und ohne daß es ihn die geringste Willensanstrengung gekostet hätte. Sie sah sich nach Tim um. Er zwinkerte und reckte den erhobenen Daumen. Dann lehnte er sich zurück. Hinter ihnen hatte sich die Tür geöffnet, und die junge Frau erschien. Sie schob einen Servierwagen mit zwei großen Kaffeekannen herein. Unaufdringlich fuhr sie damit an der Stuhlreihe entlang, ohne ein Wort zu sagen oder einem der Anwesenden in die Augen zu sehen. Jo fragte sich, ob sie vielleicht verhindern wollte, daß sie den Leuten in ihre feierlichen Gesichter lachte.

Als alle ihren Kaffee hatten, setzte Walton sich wieder. Wie geistesabwesend rührte er in der Tasse vor ihm auf dem Schreibtisch. Erst nachdem die Frau den Raum verlassen hatte, sprach er wieder.

»Nun, ich freue mich, daß heute abend mehrere von Ihnen demonstriert haben, daß sie für Hypnose empfänglich sind. Ich möchte nun fragen, ob eine dieser Personen bereit ist, hier Platz zu nehmen.« Er wies auf einen tiefen Ledersessel neben dem Schreibtisch. »Sie können Ihren Kaffee natürlich mitbringen, und dann können wir besprechen, wie es weitergeht.«

Es dauerte ein paar Minuten, bis sich jemand bewegen ließ, aber schließlich erhob sich eine untersetzte Frau mittleren Alters. Sie wirkte erregt und umklammerte ihre Kaffeetasse, als sie zum Sessel ging und sich auf der Kante niederließ.

Walton stand von seinem Schreibtisch auf. »Sie sind Mrs. Potter, nicht wahr? Sarah Potter. Meine Liebe, machen Sie es sich bitte bequem.« Wieder hatte er die Stimme gesenkt, und Jo merkte, daß sie starr und aufrecht dasaß und sich dem betörenden Tonfall des Mannes bewußt widersetzte, während die Frau sich zurücklehnte und die

Augen schloß. Walton nahm ihr behutsam die Kaffeetasse ab, und ohne weitere Einleitungen begann er, sie in ihre Kindheit zurückzureden. Sie zögerte nur kurz und fing dann an, ihm zu antworten. Sie beschrieb Szenen aus ihren ersten Schuljahren, und alle hörten deutlich, daß sich ihre Stimme veränderte, höher und kindlich dünn wurde. Tim stand auf, schlich nach vorn und ging mit erhobener Kamera vor der Frau in die Knie. Walton ignorierte ihn. »Und jetzt, meine Liebe, gehen wir zurück in die Zeit, bevor Sie geboren wurden. Sagen Sie mir, was Sie sehen.«

Lange Zeit blieb es still. »Zurück, weit zurück in die Zeit, bevor du die kleine Sarah Bailey warst. Vorher, weit vorher. Du warst schon einmal auf dieser Erde. Sag mir, wer du warst.«

»Betsy.« Das Wort kam langsam aus ihrem Mund, es klang verwirrt, zögernd, und Jo hörte, daß die Leute ringsum die Luft einsogen. Sie umklammerte das Notizbuch auf ihrem Knie und beobachtete die Frau gespannt.

»Betsy ... und weiter?« Walton ließ keinen Blick von ihrem Gesicht.

»Weiß nicht. Bloß Betsy ...«

»Heute abend haben Sie Glück gehabt.« Walton schaute lächelnd zwischen Jo und Tim hin und her. »Darf ich Ihnen etwas zu trinken anbieten?«

Die anderen waren gegangen, während Tim noch seine Kameras eingepackt hatte und Jo gedankenverloren auf ihrem Stuhl sitzen geblieben war. »Drei Probanden, die mehr oder weniger überzeugend ein vergangenes Leben zutage gefördert haben. Das ist nicht schlecht.«

Jo sah auf. »Mehr oder weniger überzeugend? Soll das heißen, daß Sie nicht daran glauben?«

Tim runzelte die Stirn, aber Walton zuckte nur mit den Schultern. Er hatte drei Gläser Scotch eingeschenkt und reichte ihr eins. »Ich sage nur, daß die Hypnose echt ist. Die Reaktion des Probanden ist insofern echt, als ich sie nicht veranlaßt habe. Aber ich habe keine Ahnung, woher die Persönlichkeiten kommen. Die Menschen, die zu solchen Sitzungen erscheinen, sind es, die gern glauben möchten, sie seien wiedergeborene Seelen.« In seinen Augen funkelte es.

Tim stellte seinen Kamerakoffer auf einen Stuhl und nahm sein Glas. »Es ist wirklich höchst faszinierend. Diese Betsy. Eine achtbare Hausfrau in mittleren Jahren, unauffällig und eher langweilig, und dann bringt sie all diese herrlichen Gossenwörter hervor! Ich frage mich, ob da nicht einfach ihr unterdrücktes Ich ans Tageslicht wollte.« Er gluckste.

Walton nickte. »Ich gestehe, daß ich daran auch oft denke. Aber es kommt vor – und das sind natürlich die Gelegenheiten, die Sie als Reporter einmal erleben sollten –, daß die Persönlichkeiten mit Sachen herausrücken, die sie unmöglich vorbereiten konnten, bewußt oder unbewußt. Ich hatte hier schon Leute, die sich in Sprachen äußerten, die sie nie gelernt hatten, oder die historische Details enthüllten, die über jeden Verdacht erhaben waren.« Er schüttelte den Kopf. »Sehr, sehr interessant.«

Jo ging zum Bücherregal, blieb dort stehen und runzelte die Stirn. Walton beobachtete sie.

»Wußten Sie, Miss Clifford, daß Sie potentiell auch ein gutes Hypnoseobjekt sind?«

Sie fuhr herum. »Ich? O nein. Schließlich hat keiner Ihrer Tests bei mir funktioniert.«

»Nein. Weil Sie dagegen angekämpft haben. Sind Sie noch nicht auf den Gedanken gekommen, daß es einen Grund für Ihre heftige Gegenwehr geben könnte? Ich habe Sie aufmerksam beobachtet und glaube, daß Sie heute abend zu den am meisten empfänglichen Personen gehört haben.«

Jo starrte ihn an. Sie fror plötzlich, obwohl es warm im Zimmer war. »Das glaube ich nicht. Jemand hat schon einmal versucht, mich zu hypnotisieren. An der Universität. Es hat nicht geklappt.«

Sie sah in ihr Glas und schwieg; es war ihr bewußt, daß Walton sie immer noch aufmerksam beobachtete.

Er schüttelte den Kopf. »Das überrascht mich. Vielleicht war es kein erfahrener Hypnotiseur. Obwohl ... wenn Sie sich wie heute gesträubt haben, dann könnte kein Mensch ...«

»Oh, aber ich habe mich nicht gesträubt. Ich wollte, daß es funktioniert.« Sie erinnerte sich an ihre Aufregung und an die bange Erwartung, die sie auf dem Weg zu Professor Cohens Räumen verspürt hatte, an die Hingabe, mit der sie vor der Sitzung seine Fragen beantwortet hatte, an die entspannte Ruhe, mit der sie sich auf die Couch gelegt und zugeschaut hatte, wie Sam in der Ecke gestanden und mit seinem Notizbuch gekämpft hatte, während es draußen zu schneien begonnen hatte ...

Sie runzelte die Stirn. Eigenartig, daß sie die Details dieses Nachmittags bis zu diesem Augenblick vergessen hatte. Jetzt sah sie Sam vor sich. Er hatte einen braunen Rollkragenpullover unter einem beklagenswert ausgebeulten Sportjackett getragen. Sie hatte ihn auf Anhieb gemocht. Seine ruhige, entspannte Art war ein Gegengewicht zu Cohens steifer, akademischer Förmlichkeit gewesen und hatte ihr die Aufregung genommen. Sam hatte sie vertraut.

Woher kam plötzlich das Bild seines angespannten Gesichtes mit den weit aufgerissenen Augen, und woher kam die Erinnerung an den Schmerz?

Schulterzuckend unterdrückte sie ihr Frösteln und trank einen Schluck, bevor sie Walton wieder ansah. »Es ist ungefähr fünfzehn Jahre her. Das meiste von dem, was passiert ist, habe ich wahrscheinlich vergessen.«

Er nickte langsam, ohne den Blick von ihrem Gesicht zu nehmen. Dann wandte er sich ab. »Nun, es könnte interessant sein, es noch einmal zu versuchen«, meinte er nachdenklich. »Hätten Sie Lust?«

»Nein!« erwiderte sie, schärfer als beabsichtigt. »Zumindest jetzt noch nicht. Vielleicht, wenn ich mit meiner Recherche ein bißchen weiter vorangekommen bin . . .« Warnglocken schrillten in ihrem Kopf. Wieder sah sie Sams Gesicht vor sich, hörte Nicks Stimme: »Da ist etwas, das du nicht weißt. Etwas, woran du dich nicht erinnerst . . .«

Mit zitternder Hand stellte sie ihr Glas ab; es war ihr bewußt, daß Tim sie verblüfft ansah. Wütend versuchte sie, sich zusammenzureißen und merkte plötzlich, daß Bill Walton mit ihr sprach, während er ein paar Papiere auf seinem Schreibtisch ordnete.

»Und waren Sie alles in allem zufrieden mit dem, was Sie heute abend erlebt haben, Miss Clifford?«

Sie schluckte angestrengt. »Es war faszinierend. Hochinteressant.«

»Aber vermutlich werden Sie die Reinkarnationstheorie in Ihren Artikeln entlarven? Meine Frau ist eine große Bewunderin von Ihnen. Sie sagt, Sie hätten mitunter eine sehr spitze Feder.«

Jo verzog das Gesicht. »Sie hat recht. Wenn sie Ihnen das erzählt hat, war es sehr mutig von Ihnen, so offen zu mir zu sein.«

»Warum nicht? Ich habe nichts zu verbergen. Wie ich Ihnen sagte – die Hypnose ist real. Die Reaktionen sind real. Ich versuche nicht, sie zu erklären. Vielleicht werden Sie es können.«

Er lächelte.

Jo merkte, daß sie zurücklächelte. »Das bezweifle ich.« Sie griff nach ihrer Tasche. »Aber ich werde es versuchen.«

»Na, raus damit, Jo. Da stimmt doch etwas nicht, oder?«

Tim stellte einen doppelten Scotch vor sie auf den Tisch und setzte sich ihr gegenüber in einen Sessel.

Jo zwang sich zu einem müden Lächeln. »Ich bin erschöpft, Tim, das ist alles. Der hier wird mich wieder auf die Beine bringen.« Sie hob ihr Glas. »Danke, daß du das alles heute abend arrangiert hast.«

»Aber du machst dir Gedanken über Walton. Nicht nur, weil du denkst, er mogelt.«

Sie schüttelte den Kopf. »Er mogelt nicht. Zumindest glaube ich es nicht. Vielleicht ist er ein Telepath – ich weiß nicht . . .« Sie machte eine Pause. »Ja, ich mache mir Gedanken über ihn, Tim. Das Dumme ist nur, ich weiß nicht, weshalb eigentlich. Es ist etwas, das ganz tief in mir steckt. Etwas, das ich nicht recht greifen kann. Jeden Augenblick denke ich, gleich fällt's mir ein, aber ich kann mich nie vollständig erinnern.« Sie nahm einen kleinen Schluck und lächelte plötzlich. »Ziemlich neurotisch, wie? Nein, Tim, mir fehlt nichts. Ich glaube, ich habe mir Nicks dunkle Warnungen mehr zu Herzen genommen, als ich dachte. Was Hypnose angeht, ist er reichlich paranoid. Er hat mir mal erzählt, daß er Angst vor dem Bewußtloswerden hat – eine Phobie, die sich sogar beim normalen Einschlafen bemerkbar macht. Ich glaube, er hält Hypnose für das gleiche, für eine Art Anästhesie.«

»Stimmt es, daß er mit seinem Bruder über dich gesprochen hat?« fragte Tim leise.

Sie zog mit der Fingerspitze einen Kreis in einer Bierpfütze auf dem Tisch. »Ich könnte Judy umbringen.« Sie verzog kläglich das Gesicht. »Es würde mich nicht wundern, wenn es stimmt, was sie gesagt hat. Nick hat mir erzählt, er habe mit Sam geredet.«

»Du kennst Sam gut?«

Sie nickte. »Wir wurden Freunde, nachdem ...« Sie zögerte. »Nachdem sie versucht hatten, mich zu hypnotisieren. Er und sein Chef, damals in Edinburgh. Aber wir waren nie ein Liebespaar oder so was. Der *coup de foudre* kam mit seinem kleinen Bruder.«

Tim hob eine Augenbraue. »Und der *foudre* ist noch nicht in die Erde abgeleitet, oder?«

»O doch. Seit gestern abend. Aus. *Basta. Finis. Bye bye*, Nicholas.« Sie biß sich energisch auf die Unterlippe.

Tim langte über den Tisch und berührte leicht ihre Hand. »Arme Jo. Trink noch einen Schluck.« Er stand auf und nahm ihr Glas, ohne auf ihre Antwort zu warten.

Sie sah ihm nach, wie er sich zur Theke drängte; seine hohe, schlaksige Gestalt bewegte sich behende zwischen den Gästen hindurch. Tim erinnerte sie an jemanden, den sie als Kind gekannt hatte, aber sie konnte sich nicht erinnern, an wen. Es war jemand, den sie gemocht hatte. Sie lächelte. War das der Grund, weshalb sie ihn nicht lieben konnte?

Sie streckte die Hand nach ihrem Glas aus, als er zurückkam. »Gerade ist mir eingefallen, an wen du mich erinnerst.« Sie lachte auf. »Nicht an jemanden aus einem meiner früheren Leben, sondern an den afghanischen Windhund meines Onkels. Er hieß Zarathustra!«

Tim schenkte sich noch einen Whisky ein, als er zu Hause war. Er hatte Jo vor ihrer Wohnung abgesetzt und ihre Einladung zu einem Kaffee abgelehnt. Er ließ sich in einen seiner niedrigen Sessel fallen und griff nach dem Telephon.

»Hallo, Nick. Kannst du sprechen?«

Er nahm den Hörer in die andere Hand und langte nach seinem Glas. »Hör mal, hast du Pete Leveson gesehen?«

»Er war vorhin hier.« Nick schien auf der Hut zu sein.

»Ist es ihm gelungen, die Presse zurückzupfeifen?«

»Anscheinend nicht. Hast du Jo vorgewarnt?«

Tim nahm einen großen Schluck. »Ich hatte gehofft, ich müßte es nicht tun. Mist! Wenn er es nicht schafft, schafft es keiner. Ich glaube nicht, daß Jo eine Ahnung von dem hat, was ihr bevorsteht. Ich hoffe, deine Puppe ist mächtig stolz auf sich. Sag mal, Nick, was ist das für eine Sache mit Jo und der Hypnose? Ist es etwas Ernstes?«

»Ja. Es ist etwas Ernstes. Wenn du auch nur den geringsten Einfluß auf sie hast, halte sie davon fern.«

»Wir waren heute abend bei einem Hypnotiseur.«

»Um Himmels willen!«

»Nein, nein. Nicht Jo. Sie hat nur zugesehen, wie andere Leute eine Regression durchmachten. Es war faszinierend. Aber Tatsache ist, daß Jo sich ziemlich merkwürdig benahm. Anscheinend war sie kein bißchen empfänglich für die allgemeinen Tests, aber hinterher behauptete Walton, sie sei es doch gewesen, habe sich jedoch dagegen gewehrt. Das hat sie beunruhigt.«

»Kann ich mir denken.« Nicks Stimme klang grimmig. »Tim, wird sie noch mal zu ihm gehen? Oder zu irgendeinem anderen? Weißt du das?«

»Ich glaube nicht. Sie hat deutlich gesagt, daß sie vielleicht bereits genug Material zusammen hat.«

»Gott sei Dank. Entschuldige, Tim. Judy kommt gerade herein. Ich muß aufhören.« Seine Stimme war unversehens zu einem Flüstern geworden.

Tim grinste, als er auflegte. Die Rolle des Pantoffelhelden stand Nick Franklyn nicht besonders.

4

Jo wollte Sam anrufen.

Seit Stunden wälzte sie sich schlaflos im Bett und dachte an Bill Walton und Sarah Potter, die einmal das Straßenmädchen Betsy gewesen war, an Tim und Judy Curzon. Aber ihre Gedanken gerieten immer wieder auf Abwege. Sie sah Cohens kleines Arbeitszimmer in Edinburgh vor sich, mit dem riesigen altertümlichen Heizkörper, an dem Sam gelehnt hatte; dann sah sie den Schnee, der am Fenster vorbeiwirbelte und den Himmel verdunkelte, sah ihre Hände. Irgendwie hatte sie sich die Hände verletzt. Sie erinnerte sich an ihre Finger, blutig und voller Blasen, und an Michael Cohen, der mit bleichem, verlegenem Gesicht von Frostschäden geredet hatte. Und sie erinnerte sich mit erschreckender Klarheit an die Blutflecken auf dem Fußboden. Wieso war der Fußboden seines Arbeitszimmers mit Blut befleckt gewesen, mit ihrem Blut?

Schweißüberströmt richtete sie sich auf und starrte auf die halb zugezogenen Vorhänge ihres Schlafzimmers. Ihr Bettzeug war zerwühlt, das Kopfkissen lag auf dem Boden. Draußen graute der Morgen, mattes Licht zog am Himmel herauf. Irgendwo zwitscherte ein Vogel. Sein Pfeifen hallte verloren zwischen den hohen Häusern. Mit schmerzendem Kopf stand sie auf und taumelte in die Küche. Sie knipste das Licht an und sah sich um. Automatisch schaltete sie den Wasserboiler ein.

Sams Telephonnummer fand sie in ihrem alten Adreßbuch. Nachdem sie mit einer Tasse schwarzem Kaffee ins Wohnzimmer gegangen war, setzte sie sich auf den Boden und nahm den Telephonhörer ab. Es war halb fünf, als sie die Nummer in Edinburgh wählte.

Niemand meldete sich.

Sie ließ das Telephon fünf Minuten lang klingeln, bevor sie aufgab. Erst jetzt fiel ihr ein, daß Sam ja ins Ausland gefahren war. Langsam trank sie ihren Kaffee, dann rief sie in Nicks Wohnung an. Auch dort meldete sich niemand, und sie warf den Hörer enttäuscht auf die Gabel.

»Zur Hölle mit dir, Nick Franklyn!« fluchte sie laut, stand auf, riß die Vorhänge zur Seite und starrte auf den verschlafenen Platz hinaus. Auf dem Couchtisch hinter ihr lag ein Zettel. Darauf stand in Pete Levesons säuberlicher Schrift:
»Dr. Carl Bennet, Hypnosetherapeut, Devonshire Place. (Sekretärin, Sarah Simmons: Schwester von David, den du, wenn ich mich recht entsinne, ganz sympathisch fandest, als er '76 als Feature-Autor zu WIA kam.) Habe dir für Freitag, 15 Uhr, einen Termin besorgt; du darfst bei einer Sitzung dabeisein. Nicht versäumen - ich mußte für dich auf den Knien rutschen.

Jo drehte sich um. Sie wollte da nicht hingehen.

Es war 14.42 Uhr, als sie langsam den Devonshire Place entlangging und zu den Hausnummern hochspähte. Schließlich blieb sie vor einer cremefarbenen Haustür stehen. Vier Messingschilder prangten an eleganten Lacktafeln.

Eine Empfangsdame im weißen Kittel öffnete die Tür. »Zu Doktor Bennet? Einen Augenblick; ich rufe oben an.« Drinnen roch es nach Antiseptika und Jasmin. Jo wartete im Flur und betrachtete sich in einem großen, goldgerahmten Spiegel. Die schlaflose Nacht hatte Schatten unter ihren Augen hinterlassen.

»Sie können hinaufgehen, Miss Clifford«, sagte die Frau einen Augenblick später. »Im ersten Stock. Seine Sekretärin erwartet Sie.«

Langsam stieg Jo die Treppe hinauf. Am oberen Absatz wurde sie erwartet. Sarah Simmons war eine große blonde Frau in Rock und Pullover. Jo seufzte erleichtert. Sie hatte einen weiteren Weißkittel befürchtet.

»Jo Clifford?« Sarah streckte ihr mit freundlichem Lächeln die Hand entgegen. »Pete Leveson hat mit uns über Sie gesprochen. Es ist nett, Sie kennenzulernen.«

Jo lächelte. »Hat er Sie gewarnt und Ihnen gesagt, daß ich die größte Skeptikerin der Welt bin?«

Sie lachte. »Hat er. Aber Carl ist sehr tolerant. Kommen Sie, ich mache Sie mit ihm bekannt.«

Carl Bennet saß an einem Schreibtisch. Es war ein angenehmes Arbeitszimmer mit mehreren tiefen Sesseln und einem Sofa - diskrete, aber teure Polstermöbel - und vielen Büchern an den Wänden. Auf dem Teppichboden lagen ein paar afghanische Brücken, hinreichend verschlissen, um antik zu sein. Es war ein behagliches Zimmer, ein Männerzimmer, dachte Jo angenehm erheitert, ein Zimmer, das nach Zigarren riechen sollte. Aber danach roch es nicht. Nur der Hauch eines Eau de Colognes lag in der Luft.

Carl Bennet stand auf und begrüßte sie mit einem beinahe zögernden Lächeln. »Miss Clifford. Bitte, setzen Sie sich doch. Sarah bringt uns Kaffee - es sei denn, Sie trinken lieber Tee?« Er sprach mit einem kaum wahrnehmbaren mitteleuropäischen Akzent. Er nickte Sarah zu, und sie verschwand durch eine Tür an der anderen Seite des Zimmers; dann sah er Jo wieder an. »Ich habe festgestellt, daß die Küche der wichtigste Teil meiner Praxis ist«, sagte er freundlich. »Aber jetzt erzählen Sie mir, wie ich Ihnen helfen kann.«

Jo zog ihr Notizbuch hervor, setzte sich in einen Sessel und balancierte es auf ihrem Knie. Ihr Mund war plötzlich wie ausgetrocknet.

»Ich glaube, Pete Leveson hat Ihnen bereits erzählt, daß ich einen Artikel über hypnotische Regression schreibe. Ich würde Sie gern darüber befragen und Ihnen, wenn möglich, bei der Arbeit zusehen.« Aufmerksam beobachtete sie sein Gesicht. »Gestern habe ich eine Sitzung bei Bill Walton in Richmond miterlebt. Ich weiß nicht, ob Sie ihn kennen?«

Bennet runzelte die Stirn. »Ich habe natürlich schon von ihm gehört . . .«

»Und sind mit ihm nicht einverstanden?«

»Im Gegenteil. Er hat ein paar hochinteressante Schriften veröffentlicht. Aber wir praktizieren auf sehr unterschiedliche Art und Weise.«

»Können Sie mir sagen, inwiefern sich Ihr Ansatz von seinem unterscheidet?« Jo ließ keinen Blick von ihm, als Sarah mit einem Tablett hereinkam.

»Selbstverständlich. Mister Walton ist Amateur, Miss Clifford. Er zieht, glaube ich, grundsätzlich keinen medizinischen Nutzen aus seiner Arbeit. Ich bin Psychologe und setze diese Form der Hypnose zur Behandlng spezifischer Zustände ein. Ich verwende sie primär in medizinischem Zusammenhang, und insofern ist sie nichts, was durch billigen Journalismus entlarvt werden könnte. Falls Sie das vorhaben sollten, würde ich Sie jetzt bitten zu gehen.«

Jo stieg die Zornesröte ins Gesicht. »Ich bin überzeugt, Doktor Bennet, daß es Ihnen gelingen wird, mich so gründlich zu überzeugen, daß ich nicht den geringsten Anlaß haben werde, irgend etwas - wie Sie es nennen - zu entlarven«, erwiderte sie scharf. Dann nahm sie die Tasse, die Sarah ihr reichte.

»Gut.« Sein Lächeln war entwaffnend. Er nahm seine Brille ab und polierte sie mit einem Tuch aus dem Brillenetui, das vor ihm auf dem Schreibtisch lag.

»Werden Sie mir gestatten, bei einer Sitzung mit einem Patienten dabeizusein?« fragte Jo vorsichtig.

Bennet nickte. »Mit einer Patientin. Sie ist einverstanden. Unter einer Bedingung: Daß Sie ihren Namen nicht erwähnen.«

»Das garantiere ich Ihnen schriftlich, wenn Sie es wünschen«, sagte Jo grimmig. »Würden Sie mir ein paar Erläuterungen geben, bevor sie kommt?«

»Selbstverständlich.« Er verließ den Schreibtisch und setzte sich auf das Sofa. »Man hat festgestellt, daß unerklärliche und bislang unheilbare Phobien ihre Erklärung häufig in Ereignissen haben, die sich im frühen Säuglings- oder Kindesalter oder in einem früheren Dasein zugetragen haben. Meine Aufgabe ist es, dafür zu sorgen, daß der Patient bis zu diesem Zeitpunkt regrediert, daß er das erlebte Trauma noch einmal durchmacht - was übrigens häufig, wie ich hinzufügen darf, ein zutiefst beunruhigendes Erlebnis ist -, um festzustellen, was zu dieser entsetzlichen Angst geführt hat.«

»Eine Vorbedingung dafür ist selbstverständlich Ihr absoluter Glaube an die Reinkarnation?«

»Selbstverständlich.«

Sie fühlte seinen unverwandten Blick auf ihrem Gesicht. »Ich fürchte, da werden Sie mich überzeugen müssen, Doktor Bennet. Ich muß gestehen, daß ich große Zweifel hege. Wenn Sie mir erklären, daß Ihr Glaube an die Seelenwanderung Bestandteil einer religiösen Philosophie ist, maße ich mir nicht an, ihn in Frage zu stellen.

Es ist nur dieser quasi-medizinische Zusammenhang . . .« Sie deutete auf die Behandlungscouch. »Sagen Sie damit, daß jeder Mensch schon einmal gelebt hat?«

Er schenkte ihr ein tolerantes Lächeln. »Jeder nicht. Manche haben schon viele Male auf dieser Erde gelebt, andere Seelen sind neu.«

Sie starrte ihn an. Nur mit Mühe gelang es ihr, das Lachen zu unterdrücken, das in ihr aufstieg und sie zu überwältigen drohte, als er – ein solider, ergrauender Mann in den Sechzigern – aufstand und zu ihrem Sessel kam.

»Ich sehe, daß es Sie belustigt, Miss Clifford«, sagte er streng, und die dicken Brillengläser vergrößerten seine Augen ein wenig. »Man gewöhnt sich an diese anfängliche, vielleicht auch defensive Reaktion. Ich bitte Sie nur um Unvoreingenommenheit, solange Sie hier sind. Sind Sie objektiv genug, das zu versuchen?«

Jo senkte den Blick. »Es tut mir leid, wirklich. Ich bilde mir ein, objektiv sein zu können und will mir Mühe geben. Sie haben mich ungeheuer neugierig gemacht. Wissen Sie, bevor Sie anfangen, ob jemand schon einmal gelebt hat?«

Er lächelte. »In manchen Fällen ja. Mitunter ist es schwieriger.«

Jo atmete tief durch. »Können Sie es im Hinblick auf mich feststellen, wenn Sie mich ansehen?«

Er starrte sie an. Eine Zeitlang hielt sie seinem Blick stand, dann senkte sie die Lider.

»Ich glaube, Sie waren schon einmal auf dieser Welt.«

Sie spürte, daß sie eine Gänsehaut überlief. »Woher wissen Sie das?«

Er zuckte mit den Schultern. »Ich kann mich auch irren. Es ist ein Instinkt, den ich durch jahrelange Studien auf diesem Gebiet entwikkelt habe.« Er runzelte die Stirn. »Ich habe den Verdacht, daß es bei der Patientin, die Sie kennenlernen werden, womöglich nicht der Fall ist«, sagte er. »Was sie betrifft, kann ich Ihnen nichts versprechen, was Ihnen bei Ihrem Artikel wirklich weiterhelfen wird. Ich hatte nur ein Vorgespräch mit der Dame – wir werden sie einfach Adele nennen. Sie ist ein gutes Hypnoseobjekt, und sie hat übergroße, absolut unlogische Angst vor Wasser, an deren Gründe sie sich nicht erinnern kann. Ich werde versuchen, sie zurückzuführen. Es ist möglich, daß wir nicht weiter als bis in ihre Kindheit zurückgehen müssen, um die Ursache zu finden.« Nachdenklich kehrte er an seinen Schreibtisch zurück und sah auf die Uhr. »Ich fürchte, sie verspätet sich. Sarah?« Er rief in die Richtung, aus der das Klappern einer Schreibmaschine zu hören war. Das Klappern hörte auf, und Sarah erschien. »Rufen Sie doch bitte die Patientin an und erkundigen Sie sich, ob sie unseren Termin vergessen hat.«

Stirnrunzelnd betrachtete er die Schreibunterlage auf seinem Tisch und fuhr mit einem manikürten Finger an den zierlich gepunzten goldenen Linien im Leder entlang. »Diese Dame ist ebenso vage wie hysterisch«, sagte er fast wie zu sich selbst. »Ich wäre nicht allzu überrascht, wenn sie nicht auftaucht.« Er nahm eine Akte von seinem Schreibtisch und klappte sie auf.

Enttäuschung durchfuhr Jo wie ein Stich. »Haben die Leute für gewöhnlich Angst vor Ihrer Behandlung?« fragte sie nach einer kurzen Pause.

Sarah erschien an der Tür. »Tut mir leid, Carl, aber sie kommt nicht. Sie sagt, ihre Tochter sei krank und sie müsse zu ihr. Ich habe ihr gesagt, daß wir ihr dennoch eine Rechnung schicken müssen . . .«

Bennet winkte ab. Unvermittelt stand er auf. »Entschuldigen Sie, Miss Clifford. Ich habe mich darauf gefreut, Ihnen beweisen zu können, daß ich recht habe, aber ich fürchte, mit diesem Besuch haben Sie Ihre Zeit verschwendet.«

»Nicht unbedingt.« Sarah hatte die Akte vom Schreibtisch genommen. »Haben Sie je erwogen, sich einmal selbst einer hypnotischen Regression zu unterziehen, Joanna? Schließlich hat Carl heute nachmittag frei . . . er steht Ihnen zur Verfügung.«

Jo schluckte. »Vielleicht sollte ich es wirklich einmal selbst versuchen«, meinte sie zögernd. »Glauben Sie, man könnte mich zur Regression veranlassen, Doktor Bennet?«

Er spreizte die Hände und zuckte mit den Schultern. »Wir können es versuchen. Menschen mit starker Persönlichkeit sind häufig gute Objekte. Aber natürlich müssen sie auch zulassen, daß man sie hypnotisiert. Wenn Sie bereit sind, Ihre Vorbehalte völlig außer acht zu lassen, bin ich bereit, einen Versuch zu wagen.«

»Ich habe keine nennenswerten Phobien.« Sie brachte ein klägliches Lächeln hervor. »Steckenpferde – ja. Mit denen befassen sich meine Artikel. Aber Phobien – nein, ich glaube nicht.«

»Dann könnten wir es immerhin als interessantes Experiment betrachten.« Er verbeugte sich mit altmodischer Höflichkeit.

Jo merkte, daß ihr Atem ziemlich schnell ging. »Ich fürchte, ich bin ein schwieriges Objekt, selbst wenn ich mit Ihnen kooperiere, so gut ich kann. Ich habe an der Universität einmal an einer Untersuchung teilgenommen, die Professor Cohen leitete. Er hat mit mir nichts zustande gebracht.«

Bennet setzte sich auf seine Schreibtischkante und betrachtete sie nachdenklich. »Michael Cohen war eine der großen Autoritäten auf diesem Gebiet. Ich wünschte, ich hätte ihn noch kennengelernt«, sagte er ein bißchen wehmütig. »Es überrascht mich, daß Sie den Theorien, die der hypnotischen Regression zugrunde liegen, so abwehrend gegenüberstehen, wenn Sie an einem seiner klinischen

Versuche beteiligt waren. Wenn Sie sagen, es sei nichts passiert, heißt das, daß es ihm überhaupt nicht gelungen ist, Sie zur Regression zu veranlassen?«

Jo schüttelte den Kopf. »Er konnte mich nicht hypnotisieren. Ich weiß nicht, woran das lag. Ich habe mich nicht gewehrt. Ich wollte, daß es funktioniert.«

Wieder schrillten Glocken in ihrem Kopf, laut und warnend. Sie stand auf, ging über die Brücken zum Fenster und schaute auf die verkehrsreiche Straße hinunter. Trotz der nachmittäglichen Schwüle fröstelte es sie. Die Sonne spiegelte sich in einem gegenüberliegenden Fenster und blendete. Sie drehte sich wieder zu Bennet um.

»Ich habe ein kleines Tonbandgerät dabei. Hätten Sie etwas dagegen, wenn ich es während des Versuches benutze?«

Er schüttelte den Kopf und deutete auf einen Tisch am anderen Ende des Zimmers. »Wie Sie sehen, benutze ich auch eins, aus verschiedenen Gründen. Ich bestehe überdies immer darauf, daß Miss Simmons zugegen ist, gewissermaßen als Anstandsdame.« Er lächelte nicht. »Erläuternd sollte ich allerdings sagen, daß oft eine einleitende Sitzung erforderlich ist, um eine harmonische Beziehung zwischen Hypnotiseur und Patient herzustellen. Diese Beziehung ist weitaus empfindlicher, als es Varietévorführungen oder Sensationsberichte vermuten lassen. Sie sollten sich also von diesem Versuch nicht allzuviel erhoffen.« Plötzlich lächelte er.

»Aber auch nicht zu wenig, Miss Clifford. Vielleicht sind Sie tatsächlich ein schwieriges Objekt. Dennoch habe ich das Gefühl, Sie könnten ein interessanter Fall sein.« Er grinste jungenhaft. »Eine beträchtliche Herausforderung, ehrlich gesagt. Aber ich will Sie nicht beschwatzen. Falls Sie doch noch Bedenken haben, sollten Sie sich ruhig Zeit nehmen, alles noch einmal zu überlegen . . .«

»Nein!« Jo war überrascht, wie heftig ihre Antwort ausfiel. »Nein, lassen Sie's uns probieren.«

»Sie sind sicher?«

»Ganz sicher.« Sie griff nach ihrer Handtasche und nahm den Recorder heraus. »Was muß ich tun?«

Er ging zum Fenster und zog einen der Vorhänge halb zu. Schatten senkte sich über den Raum. Über das Dach des gegenüberliegenden Hauses zog eine dicke, purpurrote Wolke und drohte die Sonne zu verschlucken.

»Entspannen Sie sich einfach. Sie sind sehr angespannt, meine Liebe. Wollen wir vielleicht eine Tasse Tee oder noch etwas Kaffee trinken und darüber plaudern, was jetzt geschehen wird?«

Jo schüttelte den Kopf. »Es wird schon gehen. Ich nehme an, es ist nur natürlich, daß es einem widerstrebt, seinen Geist einem anderen Menschen anzuvertrauen.« Sie biß sich auf die Unterlippe. »Aber darf ich Sie um etwas bitten? Falls etwas passiert, unternehmen Sie nichts, um zu verhindern, daß ich mich später daran erinnere. Das ist wichtig.«

»Natürlich nicht. Es wird ohnehin alles auf dem Tonband sein.« Er sah zu, wie sie den Kassettenrecorder neben der Couch auf den Boden legte.

»Soll ich mich hinlegen?« Sie beäugte nervös die Couch.

»Wenn Sie wollen. Wo immer Sie sich behaglich und entspannt fühlen.« Er warf einen Blick auf Sarah, die sich leise an den Tisch mit dem Tonbandgerät gesetzt hatte. Dann wandte er sich wieder an Jo. »So, Joanna - darf ich Sie Joanna nennen?«

»Jo«, flüsterte Jo.

»Also schön, Jo. Ich möchte, daß Sie sich jetzt völlig entspannen und die Augen schließen.«

Jo spürte, daß Panik in ihr hochkam. Sie riß die Augen auf und richtete sich kerzengerade auf. »O Gott, verzeihen Sie. Aber ich glaube, ich schaffe es doch nicht.«

»Ganz wie Sie wollen. Versuchen Sie doch, sich hier an die Kissen zu lehnen. Wollen wir's nicht erst mal mit einer leichten Trance probieren, damit Sie sich entspannter fühlen? Es gibt keinen Grund zur Beunruhigung. Sie haben es vielleicht schon bei Bill Walton gesehen. Es ist ein ganz normales Verfahren, die Reaktionen der Menschen zu testen.«

Sarah hinter ihm lächelte grimmig; sie kannte den Ton seiner Stimme, und sie sah, wie Jo es sich in den Kissen bequem machte und die Knöchel auf dem weichen Leder des Sofas übereinanderlegte. Jo schloß die Augen und versuchte sich zu entspannen.

»So ist es gut.« Bennet näherte sich ihr lautlos. »Jetzt scheint die Sonne wieder ins Zimmer, und ich werde Sarah bitten, die Jalousien herunterzulassen, aber vorläufig möchte ich, daß Sie die Augen fest geschlossen halten.« Er warf einen Blick zum Fenster. Die Sonne war verschwunden. Den schmalen Streifen Himmel, der vom Fenster aus sichtbar war, hatte die Wolke bedeckt, leuchtend rot wie ein Bluterguß. Leises Donnergrollen ertönte, als er weitersprach. »So ist es recht. Sie fühlen, wie das Licht Ihnen in den Augen brennt. Halten Sie sie fest geschlossen. So ist es schön.« Leicht berührte er ihr Gesicht. »Jetzt möchten Sie sie öffnen, doch Sie können es nicht. Das Licht ist zu grell.«

Jo rührte sich nicht. Sie konnte ihn deutlich hören und wußte, sie könnte die Augen öffnen, wenn sie es wollte, aber sie fühlte auch das Gleißen auf ihren Lidern. Es erschien sinnlos, sich zu regen, bevor Sarah die Sonne ausgesperrt hätte, dieses blendende Etwas, das über dem Dach des Hauses auf den anderen Seiten von Devonshire Place aufgetaucht war und ins Zimmer strahlte.

Bennet erfaßte sanft ihre Hand. »Jo, können Sie mich hören? Gut. Jetzt werde ich leicht Ihre Hand kitzeln, gerade so, daß Sie lächeln müssen. Spüren Sie es?«

Sarah hielt den Atem an. Er hatte eine dünne Nadel aus seinem Revers gezogen und damit tief in ihre Handfläche gestochen. Jo lächelte mit geschlossenen Augen und fragte sich, warum er die Sonne nicht aussperrte.

Bennet warf einen Blick zu Sarah hinüber. Dann wandte er sich wieder Jo zu. »Und jetzt, meine Liebe, möchte ich, daß Sie in die Zeit zurückgehen, in der Sie ein kleines Mädchen waren ...«

Etwa zehn Minuten später riß ihn Sarah flüsternd aus seiner Konzentration. »Carl, sie ist das beste Medium, das ich je gesehen habe.«

Mit gerunzelter Stirn sah er sie an, aber seine Aufmerksamkeit blieb bei der Gestalt, die vor ihm auf den Kissen lag. »Ich hatte so eine Ahnung«, antwortete er gedämpft. »Ich begreife nicht, weshalb Cohen sie nicht hat erreichen können, es sei denn ...« Er brach ab.

»Es sei denn ...?«

»Es sei denn, er hat ihr posthypnotisch suggeriert, sie solle sich nicht daran erinnern.« Er wandte sich wieder Jo zu. »Jo, meine Liebe. Ich möchte, daß du zurückgehst, zurück vor die Zeit deiner Geburt, in die dunkle Zeit, als du frei schwebtest ...«

Jo bewegte sich unbehaglich und drehte den Kopf von einer Seite zur anderen. Dann lag sie wieder still, entspannt und hörte ihm zu.

»So, Jo. Und nun vor die Dunkelheit zurück. In die Zeit, in der du zuvor gelebt hast. Erinnerst du dich? Du bist ein anderer Mensch in einer anderen Zeit. Erinnerst du dich? Kannst du es mir sagen? Was siehst du?«

Jo öffnete die Augen und starrte angestrengt auf die Armlehne der Couch. »Es wird dunkel«, sagte sie unsicher. »Dunkel und kalt.«

»Bist du im Haus oder im Freien? Kannst du das feststellen?« Draußen wurde es tatsächlich dunkel. Ein wolkenbruchartiger Sommerregen prasselte herunter, rann über die Fensterscheiben und gurgelte aus einer zerbrochenen Regenrinne. Wieder grollte dumpfer Donner.

Jo sprach stockend. »Es sind die Bäume. Sie stehen so dicht. Der Wald gefällt mir nicht.«

»Weißt du, welcher Wald es ist?« Bennet beobachtete sie gespannt.

»Nein.«

»Kannst du mir sagen, wie du heißt?«

Verwirrt runzelte sie die Stirn. »Ich weiß nicht. Manche nennen mich ... sie nennen mich Matilda. Nein, Moll ... ich weiß nicht.«

»Kannst du mir etwas über dich erzählen, Matilda? Wo wohnst du?«

Langsam richtete sich Jo in den Polstern auf. »Ich wohne«, sagte sie mit fester Stimme, »weit weg von hier. In den Bergen.« Dann schüttelte sie verblüfft den Kopf. »Die Berge sind dunkel und neblig, nicht wie daheim.« Sie rieb sich die Augen mit den Fingerknöcheln wie ein Kind und wirkte ratlos. »Ich weiß nicht. Ich erinnere mich nicht. Ich möchte schlafen.« Sie ließ sich zurücksinken und schloß die Augen.

»Dann erzähle mir etwas anderes, Matilda«, ermunterte Bennet sie behutsam. »Was machst du gerade?«

Sie schwieg.

»Gehst du durch den Wald, oder reitest du vielleicht?«

Jo zog abwehrend die Schultern hoch und sagte nichts.

Bennet seufzte. »Komm, meine Liebe. Sag mir, was du trägst. Hast du dein hübschestes Kleid an?« Er sprach jetzt lockend, einschmeichelnd. Nach einem Blick auf die Uhr blickte er zu Sarah. »Schade. Ich dachte, wir würden etwas Interessantes zutage bringen. Vielleicht versuchen wir es später noch einmal . . .« Er brach ab, denn Jo schrie laut auf.

»Sie haben gesagt, ich soll es vergessen. Wie kann ich es vergessen? Es geschieht doch jetzt . . .«

Bennet sah sie unverwandt an. Er beugte sich vor, und jeder Nerv in ihm schien zu kribbeln.

Langsam stand Jo auf. Sie entfernte sich zwei Schritte von der Couch, blieb stehen und starrte mit weit offenen Augen auf die Wand. »Wann wird es aufhören zu schneien?« fragte sie klar und deutlich. Sie schlang die Arme um sich, als wolle sie sich fester in ihr dünnes Leinenkleid hüllen, und Bennet sah, daß sie heftig zitterte.

»Es schneit heftig«, pflichtete er ihr behutsam bei.

Sie hob die Augenbrauen. »Ich hatte gehofft, wir würden rechtzeitig in der Burg sein. Der Schnee gefällt mir nicht. Er macht den Wald so dunkel.«

»Kannst du mir sagen, welches Datum wir haben, meine Liebe?«

»Das Julfest steht vor der Tür.« Sie lächelte. »Da wird geschmaust.«

»Und in welchem Jahr? Weißt du das?« Bennet griff nach Block und Bleistift. Aufmerksam beobachtete er Jos Gesicht. Ihre Augen blickten normal, aber nicht auf ihn. Als er sanft nach ihrer Hand faßte und sie berührte, war sie eiskalt.

»Es ist das zwanzigste Jahr der Regentschaft unseres Herrn, König Henry«, antwortete sie unmißverständlich. »Was für eine törichte Frage.« Wieder trat sie einen Schritt vor. »Oh, Heilige Mutter Gottes, bald sind wir da.« Sie senkte die Stimme zu einem Flüstern. »Ich gehe zu William.«

»Wer ist William?« Fasziniert hörte Bennet auf zu schreiben.

Aber Jo antwortete nicht. Ihre ganze Aufmerksamkeit galt etwas, das sie deutlich vor sich auf der Straße im Schnee liegen sah. Es war der blutige Leichnam eines Mannes.

5

Der tauende Schnee war rot von Blut. Richard, der junge Earl von Clare und Hertford, zügelte sein Pferd, daß es sich aufbäumte, und nur mit Mühe behielt er die Gewalt über das Tier, als es sich mit angelegten Ohren nervös zur Seite warf. Es hatte den Kadaver und die Wölfe gleichzeitig gewittert und schnaubte angstvoll, als Richard versuchte, es um den einsamen Toten am Rande des Weges herumzulenken. Beim Nahen des Reiters war ein Bussard von dem Toten aufgeflogen. Nur ein paar Kleiderfetzen zeigten an, daß es einmal ein Mensch gewesen war.

»Was ist? Was ist geschehen?« Das schlanke, rothaarige Mädchen im Fuchspelz, das in flottem Trab hinter ihm geritten war, hatte sich so sehr darauf konzentriert, mit ihm Schritt zu halten, daß sie bei seinem plötzlichen Anhalten fast aus dem Sattel geschleudert worden wäre. Hinter ihr ritten in ruhigerer Gangart eine zweite junge Frau und Richards zwölf Ritter, auf deren weiten Mänteln die scharlachroten und goldenen Farben von Clare prangten.

Die Reiter bildeten einen Halbkreis im kalten Schneematsch und starrten auf die zerfetzten Glieder. Ein oder zwei Männer bekreuzigten sich, und das rothaarige Mädchen mußte heftig schlucken. Hastig zog sie sich den Schleier über das Gesicht. »Der arme Mann«, wisperte sie. »Wer kann so etwas getan haben?«

»Wölfe.« Richard hatte Mühe, sein Pferd im Zaum zu halten. »Schaut nicht hin, Matilda. Wir können für diesen bedauernswerten Menschen nichts tun. Gewiß werden Männer aus dem Dorf kommen und begraben, was Bussard und Milan übriglassen.« Er wendete sein Pferd und stieß ihm die Fersen in die Flanken. Die übrigen Ritter folgten ihm mit abgewandten Blicken.

Der dunkle walisische Wald schien verlassen zu sein. Eichen, Eschen und Buchen mit unbelaubten Ästen, die Stämme naß und glänzend vom Graupel, drängten sich dicht an den Rand des Pfades. Abgesehen vom Getrappel der Pferdehufe, das von hier und dort aufragenden Felsen widerhallte, und dem Knarren und Klingeln des Zaumzeugs herrschte gespenstische Stille.

Richard spähte besorgt umher. Der Anblick des niedergemetzelten Mannes hatte ihn mehr erschüttert, als er zugeben mochte. Es war ein böses Omen, so kurz vor dem Ende ihrer Reise. Er bemerkte, daß Matilda ihr Pferd verstohlen näher an seines herandrängte. Er lächelte voller Mitgefühl und verfluchte im stillen, daß die bewaffnete Eskorte notwendig war, denn sie hinderte ihn daran, das Mädchen vor sich auf den Sattel zu nehmen und schützend die Arme um sie zu legen.

Aber der Geleitschutz war notwendig. Wieder wanderte sein Blick prüfend über die länger werdenden Schatten, und seine Hand umklammerte das Schwert fester.

Wales war ein wildes Land; seine düster drohenden Berge, die schwarzen Wälder und ungezähmten Menschen erfüllten ihn mit Unbehagen. Daß Matilda freiwillig hierher kam, um in William de Braoses Nähe zu sein, erfüllte ihn mit ratlosem Zorn.

»Wir hätten Raglan nie verlassen sollen«, sagte er knapp. »Walter Bloet hatte recht. Diese Wälder sind nichts für eine Frau ohne richtige Eskorte.«

»Ich habe eine richtige Eskorte!« Er sah, daß sie ihr Kinn reckte. »Euch.«

In weiter Ferne hallte das Heulen eines Wolfes durch die einsamen Berge. Die Pferde strafften sich und legten die Ohren an. Matilda spürte, daß sich die feinen Haare in ihrem Nacken sträubten.

»Wie weit ist es noch?« flüsterte sie.

Richard zuckte mit den Schultern. »Ein paar Meilen. Ich bete zu Gott, daß wir vor Einbruch der Dunkelheit ankommen.« Er erhob sich in seinen Steigbügeln und drehte sich im Sattel, um seine Männer besser sehen zu können. »Sputet euch«, rief er. Dann gab er seinem Pferd die Sporen und galoppierte nach Norden.

Matilda setzte ihm nach, tief über den Hals ihres Pferdes gebeugt und entschlossen, nicht zurückzufallen. Die donnernden Hufe schleuderten Schlammbrocken durch die Luft, wo eisumsäumte Pfützen im Regen langsam schmolzen. Der Pfad wurde tückisch und schlüpfrig.

Geschwind schob sie sich an seine Seite, und für einen Augenblick wehte ihr weißer Schleier ihr unter der Pelzkapuze über das Gesicht. »Richard«, rief sie, »wartet. Nicht so schnell. Dies wird die letzte Gelegenheit für uns sein, miteinander zu reden . . .«

Er wurde ein wenig langsamer und wischte sich den Schneeregen aus den Augen. »Wir haben genug Zeit gehabt, miteinander zu reden«, erwiderte er schroff. »Ihr habt es vorgezogen, mir nur wenig zu sagen. Ich weiß ja nicht einmal, weshalb Ihr hier seid, was es mir schwermachen wird, Eurem zweifellos erzürnten Gatten entgegenzutreten und ihm eine zufriedenstellende Erklärung dafür zu geben, weshalb ich Euch zu ihm gebracht habe.«

Er sah, daß sie errötete. »Sagt ihm nur die Wahrheit«, gab sie fast trotzig zurück.

»Also gut.« Er peitschte den Hals des Pferdes mit dem Zügel. »Ich werde ihm erzählen, wie ich in aller Ruhe und nur auf meine eigenen Angelegenheiten bedacht, von meinem Heim in Tonbridge nach Gloucester ritt, als ich seiner Gattin, diesem Frauenzimmer, begegnete, welche, abgesehen von einem zitternden Weib, ganz ohne alle Begleitung finster entschlossen mitten im Winter quer durch ganz England ritt, um an seine Seite zu gelangen. Ich werde ihm erzählen, daß ich es als meine ritterliche Pflicht betrachtete, Euch persönlich Geleitschutz zu geben. Und ich werde ihm erzählen, daß jeder Mann, der seine junge, schöne, frischvermählte Braut allein bei ihrer Schwiegermutter in Sussex zurückläßt, während er in seine entlegensten Ländereien reist, ein schafsköpfiger Ziegenbock ist.« Er brachte ein schiefes Grinsen hervor und duckte sich unter einem tiefhängenden Zweig, damit er ihm nicht naß ins Gesicht klatschte. Wäre Matilda seine Frau gewesen, er hätte sie nicht allein gelassen. Wütend umklammerte er die Zügel, niemand würde Richard de Clare bezichtigen, es gelüste ihn nach dem Weibe eines anderen. Er bewunderte ihre Kühnheit, ihren Humor und ihren Mut, so ungewöhnlich für eine Frau, aber das war alles. Er warf einen Blick zu ihr hinüber und sah, daß sie lächelte. »Weshalb seid Ihr nach Wales gekommen?« fragte er.

Sie betrachtete ihre Hände. »Weil ich nirgends hingehen kann außer zu meinem Mann«, antwortete sie schlicht. »Bei ihm bin ich die Frau eines Barons, Herrin über ein Dutzend Burgen, ein Weib von einiger Bedeutung.« Um ihren Mund zuckte es kaum merklich. »Zu Bramber, bei seiner Mutter, bin ich nur eine von vielen Frauen, mit dem einzigen Unterschied, daß sie mich zweimal so sehr haßt wie alle anderen. Außerdem«, fügte sie entwaffnend hinzu, »ist es dort langweilig.«

Ungläubig starrte er sie an. William de Braose war ein bösartiger, ungehobelter Mann, mindestens doppelt so alt wie sie und mit einem Ruf, um den ihn nur wenige beneiden dürften. Der bloße Gedanke daran, daß die Hände dieses Viehs sie berühren könnten, ließ das Blut in Richards Schläfen pochen. »Und die Gesellschaft Eures Gatten zieht Ihr der Langeweile vor?« fragte er zweifelnd.

Sie reckte das Kinn - eine Angewohnheit, die er allmählich gut kannte. »Ich habe Euch nicht um Eure Meinung über ihn gebeten. Ebensowenig habe ich Euch gebeten, mich zu begleiten.«

»Nein. Ich habe es Euch angeboten.« Er atmete tief durch. »Nun - und ich werde ihm überdies sagen«, fuhr er fort, »daß eine Einladung zu jenem Weihnachtsbankett, das er morgen, wie wir hören, für Prinz Seisyll zu geben gedenkt, das einzige ist, was ich mir als Lohn für all meine Mühe erbitten werde. Ablehnen werde ich das Gold und die Edelsteine, die er mir für meine Dienste als Euer Begleiter zweifellos aufdrängen wird. Edelmütig werde ich seine leidenschaftlichen Ausbrüche von Dankbarkeit und Lobpreisungen überhören.«

Matilda zog eine kleine Grimasse; sie wußte nur zu gut, daß ihr Mann in dem Ruf stand, ein Knauser zu sein. Stirnrunzelnd warf sie Richard einen Seitenblick zu. »Und wenn er nun wütend ist, weil ich komme?«

»Ist Euch also endlich auch diese Möglichkeit in den Sinn gekommen!« Richard blinzelte gegen den Wind. »Wahrscheinlich wird er Euch verprügeln und nach Bramber zurückschicken. Es ist das, was Ihr verdient hättet.«

Ein Schatten zwischen den Bäumen lenkte ihn für einen Augenblick ab. Der Weg führte sie jetzt durch ein Wacholdergestrüpp, dicht und undurchdringlich: Ein idealer Hinterhalt. Insgeheim hegte er den Verdacht, daß seine Männer, so gut sie auch bewaffnet sein mochten, den springenden, brüllenden Walisern doch nicht gewachsen sein würden, falls diese einen Angriff beschließen sollten. Er hatte gehört, was sie vermochten: Sie stürzten sich auf einen Mann, schnitten ihm die Kehle durch, schlitzten seinem Pferd den Bauch auf und waren wieder verschwunden, ehe man auch nur sein Schwert ziehen konnte. Es schauderte ihn jedesmal, wenn er daran dachte, welche Gefahren auf dem Weg lauerten, den Matilda so zuversichtlich mit Nell allein hatte nehmen wollen.

»Würdet Ihr so mit Eurem Weib verfahren?« Sie beobachtete ihn und wischte sich den Regen aus den Augen, während sie nebeneinander dahintrabten.

»Wie?«

»Würdet Ihr sie verprügeln und nach Hause schicken?«

»Selbstverständlich. Vor allem, wenn sie mit einem so gutaussehenden Burschen wie mir auftauchte.« Er zwang sich zu einem Lächeln, aber seine Augen blieben schmal, als er durch den eisigen Regen spähte.

Matilda wechselte das Thema. »Die arme Nell. Sie hält immer noch mit.« Das Mädchen war schneeweiß im Gesicht und kauerte zusammengesunken im Sattel, den Blick entschlossen auf die Hände gerichtet, die mit glänzenden Knöcheln die kalten, nassen Zügel umklammerten. Nell war offensichtlich den Tränen nahe. Sie hörte weder das Wortgeplänkel der Ritter um sie herum, noch bemerkte sie, daß die erschöpften Lasttiere mit ihrer schweren Bürde immer wieder gegen ihr eigenes Pferd stießen. Matilda verzog das Gesicht. »Sie hat dieses Abenteuer so tapfer mit mir begonnen, aber jetzt reut sie jeder Schritt. Seit wir Sussex hinter uns gelassen haben, und obgleich Ihr uns begleitet, ist sie verängstigt und weinerlich. Der

Anblick dieses armen Mannes war vermutlich der Tropfen, der das Faß zum Überlaufen gebracht hat. Sie wird die Nacht mit Wahnträumen zubringen.«

»Macht Euch nicht über sie lustig.« Richard lehnte sich nach vorn und tätschelte den dampfenden Hals seines Pferdes. »Es war sehr mutig von ihr, mit Euch zu kommen. Schließlich habt Ihr Euch beim Anblick dieses Leichnams auch nicht eben heldenhaft gefühlt. Und vergeßt nicht, daß Euch außer ihr niemand begleiten wollte.«

Sie stieß ihrem Tier empört die Fersen in die Seiten, so daß es einen Satz vorwärts machte und sie sich an den Sattel klammern mußte. »Die meisten der anderen waren ja auch Lady Berthas Damen, nicht meine«, antwortete sie, wie um sich zu verteidigen. »Ich wollte nicht, daß sie mitkamen. Ich werde William um ein eigenes Gefolge bitten, sobald wir in Abergavenny sind.«

Richard unterdrückte ein Lächeln. »Das ist eine gute Idee. Und jetzt haltet Euch an Nells Seite. Ich werde als Kundschafter vorausreiten und mich vergewissern, daß alles ruhig ist.« Er ließ ihr keine Gelegenheit zum Widerspruch und gab seinem Pferd die Sporen, daß es davongaloppierte.

Gerade die Stille im Wald bereitete ihm Sorgen. Wo waren die Holzfäller, die Köhler, die Schweinehirten, die Leute, die man sonst im Wald anzutreffen pflegte? Und wenn es nicht ihre Augen waren, wessen waren es dann, die er aus dem Dickicht auf sich gerichtet fühlte?

Verdrossen zügelte Matilda ihr Pferd und wartete, bis Nell sie erreicht hatte. Die porzellanblauen Augen des Mädchens waren rotgerändert von der Kälte. »Sind wir bald da, meine Lady?« Mühsam brachte sie ein Lächeln zustande. »Meine Hände schmerzen so sehr von der Kälte, ich bin durchnäßt bis aufs Hemd und erschöpft. Nie hätte ich gedacht, daß es von Bramber hierher so viele Tagesritte sind.« Ihre Stimme hatte einen ungewohnten, wimmernden Tonfall angenommen, der ihre Herrin sogleich reizte.

»Wir sind fast da, Nell.« Matilda gab sich keine Mühe, ihre Ungeduld zu verbergen. Angestrengt spähte sie den Pfad entlang hinter Richard drein; der Wald lichtete sich jetzt, und sie überquerten einen windgepeitschten Bergkamm, der von nassem, vom Regen plattgedrücktem Farnkraut bedeckt war. In einem Stechpalmendickicht am Hang zu ihrer Rechten rührte sich etwas, und sie versuchte mit ihren Blicken das glänzende Gestrüpp zu durchdringen. Ihr Herz begann wild zu klopfen. Dort belauerte sie etwas.

Zwei Rehe brachen aus dem Gebüsch und flüchteten den Hang hinauf, außer Sichtweite. Richard kam zurückgaloppiert. Er lächelte, aber in der Hand hielt er sein blankes Schwert. »Einen Augenblick lang dachte ich, wir säßen in der Klemme«, rief er. »Habt Ihr sie gesehen? Soll ich zwei Männer hinterdreinschicken? Dann könnten wir auch etwas zum Festmahl beitragen.«

Wieder drangen sie in einen dichten Wald ein; die Hufe der Pferde stampften durch das weiche, nasse Laub unter kahlen Eschen und Buchen. Ab und zu war links das kalte Wasser des Usk in der Ferne zu sehen, grau gesprenkelt von Regentropfen. Manchmal führte der Pfad schnurgeradeaus auf der Trasse der alten Römerstraße dahin, manchmal schweifte er ab und folgte zwischen den Bäumen hindurch den Konturen der sanft abfallenden Hänge. Allmählich dämmerte der Abend zwischen den Bäumen; Dunkelheit stieg aus dem Flußtal empor, und mit ihr kam die Gefahr.

Die Eskorte rückte enger um die beiden Frauen zusammen, und auf Richards Befehl zogen die Männer ihre Schwerter. Matilda sah, daß er konzentriert und grimmig dreinblickte, und unversehens überlief sie die Angst wie ein Schauer.

Schweigend ritten sie dahin, bis sie endlich in der Ferne zwischen den Bäumen den Bergfried von Abergavenny Castle erblickten. Hochaufragend und weiß schimmerte er durch den Nebel, der über dem Fluß aufgezogen war.

Richards Miene spannte sich, als er die Burg sah. Sie bedeutete Zuflucht vor dem bedrohlichen Wald. Aber sie bedeutete auch, daß er de Braose gegenübertreten und die schöne Kindfrau, die seine Gattin war, aus seiner Obhut entlassen und ihm übergeben mußte.

Sie galoppierten, so schnell sie konnten, durch das Zwielicht über die verlassenen Felder, die eine kleine Siedlung umgaben, vorbei an der Kirche und dann den Pfad zur Zugbrücke und den hohen Befestigungsmauern der Burg hinauf. Es schien, daß man sie erwartete, denn die Zugbrücke war herabgelassen, und der Wächter stand grüßend und ließ sie ungehindert in den Burghof sprengen. Dort, im Schatten der turmhohen Mauern, war es bereits dunkel. Fackeln flackerten hoch oben in ihren Haltern und beleuchteten die Gesichter der Burgmannen mit ihrem warmen, unwirklichen Licht.

Kaum hatten sie die Zugbrücke überquert, begann sie, sich zu bewegen; das schwerfällige Scheppern der Ketten, die sich aufrollten, untermalte das Verschwinden des kalten Waldes. Das Tor wurde geschlossen, die Burg für die Nacht versiegelt.

William de Braose erwartete sie auf der Treppe zur Großen Halle. Er war ein kleiner Mann von untersetzter Gestalt, mit rötlicher Haut, dunkelblondem Haar und Bart. Einen Augenblick lang sah er zu, wie Männer und Pferde umeinanderwimmelten; dann kam er langsam die Treppe herunter und näherte sich mit ausgestreckter Hand seiner Frau, um ihr beim Absteigen zu helfen. In seiner Miene dräuten Gewitterwolken.

Richard schwang sich gleichfalls vom Pferd, und mit einem kurzen Seitenblick sah er, daß Matilda zum erstenmal verängstigt wirkte.

»Im Namen Christi und aller seiner Heiligen, was wollt Ihr hier?« brüllte William. Er packte sie und riß sie heftig aus dem Sattel. Als sie so vor ihm stand, überragte sie ihn um mehrere Zoll, eine Tatsache, der er sich offenbar schmerzlich bewußt war. »Ich konnte es nicht glauben, als meine Späher mir sagten, Ihr kämet durch den Wald. Ich dachte, ich hätte Euch verboten, Bramber vor dem Frühling zu verlassen.«

»Das habt Ihr, mein Gemahl.« Matilda versuchte, zerknirscht zu klingen. Im kalten Wind hüllte sie sich fester in ihre Pelze. »Aber das Wetter schien mir diesen Winter so gut zu sein, und die Straßen waren passierbar; also dachte ich, es sei nicht weiter gefährlich. Ich hatte gehofft, Ihr würdet Euch freuen, mich zu sehen . . .« Ihre Stimme versiegte; sie schwieg und spürte, daß ihr das Herz unbehaglich klopfte. Wie hatte sie vergessen können, was für ein Mensch er war? Die Feindseligkeit, mit der er sie stets behandelte, die Grausamkeit, an der er solches Vergnügen fand, den ranzigen Geruch wüster Liederlichkeit, der ihm umdunstete? Unwillkürlich wich sie vor ihm zurück, und jäh ließ er ihren Arm fahren. Er wirbelte herum in den Halbkreis der Männer, die sie umstanden und dem Wortwechsel mit unverhohlenem Interesse lauschten. Sein Gesicht färbte sich dunkler. »Was glotzt ihr da?« schrie er. »Kümmert euch um eure Pferde und geht mir aus den Augen!«

Matilda drehte sich um und suchte nach Richard unter all den Männern. Er stand unmittelbar hinter ihr. Sanft nahm er sie beim Arm. »Laßt Euch ins Haus führen, Lady Matilda«, sagte er ruhig. »Ihr müßt müde sein.«

William fuhr herum, den Kopf vorgereckt, die Fäuste geballt. »Laßt sie, Lord Clare«, schrie er. »Bei Gott, ich hoffe, Ihr hattet guten Grund, mein Weib herzubringen.« Auf dem Absatz drehte er sich um und marschierte auf die Treppe zu, die zur Haupttür des Turmes hinaufführte; seine Sporen klirrten auf den hohlen Holzstufen. Auf halber Höhe blieb er stehen; er drehte sich um und schaute auf sie herab. »Ihr seid hier nicht willkommen. Alle beide nicht.« Sein Gesicht erschien rötlichbraun im flackernden Fackelschein. »Warum seid ihr gekommen?«

Matilda folgte ihm. Ihr Mantel flatterte im Wind und öffnete sich, so daß man darunter ihre hochgewachsene, schlanke Gestalt in einem dunkelblauen Rock sehen konnte.

»Ich bin gekommen, weil ich bei meinem Gemahl sein wollte.« Ihre Stimme tönte klar durch das Knistern der Fackel neben ihr. »Lord de Clare wollte eigentlich nur nach Gloucester, doch er beharrte darauf, daß es seine Pflicht sei, mich nicht allein reisen zu lassen. Wir schulden ihm großen Dank, mein Lord.«

Ihr Mann schnaubte. Er wandte sich ab, stieg die Treppe hinauf, trat in die große Halle und warf seinen Mantel auf die Bodenmatten, wo ein herzueilender Page ihn aufhob.

»Seine Pflicht, wie?« Er starrte Richard an, der ihm hineingefolgt war, und seine Augen waren steinhart vor Argwohn. »Dann werdet Ihr die doppelte Pflicht übernehmen, sie bei Tagesanbruch nach Gloucester zurückzubegleiten.«

Matilda riß die Augen auf. »Ihr wollt mich nicht bleiben lassen?«

»Ganz recht. Das will ich nicht, Madame.«

»Aber ... warum nicht? Dürfen wir nicht wenigstens zum Festschmaus morgen bleiben?« Sie war ihm zum großen Feuer inmitten der betriebsamen Halle gefolgt. »Warum sollten wir daran nicht teilnehmen? Ist es nicht mein Recht als Eure Gemahlin, daran teilzunehmen?«

»Nein, es ist nicht Euer Recht!« donnerte er. »Und woher im Namen der Gebeine Christi wißt Ihr überhaupt davon?« Er stürzte sich auf sie, packte sie bei den Armen und umklammerte sie jähzornig. »Wer hat Euch davon erzählt?«

»Walter Bloet in Raglan. Hört auf, mein Lord, Ihr tut mir weh.« Sie versuchte, sich aus seinem Griff zu befreien. »Wir haben dort gerastet, um die Pferde ausruhen zu lassen, und er hat alles erzählt. Er war sehr erzürnt, weil Ihr ihn nicht eingeladen hattet.«

Sie sah sich um; die geschäftigen Gestalten ringsum waren ihr plötzlich bewußt geworden. Nur diejenigen, die ihrem Herrn und seiner Lady am nächsten waren, schienen bemerkt zu haben, daß zwischen den beiden etwas nicht stimmte, und sie waren stehengeblieben und lauschten mit unbotmäßiger Neugier. Die übrigen waren allzusehr in ihre Aufgaben vertieft. Rauch stieg vom Feuer auf und verschwand in den geschwärzten Schatten der hohen, gewölbten Decke.

»Zum Teufel mit diesem Narren, was mischt er sich ein? Wenn du nur noch zwei Tage gewartet hättest, dann wäre vielleicht alles gutgegangen.« Einen Moment lang starrte er sie an. Dann hieb er mit der Faust in die flache Hand. »Geht schon hinauf.« Er wandte sich ab. »Geht in mein Schlafgemach und ruht Euch aus. Wenn der Morgen graut, reitet Ihr zurück. Das ist mein letztes Wort in dieser Angelegenheit.«

Matilda sah sich verzweifelt um. Die Abendtafel war offenbar erst vor kurzem aufgehoben worden, und die Diener hatten eben angefangen, die Böcke wegzuräumen, um rings um das Feuer Platz zum Schlafen zu schaffen. Zwei Schreiber waren herangekommen; unschlüssig standen sie da mit ihrer Pergamentrolle und versuchten, Williams Aufmerksamkeit auf sich zu ziehen. Der Schuhmacher, ein paar weiche Lederstiefel in der Hand, bemühte sich hinter ihnen, den Blick seines Herrn zu erhaschen. Auf dem Podest am Ende der Halle lehnte ein Junge mit dem Rücken an einer Säule und spielte leise auf einer Geige.

Richard berührte behutsam ihren Arm. »Geht nur hinauf, meine Lady. Ihr müßt jetzt ruhen.«

Sie nickte traurig. »Und Ihr? Euch hat man ebenso eisig willkommen geheißen wie mich.«

»Das macht nichts.« Er lächelte. »Ich bringe Euch morgen früh zurück nach Gloucester, wie er es befohlen hat. Es ist am besten so.«

Er geleitete sie zu der Treppe am Ende der Halle, auf die William gedeutet hatte; sie war in die Ecke bei der neuen Steinwand eingelassen. Am Fuße der Treppe küßte er ihr die Hand.

Oben in der Kammer mit gewölbter Decke flackerte matt ein einzelner Binsenspan. Ein Gobelin hing an der einen Seite, und ihm gegenüber befand sich ein Kamin. Matilda kämpfte mit den Tränen. »Geh und suche die Frauengemächer, Nell«, befahl sie scharf, als die Zofe, immer noch schniefend, hinter ihr hereintrottete. »Vermutlich . . .«, sie zögerte nur einen Augenblick, ». . . vermutlich werde ich hier heute nacht mit Sir William schlafen. Ich werde dich nicht brauchen.« Plötzlich schauderte es sie, und sie biß sich auf die Unterlippe. »Wie es scheint, sind wir hier nicht so willkommen, wie ich erwartet hatte. Es tut mir leid.«

Sie sah Nell nach, die auf der Treppe in die oberen Geschosse des Turmes verschwand. Dann wandte sie sich seufzend dem Feuer zu. Lange stand sie vor der Glut und wärmte sich die Hände. Ringsumher an den Wänden quollen die Kleider ihres Mannes aus den Truhen, und auf einer ins Mauergestein eingelassenen Stange hockte ein schläfriger Falke, mit einer Kappe vor dem trüben Licht geschützt; er verlagerte sein Gewicht von einem Fuß auf den anderen und drehte forschend den Kopf schräg in ihre Richtung. Müde begann sie, ihre Mantelspangen zu öffnen.

Unten in der Halle schlüpfte ein walisischer Knabe unbemerkt in die Küche und zapfte einen Becher roten Bordeaux-Wein aus einem der Fässer, die dort aufgebockt standen. Auf einen Zinnteller legte er ein paar von den Pastetchen und Kuchen, die für den Schmaus am nächsten Tag zubereitet worden waren, und dunkel wie ein Schatten huschte er die Treppe hinauf zum Gemach seines Herrn. Das schöne Mädchen in dem blauen Gewand tat ihm leid. Auch er war von de Braose beschimpft worden, und auch ihm gefiel das nicht.

Sie stand vor dem Feuer, und die goldene Glut brachte den roten Schimmer in ihrem dichten dunklen Haar zum Leben. Ihr Schleier lag achtlos beiseitegeworfen neben dem nassen Mantel auf dem Bett, und sie nestelte an einem elfenbeinernen Kamm.

Der Knabe blieb atemlos im Schatten und beobachtete sie für einen Moment, aber er mußte sich bewegt haben, denn sie drehte sich um und sah ihn. Überrascht stellte er fest, daß sie nicht weinte; er hatte erwartet, sie in Tränen vorzufinden.

»Was ist, Junge?« Ihre Stimme klang erschöpft.

Er blieb regungslos stehen, unversehens bestürzt über das, was er gewagt hatte; den Becher und den Teller in seinen Händen hatte er vergessen.

»Hast du mir etwas zu essen gebracht?« Freundlich lächelte sie ihn an.

Noch immer rührte er sich nicht, und als sie seine zerlumpten Kleider und sein dunkles Gesicht betrachtete, fragte sie sich plötzlich, ob er die Sprache seiner normannischen Herren überhaupt schon erlernt hatte.

»*Beth yw eich enw?*« fragte sie langsam; sie suchte nach den Worten, die Meredith, der Majordomus zu Raglan, sie gelehrt hatte, lachend über ihr flinkes Interesse. Sie bedeuteten: Wie ist dein Name?

Der Knabe trat vor, stellte mit einer scheuen Kniebeuge Wein und Kuchen auf eine der Truhen neben dem Bett, wandte sich dann um und floh in die Halle zurück.

Matilda blickte einen Augenblick lang verdutzt hinter ihm her; dann warf sie ihr Haar zurück, setzte sich auf das Bett und begann zu essen. Sie verging fast vor Hunger, und sie mußte nachdenken.

Lange saß sie noch über ihrem Wein, während der Binsenspan herunterbrannte. Schließlich, im letzten Flackerlicht, stand sie auf und begann, ihre Kleider abzulegen.

Das Reden und Lachen unten in der Halle ließ jetzt nach. Hin und wieder tönte ein Schnarchen die Treppe herauf. Zu ihrer Erleichterung war von William keine Spur zu entdecken.

Nackt schlüpfte sie unter die schweren Decken; ihre Pläne für den nächsten Morgen waren gemacht, und bald schlief sie.

6

Jo regte sich unbehaglich auf der Couch. Unter ihren Lidern bewegten sich die Pupillen rasch hin und her, ihr Atem ging schneller.

»Ich war müde, nachdem ich einen langen Tag geritten war«, sagte sie langsam. »Und ich habe tief geschlafen. Jetzt graut der Morgen. Graue Schatten erfüllen den Raum, und das Feuer ist erloschen und zu einem Haufen weißer Asche geworden. Ich bin schlaftrunken...

versuche mich zu erinnern, wo ich bin ...« Eine lange Pause folgte. »Ich bin nicht mehr allein ... Jemand ist bei mir im Zimmer ...«

»So seid Ihr also endlich wach!« William beugte sich über das Bett und zog die Decken bis zu ihren Hüften herunter. Sein Atem roch nach schalem Wein. »Mein schönes Weib, so begierig auf die Gesellschaft seines Gemahls. Es schmeichelt mir, meine Liebe, daß Ihr mich so sehr vermißt habt.« Er lachte, und Matilda merkte, daß es sie fröstelte. Einen Augenblick lang wagte sie nicht, sich zu rühren, als seine groben Hände ihre Brüste ergriffen, doch dann griff sie verzweifelt nach den Decken und versuchte, sie wieder über sich zu ziehen. Ihr fiel der Zauberspruch ein, den sie im Dunkeln vor sich hingesagt hatte, der Zauberspruch, der sie für die nächsten Monate vor ihm beschützen würde.

Sie zwang sich, still zu liegen, und sah zu ihm auf. Ihre klaren Augen blickten fest in seine. Sofort schaute er weg. Wie immer, verursachte ihr Blick ihm Unbehagen.

»Ihr dürft mich nicht berühren, mein Lord.«

Sein Mund verzog sich zu einem hämischen Grinsen. »Ach nein? Und warum nicht, wenn ich fragen darf?« Er packte ihr Handgelenk und verdrehte es so schmerzhaft, daß sie am liebsten geschrien hätte. Aber es gelang ihr, die Stimme ruhig klingen zu lassen: »Weil ich ein Kind im Schoße trage. Und meine Amme Jeanne sagt, wenn Ihr wieder bei mir liegt, solange es noch in mir ist, wird es tot zur Welt kommen.«

Sie hielt den Atem an und beobachtete sein Gesicht. Grausamkeit verwandelte sich in Zorn, dann in Unglauben, dann in abergläubische Furcht. Jäh ließ er sie los und bekreuzigte sich, während er sich aufrichtete und von dem Bett zurückwich.

»Diese Hexe! Wenn sie mein Kind mit dem bösen Blick ...«

»Sie hat nicht den bösen Blick, mein Lord.« Matilda setzte sich auf, zog die Pelzdecke über ihre Brüste und drückte sie an sich. »Sie will das Kind schützen. Darum hat sie mich zu Euch gesandt, solange ich noch reisen konnte. Euer Sohn muß in Wales geboren werden, auf Euren Besitzungen in der Grenzmark. Ihr dürft mich nicht nach Bramber zurückschicken.«

Sie beobachtete ihn und schlang sich zufrieden die Arme um die Schultern, als er ihr den Rücken zukehrte und auf die erloschene Asche im Kamin starrte. »Woher weiß sie das alles?« fragte er.

Matilda zuckte mit den Schultern. »Sie hat die Gabe des Sehens.«

»Und sie sieht, daß ich einen Sohn haben werde?«

»Einen starken, tapferen Sohn, mein Lord.« Sie bemerkte den triumphierenden Ausdruck in seinem Gesicht.

»Nun gut«, sagte er. »Aber Ihr dürft nicht hierbleiben. Ich werde eine Sänfte herbefehlen und Euch nach Brecknock bringen lassen. Dort seid Ihr in Sicherheit.«

Sie ließ sich in die Kissen zurücksinken und schloß seufzend die Augen. »Ihr seid freundlich, mein Lord. Ich will mich bemühen, Euch zu gehorchen. Ich bete nur zur gesegneten Jungfrau, daß die zusätzliche Reise dem Kind nicht zum Schaden gereichen möge. Ich bin so erschöpft.« Mit dramatischer Geste legte sie eine Hand auf den Leib. »Bitte. Darf ich nicht noch einen oder zwei Tage ausruhen? Um Eures Sohnes willen?«

Sie sah ihn verstohlen unter den Lidern hervor an. William war offenbar ratlos. Ein paarmal schritt er in der Kammer auf und ab und trat erbost nach dem Heu, mit dem der Boden bestreut war. Offensichtlich kämpfte er mit sich. Als sie ihn so sah, verspürte sie etwas, das fast Zuneigung zu diesem untersetzten, breitschultrigen Mann war, der noch immer fast ein Fremder für sie war. Er wirkte so unsicher.

»Seid Ihr froh, William?« fragte sie nach einer Weile. »Über das Kind?«

»Natürlich bin ich froh.« Seine Stimme klang schroff. »Aber ich will Euch nicht hier haben. Nicht heute.«

»Aber warum nicht? Ich werde Euch nicht im Weg sein, das verspreche ich.« Sie stützte sich auf einen Ellbogen, und das Haar fiel ihr auf die bloßen Schultern, dunkel und im blassen Licht der Morgensonne kastanienbraun schimmernd. »Ihr werdet gar nicht merken, daß ich hier bin. In ein oder zwei Tagen, wenn ich ausgeruht bin, werde ich nach Brecknock gehen, wenn Ihr es wirklich für das Beste haltet.«

William hob die Schultern und runzelte zögernd die Stirn. »Wenn ich Euch erlaube, zu bleiben«, sagte er drohend, »und ich sage, wenn, dann müßt Ihr mir versprechen, daß Ihr unter keinen Umständen diese Kammer verlassen werdet. Es wäre gefährlich. Ihr müßt mir einen Eid schwören.«

»Ich verspreche es, mein Lord.« Sie kreuzte unter der Decke die Finger.

»Ihr habt mich verstanden. Ihr werdet Euch den ganzen Tag nicht von der Stelle rühren, was auch geschehen mag.« Er funkelte auf sie herab. »Ja, Ihr müßt sogar im Bett bleiben. Das Bankett ist nichts für Euch. Es ist kein gewöhnliches Weihnachtsgelage, sondern eine Zusammenkunft einheimischer walisischer Fürsten und Würdenträger zu politischen Gesprächen. Ich habe ihnen einen Erlaß König Henrys zu verlesen. Deshalb wurden die Bloets nicht eingeladen. Dies ist kein Ort für sie, und es ist auch kein Ort für Frauen. Habt Ihr verstanden?«

Er wandte sich ab und ging zu der Stange, auf der sein Falke hockte. Er nahm den Handschuh, der daneben auf einer Truhe lag, und zog ihn an. Behutsam löste er die Fesseln des Vogels und ließ ihn auf seine Faust steigen. Zärtlich wispernd nahm er ihm die Haube ab. Das Tier sah ihn mit jammervollen Augen an. »Wenn Ihr hierbleibt, werde ich diese Schönheit wieder in den Käfig sperren«, erklärte er verdrossen. »Und denkt daran, Ihr dürft das Bett nicht verlassen. Wenn Ihr es versucht, werde ich Euch einschließen lassen.« Er machte auf dem Absatz kehrt und verließ die Kammer.

Matilda wartete, bis seine Schritte verhallt waren. Dann rutschte sie lächelnd vom Bett herunter und legte sich einen pelzverbrämten Umhang um die Schultern. Sie lief zu dem hochgelegenen Fenster und spähte hinaus. Der kalte Wind griff ihr ins Haar, und sie hörte die Geräusche des erwachenden Lebens unten im Außenhof. Der Morgen war grau. Die fahle Sonne über den Bergen im Osten war von Dunst und Wolken so verhüllt, daß sie nicht wärmer strahlte als der abnehmende Mond.

Fröstelnd sah sie sich in dem Gemach um. Im kalten Licht sah es hier nicht sehr behaglich aus, aber trotzdem schlang sie sich erregt die Arme um die Schultern. Ihr Plan war Wirklichkeit geworden. Sie war frei von Bertha, war Herrin ihres eigenen großen Haushaltes – oder würde es doch bald sein –, und sie hatte dafür gesorgt, daß sie von den widerwärtigen Aufmerksamkeiten ihres Gemahls nicht mehr behelligt wurde, bis ihr Kind zur Welt käme. Sie lächelte sehnsüchtig. Nie hatte sie sich besser und kräftiger gefühlt als in den letzten beiden Monaten, und sie wußte, es bestand kein Risiko. Sie war stark und gesund, und sie hatte keine böse Ahnungen, weder für das Kind noch für sich selbst. Sie hob plötzlich die Brauen. Vorahnungen hatte sie sehr wohl gehabt – seltsame, formlose Greuel suchten seit drei Nächten ihre Träume heim. Schulterzuckend tat sie den Gedanken daran ab. Was immer diese Träume bedeuten mochten, sie würde sich diesen aufregenden Tag von ihnen nicht verderben lassen.

Sie fragte sich, wo Richard an diesem Morgen sein mochte. Doch es war gefährlich, an Richard de Clare zu denken. Sie mußte ihn vergessen und stets daran denken, daß sie die Frau eines anderen Mannes war.

Sie richtete ihre Überlegungen wieder auf den Festschmaus, der heute stattfinden sollte. Sie hatte nicht die Absicht, das Versprechen, das sie William gegeben hatte, zu halten und im Bett zu bleiben. Sie gedachte dabei zu sein, an seiner Seite.

Noch fünf Stunden würde sie bis zum Beginn des Gelages warten müssen, schätzte sie, als sie zur Sonne blinzelte. Viele der Gäste waren vermutlich schon in der Burg oder lagerten am Fuße der Mauern, andere würden jetzt herbeigeritten kommen, aus den Bergen von Wales und von Fürst Seisylls Hof, wo immer der sein mochte, mit ihrem Gefolge, ihren Barden und Tänzern. Die Aufregung ließ sie erschauern.

Als sie Schritte auf der Treppe hörte, wandte sie sich von dem zugigen Fenster ab und lief schnell zum Bett zurück. Eine kleine Frau trat ein, das graue Haar mit einem großen weißen Schleier verhüllt. Sie brachte ein Tablett und lächelte Matilda ein wenig scheu an. »Guten Morgen, meine Lady. Ich bringe Euch Milch und Brot.«

»Milch!« Matilda schüttelte sich. »Ich trinke niemals Milch. Ich möchte viel lieber Wein.«

»Milch ist besser für Euch, Madame.« Die Stimme der älteren Frau mit dem sanften Singsang der Bergbewohner war überraschend fest. »Warum versucht Ihr es nicht? Dann werdet Ihr schon sehen.«

Matilda richtete sich in den Kissen auf und ließ sich von der Frau mit Bröckchen des feinen Kuchenbrots füttern. Sie merkte, daß sie sehr hungrig war.

»Habe ich dich gestern abend in der Halle gesehen?« fragte sie zwischen zwei Bissen.

Die Frau lächelte und entblößte dabei verfaulte Zähne. »Nein, Madame, gestern war ich fast den ganzen Tag in der Küche. Ich habe geholfen, das Festmahl vorzubereiten.«

Matilda fuhr hoch, und ihre Augen glänzten vor Aufregung. »Weißt du auch, wie viele Gäste erwartet werden? Hat man viel zu essen hereingebracht? Und treffen die Gäste schon ein?«

Die Frau lachte und spreizte die kräftigen, abgearbeiteten Hände. Ihre Fingernägel waren arg gesplittert. »Oh, genug für zwei Armeen ist da, Madame, wenn nicht mehr. Anscheinend haben sie tagelang gearbeitet, seit Sir William davon sprach, daß ein Festschmaus stattfinden soll. Aber gestern und vorgestern habe ich, zusammen mit vielen anderen Frauen, auch mit Hand angelegt, damit alles rechtzeitig fertig ist.«

Matilda ließ sich zurücksinken und streckte sich wohlig unter den Decken. »Ich wünschte, ich könnte auch kommen«, bemerkte sie vorsichtig. »Sir William meint, ich sollte wegen meines Zustandes lieber ruhen.« Sie warf der Frau einen Blick zu und stellte befriedigt fest, daß sie ein erstauntes Gesicht machte.

»Aber gewiß werdet Ihr Euch bis dahin besser fühlen, Madame, wenn Ihr jetzt ruht.« Die Frau lächelte freundlich und zupfte eine der Decken glatt. »Es ginge wahrhaftig nicht an, daß Ihr ein so schönes Fest versäumt.«

Matilda lächelte. »Das dachte ich auch. Ich fühle mich schon viel wohler.« Sie sah, daß der Teller leer war, und lächelte. Es hatte keinen Sinn, so zu tun, als wäre sie zu krank zum Essen. Sie bemühte sich um ein gelassenes Gesicht. »Wo ist Nell, die ich mitgebracht habe?« wollte sie wissen. »Sie hätte herkommen sollen, um nach mir zu sehen. Ich möchte, daß sie mir ein paar Zofen besorgt. Ich habe sonst keine Bediensteten bei mir.«

Die Frau verbarg ein Lächeln. »Eure Lady, Madame, plaudert mit Sybella, der Frau des Stallmeisters. Ich fand, Ihr brauchtet erst etwas zu essen und dann Eure Zofen. Ich glaube, Ihr hättet wahrhaftig den ganzen Tag warten müssen, wenn es an den beiden gelegen hätte.« Ohne weitere Bemerkungen stellte sie Teller und Tasse beiseite, dann bückte sie sich, um den Mantel aufzuheben, den Matilda von der Bettkante hatte herabhängen lassen.

»Sag mir, wie du heißt.« Matilda beobachtete sie aufmerksam aus halb geschlossenen Augen.

»Megan, Madame. Mein Ehemann ist einer von Sir Williams Verwaltern.«

»Nun, Megan, du sollst dafür sorgen, daß meine Kleiderkisten heraufgebracht werden; und wenn es mir später besser geht, wirst du mir dann helfen, mich für das Festmahl anzukleiden?«

»Natürlich werde ich das, und mit Vergnügen.« Megans Gesicht leuchtete vor Freude auf.

»Und noch eins.« Matilda stützte sich auf den Ellbogen und legte einen Finger an den Mund. »Wir wollen Sir William nicht wissen lassen, daß ich vielleicht kommen werde. Ich möchte nicht, daß er es mir verbietet, weil er vielleicht denkt, ich sei erschöpfter, als ich bin.«

Sie ließ sich in die Kissen zurücksinken, als Megan gegangen war, höchst befriedigt über das verschwörerische Lächeln, mit dem sich die kleine Waliserin verständig gezeigt hatte.

Unten im Hof erhoben sich die morgendlichen Geräusche in einem aufgeregten Crescendo, und über die Wendeltreppe, die zur Halle führte, hörte sie ein Durcheinander von Geschrei und Gelächter und das Krachen der Bretter auf den Böcken, als die Tafeln aufgebaut wurden. Es war nicht leicht, müßig im Bett zu liegen, während ringsum ein solches Treiben herrschte, aber vorläufig begnügte sie sich damit, zu ruhen. Die Zeit zum Aufstehen würde kommen.

Ein Knabe kam mit einem Korb voller Holz herein und machte sich daran, ein neues Feuer zu entfachen. Dann schleppte ein Mann ihre Kleiderkisten herein. Von Nell war immer noch nichts zu sehen, aber Megan folgte dem Mann dicht auf den Fersen. Nachdem sie auf Matildas Anweisung hin die Deckel aufgeklappt hatte, zog sie Röcke und Gewänder hervor, und unter Entzückensschreien befingerte sie scharlachrote und grüne Seidenstoffe, feines Leinen und gefärbte Wolle, als sie ein Kleidungsstück nach dem anderen auf das Bett legte.

Matilda betrachtete jedes Stück kritisch und überlegte, was sie anziehen sollte. Seit dem Tag, da sie von dem Festmahl erfahren hatte, dachte sie an den goldbestickten Überrock, den William ihr zum

Namenstag aus London mitgebracht hatte. Es war aus dem Osten gekommen und duftete nach Sandelholz und Piment.

»Oh, meine Lady, dies müßt Ihr anziehen.« Megan hielt das grüne, silbergesäumte Samtgewand in die Höhe. »Es ist herrlich für Euch. Es ist so schön, wahrhaftig.«

Matilda nahm es ihr ab und barg ihr Gesicht in dem weichen Stoff. »William glaubt, daß Grün Unglück bringt«, sagte sie kläglich. Sie liebte dieses Kleid, wußte, daß es zu ihrem Haar und ihren Augen paßte. Unter dem goldbestickten Überrock würde es sehr gut aussehen.

Endlich erschien auch Nell, ganz und gar erholt von den Strapazen der Reise und in allerbester Stimmung; Megan war eben dabei, die letzten Gewänder in die Garderobe zu hängen. Nell brachte eine Botschaft mit.

»Von einem von Lord Clares Rittern«, flüsterte sie wichtigtuerisch. »Er will Euch auf dem Söller treffen – jetzt, während Sir William draußen bei seinen Falken ist.«

Sie half Megan, Matilda hastig in ein blaues Wollgewand zu kleiden und zum Schutz gegen die Zugluft in einen dicken Mantel zu wickeln. Dann ging sie, den Finger an die Lippen gelegt, Matilda voran.

Richard wartete in der tiefen Fensternische. Er trug sein Reisegewand.

»Richard?« Matilda starrte ihn an, während sich Nell zurückzog.

»Ich reite. Euer Gemahl verlangt es.« Er streckte ihr die Hand entgegen und ließ sie dann sinken. »Meine Männer warten.« Er zuckte mit den Schultern. »Ich kehre nach Gloucester zurück.«

»Nein«, flüsterte sie bestürzt. »Ich dachte, er würde sich besinnen und Euch bleiben lassen . . . ich dachte, Ihr würdet hier sein . . .«

Er streckte erneut die Hand aus und berührte ihre Finger. »Dies ist Euer Haushalt, Lady«, sagte er betrübt. »Hier wolltet Ihr sein, an der Seite Eures Gatten. Für mich ist kein Platz. Es ist besser, wenn ich jetzt gehe.«

»Aber ich dachte, es würde anders werden.« Sie wandte den Blick ab; Aufregung und Keckheit waren vergessen. »Ich hatte vergessen, was für ein Mensch er ist.« Sie schlug die Hände vors Gesicht und bemühte sich, nicht zu weinen. »Und ich muß den Rest meines Lebens mit ihm verbringen.«

Richard spürte, daß seine Handflächen feucht wurden. »Ihr seid sein Weib«, erwiderte er schroff. »Vor Gott gehört Ihr zu ihm.«

Sie schwiegen einen Augenblick lang. Gern hätte sie sich an ihn geklammert, verschränkte aber entschlossen die Hände auf dem Rücken. »Ich trage ein Kind von ihm«, sagte sie schließlich mit Mühe. »Deshalb läßt er mich bleiben. Nicht hier, sondern in Brecknock.

Er schickt mich jedenfalls nicht nach Bramber zurück.« Sie lächelte schwach.

Richard straffte sich. Der Schmerz in seiner Miene war einen Augenblick später wieder fort, aber er war ihr nicht entgangen. Sie ballte die Hände in den Falten ihres langen Rockes. »Wollt Ihr mir nicht gratulieren zu dieser Erfüllung meiner ehelichen Pflicht?«

Er verbeugte sich knapp. »Warum habt Ihr mir das nicht früher gesagt?«

»Ich konnte nicht ...«, wisperte sie. »Ich konnte nicht ...«

Draußen kam Wind auf. Er wehte das Tal hinunter, brachte Schnee mit sich und verwandelte den getauten Matsch wieder in frisches Weiß. Er ließ Fensterläden und Scheiben klappern, wirbelte das Heu auf, das die Fußböden bedeckte, setzte den Geruch trockenen Waldmeisters frei und drängte den Qualm der Feuer in die Räume zurück.

»Ihr habt gesagt, Eure Männer warten auf Euch«, sagte sie schließlich. Die Worte wollten ihr kaum über die Lippen.

»Ja. Gott sei mit Euch.« Er nahm ihre Hand und führte sie an seine Lippen. Dann verließ er sie. Sie hörte, wie er langsam die Wendeltreppe hinunterstieg; sein Schwert stieß dabei gegen die steinernen Stufen, bis das Geräusch schließlich erstarb. Sie war allein.

Lange saß sie auf der Steinbank in der Fensternische. Dann kehrte sie, steif vor Kälte, in ihre Kammer zurück und kroch unter die Bettdecken.

Einige Zeit später erschien Megan wieder. Sie sprudelte vor Aufregung fast über. Fürst Seisyll war gekommen, und mit ihm sein ältester Sohn Geoffrey, sein Gefolge, sein Harfner und seine höchsten Ratgeber.

»Gut sieht er aus«, berichtete Megan atemlos und mit blitzenden Augen. »Wie ein wahrer Fürst, und groß ...«

Matilda trocknete sich die Tränen ab, schlug die Decken zurück und schlüpfte aus dem Bett.

Sie stand im Hemd mitten in der Kammer, und Megan flocht ihr das lange Haar zu Zöpfen, um sie unter den Schleier zu binden, als sie Williams unverkennbaren Schritt auf der Treppe hörte. Entsetzt sah sie sich um und suchte nach einem Versteck; sie wollte nicht, daß er sie bei ihren Vorbereitungen überraschte.

»Rasch, Madama.« Megan warf ihr einen warmen Umhang über. »Wartet in der Garderobe. Ich sage ihm, Ihr seid beschäftigt.« Sie kicherte nervös, und Matilda flüchtete durch den kleinen Türbogen in der Ecke des Gemachs.

Regungslos verharrte sie zwischen den Gewändern gleich hinter dem von einem Ledervorhang bedeckten Durchgang und lauschte mit angehaltenem Atem. Einen Augenblick lang blieb es still, dann hörte sie, wie William einen verärgerten Ausruf tat.

»Die Lady wird gleich wieder da sein.« Matilda hörte, daß Megans Stimme so fest wie immer klang, und sie sah die Frau vor sich, wie sie mit demütiger Gebärde auf den Durchgang wies, hinter dem sie sich verbarg. Zu ihrer Überraschung erwiderte William darauf nichts. Eine Zeitlang blieb es still. Man hörte, daß er sich am Deckel einer Truhe zu schaffen machte. Dann verließ er die Schlafkammer. Sein Kettenhemd klirrte und schepperte, als er die Wendeltreppe hinunterlief. Matilda verließ ihr Versteck und sah, wie Megan ihr Gewand unter der Bettdecke hervorzog.

»Gut, daß ich daran dachte, es zu verstecken, nicht wahr, Madame?«

»Wie war mein Gemahl gekleidet, Megan?« Matilda war verwirrt. »Gewiß wird er nicht in der Rüstung zum Festschmaus gehen?« Sie hob die Arme, und die Frau streifte ihr den feinen grünen Stoff über den Kopf und schnürte das Kleid auf dem Rücken zu.

»Er hat einen Panzerschurz angelegt, Madame, und dann hat er dort drüben . . .« sie deutete auf eine Stange am anderen Ende der Kammer, »seinen Überrock und seinen Mantel genommen und drübergezogen. Vermutlich bringt er's nicht über sich, seinem Gast ganz und gar zu vertrauen, obgleich es bei uns Sitte ist, daß man seine Waffen vor der Tür ablegt, wenn man die Gastfreundschaft eines anderen genießt.« Sie lächelte ein wenig bekümmert. »Und Fürst Seisyll ist Lord Rhys' Schwager, und der wieder herrscht über das gesamte südliche Wales und lebt in Frieden mit Eurem König Henry. Daher droht keine Gefahr, und außerdem habe ich stets gehört, daß Seisyll ein guter Mensch sei, ein Ritter, ein Mann von Ehre, wie es an König Henrys Hof nicht viele gibt.« Ihre Wangen röteten sich leicht bei diesen Worten.

Matilda lächelte und legte ihr sanft die Hand auf den Arm. »Natürlich ist er das, Megan. Ich nehme an, William ist einfach vorsichtig, weiter nichts - aus Gewohnheit.«

Sie biß sich heftig auf die Lippen, um ihnen Farbe zu geben, dann stellte sie eine kleine Schatulle auf den Tisch und suchte ihren Schmuck und ihr Wangenrot heraus. »Wirst du hinten in der Halle dabeisein?«

»O ja, das werde ich wohl, sobald Ihr unten seid. Ich will all die Pracht sehen und die Musik hören.« Mit geschickten Händen schlang sie das Haar um Matildas Kopf; dann half sie Nell, den Schleier und die Haube zurechtzurücken, die ihr Gesicht umrahmte.

Sie zupften die Falten des aus scharlachroten und goldenen Fäden gewebten Überrocks gerade und verschnürten das schwere Mieder, als die Trompete unten in der großen Halle zum Bankett rief. Megan blickte aufgeregt auf, als die Töne durch die ganze Burg hallten. Matilda sah ihr kurz in die Augen und hielt den Atem an; dann bedeutete sie er Frau mit einer ungeduldigen Gebärde, sie möge die Treppe hinuntergehen und einen heimlichen Blick auf die Szene werfen. Sie wollte genau im richtigen Augenblick erscheinen.

Nell hatte sich einen Platz beim Bankett gesichert, indem sie der Kastellanin Honig ums Maul geschmiert hatte, und als Megan zurückkam, deren weiche Schuhe auf dem Steinboden kein Geräusch machten, bat sie Matilda mit einem Blick um die Erlaubnis, nun gehen zu dürfen.

»Sie haben Platz genommen, Madame. Sie haben sich die Hände gewaschen, und man hat nach Wein gerufen. Jetzt bringen sie die Eberschädel herein. Ihr müßt Euch sputen.« Sie war atemlos vor Erregung.

Wortlos begab sich Matilda zur Treppe und stieg auf Zehenspitzen hinunter. Jetzt, da der Augenblick gekommen war, hatte sie Angst. Aber sie gestattete sich nicht, daran zu denken, was geschehen würde, falls William sie vor aller Augen fortschicken sollte. Sie war zu aufgeregt, um noch umkehren zu können.

Am Fuße der Treppe drückte sie sich mit dem Rücken gegen die Steinwand. Hier konnte man sie von der lärmerfüllten Halle aus nicht wahrnehmen. Die Halle war von Fackeln und Hunderten von Kerzen erleuchtet, obgleich draußen hellichter Tag war; ein Dunst von rauchiger Wärme trieb bereits zu den Deckenbalken empor und an ihr vorbei die Treppe hinauf in die kühleren Geschosse des Turmes. Das Getöse war ohrenbetäubend. Vorsichtig schob sie sich einen, zwei Schritte weiter und spähte um die Ecke.

Der Bogen, unter dem sie stand, lag schräg hinter ihrem Mann und seinen Gästen, und sie erkannte befriedigt, daß man sie hier im tiefen Schatten nicht sehen würde.

Der Fürst saß an Williams rechter Seite. Er war rasiert. Das dunkle Haar hing ihm in die Stirn und war über den Brauen sauber abgeschnitten. Er war prachtvoll angetan mit einem weiten gelben Mantel und einer Tunika. Als er die Hand hob, sah sie das Funkeln eines Ringes. Irgend jemand zu seiner Rechten hatte eine Bemerkung gemacht, und er warf lachend den Kopf in den Nacken.

Gerade als sie all ihren Mut zusammenraffte, um aus ihrem Versteck hervorzutreten und sich an seine Seite zu begeben, erhob sich William. Sie sah, daß er eine Pergamentrolle hervorzog. Er klopfte Schweigen gebietend mit dem juwelenbesetzten Griff seines Dolches auf den Tisch und starrte dann, ohne die Waffe aus der Hand zu legen, durch die Halle. Erwartungsvolle Stille breitete sich aus.

Matilda blieb in ihrem Versteck und erforschte das Gedränge an den Tischen nach bekannten Gesichtern. Dort war Ranulph Poer, einer der königlichen Ratgeber in Sachen der Mark, mit seinem Fuchsgesicht und den hängenden Augenlidern, der sie schon oft im Sommer in Bramber besucht hatte. Und da, gleichfalls an der Haupttafel, saß der rundliche, weißhaarige Philip de Braose, der Onkel ihres Gemahls. Zwischen ihnen ein Jüngling von vielleicht fünfzehn Jahren, etwa so alt wie sie selbst. Das muß der Sohn des Fürsten sein, dachte sie. Als er sich für einen Moment zur Seite wandte und seinen Vater anschaute, sah sie seine blitzenden Augen und sein gerötetes Gesicht. Er ist ebenso aufgeregt wie ich, begriff sie plötzlich, und sie beneidete diesen Knaben, der rechtmäßig dort seinen Platz eingenommen hatte, während sie zu einer List hatte Zuflucht nehmen müssen. Zu ihrer Überraschung erkannte sie sonst kein Gesicht. Und es saß keine einzige Frau an der Haupttafel, genau wie William gesagt hatte. Sie hatte damit gerechnet, daß er viele der Männer, die sie als Nachbarn der walisischen Mark kannte, eingeladen hätte, aber - wie Walter Bloet schon beklagt hatte - keiner von ihnen war zugegen.

William studierte das Pergament in seiner Hand, als habe er es noch nie gesehen. Sie sah, daß die häßliche blaue Ader an seinem Hals über dem hohen Kragen zu klopfen begann. Das Kettenhemd war unter seinem Gewand verborgen.

»Meine Lords, Gentlemen«, begann William mit unnatürlich hoher Stimme. »Ich habe Euch hergebeten, um Euch einen Befehl des hohen und mächtigen Königs Henry zu Gehör zu geben, der die Waliser in Gwent betrifft.« Er brach ab, hob seinen Pokal und trank einen großen Schluck Wein. Matilda sah, daß seine Hand zitterte. Die Aufmerksamkeit aller in der Halle war jetzt auf ihn gerichtet, und es war still bis auf ein gedämpftes Plappern unter den Dienern im hinteren Teil der Halle und das Knurren zweier Hunde in freudiger Erwartung des Resteregens, der, wie sie wußten, bald über sie hereinbrechen würde. Matilda glaubte Megan zu sehen, wie sie, an einen Diener gelehnt, hinten in der Halle stand. Sie fragte sich flüchtig, weshalb die Frau nicht an einer der unteren Tafeln saß, wenn ihr Mann ein Verwalter war. Nell, das hatte sie gleich gesehen, hatte einen Platz unmittelbar am Fuße der Estrade gefunden.

Fürst Seisyll hatte sich in seinem geschnitzten Stuhl zurückgelehnt und sah zu William auf, der neben ihm stand; ein gutmütiges Lächeln lag auf seinem wettergegerbten Antlitz.

»Es ist ein Erlaß zum Tragen von Waffen in dieser Gegend«, fuhr William fort. »Der König hat verfügt, daß es den Walisern nicht länger erlaubt sein soll, unter . . .« Er brach ab, als sich Fürst Seisyll unversehens kerzengerade aufrichtete und mit der Faust auf den Tisch schlug.

»Was?« donnerte er. »Was wagt der König von England für Gwent zu verfügen?«

William sah einen Moment lang reglos auf den anderen hinunter; sein Gesicht war ohne Ausdruck. Dann, langsam und mit Bedacht, legte er das Pergament auf den Tisch, hob die Hand, die noch immer den Dolch umfaßt hielt, und stieß die blitzende Klinge pfeilgerade in die Kehle des Fürsten.

Seisyll wurde halb aus dem Sitz gehoben, seine Hände griffen kraftlos nach Williams Fingern. Er gab ein entsetzliches Gurgeln von sich und brach dann über dem Tisch zusammen. Blut quoll ihm aus dem Mund, ergoß sich auf das weißleinene Tischtuch. Einen Augenblick lang war es völlig still, dann geriet die Halle in Aufruhr. Unter ihren Umhängen zogen Williams Gefolgsleute Schwerter und Dolche hervor, und während Matilda vor Grauen wie gelähmt im Türbogen stand, begannen sie, die unbewaffneten Waliser niederzumetzeln. Sie sah, daß Philip de Braose sein Messer erhob und es dem jungen Prinzen in den Rücken stieß, als dieser sich auf seinen Vater werfen wollte. Dann verließen Philip und Ranulph zusammen die Tafel und eilten zur Tür; unterwegs hieben sie mit ihren Schwertern nach rechts und links. William stand unbewegt da und betrachtete das Gemetzel ringsum. Sein Ärmel war mit dem Blut seines Opfers besudelt, sein Gesicht versteinert.

Inmitten des Gebrülls und Geschreis hallte plötzlich ein unheimlicher und irgendwie noch grauenhafterer Klang von der gewölbten Holzdecke der Halle wider. Ein Soldat hatte sein Schwert dem alten Harfner ins Herz gebohrt, der bei seinem Instrument gesessen und darauf gewartet hatte, dem Gastgeber seines Herrn eine Serenade zu Gehör bringen zu dürfen. Der alte Mann fiel vornüber und verkrallte sich in die Saiten, so daß sie in einem furchterregenden letzten Akkord aufklangen. Als er zu Boden stürzte, sah Matilda, wie der Soldat die Saiten der Harfe mit einem Hieb durchschnitt.

7

Nur allmählich wurde Matilda der Schmerz ihrer Hände bewußt. Sie wandte den Blick von dem Entsetzlichen ab und starrte auf ihre Finger. Einen Moment lang vermochte sie in der Dunkelheit nicht deutlich zu sehen; dann aber, als flackernder Fackelschein über die Wand zuckte, wurde ihr bewußt, daß sie sich an den Türbogen klammerte, als hinge ihr Leben davon ab. Wo sich ihre Fingernägel in die rauhe Fläche gekrallt hatten, bluteten die Finger. Das helle Mauergestein war mit Blut befleckt – mit ihrem Blut.

Gepackt von betäubendem Grauen, das die verzweifelten Schreie des Knaben in ihren Ohren gnädig auslöschte, begann sie sich an der Wand entlangzutasten. Ihr Hemd und ihr Kleid waren schweißdurchtränkt, und der saure Geschmack von Erbrochenem erfüllte ihren Mund, als sie sich die Wendeltreppe hinaufschleppte. In ihrer Hast, zum Söller hinaufzugelangen, bevor sie zusammenbrach, stolperte sie immer wieder über ihre langen Röcke.

Das einzige, was sie noch hörte, war ihr eigener Atem, ein hartes, trockenes Keuchen, das schmerzhaft an ihren Rippen riß, in ihrer Kehle steckenblieb und sie zu erwürgen drohte. Einmal entrang sich ihr ein qualvolles Schluchzen, als sie auf ihren Rocksaum trat und schwer nach vorn fiel; sie streckte schützend die Hände vor, und der Aufprall jagte einen furchtbaren Stich durch ihre Handgelenke und in ihre aufgeschürften Finger.

Das Schlafgemach war leer. Die Binsendochte waren in rauchigem Talggeruch erloschen. Nur noch das Feuer spendete Licht. Benommen kletterte sie in das Bett und blieb starr liegen. Sie lauschte dem Zischen und Prasseln der Kiefernscheite, die einen Regen von Funken über den Fußboden schickten. Funken, die noch eine Weile weiterglommen und dann erstarben. Das ferne Echo eines Schreis hallte die Treppe herauf. Krampfartig wälzte sie sich auf die Seite, zog sich die Decken über den Kopf, versuchte das Geräusch zu ersticken. Dann, endlich, wurde alles schwarz, und sie fühlte, wie sie kreisend in einer tiefen Stille versank.

Einige Zeit später regte sie sich im Schlaf; noch immer hatte sie das Gesicht im Kissen vergraben. Sie erwachte halb, blieb still liegen und lauschte. Eine ferne Stimme rief nach ihr, versuchte, sie zu wecken. Wieder und wieder rief die Stimme einen Namen. Sie lauschte, halb erwacht. Aber sie sträubte sich. Sie wollte nicht aufwachen. Sie konnte sich dem Grauen nicht stellen, das mit dem Bewußtsein kommen mußte.

»Lassen Sie sie schlafen. Sie wird schließlich von selbst aufwachen!«

Die Worte hallten einen Moment lang in ihrem Kopf wider, so klar, daß sie neben dem Bett gesprochen worden sein mußten. Sie wandte das Gesicht ab, die Stimme wich in weite Fernen zurück, und sie versank wieder in der Dunkelheit.

Als sie erneut aufwachte, war es totenstill im Raum. Sie hörte keine Stimmen, und auch aus der großen Halle unten kam kein Laut. Eine Weile blieb sie liegen, das Gesicht im Pelz der Bettdecke vergraben, zu steif und zu benommen, um sich rühren zu können. Sie spürte die muffigen Pelzhaare stachlig an Mund und Nase. Schließlich gelang es ihr, sich umzudrehen. Sogleich wurde sie wieder von Übelkeit überwältigt. Schluchzend ließ sie sich zurückfallen.

Eine Hand berührte ihre Schulter, und etwas Kühles, Feuchtes, Tröstliches wurde ihr sanft in den Nacken gedrückt.

»Ich helfe Euch, meine Lady. Soll ich?« Megans Stimme war kaum mehr als ein Wispern.

Bei ihrem Klang zwang Matilda sich dazu, den Kopf zu heben. Zögernd stützte sie sich auf einen Ellbogen und schaute sich um.

»Megan? Megan, bist du es? Sag mir, daß es nicht wahr ist. Es ist nicht wahr. Es ist nicht ...« Ihre Stimme brach. »Es darf nicht wahr sein.«

Es war dunkel in der Kammer. Matilda tastete nach den Händen der Frau und hielt sie fest. Langsam gewöhnten sich ihre Augen an die Düsternis, und nach einer Weile konnte sie Megans Gesicht vor der verlöschenden Glut des Feuers erkennen. Die Augen waren geschlossen, Tränen rannen ihr über die Wangen, als sie wortlos den Kopf schüttelte.

Lange verharrten beide Frauen regungslos, auf dem Bett aneinandergekauert, und sie hielten einander fest bei den Händen und hörten zu, wie die Holzscheite im Kamin in sich zusammenfielen.

»Wie lange habe ich geschlafen?« fragte Matilda schließlich. Ihre Stimme klang fremd in ihren Ohren. »Wo ist mein ... wo ist William?« Sie schaffte es nicht, ihn ihren Gemahl zu nennen.

Megan öffnete müde die Augen und starrte stumm vor sich hin. Dann schüttelte sie den Kopf. Sie konnte nicht sprechen.

»Ist er noch hier, in der Burg?«

»*Duw*, ich weiß es nicht«, antwortete Megan schließlich mit lebloser Stimme. »Sie haben die Toten hinausgeschafft und das Blut weggeschwemmt. Dann hat Lord de Braose eine Abteilung seiner Männer zu denen geschickt, die in Castle Arnold zurückgeblieben waren. Fürst Seisylls Frau, seine kleinen Kinder ...« Sie begann hemmungslos zu weinen.

»Seine Kinder?« flüsterte Matilda. »William hat befohlen, Seisylls Kinder zu töten?« Ungläubig starrte sie Megan an. »Aber sie sind doch gewiß bewacht? Es werden Leute da sein, die sie beschützen?«

»Wie denn? Wenn alle Mannen des Fürsten mit ihm hergekommen sind, weil sie glaubten, es herrsche Friede zwischen König Henry und den Leuten von Gwent, weil sie auf die Ehre des Königs vertrauten?« Das sanfte Gesicht verzog sich vor Haß.

»Ich muß sie aufhalten!« Matilda warf die Decken zur Seite und kletterte unsicher aus dem Bett. Sie war barfüßig, doch das bemerkte sie nicht. Megan rührte sich nicht, als sie sich zur Treppe begab und kurz in die Stille lauschte, die nur vom Heulen des Windes um die Mauern unterbrochen wurde. Matilda nahm allen Mut zusammen und begann auf Zehenspitzen die Stufen hinunterzusteigen. Der kalte Stein tat ihren Füßen weh.

Die große Halle war leer. Die Binsenmatten waren beiseitegefegt, die Steinplatten des Fußbodens glänzten vor Nässe. Die Tafeln waren aufgehoben und übereinandergestapelt, Stühle und Bänke fortgeräumt. Lautlos ging Matilda auf nackten Sohlen in die Mitte der Halle und blickte sich um. Das Feuer war erloschen. Zwei oder drei heruntergebrannte Fackeln blakten noch in ihren Haltern, aber es war niemand da, sie zu putzen, und so ließ die Zugluft sie abwechselnd auflodern und düster qualmen. Der einzige Geruch, der noch in der Luft hing, war der leichte Duft von Rinderbraten.

»Gütiger Jesus!« hauchte sie. Furchtsam schlug sie das Kreuz, als ihre Augen die leeren, schattendunklen Winkel absuchten, aber nichts regte sich. Die Geister der Toten erschienen noch nicht.

Sie verließ die Halle und machte sich auf die Suche nach ihrem Gatten. Die Wachstube, die Küchen, die Kammern, alles leer. Auch die Kapelle, in der die Wachskerzen bis auf kleine Stümpfe heruntergebrannt waren. Der gesamte Palast war verlassen. Zögernd wandte sie sich schließlich dem Ausgang zu, ging hinaus und schaute hinunter in den dunklen Vorhof.

Er war voller schweigender Menschen. Jeder Mann, jede Frau, jedes Kind aus der Burg und der Siedlung schien anwesend zu sein. Sie umstanden den riesigen Berg der Toten. Dahinter sah sie ein paar von Williams Wachen; sie sprachen leise miteinander, sahen einander voller Unbehagen an und spähten in die Schatten oder zu der herabgelassenen Zugbrücke hinüber. Anscheinend warteten sie alle auf etwas - oder auf jemanden. Aber nirgendwo eine Spur des dunklen, verzerrten Gesichts, das ihrem Gemahl gehörte.

Matilda trat über die Schwelle und stieg langsam die Holztreppe hinunter. Die fragenden Gesichter, die sich ihr allenthalben zuwandten, wurden ihr nur halb bewußt. Ihr Blick war starr auf die Leiber der Toten gerichtet. Die Waliser traten beiseite, um sie durchzulassen. Sie beobachteten, wie sie vorwärtsschritt, die meisten von ihnen um gut einen Kopf überragend, eine majestätische, schlanke Gestalt in ihrem scharlachrot und golden schimmernden Gewand, die schließlich vor den Opfern ihres Gemahls stehenblieb. Ein eisiger Wind war aufgekommen. Er peitschte ihr langes Haar und riß es aus den losen Zöpfen. Megan mußte ihr im Schlaf die Haube abgenommen haben. Sie hatte es nicht bemerkt.

Lange stand sie mit gesenktem Kopf da. Endlich blickte sie auf und schaute die Männer an, die ihr Mann ermordet hatte. Der Leichnam des Fürsten Seisyll lag ein Stück weit abseits. Jemand hatte ihm die Arme über der Brust gekreuzt. An seinem Zeigefinger glitzerte ein dunkelroter Stein kalt im Fackelschein.

Langsam wanderte ihr Blick zurück zu dem blutigen Haufen und suchte die Leiche des Sohnes, jenes Knaben, der ihr in seiner aufgeregten Fröhlichkeit so ähnlich gewesen war. Er lag ausgestreckt unter einem anderen Mann, den Kopf zurückgeworfen, den Mund weit aufgerissen vor Entsetzen über das, was er gesehen hatte. Ein Blutgerinnsel war auf dem bartlosen Kinn geronnen. Seine Finger umklammerten noch immer das leinene Mundtuch, das der Page ihm gereicht hatte, als William das Wort ergriffen hatte.

Matildas Füße spürten die Kälte nicht, als sie über das Pflaster zum Torhaus und über die Zugbrücke ging. Sie spürte überhaupt nichts mehr. Niemand versuchte, sie aufzuhalten. Die Wachen wichen zur Seite und stellten sich hinter ihr wieder unter dem Torbogen auf.

Langsam ging sie zu der schimmernden Fläche des Flusses hinunter. Ihr Haar war jetzt völlig offen und umwehte ihren Kopf wie eine Wolke. Der Wind trug Schauer von eisigen Regentropfen aus der stahlweißen Öde der Berge heran, aber sie sah sie nicht, und sie fühlte auch nicht, wie sie in ihrem Gesicht brannten. Irgendwie schien sie ihren Weg zu finden, als sie blicklos durch die Dunkelheit schritt und den Bäumen auswich, den Büschen und dem Gestein, das aus dem Boden ragte. Der kalte Mond blinkte unstet zwischen den jagenden Wolken hervor und spiegelte sich unten im Usk, an dessen Ufer sie für eine Weile stehenblieb und in das leuchtende Wasser starrte. Dann ging sie weiter. Bald war die Burg nicht mehr zu sehen, und sie war allein unter den wispernden Bäumen. Hier war der Schnee geschmolzen und im Netz des Wurzelwerks zu Matsch geworden. Der Pfad unter ihren Füßen wurde schlammig und zerrte an der durchtränkten Schleppe ihres Gewandes.

Es dauerte ein paar Minuten, bis sie merkte, daß jemand mit ihr sprach; mit ruhiger, aber beharrlicher Stimme auf sie einredete.

»Jetzt erreiche ich sie«, sagte Carl Bennet leise zu der erregten Frau an seiner Seite. Er saß vorgebeugt auf der Sesselkante und starrte Jo gespannt an. Draußen hatte es wieder zu regnen begonnen; die Tropfen liefen die Scheiben herab und sammelten sich zu kleinen schwarzen Pfützen im Schmutz der staubigen Fensterbretter.

»Jo? Matilda? Kannst du mich hören?«

Seine Stimme klang wieder professionell ruhig und besänftigend; nur die Schweißperlen auf seiner Stirn verrieten die Anspannung der vergangenen Stunde.

Jo bewegte sich auf dem Sofa und drehte sich halb zu ihm. »Wer ist das?« fragte sie. »Der Schneeregen verdunkelt das Mondlicht. Ich kann nicht richtig sehen.« Sie schlug die Augen auf und starrte Bennet blicklos an. »Bist du es? Der walisische Knabe, der mir Essen gebracht hat? Ich wußte nicht, was geplant war. Du mußt mir glauben, ich wußte es nicht . . .« Wieder liefen ihr Tränen über die Wangen. Sie versuchte sich an Bennets Jackett zu klammern.

Bennet wich ihren Fingern aus. Er beugte sich vor, legte ihr sanft die Hände auf die Schultern und drängte sie zurück auf die Polster.

»Hör zu, meine Liebe, ich werde dich jetzt aufwecken. Ich möchte, daß du zu uns zurückkehrst. Ich zähle jetzt bis drei. Danach wirst du aufwachen und Joanna Clifford sein. Du wirst dich an alles erinnern, aber du wirst entspannt und glücklich sein. Verstehst du mich?« Einen Moment lang glaubte er, sie habe ihn nicht gehört, aber wenig später sanken ihre Hände herab. Sie hörte auf, sich zu sträuben. Er beobachtete ihr Gesicht und wartete auf das leichte Kopfnicken, das nach langem Schweigen tatsächlich kam.

»Braves Mädchen«, lobte er leise. »So. Eins, zwei, drei.«

Er wartete nur noch einen Augenblick. Dann lehnte er sich in seinem Sessel zurück und nahm die Brille ab.

Jo lag bewegungslos da und blickte Bennet an, dann seine Sekretärin, dann wieder ihn. Zunächst sagte niemand ein Wort.

Dann, als sich Jo mit den Fingern durchs Haar fuhr, stand Bennet auf. »Ich glaube, wir könnten jetzt alle einen Kaffee vertragen«, sagte er mit zitternder Stimme. »Wären Sie so nett, Sarah, bitte?«

Er ging zum Tisch hinüber und stellte das Tonbandgerät ab. Dann atmete er tief durch. »Nun, wie fühlen Sie sich, Jo?« fragte er in leichtem Plauderton. Als er seine Brille endlich zu seiner Zufriedenheit poliert hatte, setzte er sie wieder auf die Nase.

»Ich weiß nicht. O Gott. Mir ist kalt. Meine Füße sind wie erfroren.« Sie beugte sich vor und rieb sie. »Und meine Finger tun weh. Meine Güte, ich glaub's nicht!« Sie vergrub das Gesicht in den Händen.

Bennet warf einen Blick zur geöffneten Tür. Aus der Küche hörte man das Klappern von Tassen.

»Erinnern Sie sich an alles?« erkundigte er sich behutsam. Er nahm die Spule vom Tonbandgerät und hielt sie leicht zwischen Daumen und Zeigefinger.

»O ja, ich erinnere mich. Wie könnte ich es vergessen!« Jo sah ihn an. Er erkannte den blinden Schmerz wieder, den er auch gesehen hatte, als sie in der Hypnose ihre Rolle gespielt hatte. »All das Blut«, flüsterte sie. »Das Sterben dieser Männer. Es zu riechen! Wußten Sie, daß Blut riecht? Und Angst auch? Der Gestank der Angst!« Unsicher stand sie auf, ging zum Fenster. »Dieser Junge, Doktor. Er kann nicht älter als fünfzehn gewesen sein. Er sah seinen Vater sterben, und dann ...« Ihre Stimme wurde ein rauhes Flüstern. Dann brach sie ab.

Sarah kam leise zurück und stellte das Tablett auf den Schreibtisch. Bennet legte einen Finger an den Mund. Er beobachtete Jo aufmerksam. Zorniges Gehupe erfüllte die enge Straße draußen, aber keiner der drei nahm Notiz davon.

Jo wandte sich wieder ins Zimmer. Ihr eigener kleiner Kassettenrecorder stand immer noch auf dem Boden neben dem Sofa.

»Kommen Sie, trinken Sie einen Kaffee«, sagte er ruhig. »Wir können es uns später anhören.«

»Ich glaube es immer noch nicht«, sagte sie, setzte sich und nahm die Tasse, die er ihr reichte. Sie klirrte leise auf der Untertasse, und Jo griff fester zu. »Irgendwie haben Sie mich eingewickelt. Nein, nicht mit Absicht, aber auf irgendeine Weise. Es ist ausgeschlossen, daß all das Wirklichkeit war, und doch könnte ich so etwas nicht geträumt haben. Diese Obszönität, den Tod dieses Jungen.«

Mit kleinen Schlucken trank sie ihren Kaffee; dann zwang sie sich zu einem Lächeln. »So, dann sagen Sie mir, was Sie davon hielten. Wie habe ich mich als Hypnoseobjekt gemacht?«

Einen Augenblick lang nagte Bennet an seiner Oberlippe. »Ich glaube, ich kann in aller Aufrichtigkeit sagen, daß Sie das beste Objekt waren, mit dem ich je gearbeitet habe«, meinte er schließlich. »Wie ich schon sagte, die Sensitivität der Menschen ist ernorm unterschiedlich. Häufig sind mehrere Sitzungen nötig, bevor eine Trance erreicht wird, die so tief ist, daß ein sinnvoller Kontakt zu einer anderen Persönlichkeit hergestellt werden kann.« Er nahm einen großen Schluck Kaffee. »Aber diese Matilda. Sie war so klar, so lebendig.« Er stand wieder auf. »Und so machtvoll. Ist Ihnen klar, daß Sie mir außer Kontrolle geraten sind? Das ist mir in meiner jahrelangen Erfahrung noch nie passiert. Ich habe versucht, die Trance zu brechen, konnte es aber nicht!«

Jo sah ihn an. »Ich habe irgendwo gelesen, daß so etwas nicht passieren kann.«

Er zuckte mit den Schultern. »Es war nur kurze Zeit. Kein Grund zur Besorgnis. Aber es war faszinierend! Wollen Sie schon über das sprechen, was Sie in Erinnerung haben?«

Jo überlegte. Dann schüttelte sie langsam den Kopf und konzentrierte sich auf die dampfende schwarze Flüssigkeit in ihrer Tasse; noch immer kämpfte sie gegen die ungewohnten Emotionen an, die sie zu überwältigen drohten. »Gleich. Es tut mir leid, Doktor Bennet, aber mir ist ziemlich eigenartig zumute.«

Er beobachtete sie aufmerksam. »Ich bezweifle, daß Sie je zuvor ein Massaker erlebt haben, meine Liebe«, erklärte er trocken. »Es wäre verwunderlich, wenn Sie nicht aufgeregt wären.«

»Aufgeregt! Aber mir ist, als wäre ich leibhaftig dabeigewesen. Es war grauenhaft!«

»Sie waren dabei. Für Sie war jede Einzelheit des Erlebnisses Realität.«

»Nicht nur für Sie«, fügte Sarah hinter ihm leise hinzu.

»Es war eine Halluzination, eine Art Traum.« Jo stellte langsam ihre Tasse ab. »Das alles müssen Sie mir in den Kopf gesetzt haben. Sie wollen mir doch nicht erzählen, ich sei die Reinkarnation dieser Frau ...«

»Ich will Ihnen gar nichts erzählen«, unterbrach Bennet seufzend. »Wir haben gerade erst begonnen, uns auf eine Erklärung für derartige Phänomene zuzutasten. Wir können nichts weiter tun, als die Ereignisse genau aufzuzeichnen und die diversen Hypothesen gegeneinander abzuwägen. Ich glaube zwar an Reinkarnation, aber es kann, wie Sie sagen, durchaus auch eine Art Traumsequenz sein. Mag sein, daß es lediglich aus Ihrem Unterbewußtsein kommt. Wir wollen ergründen, ob die Ereignisse, die Sie anscheinend durchlebt haben, tatsächlich stattgefunden haben oder nicht. Dazu zeichnen wir jedes Detail auf, an das Sie sich erinnern können.« Er nahm seine Brille ab und lächelte müde. »Aber eines kann ich Ihnen versichern. Ich habe Ihnen diese Idee nicht in den Kopf gesetzt, weder telepathisch noch verbal. Zumindest was das Letztere angeht, werden die Tonbandaufnahmen zeigen, daß ich die Wahrheit sage, ebenso meine große Unkenntnis, was die walisische Geschichte angeht. In Wien vor dem Kriege haben wir über Wales bedauerlicherweise kaum etwas gelernt.« Er lächelte. »Aber wir werden jetzt nicht weiter darüber sprechen, wenn Sie es nicht möchten. Sie sind erschöpft. Später werden wir auswerten, was geschehen ist. Aber was auch die Erklärung sein mag, die Tatsache bleibt bestehen, daß Sie erstaunlich empfänglich für Hypnose sind. Sie sind zu den tiefsten Ebenen der Trance vorgedrungen, und beim nächsten Mal ...«

»Beim nächsten Mal?« fiel Jo ihm ins Wort. »O nein! Tut mir leid, aber das schaffe ich nicht. Ich habe genug Material für meinen Artikel. Das ist alles, was ich will.«

Einen Augenblick lang sah er sie bestürzt an. »Natürlich kann ich Sie nicht zwingen, aber ich hoffe inständig, daß Sie wiederkommen werden. Nicht nur wegen Ihrer eigenen Recherchen, sondern auch, um mir bei meinen zu helfen. Diese Matilda scheint ein bemerkenswertes Mädchen zu sein. Ich würde gern mehr über sie erfahren.«

Jo zögerte. »Es ist interessant, das gebe ich zu, aber es gefällt mir nicht. Ich war so sehr in Ihrer Macht, unter Ihrer Kontrolle. Beim nächstemal könnten Sie mich fliegen lassen oder mich steif machen wie ein Brett – was weiß ich?« Sie erschauerte.

»Katalepsie.« Er lächelte. »Sie waren in einem weit tieferen Trancezustand, als für eine Katalepsie nötig, meine Liebe.«

Sie wollte gerade ihr Notizbuch einstecken, fuhr bei seinen Worten aber herum. »Soll das heißen, Sie hätten so etwas mit mir anstellen können?«

»Selbstverständlich.«

»Sie haben es aber nicht getan.«

»Nein. Manche Praktiker messen mit dieser Methode zwar noch immer die Tiefe der erreichten Trance, aber ich ziehe eine Nadel vor.« Seine Augen zwinkerten hinter den Brillengläsern.

»Eine Nadel?«

»Ja. Ich habe Ihnen eine Nadel in die Hand gestochen. Wären Sie nicht in hinreichend tiefer Trance gewesen, hätten Sie selbstverständlich geschrien und geblutet.«

Jo betrachtete ungläubig ihre Hände. »Und ich habe es nicht getan?«

»Nein.«

Ihr schauderte. »Das ist ja schauerlich. Am Ende könnten Sie jemanden völlig in Ihrer Gewalt haben, ohne daß er es je weiß.«

Carl wirkte gekränkt. »Meine Liebe, wir haben einen Ehrenkodex - wie alle Ärzte.«

»Für den Fall, daß Sie auf unanständige Gedanken kommen?« Jo lächelte.

»Auch Hypnosetherapeuten sind Menschen«, entgegnete er.

»Und als solche auch verwundbar durch das, was ich in der Illustration über sie schreibe?« Jo hängte sich die Tasche über die Schulter. Sie merkte, daß ihre Knie immer noch zitterten.

Bennet winkte ab. »Ich gebe zu, daß ich einige Ihrer Arbeiten gelesen habe. Ich hielt sie für gut recheriert und objektiv. Mehr kann ich in meinem Fall auch nicht von Ihnen verlangen.«

»Auch wenn ich mich zu Ihrer Reinkarnationstheorie nicht habe bekehren lassen?«

»Ich bitte Sie nur um Unvoreingenommenheit.« Er ging ihr voran zur Tür. »Sind Sie sicher, daß Sie sich wohl genug fühlen? Möchten Sie sich nicht noch ein Weilchen ausruhen?«

Sie schüttelte den Kopf; plötzlich wollte sie nur noch ins Freie.

»Dann sage ich auf Wiedersehen. Ich bitte Sie, sich zu überlegen, ob Sie nicht doch zu einer weiteren Sitzung kommen möchten. Dadurch könnte manches für uns beide klarer werden.«

»Nein. Es tut mir leid.«

»Na schön. Darf ich Sie dann wenigstens bitten, ihre Erinnerungen detailliert niederzuschreiben?« bat er. »Sie werden feststellen, daß Ihre Erinnerung klar und vollständig ist. Weit umfangreicher als das, was Sie mir bisher geschildert haben.« Er stand in der Tür und versperrte ihr den Weg. »Und Sie werden einen Blick in die Geschichtsbücher werfen, um herauszufinden, ob Matilda tatsächlich existiert hat?«

Sie lächelte knapp. »Ich werde es tun. Ich werde alles genau überprüfen. Das verspreche ich Ihnen.«

»Und Sie werden es mir erzählen, wenn Sie etwas finden? Irgend etwas?« Er drückte ihre Hand.

»Ich werde Ihnen auf jeden Fall eine Kopie des Artikels schicken, bevor er in Druck geht.«

Er seufzte. »Ich freue mich darauf. Aber denken Sie daran – Sie wissen, wo Sie mich finden, wenn Sie mich brauchen.«

Er sah ihr nach, als sie den langen Gang zur Treppe ging; dann schloß er die Tür und lehnte sich dagegen.

Sarah stellte die Tassen zusammen. »Glauben Sie, daß sie wiederkommt?« fragte sie über die Schulter.

»Dieses Mädchen ist das beste Hypnoseobjekt, das mir je über den Weg gelaufen ist«, sagte er nachdenklich.

Sarah ging mit dem Tablett auf die Küchentür zu. »Und trotzdem hat Ihnen vor diesem Termin gegraut.«

Er nickte. »Pete Leveson hat mir erzählt, wie ablehnend sie war. Noch bevor sie mir begegnet war, hatte sie schon entschieden, ich sei ein Scharlatan.« Er lachte leise. »Aber gerade die Willensstarken sind, wenn sie sich schließlich in die Hypnose fügen, bei weitem die besten Medien. Aber sie wird wiederkommen.« Er lächelte Sarah vage an, nahm wieder seine Brille ab und forschte nach einem imaginären Stäubchen auf dem Glas. »Wenn sie nur halbwegs die Journalistin ist, für die ich sie halte, kommt sie wieder.«

8

Das Taxi fuhr an, und Jo lehnte sich zurück und schloß die Augen vor dem gleißenden Sonnenlicht, das sich in den Wasserfontänen spiegelte, die der Straßenverkehr aufsprühen ließ. Dann öffnete sie sie wieder und sah auf die Uhr. Es war gerade fünf. Sie hatte vierundzwanzig Stunden voller Angst und Grauen durchlebt, und es war gerade fünf! Ihre Hände zitterten.

Mit quietschenden Bremsen stoppte das Taxi vor einer Ampel, und ihre Tasche rutschte vom Sitz auf den Boden. Als sie sich bückte, um sie aufzuheben, verzog sie das Gesicht. Ihre Fingerspitzen fühlten sich an wie zerschrammt und zerschnitten, und doch waren sie unversehrt. Sie dachte daran, wie sie sich an das rohe Mauerwerk geklammert hatte, um nicht ohnmächtig zu werden, während sie das Gemetzel an Williams Gästen mitansah. Sie schluckte heftig und schob die Hände tief in die Taschen ihrer Jacke, während sich der Taxifahrer kundig durch den Verkehr in Richtung Kensington schlängelte. Die Trennscheibe war fest geschlossen, und so war sie allein mit ihren Gedanken. Sie fühlte sich merkwürdig desorientiert; halb war sie im Geiste immer noch in den Traum verstrickt, und das Tosen des Berufsverkehrs ringsum war ihr fremd. Es war, als sei dies die unwirkliche Welt und jene andere, kalte Vergangenheit der Ort, an den sie wirklich gehörte.

In ihrem Apartment war es kühl und schattig, und der Duft der Nelken in einer Vase beim Bücherschrank lag in der Luft. Sie öffnete die Glastüren zum Balkon, blieb ein Weilchen stehen und schaute auf die Bäume hinunter. Ein neuer Regenschauer zog auf; dichte Wolken jagten ihre Schatten über die Dächer der Häuser.

Jo ging in die Küche, nahm Apfelsaft aus dem Kühlschrank und goß sich ein Glas ein. Sie ging damit ins Bad, stellte es vorsichtig auf dem Wannenrand ab und drehte die Dusche auf. Sie zog sich aus und stellte sich unter das lauwarme Wasser, hielt das Gesicht dem prasselnden Strahl entgegen, ließ das Wasser durch die schmerzenden Finger laufen. Lange blieb sie so stehen und gestattete sich kein Nachdenken. Sie fühlte nur den sauberen Strom des Wassers, das sie überspülte. Gleich würde sie in ihren kühlen Baumwollbademantel schlüpfen, sich an den Schreibtisch setzen und ihre Notizen ausarbeiten, wie sie es nach einem Interview immer tat, solange ihre Erinnerung daran noch frisch war. Allerdings hatte sie diesmal kaum Notizen; nur der kleine Kassettenrecorder erwartete sie auf dem Stuhl neben der Wohnungstür.

Langsam frottierte sie sich das Haar; dann trank sie einen Schluck aus ihrem Glas und wanderte ins Wohnzimmer. Sie strich mit den Fingern über die Tasten der Schreibmaschine, schaltete sie aber nicht ein.

In der obersten Schreibtischschublade lag das Typoskript der ersten Rohfassung ihres Artikels. Sie erinnerte sich an die Einleitung, die sie entworfen hatte: »Würden Sie gern herausfinden, daß Sie in einem früheren Leben eine Königin oder ein Kaiser waren? Daß Sie, wie Sie ja immer schon ahnten, nicht ganz und gar von dieser so profanen Welt sind? Daß in Ihrer Vergangenheit Geheimnisse liegen, Glanz und Abenteuer, die nur darauf warten, daß Sie sich an sie erinnern? Hypnotiseure behaupten, sie können Sie in diese Vergangenheit zurückführen, mit Hilfe ihrer Regressionstechniken. Was steckt hinter diesen Behauptungen? Joanna Clifford hat es untersucht . . .«

Ja, Joanna Clifford hat es untersucht und sich dabei die Finger verbrannt, dachte sie kläglich. An mittelalterlichem Stein. Wieder untersuchte sie ihre Fingernägel. Sie fühlten sich noch immer an, als seien sie abgeschürft und gebrochen, aber nirgends war eine Verletzung zu sehen; sogar der Nagellack war unbeschädigt. Sie erinnerte sich plötzlich lebhaft an das kleine, blaugestrichene Arbeitszimmer in Edinburgh. Auch damals waren ihre Hände verletzt gewesen. Sie dachte schaudernd an die Blutspuren auf dem Sisalteppich. »O Gott!« Sie kämpfte eine Woge der Übelkeit nieder. Hatte Cohen sie etwa doch hypnotisiert? Hatte sie das blutige Massaker schon einmal miterlebt, in Edinburgh? War es das, was Sam ihr hatte erzählen wollen? Sie holte ihren Kassettenrecorder, stellte ihn auf den flachen Couchtisch, kniete sich auf den Teppich, drückte auf die Rücklauftaste und lauschte auf das Surren des rückwärts spulenden Bandes. In der Mitte stoppte sie es und drückte die Wiedergabetaste.

»William liest jetzt den Brief, und der Fürst hört ihm zu. Aber er ist zornig. Er unterbricht. Es gibt Streit. William blickt auf ihn hinunter und legt das Pergament weg. Er hebt seinen Dolch. Er will . . . O nein, nein, NEIN!« Ihre Stimme war zu einem Kreischen geworden.

Jo wollte sich die Hände gegen die Ohren pressen, um das entsetzte Schreien auf dem Tonband nicht mehr hören zu müssen, zwang sich aber, weiter zuzuhören. Eine zweite Stimme war zu vernehmen. Es war Sarah, und sie schien Angst zu haben. »Um Gottes willen, Carl, holen Sie sie da raus! Worauf warten Sie denn?«

»Hör mir zu, Jo. Hör doch zu!« Bennets ruhige, geduldige Stimme klang angespannt. »Matilda, hörst du mich?« Jetzt rief er. »Ich werde jetzt bis drei zählen. Und dann wirst du aufwachen. Hör mir zu . . .«

Aber ihre eigene Stimme oder die Stimme jener anderen Frau, die durch sie sprach, redete weiter und weiter, fegte seine Bemühungen beiseite. Jo atmete schwer, und ihr Puls hämmerte in ihren Schläfen.

Dann war es still. Nur noch ein Keuchen war zu hören - sie wußte nicht, von wem es kam. Jo vernahm ein scharfes Klappern, als etwas umgestoßen wurde, und dann Bennets Stimme, dicht am Mikrophon. »Lassen Sie mich ihr Gesicht berühren. Vielleicht mit den Fingerspitzen . . . so. Matilda? Kannst du mich hören? Ich will, daß du mich hörst. Ich werde bis drei zählen, und dann wirst du aufwachen. Eins, zwei, drei!«

Lange blieb es still; dann rief Sarah: »Sie haben sie verloren, Carl. Um Gottes willen, Sie haben sie verloren!«

Bennet klang erschöpft. »Wir können nichts tun. Lassen Sie sie schlafen. Sie wird schließlich von selbst aufwachen.«

Jo fuhr erschrocken hoch. Sie erinnerte sich deutlich daran, daß sie das schon einmal gehört hatte. Seine Stimme hatte sie erreicht, als sie halb wach in der schattendunklen Schlafkammer auf Abergavenny gelegen hatte, aber sie - oder Matilda - hatte sich dem Ruf widersetzt und war wieder bewußtlos geworden.

Das scharfe Klirren von Glas an Glas klang aus dem Lautsprecher. Bennet hatte also etwas trinken müssen, während sie, eingeschlossen in einer Stille, in die er ihr nicht folgen konnte, angefangen hatte, die verlassene, winddurchwehte Burg zu durchsuchen.

Ein paar Minuten lang lief das Band stumm weiter. Dann ertönte

Sarahs aufgeregte Stimme. »Carl, ich glaube, sie wacht auf. Ihre Lider flattern.«

»Jo. Jo?« In der nächsten Sekunde war Bennet am Mikrophon.

Jo hörte sich selbst rauh stöhnen. »Da ist jemand. Wer ist das?«

»Jetzt erreichen wir sie wieder.« Bennets murmelnde Stimme klang erleichtert. »Jo? Kannst du mich hören? Matilda?« Ein Rauschen kam vom Band. Jo beugte sich vor und spitzte die Ohren. Aber es kam nichts mehr. Mit einem scharfen Klick schaltete sich das Gerät ab. Das Band war zu Ende.

Nick stürmte aus dem Büro und rannte die Treppe hinunter auf die Straße. Das Unwetter hatte sich verzogen. Der Himmel war wieder klar, aber das Regenwasser gurgelte noch durch den Rinnstein, als er zum Parkplatz sprintete.

Jos Wohnungstür war nur angelehnt. Stirnrunzelnd schob er sie auf. Diese Unvorsichtigkeit paßte nicht zu ihr.

»Jo? Wo bist du?« rief er. Er schaute ins Wohnzimmer. Sie saß auf dem Boden, das Gesicht bleich und angespannt, das Haar noch feucht von der Dusche. Er sah sofort, daß sie geweint hatte.

»Was ist? Fehlt dir etwas?« Er war mit zwei Schritten bei ihr, hockte sich neben sie und legte ihr den Arm um die Schulter. »Du siehst schrecklich aus, Schatz. Nichts ist es wert, daß man sich darüber so sehr aufregt. Ignorier ihn einfach, den verdammten Artikel. Er ist nicht wichtig. Niemanden interessiert es, was drinsteht.« Er nahm ihre Hand. »Du bist ja eiskalt! Um Gottes willen, Jo!«

Endlich sah sie ihn an und schob ihn von sich. »Mach mir einen großen Drink, bitte, Nick.«

Er betrachtete sie forschend. Dann stand er auf. In der Küche fand er Scotch und zwei Gläser. »Es paßt nicht zu dir, einfach zusammenzuklappen, Jo«, rief er über die Schulter. »Du bist eine Kämpferin, weißt du das nicht mehr?« Er trug die Drinks herein und reichte ihr ein Glas. »Es war Tims Schuld. Er hätte dich gestern abend warnen und dir sagen sollen, was vielleicht kommen würde.«

Sie trank einen großen Schluck und stellte das Glas auf den Tisch. »Wovon redest du?« fragte sie. Ihre Stimme war heiser.

»Von der Veröffentlichung in der *Mail.*«

Müde schüttelte sie den Kopf. »Ich habe heute noch keine Zeitung gelesen. Ich war den ganzen Vormittag zu Hause, und am Nachmittag war ich . . . unterwegs.« Sie langte nach dem Glas. »Sie haben es also gebracht? Den großen Streit zwischen deiner vergangenen und deiner jetzigen Geliebten. Muß ja toll für dein Ego sein.« Mit mattem Lächeln streckte sie die Hand aus. »Zeig mal. Was steht denn drin?«

»Ich habe sie nicht mitgebracht.« Er setzte sich auf die Kante des

Couchtisches. »Wenn du nicht darüber so aufgeregt bist, Jo, was ist denn dann passiert?«

»Ich war bei einem Hypnosetherapeuten.«

»Du warst was?« Nick sprang auf.

Sie zog an ihrer Zigarette und sah ihn schweigend an.

»Weißt du, es ist kein Betrug«, sagte sie schließlich. »Ich habe keine Erklärung dafür, aber was immer es war, es kam aus mir, nicht von ihm.« Sie balancierte die Zigarette auf dem Rand des Aschenbechers und griff erneut nach ihrem Glas. »Es war so real. So beängstigend. Wie ein Alptraum, aber ich schlief nicht.«

Nick sah auf die Uhr. »Jo, ich werde Judy anrufen. Ich sage ihr, ich schaff's heute abend nicht.« Er schwieg und wartete auf ihren Widerspruch, aber sie sagte nichts.

Sie lehnte sich zurück und nippte an ihrem Glas, während er die Nummer wählte; unbeteiligt sah sie zu, wie er sich mit einer Hand die Krawatte über den Kopf abstreifte und sein Hemd aufknöpfte. Der Whisky begann sie zu wärmen. Zum erstenmal seit Stunden hörte sie auf zu zittern.

Nick war kurz, fast schroff am Telephon. Rasch legte er auf, kam zu ihr und setzte sich. »So«, sagte er. »Nun erzähl mal von Anfang an.« Er beugte sich vor und drückte ihre vergessene Zigarette aus. Sie protestierte nicht. »Ich nehme an, du hast alles auf Band?« Er deutete mit dem Kopf auf das Gerät.

»Alles bis auf die letzten paar Minuten.«

»Möchtest du, daß ich es mir anhöre?«

Sie nickte. »Du mußt zurückspulen.« Sie sah zu, wie er die Kassette aus dem Gerät nahm und umdrehte; dann stand sie auf. »Ich gehe so lange ins Schlafzimmer.«

Nick warf ihr einen Blick zu. »Willst du es nicht noch mal hören?«

»Nein«, sagte sie ruhig. »Wir sprechen darüber, wenn du es gehört hast.« Sie ging.

Es dauerte lange, bis Nick erschien. Sie sah ihm ruhig entgegen. Mit düsterem Gesichtsausdruck setzte er sich zu ihr aufs Bett.

»Wieviel davon hast du noch in Erinnerung?« fragte er.

»Alles.«

»Und du hast ihm nichts vorgemacht?«

Sie setzte sich auf und schwang die Beine über die Bettkante. »Klang ich, als ob ich ihm etwas vormachte? Oder er vielleicht?«

»Schon gut, es tut mir leid. Ich mußte mich vergewissern. Möchtest du jetzt darüber sprechen?«

»Ich weiß nicht.« Sie hüllte sich fester in ihren Bademantel. »Nick, das alles ist verrückt. Ich bin Journalistin. Ich habe einen Job. Ich führe Recherchen durch, wie ich es immer tue – methodisch. Ich gestatte mir nicht, mich auf irgendeine Weise persönlich zu verstricken.

Ein Teil von mir kann die ganze Sache objektiv sehen. Aber ein anderer Teil . . .« Sie zögerte. »Ich war so sicher, daß es ein Trick ist. Aber es war so real, so furchtbar real. Ich war wieder ein Kind, Nick. Selbstsicher und doch unsicher, überwältigt von der Tatsache, daß ich schwanger war, und gleichzeitig so stolz darauf. Denn damit war ich eine Frau aus eigenem Recht und Williams Mutter gleichgestellt!« Sie schlug die Hände vors Gesicht. »Das ist es, was Frauen jahrtausendelang empfunden haben, Nick. Den Stolz, das Vehikel für die Kinder der Männer zu sein. Und ich habe es empfunden! Ich!« Sie lachte unglücklich auf.

Nick hob eine Augenbraue. »Manche Frauen sind immer noch stolz auf diese Rolle, Jo. Nicht alle sind fanatische Feministinnen, Gott sei Dank!« Seine Stimme klang ungewöhnlich sanft. »Du erinnerst dich also an alles, was sie empfunden hat? Auch an Dinge, die du nicht ausgesprochen hast?«

»Ich weiß nicht. Aber daran erinnere ich mich: Ich habe mir triumphierend die Arme um die Schultern geschlungen, weil ich von ihm schwanger war und einen Weg gefunden hatte, mich seinen Zudringlichkeiten zu entziehen. Im Bett muß er eine Bestie gewesen sein.« Ihre Stimme bebte. »Diese arme verirrte Seele. Wahrscheinlich hat sie am Ende ein Mädchen zur Welt gebracht, nicht den kostbaren Sohn, von dem sie geredet hat, oder sie ist im Kindbett gestorben oder so was. O Gott, Nick – das war ich. Ich konnte das alles fühlen, hören, sehen, riechen. Ich konnte sogar das Essen schmecken, das der Junge mir brachte. Der Wein war dünn und sauer. Ich hab so was noch nie getrunken. Und das Brot war grob, fast sandig und hatte ein starkes Aroma. Als ich es aß, kam es mir nicht merkwürdig vor. Ich könnte schwören, ich habe immer noch Bröckchen davon zwischen den Zähnen.«

Nick lächelte, aber sie redete weiter: »Es war alles so lebendig. Fast zu real. Als wäre ich auf einer Art Trip gewesen.«

»Danach sieht's aus«, sagte Nick langsam. »Offensichtlich hast du äußerst lebhafte Halluzinationen gehabt. Aber mehr war es nicht, Jo. Das mußt du mir glauben. Die Frage ist nur, woher kamen sie? Woher kommen all die Geschichten, die Menschen unter Hypnose erleben? Ich nehme an, das ist doch die Basis deines Artikels.« Er zögerte. »Glaubst du, dieses Massaker hat wirklich stattgefunden?«

Sie zuckte mit den Schultern. »Ich habe ein Datum genannt, oder? Im zwanzigsten Regierungsjahr von König Henry. Es gibt acht Henrys, unter denen wir aussuchen können.« Sie lächelte. »Und Abergavenny natürlich. Ich bin nie dort gewesen, aber ich weiß, daß es irgendwo in Wales ist.«

»In South Wales«, ergänzte er. »Ich war als Kind mal da, aber an eine Burg kann ich mich nicht erinnern.«

»Oh, Nick! Das alles ist völlig verrückt!«

»Was für ein Gefühl war es, hypnotisiert zu werden?« fragte er neugierig.

Sie seufzte. »Das ist ja das Dumme. Ich weiß es nicht. Ich glaube, ich habe nicht gemerkt, wie es passierte. Es war nicht so, als ob ich einschliefe oder so was. Außer, wenn ich wirklich einschlief, in meinem Bett auf der Burg. Nur war das kein richtiger Schlaf, weil der Zeitmaßstab ein anderer war. Ich habe zwei Tage durchlebt, Nick, in weniger als zwei Stunden.« Sie ließ sich auf das Kissen zurücksinken und sah ihn an. »Das ist auch damals geschehen, nicht wahr? Als Sam dabei war. Sie haben mich doch hypnotisiert, und sie haben auch damals die Kontrolle über mich verloren.«

Er nickte. »Sam sagt, sie haben dir befohlen, dich an die Ereignisse nicht zu erinnern, weil es dich zu sehr aufregen würde. Und er sagte, ich dürfe mit dir nicht darüber sprechen, Jo; deshalb konnte ich dir nicht erzählen . . .«

»Ich habe die gleichen Szenen also schon einmal erlebt«, stellte sie fest. »Damals hab ich das Massaker auch mitangesehen.«

Nick wandte den Blick ab. »Das weiß ich nicht, Jo. Du mußt mit Sam sprechen . . .«

»Es muß das Massaker gewesen sein, denn die Hände habe ich mir verletzt, als ich mich an den steinernen Bogenpfeiler krallte. Aber in Edinburgh hat es richtig geblutet. Meine Finger waren zerschrammt und blutig; sie taten nicht nur weh!«

Nick umfaßte sie sanft. »Komm«, sagte er. »Wir brauchen noch einen Drink. Und etwas zu essen. Hast du etwas da?«

Mit Mühe richtete sie ihre Gedanken wieder auf die Gegenwart. »Im Gefrierschrank. Ich habe heute vergessen, einzukaufen.« Sie lächelte zerknirscht. »Ich wollte auf dem Heimweg vom Devonshire Place etwas besorgen, habe dann aber nicht mehr daran gedacht.«

Nick grinste. »Überrascht mich nicht. Als Gemahlin eines Barons mit 'ner Burg voller Domestiken – da kann man kaum von dir erwarten, daß du dich dazu herabläßt, einen Einkaufswagen durch den Supermarkt zu schieben. Du mußt versuchen, dich nicht zu sehr von all dem beunruhigen zu lassen. Versuche doch, es von der amüsanten Seite zu sehen. Betrachte es als ganz persönlichen Horrorfilm. Du hattest einen Platz in der ersten Reihe, und in der Pause gab's kein Eis. Aber davon abgesehen, bist du mit heiler Haut davongekommen.«

»Das klingt nicht gerade wissenschaftlich.« Sie zwang sich zu einem Lächeln. Langsam stand sie auf und zog den Gürtel des Bademantels fester. Dann ging sie in die Küche und zog die Tür des Gefrierschrankes auf. »Hier ist Pizza drin. Oder Steak.«

»Pizza ist mir recht. Was ich so packend finde, ist die Frage, wo du all diese Informationen ausgegraben hast. Die Details klangen so authentisch.«

»Doktor Bennet und Bill Walton sagen beide, daß es meistens so ist. Das ist eines ihrer stärksten Argumente für die Reinkarnationstheorie.« Sie schaltete den Ofen ein und schob zwei Pizzas hinein. »Soweit es möglich ist, die Dinge im Detail zu überprüfen, sind sie meistens gespenstisch akkurat. Ich werde so viel wie möglich überprüfen. Ist noch Whisky da?«

»Ich hole ihn.«

»Komm, laß mich noch einen Salat anmachen. Nick, weder Bennet noch Walton sind Betrüger. Das habe ich gedacht, aber es war ein Irrtum. Sie haben keine Suggestivfragen gestellt. Bennet hat meinen ›Traum‹ in keiner Weise beeinflußt. Hätte er es getan, wäre es auf dem Band zu hören. Schau, wenn es eine Periode in der Geschichte gibt, von der ich überhaupt sagen würde, daß ich mich mit ihr identifizieren könnte, dann wäre es das Regency. Wenn er mich hätte betrügen wollen, dann hätte er das innerhalb von zwei Minuten herausfinden können.« Sie goß Essig und Öl in eine Schale und griff nach der Pfeffermühle. »Ich wage zu behaupten, daß ich ein Dutzend Georgette-Heyer-Romane hätte nachspielen können. Als Teenager habe ich alles von ihr gelesen, was ich in die Finger bekommen konnte. Aber er hat mich nicht danach gefragt. Er hat mich überhaupt nicht angeleitet. Statt dessen finde ich mich im mittelalterlichen Wales wieder. Und ringsum Leute, die walisisch reden!«

»Falls es Walisisch war«, bemerkte Nick ruhig. »Weiß der Himmel, was du da geredet hast. Wärst du auf und ab gesprungen und hättest *Cymru am byth* gebrüllt, dann hätte ich's vielleicht verstanden.«

»Wo hast du das denn gelernt?« Sie lachte.

»Beim Rugby. Es ist nicht nur Spielerei, wenn ich nach Twickenham fahre, weißt du. Es ist höchst lehrreich.« Er berührte sanft ihre Wange. »Schön, dich lachen zu sehen. Es paßt nicht zu meiner Jo, so beunruhigt zu sein.«

Sie drückte ihm die Teller in die Hände. »Wie Doktor Bennet schon sagte, es passiert aber auch nicht alle Tage, daß man ein Massaker mit allem Drum und Dran miterlebt, nicht einmal in einem Alptraum«, versetzte sie.

Sie aßen im Wohnzimmer. »Zum Essen Bach«, sagte Nick, stellte seinen Teller ab und durchsuchte den Plattenstapel. »Zur Wiederherstellung des seelischen Gleichgewichts.«

Sie widersprach nicht; es bedeutete, daß sie sich nicht zu unterhalten brauchten. Es bedeutete, daß sie nicht einmal zu denken brauchte. Sie ließ sich von der Musik überfluten und rührte ihr Essen kaum an. Sie lehnte sich auf dem Sofa zurück und schloß die Augen.

Als sie sie wieder öffnete, war es draußen bereits dunkel. Die Musik war verstummt, es war still im Zimmer. Nick betrachtete sie im Licht der Schreibtischlampe.

»Warum hast du mich nicht geweckt?« fragte sie empört. »Wie spät ist es?«

»Elf. Zeit, daß du ins Bett gehst. Du siehst erschöpft aus.«

»Mach mir nur keine Vorschriften, Nick. Im übrigen ist es höchste Zeit, daß du gehst.«

»Möchtest du nicht, daß ich bleibe?«

Sie stützte sich auf dem Ellbogen auf. »Nein. Zwischen dir und mir ist es aus. Du mußt zurück in dein behagliches Liebesnest bei der begabten Miss Curzon. Was hast du gleich wieder am Telephon gesagt? ›Überstunden‹? Sie wird's nicht glauben, wenn du die ganze Nacht wegbleibst.«

»Im Moment ist es mir ziemlich egal, was sie glaubt, Jo. Ich mache mir Sorgen um dich«, antwortete Nick. Er stand auf und schaltete die Deckenbeleuchtung ein. »Ich finde, du solltest heute nacht nicht alleinbleiben.«

»Falls ich Alpträume habe?«

»Jawohl, falls du Alpträume hast. Die Sache hat dich stärker aufgewühlt, als dir bewußt ist. Ich schlafe hier auf dem Sofa, wenn dir das lieber ist. Aber ich bleibe!«

Wütend stand sie auf. »Einen Teufel wirst du!« Dann ließ sie unvermittelt die Schultern sinken. »O Gott, Nick, du hast recht. Ich möchte, daß du bleibst. Ich möchte, daß du mich festhältst.«

Er nahm sie sanft in die Arme und strich ihr über das Haar. »Das Dumme an dir ist, Jo: Wenn du lieb bist, bist du sehr, sehr lieb, aber ...«

»Ich weiß, ich weiß. Und wenn ich scheußlich bin, dann bin ich sehr, sehr scheußlich. Und das bin ich meistens.« Sie zwang sich zu einem Lächeln. »Nun, heute abend bin ich lieb. Aber es ist nur für diese Nacht, Nick. Morgen ist wieder alles beim alten.«

Im Bett lagen sie lange schweigend nebeneinander. Dann stützte Nick sich auf dem Ellbogen auf und sah im matten Licht der Straßenlaterne, das durch die Jalousie hereinsickerte, auf sie herab.

»Jo«, sagte er leise. »Von Richard hast du mir noch nichts erzählt.«

Sie erstarrte. »Richard?«

»Dein Geliebter in der Burg. Er war doch dein Geliebter, oder?«

Unruhig wandte sie das Gesicht ab. »Ich weiß nicht. Er hat die Burg verlassen. Zum Schluß war er nicht mehr da. Ich weiß nicht, was danach passierte. Vermutlich werde ich es nie erfahren.« Erregt versuchte sie, ihn von sich zu schieben, aber er packte ihr Handgelenk und drückte es auf das Kissen, so daß sie ihn ansehen mußte.

»Du hast vor, wieder zu Bennet zu gehen, nicht wahr?«

Sie schüttelte heftig den Kopf. »Nein, natürlich nicht.«

»Bist du sicher?«

Etwas in seinem Ton veranlaßte sie, ihm ins Gesicht zu sehen; sie versuchte, den Ausdruck seiner Augen zu lesen.

»Um Gottes willen, tu's nicht. Es ist gefährlich. Viel gefährlicher, als dir oder Bennet klar ist. Es könnte sein, daß du dein Leben riskierst, Jo.« Seine Stimme klang rauh.

Sie lächelte. »Na, jetzt bist du melodramatisch. Willst du damit andeuten, ich könnte für immer in der Vergangenheit hängenbleiben?« Sie hob die Hand und zog ihn scherzhaft an den Haaren. »Du Idiot, so geht das doch nicht. Am Ende wacht man immer wieder auf.«

»Wirklich?« Er ließ sich auf das Kopfkissen fallen. »Sieh nur zu, daß du das Richtige tust, Jo. Ich weiß, du hältst dir viel auf deine Vernunft zugute; aber dieses eine Mal könntest du dich irren.«

9

Sam bezahlte das Taxi, blieb einen Augenblick auf der Straße stehen und sah sich um. Er hielt einen Zettel in der Hand, auf dem Judys Adresse gekritzelt stand.

Dann schaute er am Haus hoch, warf sich die Reisetasche über die Schulter und lief leichtfüßig die lange Treppe hinauf. Es dauerte geraume Zeit, bis ihm auf sein Klingeln geöffnet wurde.

Judy sah die lange Gestalt in der zerknautschten Cordjacke an, und ihr Blick wurde hart. »Was wollen Sie?«

»Hallo.« Er grinste sie lässig an. »Ich bin Sam Franklyn.«

»Das habe ich mir gedacht. Und, was wollen Sie?« Ihr Ton war eisig. Mit farbfleckigen Fingern schob sie das Kopftuch zurück, das ihr in die Stirn gerutscht war.

»Darf ich eintreten?«

»Wenn Sie wollen.« Sie wandte sich um und ging ins Atelier zurück. Dort nahm sie einen Lappen und wischte sich die Finger mit Terpentin ab. »Was wollen Sie hier?« fragte sie nach einer Weile. Sie machte sich nicht die Mühe, sich nach ihm umzudrehen.

Sam ließ seine Tasche fallen und schloß die Tür. »Ich hatte eigentlich gehofft, Nick würde hier sein«, stellte er gelassen fest. »Aber wie ich sehe, hab ich eine Niete gezogen. Wo steckt er? Wissen Sie es?«

»Nein, weiß ich nicht.« Sie schleuderte den Lappen von sich. »Aber ich kann es mir denken. Er hat mich gestern abend versetzt.«

Sie verschränkte die Arme und drehte sich zu ihm um. Im krassen, enthüllenden Licht, das durch das Atelierfenster fiel, konnte er sehen, daß ihre Augen rot und geschwollen waren. Ein Streifen hellgrüner Farbe zog sich über ihre Stirn.

»Besteht die Möglichkeit, daß ich einen Kaffee bekomme, während Sie mir alles erzählen?« fragte Sam sanft. »Ich komme geradewegs aus Heathrow und bin wie ausgedörrt.«

»Bedienen Sie sich nur. Aber erwarten Sie keine höfliche Konversation von mir, schon gar nicht über Nick. Ich habe zu tun.« Sie wandte ihm wieder den Rücken zu.

Sam runzelte die Stirn. Er beobachtete sie eine Zeitlang, als sie einen Pinsel ergriff und damit die Leinwand vor ihr attackierte. Jeder Muskel ihres Körpers war angespannt, und die Schultern unter dem verblichenen grünen Leinenkittel waren defensiv hochgezogen.

»Wissen Sie was?« fragte sie unvermittelt. »Ich hasse sie. Eigentlich habe ich noch nie einem Menschen so gehaßt.«

Sam betrachtete sie nachdenklich. »Kommt mir ziemlich normal vor«, meinte er gleichmütig. »Gehe ich recht in der Annahme, daß wir von Jo sprechen?«

»Wollen Sie mir nicht auch einen Kaffee machen, wenn Sie schon mal dabei sind?« entgegnete sie scharf. »Lassen Sie uns nicht über Jo reden.« Wieder schob sie das Kopftuch auf ihrem Haar zurück.

Sam zog eine kleine Grimasse. Zielsicher fand er den Weg zur Küche, stieß die Tür auf, blieb stehen und musterte das Bild, das sich ihm bot. Der Fußboden war von Glasscherben übersät. Zwei Töpfe mit Essen lagen im Spülbecken. Er betrachtete das Chaos und schnupperte vorsichtig daran. Der eine Topf hatte Spargelsuppe enthalten, der andere eine Art Gulasch. Sam runzelte die Stirn. Im Abfalleimer unter der Spüle fand er zwei Porzellanteller und den Salat, der darauf gelegen hatte. Wie es schien, hatte sie ein komplettes Menü nebst Porzellan in den Müll geworfen.

Er warf einen Blick über die Schulter und sah ihr ein Weilchen stumm bei der Arbeit zu. Dann begann er, nach dem Kaffee zu suchen, und stellte den Kessel auf den Gasherd.

»Wie nennen Sie dieses Bild?« fragte er ein paar Minuten später, als er ihr die Tasse reichte.

Sie nahm sie, ohne ihn anzusehen. »Sie meinen: Was zum Teufel soll das sein?« korrigierte sie langsam. Mit zusammengekniffenen Augen trat sie näher an das Gemälde heran, und fügte dem Farbenwirbel einen Hauch Rot hinzu. »Ich sag's Ihnen besser nicht, sonst lassen Sie mich in eine Zwangsjacke stecken.« Sie lächelte verspannt. »Sie sind doch Psychiater. Warum erzählen Sie mir nicht, was es bedeutet?« Sie rieb mit dem kleinen Finger behutsam an der Leinwand und betrachtete dann nachdenklich die rote Farbe auf ihrer Haut.

Schließlich drehte sie sich wieder zu ihm um. »Andererseits – warum trinken Sie nicht einfach Ihren Kaffee und verschwinden?«

Sam grinste. »Bin schon unterwegs.«

»Gut.« Sie schwieg einen Moment lang. »Ich habe es ihr erzählt, wissen Sie. Vor aller Welt.«

»Was haben Sie ihr erzählt?« Sam studierte die Leinwand.

»Was Nick Ihnen am Telephon gesagt hat. Daß sie durchdrehen würde, wenn sie sich noch einmal hypnotisieren ließe. Daß sie mehr oder weniger verrückt ist.« Sie warf den Pinsel hin und ging hinüber zu dem unordentlichen Schreibtisch am Fenster. Dort zog sie eine Schublade auf und nahm einen Zeitungsausschnitt heraus. »Das stand gestern in der *Mail*.«

Sam nahm den Ausschnitt, las ihn und gab ihn ihr zurück.

»Sie haben wirklich gute Arbeit geleistet.«

Judy lächelte und wandte sich wieder ihrer Staffelei zu. »Sollten Sie deshalb nicht lieber schleunigst rüber nach Cornwall Gardens fahren und feststellen, ob Nick nicht eins von ihren Händchen loslassen kann, damit Sie es halten können?«

»Dazu bin ich gekommen.« Sam trank seinen Kaffee aus und stellte die Tasse ab. »Ich nehme an«, fügte er vorsichtig hinzu, »Sie vermuten, daß Nick die letzte Nacht mit ihr verbracht hat.«

»Wenn er nicht überfahren worden ist und im Leichenschauhaus liegt.«

»Und Sie hatten ihn zum Abendessen erwartet.«

»Wie Sie deutlich sehen konnten.«

»Das tut mir leid.« Sams Miene war beherrscht. »Nick ist ein Idiot. Sie haben Besseres verdient.«

Sie starrte ihr Gemälde an. »Recht haben Sie. Und ich gedenke es zu bekommen. Schreiben Sie sich's hinter die Ohren, Doktor Franklyn: Ich werde dafür sorgen, daß Nick sie endgültig verläßt. Wenn Sie es also als Ihre Lebensaufgabe ansehen, Jo Clifford zu trösten und dafür zu sorgen, daß sie ungestört, sicher und bei geistiger Gesundheit bleibt, dann ziehen Sie doch einfach zu ihr und schicken Sie mir Ihren Bruder.«

Sam drehte sich um und hob seine Tasche auf. »Ich werde es mir überlegen«, sagte er und öffnete die Tür. »Wenn ich Ihnen allerdings einen Rat geben darf, schlage ich vor, daß Sie Nick gegenüber ein bißchen subtiler vorgehen. Wenn Sie sich wie ein Fischweib aufführen, wird er Sie für immer verlassen. Ich kenne meinen Bruder. Er hat es gern, wenn seine Damen kultiviert und beherrscht sind. Wenn er die Schweinerei in Ihrer Küche zu Gesicht bekommt, wird er gehen. Und das könnte ich ihm nicht mal verdenken.«

Den Strom von Beschimpfungen, der hinter ihm durchs Treppenhaus hallte, überhörte er geflissentlich.

Jo saß auf den kalten Steintreppen vor der Bibliothek und beobachtete eine Taube, die durch die Gosse watschelte. Ihr Hals schimmerte in irisierenden Purpur- und Grüntönen, sie bewegte sich zwischen den Rädern der parkenden Autos umher und pickte Futterbröckchen vom Asphalt. Das Gebrüll des Verkehrs auf der High Street störte sie überhaupt nicht, ebenso wenig wie das Aufheulen eines Motorrades in allernächster Nähe. Hinter Jo wurden endlich die Bibliothekstüren aufgeschlossen.

Sie stand langsam auf und klopfte sich den Staub vom Rock. Die Taube, durch ihre plötzliche Bewegung erschreckt, wurde schlank und schmal, flatterte hoch und entschwebte über die Dächer auf den Park zu.

Als sie durch das hallende Treppenhaus zur Bibliothek hinauflief, merkte sie, daß ihr Herzschlag in den Ohren dröhnte. Das Geräusch war beunruhigend, und sie blieb stehen und bemühte sich um Ruhe. Sie hatte heftige Kopfschmerzen, ihre Augenlider waren schwer. Sie hatte zu wenig geschlafen.

Sie holte tief Luft, ging vorbei an den Tischen, wo Studenten und Zeitungsleser schon dabei waren, ihr Basislager für diesen Tag aufzuschlagen. Sie würde mit dem *Dictionary of National Biography* beginnen.

Es war unwahrscheinlich, daß sie Matilda darin finden würde, aber damit konnte man immerhin anfangen. Sie trat an das Regal.

»Braos?« murmelte sie vor sich hin. »Breos? Wie der Name wohl geschrieben wird?« Papier raschelte hinter ihr; ein großer, bebrillter Geistlicher blätterte in einer Zeitung die Sportseite auf. Er sah hoch, und ihre Blicke trafen sich. Sein Zwinkern war beruhigend.

Langsam ging sie am Regal entlang und musterte die goldenen Lettern der Buchrücken. Schließlich wuchtete sie einen Band heraus und schleppte ihn zu einem Tisch. Voller Unbehagen hockte sie sich auf die vorderste Stuhlkante und begann zu blättern.

Das dicke Papier knisterte ein wenig, und die kleine Schrift verschwamm ihr vor den Augen. Ein leicht muffiger Geruch stieg von den Seiten empor.

... Bowen ... Bradford ... Branston ... Braose, Philip de (geb. 1172), fünf Zentimeter Text; dann Braose, William de (gest. 1211). Es waren mehr als zwei Seiten.

Einen Moment lang saß sie regungslos da und kämpfte gegen die Übelkeit in ihrem Magen. Ihre Stirn war feucht und eiskalt, ihre Hände waren heiß. Erst nach einer Weile wurde ihr bewußt, daß der Priester sie aufmerksam beobachtete. Irgendwie gelang es ihr, sich zu einem Lächeln zu zwingen, dann wandte sie den Blick ab.

Sie starrte auf die Buchseite. Ob Matilda in diesem Abschnitt erwähnt wurde, der von Ortsnamen und Daten strotzte? Hatte sie lange genug gelebt, um der Geschichte ihren Stempel aufzudrücken und ihren Namen zusammen mit dem ihres grausamen, herrischen Mannes überliefern zu lassen? Oder war sie flüchtig zum Leben erwacht und wieder verweht wie ein Schatten - spurlos, falls es sie überhaupt gegeben hatte?

Der Priester beobachtete sie immer noch, das Gesicht besorgt in Falten gelegt. Jo wußte, daß er jeden Augenblick aufstehen und zu ihr kommen würde. Wieder wandte sie sich hastig ab. Sie mußte auch Richard de Clare nachschlagen, und Abergavenny, und sie mußte sich zu allem Notizen machen. Dann erst, vielleicht, würde sie eine Tasse Kaffee trinken gehen und die Tröstungen der Kirche entgegennehmen, falls sie ihr angeboten wurden.

Es dauerte ein paar Minuten, bis die Sprechanlage in der Haustür unter Jos Apartment knisternd zum Leben erwachte. Sam beugte sich vor.

»Nick? Sam hier. Laß mich rein.«

Nick wartete auf dem Treppenabsatz. »Du kommst zu spät«, erklärte er brüsk. »Sie war gestern bei einem Hypnosetherapeuten und hat sich von ihm in die Vergangenheit zurückführen lassen.«

Sam folgte ihm in die helle Wohnung und sah sich suchend um. »Was ist denn passiert? Wo ist sie?« Er wandte sich seinem Bruder zu und musterte die dunklen Ringe unter seinen Augen und die Bartstoppeln.

»Sie war schon fort, als ich wach wurde.« Nick fuhr sich mit den Fingern durchs Haar. »Ich glaube, ihr fehlt nichts. Gestern abend war sie okay. Nur verschreckt und ziemlich verängstigt. Sie hatte eine lange Sitzung mitgemacht, die anscheinend außer Kontrolle geraten war. Der Hypnotiseur konnte sie nicht ins Bewußtsein zurückrufen. Anscheinend war sie zu tief versunken in das, was passierte; es war so real für sie.«

»Du warst dabei?«

»Selbstverständlich nicht! Glaubst du, ich hätte sie hingehen lassen? Nein, sie hat eine Tonbandaufzeichnung mitgebracht. Ich habe sie mir gestern abend angehört.« Nick schüttelte müde den Kopf. »Sie war in einem schrecklichen Zustand - aber nicht in Gefahr, soweit ich es erkennen konnte. Sie hat nicht aufgehört zu atmen oder so was. Ich bin die Nacht über bei ihr geblieben; sie hat die meiste Zeit damit verbracht, sich umherzuwälzen oder auf und abzulaufen. Sie muß im Morgengrauen aufgestanden und weggegangen sein. Gesagt hat sie, daß sie in der Frühe als erstes zur Bibliothek gehen wolle. Vielleicht will sie da feststellen, ob es diese Leute wirklich gegeben hat.«

Sam zog seine Jacke aus und warf sie über die Sofalehne. Dann setzte er sich und zog den Kassettenrecorder zu sich heran. »Schön, Nick. Darf ich vorschlagen, daß du jetzt zu deiner tizianroten Künstlerfreundin zurückgehst und versuchst, dich bei ihr dafür zu entschuldigen, daß du ihr das Essen verdorben hast? Jo überlaß mir.«

»Den Teufel werde ich tun!« fauchte ihn Nick an.

»Geh zurück zu Miss Curzon. Sie ist doch deine neue Freundin, oder nicht? Ich bin vom Flughafen aus schnurstracks hingefahren, weil ich glaubte, ich würde dich dort antreffen. Sie ist sehr unzufrieden mit dir, Brüderchen. Wenn dir deine Beziehung zu ihr etwas wert ist, schlage ich vor, daß du das so schnell wie möglich ausbügelst. Inzwischen werde ich mir das Tonband anhören. Wenn Jo nach Hause kommt, rede ich mit ihr. Ich will dich nicht dabeihaben.«

Nick holte tief Luft. »Aber Jo hat mich gebeten zu bleiben.«

»Und ich bitte dich zu gehen.« Sam wandte ihm den Rücken zu und suchte mit hochgezogenen Schultern nach der Abspieltaste des Recorders. »Sie ist meine Patientin, Nick.«

Nick zögerte. »Du wirst mich anrufen, nachdem du mit ihr gesprochen hast?«

»Ich rufe dich an. Hast du eigentlich das Apartment in Mayfair noch?«

»Das weißt du doch.«

»Dann gib mir den Schlüssel. Ich schlafe ein oder zwei Nächte da. Und zweifellos werde ich dich da auch irgendwann treffen.«

Er schaltete das Tonbandgerät ein und lehnte sich nachdenklich auf dem Sofa zurück. Jos Stimme begann das Zimmer zu füllen.

Vier Stunden später kam Jo nach Hause. In der Tür blieb sie wie angewurzelt stehen und starrte Sam an. Er lag mit geschlossenen Augen auf dem Sofa und lauschte den sanften Klängen des *Concierto de Aranjuez*.

»Wie bist du hereingekommen?«

Er öffnete die Augen nicht gleich.

Jo seufzte. Sie ließ ihre Schultertasche zu Boden fallen und warf die Tür lautstark hinter sich zu.

»Wo ist Nick?«

Sam rührte sich. »Er fand, er sollte zu Judy zurückkehren und mit ihr Frieden schließen. Tut mir leid.«

»Aha.« Jos Stimme wurde leiser. »Und dich hat er zurückgelassen, damit du die Scherben einsammelst. Vermutlich sollte ich ihm dafür dankbar sein, daß er wenigstens letzte Nacht hiergeblieben ist. Ich hoffe, er hat dir gesagt, daß ich dich nicht brauche, Sam. Mir fehlt nichts. Ich bin nicht unheilbar wahnsinnig geworden, und umgebracht hab ich auch niemanden, soviel ich weiß.« Sie knöpfte sich die Jacke auf. »Wann ist er gegangen?«

»Kurz nachdem ich gekommen war. Er hat sich Sorgen um dich gemacht, Jo.« Sam beobachtete sie aufmerksam. »Nick ist ein netter Kerl. Auch wenn zwischen euch beiden alles vorbei ist, er hätte dich nicht alleingelassen, das weißt du.«

Jo warf ihre Jacke über einen Stuhl und langte nach der Scotchflasche auf dem Tisch neben dem Telephon. »Das stimmt. Der gute alte St. Nicholas, der noch nie einen Freund im Stich gelassen hat. Auch einen?«

Sam schüttelte den Kopf. Er sah zu, wie sie sich einschenkte.

»Hast du's dir angehört?« Ihr Blick wanderte an ihm vorbei zum Kassettenrecorder auf dem Couchtisch.

»Zweimal.«

»Das alles ist wirklich passiert, Sam.« Sie hob ihr Glas an die Lippen. »Ich habe alles gefunden, schwarz auf weiß. William de Braose, seine Frau, die in den meisten Büchern Maude genannt wird - ich wußte nicht mal, daß es derselbe Name ist - ihre Kinder, das Massaker von Abergavenny. Es ist alles da, und jeder kann es nachlesen.« Sie trank einen großen Schluck Whisky. »Und jetzt - Matilda war so real für mich, Sam. Ich war sie.« Sie sah ihn an. »War es in Edinburgh genauso? Ist damals das gleiche passiert?«

Er nickte. »Du hast auf die Regression allerdings dramatisch reagiert. Ein bißchen zu dramatisch. Deshalb haben wir entschieden, es sei besser, wenn du dich nachher an nichts erinnertest.«

Jo sprang auf. »Du gibst es zu! Ihr habt mir befohlen, es zu vergessen, als wäre es nie passiert. Ihr habt euch unterstanden, meinen Geist zu manipulieren! Ihr habt beschlossen, es wäre schlecht für mich, Bescheid zu wissen, also - rumms! Ihr habt alles gelöscht, wie ein Computerprogramm!« Ihre Augen blitzten.

Sam lächelte besänftigend. »Jo, es war zu deinem Besten. Niemand hat dich manipuliert. Nichts Unheimliches ist passiert. Alles wurde auf Band aufgezeichnet, genau wie gestern. Es steht alles in der Akte.«

»Aber ihr habt absichtlich meine Erinnerung ausgeschaltet!« Sie atmete tief durch und bemühte sich, ihren Zorn zu zügeln. »War ich dieselbe Person? Matilda de Braose?«

»Wenn ich mich recht erinnere, hast du uns deinen Namen nicht genannt«, antwortete Sam ruhig.

»Na, habe ich von den gleichen Ereignissen gesprochen? Von dem Massaker?«

Sam schüttelte den Kopf. »Bei uns warst du sehr viel unbestimmter.« Unvermittelt stand er auf, ging zum Fenster und schaute durch die Netzgardinen zum Himmel. »Du darfst nicht noch einmal zu diesem Mann gehen, Jo. Das ist dir klar, nicht wahr?«

»Warum nicht?« fragte sie trotzig. »Es ist nichts Schreckliches passiert. Und er ist wenigstens ehrlich mit mir. Er hat seine Standesehre.« Sie warf sich auf die Couch und ließ den Kopf auf die Polster sinken. »Sicher, für ihn war es auch einigermaßen nervenaufreibend, genauso wie offensichtlich für euch, aber mir ist nichts passiert, oder? Ich habe nicht hysterisch reagiert, meine Persönlichkeit hat sich nicht aufgelöst. Mir ist nichts passiert.« Unvermittelt betrachtete sie ihre Hände und versteckte sie dann hinter ihrem Rücken.

»Was ist?« Sam war die Geste nicht entgangen. Er kam zu ihr, ließ sich auf die Knie nieder, nahm ihre Hände und studierte die Handflächen. Dann drehte er sie um und betrachtete die Nägel.

Sie wollte die Hände wegziehen. »Sam . . .«

»Deine Hände sind nicht verletzt?«

»Nein, natürlich sind sie nicht verletzt. Warum sollten sie?«

Widerwillig gab er sie frei und richtete den Blick wieder auf ihr Gesicht. »In Edinburgh waren sie verletzt«, sagte er sanft. »Sie begannen zu bluten.«

Sie sah ihn an. »Da war Blut auf dem Boden, nicht wahr?« flüsterte sie nach einem Moment. »Daran habe ich mich erinnert. Und als ich nach Hause kam, stellte ich fest, daß ich voll blauer Flecken war. Ich dachte, ich hätte einen Unfall erlitten, aber aus irgendeinem Grunde hab ich mir nie die Mühe gemacht, dich danach zu fragen.« Sie nagte gedankenverloren an ihrer Lippe. »Wahrscheinlich lag auch das an eurer posthypnotischen Suggestion. ›Du wirst dich nicht erinnern, wie du verletzt wurdest, und du wirst auch nicht danach fragen.‹ Ist es das, was ihr zu mir gesagt habt? Gott, das macht mich so wütend! Alles das ist mir schon einmal passiert, und ich wußte nichts davon. Du hast mir rund eine Stunde meines Lebens geklaut, Sam, und die will ich zurückhaben.« Sie blickte in ihr Glas und umklammerte es mit den Fingern, daß die Knöchel weiß wurden. »Es ist der Gedanke, daß diese Erinnerungen, dieses andere Leben jahrelang in mir gewesen ist, was mirAngst macht . . . Wo immer das alles herkommt, was immer es ist, es muß ja eine besondere Bedeutung für mich haben, oder?« Sie schwieg und wandte den Blick ab. »Weißt du, wie sie starb?«

Sams Kiefermuskeln strafften sich. »Wer?«

»Matilda natürlich. Man glaubt, daß sie verhungert ist.« Jo stürzte den Rest ihres Whiskys hinunter.

Sam stand auf und faßte sie am Arm. »Jo . . .«

»Nein, Sam, es ist schon gut. Ich weiß, was du sagen willst. Sie wird für mich nicht zur Besessenheit. Ich bin die nüchterne, sachliche Jo Clifford, vergiß das nicht. Ich habe den Schock überwunden. Mein Besuch in der Bibliothek hat die Dinge ins Lot gebracht. All diese trockenen Daten und Fakten. Bah! Es ist komisch, aber Geschichte hat anscheinend nie etwas mit wirklichen Menschen zu tun . . . Als ihr eure Experimente beendet hattet, du und Professor Cohen, seid ihr da zu irgendwelchen Schlußfolgerungen gekommen?«

»Wir waren in der Lage, mehrere Hypothesen zu wagen.« Sam lächelte rätselhaft.

»Und die waren?«

»In groben Zügen? Daß verschiedene Versuchspersonen auf verschiedene Art reagieren. Wir haben fast so viele Theorien aufgestellt, wie wir Regressionssitzungen abhielten. Du mußt sein Buch lesen. Einige Probanden haben uns fraglos was vorgemacht. Manche haben uns eindeutig Szenen aus Büchern oder Filmen vorgespielt. Andere haben produziert, was sie glaubten, das wir zu hören hofften. Und ein paar waren unerklärlich.«

»Und in welche Rubrik gehörte Joanna Clifford?«

»Ich glaube, zur letzten.« Er lächelte unfroh.

»Ich habe geahnt, daß du das sagen würdest. Hör mir zu, Sam, glaubst du an Reinkarnation?«

»Nein.«

»Wie kannst du dir das Ganze sonst erklären?«

»Ich habe eine oder zwei unausgereifte und unwissenschaftliche Theorien über, sagen wir, Radiowellen im Äther. Manche Menschen können sich in einem aufnahmebereiten Zustand auf die richtige Wellenlänge einstellen und das Empfangene abspielen.«

»Du meinst, ich habe gesehen, was 1147 stattgefunden hat?«

»Ein Echo davon - einen Nachhall, sagen wir mal. Aber zitiere mich um Gottes willen nicht, Jo. Man würde mich sonst aus jeder anständigen Berufsorganisation mit Pauken und Trompeten hinauswerfen. Immerhin taugt es einigermaßen als Erklärung dafür, weshalb mehr als eine Person gelegentlich das gleiche Playback liefert. Geister erklärt es auch. Eine prima Allround-Theorie.« Er lachte.

»Hast du schon einen Geist gesehen?«

Er sah mit Befriedigung, daß die Anspannung in ihrem Gesicht nachgelassen hatte; ihre Halsmuskulatur war nicht mehr so verkrampft.

»Noch nie! Ich bin für so etwas nicht empfänglich, Gott sei Dank!«

»Warum nicht? Sam . . .« Sie fuhr mit der Fingerspitze über das Polster der Couch. »Kannst du hypnotisieren?«

»Ja, das kann ich.«

»Und zur Regression veranlassen?«

»Ich habe Cohens Experimente nicht weitergeführt«, antwortete er vorsichtig. »Hinter diesem Hasen hetzen jetzt andere her. Ich arbeite auf einem anderen Gebiet.«

Jo grinste. »Sie haben meine Frage nicht beantwortet, Doktor Franklyn. Können Sie Leute zur Regression veranlassen?«

»Getan hab ich's schon.«

»Würdest du es auch mit mir tun?«

»Auf keinen Fall. Jo . . .« Er suchte nach Worten. »Hör zu, Liebes. Du darfst nicht in Erwägung ziehen, diese Angelegenheit weiter zu verfolgen. Es war mein Ernst, als ich sagte, du solltest nicht noch einmal zu Carl Bennet gehen. Du darfst nicht zulassen, daß noch einmal versucht wird, dich zurückzuführen. Ich mache mir weniger Sorgen wegen der Dramatik und des psychischen Stresses, unter den du dadurch gerätst. Was mich beunruhigt, ist die Tatsache, daß du zu physiologischen Reaktionen neigst. Du reflektierst physisch, was du beschreibst. Das ist sehr selten. Es ist außerdem potentiell gefährlich.«

»Du meinst, wenn William mich - sie verprügelt, wache ich mit blauen Flecken auf?«

»Genau.« Sam preßte die Lippen zusammen.

»Und wenn sie verhungert?«

Sam wich ihrem Blick aus. »Ich glaube, das ist unwahrscheinlich.« Er zwang sich zu einem Lachen. »Nichtsdestoweniger wäre es töricht, sich freiwillig einem solchen Risiko auszusetzen.«

Jo rührte sich ein paar Sekunden lang nicht; sie sah ihm nur ins Gesicht.

Es war dunkel, als Dorothy Franklyn mit einem Arm voller Rosen vor der Tür stand. Eine hochgewachsene, eindrucksvolle Frau von Mitte sechzig, mit Schildpattbrille und im makellosen Jaeger-Kostüm. Sie wirkte wie der Inbegriff der Effizienz. In Wirklichkeit war sie immer eine Spur chaotisch und verspätete sich unweigerlich bei allem, was sie unternahm. Jo hatte sie ungeheuer gern.

»Sind Sie sicher, daß es Sie nicht stört, wenn ich einfach so hereinplatze?« fragte sie entschuldigend. »Ich war zu einer Matinee hier, dann habe ich zu Abend gegessen, aber ich wollte Ihnen doch die Blumen hierlassen.« Verstohlen beäugte sie Jo.

Jo schüttelte den Kopf. Sie faßte die Frau beim Arm und zog sie ins Zimmer. »Machen Sie es sich gemütlich. Ich setze das Wasser auf. Sie haben Ihren Sohn knapp verpaßt. Wir waren essen.«

Dorothy lächelte; ihr Gesicht leuchtete vor Zufriedenheit. »Jo! Ich bin ja so froh. Es hat mir das Herz gebrochen, als ihr beide euch getrennt habt . . .«

»Nein.« Jo fiel ihr ins Wort. »Ich meinte Sam.«

Dorothy hob die Brauen. »Sam? Ich dachte, der sei in der Schweiz?«

»War er auch. Er hat für ein paar Tage in London Zwischenstation gemacht - hauptsächlich, weil er mich rasch mal analysieren wollte, glaube ich.« Jo lächelte schief. »Er wohnt in Nicks Apartment, falls Sie ihn besuchen wollen.«

Sie spürte den betretenen, mitfühlenden Blick der anderen Frau und zwang sich, irgendwie weiterzulächeln.

»Wie geht es Sam?« erkundigte sich Dorothy nach einer langen Pause.

»Prima. Er hat einen Vortrag über ein schrecklich obskures Thema gehalten. Ich war sehr beeindruckt. Er hat mich zum Essen in den Zoo eingeladen.« Sie lachte.

Dorothy lächelte. »Er sagt immer, im Zoo lernt man so viel über die Menschen.« Sie zögerte und musterte Jo nachdenklich. »Er hat Sie immer sehr gern gehabt, Jo. Ich glaube nicht, daß Sie und Nick sich je im klaren darüber waren, wie sehr es ihn verletzt hat, als Nick mit Ihnen davonspazierte. Nick ist es immer leichtgefallen, jedes Mädchen zu bekommen, das er haben wollte - es tut mir leid, es klingt furchtbar, und ich weiß, daß es bei Ihnen anders war; Sie waren etwas Besonderes für ihn. Aber für Sam waren Sie auch etwas Besonderes.«

Jo senkte schuldbewußt den Blick. »Ich glaube, ich wußte es. Wir haben uns unter so merkwürdigen Umständen kennengelernt. Ich war eines seiner Versuchskaninchen.« Sie erschauerte. »Danach kam mir unsere Beziehung immer ein bißchen unwirklich vor. Er war so besorgt um mich, aber ich hatte stets das Gefühl, es wäre eine väterliche Sorge - so, als läge ihm meine Gesundheit am Herzen.« Sie brach kurz ab. »Es war natürlich auch so. Er war damals sechs- oder siebenundzwanzig, und ich erst neunzehn. Wir gehörten in verschiedene Welten. Ich hatte ihn tatsächlich ziemlich gern ...« Sie starrte auf die Rosen, die auf dem Tisch lagen. »Wenn ich ehrlich bin, ist es vermutlich immer noch so. Er ist ein attraktiver Bursche. Aber dann kam Nick ...« Abrupt stand sie auf. »Ich will die Blumen ins Wasser stellen, sonst machen sie vor unseren Augen schlapp.«

»Ist es etwas Ernstes, diese Geschichte mit Judy Curzon?« Dorothys Stimme klang sanft.

»Es sieht so aus. Sie ist viel mehr sein Typ, als ich es je war. Sie ist häuslich, künstlerisch begabt und rothaarig.« Jo lachte gezwungen. Sie raffte die Blumen zusammen und trug den Strauß in die Küche, legte ihn ins Spülbecken und drehte den Hahn auf.

Als sie sich umdrehte, sah sie, daß Dorothy ihr gefolgt war.

»Jo, bitte versuchen Sie nicht, Nick zu verletzen, indem Sie Ihre Beziehung mit Sam erneuern. Die Rivalität zwischen den beiden ist schon jetzt zu groß.«

»Rivalität?« fragte Jo erstaunt. »Aber sie sehen einander doch kaum.«

»Sam hat eine Abneigung gegen Nick, seit er auf der Welt ist.« Geistesabwesend knipste Dorothy eine welke Rosenblüte ab und warf sie in den Mülleimer. »Ich dachte immer, es handele sich um eine normale Rivalität zwischen Geschwistern und würde sich geben. Aber es war mehr als das. Sam lernte, seine Gefühle zu verbergen. Es gelang ihm sogar, Nick und seinen Vater glauben zu machen, daß er es nicht mehr so empfände, aber mich hat er nie zum Narren halten können. Ich kann es nur nicht erklären. Sie sehen beide gut aus, sind beide intelligent und selbstbewußt. Sam ist auf seinem Gebiet enorm erfolgreich. Er hat nicht den geringsten Grund, Nick nicht zu mögen. Zumindest hatte er keinen, bis Sie auftauchten.«

»Davon hab ich nichts geahnt.« Müde strich sich Jo das Haar aus der Stirn. »Ich bin sicher, daß Nick Sam gern hat. Er hat mir gesagt, daß er ihn als Kind verehrt hat, und manchmal glaube ich, daß er das insgeheim heute noch tut. Bedenken Sie nur, wie er sich an ihn gewandt hat, als er sich meinetwegen Sorgen machte.« Sie schwieg. Hatte Nick sich wirklich hilfesuchend an Sam gewandt, oder hatte er ihn nur dazu benutzen wollen, sie sich vom Halse zu schaffen?

Dorothy seufzte tief auf. »Ich habe mich immer gefragt, ob es meine Schuld ist. Die beiden sind sechs Jahre auseinander, und wir waren so aufgeregt, als sich Nick noch anmeldete. Ältere Kinder kommen manchmal auf eigenartige Gedanken – daß sie aus irgendeinem Grunde nicht genügt hätten, oder daß sie ihre Eltern irgendwie enttäuscht hätten . . .«

»Aber Sam ist Psychiater!« platzte Jo heraus. »Selbst wenn er bei Nicks Geburt solche Gefühle hatte, müßte er doch inzwischen genug gelernt haben, um zu wissen, daß sie unsinnig sind.«

»Werden Sie sich noch einmal mit Sam treffen?«

Jo nickte. »Mittwoch abend.«

Dorothy runzelte die Stirn. »Jo, ist es aus zwischen Ihnen und Nick? Ich meine, wirklich aus?«

Jo drehte sich gereizt um. »Dorothy, hören Sie auf! Die beiden sind erwachsene Männer, keine kleinen Jungen, die sich um ein Spielzeug zanken! Ich weiß nicht, ob es zwischen mir und Nick aus ist. Wahrscheinlich ja. Aber wir haben einander immer noch gern, und daran wird sich auch nichts ändern. Wer weiß, was noch geschehen kann?«

Als Dorothy gegangen war, starrte Jo lange ins Leere. Schließlich warf sie einen Blick auf die Bücher und Notizen, die sich auf dem Schreibtisch türmten, rührte sie aber nicht an. Statt dessen begann sie im Zimmer umherzuwandern. Vor dem großen ovalen Spiegel über dem Kamin blieb sie stehen und betrachtete sich. »Matilda, wo immer du sein magst«, sagte sie. »Ich wette, du hast auch festgestellt, daß die Männer Mistkerle sind.«

Der Anrufbeantworter war kurz und bündig: »Die Praxis ist zur Zeit nicht besetzt. In einem echten Notfall erreichen Sie Doktor Bennet unter Lymington vier-sieben-drei-zwei-null. Ansonsten rufen Sie bitte am Montag wieder an.«

Jo warf den Hörer auf die Gabel. Sie beäugte die Scotch-Flasche auf dem Tisch, ging dann aber auf den Balkon. Tief atmete sie die süße Honigluft des Londoner Gartens ein, die die Nacht vom Verkehrsgestank gereinigt hatte.

10

»Ist er hier?« Judy stand im halbdunklen Flur vor Jos Tür und stemmte die Hände in die Hüften. Sie trug ein weißes Kleid mit einem losen Gürtel und Riemensandalen. Sie sah aus wie ein griechischer Knabe, fand Jo.

»Bitte sprechen Sie leiser, sonst wecken Sie das ganze Haus auf.« Jo trat zur Seite. Judys wütende Stimme hallte durch das Treppenhaus. Es war Sonntagmorgen, gerade neun Uhr.

In der Wohnung herrschte Unordnung. Kassetten lagen verstreut auf Tisch und Boden, leere Gläser standen umher, und Aschenbecher voller halb aufgerauchter Zigaretten. Neben der Schreibmaschine auf dem Couchtisch lag ein Berg von Papieren und Notizzetteln. Jo hatte fast die ganze Nacht hindurch getippt. Bücher stapelten sich auf dem Teppich und quollen über die Sessel. Sie riß die Glastüren auf und sog die kühle Morgenluft tief in die Lungen. Dann drehte sie sich zu Judy um.

»Wenn Sie Nick suchen, haben Sie leider Pech. Er ist nicht hier. Ich hab ihn seit gestern vormittag nicht mehr gesehen.« Sie ging in die Küche. »Möchten Sie einen Kaffee?« rief sie.

Judy machte ein verdutztes Gesicht. »Er hat gesagt, er wollte zu Ihnen.« Unsicher folgte sie Jo in die Küche.

»Er ist aber nicht gekommen.« Jo holte eine große Vase vom Schrank und stellte die Rosen aus dem Spülbecken hinein. »Sind die nicht hübsch? Nicks Mutter hat sie mir aus Hampshire gebracht.«

Judys Wangenmuskeln strafften sich für einen Augenblick. »Ich habe seine Mutter noch nicht kennengelernt.«

»Oh, das kommt schon noch. Sie ist Ihnen bereits auf der Spur. Jede seiner Freundinnen muß erst geprüft, dann genehmigt und schließlich kultiviert werden.« Jo lehnte sich gegen die Arbeitsplatte und sah Judy ins Gesicht.

»Lieben Sie ihn immer noch?« Judy bemühte sich angestrengt, ihrem Blick standzuhalten.

Jo schnaubte. »Was für eine Frage. Glauben Sie wirklich, ich würde es Ihnen erzählen, wenn es so wäre?« Hinter ihr begann die Kaffeemaschine zu brodeln. Sie achtete nicht darauf. »In diesem Augenblick wünsche ich sowohl Sam als auch Nick Franklyn ans andere Ende der Welt, und wenn es Sie glücklich macht, will ich Sie gern aus ganzem Herzen mit ihnen dorthin wünschen. Aber ich möchte noch eines sagen, ehe Sie sich hinbegeben. Falls Sie sich entschließen sollten, noch weitere erfindungsreiche kleine Statements über meine geistige Gesundheit an die Presse zu geben, dann überlegen Sie sich gut, was Sie sagen, denn ich werde Sie wegen Rufschädigung verklagen.«

Judy zuckte zusammen. »Ich will doch nichts von Ihnen. Es wundert mich nicht, daß Nick es nicht abwarten konnte, von hier wegzukommen!« Sie ging zur Wohnungstür und öffnete sie. Hinter ihnen im Wohnzimmer begann das Telephon zu klingeln. Jo ignorierte es; sie schaltete die Kaffeemaschine ab. »Machen Sie die Tür hinter sich zu«, rief sie über die Schulter.

Judy blieb noch einmal stehen. »Sam hat gesagt, Sie sind schizophren«, rief sie. »Haben Sie das gewußt? Er hat gesagt, man würde sie eines Tages einsperren und den Schlüssel wegwerfen?« Sie schwieg, als hoffe sie auf eine Antwort. Als keine kam, stapfte sie in den Flur hinaus und knallte die Tür hinter sich zu. Jo hörte, wie sie die Treppe hinunterrannte.

Das Telephon hinter ihr klingelte immer noch. Benommen nahm Jo den Hörer ab.

»Jo? Ich dachte schon, du wärst nicht da!« Die Stimme am anderen Ende klang entrüstet. Jo schluckte. Einen Moment lang brachte sie kein Wort hervor. »Jo, Kindchen! Fehlt dir was?« Die Stimme blieb hartnäckig. »Ich bin's, Ceecliff!«

Endlich fand Jo ihre Stimme wieder. »Ich weiß, Grandma. Entschuldige. Ich bin ein bißchen heiser. Ist es so besser?« Geräuschvoll räusperte sie sich. »Wie schön, dich zu hören. Wie geht's dir?«

»Prima wie immer.« Der Ton war knapp und direkt. Celia Clifford war eine attraktive und lebhafte Frau von sechsundsiebzig Jahren, die den abwechselnden Drohungen und Schmeicheleien ihrer in der Stadt wohnenden Schwiegertochter und Enkelin zum Trotz mutterseelenallein in einem weitläufigen Cottage aus der Tudorzeit im tiefsten Suffolk wohnte. Jo betete sie an. Ceecliff war ihr Refugium, ihre geheime Schwäche, die Schulter, an der die abgebrühte, ätzendscharfe Jo Clifford weinen konnte, ohne daß es jemand erfuhr.

»Du klingst ein bißchen merkwürdig, Kind«, fuhr Ceecliff munter fort. »Du rauchst doch nicht etwa wieder?«

Jo warf einen reumütigen Blick auf den Aschenbecher neben dem Telephon. »Ich versuche, es sein zu lassen«, sagte sie.

»Brav. Und es ist alles in Ordnung?«

»Wieso sollte etwas nicht in Ordnung sein?«

Es gluckste am anderen Ende der Leitung. »Sollte ja nicht. Ich wollte nur sichergehen, daß du keine Ausreden aus dem Ärmel ziehst. Du kommst zum Mittagessen her, Jo. Also mach dich fertig, damit du in einer halben Stunde losfahren kannst.«

Jo lachte. »Ich kann doch nicht zum Mittagessen nach Suffolk fahren«, protestierte sie.

»Natürlich kannst du. Zieh diese gräßlichen Jeans aus und ein hübsches Kleid an. Dann steig in dein Auto. Um eins bist du hier.«

»Woher weißt du, daß ich Jeans anhabe?«

»Ich kann hellsehen«, verkündete Ceecliff trocken. »So, und jetzt Schluß mit dem Gerede. Komm.« Es klickte, und Jo starrte den Telephonhörer in ihrer Hand an.

Bet Gunning drehte sich im Bett um und strich Tim Heacham mit träger Hand über die Brust. »Noch ein bißchen betrunkener, und du hättest es nicht mehr gebracht, mein Freund.«

Tim stöhnte. »Wenn ich noch ein bißchen betrunkener wäre, hättest du dir eine Anzeige wegen Nekrophilie einhandeln können! Wenn Sie auch nur den geringsten Sinn für Anstand haben, Miss Gunning, dann machen Sie mir in der Küche eine Ihrer magischen Prärieaustern und halten die Klappe.«

Bet bedachte ihn mit einem altmodischen Blick, als sie in die Küche tappte, sagte aber nichts. Nach einer Weile kam sie mit zwei Kaffeetassen und einem Glas auf einem Tablett zurück. Sie sah zu, wie Tim die Mixtur unter gequälten Grimassen schluckte, und streckte dann die Hand nach dem Glas aus. »So. Kaffee und dann eine kalte Dusche. Das macht dich wieder *compos mentis.*«

»Sadistisches Ungeheuer.« Tim tätschelte ihr freundlich das Knie, als sie sich neben ihn aufs Bett setzte. »Ist es das, was dich zu einer so guten Redakteurin macht? Mach sie heiß, befriedige sie, gib ihnen ihre Medizin, küsse sie auf die Stirn und schick sie weg!«

Sie lachte. »Du denkst also, ich schlafe auch mit meinen Mitarbeitern?«

»Man sagt es allgemein. Und mit allen Helfern und Handlangern – wie mir. Aber natürlich nur mit den Männern, soviel ich weiß.«

Bet streckte die Hand aus und zauste sein Haar. »Hör mal zu, Tim. Wenn du fachsimpeln möchtest, dann sag mir, wie du mit Jos Photos vorankommst. Hast du schon angefangen?«

»Natürlich. Aber ich dachte, bis zum Abgabetermin sind's noch Monate hin?«

»Sind's auch.« Bet schob die Beine neben seine unter die Decke und fuhr mit einem Finger über seinen Solarplexus abwärts.

Tim ließ sich auf das Kopfkissen zurückfallen und schob ihre Hand weg. »Nichts da, Schatz. Nicht die geringste Hoffnung. Ich bin geschafft!« Er grinste sie zärtlich an. »Ich habe ein paar Superphotos von einer Frau, die in der Hypnose glaubt, sie sei ein Straßenmädchen im neunzehnten Jahrhundert. Ich werde dir die Kontaktabzüge zeigen. Das Dumme an dem Artikel ist bloß, daß diese Leutchen ja noch so prächtige und aufregende Stories erzählen mögen: Im Grunde sind sie immer noch Mister und Mrs. Bloggs. Aber es ist eine ungeheure Herausforderung - diese Gesichter einzufangen und den Leser erkennen zu lassen, welcher Charakter auch immer sich gerade in ihnen widerspiegelt und den Geist der Person beherrscht.«

»Wenn es jemanden gibt, der das kann, dann bist du es.« Bet griff nach ihrer Tasse. »Weißt du, daß Jo auch einmal eine Regression mitgemacht hat?«

»Sie hat mir davon erzählt. Es hat aber nicht geklappt. All das Zeug, das Judy herumtrompetet hat, war nichts als eifersüchtiger Quatsch.«

Bet schüttelte den Kopf. »Stimmt nicht. Nick hat vor zwei Wochen mit mir darüber gesprochen. Hat mich angefleht, den Artikel zu kippen. Er behauptet, Jo wäre unter Hypnose fast gestorben.«

Tim schreckte hoch. »Um Gottes willen . . .«

Bet lächelte. »Er übertreibt. Du mußt zugeben, es würde einen besseren Artikel abgeben, wenn Jo sagen könnte, es sei ihr passiert. Daß Jo nicht ehrlich ist, kann man ihr wirklich nicht nachsagen. Wenn ihr etwas Merkwürdiges passiert, wird sie darüber schreiben.«

»Selbst wenn es *posthum* veröffentlicht wird?« Tim stand auf. »Mein Gott, Bet! Ich dachte, du wärest Jos Freundin. Würdest du dir wirklich wünschen, daß ihr etwas Schreckliches zustößt, nur damit eine gute Story dabei herauskommt?« Er langte nach seiner Hose und zog sie an. »Gott verdammt nochmal!«

Bet lachte. »Tu nicht so dramatisch. Ich will ein bißchen *action*. Ich möchte erleben, daß Jo auf etwas stößt, das sie nicht entlarven kann - nur ein einziges Mal. Ich will sehen, wie sie mit einem Thema fertigwird, das sie wirklich aufrüttelt. Das wird ihr guttun. Ich habe den Verdacht, daß Nick ihr Erfolg gegen den Strich geht. Er ist eifersüchtig auf ihre Unabhängigkeit. Deshalb haben sie sich getrennt, und infolgedessen kommt mir seine Bitte, auf die Serie zu verzichten, schon sehr verdächtig vor. Sie braucht seine Hilfe nicht - ebenso wenig wie seine Behinderungsversuche. O ja, ich bin ihre Freundin, Schätzchen, wahrscheinlich sogar ihre beste.«

»Dann sei ihr Gott gnädig.« Tim zog eine Schublade auf, nahm einen schwarzen Kaschmirpullover heraus und streifte ihn unbeholfen über den Kopf. »Wenn sie dich und Judy Curzon zu Freundinnen hat, wen braucht sie dann noch!«

»Na, du bist ja auch noch da, oder? Du würdest mich wohl nicht mit so viel Enthusiasmus unterhalten, wenn du nicht dächtest, du könntest unsere Jo in deine klebrigen kleinen Finger kriegen – oder, mein Herzblatt?«

Tim lief dunkelrot an. »Quatsch. Jo hat für niemanden Augen außer für Nick, seit ich sie kenne.« Er starrte in den Spiegel und fuhr sich mit den Fingern durchs Haar.

»Um so dümmer, denn Nick läßt nichts anbrennen. Wo willst du hin?«

»Sonntag oder nicht, ich habe zu arbeiten. Machst du mir etwas zum Mittagessen?«

Bet räkelte sich und kuschelte sich unter die Decke. »Warum nicht? Wer warst du in deinem früheren Leben, Tim? Weißt du das?«

Tim drehte sich um und sah auf sie herunter. »Es ist ziemlich komisch, aber ich glaube, ich weiß es.«

Bet machte runde Augen. »Ist das ein Witz?«

»Nein.«

»Und?« Sie richtete sich auf, und die Decke spannte sich um ihre Brüste. »Wer warst du?«

Er grinste. »Wenn ich dir das erzählen würde, mein Schatz, würde ich diese Indiskretion für den Rest meines Lebens bereuen. So, und jetzt darfst du noch genau einundvierzig Minuten schlafen, und dann stehst du auf und schiebst den Braten in die Röhre. Ich dürfte in etwa einer Stunde in der Dunkelkammer fertig sein.« Er winkte, schlüpfte zur Schlafzimmertür hinaus und sprang die Wendeltreppe hinunter in sein Atelier.

In Nord-London herrschte dichter Verkehr, aber Jo war so sehr mit ihren Gedanken beschäftigt, daß sie die Autos und den dichten Auspuffdunst kaum bemerkte. Erst als die Straße endlich breiter und der Verkehr dünner wurde, begann sie sich zu entspannen. Die Landluft war schwer vom Sommer: Dichte, duftende Blüten und üppiges, frisches grünes Laub an den Bäumen. Bärenklau und Weißdorn blühten am Straßenrand, und darüber wölbte sich der Himmel so intensiv blau, wie man es in London nie sah. Jo lächelte, als sie von der Hauptstraße abbog, um über schmale Landsträßchen auf Long Melford zuzufahren. Sie fühlte sich immer unbeschwert und frei, wenn sie nach Suffolk kam. Vielleicht lag es an der Luft oder an dem Gedanken, Ceecliff wiederzusehen. Vielleicht aber auch nur an der Tatsache, daß ihr fast immer schwindlig vor Hunger war, wenn sie am Haus ihrer Großmutter angelangt war.

Sie bog in die Zufahrt ein, die sich auf das freundliche, rosagestrichene Haus zuschlängelte, und fuhr langsam vor die Haustür. Nicks Porsche parkte im Schatten der Kastanie. Einen Moment lang blieb sie sitzen und starrte den Wagen an; dann stieß sie wütend die Tür auf und stieg aus.

Nick hatte offenbar das Knirschen ihrer Reifen auf dem Kies gehört, denn einen Augenblick später kam er um die Ecke. Er war in Hemdsärmeln, sah entspannt und ausgeruht aus. Grinsend hob er die Hand, um sie zu begrüßen. »Du kommst gerade rechtzeitig für einen Drink.«

»Was willst du denn hier?« Ihr Zorn war ebenso schnell verraucht, wie er gekommen war. Ihre Kehle war seltsam zugeschnürt, als sie ihn ansah. Hastig wandte sie sich ab und zog ihre Tasche aus dem Wagen; sie drückte sie schutzsuchend an die Brust.

»Ich mußte mit deiner Großmutter sprechen; also hab ich sie angerufen und bin gestern abend hergekommen.« Drei Schritte vor ihr blieb er stehen und betrachtete sie prüfend. Ihr Haar fiel offen über die Schultern. Es stand ihr viel besser als ihre gewohnte strenge Frisur, außerdem trug sie jetzt ein weichfließendes Kleid aus pfauenblauer Seide. Sie sieht, dachte Nick plötzlich, sehr zerbrechlich und sehr schön aus. Er widerstand dem Drang, die Hände nach ihr auszustrecken und sie zu berühren. »Sie ist im Garten hinter dem Haus, mit der Sherry-Flasche. Komm.«

»Was war denn so wichtig, daß du plötzlich nach Suffolk herausfahren mußtest, um mit ihr zu reden?« erkundigte sich Jo.

Nick schwieg einen Moment lang, ohne sie aus den Augen zu lassen. Dann schüttelte er den Kopf. »Ich dachte mir, ich nehme dir ein paar Recherchen ab.« Er lächelte. »Rate mal, wer aus Clare kam.« Er ging ihr voraus über den Kies.

»Du bist hergekommen, um das festzustellen?« fragte sie ungläubig.

Nick zuckte mit den Schultern. »Na ja, das gerade nicht. Hauptsächlich wollte ich mich unterhalten. Und ich gebe zu, ich habe Ceecliff gesagt, sie soll mich nicht verraten, wenn sie dich anruft. Ich wollte auch mit dir sprechen, und ich dachte mir, du würdest vielleicht nicht kommen, wenn du wüßtest, daß ich hier bin.«

»Schade, daß sie dich nicht erwähnt hat«, gab Jo zurück. »Deine Freundin war bei mir, als sie anrief. Du hättest kurz mit ihr sprechen und sie beruhigen können. Sie glaubte ganz offensichtlich, ich hielte dich unter meinem Bett versteckt.«

»Judy war heute früh bei dir in der Wohnung?« Nick hob die Augenbrauen.

Das Gras im Garten lag weich und duftend unter Joannas Sandalen, durchsetzt von feucht samtigem Moosflecken und übersät von Gänseblümchen. »Sie hat mir nur erzählt, dein Bruder habe ihr anvertraut, ich sei schizophren und müsse demnächst hinter Schloß und Riegel gebracht werden.«

Nick lachte. »Hoffentlich hast du ihr das nicht geglaubt. Du bringst Judy offenbar dazu, sich von ihrer schlimmsten Seite zu zeigen. Jo, ich glaube, es gibt etwas, das ich dir erklären sollte.« Er war stehengeblieben.

»Es gibt nichts zu erklären, Nick. Wir haben uns getrennt. In deinem Leben gibt es eine neue Frau. Vorgestern nacht warst du um alter Zeiten willen so freundlich, mir ein bißchen zur Seite zu stehen, als ich mich etwas zerzaust fühlte. Aber sobald jemand anders auftauchte, um mir Beistand zu leisten, bist du zu Judy zurückgegangen. Ende der Geschichte. Glück für Judy. Ich wünschte nur, du würdest ihr erklären, daß sie sich nicht so unsicher zu fühlen braucht.«

Ein warmer Wind strich durch ihr Haar, als sie auf den Walnußbaum neben dem von Weiden beschatteten Teich zuging, wo ihre Großmutter auf einem Gartenstuhl saß. Am Horizont ballten sich weiße Kumuluswolken zu einer mächtigen Gewitterfront. Sie beugte sich herunter und gab Ceecliff einen Kuß auf die Wange.

»Es war nicht fair, mich in diese Falle zu locken. Nick und ich haben nichts zu besprechen.«

Ceecliff musterte sie mit durchdringenden dunklen Augen. »Ich möchte meinen, es gibt eine ganze Menge zu besprechen. Und wenn nicht mit ihm, dann mit mir! Nick hat mir von deinen erstaunlichen Erlebnissen erzählt, Jo.« Sie streckte den Arm aus und nahm die Hand ihrer Enkelin. »Ich möchte alles darüber erfahren. Du brauchst keine Angst zu haben vor dem, was passiert ist. Du kannst von Glück sagen.«

Jo starrte sie an. »Das klingt, als würdest du an Reinkarnation glauben.«

»Ich glaube, das muß ich wohl. Gewissermaßen.« Ceecliff lächelte. »Komm her. Setz dich, nimm einen Sherry und entspanne. Du bist ja gespannt wie eine Klaviersaite! Nicholas ist gestern abend heraufgekommen, um mit mir über dich zu sprechen. Er befürchtete, du könntest dir allzuviel zumuten, Jo. Und ich stimme ihm zu. Nach dem, was er mir erzählt hat, glaube ich, daß du Ruhe brauchst. Du darfst nicht versuchen, dich noch einmal in deine Vergangenheit zu wagen.«

»Ach, das ist es also.« Jo stemmte sich wieder aus dem Liegestuhl hoch. »Er will dich beschwatzen, mich zu überreden, meine Recherchen einzustellen. Ein Teil der großen Franklyn-Verschwörung. Ich wünschte, ihr alle würdet endlich begreifen, daß das ausschließlich meine Angelegenheit ist. Was ich mit meinem Kopf, meinen Erinnerungen oder was immer anstelle, ist einzig und allein meine Sache. Ich bin mündig, vernünftig und erwachsen. Ich kann selbst für mich entscheiden.«

Ceecliff sah zu ihr auf und lächelte koboldhaft. »Da haben Sie's,

Nicholas. Ich habe Ihnen gesagt, daß sie mir diese Antwort geben wird.«

Nick zog betrübt die Schultern hoch. »Haben Sie. Aber es war den Versuch wert.« Er reichte Jo ein Glas. »Na, komm schon, Jo. Du hast uns nicht erzählt, ob du gestern in der Bibliothek etwas herausgefunden hast. Wir brennen vor Neugier.«

Jo sah ihn mit gespielter Verwunderung an. »Soll das heißen, daß es dich interessiert? Du verblüffst mich! Gestern war dein Interesse nicht so groß; da konntest du es nicht abwarten, zu Judy zurückzukehren!«

»Ich bin nur gegangen, weil Sam es mir befohlen hat!« Nicks Gesicht wurde rot vor Ärger. »Glaubst du nicht, ich wäre gern geblieben? Wenn er nicht den Arzt herausgekehrt und mich daran erinnert hätte, daß du seine Patientin bist, dann hätte ich den ganzen Tag abgewartet, um sicherzugehen, daß dir nichts fehlt.«

Jo stellte ihr Glas so abrupt auf das Tablett, daß der Sherry herausschwappte und bernsteingelbe Tropfen auf das Silber verteilte. »Er sagt, ich sei seine Patientin?« echote sie. Ihr Gesicht war weiß geworden.

Ceecliff beobachtete sie aufmerksam. »Ich bin sicher, das hat er nicht wörtlich gemeint, Kind«, warf sie hastig ein. »Ich nehme an, er wollte Gelegenheit haben, mit Jo allein zu sprechen, nachdem ihr ihn ja beide um seinen Rat gebeten hattet.«

»Ich habe ihn nicht gebeten!« Jo funkelte Nick vernichtend an. »Das war Nicks Idee.«

»Weil er sich offensichtlich große Sorgen um dich macht.« Ceecliff erhob sich mit steifen Gliedern. »Und jetzt Schluß mit der Zankerei, Kinder. Ich möchte das Mittagessen genießen können. Kommt ins Haus. Später kann Jo uns erzählen, was sie über ihre Matilda in Erfahrung gebracht hat.«

Sie tranken ihren Kaffee im Wintergarten an der Rückseite des Cottage, während sich mächtige Wolken über dem Garten zusammenballten. Ceecliff schickte Nick hinaus, um die Gartenstühle hereinzuholen, als dicke Regentropfen den Wasserspiegel des Teiches zu sprenkeln begannen. Dann wandte sie sich an Jo.

»Du treibst Nick dieser jungen Dame geradewegs in die Arme, weißt du das eigentlich?«

Jo hantierte mit der silbernen Kaffeekanne. »Da will er doch hin.«

»Nein, Jo, das will er nicht. Siehst du das denn nicht?« Ceecliff beugte sich vor und nahm sich eine Tasse vom Tablett. »Du benimmst dich höchst halsstarrig. Zumal du ihn offensichtlich liebst. Das tust du doch, oder?«

Jo setzte sich auf die Fensterbank. »Ich weiß es nicht«, sagte sie kläglich. Ausdruckslos sah sie auf ihre Hände und fühlte sich plötzlich von Müdigkeit überwältigt. »Ich weiß überhaupt nicht mehr, was ich für irgend jemanden empfinde. Ich weiß nicht mal mehr genau, was ich für mich selbst empfinde.«

»Das ist doch lächerlich.« Ceecliff nahm eine Tasse und drückte sie Jo in die Hand. »Trink und hör mir zu. Du verlierst den Maßstab für die Dinge.«

»Wirklich?« Jo biß sich auf die Unterlippe. »Entweder Nick oder Sam hat mich belogen.«

»Alle Männer sind Lügner, Jo.« Ceecliff lächelte traurig. »Hast du das noch nicht festgestellt?«

Der Regen strömte herab und setzte den warmen Duft nasser Erde frei, der sie selbst durch die fast geschlossenen Fenster des Wintergartens erreichte. Draußen verstaute Nick hastig die Gartenstühle in der Laube.

»Das ist ein bißchen zynisch, selbst für dich, Grandma.« Sie streichelte der alten Frau die Hand; Nick kam über den Rasen gesprintet. Als er den Wintergarten erreicht hatte, schüttelte er sich wie ein nasser Hund.

»Du bist triefnaß, Nick«, sagte Jo. »Zieh dir das Hemd aus, sonst holst du dir eine Lungenentzündung oder Schlimmeres.«

Er rührte einen Löffel Zucker in seine Tasse und setzte sich neben sie. »Das wird gleich wieder trocken sein. Fahren Sie doch fort mit dem, was Sie uns beim Mittagessen erzählt haben, Ceecliff - über Jos Großvater.«

Ceecliff lehnte sich in die Polster ihres Sessels zurück. »Ich wünschte, du würdest dich besser an ihn erinnern, Jo, aber du warst noch klein, als er starb. Er sprach zu gern über seine Vorfahren und über den Stammbaum der Familie Clifford, der eher ein Wald war, wie er immer sagte. Das Dumme ist nur, daß ich ihm nie aufmerksam genug zuhörte. Ich fand es langweilig. Er redete von gestern, und ich wollte heute leben.« Sie schwieg, während ein Blitz hinter dem Walnußbaum aufzuckte. »Mir war nicht klar, wie rasch die Gegenwart zur Vergangenheit wird.« Sie lächelte kläglich. »Entschuldigt. Ihr müßt einer alten sentimentalen Frau verzeihen. Aber was ich sagen wollte - als ich dich von deinem William de Braose reden hörte, der ein Baron im walisischen Grenzland war, fiel mir ein, daß die Familie Clifford auch von dort herstammt. Ich werde Reggies Unterlagen heraussuchen und sie dir geben, Jo. Vielleicht findest du sie ja interessant, nachdem du jetzt zu dem Schluß gekommen bist, daß die Vergangenheit womöglich doch etwas Positives hat, selbst wenn es nur ein hübscher Sohn aus dem Hause Clare ist.« Wieder dieses schalkhafte Zwinkern. »Aber jetzt werdet ihr mich entschuldigen müssen, ich werde mich ein bißchen hinlegen. Für das Altsein wird man unter anderem dadurch entschädigt, daß man es jederzeit zugeben darf, wenn man müde ist.« Mit Nicks Hilfe mühte sie sich aus ihrem tiefen Sessel und ging langsam ins Innere des Hauses.

»Sie ist überhaupt nicht müde«, erklärte Jo, sobald sie außer Hörweite war. »Sie hat zehnmal so viel Energie wie ich.«

»Sie glaubt, sie ist sehr taktvoll.« Nick goß sich noch eine Tasse Kaffee ein. »Sie glaubt, wir sollten miteinander sprechen.«

»Das sieht sie falsch«, sagte Jo schnell. Sie zuckte zusammen, als ein neuerlicher Blitzstrahl über den Himmel zuckte, gefolgt von fernem Donnergrollen. »Wir haben nichts zu besprechen, was sie nicht hören dürfte.« Die Schwüle des Nachmittags schlug über ihr zusammen und drückte sie nieder. Ihre Lider waren bleischwer. Gewaltsam riß sie sie auf.

Nick schaute in den Regen hinaus, der über den Garten peitschte. »Ich muß sehr wohl mit dir allein sprechen«, sagte er langsam. »Und ich glaube, das weißt du genau.«

Jo ließ sich in den leeren Sessel ihrer Großmutter fallen. »Na, jetzt ist jedenfalls nicht der richtige Augenblick dafür. O Gott, wie ich Gewitter hasse! Diese Woche gab's praktisch jeden Tag ein Gewitter.«

Nick drehte sich um und sah sie an. »Früher hattest du nie etwas dagegen.«

»Oh, das soll auch nicht heißen, daß ich Angst davor habe. Ich bekomme nur Kopfschmerzen und fühle mich angespannt. Vielleicht bin ich auch nur müde. Ich habe gestern die ganze Nacht hindurch gearbeitet.« Sie schloß die Augen.

Nick stellte seine Tasse ab. Er trat hinter ihren Sessel, legte ihr die Hände auf die Schultern und begann mit den Daumen sanft ihren Nacken zu massieren.

Jo entspannte sich; sie spürte die Wärme seiner Hände durch die dünne Seide. Die kreisenden Bewegungen linderten den Schmerz in ihrem Kopf.

Plötzlich straffte sie sich. Einen Moment lang konnte sie kaum atmen. Sie wollte die Augen öffnen, aber die Hände auf ihren Schultern waren nach vorn geglitten, hatten ihre Kehle umfaßt, drückten ihr die Kehle zu, daß sie keine Luft mehr bekam. Sie bäumte sich halb auf, umklammerte seine Handgelenke, wehrte sich hektisch, krallte nach seinem Gesicht und seinen Armen . . . Als ein neuer Donnerschlag die Nachmittagshitze erschütterte, stürzte sie vornüber.

»Warum, Nick, warum?«

Ihre Lippen formten die Worte, aber es drang kein Laut aus ihrem Mund, und langsam sank sie in einer langen Spirale in erstickende Dunkelheit.

11

Zwei Gesichter schwammen vor ihrem unsicheren Blick. Sie wollte genauer hinsehen, und ihre Gedanken kämpften mit gespenstischen Bildern, als erst ein Augenpaar und dann ein zweites auf sie zugeschwebt kamen, miteinander verschmolzen und wieder auseinandertrieben. Die Münder unter den Augen bewegten sich. Sie sprachen, aber sie konnte nichts hören; sie konnte nichts denken. Sie fühlte nichts als den dumpfen Schmerz der Quetschungen, der in ihrer Kehle pochte.

Schwerfällig tastete sie nach einem der Gesichter – die blauen Augen, der rötliche Schnurrbart, die tiefen Furchen auf der Stirn nahmen jäh scharfe Konturen an. Das Gesicht wich zurück, und sie tastete nach dem anderen. Es war jünger, glatter, die Augen waren heller.

»Ich habe Doktor Graham angerufen.« Eine Frauenstimme sprach neben ihr; die klare Diktion hallte in ihrem Kopf wider. »Er war zu Hause, Gott sei Dank! Nicht auf dem gottverdammten Golfplatz. In fünf Minuten ist er hier. Wie geht es ihr?«

Jo runzelte die Stirn. Ceecliff. Das war Ceecliff, die dicht neben ihr stand, hinter den beiden Männern.

Langsam atmete sie ein. Es tat weh, als sie schluckte. Wieder versuchte sie zu sprechen. »Was ist passiert?« brachte sie schließlich heraus.

Als sich Ceecliff neben sie setzte, erkannte Jo, daß sie im Wohnzimmer auf der Couch lag. Die kühle, trockene Hand ihrer Großmutter umfaßte ihre Finger.

»Du bist in Ohnmacht gefallen, du albernes Ding. Wie ein viktorianisches Fräulein.«

»Wer ist da?« Jos Blick ging an ihr vorbei in den Schatten.

»Ich, Jo.« Nicks Stimme klang gepreßt.

»Warum ist es so dunkel?« Jo stemmte sich in den Polstern hoch; in ihrem Kopf drehte sich alles.

»Das Gewitter draußen ist nicht von schlechten Eltern, Kind«, erklärte Ceecliff nach einer Weile. »Hier drinnen ist es finster wie im Vorhof der Hölle. Machen Sie Licht, Nick.« Ihre Stimme klang schärfer.

Die drei Tischlampen warfen ihren warmen Schein durch die bedrückende Düsternis des Zimmers. Durch die Scheiben drang das ohrenbetäubende Rauschen des Regens auf den breiten Blättern der Funkien vor den Fenstern.

»Wo ist der Doktor?« Jo sah sich um.

»Er ist noch nicht da, Jo.« Ceecliff lächelte sie besorgt an.

»Aber ich hab ihn gesehen ...«

»Nein, Kind.« Ceecliff warf Nick einen Blick zu. »Hör doch. Das muß sein Auto sein.« Durch das Rauschen des Regens vernahmen sie das Knirschen von Autoreifen auf dem Kies. Einige Augenblicke später öffnete sich die Glastür zum Eingangsflur, und eine stämmige Gestalt trat ein.

Ceecliff stand auf. Sie begrüßte David Graham unter den schweren Deckenbalken des halbdunklen Eßzimmers, wo es nach Kräutersträußchen und Rosen duftete, und legte einen Finger auf die Lippen.

»Es geht um meine Enkelin, David«, sagte sie leise. Er schüttelte sich wie ein nasser Hund und legte seinen Regenmantel ab.

David Graham war ein blonder Mann von etwa sechzig Jahren; trotz der Hitze trug er Tweedjackett und Krawatte. Liebevoll hauchte er ihr einen Begrüßungskuß auf die Wange. »Wahrscheinlich ist es das Gewitter, Celia. Bei manchen Menschen hat es diese Wirkung. Es sei denn, es liegt an deiner Küche. Du hast ihnen doch nicht dieses Curry serviert, das du Jocelyn und mir vorgesetzt hast, oder?« Er wartete ihre gespielte Entrüstung nicht ab. Mit der Tasche in der Hand hatte er bereits Kurs auf die Wohnzimmertür genommen.

Nick lächelte unsicher auf Jo hinab. »Ich lasse Sie beide dann wohl besser allein, oder?«

»Bitte.« David Graham sah ihn einen Moment lang forschend an; die Anspannung in Nicks Gesicht entging ihm nicht – Anspannung, Erschöpfung und noch etwas. Er stellte seine Tasche neben Jo ab und wartete, bis Nick die Tür hinter sich geschlossen hatte. Schuldbewußtsein ... das war's! Nick Franklyn hatte schuldbewußt gewirkt.

Er setzte sich neben Jo, lächelte sie an und griff nach ihrem Handgelenk.

»Machen Sie so was aus Gewohnheit, meine Liebe?« fragte er ruhig.

Jo schüttelte den Kopf. »Ist mir noch nie passiert. Ich komme mir schon wie eine Simulantin vor. Es ist nur das Gewitter, da bin ich sicher. Dabei fühle ich mich immer abgespannt und habe Kopfschmerzen.«

»Und soweit Sie wissen, sind Sie nicht schwanger?« Er lächelte.

»Ganz bestimmt nicht! Und bevor Sie danach fragen: Ich rauche nicht mehr. Fast nicht mehr.«

»Haben Sie etwas am Hals?«

Sie rückte auf der Couch ein wenig von ihm ab. »Tut ein bißchen weh, weiter nichts. Vermutlich bekomme ich eine Erkältung.«

»Hm.« Der Arzt beugte sich über seine Tasche und öffnete sie. Er nahm einen hölzernen Spatel heraus. »Mund auf. Wollen mal sehen, ja?«

Ihr Rachen tat höllisch weh. Er war nicht entzündet, nicht wund, aber er war gerötet und schmerzte. Ohne die geringste Regung zu zeigen, legte der Arzt den Spatel aus der Hand und griff nach einem Thermometer. Nachdem er es ihr in den Mund geschoben hatte, betastete er sanft ihren Hals; er strich ihr das Haar beiseite und tastete mit kühlen, unpersönlichen Fingern unter den Ohren und dem Kinn entlang.

Jo spürte, daß ihr die Hände zitterten. »Was ist?« fragte sie, sobald sie wieder sprechen konnte.

Er hielt das Fieberthermometer unter den grünen Schirm der Tischlampe und spähte blinzelnd auf die Quecksilbersäule. »Ich sage Celia immer wieder, sie soll ein paar richtige Lampen in dieses verdammte Zimmer stellen. Abends kann man hier seinen Gin nicht vom Goldfischglas unterscheiden. Sechsunddreißig-acht, genau wie es sein soll. Aber Ihr Puls liegt ein bißchen über dem Durchschnitt für einen Sonntagnachmittag, selbst in Anbetracht eines Gewitters. Wollen wir mal den Blutdruck messen?«

»Aber mein Hals«, sagte Jo. »Was ist mit meinem Hals?«

»Da ist nichts, soweit ich sehen kann.« Er wühlte in seiner Tasche herum. »Wo tut er denn weh?«

»Es ist ein dumpfer Schmerz. Hier.« Sie hob die Hand zum Hals, während sich ihr Blick auf die kleine Pumpe richtete, mit der er die Manschette an ihrem Arm aufblies.

Allmählich kehrte alles zurück. Sie war mit Nick im Wintergarten gewesen. Er hatte hinter ihr gestanden und ihr die Hände auf die Schultern gelegt, und dann hatte er – oder sonst jemand – langsam ihre Kehle umfaßt und angefangen, zuzudrücken ... Jetzt erinnerte sie sich wieder ganz deutlich. Es war Nick gewesen. Es mußte Nick gewesen sein. Sonst war niemand dagewesen. Nick hatte versucht, sie umzubringen! Ihr war ganz elend zumute. Nick würde ihr nichts tun. Das war unmöglich. Das alles mußte ein gräßlicher Alptraum gewesen sein. Sie schluckte mühsam. Der Schmerz war zu real für einen Alptraum.

Sie merkte, daß der Arzt sie beobachtete, und wandte sich schroff ab. »Ist er hoch?« fragte sie, während er sein Handwerkszeug zusammenfaltete.

»Ein bißchen vielleicht. Aber es gibt keinen Grund zur Aufregung.« Er schwieg einen Moment. »Irgend etwas fehlt Ihnen, meine Liebe, nicht wahr? Sie wirken beunruhigt. Gibt es etwas, das Sie mir erzählen sollten?«

Sie schüttelte den Kopf. »Nein, Doktor Graham. Vielleicht habe ich in letzter Zeit ein bißchen viel gearbeitet. Ich nehme an, davon könnte mir ein bißchen schwummrig geworden sein, oder?«

Er runzelte die Stirn. »Könnte sein.« Er wartete ab, als rechne er damit, daß sie weitersprach. Als sie es nicht tat, fuhr er fort: »Das mit Ihrem Rachen kann ich nicht erklären. Vielleicht haben Sie sich eins von diesen Sommerviren eingefangen. Gurgeln Sie. Das wird Ihnen helfen, und gehen Sie's in nächster Zeit ein bißchen langsamer an. Bleiben Sie vielleicht für ein paar Tage hier.« Lächelnd stand er auf. »Nicht, daß Celia das wäre, was ich mir unter beruhigender Gesellschaft vorstelle, aber das Haus ist ein guter Platz zum Sichfinden. Es ist ein glückliches Haus. Besser als London auf jeden Fall. Wenn Ihnen das gleiche noch einmal passiert, suchen Sie Ihren Hausarzt auf.«

»Danke.« Nachdem sie sich hochgestemmt hatte, gelang es Jo, auf den Beinen zu bleiben. Draußen vor dem Fenster flackerte fahl ein Blitz. »Tut mir leid, daß meine Großmutter Sie bei diesem Wetter herrufen mußte.«

Er lachte, als er seine Tasche aufnahm. »Hätte sie es nicht getan, dann hätte ich weitergeschlafen und mir später einen Tritt gegeben, weil ich die Fenster im Treibhaus nicht geschlossen habe. Sie hat mir also einen Gefallen getan! So – vergessen Sie nicht, was ich gesagt habe. Lassen Sie's für ein Weilchen langsam angehen. Und suchen Sie Ihren Hausarzt auf, wenn Sie sich weiterhin irgendwie unwohl fühlen . . .« Er sah sie durchdringend an; dann nickte er und wandte sich zur Tür.

Kaum war verschwunden, trat Jo an das Sideboard. Dort warf eine Lampe gedämpftes Licht auf den Spiegel dahinter. Jo stellte sich auf die Zehenspitzen und spähte in den Spiegel. Sie beugte sich vor, strich sich das Haar vom Hals und betrachtete ihn. Die Haut sah normal aus. Keine Spur von irgendwelchen Würgemalen.

»Jo! Was machst du da?« Ceecliffs Worte ließen sie zusammenschrecken. Hastig wandte sie sich vom Spiegel ab.

»Ich hab mir nur meinen Hals angesehen.« Jo sah über Ceecliffs Schulter. »Wo ist Nick?«

»Er bringt David zum Auto. Ich vermute, du wirst Davids Vorschlag nicht befolgen und ein paar Tage hierbleiben?«

Jo seufzte. »Du weißt, daß das nicht geht. Ich habe zu viel zu tun.«

»Dann wirst du noch einen Tee trinken, bevor dich Nick nach Hause fährt . . .«

»Nein!«

Ceecliff starrte sie verblüfft an. »Jo, Kindchen . . .«

»Entschuldige. Ich wollte nicht so heftig sein.« Jo schluckte. »Ich will nur nicht, daß Nick mich fährt.«

»Na, selbst kannst du nicht fahren, Joey. Das hat David unmißverständlich gesagt.« Ceecliffs Ton klang unerwartet fest. »Du bleibst hier oder du fährst mit Nick.«

Jo warf einen Blick zur Tür. Ihr Mund war plötzlich trocken. Sie atmete tief durch. »Wer war der Mann, den ich gesehen habe, als ich zu mir kam?«

Ceecliff rückte den Seidenschirm der Lampe vor dem Spiegel gerade. »Hier war niemand, Jo. Nur Nick und ich.«

Jo ging zur Tür und legte haltsuchend die Hand auf eine Stuhllehne. Rasch schloß sie die Tür, lehnte sich dagegen und sah Ceecliff an.

»Jemand hat versucht, mich zu erwürgen.«

Ihre Großmutter kniff die Augen zusammen. »Jo, Kind . . .«

»Das bilde ich mir nicht ein. Draußen im Wintergarten. Nick hat mir die Schultern massiert. Und dann . . .« Sie brach hilflos ab. »Jemand hat versucht, mich umzubringen!«

»Außer Nick war kein Mensch da, Jo.« Ceecliff kam langsam auf sie zu und griff liebevoll nach ihren Armen. »Willst du etwa Nick bezichtigen . . .?« Sie schien außer sich zu sein.

»Nein, natürlich nicht.« Jos Stimme war zu einem Flüstern geworden.

»Hast du David davon erzählt?«

Jo schüttelte den Kopf. »Ich hab ihm nur gesagt, daß mir der Hals weh tut.«

»Ich denke, er hätte es feststellen können, wenn du angegriffen worden wärst. Du müßtest doch Würgemale am Hals haben.« Ceecliff ging zur Couch und setzte sich auf die Kante. »Ich glaube, Nick hat sich mit Recht Sorgen wegen dieser Hypnose gemacht, Jo. Du bist zu empfänglich für . . .«

Jo stieß sich heftig von der Tür ab. »Das hat nichts mit der Hypnose zu tun! Ich hab mir das nicht eingebildet! Man weiß doch, wenn jemand versucht hat, einen umzubringen!« Sie fuhr sich mit den Händen an den Hals. »Es war noch jemand hier, Ceecliff. Nick kann es nicht gewesen sein. Er würde mir nie irgendwelchen Schaden zufügen. Außerdem war noch jemand im Zimmer, als ich aufwachte. Du mußt ihn doch gesehen haben. Du mußt! Er stand doch dicht hinter Nick!«

»Jo, es war niemand da«, redete Ceecliff sanft auf sie ein. »Wenn jemand dagewesen wäre, hätte ich ihn auch gesehen.«

»Du glaubst, ich bilde mir das alles ein?«

»Ich glaube, du bist müde, emotional durcheinander so wie das, was man früher als ›vom Donner gerührt‹ bezeichnete.« Ceecliff lächelte.

Sie drehte sich um, als Nick hereinkam. »Wie geht's dir?« fragte er.

»Prima, danke.« Jo zwang sich zu einem Lächeln.

»Aber Sie werden sie nach Hause fahren, Nick, nachdem ihr noch eine Tasse Tee getrunken habt«, erklärte Ceecliff entschlossen. »Ihr Auto kann sie später abholen.«

Jo schluckte. Ihr Blick war automatisch zu Nicks Händen gewandert, die auf einer Sessellehne ruhten. Es waren feste, starke Hände, gebräunt vom Segeln.

Als hätte er ihren Blick auf seinen Händen gespürt, schob er sie in die Taschen seiner Jeans. »Bist du sicher, daß es dir wieder gut geht?« fragte er. »Noch nie ist mir eine Frau ohnmächtig vor die Füße gefallen. Es war alles sehr dramatisch. Und du siehst immer noch ziemlich blaß aus.«

Ceecliff stand auf. »Ihr geht es gut«, beschied sie. »Sie wissen, wo die Küche ist, Nick? Seien Sie ein Schatz, setzen Sie den Kessel auf. Ich komme gleich nach.«

Als er fort war, griff Jo nach der Hand ihrer Großmutter. »Du sagst Nick nichts von dem, was ich dir erzählt habe? Er wird auch denken, daß es etwas mit der Hypnose zu tun hat. Und ich habe keine Lust, auf dem Weg nach London die ganze Zeit mit ihm zu streiten.«

Ceecliff lächelte. »Ich werde ihm nichts erzählen, Jo. Aber ich glaube, du solltest es tun«, fügte sie langsam hinzu. »Ich glaube wirklich, du solltest es tun.«

Das Gewitter knatterte bösartig über den Hyde Park hinweg. Sam stand am Fenster von Nicks Apartment in der South Adley Street. Er seufzte. Gäbe es den Schlüssellochblick auf den Park am Ende der schmalen Straße nicht, er könnte hier nicht bleiben; er beruhigte und stellte die sachliche Selbstwahrnehmung wieder her. Einen Moment lang dachte er mit Bedauern an seine Wohnung in Edinburgh mit ihren hohen Zimmern und dem herrlichen Blick über den Queen's Park hinweg auf die Salisbury Crags; dann wandte er sich vom Fenster ab, zog die Vorhänge zu und schaltete das Licht ein. Er warf sich aufs Sofa, nahm sein drittes Glas Scotch und langte nach dem Bücherstapel, der sich auf dem Couchtisch türmte.

Das erste Buch, das er zu fassen bekam, war *A History of Wales* von John Edward Lloyd, M.A., Band zwei. Er schlug das Inhaltsverzeichnis auf und suchte nach William de Braose.

»Was zum Teufel ist los, Jo?« Nick warf ihr einen Seitenblick zu, als er auf die Autobahn einschwenkte. Die Scheibenwischer schnitten weite Bögen in den nassen Regenteppich auf der Frontscheibe. Als er eine neue Kassette in den Recorder schieben wollte, hatte er zum zweitenmal bemerkt, wie sie vor ihm zurückwich. Und es war offenkundig, daß mit ihrem Hals etwas nicht stimmte.

Mit Mühe brachte sie ein Lächeln zustande. »Entschuldige. Mir ist immer noch ziemlich komisch. Ich habe rasende Kopfschmerzen.«

Sie schloß die Augen, während kühle Vivaldiklänge den Wagen erfüllten. Zeig ihm nicht, daß du Angst hast. Es ist nichts passiert. Es war eine Halluzination – oder Einbildung. Nick ist kein Verbrecher, und der andere ... das Gesicht mit den harten, zornigen blauen Augen und dem Bart. Es war kein Gesicht, das sie kannte. Weder aus dieser Welt noch aus jener anderen Zeit von Wind, Schnee und wirbelnder Ferne. Es war nicht William gewesen, auch nicht der junge gutaussehende Richard. Es war eine Vision gewesen, ein Traum. Ein Teil des Traumes, in dem jemand versucht hatte, sie zu töten. Jemand, der aus ihrer eigenen Phantasie gekommen war, genau wie der Schmerz.

»Der Verkehr wird stärker.« Das Band war zu Ende und Nicks Stimme schwebte noch einen Moment lang in der Stille. »Du hättest bei Celia bleiben sollen. Du bist total abgespannt.«

Sie zwang sich, die Augen zu öffnen, als sie merkte, daß der Motor im Leerlauf lief. Autos zu allen Seiten; wegen des schlechten Wetters hatte der Rückstau nach London früher eingesetzt, der Verkehr stockte.

»Du hast geschlafen.« Er sah zu ihr herüber. »Fühlst du dich besser?« Das Licht am Himmel verblaßte bereits.

»Es geht. Tut mir leid, daß ich so lästig bin. Ich weiß auch nicht, was über mich gekommen ist.«

»Die verdammte Hypnose ist über dich gekommen.« Nick ließ den Wagen ein paar Meter weiterrollen und bremste dann wieder. Sein Ellbogen ruhte auf der Kante des offenen Fensters. Gereizt trommelte er mit den Fingern auf dem Dach. »Ich hoffe, damit bist du endgültig davon überzeugt, Jo. Es wäre hirnverbrannt, diese Recherchen fortzusetzen. Sam muß dir doch haarklein erläutert haben, welche Risiken die Sache für dich birgt.«

Jos Wangen brannten vor Ärger. »Was zum Teufel hat meine Ohnmacht mit der Tatsache zu tun, daß ich vor ein paar Tagen hypnotisiert worden bin? O Nick, laß endlich dieses Thema, bitte!«

Wie war es möglich, daß sie so zwiespältige Gefühle für den Mann neben sich empfinden konnte? Liebe. Wut, Verzweiflung. Und jetzt Angst, Angst, die nicht auf die Vernunft hörte, die sie davon zu überzeugen suchte, daß sie unbegründet sei. Sie wußte, daß Nick nicht versucht hatte, sie umzubringen. Schon der Gedanke war grotesk. Aber wessen Hände hatten sich dann um ihren Hals geschlossen? Und wenn es geträumte Hände gewesen waren, weshalb hatte sie von ihnen geträumt? Vielleicht hatte Nick recht. Vielleicht hatte die Hypnose doch irgendeinen verspäteten Effekt.

Eine Stunde später erreichten sie Cornwall Gardens. Sie hatte bereits ihren Schlüssel aus der Handtasche hervorgeholt, als der Wagen anhielt. Sie stieß die Tür auf. »Bitte, Nick, komm nicht mit hinein.«

In ihrer Hast wäre sie fast lang hingeschlagen. »Ich nehme ein Aspirin und gehe ins Bett. Ich rufe dich an, okay?« Sie schlug die Wagentür zu und rannte auf die Treppe zu, ohne sich umzusehen. Bevor er sich vom Fahrersitz gequält hatte, war Jo bereits im Haus verschwunden.

Nick zuckte mit den Schultern. Er blieb stehen, eine Hand auf dem Wagendach und wartete, bis hinter den Balkontüren im zweiten Stock das Licht anging. Dann stieg er wieder ein und fuhr davon.

In ihren Bademantel gehüllt, schob Jo das schwere Schiebefenster hoch. Der Abend draußen war sehr still. Eine fast tropische Schwüle lag in der Luft. Flamencoklänge hallten von der Straße herauf, und plötzlich drang brüllendes Gelächter durch die Dunkelheit.

Nachdem sie die Vorhänge halb zugezogen hatte, knipste sie seufzend ihre Nachttischlampe an, löste den Gürtel ihres Bademantels und ließ ihn von den bloßen Schultern gleiten.

Das Licht war matt, und der kleine antike Spiegel auf ihrer niedrigen Kommode stand am anderen Ende des Zimmers, und trotzdem konnte sie es von da, wo sie stand, genau sehen. Ihr Körper war – bis auf die Streifen des Bikinis – gleichmäßig braun, aber jetzt waren da auch andere Male. Male, die vorher nicht dagewesen waren. Ihr Hals war geschwollen und mit Blutergüssen bedeckt. Einen Moment lang wagte sie sich nicht zu rühren. Wie gebannt stand sie da, die Augen auf den Spiegel gerichtet. Dann rannte sie nackt ins Bad, riß an der Schnur der Deckenbeleuchtung, durchflutete den Raum mit dem harten, kalten Licht der Leuchtstoffröhre. Sie raffte ihr Badetuch auf und wischte hektisch den noch immer beschlagenen großen Spiegel ab und betrachtete sich erneut. Ihr Hals war mit Würgemalen bedeckt. Vorn an ihrer Kehle konnte sie sogar die einzelnen Fingerspuren unterscheiden.

Lange starrte sie sich an, dann schleppte sie sich ins Wohnzimmer. Sie kniete neben dem Telephon nieder, das immer noch auf dem Couchtisch stand, und daß sie Carl Bennets Nummer auswendig wußte, begriff sie erst, nachdem sie sie gewählt hatte.

Es klingelte ein paarmal, dann meldete sich der Anrufbeantworter. Jo warf den Hörer auf die Gabel und sah nach der Uhr auf ihrem Schreibtisch. Es war kurz vor Mitternacht.

Langsam kehrte sie in ihr Schlafzimmer zurück. Irgendwo in der Ferne hörte sie Donnergrollen. Das Gewitter kehrte zurück. Sie trat ans Fenster und sah in die Londoner Nacht. Erst als irgendwo aus der Reihe dunkler Fenster gegenüber ein beifälliger Pfiff ertönte, wurde ihr klar, daß sie nackt im Lampenschein stand.

Mit schiefem Lächeln wandte sie sich ab, knipste das Licht aus und kletterte ins Bett.

Es war noch sehr früh, als sie erwachte; im Zimmer war es kalt und frisch, die Fenster standen weit offen. Fröstelnd stand Jo auf und zog ihren Bademantel an. Einen Moment lang wagte sie es nicht, ihr Spiegelbild anzusehen. Die Schmerzen waren vergangen, und sie empfand nichts weiter als ein überwältigendes Verlangen nach Kaffee.

Im Bad spritzte sie sich kaltes Wasser ins Gesicht, dann griff sie nach ihrer Zahnbürste. Erst jetzt hob sie den Blick zum Spiegel. An ihrer Kehle war kein einziges Mal zu entdecken.

In der Wohnung in der South Adley Street ließ Nick sich in den Sessel gegenüber dem Fenster fallen und streckte die Hand nach dem Drink aus, den Sam ihm eingeschenkt hatte.

»Wie ich sehe, hast du nicht lange gebraucht, um meinen Sprit zu finden«, stellte er mit müder Gutmütigkeit fest.

»Du kannst es dir leisten.« Sam sah ihn fragend an. »Und was führt dich zu mir? Muß ja wichtig sein, wenn es dich veranlaßt, dich von der reizenden Miss Curzon zu entfernen.«

Nick beugte sich vor, hielt sein Glas locker zwischen den Fingern und seufzte. »Ich habe Judy seit zwei Tagen nicht mehr gesehen, Sam. Heute nacht habe ich im Hotel geschlafen, wenn du es genau wissen willst. Ich war vor ihrer Haustür, brachte es dann aber nicht über mich, hineinzugehen.« Er machte eine Pause. »Ich möchte mit dir über Jo sprechen. Wie hat sie am Sonnabend auf dich gewirkt?«

»Angespannt. Reizbar. Feindselig.« Sam machte ein nachdenkliches Gesicht. »Aber nicht gefährdet, glaube ich. Die Ereignisse bei Doktor Bennet haben sie aufgewühlt, aber sie war durchaus in der Lage, damit fertigzuwerden - soweit es diese eine Sitzung betraf.«

»Aber es macht dir Sorgen, daß sie sich noch einmal hypnotisieren lassen könnte?«

Sam ließ die Eiswürfel in seinem Glas kreisen. »Das macht mir Sorgen, ja. Ich habe heute vormittag mit Bennet darüber gesprochen. Unglücklicherweise war der Mann nicht sehr zugänglich. Anscheinend glaubte er, ich wollte mich einmischen. Er überschüttete mich mit Phrasen über medizinische Ethik. Trotzdem werde ich ihn im Auge behalten, falls Jo noch einmal zu ihm geht. Warum interessiert dich das eigentlich? Ich hätte gedacht, Judy würde den größten Teil deiner Zeit beanspruchen, wenigstens sollte das so sein.«

Nick stand auf. »Mir liegt immer noch viel an Jo, Sam, und da stimmt etwas nicht. Am Sonntag waren wir beide in Suffolk. Sie wurde ohnmächtig. Es war äußerst merkwürdig, was sich da abspielte. Wir unterhielten uns während eines heftigen Gewitters, und sie wurde einfach ohnmächtig. Der örtliche Quacksalber meinte, es sei ein Fall von Erschöpfung, aber da bin ich mir nicht so sicher.« Er stellte sein Glas ab, spreizte die Finger und betrachtete sie eingehend. »Ich glaube, es bestand irgendein Zusammenhang mit dem, was am Freitag bei Bennet passierte.«

Sam schüttelte den Kopf. »Das bezweifle ich. Was habt ihr überhaupt in Suffolk gemacht?«

»Wir haben nur Jos Großmutter besucht.«

»Aha.« Sam stand abrupt auf. »Du gehörst also immer noch zur Familie, wie? Der nette, reiche, achtbare Nick! Weiß Großmama, daß du mit einer anderen zusammenlebst?«

»Das nehme ich an.« Nick starrte ihn an, verblüfft über die unvermittelte Heftigkeit. »Jo erzählt ihr fast alles. Sam, was Jos Krankheit betrifft . . .«

»Ich werde sie besuchen und sie mir ansehen.«

»Das geht nicht. Sie hat den Hörer neben das Telephon gelegt und öffnet keinem die Tür.«

»Du hast es versucht?«

»Vorhin.«

»Sie war nicht wirklich krank . . .«

Nick lachte auf. »Nicht so krank, daß sie mir nicht über die Sprechanlage sagen konnte, ich solle mich verpfeifen.«

Sam grinste. »In diesem Fall würde ich mir keine Sorgen mehr machen. In ein paar Tagen dürfte das Ganze überstanden sein. Sie wird ihren Artikel schreiben und alles vergessen. Und ich werde ein Wörtchen mit Bennet reden, damit der sich nicht einbildet, er könne Sie noch einmal auf die Couch legen. Ich nehme dieses Regressionszeug nicht allzu ernst, und du solltest es auch nicht tun. Was den Ohnmachtsanfall angeht, so war sie wahrscheinlich durch das schwüle Wetter erschöpft. Einen Tag Ruhe, und sie kann wieder Bäume ausreißen.«

Nick wirkte nicht gerade überzeugt, als er der untergehenden Sonne den Rücken zukehrte und Sam sein Glas entgegenhielt. »Das hat sie auch gesagt, als ich sie am Sonntagabend absetzte.«

»Dann ist sie ein vernünftiges Mädchen. Moment, ich hole Eis.« Sam verschwand in der Küche.

Seufzend ging Nick zum Couchtisch und nahm das oberste Buch von dem Stapel, der dort lag. Es war eine Biographie König Johns, entliehen aus der Londoner Library. Überrascht durchblätterte er das Buch bis zu den Seiten, zwischen denen ein Briefumschlag steckte. Dort, im umfangreichen Register, war der Name *Briouse, Matilda of,* mit Bleistift leicht unterstrichen.

Er legte das Buch hin und warf einen neugierigen Blick auf die anderen. Eine zweibändige Geschichte von Wales, eine Volksausgabe des *Itinerarium Cambriae* von Gerald von Wales und Pooles *Oxford History of England.*

Nick stieß einen leisen Pfiff aus. Behutsam legte er die Bücher an ihren Platz zurück und entfernte sich vom Tisch. »Du nimmst es also nicht ernst, Brüderchen«, brummte er nachdenklich. »Einen Teufel tust du!«

Carl Bennet konnte Jo erst am Dienstag vormittag empfangen. Sarah Simmons erwartete sie wie beim erstenmal oben an der Treppe. Sie konnte ihre Aufregung kaum verbergen, als sie Jo in Bennets Behandlungszimmer führte. Er erwartete sie am offenen Fenster, die Brille in der Hand.

»Joanna! Ich bin so froh, daß Sie noch einmal gekommen sind.« Er musterte sie, und die Blässe unter ihrer Sonnenbräune entging ihm nicht. Aber ihr Lächeln war fröhlich, als sie ihm die Hand gab.

»Ich habe Ihnen ja schon am Telephon erklärt, was passiert ist«, sagte sie. »Ich muß den Grund dafür herausfinden. Falls es etwas mit der Vergangenheit zu tun hatte, meine ich.«

Er nickte. »Sie sagten, Sie hätten Würgemale am Hals gehabt?« Er setzte seine Brille auf, drehte ihr Kinn sanft zur Seite und betrachtete ihren Hals. »Außer Ihnen hat niemand dieses Phänomen gesehen?«

»Nein. Gestern früh war nichts mehr zu sehen.«

»Weder die Schmerzen noch eines der anderen Symptome sind wiedergekehrt?«

»Nein.« Sie warf ihre Segeltuchtasche auf die Couch. »Allmählich frage ich mich, ob ich mir das Ganze nicht nur eingebildet habe.«

Nachdenklich sah er sie an. »Wir können nicht sicher sein, daß es etwas mit Ihrer Regression zu tun hatte, Joanna. Ehrlich gesagt ist es so unwahrscheinlich, daß es fast unmöglich ist. Es setzt ein Maß an Selbsthypnose bei Ihnen voraus, das ich mir nur schwer vorstellen kann. Und selbst wenn es doch möglich wäre, haben wir doch keinen Hinweis darauf, daß in Ihrer früheren Existenz jemand versucht hätte, sie zu erwürgen. Dennoch schlage ich vor, daß ich Sie noch einmal zurückzuführen versuche. Aber diesmal in eine frühere Periode. Ihre Matilda war fast noch ein Kind, als wir ihr zuletzt begegneten. Lassen Sie uns versuchen, sie in einem noch jüngeren Alter wiederzufinden, in dem ihre Persönlichkeit...«, er lächelte sie entwaffnend an, »noch biegsamer ist. Ich gedenke die Sitzung diesmal fest in der Hand zu behalten. Zu wissen, wer sie ist und in welche Periode sie gehört, macht alles um so viel einfacher.«

Er nahm ein Buch von seinem Schreibtisch und hielt es hoch. »Sehen Sie.« Er strahlte wie ein Kind. »Ich habe ein Geschichtsbuch gebracht. Gestern abend habe ich das Kapitel über die Regentschaft König Henrys II. nachgelesen. Es gibt sogar Abbildungen, so daß ich ungefähr weiß, welche Kleidung getragen wurde.«

Jo lachte. »Dann haben Sie besser recherchiert als ich. Ich habe nur in Erfahrung gebracht, daß sie wirklich gelebt hat und was aus ihr geworden ist...« Sie machte eine kurze Pause. »Vermutlich war ich ursprünglich mehr an den technischen Aspekten der Regression interessiert und habe nie in Erwägung gezogen, daß es mir tatsächlich passieren könnte. Aber jetzt, da es dazu gekommen ist, erscheint es mir wie ein Einbruch in meine Privatsphäre. Ständig ist mir bewußt, daß da noch jemand in meinem Kopf ist. Oder war. Ich bin nicht sicher, daß mir das gefällt.«

»Das überrascht mich nicht. Die Menschen reagieren unterschiedlich: Mit Interesse, Angst, Abneigung, völligem Unglauben, leichter Belustigung. Aber die bei weitem häufigste Reaktion ist die Weigerung, wieder etwas mit Regression zu tun haben zu wollen.«

»Weil man befürchtet, sich darin zu verstricken.« Jo nickte fast geistesabwesend. »Aber ich bin darin verstrickt. Nicht nur professionell, sondern auch irgendwie ganz persönlich. Weil ich so intime Gefühle mit ihr geteilt habe. Angst, Schmerz, Grauen, Liebe.« Mißmutig schüttelte sie den Kopf. »Bin ich sehr einfältig?«

»Nein.« Bennet lächelte. »Sie sind empfindsam. Sie können sich in die andere Persönlichkeit hineinversetzen.«

»So weit, daß ich die Symptome entwickle, die ich beschreibe.« Jo nagte an ihrer Lippe. »Aber schließlich bin ich Matilda, wenn es passiert, nicht wahr?« Wieder schwieg sie. »Das mit meinem Hals verstehe ich nicht, aber nach der Regressionssitzung am Freitag...« Mitten im Satz brach sie ab. Wenn sie Bennet von Sams Warnung erzählte, würde er sich vielleicht weigern, das Risiko einer weiteren Hypnose einzugehen, und es lag ihr viel daran, noch einmal in Matildas Leben zurückzukehren.

»Sie hatten schon andere Symptome?« fragte Bennet ruhig, aber beharrlich.

Sie senkte den Blick. »Meine Finger waren aufgeschürft. Ich hab sie mir an den Mauersteinen der Burg zerschrammt, als ich zusehen mußte, wie William diese Männer ermordete. Aber sie fühlten sich nur zerschrammt an. Zu sehen war nichts.«

Er nickte. »Sonst noch etwas?« Sie spürte seinen Blick auf ihrem Gesicht. Konnte er auch ihre Gedanken lesen? Sie versuchte, sich auf etwas anderes zu konzentrieren. »Nur hier und da ein gewisser Schauer, ein Echo. Kein Anlaß zur Besorgnis.« Sie lächelte ihn betreten an. »Nichts, was mich abschrecken könnte, das versichere ich Ihnen. Ich möchte gern noch einmal zurück. Unter anderem möchte ich herausfinden, wie Sie Richard de Clare kennengelernt hat. Ist es möglich, daß Sie mit Ihren Fragen so spezifisch werden?«

Bennet zuckte mit den Schultern. »Wir werden sehen. Warum fragen wir nicht an? Dann finden wir es heraus.«

Er sah zu, wie sie ihren Kassettenrecorder herausnahm, wie beim erstenmal neben sich auf den Boden stellte und sich das Mikrophon in den Schoß legte. Sie schaltete den Recorder ein, und dann legte sie sich endlich auf das lange Ledersofa und schloß die Augen. Jeder Muskel ihres Körpers war angespannt.

Sie verbarg ihm etwas. Soviel wußte er. Aber was? Er mußte an den Anruf von Samuel Franklyn denken. Er hatte Franklyn nicht lange reden lassen, hatte aber genug gehört, um zu wissen, daß es da irgendein Problem gab.

Er sah seine Sekretärin an, die sich wieder still in ihre Ecke gesetzt hatte, dann wandte er sich Jo zu. Konzentriert fuhr er sich mit der Zunge über die Lippen, holte tief Luft und begann zu sprechen.

Jo lauschte gespannt. Er sprach wieder von der Sonne. Heute schien sie; der Himmel war klar und sauber nach dem gewittrigen Wochenende. Aber hinter ihren Lidern wurde es nicht hell.

Voller Schrecken riß sie wieder die Augen auf. »Es geschieht nichts«, sagte sie. »Es klappt nicht mehr. Sie werden es nicht wieder schaffen!«

Sie stemmte sich hoch. Ihre Handflächen waren feucht.

Bennet lächelte gelassen. »Sie bemühen sich zu sehr, Jo. Sie dürfen sich nicht anstrengen, meine Liebe. Kommen Sie, setzen wir uns ans Fenster.« Er zog einen Sessel von der Wand und drehte ihn so, daß er mit dem Rücken zum Licht stand. »Schön. Jetzt werden wir ein paar kleine Experimente mit Ihnen durchführen, um zu sehen, wie flink Ihre Augen sind. Wir haben Zeit. Vielleicht verschieben wir die Regression sogar auf einen anderen Tag.« Lächelnd tastete er unter seinem Schreibtisch nach einem Schalter, der einen Spot in der Ecke des Zimmers einschaltete. Automatisch richtete sich Jos Blick auf die Lichtquelle, aber er hatte schon gesehen, daß ihre Fingerknöchel auf der Sessellehne nicht mehr so weiß und verspannt waren.

»Ist sie so tief in Hypnose wie beim letztenmal?« Sarahs vorsichtige Frage durchbrach zehn Minuten später das lange Schweigen.

Bennet nickte. »Diesmal hatte sie Angst. Sie hat sich unbewußt gegen mich gewehrt. Ich wünschte, ich wüßte den Grund dafür. Vielleicht werden wir es irgendwann erfahren. Jetzt müssen wir nur herausfinden, ob es uns überhaupt gelingt, mit irgendeiner Persönlichkeit Kontakt aufzunehmen. Es kommt so oft vor, daß es beim zweitenmal nicht klappt.« Er betrachtete Jos Gesicht. Dann atmete er tief durch.

»Matilda«, sagte er leise. »Matilda, mein Kind. Es gibt da einiges, das du mir über dich erzählen sollst.«

12

Die Kerze auf dem Tisch neben seinem Bett tropfte, als Reginald de St. Valerie sich auf sein Kopfkissen zurücksinken ließ und erneut zu husten begann. Seine Augen, tief eingesunken in das fahle, hohle Gesicht, starrten sorgenvoll auf die Tür. Er zog sich noch eine Wolldecke um die mageren Schultern; aber es half nichts. Er wußte, es war nur noch eine Frage der Zeit, wann diese kriechende Kälte in seinen Knochen sein Herz erreicht hätte. Dann würde er nicht mehr frieren.

Sein Gesicht erhellte sich ein wenig, als die Tür aufgedrückt wurde. Ein kleines Mädchen lugte um die Ecke.

»Schläfst du, Vater?«

»Nein, mein Liebling. Komm herein.« Reginald verfluchte die Schwäche, die offenbar auch seine Stimme erfaßt hatte. Er sah, wie sie die schwere Tür sorgsam schloß und zu ihm kam. Er lächelte unwillkürlich. Sie war so hübsch, seine Tochter, sein einziges Kind. Sie war groß, größer als der Durchschnitt. Im letzten Jahr war sie sehr gewachsen und überragte ihn jetzt um mindestens eine Spanne. Das dichte, kastanienbraune Haar fiel ihr über Schultern und Rücken, und die eigenartigen grünen Augen waren golden gesprenkelt wie die ihrer verstorbenen Mutter. Sie war alles, was er noch hatte, dieses hochgewachsene, anmutige Mädchen. Und er war alles, was sie noch hatte, aber bald ... Er hob ergeben die Schultern. Schon vor langer Zeit hatte er Vorsorge für die Zukunft getroffen und sie William de Braose versprochen.

»Setz dich zu mir, Matilda. Ich muß mit dir reden.« Kraftlos klopfte er auf die Decken, und die Falten in seinem Gesicht glätteten sich ein wenig, als sie seine Hand ergriff, die langen Beine unter ihren Körper zog und es sich neben ihm bequem machte.

»Wirst du heute etwas essen, Vater? Wenn ich es selbst zubereite und dir beim Löffeln helfe?« lockte sie und schmiegte sich dicht an ihn. »Bitte!« Sie fühlte die neue, unerbittliche Kälte seiner Hand. Sie machte ihr Angst. Sanft drückte sie seine Hand an ihre Wange.

»Ich will es versuchen, Matilda. Ich will es versuchen.« Mühsam schob er sich in den Kissen ein wenig höher hinauf. »Aber hör mir zu, mein Herz. Zuvor muß ich dir noch etwas sagen.« Er schluckte und bemühte sich, seine Gedanken zu sammeln. So oft hatte er gehofft, daß dieser Augenblick nie kommen möge. Daß irgendwie etwas geschehen würde, es zu verhindern.

»Ich habe nach Bramber geschrieben, Matilda. Sir William de

Braose hat mir beigepflichtet, daß es an der Zeit ist, die Vermählung stattfinden zu lassen. Sein Sohn könnte schon längst verheiratet sein, aber er hat gewartet, bis du erwachsen wärest. Jetzt mußt du zu ihm gehen.« Er versuchte, den jähen Schmerz in ihrem Gesicht nicht zu sehen.

»Aber Vater, ich kann dich nicht verlassen. Ich werde es nicht tun.« Sie richtete sich kerzengerade auf, und in ihren Augen glänzten helle Tränen. »Nichts wird mich dazu bringen, dich zu verlassen. Niemals.«

Wieder tastete er nach ihrer Hand und umfaßte sie sanft. »Mein Herz, ich bin es, der dich verlassen muß, siehst du das nicht? Und ich könnte nicht glücklich sterben, wenn ich dich nicht vermählt wüßte. Bitte. Mir zu Gefallen, geh zu ihm. Sei ihm ein gehorsames Weib.«

Ein neuerlicher Hustenanfall überwältigte ihn. Matilda rutschte von der Bettkante, beugte sich über das Kissen und barg seinen Kopf an ihrer Brust. »Du kannst nicht sterben, Vater, du kannst nicht sterben. Du wirst wieder gesund werden. Du bist immer wieder gesund geworden.«

Ihre Tränen fielen auf den grauen Kopf ihres Vaters. Er sah auf, versuchte zu lächeln und hob eine Hand, um über ihre Wange zu streichen. »Weine nicht, Liebling. Bedenke doch, wenn du William heiratest, wirst du eine große Dame sein. Und seine Mutter wird für dich sorgen. Komm, bitte sei nicht so unglücklich.«

»Aber ich will bei dir bleiben.« Störrisch klammerte sie sich an ihn. »Ich hasse William, das weißt du. Er ist alt und er ist häßlich, und er riecht schlecht.«

Reginald seufzte. So oft schon hatte er ihr nachgegeben, dieser Tochter. Er sehnte sich danach, es wieder tun zu können. Aber diesmal mußte er fest bleiben. Um ihretwillen. Er schloß die Augen, roch den Lavendelduft ihres Gewandes und erinnerte sich. Sie war ganz so, wie ihre Mutter gewesen war: eigensinnig, schön, wild ...

Der Schlaf kam so übergangslos in letzter Zeit. Er spürte, daß ihm die Lider schwer wurden, ohne daß er sich dagegen wehren konnte. Er nahm an, daß der Tod auf diese Weise kommen würde, und der Gedanke schreckte ihn nicht. Er war alt, unablässig von Schmerzen geschüttelt. Er lächelte ein wenig und entspannte sich in ihren Armen, fühlte die sanfte Wärme ihres Körpers, die zarte Berührung ihrer Lippen auf seinem Haar. Ja. Sie war wie ihre Mutter ...

Instinktiv lief Matilda zuerst in die Kapelle, um Trost zu suchen. Sie stieß die schwere Tür auf und spähte hinein. Es war niemand da. Sie sah die Statue Unserer Lieben Frau, beleuchtet von der einzelnen Kerze, die auf dem Altar flackerte. Sie lief zu ihr, bekreuzigte sich und sank auf die Knie. »Bitte, heilige Mutter, laß ihn nicht sterben.

Du darfst meinen Vater nicht sterben lassen. Ich werde William de Braose nicht heiraten. Es hat keinen Sinn, mich zwingen zu wollen.« Sie blickte zu dem heiteren Steingesicht der Statue auf. Es war kalt in der Kapelle. Ein Luftzug drang durch den Fensterschlitz hoch oben im steinernen Gewölbe über dem Altar und schickte einen Kälteschauer über ihren Rücken. Unversehens fragte sie sich angstvoll, ob ihr überhaupt jemand zuhörte, ob es jemanden gab, dem etwas an ihr lag. Sie schob den Gedanken beiseite und bekreuzigte sich beschämt noch einmal. »Du mußt mir helfen, heilige Mutter. Du mußt.« Wieder kamen ihr die Tränen und das Kerzenlicht verschwamm flakkernd vor ihren Augen. »Ich habe sonst niemanden. Wenn du mir nicht hilfst, werde ich nie wieder zu dir beten. Nie wieder.« Sie biß sich auf die Lippe, erschrocken über das, was sie da gesagt hatte. Sie hätte das nicht sagen dürfen, aber es herrschte eine so hallende Leere in dieser Kapelle ...

Hastig erhob sie sich und schlich hinaus, schloß leise die Tür hinter sich. Wenn sie hier keinen Trost fand, gab es nur noch eines. Reiten. Wenn man schnell durch den Wind galoppierte, konnte man alles vergessen, alles bis auf die Geschwindigkeit und die Kälte und die Kraft des Pferdes, das man zwischen den Schenkeln spürte. Sie lief in die Kammer, die sie mit ihrer Amme und den beiden Jungfern teilte, die ihre Freundinnen sein sollten. Sie suchte ihren schwersten Mantel.

»Matilda, komm her und setze dich an deine Stickerei, *ma petite.*« Sie hörte die Stimme ihrer Amme Jeanne aus der Kleiderkammer, wo sie Wäsche sortierte. »Tilda?« Die Stimme wurde schärfer.

Matilda riß einen pelzgefütterten Umhang an sich, warf ihn sich um die Schultern und schlich auf Zehenspitzen zur Tür. Dann jagte sie die Wendeltreppe hinunter, taub für Jeannes entrüstetes Gezeter.

»Soll ich mit Euch kommen, junge Herrin?« Der Pferdeknecht, der ihr tänzelndes Pferd beim Zügel hielt, wußte ebenso gut wie sie selbst, daß ihr der Vater verboten hatte, allein auszureiten.

Sie schwang sich in den Sattel. »Diesmal nicht, John. Schiebe es auf mich, wenn dich jemand schelten sollte.« Sie hob die Peitsche und trieb das Pferd im Trab über die Kopfsteine des Burghofes. Als sie die engen, schlammigen Dorfstraßen hinter sich gelassen hatte, gab sie dem Pferd die Sporen. Wenn sie so galoppierte, so schnell, dann hatte sie gar keine Zeit zum Nachdenken - weder über ihren armen, kranken Vater noch über den vierschrötigen, rothaarigen Mann auf Bramber, der dazu ausersehen war, ihr Gemahl zu werden. Nichts war hier draußen wichtig. Hier war sie frei, glücklich und allein.

Auf dem Gipfel des Hügels zügelte sie atemlos ihr Pferd und strich das zerzauste Haar zurück, das ihr der Wind in die Augen wehte. Sie wandte sich um und schaute zum Dorf zurück, das in weiter Ferne unten im Tal lag, und zur Burg ihres Vaters dahinter. Ich brauche nie mehr zurückzukehren, dachte sie plötzlich. Wenn ich nicht will, brauche ich nie mehr zurückzukehren. Ich könnte reiten und reiten und reiten, und sie würden mich niemals finden. Dann dachte sie an Reginald, der bleich in seiner Kammer lag. Unmerklich strafften sich ihre Schultern. Um seinetwillen würde sie zurückkehren. Um seinetwillen würde sie William de Braose heiraten. Um seinetwillen würde sie bis ans Ende der Welt gehen, wenn er sie darum bäte.

Traurig wendete sie ihr Pferd und suchte sich über den Steilhang den Weg zurück.

Zwei Tage vor der Hochzeit überschwemmten die Angehörigen der Familie de Braose und ihre Dienerscharen die kleine Burg, Zelte und Schutzdächer reichten bis an den Rand des Dorfes. Der alte Sir William, ein sehniger, habichtähnlicher Mann mit durchdringenden grauen Augen, verbrachte einen großen Teil seiner Zeit mit Matildas Vater, während sein Sohn in den Bergen jagte und sich um seine junge Braut nicht weiter bekümmerte. Matilda war überaus froh darüber. Sie war entsetzt gewesen, als sie den jungen William erblickt hatte; vor Jahren, bei ihrer Verlobung, hatte man sie miteinander bekannt gemacht, und sie hatte sich kaum an ihn erinnert. Sie hatte alles vergessen; vielleicht auch war er damals anders gewesen. Sein rötliches Haar und sein Bart umrahmten jetzt ein grobes, stark geädertes Gesicht mit einem unerbittlich grausamen Mund. Er hatte ihr einmal die Hand geküßt. Sein Blick war fachkundig über ihren Körper gewandert und hatte sie, wie Matilda wütend gemeint hatte, abgeschätzt wie ein Füllen, das er für seine Ställe zu erwerben gedachte. Dann hatte er sich abgewandt; die Jagdhunde des Hausherrn hatten ihn mehr interessiert als seine Braut.

Reginald war so krank, daß er nicht einmal in einer Sänfte zur Hochzeitsfeier getragen werden konnte; deshalb ließ er seine Tochter und seinen Schwiegersohn in seine Kammer kommen, sobald sie aus der Pfarrkirche zurückgekehrt waren. Den ersten Teil des Tages hatte Matilda in starrer Benommenheit verbracht. Sie ließ sich in ihr feinstes Gewand und ihren Mantel kleiden, ohne daß es sie interessierte. Sie folgte Jeanne in die Halle hinunter und reichte dem alten Sir William ihren Arm, ohne daß in ihrem Gesicht auch nur die Andeutung eines Gefühls aufflackerte. Dann ging sie mit ihm zur Kirche, ohne erkennen zu lassen, daß sie die fröhliche Prozession der Männer und Frauen hinter sich wahrnahm. Aber die Fäuste hatte sie so fest geballt, daß sich die Fingernägel in ihre Handfläche gruben. »Bitte, heilige Mutter, laß es nicht geschehen. Bitte, heilige Mutter, laß es nicht geschehen.« Wieder und wieder murmelte sie diese

Worte tonlos vor sich hin wie einen Zauberspruch. Wenn sie nur weitersagte, ohne aufzuhören, würden sie helfen. Sie mußten helfen.

Sie sah kaum, daß Sir William im Eingang zur Kirche von ihrer Seite wich und sein Sohn seinen Platz einnahm. Sie hörte kein einziges Wort des Gottesdienstes, als der alte, halbblinde Priester die Worte der Zeremonie vor sich hinmurmelte, fröstelnd in seinem Chorhemd, während Herbstlaub sie umwirbelte und ein paar eisige Regentropfen unter das Dach wehten. Auch später noch, als sie niederkniete, um ihren Vater die Hand zu küssen, war sie benommen. Erst als er ihr mit sanften Fingern unters Kinn faßte und es behutsam anhob, um ihr ins Gesicht zu schauen und dabei zu murmeln: »Sei glücklich, mein Herz, und bete für deinen alten Vater«, da zerbarst ihre Fassung. Sie warf sich über ihn, klammerte sich an ihn, und ihre Finger gruben sich in die Wolle der Decken. »Bitte, bitte, stirb nicht. Mein lieber, lieber Papa, zwing mich nicht, mit diesem Mann zu gehen, bitte . . .«

Hastig trat William vor, packte sie mit beiden Händen bei den Armen und zerrte sie vom Bett. »Beherrscht Euch, Madame«, zischte er scharf. »Kommt hinaus. Seht Ihr nicht, daß es Euren Vater aufregt? Macht es nicht noch schlimmer. Kommt rasch.«

Matilda entwand sich seinem Griff. »Rührt mich nicht an!« Fast spie sie ihm die Worte entgegen. Ihre Augen funkelten. »Ich bleibe bei meinem Vater, solange es mir gefällt, Sir!«

William war verblüfft. Unbeholfen trat er einen Schritt vor und runzelte die Stirn. »Ihr müßt tun, was ich sage, Matilda. Ihr seid jetzt mein Weib.«

»Ja, ich bin Euer Weib, Gott sei mir gnädig«, wisperte sie. »Aber zuvorderst bin ich seine Tochter.«

»Matilda, bitte.« Reginald streckte unter qualvoller Mühe die Hand aus. »Gehorche deinem Gatten, mein Herz. Laßt mich jetzt schlafen.« Er versuchte zu lächeln, aber die Augen fielen ihm zu. Vertraute Dunkelheit senkte sich auf ihn. »Geh, mein Herz«, murmelte er. »Bitte geh.«

Nach einem langen schmerzlichen Blick wandte sich Matilda ab. Sie sah William kurz an und drängte sich an ihm vorbei. Sie raffte ihre Röcke mit beiden Händen und lief tränenblind zur Tür.

Das Hochzeitsgelage wollte kein Ende nehmen. Sie rührte die Speisen auf dem Teller kaum an, den sie mit ihrem Gemahl teilte. Er trank ungeheure Mengen Wein, brüllte vor Lachen über die unflätigen Späße der Männer neben ihm. Hin und wieder beugte er sich zu ihr und versuchte, ihr einen Kuß auf Schulter oder Wange zu drükken.

Zähneknirschend griff sie nach ihrem Pokal. Sie bemühte sich, das Saatkorn der Panik in sich nicht keimen zu lassen, und dachte unablässig an das friedliche, warme Leuchten der Kerze im Gemach ihres Vaters, an das sanfte, faltige Gesicht auf dem Kissen, an die liebevolle, tröstliche Berührung seiner Hände.

Das Bett war mit Blumen bestreut. Das bestickte Nachtgewand fest um die Schultern gezogen, stand Matilda und wagte nicht, ihren Mann anzuschauen, der gerade die letzten der kichernden Weiber aus dem Zimmer jagte. Sein Gesicht zeigte die Wirkung von Wein und Wollust, als er sich schließlich triumphierend nach ihr umdrehte.

»So, mein Weib.« Er gaffte ein wenig scheel. Sein pelzverbrämtes Gewand wurde um den Leib von einem goldbeschlagenen Ledergürtel zusammengehalten. Gebannt stand sie da, die Hände wieder zu Fäusten geballt. Sie war viel größer als er, aber so zierlich, daß er sie mit einem einzigen Hieb seiner kräftigen Faust hätte entzweischlagen können.

Ihr Herz raste, als er ihr seine Hände auf die Schultern legte. Sie wollte ihn von sich stoßen, schreien, weglaufen, aber irgendwie zwang sie sich doch, still stehenzubleiben, als er ihren Gürtel löste und ihr das Gewand von den Schultern schob. Sie unternahm keinen Versuch, es festzuhalten, als es herunterfiel, über ihre reglosen Arme hinabglitt und sich blau und silbern um ihre Knie blähte, so daß sie nackt vor ihm stand. Beinahe staunend hob er die Hand, berührte ihre Schulter und strich mit einem schwieligen Finger über ihre Brust. Dann packte er sie, drückte sie an sich, fuhr mit der Hand über ihren Rücken, ihr Gesäß, streichelnd, liebkosend. Ihr Haar fiel ihr wie ein dunkelroter Vorhang übers Gesicht, als er sie auf das Bett hob. Sie versuchte nicht, es zur Seite zu streichen. Nachdem sie sich einen Augenblick lang unwillkürlich gegen das, was er tat, gesträubt hatte, lag sie schlaff und regungslos da, biß sich vor Schmerzen auf die Lippen und versuchte, nicht zu schreien, als die Pein seines Stoßes sie durchzuckte und die ersten dunklen Blutstropfen das bräutliche Laken befleckten. Endlich wälzte er sich mit einem Grunzen von ihr herunter und lag still.

Sie lag tränenlos in der Dunkelheit und versuchte, ihre schmerzenden Glieder auf der Matratze zu entspannen. Den gestickten Baldachin über dem Bett sah sie nicht. Der süße Duft der Blüten vermischte sich mit dem Geruch von Schweiß und trocknendem Blut.

Reginald de St. Valerie starb im Morgengrauen. Matilda, die schlaflos im Bett zusah, wie fahles Licht in die stickige Kammer zu sickern begann, hörte das regelmäßige Schnarchen ihres Gemahls nicht mehr. Es war, als sei ein Teil von ihr fortgeglitten, um über dem Totenbett zu schweben, ihren Vater zu betrachten und zu sehen, wie sein Gesicht sich endlich in Frieden entspannte. »Er hat darauf gewartet, mich vermählt zu sehen«, wisperte sie in die Dunkelheit. »Nur darauf hat er noch gewartet.« Und jetzt endlich drehte sie das Gesicht ins Kopfkissen und begann verzweifelt zu weinen.

Am Tag nach dem Begräbnis machte sich ein langer Zug von Pferden und Wagen auf den Weg durch das triste, herbstliche Südengland nach Sussex. Matilda ritt aufrecht und stolz neben ihrem Ehemann. Ihre Miene war gefaßt. Sie war entschlossen, nicht mehr zu weinen und vor ihrem Gatten und seinem Gefolge keine Gefühle mehr zu zeigen. Irgendwo hinter ihr im Zug der Reiter war auch Jeanne, ihre Amme. Jeanne hatte sie verstanden; sie hatte ihren Kopf an ihrer Brust geborgen, sie hin und her gewiegt, als sie neben dem toten Körper ihres Vaters gewacht hatten. Jeanne hatte ihr auch Wein und Kräuter gemischt und zu trinken gegeben – *»pour la courage, ma petite«* – und magische Worte über dem Bett gemurmelt, in dem Matilda und William geschlafen hatten, um so die Nöte des Mädchens zu lindern. Jede Nacht war es das gleiche gewesen. Er hatte auf den Tod ihres Vaters keine Rücksicht genommen und sie nicht geschont. Sie hatte es auch nicht erwartet. Nach dem erstenmal hatte es nicht mehr so weh getan.

Der alte William ritt vor ihnen her, und der kastanienbraune Rumpf seines Pferdes glitzerte unter der farbenfrohen Schabracke im blassen Licht der Herbstsonne. Sie näherten sich einer Kapelle am Wegesrand, als Matilda überrascht sah, wie ihr Schwiegervater die Hand hob und die lange Prozession zum Stehen brachte. Dann drehte er sich in seinem hohen Sattel um. »Ich werde warten, mein Sohn«, verkündete er knapp. Matilda sah zu ihrem Mann hinüber, der abstieg. Geduckt schlüpfte er unter dem Hals seines Pferdes hindurch und kam an ihre Seite. »Ich bete stets an heiligen Stätten«, verkündete er selbstgerecht. »Ich wünsche, daß Ihr mich begleitet.« Er half ihr vom Pferd, nahm sie beim Arm und führte sie in die Kapelle. Verblüfft warf sie einen Blick hinter sich. Niemand sonst machte Anstalten, es ihnen nachzutun. Das gesamte Gefolge stand inmitten der herabsinkenden Staubwolken, uninteressiert und gelangweilt, während der älteste Sohn des Lords mit seiner Braut in der dunklen Kapelle verschwand. Aus irgendeinem Grunde bekam Mathilda plötzlich Angst.

Zögernd kniete sie neben ihrem Mann nieder, als dieser zu beten begann. Sie selbst brachte kein Wort über die Lippen; ihre Kehle war wie ausgedörrt. Die Jungfrau hatte ihr Flehen nicht erhört, als sie deren Hilfe so nötig gehabt hatte. Jetzt war es zu spät. Welchen Sinn hätte es, noch einen Versuch zu machen?

Sie warf einen Seitenblick auf William. Er hielt die Augen geschlossen. Kurze, aschblonde Wimpern verbargen ihre blasse Iris, und das grobe Fleisch seines Kinns ruhte faltig auf dem dicken Wollstoff seines blauen Mantels. Auf seiner Schulter prangte eine große, kreisrunde Brosche. Ein Amethyst glänzte in ihrer Mitte. Ein Lichtfünkchen von der Kerze auf dem Altar fing sich in dem Stein.

Ein dutzendmal machten sie so auf der langen Reise halt, und jedesmal stieg Matilda allein mit ihrem Mann ab, zu verängstigt, um sich zu weigern. Aber kein einziges Mal versuchte sie zu beten.

Bramber Castle stand hoch auf einem Hügel über dem Marschland, das den River Adur säumte. Aus weiter Ferne schon sahen sie den Hauptturm, der in den blanken blauen Himmel ragte. Möwen kreisten um die Zinnen, und ihr Gelächter hallte über das Röhricht.

Bertha, Tochter des Milo of Gloucester, Erbin von Brecknock und Upper Gwent, Sir William de Braoses Gemahlin und Matildas Schwiegermutter, erwartete ihren Gatten und ihren Sohn in der luftigen großen Halle. Sie war eine stämmige, mittelgroße Frau, ein paar Jahre älter als ihr Gemahl. Das weiße Haar reichte ihr in langen Zöpfen bis an die Hüften. Sie hatte haselnußbraune Augen und einen schlauen Blick. Kühl gab sie Matilda einen Kuß und schob sie dann mit ausgestreckten Armen ein wenig von sich, um sie eingehend zu mustern, bis das Mädchen errötete.

»So, Braut meines Sohnes«, erklärte Bertha schließlich. »Willkommen auf Bramber, mein Kind.« Kein Lächeln begleitete ihre Worte.

Bertha wandte sich zur Seite und zog ihren Sohn mit sich; Matilda ließen sie stehen. Nach einer Weile trat Williams Vater zu ihr. Er lächelte. »Hoffentlich kommt es dir nicht allzu sonderbar vor, liebes Kind«, brummte er. »Mein Sohn ist ein guter Mann. Manchmal grob, aber gut.«

Matilda richtete den Blick ihrer grünen Augen auf sein Gesicht und zwang sich, sein immerhin freundliches Lächeln zu erwidern. »Ich danke Euch, Sir«, flüsterte sie. »Ich bin sicher, ich werde gut mit William auskommen.« Glück, das wußten beide, war kein Bestandteil des Ehevertrages.

Langsam wurde ihr bewußt, daß Sir Williams Blick an ihr vorbeigewandert war. Jemand stand hinter ihr am Kamin.

»Lord de Clare! Meine Frau hat mir gesagt, daß Ihr hier seid. Meinen Gruß.« Der alte Mann streckte mit überraschender Herzlichkeit die Hände aus. Als Matilda sich umdrehte, sah sie, daß er zu einem schlanken jungen Mann gesprochen hatte, der einen scharlachroten, an der Schulter von einer goldenen Spange gehaltenen Mantel trug. Er hatte fröhliche, haselnußbraune Augen und einen dichten, weizenblonden Haarschopf.

»Sir William, Lady Bertha hat mich ermuntert, auf Euch zu warten.« Lord de Clare trat vor und ergriff die Hände des Hausherrn. Dann wandte er sich an Matilda und verbeugte sich lächelnd. »Madame . . .«

»Das ist meine Schwiegertochter«, erklärte Sir William hastig. »Matilda, Lord de Clare droht mir schon seit langem, von seiner Burg zu Tonbridge herübergeritten zu kommen, um sich meine Stallungen anzuschauen – nicht wahr, mein Junge?« Der Alte war offensichtlich entzückt, seinen Gast zu sehen.

»Lord de Clare.« Matilda machte einen Knicks, und unerklärlicherweise schlug ihr Herz ein wenig schneller, als sie in das gutgeschnittene Gesicht des jungen Mannes sah.

Er lächelte. »Liebt Ihr die Falkenjagd, Madame? Es dürfte ein aufregender Tag werden. Man sagt, die Jagd sei in diesem Moor besonders gut.«

»Das ist sie in der Tat!« ließ Sir William sich gutgelaunt vernehmen. »Du mußt mit uns kommen, Matilda. Mußt zusehen, wie meine Vögel die des jungen Burschen hier in ihre Schranken weisen, he?« Er lachte breit.

Matilda hörte ihn nicht. Sie ertrank im Blick des jungen Mannes.

»Es war also schon bei ihrer ersten Begegnung zu spät«, flüsterte Sarah leise. »Sie war bereits mit diesem Ungeheuer verheiratet. Stellen Sie fest, ob sie und Richard sich je allein treffen konnten. Bitte, Carl. Fragen Sie sie.«

Bennet runzelte die Stirn. Aber er beugte sich ein wenig vor und stellte die Frage. »Bist du mit Lord de Clare auf die Falkenjagd gegangen, Matilda? Ist es dir gelungen, nochmals mit ihm zu sprechen?«

Jo lächelte. Ihre Augen waren offen und tanzten – die Augen eines unbekümmerten Mädchens.

»Wir ritten den anderen davon, nach Süden, auf Sompting zu. Der Wald in den Downs ist dich von Eichen, und ihre Blätter waren golden und braun vom Herbst. Richard ließ seinen Wanderfalken fliegen und ich tat, als wäre ich vom Pferd gefallen. Ich wußte, er würde absteigen und zu mir kommen. Ich verlangte so sehr danach, daß er mich in die Arme nahm . . .«

»Meine Lady! Meine Lady, seid Ihr verletzt?« Richards Gesicht war dicht über ihrem; sie lag regungslos auf der Erde. Er warf einen hilfesuchenden Blick hinter sich und bettete ihren Kopf dann sanft auf seinen Knien. »Meine Lady!« Seine Stimme klang jetzt schärfer. »Um der Liebe Christi willen, sprecht zu mir!«

Sie bewegte sich und stöhnte leise auf. Sein Gesicht verharrte dicht über ihrem. Zwischen kaum geöffneten Lidern sah sie die feinen Haare, die auf seinem Kinn nachwuchsen, wo er am Morgen rasiert worden war, und sie fühlte die Wärme seines Atems auf ihrer Wange. Er roch nach Leder und Pferd, ein ganz anderer Duft als die muffigen Ausdünstungen, die ihren Mann üblicherweise umgaben. Plötzlich fühlte sie seine Hand unter ihrem Mantel. Tastete er nach ihrem Herzen oder nach der Brust unter dem gebleichten Linnen? Sie versteifte sich fast unmerklich. Sogleich zog er seine Hand zurück und richtete sich auf.

»Meine Lady?« wiederholte er. »Sprecht zu mir. Sagt mir, ob Ihr verletzt seid.«

Sie schlug die Augen auf und lächelte ihn an. »Ich muß gestürzt sein«, wisperte sie.

»Könnt Ihr aufstehen?« Hinter ihnen kündete donnernder Hufschlag die Ankunft der Jagdgesellschaft an.

»Es geht schon, danke.« Hastig sprang sie auf, klopfte sich den Schmutz von ihrem Mantel, wandte sich mit wirbelnden Röcken von ihm ab und stürmte allein zu ihrem Pferd zurück.

»Warum haben Sie mich nicht länger bleiben lassen?« fragte Jo, als Bennet sie aus der Trance erweckte. Sie warf einen Blick auf ihr Tonbandgerät; die Spule war erst zu einem Viertel voll. »Ich will wissen, wie es weiterging. Ich wollte Richard wiedersehen.«

Bennet runzelte die Stirn. »Es lief sehr gut, Jo, und wir haben in dieser Sitzung eine Menge erfahren. Ich möchte nicht, daß Sie sich erschöpfen.«

»Haben Sie herausgefunden, ob jemand versucht hat, mich zu erwürgen?« fragte sie und beobachtete sein Gesicht aufmerksam.

Er schüttelte den Kopf. »In der Zeitspanne, die Sie heute geschildert haben, waren Sie kaum mehr als ein Kind – anscheinend wußten Sie selbst nicht genau, wie alt Sie eigentlich waren. Aber wenn jemand versucht hat, Matilda zu erwürgen, dann war das irgendwann später, Jo. Ich würde unser Experiment mit Ihnen gern noch ein bißchen weiterführen, wenn Sie nichts dagegen haben.«

»Selbstverständlich habe ich nichts dagegen. Ich möchte mehr über Matilda und Richard erfahren. Und ich will wissen, was nach dem Blutbad geschah . . .« Jo lächelte, als sie ihren Recorder aufhob und in die Tasche steckte. »Aber ich warne Sie: Ich werde ihrer Geschichte nicht ewig hinterherjagen. Das hätte keinen Sinn. Nur noch eine oder zwei Sitzungen, wann immer Sie Zeit für mich haben.«

Sarah stand auf und ging zum Terminkalender. Bennet wirkte nachdenklich. »Joanna, ich muß Ihnen sagen, daß ich gestern einen Anruf von einem Kollegen erhielt. Er sagte, Sie seien bei ihm in Behandlung. Ein Doktor Franklyn.«

Jo richtete sich jäh auf und warf sich die Tasche über die Schulter. Ihre Lippen wurden schmal. »Ach?«

»Er hat mich um ein Gespräch über Ihren Fall gebeten.«

»Nein!« Joanna warf ihre Tasche wieder auf das Sofa. »Nein, Doktor Bennet. Sam Franklyn ›behandelt‹ mich nicht. Er ist an dieser Sache interessiert, weil er vor Jahren für Michael Cohen gearbeitet hat. Er möchte, daß ich mit den Regressionen aufhöre, weil er nicht will, daß ich darüber schreibe.«

»Aha.« Bennet schaute sie unter dichten Brauen hervor an. »Nun, ich habe ihm natürlich gesagt, daß ich Sie um Ihre Erlaubnis bitten müsse.«

»Und die werde ich nicht geben. Ich habe ihn bereits gebeten, mich in Ruhe zu lassen. Es tut mir leid, daß er Sie angerufen hat. Er hätte Sie nicht belästigen dürfen.«

»Das macht nichts, Jo.« Bennet nahm Sarah den Terminkalender ab. »Freitagnachmittag um drei. Würde Ihnen das passen? Ich vereinbare danach keine weiteren Termine, dann brauchen wir uns nicht zu beeilen. Und falls Doktor Franklyn wieder anruft, werde ich ihm sagen, es sei Ihnen lieber, wenn ich nicht mit ihm spreche.«

Als Jo gegangen war, wandte Sarah sich an Bennet. »Sie verbirgt uns etwas, nicht wahr?«

Er zuckte mit den Schultern. »Den Verdacht habe ich.«

»Werden Sie mit diesem Doktor Franklyn reden?«

»Ich bin sicher, daß wir irgendwann zusammentreffen. Ein Kollege von Cohen wäre ein unschätzbarer Gesprächspartner für meine Arbeit.« Er klappte den Terminkalender zu. »Über Joanna würde ich natürlich nicht mit ihm diskutieren – es sei denn, ich dächte, es sei zu ihrem Besten.«

Sarah lächelte knapp. »Was es natürlich wäre. Sagen Sie, was halten Sie eigentlich von den Blutergüssen, von denen sie uns erzählt hat?«

»Ich bin sicher, es hat sie gegeben.« Er ging zum Fenster und schaute hinunter auf die Straße.

»Aber Sie denken, sie waren hysterischen Ursprungs? Zu so etwas neigt sie doch eigentlich nicht.«

»Wer kann schon mit Sicherheit sagen, wozu welcher Mensch neigt?« erwiderte er nachdenklich.

»Aber wenn sie nicht dazu neigt«, fuhr Sarah ruhig fort, »dann hat der Mann, mit dem sie zusammen war, tatsächlich versucht, sie zu erwürgen.«

Wie vereinbart traf Jo sich am Mittwochabend mit Sam im *Luigi's*. Er sah sie kurz an und grinste dann über den Tisch hinweg. »Laß uns bestellen, bevor du mich mit deiner Handtasche verprügelst, Jo.«

»Ich werde dich nicht nur mit einer Handtasche verprügeln, wenn du einen solchen Trick noch mal probierst«, drohte Jo kühl. »Ich verbiete dir ausdrücklich, mit Carl Bennet über mich zu sprechen. Ich war nie deine Patientin und ich gedenke auch nicht, es zu werden. Was ich tue und was ich schreibe, ist allein meine Sache. Und die Menschen, die ich im Verlauf meiner Recherchen befrage, haben ein Recht auf ihre Privatsphäre. Ich erwarte, daß du weder sie noch mich belästigst. Ist das klar?«

»Okay. Ich ergebe mich. Es tut mir leid.« Er hob die Hände. »Was kann ich mehr tun?«

»Misch dich nie wieder hinter meinem Rücken in meine Angelegenheiten ein.«

»Du mußt mir vertrauen, Jo. Ich habe gesagt, es tut mir leid. Aber ich habe ein Recht, mir Sorgen um dich zu machen. Ein größeres Recht als du je erfahren wirst.« Er schwieg einen Moment lang. »Du bist also noch einmal zu ihm gegangen. Du solltest mir erzählen, was geschehen ist. Hast du mehr über dein anderes Ich erfahren können?«

»Ein bißchen.« Jo ließ sich erweichen. »Über ihre Hochzeit mit William . . .« Sie betrachtete sein Gesicht im Kerzenschein. Im Restaurant war es voll und sehr warm. Sam schwitzte leicht; er hatte den Blick starr auf ihr Gesicht gerichtet. Seine Pupillen waren sehr klein. Ohne rechten Grund lief ihr ein leichter Schauer über den Rücken. »Es ist nichts Dramatisches passiert. Im Vergleich zur ersten Sitzung war alles ziemlich gedämpft.« Sie verstummte plötzlich. Gedämpft? Die Brutalität! Die Vergewaltigung! Die Qualen, die dieser Mann ihr zugefügt hatte, der ihr eine grobe, schmutzige Hand auf den Mund gepreßt hatte, um ihre verzweifelten Schreie zu ersticken. Sie merkte, daß Sam sie immer noch beobachtete, und sah schnell zur Seite.

»Jo?« Er griff über den Tisch und strich behutsam mit dem Daumen über ihr Handgelenk. »Ist alles okay?«

Sie nickte. »Natürlich. Es ist nur ein bißchen heiß hier drin.« Sie zog ihre Hand eine Spur zu hastig zurück. »Laß uns essen. Sonst verhungere ich noch.«

Sie schwiegen, bis ihnen der Kellner die Vorspeise brachte. Als sie zu essen begannen, meinte Sam nachdenklich: »William stand König John sehr nahe, wußtest du das?«

Jo starrte ihn an. »Du hast nachgeschlagen?«

»Ein bißchen. Ich habe das Gefühl, daß William böse verleumdet worden ist. Offenbar bezweifeln die Historiker, daß das Massaker seine Idee war. Er war eine nützliche Schachfigur, ein gehorsamer Vasall, der seine Befehle ausführte und die Schuld dafür auf sich nahm. Er war wohl nicht ganz so schlecht, wie du anzunehmen scheinst.«

»Es hat ihm Spaß gemacht«, erklärte Jo kalt und verächtlich. »Er hat jeden Augenblick dieses Gemetzels genossen!« Sie beugte sich vor. »Sam. Ich möchte, daß du etwas für mich tust. Ich möchte, daß du diese posthypnotische Suggestion aufhebst, durch die ich mich an diese erste Sitzung in Edinburgh nicht erinnern kann. Ich muß wissen, was da passiert ist!«

»Nein.« Sam schüttelte den Kopf. »Nein. Tut mir leid. Das kann ich nicht.«

»Kannst oder willst du nicht?« Jo legte die Gabel aus der Hand.

»Ich will nicht. Aber ich könnte es wahrscheinlich auch nicht. Es würde eine Rehypnose erfordern. Und ich bin nicht bereit, an etwas herumzupfuschen, das Michael Cohen getan hat.«

»Wenn du es nicht tust, dann werde ich Carl Bennet dazu veranlassen.« Jo sah, daß sich seine Kinnmuskeln strafften.

»Das würde nicht klappen, Jo.«

»Doch. Ich habe mich informiert. Es gibt Hunderte von Büchern über das Thema, und . . .«

»Ich habe nein gesagt, Jo.« Sam lehnte sich zurück und drehte sich ein wenig zur Seite, um seine langen Beine bequemer unter dem Tisch unterzubringen. »Denk an das, was ich dir gesagt habe. Du bist ein allzu empfängliches Hypnoseobjekt. Und es ist durchaus möglich, daß du zu verzögerten Reaktionen neigst. Nick hat mir beispielsweise erzählt, was im Hause deiner Großmutter passiert ist.«

Jo fuhr hoch. »Nick weiß überhaupt nicht, was passiert ist«, sagte sie gepreßt. »Zumindest . . .« Abrupt brach sie ab.

»Vielleicht erzählst du mir deine Version.« Sam starrte in die Kerzenflamme, die im Luftzug flackerte.

Jo zögerte. »Ich bin ohnmächtig geworden, das ist alles. Es hatte nichts weiter zu bedeuten. Also – wirst du mir helfen?«

Einen Moment lang antwortete er nicht; er war versunken in die Betrachtung der Kerzenflamme, und die Schatten spielten auf seinem Gesicht. Dann schüttelte er wieder den Kopf. »Laß es gut sein, Jo«, sagte er leise. »Sonst kann es sein, daß du etwas anfängst, was du nicht zu Ende bringen kannst.«

13

»Darf ich die Akte Maclean haben, bitte?« Nicks Assistentin klang allmählich gereizt. »Für Jim, falls es nicht allzuviel Mühe macht!« Die Bürotür hinter ihr schwang im Luftzug des offenen Fensters hin und her.

Nicks Blick richtete sich plötzlich auf sie. »Entschuldigung, Jane. Was haben Sie gesagt?«

»Die Akte Maclean, Nick. Ich versuche noch einmal, Jo zu erreichen, ja?« Jane seufzte übertrieben. Sie war ein großes, gertenschlankes Mädchen; ihre hohen Wangenknochen und der *Upperclass*-Akzent standen in Kontrast zu drei verwegenen Streifen in schrillem Orange, Pink und Grün in ihrem kurzgeschnittenen Haar. »Obwohl mir nicht klar ist, weshalb wir es immer weiter versuchen.«

»Sparen Sie sich die Mühe!« Nick knallte seinen Stift auf den Schreibtisch. Er bückte sich, wühlte die Akte hervor und warf sie ihr zu. »Jim meint, daß ich nächsten Mittwoch nach Paris fahren soll?«

»Er hat daran gedacht«, antwortete Jane mit ihrer Beschwichtigungsstimme. Es machte Nick rasend.

»Gut. Dann kann ich das Büro ja jetzt in Ihrer Obhut lassen, oder?«

»Aber wohin wollen Sie denn bis Mittwoch?« Jane hielt sich die Akte vor die Brust wie einen Schild.

»Morgen zur Druckerei, dann zum Essen mit einem Freund, und außerdem habe ich versprochen, auf dem Weg nach Hampshire bei Carters vorbeizuschauen.« Er lächelte. »Dann kommt das gesegnete Wochenende. Montag und Dienstag bin ich in Schottland.« Er ließ seinen Aktenkoffer zuschnappen und nahm ihn auf. »Und den Rest dieses Nachmittags werde ich schwänzen. Wenn also jemand etwas von mir will, können Sie ihm sagen, er soll es in zehn Tagen wieder probieren.«

Jedesmal, wenn Nick sie angerufen hatte, hatte Jo wieder aufgelegt. Nachdem der Hörer das letztemal wieder auf der Gabel gelandet war, hatte Jo ihre Schreibmaschine ausgeschaltet und war ins Badezimmer gegangen. Sie raffte ihr langes Haar zusammen und hielt es hoch. Prüfend betrachtete sie ihren Hals. Es war nichts zu sehen.

»Das beweist, daß er mich nicht angerührt hat!« stellte sie laut fest. »Wenn wirklich jemand versucht hätte, mich zu erwürgen, dann wären die Male tagelang zu sehen. Es war ein Traum. Ich habe halluziniert, war weggetreten! Es war nicht Nick, aber weshalb habe ich Angst vor ihm?« Sie ging müde ins Wohnzimmer.

Sie brauchte sich nur mit ihm zu treffen. Selbst seine schlechte Laune wäre besser als dieser Schwebezustand ohne ihn. Wenn er vor ihr stünde, würde dieses eigenartige Grauen sicherlich verfliegen. Die Erinnerung an die durchdringenden Augen verließ sie nicht. Und es waren nicht Nicks Augen. Sie merkte, daß sie wieder zitterte, als sie das zur Hälfte beschriebene Blatt in ihrer Schreibmaschine ansah. Impulsiv beugte sie sich vor und rief in Nicks Büro an.

Das Telephon klingelte viermal, bevor Jane sich meldete.

»Hallo, Jo hier. Kann ich Nick sprechen?« Jo trank einen Schluck

Saft; ihr war plötzlich, als sei ihr eine große Last von den Schultern genommen worden.

»Tut mir leid. Sie haben ihn knapp verpaßt.« Jane klang ein bißchen zu fröhlich.

»Wann kommt er zurück?«

»Moment. Ich sehe nach.« Einen Moment lang war es still. »Am zwölften ist er wieder da.«

»Am zwölften«, wiederholte Jo und saß plötzlich kerzengerade. »Wo ist er denn?«

»Montag und Dienstag ist er in Schottland. Dann kommt er zurück und fährt gleich am Mittwochmorgen für eine Woche rüber nach Frankreich.«

»Und heute und morgen?« Jo spürte ein Prickeln in der Kehle.

»Ist er unterwegs. Tut mir leid, etwas Genaueres weiß ich nicht.«

Nachdenklich legte Jo den Hörer auf. Dann rief sie Judy Curzon an.

»Hören Sie, Judy, ich muß Nick sprechen. Würden Sie ihm bitte etwas ausrichten? Sagen Sie ihm, ich gehe morgen nachmittag wieder zu Carl Bennet. Am Freitag, um drei. Sagen Sie ihm, ich werde auf jeden Fall herausfinden, was am Sonntag wirklich passiert ist. Wenn er es auch wissen will, soll er hinkommen. Haben Sie das?«

Am anderen Ende war es lange Zeit still. »Ich bin nicht der Auftragsdienst«, antwortete Judy schließlich schnippisch. »Es ist mir völlig egal, zu wem Sie morgen nachmittag gehen, und offensichtlich interessiert es Nick auch nicht besonders, denn sonst müßten Sie ihn ja nicht hier anrufen, oder?«

Nachdem Judy aufgelegt hatte, lächelte Jo. »Wer anderen eine Grube gräbt, Miss Clifford . . . Und du bist schnurstracks hineingefallen.«

»*Pidwch cael ofon.*« Erneut sprach die Stimme Matilda an, als sie vor den mondhellen Mauern von Abergavenny stand. »Fürchtet Euch nicht, meine Lady. Ich bin Euer Freund.« Sein Französisch war stokkend, aber undeutlich erkannte sie den dunklen walisischen Knaben, der ihr am Abend zuvor das Essen gebracht hatte.

Sie schwieg. Ihr Gesicht war heiß und naß, und sie spürte, daß er ihr mit sanfter Hand die Tränen fortwischte.

»Ihr habt es also nicht gewußt?« fragte er stotternd. »Ihr habt nicht gewußt, was für das Fest geplant war?«

Stumm schüttelte sie den Kopf.

»Wie auch immer, Ihr seid hier nicht sicher.« Der Knabe sprach in ernstem Ton. »Mein Volk wird sich für das Blutbad zu rächen suchen. Ihr müßt zurück in Eure Burg.«

Er faßte sie beim Ellbogen und versuchte sie zur Umkehr zu bewegen, aber sie wehrte sich gegen ihn. Die spitzen Steine des Uferpfades bohrten sich schmerzhaft in ihre nackten Fußsohlen.

»Nein, nein. Ich werde nie wieder dorthin zurückgehen, nie wieder.« Sie riß sich los und lief ein paar Schritte weiter, dem Mond entgegen und den Bergen, die davor aufragten.

»Wohin wollt Ihr dann?« Mit drei Schritten hatte der Junge sie eingeholt und stand wieder vor ihr.

»Ich weiß es nicht. Es kümmert mich auch nicht.« Verzweifelt sah sie sich um.

»Ich bringe Euch nach Tretower«, erklärte der Junge plötzlich entschlossen. »Dort seid Ihr in Sicherheit.« Er nahm sie fest bei der Hand und schritt am Flußufer entlang kräftig aus. Benommen folgte sie ihm.

Irgendwann verließen sie ihre Kräfte. Sie sank zu Boden und konnte am steilen Flußufer nicht weiter. Neben ihr strömte das Wasser dahin – klar, sauber und silbrig, als hätte kein Blut es je verunreinigt. Sie beugte sich vor, schöpfte mit der Hand ein wenig davon und trank. Dann ließ sie sich rücklings ins nasse Gras fallen.

Der Junge kam zu ihr; er drängte und bat, doch sie war unfähig, aufzustehen. Sie hatte krampfartige Rückenschmerzen. Plötzlich begriff sie, daß sie ihr Baby verlieren würde, und darüber war sie froh.

Der Junge zerrte an ihrer Hand und flehte sie an, mitzukommen. Unablässig blickte er über die Schulter; offensichtlich befürchtete er, verfolgt zu werden. Dann schien er den Kampf plötzlich aufzugeben. Er verschwand so flink und lautlos, wie er gekommen war.

Er hat mich dem Tod überlassen, dachte sie plötzlich, empfand aber keine Angst mehr. Sie versuchte, das Paternoster herzusagen, doch die Worte wollten sich nicht in der rechten Reihenfolge einstellen, und so gab sie es wieder auf. Wie sollte Gott je wieder den Weg in dieses Land finden? fragte sie sich trostlos.

Aber der Knabe kehrte zurück und brachte ein struppiges Bergpony mit. Irgendwie gelang es ihm, ihr hinaufzuhelfen. Sie durchquerten einen kleinen Bach; mit sicherem Schritt suchte sich das Pferd seinen Weg durch das Wasser, das von kahlen, von Efeu überwachsenen Ästen überschattet wurde. Sie kamen an den dunklen Mauern von Crikhowell Castle vorbei, aber sie nahm nichts davon wahr. Irgendwo bellte ein Fuchs, und Matilda klammerte sich in die Mähne des Ponys, da es scheute. Sie zogen durch einen düsteren, abweisenden Wald und über stilles Hügelland, wo nur gelegentlich das Heulen einer einsamen Eule und das Rauschen des Waldes in den Bäumen zu hören war. Benommen vor Erschöpfung und Schmerzen ritt sie dahin. Es kümmerte sie nicht, wohin sie kam und was er mit ihr vorhatte. Das Pony unter ihr folgte dem Jungen mit gleichmäßigem Schritt und stieg langsam durch regnerischen Dunst bergauf.

Als der kalte Morgen graute, öffnete sie die müden Augen. In der Ferne erblickte sie endlich den Hauptturm von Tretower.

Lächelnd sah der Junge zu ihr auf; es war ein trauriges, liebevolles Lächeln. Dann deutete er voraus. »Geht«, sagte er. »Dort werdet Ihr Freunde finden. Geht mit Gott.« Er ließ den Zügel fahren, huschte auf lautlosen Sohlen in den Wald und war verschwunden.

Das Pony stolperte ein paar Mal, als sie es schnell über den gewundenen Pfad in das weite Tal hinunter und auf die Burg zu trieb. Ihr Blick blieb fest auf den Turm gerichtet. Zu ihrer Überraschung war die Zugbrücke herabgelassen, und sie ritt hinüber, ohne daß jemand sie anhielt. Waren denn alle von Sinnen? Wußten sie denn nicht, daß kriegerische Waliser überall sein mußten?

Ein Schleier lag vor ihren Augen, als sie auf dem Rücken ihres Pferdes im Innenhof der Burg verharrte. Sie wagte nicht, sich aus dem Sattel gleiten zu lassen. Das Tier ließ den Kopf hängen und faßte dann mit dem Maul nach einem vorüberwehenden Büschel Heu. Es schien niemand da zu sein.

Dann kamen Menschen heran – langsam, wie aus großer Ferne. Sie hörte Stimmen, sah Lichter und erkannte das scheppernde Klirren einer Zugbrücke, die hochgezogen wurde. Hände zerrten an ihrem Kleid. Jemand griff nach den Zügeln, ein anderer faßte sie bei den Armen und versuchte, sie vom Pferd zu heben. Ein Schluchzen stieg auf. Verschwommen begriff sie, daß es ihre eigene Stimme war.

»Quäle dich nicht, meine Liebe.« Bennet setzte sich neben Jo und faßte behutsam nach ihrer Hand. Mit dem Fuß stieß er gegen das Tonbandgerät auf dem Boden. Er merkte es nicht. Er starrte auf ihre Hand, die eiskalt und von Frostbeulen bedeckt war.

»Ist alles in Ordnung?« Sarah kam herüber und kniete sich neben das Sofa.

Er zögerte einen Augenblick und nickte dann. »Weiter, meine Lady. Was geschah dann?«

Jo entzog ihm ihre Hand und rieb sie mit schmerzerfüllter Miene. Sie blickte an ihm vorbei ins Leere.

»Ich blieb in Tretower, bei den Picards«, sagte sie langsam. »Sie brachten mich zu Bett, pflegten mich, und meine Schmerzen hörten auf. Ich habe das Kind doch nicht verloren. William schickte nach mir. Aber ich war zu krank, als daß man mich hätte fortbringen können, und so kam Nell mit meinem Gepäck aus Abergavenny herüber. William erschien nicht.«

Weihnachten kam und ging. Dichter Schnee fiel und schmolz im reißenden Rhian Goll. Eis staute den Fluß, taute und ließ die Wasser weiterfließen.

Langsam, beinahe unmerklich, begann ihr Leib größer zu werden. Das Kind darin war zweifach verflucht - durch den Namen seines Vaters und durch die Szene, die sie in jener gräßlichen Nacht hatte mitansehen müssen. Sie wollte es noch immer verlieren. Aber es wuchs und schien zu gedeihen. Sie sehnte sich nach Jeanne, ihrer alten Amme, Jeanne. Sie hätte verstanden, wie notwendig es war, das Kind loszuwerden. Sie hätte ihr Wacholderbeeren, Flohkraut und Rainfarn gebracht, um mit den Kräutern und den richtigen Zauberworten eine Fehlgeburt herbeizuführen. Jedesmal, wenn Matilda daran dachte, bekreuzigte sie sich.

Aber das Kind in ihr wuchs heran und sie selbst genas immer mehr. Nell pflegte sie, so gut sie konnte. Matilda hatte auch eine neue Zofe, Elen, die zum Haushalt Picard gehörte, ein walisisches Waisenmädchen mit rundem, fröhlichem Gesicht und ansteckendem Lächeln. Sie brachte Matilda zum Lachen und stillte die Unrast tief in ihrem Innern für ein Weilchen mit ihren Liedern und Geschichten. Von William kam keine Nachricht.

Als das Winterwetter allmählich seinen eisernen Griff lockerte, sehnte sich Matilda immer mehr danach, Tretower verlassen zu können. Sie wollte weiter nach Brecknock, wo sie in der Burg ihres Gatten wenigstens ihre eigene Herrin sein würde. Aber es war fast Ostern, als das Wetter endlich umschlug und die ersten Schlüsselblumen zaghaft aus dem Boden kamen. Den Gedanken, ein Pferd zu nehmen und allein nach Brecknock zu reiten - diesen Gedanken hatte Matilda längst aufgegeben. Zu solchen Abenteuern war sie inzwischen nicht mehr in der Lage. Voller Unruhe sah sie, wie sich die Bäume in den Märzstürmen tief herunterbogen und hoffte inständig, daß der Wind die Erde bald trocknen und die Wege passierbar machen möge. Darauf indes mußte sie bis zum ersten Tag im April warten. Es war ein strahlend schöner, windiger Tag; die Bäume zeigten erstes Grün, der Fluß strömte friedlich dahin, der Himmel prangte in reinem Azur.

Bevor die Frauen, mit denen sie das Gemach teilte, aufwachten, zog sie sich schnell an und schlüpfte lautlos in die große Halle hinunter, wo John Picard Ale und Brot zu sich nahm, bevor er mit seinen Hunden hinausging.

Entsetzt starrte er sie an, als sie ihn kühl um eine Sänfte und eine Eskorte nach Brecknock bat. Seine Augen unter den dichten Brauen weiteten sich, sein Mund klappte auf.

Dann wandte er sich an seine Frau, die mit einer Schürze vor dem Gewand in der Tür zur Vorratskammer erschienen war.

»Sie will uns verlassen. Sie will nach Brecknock.«

»Und sie wird mit Eurer Erlaubnis gehen, John Picard.« Matilda lächelte ihn an. Sie wandte sich an ihre Gastgeberin. »Mein Entschluß steht fest. Ich kann Eurer Freundlichkeit nicht länger zur Last fallen.«

»Aber die Gefahr!« Anne Picard kam herunter in die Halle und nahm Matildas Hände. »Meine Liebe, denkt doch an die Gefahr. Und in Eurem Zustand . . .«

Matilda zuckte zurück und zog sich den Mantel fester um die Schultern, als wolle sie ihren hohen Leib verbergen. »Es gibt keine Gefahr, wenn Ihr mir eine Sänfte und eine Eskorte leiht«, beharrte sie.

Sie sah auf das Ehepaar hinunter, ein großes, einsames Mädchen; Gesicht und Hände waren schmal geworden, die Augen müde, aber entschlossen.

John Picard bestand darauf, mit ihr nach Brecknock zu reiten, und Anne drängte ihr die Dienste zweier Zofen auf.

»Es wird dort kaum so etwas wie einen Haushalt geben, abgesehen von den Soldaten«, gab sie zu bedenken. »Es ist kein Platz für eine Frau. O bitte, überlegt es Euch doch noch einmal. Bleibt wenigstens, bis das Kind zur Welt gekommen ist.« Mit ernster Miene sah sie Matilda ins Gesicht, aber das Mädchen ließ sich nicht erweichen. Matilda widersetzte sich sogar Annes Bitte, die Abreise um einen oder zwei Tage zu verschieben, um ihnen Zeit zu geben, alles Nötige vorzubereiten. »Vorbereitungen sind nicht notwendig«, erlärte sie und bemühte sich, nicht allzu ungeduldig zu klingen.

»Nell und Margret und Elen können meine Truhen packen, während die Pferde gesattelt werden!« Sie war nicht einmal bereit, den Mantel abzulegen, während sie wartete. Die Rastlosigkeit, die sie in den vergangenen Wochen überfallen hatte, war plötzlich unerträglich geworden.

Als sie Anne umarmte, verspürte sie dann doch ein Gefühl des Bedauerns. Aber als sie es sich in der Sänfte unter den Pelzdecken bequem machte, gewann die Aufregung wieder die Oberhand. Die Zofen bestiegen ihre Ponies, John Picard warf seiner Frau, die unter dem Torbogen stand, eine Kußhand zu und führte die kleine Kavalkade über die Zugbrücke.

Schon wenige Minuten nach dem Aufbruch begann Matilda ihr Ungestüm zu bereuen. Sie hatte nicht gewußt, wie unbequem es war, in einer Sänfte über die Berge zu reisen. Schaukelnd und holpernd trug das unbequeme Vehikel sie voran; sie konnte weder ruhen noch das Gleichgewicht bewahren, denn nie wußte sie, in welche Richtung sie der nächste Stoß schleudern würde.

John Picard ritt dicht an ihrer Seite. Unter dem warmen Mantel trug er ein Kettenhemd über dem linnenen Wams und auf dem Kopf einen Helm. Sein Blick streifte forschend durch das aufblühende Dickicht und das Dornengestrüpp, das die Straße säumte. Es war ein strahlender Tag, und alles schien ruhig zu sein, aber er war sicher, daß sie seit dem Augenblick, da sie über die herabgelassene Zugbrücke getrappelt waren, beobachtet wurden.

Insgeheim war er erleichtert, Matilda endlich Tretower verlassen zu sehen. Er war aufrichtig besorgt um ihre Sicherheit. Seit Pfade und Wege wieder passierbar waren, hatte er täglich damit gerechnet, daß es Ärger mit den Walisern in den Bergen geben würde. Sie mußten ja wissen, daß de Braoses Weib bei ihm war. Ihr Tod wäre ohne Zweifel eine gerechte Vergeltung für den Mord an ihrem Fürsten.

Die Burg zu Brecknock war auf ihre Herrin nicht vorbereitet. Die Soldaten der kleinen Garnison im äußeren Hof hausten in Holzhütten und kleinen Steinbauten, die sich an die Innenseite der Mauer schmiegten. Die Privatgemächer im Innern der Festung - die große Halle und die Wohnräume darüber - waren leer.

Als Matilda oben im zugigen, feuchten Hauptraum stand, war ihr zum Weinen zumute. Sie drehte sich um, lief die Wendeltreppe hinunter und trat dem Festungshauptmann entgegen.

»Die Burg scheint mir kaum bewohnbar zu sein«, sagte sie mit gezwungenem Lächeln zu ihm. »Indessen, Eure Männer sollen ein Feuer anzünden, damit wir es wenigstens warm haben. Wie ist Euer Name, Sir?«

»Sir Robert Mortimer, meine Lady.« Er verbeugte sich knapp und drehte sich dann zu seinen Leuten um, die im Eingang seiner Befehle harrten.

»Wo ist die Kastellanin? Warum ist sie nicht hier, um mich zu begrüßen?«

Sir Robert wirkte verlegen. »Meine Frau ist vor achtzehn Monaten gestorben, meine Lady. Die Weiber im Dorf haben bestimmt ihr Bestes getan . . .«

»Das tut mir leid.« Matilda schluckte die Grobheiten herunter, die ihr auf der Zunge gelegen hatten. »Und wo steckt dann der Verwalter? Ich möchte ihn noch vor Sonnenuntergang sehen.«

Mit einer Energie, die aus der Verzweiflung geboren war, machte sie sich daran, die Bewohner der Burg zur Arbeit anzuhalten. Fakkeln loderten in ihren Haltern, Feuer flackerten endlich auf, hölzerne Läden wurden aufgetrieben und vor den schmalen Fenstern befestigt. John Picard hockte auf einer Bank in der großen Halle und streckte die Hände dem Feuer entgegen. Der Mangel an Bequemlichkeit war ihm gleichgültig. Voller Bewunderung beobachtete er die Gestalt seiner Gastgeberin, die - wegen der Kälte noch immer in ihren Mantel gehüllt - hierhin und dorthin eilte und alle Unternehmungen leitete. Er sah, daß sie innehielt und zum Eingang blickte, wo eine Gruppe neuer Gestalten aus der Dämmerung hereingetreten war.

»Pfaffen«, murmelte er bei sich. Er hatte keine Zeit für die Kirche, aber um Matildas willen war er froh, sie hier zu sehen.

Matilda sah dem Anführer der Gruppe entgegen und lächelte unsicher. Es war ein ernster, dünner Mann Ende Zwanzig, gekleidet mit verhaltener Pracht; sein pelzverbrämter Mantel ließ die Schlichtheit der schwarzen Kutte des Mönches neben ihm um so deutlicher hervortreten. Sein Blick wanderte durch die Halle und erfaßte jede Einzelheit des Raumes und auch der Dame, die vor ihm stand. Schließlich verbeugte er sich höflich und hob in einer segnenden Geste die Hand.

»Ich bin Gerald, Madame, Erzdiakon von Brecknock.« Er sprach leise, und doch füllte seine Stimme den Raum.

Matilda senkte den Kopf, um seinen Segen entgegenzunehmen.

»Ich war bei Prior John, als Euer Bote eintraf, meine Lady«, fuhr er fort. »Ein paar der Laienbrüder bringen Euch Hausrat herüber, und ich selbst habe nach meinem Hause zu Llanddeu geschickt, um weiteres Hilfreiche zu Eurer Bequemlichkeit herbeischaffen zu lassen. Ich bedaure, daß Ihr Brecknock so unvorbereitet vorgefunden habt.«

»Das ist meine eigene Schuld.« Sie merkte, daß sie auf sein warmes Lächeln reagierte. »Ich habe kein Gefolge mitgebracht, Erzdiakon. Keine Eskorte außer der, die John Picard dort in seiner Güte für mich erübrigen konnte. Vermutlich war es töricht von mir, herzukommen.«

Einen Augenblick lang sah er sie prüfend an; dann lächelte er fast jungenhaft. »Ich kann verstehen, daß Ihr herkommen wolltet. Im eigenen Heim ist man stets am besten aufgehoben. Und wo sonst sollte Euer Kind geboren werden, wenn nicht hier?«

Seine offene Rede ließ sie erröten. Sie hüllte sich fester in ihren Mantel und zog sich ans Feuer zurück. Von dort aus sah sie zu, wie zwei Laienbrüder des Klosters in Sandalen einen Klappstuhl herbeischleppten und neben ihr aufstellten. Andere folgten; sie brachten Böcke und Tischplatten für die Estrade, Bänke und Kerzenleuchter. Schließlich wurde ein Leinentuch sorgfältig auf der Tafel ausgebreitet. Matilda wartete schweigend, während sich die Halle verwandelte. Gerald hatte sie aufmerksam beobachtet und senkte den Blick nicht, als sie ihm in die Augen sah, sondern lächelte wieder freundlich. »Besser?« erkundigte er sich gutgelaunt.

Sie lachte. »Viel besser, Erzdiakon. Ich weiß nicht, wie ich Euch danken soll.«

»Nicht wichtig. Mein eigener Lesestuhl ist von Llanddeu herunter zu Euch unterwegs. Ihr werdet es bequemer finden, auf einem Stuhl mit einer Lehne zu sitzen, möchte ich meinen. Wenn Ihr irgend etwas braucht oder wenn Ihr Hilfe nötig habt, schickt nach mir. Ich bin zumeist da, wenn ich nicht in der Diözese umherreise.« Er trat vor und ergriff ernst ihre Hand. »Ich ziehe mich jetzt zurück; ich sehe, daß Ihr müde seid. Aber vergeßt nicht, ich bin da, wenn Ihr mich braucht.«

John Picard hob eine Augenbraue, als Gerald gegangen war. »Ein eindrucksvoller junger Mann. Ich bin froh, daß er hier ist. Er wird ein Auge auf Euch haben, bis Euer Gemahl kommt.« Er lehnte sich zurück und schob zufrieden die Daumen hinter seinen Gürtel.

Sir Robert Mortimer machte ihr schließlich das ganze Ausmaß der Gefahr klar, in der sie schwebte und die die Picards den ganzen Winter über von ihr ferngehalten hatten. John Picard war am nächsten Morgen in aller Frühe davongeritten; er hatte sich fröhlich von ihr verabschiedet, ihr einen schmatzenden Kuß auf die Wange gedrückt und war dann davongeritten. Wenig später erschien Sir Robert an Matildas Seite.

»Meine Lady, ich habe doppelte Wachen auf die Mauern und ans Tor befohlen und ihnen aufgetragen, das Stadtvolk vorläufig nicht hereinzulassen«, meldete er.

»Warum?« Sie war dabei, einen Berg Linnen vom Tisch zu räumen, aber jetzt wandte sie sich um und sah ihn verwirrt an. Nell fuhr fort, die Tücher zu falten, aber auch ihr Blick richtete sich auf den Hauptmann.

»Wir dürfen mit Euch auf Brecknock kein Risiko eingehen, meine Lady. Während des Winters war es hier friedlich. Aber jetzt, da Ihr hier seid, erwarte ich, daß sie versuchen werden, an Euch heranzukommen.« Seine Hand packte den Griff seines Schwertes.

»An mich heranzukommen? Wer denn?« Matildas Augen wurden schmal.

»Die Waliser natürlich, meine Lady. Auge um Auge, Tod um Tod, und so weiter. Ihr habt von der *galanas* gehört?«

Sie sah ihn verständnislos an.

»Die Blutrache. Sie werden Vergeltung suchen, meine Lady. Das ist das Gesetz dieser Berge. Und wenn sie sie bekommen, werden ohne Zweifel Eure Nachkommen und Verwandten ihrerseits danach streben. So wird hier in der Grenzmark Gerechtigkeit geübt.«

Matilda erschauerte. »Ist denn Seisylls Frau gestorben?«

Er zuckte mit den Schultern. »Was das betrifft, habe ich nichts Genaues gehört. Aber wir müssen annehmen, daß sie sich Euch als Ziel ausersehen haben, während Sir William zu Windsor oder sonstwo weilt. Haben die Picards Euch nicht gewarnt?«

Matilda fuhr sich nervös mit der Zunge über die Lippen. »Doch, sie haben davon gesprochen. Lady Picard hat mir von der Blutrache erzählt, aber ich habe nicht darauf geachtet – ich war krank. Ich muß sie mit meiner Anwesenheit in große Gefahr gebracht haben.« Sie trat an den Kamin, und ihre hellgrünen Röcke fegten über die Binsenstreu. »Sie haben mir den ganzen Winter über Obdach gegeben, Sir Robert.«

Sir Robert rieb sich mit dem Handrücken die Stirn. »*Aye*, es sind fürwahr brave Leute.«

»Laßt das Stadtvolk kommen und gehen wie sonst auch. Ich will nicht, daß die Leute von Anfang an Widerwillen gegen mich haben. Gebt mir einen Leibwächter, das wird genügen. Sie sind schließlich vom Volk meines Mannes, nicht Seisylls. Gewiß sind sie an keiner Fehde beteiligt.«

Sir Robert runzelte die Stirn. Voller Unbehagen trat er von einem Fuß auf den anderen. »Ich glaube, Ihr werdet eines begreifen müssen, meine Lady . . .« Er brach ab und blickte verlegen zu Boden. »Euer Gemahl ist nicht eben angesehen bei den Menschen. Er hat diese Ländereien von der Familie seiner Mutter. Die de Braose sind hier nicht beliebt.«

»Um so mehr Grund habe ich, sie dazu zu bringen, mich zu mögen, Sir Robert«, gab sie blitzenden Auges zurück. Sie lächelte. »Bitte, helft mir dabei, mich mit ihnen anzufreunden. Ich fände es abscheulich, hier Feinde zu haben. Vielleicht können wir sie für uns einnehmen, wenn wir uns Mühe geben.«

Er sah ihr entschlossenes, eifriges Gesicht und lächelte. »Nun, meine Lady, wenn dies Eure Befehle sind, so will zumindest ich froh sein. Sie sind nicht übel, die Leute in Aberhonddu. Wir werden Euch gut bewachen und hoffen, daß es sie nicht allzusehr bekümmert, was in Gwent vor sich geht. Werdet Ihr eine Nachricht an Sir William schicken?«

Sie nickte. »Ich muß. Man sollte ihm sagen, daß ich hier bin, und ich möchte ein paar meiner Bediensteten aus Bramber hier haben. Wollt Ihr dafür sorgen, daß sich jemand auf die Suche nach ihm macht? Unterdessen werde ich ein paar Weiber aussuchen, die mir zur Hand gehen sollen. Dann werden wir den Versuch unternehmen, diese Behausung behaglich zu machen.« Sie lächelte und wandte sich wieder Nell zu, um ihr bei ihrer Arbeit zu helfen.

Die nächsten Tage vergingen in geschäftigem Treiben. Als sich herumsprach, daß Lady de Braose zugegen sei, kamen die Leute aus der kleinen Ansiedlung am Fuße der Burg herauf, um sie zu besuchen. Man zog sie als Schiedsrichterin bei Auseinandersetzungen heran. Anscheinend akzeptierten die Leute sie. Matilda hatte jedenfalls kaum Zeit für sich selbst, und die Sorgen und Plagen des langen Winters waren beinahe vergessen. Sie stellte fest, daß die Menschen bereitwillig ihren Zehnten an Vorräten und Lebensmitteln ablieferten, allesamt voll eifriger Neugier, Sir Williams junges Weib zu sehen, allesamt anscheinend bereit, freundlich zu ihr zu sein.

Lange Vormittage verbrachte sie mit Hugh, dem Verwalter. Der war irgendwann flankiert von zwei Bewaffneten aufgetaucht – so betrunken, daß er kaum stehen konnte. Zunächst hatte sie ihn auspeitschen lassen wollen; doch sie hatte sich bezähmt und abgewartet, bis er wieder nüchtern war. Auf seine Art war er dankbar für ihre Zurückhaltung, und nachdem er seine anfängliche Abwehrhaltung abgelegt hatte, erwies er sich als einigermaßen tüchtiger Majordomus. Er zeigte ihr Scheuern, Speicher, Küchen und Keller, voller Stolz darauf, daß Brecknock auch nach dem langen Winter noch immer über verhältnismäßig große Vorräte verfügte.

Aber sie saß auch stundenlang da und brütete über seinen Büchern. Verzweifelt suchte sie mit ihren beschränkten Lesefertigkeiten Sinn in das Gekritzel auf den Blättern vor ihr zu bringen. Sie wußte, daß sein spöttischer Blick auf ihr ruhte und er nur darauf wartete, daß sie einen Fehler machte.

Endlich rief sie Pater Hugo herbei, den Priester, den Gerald geschickt hatte, damit er jeden Morgen in der Kapelle die Messe lese.

»Vater, ich brauche Eure Hilfe.« Sie saß auf Geralds feingeschnitztem Sessel vor dem Feuer und sah zu ihm auf. »Ich muß wissen, wie man richtig liest. Könnt Ihr es mich lehren?«

Gemeinsam schwitzten sie eine Weile über dem Wirtschaftsbuch. Dann richtete sich Hugo auf und wischte sich über die Augen. »Ich kann die Handschrift dieses Mannes selber kaum lesen«, knurrte er schließlich. »Vor allem auf den letzten paar Seiten. Ich werde Euch das Meßbuch aus der Kapelle bringen. Das ist wenigstens lesbar.«

Zwei Tage darauf führte man Gerald zu ihr herein. »Wie ich höre, wollt Ihr lesen lernen«, stellte er ohne Einleitung fest. »Hugo ist nicht der Mann, der es Euch lehren könnte, meine Lady. Seine Augen sind so alt, daß er die Schriftzeichen selbst nicht mehr richtig erkennen kann. Ich werde es Euch zeigen.«

»Ihr, Erzdiakon? Aber woher wollt Ihr die Zeit dazu nehmen?« Der energische, hübsche junge Mann beunruhigte sie ein wenig, und sie warf einen verängstigten Blick auf die Bücher unter seinem Arm.

»Ich werde Euch auch das Schreiben lehren«, fuhr er fort. »Es ist undenkbar, daß eine Lady Eures Standes nicht flüssig lesen und schreiben kann. Das Schreiben ist eine der größten Künste.«

Sie errötete. Er vermittelte ihr plötzlich ein Gefühl der Unzulänglichkeit. Insgeheim war sie stolz darauf gewesen, wie sie die Dinge auf Brecknock in die Hand genommen hatte. Es war das erstemal gewesen, daß sie Gelegenheit hatte, ihre Fertigkeiten zur Führung eines Haushalts anzuwenden, ohne daß ihre Schwiegermutter ihr im Nacken saß. Und wenn es in der Burg auch karg und unzureichend zuging, sah sie doch mit Befriedigung, wie gut sie mit den sorgfältig für ihren Dienst ausgewählten Leuten zurechtkam.

Jeden Tag, an dem Gerald in Llanddeu war, kam er zur Burg herabgeritten und verbrachte eine oder zwei Stunden in ihrer Gesellschaft. Manchmal lasen sie in seinen eigenen Schriften und Gedichten, die er stolz mitbrachte, um sie ihr zu zeigen, oder in Büchern aus seiner Bibliothek. Sie kämpften auch gemeinsam mit den Haushaltsbüchern des Verwalters. Mit belustigtem Funkeln in den Augen wies Gerald sie darauf hin, daß dessen Handschrift von dem Tag an, da Matilda auf Brecknock eingetroffen war und sich entschlossen gezeigt hatte, seine Tätigkeit zu beaufsichtigen, merklich schlechter geworden war.

Sehr früh erfuhr sie zu ihrer Bestürzung, daß Gerald über seine Großmutter mit Lord Rhys verwandt war und über die Geschehnisse auf Abergavenny genau informiert war.

Seit John Picard über die Berge zurück nach Tretower geritten war, hatte sie die Erinnerung an jenen schrecklichen Tag aus ihren Gedanken zu verdrängen versucht. Es war ihr leichter gefallen als erwartet, weil so vieles in Brecknock sie beschäftigt hatte. Aber manchmal kehrten Bilder jener blutigen Szene nachts trotz ihrer Müdigkeit in grauenvollen Alpträumen zurück. Dann wachte sie schreiend auf. Und das Kind war auch noch da. Immer wenn es sich in ihr bewegte, überlief sie ein Schauer des Abscheus, als sei sie durch das Kind an den Verrat gebunden, den sie doch vergessen wollte. Nun saß Gerald ihr gegenüber, einen Becher Wein in der Hand, und sein schmales Gesicht war ernst, als er sie eindringlich betrachtete und dazu zwang, sich der furchtbaren Erinnerung zu stellen.

»Euer Gemahl war ein Werkzeug grausamer Ausschreitungen, aber ich zweifle nicht daran, daß andere, mächtiger noch als er, die wahren Anstifter dieses Verbrechens gewesen sind.« Er beugte sich vor und sah sie eindringlich an. »Ihr dürft ihn nicht verurteilen, meine Lady. Ihr tut es, nicht wahr?«

Sie nickte. »Ich war dabei, Erzdiakon. Ich habe alles mitangesehen. Ich sage mir, daß solche Taten eben vorkommen. Ich weiß, daß sie in diesem Teil des Landes leichter geschehen können als in den meisten anderen; ich weiß, daß William ein grausamer, harter Mann ist. Man hat mir genug über ihn berichtet, aber trotzdem konnte ich nicht glauben, daß er einen solchen Verrat begehen würde. Aber ich habe gesehen, wie er mit eigener Hand ...« Sie brach ab und versuchte, ihr Schluchzen zu unterdrücken. »Es war so furchtbar. Sogar das Kind, Seisylls Sohn ...« Sie verstummte und drehte den Saum ihres Rockes zwischen den Fingern. Dann blickte sie jäh auf und sah ihm offen ins Gesicht.

»Mein Kind ist verflucht, Vater, durch das, was an diesem Tag geschehen ist«, brach es aus ihr hervor. »Lieber wäre es mir, es würde nie zur Welt kommen.« Sie rechnete damit, daß er schockiert war, aber zu ihrer Überraschung nickte er verständnisvoll.

»Das ist ein natürliches Empfinden«, sagte er beruhigend und bedächtig. »Aber es ist falsch. Ihr müßt Vertrauen haben. Das Kind ist unschuldig. Ihr dürft seinetwegen keine Angst haben.« Unversehens stürzte er den Rest seines Weines hinunter und erhob sich. »Und jetzt habe ich eine Neuigkeit für Euch, meine Lady. Vor drei Nächten war Euer Gemahl in Hereford. Von dort gedenkt er sich nach Hay zu begeben, und dann kommt er hierher nach Brecknock. Ihr werdet ihn also bald sehen. Ihr müßt Euch darauf vorbereiten.«

Matilda stemmte sich hoch. Ihre Hände zitterten. Nervös versuchte sie, sie in den Falten ihres Rockes zu verbergen, aber den Augen des Erzdiakons entging nichts. Sanft legte er ihr eine Hand auf den Arm. »Ihr seid William de Braose ein gutes Weib gewesen. Fürchtet Euch nicht vor ihm. Er ist noch immer der Christenmensch, den Ihr geheiratet habt.« Er lächelte plötzlich; es war das unverhoffte, knabenhafte Lächeln, das sie als so herzerwärmend empfand. »Vielleicht kann ich dann meinen Sessel zurückbekommen. Ich muß gestehen, er fehlt mir, wenn ich in Llanddeu beim Lesen auf dem hohen Schemel hocke. Offenbar werde ich alt.« Er seufzte und legte sich mit einer gespielten Schmerzensgrimasse die Hand ins Kreuz.

Unwillkürlich mußte sie lachen. In den paar Wochen, seit sie ihn kannte, hatte sie Gerald ins Herz geschlossen. »Armer Erzdiakon. Ich muß Euch eine Salbe geben, mit der Ihr Euch den Rücken einreiben könnt. Wenn William kommt, wird mein erster Gedanke Eurem Sessel gelten, das verspreche ich Euch. Schneller als der Blitz wird er nach Llanddeu fliegen!«

Aber selbst sein heiteres Lachen, mit dem er sich den Mantel überwarf und in den sanften Regen hinausschritt, um sein Pferd zu suchen, linderte nicht die Angst, die sie wie eine Krankheit durchflutete, als sie an Williams drohende Ankunft dachte.

14

Nick lehnte sich zurück und lächelte Judy an. »Ich hab dich nie gefragt, wo du kochen gelernt hast. Das war ein ganz köstliches Mittagessen. Vielen Dank.« Er beäugte den leeren Schmortopf und beugte sich dann vor, um den restlichen Wein einzuschenken.

»Ein paar Geheimnisse sollte ein Frau fest bewahren.« Judy lächelte. Sie trug ein blaugestreiftes Sommerkleid, das bemerkenswert gut zu ihrem Haar paßte. Als sie nach Nicks leerem Teller griff, drang Nick ein Hauch *Miss Dior* in die Nase.

»Ein Kaffee würde das Ganze perfekt abrunden«, meinte er hoffnungsvoll.

»Erst *crème brûlèe,* dann Käse. Dann Kaffee.« Judy verschwand in der Küche.

Nick stöhnte. »Willst du mich umbringen?«

»Solange du mich beim Squash noch schlägst, wird dich eine gelegentliche Mahlzeit nicht umbringen.« Sie streckte den Kopf durch die Tür. »Mußt du wirklich dieses Wochenende zu deiner Mutter, Nick?«

Er nickte. »Leider ja. Ich hab sie seit Ewigkeiten nicht mehr gesehen. Und da ich nächsten Monat viel unterwegs sein werde, dachte ich mir, ich bring's jetzt hinter mich. Und wenn ich schon mal unten bin, kann ich gleich die *Moon Dancer* aus Shoreham holen und nach Lymington bringen.« Er stemmte sich vom Tisch hoch. »Zeit für eine Siesta haben wir aber noch, bevor ich verschwinde.« In der Küche schlang er die Arme um sie und spürte genußvoll ihren Körper unter dem dünnen Baumwollstoff des Kleides. »Es gibt keine bessere Zeit für die Liebe als den Freitagnachmittag.«

Judy hob ihm eifrig die Lippen entgegen. »Dafür ist jede Zeit recht«, murmelte sie und verdrängte die Frage, weshalb er ihr nicht vorgeschlagen hatte, ihn nach Hampshire zu begleiten. »Wollen wir uns den Rest des Essens nicht für später aufheben?«

Seine Hände glitten zu dem Reißverschluß auf dem Rücken. Geschickt zog er ihn auf und streifte ihr das Kleid von den Schultern. Darunter war sie nackt.

Ohne Verlegenheit stieg sie ganz aus dem Kleid. »Ich stelle die Kaffeemaschine ab.«

Er knöpfte sein Hemd auf. Sein Blick ruhte auf ihren Brüsten, als sie die Kaffeemaschine ausschaltete und an ihm vorbei ins Atelier ging. Im Schlafzimmer zog sie die Vorhänge zu und sperrte die Sonne aus; sie drehte sich um und streckte die Arme aus.

Nick lachte. »Nein. Nicht im Halbdunkeln. Ich will dich sehen.« Er kniete sich auf das Bett, beugte sich zur Nachttischlampe hinüber und schaltete sie ein.

Die oberste Seite des Notizblocks neben der Lampe war voller Kringel, Männchen und Schnörkel. In der Mitte, umrahmt von Zacken und Kurven, standen der Name Carl Bennet und eine kunstvoll geschwungene Drei. Nick hob den Block und starrte auf das Blatt.

»Wann hast du das geschrieben?«

»Was?« Judy glitt neben ihm auf das Bett und legte sich hin, die Arme über den Kopf gestreckt, die Beine schlank und sonnengebräunt auf der weißen Tagesdecke.

»Carl Bennet. Warum hast du seinen Namen notiert?«

Sie setzte sich auf. »Zum Teufel mit ihm. An mich sollst du denken!«

»Ich denke an dich, Judy.« Nicks Stimme war plötzlich hart. »Ich frage mich, weshalb du dir seinen Namen notiert hast. Wo hast du ihn gehört?«

Einen Augenblick lang dachte Judy daran, ihn zu belügen. Sie überlegte blitzschnell. Wenn er später die Wahrheit herausfand, würde er ihr Vorwürfe machen. Sie verfluchte sich, den Namen überhaupt aufgeschrieben zu haben – eine törichte, geistesabwesende Reaktion . . .

»Jo hat gestern angerufen«, gestand sie leise. Sie lächelte und schlang ihm die Arme um den Hals. »Sie dachte, du wärest vielleicht hier. Es klang überhaupt nicht weiter wichtig.«

»Was hat sie von Bennet gesagt?« Regungslos starrte er sie an, und einen Moment lang empfand sie stechende Angst.

»Sie hat gesagt, sie wollte zu ihm. Nick, vergiß sie doch . . .«

»Hat sie gesagt, wann?«

»Heute. Ich sage doch, vergiß sie . . .«

»Wann, Judy?« Nick löste sich gewaltsam aus ihrer Umarmung. »Sie darf nicht allein dort hingehen!«

Sie raffte die Decke und hüllte sich darin ein, während Nick aufstand. »Du kommst zu spät. Inzwischen wird sie längst bei ihm sein.«

Wortlos stapfte Nick an ihr vorbei ins Atelier. Er hob sein Hemd auf, zog es an und tastete nach seinen Schuhen. Hinter ihm stand Judy, in die weiße Wolldecke gehüllt. »Nick, bitte. Geh nicht.«

Er drehte sich um. »Es tut mir leid, Judy. Ich muß dabeisein. Ich muß sie aufhalten, wenn ich es überhaupt noch kann!«

Der lange Zug von Pferden und Karren, mit dem sich die Ankunft William de Braoses und seines Gefolges ankündigte, traf am ersten Tag des Monats Mai im Außenhof von Brecknock Castle ein. Die Leibeigenen und Stadtleute, die seit dem Morgengrauen auf den Beinen waren, um ihren uralten Ritualen nachzugehen – sie hatten den Drohungen ihres Priesters zum Trotz draußen im Moor die Beltane-Feuer lodern lassen –, kehrten jetzt zurück und fanden die Burg voller Menschen.

Matilda saß mit Margaret auf dem Söller und lauschte dem Hufgetrappel und dem Rumpeln der Räder unten im Hof. Am liebsten hätte sie sich versteckt. Es graute ihr vor der Begegnung mit William, so sehr sie sich auch bemühte, Geralds beruhigende Worte nicht zu vergessen. Als endlich die Ankunft ihres Gemahls angekündigt wurde, atmete sie tief durch und begab sich langsam hinunter in den klaren Frühlingssonnenschein. William stieg ab und sah zu seiner Frau auf, die auf den Treppenstufen stand; sein Gesicht zeigte keine Regung. Er war prächtig in Scharlachrot und Grün gekleidet, seine Mantelspange war mit einem großen Rubin besetzt, sein Bart säuberlich getrimmt. Er kam, zwei Stufen auf einmal nehmend, zu ihr herauf und küßte ihr gewichtig die Hand, und mit einem raschen, zufriedenen Blick nahm er die Wölbung ihres Leibes unter den fließenden Falten ihres Gewandes zur Kenntnis.

»Wie geht es Euch, meine Lady? Ich wollte längst bei Euch sein, doch der König wollte mich nicht gehen lassen.«

Sie hob den Blick vom Boden, sah ihn an und erwartete Ärger und Groll in seiner Miene zu finden. Aber seine Augen blieben ausdruckslos.

Sie zwang sich zu einem Lächeln. »Ich bin erfreut, Euch zu sehen, mein Lord. Hoch erfreut.« Für einen Moment trafen sich ihre Blicke. Er streckte sich, zog den Mantel höher um die Schultern und folgte ihr selbstbewußt stolzierend in die Halle. Die kurze Nervosität, die er unter dem prüfenden Blick der kühlen grünen, sonderbar bernsteingelb gesprenkelten Augen seines Weibes empfunden hatte, war vorüber. Er war ihr keine Rechenschaft schuldig, und auch sonst niemandem, außer dem König.

Sie schenkte ihm würzigen Glühwein ein und blieb schweigend neben ihm stehen, während er trank. Als er ihr mit barschen Dankesworten den Pokal zurückgegeben hatte, verharrte er einen Moment lang unbeholfen und sah sie an, als wolle er ihr noch etwas sagen. Aber was immer es sein mochte, er besann sich jäh anders. Er wandte sich ab, rief seinen Männern ein paar Befehle zu und ließ Matilda allein beim Feuer zurück.

Am nächsten Tag verwandelte sich die Burg unter all den Behaglichkeiten, die Williams Troß mitgebracht hatte. Teppiche erschienen an den Wänden der großen Schlafkammer, und Kissen, feine Laken und Decken ersetzten das gröbere Zeug, das die Benediktiner aus dem Kloster Matilda geliehen hatten. Zwei Männer wurden eilends mit dem Sessel des Erzdiakons über den gewundenen Pfad zu seinem Haus nach Llanddeu geschickt.

Matilda führte die Burg weiter; entschlossen ließ sie die Haushaltsbediensteten ihres Gemahls einen nach dem anderen zu sich kommen und machte ihnen klar, daß sie zwar alle in ihren Pflichten fortfahren sollten, daß sie selbst aber die Absicht habe, als Herrin des Hauses ihre Tätigkeiten in Zukunft zu beaufsichtigen, und daß die Diener, die sie selbst eingestellt hatte, von nun an dazugehörten. Zu ihrer großen Enttäuschng war Jeanne nicht im Gefolge. Es widerstrebte ihr, William zu fragen, weshalb die alte Amme es vorgezogen habe, in Bramber zu bleiben. Daß sie aber in ihrem großen Bett insgeheim darüber weinte, konnte sie nicht verhindern. Sie hatte sich so sehr gewünscht, Jeanne bei sich zu haben, wenn das Kind zur Welt kam.

Von William sah sie wenig. Er war dauernd beschäftigt. Mal ritt er zu entlegenen Burgen hinaus, dann wieder schloß er sich mit seinen Sekretären ein und verfaßte endlose, weitschweifige Briefe, die seinen Schreibern, wie Hugh berichtete, so viel Arbeit bereiteten, daß William sie zusätzlich bezahlen mußte. Nachts schlief William in einer der oberen Kammern. Sie war inzwischen schwerfällig geworden, denn die Zeit der Niederkunft war nahe. Sie hatte befürchtet, er könne ihr seine Aufmerksamkeiten aufzwingen, da das Kind erst in zwei Monaten geboren werden würde, aber er blieb distanziert und höflich. Von Abergavenny sprachen sie nie, und alle ihre qualvollen, unausgesprochenen Fragen blieben unbeantwortet.

Es dauerte nicht lange, bis sie die kleine blonde Dienstmagd bemerkte, die so oft an der Seite ihres Gatten zu sehen war und die unablässig kicherte, während er ihr Schleckereien und Tand aufdrängte. »Er wird nicht frieren des Nachts, soviel ist sicher, Madame, wenn dieses Kätzchen ihn warmhält«, bemerkte Elen bissig, als sie sah, daß die Blicke ihrer Herrin dem Mädchen durch die Halle folgten. Matilda zwang sich zu einem Lächeln.

Gerald kam nicht mehr so oft. Die Kirchengeschäfte schienen ihn plötzlich stärker als zuvor in Anspruch zu nehmen. Williams Verwalter - Bernard - nahm ihr jetzt die Haushaltsbücher ab, und sie brauchte ihn nur zu beaufsichtigen und seine gelegentlichen Streitigkeiten mit Hugh zu schlichten.

Sanfte Juniwärme überwand schließlich die windigen Tage des Mai. Stundenlang hielt sie sich jetzt in dem kleinen Garten auf, den sie zwischen den Küchengebäuden und der Kapelle anlegte; sie pflegte die Setzlinge, die sie gepflanzt hatte, und jätete aufkommendes Unkraut. Ihre Zofen waren unablässig in ihrer Nähe; sie halfen ihr auf die Beine, wenn sie zu lange im Gras gekniet hatte und schimpften mit ihr, wenn sie sich die Finger mit Erde beschmutzt hatte. Niemals ließen sie sie allein, und manchmal fühlte sie sich von ihnen unerträglich bedrängt. Oft träumte sie davon, wie sie als Kind einsam durch die Berge gestreift war, weit weg von der drangvollen Enge der Burg, und nur mit Mühe gelang es ihr, ihren Mißmut nicht laut werden zu lassen.

»O Gott! Wann wird dieses Warten ein Ende haben?« Sie sah Margaret an. »Ich werde noch den Verstand verlieren. Wie können die Weiber das nur ertragen?«

Margaret schien entsetzt. »Es ist unsere Aufgabe, meine Lady. Wir müssen geduldig sein wie die Jungfrau Maria.«

»Die Jungfrau Maria war eine Heilige. Ich bin keine«, versetzte Matilda. Wütend zerrte sie an einer Windenranke. »Wenn dieser

Garten nicht wäre, würde ich mich vom Burgturm stürzen. Nie hätte ich mir träumen lassen, daß eine Schwangerschaft so gräßlich ist.«

Margaret senkte verlegen den Blick. »Meine Lady, es dauert ja nicht mehr sehr lange«, flüsterte sie beschwichtigend.

»Es hat lange genug gedauert. Jede weitere Minute ist zuviel. Und wir brauchen Regen für diese gottverlassenen Kräuter. Warum regnet es nicht?« Verärgert starrte sie zum klaren blauen Himmel hinauf, entschlossen, übler Laune zu sein. Nell und Elen schwatzten in der Nähe leise miteinander; sie hatten ihre Schleier vor die Gesichter gezogen, um sich vor der Sonne zu schützen.

Matilda legte Margaret eine Hand auf die Schulter und stemmte sich schwerfällig vom Boden hoch. Dann schüttelte sie ihre Röcke aus. Aus der Schmiede auf der anderen Seite des Burghofes drang Gehämmer, und sie hörte das Zischen eines Hufeisens, das in kaltes Wasser getaucht wurde. Sie schaute sich um, und der vertraute Anblick besänftigte sie einigermaßen. Erschöpft drückte sie sich die Hand ins Kreuz. Die Hebamme war bereits seit zwei Wochen in der Burg. Auch eine Amme für das Kind war gefunden; sie saß gerade auf den Stufen der Kapelle und stillte ihren eigenen Säugling.

Matilda warf ihre Schaufel auf den Boden und ließ sich neben Elen auf dem Mäuerchen nieder, das den Garten zur Hofseite hin abgrenzte. Es war auf Matildas Geheiß errichtet worden, um streunende Hunde und anderes Getier fernzuhalten und die zarten Pflänzchen vor den Hufen der aufgeregten Pferde zu schützen, aber es war auch als Sitz zu gebrauchen. Matilda sah dem Treiben im Burghof zu. Jenseits der Küchen stand eine Schar von Walisern, die eindringlich aufeinander einredeten; der erregte Rhythmus ihrer Sprache war durch das Hufgetrappel deutlich zu hören. Matilda lauschte der unverständlichen Musik ihrer Worte. Plötzlich verstummten alle und wandten ihre Aufmerksamkeit einem in ihrer Gruppe zu, der heftig gestikulierend in ihre Mitte getreten war. Sie drehten sich zu ihrer Überraschung alle nach ihr um. Sie sah, daß sie sich bekreuzigten und das Zeichen zum Schutz gegen den Bösen Blick machten.

»Was haben diese Leute?« fragte Matilda voller Unbehagen.

Elen folgte ihrem Blick und lächelte kläglich. »Sie werden von dem grünen Wasser sprechen, meine Lady. Ich habe es heute früh in der Halle gehört. Es ist Zauberei, sagen sie, und eine Botschaft von Gott.«

»Grünes Wasser?« Matilda hob die Brauen. »Davon habe ich nichts gehört. Erzähl's mir.«

»Es ist nichts, meine Lady. Törichter Tratsch, nichts weiter«, fiel Margaret hastig ein. »Es ist albern, Elen, so zu reden. Mägdegeschwätz.« Ihr rundes Gesicht hatte sich gerötet.

»Das ist es überhaupt nicht«, verteidigte Elen sich hitzig und fuhr sich mit der Hand über die unbezähmbaren Locken, die immer wieder unter ihrem Schleier hervorlugten, so sehr sie sich auch bemühte, sie zu bändigen. »Jeder hat heute früh davon gesprochen. Es ist schon einmal passiert, vor hundert Jahren, und damals war es eine Warnung von Gott: Er zürnte, weil ein schrecklicher Mord begangen worden war.« Die blauen Augen in dem sommersprossigen Gesicht weiteten sich bedeutungsschwer. »Es ist eine Warnung, das ist es.«

Matilda fröstelte, als habe sich der kalte Schatten der Berge ausgedehnt und über sie gelegt. »Wenn es eine Warnung ist«, sagte sie ruhig, »dann muß sie mir gelten. Wo ist dieses Wasser, Elen?«

»Es ist der Afon Llynfi, Madame, und der See von Llangorse, dem er entspringt, dort oben in den Schwarzen Bergen.« Hastig bekreuzigte sie sich. »Es heißt, das Wasser sei bis hinunter zum Wye so grün wie ein Smaragd und reißend wie der Teufel.«

Nell stieß ihrer Gefährtin wütend den Ellbogen in die Rippen. »Sei still«, zischte sie. »Es ist dumm, so zu reden, Elen. Das alles ist Unsinn. Da ist nichts weiter als Seegras. Hugh hat es selbst gesagt, das habe ich gehört. Er war unten in Glasbury, um es sich anzusehen.«

Matilda schien nichts gehört zu haben. »Es ist eine Warnung«, wisperte sie mit kalkweißem Gesicht. »Es ist eine Warnung, und sie betrifft mein Kind. Gott wird meinen Gemahl durch meinen Sohn für seine Grausamkeiten bestrafen.«

»Unfug, meine Lady. So etwas würde Gott nie einfallen«, erwiderte Margaret betont munter. »Es war nicht recht von Elen, solch törichte Worte vor Euren Ohren zu wiederholen.« Hinter Matildas Rücken bedachte sie Elen mit einem wütenden Blick. »Das alles entspringt der Phantasie dieser Leute. Sie sind nicht ganz richtig im Kopf.« Verachtungsvoll starrte sie zu der Gruppe der Waliser hinüber, die sich immer noch an die Küchenmauer drückte. »Und jetzt, meine Lady, kommt ihr herein und legt Euch vor dem Abendessen noch ein wenig hin. Ihr wart zu lange draußen an der Luft.«

Scheltend und schmeichelnd führten Margaret und Nell ihre Herrin zurück ins Halbdunkel der Burg. Elen folgte ihnen unbußfertig. Matilda legte sich nieder, wie sie es beharrlich verlangten, und schloß müde die Augen. Aber ihre Gedanken waren rastlos, sie kam einfach nicht zur Ruhe. Zum Abendessen ging sie nicht hinunter in die bevölkerte Halle, und endlich, als die Schatten länger wurden, die von Westen her über das Land fielen, schickte sie nach Gerald.

So beruhigend Margaret auch auf sie einredete, Matildas Aufregung nahm immer mehr zu, während sie auf den Pater wartete. Ihre Hände befingerten die Perlen des Rosenkranzes. »Heilige Maria, Mutter Gottes, verschone mein Kind! Ich flehe dich an, verschone mein Kind. Laß meinen Sohn nicht für Williams Bosheit büßen!« Die Gebete blieben ihr im Halse stecken, und erregt ging sie im Zimmer auf und ab.

Endlich hörte sie das gleichmäßige Klappern von Sandalen auf der Wendeltreppe. »Erzdiakon«, rief Matilda, ließ sich dann aber enttäuscht auf ihren Stuhl zurückfallen. Im Licht des Binsendochtes oben an der Treppe erkannte sie die gebeugte Gestalt von Pater Hugo.

»Ich bitte tausendmal um Entschuldigung, meine Lady«, murmelte er; allzu deutlich sah er ihre Enttäuschung. »Der Erzdiakon ist nicht in Llanddeu. Er mußte dringend nach St. David's reiten, da sein Onkel, der Bischof, gestorben ist. Ich dachte mir, vielleicht könnte auch ich Euch helfen . . .«

Er verstummte. Bang stand er vor ihr; mit sanftem, sorgenvollem Gesicht sah er die Zeichen der Not in den Augen seiner Herrin.

Matilda lächelte matt. »Braver Pater Hugo. Ihr seid immer so gütig zu mir.« Sie zögerte. »Vielleicht bin ich töricht, aber ich habe vom River Llynfi gehört, und nun empfinde ich Angst.« Sie senkte den Blick. »Viele Monate sind seit der Untat meines Mannes zu Abergavenny vergangen, und doch plagt sie mich immer noch im Traum. Ich hatte Angst, es könnte eine Warnung Gottes sein, daß mein Kind leiden wird.«

Hugo blickte sie einen Moment lang verwirrt an. Von dem Fluß hatte auch er reden hören, aber er wußte nichts Genaues, und so hatte er das Ganze als Geschwätz abgetan. Er zog die Brauen zusammen und überlegte, was dieser verzweifelten Frau am besten zu sagen war. Er hatte keine Erfahrung mit Weibern und dem, was sie umtrieb. Und so suchte er nach Worten, die den schmerzlichen Ausdruck in ihren Augen linderten.

»Seid ganz ruhig, meine Tochter. Gott würde keinen unschuldigen Säugling bestrafen. Das hat Euch der Erzdiakon schon gesagt.«

»Aber steht nicht geschrieben, die Sünden des Vaters werden heimsuchen das Kind?«

Er wußte zunächst nichts zu antworten. Dann beugte er sich nieder und tätschelte ihr unbeholfen die Hand. »Ich werde beten. Ich werde weiter um Eure unversehrte Niederkunft beten, wie ich es jeden Tag tue. Gott in seiner Gnade wird Euer Kind schonen, dessen bin ich sicher.« Er verbeugte sich und zögerte. Als sie schwieg, seufzte er, ging rückwärts hinaus, drehte sich um und stapfte die Treppe wieder hinunter.

In dieser Nacht schlief Matilda kaum. Sie warf sich auf der Matratze hin und her, den Blick auf das rechteckige Stück Sternenhimmel gerichtet, das durch das Fenster zu sehen war. Als endlich der Morgen graute, stand sie auf und setzte sich in die Fensternische. Sie starrte über das dunstige Tal und sah zu, wie der kühle Morgen über die Wälder kroch und sich auf die Ausläufer des Gebirges zuschob. Hinter ihr, in der heller werdenden Kammer, schlief Margaret, ohne sich zu rühren.

Sie saß auf dem Söller und bestickte den Saum eines kleinen Lakens für die leere Wiege an der Wand, als der Kaplan wieder die Treppe heraufgetappt kam und sich, vom Aufstieg außer Atem, vor ihr verbeugte. Als er ihr Gesicht mit den großen dunklen Ringen unter den Augen sah, fühlte er, daß ihn eine neue, unerwartete Woge von Mitgefühl überrollte.

»Was gibt es, Vater?« Sie lächelte sanft und ließ die Handarbeit in den Schoß sinken.

Voller Unbehagen verschränkte er die runzligen alten Hände. »Ich habe Euch gestern zu beten versprochen, meine Lady. Viele Stunden lang habe ich in der Kapelle gekniet und zu Christus und Sankt Nikolaus, unserem Schutzheiligen, gebetet.« Er verzog das Gesicht, als er an die Zugluft über den kalten Steinen dachte; trotz des strohgefüllten Betkissens waren seine rheumageplagten Knie geschwollen. »Dann schlief ich ein und hatte einen Traum. Ich glaube, er war die Antwort auf meine Gebete, meine Lady.« Er bekreuzigte sich. Matilda und Elen wechselten einen nervösen Blick und taten es ihm nach.

»Der Traum hat Euch verraten, warum der Fluß grün ist?« fragte Matilda fast ehrfurchtsvoll.

»Ich glaube es, Madame. Im Traum kam ein alter Mann zu mir und sagte, Christus sei äußerst verstimmt.« Er schluckte nervös.

Matilda stand auf, ohne auf ihre Handarbeit zu achten. Sie fiel auf die Binsenstreu. Matilda riß die Augen weit auf, unwillkürlich wanderte ihre rechte Hand auf ihren Leib. Ihr war plötzlich übel. »Warum?« wisperte sie. »Warum ist unser Herr verstimmt?«

»Der Grund ist etwas, das Sir William getan hat.« Der alte Mann sprach mit gedämpfter Stimme und schaute sich dabei um. »Aber es ist etwas, das er hier getan hat. Er hat einiges Vermögen für sich behalten, das für unsere Kapelle gestiftet worden war; es sollte zu ihrer Erhaltung und für Werke der Nächstenliebe verwendet werden, aber Sir William hat verhindert, daß das Geld an uns gelangte.«

Matilda starrte ihn an. »Wollt Ihr mir damit sagen, daß Sir William Kircheneigentum unterschlagen hat?« fragte sie schließlich.

Der Alte hob verzweifelt die Schultern.

Am liebsten hätte sie gelacht. »Und dieses Vergehen ist so groß, daß es die Bergwasser dazu bringt, ihre Farbe zu wechseln?« Sie wandte sich ab und wußte nicht, ob sie lachen oder weinen sollte. »Habt Ihr Sir William von diesem Traum erzählt?« erkundigte sie sich schließlich sanft.

Er schüttelte heftig den Kopf.

»Dann will ich es vorläufig auch nicht tun. Ich werde herauszufinden versuchen, ob er unberechtigt Geld einbehalten hat, das der Kapelle gebührt. Ich bin sicher, daß es sich um einen Irrtum handelt. Nie würde er etwas nehmen, was der Kirche gehört.«

Sie wartete, bis er gegangen war, bevor sie in Tränen und Gelächter ausbrach. »Ich wünschte, der Erzdiakon wäre hier, Elen. Er würde wissen, was zu tun ist«, sagte sie dann und seufzte. »Er würde Pater Hugos Traum deuten können und die Wahrheit über das Wasser des Flusses wissen.« Sie nahm ihr Nähzeug wieder an sich, das Elen von den Binsenmatten aufgehoben hatte, und setzte sich.

»Man sagt, meine Lady«, begann Elen vorsichtig. »Das heißt, die Stadtleute in Aberhonddu und in Hay sagen, daß der Fluß aus einem anderen Grund grünes Wasser trägt. Sie sagen, es geschehe, weil der König eine große Sünde begangen habe, als er Walter of Cliffords Tochter Rosamund zu seiner Geliebten machte und Königin Eleanor wieder verstieß.«

Sie warf Matilda einen pfiffigen Blick zu, und ihre blauen Augen in ihrem sommersprossigen Gesicht blitzten fröhlich. »Ich glaube, es liegt eher an den Sünden eines Königs als an denen eines seiner Untertanen, wenn die Wasser des Afon Uynfi die Farbe wechseln, meint ihr nicht auch?«

»Vermutlich.« Matilda trat an das schmale Fenster und schaute über das Tal. Regenböen fegten von den Bergen herüber, und der Duft der Erde stieg aus dem kleinen Garten im Burghof zu ihr herauf. Sie beugte sich hinaus und schnupperte genießerisch. »Ich hoffe und bete, daß deine Geschichte stimmt – oder die, die Pater Hugo erzählt; mir ist es gleich, welche. Solange die Warnung nicht mir gilt. Und wer weiß, vielleicht hatte Margaret recht. Vielleicht ist es wirklich nur Seegras.«

»Stinken tut's jedenfalls, Madame, sagt Hugh«, erzählte Elen munter. »Er meint, es kommt, weil es nicht geregnet hat; so einfach ist das. Und nun hat es ja heute angefangen zu regnen. So werden wir bald wissen, ob das Grüne verschwindet. Eure Pflanzen werden jedenfalls froh über den Regen sein, jawohl!«

»Rosamund Clifford«, flüsterte Sarah. »Meinen Sie, das war eine Vorfahrin von ihr?«

Bennet wandte den Blick von Jos Gesicht und sah plötzlich nachdenklich aus. »Ahnengedächtnis? Genetisch transferiert? Ich habe ein paar interessante Aufsätze über dieses Thema gelesen.« Er zuckte mit den Schultern. »Ich persönlich glaube nicht daran, aber wir werden sehen, welche Rolle diese Rosamund in der Geschichte spielt.« Er warf einen Blick auf die Uhr. »Ich sollte sie jetzt wecken.

Sie hat sechs Monate in ihrer Welt durchlebt, das reicht. Sie wirkt erschöpft.«

»Oh, warten Sie noch, Carl. Können wir nicht noch herausfinden, was aus dem Baby wird? Ich weiß, sie würde wollen, daß Sie danach fragen . . .« Sarah brach ab, denn hinter ihr öffnete sich die Tür.

Nick blickte ins Zimmer. Einen Augenblick lang sagte niemand ein Wort. Dann entdeckte Nick das Sofa, auf dem Jo lag. Er trat ein und schloß die Tür.

»Jo! Gott sei Dank, ich komme noch rechtzeitig!«

Carl Bennet erhob sich aufgebracht und nahm die Brille ab. »Sie können hier nicht einfach hereinkommen. Bitte gehen Sie! Wer sind Sie überhaupt?« Er ging auf Nick zu.

Nick sah Jo an. »Jo hat mich gebeten, zu kommen«, erklärte er. Zum erstenmal sah er Bennet an. »Mein Name ist Franklyn. Ich bin ein Freund von ihr.«

»Ich dachte, ich hätte Ihnen gesagt, Doktor Franklyn, daß Jo nicht möchte, daß Sie sich einmischen.« Bennet blieb vor Nick stehen und sah ihn streng an.

»Doktor Franklyn ist mein Bruder«, entgegnete Nick. »Jo, um Gottes willen, erkläre es doch.«

»Jo weiß nicht, daß Sie hier sind.« Bennet legte Nick die Hand auf die Schulter. »Sie ist in Tieftrance. Und jetzt muß ich Sie wirklich bitten, zu gehen . . .«

»Jo? Du lieber Gott, was haben Sie mit ihr angestellt, Sie Hund!« Nick fiel neben Jo auf die Knie und nahm sanft ihre Hand.

»Soll ich den Hausmeister rufen?« fragte Sarah leise. Ihre Hand lag bereits auf einem Klingelknopf neben der Tür. Bennet schüttelte den Kopf. Er seufzte. »Bitte, Mister Franklyn. Sie müssen gehen. Ich bin sicher, Sie verstehen, daß es gefährlich wäre, wenn Sie in diesem Stadium eingreifen würden.«

»Gefährlich?« Nick blickte Jo ins Gesicht. Ihre Augen sahen ihn ganz normal an, aber sie erkannte ihn nicht. »Sie hat geschworen, es sei nicht gefährlich. Und sie hat mich um meine Begleitung gebeten«, fuhr Nick fort. »Ich habe ihre Nachricht aber erst vor einer Stunde bekommen. Bitte lassen Sie mich hierbleiben.«

Der Blick ihrer Augen hatte sich verändert. Sie sah ihn nicht mehr an, sondern schienen durch ihn hindurchzugehen und ihre Schärfe zu wechseln. Ihre Pupillen weiteten sich rapide, als starre sie auf ein Fenster. Langsam ließ Nick ihre Hand los. Er wich ein paar Schritte zurück und setzte sich auf die Kante eines Sessels. »Wie gesagt«, beharrte er. »Ich lasse sie nicht aus den Augen.«

Jo warf sich plötzlich mit qualvollem Stöhnen auf dem Sofa hin und her. Ihre Finger zuckten, sie kratzte vier parallele Rillen in das weiche Leder der Polsterung.

»Heilige Mutter Gottes!« schrie sie. »Wo ist Jeanne? Warum kommt sie nicht?«

Einen Augenblick lang war es totenstill im Zimmer. Nick war schneeweiß geworden.

»Mach, daß es aufhört«, stöhnte Jo. »Bitte! Jemand soll machen, daß es aufhört.« Ihr Rücken krümmte sich hoch, sie packte eines der Samtkissen und drückte es verzweifelt an sich.

»Um Gottes willen, Carl, was ist passiert?« Sarah stand wie angewurzelt. »Holen Sie sie da raus. Wecken Sie sie, schnell!«

Bennet setzte sich neben Jo. »Meine Liebe, kannst du mich hören? Ich möchte, daß du mir zuhörst . . .« Mit einem Schmerzensschrei brach er ab, denn Jo hatte sich heftig an seine Hand geklammert. Ihr Gesicht war naß von Schweiß und Tränen.

»Haben Sie doch Erbarmen und wecken Sie sie!« rief Nick. »Was fehlt ihr denn?«

»Sie bekommt ein Kind.« Sarahs Stimme unterbrach ein neuerliches Stöhnen von Jo.

Nick überlief Gänsehaut. »Wecken Sie sie auf! Mann, rasch! Wollen Sie sie umbringen?« Er ballte die Fäuste, als Jo wieder schrie.

»Jo? Jo? Hörst du mich?« Bennet packte ihre wild um sich schlagenden Hände und hielt sie fest. »Die Geburt ist vorbei, Jo. Du fühlst keine Schmerzen mehr. Du wirst schlafen, Jo. Schlafen und ausruhen. Und wenn du ausgeruht hast, wirst du sanft aufwachen. Kannst du mich hören, Joanna? Jetzt schließe die Augen und ruhe dich aus . . .«

»Es dauert zu lange!« Elen sah Margaret angstvoll an. Behutsam fuhr sie mit einem mit Rosenwasser getränkten Tuch über Matildas Gesicht. »Um des lieben Jesu willen, können wir denn nichts tun, um ihr zu helfen?«

Beide sahen die Hebamme flehend an, die wieder einmal Matildas Leib unter dem blutbefleckten Linnen betastete. Sie war bewußtlos. Zwischen den Wehen übermannte sie schwarze Erschöpfung und zog sie hinunter in gesegnetes Vergessen, bis sich in reißender Qual ein neuerlicher Krampf erbarmungslos zusammenballte und sie schreiend ins Bewußtsein zurückkehren ließ.

»Ja, so! Er ist fast da, der Knabe.« Die Geburtshelferin hantierte unter dem Laken. »Noch einmal pressen, und noch einmal, mein Herzblatt, und alles ist vorbei. So ist's tapfer, jawohl.« Sie lächelte unerschütterlich, während sich Matildas Rücken in neuen, quälenden Krämpfen krümmte. Der Rosenkranz, den sie ihr in die Hand gedrückt hatten, zerriß, die Perlen rollten über den Boden. Entsetzt bekreuzigte sich Margaret, und es blieb Elen überlassen, ein Handtuch zu einem Seil zu drehen, damit Matilda es umklammern konnte, während sich ihr Leib in einem letzten verzweifelten Krampf seiner Bürde entledigte.

Einen Augenblick lang war es totenstill. Dann endlich entrang sich ein schwaches Jammern dem Fetzchen Leben, das zwischen Matildas Beinen lag. Matilda hörte es kaum. Wirbelnd versank sie in einem Schlaf der Erschöpfung.

»Ist er gesund?« Margaret spähte furchtsam auf das Kind, während die Hebamme die Nabelschnur durchtrennte. Keine von ihnen hatte auch nur einen Augenblick lang an Matildas Vorhersage gezweifelt, daß es ein Junge würde. Das Kind flatterte hilflos mit den winzigen Ärmchen und stieß noch einen Schrei aus. Es war makellos.

»Da, meine Lady! Seht nur, er ist so schön.« Sanft legte Elen ihr das Kind in die Arme. »Schaut ihn an. Er lächelt.«

Matilda riß sich zusammen und schob die Geburtshelferin beiseite, die versucht hatte, ihr den Leib zu massieren. Mühsam stemmte sie sich auf dem Ellenbogen hoch und nahm ihren ganzen Mut zusammen. Der Augenblick, vor dem sie sich gefürchtet hatte, war da. Äußerlich ruhig nahm sie das Kind und sah in das kleine, runzelige Gesicht. Einen Augenblick lang konnte sie kaum atmen; dann verspürte sie jäh eine seltsame Woge von Freude und schützender Liebe zu ihrem Erstgeborenen. Sie vergaß ihre Befürchtungen. Er war schön. Sie vergrub das Gesicht in dem Tuch, in das man ihn gewickelt hatte, dann sah sie ihren Sohn wieder an – die tiefblauen Augen, die feinen Wimpern, die Stupsnase und das gespitzte Mündchen. Noch während sie das Gesicht des Kindes betrachtete, lief es schwärzlich an. Wie gelähmt starrte sie auf die winzigen Züge, die sich in Todesqual verzerrten. Sie hörte, wie das Kind schrie und schrie. Es waren aber nicht Schreie eines Kindes, sondern die eines erwachsenen Mannes, die ihr in den Ohren gellten. In ihren Armen hielt sie kein weiches Tuch. Ihre Hände umklammerten Lumpen, und unter ihnen spürte sie die Knochen eines lebendigen Gerippes. Sie stieß es voller Abscheu von sich, sprang vom Bett und sank kraftlos in die Knie.

»Heilige Maria, Mutter Gottes, rette ihn und rette mich«, hauchte sie, und ihre Finger krallten sich krampfhaft in die Bettdecke. Langsam begann die Welt rings um sie her zu verschwimmen. Das große Bett schaukelte vor ihren Augen, und dann erfüllte ein tiefes Dröhnen ihre Ohren und übertönte alle anderen Geräusche.

»Jo! Es ist alles okay. Jo, bitte, Jo . . .« Er hob die schlaffe Gestalt auf und nahm sie in die Arme, barg ihren Kopf an seiner Brust.

»Lassen Sie sie, bitte.« Bennet kniete sich neben sie. »Ich will sie mir ansehen. Jo!« Er schnippte mit den Fingern vor ihrem Gesicht. »Hör auf mich, Joanna. Du wirst jetzt aufwachen. Hörst du mich. Jetzt!«

Einen Augenblick lang war es völlig still. Der Klang einer Polizeisirene, die durch die Marylebone Road heulte, brachte das zwanzigste Jahrhundert ins Zimmer zurück.

Jo regte sich. Sie schlug die Augen auf und sah Nick an. Die Spuren der Anstrengung und des Schmerzes verschwanden allmählich aus ihrem Gesicht, als sie sich aufrichtete.

»Jo? Ist alles in Ordnung?« fragte Nick sanft.

Joanna starrte im Zimmer umher; sie sah Bennet an, dann Sarah, die mit weißem Gesicht neben dem Schreibtisch stand. Dann kehrte ihr Blick wieder zu Nick zurück. Sie lächelte matt.

»Er ist tot, nicht?« fragte sie mit zitternder Stimme.

»Jo, Schatz!« Nick zog sie an sich und drückte sein Gesicht in ihr Haar. »Nichts ist geschehen. Niemand ist gestorben . . .«

Sie starrte ihn an. »Belügt mich nicht.« Ihre Stimme klang müde. »Ich will die Wahrheit wissen.« Ihr Blick ging plötzlich an Nick vorbei. »Erzdiakon?« Der Raum am Devonshire Place verblaßte, und sie spähte ans Ende des Bettes. Sie war wieder zugedeckt, aber die Laken waren inzwischen sauber. Draußen war es dunkel geworden, und ein Dutzend Fackeln erhellten das Gemach. Gerald hielt ein Kruzifix in der Hand und betete leise. Nur gelegentlich huschte sein Blick über ihr Gesicht.

»Das Kind ist tot.« Sie hörte ihre eigene Stimme, ein hohles Wispern in der Stille der Burg. Irgendwo in der Ferne heulte noch immer die Polizeisirene.

Gerald küßte das Kruzifix und schob es wieder in seinen Gürtel. Dann legte er ihr eine kühle Hand auf die Stirn. »Ganz und gar nicht«, antwortete er fröhlich. »Das Kind schreit kräftig. Ich habe es gesehen. Ein prächtiger gesunder Knabe, meine Lady; Ihr braucht nichts zu befürchten.« Seine ernsten Augen musterten sie. Er sah ihre fahle, feuchte Haut, und auch der schnelle, flache Atem entging ihm nicht. »Ihr habt ein wenig Fieber. Genug, um in Eurem überanstrengten Zustand den Geist ein wenig schweifen zu lassen; aber es steht nichts zu befürchten, weder für das Kind noch für Euch selbst. Ich habe befohlen, Euch Schlafwurz und Mohn zu bringen; das sollt Ihr nehmen. Wenn Ihr eine Nacht lang gut geschlafen habt, wird Euch das wieder auf die Beine bringen.«

Sie öffnete den Mund und wollte etwas sagen, aber er legte streng den Finger auf die Lippen und sprach einen Segen. Dann trat er beiseite und sah zu, wie Margaret, die selbst blaß und mitgenommen aussah, ihr den Schlaftrunk reichte. Danach ließ sich Matilda erschöpft zurücksinken.

»Mit wem hat sie da gesprochen?« Nick überlief eine unbehagliche Gänsehaut.

»Sie hat immer noch ihren Erzdiakon gesehen«, meinte Bennet langsam. »Er muß mit ihr gesprochen, sie getröstet haben. Sehen Sie sich die Farbe ihrer Wangen an; sie scheint zu schlafen ...« Behutsam faßte er nach ihrem Handgelenk und fühlte den Puls.

Sarah deckte sie mit einer Wolldecke zu, und einen Augenblick lang standen alle da und schauten sie an. Bennet nahm die Brille ab. Seine Hände zitterten. »Den Brandy, Sarah, wenn Sie so nett sein wollten.«

»Hoffentlich sind Sie zufrieden«, fuhr Nick ihn an. »War Ihnen denn nach dem letzten Mal nicht klar, wie verwundbar sie ist? Sind Sie nicht auf den Trichter gekommen, daß es vielleicht gefährlich sein könnte, mit dieser . . . dieser lächerlichen Geschichte von Jos früherem Leben herumzuspielen? In Edinburgh wäre sie unter Hypnose beinahe gestorben. Hat mein Bruder Ihnen das nicht erzählt? Damals hat ihre Atmung ausgesetzt!« Er schlug sich mit der Faust in die flache Hand. »Und Sie gelten als angesehener Praktiker! Wenn Jo nicht genug Verstand hat, sich von Ihnen fernzuhalten, dann könnten doch wenigstens Sie nein sagen!«

»Nick?« Jos Stimme klang noch ziemlich schwach. »Nick. Schrei nicht so, bitte!«

Er fuhr herum. Mühsam richtete sie sich auf. »Es war nicht Carls Schuld. Bisher ist alles gut gelaufen. Aber dieses Baby zu bekommen . . .« Sie begann zu weinen.

Sarah näherte sich Jo auf Zehenspitzen. »Hier, trinken Sie. Es wird Sie zu sich bringen.« Sie schloß Jos Finger um das Glas und half ihr, es zum Mund zu führen.

»Es stimmt doch, daß es meinem Baby gutgeht, oder?« fragte Jo.

Nick und Bennet sahen einander an.

»Jo.« Bennet nahm ihre Hände.

»Was ist passiert? Was ist los? Es war eine Art Halluzination, oder? Wie er sich in meinen Armen veränderte. Das war nicht real. Warum sagt ihr nichts? Meinem Baby geht es doch gut, oder?«

Bennet schluckte. Noch immer hielt er ihre Hände. »Jo, meine Liebe. Es gibt kein Baby. Das war alles in der Vergangenheit. Eine andere Welt. Eine andere Zeit. Eine andere Person. Hier gibt es kein Baby.« Sein Gesicht war voller Mitgefühl.

»Aber ich habe ihn geboren! Ich habe ihn im Arm gehalten . . .« Jo weinte hemmungslos. »Er war hier . . . in meinen Armen.«

»Jo, das Erlebnis war so real für Sie, daß Sie sich nur schwer vorstellen können, es sei nicht geschehen. Aber Sie müssen versuchen, die Dinge in die richtige Perspektive zu setzen.«

Bennet wandte sich an Nick. »Ist zu Hause jemand, der sich um sie kümmern kann?«

Nick nickte. »Ich werde da sein.«

»Dann schlage ich vor, daß Sie sie nach Hause und ins Bett bringen. Sie muß sich ausschlafen, weiter braucht sie nichts. Ich verschreibe ihr etwas.« Er griff in die Schreibtischschublade nach seinem Rezeptblock. »Sie haben davon gesprochen, daß sie unter Hypnose einmal fast gestorben wäre. Wissen Sie über die näheren Umstände Bescheid? Mir hat sie davon nichts gesagt, und Ihr Bruder auch nicht.«

»Jo weiß es nicht.« Nick warf einen Blick zu Jo hinüber und senkte die Stimme. »Ich denke, Sie sollten mit Sam reden. Er war dabei.«

»Doktor Franklyn hat versucht, mit mir Kontakt aufzunehmen.« Bennet runzelte die Stirn. »Aber Joanna sagte, ich solle nicht mit ihm sprechen. Ich hatte zwar den Verdacht, daß da etwas passiert sein mußte, obgleich sie es bestritt . . . Aber doch nicht so etwas!« Er fuhr sich mit den Fingern durchs Haar.

»Es ist offensichtlich Zeit, daß Sie und Sam sich zusammensetzen. Sind Sie sicher, daß Jo wirklich nichts fehlt?«

»Ich gebe Ihnen meine Privatnummer. Falls übers Wochenende etwas passiert, was Sie beunruhigt, rufen Sie mich an. Am Montag muß ich für zehn Tage nach Chicago. Das läßt sich nicht vermeiden, aber ich kann Ihnen den Namen eines Kollegen geben . . .«

»Lassen Sie nur.« Nick stand auf. »Sie wird weiter niemanden brauchen. Ich kümmere mich um sie.«

Es dauerte noch eine Stunde, bis Jo gehen konnte. Mit Sarahs Hilfe brachte Nick sie langsam zum wartenden Taxi. Drinnen lehnte er sich zurück und legte ihr einen Arm um die Schultern.

»Fühlst du dich jetzt okay?«

Sie rückte ein Stück von ihm weg. »Mir geht es gut. Tut mir leid. Ich hab mich wohl zum Narren gemacht.«

»Das war kaum deine Schuld.« Er sah aus dem Fenster. »Ich habe den Fahrer gebeten, an einer Nachtdienst-Apotheke zu halten.«

»Wieso?«

»Bennet hat dir etwas aufgeschrieben, damit du heute nacht besser schlafen kannst.« Er suchte in seiner Tasche nach dem Rezept.

Jo riß es ihm aus der Hand. »Du weißt, was ich von Schlaftabletten halte, Nick. Sag dem Fahrer, ich möchte geradewegs nach Cornwall Gardens. Da kannst du mich absetzen und dann weiter zu Judy fahren.«

»Jo.« Nick machte ein vorwurfsvolles Gesicht.

»Na, da warst du doch vermutlich. Sie ist der einzige Mensch, der wußte, was ich heute nachmittag vorhatte. Ich weiß eigentlich gar nicht, weshalb ich es ihr erzählt habe.« Müde schloß sie die Augen.

»Du hast es ihr erzählt, weil du mich bei dir haben wolltest«, sagte Nick sanft.

Jo schwieg.

Als sie in ihrer Wohnung angekommen waren, führte er sie behutsam zum Sofa. »Soll ich Sam anrufen, Jo?«

»Nein!« Mit Mühe setzte sie sich wieder auf. »Mir geht es ganz gut, Nick. Ich werde ein Bad nehmen, und dann lege ich mich ins Bett. Du brauchst nicht zu bleiben. Wirklich nicht.« Sie warf ihm einen Blick zu. Bei Bennet und im Taxi war sie froh gewesen, ihn bei sich zu haben. Aber als er den Arm um sie gelegt hatte, war irgend etwas geschehen. Sie wäre vor Angst fast vergangen. Doch die Panik war so schnell vergangen, wie sie gekommen war. Sie schluckte. »Bitte, Nick. Ich möchte allein sein.«

»Laß mich wenigstens bleiben, bis du im Bett bist«, bat er. »Ich werde nicht in deine Nähe kommen, das verspreche ich dir. Aber ich sollte wirklich hierbleiben. Nimm nur einmal an, du wirst in der Wanne ohnmächtig.«

Jo zögerte. »Okay«, räumte sie dann widerwillig ein. »Danke.«

Als sie endlich im Bett lag, versuchte er es erneut. »Laß mich nebenan auf dem Sofa schlafen.«

»Nein, Nick. Vielen Dank, nein.«

»Willst du dir nicht auf dem Tonband anhören, was passiert ist?«

»Nein. Ich werde schlafen. Mach dir keine Sorgen um mich, Nick.«

Nick sah sie einen Moment lang an und zuckte dann mit den Schultern. »Gut. Ich bin dann zu Hause. Versprichst du mir, daß du mich anrufst, wenn du mich brauchst?«

»Ich verspreche es. Und jetzt geh, bitte.«

Regungslos blieb sie sitzen, bis sie endlich hörte, daß die Tür hinter ihm ins Schloß fiel. Dann sank sie in die Kissen und ließ ihren Tränen freien Lauf. Wie hätte sie ihm sagen können, wie sehr sie sich danach sehnte, daß er blieb? Und daß sie sich doch vor ihm fürchtete?

Sie ließ die Nachttischlampe brennen; völlige Dunkelheit hätte sie nicht ertragen. Die Nacht vor ihrem Fenster war heiß und stickig. Langsam leerten sich die Pubs in der Gloucester Road; Geplauder und Lachen hallte herauf, als die Menschen durch den schwindelerregenden Zauber einer Londoner Sommernacht nach Hause schlenderten. Ruhelos wälzte sich Jo in den Kissen. Auf der Straße wurde es langsam ruhig. Eine leise Brise, die Malvenduft aus dem Garten des Kensington Palace herübertrug, bewegte die Vorhänge. Irgendwo schrie eine Katze.

Jo lag auf der Seite, und sie hatte die Arme um das Kopfkissen geschlungen.

Es begann gerade zu dämmern, als sie erwachte. Einen Augenblick lang wußte sie nicht, was sie geweckt hatte. Die Lampe neben ihrem Bett brannte noch, und draußen, zwischen den Vorhängen, sah sie das fahle Licht des Morgens über den Dächern heraufdämmern. Dann hörte sie es wieder. Das hungrige Weinen ihres Babys.

Gähnend setzte sie sich auf, strich sich das Haar zurück und wandte sich langsam der Wiege zu, die auf der anderen Seite des Bettes stand.

15

Es war nicht da. Das Zimmer war still und leer. Einen Augenblick lang saß sie ratlos da, ohne sich zu rühren. Dann erinnerte sie sich allmählich und warf sich mit einem Seufzer zurück auf die Kissen. Tränen liefen ihr über die Wangen. Trostlos leer empfand sie ihre Arme, schmerzend vor Einsamkeit. Es war, als wäre ihr ein Teil ihrer selbst genommen worden. Das Kind mit seinem weichen Haarflaum, den winzigen bewimperten Lidern und den hellblauen Wickeltüchern, die seine kleinen Fäustchen fesselten, als es in ihren Armen gelegen und sie mit so viel Liebe und Vertrauen angeschaut hatte. »O Gott!« Sie vergrub das Gesicht im Kopfkissen. »Es war ein Traum. Ein dummer, gottverdammter Traum!« Auf dem Nachttisch tastete sie nach der Uhr und sah auf das Zifferblatt. Es war halb fünf.

Ihr war elend zumute. Sie fröstelte, und von Minute zu Minute wurde ihr kälter. Jetzt bereute sie inständig, daß sie Nick fortgeschickt hatte. Sie brauchte jemanden, mit dem sie reden konnte. Sie hatte rasende Kopfschmerzen, und die Brüste taten ihr weh. Sie verschränkte die Arme, um das unangenehme Gefühl zu lindern, und spürte plötzlich kühle Nässe vorn an ihrem Nachthemd. Entsetzt sprang sie aus dem Bett, lief ins Bad, schaltete das Licht ein, streifte die schmalen Träger herunter und ließ das dünne Baumwollnachthemd zu Boden gleiten. Ihre Brüste waren voll, straff und von blauen Äderchen überzogen. Noch während sie, fasziniert vor Entsetzen, ihr Spiegelbild anstarrte, sah sie, daß sich an der linken Brustwarze ein Tropfen Flüssigkeit bildete.

Verzweifelt kämpfte sie gegen die Tränen, während sie ihren Bademantel vom Haken nahm und ihn sich um die Schultern legte. Sie verknotete den Gürtel, tastete sich ins Wohnzimmer und griff nach dem Telephonhörer.

Ihre Hand zitterte so heftig, daß sie kaum die Nummer wählen konnte, aber endlich hörte sie das Freizeichen. Es dauerte ein paar Sekunden, bis sich eine Stimme meldete.

»Nick! O Nick, bitte komm her. Bitte!«

»Jo? Bist du das?« Die Stimme am anderen Ende war sehr leise. Sie gehörte Sam. »Was ist denn los?«

Jo atmete tief durch. »Es tut mir leid, daß ich dich geweckt habe, Sam. Kann ich Nick sprechen, bitte?«

Nach einer kurzen Pause hörte sie seine Stimme wieder. »Er ist nicht da, Jo. Stimmt etwas nicht?«

»Nicht da?« wiederholte sie verzweifelt.

»Leider nicht. Was ist denn los? Du klingst, als hättest du Angst. Ist etwas passiert? Erzähl schon, Jo.«

»Sam, kannst du herkommen?«

Er stellte keine weiteren Fragen. »In einer Viertelstunde bin ich da«, versprach er und legte auf.

Zusammengekauert hockte Jo auf dem Rand des Sessels und wiegte sich sanft hin und her; erst als sie auf der stillen Straße das Geräusch eines Taxis hörte, raffte sie sich auf und drückte auf den Türöffner.

Sam kam heraufgehastet.

»Was ist, Jo? Bist du krank?« Er schloß die Tür hinter sich, blieb stehen und musterte sie. Es durchzuckte sie schmerzlich, daß er eines von Nicks Jacketts über seinem dunklen Rollkragenpulli trug.

Sie ist schöner denn je, ging es ihm durch den Kopf – mit ihren langen, dunklen Haaren über dem Weiß ihres Bademantels, mit dem bleichen Gesicht und den riesigen Augen.

»Nick hat gesagt, er fährt nach Hause«, stammelte sie. »Er hat gesagt, ich könne ihn anrufen.«

»Ich bin froh, daß du es getan hast.« Sam bugsierte sie ins Wohnzimmer und zu einem Sessel. »Und jetzt erzähle mir, was eigentlich los ist.«

Stockend berichtete Jo von ihrem Besuch bei Bennet. Sie erwartete einen Zornausbruch, aber er schwieg. »Vielleicht wußte er, was geschehen würde. Er verschrieb mir Schlaftabletten, aber ich nehme nie welche. Nick wollte bleiben, aber ich ließ es nicht zu. Vermutlich ist er deshalb doch zu Judy zurückgefahren.« Sie betrachtete ihre Hände.

Sam schwieg und betrachtete aufmerksam ihr Gesicht.

»Dann bin ich aufgewacht«, fuhr sie nach einem tiefen Seufzer fort. »Das Baby hat geweint und mich geweckt . . . William sollte er heißen, wie sein Vater und dessen Vater, aber er war nicht da.« Ihre Stimme schwankte. »Und dann habe ich gemerkt . . .« Sie brach ab. »Ich habe gemerkt, daß ich . . .« Wieder stockte sie, plötzlich verlegen. Stumm hob sie die Hände an die Brüste.

Sam hatte sich ihr gegenüber auf der Armlehne eines anderen Sessels niedergelassen. »Ich bin Arzt, Jo«, sagte er leise. »Du produzierst ein bißchen Milch, stimmt's?«

Sie nickte errötend. Er lächelte und stand auf. »Darf ich mal sehen?« Behutsam schob er den Bademantel auseinander und betrachtete ihre Brüste. Er berührte eine leicht und schloß den Bademantel. Er lächelte wieder. »Das ist kein Grund zur Sorge, Jo. Spontane Laktation ist zwar ungewöhnlich, aber man hat schon davon gehört. Es wird ein oder zwei Tage ziemlich unbehaglich sein, aber dann läßt es wieder nach. Stopf dir einfach ein paar Zellstofftücher in den BH.« Er ging zum Tisch und griff nach der Whisky-Flasche. »Ich hole Gläser, ja?«

Sie folgte ihm in die Küche und zog ihren Gürtel fester. »Aber wie ist das möglich?« fragte sie heiser. »Ist das auch eine von deinen physischen Reaktionen . . . wie das mit meinen Händen?« Sie nahm das Glas und nippte an dem Whisky.

»Vermutlich. In gewisser Weise. Offensichtlich hast du gestern das gesamte emotionale Trauma einer Entbindung durchlebt. Bei manchen Frauen dürfte das ausreichen, die Drüsen zu stimulieren. Die Brust ist viel verzwickter, als den meisten Menschen klar ist. Nicht immer ist Schwangerschaft und Entbindung nötig, um sie in Funktion zu versetzen. Es ist durchaus vorgekommen, daß Adoptivmütter Milch für ihre Babies produzierten. Jedenfalls brauchst du dir darüber keine Sorgen zu machen. Kümmere dich nicht weiter darum, dann wird es sich in ein oder zwei Tagen von selbst geben.« Er goß ihr Whisky nach. Seine Hand zitterte leicht.

»Unser Hund hatte mal eine Scheinschwangerschaft als ich noch klein war. Ist das bei mir ähnlich?« Sie brachte ein Grinsen zustande.

Er lachte. »In etwa. Aber ich nehme nicht an, daß du kleine Hunde zur Welt bringen wirst.«

»Bist du sicher, daß Nick nicht zu Hause war?« Ihr Lächeln war schon wieder verschwunden. »Hast du in seinem Schlafzimmer nachgesehen?« Sie ging ruhelos durch die kleine Küche. »Ich liebe ihn immer noch, Sam. Das ist das Dumme. Ich liebe ihn.« Vor der Spüle blieb sie stehen und betrachtete die rosa Geranie in ihrem Topf auf der Abtropfplatte. Geistesabwesend beugte sie sich vor und zupfte ein welkes Blatt ab, und so sah sie Sams Gesicht nicht. Die Sehnen an seinem Hals wölbten sich und sein Blick war starr.

Mit leisem Lachen fuhr sie fort: »Du wirst ihm doch nicht verraten, daß ich das gesagt habe, oder?«

»Nein, Jo.« Er schüttelte den Kopf. »Ich werde es ihm nicht verraten. Das verspreche ich dir.«

Sam pfiff leise vor sich hin. Er nickte dem Hausmeister in Lynwood House grüßend zu und betrat den Aufzug. Es war noch nicht einmal acht Uhr. Er öffnete die Tür zum Apartment und lauschte.

»Du warst früh unterwegs.« Nick kam aus dem Bad, den Rasierapparat in der Hand. »Gieß uns einen Saft ein, ja? Ich bin gleich draußen.«

Sam lächelte. »Wie du befiehlst, Brüderchen. Ich nehme an, du hast gut geschlafen?« Er zog Nicks Jackett aus und hängte es auf.

Nick sah auf die Uhr. »Ich will Jo anrufen und sehen, ob es ihr gut geht. Ich hatte fast damit gerechnet, daß sie heute nacht anrufen würde . . .«

»Nein!« unterbrach Sam scharf. Er nahm den *Daily Telegraph* aus der Jackettasche und überflog die Schlagzeilen. »Laß sie in Frieden, Nicholas. Wenn alles das stimmt, was du mir gestern abend über ihre Sitzung mit Bennet erzählt hast, dann solltest du sie nicht so früh stören.«

Nick zog den Stecker des Rasierapparates aus der Dose. »Ich nehme an, du hast recht . . .«

»Ich weiß, daß ich recht habe.« Sam sah kurz von seiner Zeitung auf und bedachte seinen Bruder mit einem durchbohrenden Blick. »Ich schlage vor, du fährst heute zu Mutter, wie vereinbart, und läßt Jo ein paar Tage lang in Ruhe. Sie weiß doch, daß du verreist?«

Nick hob die Schultern. Er knöpfte sich das Hemd zu. »Schottland kann ich nicht absagen, aber die Reise nach Frankreich könnte ich verschieben.«

»Tu's nicht.« Sam ging in die Küche und suchte auf dem Regal nach der Kaffeedose. »Es lohnt sich nicht. Jo hat keinen Zweifel daran gelassen, daß es zwischen euch beiden aus ist. Du solltest wegen einer vorübergehenden Gefühlsanwandlung nicht alles wieder aufrühren. Du würdest das arme Mädchen nur noch neurotischer machen, als es ohnehin schon ist.«

»Warum hat sie mich dann gestern gebeten, mitzukommen?« Nick war ihm in die Küche gefolgt und stopfte sich das Hemd in den Hosenbund.

»Hat sie denn?«

Sam angelte Brot aus dem Kasten und fütterte den Toaster. »Hast du Marmelade? Ich hab keine finden können.«

Nick setzte sich an den Küchentisch, griff nach der Zeitung, starrte auf die Seiten, las aber nicht. »Aber sie sollte nicht allein sein, Sam«, meinte er schließlich.

»Wird sie auch nicht«, erklärte Sam. »Ich rufe sie nachher an. Vergiß nicht, ich bin ebenso Arzt wie Freund. Ich werde mich vergewissern, daß es ihr gut geht.«

»Du rufst mich an, wenn sie mich sehen will?«

»Sie wird dich nicht sehen wollen, Nicholas. Das solltest du in deinen Dickschädel kriegen, bevor du wirklich zu leiden beginnst.«

Judy starrte mürrisch durch das indigoblaue Fenster der Bar hinaus auf die regennasse Pimlico Road. »Ich habe mich bei Ihnen noch nicht für den guten Artikel bedankt«, sagte sie schließlich zu Pete

Leveson, der ihr gegenübersaß, und kehrte dem Fenster den Rücken zu. »Ich habe es mit Sicherheit Ihnen zu verdanken, daß die Ausstellung so gut gelaufen ist.«

»Unsinn. Sie haben den Erfolg verdient.«

Pete betrachtete sie aufmerksam. Er sah die Falten der Anspannung und den stumpfen Blick ihrer Augen. »Jetzt ist irgendwie die Luft raus, wo alles vorbei ist, oder?« meinte er vorsichtig.

Judy seufzte. Sie hob ihr Glas und starrte mit sichtlichem Widerwillen um sich. »Ja, wahrscheinlich.«

»Und wie geht es Nick?« fragte er beiläufig.

Ihr Gesicht rötete sich. »Er ist geschäftlich in Schottland.«

»Und Jo? Schnuppert immer noch auf paranormalem Gebiet herum?«

Judy trank ihren Buck's Fizz und fragte: »Sagt Ihnen der Name Carl Bennet irgend was?«

Pete hob eine Augenbraue. »Möglich. Wieso?«

»Am Freitag nachmittag ist Jo zu ihm gegangen, und schon diese Vorstellung jagte Nick einen tödlichen Schrecken ein. Er hetzte ihr nach, als hätte sie sich mit dem Teufel zum Tee verabredet. Kann ich noch so einen haben?«

Pete hob die Hand und winkte der Kellnerin, ohne Judy aus den Augen zu lassen. Er bestellte und warf eine Fünf-Pfund-Note auf den Tisch. »Bennet ist Hypnosetherapeut«, sagte er. »Einer der besten, glaube ich. Unter anderem führt er Menschen in ihre früheren Existenzen zurück, um auf diese Weise sonst unheilbare Phobien behandeln zu können.«

Judys Unterkiefer klappte herunter. »Sie meinen, das macht der mit? Himmel! Sie glauben doch nicht etwa an solche Sachen, oder?«

»Sie auch nicht, wenn ich Sie recht verstehe.« Pete grinste.

»Nein, allerdings nicht! Kein Wunder, daß sich Nick um ihren Verstand sorgt. Wer an sowas glaubt, braucht doch einen Jagdschein. Kein Wunder, daß sie ausflippte, als ich ihr erzählte, Sam habe gesagt, sie sei schizophren.«

Pete lehnte sich zurück; er beobachtete sie weiter aufmerksam. »Sam recherchiert, Judy«, sagte er tolerant.

Judy lachte wieder. Der dritte Buck's Fizz auf leeren Magen stieg ihr zu Kopf. »Ich muß mich doch vor Ihnen nicht hüten, oder?« fragte sie scherzhaft. »Oder glauben Sie, hier sitzt ein Klatschkolumnist mit am Tisch?« Sie warf ihm unter langen Wimpern einen provozierenden Blick zu. »Sie hatten mal was mit Jo, stimmt's?«

Pete lehnte sich noch weiter zurück. »Ich glaube, das ist kein Geheimnis.«

»Und Sie haben sie immer noch gern. Wie anscheinend jeder, der mal eine Affäre mit Jo hatte. Was für eine liebenswerte Person muß sie doch sein!« fügte sie ironisch hinzu. »Na, warum finden *Sie* nicht heraus, was sie wirklich treibt? Es würde doch sicher 'ne gute Story abgeben.«

»Jo schreibt selbst eine Story, Judy.«

»Es ist doch klar, daß Ihre Story eine ganz andere wäre, oder?« Sie umrundete mit dem Finger den Rand ihres Glases und leckte ihn demonstrativ ab. »Aus Ihrer Feder wäre sie viel ... sensationeller!«

Sie hatte große Augen – hellgrau, mit leuchtenden Streifen in der Iris und von tizianroten Wimpern umrahmt. Pete betrachtete sie ein Weilchen und dachte über ihre Worte nach. Jo war eine Freundin und er hatte sie immer noch gern – aber eine Story, wenn es überhaupt eine würde, könnte ihr doch nicht weh tun. Im Gegenteil, sie würde ein Gegengewicht zu der Geschichte in der *Mail* sein. Warum sollte er sie nicht auch an die *Mail* verkaufen? Ihnen die richtige Version dieser Sache geben? »Sensationell« hatte Judy gesagt. Das war ein Wort, dem Pete nicht widerstehen konnte.

Er beugte sich vor, legte seine Hand auf Judys Finger und drückte sanft zu. »Soll ich Ihnen nicht noch einen bestellen?« fragte er leise. »Später bringe ich Sie nach Hause, und wir unterhalten uns noch ein bißchen ausführlicher über die Sache.«

Zwei Tage später klingelte Dorothy Franklyn an der Wohnungstür in Lynwood House. »Hoffentlich störe ich nicht, Sam, Lieber. Ich wollte dich so gern sehen, bevor du wieder nach Schottland fährst.« Sie ließ drei grüngoldene Harrods-Tüten auf den Boden fallen, richtete sich auf und sah ihn einen Moment lang an. Sie reckte sich, gab ihm einen Kuß und fuhr ihm zärtlich durch die Haare, bevor sie an ihm vorbei ins Wohnzimmer ging. »Wann fährst du?«

Sam folgte ihr. »Ich habe noch ein paar Dinge in London zu erledigen, und Nick meinte, ich könnte die Wohnung benutzen, während er in Frankreich ist. Ich werde also noch ungefähr eine Woche hier sein.« Er ließ sich in einen Sessel fallen und sah zu ihr auf. »Du siehst gut aus, Ma.«

Sie lächelte. »Danke, mein Junge«, sagte sie. »Und jetzt erzähl, wie geht es Jo?«

Sam hob eine Augenbraue. »Was hat Nick denn gesagt?«

»Genug, um mich sehr zu beunruhigen. Diese Reinkarnationsgeschichte, Sam – das ist doch alles Unfug, oder? Das Ganze gefällt mir nicht. Es gefiel mir schon nicht, als du mit diesem unheimlichen Cohen an deiner Dissertation gearbeitet hast, und es gefällt mir heute keinen Deut besser. Ich halte so etwas für gefährlich. Es hat nicht das geringste mit Medizin oder Wissenschaft zu tun. Wenn ich mir vorstelle, daß sich Jo auf solchen Humbug eingelassen hat!« Sie erschauerte. »Kannst du da nicht etwas tun, Sam?«

Sam blickte aus dem Fenster. In der Ferne sah er den massiven Stau auf der Park Lane. »Ich bin nicht sicher, daß ich das kann«, sagte er schließlich. »Ich glaube, Jo steckt bereits zu tief drin, als daß sie sich da noch herauswinden könnte, selbst wenn sie wollte. Ich denke, wir haben es mit einem echten Fall von totaler Erinnerung an eine frühere Inkarnation zu tun. Es gibt zu viele Fakten, zu viele Details.« Er seufzte. »Zu viele Kleinigkeiten, die genau ins Bild passen, Ma.« Er betrachtete die Bücher auf dem Tisch. »Ich habe in der vergangenen Woche sehr angestrengt über all das nachgedacht. Als ich die Tonbandaufzeichnungen von Jos erster Regression hörte, wurde mir vieles klar. Ich sah mich gezwungen, meine Ansichten zu ändern. Jetzt glaube ich, es kommt vielleicht ab und zu vor, daß jemand - ein Mensch -, der in einem Leben etwas unerledigt gelassen oder vielleicht einen schrecklichen Fehler begangen hat, womöglich wiedergeboren wird und eine zweite Chance erhält.«

»Und du glaubst, Jo erhält diese zweite Chance?« Sie beobachtete ihn mit unergründlichem Gesichtsausdruck.

Sam lächelte. »Jo. Oder jemand anderes.«

»Das glaubst du doch nicht im Ernst?« fragte sie nach längerem Schweigen. »Daß es eine Art von karmabedingten Wiederholungsspielen gibt? Das ist eine orientalische Philosophie, Sam - ein Dekkel, der nicht gut auf europäische Töpfe paßt.« Sie machte erneut eine Pause. »Aber wie geht es Jo selbst, Sam? Nick war sehr besorgt. Vor allem, als du anriefst und ihm sagtest, sie wolle ihn nicht sehen, bevor er nach Frankreich fährt. Das hat sie doch gesagt?« Wieder beobachtete sie ihn aufmerksam.

»Was am letzten Freitag geschehen ist, hat ihr arg zugesetzt. Sie war ein bißchen verwirrt, hatte wohl das Gefühl, sich vor ihm ziemlich lächerlich gemacht zu haben. Wenn er zurückkommt, wird sich das alles gelegt haben. Dann werden beide froh sein, sich nicht getroffen und die Peinlichkeiten weiter ausgedehnt zu haben.«

»Diese Theorie, die du da hast«, sagte sie zögernd, »glaubt Jo auch daran?«

»Jo wehrt sich noch dagegen.« Sam runzelte die Stirn. »Und solange sie es nicht akzeptiert, ist es unwahrscheinlich, daß sie die weitergehende Implikation akzeptiert - daß nämlich auch andere mit ihr wiedergeboren worden sein müssen, um ihr Schicksal zusammen mit ihrem zu verwirklichen.«

»Du meinst also, daß Jo nicht die einzige ist.« Nachdenklich sah Dorothy Franklyn aus dem Fenster. »Glaubst du, daß Nick etwas damit zu tun hat?« Sie blickte ihn plötzlich durchdringend an. »Er war doch nicht auch jemand aus ihrem vergangenen Leben?«

»O doch. Nick hat etwas damit zu tun.« Sams Stimme hatte plötzlich alle Leichtigkeit verloren.

»Woher weißt du das?« fragte seine Mutter scharf. Sie setzte sich und stellte ihre Tasse auf den Couchtisch. »Und du? Bist du auch beteiligt?«

»Ich glaube es fast.« Sam setzte sich ihr gegenüber. »Verrückt, nicht wahr?« Er lächelte entwaffnend.

»Hast du irgendeinen Beweis für diese Theorie?«

»Einen Beweis?« Er sah sie verdutzt an. »Wie kann es dafür einen Beweis geben? Sei nicht dumm, Ma.«

»Ich meine – hat sich einer von euch beiden auch dieser Hypnosegeschichte unterzogen, um es herauszufinden?«

Er schüttelte den Kopf. »Manches weiß man auch so. Man erinnert sich . . .«

Sie erschauerte. »Du machst mir Gänsehaut, Sam! Noch nie im Leben hab ich einen solchen Unsinn gehört. Du läßt deine Phantasie mit dir durchgehen. Ich schlage vor, du fährst nach Schottland zurück und nimmst eine gute Dosis gesunden schottischen Menschenverstand zu dir!« Sie zögerte wieder. »Was glaubst du, wer du in ihrer Geschichte bist – oder warst?«

Sam lächelte. »Frag nicht, Ma. Ich finde, wir sollten nicht weiter darüber reden.« Sein Ton veränderte sich. »Was hast du gekauft? Willst du es mir nicht zeigen?«

Sie ließ sich nicht ablenken. »Gab es im Leben dieser Matilda viele Männer?«

Sam verzog das Gesicht. »Mindestens zwei. Wahrscheinlich drei.«

Dorothy beobachtete ihn aufmerksam. »Waren es Brüder?«

Er lachte wieder. »Nein, es waren keine Brüder! Jetzt komm, laß uns endlich damit aufhören.«

Aber sie fuhr gereizt fort: »Hast du Nick von deinen Hirngespinsten erzählt?«

»Nein.«

»Wirst du es tun?«

Sam zuckte mit den Schultern. »Kommt darauf an. Ich hielte es für besser, wenn Nick sich derzeit auf sein Werbegeschäft konzentrierte und auf diesen reizenden Rotschopf in Fulham. Es hat keinen Sinn, diese Dinge unnötig aufzurühren.«

»Das freut mich zu hören.« Dorothy erhob sich betont munter. »Sam, ich habe noch ein oder zwei Dinge zu erledigen, bevor mein Zug fährt.« Sie reckte sich, um ihn auf die Wange zu küssen. »Aber eines mußt du mir noch erzählen. Du sagst, du glaubst dich an Dinge aus der Vergangenheit zu erinnern. Das ist eine so seltsame, beängstigende Vorstellung. Woran erinnerst du dich?«

»Es war, als ich mir die Tonbandaufzeichnungen von Jos erster Regression anhörte«, antwortete er zögernd. »Ich habe mich an einen Ring erinnert. An einen Ring am Finger eines Mannes.« Er starrte an ihr vorbei. »Nach achthundert Jahren habe ich mich an diesen Ring erinnert.«

Es war gespenstisch still im Zimmer.

Dorothy fuhr sich unbehaglich mit der Zunge über die Lippen. »Weshalb?« flüsterte sie schließlich.

»Weil er mein Gast war. Und weil ich ihn ermordet habe.«

Es dauerte ein paar Tage, bis sich Jos Brüste besserten. Sie arbeitete verbissen, tippte ihre Aufzeichnungen ab und wandte jedes Gramm ihrer Willenskraft auf, um Carl Bennet und Matilda de Braose aus ihren Gedanken zu verbannen. Sie erledigte den Frühjahrsputz, füllte die Vorratsschränke auf, plante für das Wochenende eine Zugfahrt nach Suffolk, um den MG abzuholen, und mußte immer seltener die Zellstofftücher in ihrem BH erneuern. Sam hatte ihr gesagt, Nick sei in Frankreich. Darüber war sie froh. Nick war eine Komplikation, der sie sich im Moment nicht stellen konnte. Widerwillig aber pflichtbewußt schluckte sie jeden Abend eine der Schlaftabletten, die Sam ihr verschrieben hatte, ging um elf zu Bett und schlief tief. Unangenehm tief.

Sam sah sie nur noch einmal. Er untersuchte sie mit ruhiger Professionalität, fuhr ihr durchs Haar wie einem unartigen Kind und ging. Sie wünschte sich, er wäre länger geblieben.

Als Pete Leveson aus heiterem Himmel anrief, nahm sie seine Einladung zum Abendessen bereitwillig an. Er führte sie ins *Gasworks,* und sie spielten im großen, matt beleuchteten Empfangsraum mit den kunstvoll geschnitzten Figuren Schach, während sie auf ihren Tisch warteten. Pete beobachtete sie verstohlen, während er an seinem Gin-and-Tonic nippte. »Du siehst großartig aus, Jo. Wirklich großartig. Was macht die Arbeit?«

»Läuft eigentlich ziemlich gut.« Sie lächelte.

»Wie bist du mit Carl Bennet zurechtgekommen? Ich hoffe, meine Empfehlung hat etwas genützt.« Er versetzte einen Königsbauern, ohne den Blick von ihrem Gesicht zu wenden. Es nahm einen wachsamen Ausdruck an.

»Es war sehr interessant. Danke, Pete.«

Er wartete darauf, daß sie noch mehr sagte, aber sie schwieg.

»Hast du irgend etwas Erhellendes herausgefunden?« hakte er schließlich nach.

Sie griff nach ihrem Glas. »Die Patientin ist beim erstenmal gar nicht gekommen.«

»Beim erstenmal? Du warst also noch mal da? Hat er dich in Trance versetzt?« Hinterhältig verschob er einen ihrer Springer.

»Schon dreimal.« Gleichmütig stellte sie die Figur wieder auf ihren Platz und zog mit einem Läufer.

»Und?«

Sie lachte unbehaglich. »Wie es aussieht, habe ich ein *Alter ego*. Ich glaube zwar noch immer nicht, daß ich wiedergeboren bin, bringe es nicht über mich, das zu akzeptieren, aber diese Frau lebt da irgendwo in meinem Kopf ihr Leben, und es ist so real! In mancher Hinsicht realer als das Leben, das ich hier und jetzt führe.«

»Schach.« Pete leerte sein Glas. »Dein Schachspiel hat noch nie viel getaugt, Jo. Erzähl mir von ihr. Von dieser Lady, die in deinem Kopf lebt.«

Jo sah ihn an. »Du lachst mich nicht aus?«

»Nein. Ich finde die Vorstellung faszinierend. Ich finde sie romantisch und tröstlich. Falls man dieses Leben hier versaut, hat man noch eine Chance. Außerdem liegt da vielleicht ein Grund dafür, daß ich eine so unvernünftige Angst vor dem Wasser habe.«

Jo grinste. »Vielleicht hat dich deine Mutter in der Badewanne unter Wasser gleiten lassen.«

»Sie schwört, sie habe es nicht getan.« Pete hob die Hand und winkte dem jungen Mann, der im Hintergrund harrte und bestellte neue Drinks. »Also schieß los. Erzähl mir von deinem anderen Ich.«

Es war eine Erleichterung, darüber sprechen zu können. Entspannt und durch Petes ruhiges Interesse bestärkt, redete Jo. Sie tranken ihre Gläser leer und gingen zu ihrem Tisch im grottenhaften Dunkel des Restaurants. Dort fuhr sie mit ihrer Erzählung fort, behielt aber etwas für sich. Sie brachte es nicht über sich, das Kind zu erwähnen oder zu berichten, was sich nach der Geburt zugetragen hatte. Schließlich stieß Pete einen leisen Pfiff aus. »Mein Gott! Und du willst mir erzählen, daß du es dabei beläßt? Du möchtest nicht noch mal zurück?«

Jo schüttelte den Kopf. »Wenn ich noch einmal zurückgehe, werde ich noch tausendmal zurückgehen. Ich muß mich zwingen, die Sache fallenzulassen, Pete.«

»Warum? Was ist denn schlecht daran, zu wissen, was passiert ist? Um Himmels willen, Jo!« Er lächelte. »Ich würde nicht aufhören. Ich würde immer wieder zurückgehen, bis ich die ganze Story hätte – koste es, was es wolle. Zum Teufel mit der Frage, woher sie kommt. Ob sie nun ein Geist aus der Vergangenheit oder ein Teil deiner eigenen Persönlichkeit ist, der sich aus irgendeinem Grunde abspaltet, oder ob du es bist, in einer früheren Existenz – sie ist eine faszinierende Frau. Denk doch an die Leute, die sie vielleicht gekannt hat.«

Jo lächelte trocken. »Sie kannte König John.«

»Den bösen König Johann Ohneland?« Er wippte mit seinem Stuhl. »Was für eine Story wäre das, Jo! Stell dir vor, wenn du ihn durch sie interviewen könntest. Du kannst es nicht dabei belassen. Du mußt zurück und herausfinden, wie es weiterging.«

Judy stand unter der Dusche, als Sam am nächsten Morgen anrief. In ein Badetuch gewickelt, nahm sie den Hörer ab, schüttelte das nasse Haar. Wasser sammelte sich um ihre Füße zu einer Pfütze. Sie ließ das Handtuch fallen und stellte sich in den hellen Sonnenschein, der durch das Fenster hereinfiel.

»Ja, Doktor Franklyn, natürlich erinnere ich mich an Sie«, lächelte sie. »Was kann ich für Sie tun?«

Sam konnte das Lächeln am anderen Ende der Leitung förmlich sehen. »Ich möchte, daß Sie etwas für Nick tun«, sagte er langsam. »Er war ziemlich niedergeschlagen in der letzten Woche. Vermutlich ist Ihnen das auch nicht entgangen. Jetzt ist er in Frankreich, und er könnte dort sicherlich ein bißchen Gesellschaft gebrauchen. Nehmen wir an, ich gäbe Ihnen seine Adresse. Wie schnell könnten Sie in Heathrow sein?«

»Soll das heißen, er will, daß ich komme?« Judys Augen weiteten sich überrascht.

»Sagen wir, ich bin sicher, daß er sich freut, wenn Sie unerwartet auftauchten. Ich bin Nick einen Gefallen schuldig. Ich bezahle sogar das Ticket für Sie. Es ist ein Geschenk für Sie beide.«

Judy hob eine Augenbraue. »Das ist sehr nett von Ihnen, Doktor Franklyn, und ich würde mit Vergnügen fliegen.« Sie starrte auf ihre nackte Gestalt in dem großen Spiegel an der Wand vor ihr. »Man braucht mich nie zu überreden, nach Paris zu fliegen. Vor allem nicht, wenn das Ticket nichts kostet! Aber wenn ich nicht eine so unschuldige Seele wäre, müßte ich mich fragen, was der wahre Grund für diese plötzliche Philanthropie sein könnte.«

Sam lachte laut auf. »Dann bin ich froh, daß Sie eine so unschuldige Seele sind, Miss Curzon. Anders würden Sie mir nicht gefallen.«

Ceecliff holte Jo am Samstag früh in Sudbury ab und fuhr mit ihr in einem Land Rover älteren Baujahrs nach Hause. Die Sonne badete das alte Haus in ihren Strahlen, zum Garten hin standen alle Fenster offen, und Jo sah sich mit Erleichterung und ungeheurem Behagen um. Irgendwo tief im Innern hatte sie befürchtet, die Anspannung, die sie an jenem Wochenende vor zwei Wochen empfunden hatte, könnte zurückkehren.

Triumphierend holte Ceecliff eine Flasche Pimm's hervor. »Nick ist in Frankreich, sagst du?« Sie schenkte zwei Gläser voll, und sie ließen sich unter der Weide nieder.

Jo nickte.

»Habt ihr euch vertragen, bevor er abreiste?«

»Ich nehme an, wir sind als Freunde auseinandergegangen«, meinte Jo vorsichtig. Was hätte es für einen Sinn gehabt, ihrer Großmutter zu erzählen, daß er sie in ihrer Wohnung zurückgelassen hatte und schnurstracks zu Judy gefahren war? Daß er nicht dagewesen war, als sie ihn gebraucht hatte, und daß sie einander seither nicht wiedergesehen hatten? Sie spürte den Blick ihrer Großmutter und zwang sich zu einem Lächeln. »Ich habe beschlossen, noch einmal zu dem Hypnotiseur zu gehen. Schluß mit der Hysterie und dem persönlichen Engagement. Nur um ganz obejektiv herauszufinden, wie es weiterging.«

Ceecliff schürzte die Lippen. »Das ist Wahnsinn, Jo. Wie um alles in der Welt kannst du objektiv sein? Wie könnte das überhaupt jemand?«

»Indem Doktor Bennet mir befiehlt, es zu sein. Das ist das Schöne an der Hypnose: Man tut, was einem gesagt wird. Er kann meinen Geist dazu bringen, alles auf Distanz zu mir zu halten.«

Ceecliff wirkte verdrossen. »Ich glaube, du bist naiv, Jo. Außergewöhnlich naiv.« Sie seufzte. Dann stemmte sie sich aus ihrem Gartensessel hoch und wandte sich dem Haus zu. »Aber ich weiß, es lohnt sich nicht, mit dir zu streiten. Warte, ich hole dir Reggies Unterlagen.«

Sie kehrte mit einem Aktenkoffer zurück. Er enthielt Papiere und Notizbücher.

»Ich denke, du solltest das haben, Jo. Die Clifford-Papiere. Nicht viel im Vergleich zu manchen Familienarchiven, aber doch besser als nichts. Das meiste stammt aus dem achtzehnten und neunzehnten Jahrhundert. Das kannst du dir irgendwann einmal in Ruhe ansehen. Hier. Das ist es, was ich dir zeigen wollte.«

Sie faltete einen alten Brief auseinander; das Wachs, mit dem er versiegelt worden war, klebte noch an der Rückseite, und das spinnwebhafte Gekrakel der Adresse war bräunlich verblichen.

Ehrfürchtig nahm Jo ihn entgegen und begann, die fremde, gestochen scharfe Handschrift zu lesen. Der Brief war vom 12. Juni 1812 datiert. Jo las ihn laut. »›Mein lieber Patenſohn und Neffe ... nein, der lange Buchstabe ist ein S; also ›Patensohn‹ ..., ›mit Interesse nahm ich Deine Bemerkungen über Clifford Castle bei Whitney-on-Wye zur Kenntnis, da auch ich es vor ein paar Jahren besuchte. Es ist mir nicht gelungen, eine familiäre Verbindung zu diesen Cliffords aufzuspüren. Rose Mundi wurde, wie du dich erinnern wirst, von der Gemahlin König Henrys II., der unbändigen Eleanor, vergiftet; wie sehr hätte ich mir gewünscht, eine Verwandtschaft zu einer so tragischen und romantischen Lady aufzuspüren. Es gibt indessen eine Legende, die uns mit Wales verknüpft. Ich habe nicht vermocht, irgendeine Bestätigung dafür zu finden, doch seit vielen Generationen hält sich die Sage hartnäckig, wir seien Abkömmlinge Gruffydds, eines Fürsten aus South Wales – indes, wann und wie, vermag ich nicht zu sagen. Es mag genügen, daß vielleicht in unseren Adern irgendwo ein Tröpfchen königlichen Blutes fließt . . .«« Jo ließ den Brief sinken und lachte. »O nein! Das ist zu schön!«

Ceecliff wirkte pikiert. Jetzt werde nur nicht hochmütig, mein Kind. Komm, räum' das alles weg. Du kannst es dir später ansehen. Lass' uns jetzt erst einmal essen.«

Als ihre Großmutter sich zur Ruhe gelegt hatte, fuhr Jo nach Clare. Sie parkte bei der großen, wunderschönen Kirche mit ihren Stützpfeilern und zinnenbewehrten Mauern, blieb davor stehen und sah zu, wie die Wolken hinter der hohen Doppelreihe der Bogenfenster dahinzogen. Ob Richard de Clare wohl vor dieser Kirche gestanden hatte? Sie sah ihn jetzt vor sich, wie sie ihn das letztemal gesehen hatte, auf dem Söller zu Abergavenny, seine braunen Augen voller Schmerz, Liebe und Mut, zum Schutz gegen die Kälte fest in seinen dunkelgrünen Mantel gehüllt, der an der Schulter von einer großen, runden, emaillierten Brosche gehalten wurde.

Sie schob die Hände in die Taschen ihrer Jeans und starrte finster auf die Kirche. Dann ging sie auf die südliche Eingangshalle zu.

Richard de Clare hatte nie in dieser Kirche gestanden. Ein Blick auf die Säulen und hohen Fenster verriet ihr, daß sie erst lange nach Richards Zeit erbaut worden war. Enttäuscht ging sie langsam den breiten Mittelgang hinauf. Ein paar andere Besucher spazierten mit Kunstführern bewaffnet umher und unterhielten sich gedämpft. Ohne sie zu beachten, stieg sie langsam die Stufen der Kanzel hinauf, blickte auf den Altar hinunter und dachte daran, wie sie das letztemal vor einem Tisch des Herren gestanden hatte - war das auf Brecknock gewesen? -, als Gerald die Messe gelesen hatte. Sie erinnerte sich an den Geruch von Weihrauch und Kerzen, deren beißender Qualm vom kalten Wind der Berge verweht wurde, der in jeden Winkel der Burg gedrungen war. Sie dachte daran, wie sie zu der geschnitzten, bemalten Statue der Heiligen Jungfrau aufgeschaut und für ihr ungeborenes Kind gebetet hatte, gebetet mit einem Glauben, der plötzlich so intensiv, so absolut gewesen war, daß er sie damals mit der ruhigen Gewißheit erfüllt hatte, ihre Gebete würden erhört. Ich frage mich, wie lange Matilda diesen Glauben wohl behalten hat, dachte sie grimmig, den Blick auf das Kreuz auf dem Altar gerichtet. Ob sie ihn noch hatte, als sie starb? Sie hatte Pete Leveson nicht erzählt, daß sie das Ende der Geschichte schon kannte, und Ceecliff auch nicht.

Plötzlich wurde Jo bewußt, daß jemand sie beobachtete, und verlegen wandte sie sich ab. In dieser so puritanischen, so spartanischen Kirche kamen ihr die Erinnerungen an ihre katholische Vergangenheit beinahe anstößig vor. Aber die aufgeklärte Jo des zwanzigsten Jahrhunderts empfand den Drang, niederzuknien und das Kreuz zu schlagen, bevor sie sich vom Allerheiligsten abwendete . . .

Hastig verließ sie das Gotteshaus. Langsam fuhr sie durch Clare und betrachtete die mittelalterlichen Gebäude dieses Städtchens in Suffolk, bis sie abbog und den Schildern zum Country-Park und zur Burg folgte.

Wo die große Burg der Clares gestanden hatte, ragten jetzt die hohlen Ruinen eines zerstörten Bahnhofs auf. Die *Great Eastern Railway* war gekommen und hatte den größten Teil dessen zerstört, was von der Burg übrig gewesen war. Dann war auch die Eisenbahnlinie verschwunden und hatte nur die leere Hülse des Bahnhofs zurückgelassen, und die gemähten Rasenflächen zwischen den Bahnsteigen, wo die Gleise gelegen hatten. Nur ein paar Mauertrümmer waren von der Burg geblieben, die neunhundert Jahre hier gestanden hatte. Nur der hohe, jetzt von Bäumen bewachsene Hügel war noch da, auf dem ursprünglich der Hauptturm gestanden hatte; entschlossen stieg Jo über den spiralförmig gewundenen Pfad zum Gipfel hinauf. Von dort oben konnte sie Clare vor sich ausgebreitet sehen. Die Luft war weich und duftete nach frischgemähtem Heu und Blüten. Einen Augenblick lang blieb sie stehen und legte die Hände auf den aus Feuersteinen erbauten Mauerrest, als könne sie durch die Jahre zurückgehen, indem sie die Mauer berührte. Doch sie spürte keine Vibrationen aus der Vergangenheit. Überhaupt keine.

Am Abend nahm Jo sich den Aktenkoffer ihres Großvaters vor. Sie saß in ihrem Schlafzimmer; die Fenster zum duftenden Garten standen offen; ihr war ganz und gar friedlich zumute. Die kleine Tischlampe lockte die Nachtfalter an, aber davon merkte sie nichts, als sie die alten Briefe, Tagebücher und Notizen herausnahm. Nie zuvor hatte sie auch nur die geringste Neugier hinsichtlich ihrer Vorfahren empfunden. Ihr Interesse galt der Gegenwart. Vielleicht lag das daran, daß ihr Vater gestorben war, als sie noch zu klein gewesen war, um sich richtig an ihn erinnern zu können. Ihre Mutter sah Jo nur selten. Sie trafen sich gelegentlich, verspürten warme Gefühlsaufwallungen beim Begrüßungskuß und versanken langsam wieder in gegenseitiger Verständnislosigkeit, obwohl sie versuchten, eine gemeinsame Basis zu finden. Gegenwärtig hielt Julia Clifford sich in Saint Tropez auf. Ein zärtliches Lächeln trat auf Jos Lippen. Im Herbst oder zu Weihnachten würden sie sich wiedersehen, wahrscheinlich hier, bei Ceecliff; sie würden Geschenke austauschen und ein bißchen tratschen, aber dann würden sich ihre Wege wieder trennen. Ihr Blick kehrte zurück zu dem Brief in ihrer Hand. Sie fragte sich plötzlich, wieviel von ihrer eigenen Bissigkeit wohl eine direkte Reaktion auf die oberflächliche Flatterhaftigkeit ihrer Mutter sein mochte. Aber Julia würde ebenso wenig Zeit für die Vergangenheit haben. Für sie war die Vergangenheit tot. Tot wie Jos Vater.

Die ferne Vergangenheit wurde in den Briefen nur einmal erwähnt. Dieser mysteriöse Gruffydd aus Wales. War Matilda über ihn womöglich eine Vorfahrin? Aber wie konnte das sein, wenn William ein so unversöhnlicher Feind der Waliser gewesen war? Sie wünschte sich jetzt, sie hätte den Namen von Matildas Kindern mehr Aufmerksamkeit gewidmet und sich für ihr Schicksal interessiert. In ihrer Erinnerung lebte nur ein einziger Name. Der kleine William.

Am Sonntagabend kam sie sehr spät nach Hause, erschöpft von der langen Autofahrt durch den dichten Verkehr, und sie schlief fest und von Träumen ungestört, bis das Telephon sie weckte.

»Jo? Bist du das?« Es war Bet Gunning. »Was um Teufel ist in dich gefahren, daß du Pete Leveson diese Story gibst?«

»Was für eine Story?« Jo gähnte und schaute verschlafen auf die Uhr. »Mein Gott! Ist es wirklich schon neun? Entschuldige, Bet, ich habe verschlafen.«

»Dann hast du die Zeitungen heute noch nicht gelesen?«

»Nein.« Jo merkte, daß sich ihr Magen zusammenkrampfte. »Jetzt bin ich auf das Schlimmste gefaßt.«

»*Daily Mail,* exklusiv, eine ganze Seite, von Pete Leveson. Titel: ›Das geheime Leben der Jo Clifford.‹ Es steht alles drin, Jo. Deine Hypnose. Matilda de Wie-immer-sie-heißen-mag . . . verflucht noch mal! Ich dachte, wir hätten eine Abmachung. Ich dachte, das sei einer deiner Artikel für *WIA*.« Bet kochte vor Wut. »Ich weiß, daß wir ein Monatsblatt sind. Ich weiß, daß Pete dein Freund ist, aber du hättest zumindest mit mir sprechen können . . .«

»Bet«, fiel Jo ihr ins Wort. »Ich habe keine Ahnung davon. Dieser Hund hat mich am Freitag zum Essen eingeladen. Wir haben uns privat unterhalten, als Freunde.«

»Privat?« höhnte Bet. »Wohl kaum. Er zitiert dich wörtlich. ›Stell dir vor, wie entsetzt und verwirrt ich war‹, sagte Jo gestern abend zu mir, ›als ich mich allein in einer fremden Welt wiederfand . . .‹«

Jo zitterte vor Wut. »Ich habe nie so etwas gesagt!« schrie sie. »Ich werde ihn verklagen, Bet. Wie kann er es wagen? Ich rufe ihn sofort an, und dann melde ich mich wieder bei dir . . .«

Sie warf den Hörer auf die Gabel, nahm ihn erneut ab und wählte Petes Nummer. Es dauerte eine Weile, bis er sich meldete.

»Jo, wie nett. Hast du es schon gesehen?« fragte er unbekümmert.

»Nein, habe ich nicht, du Schmutzfink!« Jo stampfte mit dem nackten Fuß auf. »Aber ich habe davon gehört. Bet Gunning springt vor Wut im Dreieck – aber sie ist nicht halb so wütend wie ich. Alles, was ich dir erzählt habe, habe ich dir im Vertrauen gesagt . . .«

»Hast du nicht ausdrücklich gesagt, Jo«, unterbrach Pete sie sanft. »Tut mir leid, aber du hast nicht ein einziges Mal erwähnt, daß du die Sache geheimhalten möchtest. Wenn ich das gewußt hätte . . .«

»Du hättest es dir denken können, Pete. Du hast unsere Freundschaft mißbraucht. Eine so zynische Hinterhältigkeit habe ich noch nie erlebt.«

Ein übertriebenes Seufzen ertönte vom anderen Ende der Leitung. »Immer mit der Ruhe, Jo. Der Artikel ist ein Gegengewicht zu dem, was neulich in der *Mail*-Spalte gestanden hat. Er macht deutlich, daß du einer interessanten Sache auf der Spur bist, und du bleibst damit in den Schlagzeilen. Drei Plusfaktoren, wenn du mich fragst. Wenn deine eigene Story herauskommt, werden sich alle danach reißen!«

»Hast du Carl Bennets Namen genannt?« Jo ließ sich nicht beschwichtigen.

»Natürlich . . .«

»Er wird toben! Du hattest nicht das Recht dazu, ohne ihn vorher zu fragen.«

»Gut, wenn er will, werde ich mich entschuldigen. Aber er wird gegen ein bißchen Gratis-Reklame nichts einzuwenden haben. Die breite Öffentlichkeit wird sich einen Trampelpfad zu seiner Haustür bahnen. Hör mal, Jo, es ist super, mit dir zu plaudern, aber ich muß mich jetzt anziehen. Wenn du ein bißchen darüber nachgedacht hast, wirst du begreifen, daß es gute Publicity ist. Bis dann!« Er legte auf.

Immer noch wütend, zog Jo Jeans und Pullover an. Sie band sich das Haar mit einem Tuch nach hinten und griff nach ihrer Handtasche. Am U-Bahnhof Gloucester Road kaufte sie eine Zeitung und spurtete zurück in ihre Wohnung.

Wie Bet gesagt hatte, füllte der Artikel eine Seite. Es gab nicht weniger als drei Photos von ihr, eines davon ein glamouröses, weichgezeichnetes Bild, das drei Jahre zuvor aufgenommen war, als sie mit Nick auf einem Ball gewesen war. Ihn hatte man wegretuschiert. Auf dem Photo sah sie verträumt, romantisch und sehr schön aus. Aufgenommen hatte es Tim Heacham.

Jo mußte dreimal wählen, bevor sie durchkam.

»Es tut mir leid, Jo, wirklich. Ich hatte keine Ahnung, wofür er es haben wollte.« Tim war zerknirscht. »Verflucht, was sollte ich denn denken? Pete war wieder in Gnaden aufgenommen worden, soviel ich sehen konnte. Ich hatte keinen Grund, es ihm nicht zu geben.«

»Aber es ist ein so entsetzliches Photo! Ich sehe darauf ja aus . . .« Ihr fehlten die Worte.

»Du siehst darauf ganz hervorragend aus, Jo. Ich habe übrigens versucht, dich anzurufen, um es mit dir abzusprechen, aber du warst nicht da.«

»Ich war in Suffolk. Ich bin auch nach Clare gefahren, um es mir anzusehen.«

»Nach Clare?« wiederholte Tim scharf. »Wieso?«

»Hast du den Artikel nicht gelesen?« Jo starrte auf die Zeitung, während sie sprach. »Der hinreißende Mann, dessen Liebe zu spät gekommen war ... Der leidenschaftliche Richard, der zurückstehen und seine Dame ihrem Schicksal überlassen mußte ...« Sie verzog das Gesicht. »Er war aus Clare. Ich habe mir seine Burg angesehen.«

»Und? Hast du ihn angetroffen?« Tims Stimme klang seltsam flach.

»Nein, natürlich nicht. Stimmt was nicht, Tim?«

»Doch, doch«, antwortete er leise. »Was um alles in der Welt sollte denn nicht stimmen?«

In dieser Nacht weckte das Kind sie wieder. Sie hatte tief geschlafen, die Decke zurückgeschlagen, weil die Nacht warm und schwül war, die Vorhänge und Fenster weit geöffnet. Sie wurde sehr plötzlich wach und blieb regungslos liegen. Dann ertönte es wieder, das unruhige, näselnde Weinen eines hungrigen Säuglings. Mit weit aufgerissenen Augen lag sie in der Dunkelheit und wagte kaum zu atmen. Langsam tastete sie schließlich nach dem Lichtschalter und knipste die Lampe an. Noch immer konnte sie ihn hören. Sie nahm das Einatmen zwischen den Schreien wahr – dünne, jämmerliche Schreie in zunehmender Verzweiflung. Sie preßte die Hände gegen die Ohren und versuchte, das Geräusch auszusperren. Schließlich konnte sie es nicht länger ertragen. Sie sprang aus dem Bett, lief zur Tür, riß sie auf und schlug sie dröhnend hinter sich zu. Sie hastete in die Küche. Durch zwei geschlossene Türen konnte sie das qualvolle Weinen nicht mehr hören. Mit fahrigen Händen füllte sie den Wasserkessel. Der Scotch stand im Wohnzimmer. Um ihn zu holen, würde sie die Küchentür öffnen müssen. Einen Augenblick lang blieb sie stehen, die Hand auf den Türknopf gelegt; dann atmete sie tief durch und öffnete. Draußen in der Diele war es still. Sie stürzte ins Wohnzimmer und packte die Flasche; dann zögerte sie und schaute zum Telephon hinüber. Jederzeit, hatte Sam gesagt. Du kannst jederzeit anrufen ...

Sie ließ sich nieder und zog den Apparat zu sich heran, aber dann hielt sie inne. Es war völlig still in der Wohnung, nur der Wasserkessel in der Küche sang leise vor sich hin. Sie konnte Sam nicht schon wieder mitten in der Nacht kommen lassen, bloß weil sie erneut einen Alptraum gehabt hatte.

Sie brühte Tee, schenkte sich einen Scotch ein und nahm die letzten beiden Schlaftabletten. Dann legte sie sich im Wohnzimmer auf die Couch und zog sich trotz der warmen Nacht eine Wolldecke um die Schultern. Um keinen Preis würde sie vor Tagesanbruch wieder in ihr Schlafzimmer zurückkehren.

Tim war in seinem Atelier und betrachtete einen Abzug des Photos von Jo und Nick. Er hatte es auf fast einen Meter Seitenlänge vergrößert und an eine Pinnwand gehängt. Ein Punktstrahler beleuchtete ihre Gesichter mit kalter, harter Neutralität, die die Persönlichkeit auslöschte, nur Form und Technik übrigließ.

Nachdenklich ging er durch das abgedunkelte Atelier zu seinem Tonbandgerät und drückte auf einen Schalter; die Töne von Gheorghe Zamfirs Panflöte durchfluteten den weiten Raum. Tim kehrte zu dem Photo zurück. Mit verschränkten Armen blieb er davor stehen, dicht am Rande des strahlenden Lichtkreises, des einzigen Zentrums im Gewölbedunkel des Ateliers.

Neben ihm auf dem Tisch lag eine kleine Glasplatte. Als er das Pulver daraufklopfte und ein Stück Papier zusammenrollte, war sein Blick bereits verträumt. Er sog das Pulver langsam tief in die Nase und ging dann wieder zu dem Photo.

Einige Zeit später begann er, unendlich sorgfältig, die Zungenspitze zwischen den Zähnen, mit einem Filzstift ein Tuch und einen Schleier über Jos dunkles, sanft gelocktes Haar zu malen.

Es war zehn Uhr am nächsten Morgen, als es an der Wohnungstür klopfte. Jo öffnete. Vor ihr stand Sheila Chandler, die Nachbarin aus der Wohnung über ihr. Sie war eine etwas spröde Frau von Ende Fünfzig; das intensive, unwirkliche Schwarz ihres lockenstabgewellten Haares bildete einen Kontrast zu dem auffällig pinkfarbenen ärmellosen Chiffonkleid. Jo kannte sie kaum.

Sie lächelte Jo verlegen an. »Entschuldigen Sie, daß ich Sie störe, Miss Clifford«, begann sie. »Ich weiß, Sie sind beschäftigt. Wir können Ihre Schreibmaschine hören. Ich dachte nur, ich sollte einmal vorbeischauen und fragen, ob ich Ihnen irgendwie helfen kann.«

Jo lächelte unverbindlich. »Helfen?« fragte sie.

»Mit dem Baby. Ich hatte selber vier und weiß, wie es sein kann, wenn ein Kind die ganze Nacht hindurch weint. Sie haben es in Pflege, nicht wahr?« Die Frau spähte an Jo vorbei in die Wohnung.

Jo schluckte heftig. »Er . . . Sie haben ihn gehört?« Sie hielt sich an der Türkante fest.

»Oh, ich beschwere mich nicht!« versicherte Sheila Chandler hastig. »Es ist nur so, daß in diesen heißen Nächten, wenn sämtliche Fenster offenstehen . . . Geräusche dringen weit. Sie wissen ja, wie das ist, und mein Harry, der schläft in letzter Zeit nicht mehr allzu gut . . .«

Jo riß sich zusammen. »Hier ist kein Baby«, erklärte sie langsam.

Die Frau starrte sie an. »Aber es war hier. Ich bin heruntergekommen. Gestern abend gegen elf. Ich habe vor Ihrer Tür gelauscht. Ich hätte fast geklopft. Hören Sie, meine Liebe, ich will niemanden verurteilen. Es ist mir egal, wessen Baby es ist oder wie es hierherkommt. Es ist nur - na ja, haben Sie es schon mal mit Fencheltee versucht?«

Jo holte tief Luft. »Es tut mir leid, Mrs. Chandler . . .«, endlich war ihr der Name eingefallen, ». . . aber was immer Sie denken mögen, hier gibt es kein Baby!«

Sie wiederholte die letzten fünf Worte bei sich, als sie die Tür geschlossen hatte. Gestern abend um elf hatte sie hier gesessen und gelauscht, und es war still gewesen . . .

Sie lief zum Telephon und rief Sam an. Dann ging sie ins Schlafzimmer. Es war aufgeräumt - und leer. Das einzige Geräusch war das ferne Tosen des Verkehrs, das von der Cromwell Road herüberwehte.

Sam klingelte um zehn vor zwölf. Er gab Jo einen Kuß auf die Wange und überreichte ihr eine Flasche Weißwein.

Sie hatte ein wenig Make-up aufgelegt, um die dunklen Ringe unter ihren Augen zu verdecken, und trug ihr pfauenblaues Seidenkleid. Das Haar hatte sie mit einem schwarzen Samtband streng zurückgebunden. Kritisch musterte er sie von Kopf bis Fuß. »Wie fühlst du dich, Jo?« Mit ihrem Make-up konnte sie ihn nicht täuschen, ebenso wenig wie mit ihrem fröhlichen Tonfall und der munteren Einladung. Es hatte dennoch geklungen, als stünde sie vor einem Zusammenbruch.

»Mir geht es gut. Meine Brust ist wieder in Ordnung, Gott sei Dank!« Sie rang sich ein winziges Lächeln ab. »Laß uns die Flasche öffnen. Den Scotch hab ich ausgetrunken. Sam - ich glaube, ich werde verrückt.«

Sam hob die Brauen und wühlte in einer Schublade nach dem Korkenzieher. Sie fand ihn mit einem Griff. »Es ist das Baby. Ich habe es wieder gehört.«

»Aha.« Sam konzentrierte sich ganz auf die Flasche. »Gestern nacht?«

»Nein. Vorgestern. Aber Sam, die Frau, die oben wohnt, hat ihn auch gestern gehört. Sie war hier, um sich zu beschweren.« Ihre Hände zitterten leicht, als sie in den Schrank griff, um zwei Weingläser herauszunehmen.

Er nahm sie ihr ab, und seine Hände umschlossen für einen Augenblick ihre Finger. »Jo, wenn die Frau oben etwas gehört hat, dann muß es eine logische Erklärung geben. Es muß ein Baby in einer anderen Wohnung sein, und ihr habt es beide gehört.«

»Nein.« Sie schüttelte den Kopf. »Es war William.«

»Jo . . .«

»Das Geräusch war hier in der Wohnung, Sam. Das hat sie gesagt. Gestern abend. Sie hat auf dem Treppenabsatz vor meiner Tür gestanden und gelauscht, aber ich hab ihn gestern nicht gehört . . .«

Sam drückte ihr ein Glas Wein in die Hand. »Darf ich mich ein bißchen umsehen?«

Jo wartete auf dem Balkon, trank ihren Wein und starrte auf die Bäume unten auf dem Platz. Fünf Minuten vergingen, bevor Sam zu ihr herauskam.

»Ich gebe zu, es ist rätselhaft«, sagte er schließlich. »Aber ich bin nicht davon überzeugt, daß es nicht irgendwo hier im Hause oder auch nebenan ein Kind - ein wirkliches Baby - gibt.« Er hatte die Weinflasche mitgebracht und füllte ihr Glas auf. »Es sei denn . . . vielleicht gibt es die unwahrscheinliche Möglichkeit, daß irgendwo psychokinetische Energie abgesondert wird - möglicherweise von dir -, die das Geräusch eines weinenden Kindes projiziert, aber das glaube ich nicht. Es ist so unwahrscheinlich, daß es fast ausgeschlossen ist. Ich schlage vor, du vergißt das alles.«

»Das kann ich nicht«, rief Jo. »Kannst du dir vorstellen, wie es ist, den kleinen Jungen weinen zu hören? Zu wissen, daß er Hunger hat? Ihn in den Arm nehmen zu wollen? Sich zu fragen, warum ihn nicht jemand füttert? Jemand, der da ist, bei ihm in der Vergangenheit?«

»Jo, ich habe dich gewarnt«, sagte Sam sanft. »Du hättest damit aufhören sollen, als du noch dazu fähig warst.«

Jo starrte ihn an. »Du meinst, jetzt kann ich es nicht mehr?« Sie riß einen Geißblattzweig ab. »Nein. Natürlich kann ich es nicht mehr; du hast recht.« Sie lehnte sich an das Geländer und roch an der rotgoldenen Blüte. »Ich habe versucht, Doktor Bennet anzurufen, aber er ist noch in den Staaten. Sam, ich muß mich jetzt durch diese Sache hindurchbeißen, nicht wahr? Ich muß sie hinter mich bringen. Und das ist nur möglich, indem ich weiter an meiner Story arbeite. Herausfinde, wie es weiterging.« Sie drehte sich um und sah ihn an. »Bitte, Sam, ich möchte, daß du mich hypnotisierst. Ich möchte, daß du mich zur Regression bringst.«

Sam sah sie aufmerksam an. Nachdenklich hob er sein Glas und nahm einen Schluck Wein. »Ich glaube, das ist eine gute Idee, Jo«, sagte er schließlich.

»Heißt das, du willst es tun?« Sie war auf spontanen Widerspruch gefaßt gewesen.

»Ja, ich werde dich hypnotisieren.«

»Wann?«

»Nach dem Mittagessen. Wenn die Stimmung mir passend erscheint, werden wir es heute nachmittag versuchen.«

Zu ihrer Überraschung war Jo nicht nervös. In Sams Gesellschaft war sie entspannt und erleichtert darüber, daß sie nicht mehr allein in der Wohnung zu sein brauchte, und sie genoß das Essen mit ihm. Ein paarmal merkte sie, daß sie über Nick redete, als ziehe sie der Klang seines Namens unwiderstehlich an. Aber jedesmal spürte sie, daß es Sam nicht paßte, und da sie die Atmosphäre zwischen ihnen nicht verderben wollte, wechselte sie das Thema. Sie hörten Musik und tranken Wein. Dann legte sie sich auf die Couch und lauschte den sanften Klängen der Gitarre.

Sie war fast eingeschlafen, als sie merkte, daß er sich neben sie setzte und ihr behutsam das leere Weinglas aus der Hand nahm.

»Ich glaube, jetzt können wir anfangen, meinst du nicht auch?« Er hob die Hand, strich ihr damit leicht übers Gesicht und schloß ihr die Augen, bevor er zu sprechen begann.

Sie spürte, wie sie in seinem Bann willig dahintrieb. Es war anders als bei Carl Bennet. Sie hörte Sams Stimme, und sie war sich ihrer Umgebung bewußt, genau wie in Devonshire Place, aber sie konnte sich nicht bewegen. Es war ihr bewußt, daß er aufstand und zur Wohnungstür ging. Sie hörte, daß er sie verriegelte. Verwirrt wollte sie ihn nach dem Grund fragen, aber sie merkte, wie sich ein Teil ihres Geistes von ihr löste, frei schwebte und in schwarzer Finsternis versank. Plötzlich hatte sie Angst. Sie wollte sich wehren, aber sie konnte sich nicht rühren, nicht sprechen.

Sam setzte sich wieder neben sie auf die Couch. »Nein, Jo«, sagte er leise. »Du kannst nichts dagegen tun, gar nichts. Anscheinend ist es dir noch nie in den Sinn gekommen, Jo, daß du in deiner neuen Inkarnation nicht allein sein könntest, daß andere dir vielleicht gefolgt sind. Daß alte Rechnungen zu begleichen, alte Wunden zu heilen sind. In diesem Leben, Jo.« Eine ganze Weile starrte er schweigend auf sie hinunter. Dann hob er wieder die Hände vor ihr Gesicht. »Aber zunächst werden wir uns in der Vergangenheit begegnen. Du kennst deinen Platz dort. Du bist dort noch ein junges und gehorsames Weib, Jo. Du wirst tun, was ich sage. Und jetzt gehst du zurück . . . zurück in dein früheres Dasein, Jo, zurück in die Zeit, als du Matilda warst, Gemahlin des William, Lord of Brecknock, Built und Radnor, Hay, Upper Gwent und Gower, zurück in die Zeit auf Brecknock, nach Williams Geburt, zurück zu dem Tag, an dem du deinem Gemahl wieder Zutritt gewähren mußt zu deinem Bett.«

16

Der Speisesaal im Hotel an der Rue St. Honore begann sich zu leeren. Nick hatte sich in ein paar Skizzen vertieft, und Judy langweilte sich. Sie stand auf und nahm sich ein paar englische Zeitungen, die jemand auf dem Nebentisch hatte liegenlassen; dann goß sie sich Kaffee ein und blätterte in ihnen.

»Gott! Die sind ja nicht mal von heute!« rief sie einen Augenblick später angewidert.

Nick sah auf. »Dann hol dir neue im Foyer. Hier.« Er warf ein paar Francs auf den Tisch. »Besorg mir die *Times*, wenn du schon mal gehst, ja?«

Aber Judy starrte mit offenem Mund auf die Zeitung, die vor ihr auf dem Tisch lag.

»Er hat es also tatsächlich getan«, sagte sie leise. »Er hat es wirklich getan.«

Etwas in ihrer Stimme ließ Nick aufblicken. Er erkannte Jos Photo.

»Was zum Teufel ist denn das?« fragte er scharf. Er entriß ihr die Zeitung.

»Nichts, Nick. Spar dir die Mühe, es zu lesen . . .«

Plötzlich hatte sie Angst. Nachdem eine Woche vergangen war, ohne daß ihr Name genannt worden wäre, fiel Jos Schatten jetzt wieder zwischen sie. Abrupt stand sie auf. »Ich hole die von heute«, sagte sie, aber er hörte sie nicht. Er starrte auf die Vortagsausgabe der *Daily Mail*.

Er las den Artikel zweimal; dann sah er auf die Uhr, stand auf, klemmte sich die Zeitung unter den Arm und ging auf den eisenvergitterten Aufzug zu. Im Foyer ging er an Judy vorbei, ohne sie zu sehen.

Ungeduldig ließ er sich von dem langsamen Aufzug in sein Stockwerk hinauftragen. Er riß die Tür auf und stapfte in ihr Zimmer. Es dauerte eine ganze Weile, bis das Telephon in London klingelte. Ungeduldig saß er auf dem Bett und glättete mit der freien Hand die Zeitung neben sich, während er darauf wartete, daß sich jemand meldete.

Der Apparat klingelte monoton in Jos leerem Apartment. Eine Etage höher sah Henry Chandler seine Frau mißmutig an. »Wieso hat sie keinen Anrufbeantworter, wenn sie Journalistin ist? Wenn das Telephon nicht aufhört zu klingeln, wird das verdammte Baby wieder wach.«

»Sie ist einkaufen«, sagte Sheila Chandler. »Ich habe sie vorhin weggehen sehen.«

»Hast du das Kind auch gesehen?«

»Nein, sie war allein.«

Sie sahen einander vielsagend an.

Das Klingeln des Telephons in der Wohnung unter ihnen verstummte. Ein paar Sekunden später hörten beide das dünne, protestierende Quäken.

»Wen rufst du da an?« Judy stieß die Tür auf.

»Jo.«

»Warum?«

Nick legte seufzend den Hörer auf die Gabel. »Weil ich wissen will, warum sie so idiotisch war, Pete Leveson diese Story zu geben. Sie wird jede Spur von Glaubwürdigkeit einbüßen, wenn sie zuläßt, daß solcher Unsinn veröffentlicht wird. Sieh dir das doch an. ›Ich war mit einem gewalttätigen, bösartigen Mann verheiratet, doch mein Herz gehörte jenem gutaussehenden Earl, der mich durch die Berge geleitet und mit gezücktem Schwert vor den Wölfen beschützt hat.‹ Du lieber Gott!«

Er nahm den Hörer wieder ab und schlug ein paarmal auf die Gabel. *»Mademoiselle? Essayez le numéro à Londres encore une fois, s'il vous plaît.«*

»Du hast nichts damit zu tun, Nick«, stellte Judy leise fest. »Jo hat es getan - ganz gleich, aus welchem Grund. Und jetzt läßt es sich nicht mehr ungeschehen machen.«

Sie sah, daß seine Fingerknöchel um den Telephonhörer weiß wurden. *»Eh bien, merci. Essayez une autre numéro, je vous en prie, mademoiselle.«*

»Du machst dich lächerlich, Nick.«

»Kann sein. Egal.« Grimmig preßte er die Lippen zusammen, als er endlich den Hörer auf die Gabel warf. »Sam ist auch nicht da. Hör doch bloß: ›Ich werde nicht ruhen, schwor Jo mir, bis ich die ganze Geschichte ans Licht gebracht habe . . .‹ Sogar du, Judy, weißt inzwischen genug, daß du dir denken kannst, wie gefährlich das für sie ist.«

Judy wandte sich ab. »Ich glaube nicht, daß sie das ernst meint.«

Nick stand langsam auf, ging auf sie zu und packte sie bei den Schultern. »Du wußtest von diesem Artikel, nicht wahr? Du warst überhaupt nicht überrascht, da unten im Speisesaal. Du hast triumphiert.« Seine Augen wurden schmal. »Also, was weißt du über all das?«

Judy blieb regungslos stehen und hielt seinem Blick stand. »Zuerst erzählst du mir etwas, Nick Franklyn! Liebst du Jo immer noch? Denn wenn du es tust, werde ich augenblicklich aus deinem Leben verschwinden. Vielleicht könnte ich selbst noch einen oder zwei Artikel schreiben. ›Wie mein Freund wegen einer anderen Frau einen achthundert Jahre alten Mann zum Duell forderte.‹ Das ist es doch, oder? Du kannst es nicht ertragen, dir vorzustellen, wie sie in seinen Armen liegt. Mit diesem Richard de Clare zusammen ist. Du hast ihr dabei zugesehen, nicht wahr? Letzte Woche, als du Hals über Kopf losgehetzt bist. Da warst du bei Doktor Bennet und hast ihr dabei zugesehen, wie sie davon träumte, einen anderen Mann zu lieben. Du mußtest es sehen!«

Mit einem leisen Aufschrei brach sie ab, denn Nick schlug ihr knapp und fest ins Gesicht. Die Wucht schleuderte sie gegen die Wand. Ihre Augen füllten sich mit Tränen. »Du Schwein . . .«

Sein Gesicht war hart und sehr bleich. »Ich habe dich gewarnt, Judy. Laß Jo in Ruhe.« Er wandte sich zum Bett und griff nach seiner Mappe. »Ich muß jetzt zu einer Besprechung. Ich denke, es ist besser für uns, wenn du deine Sachen zusammenpackst und weg bist, bevor ich zurückkomme.«

»Nick!« Sie stürzte sich auf ihn und klammerte sich an ihn. »Nick, bitte! Es tut mir leid. Wirklich. Ich werde sie nie wieder erwähnen.«

»Ich fahre morgen sowieso nach London zurück, Judy. Zu Jo.« Nicks Miene wurde ein wenig sanfter, als er ihr entsetztes Gesicht sah.

»Aber sie will dich nicht. Sie sagt immer wieder, daß sie dich nicht will.«

»Ob sie mich will oder nicht – ich will sie!«

Judy überlief ein Schauer. Er sah sie nicht an, sondern durch sie hindurch. Sie wich zurück. »Ich glaube, du bist genauso verrückt wie sie«, wisperte sie. »Du kannst eine Frau nicht zwingen, dich zu lieben.«

Seine Aufmerksamkeit konzentrierte sich wieder auf sie. »Zwingen?« wiederholte er. »Ich brauche sie nicht zu zwingen.« Er lachte finster. »Ich muß jetzt los. Mach dir keine Sorgen über deine Rechnung; ich übernehme sie. Bis bald, Judy.« Er berührte sanft ihre Wange, die noch immer von seinem Schlag gerötet war, dann wandte er sich ab.

Judy blieb stehen. Die zerknüllte *Daily Mail* lag immer noch auf dem Kopfkissen, wo Nick sie hatte liegen lassen. Sie setzte sich und begann zu lesen. Langsam und sorgfältig prägte sie sich jedes Wort ein.

Sam stand mit dem Rücken zum Fenster und hörte zu, wie Jo stokkend zu reden begann. Matilda hatte nach der Entbindung ihre Kräfte nur langsam wiedergewonnen. Aber endlich war der Tag gekommen, an dem sie zum erstenmal die kleine Fuchsstute bestieg, die William ihr geschenkt hatte. Begleitet von Sir Robert und vier Berittenen passierte sie das Burgtor. Sie wandten sich nach Nordosten und folgten dem steinigen Bett des Honddu durch ein Feld, das silbern glänzte vom reifenden Hafer. Schon nach kurzer Zeit waren sie im Wald verschwunden.

»Llanddeu liegt da oben, meine Lady.« Sir Robert deutete auf einen Berg zu ihrer Rechten. »Ungefähr drei Meilen, schätze ich. Wir reiten hin, wenn Ihr kräftiger seid, falls Ihr mögt.« Aber Matilda schüttelte den Kopf. Gerald war jetzt in St. David's, in der zuversichtlichen Hoffnung, dort der neue Bischof zu werden, und so war Llanddeu nicht mehr interessant.

Verwundert stellte sie fest, wie steif sie geworden war. Aber sie biß die Zähne zusammen und trieb die Stute zum Galopp an. Plötzlich hielt Sir Robert so unvermittelt an, daß sein Tier sich vor ihr aufbäumte. Er zog sein Schwert. »Halt«, schrie er. Die vier Männer, die sie begleiteten, drängten sich sogleich mit gezückten Schwertern schützend um Matilda. Sie merkte, daß sie vor Angst zu zittern begann, und die Stute wich nervös vor dem Pferd neben ihr zurück; sie spürte die Gefahr. Doch so sehr sie ihre Augen auch anstrengte, sie konnte in dem dichten Grün ringsum nichts entdecken.

»Was? Was gibt es?« Wild spähte sie umher.

»Seht doch, ein Seil.« Sir Robert war abgestiegen. Mit einem Schwerthieb durchtrennte er ein Seil, das sich quer über den Pfad spannte, etwa in der Höhe, in der sich der Hals eines Reiters befinden würde.

»Wenn wir schneller geritten wären oder wenn ich mich hätte ablenken lassen, dann hätte es uns alle von den Pferden gerissen.« Sir Robert schlug mit der flachen Klinge auf das Unterholz. »Seht, hier. Die Schurken sind fort. Hinter diesen Büschen hatten sie sich versteckt. Sie müssen rechtzeitig geflohen sein. Inzwischen können sie überall im Wald sein.« Eine Stelle, an der das Gehölz niedergebrochen und zertrampelt war, verriet, daß hier mehrere Menschen hinter den dichten Stechpalmen gekauert hatten.

»Waren es Räuber?« Matilda suchte immer noch ihr Pferd zu beruhigen; sie streichelte seinen schweißnassen Hals und wünschte sich, selbst nicht gar so heftig zu zittern.

Sir Robert nickte. »Irgendwelche Vogelfreien, möchte ich meinen. Ich werde ein Wort mit Sir William reden. Ich bezweifle, daß die Waliser eine solche Falle stellen würden, wenn sie auf Vergeltung aus wären. Niemand wußte, welchen Weg wir nehmen würden.« Er hob das Seil vom Boden und stieg wieder auf.

Matilda fiel auf, daß er sein Schwert nicht wieder in die Scheide geschoben hatte.

»Vergeltung?« Bei diesem Wort begann ihr Herz zu pochen.

»Ja. Irgendwann ist damit zu rechnen.« Er wendete sein Pferd. »Wir reiten geradewegs zurück, meine Lady, wenn Ihr erlaubt. Es war töricht von mir, mit so wenigen Leuten auszureiten. Wenn Ihr in Zukunft ausreiten wollt, werde ich für eine volle Eskorte sorgen.«

»Das war töricht, so bald nach der Geburt so weit hinauszureiten«, sagte Sam leise. »Aber wenn Ihr kräftig genug zum Reiten seid, dann seid Ihr auch kräftig genug, Euren ehelichen Pflichten nachzukommen.«

Jo holte tief Atem. »Es ist zu früh«, wisperte sie.

»Nein«, sagte Sam. »Es ist der rechte Augenblick. Seht mich an, meine Lady. Öffnet die Augen und seht mich an.«

Jo hatte in die Zimmerecke gestarrt. Jetzt wandte sie sich ihm zu, und ihr Blick konzentrierte sich langsam auf sein Gesicht. Er zuckte mit keiner Wimper. »Ich bin Euer Gemahl«, sagte er. »Ihr erkennt mich, nicht wahr, meine Matilde . . .«, er sprach ihren Namen französisch aus. »Ich bin Euer Gemahl. Gekommen, um mein Recht zu beanspruchen.«

»Bitte. Nein!« Jo wich vor ihm zurück. »Mein Lord, ich sage doch, es ist zu früh.«

Sam lächelte. Er streckte die Hand aus, faßte ihr Kinn und zwang sie, ihm ins Gesicht zu sehen. Dann beugte er sich über sie und küßte sie auf den Mund. Sie wurde stocksteif, wehrte sich aber nicht. Er richtete sich wieder auf, schaute auf sie hinunter und sah, daß sie die Augen geschlossen hielt. »Seht mich an«, befahl er drohend. »Seht mich an!«

Sie öffnete die Augen. Ihr Blick war verächtlich und kalt.

Sam spürte, daß ihn eine Woge von Zorn durchflutete. O ja, mit diesem Blick hatte sie William stets angesehen. So überlegen, so abschätzig, so schön und dabei so fern, daß ihre Verachtung ihn entmannt hatte – aber nicht diesmal. Diesmal hatte er absolute Kontrolle über ihren Körper und ihren Geist.

Sie sah ihn an, zahm genug, wenngleich ihr Blick noch spöttisch war. Aber ihm war, als könne er da auch Angst entdecken, verborgen noch, aber doch vorhanden.

Er lächelte grimmig. »Steht auf, Matilde«, sagte er langsam.

Zögernd gehorchte sie ihm und blieb reglos stehen. Er wandte sich dem Recorder zu, zog ein Kassette aus der Tasche und schob sie in das Gerät. Dann schaltete er es ein und lauschte, als die ersten Töne einer Solo-Flöte durch das Zimmer schwebten. Er setzte sich Jo gegenüber in einen Sessel. Sie hatte sich nicht gerührt. Den Kopf hielt sie trotzig erhoben, und ihre Augen musterten ihn mit kühler Verachtung, als er sich mit verschränkten Armen zurücklehnte.

»Und nun, meine Lady«, sagte er leise, »möchte ich, daß Ihr mir ein wenig ehelichen Gehorsam erweist.«

Matilda starrte ihren Gemahl entsetzt an. Der blinde Flötenspieler saß mit gekreuzten Beinen hinter ihm auf dem Boden in der Fensternische. Sie konnte den Alltagslärm der Burg ringsum hören; jeden Augenblick konnte jemand den Söller betreten. Sie hörte Fußgetrappel, das über die Wendeltreppe in der Ecke herunterkam, Röcke wischten über die Steinstufen. Die Schritte stockten, bewegten sich dann weiter in die unteren Stockwerke und verhallten in der Ferne.

»Legt Euren Mantel und Euer Gewand ab, Weib«, befahl er noch einmal.

Sie warf einen Blick auf den Musikanten, der weiterspielte, als habe er nichts gehört.

»Mein Lord, ich kann nicht, ich brauche meine Zofe. Bitte, es kann doch warten, bis es Nacht ist . . .«

»Ich kann nicht warten, bis es Nacht ist.« Seine Augen wurden schmal, und sie sah, daß eine Ader an seinem Hals zu pochen begann. Er zog den prächtig verzierten Dolch aus seinem Gürtel und fuhr prüfend mit dem Daumen über die Schneide. »Wenn Euch die Schließen Eures Gewandes ratlos machen, so werde ich sie für Euch öffnen.«

Sie schluckte. Sie brauchte nur nach einem Diener zu rufen, zu schreien, sich umzudrehen und davonzulaufen. Er konnte sie nicht zwingen. Nicht hier. Nicht jetzt. Und doch hielt etwas sie fest. Sie konnte den Blick nicht von seinen Augen wenden. Sie öffnete gehorsam den juwelenbesetzten Gürtel und ließ den Mantel zu Boden fallen. Ihr scharlachrotes Wams folgte. Nervös hielt sie inne. »My Lord, bitte nicht hier. Ich flehe Euch an . . .«

»Hier, Matilda.« Sie fühlte seine Hände an ihrem Kopf; sie schoben das feine Kopftuch herunter, so daß ihr das Haar über die Schultern fiel. Dann schnürte er ihr Gewand auf. Jetzt hatte sie nur noch ihr Hemd am Leib. Trotz des warmen frühherbstlichen Nachmittags zitterte sie heftig.

Der Flötenspieler hinter ihr bewegte sich, während die bebenden Töne seiner Melodie verhallten. Lange war es still; dann begann er unaufgefordert wieder zu spielen.

»Zieht es aus.« William trat zurück und verschränkte die Arme.

Matilda kreuzte die Hände vor der Brust und umklammerte den bestickten Halsausschnitt ihres Hemdes. »Wollt Ihr mich nackt vor den Dienern und Euren Mannen stehen lassen?« Ihre Augen blitzten plötzlich, und eine Woge von Verachtung und Wut schwemmte ihre Angst hinweg. Sie wollte ihm entweichen, aber er war zu schnell; er packte sie beim Handgelenk. »Ich werde Euch nackt am Pfahl stehen lassen und Euch auspeitschen, meine Lady, vor der ganzen Welt, wenn Ihr mir trotzt, Lady«, versetzte er gleichmütig. Er riß ihr das dünne Hemd vom Leib und warf es auf den mit Binsen bedeckten Boden.

Von Panik erfaßt, fuhr sie ihm mit den Händen ins Gesicht, die Finger verzweifelt zu Krallen gekrümmt, und ihre Nägel hinterließen eine blutige Furche auf seiner Wange. Fluchend packte er sie bei den Haaren und riß ihr den Kopf in den Nacken. Gierig drückte er seinen Mund auf ihre Lippen.

William atmete schwer, der Schweiß rann in Strömen über sein

Gesicht. Erschauernd hielt sie plötzlich still. Sie erkannte, daß seine Erregung zu einem Teil dem Wissen um ihre Angst entsprang. Sie reckte das Kinn und sah ihn verächtlich an. Sogleich ließ er ihre Handgelenke fahren, und sie trat einen Schritt zurück, stolz in ihrer Nacktheit. Sie spürte seine Augen auf ihrem Körper, der noch wenige Wochen zuvor aufgeschwollen und mißgestaltet gewesen war und der jetzt, mit der Geschmeidigkeit der Jugend, seine ranke Straffheit wiedergewonnen hatte. Nur ihre vollen Brüste verrieten noch die Geburt. Als sie den Kopf bewegte, schwang der schwere Vorhang ihres Haars nach vorn und verbarg ihr Gesicht. Er begann, sich langsam seines Mantels zu entledigen.

Wieder hörte sie die Schritte auf der Wendeltreppe. Sie kamen näher. Sie hörte es klopfen - ein lautes, beharrliches Hämmern an der Tür. Ganz in der Nähe rief jemand. Sie achtete nicht darauf. Ihr Blick verharrte auf dem Gesicht ihres Gatten, und spöttische Belustigung huschte über ihre Züge, als sie sah, wie er über seine Schulter hinweg zu dem von einem Vorhang bedeckten Rundbogen blickte, hinter dem die Treppe lag. Unvermittelt warf er ihr seinen Mantel um die Schultern.

»Schön«, zischte er. »Man stört uns. Doch das wird nicht immer so sein. Ihr werdet diesen kleinen Zwischenfall vergessen, bis wir wieder Gelegenheit finden, allein zu sein, hört Ihr?« Er zog sie an sich; seine Hände umspannten den bestickten Saum seines Mantels, sein Körper preßte sich gegen sie, sein Blick bohrte sich in ihre Augen. »Du wirst dich an nichts erinnern, an überhaupt nichts. Aber wenn ich dir befehle, wieder zu mir zu kommen, dann wirst du das tun, Jo, hast du gehört? Du wirst kommen.«

»Jo!« Wieder hämmerte Nick an die Wohnungstür. »Jo? Ich weiß, daß du da bist. Mach die Tür auf!«

Vor der Wohnung in der oberen Etage erschien ein Gesicht, das über das geschwungene Geländer spähte. »Sie ist da. Ich habe sie vorhin gesehen.« Sheila Chandler kam ein paar Stufen herunter. »Mister Franklyn, nicht wahr?«

Nick schenkte ihr ein knappes Lächeln. »Anscheinend hört sie mich nicht.«

»Vielleicht schläft sie. Wo sie das Baby doch dauernd wachhält . . .«

»Das Baby?« Nick starrte zu ihr hoch. Unversehens überlief ihn ein Schauer; mechanisch erfaßte sein Blick das makellos gewellte Haar der Frau und ihren elegant geschnittenen Seidenrock. Dann wandte er sich wieder der Wohnungstür zu und hämmerte mit der Faust dagegen. »Jo, wenn du nicht aufmachst, schlage ich die Tür ein!« Seine Stimme dröhnte durch das stille Treppenhaus, und Sheila

Chandler machte runde Augen. Leise trat ihr Mann zu ihr und spähte ebenfalls nach unten.

Als die Tür endlich entriegelt wurde, reckten sie beide die Hälse. Aber nur Sheila sah, daß ein Mann öffnete.

»Sam? Was zum Teufel geht hier vor? Wo ist Jo?«

Sam trat einen Schritt zurück. Er schloß die Tür hinter seinem Bruder, und dabei fiel Nicks Blick auf einen langen, roten Striemen in Sams Gesicht. An seinem Hemd fehlten zwei Knöpfe.

»Was zum Teufel geht hier vor?« wiederholte Nick. Er schob Sam beiseite und marschierte ins Wohnzimmer. Es war leer. Aus der Stereoanlage webten die leisen, monotonen Töne einer Flöte und ein Klangmuster in die Stille.

»Sie ist in eine Art spontaner Regression verfallen.« Sam lehnte sich an die Wand und behielt seinen Bruder aufmerksam im Auge. »Sie hatte mich gebeten herzukommen, nachdem sie Alpträume wegen des Kindes hatte . . .«

»Die Frau von oben hat von einem Baby gesprochen.«

»Das ist das Seltsame daran.« Sam ließ sich auf die Couch fallen. »Anscheinend haben sie es da oben weinen gehört. Wenn man voraussetzt, daß das Geräusch tatsächlich aus dieser Wohnung kam, wüßte ich keine andere Hypothese anzubieten als die, daß das Weinen von Jo selbst kam.«

»Du meinst, sie weint?«

»Entweder das, oder die Geräusche werden von der Kraft ihrer Emotionen verursacht. Von Poltergeistern hast du schon gehört. Geräusche, die durch Energieladungen hervorgerufen werden.« Sam wischte sich mit einem Taschentuch über das Gesicht. Als er sah, daß es blutig war, runzelte er die Stirn. »Sie . . . sie hat sich auf mich gestürzt, als ich versuchte, sie zurückzuhalten«, berichtete er leise und betupfte die Schramme. »Nein, keine Sorge. Jetzt ist wieder alles in Ordnung. Sie schläft.«

Nick musterte ihn mit einem langen, harten Blick. Dann ging er ins Schlafzimmer. Jo lag im Bademantel auf dem Bett; ihr Haar lag lose um ihre Schultern.

»Jo!« Nick setzte sich neben sie und nahm behutsam ihre Hände. »Jo?«

»Rühr sie nicht an.« Sam war ihm gefolgt. »Ich wollte sie gerade wecken, als du anfingst, die Tür aufzubrechen. Darf ich vorschlagen, daß du rausgehst und uns einen Drink eingießt, während ich das hier in Ordnung bringe?«

Nicks Augen wurden kalt. »Ich bleibe.«

»Ich bin sicher, Jo wäre es äußerst peinlich, wenn du dabei bist.« Sam ging zur Schlafzimmertür und hielt sie auf. »Bitte warte nebenan. Es dauert nicht lange.«

Nick zögerte; dann zuckte er mit den Schultern und ging hinüber ins Wohnzimmer. Er griff nach der Scotch-Flasche. Sie war leer, und er begann, den Schrank zu durchsuchen. Unbewußt spitzte er die Ohren. Von fern hörte er Sams sanftes, monotones Reden, und einem Impuls folgend schlich er sich zur Schlafzimmertür und lauschte.

»Kannst du mich hören, Jo?« Sam schaute auf sie hinunter. »Wenn du aufwachst, wirst du dich an nichts erinnern. Du wirst dich erinnern, daß du mich um Hilfe gebeten hast, weiter nichts. Du wirst ruhig und heiter aufwachen. Aber du wirst wissen, daß du beim nächsten Mal, wenn ich dich zu hypnotisieren wünsche - aus welchem Grund auch immer -, zustimmen wirst. Du wirst meine Stimme hören, und du wirst mir gehorchen. Hast du verstanden, Jo?«

Nick stieß die Tür auf. »Was zum Teufel erzählst du ihr da eigentlich, Sam?«

Sam drehte sich nicht um. »Hast du verstanden, Jo?« wiederholte er. »Und jetzt werde ich bis drei zählen, und du wirst aufwachen. Eins. Zwei. Drei.«

Jo öffnete langsam die Augen. Noch ganz benommen sah sie sich um.

»Du hast meine Frage nicht beantwortet, Sam«, beharrte Nick wütend.

Sam lächelte kühl. »Ich habe auch nicht die Absicht. Die Methoden meiner professionellen Praxis gehen dich nichts an. Wie fühlst du dich jetzt?« fragte er Jo. »Du hattest wieder einen kleinen Ohnmachtsanfall.«

»Einen Ohnmachtsanfall?« Jo richtete sich auf. »Ich verstehe nicht. Wie spät ist es?« Sam drückte sie sanft auf das Kissen zurück.

»Ruh dich noch ein Weilchen aus, Jo. Du bist gleich wieder voll da, das verspreche ich dir.« Mit kühler Hand strich er ihr das Haar aus dem Gesicht.

Jo starrte ihn an. »Du!« stieß sie plötzlich hervor. »Du hast mich gezwungen, mich auszuziehen! Du hast dagestanden und mich angestarrt, während der Mann Flöte spielte. Du hast gesagt, er wäre blind. Aber er war es nicht, denn er hat auch gegafft . . .«

Sam wirkte nur eine Spur irritiert. »Du hast geträumt, Jo.« Seine Stimme hatte einen schneidenden Unterton.

»O nein, ich erinnere mich genau. Du hast mir befohlen, mich auszuziehen.« Ihre Stimme bebte. »Du hattest Anweisung gegeben, daß niemand hereinkommen sollte, nicht wahr? Vermutlich wußte jeder in der Burg, was du mit mir vorhattest. Habt Ihr Euch groß gefühlt, mein Lord? Ja? Ist es das, was Euch Lust verschafft?«

Behende rollte Jo quer über das Bett und stand auf. Sie zog den Gürtel ihres Bademantels straff. »Wie schade, daß jemand kam!«

»Mein Gott, sie ist immer noch in der Vergangenheit«, murmelte Nick. »Sam, um Gottes willen, weck sie auf!«

»Jo?« Sam beachtete ihn nicht. »Jo, beruhige dich. Erkennst du mich?«

»Natürlich erkenne ich dich!« Sie strich sich das Haar aus dem Gesicht. »Du bist...« Sie brach ab und suchte nach dem Namen. Gleich darauf schlug sie die Hände vors Gesicht und schüttelte immer wieder den Kopf. »Du bist nicht William«, flüsterte sie dabei. »Du bist nicht William, du bist nicht... du bist es nicht!«

Sam zog ihr die Hände vom Gesicht. »Wer bin ich, Jo?« fragte er. Er sah ihr fest in die Augen.

»Sam«, flüsterte sie. »Du bist Sam.«

»Und wer ist hier bei mir?« Sam ließ ihre Handgelenke nicht los.

»Nick.« Ihre Antwort war kaum zu hören.

Er ließ sie los. »Schön. Dann schlage ich vor, daß wir Kaffee trinken, Nick, vielleicht könntest du dich darum kümmern, statt hier herumzuschnüffeln?«

Wie benommen verschwand Nick in der Küche. Er sah nicht, daß Sam hinter ihm hastig durch die Diele ins Wohnzimmer huschte und die Kassette in seine Tasche gleiten ließ; dann hob er Jos Kleid, ihren BH und ihren Slip vom Teppich auf und stopfte alles hinter ein Kissen auf der Couch. Als Nick hereinkam, stand er in der offenen Balkontür und starrte hinaus.

»Wie geht es ihr?« Nick stellte das Tablett auf den niedrigen Tisch.

»Sie ist verwirrt und desorientiert.« Sam drehte sich nicht um. »Laß ihr ein bißchen Zeit, und es geht ihr wieder ausgezeichnet.«

»Sie braucht Hilfe, Sam. Wenn so etwas spontan passieren kann, um Gottes willen! Sie braucht psychiatrische Hilfe!«

»Anscheinend vergißt du, Nick, daß ich aus eben diesem Grund hier bin«, erwiderte Sam. Erst jetzt drehte er sich um und sah seinen Bruder an. »Ich habe euch beide gewarnt, daß etwas passieren könnte, wenn sie sich auf dergleichen einläßt. Jetzt kann ich nur noch helfen. Zunächst werde ich dafür sorgen, daß sie nicht noch einmal in die Nähe dieses Quacksalbers Bennet kommt.«

»Der ist in den Staaten.«

»Um so besser.« Sam lächelte rätselhaft. »Möge er lange dort bleiben.« Er hob eine Augenbraue. »Du hast mir übrigens noch gar nicht erzählt, was du hier machst. Ich dachte, du wärest bis zum Wochenende in Paris.«

»Ich habe es mir anders überlegt. Es war übrigens ein ziemlich dummer Streich, mir Judy nachzuschicken. Was hast du dir dabei gedacht?«

Sam setzte sich. »Es war ihre Idee. Ich habe ihr nur den Namen des Hotels genannt. Wo ist sie jetzt?«

»Ich habe sie zum Teufel geschickt.«

»Aha. Und du hast gedacht, das alles könnte Jo interessieren?«

»Es ist mir gleichgültig, ob es sie interessiert oder nicht. Ich habe den Artikel gesehen, den Pete Leveson geschrieben hat, und dachte, sie muß den Verstand verloren haben, wenn sie ihm die Informationen gegeben hat.«

»Ich habe den Artikel gelesen. Und er hat sie nicht informiert, Nick. Er hat sie getäuscht.« Sam streckte provozierend langsam die Beine von sich. »Ich muß sagen, es war wohl einzigartig naiv von ihr, überhaupt mit ihm zu reden. Aber sie ist in letzter Zeit nicht sie selbst, wie wir alle sehen können. Ich möchte, daß du sie in Ruhe läßt, Nick. Hast du mich verstanden? Sie wird es nicht aushalten, weiter drangsaliert zu werden.«

»Ich glaube, das hast du nicht zu bestimmen, Sam.« Jo war lautlos hinter ihnen in der Tür erschienen. Sie trug Jeans und eine dunkelrote, am Hals offene Seidenbluse. Ihr Gesicht war immer noch sehr blaß.

Sam stand hastig auf.

Sie blickte von einem zum anderen. »Ich hab immer wieder das Gefühl, daß ihr beide versucht, mein Leben für mich zu führen«, stellte sie fest. »Ich bin euch sehr dankbar und so weiter, aber ich brauche es nicht.«

»Du brauchst sehr wohl Hilfe, Jo«, entgegnete Sam in sanftem Ton. »Und ich glaube, das ist dir auch klar. Deshalb hast du mich heute vormittag angerufen.«

Jo biß sich auf die Unterlippe. »Ich wollte mit jemandem reden. Aber eine Komplettanalyse? Nein!«

Sam lächelte liebenswürdig. »Die könntest du dir bei mir gar nicht leisten, mein Schatz. Aber im Ernst, ich möchte dir wirklich helfen. Ich muß morgen nach Hause. Ich habe am Freitag einen Vortrag zu halten, und einen weiteren am Montag. Aber danach kann ich wieder herkommen. Ich möchte, daß du dich dann mit mir triffst, um alles Nötige zu besprechen.«

»Aber das ist überflüssig, Sam. Wirklich.«

»Wenn es tatsächlich überflüssig ist, werden wir es vergessen. Aber wenn es weitere Träume und schreiende Kinder gibt, mußt du mich anrufen. Versprochen?«

Jo seufzte. »Na schön. Versprochen.«

»Ich gebe dir meine Nummer in Edinburgh, damit du mich auch da erreichen kannst. Und ich möchte nicht, daß du noch einmal zu Bennet gehst. Im Augenblick ist er, wenn ich recht verstehe, sowieso nicht im Lande. Aber er ist auch nicht in der Lage, dir helfen zu können, Jo. Er ist deinen Reaktionen nicht gewachsen, und was noch wichtiger ist: Du bist es auch nicht. Ich weiß, du bist vernünftig.«

Jo lächelte. »Du bist der erste Mensch, der das je zu mir gesagt hat«, meinte sie. Sie beugte sich vor und drückte ihm einen Kuß auf die Wange. »Was ist denn das für eine furchtbare Schramme in deinem Gesicht?«

Sam warf Nick einen Seitenblick zu. »Ich habe mich an einem Stück Draht gekratzt«, sagte er rasch. »Keine Sorge, ich werd's überleben. Aber jetzt muß ich los, packen. Ich kann dich mitnehmen, Nick. Ich habe deinen Wagen dabei. Er parkt um die Ecke.«

»Dann gib mir die Schlüssel.« Nick streckte die Hand aus. »Vielleicht fährst du mit dem Taxi, Sam – falls du es dir leisten kannst. Ich komme nach. Ich möchte noch mit Jo sprechen.«

»Einfacher wäre es, zusammen nach Hause zu fahren.« Sam blieb hartnäckig.

Nick stand ihm nicht nach. »Ich komme später.«

»Jo . . .« Sam wandte sich hilfesuchend an sie. »Du bist müde. Du kannst Nick doch gar nicht gebrauchen.«

»Das ist schon in Ordnung, Sam, vielen Dank. Zufällig möchte ich auch mit Nick sprechen.« Jo lächelte halb entschuldigend. Sie erhob sich auf die Zehenspitzen und gab ihm noch einen Kuß. »Du warst sehr lieb, Sam. Danke fürs Kommen.«

Nick schloß aufatmend die Tür hinter seinem Bruder. Steckschloß, Yale-Schloß, Kette und Riegel. Wieso der Riegel am hellichten Tag, wenn Sam hier war? Versuchsweise schob er ihn vor.

»Was machst du da?« Jo stand mit ängstlichem Gesicht hinter ihm.

»Ich habe mich gefragt, weshalb Sam es für nötig hielt, die Tür zu verriegeln. Es sei denn, du hättest ihn darum gebeten oder es selbst getan.« Nachdenklich musterte er sie.

»Ich verriegle die Tür niemals. Wovon redest du eigentlich?«

Der Burgunderton ihrer Seidenbluse stand ihr ausgezeichnet. Sein Blick wanderte zu ihren Brüsten, die sich unter der halb zugeknöpften Bluse abzeichneten; sie schienen voller als sonst zu sein. Sie war sehr schön. »Dann muß Sam es getan haben«, meinte er. »Hast du ihn gebeten, dich zu hypnotisieren, Jo?«

Sie nickte. »Ich habe wieder das Baby weinen gehört, und Carl Bennet war nicht da. Ich wußte nicht, was ich tun sollte; also rief ich Sam an. Er war wunderbar, Nick.«

»Er ist ziemlich gut, wie man hört«, sagte er geheimnisvoll.

Jo lächelte. »Man hört richtig. Schön. Und wie war's in Frankreich? Wenn ich recht verstanden habe, hattest du Gesellschaft drüben?«

»Ich dachte mir schon, daß Sam es für angebracht halten könnte, dir davon zu erzählen«, erwiderte Nick bitter. »Jetzt ist es aus zwischen uns, falls das interessiert. Soweit ich weiß, ist sie immer noch drüben.« Er sah sie an. »Jo . . .«

»Die Antwort ist nein, Nick.«

Seine Miene verhärtete sich.

Sie ging hinaus auf den Balkon und blieb eine Weile dort stehen. Dann drehte sie sich um. »Nick, glaubst du jetzt an Reinkarnation – nach allem, was geschehen ist?«

»Nein. Daran glaube ich nicht.«

»Und was geschieht dann mit mir?«

»Ich glaube, du bist ein Opfer deiner eigenen Phantasie. Mehr nicht.«

»Du hältst es nicht für möglich, daß jeder Mensch mehrmals lebt? Du glaubst nicht, daß wir uns schon einmal kannten, als ich Matilda war . . .«

»Nein, das glaube ich nicht.« Nick kam zu ihr auf den Balkon und legte ihr die Hände auf die Schultern. »Versuch nicht, dir so etwas einzureden, Jo. Es ist Wahnsinn.«

»Als ich bei Ceecliff in Ohnmacht fiel . . .« sagte sie, als hätte sie ihn nicht gehört. »Als ich zu mir kam, sah ich da das Gesicht eines anderen Menschen im Zimmer. Es war jemand, der du warst und der du wieder nicht warst. Jemand neben dir . . .«

»Bitte, Jo. Ich will nichts weiter hören . . .«

»Dieser Mann versuchte, mich zu erwürgen. Ich bekam keine Luft mehr. Deshalb wurde ich ohnmächtig. Ich dachte, du wärst es, aber du warst es nicht. Seine Augen waren anders, er hatte einen Bart . . .« Sie drängte sich an ihm vorbei ins Zimmer. »Nick, du warst ein Teil jenes Lebens. Und dieses frühere Leben hat mich eingeholt! Die Menschen aus der Vergangenheit folgen mir in die Gegenwart! Sie sind hier, im Schatten!« Ihre Stimme wurde lauter. »William, mein Mann William war hier, in meinem Schlafzimmer. Und das Kind, mein Baby, der kleine William, Nick, meine Brüste produzierten Muttermilch! Deshalb rief ich Sam an. Ich wußte nicht, was ich tun sollte!« Tränen liefen ihr über die Wangen. »Und der Mann in Ceecliffs Haus griff aus der Vergangenheit nach mir und versuchte, mich umzubringen, Nick. Das habe ich mir nicht eingebildet.«

Nick blickte sie entsetzt an. »Jo, um Gottes willen, nimm dich zusammen. Du redest Unsinn.«

»Ach ja?« Sie holte tief Luft. »Wie kommt es dann, daß die Chandlers über mir das Kind weinen gehört haben?«

»Du solltest wirklich froh sein, daß sie es gehört haben, Jo. Damit ist absolut und ohne den Schatten eines Zweifels bewiesen, daß es ein wirkliches Kind war, das sie gehört haben.« Nick setzte sich, ohne sie aus den Augen zu lassen. »Du mußt weg von hier, Jo. Für ein paar Tage, sofort. Paß auf, vor Montag muß ich nicht ins Büro . . .«

»Ich weiß, was du sagen willst.« Sie lächelte spröde. »Danke, aber nein danke.«

»Du weißt doch gar nicht, was ich sagen will! Ich wollte vorschlagen, daß du mit mir zum Boot fährst . . .«

»Nick! Begreifst du denn nicht? Ich habe Angst vor dir! Angst vor diesem anderen Mann . . .«

»Es gibt keinen anderen Mann, Jo! Du warst zu lange in diesem Apartment eingesperrt, mit dieser Story überall um dich herum – Tonbänder, Bücher, Alpträume. Du mußt hier raus, bevor es dich wirklich wahnsinnig macht. Ich bringe die *Moon Dancer* zurück nach Lymington; als ich das letztemal bei Ma war, bin ich nicht dazu gekommen. Komm mit. Du weißt, du hast das Boot immer geliebt, und die Seeluft wird dir helfen, wieder einen klaren Kopf zu kriegen. Hat sie immer getan, weißt du noch?«

Jo zögerte. Er hatte recht. Sie mußte fort von hier. »Ohne Bedingungen? Getrennte Kojen?«

Nick grinste. »Großes Pfadfinderehrenwort. Soll ich nicht gleich im Yachthafen anrufen und sie klarmachen lassen? Wir fahren in Lynwood House vorbei, holen meine Sachen und können in rund zwei Stunden in Shoreham sein.«

Jo seufzte. Sie sah sich im Zimmer um und dachte an die vergangene Nacht und daran, wie sie ganz allein dagesessen und darauf gewartet hatte, daß das Baby wieder zu weinen begann. »Okay, ich komme mit. Danke.«

Er lächelte. »Pack deine Reisetasche. Ich rufe inzwischen an.« Er sah ihr nach, als sie ins Schlafzimmer ging. Schon jetzt umgab sie neue Leichtigkeit, stellte er fest. Er telephonierte und ließ sich dann auf die Couch fallen. Die Kissen verrutschten ein bißchen, und ein Kleiderbündel fiel auf den Boden. Er hob es auf. Seine Miene verfinsterte sich.

Er sprang hoch und marschierte ins Schlafzimmer. »War der Striptease für Sam das *Hors d'œuvre* oder das *Encore*?« erkundigte er sich und warf ihren Slip aufs Bett.

Sie sah ihn entgeistert an. »Was?«

»Du verstehst nicht?« Nick warf ihr Kleid und ihren BH dazu. »Wie merkwürdig. Ich hätte gedacht, es liegt auf der Hand. Zweifellos ist es Bestandteil der rein beruflichen Beziehung, auf deren Bewahrung Sam so erpicht ist. Vielleicht zieht er dich aus, um dir den Puls zu fühlen, und dann versteckt er deine Sachen der Ordnung halber unter dem Couchkissen. Oder war es, weil ich unverhofft hereingeplatzt bin? Nicht, daß es mich etwas anginge.«

»Nein, es geht dich wirklich nichts an!« erwiderte Jo zornblitzend. Sie hob ihr Kleid auf und schüttelte es glatt. Sie fühlte sich plötzlich sehr elend. »Ich muß sie dort hingelegt haben . . . vielleicht gestern abend. Ich habe mich gestern so seltsam gefühlt. Ich habe etwas getrunken und die letzten Tabletten geschluckt . . .«

»Jo, um Gottes willen!«

»Es ist nichts zwischen Sam und mir, Nick. Nichts. Falls es dich etwas angeht.« Ihre Augen funkelten. »Ich bin allerdings nicht mehr so sicher, daß diese Segeltour eine wirklich gute Idee ist!«

»Wir fahren, Jo.« Nick nahm ihre Tasche. »Vergiß Sam vorläufig. Wir können später über ihn reden. Nimm eine Jacke mit. Auf dem Wasser kann es kalt werden.«

Sie zögerte. »Nick, es ist töricht! Wir können es nicht tun. Es wäre verrückt, zusammen wegzufahren.«

»Dann ist es eine Art von Verrücktheit, die wir beide dringend nötig haben.« Sein Ton wurde drohend. »Ich bin bereit, dich notfalls ins Auto zu tragen, Jo.«

Sie war zu erschöpft, um widersprechen zu können. Sie schluckte die automatisch aufflammende Rebellion herunter und folgte ihm die Treppe hinunter; dankbar war sie erst, als die Haustür hinter ihnen ins Schloß fiel, ohne daß sie noch einmal das hallende Weinen des hungrigen kleinen William gehört hätte.

Zwei Stunden später klammerte sich Jo plötzlich an Nicks Arm. »Nick, halt! Fahr zurück!«

Mit kreischenden Reifen kam der Porsche auf der staubigen Straße zum Stehen. »Um Gottes willen, was ist denn los?«

»Dieser Wegweiser! Hast du ihn gesehen?«

»Jo, du hättest einen Unfall verursachen können! Was ist nur mit dir los? Was für ein Wegweiser?«

Er drehte sich auf seinem Sitz um und setzte auf der leeren Straße zurück, vorbei an der schmalen Abzweigung, auf die Jo gedeutet hatte.

»Da!« Sie war schneeweiß. »Schau. Da geht's nach Bramber!«

»Und?« Nick warf einen Blick in den Rückspiegel und winkte einen Lastwagen vorbei; dann fuhr er den Porsche auf den Grasstreifen am Straßenrand. »Was ist denn plötzlich so Besonderes an Bramber?«

»William war dort zu Hause. Nach meiner Heirat kam ich selbst dorthin!«

Nicks Griff um das Lenkrad wurde fester. »Nach Matildas Heirat, meinst du vermutlich?«

»Sag ich doch. O Nick, können wir nicht hinfahren? Bitte.«

Ein Auto bremste hinter ihnen, hupte und fuhr vorüber; der Fahrer machte eine rüde Gebärde, bevor er hinter der Biegung der Straße verschwand.

»Jo, wir sind hier, um das alles zu vergessen.«

»O bitte, Nick. Ich werde keine Ruhe haben, bevor ich nicht dort war. Nur für ein paar Minuten. Unter anderem auch für den Artikel.

Ich kann feststellen, wieviel sich verändert hat. Nick, begreifst du nicht? Ich werde es vergleichen können. Es könnte beweisen, daß alles in meiner Phantasie stattgefunden hat...« Plötzlich schimmerte Trauer in ihren Augen. »Wenn ich überhaupt nichts wiedererkenne, wissen wir wenigstens Bescheid. Die Landschaft kann sich nicht allzusehr verändert haben und der Fluß auch nicht. Bitte, Nick?«

Seufzend bog Nick in die schmale Straße ein und ließ seinen Blick über die Landschaft der Downs wandern. »Wir sind schon hundertmal in dieser Gegend gewesen, Jo. Immer, wenn wir das Boot in Shoreham zurückgelassen haben, sind wir durch die Downs gekreuzt und haben Pubs und Restaurants aufgestöbert . . .«

»Aber hier sind wir noch nie abgebogen.« Sie spähte durch die Windschutzscheibe, die Hände auf das Armaturenbrett gestützt. »Ich erkenne nichts wieder, Nick. Nicht mal die Landschaft. Die Downs sind so nackt, so klein.« Er hörte die Enttäuschung in ihrer Stimme.

»Sie sind nicht anders als beim letztenmal, als wir beide zum Boot hinunterfuhren«, widersprach er sanft. »Da . . .«, er verlangsamte das Tempo. Da steht: ›Zur Burg‹. Soll ich hinfahren?«

Sie nickte. Ihr Mund war trocken.

Nick bog in die steil ansteigende Auffahrt zwischen zwei kleinen modernen Torpfosten und hielt wenig später auf einem schlammigen Parkplatz. Vor ihnen erhob sich ein bewaldeter Hügel, an den sich eine gedrungene kleine Kirche schmiegte. Jo stieß die Autotür auf und stieg aus, den Blick auf die Kirche gerichtet. Nick rührte sich nicht von der Stelle.

Kläglich schaute sie ihn an. »Nick, ich muß das allein machen. Hast du etwas dagegen?«

»Bist du sicher?«

Sie nickte.

»Und du kommst auch zurecht?«

Sie sah sich um. »Ich komme zurecht. Fahr zu und such dir einen der Pubs, von denen du gesprochen hast. Sei bitte in einer Stunde wieder da.« Sie warf die Tür des Wagens zu.

Nick sah ihr nach. Erst als sie in der Kirche verschwunden war, wendete er den Wagen und fuhr davon.

Jo öffnete die schwere Tür und sah sich um. Die Kirche war leer. Sie trat ein, zog die Tür hinter sich zu und betrachtete den mächtigen Bogen aus hellem Stein vor dem Altar. In der Hand hielt sie den kleinen Zehn-Penny-Führer. Das war Williams Kapelle, und davor die seines Vaters und seines Großvaters. Geweiht hatte man sie, so stand es im Führer, im Jahre 1074.

Langsam näherte sie sich dem Altar. Wenn überhaupt irgendwo, dann würde sein Geist hier sein, innerhalb der Mauern, in deren

Schutz er gekniet und gebetet hatte. Sie spürte, daß sich ihre Nackenhaare leicht sträubten, während sie stehenblieb und zu dem schlichten Holzkreuz vor dem hellen, ockergelben Vorhang aufsah. Keine brennenden Kerzen, kein Weihrauch. Die Glocke schwieg. Aber man bekam eine Ahnung von Gebeten. Irgend etwas war da.

Ich sollte für ihre Seelen beten, dachte sie. Für ihre Seelen – unsere Seelen –, die keine Ruhe gefunden haben. Fast trotzig kniete sie vor dem Altar nieder und schlug das Kreuz, aber die Gebete wollten nicht kommen. Der Glaube und das brennende Vertrauen, das Matilda vor der Statue der Jungfrau aus dem zwölften Jahrhundert empfunden hatte, wollten sich bei der Jo Clifford des zwanzigsten Jahrhunderts nicht einstellen, die da in Jeans und Bluse auf den kalten, nach Putzmitteln riechenden Steinplatten kniete. Sie empfand nichts.

Plötzlich wurde ihr bewußt, wie still es in der Kirche war, und wie leer. Sie hob den Blick zu den drei kleinen Bogenfenstern über dem Altar, und ihr war sehr kalt. Die Luft war bedrückend geworden, die Stille so intensiv, daß sie in ihrem Kopf zu dröhnen schien. Von Panik überwältigt, raffte sie sich auf und eilte den Mittelgang hinunter und zur Tür hinaus. Im Vorraum blieb sie stehen und atmete tief. Zwei Frauen gingen an ihr vorbei hinein, und Jo merkte, daß sie sie verwundert anblickten. Auch sie hatten den kleinen Führer in der Hand, als sie in der Kirche verschwanden.

Fröstelnd stand sie dann auf dem Friedhof und ließ sich von der Abendsonne wärmen. Es roch nach Geißblatt und Holzrauch von einem Feuer, das unterhalb des Kirchhofs loderte, und nach dem wilden Thymian der Downs, die Bramber kahl und sandig umgaben. Am Fuße des Hügels drängten sich die alten Dächer des Dörfchens Bramber. Über ihr ragt, wie ein mißbilligend erhobener Zeigefinger, ein mächtiger Pfeiler aus Mauerwerk empor – Bestandteil der heute verfallenen Burg.

Jo verließ den Kirchhof und stieg die flachen Stufen am Hang des Burghügels hinauf. Sie überquerte die zugewucherten Tiefen des Verteidigungsgrabens und näherte sich den Ruinen.

Auf dem Gipfel des Hügels war eine weite, ebene Rasenfläche, in deren Mitte sich ein weiterer kleiner Hügel erhob, auf den in den Tagen des Eroberers der hölzerne Festungsturm des ersten William de Braose erbaut worden war. Jetzt war sie mit Bäumen bestanden, uralten Eiben. Von der Burg war nur noch wenig übrig. Ein paar Reste verfallenen Mauerwerks am Rande des Hügels, wo Esche und Ahorn die einzigen Eindringlinge waren, überwuchert von Clematis mit ihren grünlichen, duftenden Blüten. Nur der einsame, hohe Mauerfinger war noch da und gemahnte den Besucher an die vergangene Pracht.

Jo erkannte nichts. Langsam ging sie weiter; ihr Schatten glitt vor ihr her über den Rasen, und sie blickte in die Richtung des Meeres. Irgendwo da draußen im Wald war sie mit Richard auf die Beize gegangen, sie war ihm zu Füßen gefallen, und er hatte ihren Kopf in seinen Schoß gelegt. Der Wald war verschwunden. Bäume erklommen den Berghügel, der damals kahl gewesen war. Nur die Lücke in den Downs war noch dieselbe. Auch der Fluß war ganz anders. So klein. Damals war er jedenfalls viel, viel breiter gewesen, und unterhalb des Hügels hatte es eine Mole gegeben, mit Schiffen und lärmendem Treiben. Der einzige Lärm, den man jetzt hörte, war das ferne Rauschen des Verkehrs auf der Schnellstraße nach Süden.

»Ist alles in Ordnung, Jo?« Nick kam auf sie zu.

Sie lächelte ihm entgegen. »Das einzige, was ich wiedererkenne, ist die Lücke in den Downs.« Sie lachte resigniert. »Und die Kirche. Ich glaube, der Turm war schon so wie damals, allerdings war da noch was oben drauf. Und ringsum war Wasser.« Sie machte eine umfassende Geste. »Ich dachte, ich hätte von einer Stunde gesprochen?« Sie sah ihn prüfend an.

»Ich wollte dich nicht gern alleinlassen; deshalb hab ich auf der Straße unten am Hügel geparkt. Ich hatte Angst...« Er zögerte. »Na ja, daß etwas passieren könnte.«

»Ich auch.« Sie strich leicht über ein Stück altes Mauerwerk. »Ich sollte eigentlich irgend etwas empfinden. Ich weiß, ich bin hier schon gewesen. Wie oft hast du gehört, daß jemand so etwas im Scherz sagt? Ich weiß es wirklich, und doch spüre ich nichts. Warum nicht?«

»Es ist doch durchaus möglich, daß dir Bramber nicht sonderlich am Herzen lag.« Auch Nick berührte die Mauern. »Wahrscheinlich hast du keinen Grund, dich daran zu erinnern. Matilda verbrachte doch den größten Teil ihres Lebens in Wales, oder?«

Jo nickte. »Du hast recht. Vermutlich sind all ihre Erinnerungen dort.« Sie seufzte. »Aber etwas war doch da, in der Kirche – nur für einen Moment.« Wieder überlief sie ein Schauer. »William war besessen von religiöser Pflichterfüllung. Weißt du, daß seine Schreiber zusätzlich bezahlt werden mußten, weil er stets darauf bestand, seine gesamte Korrespondenz mit blumigen Schnörkeln religiösen Inhalts auszuschmücken...?« Sie brach jäh ab. »Das muß ich irgendwo gelesen haben...«

Nick nahm ihren Arm. »Komm, Jo. Fahren wir nach Shoreham.«

Sie schüttelte leicht seine Hand ab. »Du hattest recht. Ich habe mich vor Sam ausgezogen.« Sie blickte in die Ferne. »Ich hielt ihn für William. Er hat mir befohlen, das zu tun, Nick.«

»Bist du sicher?«

»Ich war in Brecknock, und er befahl mir, mich auszuziehen, während der Blinde auf der Flöte spielte.«

»Mag sein, daß William es dir in deinem Traum befohlen hat, Jo. Aber bestimmt nicht Sam. Sam würde so etwas niemals tun.«

»Weshalb hab ich mich dann ausgezogen?« rief sie. »Weshalb? Wenn es für William gewesen wäre, dann hätte ich es beschrieben, aber doch nicht wirklich getan!«

Er runzelte die Stirn. »Du erhebst da einen abscheulichen Vorwurf, Jo.«

»Es gibt keine Tonbandaufzeichnung von dem, was sich abgespielt hat«, wisperte sie. »Es war niemand außer uns anwesend. Nur Sam und ich. Und ein paar zerknüllte Kleidungsstücke.«

»Nein, das ist Unsinn! Du redest absurdes Zeug!« Nick wandte ihr schroff den Rücken zu. »Sam wäre verrückt, wenn er so etwas versuchen wollte. Außerdem ist ja nichts passiert. Dein Mann hat doch nicht versucht, dich zu vergewaltigen, oder?« Seine Stimme klang rauh.

Jo lief rot an. »Nein, er hat mich nicht vergewaltigt, denn es ist jemand gekommen – vermutlich du. Aber erst, nachdem er mich gedemütigt, verhöhnt und eingeschüchtert hatte. Er drohte, mich nackt vor allen Burgbewohnern auspeitschen zu lassen. Und wenn er genug Zeit gehabt hätte, dann hätte er mich zweifellos auf die Knie gezwungen . . .«

»Na, das beweist jedenfalls, daß Sam es nicht war«, erklärte Nick finster. »Für so pervers halte ich ihn nicht.«

»Nicht?« Jo funkelte ihn an. »Du überrascht mich.«

Jo saß in der Ecke des Schankraums und nippte an einem Scotch mit Ginger Ale, während Nick zum Telephon gegangen war. Der Geräuschpegel im Pub war hoch. Nick zog seinen Taschenkalender hervor, suchte eine Nummer heraus und wählte. Dann lehnte er sich so an die Wand, daß er sie beobachten konnte, während er, die Hand voller Kleingeld, darauf wartete, daß die Verbindung zustande kam. Er dachte an Sam.

Carl Bennet war vor einer knappen Stunde vom Flughafen Gatwick nach Hause gekommen. Er murrte, als ihn seine Frau aus der Badewanne holte.

»Nick Franklyn? Was zum Teufel will Nick Franklyn?« knurrte er und schlang sich ein Badelaken um den Leib.

»Ich weiß es auch nicht, mein Schatz, aber er ist an einem öffentlichen Fernsprecher.« Melissa Bennet lächelte ihren Mann liebevoll an, der seine beschlagene Brille putzte. »Wimmle ihn ab, Schatz, und dann kommst du zum Essen.«

»Essen sagt sie!« schnaubte Bennet seiner Frau hinterher. »Was zum Teufel, glaubt sie, hab ich wohl im Flugzeug getan?« Er nahm den Hörer. »Ja?« kläffte er. Seine Brille war schon wieder beschlagen.

Gleich darauf griff er nach seinem Notizblock. »Sie haben recht. Ich sollte sie mir so bald wie möglich ansehen. Morgen könnte ich sie noch unterbringen.« Wieder hörte er eine Weile zu, und runzelte die Stirn, als Nick innehielt, um weitere Münzen in den Apparat zu werfen.

»Also schön, Mister Franklyn. Dann am Montag um zehn. Ich finde auch, daß ein Urlaub ihr gut tun würde. Aber eines müssen Sie mir versprechen: Falls so etwas noch einmal geschehen sollte – irgend etwas, das Ihnen beunruhigend vorkommt, dann müssen Sie mich sofort anrufen.«

Er legte auf, blies nachdenklich die Wangen auf und ließ die Luft mit einem Seufzer wieder entweichen. Posthypnotische Suggestion war immer ein riskantes Geschäft. Nick Franklyns Bitte zu erfüllen und die Erinnerung des Mädchens an Matilda für alle Zeit auszulöschen, wäre höchst bedauerlich. Aber der Mann hatte recht. Man mußte die Vergangenheit im Griff behalten. Sonst würde sie die Herrschaft über Jo Clifford übernehmen und sie zerstören.

17

Als Sam am Abend die Wohnungstür öffnete und Judy erblickte, zog er die Brauen zusammen. »Ich bin beim Packen. Ich fahre zurück nach Edinburgh und fürchte, ich habe nicht viel Zeit.«

»Nicht?« Judy ging an ihm vorbei und ließ sich in einen Sessel fallen. »Macht nichts. Ich brauche nicht viel Zeit. Sie wissen natürlich, daß Nick und Jo mittlerweile wieder zusammen sind?«

»Ich weiß, daß sie zum Boot gefahren sind.« Er beobachtete sie aufmerksam, während er sich ihr gegenübersetzte.

»Sie will ihn nicht. Sie benutzt ihn bloß. Das wissen Sie sicherlich genauso gut wie ich.«

Judy trug einen pinkfarbenen Pilotenoverall, dessen Farbe einen schauerlichen Kontrast zu den orangefarbenen Polstermöbeln in Nicks Wohnung bildete. Sie lehnte sich zurück und bohrte die Hände tief in die Taschen ihres Anzugs. »Ich will Nick zurückhaben, und Sie wollen Jo.«

Sie musterte ihn aus halbgeschlossenen Augen, aber seine Miene verriet keine Regung. »Wir sollten unsere Ressourcen vereinigen, finden Sie nicht auch?« fragte sie nach einer Weile.

Sam stand auf und ging hinüber zu den Getränken. »Einmal angenommen, Sie hätten auch nur annähernd recht«, sagte er langsam,

»welche Ressourcen hätten Sie denn anzubieten?« Er goß Gin in zwei Gläser und machte sich daran, penibel eine Zitrone in Scheiben zu schneiden.

Judy lächelte. »Informationen. Und einen Vorschlag. Sie haben doch eine Klinik oder so was ähnliches in Edinburgh, oder?«

Sam reichte ihr ein Glas. »Sie meinen, ich sollte Jo packen und irgendwo einweisen, vorzugsweise in eine geschlossene Anstalt, um Ihnen freie Bahn zu verschaffen.«

»So in etwa.«

»Leider habe ich aber keine Klinik, Judy. Ich arbeite auch für keine.« Nachdenklich nahm er einen kleinen Schluck Gin und begab sich an seinen Lieblingsplatz vor dem Fenster. »Außerdem braucht Jo nicht eingewiesen zu werden.«

»Noch nicht.«

Er drehte sich abrupt um. »Was soll das heißen?«

»Daß sie verrückt wird.«

Lachend wandte er ihr wieder den Rücken zu. »Nein, nicht verrückt. Ein bißchen verwirrt vielleicht. Ein bißchen verängstigt. Weiter nichts.« Er fingerte die Zitronenscheibe aus seinem Glas und lutschte sie aus. »Es ist auch gar nicht nötig, daß Jo London verläßt, um Ihren Plänen entgegenzukommen.« Er schwieg einen Moment. »Ich könnte einen Keil zwischen sie und Nick treiben, der sie entscheidender trennt, als eine Entfernung von sechshundert Kilometern, versichere ich Ihnen. Ich kann Jo dazu bringen, ihn zu hassen. Ich kann dafür sorgen, daß sie Angst vor ihm hat.« Er hatte nicht lauter gesprochen als vorher, aber Judy starrte ihn entgeistert an. Seine Stimme klang bösartig.

»Sie mögen Ihren Bruder wohl nicht besonders, was?« fragte sie vorsichtig.

Er lächelte. »Wie kommen Sie denn darauf? Ich würde das für Sie tun!«

Eine lange Pause entstand, wachsam musterten sie einander. »Das glaube ich nicht«, stellte Judy schließlich fest. »Ich glaube, Sie tun es nicht einmal, weil Ihnen etwas an Jo liegt. Ich glaube, Sie wollen Nick verletzen.«

Sam lachte laut auf. »Vielleicht. Vielleicht auch nicht. Aber Sie werden da sein, um die Scherben aufzulesen und seine Wunden zu pflegen, nicht wahr?«

Nick saß im Cockpit der *Moon Dancer*, das Steuerruder unter dem Arm. Die Sonne schien ihm voll ins Gesicht, als er zu der cremefarbenen Segeltuchfläche hinaufschaute.

»Glücklich?« Er blickte zu Jo, die auf dem Kajütendach lag. Sie trug weiße Jeans, die sie bis über die Knie aufgekrempelt hatte, und ein gestreiftes Bikinioberteil. Jo stützte das Kinn auf die Hände und lächelte ihn an. Haare wehten ihr in das Gesicht. »Glücklich. Besser. Vernünftig. Danke!«

»Und hungrig?«

Sie nickte. »Gehen wir in Bosham an Land?«

»Warum nicht? Lunch im *Anchor Bleu* und mit der Flut wieder hinaus. Wir können auch bleiben. Dann fahren wir morgen weiter. Ganz wie du willst.«

Er korrigierte die Stellung des Segels ein wenig und sah zu, wie das Großsegel vor dem Wind ausschwenkte und der riesige orangegelbe Spinnaker einen Moment lang flatterte, bevor er sich wieder dick und rund blähte.

Jo fuhr sich mit der Zunge über die salzigen Lippen. »Mal sehen.«

Schon konnte sie das spitze Turmdach der Kirche von Bosham erkennen. Die Flut hatte fast ihren höchsten Stand erreicht und umspülte das Ufer des Schwemmlandes, wo ein Schwarm Seeschwalben über den funkelnden Wellen tanzte. Sie drehte sich um und beobachtete, wie ein großes Hochseeschnellboot mit voller Kraft an ihnen vorbeizog. »Ich hab mich noch nicht für gestern abend bedankt«, sagte sie plötzlich.

»Wofür? Wenn ich mich recht erinnere, ist nichts Besonderes passiert.«

»Eben.« Sie schob ihre Sonnenbrille hoch ins Haar. »Du hast mir Raum gegeben, Nick. Das war es, was ich brauchte. Ein Spitzenessen, genügend Scotch und gnädiges Vergessen.«

Er lachte. »Du wirkst tatsächlich ein bißchen weniger angespannt.«

»Ich bin's auch. Seit ich aus dieser Wohnung heraus bin, kann ich offenbar wieder klar denken. Ich habe mich aufgeführt wie eine emotionale Närrin, habe mich von dieser ganzen Sache zu sehr beeinflussen lassen. Kannst du dir das vorstellen? Jo Clifford, die beherrschte, sachliche, unerschütterliche Jo Clifford, läßt sich so stark beeinflussen, daß sie psychosomatische Reaktionen zeigt. Nächste Woche werde ich die Story schreiben. Ich werde sie mir von der Seele schreiben, und dann die ganze Sache vergessen.«

»Das freut mich zu hören«, sagte Nick ruhig. »Nett, daß du wieder da bist, Jo Clifford.«

Sie gingen in der Bucht von Bosham vor Anker und ruderten mit dem Schlauchboot ans Ufer. Sie durchquerten das hohe, üppige Gras der Uferwiese und schlenderten dann an der Kirche vorbei. Die Luft war schwer von Geißblatt und Rosen – betörend süß nach dem scharfen Salzgeruch des Seewindes. Sie lachten, als sie im Vorübergehen einen Schauer weißer Blütenblätter von einer Hecke rieseln ließen. Vor dem Pub setzten sie sich in die Sonne, aßen einen Ploughman's Lunch - Brot, Butter, Chester und marinierte Zwiebeln - und spazierten dann Hand in Hand durch das Dorf, sahen zu, wie die Flut über die Straße schwappte und langsam wieder zurückwich, eine glänzende Spur aus Schlick und Tang hinterlassend. Fast ohne ein Wort zu sprechen, gingen sie die Landzunge entlang und über den Damm zurück. Seite an Seite legten sie sich für ein Weilchen ins Gras und dösten in der Sonne.

Es war schon dunkel, als sie mit dem Schlauchboot zur *Moon Dancer* hinauspaddelten, die an ihrer Ankerboje dümpelte. Jo ließ sich rücklings auf den Gummirand des Bootes sinken und starrte zum Sternenhimmel hinauf. »Weißt du, wie all die Sternbilder heißen?« fragte sie träge.

Nick blickte hoch. »Ich wußte es mal. Ich nehme mir immer wieder vor, meine Kenntnisse in Astralnavigation aufzufrischen, falls die *Dancer* und ich uns mal entschließen sollten, uns auf die hohe See hinauszuwagen.«

»Im Ernst?« Sie hob den Kopf und sah ihn an.

»Warum nicht? Könnte mir Schlimmeres vorstellen, als für ein Jahr auf große Fahrt zu gehen. Soll Jim doch das Geschäft übernehmen.«

Stumm nagte sie an ihrer Unterlippe und sah zu, wie er längsseits am Boot anlegte und die Fangleine an einem Steiper festmachte. Sie kletterten an Bord, und Nick öffnete die Kajütluke. Einen Moment lang blieb Jo ganz still im Cockpit stehen und schaute über das dunkel schimmernde Wasser. Es fröstelte sie.

Nick hatte die Lichter eingeschaltet. »Noch einen Schlummertrunk?« rief er.

Sie schwieg und betrachtete die Kette der orangegelben Lichter, die über der A 27 am Ende der Bucht funkelten. Den Verkehrslärm übertönte der Wind, der von der See hereinwehte. Sie hörte nichts als das dumpfe Gluckern der Wellen an den Planken, hin und wieder ein Klatschen, wenn ein Fisch im Dunkeln in die Höhe sprang. Noch einmal blickte sie zum glitzernden Sternenhimmel hinauf. Das breite Band der Milchstraße zog sich wie ein unordentlicher Schal aus Goldbrokat über den Samthimmel.

Ein kalter Windhauch berührte ihre Wange, und sie hörte das Knattern des Falls am Mast. Als sich der Wind drehte, schwenkte die *Moon Dancer* in der Tide herum. Irgendwo in der Dunkelheit schrie ein Nachtvogel.

Jo kletterte in die Kajüte. Nick hatte den Kessel auf den kleinen Kocher gestellt; er saß auf der Koje in der vollgestopften Kabine und studierte eine Seekarte.

»Würdest du wohl bitte zwei Becher herauskramen?« fragte er, ohne aufzublicken.

Einen Augenblick lang rührte sie sich nicht; dann begann sie, langsam ihre Bluse aufzuknöpfen. Sie langte nach dem Lichtschalter und drehte das Licht aus. Er sah ihre Brüste im matten Licht der Gasflamme unter dem Kessel. Mit angehaltenem Atem sah er zu, wie sie ihre Jeans abstreifte. Sie ließ sich vor ihm auf die Knie nieder.

»Ich habe Angst, Nick«, wisperte sie. »Es ist nicht alles vorbei. Es ist passiert.« Sie deutete mit dem Kopf durch die offene Luke zum Himmel hinauf. »Mein Schicksal ist irgendwie mit einer Frau verknüpft, die achthundert Jahre vor mir gelebt hat. Ich kann ihr nicht einfach den Rücken zuwenden.«

Nick öffnete langsam sein Hemd. Sanft streckte er die Hand aus und berührte ihre Brüste.

»Ich glaube, du mußt es, Jo. Und ich glaube, du kannst es.«

Er zog sie zwischen seine Knie, und die Kanten seines Gesichts schimmerten hart im blauen Gaslicht. »Ich werde dir helfen, es zu vergessen. Wenn es das letzte ist, was ich tue – ich werde dir helfen, es zu vergessen.«

»Sind Sie sicher, daß es Sie nicht stört, in Mister Franklyns Gegenwart hypnotisiert zu werden?« Carl Bennet sah Jo scharf an. Äußerlich wirkte sie so entspannt, wie er sie bisher noch nicht gesehen hatte. Sie war sonnengebräunt und lächelte. Und doch spürte er tief in ihrem Innern eine Spannung, die ihm Sorgen bereitete.

Sie nickte und setzte sich. »Ich möchte Nick dabeihaben. Ihnen ist klar, daß ich nicht mehr zurückgeführt werden will, Doktor Bennet? Ich möchte, daß Sie die ganze Sache auslöschen. Bewirken Sie, daß ich sie vergesse.«

»Ich halte es auch für das Beste, meine Liebe. Ich muß jedoch auch zugeben, daß ich es in vieler Hinsicht bedauerlich finde. Ich hatte vor, Sie einem amerikanischen Kollegen vorzustellen . . .«

»Nein!« Jo ballte die Fäuste. »Ich wollte wissen, was sich zugetragen hat, aber ich halte es nicht mehr aus. Wirklich nicht.« Ernst sah sie ihn an. »Es hat Auswirkungen auf meine Gesundheit, auf meine Arbeit und auch auf meinen Verstand. Also machen Sie all dem bitte jetzt ein Ende.«

Bennet nickte. »Also gut. Lassen Sie uns anfangen. Ich möchte, daß Sie die Augen schließen, Joanna, und sich entspannen.« Er betrachtete ihre Hände, die zu Fäusten geballt in ihrem Schoß ruhten. »Entspannen Sie sich völlig. Beginnen Sie mit den Zehen . . .«

»Es dauert jedesmal länger«, bemerkte Sarah, als Jo endlich in Tieftrance lag.

»Sie hat immer mehr Angst vor dem, was geschehen könnte. Sie wehrt sich. Ich bezweifle, daß wir sie in ihrem psychischen Zustand sehr viel weiter hätten zurückführen können.«

Jo lehnte mit geschlossenen Augen passiv in ihrem Sessel. Nick hatte sich in einer Ecke des Zimmers niedergelassen, wandte aber den Blick nicht von Jos Gesicht.

»Meinen Sie, es wird funktionieren?« fragte er leise.

Bennet zuckte mit den Schultern. »Es wird, wenn sie es wirklich will.«

Er zog sich einen Stuhl heran, setzte sich neben Jo und nahm behutsam ihre Hand. »Joanna, kannst du mich hören?«

Jo bewegte leicht den Kopf; man konnte es als Nicken deuten.

»Und du fühlst dich entspannt, behaglich und denkst an das Wochenende an der See?«

Sie lächelte. Diesmal war das Kopfnicken eindeutiger.

»Gut. Und jetzt hör nur zu, Jo. Es ist fünfundzwanzig Tage her, seit ich dich zum erstenmal hier gesehen und zur Regression veranlaßt habe. Seither haben diese Rückführungen dir viel Unglück gebracht. Ich will, daß du sie vergißt, denn du selbst möchtest sie vergessen. Wenn du aufwachst, wirst du nur noch wissen, daß du ein paar merkwürdige, unwichtige Träume gehabt hast, und mit der Zeit wird auch diese Erinnerung verblassen. Hast du mich verstanden, Joanna?«

Er schwieg und beobachtete sie aufmerksam. Jo lag regungslos da, aber er sah, daß die Anspannung in ihren Händen wieder da war. Jäh schlug sie die Augen auf und sah ihn an. »Ich kann es nicht vergessen«, sagte sie leise, aber deutlich.

Bennet schluckte nervös. »Du mußt es vergessen, Joanna. Matilda ist tot. Laß sie ruhen.«

Jo lächelte traurig. »Sie kann nicht ruhen. Ich kann nicht ruhen ... Die Geschichte muß erzählt werden ...« Ihr Blick ging an ihm vorbei. »Begreift ihr nicht? Ich muß zurück, um herauszufinden, warum das alles geschehen ist. Ich muß mich erinnern. Ich muß es noch einmal erleben ... die erste Begegnung mit John ...«

»Stoppen Sie sie!« Nick war aufgesprungen. »Stoppen Sie sie! Sie geht allein zurück. Sehen Sie das nicht?« Er ergriff Jo bei den Schultern. »Jo! Wach auf! Um Gottes willen, wach auf!«

»Lassen Sie sie in Ruhe!« Bennets Befehl übertönte sein Rufen. Jo saß auf einmal kerzengerade in ihrem Sessel, und ihr Blick ging glatt durch ihn hindurch.

»Jo.« Jetzt packte Bennet sie und zwang sie dazu, ihm den Kopf zuzuwenden. »Jo, ich möchte, daß du mir zuhörst ...«

»Hört mir zu! Hört zu!« William de Braose stand vor ihr, rasend vor Wut. »Ihr werdet dem König nicht erzählen, was auf unserer Reise geschehen ist. Nichts werdet Ihr ihm sagen, habt Ihr verstanden?«

Matilda spürte, wie der Trotz in ihr aufstieg. Sie hielt seinem Blick stand und spottete seiner Angst, doch dann blickte sie doch zu Boden. Wenn sie jetzt mit ihm stritt, würde er sich weigern, sie dem König unter die Augen kommen zu lassen – und das wollte sie mehr als alles andere. Demütig schlug sie die Augen nieder. »Ich werde nichts sagen, mein Lord«, flüsterte sie.

Gloucester war voller Menschen. Das Lager des königlichen Gefolges erstreckte sich von der königlichen Festung bis zum Königspalast im Norden der Stadt, wo König Henry zu Weihnachten Hof zu halten pflegte – eine farbenprächtige Ansammlung von Zelten, über denen das königliche Leopardenbanner wehte.

Bei ihrer Anreise hatten sie die Flotte der königlichen Galeeren auf dem Severn gesehen. Es war Abend, als sie den Fuß der Burg erreicht hatten, und de Braoses Zelte wurden neben denen ihrer Nachbarn aus der Grenzmark aufgeschlagen. Man war gekommen, um der Verlobung des jüngsten Königssohnes John mit Isabella, der Tochter des Earl of Gloucester, beizuwohnen. Später begab sich William in seinen feinsten Gewändern endlich mit Matilda zum König, um ihm seine Aufwartung zu machen.

Sie fanden ihn in einem der oberen Gemächer der Burg. Er saß an einem großenTisch, auf dem mehrere Landkarten lagen. Neben ihm stand William Fitzherbert, der Earl of Gloucester, der zwei Tage zuvor mit seiner Gemahlin, seiner kleinen Tochter sowie einigen anderen Edlen von seiner Burg zu Cardiff herübergekommen war. Weinpokale dienten dazu, die Karten niederzuhalten, während die beiden im Schein zahlreicher großer Wachskerzen über den grobgezeichneten Linien brüteten. Richard de Clare war nirgendwo zu entdecken, das sah sie mit einem Blick, als sie sich mit heftig pochendem Herzen vor dem König verbeugt. So verzweifelt hatte sie darauf gehofft, daß er hier sein möge.

»Es freut mich, daß Ihr habt kommen können, Sir William.« Henry nahm Williams Verbeugung huldvoll zur Kenntnis. »Mein Sohn wird Euer Nachbar in der Mark sein, wenn unsere Pläne Wirklichkeit werden und wir den Dispens für diese Ehe bekommen.« Er spähte zu Matilda, die hinter ihrem Gemahl stand. »Eure Gemahlin, Sir William? Sie kann morgen Aufwärterin bei der jungen Isabella sein. Will sehen, ob sie das Geschnatter dieser Jungfern zum Verstummen wird bringen können.« Schnaubend streckte er Matilda seine Hand entgegen, und sie trat eifrig vor.

»Euer Gnaden«, murmelte sie und verneigte sich tief. Sie blickte in das von tiefen Falten durchzogene Gesicht unter dem roten, ergrauenden Haar und merkte, daß der König sie mit seinen klaren blauen Augen aufmerksam musterte. Sogleich spürte sie, daß sein Blick sie abschätzte, und unsicher schob sie sich näher an ihren Gatten heran.

»Euer Vater, Sir Reginald, war ein braver Mann, meine Liebe.«

Der König ließ ihre Hand nicht los. »Einen besseren Vogt hatte ich nicht. Und Ihr habt große Ähnlichkeit mit ihm.« Lächelnd sah er William an. »Glückspilz. Sie ist ein reizendes Mädchen.«

Matilda errötete und wich zurück, als der König ihre Hand losließ. Sie blinzelte nervös zu ihm hin, aber er hatte seine Aufmerksamkeit schon wieder den Landkarten zugewandt. William wurde sofort in die Erörterung verwickelt, und so zog sie sich leise an das Feuer zurück, vor dem die beiden großen braunen Hunde des Königs die Wärme genossen. Matilda sah in die Flammen und überlegte, ob sie sich entfernen sollte.

Einen Augenblick später wurde neben ihr eine Tür aufgestoßen, und ein Knabe betrat das Zimmer. Er blieb stehen und musterte sie arrogant von Kopf bis Fuß.

»Ich habe Euch heute nachmittag in Sir Williams Gefolge gesehen«, erklärte er und kam auf sie zu. Sein aschblondes Haar war zerzaust und naß; er war wohl durch den Regen geritten. »Eure Stute hat gelahmt. Ihr hättet absteigen und sie am Zügel führen sollen.«

»Ich bitte um Vergebung.« Matilda errötete heftig. »Sie hat nicht gelahmt.«

»Hat sie doch.« Er schnitt eine Grimasse. »Ich hab's gesehen. Sie ist arg gestolpert.«

»Sie war müde.« Matilda war empört. »Aber ihr hat nichts gefehlt. Niemals hätte ich sie sonst geritten.« Voller Abneigung starrte sie den Jungen an, sah sein zerrissenes Hemd und die abgestoßenen Schuhe. »Und überhaupt geht dich das nichts an. Du hast mir nicht zu sagen, was ich tun und was ich lassen sollte.« Ihre Stimme war ein wenig lauter geworden, und plötzlich wurde ihr bewußt, daß am Tisch hinter ihr Stille eingetreten war.

Verlegen drehte sie sich um und begegnete dem kühlen Blick des Königs, der sie über seine Karten hinweg mit hochgezogenen Brauen betrachtete.

»Ich hoffe, mein Sohn ist Euch nicht lästig, Lady de Braose«, bemerkte er ruhig. Dann fügte er etwas lauter hinzu: »Komm her, John.«

Matilda rang nach Luft und drehte sich mit hochrotem Kopf zu dem Prinzen um, aber der hatte ihr bereits den Rücken zugekehrt und war zu seinem Vater gegangen. Aus sicherer Position an der Seite des Königs streckte er ihr höhnisch die Zunge heraus.

Sein Vater hatte die Ungezogenheit vielleicht nicht gesehen, wohl aber der eine oder andere am Tisch, unter ihnen William. Sie sah, daß er dem Knaben einen wütenden Blick zuwarf und die Hand hob, als wolle er ihm eine Maulschelle verpassen; doch dann besann er sich offenbar anders und beugte sich wieder über die Karten vor ihm. Der König bedachte Matilda mit einer leichten Neigung des Kopfes.

Mit glühenden Wangen wandte sie sich wieder dem Feuer zu; am liebsten wäre sie aus dem Zimmer gestürzt.

»Er ist ein abscheulicher, vorlauter Fant«, platzte sie später heraus, als sie mit Elen allein in ihrem Zelt war. Sie drehte sich um, damit die Frau ihr das Mieder aufschnüren konnte. »Der Himmel stehe der armen kleinen Isabella bei, wenn sie ihn wirklich heiraten soll. Der Bengel hat eine Tracht Prügel nötig.«

»Pst!« Erschreckt blickte Elen sich um. »Man kann nie wissen, wer da draußen zuhört, meine Lady. Es wäre nicht gut, schlecht über den Prinzen zu sprechen.«

»Prinz!« schnaubte Matilda und zupfte an ihrem Zopf. »Er benimmt sich eher wie ein Stallbursche, nur daß er nichts von Pferden versteht!«

»Er reitete ganz gut, wie ich gehört habe.« Elen raffte die üppigen Falten des Gewandes zusammen, das ihre Herrin abgestreift hatte. »Er ist genauso kühn wie alle seine Brüder, obwohl sie um so viel älter sind.«

»Kühn mag er ja sein.« Matilda blieb unversöhnlich. Das verstohlene Grinsen der Männer am Tisch war noch immer vor ihrem inneren Auge, ebenso wie der Ausdruck von Belustigung in den kalten Augen Henrys. »Es kam ihm nicht zu, mich zu bezichtigen, ich hätte ein lahmendes Pferd geritten, und mich vor William und dem König lächerlich zu machen.«

»Still, meine Lady. Er ist doch noch ein Knabe.« Elen öffnete eine Truhe und suchte darin nach einem Kamm. »Vergeßt ihn. Denkt lieber an morgen, an die hübschen Zeremonien und an das Bankett danach. Es wird alles so wunderschön werden, wahrhaftig. Noch nie in meinem ganzen Leben habe ich so viele Menschen und solche Pracht gesehen.«

Matilda schenkte ihr trotz ihres Ärgers ein liebevolles Lächeln und ließ sich auf einem der Stühle nieder, damit Elen ihr Haar kämmen konnte. Die Wangen der jungen Waliserin leuchteten vor Aufregung, und plötzlich fiel ihr ein, daß auch für sie morgen ein großer Tag sein würde. Zum ersten Mal würde sie bei Hofe auftreten. Es war töricht, sich durch die vorsätzlichen Schmähungen des Jungen einen Tag verderben zu lassen, der so aufregend zu werden versprach – selbst wenn dieser Junge der Sohn des Königs war, ein Nachkömmling Henrys und seiner Königin Eleanor. Und wenn der Junge der Held dieses Tages sein sollte – nun, wie William schon gesagt hatte, es würde wahrscheinlich der aufregendste Tag werden, den er je – von der Trauung abgesehen – im Mittelpunkt allgemeiner Aufmerksamkeit erleben würde. Wie konnte er sonst darauf hoffen, je selbst zu glänzen, da er doch drei prachtvolle und großartige Brüder hatte, die so viel älter waren als er?

Endlich entließ sie Elen und stieg müde aus ihrem Hemd. Die Kälte ließ sie nach Luft schnappen. Sie ließ das Hemd liegen, wo es hingefallen war, stieg nackt in das niedrige Bett, rollte sich unter dem Berg von Fellen zusammen und lauschte den Rufen und Reden, die durch das weite Lager schallten. Bald würde man das Signal zur Nacht geben, man würde die Feuer löschen, und es würde noch kälter werden. Zu gern hätte sie Elen zu sich ins Bett gerufen, um sich an ihr zu wärmen, aber sie wagte es nicht. Des Königs offenkundige Bewunderung für sie hatte Williams Lust geweckt, und seine plumpen Aufmerksamkeiten und seine unmißverständlich lüsternen Blicke an der Speisetafel hatten ihr zu verstehen gegeben, daß sie ihn heute abend wieder in ihrem Bett zu erwarten hatte.

Und richtig, die Feuer waren kaum gelöscht, als William ins Zelt gestapft kam und schon dabei war, seinen Mantel abzulegen.

»Der Mond hat einen Hof heute abend«, verkündete er laut und öffnete eine Gewandspange. »Noch vor dem Morgengrauen wird es ein Unwetter geben.« Er bedeutete seinem Knappen, er möge verschwinden, und setzte sich, um sich die Stiefel auszuziehen. »Nun, meine Lady, Ihr habt Seine Gnaden, den König, wahrlich beeindruckt.« Er gluckste. »Nicht viele bieten seiner verwöhnten Range die Stirn, wie ich höre, und können später davon reden, ohne daß ihnen das Haar büschelweise ausgerissen worden wäre.«

Er sah, daß die Augen seiner Frau im trüben Licht des Binsendochtes wütend blitzten, und wechselte hastig das Thema. »Ich bin froh, daß Ihr morgen Isabellas Aufwärterin sein sollt, meine Liebe. Das ist eine große Ehre. Ihr werdet in der vordersten Reihe stehen.«

Grunzend riß er sich den anderen Stiefel vom Fuß und warf ihn auf den Boden. »Bei Gott, Matilda, der König war heute prächtiger Laune. Für den Tag nach morgen plant er eine große Jagd, und was mich betrifft, ich werde dabeisein. In den Wäldern hier ist die Jagd zur Zeit ausgezeichnet. Wir werden einen herrlichen Tag haben.« Er warf seine restlichen Kleider ab, blies den Binsendocht aus und wandte sich dem Bett zu.

Sie biß die Zähne zusammen, als er sich über sie warf, seine Hände ihre Brüste umfaßten und seine Knie ihre Schenkel auseinanderzwangen. »Ihr habt dem König gefallen, Matilda«, murmelte er. »Er sagt, ich sei ein Glückspilz, und er versteht einiges von Weibern, unser König Henry. Ich werde auf Euch achten müssen, was?« Und er lachte voller Besitzerstolz, als er in sie hineinstieß.

Der Morgen dämmerte frostig und klar. Die Nebelschwaden, die vom Meer her den Fluß heraufgeweht waren, hatte die Sonne bald verdampfen lassen.

Matilda stand im kalten Zelt und ließ sich von Elen und Nell ankleiden. Zuerst das gefältelte Hemd, dann das blaugrüne Untergewand, und darüber schließlich ihr Gewand aus scharlachrotem Tuch, dessen Saum mit Goldstickereien und Edelsteinen verziert war. Um ihre schlanken Hüften legten die Mädchen den wunderschön gearbeiteten Gürtel, den sie nur zu offiziellen Anlässen trug. Sie bat Elen, ihr die langen Zöpfe unter dem Schleier aufzustecken, und betrachtete sich dann kritisch in dem Handspiegel aus poliertem Metall, den Nell ihr hielt. Sie sah, daß sie blaß war; ihr kastanienbraunes Haar steckte säuberlich unter dem schneezarten Schleier, und auf ihrem goldenen Stirnband funkelte ein Sonnenstrahl, der sich durch die Zeltklappe in den Schatten verirrt hatte, in dem sie stand.

Ihr Gesicht verriet nichts von dem Schmerz zwischen ihren Beinen und den Blutergüssen an ihren Brüsten. Zum Weinen war sie zu stolz gewesen, aber nachdem William endlich eingeschlafen war, hatte sie noch stundenlang im Dunkeln wachgelegen und gebetet, er möge heute zu betrunken sein, um die Bankethalle verlassen zu können, und Seine Gnaden, der König, möge nie wieder in ihre Richtung schauen.

Die Gemächer, in denen die Countess of Gloucester wohnte, lagen auf der anderen Seite der Burg. Ohne William, der in aller Frühe verschwunden war, um dem König und dem Earl of Gloucester bei der Unterzeichnung der formellen Verlobungsdokumente zu Diensten zu sein, konnte sich Matilda nicht zurechtfinden. Sie stand inmitten des lärmenden Treibens auf dem Hof und war ratlos. Elen gelang es nur mit Mühe, ihre Erregung zu beherrschen und ihre Herrin nicht am Ärmel zu zupfen.

Schließlich mußten sie einen Knaben bitten, sie zu den Gemächern der Countess zu führen. Sie folgten ihm durch ein Gewirr von Stein- und Holzbauten, einige neu, andere alt und baufällig, in den eigentlichen Palast, durch dunkle Gänge und Treppen hinauf, bis sie schließlich vor einer schweren, mit Gobelins verhängten Tür angelangt waren.

»Da drinnen ist sie, meine Lady.« Der Junge deutete mit dem Daumen auf die Tür. Er schob sich an Elens Seite und streckte die Hand aus. »Ich hab Euch hergebracht, wie Ihr wolltet, Herrin.«

Elen sah ihn verblüfft an.

»Er will, daß du ihm eine Münze gibst, Elen«, erklärte Matilda schroff und achtete nicht weiter darauf, wie Elen mit rotem Kopf in der Börse an ihrem Gürtel nach einem Viertelpenny suchte. Sie atmete tief durch, schob die Vorhänge beiseite und öffnete die Tür.

Der geräumige Söller war voll von Frauen. Hawise Fitzherbert, Countess of Gloucester, groß und von blühender Gesichtsfarbe, war von Kammerjungfern umgeben. Ihre Stimme, schrill von Ungeduld und übler Laune, überlagerte das gedämpfte Schnattern rings um sie her. Sie drehte sich um, als Matilda eintrat, und hob die schmal gezupften Augenbrauen so hoch, daß sie fast unter dem Haaransatz verschwanden.

»Nicht noch eine. Hat man denn jedes Weib im Lande geschickt, uns zu Diensten zu sein?« Säuerlich spitzte sie die Lippen.

»Der König, Lady Gloucester, hat mich gebeten, Eurer Tochter aufzuwarten.« Mit brennenden Wangen vollführte Matilda einen kleinen Knicks.

Die Frau schnaubte. »Ihr und wer noch? Madame, wer seid Ihr wohl?«

»Matilda de Braose, Countess.« Matilda holte tief Luft; sie war entschlossen, sich nicht abweisen zu lassen.

»Nie von Euch gehört.« Die Frau war anscheinend entschlossen, schlecht gelaunt zu sein. Sie wandte sich ab, um von einer Zofe eine Brosche entgegenzunehmen, hielt aber inne, als sich eine Dame aus der Schar löste.

»Lady de Braose ist die Gemahlin Sir Williams, Countess, des Lord of Brecknock in der mittleren Grenzmark. Es ist eine große Ehre, daß sie der kleinen Lady bei ihrer Verlobung mit Prinz John dienen soll.« Ihre Stimme war ein Theaterflüstern, das für alle im Raum bestimmt war. Die Countess runzelte zögernd die Stirn und musterte sie erneut.

Matilda richtete sich auf. »Wo ist Lady Isabella? Darf ich ihr meinen Gruß entbieten?«

Die Countess hielt sich gerade, während ihr Mieder geschnürt wurde; dann streckte sie die Arme aus und ließ sich ihren Gürtel anlegen. »Ihr könnt es versuchen«, grollte sie dann. »Sie heult in ihrer Kleiderkammer.«

Matilda warf Elen einen raschen Blick zu und durchquerte den Raum. Die Frauen ließen sie vorbei, und sie hatte das unbehagliche Gefühl, daß sich die Blicke aller in ihren Rücken bohrten. Aber ihre Aufmerksamkeit richtete sich auf das kleine Nebengemach, aus dem sie hilfloses Schluchzen hörte.

Auf dem Boden in der Ecke, unter einer Kleiderstange, kauerte ein kleines Mädchen und weinte, als wollte ihm das Herz brechen. Die Kleine umklammerte eine Stoffpuppe und eine rundgesichtige Amme beugte sich über sie. Hinter ihr harrten zwei Kammerjungfern mit einer Auswahl von Kleidern und Mäntelchen, die sie ihr offenbar anziehen zu dürfen hofften.

»Was ist denn los?« erkundigte sich Matilda und sah auf das Kind hinunter. Entsetzt stellte sie fest, daß die Kleine verschwitzt und ungekämmt war; Grashalme steckten in ihrem Haar, und sie hatte dunkle Ringe unter den Augen.

»Sie wollte weglaufen, Madame, das ist los.« Die Amme gab ihre

Überredungsversuche auf und richtete sich auf. Die Hände in die Hüften gestemmt, starrte sie das Mädchen verdrossen an. »Da stehen wir nun, und alle sind fast so weit, daß sie in die Kathedrale gehen können, und dieses Kind will sich nicht ankleiden lassen. Sie sagt, sie will mit dem Sohn des Königs nichts zu tun haben. Stellt Euch vor! Wie kann sie es wagen, der kleine Nichtsnutz! Wartet nur ab, bis ihr Vater davon Wind bekommt. Er wird ihr den Hintern versohlen.«

Das kleine Mädchen schluchzte erneut auf und klammerte sich noch fester an seine Puppe.

»Nun, er wird keinen Wind davon bekommen«, erwiderte Matilda ruhig. Sie hatte das kleine Mädchen sofort ins Herz geschlossen. Sie fühlte sich lebhaft an ihre eigene Verlobung mit William erinnert. Auch sie war noch ein Kind gewesen, nicht viel älter als dieses hier. Sie hatte von einem großen, strahlenden, tapferen Ritter geträumt. Aber dann hatte ihr Vater ihr aufgeregt von der großen Ehre erzählt, die der Familie erwiesen worden sei, indem jener vierschrötige, jähzornige Baron sie auserkoren habe, dessen Ruf schon damals mit Grausamkeit und Bosheit behaftet gewesen war. Auch sie war zunächst fortgelaufen. Aber dann hatte sie an ihrem Lieblingsplatz auf dem Hügel gesessen und über ihre Pflicht nachgedacht und, da sie im Grunde ihres Herzens Realistin war, auch darüber, wie groß ihre Chance war, jemals ein besseres Heiratsangebot zu erhalten. Sie war heimgekehrt, hatte ihre erschrockene Mutter um Verzeihung gebeten, ihrem erzürnten Vater Honig um den Bart geschmiert und sich damit begnügt, das Beste daraus zu machen. Sie hatte sich mit dem Gedanken getröstet, eine große Lady zu werden. Aber würde sie dieses Kind dazu überreden können, darin einen Sinn zu erblicken? Dieses kleine Mädchen, dessen wirkliche Welt immer noch von Puppen, Hündchen und einem schneeweißen Pony bevölkert war?

»Bitte, Amme, wollt Ihr uns für ein Weilchen alleinlassen?« Sie schenkte dem aufgeregten Weib ihr strahlendstes Lächeln. »Ich möchte mich gern ein bißchen mit Isabella unterhalten.«

Die Frau wollte widersprechen, aber Elen drängte sie bereits hinaus, und die beiden protestierenden Zofen dazu. Dann versperrte sie den Eingang entschlossen mit ihrem Rücken.

»Alberne Weiber«, brummte sie. »Glucken herum wie ein Schwarm Hühner, wahrhaftig. Armes *cariad bach.*«

Matilda kniete sich nieder und streckte dem kleinen Mädchen die Arme entgegen. »Komm her, Isabella, mein Schatz. Sag mir, was dich bedrückt. Warum bist du so unglücklich?«

Ob es das Mitgefühl in ihrer Stimme war oder der Anblick einer Fremden, wußte sie nicht zu sagen, aber Isabella rappelte sich mit neuerlichem erstickten Schluchzen auf, stürzte auf sie zu und ließ sich in Matildas offene Arme fallen.

»Na, na, mein Kind. Ganz ruhig.« Matilda wiegte Isabella ein Weilchen sanft. Es rührte sie an, den zerbrechlichen Körper zu fühlen, so mager unter den dürftigen Kleidern. Als das Schluchzen der Kleinen nachließ, strich sie ihr das Blondhaar aus dem erhitzten Gesicht und lächelte sie freundlich an. »Nur zu, mein Herz, sag mir, was dich bedrückt.«

»Ich will nicht verlobt werden.« Isabella schniefte laut. »Ich hasse John. Er ist ein schlechter, böser Knabe. Ich will ihn nicht heiraten, niemals.«

»Warum nicht, Isabella? Warum glaubst du, daß er böse ist?«

»Er reißt den Sperlingen die Flügel aus.« Sogleich begannen die Tränen wieder zu fließen, und das kleine Mädchen verbarg den Kopf an Matildas Schulter. »Es macht ihm Spaß, anderen weh zu tun. Das hat er mir erzählt. Und wenn ich ihm gehöre, sagt er, dann kann er mir auch wehtun. Er sagt, er könne mich zum Weinen bringen.«

»Der Herr strafe diesen Teufelsbraten!« fluchte Matilda innerlich. Über den Kopf des Kindes hinweg wechselte sie einen Blick mit Elen. »Hör zu, Isabella. John hat das nur gesagt, um dich zu necken. Er würde dir nie weh tun. Das könnte er gar nicht. Nach der Messe in der Kathedrale wird es ein hübsches Fest geben, und dann wirst du weiter bei deinem Vater und deiner Mutter bleiben, bis du erwachsen bist. John wird wahrscheinlich nie wieder in deine Nähe kommen. Und wenn du ihn einst heiratest, in vielen, vielen Jahren, dann wirst du eine Prinzessin sein. Du wirst die schönste Prinzessin sein, die es je gegeben hat.« Sie lächelte in das ernste, blasse kleine Gesicht. »Und jetzt komm! Vergiß nicht, daß du eine große Lady bist. Ladies dürfen nie Angst haben.« Sie drückte einen Kuß auf das struppige Haar. »Wirst du deiner Amme jetzt erlauben, dich zu kämmen, zu waschen und anzukleiden?«

»Aber ich habe ihn gesehen.« Das kleine Mädchen zitterte noch immer. »Er hat an den Flügeln gerissen, bis der Vogel geschrien hat.«

Ein Schauer überlief Matilda. »Ich werde meinen Gemahl bitten, es dem König zu sagen. Für eine solche Grausamkeit sollte John ausgepeitscht werden.«

»Versprichst du das?« Isabella rieb sich mit dem Handrücken über die Augen.

»Ich verspreche es.« Sanft schob Matilda Isabella von sich. »Und jetzt komm, wir haben nicht mehr viel Zeit.«

Die Amme erschien im Handumdrehen; offensichtlich hatte sie hinter der Tür gelauscht. Halb verärgert über Matilda, halb erleichtert, weil ihr Schützling beruhigt worden war, drängte sie sich an die Seite des Kindes.

»Unglaublich, dieser Knabe«, brummte sie, während sie das Kind auszog und sich daranmachte, den zierlichen Körper mit einem Lappen abzureiben, der in einem Krug mit längst erkaltetem Wasser ausgewrungen worden war. »Gestern saßen sie da, Seite an Seite, nachdem der König sie zusammengeführt hatte, brav und wie aus dem Ei gepellt, sauber geschrubbt und gekämmt alle beide. Wir sahen, daß John ihr etwas zuflüsterte. Dann nahm er sie bei der Hand und führte sie davon. Lady Gloucester war höchst zufrieden, wahrhaftig. Aber dann kommt das Kind hereingestürzt und kreischt, daß schier der Palast einzustürzen droht. Der Earl hat getobt, und der König nicht minder. Und dann kam der junge John herein, die Unschuld selbst. ›Ich weiß nicht‹, sagte er. ›Ich weiß nicht, wieso sie weint.‹« Sie zog dem Mädchen ein reines Hemd über den Kopf, dann das bestickte Kleid. Sie begann, das feine Blondhaar zu bürsten.

Die anderen Frauen draußen im Söller waren zu sehr mit dem Genörgel der Countess of Gloucester beschäftigt, als daß sie weiter darauf geachtete hätten, was sich in der Garderobe zutrug, und so kam es, daß für einen Augenblick erstauntes Schweigen eintrat, als Matilda hereinkam und Isabella an der Hand hielt, ordentlich, sauber und mit trockenen Augen.

»Na«, sagte ihre Mutter schließlich. »Zeit wurde es.« Sie ignorierte Matilda mit genau bemessener Geringschätzung und wollte ihre Tochter bei der Hand nehmen. Aber Isabella riß sich los, klammerte sich an Matilda und verbarg sich hinter ihr vor dem Zugriff der Mutter. Verdrossen gab die Countess ihre Versuche auf.

»In drei Teufels Namen, so geht Ihr mit dem Kind, wenn ihm so viel daran liegt«, fauchte sie. »Bleibt bei ihr und sorgt dafür, daß sie sich benimmt. Ich wünsche keine Unarten mehr.«

Matilda klopfte das Herz, als sie Isabella bei der Hand nahm und hinausgeleitete. Draußen hörte sie die Fanfaren. Die Prozession formierte sich und erwartete den König.

In der Kathedrale St. Peter drängten sich die Menschen. Langsam schritten sie durch das Kirchenschiff zwischen hohen Säulen dahin, die in der rauchigen Dunkelheit hoch über ihnen verschwanden, dort, wo die Farben der Malereien noch immer von jenem zerstörerischen Feuer geschwärzt und befleckt waren, das fünfzig Jahre zuvor durch die Kirche getobt war. Matilda hielt den Atem an und umfaßte Isabellas Hand, ohne es zu merken, noch fester. Ein Meer von Kerzenflammen erhellte die Kathedrale, und jedes Licht spiegelte sich dutzendfach im Staat derer, die sich hier versammelt hatten, um das Hochamt zu feiern. Die Luft war schwindelerregend schwer von Weihrauch.

Der König erwartete sie im Chor. Neben ihm stand der prächtig gekleidete Prinz John. Bei ihnen war der hochgewachsene königliche Justitiar, Ranulf Glanville, der Johns Erziehung zu beaufsichtigen hatte, und der Earl of Gloucester, Isabellas Vater, und rechts und links reihten sich Bischöfe und Priester auf. Der Knabe John stand ruhig da, sein Blick ruhte auf dem Sarkophag Roberts, des Herzogs der Normandie. Er sah aus, als könne er kein Wässerlein trüben. Kein einziges Mal sah er das zitternde kleine Mädchen an, das neben ihm stand, als der Segen gesprochen wurde. Auch als im Chor eine freudige Lobeshymne aufbrandete, hob er den Blick nicht.

Einmal aber schaute er Matilda an. Überrascht las sie die unverhüllte Herausforderung in seinen blauen Augen. Fast glaubte sie, sich getäuscht zu haben, so rasch hatte sich sein Blick wieder verschleiert. Sie lenkte ihre Aufmerksamkeit wieder auf ihre Schutzbefohlene und auf die Heilige Messe, aber irgendwo in einem Winkel ihres Herzens hatte sich ein Schatten geregt, und sie spürte ein warnendes Flackern.

Die Festlichkeiten mit Jagden und Gelagen dauerten mehrere Tage. Doch dann wurde es endlich Zeit zum Aufbruch. Richard de Clare war nicht erschienen.

Den König hatte sie nach dem Bankett, das der formellen Verlobung und dem Gottesdienst in der Kathedrale St. Peter gefolgt war, nur noch zweimal gesehen. Beide Male war er in der Kälte des frühen Morgens zu einem Jagdausflug aufgebrochen, umgeben von seinen Baronen und Rittern, zu denen auch William gehörte.

Einmal war Prinz John an seiner Seite, und wieder spürte sie den Blick des Knaben auf sich. Diesmal lag Nachdenklichkeit, ja Berechnung in seinen Augen. Fröstelnd zog sie sich den Mantel um die Schultern und wandte sich ihrem Zelt zu.

Am nächsten Morgen stand sie am Kai und sah zu, wie ein Schiff entladen wurde. Sie hatte sich fest in ihren Fehchenpelz gehüllt, denn von den walisischen Bergen kam ein eisiger Wind. Plötzlich hörte sie ihren Namen. Sie fuhr herum. »Richard!« Sie stieß einen sen Freudenschrei aus, bezähmte sich jedoch sogleich und schaute sich wachsam um. Ein paar Schritte weiter feilschte Elen mit einem Höker, in dessen Bündel sie irgendeinen Tand entdeckt hatte. »Ich hatte alle Hoffnung aufgegeben, Euch hier zu sehen!«

Richard sah sie an. »Wie könnte ich nicht kommen, da ich Euch doch hier weiß?« Er atmete heftig und bemühte sich, seine Gefühle zu beherrschen, während er sie anschaute. Sie war soviel schöner als bei ihrer Trennung vor fast einem Jahr. Sie war gereift; aus einem fohlenhaften Mädchen war eine liebreizende Frau geworden. Ihr Haar glänzte unter der Pelzkapuze, und der eisige Wind hatte Farbe auf ihre Wangen gebracht. Seine Faust spannte sich fester um den Schwertgriff.

»Ich höre, Ihr habt einen prächtigen Sohn entbunden, meine Lady«, sagte er endlich. »Meinen Glückwunsch.«

Sie lächelte ihn an. Sie wußte nicht, was sie sagen sollte. Ihr Herz schlug allzu schnell. Sie konnte kaum atmen. Er hatte sie nicht berührt, nicht einmal ihren Handschuh geküßt, und doch fühlte sie seine Berührung, fühlte die Sehnsucht, die sich wie ein Band zwischen ihnen spannte.

»So, meine Lady!« Elen kam triumphierend mit ihrer Eroberung herbei. »Wollen wir jetzt zur Halle des Königs gehen?« Erbost funkelte sie den hochgewachsenen blonden Ritter mit dem Wappen auf dem Mantel an, der ihre Herrin mit so unverhülltem Verlangen anstarrte.

»Meine Lady.« Sie zupfte an Matildas Ärmel. »Wir sollten jetzt weitergehen.«

»Ich werde Euch wiedersehen?« Matilda konnte den Blick nicht von Richards Gesicht wenden.

Er nickte hilflos, hob die Hand, um sie festzuhalten, ließ sie aber wieder sinken, ohne Matilda berührt zu haben, und wandte sich mit einer Verbeugung ab.

Den ganzen Tag lang wartete Matilda darauf, ihn wiederzusehen, aber er kam nicht mehr. Auch an der Tafel in der großen Halle des Königs war er nicht zu entdecken.

Enttäuscht und verzehrt von ihrer Sehnsucht, zog sie sich früh zurück; sie hatte Kopfschmerzen vom Rauch und vom Lärm des ausgedehnten Abendessens. Sie hatte eine Phiole Mohnsirup entkorkt und mischte ein wenig davon in einen Becher Wein, als sie aufblickte und bemerkte, daß sich an der Zeltwand etwas bewegte.

»Richard?« hauchte sie. Aber es blieb still. Ihre überspannte Einbildungskraft hatte ihr einen Streich gespielt. Niemals würde er es wagen, in die Nähe ihres Zeltes zu kommen. Sie hob den Becher, nahm ein kleinen Schluck von der Mixtur und spürte, wie sie wohltuend durch ihre Adern rann. Als sie lautlos aus ihrem Kleid schlüpfte, war sie bereits schläfrig. Sie wollte sich nur noch ins Bett sinken lassen und die Schmerzen in ihrem Kopf verschlafen. Da sah sie ganz deutlich einen Schatten auf der Zeltwand, eine Silhouette vor den Lagerfeuern draußen. Der Schatten hielt inne und näherte sich behutsam der Eingangsklappe. Sie hielt den Atem an. Das war nicht Richard. Der Schatten war zu gedrungen. Etwas an der Verstohlenheit seiner Bewegungen ängstigte sie. Jäh richtete sie sich auf und zog sich die Decken bis ans Kinn. Etwas klickte leise, als würden zwei Steine aneinandergerieben. Dann war es wieder still.

Der Schatten glitt rasch bis zum Eingang und verharrte dort. Er schrumpfte seltsam zusammen, als der Schleicher sich kurz bückte. Dann richtete er sich wieder auf und verschwand.

Matilda überlegte, ob sie nach den Wachen rufen sollte. Das Herz schlug ihr bis zum Hals. Dann schlüpfte sie aus dem Bett, zog sich die Decke um die Schultern und schlich zum Zelteingang und lugte hinaus. Niemand war da. Ein prächtiger, sternenübersäter Himmel beleuchtete den dunklen Lagerplatz. Sie schaute nach links, rechts und dann auf den Boden, der vom eiskalten Tau schon weiß schimmerte.

Ein Bündel lag zu ihren Füßen. Verwirrt bückte sie sich und hob es auf. Noch immer dachte sie an Richard. Das Bündel war schwer. Die frostige Nacht war bereits in das rauhe Tuch eingedrungen, daß es steif gefroren war. Sie trug es ins Zelt, entzündete eine Kerze an dem Binsendocht, der vor dem tragbaren Betstuhl brannte, und betrachtete es genauer. Das Tuch war mit einem Lederriemen verschnürt.

Neugierig nestelte sie an dem Knoten, wickelte die grobe Leinwand ab und förderte ein weiteres Stoffbündel zutage. Es war halb grau, halb scharlachrot. Sie entrollte es.

In den Tuchfalten vor ihr lagen drei abgetrennte Hände. Voller Grauen starrte sie eine volle Minute auf das Bündel und nahm die Einzelheiten in sich auf: die schmutzigen Nägel, die weißen Finger, einen gehämmerten Kupferring. Würgend wandte sie sich ab.

»Jemand soll herkommen! Helft mir! Helft mir!«

Ihre Schreie hallten durch die Nachtluft. Innerhalb weniger Augenblicke war die Lagerwache zusammengelaufen, und ein Ritter kam zu ihr ins Zelt, das Gesicht fahl unter dem Helm seines Kettenpanzers. Er zog das schwere Schwert aus der Scheide. Entsetzt starrte er auf den Boden, und dann faßte er Matilda hilflos am Arm.

»Still, meine Lady, still! Jetzt besteht keine Gefahr mehr. Seht doch, meine Lady, Eure Zofen sind hier, und man hat Sir William gerufen.« Er zog ein besticktes Tuch von einem Tisch und warf es über das blutige Bündel, um es ihren Blicken zu entziehen. Aber sie konnte nicht aufhören zu schreien. Es war, als sei in ihr etwas zersprungen. Sie war außer sich und sah sich selbst, wie sie barfüßig dort stand, eingehüllt in eine Pelzdecke, überstrahlt vom Licht einer Fackel, die eine der Wachen bei sich trug. Aber sie konnte nicht aufhören zu schreien.

»Still, Jo. Still, es besteht keine Gefahr. Es ist alles vorüber. Du bist in Sicherheit.« Hände schüttelten sie, und sie fühlte etwas Kaltes auf ihrem Gesicht.

»Können Sie denn nichts tun?«

»Hier, halten Sie ihre Hände. Halten Sie sie fest!«

Sie merkte, daß Menschen sie packten, mit ihr kämpften, sie niederhielten.

Etwas stach sie in den Arm – dann wußte sie nichts mehr.

18

Das Zimmer war klein, weiße Lamellen schirmten es gegen die Sonne ab. Sie blinzelte angestrengt, um den Nebel in ihrem Kopf zu vertreiben. Ein unangenehmer Chemiegeschmack erfüllte ihren Mund.

»Jo?« Ein Mann saß neben dem Bett. Er stand jetzt auf und beugte sich über sie.

»Nick?« Ihre Zunge war so trocken, daß ihr das Wort nur schwer über die Lippen kam.

»Es ist alles okay, Jo. Schau, ich hab eine Tasse Tee für dich. Möchtest du einen Schluck?« So sanft hatte seine Stimme noch nie geklungen.

Sie rieb sich die Augen. »Wo bin ich? Was ist passiert?«

Es gelang ihr sich aufzusetzen, und sie nahm einen kleinen Schluck aus der Tasse. In ihrem Kopf drehte sich alles.

»Wir sind immer noch bei Doktor Bennet, Jo. Erinnerst du dich? Dies ist ein Ruheraum. Du hast geschlafen.«

»Geschlafen? Ich dachte . . . ich dachte, er würde mich noch einmal hypnotisieren. Er sollte mich doch dazu bringen, alles zu vergessen . . .«

»Hat es geklappt?« Nick setzte sich wieder in den Sessel neben dem Bett.

»Ich . . . ich weiß nicht.« Sie strich sich das Haar aus dem Gesicht. »Ich fühle mich so eigenartig. Ich kann nicht klar denken.« Die Blenden warfen Schatten auf das kühle Olivgrün der Wände. Das Zimmer roch nach Antiseptikum. Es war beklemmend eng.

Die Tür hinter Nick öffnete sich leise, und Sarah spähte herein. Sie lächelte sichtlich erleichtert, als sie Jo aufrecht sitzen sah. »Wie fühlen Sie sich?«

»Ein bißchen komisch.« Jo brachte ein klägliches Lächeln zustande.

»Carl bedauert sehr, aber er hat jetzt einen Nachmittagstermin. Er wollte wissen, ob sie am Mittwoch vormittag beide noch einmal vorbeikommen könnten. Wahrscheinlich wäre es ohnedies besser, alles für einen oder zwei Tage auf sich beruhen zu lassen – um zu sehen, wie Sie sich dann fühlen.«

»Nachmittagstermin?« Jo schien verwirrt. »Ich verstehe das nicht. Wie spät ist es denn?«

»Es ist Teezeit, Jo.« Nick stand auf. »Du hast ein paar Stunden geschlafen. Sie wird am Mittwoch kommen«, sagte er ruhig zu Sarah. »Dafür sorge ich.«

»Was soll das heißen, ein paar Stunden?« wiederholte Jo verblüfft, als er die Tür hinter Sarah schloß und sich ihr wieder zuwandte. »Was ist denn geschehen? Bin ich wieder ohnmächtig geworden?«

»Du hast dich ein bißchen aufgeregt, und Doktor Bennet mußte dir eine Valiumspritze zur Beruhigung geben. Weiter war nichts.«

»Aufgeregt? Weshalb war ich aufgeregt?«

Der Hauch eines Lächelns huschte über Nicks Gesicht. »Das werde ich dir kaum erzählen, Jo. Sinn der Sache war, daß du alles vergißt, was dich beunruhigt hat. Falls diese Suggestion funktioniert hat, wäre es Wahnsinn, dir zu erzählen, was passiert ist, oder?«

Es war zehn nach fünf, als Nick endlich das Taxi bezahlte und Jo die Treppe hinauf in ihre Wohnung folgte. Das Telephon klingelte, als sie die Tür aufschloß.

»Für dich.« Sie reichte ihm den Hörer. »Dein Büro.«

Jo ging wie stets zunächst zur Balkontür und riß die Glasflügel auf und sog den satten Duft der Blumen ein. Eigenartig, wie wenige Balkons hier mit Blumen bepflanzt waren. In Deutschland oder in der Schweiz hätten allenthalben Wolken von brodelnden Farben geprangt, aber hier in London war ihr Balkon beinahe der einzige mit seinen Töpfen und Kästen voll Nelken und Geranien, mit dem Geißblatt und der exotischen Passionsblume, die sich an der steinernen Brüstung entlangrankte. Sie lächelte flüchtig. Nick hatte sie immer damit aufgezogen; im Grunde ihres Herzens müsse sie eine Landpomeranze sein, da sie Blumen so sehr liebte.

Sie lehnte sich benommen an die Brüstung. Sie konnte keinen klaren Gedanken fassen. Carl Bennets Gesicht schwebte vor ihrem geistigen Auge, Sarahs, aber es waren auch andere da, die sich nicht fassen ließen. Jemand hatte davon gesprochen, daß ein Pferd gelahmt habe ... sie erinnerte sich, daß sie darüber sehr wütend gewesen war ... und später war da eine Hand gewesen, mit einem Ring am Finger, eine Hand mit schmutzigen Fingernägeln ...

»Das war Jim.« Nick trat hinter ihr auf den Balkon. »Anscheinend hat Desco unsere Präsentation schlankweg abgelehnt und droht jetzt damit, zur Konkurrenz zu gehen. Zum Teufel mit ihnen! Das sollte eine unserer besten Kampagnen werden. Ich war bloß mal zehn Tage nicht in der Firma – der Himmel mag wissen, wie sie geschafft haben, die Sache inzwischen zu verpatzen!« Er bemühte sich um ein Lächeln. »Hältst du's für ein Weilchen allein aus, Jo? Ich verlasse dich nur ungern, aber ich glaube, ich muß mal rüberfahren, um zu verhindern, daß Jim sich die Kehle durchschneidet!«

Sie nickte. »Nick, es tut mir leid. Es ist meine Schuld. Ich habe dich von der Arbeit abgehalten ...«

»Jo, es sollte möglich sein, daß ich sie mal alleinlasse.« Er holte tief

Luft und versuchte, seinen Ärger zu bezähmen. »Du, ich komme zurück und wir essen später zu Abend. Dann können wir uns unterhalten. Ruh dich aus, bis ich wieder da bin; dann machen wir eben eine Dose Suppe auf oder so was.«

Sie folgte ihm zur Wohnungstür und schloß sie hinter ihm. Sie fühlte sich müde, erhitzt und ein bißchen krank. Sie wollte nicht, daß er ging.

Nach einem ausgiebigen Bad lag sie mit geschlossenen Augen auf der Couch. Gerade fragte sie sich, ob sie genug Energie habe, sich eine Tasse Kaffee zu holen, und im nächsten Augenblick saß sie kerzengerade da. Es war, als wäre ein Vorhang hochgezogen worden. So deutlich, als spreche er im Zimmer, hörte sie Carl Bennets Stimme. ». . . wirst du nur noch wissen, daß du ein paar merkwürdige, aber unwichtige Träume gehabt hast . . .«

»Gloucester«, murmelte sie. »Aber das war kein Traum. In Gloucester habe ich John kennengelernt!«

Es war fast zehn, als Nick schlechtgelaunt aus der Berkeley Street zurückkam. »Jim hat die ganze Sache versaut«, erklärte er und ließ sich in einen Sessel fallen. »Ich bezweifle, daß ich da noch etwas geradebiegen kann. Wenn nicht, werde ich mich in den Staaten um einen neuen Auftrag bemühen müssen, der mit dem von Desco vergleichbar ist, andernfalls ist es aus mit Franklyn-Greerson. Jim hat keine Ahnung, wie man mit dicken Fischen umgeht. Er ist so naiv!« Erschöpft schloß er die Augen.

»Aber ich dachte, Mike Desmond wäre dein Freund.« Jo setzte sich neben ihn.

Nick zuckte mit den Schultern. »Hier geht's ums Geschäft, nicht um Freundschaft. Aber ich werde auf jeden Fall versuchen, den Auftrag zurückzukriegen, darauf kannst du Gift nehmen.« Er streckte die Hand aus und berührte Jo. »Verdammt, es tut mir leid, aber du willst das alles sicher nicht hören. Wie fühlst du dich? Sind die Kopfschmerzen weg?«

»Eure posthypnotische Suggestion hat nicht geklappt«, antwortete sie niedergeschlagen. »Ich hab mich an alles erinnert. Wie ich nach Gloucester gereist bin, wie ich Prinz John kennengelernt – und wie ich Richard wiedergesehen habe.«

Nick fluchte leise. »Dann müssen wir es eben nochmal versuchen.« Er schüttelte den Kopf. »Ich frage mich, ob Sam recht hat und Bennet wirklich zu wenig Erfahrung hat, um diese Sache zu bewältigen.«

»Ich glaube, das ist es nicht. Ich glaube, es liegt daran, daß ich im Grunde meines Herzens gar nicht aufgeben will. Ich will wissen, was geschehen ist.« Sie ließ Nicks Hand los. »Du mußt Hunger haben. Ich habe ein paar Lammkoteletts aufgetaut. Ist das eine Flasche

Wein, was du da mitgebracht hast? Wenn nicht, sind da welche im Regal. Ich habe meine Vorräte aufgefüllt.«

Er entkorkte die Flasche und füllte zwei Gläser, während Jo die Koteletts in die Grillpfanne legte und schwarzen Pfeffer aus der Mühle darüberrieseln ließ. Allmählich bekam sie auch Hunger.

Nick reichte ihr ein Glas. »Der Wein kriegt keine Zeit zum Atmen; ich brauche ihn zu dringend.« Er seufzte. »Na, und was fangen wir jetzt mit dir an?«

»Gar nichts. Ich werde allein damit fertig.«

»Du wirst allein damit fertig? Du hast so laut geschrien, daß die Leute aus dem ganzen Haus zusammengelaufen sind. Bennet mußte dir eine Spritze verpassen, um Himmels willen! Wie willst du allein damit fertigwerden?«

»Es war nur, weil ich diese Hände gefunden hatte. Weil ich plötzlich wußte, daß die Waliser unter uns waren, mitten im königlichen Lager. Mir war nicht klar gewesen, wie groß meine Angst vor ihnen gewesen war – immer im Ungewissen, wann sie Rache üben würden. In Gloucester fühlte ich mich sicher. Ich war allein in diesem Zelt und träumte von Richard, als sie plötzlich da waren, aus dem Dunkel der Nacht gekommen, mitten unter den Mannen des Königs von England. Sie hätten mir die Kehle durchschneiden können!« Sie starrte auf das Messer in ihrer Hand und warf es hastig in die Spüle.

»Wessen Hände waren es?« fragte Nick leise. »Weißt du das?«

Sie wusch sich die Hände.

»Es waren drei von Williams Rittern.« Sie nahm das Glas und trank einen Schluck Wein. »Ich erinnere mich deutlich. Wir waren auf dem Weg nach Gloucester eine Weile durch den Nebel geritten, als wir an einer kleinen Kapelle vorbeikamen, einem Schrein für irgendeinen örtlichen Heiligen. Es war eigentlich nur ein Steinhaufen mit einem Dach aus Heidekraut, aber wie gewöhnlich stieg William ab, um vor dem Altar niederzusinken.«

Nick spürte einen warnenden Schauer über seinen Rücken laufen, als er sie beobachtete. Ihre Augen sahen starr in die Ferne, und er fragte sich, ob sie noch wußte, daß er da war.

»Jemand hatte einen Kranz aus wilden Rosen und Geißblatt auf die Steinplatte gelegt, und der Boden war ringsum mit duftenden Kräutern bestreut. Ich stieg nicht ab. Will hatte zu weinen begonnen, ich drehte mich im Sattel um und sah, wie die Amme ihn an die Brust legte. Ich wünschte mir, ihn selbst halten zu können.« Sie schwieg und nagte an ihrer Lippe. »Ihr Maultier senkte den Kopf und suchte sich Gras zum Knabbern. Es war still; man hörte nur das Mahlen der Zähne auf dem Zaumzeug und das Stampfen der Hufe.«

Sie lächelte Nick zu. »Bald darauf stand William auf und bekreuzigte sich. Dann lauschte er. Gleich darauf hörten wir es alle in der frühmorgendlichen Stille: Irgendwo am Berg hinter dem Schrein sang eine Frau. Alle wandten die Köpfe. Zwei seiner Ritter rissen ihre Pferde herum und trieben sie an seine Seite, während er noch dastand und den Staub von seinem blauen Mantel klopfte. Ich weiß noch, daß sie beide die Hände an ihre Schwertgriffe gelegt hatten.

Der dunkle, melodische Gesang war walisisch, aber Worte konnte ich nicht verstehen. Ich tätschelte den Hals meines Pferdes, denn es fing ungeduldig an zu tänzeln. Immer noch sprach niemand ein Wort. Ich glaube, wir hatten alle Angst.

Unversehens wandte sich William an einen seiner Ritter. ›Nehmt zwei Männer und sucht sie. Aber gebt acht. Es kann eine Falle sein.‹ Er schwang sich wieder in den Sattel. Sein Gesicht war blaß geworden, aber er saß aufrecht und sah den drei Männern nach.

Nach einer Weile entfernte sich die Melodie, als ginge die Sängerin davon, den Berg hinauf.

William schluckte nervös; sein Blick war starr auf den Pfad gerichtet, über den seine Männer verschwunden waren. Sein Pferd schnaubte ungeduldig und scharrte mit den Hufen, und er brachte es mit einem Fluch und kräftigem Zerren am Zügel zur Ruhe. Kein Windhauch regte sich in den Zweigen; Nebelschwaden verbargen den Pfad, und die Luft wurde kalt.

Er wartete noch eine Weile, dann kläffte er einen Befehl. Vier weitere Reiter galoppierten mit gezückten Schwertern den Pfad entlang und verschwanden im Nebel.

Die Haut in meinem Nacken fing an zu prickeln, und ich sah mich unbehaglich um. Die bewaffnete Eskorte befingerte nervös ihre Schwerter. Nur die Amme mit dem zufrieden trinkenden Kind an ihrer Brust wirkte ungerührt.

Plötzlich kamen die vier Ritter den Pfad dahergesprengt. Sie waren allein. Der vorderste zügelte sein Pferd, daß es sich neben William aufbäumte, und salutierte mit seinem Schwert.

›Keine Spur von ihnen, Sir William. Der Pfad gabelt sich mehrmals, aber der Nebel zwischen den Bäumen ist dicht, und Hufspuren konnten wir nicht finden. Es ist so still da oben. Wir haben versucht, zu rufen, aber . . .‹ Er verstummte und sah sich ratsuchend nach seinen Gefährten um.

William lief rot an. ›Sie können ja nicht weg sein!‹ schrie er. ›Sucht noch einmal. Nehmt mehr Männer mit – zwanzig Männer – und kämmt den Berghang durch! Ich will, daß die Männer gefunden werden, und ich will das Weib haben, das da gesungen hat.‹ Er zog sein Schwert und legte es quer über seinen Sattel. Dann sah er mich mit finsterem Lächeln an. ›Das ist irgendein Trick dieser verdammten Waliser‹, meinte er.

Der Hang über uns hallte von den Rufen der Bewaffneten wider, als sie ihre Pferde durch das dichte Unterholz drängten und mit ihren Schwertern um sich hieben. Aber sie fanden keine Spur von den Verschwundenen. Schließlich mußte William den Befehl geben, ohne sie weiterzureiten.

Erst als wir den Paß bei Bwlch überquert hatten, hörte das merkwürdige Prickeln in meinem Nacken auf. Wir wurden nicht länger beobachtet.

»Die abgeschnittenen Hände gehörten den drei verschwundenen Rittern.«

Jo kam jäh zu sich, als Geruch von Verbranntem die Küche erfüllte. Mit einem Aufschrei stellte sie ihr Glas ab und griff nach der Grillpfanne.

Nick blickte sie mit einem eigenartigen Gesichtsausdruck an. »In der Hypnose hast du davon nichts erzählt«, stellte er ruhig fest.

»Nicht?« Sie blickte von der Pfanne auf, in der sie das Fleisch umwendete. Sie drehte die Flamme kleiner, stellte die Pfanne zurück auf den Herd und schenkte Wein nach.

Nick hatte sich nicht von der Stelle gerührt. »An was erinnerst du dich?« fragte er nach einer Weile.

Sie nahm zwei Teller aus dem Schrank. »Ich glaube, ich erinnere mich bis zu unserer Abreise aus Gloucester an alles. Zumindest hab ich dieses Gefühl. Komm, laß uns essen. Ich will nicht mehr über Matilda reden. Erzähl mir, was du vorhast, um deine Konkurrenz zu vernichten.«

Es war fast Mitternacht, als Jo das Geschirr abgeräumt und Kaffee gebrüht hatte. Nick hockte im Wohnzimmer auf dem Boden und lauschte einer neuen Bandaufnahme der Matthäuspassion. Als die letzten Töne des Schlußchores verklungen waren, hob er den Kopf.

»Was war das für eine Flötenmusik, die du gespielt hast, als Sam hier war?«

»Flötenmusik?« Sie griff nach der orangegelben Kaffeekanne. »Ich besitze keine Flötenmusik.«

»Du mußt welche haben.« Er runzelte die Stirn. »Es war ein eigenartig intensives Solostück. Ich hatte es noch nie gehört.«

Sie zuckte mit den Schultern. »Vielleicht lief es im Radio.« Sie sah ihn prüfend an. Nick hatte die Weinflasche fast allein ausgetrunken, hastig und ohne wirklich zu genießen. Das paßte nicht zu ihm. Noch immer war er angespannt und verärgert.

»Sag mal«, fuhr er nach einer Weile fort, »wenn du dich an deinen Besuch in Gloucester so deutlich erinnerst – hast du auch Richard de Clare wiedergetroffen?«

»Nicht. Ich möchte nicht darüber reden.« Sie goß sich Kaffee ein.

»Ich will es wissen, Jo.« Seine Stimme klang hartnäckig.

Sie seufzte. »Ja, ich habe ihn gesehen. Er war ein enger Berater des

Königs. Sobald er in Gloucester war, hielt er sich ständig in seiner Nähe auf.«

»Aber du warst mit ihm allein?«

Die Erinnerung ließ Jo unwillkürlich lächeln. »Ja, am Tag nach der schrecklichen Geschichte mit den Händen kam er in mein Zelt. William wollte nach Bramber zurückkehren, bevor das Wetter umschlug. Die ganze Affäre war ihm an die Nerven gegangen, und er hatte Anweisung gegeben, am folgenden Tag aufzubrechen.«

»Und da kam Richard zu dir ins Zelt?«

Jo blickte auf; der verborgene Zorn in seiner Stimme war ihr nicht entgangen. »Wir haben uns verabschiedet«, sagte sie zurückhaltend.

»Hat er dich geküßt?«

Seine blauen Augen waren schmal geworden. »Nick, um Himmels willen ...«

»Hat er?« Er sah sie durchdringend an.

»Ja«, erwiderte sie trotzig. »Wenn du es unbedingt wissen mußt - ja. Das Zelt flatterte im Wind, die Behänge an den Wänden knatterten, als wollten sie sich von ihren Haken losreißen, und es war so kalt. Der Bursche hatte das Kohlenbecken draußen vor dem Eingang vernachlässigt; es qualmte, ohne viel Wärme abzugeben. Richard kam herein, und ich wußte, daß Nell ihn vorbeigelassen hatte. Elen hätte ihn nie allein zu mir gelassen. William war beim Earl of Gloucester ...« Jo brach ab. Sie hockte auf dem Boden, die Arme um die Knie geschlungen, und blickte auf die Tischlampe. Es war lange Zeit still. Nick ließ keinen Blick von ihrem Gesicht.

»Weiter«, forderte er schließlich. »Erzähl mir, was dann geschah.«

»Er sagte kein einziges Wort. Kam einfach herein, ließ den schweren Vorhang vor dem Eingang herunter und nahm mich in die Arme. Es war das erstemal, daß wir uns richtig küßten, und ich weiß noch, daß ich einen Moment lang Angst hatte. Aber dann vergaß ich alles - William, den kleinen Will bei seiner Amme im Nachbarzelt, die Angst, daß jemand hereinkommen könnte - alles. Noch nie zuvor hatte ich körperliches Verlangen gekannt, lediglich Andeutungen davon. Plötzlich wurde ich von ihm überwältigt.« Sie schwieg einen Moment lang und fuhr dann nachdenklich fort. »Ich glaube, wir hatten uns beide eingebildet, unsere Gefühle füreinander auf eine Art höfisches Getändel beschränken zu können. Aber plötzlich stand alles in Flammen. Mir war egal, was geschehen mochte. Ich zog ihn ans Bett, und er drückte mich in die Pelzdecken ...« Jo brach jäh ab, als sie Nicks Gesicht sah. Sie lachte verlegen. »Entschuldige, ich lasse mich hinreißen. Jedenfalls war es ganz gut, soweit ich mich erinnere. Matildas erster Orgasmus ...«

Er schnellte vor, packte ihr Handgelenk und riß sie so heftig an sich, daß sie das Tablett vom niedrigen Tisch stieß. Die Kaffeekanne fiel zu Boden und zersprang am Tischbein. Kaffee ergoß sich über den Teppich.

»Nick, hör auf!« schrie sie. Sie spürte, daß sich eine Scherbe in ihren Arm bohrte, Blut rann warm über ihr Handgelenk. »Nick, bitte! Du tust mir weh. Bitte, sieh doch, ich hab mich geschnitten . . .« Die blinde Wut in seinem Gesicht jagte ihr Angst ein. »Es war doch nur ein Traum, Nick. Keine Wirklichkeit! Um Gottes willen, was ist denn los mit dir? Nick!« Seine Hand griff nach ihrer Kehle. Jo wehrte sich voller Panik, aber der Druck auf ihre Luftröhre nahm zu. Dann schien seine Stimmung unversehens umzuschlagen. Er nahm die Hand von ihrem Hals, packte statt dessen ihre Handgelenke und hielt sie über ihrem Kopf fest, während er ihr mit der freien Hand den Bademantel aufriß. Er beugte sich über sie und strich grob über ihre Brüste. Dabei lächelte er kalt. »So ist es besser. Ein bißchen mittelalterliche Gewalttätigkeit, das hast du doch gern, oder? Erinnert dich an die gute alte Zeit . . .«

»Bitte, Nick! Nick . . .« Sein Gesichtsausdruck erfüllte sie mit Entsetzen. Noch nie hatte sie so einen Blick gesehen, mit Ausnahme von . . . Einen Moment lang hörte sie auf, sich zu wehren, und lag still da. Starr vor Angst, als ihr das Gesicht des Mannes einfiel, der schon einmal versucht hatte, sie zu erwürgen – Nicks anderes Gesicht –, und dann, mit einer letzten, verzweifelten Anstrengung, gelang es ihr, sich von ihm loszureißen. Sie rollte sich zur Seite, kam taumelnd auf die Beine und raffte ihren Bademantel zusammen.

»Hinaus! Raus mit dir!« schrie sie. »Verschwinde aus dieser Wohnung, Nick! Und komm nie, nie wieder!« Ihre Augen loderten vor Wut. »Wage es nicht, mich noch einmal anzurühren! Ich habe keine Ahnung, was zum Teufel in dich gefahren ist, aber du wirst auf der Stelle verschwinden. So lasse ich mich nicht behandeln. Hörst du?« Sie bewegte sich rückwärts auf die Wohnungstür zu und verknotete den Gürtel um ihre Taille. »Hörst du?« wiederholte sie verzweifelt.

Er lächelte ein kaltes, arrogantes Lächeln, als er sich erhob.

»Nick, bitte. Was ist nur mit dir los?« Sie hatte die Tür fast erreicht. Hastig drehte sie sich um und fingerte fahrig am Riegel herum. Nick war dicht hinter ihr. Er schlug die Tür zu, rammte den Riegel vor und packte sie am Arm. Als er sie zu sich herumriß, schrie Jo – aber kein Laut drang aus ihrer Kehle, denn er preßte ihr die Hand auf den Mund und zog sie hart an sich. Halb zerrend, halb tragend schleifte er sie ins Schlafzimmer und schleuderte sie auf das Bett.

»So, meine Lady«, zischte er. Seine Finger tasteten nach dem Knoten ihres Gürtels, und sein Gesicht war so dicht über ihrem, daß sie seine Augen sogar im Dunkeln glitzern sah. »Noch einen Laut, und ich werde etwas unternehmen müssen, Euch zum Schweigen zu bringen.«

Sie versuchte sich zur Seite zu winden, als er ihre Beine auseinanderdrängte, aber er hielt sie nahezu mühelos fest. Endlich begriff sie, daß er ihr um so mehr weh tun würde, je mehr sie sich sträubte. Sie erschlaffte, und biß sich auf die Lippe, als er gewaltsam in sie eindrang. Hilflos öffnete sie die Lippen seiner tastenden Zunge, und plötzlich zuckte so etwas wie Erregung durch all ihre Angst. Als habe er es gespürt, lachte Nick leise auf. Sein Griff um ihre Handgelenke verstärkte sich. »Ja, meine Lady, die Gewalt habt Ihr gern«, flüsterte er. »Ich glaube, in mancher Hinsicht werdet Ihr feststellen, daß ich Euch glücklicher machen kann, als es Richard de Clare vermag.« Sein Mund löste sich von ihren Lippen und wanderte zu ihren Brüsten.

Endlich schlief er ein, ausgestreckt auf ihrem gefühllosen Körper. Sein Kopf lag zwischen ihren Brüsten, seine Hände, deren Griff sich endlich gelockert hatten, ruhten auf der Bettdecke. Vergeblich versuchte Jo sich zu befreien. Schließlich gab sie auf und blieb still liegen. Sie starrte zum Fenster, wo hinter den schweren Vorhängen das erste Licht eines wunderschönen Morgens heraufdämmerte.

Nick wurde kurz vor sieben wach. Lange blieb er regungslos liegen und spürte den schlaffen Körper der Frau unter sich; dann richtete er sich langsam auf. Er griff nach seiner Hose, taumelte zum Fenster und riß stöhnend die Vorhänge auf. Es war hellichter Tag. Überrascht sah er auf die Uhr, und dann kehrte sein Blick zum Bett zurück. Jo lag nackt auf der Decke. Sie hatte blutunterlaufene Flecke an Brüsten und Armen. An ihrem Unterarm war eine lange, unregelmäßige, blutverkrustete Wunde.

Jähe Übelkeit befiel ihn. Sie rührte sich nicht, sie schien nicht einmal zu atmen. Er stürzte zum Bett. »Jo? Jo! Um Gottes willen, ist alles in Ordnung?«

Langsam und mühsam öffnete sie die Augen und sah sich blinzelnd im Zimmer um. Es dauerte ein paar Augenblicke, bis sie sich erinnerte. Er sah die Angst in ihrem Blick, und eine neue Woge von Übelkeit schüttelte ihn. Er griff nach ihrem Bademantel, der über einem Stuhl lag, und deckte sie sanft damit zu.

»Ich mache Tee«, sagte er leise.

Im Bad starrte er sein Spiegelbild an. Sein Gesicht sah aus wie immer. Müde vielleicht, ein bißchen grau, aber sonst wie immer. Er hatte eine Schramme an der Schulter, aber sonst zeugte nichts von Jos Kampf um ihr Leben.

Langsam ging er in die Küche und brühte Tee auf; die vertrauten Geräusche beruhigten ihn. Er füllte Wasser in den Kessel und fischte zwei Teebeutel aus dem Glas. Im Wohnzimmer war es kalt. Die Flügeltüren zum Balkon hatten die ganze Nacht über offengestanden.

Der Rasen unten auf dem Platz war noch silbrig vom Tau. Er schloß die Türen, drehte sich um und hob sein Hemd auf. Am Ärmel waren Kaffeeflecken. Und Blut. Er zog es an und kehrte wie betäubt in die Küche zurück.

Langsam trug er die beiden Teetassen ins Schlafzimmer. Jo hatte sich nicht gerührt. Er setzte sich neben sie auf das Bett und reichte ihr zögernd eine der beiden Tassen.

»Jo . . .«

Sie drehte den Kopf zur Seite und schloß die Augen.

»Jo, bitte, laß mich erklären . . .«

»Es gibt nichts zu erklären.« Sie sah ihn nicht an. »Bitte geh.«

»Gut.« Er stand auf, beugte sich vor, als wolle er ihre Schulter berühren, besann sich aber anders. »Ich komme heute abend wieder, Jo. Ich werde es irgendwie wieder gutmachen«, flüsterte er.

Nick ließ die beiden Teetassen neben dem Bett stehen und ging langsam zur Tür. Er entriegelte sie und trat auf den stillen Treppenabsatz hinaus.

Als er die Treppe hinunterschlich, hörte er in der Ferne das klägliche Jammern eines Babys.

Nachdem er gegangen war, blieb Jo noch lange regungslos liegen. Starr lauschte sie auf Wills Weinen. Mit geballten Fäusten und trokkenen Augen starrte sie die Wand an und spürte den dumpfen Schmerz in ihrem Körper. Plötzlich sprang sie aus dem Bett, lief ins Bad und drehte beide Wasserhähne weit auf. Dann durchwühlte sie ihre Leinentasche, zog ihr Adreßbuch hervor und blätterte mit zitternden Händen darin. Sie bemühte sich, die Blutflecken zu übersehen, die den hellen Teppichboden verunstalteten.

An der Tankstelle Leigh Delamere an der M4 bog sie auf den überfüllten Parkplatz ein, hielt und ließ den Kopf für einen Moment auf das Lenkrad sinken. Kurz nach ihrem Anruf bei Janet Pugh hatte sie Gepäck, Schreibmaschine und Kamera in den Wagen geworfen.

Sie betrachtete ihr Gesicht im Rückspiegel. Ihre Lippen waren immer noch geschwollen. Sie hatte Make-up auf ihre bleiche Haut getupft, Lippenstift und Lidschatten aufgetragen. Danach fühlte sie sich besser. Die langen Ärmel und der hohe Kragen ihrer Bluse verdeckten die schlimmsten Blutergüsse.

Mit schmerzlich verzogenem Gesicht wand sie sich aus dem Auto und warf sich die Tasche über die Schulter. Es waren höchstens noch dreißig Kilometer bis zur Brücke über den Severn. Und dann wäre sie in Wales.

Tim stand lange Zeit vor dem Haus in der Church Road und starrte zu dem grauen Schieferdach hinauf. Das Haus war von den Nachbarhäusern kaum zu unterscheiden; nur die Haustür war hier cremefarben lackiert und mit einem glänzend polierten Türklopfer ausgestattet. An den Fenstern hingen frische, einfache Gardinen – wie altmodischer Musselin, dachte er, als er die Hand zum Türklopfer hob.

Silvia Walton öffnete auf sein zweites Klopfen. Sie hatte ihr Haar zu einem Zopf geflochten und trug es in einem silbrigen Kranz um den Kopf geschlungen. Sie wirkte wie eine Österreicherin. Seine Finger zuckten nach der Kamera, aber er hatte sie nicht bei sich. Er lächelte sie an. »Es war sehr nett von Ihnen und Bill, mich noch einmal herkommen zu lassen.«

Silvia lächelte und führte ihn die lange Treppe hinauf. »Er hat sich gefreut, von Ihnen zu hören. Miss Clifford ist nicht mitgekommen?«

Tim schüttelte den Kopf. Er folgte ihr in den Raum, in dem sie auch beim letzten Mal gewesen waren. Statt der Stuhlreihe stand jetzt ein kleiner fahrbarer Tisch vor dem Kamin, der für drei Personen gedeckt war. Bill Walton stand vom Schreibtisch auf, als seine Frau Tim hereinführte, und streckte die Hand aus. Die großen grünen Augen musterten Tim mit schlauem Blick. »So, Mister Heacham, Sie möchten es also selbst einmal mit einer Regression versuchen«, sagte er lächelnd. »Es freut mich, daß Sie Ihren letzten Besuch so interessant fanden.«

Jo lenkte den Wagen die schmale Straße hinauf und blickte durch den Steinbogen, der vor ihr aufragte. Ihre Bauchmuskeln spannten sich. Abergavenny Castle. Sie stieg aus dem MG, ging langsam durch den Torbogen und schaute sich um.

Die schlaflose Nacht und die lange Fahrt von London machten sich bemerkbar; die Erschöpfung ließ jedes Glied schmerzen. Barmherzige Leere füllte ihren Kopf, wenn sie versuchte, an Nick zu denken. Sie wußte nur, daß sie London verlassen mußte. Wenn ihr überhaupt jemand Trost spenden konnte, dann war es Richard, nicht Nick – ein Richard, den sie vielleicht nie wiedersehen würde, aber nach dem sie sich mit beinahe körperlichem Schmerz sehnte.

Auch diese Burg war eine Ruine, aber besser erhalten als Bramber. Sie betrat den von Gänseblümchen übersäten Rasen und sah zu dem pseudo-gotischen Hauptturm hinauf, der auf dem Hügel im Zentrum des Innenhofes, auf dem der normannische Turm gestanden hatte, schauerlich fehl am Platze wirkte. Rings ragten rosagraue Mauerreste hoch auf, und am Fuße des Berges krümmte sich der Fluß in träger Kurve durch das Tal. Dahinter lagen die sanften Hügel von Wales, von Hitzedunst überlagert. An einer der massiven Mauern war ein Gerüst angebracht, und sie hörte den sanften Singsang eines Gesprächs hoch oben auf den Leitern, nahe der Mauerkrone, wo ein Baum seinen Schatten über die Steine warf.

Hier irgendwo im Innenhof am Fuße des Turms hatten die toten Waliser gelegen, mitten unter ihnen Seisyll und sein Sohn. Jo spürte, wie der warme Südwind ihr das Haar im Nacken sanft anhob. Ein Büschel Baldrian an der Mauer neben ihr raschelte, aber sonst regte sich nichts. Die Echos schwiegen. William de Braose war tot und Seisyll längst gerächt.

Sie parkte vor Janet und David Pughs adrettem, weißgestrichenem Haus und läutete. Nachdem sich die Tür geöffnet hatte, blieben Jo und Janet einen Moment lang regungslos stehen und blickten sich ungläubig an. Janet sah eine große, elegante junge Frau mit langen dunklen Haaren in einer hochgeschlossenen, langärmeligen Bluse und gutgeschnittenen Hosen, deren Gesicht von einer dunklen Brille fast verdeckt wurde. Jo sah eine hochschwangere, blonde junge Frau in einem ärmellosen Sommerkleid und Gesundheitssandalen. Sie grinste. »Mein Gott, hast du dich verändert!«

»Du auch.« Janet beugte sich zögernd vor und hauchte ihr einen Kuß auf die Wange. »Komm rein. Es muß eine schreckliche Fahrt gewesen sein.«

Von ihrem Zimmer unter dem Dach konnte Jo die Burgruine sehen. Sie sah über die geduckt zusammengekauerten Dächer hinaus, eine Hand an der Gardine, bevor sie sich wieder ihrer Gastgeberin zuwandte, die in der Tür wartete. »Es war nett von dir, daß ich so einfach kommen durfte«, sagte sie. »Ich hatte fast vergessen, daß ihr in Abergavenny wohnt.«

»Das freut mich. Du arbeitest an einem Artikel, sagst du?« Janets Blick wanderte zu der Schreibmaschine, die in ihrem Koffer am Fußende des Bettes stand. »David war sehr beeindruckt, als ich ihm sagte, daß du herkommst. Du bist berühmt!«

Jo lachte. »Berüchtigt ist neuerdings passender, fürchte ich. Mein Besuch stört euch wirklich nicht?«

Janet schüttelte den Kopf. Ihre Augen funkelten. »Ich bin begeistert. Wirklich! Du bist das Aufregendste, was uns hier seit Monaten passiert ist.« Aufstöhnend setzte sie sich auf die Bettkante und drückte sich die Hand ins Kreuz. »Na, und wie gefällt dir Wales?«

Jo hockte sich neben sie. »Viel habe ich noch nicht gesehen, aber ich glaube, es wird mir hier gut gefallen.« Wie sollte sie erklären, daß sie schon jetzt das Gefühl einer Heimkehr hatte?

David Pugh kam gegen sechs Uhr nach Hause. Er war ein untersetzter, aschblonder Mann mit lustigen Augen und frischem Gesicht. »Sie wollen also sehen, wo sich alles abgespielt hat«, stellte er fröhlich fest und reichte Jo ein Glas Sherry. »Wir waren fasziniert, als wir den Artikel über Sie in der Zeitung lasen.« Er betrachtete sie noch einen Augenblick lang, die Flasche in der Hand. »Sie haben keine Ähnlichkeit mit ihr, oder? Ich habe jedenfalls eine andere Vorstellung von ihr.«

»Wen meinen Sie?« Jo sah sich neugierig in dem kleinen Wohnzimmer um. Bücher und Schallplatten besetzten Regale und alle waagerechten Flächen, auch den Fußboden.

»Unsere Moll Walbee. Sie wissen doch, wer das ist?«

Jo nahm einen Schluck Sherry. Durch das Fenster konnte sie den kleinen Garten sehen, dahinter die Hecke, weitere Dächer, und jenseits davon war das rosagraue Mauerwerk des sonderbaren gotischen Turms auf dem Burggelände zu erkennen. »Moll Walbee«, wiederholte sie. »Komisch. Der Name kommt mir bekannt vor, aber ich weiß nichts damit anzufangen.«

»So nannten die Bewohner der Mark Maude de Braose. Anscheinend ziehen Sie den Namen Matilda vor. Ich gebe zu, daß er besser klingt. Bekannter war sie aber unter dem Namen Maude.«

Er goß seiner Frau ein Glas Sherry ein und schob es ihr durch die Durchreiche in die Küche. Janet hatte sich eine Plastikschürze vor ihr Kleid gebunden und hackte Petersilie. Jetzt ließ sie das Messer fallen, nahm das Glas in Empfang und meinte mit einem Seitenblick auf Jo: »Hör jetzt auf damit, David.«

»Nein.« Jo war es nicht entgangen. »Nein, hören Sie nicht auf. Wenn Sie etwas über sie wissen, möchte ich es hören. Offenbar sind Sie skeptisch, aber das kann ich Ihnen nicht verdenken. Sie sind Historiker?«

Er schnaubte. »Ich unterrichte Geschichte in einer Schule am Ort. Das macht mich noch nicht zum Historiker, aber ich habe mich ein wenig über die Geschichte der walisischen Marken informiert. Die Familie de Braose hat sich hier in der Gegend einen Namen gemacht. Und Maude ist fast eine Legende. Moll ist eine Verballhornung von Mallt, der walisischen Form von Maude. Walbee kommt von St. Valerie, nehme ich an, dem Namen ihres Vaters.«

Jo lächelte. »Zumindest das weiß ich auch. Er hieß Reginald.«

Er nickte. »Der Name könnte aber auch eine Verballhornung von de la Haie sein, wegen ihrer Verbindung mit Hay-on-Wye. Es muß Dutzende von Gemeinden längs der Grenze geben, die irgendwelche Geschichten über sie für sich reklamieren. Sie galt als Hexe, wissen Sie.«

»Das wußte ich nicht.« Jo beugte sich vor, nahm ihm die Flasche ab und füllte ihre Gläser nach. »Ich bin keine Historikerin, David. Ich weiß über sie nur das, was ich aus meinen . . .«, sie zögerte, als sie den ungläubigen Ausdruck in seinem Gesicht sah, ». . . aus meinen Träumen in Erinnerung habe. Ich habe im *Dictionary of National Biography* nachgeschlagen, aber Bücher über walisische Geschichte habe ich mir nicht angesehen. Vielleicht hätte ich das tun sollen.«

Janet erschien mit einem Schälchen Erdnüsse und stellte es auf die Armlehne von Davids Sessel. »Mein Mann ist so etwas wie ein Experte in Heimatlegenden«, erklärte sie beinahe entschuldigend. »Wir müssen ihn zum Schweigen bringen, sonst hört er den ganzen Abend nicht mehr auf.«

»Verleumdung.« Mißbilligend sah er sie an. »Ich habe lediglich gesagt, daß Joanna ihr nicht ähnlich sieht. Es heißt doch, sie sei eine Riesin gewesen. Auf dem Kirchhof zu Hay soll sie einmal einen Stein in ihrem Schuh gefunden und ihn über den Wye bis nach Llowes geschleudert haben.« Er grinste. »Der Stein ist noch zu besichtigen. Er hat eine Länge von drei Metern! Selbstverständlich hat sie Hay Castle eigenhändig in einer Nacht erbaut. Und sie ist Mallt y Nos, die man im Gewitter mit den Höllenhunden übers Gebirge reiten sieht.« Nach einem Blick in Jos Gesicht lachte er laut auf. »Sie muß eine furchterregende Lady gewesen sein, Jo. Übermächtig, amazonenhaft, und für den alten William war sie der Schrecken seines Lebens. Zumindest behauptet das die Sage.«

Jo begann, langsam auf und ab zu gehen. »Ich glaube nicht, daß sie besonders groß war«, meinte sie versonnen. »Größer als William, ja. Und größer als die meisten Waliser, aber die sind ja auch eher klein . . .« Verlegen brach sie ab und sah ihren Gastgeber an.

Er brüllte vor Lachen. »Ich bin einssechzig, mein Mädchen, und stolz darauf. Kraft, nicht Größe, zählt beim Rugby . . . vergessen Sie das nicht!«

Lächelnd nahm sich Jo ein paar Erdnüsse. »Es ist schwer zu erklären, wie es ist, eine andere zu sein, selbst wenn man es nur in einem sehr lebensnahen Traum ist. Sie wohnt nicht in meiner Haut. Ich finde mich in ihrer wieder. Ich denke, spreche und fühle wie sie. Aber ich kenne ihre Zukunft ebenso wenig, wie sie sie kannte. Jetzt, wenn ich mit Ihnen rede, weiß ich ungefähr, was aus ihr geworden ist. Aber bei den Regressionen weiß ich genauso wenig, wie wir heute über das wissen, was wir morgen erleben werden. Wenn sie später in ihrem Leben Moll Walbee genannt wurde, weiß ich davon noch nichts. Wenn es ihr später gelang, William zu beherrschen, dann habe ich dafür heute noch keinen Hinweis. Als junge Frau, etwa ein Jahr nach ihrer Heirat, hatte sie Angst vor ihm. Ihre einzige Waffe gegen ihn war ihre Verachtung.«

Einen Moment lang blieb es still. Janet hatte sich auf die Armlehne eines Sessels neben der Küchentür gehockt. »Glaubst du wirklich, daß du ihre Reinkarnation bist?« fragte sie schließlich fast ehrfurchtsvoll. »Ganz ehrlich?«

Jo nickte. »Ich glaube, allmählich kommt es mir so vor, ja.«

»Und wirst du dich weiter hypnotisieren lassen, um zu sehen, was passiert ist?«

Diesmal zuckte Jo mit den Schultern. »Ich lasse mich nicht allzu gern hypnotisieren. Manchmal glaube ich, ich muß es tun, aber dann habe ich wieder solche Angst, daß ich mir schwöre, nie wieder hinzugehen. Ich habe versucht, den Hypnosetherapeuten zu überreden, daß er mir befiehlt, sie zu vergessen. Das hat jedoch nicht geklappt. Jetzt weiß ich nicht, was ich tun soll.«

»Na, Sie sind zumindest ehrlich.« David war zu seinem Bücherregal hinübergeschlendert. Er zog einen schweren Band heraus. »Menschen, die zur Regression fähig sind, regredieren meistens in mehrere frühere Leben«, erklärte er nachdenklich. »Ich habe von keinem Fall gelesen, bei dem nur ein einziges Leben ausgewählt wurde, wie bei Ihnen.« Er lächelte sie ungläubig an. »Das ist höchst faszinierend. Glauben Sie, daß sonst noch jemand aus Maudes Leben mit ihr zurückgekommen ist?«

Jo zögerte. »Ich kann das alles selbst nur mit Mühe glauben«, sagte sie langsam. »Aber manchmal frage ich mich . . .« Nicks Gesicht erschien plötzlich vor ihrem inneren Auge. Ein Nick, den sie nie gekannt hatte. Ein Nick, dessen Gesicht verzerrt war vor Eifersucht und Wut, der sie aufs Bett geworfen und vergewaltigt hatte – und hinter seinem Gesicht ein anderes, ein Antlitz mit rotblondem Haar und Bart: der Mann, der versucht hatte, sie zu erwürgen.

»Jo, was ist?« Janes Flüstern brachte sie jäh wieder in die Gegenwart zurück.

Sie lächelte verwirrt. »Mir fiel nur gerade jemand ein – jemand, der sich recht eigenartig benimmt. Aber wenn er die Reinkarnation von jemandem aus meiner . . . aus Matildas Vergangenheit ist, wer ist er dann?«

David lachte leise. »Zerbrechen Sie sich darüber nur nicht den Kopf, mein Mädchen. Ich bin sicher, es wird Ihnen noch einfallen. Entweder das, oder Sie kommen wieder zur Besinnung. Soll ich jetzt eine Flasche Wein heraufholen, um Ihren Besuch zu feiern? Beim Essen helfe ich Ihnen dann, ein Programm aufzustellen, damit Sie Matildas Spuren folgen können. Ich schlage vor, in Hay anzufangen, dem Mittelpunkt der meisten Legenden. Deshalb sind Sie doch nach Wales gekommen, oder? Um ihren Spuren zu folgen?«

»Ich nehme an, es muß der Grund sein«, antwortete Jo.

»Wissen Sie«, sagte er nachdenklich, »Sie könnten vielleicht doch so sein wie sie. Ich habe den Verdacht, daß Sie eine sehr entschlossene Dame sein können, wenn Sie wollen.«

Jo lachte. »Ich glaube, diesen Ruf habe ich.«

»Und Sie sind nicht abergläubisch oder so?« fragte er.

»Nicht im geringsten.«

»Gut.« Er reichte ihr das Buch. »Eine Bettlektüre für Sie, Jo. Ich denke, Sie werden es interessant finden.«

Seufzend schloß Nick die Wohnungstür auf. Er stellte seinen Koffer ab und hob die Post auf. »Ist jemand hier?« rief er.

Eine Zimmertür öffnete sich. Sam erschien und hob die Hand lakonisch zum Gruß.

»Sam!« Nick warf die Briefe hin.

Sam hob ironisch eine Braue. »So begeistert bin ich seit Jahren nicht mehr begrüßt worden.«

»Halt die Klappe und hör zu!« Nick drängte sich an ihm vorbei und ging ins Wohnzimmer. »Ich habe Jo etwas angetan.«

Sam starrte Nick an. »Du hast was getan?«

»Ich hab ihr etwas angetan, Sam. Gestern abend. Wir sprachen über die Regression, und sie begann, mir von Dingen zu erzählen, die ihr in diesem anderen Leben passiert waren - Dinge, die sie in der Hypnose nicht erwähnt hatte. Sie sprach von de Clare und davon, daß sie mit ihm geschlafen hätte . . . Ich habe sie gepackt, Sam. Ich habe rot gesehen und sie gepackt. Ich wollte sie bestrafen. Ich wollte ihr weh tun. Ich hätte sie umbringen können.«

»Wo ist sie?«

Nick zuckte mit den Schultern. »Ich weiß es nicht. Ich habe bereits ein dutzendmal bei ihr angerufen und bin in der Mittagspause hingefahren. Ihr Wagen war weg. Ich bin in die Wohnung gegangen und hab mich umgesehen. Sie hat ihre Schreibmaschine und einen Koffer mitgenommen. Einen Zettel oder so was hat sie nicht hinterlassen.«

Sam schob ihn beiseite und schenkte zwei Gläser Scotch ein. Eins davon reichte er seinem Bruder; er blieb vor ihm stehen und betrachtete ihn nachdenklich. »Hast du sie schlimm verletzt?«

»Sie hat das Tablett vom Couchtisch gestoßen und sich am Arm geschnitten. Das war ein Unfall, aber ich bin ziemlich brutal mit ihr umgegangen . . .«

»Hast du sie vergewaltigt?«

Nick richtete sich trotzig auf. »Technisch gesehen - vermutlich ja.«

»Technisch gesehen?«

Die Kälte in Sams Ton ließ Nick zurückweichen. »Sie und ich leben mit Unterbrechungen seit Jahren zusammen, mein Gott!«

»Darum geht's wohl kaum.« Sam setzte sich. »Du hast sie also gezwungen. Hast du sie geschlagen?«

»Sie hatte überall Blutergüsse. Ich weiß nicht, was über mich gekommen ist, Sam. Es war, als sei ich nicht mehr ich selbst. Ich wußte, daß ich ihr weh tat, wollte aber nicht aufhören.« Er fummelte in seiner Jackentasche nach der Zigarettenschachtel, nahm eine Zigarette heraus und warf sie dann fluchend von sich. »Herrgott! Es ist alles so verfahren. Ich war eifersüchtig, Sam, auf einen Mann, der seit wer weiß wieviel Jahrhunderten tot ist. Eine Zeitlang dachte ich, es wäre Jo, die den Verstand verliert. Jetzt denke ich, daß ich es bin!« Er ließ sich seinem Bruder gegenüber in einen Sessel fallen. »Du mußt mir helfen. Was zum Teufel soll ich nur machen?«

Sam ließ den Scotch in seinem Glas kreisen. »Willst du wirklich, daß ich dir helfe?« Seine Stimme war ein wenig zugänglicher geworden. »Ich kann es, Nick. Aber du mußt Vertrauen zu mir haben. Ist dir je in den Sinn gekommen«, fuhr er fast versonnen fort, »daß Jo vielleicht nicht die einzige von uns ist, die schon einmal gelebt hat?«

Nick schnaubte verächtlich. »Du willst doch nicht behaupten, ich sei die Reinkarnation ihres Ehemannes oder?«

»Nein. Aber ich halte es für möglich, daß du in der Vergangenheit jemand warst, der ihr nahegestanden hat.«

Nick sah ihn entgeistert an. »Ist das dein Ernst?«

»Absolut.«

»Ach, verschone mich doch mit solchem Unsinn. Mag sein, daß sich Jo von all dem hat überzeugen lassen. Sie hat mich schon gefragt, ob ich es für möglich hielte, schon einmal gelebt zu haben . . .«

»Vielleicht hat sie dich wiedererkannt.«

»Nein! O nein, das glaube ich nicht. Ich habe genügend Probleme in diesem Leben! Und ich hätte dich für so vernünftig gehalten, daß du sie nicht auch noch ermunterst. Du warst doch derjenige, der von Anfang an auf die Gefahren hingewiesen hat.«

»Ich habe das Risiko gesehen.« Sam legte die Füße auf den Couchtisch. »Aber da Jo ihr nicht ausweichen wollte, können wir es auch nicht tun.«

Nick warf ihm einen scharfen Blick zu. »Was meinst du damit?«

»Es ist ganz einfach herauszufinden, ob du etwas mit ihrer Vergangenheit zu tun hattest, Nick«, stellte er fest.

»Wie?« Nick stutzte. »O nein! Du glaubst, ich spiele Bennets Versuchskaninchen?«

»Nicht nötig.« Sam nahm einen kleinen Schluck aus seinem Glas. »Ich kann es auch tun.«

Nicks Augen wurden ganz groß. »Willst du damit sagen, ich soll mich von dir hypnotisieren lassen?« fragte er ungläubig.

»Warum nicht? Ich kann es, Nick. Und ich habe das Gefühl, du wärst von den Ergebnissen überrascht.« Sam lächelte sanft. »Hast du dich nie gefragt, warum ihr euch so spontan zueinander hingezogen fühltet, als ihr euch kennengelernt habt? Ist es nicht möglich, daß der Richard, den sie so sehr liebte, vor achthundert Jahren dein anderes Ich war?« Aufmerksam beobachtete er Nicks Gesichtsausdruck. »Es könnte Spaß machen, das herauszufinden«, fuhr er lockend fort. »Schaden würde es nicht, und es könnte deine derzeitige Ambivalenz gegenüber Jo weitgehend erklären.«

Nick setzte sich auf die Tischkante. »Ich glaube, ich höre nicht recht. Du denkst tatsächlich, ich sei die Reinkarnation Richard de Clares?«

Sam zuckte mit den Schultern. »Wenn es um dieses Thema geht, bleibe ich unvoreingenommen, Nick. Ich finde, um Jos willen solltest du das auch sein. Du könntest herausfinden, weshalb du über sie hergefallen bist.«

»Ja, warum?« fragte Nick. »Wenn ich Richard de Clare war, wieso sollte ich dann eifersüchtig auf ihn sein?«

Sam lächelte. »Eine gute Frage. Wollen wir es gemeinsam herausfinden?«

»Ist das dein Ernst?«

»Unbedingt. Wenn du nicht regredierst - okay. Das können nur wenige Menschen. Aber wenigstens haben wir es dann versucht.«

»Ich weiß nicht, ob ich den Mut dazu habe.« Nick musterte ihn argwöhnisch. »Nach allem, was mit Jo passiert ist.«

»Was ist denn mit Jo passiert? Sie ist ein Tieftrance-Objekt, Nick, und das bist du nicht. Für dich wird es eine ganz andere Erfahrung sein.«

»Das höre ich gern«, entgegnete Nick kühl. »Es gibt zwei oder drei Dinge, die du mir noch nicht erklärt hast, Sam.« Seine Finger spannten sich um das Glas. »Warum war es zum Beispiel nötig, daß Jo sich neulich abends auszog, als du sie hypnotisiert hast?«

»Sagt sie das?«

»Das sagt sie.« Nick ließ seinen Bruder nicht aus den Augen.

Sam lächelte. »Sie erlebt ihre Trance so lebensecht, daß es ihr schwerfällt, zwischen diesem Zustand und der Realität zu unterscheiden - zumindest für einen gewissen Zeitraum.«

»Es war eine Realität, daß ich ihre Kleider unter dem Couchkissen versteckt gefunden habe . . .«

»Vielleicht hat sie sie dort deponiert, bevor ich kam.« Sam schlug die Beine übereinander. Sein Körper war völlig entspannt. »Mir ist nicht ganz klar, was du damit andeuten willst, Nicholas. Darf ich dich daran erinnern, daß du derjenige bist, der Jo vergewaltigt hat - nicht ich. Du hast um Hilfe gebeten, und ich kann sie dir geben, denn ich bin Arzt.«

Nick zögerte, war noch immer unsicher. »Ein Versuch kann vermutlich nichts schaden. Aber es wäre mir lieber, du tust es, nicht Bennet«, meinte er schließlich widerwillig. »Aber ich bezweifle, daß es bei mir funktioniert.«

»Warum probieren wir das nicht aus?« Sam richtete sich langsam auf. »Warum nicht jetzt gleich? Du bist beunruhigt. Du bist müde. Im ungünstigsten Fall kann ich dir helfen, dich zu entspannen . . . Setz dich, Brüderchen. So ist es richtig, vor das Fenster. Entspanne dich.

Stell bitte das Glas ab. Du klammerst dich dran fest wie an einem Rettungsring. So, jetzt wollen wir mal sehen, ob du ein oder zwei kleine Experimente für mich durchführen kannst. Wir fangen mit der Lampe an.« Sam beugte sich vor und knipste die Lampe neben Nick an. »Nein, nicht ins Licht blicken. Schau daran vorbei, in die Zimmerekke.«

Nick lachte auf. »Das ist wie die Hypnosespielchen früher in der Schule. Wieso pendelst du nicht mit der Uhrkette vor meinen Augen herum?«

»Es mag deiner Aufmerksamkeit entgangen sein, Nicholas, aber ich trage keine Uhrkette.« Sam erhob sich lautlos aus seinem Sessel und legte Nick sanft Daumen und Zeigefinger auf die Lider. »Jetzt schaust du wieder auf die Lampe und zählst langsam von hundert an rückwärts.«

Einige Zeit später richtete sich Sam auf. Lächelnd trat er ans Fenster, riß es auf und sah eine Zeitlang auf das ferne Verkehrsgewühl der Park Lane. Dann drehte er sich wieder nach Nick um, der mit geschlossenen Augen im Sessel lag.

»Bequem, Brüderchen?« fragte er leise. »Nein, versuch nicht, mir zu antworten. Du kannst es nicht. Ich will gar nicht, daß du sprichst. Ich will, daß du zuhörst.«

19

Janet klopfte an Jos Zimmertür, öffnete die Tür und blieb wie angewurzelt stehen. Sie starrte Jo an, die, nur mit BH und Slip bekleidet, auf der Bettkante saß.

»Meine Güte, entschuldige! Ich . . . soll ich noch mal wiederkommen?« Verlegen wollte sich Janet zurückziehen. »Ich hab uns Kakao gemacht. Ich dachte, du würdest vielleicht gern noch ein bißchen plaudern. Alter walisischer Brauch.«

Jo lachte. »Komm rein.« Hastig griff sie nach ihrem dünnen Seidenmantel.

Janet manövrierte ihren schweren Körper auf einen Hocker vor dem Schminktisch. »Jo, ich wollte mich für David entschuldigen. Manchmal kann er ein bißchen rechthaberisch sein. Er hätte dich nicht so ins Verhör nehmen dürfen. Er neigt zu der Ansicht, die gesamte walisische Geschichte sei sein Territorium, und es stört ihn, wenn sich jemand anderes dafür interessiert. Darüber hinaus ist er, wie du zweifellos festgestellt hast, ein glühender Nationalist . . .«

»Darüber hinaus hält er mich für verrückt.« Jo lächelte müde. »Damit könnte er sogar recht haben. Ich bin froh, daß er mich nicht aus dem Haus geworfen hat. Aber ich wollte tatsächlich etwas über Matilda erfahren, über seine Moll Walbee.« Sie griff nach der Tasse. »Es war seltsam, ihn so kundig über sie reden zu hören. Er weiß soviel mehr über sie als ich, und kennt sie doch überhaupt nicht.«

Janet lachte kläglich. »Das trifft bei ihm auch auf anderen Gebieten zu.« Sie sah Jo beim Trinken zu. Ihr hellblauer Seidenärmel war über den Ellbogen hochgerutscht, die Blutergüsse an ihrem Handgelenk und die Wunde an ihrem Unterarm waren unübersehbar. »Jo«, sagte sie vorsichtig. »Ich konnte es nicht übersehen . . . die blauen Flecken und diese furchtbare Schnittwunde . . .« Sie wurde rot. »Du mußt es sagen, wenn du nicht darüber sprechen willst, aber . . . na ja, es klang ziemlich beunruhigend, als du heute morgen anriefst.« Sie stöhnte auf und legte sich die Hand ins Kreuz. »Hinter dieser plötzlichen Reise steckt mehr als nur Recherche, nicht wahr?«

»Ein kleines Männerproblem«, gab Jo schließlich zögernd zu.

»Er hat das getan?«

Jo seufzte. »Er war betrunken. Viel betrunkener, als mir bewußt wurde. Noch nie habe ich Nick so erlebt.«

»Nick?«

Jo lächelte resigniert. »Der Mann meines Lebens. Ich korrigiere: Der ehemalige Mann meines Lebens. Wir haben uns oft gestritten, ein paarmal sogar getrennt, und dann kamen wir wieder zusammen. Ich dachte, alles würde gut werden. Aber dann . . . Es hatte etwas mit meinen Regressionen zu tun. Es ist ihm nicht recht, daß ich mich dem unterziehe. Er hat sich wegen eines Liebhabers aufgeregt, den ich - Matilda - in der Vergangenheit hatte . . .«

»Richard de Clare.« Janet nickte. »Ich erinnere mich an ihn; er kam in dem Artikel vor. Muß ziemlich appetitlich gewesen sein. Ein wahrer Traummann!« Plötzlich beugte sie sich vor. »Soll das heißen, dieser Nick hat dich mißbraucht, weil du in Hypnose von einem Liebhaber in einem früheren Leben gesprochen hast?«

Jo ließ sich rücklings auf das Bett sinken und legte den Arm übers Gesicht. »Ich glaube, darum ging es. Das Schreckliche war, daß ich ihm von Richard erzählen wollte. Ich wollte, daß er es erfuhr.«

»Und er ist der Mann, von dem du gesprochen hast? Der sich so merkwürdig benimmt, daß du dich fragst, ob er auch schon einmal gelebt hat?«

Jo nickte. Sie rollte sich herum und sah Janet ins Gesicht. »Ist das nicht merkwürdig? In der Schule haben wir beide darüber gesprochen, wie es später sein würde. Du warst diejenige, die nie heiraten oder Kinder haben wollte. Und jetzt sieh dich an! Und ich wollte Junggesellin sein, eine Frau ohne Männer.«

»Ich habe das immer für eine dumme Idee gehalten«, warf Janet scherzhaft ein. »Männer muß man haben. Liebhaber . . .«

Jo sah nachdenklich an die Decke. »Wir waren so naiv! Durch Matilda habe ich erfahren, wie es ist, zur Heirat mit einem Mann gezwungen zu werden, den man haßt. Gezwungen von einem Vater, der seine Tochter abgöttisch liebt, sie und ihr Erbe aber nach herrschender Sitte und weil sie nur eine Frau ist, einem anderen Mann übergeben muß. Ich wurde das Eigentum eines Mannes, Janet. Er konnte mit mir tun, was er wollte. So ist es den Frauen jahrhundertelang ergangen, und erst jetzt kämpfen wir um unsere Befreiung. Es ist unglaublich.« Sie setzte sich auf. »Die einzige Möglichkeit für mich – ich meine, für Matilda, ihn aus ihrem Bett zu verbannen, bestand darin, daß sie ihm während ihrer Schwangerschaft weismachte, eine Hexe habe ihr vorhergesagt, es bedeute Unheil für das Baby, wenn er sie berührte.«

Janet kicherte. »Davids Gesicht möchte ich sehen, wenn ich das versuchen würde. Wohlgemerkt, ich hab's gern, wenn er mich berührt. Stell dir vor, in meinem Zustand!« Sie klopfte sich zärtlich auf den Bauch. »Hast du . . . hat Matilda das Baby bekommen?«

»Möchtest du die blutigen Einzelheiten mittelalterlicher Geburtshilfe erfahren? Vielleicht ist das im Augenblick nicht besonders taktvoll. Das gesamte Apparatespektrum stand mir zur Verfügung – da wurden keine Kosten gescheut. Eine Strohschütte, um das Blut aufzunehmen, eine Hebamme, die nach Ale stank und der sämtliche Vorderzähne fehlten – vermutlich von einer früheren Patientin ausgetreten. Man gab mir einen Rosenkranz, an dem ich mich festhalten konnte. Ich zerriß ihn, was als böses Omen aufgefaßt wurde, und band mir einen Zauberstein um den Hals. Natürlich war ich nackt, und die Entbindung dauerte einen Tag, eine Nacht und den größten Teil des folgenden Tages.«

Janet erschauerte. »Verschone mich. Ich lasse mir eine Epiduralanästhesie geben. Hattest du nicht furchtbare Schmerzen?«

Jo nickte. »Am Ende war ich so erschöpft, daß ich gar nicht mehr recht wußte, was mit mir vorging. Nachher, im wirklichen Leben, produzierte ich Milch für das arme Würmchen, das doch nur ein Traum gewesen war.«

»Das ist nicht dein Ernst!« Janet schnappte nach Luft.

»Oh, es dauerte nur einen oder zwei Tage, Gott sei Dank, aber es war doch ziemlich scheußlich.«

Janet sah sie an. »Das kommt mir unmöglich vor.«

»Ja.«

»Und dein Nick? Wußte er davon?«

»O ja. Er war bei der Geburt dabei, könnte man sagen. Er hörte zu, als ich alles unter Hypnose beschrieb.«

»Dann überrascht es mich keineswegs, daß er ein bißchen durchgedreht ist. Den armen Mann hast du ja förmlich das Gruseln gelehrt. Ich will dir eines sagen: Wäre das alles mir passiert, würde ich mich mein Leben lang nie wieder hypnotisieren lassen. Niemals!« Sie erschauerte dramatisch.

»Du würdest nicht wissen wollen, wie es weiterging?«

»Aber du weißt doch, wie es weiterging, Jo. David hat es dir gesagt. Es steht in diesem Buch. Sie ist auf furchtbare Weise gestorben.«

Jo zog die Knie hoch und umschlang sie mit den Armen. »Sie starb um das Jahr 1211. Die Ereignisse, die ich beschreibe, trugen sich um 1176 zu. Dazwischen liegen fünfunddreißig Jahre.«

»Und du willst fünfunddreißig Jahre ihres Lebens nachvollziehen?« Ein unbezwingbares Lächeln überzog Janets Gesicht. »Ich nehme an, es handelt sich um ein Langzeitprojekt, Jo?« Unvermittelt war das Lächeln verschwunden. »Ich glaube, du bist verrückt. Nichts auf der Welt könnte mich dazu bringen, so etwas freiwillig durchzumachen. Hat Dave nicht gesagt, sie hätte sechs Kinder gehabt? Willst du noch fünf Schwangerschaften und Entbindungen wie die erste auf dich nehmen? Ich wette, sie hatten um die Wende zum dreizehnten Jahrhundert noch nicht mal Morphium entdeckt oder erfunden . . .«

Jo lächelte. »Vielleicht hast du recht. Und es ist eine ziemlich undankbare Geschichte, wenn man am Ende nicht mal ein Baby im Arm halten kann . . .«

Janet stemmte sich hoch und legte ihr einen Arm um die Schultern. »Tut mir leid, Jo. Ich wollte dich nicht traurig machen . . .«

»Hast du nicht.« Jo entzog sich ihr schnell und stand auf. »Außerdem habe ich, ehrlich gesagt, einen besonderen Grund dafür, daß ich zurück möchte. Ich will Richard wiedersehen. Janet, ich hab mich in ihn verliebt. Für mich ist er völlig real.«

»Und wenn Matilda ihn nun nie wiedergesehen hat?« fragte Janet.

»Dann werde ich lernen müssen, ohne ihn zu leben. Aber solange ich das nicht sicher weiß, fühle ich, daß ich wieder zurückgehen werde. Aber ich brauche jetzt meinen Schönheitsschlaf. Morgen will ich nach Hay und nach Brecon, um zu sehen, ob ich Matildas Geist nicht zur Strecke bringen kann. Wenn ja, wird es keine Regressionen mehr geben. Auch keinen Richard. Nur noch eine Serie in *Women in Action*, die für manche von flüchtigem Interesse und für andere absolut langweilig sein wird – dann ist alles vergessen.«

Sie stieg schnell ins Bett, nachdem sich Janet verabschiedet hatte. Draußen vor dem Fenster zogen Wolken über den Mond, und silbrige Schatten spielten über den Ruinen. Nach wenigen Minuten war sie eingeschlafen.

Der Wind von Sussex war sanft nach den Morgenfrösten des Westens. Die Bäume standen noch schwer im Laub; der Frost hatte sie noch nicht gestreift. Während sie gemächlich die letzten Meilen bis Bramber zurücklegten, sah Matilda den mächtigen Turm der Burg schon von fern, der über dem Adur Wache stand. Langsam ritten sie den langgezogenen Pflasterpfad in das kleine Dorf hinunter, das sich im salzigen Schwemmland an den Fuß des Burghügels schmiegte. Pfarrkirche und Burg ragten über der Marsch auf und spähten weit hinaus, über den steil ins Land schneidenden Fluß bis zum Meer. Es war Flut, der tiefe Graben voller Wasser, als sie rasselnd die Zugbrükke überquerten, und Möwen umkreisten sie, stießen herab und tauchten in die schiefergrauen Wellen hinunter.

Ihre geliebte Amme Jeanne begrüßte sie vor dem turmhohen Torhaus mit Freudentränen in den Augen, aber sie hatte traurige Kunde.

»Was ist denn, Jeanne, Liebe? Ist es der alte Lord?« Matilda rutschte behende vom Pferd. Ihr graute plötzlich vor jeder Krankheit, die die Nähe ihres Sohnes heimsuchen könnte. Er war so klein und verwundbar. Mitunter war die Liebe zu dem Kleinen wie ein dumpfer Schmerz – die Liebe und die furchtbare Angst vor dem, was aus ihm werden könnte.

»Es ist Sir Williams Mutter, Lady Bertha.« Jeannes runzliges altes Gesicht war plötzlich ernst und feierlich. »Sie ist auf der Treppe ausgeglitten und hat sich den Schenkel gebrochen; zwei Monate ist es her. Wochenlang hat sie furchtbare Schmerzen gelitten, die arme Seele, und dann, vor einer Woche, ist sie endlich gestorben. Der Herr schenke ihr Ruhe und Frieden. Ihre Knochen waren zu alt, um wieder richtig zusammenwachsen zu können.« Die Alte bekreuzigte sich und blickte dann pfiffig unter schweren Lidern auf. »Mich wundert, daß ihr die Boten nicht gesehen habt, die wir Sir William nachgesandt haben. Du wirst jetzt selber Herrin sein, *ma petite*. Ich freue mich für dich.«

Insgeheim empfand Matilda keine Trauer um das herrische alte Weib, verspürte aber einen Augenblick lang Bedauern für William, der seine Mutter auf eine scheue Weise liebte.

William hatte Gloucester mit dem König verlassen, und die meisten seiner Soldaten – mit Ausnahme ihrer Eskorte – hatte er nach einer kurzen, fruchtlosen Untersuchung des Mordes an den drei verschwundenen Rittern mitgenommen. Bis zu seiner Rückkehr nach Bramber würde einige Zeit vergehen.

Matilda unterdrückte das Lächeln der Erleichterung, das sie immer wieder überwältigen wollte. Es mochte unziemlich sein, aber ihr war ein großer Stein vom Herzen gefallen. Vor dem Wiedersehen mit Bertha hatte ihr gegraut. Die spitze Zunge der alten Frau hätte sie nicht geschont und ihr wegen des unschicklichen Ungehorsams, mit dem sie Bramber im Jahr zuvor verlassen hatte, ordentlich zugesetzt. Sie hätte Matilda nicht erlaubt, weiterhin den Haushalt ihres Mannes zu führen. Matilda drehte sich um und warf einen Blick zu Bernard hinüber, der schlaff und gedankenverloren auf seinem Rotschimmelwallach hockte. Er hätte allen Respekt vor ihr verloren, wenn er Bertha gehört hätte. Diese Gefahr war vorüber. Bramber gehörte ihr. Mit einem stummen Dankgebet hob sie den Arm, um das Zeichen zu geben, und der müde Zug von Pferden und Wagen rollte langsam unter dem Torhaus hindurch auf den steil ansteigenden, gepflasterten Innenhof.

Matilda folgte Jeanne in das kühle Halbdunkel der großen Halle und schaute mit einem stillen Seufzer der Befriedigung auf die wunderschönen Bogenfenster, umrahmt von zierlich behauenen Feuersteinfassungen, und auf die verschlungenen Schnitzereien, die Pfeiler und Türrahmen schmückten. Bramber war schön im Vergleich zu Brecknock. Schön, zivilisiert und sicher.

Ihr Schwiegervater ruhte in seinem Gemach. Weil er noch lebte, war Bertha Herrin von Bramber geblieben. Wäre er früher gestorben, dann hätte Bertha sich auf ihre Mitgiftländereien zurückgezogen und Matilda das Heft überlassen. Daß er noch lebte, war auch der Grund für Williams merkwürdige Stellung: ein Baron in allem, nur ohne den Titel. Sie sah in das Gesicht des alten William. Er hatte sich überhaupt nicht verändert, seit sie Bramber verlassen hatte. Die Haut war vielleicht weiter geschrumpft, die Augenhöhlen tiefer, aus denen trübe Augen blicklos zur Decke starrten. Das einzie Lebenszeichen war die Klauenhand, die unaufhörlich an dem Laken zupfte, das man dem Alten über die Brust gezogen hatte. Pflichtschuldig drückte sie einen leichten Kuß auf die papierne Haut seiner braunen Wange. Nichts deutete darauf hin, daß er sie erkannt hatte. Wenig später verließ sie sein Schlafgemach.

In der Abgeschiedenheit ihrer eigenen Räume umarmte sie Jeanne noch einmal. Sie nahm Will seiner Amme ab und reichte ihn der alten Frau, damit sie ihn begutachtete. Jeanne betrachtete das Gesicht des schlafenden Säuglings. Dann, zu Matildas Erleichterung, nickte sie lächelnd. »Ein prächtiger Knabe«, stellte sie fest. »Er macht dir Ehre, *ma petite*, aber ich hatte auch fest damit gerechnet, daß du hübsche Kinder haben würdest.« Sie warf Matilda einen Seitenblick zu. »Und ich sehe, daß du bald wieder eins bekommen wirst. Das ist gut. Diesmal werde ich dabeisein, um auf dich achtzugeben.«

Matilda lächelte. Sie hatte zwar schon den Verdacht gehabt, wieder schwanger zu sein, wenngleich ihr schlanker Leib äußerlich um keinen Zoll dicker geworden war. Aber sie fragte sich, woher Jeanne das so einfach wissen konnte. Nichtsdestoweniger war sie glücklich. Diesmal würde sie auf Bramber bleiben. Niemand sollte den bösen

Blick auf ihr Ungeborenes richten können. Sie faßte Jeanne bei den Händen und küßte die alte Frau noch einmal auf die Wange. Die schwarzen, nebelverhangenen Berge von Wales und die unseligen Erinnerungen an sie waren weit, weit entfernt.

Giles, ihr zweiter Sohn, kam im April des folgenden Jahres zur Welt, als die schwere, duftende Luft von Sussex wie Balsam durch die offenen Fenster von Bramber Castle wehte und einen leichten Salzgeschmack vom dunstigen Kanal über die Marsch hinweg mit sich brachte; von den Feldern und den Downs kam das berauschende Aroma von Apfelblüten und Glockenblumen dazu. Als das Kind friedlich schlummernd in seine Krippe gelegt worden war, huschte Jeanne lautlos zum glimmenden Kaminfeuer und legte dort Wein, Wasser und frische Tücher für die Feen zurecht. Mit ihrem Segen würde das Kind stark werden und Glück haben.

Matilda überlief plötzlich ein Schauer der Angst. Für den kleinen Will hatte es solchen Zauber nicht gegeben. Trübe wie an einen bösen Traum aus der Vergangenheit erinnerte sie sich an die Vision, die sie bei der Geburt ihres Ältesten gehabt hatte; sie bekam Angst um ihn und bekreuzigte sich. Und dann, während sie sich noch mühte, sich der Bedeutung dieser Vision zu entsinnen, verblaßte die Erinnerung und entglitt ihr. Sie bemerkte, daß Jeanne sie mit seltsam schmalen Augen beobachtete. Matilda versuchte angestrengt, den Blick abzuwenden, aber sie konnte sich aus irgendeinem Grund nicht rühren. Die Erinnerung verblaßte, und sie sah nur noch das Glitzern des Sonnenlichts auf dem Wasserkrug beim Feuer, und dann schlief sie wieder.

»Ich will, daß du mir aufmerksam zuhörst.« Sam setzte sich vor Nick auf die Kante des Couchtisches, und sein Blick richtete sich auf das Gesicht seines Bruders. »Du hast doch Vertrauen zu mir, oder?«

Kaum merklich nickte Nick.

»Gut. Du weißt, ich würde nichts tun, was dir schaden könnte. Und ich glaube, es würde dir schaden, Nick, dich zu früh wieder in die Vergangenheit zurückzuführen. Zuerst muß ich dich darauf vorbereiten. Ich muß dich warnen, dir sagen, wer du warst in diesem Leben vor langer Zeit...« Sam hielt inne, und ein grimmiges Lächeln huschte über sein Gesicht. »Du warst nicht Richard de Clare, Nick. Du hast guten Grund, eifersüchtig auf ihn zu sein. Er war dein Freund und dein Berater. Und er war dein Rivale. Ihr habt Matilda de Braose beide geliebt, aber Richard gewann sie. Ihm wandte sie sich zu. Sie verschmähte dich. Sie fürchtete und haßte dich. Sie war deine Feindin, Nick. Erinnerst du dich?« Er schwieg und beobachtete Nicks Gesicht, als der sich unbehaglich im Sessel bewegte.

Sam fragte sich, ob dem, was er da erzählte, auch nur ein Hauch von Wahrscheinlichkeit innewohnte. Woher war die Gewalt in seinem Bruder gekommen? Eines Tages würde er es bestimmt herausfinden, aber heute noch nicht. Heute bereitete er die Bühne vor.

»Ich denke, du erinnerst dich, Nick«, fuhr er ruhig fort. »Du warst ein Prinz, als du sie das erstemal sahst. Sie war schön und groß und bezaubernd. Eine Lady. Und du warst ein Lausejunge. Erinnerst du dich? Du warst zu spät geboren. Sie war die erste Frau, nach der du jemals Verlangen hattest. Aber sie war die Frau eines anderen und die Mutter seines Kindes. Du warst sogar zu jung, um dich mit den Mägden vergnügen zu können, die du in den dunklen Winkeln des Palastes erwischtest. Du begnügtest dich damit, sie in die Brüste zu kneifen und ihnen mit der Hand unter die Röcke zu fahren. Später war das anders. Später konntest du jedes Weib haben, das du haben wolltest. Und du nahmst sie dir, Bäuerinnen und Edelfrauen, willig oder nicht. Dein Ruf hallt durch die Jahrhunderte. Du nahmst sie dir alle. Alle außer Lady de Braose. Ihre Verachtung machte dich impotent. Wenn sie dich anblickte, wußtest du, daß sie noch immer das ungebärdige Kind vor sich sah. Und deine Liebe wurde vergiftet. Du warst entschlossen, sie in die Knie zu zwingen, weißt du noch, Nick? Du befahlst ihrem Mann, sie besser im Zaum zu halten, aber der war schwach.« Seine Kiefermuskeln spannten sich für einen Moment. »Sie brauchte Williams Hilfe, und er ließ sie im Stich. Als er sie hätte auspeitschen, als er ihre zänkische Zunge hätte zügeln sollen, da ließ er sie reden. Er ließ sie in deine Falle tappen, während er sie hätte retten können.« Er brach ab; einen Moment lang konnte er nicht weitersprechen. Schweiß stand ihm auf der Stirn. »Du haßtest sie und hast entschieden, daß sie für ihre Verachtung mit dem Leben zahlen müsse.«

Er hakte den Zeigefinger unter den Knoten seiner Krawatte und lockerte sie. Der Himmel hinter ihm verlor seine Farbe; das Sonnenlicht verblaßte. Von der Straße unten drang das Gleißen der Straßenlaterne herauf.

»Und jetzt, Nick«, fuhr er nach einer Pause fort, »seid ihr beide wiedergeboren worden, in einem anderen Jahrhundert und in einer anderen Welt. Diesmal bist du kein Kind. Diesmal sieht sie dich als Mann, als einen Mann, den sie attraktiv findet, einen Mann, dem sie sich hingegeben hat. Aber du kannst ihr nicht vertrauen. Dein Haß ist immer noch da. Du hast es nicht vergessen, Nick. Du hast Matilda de Braose vor achthundert Jahren Rache geschworen, und du trachtest immer noch danach.«

Abrupt stand er auf und wandte sich von seinem Bruder ab. »Und diesmal, mein Freund«, murmelte er, »wird sie Hilfe bekommen, wenn sie ihren Mann darum bittet. Ich werde sie nicht noch einmal im Stich lassen. Ich habe auf die Gelegenheit gewartet, alles wieder gutzumachen.« Er drehte sich um. »Du wirst entzückt sein von der Rolle, die ich dir zugedacht habe, Nick. Du warst schon immer ein eingebildeter kleiner Mistkerl - so selbstsicher. So clever. So sicher, daß jede Frau auf dich reinfällt. Und sie tun's auch alle, nicht? Aber Jo fängt an, dich zu durchschauen. Sie hat jetzt einen Vorgeschmack von deiner Gewalttätigkeit bekommen. Sie vertraut dir nicht mehr, und wenn du sie noch einmal schlägst, Nick, dann wird sie zu mir kommen. Sie wird immer zu mir kommen, und ich werde sie trösten. Sie wird zu dir zurückkehren und mehr haben wollen, denn Jo hat eine masochistische Ader. Gewalt erregt sie. Sie wird dich vielleicht sogar in Versuchung führen, sie zu töten, Nick. Aber ich werde dasein.« Er lächelte gelassen. »Und diesmal werde ich es sein, der die Zügel in der Hand hält. Diesmal werde ich Leute haben, die mir helfen. Und du wirst davonkriechen, mein Lehnsherr. Du wirst deine Wunden lecken und um Vergebung bitten, wie William seinen König anflehte, und ich werde dich fortschicken, nicht damit du dich in Frankreich verbirgst und wimmernd eines schmählichen Todes stirbst, wie William es mußte. Nein, ich werde dich einsperren lassen. Wie man es mit Menschen macht, die in einer Phantasiewelt leben und so tun, als wären sie Könige. Und Jo wird mir gehören. Sie wird bereuen, daß sie mich geringschätzig behandelt hat, und um Vergebung flehen, und ich werde sie trösten, wie es ein Ehemann tun soll.«

Er ging zum Tablett und goß sich ein Glas Whisky ein. Er kippte es mit einem Zug hinunter und schenkte sich noch einmal ein.

»Hast du mir zugehört, Nick?«

Zunächst ließ Nick nicht erkennen, daß er überhaupt etwas gehört hatte. Dann nickte er zögernd.

»Und du hast verstanden, was ich gesagt habe?«

Nick fuhr sich mit der Zunge über die Lippen. »Ich habe verstanden«, antwortete er schließlich.

Sam lächelte. »Gut«, sagte er leise. »Dann sag mir, wie dein Name war, Nicholas. Wie war dein Name in deinem früheren Leben?«

»John.« Nick sah Sam an, erschreckend klar.

»Und du weißt, was du zu tun hast?«

Nick bewegte sich in seinem Sessel. Er starrte Sam immer noch an, aber auf seinem Gesicht lag ein verblüffter, ratloser Ausdruck.

»Genug jetzt«, sagte Sam. »Du bist müde. Ich werde dich gleich wecken. Du mußt mich bitten, dich noch einmal zu hypnotisieren, Brüderchen. Du findest die Hypnose beruhigend. Du fühlst dich dabei wohl. Dein bewußter Verstand wird alles vergessen, was ich dir heute erzählt habe, aber unterschwellig und langsam wirst du dich erinnern. Wenn du mit Jo zusammen bist, weißt du, wie du zu reagieren hast. Verstehst du mich?« Sein Ton war herrisch.

Nick nickte schweigend und sah zu Boden.

»Und noch etwas.« Sam zupfte sich sorgfältig die Hemdärmel glatt. »Eine Gefälligkeit für eine Freundin. Bevor Jo zurückkommt, mußt du Miss Curzon besuchen. Schließ Frieden mit ihr, Nick. Du magst Judy doch? Sie ist gut im Bett. Bei ihr fühlst du dich ruhig und glücklich. Nicht wie bei Jo, die dich zornig macht. Geh zu Judy, Nick. Bald!« Er lächelte. »Und jetzt möchte ich, daß du dich entspannst. Du fühlst dich wohl und gelassen. Du fühlst dich ausgeruht. So ist's recht. Und jetzt sollst du langsam von eins bis zehn zählen. Und wenn du bei zehn ankommst, wirst du aufwachen.«

Langsam begann Nick zu zählen.

»Abergavenny, Crickhowell, Tretower«, murmelte Jo, als sie den MG am nächsten Morgen auf die A40 lenkte. Sie warf einen Blick auf die Hügelkette und dann nach links, zum schimmernden breiten Band des Usk. Sie beugte sich vor und schaltete das Autoradio ein.

Die Straße nach Talgarth führte am Fuße der kleinen Gebirgsausläufer entlang, die die massigen Flanken des Pen y Beacon und des Twmpa verbargen - der Schwarzen Berge, die David ihr auf der Karte gezeigt hatte -, aber sie roch ihn durch das offene Verdeck des Wagens, den süßen, undefinierbaren Geruch der Berge von Wales, den sie aus ihren Träumen kannte.

Der Ort Hay am Wye war ein Labyrinth kleiner, enger Straßen, verstopft und betriebsam, die sich um die stolze Halbruine der Burg drängten. Nachdem sie auf dem Marktplatz unmittelbar unter der Ruine geparkt hatte, blieb Jo sitzen und starrte voller Ehrfurcht hinauf. Links vor ihr befand sich eine Ansammlung alter Ruinen, während der rechte Teil des Bauwerks viel jünger wirkte und anscheinend gerade restauriert wurde. Dieser Gebäudeteil sah aus, als sei er noch kürzlich bewohnt gewesen. Sie stieg aus dem Wagen und fühlte sich seltsam desorientiert; gestern um diese Zeit hatte sie in ihrer Wohnung in London gestanden und Janet Pugh angerufen. Jetzt stand sie einen Steinwurf weit von dem Gebäude, das Matilda errichtet hatte. Sie atmete tief durch und wandte sich mit einiger Willensanstrengung den engen Straßen hinter ihr zu. Zuerst mußte sie eine Informationsbroschüre kaufen.

Buchläden gibt es reihenweise in den engen Straßen von Hay-on-Wye. Die Regale reichen bis auf die Gehwege. Fünf-Penny-Paperbacks stehen Seite an Seite mit antiquarischen Kostbarkeiten. Fasziniert spazierte Jo umher und widerstand tapfer dem Drang zum Stöbern. Immer wieder fühlte sie sich zu der brütenden grauen Ruine zurückgezogen. Sie kaufte eine Stadtgeschichte und einen kleinen Plan. Dann wanderte sie mit einer Fleischpastete, einem Apfel und einer Dose Lagerbier langsam zum Wye hinunter – fort von der Burg. Es war noch zu früh, sich das Bauwerk anzusehen. Zuerst wollte sie sich orientieren.

Jenseits der hohen, modernen Brücke, die sich über den Fluß spannte, fand sie einen Fußweg, der unter Bäumen zu einer Kiesfläche am Rande der weiten, torfbraunen Wasserfläche hinunterführte; die winzigen weißen Blüten des Wasserhahnenfuß bildeten hier an manchen Stellen einen so dichten Teppich, daß das Wasser kaum noch zu sehen war. Der Fluß strömte schnell ostwärts nach Herefordshire. Sein Wasser sprudelte über glattgeschliffene Felsblöcke und Steine durch flache Sumpfwiesen, fort von den Bergen. Sie fand ein einsames Stück sonnenheißen Kiesstrandes und setzte sich; sie riß ihre Bierdose auf, lehnte sich mit dem Rücken an den krummen Stamm einer Birke und betrachtete das Wasser. Aus dem Augenwinkel sah sie es farbenprächtig aufblitzen wie ein Juwel und begriff, daß sie gerade eben zum erstenmal einen Eisvogel gesehen hatte. Verzaubert starrte sie hinter ihm her, aber er war so schnell verschwunden, wie er gekommen war.

Sie holte das Buch hervor und blätterte darin, während sie aß. Hin und wieder warf sie einen Blick zu der Stadt, auf die Burg oder auf die Kirche, die sich jenseits der Brücke zwischen den Bäumen erhob. Aber immer wieder zog das Wasser ihren Blick auf sich. Sie sah zu, wie die Wellen Muster und Wirbel im Spiegelbild der Wolken bildeten. Eine Feder tanzte vorüber, weißlockig im Sonnenlicht, und draußen in der Mitte der Strömung sprang ein Fisch mit silbrigem Bauch hoch und klatschte wieder aufs Wasser zurück.

Es war ein heißer, stiller Nachmittag. Jo nickte ein, das Buch fiel ihr in den Schoß. Langsam, unmerklich, nahm das Rauschen des Wassers ab und wurde gedämpfter. Erst nach einer Weile erkannte sie, daß sie das Getrappel von Pferdehufen hören konnte.

Die Sommersonne, die vom kupfernen Himmel niederbrannte, roch beißend, und der heiße Wind, der den Reisenden gelegentlich die Gesichter fächelte, war so staubgesättigt, daß es zwischen den Zähnen knirschte.

Endlich zügelte Matilda ihr Pferd. Der Stallknecht neben ihr hob die Hand, und die erschöpfte Prozession hielt an. Hinter ihnen im Dunst schimmerten die Wälder und wogenden Hügel von Herefordshire. Die Grenzmark, ein weites, wildes Gebiet von Wäldern, Bergen und trostlosem Moor, lag vor ihnen im Westen. Zu ihren Füßen sahen sie nun endlich den Wye, der an manchen Stellen zu einem schmalen Rinnsal geschrumpft war. Dichtes Erlen- und Haselgesträuch, das hier und da über dem Wasser hing, und mächtige schwarze Felsen, die vom Frühjahrshochwasser heruntergeschwemmt worden waren, überschatteten tiefe Tümpel und schützten sie vor der sengenden Sonne. Nur hier war das Wasser kühl und grün, eine letzte Zuflucht für Lachs und Äsche.

William war wieder einmal beim König, diesmal in der Normandie. Kurz bevor sie Bramber verlassen hatte, hatte Matilda eine Nachricht von ihm erhalten. Zu lange war der Haushalt dort geblieben; die Einrichtung war über Gebühr beansprucht worden, die Vorräte waren bis auf den letzten Rest verbraucht; gleichwohl hatte sie Williams Anweisung, unverzüglich nach Wales zu reisen, nur widerwillig befolgt. Um den Martinstag, so hieß es in seiner Botschaft, wollte er dort zu ihr stoßen, so daß er die Herbstjagd in den Wäldern von Hay noch ein wenig genießen konnte.

Nacheinander suchten sich Pferde und Menschen nahezu trockenen Fußes ihren Weg durch die silbrige Flut. Vor ihnen lag die kleine Stadt Hay. Sie drängte sich um die Kirche St. Mary und um die benachbarte Holzfestung auf ihrem Hügel, ringsum gesichert durch eine dichte, hohe Weißdornhecke, durchsetzt von Geißblatt und Dornengestrüpp. Außerhalb der Hecke leuchteten die kleinen Äcker, golden von sprödem Weizen, vor dem wuchtigen Grün der herandrängenden Wälder. Irgendwo in der Nähe ragten die schwarz brütenden Berge, doch sie hatten sich unter dem Dunst verborgen, der bis auf ihre niedrigsten bewaldeten Ausläufer alles bedeckte.

Langsam ritten sie durch die Lücke in der Hecke und bogen auf den gestampften Lehmpfad ein, der zur Burg hinaufführte. Die Burg war kaum mehr als ein Holzturm auf einem Erdhügel, der am Ufer des Flusses aufgeschichtet worden war. Unterhalb davon lag das stille, tiefe Gewässer des Kirchenteiches, dessen Oberfläche von grünen Wasserpflanzen überzogen war. Westlich davon verlief ein Bach, der Login Brook, seicht stand er in der Hitze der Sonne.

Matilda ließ ihren Zug am Fuße des Turms erneut anhalten und sah sich müde um. Der Burgvogt erwartete sie bei der Kirche. Neben ihm, sonnenverbrannt in ihren selbstgewebten Kutten, standen Vikar und Kastellan. Sie versuchte, ihnen zuzulächeln. Die unterwürfigen Dienstboten, die auf diesen vorgeschobenen Festungen und Landsitzungen hausten, langweilten sie. Gern wäre sie nach Brecknock weitergereist, wo sie sich wenigstens auskannte und wo noch immer der getreue Robert und Hugh dienten. Aber es hatte Hay sein müssen, nur elf Meilen nordöstlich von Brecknock. William hatte darauf bestanden.

Sie spürte, daß Augen sie anstarrten, aus dunklen Türen und hinter Ecken hervor. Ein alter Mann mit ausgemergelten, gelähmten Gliedmaßen lehnte an der Wand eines Gebäudes; er lächelte zahnlos und nickte, als er merkte, daß ihr Blick auf ihm ruhte. Einige Kinder rannten lachend hinter ihrem Pferd her. Eines von ihnen hatte einen Klumpfuß. Es zog ihn mühsam hinter sich her, während es versuchte, mit seinen Freunden Schritt zu halten.

»Lady Matilda, seid willkommen in Hay.« Der Vogt trat hastig vor, als sie sich aus dem Sattel gleiten ließ. Er verneigte sich tief; das lange Haar fiel ihm über die kahle Wölbung des Schädels und entblößte eine alte Narbe. Er sei Madoc, erklärte er; der Kastellan wäre Tom der Wolf, und der spindeldürre Vikar hieße Philip. Sie verbeugte sich. Dann richtete sich Madoc auf. Er sah Matilda in die Augen, und in seinem Verhalten lag keine Spur von Unterwürfigkeit. »Die Burg ist für Euch bereit, wenn Eure Bediensteten die Gerätschaften hineinschaffen wollen, und die Küchen erwarten Euren Koch. Die Feuer brennen seit dem Morgengrauen. Ihr habt Besuch, meine Lady.« Seine Augen wurden schmal im Sonnenlicht. »Der Earl of Clare traf gestern zu Pferde ein. Er ist in der Burg und erwartet Euch.«

»Der Earl of Clare?« Matilda setzte das Herz fast aus. Seit Monaten hatte sie sich nicht mehr gestattet, an ihn zu denken. Und jetzt war er hier – plötzlich, unverhofft und ohne Ankündigung! Sie machte sich nicht die Mühe, noch einmal ihr erschöpftes Pferd zu besteigen. Den Zügel um den Arm geschlungen, mühte sie sich durch das trockene, von Disteln starrende Gras hügelaufwärts und näherte sich erregt dem Tor in der Festungswand.

Richard war eben von der Falkenjagd zurückgekehrt. Er stand nackt bis zur Hüfte am Fuße der Treppe, die an der Flanke der steilen Motte zum Turm hinaufführte; einer seiner Mannen goß ihm eimerweise kaltes Wasser über den Kopf. Er war nicht die Spur verlegen, als er sie erblickte. »Meine Lady!« Er bekam einen weiteren Eimer Wasser ins Gesicht. Prustend drehte er sich um und jagte den Mann lachend davon. Die lange Reihe der Packtiere, Karren und Diener drängte sich im Innenhof; Staub wirbelte auf, als alles anhielt und sich daranmachte, abzusteigen und auszuladen, bevor man sich zu den Stallungen und Unterkünften an der Innenseite der hohen Umfriedung begab. Matilda stand inmitten des Trubels, ohne etwas davon zu bemerken. Lächelnd sah sie zu, wie Richard sich trockenrieb und in sein Hemd schlüpfte. Ihr Herz schlug heftig.

Er schloß seinen Gürtel und fuhr sich mit den Fingern durch das nasse Haar. »Wo ist Sir William, meine Lady? Ich sehe, er ist nicht in Eurer Begleitung.« Er lief vor ihr her die Treppe hinauf zum Turm, immer zwei Stufen auf einmal nehmend. Drinnen war es heiß und stickig. Beißender Rauch von dem kleinen Feuer im Kamin erfüllte den Raum. Matilda folgte ihm langsamer und blieb unvermittelt stehen. Ihre Augen brannten, als sie versuchte, sie nach dem strahlenden Sonnenschein draußen an das Dämmerlicht zu gewöhnen. Als sie endlich etwas erkennen konnte, sah sie, daß Richard sein Schwert aufraffte und gürtete.

»William ist bei Hofe. Was macht Ihr hier in Hay, Richard?« Plötzlich fühlte sie sich schüchtern und unbehaglich.

»Ich habe auf Euch gewartet, was sonst?« Er trat vor, um ihr die Hand zu küssen. »Ich komme aus Gloucester und habe den größten Teil meiner Leute vorausgeschickt, während ich in Eurem schönen Tal ein wenig auf die Falkenjagd gehen möchte. Ich hörte, daß Ihr erwartet werdet. Es ist so lange her.« Noch immer hielt er ihre Hand.

Sie versuchte erfolglos, sie ihm zu entziehen. »Lord de Clare . . .« Sie warf einen Blick zur Tür.

»Wieder und wieder wollte ich Euch besuchen«, flüsterte er. »Aber immer standen die Ereignisse dagegen. Ich war in Frankreich mit dem König oder oben im Norden oder in der Grenzmark, doch immer dann, wenn Ihr nicht hier wart.« Er sah ihr ernst in die Augen. »Grundgütiger Gott, wie habe ich Euch vermißt.«

»Nein, Richard, bitte!« Jetzt gelang es ihr doch, ihm ihre Hände zu entziehen. »Bitte sprecht nicht so.« Sie ließ ihren leichten Reisemantel auf die Binsenstreu gleiten; unsicher sah sie ihm ins Gesicht. Er hatte sich nicht verändert, seit er sie als unbekümmerter Jüngling quer durch England geleitet hatte. Er war ein hochgewachsener junger Mann, nur wenig größer als sie, breitschultrig, beinahe schmerzhaft schlank und mit heiteren, haselnußbraunen Augen. Sie biß sich auf die Lippen und wandte sich ab.

»He, was ist?« Schwungvoll rückte er das Schwert an seiner Hüfte zurecht. »Warum so traurig? Ich dachte, Ihr würdet Euch freuen, mich zu sehen.«

»Oh, das tue ich, Richard.« Sie schluckte und gab sich Mühe, ihn anzulächeln. »Ihr ahnt nicht, wie sehr ich mich freue. Es ist nur, daß . . . Ich bin müde, weiter nichts. Wir sind heute so weit geritten.«

»Meine Lady . . .«

Jeanne zupfte sie am Ärmel, und Matilda sah sich um. Die alte Frau zog ein mißbilligendes Gesicht. »Die Kleinen schlafen schon, meine Lady. Ihr solltet es auch tun.« Die Alte bückte sich langsam, um den zu Boden gefallenen Mantel aufzuheben. »Eure Kammer ist bereit. Ich bin sicher, Lord de Clare wird Euch entschuldigen.«

»Das werde ich nicht tun, alte Dame.« Richard griff wieder nach Matildas Hand. »Kommt, meine Lady, ruft nach Speise, Wein und Musik! Wir werden Eure Ankunft feiern. Heute abend lasse ich Euch nicht davonschlüpfen und mit kleinen Kindern schlafen gehen. Ihr braucht Aufheiterung, keinen Schlaf.«

Seine gute Laune war ansteckend. Unwillkürlich mußte Matilda mit ihm lachen. Ihr Blick war auf sein fröhliches Gesicht gerichtet. Es würde ihr guttun, die Ankunft zu feiern. Ihre Erschöpfung und Niedergeschlagenheit waren fast schon vergessen. Sie wandte sich Jeanne zu.

»Geh du zu den Kindern. Sie brauchen dich, nicht mich - Ich kann später ruhen.«

»Meine Lady, Ihr seid sehr unvernünftig. Ihr müßt ruhen.« Halsstarrig blieb Jeanne neben ihr stehen.

»Ich habe gesagt, du kannst gehen, Jeanne«, fuhr Matilda sie an. »Lord de Clare und ich haben viel zu besprechen.«

Jeanne zauderte, die Arme störrisch vor ihren fülligen schwarzen Röcken verschränkt; dann ließ sie sie, widerwillig vor sich hinbrummend, stehen und verschwand hinter dem Wandschirm am Ende der Halle.

»Sie paßt gut auf Euch auf, die Alte«, flüsterte er, als sie fort war.

Matilda folgte seinem Blick. »Sie war meine Amme, bevor sie die meiner Kinder wurde. Ich glaube, manchmal vergißt sie, daß ich inzwischen erwachsen bin. Und nun, mein Lord, erzählt mir alle Neuigkeiten und heitert mich auf. Ich befehle es.« Sie klatschte in die Hände, um ihren Pagen herbeizurufen. »Bring uns Licht, Speisen und Stühle, Simon. Laß sehen, was für ein Mahl die Feuer von Hay hervorbringen können.«

Richard hatte einen Fuß auf einen Schemel vor dem Feuer gestellt und schaute sie mit schräggelegtem Kopf einen Moment lang an. »Wir werden Musik und Gesang hören, guten Wein trinken und plaudern. In dieser Reihenfolge. Wird Euch das aufheitern?« Lächelnd hob er eine Augenbraue. »Wenn nicht, so fällt mir gewiß noch das eine oder andere ein, das Ihr ansprechender finden könntet.« Er senkte den Blick auf die Binsenstreu am Boden. Als er den Kopf wieder hob, sah sie, daß die Farbe seiner Wangen ein bißchen dunkler geworden war. Ihre Blicke trafen sich, und einen Augenblick lang standen sie inmitten der Betriebsamkeit und sahen einander wortlos an. Sie fühlte, wie brennende Erregung ihren Körper überlief und schluckte nervös. Er spürt das gleiche, dachte sie und schlug die Augen als erste nieder.

»William wird bald kommen, um auf die Herbstjagd zu gehen.« Ihre Stimme war kaum mehr als ein Wispern.

»Bis zum Herbst ist es noch lange hin, meine Lady.« Er hob ihre Hand an seine Lippen. »Wo bleibt die Musik? Wir brauchen Musik, während wir speisen.«

Matilda lag noch lange wach; sie lauschte den Eulen, die in den Eiben unten am Login Brook schrien. Sie spürte Richards Hand auf ihren Fingern, erinnerte sich an die Botschaft in seinen Augen, als er neben ihr gesessen, mit ihr von einem Teller gegessen und dem Knaben gelauscht hatte, der ihnen auf der Flöte ein Tanzliedchen nach dem anderen vorgetragen hatte. Der Feuerschein hatte auf seinem Gesicht gespielt, als er sich auf seinem Stuhl zurückgelehnt und seinen Blick nicht mehr von ihr gewendet hatte. Still lag sie da und kämpfte das Verlangen nieder, das sie zu überwältigen drohte. Sie bemühte sich, statt dessen an ihre beiden kleinen Söhne zu denken, die bei ihren Ammen schliefen.

Der Fluß spülte leise über die Kiesel, friedlich murmelnd hinter der Umfriedung des Innenhofes. Still war es in der Burg.

Irgendwo im Dunkel des Raumes hinter den Vorhängen knarrte ein Dielenbrett. Sie bewegte den Kopf und versuchte, durch die schweren Falten des Vorhangstoffes zu spähen. Vielleicht hatte sich eines der Weiber im Schlaf bewegt? Kein Windhauch regte sich draußen in den Zweigen der Bäume. Sie erstarrte. Leises Scharren drang an ihr Ohr, gefolgt von tiefer Stille. Es war, als lausche da noch jemand in der Dunkelheit.

Sie schluckte nervös und versuchte, die jäh aufsteigende gräßliche Erinnerung an den Schatten auf der Zeltwand in Gloucester zu verdrängen. Die gesamte Garnison war in Hörweite, wenn sie schreien sollte, und in der Burg konnte es keine Feinde geben.

Dann hörte sie ganz deutlich ein Klirren. Jemand berührte die Vorhänge ihres Bettes. Ihre Gedanken flogen zu Richard. Er konnte doch nicht von so törichter Bedenkenlosigkeit sein? Angespannt lag sie da und wagte nicht, die Augen zu öffnen.

Die Vorhänge wurden ein Stückchen beiseitegeschoben, und sie nahm einen leichten Druck auf der Bettkante wahr, als sich jemand über sie beugte. Das leise Prickeln der Panik begann ihr über den Rücken zu laufen. Etwas Feuchtes rieselte auf ihr Haar, dann auf ihr Gesicht, ihre Schultern. Ein feiner Dunst, wie ein Frühlingsregen. Dann hörte sie gewisperte Worte. Sie lauschte angestrengt und fragte sich, warum sie nicht um Hilfe schrie. Es war eine Frauenstimme, die in leisem Singsang sprach. Es klang wie ein Gebet. Oder wie ein Zauberspruch. Ihr wurde eiskalt. Es war Jeanne; Jeanne sprach einen Zauber über sie. Sie wollte sich aufrichten, die Alte anschreien, nach Elen oder den Wachen zu rufen, aber ein Netz aus schwarzer Seide schien sie niederzuhalten. Sie öffnete den Mund, aber kein Laut drang hervor. Die Stimme verstummte, und sie hörte, daß die Vorhänge behutsam wieder geschlossen wurden. Die Alte war fort. Was für ein Zauberbann es auch gewesen sein mochte, er war vollendet. Es war zu spät, sich dagegen zu wehren. Matilda versuchte, die Hand zu heben und das Zeichen zur Abwehr des Bösen zu machen und sich zu bekreuzigen, aber ihre Hände waren zu schwer. Jeanne, dachte sie schläfrig, würde ihr doch gewiß nichts Böses antun wollen. Allmählich fielen ihr die Augen zu.

Im Morgengrauen stand sie auf, und Elen kleidete sie in ihr blaugrünes Gewand. Ihr schweres Haar steckte sie unter einem schlichten Schleier auf, der von einem gewebten Band gehalten wurde. Für eine Haube oder einen Mantel war es zu heiß. Sie schickte nicht nach Jeanne. Von der alten Frau war keine Spur zu sehen. Richard war bereits im Hof, umgeben von Männern, Pferden und Hunden. »Ich hoffe, Ihr kommt mit auf die Beiz?« rief er fröhlich, als er sie sah. »Die Vögel sind bereit.« Der Himmel war hell und klar. Es würde wieder ein warmer Tag werden.

Sie vergaß die Angst der Nacht, raffte ihre Röcke zusammen und lief die Treppe hinunter zu ihrem Pferd; das Vergangene war nicht mehr als ein unruhiger Alptraum, an dessen Einzelheiten sie sich nicht erinnern konnte.

Sie ließen Hay hinter sich und ritten den weitläufigen Hang des Pen y Beacon hinunter, der sich messerscharf gegen den Himmel erhob, zurück über den seichten Wye, aber dann nordwärts zu den Wiesen am Fuße des Clyro Hill. Die Stallknechte und die Ostringer mit den kostbaren Falken, sowie Richards Oberfalkner - alles in allem ein rundes Dutzend Reiter - folgten ihnen auf dem steinigen Pfad, und etwa ein weiteres Dutzend begleitete sie zu Fuß. In der Ferne klang eine Kirchenglocke.

Unversehens scheuchten sie im Schilf einen Reiher auf. Richard zog dem Vogel auf seinem Handgelenk die Haube vom Kopf und schleuderte ihn in die Luft. Sie zügelten ihre Pferde und sahen zu, wie der Reiher tief und träge zum Fluß hinunterflog. Es war zu spät. Augenblicke später hatte der Falke ihn geschlagen. Erregt drehte Matilda sich um und rief nach ihrem eigenen Vogel, einem kleinen, aber zielsicheren braunen Zwergfalken. Lächelnd sah sie Richard an. »Ich werde es Euch gleichtun«, verkündete sie, zog den schweren Handschuh über und langte hinunter nach dem Vogel. Sie fühlte die Kraft in seinen Klauen, als er sich mit klingenden Glöckchen auf ihrer ledernen Faust niederließ. Sie gab ihrem Pony beschwingt die Sporen.

Der Pfad führte allmählich bergauf. Nach einer Weile gelangten sie in den lichten Wald, der die Südseite des Elfael bedeckte. Schließlich lag das kahle Hochmoor vor ihnen. Sie warteten, während die Treiber mit ihren Hunden im hohen Farnkraut ausschwärmten. Richards Pferd tänzelte rastlos unter ihm. Lächelnd wandte er sich Matilda zu und streichelte dabei den Wanderfalken auf seinem Handgelenk. »Wir dürften hier oben gute Beute machen. Es ist noch früh und nicht zu heiß.« Er straffte sich plötzlich, denn die Treiber hatten im sumpfigen Tal eine Schnepfe aufgestöbert. Als er dem Vogel die Haube wieder abgenommen hatte, ließ er ihn fliegen, und sie warteten blinzelnd im grellen Licht, während der Falke hoch ins Blaue stieg und über seine Beute flog, bereit zum tödlichen Sturzflug.

Richards Augen glänzten vor Erregung, als der Vogel herabstieß. »Er hat ihn!« murmelte er frohlockend und trieb sein Pferd vorwärts ins brusthohe Farnkraut. Der Lockvogel baumelte an seinem Handgelenk.

Matilda folgte ihm und atmete frohlockend die scharfe Luft tief ein. Sie fühlte sich unendlich frei, als sie ihrem Pony die Sporen gab und spürte, wie der Wind ihr unter den Schleier fuhr und mit ihren Haaren spielte.

Als sie gegen Mittag die Pferde zügelten, waren alle erschöpft und erhitzt. Richard sprang aus dem Sattel, warf einem Reitknecht die Zügel zu und warf sich neben einem winzigen Hochlandbach bäuchlings ins Gras. Dann blickte er lachend zu ihr auf und rieb sich das Wasser aus den Augen. »Kommt und badet Euer Gesicht. Es ist herrlich kühl.«

Das Gefolge zog sich mit den Tieren in den Schatten einer Baumgruppe zurück, und Matilda ließ sich neben Richard auf die Knie fallen und spielte mit den Fingern im Wasser. Der Gebirgsbach war sehr kalt, und nach kurzer Zeit taten ihr die Finger weh. »Wie unschicklich! Lady de Braose paddelt im Wasser wie ein kleines Kind!« lachte Richard.

»Ich wünschte, ich könnte meine Kleider abstreifen und hineinspringen wie ein Knabe.«

»Bitte tut es, Madame. Ich hätte nichts dagegen.« Er grinste schamlos. Sie konnte ihm nicht böse sein. »Mein Gott, Matilda«, fuhr er plötzlich ernst fort. »Wärt Ihr doch nicht de Braoses Weib.« Seine Stimme hatte einen neuen Klang, der sie ängstigte. Beunruhigt sah sie auf. Seine Augen sprachen eine deutliche Sprache. »Laß uns ein Stück in den Wald gehen – fort von dem Gesinde, das uns stets auf den Fersen ist. Ich muß mit dir sprechen. Allein.«

»Nein!« Ihre Stimme war fest, obwohl ihr Herz raste. Wie gern hätte sie alle Vorsicht beiseitegeschoben und getan, was er wollte! »Nein, nicht noch einmal. Wir dürfen es nicht. Wir dürfen es nicht, solange mein Gemahl lebt.« Sie erhob sich und strich sich das Gras vom Rock. »Bitte sprecht nie wieder davon. Vieles würde ich wagen, aber ich darf William nicht noch einmal entehren.«

»Es ist zu spät, um vom Entehren zu reden, Matilda. Ihr seid mein, im Herzen und in den Augen, wenn Ihr mich anseht und in Euren Träumen. Ich weiß es.« Ohne sich darum zu bekümmern, daß sie jemand sehen könnte, zog er sie an sich. Seine Lippen suchten ihren Mund und sanft liebkoste er ihre Schultern.

Ein Schauer des Verlangens überlief sie. »Wir dürfen nicht«, murmelte sie, aber ihre Lippen sprachen eine ganz andere Sprache. »Eine solche Liebe ist verflucht.«

»Unfug.« Sein Griff wurde drängender. Er beugte sich nieder, schlang einen Arm um ihre Kniekehlen und hob sie schwungvoll von den Beinen. Sie schrie leise auf, aber er achtete nicht darauf, sondern trug sie die Uferböschung hinunter, durchwatete das gurgelnde Wasser und drang auf der anderen Seite in ein Ginstergestrüpp. Hier legte er sie sanft auf den Boden. Er griff nach seinem Gürtel, öffnete die Schnalle, legte sein Schwert beiseite und bedeckte ihr Gesicht mit seinen Küssen. Seine Hände tasteten nach ihren Brüsten im tiefen Ausschnitt ihres Kleides. Sie ächzte vor Lust und schlang ihm die Arme um den Hals. Sie merkte, daß er an ihren langen Röcken nestelte, aber jeder Gedanke an Vorsicht war dahin. Es kümmerte sie nicht mehr, ob ihnen jemand zusah, als er sie hastig nahm und sie wieder und wieder zum schwindelnden Höhepunkt der Lust führte. Einmal, während sich ihre Hüften im Gleichklang mit seinen bewegten, öffnete sie die Augen und blickte ins strahlende Blau über ihnen. Für einen Moment erstarrte sie, als sich dort etwas bewegte – ein Schatten vor der Sonne –, doch dann beanspruchte die pochende Erregung in ihr wieder ihre ganze Aufmerksamkeit, und hilflos versank sie erneut in den Wogen der Leidenschaft.

Als Richard schließlich den Kopf hob, lächelte er. »So, meine Lady, jetzt seid Ihr mein.« Seine Lippen liebkosten ihren Hals.

Sanft strich sie ihm übers Haar; sie bebte noch immer. »Wenn ich entdeckt werde, wird William mich töten«, wisperte sie.

»William ist in Frankreich. Er wird nichts erfahren.« Er richtete sich langsam auf. »Niemand hat bemerkt, daß wir uns zurückgezogen haben. Und hat es doch jemand gesehen, so sagen wir, wir hätten einen Platz für einen späteren Unterschlupf gesucht.« Er stand auf und streckte ihr die Hand entgegen, um ihr hochzuhelfen. »Laßt uns essen gehen, meine Lady. Die Liebe macht einem Mann Appetit.«

Langsam gingen sie auf die Lichtung zu. Unter den Bäumen blieb Matilda stehen und ließ mit gebieterischer Handbewegung die Proviantkörbe herbeischaffen. Es war ihr wohlbewußt, daß zahlreiche Augenpaare sie beobachtet hatten und daß ihnen ihr Verschwinden keineswegs entgangen war. Bewußt war ihr auch, daß Richard sie anschaute – mit einem Blick, der sie vor Verlangen erschauern ließ. Nur ihre leicht geröteten Wangen verrieten, welcher Aufruhr in ihr herrschte, während sie hochmütig zusah, wie ein Tuch auf dem Boden ausgebreitet wurde.

Wieder blickte sie Richard an. Zumindest äußerlich war er jetzt ruhig. Er saß auf einem Felsvorsprung am Hang, das Hemd am Hals offen, die Hand lässig nach dem Wein ausgestreckt, den ihm sein Page brachte. Ihre Blicke trafen sich. Er lächelte und hob grüßend seinen Becher. »Auf die Jagd dieses Nachmittags, meine Lady«, sagte er.

Schroff wandte sie sich ab und beobachtete, wie die Ostringer ihre Käfige unter dem Sonnendach aufstellten. Die Falken hockten verdrossen auf ihren Stangen, schläfrig in der Mittagshitze. Die Reitknechte lagerten ausgestreckt am Boden und schützten ihre Augen vor dem blendenden Licht, das lanzengleich durch das hohe Gezweig der Kiefern stieß; sie aßen ihre Fleischpasteten. Schwerer Duft von Kiefernnadeln und trockenem Gras erfüllte die Luft.

Die Reiter hatten sie umringt, bevor es jemand begriff. Es waren etwas zwölf; sie trugen die leichten Waffen der Waliser; Bögen hingen an ihren Schultern und ihre gezückten Schwerter glänzten in der Sonne. Der Anführer brachte sein Pferd vor Matilda und Richard zum Stehen; die Hufe seines Ponys tänzelten nur wenige Zoll vor dem Saum des weißen Tuches, das im Gras ausgebreitet lag. Er grüßte und schob sein Schwert mit würdevollem Lächeln in die Scheide. Die erschreckten Diener standen hilflos hinter ihnen, von blanken Klingen in Schach gehalten.

»*Henpych gwell, arglwyddes. Yd oedd gennwch y hela da? Balch iawn yw dy hebogeu.*« Der Mann hatte sonnenbraune Haut, lockige Haare und war in leuchtendes Purpur gekleidet. »Ich grüße Euch, Lady; hattet Ihr eine gute Jagd?« fuhr er in makellosem Französisch fort. »Ich hoffe doch, es macht mir Ehre, was in meinen Bergen zu jagen ist. Ich sehe, Eure Beute ist beträchtlich.« Mit einem Kopfnicken deutete er auf die Vögel, die zum Tragen verschnürt neben einem der Knechte lagen.

Er beäugte Matilda langsam und musterte die hochgewachsene Gestalt mit dem bronzeschimmernden Haar unter dem Schleier. »Lady de Braose, wenn ich nicht irre? Ich bin Einion ap Einion Clud, Fürst von Elfael.« Er verneigte sich hoheitsvoll im Sattel. »Man sagte mir, Ihr seid in Eurer Residenz zu Hay. Darf ich fragen, wann Euer Gemahl dort bei Euch eintreffen wird?« Seine Augen, so grün wie das Sonnenlicht auf dem Moos im Wasser des Baches, funkelten plötzlich belustigt.

Matilda lief dunkelrot an. Dieser Mann hatte sie beobachtet. Sie wußte es, ohne den geringsten Zweifel. Er hatte gesehen, wie Richard und sie sich geliebt hatten. Richard saß immer noch unbewaffnet, den Weinbecher in der Hand, auf seinem Stein. Nur seine schmalen Lippen und das gefährliche Glitzern seiner Augen deuteten darauf hin, daß er über die Störung verärgert war.

»Es war liebenswürdig, daß Ihr zu unserer Begrüßung herbeigeritten seid, Fürst Einion«, sagte sie ohne das geringste Zittern in der Stimme. »Mein Gemahl ist gegenwärtig in Diensten des Königs. Darf ich fragen, was Ihr von ihm wollt? Vielleicht könnte man ihm eine Botschaft senden.« Hochmütig blickte sie den Mann an. Die Erheiterung war aus seinem Gesicht verschwunden. Etwas Hartes, Beängstigendes hatte sie ersetzt. Matilda weigerte sich, das ahnungsvolle Grauen, das sich plötzlich in ihr regte, sichtbar werden zu lassen. Unerschütterlich hielt sie seinem Blick stand.

»Es geht um eine kleine Schuld, meine Lady. Seisyll of Gwent und seine Sippe sind noch ungerächt. Glaubt nicht, daß die Angelegenheit, so gering auch ihre Bedeutung sein mag, vergessen ist.« Er sagte es gleichmütig, leichthin. »Denkt daran, wenn Ihr durch meine Berge streift, und heißt Eure Mannen über die Schulter schauen. Ich zweifle, daß einer von ihnen freiwillig eine Hand einbüßen möchte, und sei es zur Verteidigung Eurer holden Person.« Wieder verneigte er sich spöttisch. Sie schluckte und ballte die Fäuste, damit ihre Hände nicht zitterten. Gespenstische Stille senkte sich für einen Augenblick über das Moor. Dann ertönte plötzlich ganz in der Nähe der rauhe Schrei eines Wiesenläufers. Einions Pferd riß den Kopf hoch und wieherte. Im selben Augenblick schien seine Stimmung zu wechseln. Er lächelte freundlich und hob die Hand. »Gute Jagd, meine Lady«, sagte er leise und senkte den Kopf. »Ich hoffe, Ihr macht gute Beute heute nachmittag! Lebt wohl. *Duw a ro da it!*« Er warf den Kopf in den Nacken und lachte; dann winkte er seine Leute zu sich, und sie machten in Reih' und Glied kehrt, galoppierten in einer Staubwolke den Hügel hinauf und verschwanden hinter der Kuppe. Gleich darauf lag das Hochmoor wieder menschenleer da.

Richard sprang auf und packte sein Schwert, das kaum zwei Schritte von ihm entfernt an einem Felsen lehnte. »Mein Gott! Ich dachte, wir wären verloren.« Er wischte sich mit dem Handrücken über die Stirn. »Ich hatte schon gehört, daß er die Nachfolge seines Vaters angetreten hat. Er ist ein Heißsporn, dieser junge Mann. Ein Unruhestifter. Ich bezweifle, daß Rhys ihn lange wird im Zaum halten können. Er folgt der Blutrache, so scheint mir.«

»*Galanas* nennen sie es«, wiederholte Matilda leise. »Er hat uns gesehen, Richard. Er hat gesehen, daß wir uns liebten.«

Richards Gesicht verfinsterte sich. »Kommt, ich bringe Euch zurück. Steigt auf.« Über die Schulter hinweg rief er dem verschreckten Häuflein des Gefolges, das unter den Bäumen wartete, seine Befehle zu. »Wie es scheint, richtete sich diese Fehde nicht gegen Euch«, stelte er leise fest, und er betrachtete sie ernst, während der Roßknecht mit ihren Pferden herbeigelaufen kam.

»Ich war dabei, als Seisyll starb. Aber ich wußte nichts von Williams Plänen«, erzählte sie müde. »Ein kleiner Waliser führte mich über die Berge nach Tretower. Damals sagte er, mit mir hätten sie keinen Streit, aber . . .« Ein Schauer überlief sie. »Richard, du hast gehört, was er über die Hände gesagt hat. Es müssen seine Leute gewesen sein, die das grauenhafte Bündel nach Gloucester brachten.«

Er zuckte mit den Schultern. »Seine oder die eines anderen. Sie sind alle untereinander verwandt, diese walisischen Fürsten. Jeder von ihnen wird sich der Blutrache erinnern, sobald es ihm in den Kram paßt.«

Er half ihr in den Sattel und schwang sich dann auf sein Pferd. »Aber es war eine Warnung. Offiziell mag hier Friede herrschen, aber Ihr solltet Euch nie wieder ohne eine volle Eskorte in diese Berge wagen. Vergeßt das nicht.«

Schnell ritten sie über das Hochmoor zurück, durch Farnkraut und Wälder, durch das Dorf Clyro und den flachen Hang hinunter zur Furt. Mit der gelassenen Fröhlichkeit des Vormittags war es vorbei.

Hitzedunst verhüllte die Berge und schwere Gewitterwolken ballten sich am Himmel.

Erleichtert ritt Matilda in die Umfriedung von Hay Castle ein. Sie glitt vom Pferd, bevor Richard ihr helfen konnte und lief geradewegs zu den Kindern. Auf dem Heimritt hatte sie ein schrecklicher Gedanke nie verlassen. Die Kinder! Williams Kinder für Seisylls Kinder. Wäre das ein gerechter Tausch gewesen?

Der ältere Sohn spielte zu Jeannes Füßen mit zwei Gefährten im Staub.

»Ist Will wohlauf?« Viele Monate war es her, daß sie zuletzt jene schreckliche Angst um ihren Ältesten verspürt hatte, die ihr die Kehle zuschnürte.

»Natürlich, meine Lady. Warum nicht?« Die alte Frau blickte mit friedlichem Lächeln auf.

Matilda seufzte erleichtert. Vielleicht würde die *galanas* sie verschonen, wie auch Seisylls Weib verschont geblieben war. Aber zwei von Seisylls Kindern waren tot, und sie wußte, daß die Waliser bei ihrer Rache Sorgfalt walten lassen würden.

Hinter sich hörte sie Richards schnellen Schritt. »Was ist denn? Stimmt etwas nicht?«

»Doch, doch.« Sie schüttelte den Kopf. »Es geht ihnen gut.« Sie lächelte ihn an. »Die jähe Angst einer törichten Mutter, weiter nichts.« Sie fiel auf die Knie und drückte Will fest an sich, spürte sein weiches Haar an ihrer Wange.

Der kleine Junge entwand sich ihr fast sofort und taumelte ein paar Schritte rückwärts, ehe er sich wieder fallenließ und entzückt den Sand durch die Finger rieseln ließ. Matilda hob lächelnd den Kopf. Aber das Lächeln verschwand, als sie Jeannes prüfenden Blick sah, mit dem die Amme Richard musterte. Das Gesicht der Alten hatte sich zu einer Maske verzogen. In ihren Augen las Matilda Mißtrauen und Haß. Unversehens fielen ihr die seltsamen Ereignisse der vergangenen Nacht wieder ein. Am Morgen war sie geneigt gewesen, das alles als einen Traum abzutun. Aber sie hatte nicht geträumt. Es war Jeanne gewesen. Sie seufzte. Wenn der Zauber der Alten ein Bann gewesen war, der verhindern sollte, daß ihre Herrin schmerzliche Liebe zu diesem hochgewachsenen, stattlichen Mann empfand, dann blieb er ohne Wirkung. Diesmal, Jeanne, meine alte Freundin, ist dein Zauber nicht stark genug, mich zu retten, dachte Matilda.

Müde raffte sie sich aus dem Staub auf, schüttelte ihre hellgrünen Röcke aus und ging auf ihre Gemächer zu. Richard ließ sie in der Sonne stehen.

Hinter sich hörte sie plötzlich eine Stimme nach ihr rufen. Sie blieb stehen, zögerte, wollte sich umdrehen, hatte aber Angst, Richard könne ihr dann in ihre Kammer folgen. Die Stimme blieb beharrlich. Jemand lief ihr nach. Sie spürte eine Hand auf ihrer Schulter, hörte den weichen Singsang einer walisischen Stimme, die sie rief . . .

»Ist Ihnen nicht gut? Kommen Sie, wachen Sie auf, Kindchen. Na los!« Die Stimme tauchte aus den Schatten empor und versank dann wieder. »Am besten suchst du einen Arzt, Alan.«

Jemand beugte sich über sie. Jo öffnete langsam die Augen. Sie lag am Flußufer auf dem Kies. Mit einem Aufschrei richtete sie sich auf. In ihrem Kopf schien alles zu verschwimmen. Der Nachmittag war vergangen. Die Sonne ging in einem Meer goldener Wolken unter, und zwei wildfremde Menschen knieten neben ihr am Ufer des Wye.

20

Die weiße Leinwand lockte. Judy stand davor und knabberte an einem Stück Käse; der Aufbau des Gemäldes spukte ihr im Kopf herum, er brauchte nur noch eingefangen zu werden. Sie hatte ihre Position leicht verändert und studierte gerade den Lichteinfall, als etwas sie ablenkte und sie sich zur Ateliertür umwandte. Jemand stand draußen auf dem Treppenabsatz. Sein Gewicht ließ die Bodendielen knarren.

»Wer ist da?« rief sie. Sie schob den letzten Brocken Käse in den Mund und wischte sich die Finger am Hosenboden ihrer Jeans ab.

Niemand antwortete. Mit gerunzelter Stirn ging sie zur Tür. »Ist da jemand?« Verärgert über die Störung riß sie die Tür auf.

Nick stand auf dem Treppenabsatz und schaute durch die hohen Fenster auf die schrägen Dächer der Hinterhäuser. Langsam drehte er sich um und sah sie wortlos an. »O nein, du bist's. Was willst du?« Judy funkelte ihn an – entschlossen, ihn nicht merken zu lassen, wie verletzt und sehnsüchtig ihr bei seinem Anblick zumute war.

»Ich dachte, ich sehe mal nach, ob du sicher aus Frankreich zurück bist«, sagte er. Er lächelte nicht.

»Ja, wie du siehst.« Sie stemmte die Hände in die Hüften.

»Judy . . .« Unvermittelt kam er auf sie zu. »Es tut mir leid. Ich hätte dich nicht so sitzenlassen dürfen. Es war abscheulich von mir.«

»Wie geht es Joanna?« Judy trat zur Seite, als er an ihr vorbei ins Atelier ging.

Nick zuckte mit den Schultern. »Irgendwohin verschwunden. Ein neues Bild?« Er blieb vor der weißen Leinwand stehen.

»Nein. Eine Bronzeskulptur.« Bissige Ironie lag in ihrer Stimme. »Jo ist verschwunden, und du hast beschlossen, die Ersatzspielerin zu besuchen. Die gute alte, pflegeleichte Judy, die immer da ist, dir übers Haar zu streichen und wieder einen Mann aus dir zu machen.« Sie stand immer noch in der Tür. »Tut mir leid, Nick, aber ich möchte, daß du wieder gehst.«

Er kam zu ihr zurück. »Kann ich zuvor was zu trinken haben?« Ein neuer, schroffer Unterton lag in seiner Stimme, als er ihre Hand vom Knauf nahm und die Tür ins Schloß warf. »Einen Drink, Judy.«

Verblüfft wich sie einen Schritt zurück. »Na schön! Immer mit der Ruhe. Wie viele hast du denn schon getrunken?«

»Keinen einzigen. Ich war den ganzen Vormittag in der Firma und habe versucht, den Scherbenhaufen zu kitten, den Jim Greerson aus unserem dicksten Auftrag gemacht hat, und heute nachmittag geh ich wieder hin. Dieser Besuch . . .«, mit einer weiten Geste umfaßte er das Atelier, ». . . ist meine Mittagspause.«

»Dann mache ich dir was zu essen.«

»Ich habe gesagt, etwas zu trinken.« Seine Augen waren hart.

»Okay. Etwas zu trinken. Ich hole Gläser.«

»Tu das.« Nick hatte sich nicht gerührt. Er betrachtete die kahle Leinwand so intensiv wie ein Gemälde. Er hatte Kopfschmerzen, wußte, daß er angespannt und gereizt war und daß es ein Fehler gewesen war, herzukommen. Er wußte nicht genau, warum er es dennoch getan hatte. Er hatte kein Verlangen mehr nach Judy, hatte aber trotzdem ein Taxi gerufen und ihre Adresse genannt.

»Und was ist sonst los? Abgesehen von der Firma, meine ich.« Judy goß einen Fingerbreit Whisky ins Glas.

Er trank es hastig aus und hielt es ihr erneut entgegen. Als sie ihm einschenkte, packte er ihr Handgelenk und zwang sie, den Whisky aus der Flasche gluckern zu lassen, bis das Glas fast randvoll war.

»Paß doch auf! Sieh nur, was du getan hast!« rief sie.

»Halt den Mund, Judy«, erwiderte er grob. »Ein Glas voll ist genauso viel wie die zickigen kleinen Portiönchen zusammen, die du mir zugestehst.«

»Ich werde dir keine kleinen Portiönchen mehr geben. Wenn du dieses Quantum auf nüchternen Magen trinkst, wirst du bald flach auf den Rücken fallen.«

»Na prima. Mit dir in den Armen?«

»Nein!« Sie nahm ihm das Glas aus der Hand und stellte es mit einem Knall auf den Tisch. »Bitte, geh jetzt, Nick.«

»Ach, komm.«

»Es ist mein Ernst!« Sie drängte Tränen der Wut zurück. »Verschwinde. Geh wieder in dein Büro zurück und regle deine Probleme da, nicht in meinem Atelier.« Sie riß die Tür auf und blieb auffordernd daneben stehen. »Im Ernst!«

Er zögerte einen Moment lang; dann nahm er das Whiskyglas, trank ein paar Schlucke, stellte es ab und stapfte mit einem seltsam rauhen Auflachen an ihr vorbei.

Sie schlug die Tür zu, lauschte seinen Schritten auf der Treppe; dann wandte sie sich wieder ihrem Atelier zu.

»Ich will dich wiederhaben, Nick Franklyn«, sagte sie leise. »Aber zu meinen Bedingungen. Nicht zu deinen.«

Sie brachten Jo in eine nahegelegene Pension, die beiden freundlichen Fremden, die sie am Flußufer gefunden hatten. Als sie endlich in dem makellos sauberen Zimmer allein war, ließ sie sich auf das Bett fallen. Ihr letzter Gedanke vor dem Einschlafen galt dem kleinen Will. Beim Spielen im schmutzigen Burghof war er hingefallen und hatte sich das Knie aufgeschrammt. Sie mußte dafür sorgen, daß die Wunde richtig gesäubert und mit heilenden Kräutertinkturen behandelt wurde; es war so schmutzig überall ...

Am nächsten Morgen weckte sie der Duft von frischgebratenem Speck. Verwirrt lag sie da und sah sich um. Rosarote Chintzvorhänge wehten am offenen Fenster, und eine rosarote Decke lag auf einem fremden Schminktisch. Ihre Gedanken drehten sich schlaftrunken umeinander. Langsam stemmte sie sich hoch und rieb sich die Augen. Sie war voll angezogen. Jemand hatte sie mit einer karierten Wolldecke zugedeckt. Ihr Autoschlüssel lag auf dem Tisch.

Allmählich kehrte ihre Erinnerung zurück. Sie hatte am Ufer des Wye gesessen und zu der verfallenen Silhouette der Burg hinaufgeschaut. Irgendwie und ohne es zu wollen, war sie dann plötzlich in Matildas Zeit zurückgekehrt, hatte zwei oder drei Stunden lang in Trance auf dem weißen Kies gelegen. Schaudernd schlang sie die Arme um die Knie und wünschte sich Nick herbei. Dann ließ sie den Kopf auf die Knie sinken. Hatte sie sogar vergessen, daß sie Nick nie wiedersehen wollte und konnte? Nick und sie waren fertig miteinander. Richard war unerreichbar. Sie war allein.

Sie sah auf die Uhr. Zehn nach neun. Sie ging ans Fenster und blickte hinaus. Irgendwo da oben in den Hügeln war sie mit Richard auf der Falkenjagd gewesen.

Jähe Angst überfiel sie. Hatte ihr Bedürfnis, Richard wiederzusehen, ihre spontane Regression ausgelöst? Oder gab es da etwas anderes? Begann Matilda, die Herrschaft über Jo Clifford zu übernehmen? Es war Wahnsinn gewesen, nach Wales zu kommen – Wahnsinn, zu glauben, sie könnte allein damit fertigwerden. Sie brauchte Carl Bennets Hilfe. Er hatte das Ganze in Gang gesetzt. Irgendwie würde er ihr helfen müssen, sich wieder davon zu befreien. Sie mußte ihn dazu überreden, noch einmal zu versuchen, sie zum Vergessen zu bewegen. So schnell wie möglich.

Margiad Griffiths war in der Küche, als Jo in einem dunkelblauen Baumwollkleid herunterkam. Sie wandte sich vom Herd ab und lächelte. »Besser?« sagte sie. »Ich habe gerade Kaffee gebrüht. Oder möchten Sie lieber Tee?«

»Einen Kaffee hätte ich sehr gern.« Jo setzte sich an den Küchentisch. »Ich habe nicht bemerkt, daß ich so erschöpft war. Es tut mir leid. Ich habe Ihnen eine Menge Unannehmlichkeiten gemacht.«

»Ganz und gar nicht.« Margiad nahm zwei Steinguttassen aus dem Schrank. »Aber die Peters sind nicht mehr da. Hat ihnen leid getan, daß sie Sie nicht noch mal sehen konnten. Sie lassen herzlich grüßen.«

»Ich wünschte, ich hätte mich bei ihnen bedanken können. Ich weiß immer noch nicht genau, was gestern am Fluß mit mir passiert ist.«

»Erschöpfung, nehme ich an.« Margiad goß Kaffee ein. »Normalerweise sitzen meine Gäste an den Tischen im Aufenthaltsraum da hinten. Wenn Sie vielleicht lieber . . .«

Jo verzog das Gesicht. »Nein, ich würde lieber hierbleiben, wenn es Ihnen recht ist. Ich nehme an, Ihre anderen Gäste sind schon vor einer Ewigkeit aufgebrochen; es ist schon so spät.«

Schulterzuckend schob Margiad ihr den Zucker zu. »Ich habe nur drei Zimmer. Die Peters hatten eins, und in dem anderen hat ein netter junger Lehrer gewohnt. Er wanderte den Offa's Dyke entlang, hat aber hier haltgemacht – wegen der Bücher. Jeder kommt wegen der Bücher nach Hay.«

Jo lächelte. »Ich bin hier, um ein paar historische Nachforschungen über die Stadt anzustellen.« Der Kaffee war stark und aromatisch. Sie fühlte, wie seine Wärme durch ihre Adern rann.

»Oh, es ist eine alte Stadt. Die Burg ist uralt. Jetzt gehört sie ja Richard Booth. Haben Sie sie schon besichtigt?«

Jo hob die Schultern. »Im Moment interessiere ich mich mehr für die alte Burg. Die erste. Sie stand neben der Kirche.«

»Hier unten?« Margiad starrte sie verblüfft an. »Also, das habe ich nicht gewußt. Da gibt's also noch eine Burg! Werden Sie sie nachher besichtigen?«

Jo seufzte bedauernd. »Das geht leider nicht. Ich muß zurück nach London.« Mit leichtem Widerwillen sah sie auf den Teller mit Eiern und Speck, den Margiad vor ihr auf den Tisch stellte. »Ich wußte nicht, daß das für mich bestimmt war . . .«

»Na los, Mädchen. Fangen Sie an, ich mache Ihnen inzwischen Toast. Sie können ein kräftiges Essen vertragen.« Margiad betrachtete sie aufmerksam, während es hinter ihr in der Pfanne auf dem Herd weiter schmurgelte. »Kommen Sie noch einmal wieder? Oder sind Sie mit Ihren Nachforschungen fertig?«

»Ich weiß nicht«, sagte Jo zögernd. »Ich glaube, die Frage ist eher, ob sie mit mir fertig sind.«

Der Weg in die Stadt führte sie an der Stelle vorbei, an der die alte Burg gestanden hatte. Außer der Motte war nichts mehr vorhanden; sie war mit Gras bewachsen und von Wildblumen übersät. Von dem hölzernen Festungsturm oder dem Innenhof, an den sie sich erinnerte, war nichts zu sehen, auch nicht von der dichten Hecke. Einen Moment lang starrte Jo beklommen auf die Motte. Aber da waren keine Geister, keine Schatten, nur ein gutgelaunter schwarzweißer Collie, der durch die Wiese streifte, an einem Mauerrest das Bein hob und zwischen den Bäumen neben der Kirche verschwand.

Es war Markttag, und ratlos beäugte Jo die bunten Stände, die über Nacht ihr Auto umzingelt hatten. Sie wußte nicht, wie sie da herauskommen sollte. Sie sah die Frau an, die an dem Stand neben dem MG Eier und Käse feilbot, hob die Schultern und lächelte schuldbewußt. »Tut mir leid. Ich wußte nicht, daß heute Markt ist.«

Die Frau lächelte zurück. »So. Das vergessen Sie aber nicht wieder, hm?« meinte sie fröhlich und wandte sich ab.

Jo warf ihr Gepäck ins Auto und schob sich auf den Fahrersitz. Sie würde sorgfältig manövrieren müssen, um sich von dem lärmenden, überfüllten Platz herunterzuschlängeln.

Langsam kurbelte sie das Fenster herunter und schob den Schlüssel ins Zündschloß. Vor ihr ragten die Mauern der Burg hoch und grau in den strahlend blauen Himmel. Wann mochte sie erbaut worden sein? Ob sie es je erfahren würde? Ihr Blick wanderte über die hohen Mauern; Lücken klafften dort, wo die steinernen Fensterbögen eingestürzt waren. In einer davon gurrte eine weiße Taube im Sonnenschein, die Kehle zu einer schneeweißen Spitzenkrawatte gebläht. Jo betrachtete die Taube, und der Lärm des Marktes versank hinter ihr. Sie fröstelte. Diese Stille war gespenstisch – in der Nähe so vieler Menschen. Gespenstisch, und plötzlich beängstigend.

William kam an einem stürmischen Herbstabend. Unangekündigt und erschöpft war er da, mit Männern und Pferden; schlammbespritzt und naß vom Regen stand er vor dem Tor von Hay und forderte energisch Einlaß.

»Die Furt ist bald so tief, daß man nicht mehr hindurchkommt«, grollte er, als seine Gemahlin erschien, um ihn willkommen zu heißen. »Bei den Gebeinen Christi, ich bin froh, gesund und munter hier zu sein. Es ist kein Reisewetter, das.« Er hakte die Spange seines Mantels auf und schleuderte das triefende Kleidungsstück zu Boden. »Was macht die Jagd, meine Lady?« Die Falten hatten sich eine Spur tiefer in seine geröteten Wangen gegraben, fand sie, und sein Bauch war runder geworden, aber er sah so frisch und kräftig aus wie eh und je. »Werden wir morgen etwas zur Strecke bringen?«

Sie lachte. »Eine so kurze Rast, mein Lord? Mit der Jagd geht es gut. Aber man hat uns gewarnt, Elfael zu betreten.« Aufmerksam sah sie ihm ins Gesicht. »Der neue Fürst hat alte Fehden nicht vergessen.«

William warf den Kopf in den Nacken und lachte. »Hat er nicht? Nun, ich habe meine Pläne mit diesem jungen Mann und seinem Land.« Großspurig legte er einen Arm um Matilda, zog sie zu sich herunter und drückte ihr einen schmatzenden Kuß auf die Wange. »Er teilt meine Ländereien in zwei Teile, unser Einion. Hätte ich Elfael, ich hätte die mittlere Mark von Radnor bis Abergavenny. Aber lassen wir das vorläufig. König Henry will derzeit Frieden mit Rhys ap Gruffydd. Mir ist's recht, ich habe Zeit. Es gibt Angenehmeres zu tun im Winter, als einen Feldzug im Schlamm zu planen. Jagen etwa, und mit meinem schönen Weib das Lager teilen.« Wieder lachte er.

Er hielt sein Wort. Zum Julfest hingen die Speisekammern voll von Eberschinken und Hirschbraten, und Matilda wußte sich wiederum schwanger. Aber es war nicht Williams Kind. Ihre Monatsregel hatte aufgehört, bevor William zu ihr ins Bett gekommen war.

Erfüllt von Abscheu und Schmerzen ließ sie sich Nacht für Nacht von ihm mißhandeln und betete, daß er die Wahrheit nie erführe. Daß Jeanne es erraten hatte, dessen war sie sicher, aber die Alte bewahrte rätselhaftes Stillschweigen, wenn es um den schwellenden Leib ihrer Herrin ging. Matilda weigerte sich, an Richard überhaupt zu denken. Es hatte geheißen, er sei unterwegs nach Irland, und dann hörte sie gar nichts mehr.

Jeanne bewachte sie im Laufe der Zeit mit zunehmend eifersüchtiger Fürsorge und scheuchte sogar die getreue Elen davon, die sich erbost und verletzt zurückzog, nicht ohne zuvor boshaft anzudeuten, daß die Alte eine Hexe sei. Dessen war Matilda ohnedies sicher, und eines Tages, als sie sich langweilte, da das Wetter ihr keinen Ausflug gestattete, suchte sie Jeanne in ihrem ummauerten Kräutergärtlein auf.

»Lehre mich doch etwas von deiner Kunst, Jeanne«, flüsterte sie, als sie sah, wie die Alte unter leisen Beschwörungen Schnee in eine Schüssel schaufelte.

Jeanne fuhr schuldbewußt hoch; ein verschlagenes Lächeln lag auf ihren Lippen. Sie hatte jetzt auch den letzten Vorderzahn verloren, was ihr einen Ausdruck von Gerissenheit verlieh.

»Ich möchte es gern können. Bitte, lehre mich ein paar Zaubersprüche.«

Jeanne blickte zur Seite. »Ich weiß keine Zaubersprüche, Lady Matilda. Es ist Heilkunde, was ich hier übe, mit Kräutlein und Gebeten. Die will ich Euch gern beibringen.«

Matilda nickte. »Und ich will sie gern lernen; aber diese anderen Dinge, Jeanne . . .« Sie sah der Alten direkt in die Augen. »Was hast du über meinem Bett geflüstert, in der Nacht, als Lord Clare nach Hay gekommen war?« In den Falten ihrer Röcke ballte sie die Fäuste, plötzlich hatte sie Angst vor der Antwort.

Zunächst bewegte Jeanne sich nicht; dann senkte sich ihr Blick auf Matildas Leib. »Meine Kraft war nicht groß genug, dich zu retten«, murmelte sie. »Jetzt ist es zu spät. Die Dinge sind im Gang. Ich kann nichts tun.«

Matilda erschauerte. »Es ist nicht nötig, etwas zu tun, Jeanne. Mein Mann wird es nie erraten«, flüsterte sie. »Wir waren diskret. Nie waren wir zusammen allein.«

Jeanne hob die Schultern. »Die Wahrheit findet stets ans Licht der Sonne, *ma petite.* Der Tag wird kommen, da Sir William es erfährt. Der Tag wird kommen, da Lord Clare dafür bezahlen muß.«

»Nein!« Matilda umklammerte ihren Arm. »Nein, das glaube ich nicht. Wie sollte es Sir William erfahren? Niemand weiß es. Niemand. Du würdest es ihm nicht sagen . . .«

Jeanne schüttelte den Kopf. »Nicht ich, *ma petite*, und auch nicht der Fürst der Waliser, der dich in Lord Clares Armen gesehen hat . . .« Sie beachtete das Entsetzen in Matildas Augen nicht, hüllte sich fester in ihre Pelze und humpelte steif davon. »Das Kind selbst wird es sein, das euer Geheimnis verrät. Ich habe es in meinen Träumen gesehen. Und das alles für nichts!« Jäh wandte sie sich um und spuckte heftig aus. »Lord Clare ist nicht für dich, Matilda! Du gehörst einem anderen!«

»Ich weiß.« Matildas Stimme war im Seufzen des Windes kaum zu hören. Schneeflocken trieben heran und blieben in den Pelzen der beiden Frauen hängen.

Jeanne schürzte die Lippen über zahnlosen Kiefern. »Du weißt es nicht, *ma petite*«, sagte sie nachdrücklich. »Und ich bete darum, daß ich etwas Falsches gesehen habe, denn ich habe nicht deinen Gemahl erblickt!«

»Nicht meinen Gemahl?« wiederholte Matilda. »Wen dann?« Sie lief Jeanne nach und packte sie beim Arm. »Was hast du gesehen? Sag es mir!«

Jeanne blieb stehen. »Einen König habe ich gesehen«, flüsterte sie und blickte sich furchtsam um. »Er wird dein Schicksal. Und ich werde nicht da sein, dich zu retten.«

»Was soll das heißen?« Matildas Mund war trocken vor Angst. »Du mußt es mir sagen!« Fast hätte sie die Alte vor Ungeduld geschüttelt. »Sag es mir!« Aber Jeanne schüttelte den Kopf und hielt den Finger an die Lippen. »Eines Tages vielleicht, *ma petite.*« Mehr sagte sie nicht, und so sehr Matilda sich auch bemühte, sie zu überreden, sie sprach nicht mehr von der Angelegenheit. Aber sie führte ihre Herrin in ihre Kräuterkammer und zeigte ihr dort die getrockneten Kräuter und Blumen, die Salben und Pasten, die sie in einer Truhe aufbewahrte. Auch Steine waren da, aromatische Zweige von Bäumen aus fernen Ländern und mit wunderlichen Symbolen bedeckte Pergamentfetzen. Diese aber schob Jeanne rasch unter ihr Tuch. Als Matilda später in der Truhe nach ihnen suchte, waren sie nicht mehr da. So mußte sie sich mit den Künsten zufriedengeben, die Jeanne ihr zeigte: einen einfachen Zauberspruch, mit dem ein unruhiges Kind zum Schlafen gebracht werden konnte, oder wie man Mutterkraut und Steinsamen für die Niederkunft im Sommer zubereitete. Aber stets weigerte sie sich, wieder von dem zu sprechen, was sie in ihren Träumen gesehen hatte.

Eines Abends lauschte Matilda den Klängen eines fahrenden Sängers, der aus dem Schneetreiben hereingetaumelt war, die Laute in Lumpen gehüllt auf dem Rücken. William brütete am Tisch über einigen Pergamenten, die Stirn vor Anstrengung gerunzelt beim Lesen der winzigen Schriftzeichen im Flackerschein der tropfenden Kerzen. Draußen toste der Wind durch das weite Tal des Wye, donnerte gegen die Wände und rüttelte an den lockeren Holzläden. Einmal glaubte sie, einen Wolf heulen zu hören, und ein Schauer überlief sie.

William sah plötzlich zu ihr auf und grinste. Er stand auf, rieb sich die Beine und kam herüber. Dicht neben ihrem Stuhl blieb er stehen. »Hier in der Gegend gibt es ein paar der besten Jagdreviere, und Hay gefällt mir. Aber ich werde froh sein, wenn wir hier einen festeren Turm haben. Was meinst du? Sollen wir den hier abreißen und einen aus Stein erbauen lassen? Da würdest du dich sicherer fühlen, was?« Er sah sie an und hob eine Augenbraue; dann nahm er eines der Pergamente vom Tisch. »Ich habe mit Madoc und Bernard alles durchgerechnet. Der Zinsertrag ist gut, aber die Gegend müßte besser befestigt werden.« Mit einem schmutzigen Finger zeigte er auf das Pergament. »Wir haben hier eine strategische Position. Die sollte ich besser nutzen. Die Waliser mögen sich derzeit ruhig verhalten, aber man weiß nie, wann sie einen Überraschungsangriff planen. Hier könnten wir ihnen nicht lange standhalten, und von deinem Freund Einion haben wir eine recht deutliche Warnung erhalten.« Nachdenklich rieb er sich das Kinn.

Eine besonders heftige Bö pfiff durch die Läden und blies eine der Kerzen aus, daß das Wachs über den Tisch spritzte. William fluchte leise, während ein Page zum Feuer lief und einen Span herbeitrug, um sie erneut zu entzünden. Unvermittelt senkte William die Stimme. »Arbeitswillige gibt es hier die Menge, und es wäre ein guter Ausgangspunkt für den, der etwas plante, nach Elfael zu marschieren.« Wieder sah er sie an und hob die Braue. »Nun, Weib, was hältst du von dieser Idee?«

Sie lächelte. »Sie scheint gut zu sein. Ich leugne nicht, daß ich mich in einer guten Steinfestung sicherer fühlen würde, wenn wir denn in Hay bleiben müssen.«

Er nickte. »Für ein Weilchen werden wir nach Brecknock zurückkehren, und du kannst wieder herkommen und die Bauarbeiten beaufsichtigen, wenn ich im Frühjahr an den Hof muß. So hast du etwas zu tun, he? Während du darauf wartest, daß das Kind zum Vorschein kommt?« Er lachte laut auf und schenkte sich neuen Wein ein.

Und so kam es, daß Richards Tochter Matilda zu Hay geboren wurde, in einer kühlen, kristallklaren Mittsommernacht, in der Sterne leuchteten, die aus frostkalter Winterzeit geborgt zu sein schienen. Jeanne brachte das Kind zur Welt, ein flachsblondes Würmchen, und dann legte sie die Opfergaben in den Herd. Der Säugling war winzig - eher wie ein Sieben-Monats-Kind denn wie Matildas kräftige, vollentwickelte Knaben. William akzeptierte die Tochter ohne ein Wort des Zweifels, und er bekreuzigte sich, als Jeanne über der Wiege einen Schutzzauber murmelte. Hastig kehrte er zurück zu seinen Falken und Pferden. Matilda streckte die Arme nach der Kleinen aus und betrachtete die zarten, makellosen Gesichtszüge. Sie hatte erwartet, für das Kind ihrer Liebe besondere Zuneigung zu empfinden. Aber sie empfand überhaupt nichts.

»Fehlt Ihnen etwas?«

Die Frau vom Gemüsestand hatte unsicher eine Hand in den Wagen gestreckt, um Jos Schulter zu rütteln.

Jo hielt das Lenkrad umklammert, ihre Fingerknöchel waren weiß. Der Motor lief ruhig im Leerlauf und durch die Windschutzscheibe brannte ihr die Sonne ins Gesicht. Dennoch war ihr übel und kalt.

»Fehlt Ihnen etwas?« wiederholte die Frau. »Jetzt sitzen Sie schon eine Ewigkeit so da. Sie haben mich einfach nicht hören wollen . . .«

»Entschuldigung.« Mit einiger Anstrengung richtete Jo sich auf. »Ich muß wohl eingeschlafen sein ...«

Die Frau machte ein skeptisches Gesicht. »Sie haben zur Burg hinaufgestarrt, als wären Sie in Trance.«

Jo zwang sich zu einem Lächeln. »Vielleicht war ich das sogar. Tut mir leid, und dann parke ich auch noch direkt vor Ihrer Nase. Könnten Sie mich bitte hinauslotsen?«

»Sie sind sicher, daß Ihnen nichts fehlt?« Die Frau wirkte nicht überzeugt, als sie sich aufrichtete und einen Schritt zurücktrat.

»Ganz sicher«, antwortete Jo fest. »Ganz, ganz sicher.«

An diesem Donnerstag war sie innerhalb eines knappen Monats zum drittenmal in London, erkannte Dorothy Franklyn plötzlich. Sie fühlte sich sehr erschöpft.

Nick ließ Sandwiches und Kaffee für sie beide ins Büro bringen. »Tut mir leid, Ma, aber wie du siehst, stecke ich heute bis über die Ohren in Arbeit ... Wenn du nächstes Mal in die Stadt kommst, lade ich dich zu einem erstklassigen Mittagessen ein, das verspreche ich dir.« Er lächelte sie liebevoll an. »Was kann ich für dich tun? Am Telephon klang es ziemlich dringend.« Er machte sich Sorgen um seine Mutter; ihr Gesicht war ernst, sie wirkte mit einem Mal alt und zerbrechlich.

Dorothy Franklyn setzte sich auf das flache Sofa, das an der Wand unter einem farbenprächtigen Display diverser künstlerischer Entwürfe der Firma Greerson-Franklyn stand. »Ich will mit dir über Sam reden«, erklärte sie unumwunden.

»Was ist mit Sam?« fragte Nick.

»Was glaubst du, wie es ihm geht?«

»Prima. Sam war in seinem ganzen Leben noch nicht krank. Das mußt du doch besser wissen als ich.«

»Ich meine nicht seine körperliche Verfassung, Nick.« Sie nestelte am Schnappverschluß ihrer Handtasche.

»Was meinst du dann?« Mit hochgezogenen Augenbrauen setzte Nick sich neben sie und nahm ihre Hand. »Was ist denn los?«

Sie seufzte. »Ich habe neulich lange mit Sam über Jo gesprochen. Dabei hat er ein paar äußerst merkwürdige Dinge gesagt, die mir nicht mehr aus dem Kopf gehen.«

Nicks Kiefermuskeln spannten sich kaum merklich. »Jo hat auch ein paar äußerst merkwürdige Dinge getan.«

Die Finger seiner Mutter schlossen sich um seine Hand und drückten sie. Sie sah zu ihm auf. »Nick, du weißt doch, daß Sam sie sehr gern hat?«

»Natürlich. Er kennt sie seit vielen Jahren.« Nick beugte sich vor und nahm ein Räucherlachssandwich.

Sie runzelte die Stirn. »Ich glaube, es steckt ein bißchen mehr dahinter«, meinte sie vorsichtig.

»Du willst doch damit nicht sagen, daß du meinst, er ist in sie verliebt?« Sie sah Ärger in seinem Gesicht aufzucken; im nächsten Augenblick hatte er sich jedoch wieder unter Kontrolle.

»Nein«, erklärte sie hastig. »Aber ich glaube, es beschäftigt ihn allmählich zu sehr, dieses frühere Leben, das Jo geführt haben soll. Er hat so unheimliche Dinge darüber gesagt. Ich finde, du und Jo solltet ihm nahelegen, darüber nicht mehr mit Jo zu sprechen. Ja, ich hielte es für besser, wenn ihr ihn überreden könntet, nach Schottland zu fahren und die ganze Angelegenheit zu vergessen. Bringt ihn fort von ihr.«

Nick sah seine Mutter mißtrauisch an. »Du machst dir wirklich Sorgen, was?« meinte er nach einer nachdenklichen Pause.

»Es ist sonst nicht deine Art, dich einzumischen. Was versuchst du mit all dem tatsächlich anzudeuten?«

»Ich deute gar nichts an«, entgegnete sie scharf. »Ich habe es dir klipp und klar gesagt. Habt ihr euch wieder vertragen, du und Jo?«

»Nein.«

Sie seufzte erneut. »O Nick!« sagte sie wehmütig. »Dann ist es vielleicht gar nicht wichtig.« Sie nahm ein Sandwich und knabberte ziemlich lustlos daran herum. »Ich liebe dich und Sam so sehr, und Jo hab ich inzwischen auch ins Herz geschlossen. Ich will nicht, daß einem von euch weh getan wird, das ist alles.«

Nick stand abrupt auf, ging zum Fenster und starrte hinaus. »Niemandem wird weh getan«, sagte er.

»Ich wünschte, das könnte ich glauben«, erwiderte sie leise. Unendliche Traurigkeit lag in ihrem Gesicht, als sie ihren jüngsten Sohn beobachtete. Wenn sie ihm doch nur sagen könnte, wovor sie in Wirklichkeit Angst hatte, aber bei Nicks jähzornigem Temperament wagte sie es nicht. Sie legte ihr Sandwich auf den Teller und griff nach der Kaffeetasse. »Versprich mir etwas«, sagte sie behutsam. »Wenn Sam dir je vorschlagen sollte, dich wie Jo hypnotisieren zu lassen, dann mußt du unbedingt ablehnen.«

Er drehte sich um. »Weshalb?«

»Ich habe gute Gründe, dich darum zu bitten, Nick. Du darfst dich nie von Sam hypnotisieren lassen.«

»Zu spät. Er hat es schon getan.« Er grinste schief. »Eine kleine Geste brüderlichen Entgegenkommens – und es hat kein bißchen weh getan.«

Dorothy stand erregt auf. Um es zu überspielen, trug sie Nick die Tasse zum Fenster. »Wann hat er es getan?« wisperte sie.

»Wann? Vorgestern.« Er nahm ihr die Kaffeetasse ab. »Was soll das alles eigentlich, Ma? Wovor hast du denn nur solche Angst?«

Sie schüttelte lächelnd den Kopf. »Vor nichts Besonderem. Es ist vermutlich nur eine abergläubische Furcht vor dem Unbekannten. Aber ich hätte nie gedacht, daß du es tun würdest. Als Junge hattest du sogar vor dem Einschlafen Angst . . .«

»Es war nicht wie Einschlafen; ich erinnere mich an jedes Wort, das er gesagt hat . . .« Er zögerte. »Das heißt, ich glaube, mich zu erinnern.«

Ruckartig hob sie den Kopf und sah ihn an. »Oh, Nick . . .«

»Es ist okay. Kein Grund zur Besorgnis. Sam weiß, was er tut.«

Sie wandte sich ab. »Das befürchte ich auch.« Sie sagte es so leise, daß er es nicht verstand.

Geistesabwesend nahm sie ihr Sandwich und starrte auf das Bild an der gegenüberliegenden Wand, eine stahlgerahmte Darstellung zweier ballspielender Kinder. Es dauerte eine ganze Weile, bis sie wieder ein Wort über die Lippen brachte. »Und hat er herausgefunden, wer du in Matildas Vergangenheit warst?« fragte sie. »Oder hat er gesagt, du warst überhaupt nicht dabei?« Langsam drehte sie sich um und sah ihm in die Augen. »Nun, Nick? Was hat er dir in Erinnerung gerufen?«

21

Jo wollte nicht anhalten. Sie wollte immer weiterfahren – so weit weg wie möglich von der walisischen Grenzmark, wo sie anscheinend der Name jeder Stadt, jedes Dorfes in die Vergangenheit zurücklockte.

Schließlich hielt sie in Monmouth an, um ein verspätetes Mittagessen zu sich zu nehmen. Der Garten hinter dem Pub war kühl und schattig, und Jo merkte, wie sie sich entspannte, während sie ein knuspriges Brötchen und einen Teller Stiltonkäse und Salat verspeiste und dazu ein Glas Cider trank. Ihre Panik ließ allmählich nach. Schließlich war sie doch hergekommen, um Matilda aufzuspüren. Was am Ufer des Wye und vor Hay Castle passiert war, hatte sie sich ja schon auf Bramber erhofft, oder als sie in Clare mit den Händen über das alte Mauergestein gestrichen hatte. Irgendwie hatte sie selbst in sich eine Art Trance ausgelöst.

Weshalb hatte sie also Angst gehabt? Sie lehnte sich auf ihrem Stuhl zurück. Eigentlich sollte sie sich dieser eigenartigen Begabung stellen, die sie da in sich entdeckt hatte, sie sollte sie nach ihrem Willen formen und mir ihrer Hilfe herausfinden, ob sich Matilda an Jeannes Warnung gehalten hatte.

Langsam stand sie auf und streckte sich wie eine Katze in der Sonne. Ob Matilda wohl je in Monmouth gewesen war?

Unentschlossen verließ sie den Garten des Pubs und schlenderte auf die stille Straße hinaus. Widerwillig betrachtete sie ihren Wagen am Straßenrand; der Gedanke an weitere vier Stunden Autofahrt in der Hitze gefiel ihr nicht, und so wandte sie dem MG den Rücken zu und spazierte weiter zum Ufer des Usk und setzte sich auf eine verfallene Mauer. Eine kleine Eidechse huschte über das trockene Moos und verschwand in einer Steinritze.

Sie streifte ihre Schuhe ab und tauchte die Füße in das eiskalte Wasser. Ein paar Minuten Ruhe, das war es, was sie brauchte. Danach würde sie entscheiden, ob sie weiterfahren oder hierbleiben und die Vergangenheit nochmals heraufbeschwören wollte.

Das Wasser gluckste an den moosbedeckten Steinen der alten Brücke und kämmte Fransen brauner Algen in der Strömung. Hin und wieder verwandelte ein Sonnenstrahl die glatte Wasserfläche in einen glitzernden See, der sich schimmernd bewegte und gleich darauf in der braunen Einheit des Flusses aufging.

Plötzlich merkte Jo, daß sie die Hände ineinandergekrallt hatte. Ein seltsames, unwirkliches Flimmern tanzte vor ihren Augen. Sie blinzelte angestrengt, und die Szenerie verfestigte sich wieder, aber dann schien sie sich neuerlich zu bewegen. Sie zog die Füße aus dem Wasser und kletterte die Uferböschung hinauf. »Nein«, flüsterte sie. »Nein, das hab ich nicht so gemeint. Noch nicht. Ich bin noch nicht so weit. Ich will nicht, daß es schon wieder geschieht . . .«

Die Übelkeit war wieder da. Müde ließ Matilda den Kopf auf das Kissen sinken und wartete auf ihr Abklingen. Behutsam legte Elen ihr ein feuchtes, kühles Tuch auf die Stirn. Die Finger des Mädchens waren blau, doch ohne zu klagen, tauchte sie das Tuch erneut ins eiskalte Wasser und linderte die Fieberschauer ihrer Herrin.

»Heute werdet Ihr Monmouth nicht verlassen können, meine Lady. Ihr müßt es Sir William sagen.« Sie lief, um das Becken zu holen, als Matilda wieder zu würgen begann.

»Nein!« Matilda stieß die Schüssel von sich und rappelte sich mühsam auf. »Ich werde Sir William begleiten. Ich habe ein Gefühl hier, ein merkwürdiges Gefühl.« Sie drückte die Hand auf den Leib. »Irgendwo droht Gefahr, Elen. Ich bin sicher, man braucht mich in Hay. Wir hätten ihnen nicht erlauben sollen, ohne uns mit dem Haushalt weiterzureisen.«

»Aber meine Lady, Ihr seid krank.« Elens Augen waren voller Mitgefühl.

»Ich bin nicht krank«, fauchte Matilda sie an. »Ich habe es dir doch gesagt. Ich bin wieder schwanger.«

»Aber Euch war doch sonst nie morgens übel, Madame. Noch nie ist es vorgekommen, in all den Jahren, die ich Euch kenne.« Sie verstummte jäh, als sie Matildas Gesicht sah.

»Nun, diesmal ist es so; also schweig still.« Matilda zwang sich, aus dem Bett zu klettern, und griff nach ihrem Gewand. »Es stimmt etwas nicht, Elen. Ich kann es nicht erklären, aber ich spüre, daß etwas Furchtbares geschehen wird. Ich muß bei den Kindern sein. Ich muß . . .«

Am Abend zuvor, als sie halb wach im Schein des Feuers gelegen hatte, war es wieder geschehen. Ein Schatten hatte in ihrer Nähe gelauert, etwas, das sie weder anfassen noch sehen konnte. »Der Tod ist hier, Elen«, wisperte sie. »Der Tod ist in unserer Nähe.« Wieder krümmte sie sich zusammen. Elen stürzte mit angstvoll aufgerissenen Augen herbei, um sie zu halten. Beide Frauen klammerten sich aneinander. Dann richtete Matilda sich langsam auf und strich sich die Haarsträhnen von der feuchten Stirn.

Die Erkenntnis, daß sie doch wieder schwanger war, war eine bittere Enttäuschung für sie gewesen. Zwei Jahre war es her, daß sie ihren dritten Sohn Reginald zur Welt gebracht hatte, und sie hatte zu hoffen gewagt, daß Gott ihr die Bürde weiterer Kinder ersparen würde.

Aber Matilda hatte nicht geahnt, daß diese Schwangerschaft sie binnen weniger Wochen müde und krank machen würde, und so hatte sie, als sie in Gloucester weilten, widerwillig zugestimmt, die Kinder, ihre Ammen und Bediensteten, mit dem Haushaltstroß nach Hereford und weiter zur neuen Burg zu Hay reisen zu lassen, die dort auf ihrem Hügel oberhalb des alten Standortes neben der Kirche St. Mary stand, während sie selbst Sir William auf einer Reise zu seinen Burgen in Gwent begleitete.

Sieben Jahre waren seit jener schrecklichen Nacht in Abergavenny vergangen, aber Matilda war sicher, daß auch William sich manchmal in seinen Träumen voller Grauen daran erinnerte. Und jetzt waren sie Abergavenny so nahe. Seit sie den Kindern nachgewinkt hatten, fürchtete sie sich. Sie sah den Abschied vor sich: Will, groß und dünn; sehr aufrecht ritt er hinter einem Roßknecht drein, und seine feingeschnittenen Züge waren ernst unter dem widerspenstigen, braunen Haarschopf. Dann Giles, so anders als sein Bruder, selbstsicher, mit glänzenden, kupferroten Haaren, tadellos gekämmt und viel heller als ihre eigenen. Dann Matilda, ein zierliches, helles Füllen von einem Kind, wunderlich verschlossen, das keine Liebe gab und auch keine erwartete. Der kleine Reginald war der letzte, ein stämmiger Zweijähriger, blond wie seine Schwester, aber ansonsten ihr ebenso unähnlich wie seinen beiden Brüdern. Alle hatten sich umgedreht und zurückgewinkt und gerufen, als sich der lange Troß von Wagen und Berittenen schwerfällig in Bewegung gesetzt hatte. Nell ritt mit ihnen. Die arme Nell. Verheiratet und wenige Monate später schon verwitwet, war sie mit gebrochenem Herzen zu Matilda zurückgekehrt. Dankbar hatte sie die Herrschaft über die Kinderstube übernommen, nachdem die alte Jeanne nun doch gestorben war. Sie regierte dort mit sanfter, eifriger Liebe, mit der sie das Herz der Ammen wie der Knaben gewonnen hatte. Bei dem Mädchen hatte sie nicht mehr Erfolg als Matilda.

Matilda hatte ihnen nachgeschaut, bis sie im Wald verschwunden gewesen waren; dann hatte sie sich traurig abgewandt.

Jetzt begann sie mühsam, sich anzukleiden. Sie schob die schmerzenden Gließmaßen in das Hemd, das Elen ihr bereithielt, dann in Kleid und Übergewand. Schließlich streckte sie die Arme aus, um sich den dicken, pelzgefütterten Mantel anlegen zu lassen. Die feuchten Herbstwinde waren ihr bis ins Mark gedrungen und hatten den Pferden auf den langen Ritten zwischen den einzelnen Burgen regennasses, braunes Laub um die Hufe gewirbelt. Bei dem Gedanken daran fröstelte es sie. Sie war froh, daß William beschlossen hatte, den Winter auf Hay zu verbringen. Hay gehörte ihr. Zu Bramber herrschten noch immer die Geister von Bertha und dem alten Sir William. Und auf Hay würde sie niemals dem König begegnen.

Oft hatte sie über die Prophezeiung der alten Jeanne nachgegrübelt und sich dabei das schroffe Gesicht König Henrys vorgestellt. In seiner Hand lag das Schicksal jedes Menschen, aber warum das ihre besonders? Wieder und wieder hatte sie in den letzten Monaten das Zeichen zur Abwehr alles Bösen gemacht, und manchmal hatte sie dabei die großen Augen der kleinen Matilda auf sich gespürt.

»Ich finde immer noch, Ihr solltet Sir William sagen, daß Euch nicht wohl ist, meine Lady.« Elen hatte das Kinn vorgeschoben, eine Geste, die Matilda nur zu gut kannte. »Befehlt wenigstens, man möge Euch in einer Sänfte tragen.«

»Nein«, fuhr Matilda sie an. »Schweig, Elen. Ich will keine Sänfte. Und ich will auch noch nicht, daß man Sir William etwas sagt. Wenn ich erst reite, wird es mir besser gehen. Laß jetzt etwas heiße Brühe bringen, bevor ich hinuntergehe.«

Elen winkte der rundlichen Dienstmagd, die in der Hocke vor dem lodernden Feuer gekauert hatte, und das Mädchen verschwand. Elen schnaubte. »Ein faules Stück. Sie würde keinen Finger rühren, wenn es nicht sein müßte. Würde mich nicht wundern, wenn sie jemand anderen mit der Brühe heraufschickte.« Sie machte sich daran, die restlichen Kleider einzuräumen und die kleine Truhe zu verschnüren, die am Fußende des Bettes stand. Und richtig, die Brühe wurde von einer anderen Magd gebracht. Elen ging der Frau entgegen. »Ich gebe sie meiner Herrin. Du kannst gehen.«

Die Frau übergab ihr wortlos die Schüssel. Sie wollte sich schon abwenden, zögerte dann aber, und ihr Blick wanderte zu der hochgewachsenen Gestalt am Fußende des Bettes.

»*Arglwyddes!* Meine Lady!« Die Stimme der Frau klang leise und singend.

»Ich habe gesagt, du kannst gehen.« Elen drehte sich mit blitzenden Augen nach ihr um. »Die Herrin will nicht gestört werden. Laß sie in Ruhe.«

Die Frau hob leicht die Hand, als wolle sie Elen abwehren und trat einen Schritt näher. »Schweig still, *bach*. Ich muß mit Lady Matilda sprechen. Ich muß.« Sie klang beunruhigt.

Matilda fuhr herum und ließ den Mantel hinter sich zu Boden gleiten. Sie spähte der Frau entgegen. »Was willst du?« Als die Frau zu ihr aufblickte, erkannte sie sie endlich. Ein heftiger Schreck durchzuckte sie. »Megan!« flüsterte sie. »Bist du es?«

»Ihr kennt mich also noch, meine Lady?« Megan blieb mit verschränkten Armen stehen und sah Matilda ins Gesicht, ohne mit der Wimper zu zucken.

Matilda schaute zu Boden, wo die Binsen sanft in der Zugluft raschelten. »Ich habe versucht, dich zu vergessen, Megan. Ich habe versucht, alles zu vergessen, was in Abergavenny passiert ist. Sogar dich.«

Megan nickte. »Das wußte ich.«

»Was ist?« Elen trat erregt vor. »Was ist, meine Lady? Wer ist diese ... diese Person?« Hochmütig musterte sie Megan von Kopf bis Fuß.

»Diese Person, *cariad*, hat ein paar Worte mit deiner Herrin zu reden«, fuhr Megan sie scharf an. »Widme dich deinen Aufgaben, Magd. Stell die Schüssel hin, bevor du die Brühe verschüttest. *Oy a duw*!« Angewidert wedelte sie mit den Händen, als Elen Brühe auf die Binsen kleckerte. »Geh, sage ich. Und du auch, Knabe.« Sie wandte sich an den Pagen, der hinter ihr hereingekommen war und jetzt an der Wand lehnte, auf einem Strohhalm kaute und die Vorgänge interessiert verfolgte.

Matilda hob eine Augenbraue. »Elen ist meine Freundin, Megan. Nur ich sage ihr, wann sie zu gehen hat.«

»Nun, dann sagt es ihr, meine Lady, und tut es rasch. Wenn sie so großmächtig ist, weshalb bedient sie Euch dann? Sie müßte in der Halle sein.«

Matilda unterdrückte ein Lächeln. Die beiden Waliserinnen glichen einander in Größe und Gestalt, aber Elens Haar war feuerrot, Megans weiß unter ihrem Schleier. Sie beäugten einander wie zwei Kampfhähne.

»Bitte tu, was sie sagt, Elen«, sagte Matilda mit fester Stimme.

Elen warf der Rivalin einen wütenden Blick zu; dann drückte sie ihrer Herrin die Suppenschüssel in die Hand, drehte sich um und rauschte hinaus.

Als sie gegangen war, schien Megan jedes Selbstbewußtsein zu verlassen. Mit gesenktem Kopf stand sie da und verschränkte nervös die Finger ineinander, während Matilda sich aufseufzend auf einen Stuhl sinken ließ und den aus einem Knochen geschnitzten Löffel zur Hand nahm. Eine Zeitlang war es still in der Kammer. Kaum war die Schüssel leer, kam auch die Übelkeit zurück. Matilda zwang sich zu einem Lächeln.

»Ich bin froh, dich wiederzusehen, Megan.«

»Nun, das mag sein.« Die ältere Frau stand aufrecht vor dem Kamin. Plötzlich schien sie sich zum Reden zu entschließen. Sie hockte sich neben Matildas Stuhl nieder und senkte die Stimme.

»Ich bin gekommen, um Euch zu warnen: Geht nicht noch einmal nach Abergavenny, meine Lady. Mehr kann ich darüber nicht sagen. Aber geht nicht hin.«

»Ich will es ja nicht, Megan, glaube mir. Aber wenn mein Gemahl sagt, daß es sein muß . . .«

Zu ihrer Verblüffung stand Megan auf, wandte sich ab und spie heftig in die heiße Glut.

»Wenn Euer Gemahl sagt, daß es sein muß, Lady Matilda - schön und gut. Soll er gehen. Aber Ihr nicht.«

»Warum nicht, Megan?« Matilda sah sie mißtrauisch aus den Augenwinkeln an. Das freundliche, runde Gesicht der anderen schien zu versteinern.

»Vielleicht weiß ich einen guten Grund, vielleicht auch nicht«, erklärte sie. »Vergeßt nur nicht, daß ich es Euch gesagt habe. Und jetzt muß ich zu meinen Leuten zurück, bevor sie merken, daß ich fort bin.« Sie wandte sich zum Gehen, aber Matilda vergaß ihre Übelkeit, sprang auf und packte Megan beim Handgelenk.

»Ich verbiete dir, schon zu gehen. Sag mir, was du weißt.«

Megan warf einen ängstlichen Blick über ihre Schulter. »Das werde ich nicht tun, meine Lady; nichts werde ich sagen, denn ich habe schon zu viel gesagt. Ich hätte gar nicht zu Euch kommen dürfen.« Sie entwand sich Matildas Griff und floh zur Tür hinaus. Ihre Lederschuhe klapperten auf der Treppe.

Matilda wollte ihr nachsetzen, hielt dann aber inne und kehrte schulterzuckend zu ihrem Stuhl zurück. Wenn das Weib sich weigerte, weiterzureden, dann war nichts zu machen. Vielleicht hatte Megan viel gewagt, als sie wegen ihrer alten Freundschaft gekommen war und sie gewarnt hatte. Sie drückte sich die Hand in den schmerzenden Rücken und hüllte sich dann erschöpft in ihren Mantel. Natürlich mußte William gewarnt werden. Sie nahm die silberne Handglocke und läutete nach Elen. Sie hoffte inständig, Megan möge die Burg bereits verlassen haben. Sie stellte sich nicht gern vor, daß Megan der Wucht von Williams Zorn in einem der Gewölbe unter dem Turm ausgesetzt würde, wenn sie sich weigerte, ihr Wissen preiszugeben.

Aber als Williams Mannen ausschwärmten, um die Burg gründlich zu durchsuchen, fanden sie keine Spur von Megan. Niemand konnte sich erklären, wie sie hereingekommen sein sollte. In Monmouth kannte keiner sie. Niemand hatte sie kommen oder gehen sehen, mit Ausnahme der zitternden Magd, die ihr bereitwillig die Aufgabe abgetreten hatte, die heiße Suppe hinaufzutragen.

»Ich habe bereits Boten nach Abergavenny gesandt«, verkündete William, als er eine Stunde später in Matildas Kammer gestampft kam. »Wir beide werden bis Dingestow reiten, um zu sehen, wie weit Ranulf Poer dort mit dem Wiederaufbau der Burg gekommen ist. Kann sein, daß ich bei ihm bleiben werde, bis der Bau beendet ist. Ihr mögt derweilen nach Hay weiterreiten.« Bedrückt rieb er sich die Hände. »Der Winter kommt früh in diesem Jahr. Es wird bald der erste Schnee fallen, wenn es so weitergeht. Was fehlt Euch, Moll?« Er sah sie plötzlich verärgert an. »Hat dieses elende Weib Euch erregt?« Erst jetzt schien er ihr blasses, verhärmtes Gesicht und ihren gekrümmten Rücken zu bemerken.

Sie zwang sich zu einem Lächeln. »Nein, William, das ist es nicht. Ich fürchte, ich bin wieder in Umständen. Mir ist übel, das ist alles.«

Er wirkte erleichtert. Er wollte nicht glauben, daß Megans Warnung berechtigt war, und so mißfiel ihm der Gedanke, Matilda könne deshalb Angst haben. »Der Ritt wird Euch bald aufmuntern! Einen Augenblick lang befürchtete ich schon, Ihr wäret krank«, erklärte er barsch und legte ihr täppisch die Hand auf die Schulter. Hin und wieder gab es zwischen ihnen jetzt fast so etwas wie Augenblicke der Zärtlichkeit. »Es wird gut sein, wieder ein Kind zu bekommen; dann seid Ihr beschäftigt, eh?« Er lachte auf. »So, die Rosse warten. Die Sache mit dieser Waliserin hat uns lange genug aufgehalten. Laßt uns reiten.« Er machten auf dem Absatz kehrt; sie raffte ihren Mantel zusammen und folgte ihm langsam die Treppe hinunter.

Die Umbauarbeiten an der alten Burg zu Dingestow waren fast vollendet. Als sie an der Spitze ihrer Reitertruppe über den frisch gerodeten Weg darauf zuritten, sah Matilda, daß es auf den Kurtinen von Männern wimmelte. Offensichtlich trachtete Poer danach, die Befestigungsanlagen fertigzustellen, bevor ein Witterungsumschwung den Bauarbeiten für dieses Jahr ein Ende bereitete.

Ranulf Poer saß an einem lodernden Feuer im Turm, die Pläne der Burg vor sich auf dem Tisch. Mühsam stemmte er sich bei ihrem Eintritt auf die Beine. Seine fuchsähnlichen Gesichtszüge wirkten schärfer und ausgeprägter denn je, sein Haar war schneeweiß. Er begrüßte sie geistesabwesend, in Gedanken offenbar immer noch halb bei seinen Bauplänen.

»Wir haben nicht mehr viel Zeit, die Mauern fertigzustellen«, bemerkte er und zeigte William die Umrisse auf einem der Pergamente. »Die Waliser sind unruhig. Mir gefällt das nicht. Wir haben gehört, daß es Ärger geben könnte. Ich bin froh, Eure Mannen hier zu haben. Von meinen kann ich nur wenige für den Wachdienst erübrigen.« Er warf einen fast geringschätzigen Blick zu Matilda hinüber. »Bleibt Eure Gemahlin auch hier?«

»Vielen Dank, nein«, entgegnete sie steif. Sie war sich ihrer alten Abneigung gegen diesen Mann bewußt, die jetzt intensiv zurückkehrte. »Ich gedenke nach Tretower weiterzureisen, wenn Ihr eine Eskorte für mich erübrigen könnt.« Sie versuchte, die Ironie in ihrer Stimme zu unterdrücken. Bei Poer war sie ohnehin Verschwendung.

»Gebt ihr nur so viele, wie nötig sind, de Braose. Wir brauchen die Männer hier.« Er stieß mit dem Zeigefinger auf den Tisch und drehte sich dann auf dem Absatz um. »Ich wittere Ärger und will darauf vorbereitet sein.«

»Anscheinend macht er sich auch Sorgen.« William warf seine Reiterhandschuhe auf den Tisch, nachdem Poer hinausgegangen war, und streckte die Hände dem Feuer entgegen. Er sah sich um und betrachtete die kahlen Wände und die Haufen unbehauener Steine in der hinteren Ecke unterhalb des Podestes. »Am besten verschwindet Ihr hier, Moll. Bequem wird es sowieso nicht sein. Seht zu, daß Ihr Gwent so schnell wie möglich hinter Euch laßt und nach Brycheiniog gelangt.« Er kratzte sich nachdenklich den Schädel. »Ich glaube, die Absicht, nach Tretower zu reiten, müßt Ihr aufgeben. Es liegt zu nahe an Abergavenny – für den Fall, daß dieses Weib die Wahrheit gesprochen hat. Nehmt den direkten Weg durch die Berge, von Llantilio nach Llanthony. Die guten Patres dort werden Euch Obdach für die Nacht geben. Von da bis Hay dürfte es nur ein Tagesritt sein, selbst bei diesem Wetter.« Er warf einen Blick über die Schulter. »Poer war in diesen Bergen schon immer nervös wie eine Katze. Er glaubt nicht, daß Rhys in Gwent den Frieden bewahren kann wie im übrigen südlichen Wales. Ich persönlich denke ja, er kann es. Mit knapper Not.«

Matilda fröstelte. Sie vermutete, daß Poer mit seinen Zweifeln recht hatte, behielt diese Befürchtung aber für sich. William wirkte zuversichtlich, und ihre einzige Sorge war, so schnell wie möglich bei ihren Kindern zu sein. Wenn seine Besorgnis allzu groß würde, könnte er darauf bestehen, daß sie bei ihm blieb, um die Eskorte zu sparen.

Die Nacht verbrachte sie in ihren Kleidern auf Strohschütten vor dem Feuer, und am nächsten Morgen bei Tagesanbruch verließ Matilda Dingestow. Der Wind hatte sich gedreht und eine feuchte Wärme herangeweht, die die gewundenen Pfade in Schlammbäche verwandelte. Matilda wurde von Elen und ihren beiden Dienstmägden, Gwenny und Nan, begleitet; die Eskorte bestand aus zwölf bewaffneten Männern. Sie ritt schnell und vergaß dabei ihre Übelkeit; halb beschwingt von dem starken Wind, halb verängstigt angesichts der brütenden, menschenleeren Landschaft. Die Hufe ihrer Pferde spritzten durch seichte Pfützen und durch den tiefen Schlamm in den stillen, schattigen Wäldern. In ihrem Gürtel trug sie ein Messer.

Sie rasteten bei dem kantigen Turm von Llantillio, der sicher auf seinem beherrschenden Platz auf dem Gipfel des Hügels stand. Widerwillig fand sich Matilda dazu bereit, die Nacht hier zu verbringen. Schlaf fand sie kaum. Die Übelkeit war verflogen, aber ihre Gedanken waren vor Angst und Ungeduld in heller Aufruhr. Im Morgengrauen ritten sie weiter.

Sie folgten der alten Straße nach Norden, bis sie zwischen den Bergen verschwand, und dann ging es am Honddu entlang und durch das Tal von Ewias nach Llanthony Abbey. Es regnete heftig. Immer wieder glitten die Pferde aus und stolperten. Gegen Mittag hörte der Regen endlich auf, und Matilda trieb die Pferde unter dem dräuenden Himmel voran, so schnell sie nur konnte.

Einmal bat Elen sie haltzumachen – wenn schon nicht um ihrer selbst willen, dann um den schwitzenden Pferden eine Pause zu gönnen, und Gwennys wegen, die vor Seitenstichen schluchzte. Aber Matilda scherte sich nicht um diese Bitte. Still dahintreibende Wolken verhüllten die ruhig schweigenden Berge zu beiden Seiten des Honddu. Sogar die Bussarde hatten das Tal verlassen. Das Seufzen des Windes in den Bäumen war das einzige Geräusch außer dem Knarren des Leders und dem gelegentlichen saugenden Schmatzen, mit dem sich ein Pferdehuf aus dem Schlamm löste. Sie sah sich um und stellte fest, daß die Männer, die sie begleiteten, ihre Schwerter gezückt hatten. Der Anblick war nicht gerade beruhigend.

Es war früher Abend, als die Pferde hintereinander in die windigen Obstgärten stapften, die in dem tiefen Tal im Süden des Klosters Llanthony lagen. Hier sah man die Spuren geschäftigen Treibens und Bauens. Llanthony, das während der ersten Kriege fast verlassen gewesen war, weil es so dicht an der Grenze lag, hatte vom alten Hugh de Lacy, dem Lord of Ewias, beträchtliche Zuwendungen für den Wiederaufbau erhalten, und schon ragten Zentralturm und Chor in ihren Nestern aus Holzgerüsten fast wieder in voller Höhe auf.

Matilda seufzte erleichtert, als sie sich von ihrem Pferd gleiten ließ Hier zumindest, zwischen Obstbäumen, Gärten und Weinbergen, waren sie in Sicherheit. Im Gästehaus des Stiftsherrn konnten sie die Nacht verbringen, ohne einen Angriff befürchten zu müssen.

»So, Elen, nun sind wir fast zu Hause. Es tut mir leid, daß ich euch gezwungen habe, so schnell zu reiten. Ich hatte zwar nicht das Gefühl, beobachtet zu werden, aber doch Angst dort auf der Straße.«

Elen schnaubte. »Ihr und Angst, meine Lady! Und was macht Eure Übelkeit, wenn ich fragen darf? Ich wette, es geht Euch besser, während wir allesamt so ermattet wie junge Katzen sind.« Sie deutete auf die beiden erschöpften Frauen, die hinter ihnen vom Pferd gestiegen waren.

»Arme Elen«, lächelte Matilda. »Vielleicht kam diese Übelkeit nur aus meinem Kopf. Vielleicht bin ich nicht einmal schwanger.« Hoffnungsvoll legte sie eine Hand auf den Leib.

»O doch, ich denke, Ihr seid es, Madame.« Elen lächelte grimmig. »Aber es wäre ein Wunder, wenn Ihr es bei einem solchen Ritt nicht verloren habt.« Indigniert rauschte sie ihrer Herrin voraus ins neuerbaute Gästehaus.

Feuer, Licht, saftiges Fleisch aus der Küche des Priors und flüssige Labsal aus den Weingärten am Ufer des Honddu sorgten dafür, daß Matilda sich bald wohler fühlte.

»Nur noch ein Ritt von wenigen Stunden, und wir sind bei den Kindern«, sagte sie später lächelnd zu Gwenny, die ihr half, das Gewand abzulegen. Zum ersten Mal seit drei Tagen kam sie aus den Kleidern.

Gwenny nickte schüchtern. »Denen droht keine Gefahr, Madame. Mistress Nell würde nie zulassen, daß ihnen ein Haar gekrümmt wird.«

»Könnte Mistress Nell gegen eine Armee etwas ausrichten?« versetzte Matilda mit größerer Schärfe als beabsichtigt. Sie bereute es sofort, denn Gwennys Kinn begann verdächtig zu zittern. »Oh, entschuldige, Gwenny. Ich weiß, ich könnte vermutlich auch nicht mehr tun als sie, aber wir haben zwölf Männer bei uns.« Sie ließ sich schwer auf das Bett fallen und nahm Gwenny die Bürste aus der Hand. »Geh schlafen. Sag Nan und Elen, sie sollen sich auch zurückziehen.« Sie sah sich in dem winzigen, zellenartigen Raum um; er war so ganz anders als die geräumigen Gemächer, die sie gewöhnt war. »Aber du wirst mich nebenan hören, wenn ich dich rufe. Geh zu, Kind, und schlafe ein wenig.«

Sie seufzte, als sich die Tür geschlossen hatte. Vielleicht würde sie in dieser Nacht auch endlich Schlaf finden, eingelullt von der Sicherheit und der heiteren Gelassenheit des großen Klosters, besänftigt und geschützt durch den Gesang der Mönche in ihrer neuen Kirche.

Ihr war, als sei sie eben erst eingeschlafen, als sie durch heftiges Klopfen an der Tür des Gästehauses wieder geweckt wurde. Es dauerte einen Moment, bis sie wußte, wo sie war. Sie sprang aus dem Bett, tastete im Dunkeln nach ihrem pelzverbrämten Bettgewand und suchte in der undurchdringlichen Finsternis nach dem Riegel ihrer Zellentür. Sie verfluchte sich selbst, vor dem Einschlafen das Licht ausgeblasen zu haben.

Einer ihrer jungen Soldaten hatte die Hauptpforte geöffnet. Seine Augen blickten noch schlaftrunken und seine Finger nestelten an der Schnalle seines Schwertgurtes, während er die schwere Eichentür aufzog und die kalte Nachtluft hereinströmen ließ.

Der Prior selbst kam hereingehastet, gefolgt von zwei schwarzgewandeten Mönchen. Bange Besorgnis lag in seinem Gesicht. »Vergebt mir, daß ich Euch so früh wecke, meine Lady.« Er winkte dem Mann, die Pforte wieder zu schließen, und einer der Mönche stellte eine Laterne auf den Tisch, die den dunklen Raum mit tanzenden Schatten erfüllte. Der Soldat ging zum Feuer, schob mit dem Fuß die Grassoden von der Glut herunter und hockte sich nieder, um dürre Apfelzweige aus dem Korb neben dem Herd ins Feuer zu legen. Bald flackerte es wieder hell auf. Der Prior setzte sich schwerfällig auf einen Schemel am Tisch und verschränkte nervös die weißen Hände. »Ich hatte gerade gebetet, als ein Bote eintraf.« Er schluckte nervös. »Er kam über die Berge von Abergavenny galoppiert, meine Lady. Die Burg ist gefallen. Soviel man weiß, ist niemand entkommen.«

Elen legte beruhigend den Arm um Matilda, während sie dem alten Mann entsetzt ins Gesicht starrte. Gwenny und Nan waren leise hinter sie getreten.

»Euer Gemahl, Madame . . .« Die Stimme des Priors war sanft. »War er in der Burg?«

Wie betäubt schüttelte sie den Kopf. »Er ist in Dingestow, Pater Prior. Man hat uns gewarnt, nach Abergavenny zu gehen, und es wurden Boten dorthin entsandt.« Bestürzt schüttelte sie den Kopf. »Sie hätten vorbereitet sein müssen.«

»Kein Bote kann sie erreicht haben. Der Bursche berichtete, die Waliser hätten sich im Unterholz verborgen, das den Wassergraben überwuchert. Gestern im Morgengrauen haben sie sie überrascht.« Er bekreuzigte sich. »Die Burg ist niedergebrannt. Wie es scheint, sprach ein Waliser noch am Abend zuvor mit dem Burghauptmann und neckte ihn tatsächlich damit, daß sie die Burg nehmen würden. Für eine Weile nahm man diese Drohung ernst, und die Soldaten blieben wach. Doch dann gaben sie auf und legten sich nieder. Ich kann es nicht glauben, aber so war es! Wie konnten sie nur so töricht sein?« Er rang die Hände. »Natürlich ließen sie die üblichen Wachen auf der Mauer, aber . . . Die Waliser stellten Sturmleitern auf und überkletterten die Mauern mühelos. Der Hauptmann, sein Weib und viele andere sind in Gefangenschaft. Eine große Zahl von Männern ist tot. Niemand ist entkommen. Ich begreife nicht, wie es hat geschehen können. Wo doch die Waliser selbst sie gewarnt haben . . .« Er saß da und schüttelte betrübt den Kopf. Sein schmales, faltiges Gesicht war ein Bild des Jammers.

»Hat man Boten zu Sir William geschickt? Man muß ihn warnen, für den Fall, daß sie auf der Suche nach ihm nach Dingestow weiterziehen.« Sorgenvoll stand Matilda vor dem alten Mann, ohne zu bemerken, daß ihr Nachtgewand auseinanderklaffte und ihre vollen, von ihrem langen, kupferroten Haar halb verhüllten Brüste entblößte. Der Prior schluckte und wandte den Blick ab. »Ich werde meine schnellsten Pferde auf den Weg schickten, meine Lady.« Er befingerte das schwere silberne Kreuz, das an einer Kette an seinem Hals hing. »Aber ich bin sicher, daß er sofort davon erfahren hat. Von Dingestow bis Abergavenny sind es nur wenige Meilen. Doch ich werde Boten senden, wenn Ihr es wünscht.«

»Bitte tut es, Pater. Er mußt gewarnt werden.« Matilda erschauerte. »Weiß man, wer den Überfall angeführt hat?«

»Die Söhne von Seisyll of Gwent, Lady Matilda. Zwei sind auf Befehl Eures Gatten gestorben, doch andere haben überlebt, und jetzt sind sie erwachsen. Sie haben lange gewartet, um den Tod ihres Vaters zu rächen. Wir hier in Ewias und Gwent haben oft von den Racheschwüren gehört, die sie geleistet haben, obwohl Lord Rhys befohlen hat, den Frieden über alles zu stellen. Sie haben nur auf ihre Mannbarkeit gewartet, und jetzt wollen sie ihn - de Braose.« Er zuckte mit den Schultern, und wieder rann ein Schauer über Matildas Rücken.

Nachdem der Prior gegangen war, ging Matilda nervös auf und ab. Dann faßte sie einen Entschluß. »Ankleiden«, befahl sie Elen und den beiden Mägden. »Sieh zu, daß die Pferde unverzüglich vorgeführt werden«, rief sie dem Soldaten zu. »Wir reiten sofort nach Hay. Könnte sein, daß die Waliser es bereits angegriffen haben. Könnte sein, daß sie auf dem Weg dorthin sind. Vertut die Zeit nicht erst mit Essen; wir müssen aufbrechen.«

Sie hastete in ihr Kämmerchen und zog sich an. Sie steckte ihr Haar unter der Kapuze ihres Mantels mit Nadeln auf und stach sich in ihrer Hast mit der Schulterspange in den Finger.

Das tiefe Tal des Honddu lag noch im Dunkeln; das Morgenlicht streifte erst die Spitzen der Westflanken der Schwarzen Berge, als sie ihren Aufstieg durch das dicht bewaldete Tal zum öden, stillen Hochmoor begannen, vorbei an der winzigen Grenzkapelle, hinüber nach Brycheiniog und aufwärts zum Paß, der hoch oben zwischen den

Bergen hindurchführte. Die Pferde waren noch müde vom Ritt des vergangenen Tages, aber Matilda trieb sie unnachgiebig vorwärts, den Blick fest auf die Lücke zwischen den Bergen vor ihnen gerichtet. Einmal machten sie für einen Augenblick halt, um die Landschaft ringsumher prüfend zu mustern, die inzwischen vom Schein einer müden Morgensonne gebadet wurde. Nichts rührte sich in Farn und Gras. Selbst Vögel und Schafe schienen die Bergstraße verlassen zu haben. Sie spornten die keuchenden Pferde zu schwerfälligem Galopp durch den dicken Schlamm an, und dann begann der lange, langsame Abstieg ins Tal.

Als die erschöpfte Schar die letzte Meile vor Hay erreicht hatte, verschwand die Sonne und es begann wieder zu regnen; es war ein heftiger, gleichmäßiger Wolkenbruch, der die Berge und das Tal verschwinden ließ und die Reiter blendete, ihre Kleider durchtränkte und die Mähnen der Pferde zum Dampfen brachte. Die Stadt Hay schien verlassen dazuliegen; nur die flachen Rauchwolken über den triefenden Hüttendächern zeigten, wo sich die Weiber in ihren Behausungen verbargen. In der Burg war es still. Die Wächter am Haupttor in der Wallmauer nahmen Haltung an, als ihre Lady das dampfende Pferd in den Außenhof lenkte und zügelte. Alles war gut. Kein Angriff hatte stattgefunden. Sie wisperte ein stilles Gebet: Mochte es in Dingestow genauso sein.

22

Der Schatten auf der Brücke hatte sich bewegt. Verwirrt starrte Jo ihn an; dann sah sie sich um. Der Fluß lag verlassen. Die Rückseiten der Häuser am Ufer hatten sich kaum merklich verändert – graue Steinmauern, hier und da aufgelockert durch Blumenkästen mit Geranien und hängenden Lobelien, leuchtend im strahlenden Sonnenlicht. Der Hitzedunst hatte sich aufgelöst, die Luft war klar und sauber.

Behutsam bewegte sie sich und zuckte zusammen. Ihr Fuß war eingeschlafen. Als sie ihn vorsichtig rieb, stellte sie fest, daß sie barfüßig war – ihre Schuhe lagen ein paar Schritte weiter auf den Kieselsteinen am Wasser. Sie sah auf die Uhr und erschrak. Eine Stunde hatte sie hier gesessen.

Langsam humpelte Jo über die Kieselsteine zu ihren Schuhen. Sie hatte sie abgestreift, um ihre Füße in dem schnell fließenden braunen Wasser zu kühlen; das war das letzte, woran sie sich erinnerte.

War sie dort auf der Mauer eingedöst, oder war sie wieder in die Vergangenheit zurückgekehrt? Ihr Kopf war völlig leer. Benommen kehrte sie zu ihrem Auto zurück. Irgendwo am Rande ihres Bewußtseins wollte eine Erinnerung hervor - aber woran? Hatte sie dort auf der Mauer etwa wieder eine Episode aus Matildas Leben nachgelebt? Aber wenn - weshalb konnte sie sich dann nicht daran erinnern? Unbehagen regte sich in ihr, als sie den MG aufschloß und steif hineinkletterte. Weshalb sollte sich Matilda plötzlich vor ihr verstecken wollen? Jo blieb eine Weile gedankenverloren sitzen. Aber nichts regte sich, nichts als ein vages Gefühl des Unbehagens.

Nick erwartete sie in ihrer Wohnung.

Er stand auf, als sie hereinkam. »Wo warst du?«

»Fort.«

»Und du hast nicht die Absicht, mir zu sagen, wo?« fragte er müde.

»Nein.«

»Du hast deinen Termin versäumt, Jo.« Seine Augen wurden schmal. »Du solltest gestern bei Bennet sein, bist aber nicht erschienen.«

»Ich werde ihn anrufen und mich entschuldigen.« Sie verspürte jähen Ärger. »Du hättest nicht auf mich zu warten brauchen, um mir das zu sagen.«

»Wir haben heute nachmittag den Desco-Auftrag endgültig verloren.«

»Tut mir leid - das ist hart. Aber hier ist eigentlich nicht der richtige Ort, über deine Zukunft nachzudenken.«

Nick setzte sich in den viktorianischen Sessel vor dem Kamin und streckte die Beine von sich. »Ich werde gehen, wenn ich soweit bin. Aber zunächst möchte ich ein paar Antworten von dir.« Er machte eine kurze Pause. »Hast du Richard de Clare wiedergesehen?«

Jo erstarrte. »Du bist von Sinnen. Du redest, als wäre er ein wirklicher Mann. Und selbst wenn er das wäre, ginge es dich nichts an! Du und ich, wir sind fertig miteinander, Nick. Schluß! Wie oft muß ich dir das noch sagen?« Sie lief zur Wohnungstür und riß sie weit auf. »Bitte, würdest du jetzt gehen?«

Nick rührte sich nicht. »Hast du ihn wiedergesehen?«

»Wie du gerade bemerktest, habe ich meinen Termin bei Carl versäumt; folglich habe ich ihn nicht gesehen. Wie sollte ich?« Unter keinen Umständen würde sie Nick erzählen, was sich in Hay zugetragen hatte. »Hör mal, wenn du nicht gehst, werde ich . . .«

Mit einem angstvollen Aufschrei brach sie ab, als er verblüffend behende auf sie zukam und die Tür ins Schloß drückte. Er lächelte erschöpft. »Keine Sorge, Jo, ich werde dich nicht anrühren.«

Sie fühlte sich plötzlich von Mitleid überwältigt, als sie hinter seiner verschlossenen, harten Maske den zutiefst unglücklichen Blick erkannte.

»Nick«, sagte sie und bemühte sich, den sehnsüchtigen Unterton aus ihrer Stimme zu verbannen, »was ist mir dir geschehen? Wo bist du? So bist du noch nie gewesen.«

»Vielleicht hast du mich auch noch nie betrogen.« Er kehrte ihr den Rücken zu und blieb mitten im Zimmer stehen, die Arme vor der Brust verschränkt. »Und vielleicht habe ich noch nie meinen größten Klienten verloren. Der Verlust dieses Auftrages könnte den Konkurs bedeuten. Desco hat die Firma mehr oder weniger getragen.«

»Ich sagte doch, daß es mir leid tut«, flüsterte sie. »Aber ihr werdet andere Kunden finden. Schau, ich bin müde. Können wir uns nicht morgen unterhalten? Wir könnten uns in der Mittagspause treffen.«

»Ich lade dich jetzt zum Essen ein. Bitte komm. Jo.«

Sie zögerte; dann zuckte sie mit den Schultern. »Okay. Gib mir ein paar Minuten Zeit zum Umziehen.«

Als sie wieder zum Vorschein kam, wartete Nick mit einem Buch in der Hand. Sie erkannte es und warf einen Blick auf ihre Tasche. Sie lag noch da, wo sie sie beim Hereinkommen hingeworfen hatte. Aber sie war offen, Stadtführer und Karten waren auf dem Boden verstreut.

»Du warst in Hay-on-Wye?« fragte Nick. Er klappte das Buch langsam zu und warf es auf den Couchtisch.

Sie nickte schweigend.

»Wieso um alles in der Welt hast du das nicht gesagt? Was ist passiert?«

Sie hob die Schultern. »Nicht viel. Zuerst war ich in Abergavenny, wo . . .«, sie zögerte kurz, ». . . wo Matilda so viel Zeit verbracht hat. Ich habe bei einer alten Schulfreundin übernachtet, und dann bin ich nach Hay weitergefahren. Ich wollte Informationen für meine Serie.«

»Und hast du irgend etwas wiedererkannt?«

»Nicht einmal vage vertraut war es mir. Es hatte sich alles so sehr verändert.« Sie beobachtete ihn. Die Anspannung in seinem Gesicht hatte sich gelöst.

Er ging zur Balkontür, zog die Gardinen beiseite, öffnete die Flügel und trat hinaus auf den Balkon. »In ein oder zwei Wochen muß ich in die Staaten«, sagte er über die Schulter hinweg. »Mal sehen, ob ich den anderen Auftrag an Land ziehen kann, nach dem wir seit einer Weile angeln. Wenn ich ihn kriegen könnte, wäre es mehr als nur ein Ersatz für Desco. Und Mike Desmond habe ich auch noch nicht restlos aufgegeben – wenn ich mich nur konzentrieren könnte.« Er runzelte die Stirn. »O Gott, Jo. Was ist nur mit mir los? Ich weiß, ich benehme mich verrückt.«

Jo trat zu ihm auf den Balkon. »Du bist erschöpft, nehme ich an«, sagte sie schließlich.

Er schüttelte den Kopf. »Es ist mehr als das. Es ist fast, als ob ...« Verärgert preßte er die Lippen zusammen. »Nein, keine Schuldzuweisungen. Ich bin es selbst. Irgendein übellauniger, boshafter Teil von mir. Ein Teil von mir, den ich nicht verstehe.« Geistesabwesend pflückte er eine Blüte von der Passionsblume und betrachtete sie eingehend. »Sie haben etwas Eigentümliches an sich, diese Blüten«, meinte er schließlich nachdenklich. »Sie sind wie Wachs. So perfekt, so symmetrisch, daß sie unecht aussehen. Und dieser ganze Symbolismus. Dornenkrone, Blut und Wunden.« Er schnippte mit dem Finger gegen die Blüte. Dann wechselte er das Thema. »Erinnerst du dich an deine Begegnung mit Prinz John?«

Jo nickte und ignorierte, daß sich ihr Magen bei der Erwähnung dieses Namens zusammenkrampfte.

»Du mochtest ihn nicht besonders, wie ich mich entsinne.«

»Nicht ich, Nick, Matilda«, korrigierte Jo sanft. »Nein, sie mochte ihn nicht. Er war ein höchst widerwärtiges Kind.«

Nick zupfte an der Blüte. »Schau, sie schließen sich für die Nacht.« Er ließ sie ein Weilchen in der flachen Hand liegen, bevor er sie über die Brüstung warf. »Ist er dir inzwischen noch einmal über den Weg gelaufen?«

»Wer?«

»John.«

Jo schüttelte den Kopf. »Bitte laß uns nicht mehr über Matilda reden. Sie fördert in uns beiden nicht gerade die besten Eigenschaften zutage.« Jo sah auf die Uhr. »Wollen wir nicht mal langsam gehen? Ich bin am Verhungern.«

Jo war müde. Im matten Kerzenschein sah sie Nick über den Tisch hinweg an. Schatten spielten über sein Gesicht. Er griff nach seinem Glas. Das Kerzenlicht zauberte rubinrote Reflexe in den Valpolicella. »Trinken wir auf einen neuen Anfang?« Endlich sah er sie an.

Sie lächelte. »Auf deinen neuen Auftrag. Möge er so dick sein, daß du dir noch zwei Porsche leisten kannst.«

Er lachte. »Darauf auch. Aber eigentlich meinte ich uns beide. Ich wollte dir neulich abend nicht weh tun, Jo.«

Sie wandte sich abrupt ab. »Du hast es aber, verdammt noch mal.«

»Gibst du mir noch eine Chance?« Er suchte ihren Blick und hielt ihn fest. Seine Augen erschienen fast durchsichtig klar im Kerzenlicht. Wider Willen legte sie die Gabel hin und schob die Hand langsam über den Tisch, fast ohne es zu merken. Er nahm sie, ohne den Blick von ihren Augen zu lassen. »Kannst du mir verzeihen, Jo?«

Die Berührung seiner Finger ließ ein sanftes Kribbeln der

Erregung über ihre Wirbelsäule laufen. Mit einiger Willensanstrengung riß sie den Blick von ihm los. Die Kerzenflamme zwischen ihnen flackerte heftig. »Ich weiß nicht«, sagte sie nach einer Weile. »Nick, ich weiß nicht, was ich tun soll.«

»Ich werde es gutmachen, Jo. Ich kann mich nicht herausreden. Ich weiß nicht, was über mich gekommen ist.« Sein Daumen strich langsam über ihre Handfläche auf ihr Handgelenk zu. »Aber ich werde es wieder gutmachen, wenn du mich läßt.«

Sie erzitterte unter einer Woge des Verlangens, als seine Hand zart an ihrem Unterarm heraufstrich und den Schorf berührte, der inzwischen die Schnittwunde verschloß.

Langsam schüttelte sie den Kopf. »Es wird nicht funktionieren, Nick. Wir gehören einfach nicht zusammen«, flüsterte sie. Ihre Finger lagen noch immer unter seiner Hand. Gewaltsam löste sie den Blick von seinem Gesicht und schaute in die Kerzenflamme.

»Doch, Jo.« Fast lautlos schwebten seine Worte in ihr Bewußtsein. »Du kämpfst gegen unsere Bestimmung, siehst du das nicht ein?«

Sie schwieg und starrte weiter in die Flamme. Die Stille zwischen ihnen dehnte sich.

»Was siehst du da, Jo?« kam Nicks Stimme schließlich wie aus weiter Ferne zu ihr. »Vielleicht ist es John. Warum läßt du nicht einmal ein paar Träume von Richard de Clare aus und denkst statt dessen an Prinz John . . .?«

Im Außenhof von Winchester Castle, unterhalb der neuen Kathedrale mit ihrem gedrungenen Turm, herrschte reges Treiben. William zügelte sein Pferd neben Matilda und schwang das Bein schwerfällig über den Sattelknopf. Ein paar Tage Ruhe würden ihnen guttun, bevor sie nach Bramber weiterritten, wo der alte Baron, Williams Vater, nun doch gestorben war.

»Wessen Leute sind das?« erkundigte er sich knapp und schaute zu der unlivrierten Schar hinüber, als sein Page herbeilief, um ihm vom Pferd zu helfen.

»Sie gehören zu Prinz John, mein Lord«, krächzte der Junge heiser. »Der Sohn des Königs ist hier, um im New Forest zu jagen.«

William schnaubte. »Dieser junge Windhund. Es wird allmählich Zeit, daß er nach Frankreich reist, um größeres Wild zu jagen.« Er reichte seiner Frau den Arm und führte sie auf die große Halle zu. »Aber wenn es gute Jagd in den Wäldern des Königs bedeutet, dann will ich ihm seine Anwesenheit hier verzeihen.« Glucksend machte er sich auf den Weg, den Prinzen zu begrüßen.

Seit seiner Verlobung vor drei Jahren hatte sich Prinz John beträchtlich verändert. Er war immer noch stämmig und klein für sein Alter, aber sein Gesicht war feiner geworden; er hatten den Welpenspeck verloren, der seine Züge beeinträchtigt hatte. Er besaß das rotblonde Haar seines Vaters. Offensichtlich war er entzückt, die Neuankömmlinge zu begrüßen.

»Sir William, es ist schön, Euch hier zu haben«, rief er. »Ich hoffe, Ihr seid von Euren Wunden wieder ganz und gar genesen. Es war eine betrübliche Angelegenheit, wie die Leute von Gwent Dingestow überfielen und Poer töteten.« Er lächelte grimmig. »Möge sie der Herr in der Hölle schmoren lassen! Ihr könnt von Glück sagen, daß Ihr entronnen seid. Ihr werdet uns hoffentlich morgen auf die Jagd begleiten? Da werden wir Gelegenheit haben, Euren Heldenmut zu bewundern.« Er nahm ein Stück Fleisch vom Teller und biß gedankenvoll hinein. Seine Ringe funkelten im Kerzenschein.

Hinter ihrem Gemahl, dem die Aufmerksamkeit des jungen Mannes zu schmeicheln schien, konnte Matilda nur wenig von dem Prinzen sehen, und sie wollte auch nicht, daß er sie bemerkte. Ihre Erinnerungen an ihn waren nicht sonderlich angenehm. Oft hatte sie an die junge Isabella denken müssen, wenn sie gehört hatte, wie des Königs jüngster Sohn durch England reiste und sich in einer großen Burg nach der anderen vergnügte, mitunter begleitet von Ranulf Glanville, der die Aufgabe hatte, sein Lehrer zu sein, manchmal auch nur mit seinen Dienern und seinem Lieblingsjunker, William Franceis.

Ihr Gemahl, der ihm schon oft begegnet war, mochte den Jungen und hielt ihn für vielversprechend, aber sie mußte immer wieder an die herzzerreißenden Szenen denken, die sich vor der Verlobungszeremonie abgespielt hatten. Sie wußte, daß die Kleine sicher daheim in Cardiff war und noch immer bei ihrer Mutter lebte. Aber die Bitternis der Erinnerung war durch Gerüchte noch verschärft worden, die ihr in Hay zu Ohren gekommen waren: Der Earl of Clare sei dabei, die Vermählung von Isabellas älterer Schwester Amicia auszuhandeln. Verzweifelt bemühte sie sich, den Gedanken an Richard aus ihrem Herzen zu verbannen. Sie schob ihren Teller beiseite und konzentrierte sich auf das Treiben in der Mitte der rauchverhangenen Halle, unterhalb der Estrade, wo jetzt ein Sänger mit einer Harfe vorgelassen wurde, auf daß er die Gäste unterhalte. Gegen ihr Gelübde, nie mehr an Richard zu denken, hatte sie oft und schwer verstoßen, aber irgendwie hatte sie es in den letzten Jahren vermeiden können, ihn noch einmal allein zu treffen.

Die glitzernde Schar der Edlen und ihrer Bediensteten versammelte sich am nächsten Morgen bei Sonnenaufgang vor der Burg. Erregung erfüllte die Luft, und die nervös kurbettierenden Pferde und die kläffenden Hunde spürten es. Matilda hielt ihre schwarze Stute straff am Zügel; die Hufe des Tieres klapperten rhythmisch auf den schlüpfrigen Pflastersteinen.

Prinz John saß in hermelinverbrämtem Brokat auf einem hohen, grobknochigen braunen Hengst, der zwei Handbreit zu groß für ihn war, aber er zügelte ihn wild, während er den anderen Pferden entgegenstürmte. William war bereits an der Seite des Prinzen. Matilda sah, wie John ihrem Gemahl gutgelaunt einen Scherz zuschrie. Anscheinend hatte der Junge etwas übrig für William, und sie bemerkte, daß der eine oder andere unter den Freunden des Prinzen die Stirn darüber runzelte, daß William den begehrten Platz an Johns Seite einnahm.

Dann waren sie unterwegs; Pferde, Hunde, Reiter und Fußgefolge strömten donnernd zu den Toren hinaus und quer über das kahle Gelände im Westen der Stadt. Man trieb die Pferde zum Galopp an. Matilda beugte sich tief über den Hals der Stute, erregt im Angesicht der bevorstehenden Hatz und darauf bedacht, unter den ersten zu sein, die sich in die laubgrüne Kühle der Bäume stürzten. Die Hunde hatten bereits Witterung aufgenommen, und ihr aufgeregtes Kläffen verwandelte sich in dröhnendes Gebell. Die Jäger nahmen den Klang auf und stießen in ihre Hörner.

Die Jagdbeute an diesem Tag war beträchtlich, als sie die ermatteten Pferde endlich wieder heimwärts wendeten. Die Hauptschar der Reiter teilte sich zu kleinen Gruppen, und in gemächlichem Schritt ging es zurück durch grünbewachsene Lichtungen, gesprenkelt vom Abendsonnenschein. Matilda war erschöpft. Sie hatte ihre Stute ein Stück hinter die anderen zurückfallen lassen. Das Tier suchte sich seinen Weg zwischen den Bäumen. Da hörte sie Hufgetrappel hinter sich. Sie drehte sich um, wollte dem eiligen Reiter Platz machen – und sah Prinz John neben sich. Er zügelte sein Pferd und lächelte.

»Die Jagd hat gut begonnen, meine Lady. Ich hoffe, Ihr habt den Tag genossen?« Sein Mantel war blutbeschmiert, und an der Klinge des Messers, das nachlässig in den Gürtel geschoben war, klebte Gedärm.

Vorsichtig erwiderte sie sein Lächeln. »Die Jagd war gut, Hoheit. Ich bin froh, daß Ihr in Winchester weilt. William sagt immer, es ist eine der besten Gegenden des Landes für die Jagd.«

»Ah ja, der brave Sir William.« Der Junge musterte sie nachdenklich. »Er ist ein prachtvoller Mann und weiß mit dem Bogen umzugehen. Und Glück hat er auch – bei einem so schönen Weib.« Er belauerte sie aus den Augenwinkeln.

Die Schneise wurde schmal, und als die Pferde sich aneinanderdrängten, fühlte sie für einen Augenblick seinen Schenkel an ihrem. Eine Woge des Abscheus stieg in ihr auf. Versuchte der Junge etwa, mit ihr zu tändeln? Sie zwang sich zu einem Lächeln. »Ihr schmeichelt mir, Hoheit. Danke.«

Nach einigen Schritten wurde der Pfad zu Matildas Erleichterung wieder breiter, und sie konnte ihre Stute ein wenig zur Seite lenken.

»Sir William versteckt Euch zu oft in seinen Grenzlanden«, fuhr John fort. »Ihr solltet mit ihm an den Hof meines Vaters kommen.«

»Oh, ich bleibe auf den Ländereien, weil ich es möchte. Ich finde es gräßlich bei Hofe.« Matilda sah, daß der Prinz erbost die Stirn runzelte und verfluchte sich für ihre Taktlosigkeit. »Aber natürlich ehrt es mich sehr, eine persönliche Einladung zu erhalten . . .«

»Es ehrt Euch, aber es freut Euch nicht, wie mir scheint«, unterbrach er sie ironisch. Er stellte sich in den Steigbügeln auf und ergriff einen Ast, während er unter dem Baum dahinritt. Sein Pferd scheute, und John lachte. Anscheinend versuchte er es jetzt mit einer anderen Taktik. »Wie mir scheint, seid Ihr eine Lady, die weiß, was sie will.« Wieder lenkte er sein Pferd dicht an ihres heran. »Und zu jung und zu schön, um Euch mit einem so groben Gemahl zu begnügen. Ich frage mich, ob ein sinnlicher Prinz nicht mehr nach Eurem Geschmack wäre?« Er beugte sich herüber und legte ihr eine Hand auf den Schenkel.

Ärger überwältigte Matilda. Ohne zu überlegen, hob sie die Peitsche und schlug ihm mit dem Stiel auf die Hand. »Ich glaube, Euch ist nicht klar, war Ihr da andeutet, mein Lord«, blitzte sie ihn an. »Wollt Ihr das Weib eines der loyalsten Untertanen Eures Vaters entehren?«

Als sie sein fassungsloses Gesicht sah, verrauchte ihre Wut, und mit Mühe unterdrückte sie ein Lachen. Er war eben doch nur ein kleiner Junge. »Es tut mir leid, mein Lord, Prinz John. Es ist nur, weil Ihr noch ein Kind wart, als ich Euch das letztemal sah, und jetzt . . .« Die Worte erstarben auf ihren Lippen.

»Bei Gott!« brachte er endlich zornbebend hervor. »Kein solches Kind, Madame, daß ich nicht wüßte, wie man ein Weib entjungfert oder einen Balg zeugt, das versichere ich Euch.«

Wütend riß er am Zügel, daß sein Pferd sich aufbäumte und seitwärts in die Büsche brach. Er warf ihr einen mörderischen Blick zu, bevor er im Galopp zurücksprengte.

Matilda zügelte ihre Stute. Sie wußte, daß sie eine Torheit begangen hatte; sie hätte ihn taktvoll abweisen können, ohne ihn sich gleich zum Feind zu machen. »Zu einem Feind fürs Leben«, murmelte sie bei sich. Kopfschüttelnd versuchte sie, eine irrationale Angst abzustreifen.

Sie erzählte William, was sich zugetragen hatte, als sie an diesem Abend allein in ihrer Gästekammer waren. Zu ihrer Überraschung warf er den Kopf in den Nacken und lachte.

»So ein junger Racker!« rief er. »Das Küken im Hühnerhof – und rechnet sich Chancen bei meinem Weibe aus! Ihr solltet Euch geschmeichelt fühlen, meine Liebe. Prinz John hat einen Blick für schöne Frauen.«

»Aber er ist doch noch ein Kind!« platzte sie heraus. »Wenn es nicht so komisch wäre, würde ich es abscheulich finden.«

»In seinem Alter habe ich schon mit vielen Weibern das Lager geteilt.« William legte seinen Mantel ab. »Kümmert Euch nicht drum, Moll. Nehmt es als Kompliment. Er ist verwöhnt, und da er der Sohn des Königs ist, weisen ihn nur wenige Frauen ab. Es ist ungefähr der einzige Vorteil, den ihm seine Stellung einbringt, dem armen Knaben. Noch hat er nicht gelernt zu unterscheiden, wessen Weib er beschwatzen kann und wessen nicht. Beim nächstenmal wird er's wissen.« Er lachte wieder.

Für den Rest ihres Aufenthaltes in Winchester übersah John Matilda demonstrativ, und ebenso offensichtlich warb er um die Aufmerksamkeit ihres Mannes. Der stämmige Baron hatte ständig an seiner Seite zu sein, erklärend, scherzend, ja, den Knaben belehrend, schulterklopfend und lauthals über jede Bemerkung lachend. Matilda sah schweigend zu, wie John lauschte und lächelte; er war nie völlig entspannt, ließ William aber stets spüren, daß er sein Vertrauen und seine Freundschaft besaß, und gelegentlich fragte sie sich, ob der Junge auch nur ansatzweise so naiv war, wie William glaubte.

Als sie nach Bramber Castle aufbrachen, verabschiedete John sich nahezu liebevoll von William. Matilda reichte er kühl und feindselig die Hand, und als sie zu einem Knicks niedersank und die geziemenden Abschiedsworte murmelte, wandte er sich schweigend ab.

»Ist Madam fertig?«

Erschrocken blickte Jo auf. Der Kellner stand neben ihr, die Hand an ihrem Teller. Sie hatte ihr Essen kaum angerührt.

»Tut mir leid«, sagte sie. »Es war sehr gut. Ich habe nur keinen Hunger.«

Sie sah zu Nick hinüber. Er beobachtete sie mit zusammengekniffenen Augen und drehte sein leeres Glas zwischen den Fingern.

»Du hast mich hypnotisiert!« japste sie.

Er schüttelte den Kopf. »Ich habe gar nichts getan. Ich habe nur hier gesessen und zugehört. Zwei Kaffee, bitte, und die Rechnung.« Er blickte zu dem Kellner auf. Dann lächelte er Jo flüchtig zu. »Anscheinend hast du auch noch so was wie das zweite Gesicht. Du hast etwas in der Kerzenflamme gesehen. Zweifellos könntest du auch in einer Kristallkugel etwas erblicken. Du mußt eine Hellseherin sein.«

Jo war schneebleich geworden. »Das ist doch Unsinn . . .«

»Ach ja? Nun, es kommt häufiger vor, daß man die Zukunft sieht anstatt der Vergangenheit, nehme ich an. Aber wie auch immer – vor dreihundert Jahren hätte man dich für weniger auf dem Scheiterhaufen verbrannt.«

»Und heute könnte ich meinen Lebensunterhalt als Wahrsagerin verdienen. O Gott!« Sie schlug die Hände vor das Gesicht. »Ich habe Angst, Nick.«

»Warum?« Er nahm die Flasche und goß ihr den Rest Wein ein. »Offensichtlich hast du eine besondere Befähigung. Und wenn du weiterhin die Vergangenheit erforschen willst, wirst du es aus eigener Kraft erreichen können und wenigstens Bennets zweifellos exorbitante Honorare einsparen können.« Er schürzte die Lippen. »Weißt du noch, was du erzählt hast?«

Sie nahm einen Schluck und sah sich im Restaurant um. Niemandem schien etwas aufgefallen zu sein. »Es muß daran gelegen haben, daß du nach Prinz John gefragt hattest«, erwiderte sie langsam. »Ich hab ihn wiedergesehen. Aber diesmal war er älter. Ein Teenager.«

»Hast du ihn so unausstehlich wie früher gefunden?« Nick drehte noch immer sein Glas zwischen den Fingern.

Jo nickte. »Anscheinend fand er mich attraktiv; hat mir das jedoch auf eine ziemlich krasse Art gezeigt. Danke.« Sie lächelte zu dem Kellner auf, als er ihr die Kaffeetasse hinstellte.

»Vielleicht hast du taktlos und hochmütig reagiert.« In Nicks linkem Augenwinkel zuckte es nervös. Es entging ihr nicht.

»Jetzt reden wir schon wieder von mir«, sagte sie leise. »Ich war das aber nicht. Es war Matilda.«

»Wer von euch auch immer – die Situation hätte auf diskrete Weise bewältigt werden müssen.« Nick griff nach der Rechnung und studierte sie peinlich genau.

»Wieso bist du so wütend?« fragte Jo plötzlich. »Es ist fast, als würdest du es persönlich nehmen. Ich habe Richard doch mit keinem Wort erwähnt. Oder liegt es daran, daß ich von der Vergangenheit gesprochen habe? Weil ich dieses wundervolle Essen nicht angerührt habe? Oder habe ich geschrien, gekreischt, mich sonstwie unmöglich benommen?«

Er schüttelte den Kopf und zog seine Brieftasche hervor. »Nichts von alledem. Komm, laß uns gehen.« Er schob seinen Stuhl zurück und stand auf.

Es war eine herrliche Nacht; die warme Luft war wie Balsam. Langsam schlenderten sie die Victoria Road entlang. Die meisten Häuser lagen im Dunkeln. Hier und da brannte noch Licht hinter einem Fenster, und Schatten bewegten sich hinter den Vorhängen.

Nick berührte sie nicht. Schweigend ging er voraus. Erst als sie vor den Stufen unter der Säulenveranda standen, sprach er wieder.

»Läßt du mich mit hineinkommen?«

Im Licht der Straßenlaterne sah sie ihn an. »Nein, Nick.«

»Bitte. Ich werde dir nichts tun. Das verspreche ich.« Er legte ihr die Hände auf die Schultern und zog sie behutsam an sich.

Sie sehnte sich sehr nach ihm. Ihr Herz schlug schneller, als seine Lippen sanft über ihren Mund strichen und seine Hände behutsam von den Schultern zu den Brüsten wanderten. Sie lehnte sich mit dem Rücken an die Haustür. Er suchte nach seinem Schlüssel und erstickte ihren matten Protest mit einem weiteren Kuß, während er hinter ihr die Tür aufdrückte. Im Flur machte er sich nicht die Mühe, nach dem Lichtschalter zu suchen. Seine Arme schlangen sich um ihren Körper, und er küßte sie heftiger, während die schwere Tür hinter ihnen zuglitt und sie im Dunkeln standen.

»Nick.« Jo schnappte nach Luft. »Bitte, nicht . . .«

»Warum nicht?« Sie hörte einen eigenartig triumphierenden Unterton in seiner Stimme, als er ihre Bluse aufriß und den Kopf senkte, um ihre Brüste mit seinen Lippen zu liebkosen.

»Bitte, ich hab dich gebeten, nicht mit hereinzukommen . . .«

»Aber du willst mich, Jo«, keuchte er. »Du willst mich.« Er packte ihr Handgelenk und zerrte sie die Treppe hinauf, schloß die Tür zu ihrer Wohnung auf und schob sie hinein. Erst dann ließ er sie wieder los. Jo tastete nach dem Lichtschalter und versuchte, ihre Bluse wieder zuzuknöpfen und in den Rock zu stopfen. »Nick, bitte, ich bin müde . . .« Unsicher wich sie vor ihm zurück. »Gehst du, wenn ich noch einen Kaffee mache . . .?«

»Keinen Kaffee. Der ernüchtert zu schnell.« Mit ein paar Schritten war er im Wohnzimmer, zog die Vorhänge zu und knipste die Lampe in der Ecke an. »Was wir brauchen, ist mehr Wein und ein bißchen Musik.« Er ließ sie an der Tür stehen, verschwand in der Küche und kam mit einer Flasche zurück. »Wie ich sehe, hast du deine Bestände aufgefüllt.« Er lächelte sie an. »Mach ein bißchen Musik, Jo. Und entspanne dich.« Sie stand immer noch an der Tür. »Dreh das große Licht aus und leg uns was Ruhiges auf, sanft und sexy.« Seine Stimme klang plötzlich nicht mehr hart. »Ich hab doch gesagt, ich tu dir nicht weh. Komm, entspanne dich.« Er goß Wein ein.

Jo ging langsam ans Regal und suchte in einem Stapel Kassetten. Mit zitternden Händen zog sie eine heraus. »Piaf?« fragte sie, als ihr klar wurde, daß er die Flasche hingestellt hatte und zur Tür gegangen war. Sie wirbelte herum, hatte Angst, er wolle den Riegel vorschieben. Aber er ging nur zum Lichtschalter und drehte die Deckenbeleuchtung aus, so daß nur die kleine Lampe in der Ecke ihr warmes Licht spendete.

Sie bemühte sich, ihre Nerven zu beruhigen, wandte sich dem Tonbandgerät zu und stellte die Musik sehr leise.

»Dein Wein.« Er stand unmittelbar hinter ihr.

Sie drehte sich zu ihm um und nahm ihr Glas. »Du wirst mir nicht wieder weh tun, Nick. Das hast du versprochen«, flüsterte sie, als er die Hand hob und ihr Gesicht berührte.

Nick lächelte. »Warum sollte ich dir weh tun?« Er nahm ihr das Glas wieder ab und setzte es hinter ihr auf das Regal; dann zog er sie sanft an sich und begann, ihre Bluse wieder aufzuknöpfen. Er streifte sie ihr von den Schultern; dann glitt seine Hand zum Verschluß ihres BH. »So ist es besser«, sagte er leise, als er ihn zu Boden fallen ließ. »Warum hast du denn immer noch deine Schuhe an?«

Er trat zurück und sah mit verschränkten Armen zu, wie Jo ihre hochhackigen Sandalen von den Füßen schleuderte; seine plötzliche unbeteiligte Kühle machte sie verlegen.

Nervös lachte sie auf und drehte sich nach ihrem Glas um. »Willst du nicht auch dein Hemd ausziehen?«

»Natürlich.« Er beobachtete, wie sie trank. »Es hat dir gefallen, als ich dich neulich vergewaltigt habe«, stellte er plötzlich fest.

»Hat es nicht«, widersprach sie auflodernd.

»Ich glaube doch. Ich habe es gespürt.«

Jo bückte sich hastig nach ihrer Bluse und drückte sie an sich. »Ich hoffe, du bist nicht auf die Idee gekommen, es könnte mir Spaß machen, mich schlagen zu lassen. Es macht mir keinen! Bitte, Nick, hör auf, deine Scherze mit mir zu machen . . .«

Nick kam einen Schritt auf sie zu, riß ihr die Bluse aus der Hand und warf sie hinter sich. Dann zog er sie hart an sich. »Die schöne, unabhängige, ach so emanzipierte Miss Clifford! Ich bezweifle, daß je ein Mann gewagt hat, dir etwas zu befehlen, hm? Ein Blick aus diesen blitzenden Augen, und die Männer ducken sich wieder in ihr Eckchen. Wie war Pete Leveson im Bett, Jo? Ich finde, er sieht aus wie ein Teddybär. Ich glaube nicht, daß er dich jemals geschlagen hat. Vielleicht hattet ihr deshalb nur eine so kurze Affäre miteinander.«

»Nick . . .«

»Oder Sam. Sam hat dich immer schon haben wollen, nicht? Meine Mutter war heute bei mir und hat es mir mehr oder weniger deutlich gesagt. Hat er je gewagt, dich zu berühren? Ich glaube nicht. Mein Bruder hat Angst vor cleveren Frauen.«

»Bitte, Nick!« Sie versuchte, sich loszureißen. »Du tust mir weh. Du hast versprochen . . .«

»Ich mache mit dir, was ich will, Jo.« Er lächelte sie an. »Gewalt erregt dich. Du magst starke Männer. Du hast es gern, wenn dich ein Mann auf die Knie zwingt.«

Sie wehrte sich in panischer Furcht. »Du bist betrunken, Nick . . .«

»Im Gegenteil, ich habe noch nicht annähernd genug getrunken.« Er ließ sie so unvermittelt los, daß sie fast gestürzt wäre. »Trinken wir einen Schluck Wein.«

»Du hast genug.« Sie wich vor ihm zurück, bückte sich und raffte ihr zerknüllte Bluse auf. »Wenn du nicht in zehn Sekunden draußen bist, Nick, dann rufe ich die Polizei!«

Er hatte die Weinflasche ergriffen, hielt sie einen Augenblick lang gegen das Lampenlicht und füllte dann sein Glas. Trinkend kam er auf sie zu. »Ein guter Jahrgang«, murmelte er. »Ich bin froh, daß du etwas für guten Wein übrig hast. Viele Frauen sind da anders . . .«

Jo bewegte sich rückwärts auf das Telephon zu. Als sie es fast erreicht hatte, sprang er auf sie zu, packte das Kabel und riß es aus der Wand. Sein Wein spritzte ihr über den Arm, während sie sich mit einem Schreckensschrei an ihm vorbeidrängen wollte.

»Mir gefällt, wie du hier die Widerstrebende spielst, Jo«, sagte er träge. »Ich begreife, warum Männer temperamentvolle Frauen bevorzugen.«

»Hör mit diesem chauvinistischen Unsinn auf und mach, daß du rauskommst!« Jo zitterte heftig. Sie brachte das Sofa zwischen sich und Nick, zog ihre Bluse an.

»Wir sprachen von den Männern, die dir gesagt haben, was du zu tun hast, nicht wahr?« fuhr er im Plauderton fort. »Wie war es denn mit Matildas Männern? Nehmen wir William de Braose. Ich wette, er hat nie um Erlaubnis gebeten, bevor er seine Frau bumste. Hat es dir Spaß gemacht? Daß er dich zwang, ihm zu gehorchen? Du mußtest deinem Mann doch gehorchen, oder?« Wieder kam er langsam auf sie zu, und ein entschlossener Ausdruck lag auf seinem gutaussehenden Gesicht.

Jo bewegte sich rückwärts auf die Balkontür zu. »Bitte, Nick, geh endlich.«

»Du hast mir noch keine Antwort gegeben. Hat William dich scharf gemacht?«

Sie schüttelte den Kopf. »Nie. Er war widerlich.«

»Aber du hast ihm sechs Kinder geboren.«

»Nicht ich, Nick. Das war ich nicht, um Himmels willen! Warum gehen wir nicht noch mal hinunter? Es ist eine so schöne Nacht. Wollen wir nicht spazierenfahren? Laß uns eine lange Spazierfahrt machen. Weißt du noch, wie wir mal nach Brighton gefahren sind? Wir könnten bei Sonnenaufgang schwimmen und dann da unten frühstücken . . .«

»Erzähl mir von Richard de Clare.« Nick redete unbeeindruckt weiter. »Erzähl mir vom schönen Richard. Der hat dich scharf gemacht, oder?«

»Ja!«

Angst und Wut überrollten sie plötzlich, und sie schrie ihn an. »Ja, das hat er, verflucht noch mal! Er hat mich scharf gemacht, wie du es nennst. Er sah gut aus, hatte Humor. Es war angenehm, mit ihm zusammenzusein. Er war nicht angespannt und unter ständigem Konkurrenzdruck. Er war kein verdammter Chauvinist, obwohl er ein mittelalterlicher Ritter und Earl war! Er war ein Gentleman, Nick.

und – ja, er war gut im Bett. Und im Farnkraut, und wo es sonst noch geschah! Sehr, sehr gut. Verdammt viel besser, als du es je sein wirst!« Sie verstummte atemlos.

In der folgenden Stille sang Edith Piafs erregende Stimme *Milord.* Nick lachte. »Ist die Wahrheit endlich heraus.« Er ging zur Stereoanlage und drehte die Lautstärke auf.

»*Allez, dancez, milord!* Mein einziger Trost, *milord,* ist, daß du tot bist, milord! Seit achthundert Jahren! Arme, Jo. Läßt dich von einem Geist bumsen! Von einem fickenden, imaginären Scheiß-Geist!«

Er verneigte sich spöttisch. Die Musik dröhnte durch die Wohnung und hallte von den Wänden wider, beinahe zur Unkenntlichkeit verzerrt von der Vibration der Baßklänge. Jo preßte die Hände gegen die Ohren.

Nick riß seine Jacke vom Stuhl, warf sie sich über die Schulter und ging zur Tür. Dann drehte er sich noch einmal um. »Und du, Jo«, schrie er, »bist du auch ein Geist? Denkt mal darüber nach, meine Lady! Denkt darüber nach!« Er öffnete die Tür und ging hinaus.

Jo lief hinterher, schlug die Tür zu, schob den Riegel vor und hakte die Kette ein. Sie zitterte am ganzen Leibe, taumelte zur Stereoanlage und schaltete sie aus. Erst jetzt, in der plötzlichen, hallenden Stille, hörte sie das wütende Hämmern aus der oberen Wohnung gegen die Zimmerdecke.

23

Der Schreibtisch in Bets Büro war mit Dias bedeckt. Sie sah auf, als Jo hereinkam, und schaltete mit maliziösem Lächeln den Betrachter aus. »Mein Gott! Du siehst aus, als hättest du eine harte Nacht hinter dir. Kaffee oder Brandy-Therapie?«

»Kaffee, bitte.« Jo warf sich in den ockergelben Sessel am Fenster und ließ ihre Tasche zu Boden fallen.

In einer Ecke des Büros, eingeklemmt zwischen Bücherregalen und Zeitschriftenstapeln, stand eine Kaffeemaschine, die unaufhörlich in Betrieb war. Bet nahm eine Tasse von einem Tablett, füllte sie mit schwarzem, ungesüßtem Kaffee und reichte sie Jo. »Willst du es mir erzählen?«

»Nick und ich hatten gestern abend Streit.«

»Was ist daran so neu?«

Mit zitternder Hand führte Jo die Tasse zum Mund. »Er benimmt sich so eigenartig. Bet. Er ist nicht mehr er selbst.«

»Auch das überrascht mich nicht sonderlich. Du hast von dem Bockmist gehört, den Jim Greerson im Zusammenhang mit dem Desco-Auftrag gemacht hat? Er hat irgendeinen Unbekannten mit dem Design beauftragt, und Nick war wohl nicht interessiert genug, es sich anzusehen. Daraufhin hat Jim sein Okay gegeben und es Mike Desmond präsentieren lassen. Es war so lausig, daß Mike fünfzig Anfälle bekam, laut schreiend zu Franklyn-Greersons nächstbester Konkurrenz rannte und auf deren Schoß hysterisch weinend zusammenbrach.« Bet betrachtete Jos Gesicht forschend aus kühlen Bernsteinaugen. »Aber das wußtest du wohl schon.«

Jo lächelte müde. »In groben Zügen. Kann ich einen Schuß Brandy in meinen Kaffee haben?«

Bet ging zu ihrem Schreibtisch, zog die untere rechte Schublade auf und holte eine Flasche Courvoisier hervor. »Er hat dich doch nicht etwa verprügelt, Jo?« Ihr Blick ruhte auf dem verblassenden Bluterguß an Jos Handgelenk.

Jo zuckte mit den Schultern. »Gestern abend nur verbal.«

»Soll das heißen, vorher hat er es getan?« Bet war hingerissen.

Jo lächelte. »Nicht richtig, schätze ich. Tut mir leid, daß ich dich enttäuschen muß, Bet. Aber er hat mir Angst eingejagt. Es war, als hätte sich seine Persönlichkeit völlig verändert. Dahinter können nicht nur geschäftliche Probleme stecken. Verflucht, ich kannte ihn doch schon, als er sich mit Jim zusammentat. Seither haben sie alle möglichen Krisen zusammen durchgestanden. Für Nick war das immer nur eine Herausforderung. Er würde nicht zulassen, daß so etwas seine Persönlichkeit verändert!« Sie schüttelte sich unwillkürlich. »Er benimmt sich wie ein Besessener.«

Bet setzte sich hinter ihren Schreibtisch.

»Liebst du ihn immer noch?«

Jo nahm einen Schluck Kaffee. »Das weiß der Himmel!«

»Dann schlage ich vor, du überläßt diese Beziehung vorläufig dem Himmel.« Bet betrachtete angelegentlich das weiche rote Leder ihrer knöchelhohen Stiefel. »Wie wär's, wenn du statt dessen an deine Arbeit dächtest? Ich habe deinen Namen seit Wochen in keiner Zeitung mehr gesehen. Anscheinend kommst du in letzter Zeit nur noch in den Artikeln anderer Leute vor.«

»Bet, ich habe gesagt, daß mir das leid tut . . .«

»Ist schon gut.« Bet legte die Ellbogen auf den Tisch. »Ich will diese Story für *WIA*. Und zwar die komplette Story. Matildas Lebensgeschichte. Nicht den romantischen Stuß, den Pete Leveson da abgesondert hat. Ich will die echte Version. Fleisch-und-Blut-Realität. Von jetzt an will ich die Exklusivrechte. Und ich werde dafür bezahlen. Ich will es als Serie bringen, mehr oder weniger während es passiert. Bis zum bitteren Ende.«

»Ich weiß nicht, ob ich damit weitermache, Bet.« Jo griff nach der Cognac-Flasche und entkorkte sie langsam. »Es macht mir große Angst. Ich habe daran gedacht, noch einmal zu Bennet zu gehen, damit er mir hilft, alles über Matilda zu vergessen. Ich bin nach Wales gefahren, zu den Orten, die Matilda kannte. Als ich ankam, verfiel ich in eine spontane Regression, ohne daß mich jemand hypnotisiert hätte. Es war, als hätte sie Besitz von mir ergriffen. Ich konnte es einfach nicht verhindern.« Sie biß sich auf die Lippe. »Es war entsetzlich, Bet. Ich sah plötzlich, wie das Ganze außer Kontrolle geriet, wie ihr Leben sich vor mir entrollte, Stunde um Stunde, Tag für Tag, und mein eigenes Dasein beherrschte . . .«

Bets Augen funkelten begeistert. »Genau! Jo, du mußt es geschehen lassen. Komm, erzähl mir nicht, daß du es nicht willst. Das ist die Sensation des Jahres. Ich will wissen, was für ein Gefühl es für eine Frau im zwanzigsten Jahrhundert ist, wenn sie die Schranken der Zeit überwindet, ins finstere Mittelalter zurückkehrt . . .«

»Es war kaum finster, Bet. Das zwölfte Jahrhundert war eine Zeit der Renaissance.« Jo lächelte müde. »Und nicht ich kehre zurück. Mir ist nicht bewußt, irgendeine andere Identität als die Matildas zu haben, während es geschieht. Ich kann nur hinterher Vergleiche anstellen.«

»Dann stellst du sie eben hinterher an!« Bet spielte mit einem Bleistift. »Komm, Jo, es ist doch nicht deine Art, vor einer Herausforderung zu kneifen. Du sagst, du warst in Wales?«

Jo nickte.

»Dann fahr noch mal hin. Fahr sofort wieder hin. Konzentriere dich auf die Story. Wehre dich nicht dagegen. Nimm diesen Hypnotiseur mit, wenn du willst. *WIA* zahlt alles. Ich setze einen Vertrag auf, der uns die Exklusivrechte sichert. Du kannst drei aufeinanderfolgende Monate haben. Maximale Publicity, Fernsehwerbung – Namennennung auf dem Titelblatt natürlich. Durchaus möglich, daß eine Fernsehserie draus wird, wer weiß? Ich rede mit ein paar Leuten bei der BBC; mal sehen, was sie davon halten. Jetzt komm schon, Jo. Wir reden hier von 'ner Menge Geld, mal ganz abgesehen von allem anderen.« Sie schwieg und sah Jo nachdenklich an. »Es wird dich für ein Weilchen von Nick wegbringen. Das kann auch nicht schaden.«

Jo atmete tief durch. »Stimmt.« Sie war hin- und hergerissen. Die journalistische Hälfte ihres Wesens wollte es tun; aber der anderen Hälfte, der privaten, widerstrebte es, daß Bet sich einmischte. Nachdenklich schaute sie an Bet vorbei aus dem Fenster und auf den Fluß. »Was wird mit der anderen Serie, wenn ich zustimme?«

»Wir bringen einen Artikel, den Rest stellt du vorläufig zurück. Wir können später darauf zurückkommen.« Bet stand auf, kam um den Schreibtisch herum und nahm Jo die Cognac-Flasche aus der Hand. »Komm, ich lade dich zum Essen ein. Du mußt zugeben, Jo, es ist eine verdammt gute Story. Du bist eine zu erfahrene Journalistin, um das nicht selbst zu sehen. Okay, du gehst ein paar Risiken ein, aber stell dir vor, welche Erfahrungen du machen wirst. Darin steckt ein Buch, Jo. Mit unserer Serie als Grundlage.« Sie legte sich den Riemen ihrer Tasche über die Schulter. Dann hielt sie inne. »Hör mal, wollen wir nicht sehen, ob Tim Heacham mit dir nach Wales fahren kann?« Sie ließ die Tasche wieder fallen und griff zum Telephon. »Ich rufe ihn sofort an.«

»Ich habe noch nicht zugestimmt.« Jo stand auf.

»Doch, hast du.« Bet grinste, während sie die Nummer wählte. »Du wärst heute nicht zu mir gekommen, wenn du wirklich aufhören wolltest. Du wärst schnurstracks zu deinem Hypnotiseur gegangen.«

Bet traf sich am folgenden Montag mit Pete Leveson zum Lunch im *Langan's*. Sie saßen unten und mußten zunächst eine gesamte Reihe von Gästen begrüßen, bevor sie sich einander zuwenden konnten. Pete grinste. »Um diese Tageszeit Perrier mit 'ner Scheibe Zitrone, wie?«

Bet hob eine Augenbraue. »Für den Anfang wird's damit gehen.« Sie lehnte sich zurück und sah ihm direkt in die Augen. »Ich wette, du weißt, weshalb ich mich mir dir treffen wollte.«

»Hände weg von Jo Clifford?« Pete schlug die langen Beine übereinander und schaute zur Decke. »Hast du die Absicht, mir einen lohnenden Vorschlag zu machen?«

»Soll das heißen, du willst Stories mit mir tauschen?«

»Möglich. Falls du etwas Aufregendes weißt, was ich nicht weiß.«

Bet lachte laut. »*Touché*. Und wenn ich verspreche, das Ohr in den Wind zu halten?« Sie griff nach der Speisekarte und studierte sie nachdenklich. »Aber einen Gefallen könntest du mir doch tun, Peter«, sagte sie dann, ohne den Blick von den Vorspeisen zu wenden. »Verbring ein bißchen Zeit mit *la petite* Curzon. Ich glaube, sie wird dir dankbar sein.«

»Du meinst, Jo wird dankbar sein, wenn Judy etwas weniger Zeit für Nick hat.«

Bet unterdrückte ein Lächeln. »Nein, das meinte ich nicht.« Lässig hob sie die Hand, um eine weitere Kollegin zu begrüßen.

Pete sah sie scharf an. Dann lächelte er. »Aha. Während die Katze aus dem Haus ist ... Sie ist nach Wales gefahren, sagst du?«

Bet nickte. »Tim ist mitgefahren. Er wird die Örtlichkeiten photographieren – Ruinen und Berge und so weiter. Außerdem wird er versuchen, Jo in Trance zu erwischen. Du ahnst nicht, wie schnell er einverstanden war, sie zu begleiten. Er ließ alles stehen und liegen, überließ seinen kompletten Terminkalender diesem schnuckeligen George-Kerlchen und diesem anderen Assistenten, packte seine Tasche und startete.«

Pete stieß einen lautlosen Pfiff aus. »Daher also weht der Wind. Weiß Nick, was vor sich geht?«

Sie zuckte mit den Schultern. »Das weiß ich nicht. Ist mir auch egal. Nick Franklyn ist in mehrfacher Hinsicht Jos schlimmster Feind. Er lenkt sie von der Arbeit ab. Er macht sie zur Neurotikerin, während ich sie scharfsinnig und zupackend brauche.«

»Abgesehen davon hast du selbst schon seit Jahren ein Auge auf ihn geworfen.«

Bet lächelte rätselhaft. »Hast du die Wachteleier schon probiert?« fragte sie unschuldig. »Wenn nicht, kann ich nur empfehlen.«

Es klopfte an Jos Zimmertür. Sie trat von ihrem Koffer zurück und schaute einen Moment lang aus dem Mansardenfenster zu den Bäumen, die den Wye ihren Augen verbargen. »Komm herein, Tim. Ich bin fast fertig.«

Tim trat ein: unter der niedrigen, schrägen Decke mußte er sich bücken. »Du hattest recht im Hinblick auf Mrs. Griffiths«, erklärte er gedämpft. »Ein Juwel. Ich bin froh, daß sie Zimmer für uns hatte.« Er trug ein offenes kariertes Hemd und Jeans. An seiner Schulter hing ein Kamerakoffer. »Gehen wir zu Fuß hinauf nach Hay?«

Jo nickte. Sie schob ihr Notizbuch in ihre Schultertasche und folgte Tim die knarrende Treppe hinunter und auf die sonnendurchglühte Straße.

Langsam schlenderten sie an der Kirche vorbei. An dem grasbewachsenen Hügel, auf dem die erste Burg von Hay gestanden hatte, blieben sie kurz stehen; dann gingen sie weiter zur Brücke. Sie lehnten sich an das blaugestrichene Geländer und schauten in das Wasser tief unter ihnen.

»Hier ist es zum ersten Mal passiert?« fragte Tim.

Jo nickte. »Ich saß da unten auf dem Kies.«

»Und es kam völlig spontan?«

»Ich glaube, ich wußte, daß etwas nicht stimmte. Alles wurde so merkwürdig – ein bißchen ruckhaft, wie bei einer beginnenden Migräne. Und dann war ich ganz plötzlich woanders.«

»Willst du es noch mal probieren?«

Jo schluckte. »Klar. Deshalb sind wir ja hier. Ehrlich gesagt...«, sie lächelte schief, »... es ist mir lieber, wenn jemand in der Nähe ist. Ich glaube, ich werde mich irgendwie sicherer fühlen. Als ich aufwachte und diese Leute sich über mich beugten ... es war ein Gefühl, als hätten sie mich nackt gesehen.«

Tim nickte sachlich. »Das verstehe ich. Komm.« Er wollte sich von dem Geländer abwenden, als er erstarrte und sich vorbeugte. Er spähte in das hell glitzernde Wasser. »Guck mal. Da, neben den Algen.«

Jo umklammerte das Geländer, blickte hinunter und rechnete fast damit, einen Schatten aus der Vergangenheit zu sehen.

»Da. Siehst du?« Tim beugte sich aufgeregt vor. »Ein riesiger Fisch.«

Jo lächelte ihn erleichtert an. »Der Fluß ist berühmt für seinen Fischreichtum. Du hättest deine Angel mitbringen sollen, falls du eine hast.«

»Kommt ja gar nicht in Frage.« Tim folgte ihr zur anderen Seite der Brücke. »Ich fände es schrecklich, ein Tier zum Spaß zu töten. Außerdem kann ich mit meiner Kamera so viel schießen, wie ich will.«

Jo öffnete die Schwingpforte, die auf den Fußweg führte. »Das klingt ein bißchen philosophisch.«

»Kann sein.« Lächelnd folgte er ihr auf dem Pfad unter den Bäumen zur Kiesfläche am Flußufer. Behutsam suchte sich Jo ihren Weg über die flachen Steine.

»Hier war es«, sagte sie schließlich.

Tim beobachtete sie. »Du mußt es jetzt nicht versuchen, Jo. Wir können noch warten.«

»Nein. Ich will ja.«

Sie legte ihre Tasche ab und setzte sich auf einen der Steine. Sie schluckte nervös und starrte auf das Wasser, ohne zu blinzeln; sie ließ sich blenden und bemühte sich, an nichts zu denken.

Tim hockte sich leise neben sie. Seine langen Gliedmaßen klappten sich mit einer mühelosen Leichtigkeit zusammen. Sie ließ erkennen, daß er es gewohnt war, die Rolle des Zuschauers einzunehmen. Jo hingegen war starr vor Anspannung. Er sah, daß sie noch einmal schluckte. »Es klappt nicht«, sagte sie schließlich.

»Du strengst dich zu sehr an«, erklärte Tim gelassen. »Versuche dich zu entspannen.«

»Ich kann nicht. Ich glaube, tief im Innern will ich nicht, daß es passiert. Ich habe Angst. Als ich das letztemal hier saß, war ich völlig entspannt. Es war das letzte, was ich erwartet hätte. Außerdem war ich, glaube ich, so erschöpft, daß mein Kopf völlig leer war. Da ist es dann passiert.«

»Hattest du bei Doktor Bennet Angst?« Tim lächelte ruhig.

Sie nickte. »Da hatte ich Angst, kam aber gegen seine Hypnose nicht an. Er hat es mit Tricks geschafft, mich zur Ruhe zu bringen.«

»Du hast mir erzählt, du hättest ein Buch über Selbsthypnose gelesen. Was steht denn drin?«

Sie lächelte kläglich. »Es ist unglaublich kompliziert. Hat was damit zu tun, beide Hälften des Gehirns zu trennen. Man muß eine Hälfte ablenken, während man die andere stimuliert. Ich muß gestehen, daß ich die Anweisungen damals nicht allzu gründlich gelesen habe. Es schien eine schrecklich anstrengende Sache zu sein.«

Tim lachte. »Du hättest das Buch mitbringen sollen. Dann hätte ich dir die Anweisungen vorgelesen, und wir hätten sie der Reihe nach durchgeführt. Ich persönlich finde es ja schon schwierig genug, mit meinem Hirn klarzukommen, wenn beide Hälften zusammenarbeiten.« Faul reckte er die Arme über den Kopf. »Erzähl mir, wie weit Matildas Geschichte inzwischen ist.«

»Na, hier war es ziemlich aufregend.« Jo lächelte. »Sie hat Richard wiedergesehen. Sie waren gemeinsam auf Falkenjagd, im Hochmoor irgendwo da oben, jenseits von Clyro. Es gelang ihnen, sich zu verdrücken. Dann schliefen sie miteinander im Gras neben einem Bergbach. Tim? Was hast du?«

Tim war aufgestanden und zum Rand des Wassers gegangen; mit der Fußspitze stieß er Steinchen in die Wellen. »Nichts.« Er bückte sich, hob einen flachen Stein auf und schleuderte ihn flach über das Wasser. Er hüpfte ein paarmal, bevor er versank. »Komm, sehen wir uns deine Burg an. Das mit der Trance können wir später noch mal versuchen.«

»Okay. Wenn du willst.« Jo runzelte die Stirn; seine Reaktion hatte sie verwirrt.

Lächelnd dreht er sich um und streckte ihr die Hand entgegen, um ihr auf die Beine zu helfen. »Ich würde bei dieser tiefstehenden Sonne gern ein paar Aufnahmen machen. Und dann suchen wir uns einen netten Pub und essen früh zu Abend, hm?«

»Das wäre nicht schlecht.« Sie hob ihre Tasche auf und folgte ihm über die Steine. »Tim. Glaubst du, ich bin verrückt, weil ich diese Sache verfolge?«

Er hob die Schultern. »Wer weiß? Wenn du dazu getrieben wirst, mußt du es tun.«

»Getrieben? Von Bet, meinst du?«

Lachend schüttelte er den Kopf. »Getrieben von etwas in deinem Innern. Vielleicht von Matilda selbst, die ihre Geschichte loswerden will?«

Jo fröstelte. »Meinst du, sie drängt sich mir gewaltsam auf? Aber ich habe nicht das Gefühl, daß sie mich beherrscht oder gar besitzt. Ich glaube, ich bin bloß neugierig.«

»Dann hast du die Wahl.«

»Würdest du an meiner Stelle weitermachen?«

Einen Moment lang herrschte Schweigen. »Ich bin nicht sicher«, sagte Tim schließlich. »Ich glaube an Karma, weißt du.«

»Die Macht der Vorsehung?«

»So was Ähnliches. Zu wissen, was vorher war, ändert nichts an dem, was kommen wird. Vielleicht ist es besser, nichts zu wissen.«

»Aber ich weiß es doch.« Ihre Worte waren ein Flüstern. »Ich weiß aus Büchern, was geschehen ist.«

Tim schüttelte den Kopf. »Du kennst die Wahrheit nicht, Jo. Du kennst ein paar Fakten, Vermutungen. Es ist zu lange her, die Personen sind zu spärlich dokumentiert, als daß man die Wahrheit kennen könnte. Die einzige Möglichkeit, sie herauszufinden, besteht darin, daß du Matildas Leben noch einmal mit ihr lebst.«

»Bis zum bitteren Ende?« Jo überlegte ein Weilchen. »Ich glaube, den Mut habe ich nicht. Ich glaube, ich habe Angst vor dem Tod.«

»Selbst wenn du der lebende Beweis dafür bist, daß der Tod nicht das Ende ist?«

Sie lächelte. »Du siehst die Sache von vornherein als erwiesen an. Du nimmst an, Matilda war eine frühere Inkarnation?«

»Ich weiß es«, antwortete Tim langsam.

»Du weißt es? Oder würdest du es gern glauben?«

»Ich weiß es.«

»Was macht dich so sicher?«

Einen Augenblick lang dachte sie, er würde es ihr sagen, aber dann schüttelte er den Kopf. »Eines Tages werde ich es dir erklären, Jo. Jetzt noch nicht. Komm, das Licht ändert sich. An die Arbeit.«

Sie umkreisten die Burg und photographierten sie aus jedem Blickwinkel, mal dicht an der Mauer, dann wieder aus einiger Entfernung über Dächer und Bäume hinweg.

»Willst du nicht mal versuchen, hineinzukommen?« erkundigte sich Tim; er verstaute die Kamera in seinem Koffer und nahm eine andere heraus.

Jo schüttelte den Kopf. »Ich glaube nicht. Zumindest noch nicht. Es ist alles so verändert, Tim. Selbst wenn einige dieser Mauern von Matilda stammen – es ist nicht mehr dasselbe. Das habe ich in Bramber und Abergavenny erfahren. Und vieles stammt hier aus späterer Zeit. Nein, ich möchte nicht hineingehen.«

Tim nickte. »Wollen wir uns dann einen netten Pub suchen?«

Jo war ein paar Schritte weitergegangen und blickte an der hohen Mauer empor. Sie waren in der Castle Lane, einer schmalen Straße, deren Häuser auf der Nordostseite von den hohen Mauern der Ruine überschattet wurden. Ihr Blick konzentrierte sich auf ein leeres Bogenfenster hoch oben in der verfallenen Mauer.

Ruhig hob Tim seine Kamera. Sie bemerkte es nicht; ihre Aufmerksamkeit war auf das graue Mauerwerk gerichtet.

»Jo?« fragte er nach einer Weile leise. Zunächst schien sie ihn nicht zu hören, doch dann drehte sie sich um. Sie lächelte unsicher. »Einen Augenblick lang dachte ich . . .«

Er packte seine Kamera ein. »Mach dir keine Sorgen. Es kommt, wenn es kommt. Bill Walton sagt, Selbsthypnose sei oft effektiver als die andere Art, aber du kannst es nicht erzwingen, Jo. Du wirst es lernen, oder es kommt von allein . . .«

»Es ist keine Selbsthypnose, Tim. Ich sage doch, ich habe nie versucht, es absichtlich herbeizuführen – außer eben am Fluß.« Abrupt brach sie ab. »Wann hast du denn mit Bill Walton darüber gesprochen?«

»Vor ein paar Tagen.« Er ging ihr voraus am Fuße der Mauer entlang. »Ich . . .« Betreten sah er sich nach ihr um. »Ich habe es selbst mal versucht.«

»Eine Regression, meinst du?«

Er nickte.

»Und?«

»Hat nicht funktioniert.« Er hängte sich die Kameratasche über die Schulter. »Komm jetzt. Ich muß was essen.«

Wie hätte er ihr erzählen können, was sich in dem abgedunkelten Zimmer in Richmond zugetragen hatte? Die schwarzen Wirbel, die Verzweiflung, die Angst und die Wut, die er empfunden hatte, das Gefühl überwältigender Frustration, und am Ende die Erkenntnis des Scheiterns, die ihn durch ein Leben nach dem anderen verfolgt hatte, während er ohne Identität durch die Jahrhunderte getrieben war?

Müde schüttelte er den Kopf und folgte Jo auf dem steilen Pflasterweg, der von der High Town hinunter zum Fluß führte. Er war zurückgegangen. Zweimal. Beide Male hatte er sich weder zusammenhängend geäußert, noch war er ansprechbar gewesen. Beim zweiten Mal hatte er geweint. Er wußte, er würde es nicht wieder versuchen.

In der Kirche war es sehr kühl nach der Hitze des Vormittags. Drinnen blieben Jo und Tim stehen und sahen sich um.

»Da ist sie«, flüsterte Jo. An der Westwand lagen die Reste einer großen, verwitterten Steinfigur, die kaum noch als menschliche Gestalt erkennbar war. Langsam gingen sie darauf zu. Jo beugte sich vor und legte die Hand auf den Stein. »Moll Walbee«, sagte sie leise. »Ob sie es wohl ist?«

Tim warf einen Blick in den Handzettel, den er an der Kirchentür mitgenommen hatte. »Hier steht es nicht«, stellte er fest. »Hier steht, es sei ein unbekannter Mönch.«

Stumm betrachteten sie die nahezu gesichtslose Gestalt vor ihnen; der verwitterte Kopf ruhte auf einem Kissen von Stein. Tim lachte leise. »Wenn sie es war, sieht man, woher ihr Ruf kommt, eine Riesin gewesen zu sein. Allein dieses Stück hier muß an die ein Meter zwanzig lang sein, und dabei ist es nur die Hälfte von ihr – oder von ihm.« Er hob die Kamera und machte eine Aufnahme von Jo, die sich tief über die liegende Gestalt beugte; sie hielt die Augen geschlossen, das lange Haar fiel ihr über die Schultern.

Es war völlig still in der Kirche. Tim rührte sich nicht; er beobachtete die Frau, die in ihrem kühlen grünen Leinenkleid ebenso unbewegt wirkte wie die Steingestalt neben ihr. Ihre sonnengebräunte Haut nahm den gleichen Ton an wie die Schatten, die das Kirchenschiff erfüllten. Er merkte, daß ihn fröstelte. Er befingerte die oberen Köpfe seines Hemdes und zog sie fast abwehrend zusammen.

Jo hatte die Augen immer noch geschlossen. Er starrte die dunklen Wimpern auf ihren Wangen an und unterdrückte den jähen Impuls, ihr die Hand auf die Schulter zu legen.

»O Gott! Warum passiert es nicht?« rief Jo plötzlich. Sie schlug mit beiden Fäusten auf die Steinfigur. »Ich muß es wissen, Tim. Ich muß. Wenn es hier nicht passiert, wo dann?« Sie sah sich in der Kirche um. »Ich werde wieder zu Carl Bennet gehen müssen. Ich dachte, ich schaffe es ohne ihn - ich wollte es allein tun . . .«

»Vielleicht ist es das, Jo«, sagte Tim ruhig. »Vielleicht mußt du allein sein. Vielleicht liegt es daran, daß ich dabei bin.«

»Vielleicht.« Sie fuhr herum und starrte ihn an. »Vielleicht liegt es auch daran, daß ich Geld damit verdienen will. Ich wollte Bets Rat befolgen und die Serie für sie schreiben. Als sie von einem Buch sprach und sogar vom Fernsehen, da fand ich die Idee aufregend. Ich wollte das alles, Tim. Und damit habe ich es verdorben. Jetzt ist es gestellt. Wie du mit deiner Kamera. Du hast hier keinen Platz, Tim!«

»Doch, ich habe einen, Jo.« Er setzte sich in eine der Kirchenbänke und starrte hinauf zu der dunklen, von einem dreifachen Bogen überwölbten Kanzel. »Ich habe hier einen Platz.«

»Das glaube ich nicht!« Sie funkelte ihn an, raffte sich auf, lief zur Tür, zog sie auf und verschwand draußen im Sonnenschein.

Tim blieb regungslos sitzen und lauschte in die Stille, während der Nachhall des herabfallenden Riegels unter dem Deckengewölbe der Kirche verklang.

Jo lief rasch über die Wiese und schwenkte ihre Tasche; sie sah, wie sie die Samen der Pusteblumen aufwirbelte, während sie auf die überwucherte, ungepflegte Hälfte des Kirchhofes zueilte, die steil abfallend die Nordseite der Kirche umgab. Irgendwo in der Nähe hörte sie einen Bach plätschern. Es war wirklich sehr heiß. Der Frühdunst war verflogen, und die Sonne brannte ihr auf den Kopf.

Sie spürte, daß ihr auf dem Rücken und zwischen den Brüsten Schweiß ausbrach; sie blieb stehen und sah sich um. Der Kirchhof lag verlassen da. Von Tim war nichts zu sehen. Seufzend bahnte sie sich ihren Weg durch kniehohes Gras, durchsetzt von Mehlkraut, Butterblumen und Lichtnelken. Dann setzte sie sich neben eines der uralten, flechtenbedeckten Gräber unter eine Eibe. Sie öffnete die oberen Knöpfe ihrer Bluse, schlug den Kragen zurück und hob sich das Haar aus dem Nacken. Hier, oder irgendwo ganz in der Nähe, lag Jeanne begraben. In einem nahen Baum gurrte schläfrig eine Ringeltaube.

Jo schloß die Augen, lehnte sich zurück und ließ die Sonnenstrahlen auf ihrem Gesicht spielen.

Die Halle der Burg war voller Menschen, die Rauchfahnen von den Feuern waberten zwischen den Speisenden dahin, die an langen Tischen saßen. Es war im Herbst des Jahres 1187.

Matilda saß neben ihrem Gemahl an der Haupttafel; rechts neben ihr hockte Gerald, der Erzdiakon von Brecknock. Hinter William saß Baldwin, Erzbischof von Canterbury.

Gerald beugte sich fröhlich lächelnd zu ihr. »Seine Gnaden sehen müde aus. Er hat nicht erwartet, daß seine Predigt für den Dritten Kreuzzug in Hay solchen Aufruhr hervorrufen würde.«

Matilda lächelte. »Die Männer von Hay brennen darauf, dem Kreuz zu folgen, und ihre Weiber sind ähnlich begierig, sie davon abzuhalten! So war es immer, fürchte ich.« Sie biß sich auf die Lippe. William hatte sich unter den Männern der Grenzmark dadurch hervorgetan, daß er sich nicht freiwillig gemeldet hatte, um die Heilige Stadt aus Saladins Klauen zu reißen.

Gerald erriet den Grund für ihr abruptes Schweigen sofort. »Der König braucht Sir William zu Hause, meine Lady«, sagte er behutsam. »Euer Gemahl wird Geld für die gute Sache stiften, und das ist ebenso willkommen wie sein Schwert.«

»Selbst Lord Rhys und Einion of Elfael haben ihr Schwert versprochen!« versetzte Matilda. »Und William wagt es, sie Wilde zu nennen . . .« Sie warf einen Blick auf William und wechselte hastig das Thema. »Erzählt mir von Euch, Erzdiakon. Seid Ihr zufrieden? Ihr scheint hoch in der Gunst des Erzbischofs zu stehen.«

Seine durchdringenden Augen hatten nichts von ihrer Wachsamkeit verloren; unablässig musterten sie die Leute ringsum; jetzt aber richteten sie sich ruhig auf Matilda. Er wischte sich mit dem Mundtuch über die Lippen und griff nach seinem Wein. »Ich bin nie zufrieden, Lady Matilda. Das solltet Ihr inzwischen wissen. Ich diene dem König, und ich diene dem Erzbischof, aber Euch gestehe ich, daß ich eine gewisse Rastlosigkeit verspüre, einen Mangel an Erfüllung.« Er stellte seinen Kelch so hart auf den Tisch, daß ein wenig Wein auf das Linnen schwappte. »Gott braucht mich als Bischof von St. David!« erklärt er heftig. »Wales braucht mich dort. Und doch warte ich noch immer!« Er holte tief Luft und faßte sich nur mit Mühe. »Aber ich habe meine Arbeit fortgesetzt. Und ich schreibe immerwährend. Das hat mir schon viel Trost gespendet.« Er warf einen Blick an ihr vorbei auf den Erzbischof. »Morgen reisen wir weiter zu meinem Haus in Llanddeu. Der Erzbischof hat sich huldvoll bereitgefunden, dort die Nacht zu verbringen, ehe es nach Brecknock weitergeht. Und ich habe beschlossen, ihm meine Arbeit über die Topographie Irlands zuzueignen. Wußtet Ihr, daß ich vor drei Jahren mit Prinz John dort war?« Müde schüttelte er den Kopf. »Ein Fiasko, diese Erkundung, das steht fest, aber so habe ich Irland wiedergesehen. Und mein Buch hat gute Aufnahme gefunden.«

»Es klingt, als hättet Ihr eine Abneigung gegen den jüngsten Sohn des Königs«, stellte Matilda vorsichtig und fast unhörbar fest.

Gerald hob die Schultern. »Es geht nicht um Zuneigung oder Abneigung. Er hat mir dort zwei Bischofssitze angeboten. Aber ich möchte St. David, und so habe ich abgelehnt.« Er lächelte betrübt. »Er ist noch jung, aber er ist verwöhnt. Er ist intelligent und gerissen, aber in Irland hat er sich nicht gerade als Kämpfer erwiesen. Vielleicht wird er in der Normandie etwas lernen.«

Er drehte sich um, winkte einen Pagen heran und hielt ihm seinen Becher entgegen; um sich Wein nachschenken zu lassen. »Aber jetzt, da zwei seiner älteren Brüder tot sind, wird John zu einem Mann von Bedeutung. Er ist dem Thron näher, als er je hoffen konnte. Sein Vater ist alt, Geoffreys Sohn noch ein Kind.« Traurig schüttelte er den Kopf. »Und Prinz Richard ist nicht verheiratet. Mag sein, daß John noch zu einer Macht wird, mit der man rechnen muß.«

Matilda fröstelte. »Ich traue ihm nicht.«

Gerald lächelte sie pfiffig an. »Ich auch nicht, meine Liebe. Wir werden einfach darauf hoffen müssen, daß mit der Reise auch Rat kommt.« Er faltete sein Mundtuch und legte es auf den Tisch. »Und jetzt laßt uns von angenehmeren Dingen sprechen. Sagt, wie geht es Eurer Familie? Was gibt es Neues zu berichten?«

Matilda war beunruhigt. »Da brauche ich Euren Rat. Ihr habt gestern mit dem Fürsten Rhys ap Gruffydd gesprochen. Was meint Ihr - ist er ein guter Mann?«

Gerald zog die Brauen zusammen. »Eine seltsame Frage. Wie Ihr schon sagtet, er hat gelobt, dem Kreuz zu folgen.« Lächelnd sah er sie an. »Und sein Schwiegersohn Einion ebenfalls. Ich weiß, Ihr habt ihn einst um Eurer Kinder willen gefürchtet.« Ihre Hand lag auf dem Tisch; er bedeckte sie mit seinen Fingern. »Aber ich sehe schon, darum geht es nicht. Was bekümmert Euch, meine Lady?«

»Er und William reden über ein Bündnis.« Sie senkte den Blick auf das weiße Tischtuch, ihr Mund wurde zu einem harten Strich. »Er will meine kleine Matilda als Weib für seinen Sohn Gruffydd. William wird zustimmen, was immer er sonst von den Walisern halten mag. Es ist der Wunsch des Königs.«

»Gruffydd«, sagte Gerald nachdenklich. »Er gilt als Erbe seines Vaters. Er ist nicht so schön wie sein Bruder Cwnwrig, aber er ist groß und stark, und er weiß mit den Streitereien seiner Brüder umzugehen. Sie hadern unaufhörlich, wißt Ihr, die Söhne des Fürsten Rhys. Sie bereiten dem Ärmsten soviel Kummer, daß er darüber weißhaarig wird.«

»Ich habe Angst um Matilda, Gerald. Ich habe meine Kinder vor Einion und vor Seisylls übriger Sippe beschützt. Aber jetzt verlangt man, daß ich sie Rhys ausliefere.« Sie wandte sich zu ihm, plötzlich leidenschaftlich bewegt. »Schwört es mir, Erzdiakon. Wird ihr nichts geschehen?«

Gerald hob beschwichtigend die Hände. »Wie kann ich das beschwören? Ich kenne Rhys als einen Mann von hervorragendem Geist. Er ist ehrlich, klug und - glaube mir - aufrichtig in seinem Trachten nach Frieden. Mehr als das vermag ich nicht zu sagen, wenngleich er mein Vetter ist. Offenbar will er mit dieser Ehe den unbehaglichen Frieden festigen, der bei uns an der Grenze herrscht, will sicherstellen, daß die *galanas* nie wieder ihr Haupt zwischen Euren Häusern erhebt. Ich nehme an, de Braoses Macht ist für ihn die nächstgelegene Herausforderung, und so ist er darauf bedacht, den Frieden mit Euch zu sichern. Gibt es da einen besseren Weg als die Ehe? Aber Ihr könnt nichts weiter haben als sein Versprechen. Das ist mehr, als viele andere Mütter bekommen.«

Er warf einen Blick durch die Halle zu einem der unteren Tische, wo die zehnjährige Matilda mit ihrer Amme saß. Ihre beiden älteren Brüder, William und Giles, waren inzwischen als Pagen in benachbarten Häusern, wie es der Brauch war, und Reginald, der dritte, bediente stolz den Erzbischof. Die beiden kleinsten, Isobel und Margaret, hielten sich in den Kindergemächern im Westturm auf. Es war, alles in allem, eine glückliche und gesunde Brut, und einige der Kinder hatte Gerald selbst getauft. Er schenkte der Mutter einen Blick voller Zuneigung. Sie war noch immer eine junge Frau. Nicht älter als sechs- oder siebenundzwanzig, schätzte er. Aufrecht und schlank wie eh und je, trotz ihrer Kinderschar. Er beobachtete sie einen Augenblick lang, während auch sie durch die Halle zu Matilda hinunterschaute. Es war ein Wunder, daß sie noch keines ihrer Kinder an den Tod verloren hatte. Er schickte ein kurzes Gebet gen Himmel, daß nie ein solcher Verlust über sie kommen möge.

Matildas Blick richtete sich auf das Gesicht ihrer Tochter, und als fühle sie die Aufmerksamkeit ihrer Mutter, hob die kleine Tilly den Kopf. Sie hatte klare, graue Augen. Eine ganze Weile schauten Mutter und Tochter einander an. Dann wandte sich Tilly ab.

Matilda spürte, daß sich ihr Herz zusammenkrampfte. Diese Gleichgültigkeit, diese unausgesprochene Zurückweisung . . .

Ihre Gedanken wanderten zurück und kreisten um Jeanne, die es ihr vor all den Jahren gesagt hatte: *Das Kind selbst wird es sein, das Euer Geheimnis verrät.* Aber wie konnte es das tun, wenn es doch nichts wußte?

Während der letzten zehn langen Jahre hatte Matilda dafür gesorgt, daß sie und Richard nie allein zusammen gewesen waren. Sie hatte das Verlangen in seinen Augen ignoriert und dem schmerzlichen Sehnen ihres eigenen Körpers standhaft widerstrebt. Es war ausgeschlossen, daß Tilly je erraten haben konnte, wie sehr ihre Mutter den höflichen schönen Gast liebte, der sie von Zeit zu Zeit auf der einen oder anderen ihrer Burgen besuchte.

»Ihr seufzt, meine Lady.« Behutsam lenkte Gerald ihre Aufmerksamkeit wieder auf sich. »Das braucht Ihr nicht. Ich bin sicher, Gruffydd wird gut zu Matilda sein.«

Matilda zwang sich zu einem Lächeln. »Ihr habt sicher recht, Erzdiakon.« Unter dem forschenden Blick seiner Augen kehrte ihre wachsame Furcht zurück, er könne ihre Gedanken lesen, könne gar den Verdacht haben, Tilly sei nicht Williams Tochter. Verzweifelt suchte sie ihn abzulenken.

»Sagt mir, Erzdiakon, gedenkt Ihr ein Buch über die Reise durch Wales zu schreiben, die Ihr mit Seiner Gnaden, dem Erzbischof macht?« fragte sie leise. »Ich bin sicher, es würde ein atemberaubender Bericht. Ihr könntet die schändliche Szene einfügen, die sich heute mittag auf dem Kirchhof von St. Mary zugetragen hat.« Sie lächelte. Er hatte den Köder geschluckt. Seine Augen leuchteten auf.

Verstohlen warf sie noch einen Blick zum Tisch ihrer ältesten Tochter. Wieder richteten sich die großen grauen Augen auf das Gesicht der Mutter. Diesmal sah Matilda keine Gleichgültigkeit in der Miene des Kindes, sondern Angst und – war das Sehnsucht?

Das Kerzenlicht flackerte vor ihren Augen. Verärgert hob sie die Hand vor das Gesicht, als sie sich Gerald zuwandte. Aber er war nicht da. Eine Gestalt mit erhobener Kamera kniete vor ihr im Sonnenschein.

»Tim?«

»Willkommen im Jetzt.« Er drückte noch einmal auf den Auslöser und ließ die Kamera sinken.

»Wie lange hab ich hier gesessen?«

»Ungefähr eine Stunde.«

»Ich war beim Essen . . .«

»Mit Giraldus Cambrensis. Ich bin sehr beeindruckt von deinen Freunden.«

Jo starrte ihn an. »Woher weißt du das?«

»Ich hab dich gefragt, wo du warst. Du konntest mich anscheinend deutlich hören. Du hast sehr logisch geantwortet, hast beschrieben, was sich hier auf dem Kirchhof ereignet hat – den Aufruhr, und wie der Erzbischof zur Burg zurückhetzen mußte. Auch den Zwischenfall mit dem Mann, der versucht hatte, zum Tor durchzukommen, um sein Kreuzzugsgelübde abzulegen, und dem dies nur um den Preis einer verlorenen Hose gelungen war ...« Er gluckste. »Du weißt natürlich, daß Gerald deinen Rat befolgt hat. Er hat einen Bericht über seine Reise durch Wales verfaßt. Das *Itinerarium.* Wird heute noch aufgelegt.« Er grinste.

»Und du hast mich photographiert?«

»Dazu bin ich hier, Jo.«

Sie war verwirrt. »Ich fühle mich dabei so verwundbar.«

»Das ist nur dein Gesichtsausdruck.«

»Habe ich von meiner Tochter gesprochen?«

»Ja.« Tim stand abrupt auf und klopfte sich das Gras von der Hose. »Von dem Kind, das de Braose zum Hahnrei gemacht hat.«

Jo zuckte zusammen. »Habe ich das gesagt?«

»Mußt du ja wohl, mein Schatz, oder?« Seine Stimme klang trocken. »Wenn man sich vorstellt, daß die kleine Tilly einen walisischen Prinzen heiraten soll ...«

»Falls sie es getan hat.« Jo rappelte sich mit steifen Gliedern in den Stand. »Mein Großvater vermutete, die Cliffords stammten von einem walisischen Prinzen ab, Tim. Vielleicht ist es auf diese Weise dazu gekommen. Vielleicht war Matilda doch eine Vorfahrin von mir. Matilda und Richard de Clare!«

Tim lächelte beinahe wehmütig. »Und du bist froh, daß du immer noch in die Vergangenheit zurückkehren kannst?«

Sie nickte. »Ich muß herausfinden, wie es weiterging. Ob Tilly Rhys' Sohn geheiratet hat. In gewisser Weise hoffe ich, sie hat es getan. Ich entwickle allmählich ziemlich prowalisische Gefühle. Die Vorstellung, ich könnte von einem Fürsten abstammen, gefällt mir durchaus. Vielleicht rufe ich David Pugh an und bitte ihn, in seinen Büchern nachzuschlagen. Ich habe ihm versprochen, mich zu melden, wenn wir hier sind. Aber guter Gott! Ein solches Kind dynastischen Ambitionen zu opfern! Das war grausam.«

»Du sagst, sie war ein merkwürdiges kleines Mädchen.«

Jo nickte. »Sie war distanziert. Kühl. Verschlossen. Anders als die Jungen, die herumtollten wie junge Hunde. Aber auch anders als Richard.« Mit einem traurigen kleinen Lächeln sah sie ihn an.

»Hat William je herausgefunden, daß er nicht der Vater war?«

Jo hob die Schultern. »Ich kann nicht in die Zukunft schauen, Tim. In den Büchern, die ich kenne, steht davon nichts. Aber ich kann mir nicht denken, daß er es nicht erraten hat. Sie war so anders als die anderen. So blond.«

»Und Richard war auch blond?«

Jo nickte.

»Und du hast ihn immer noch gern?«

»Matilda, meinst du? Sie liebte ihn immer noch.« Ihre Stimme verriet plötzlichen Schmerz. »Darum war Tilly ja etwas ganz Besonderes.« Sie nahm sich einen Stengel Mehlkraut aus dem Haar und drehte ihn gedankenverloren zwischen den Fingern.

Tim beobachtete sie mit halbgeschlossenen Augen. »Welche Rolle spielt Nick in all dem, Jo?«

»Nick? Er hat gar nichts damit zu tun.«

»Bist du da sicher?« Langsam ging er ihr voran durch das Gras zu dem schmiedeeisernen Tor des Kirchhofs. »Ich glaube, daß er beteiligt ist, ich glaube, daß auch er schon einmal gelebt hat. Wie ich, Jo.«

Sie blieb wie angewurzelt stehen. »Warst du deshalb bei Bill Walton? Um herauszufinden, ob du zur selben Zeit wie ich gelebt hast?«

Tim nickte zögernd.

»Aber du hast doch gesagt, es hätte nicht geklappt.«

»Das war nicht ganz richtig, Jo. Ich habe keine totale Regression erlebt wie du, Jo, aber passiert ist schon etwas. Es ist nicht das erstemal, weißt du. Ich habe schon lange das Gefühl, schon einmal gelebt zu haben. Nicht nur einmal, sondern etliche Male. Ich habe viel darüber gelesen - vor allem über Buddhismus -, habe gelernt, zu meditieren und Kontakt mit meinen früheren Inkarnationen aufzunehmen. Der Tim Heacham, den keiner kennt!« Sein Lächeln drang nicht bis zu seinen Augen vor. »Ich dachte, es könnte mir helfen, mit der Gegenwart zurechtzukommen, wenn ich mich in der Vergangenheit finden könnte. Ich war bei Bill, um zu sehen, ob er mir nicht zu einem etwas klareren Blick verhelfen kann.«

»Und konnte er?« flüsterte Jo.

Er schüttelte den Kopf. »Ich war nach unserem gemeinsamen Besuch noch zweimal bei ihm. Aber meine anderen Ichs, oder wie immer du das nennen willst, waren zu unnachsichtig, um sich zu zeigen.« Er brach einen Zweig von einem ausladenden Eibenast, während sie langsam weiterschlenderten. »Meine früheren Inkarnationen waren von Qual erfüllt, Jo. Versager, Verräter.«

»Aber wer warst du?« Jo starrte ihn an. »Warum erkenne ich dich nicht?«

Tim lächelte bitter. »Vielleicht, weil es uns nicht bestimmt war, zusammen eine Rolle zu spielen. Weder damals noch heute.«

»Und du glaubst, bei Nick ist das anders?«

Tim betrachtete sie stumm. Dann nickte er.

Jo schluckte nervös. »Nick benimmt sich sehr eigenartig. Ich frage mich, ob er es ahnt.«

»Er hätte wenig Phantasie, wenn er es nicht ahnte.«

»Wer war er, Tim?«

»Du hast die Besetzungsliste, nicht ich. Wir wissen beide lediglich, daß du äußerlich keine große Ähnlichkeit mit Matilda hast. Du bist nicht ihre Doppelgängerin oder so was.«

Jo lächelte. »Jedenfalls bin ich nicht zwei Meter vierzig groß, wie sie es nach Davids Angaben war!«

»Aber dein Haar, deine Augen. Könntet ihr beide im Film von derselben Schauspielerin dargestellt werden?

»Ich weiß nicht; ich bin dunkler, glaube ich. Matildas Haar war viel heller als meins, beinahe kastanienbraun. Über ihre Augen weiß ich nichts. Ich kann mich nicht entsinnen, jemals besonders lange in den Spiegel geschaut zu haben; die Spiegel haben auch nicht viel getaugt. Sie waren aus Metall, nicht aus Glas. Du müßtest dich bei jemandem erkundigen.«

»Bei Richard de Clare?« Er lächelte kaum.

Sie lachte. »Na, bei William jedenfalls nicht. Tim, für solche Erfahrungen bin ich nicht geschaffen. Ich habe keinen Sinn für das Schicksal. Ich halte Karma und Kismet und dergleichen für Unsinn. Für Ausreden und Fluchtmöglichkeiten. ›Wenn es Schicksal ist, dann kann ich dagegen nichts tun.‹ Das nenne ich Kneifen. Nichts für mich!«

»Und du hast auch noch nie das Gefühl gehabt, schon einmal dagewesen zu sein?«

»Noch nie! Ich halte nichts von Sentimentalität und schwammigem Romantizismus, Tim. Ich bin Jo Clifford, erinnerst du dich?«

»Wie könnte ich das vergessen?« Er fuhr ihr zärtlich durch das Haar. »Du wirst also gegen das Schicksal ankämpfen, falls es wagen sollte, dir sein schwammiges, romantisches Haupt entgegenzurecken?«

Jo nickte entschlossen. Dann schien sie zu zögern. »Meinst du, es wird geschehen?«

Er nickte ernst. »Ich denke, es ist schon geschehen, Jo. Ich glaube, die Akteure versammeln sich auf der Bühne. Wir wissen, daß Matilda ein ziemlich bitteres Los hatte. Sie wurde von ihrem Mann und ihren Freunden verraten. Sie wurde ermordet, wahrscheinlich auf Befehl des Königs. Vielleicht - nur vielleicht - schreit ihre Seele nach Gerechtigkeit.«

»Tim!« Entsetzt sah Jo ihn an. »Das ist nicht dein Ernst!«

Eine Zeitlang sagte er gar nichts; sein Blick war auf die Straße vor ihnen gerichtet, als sie den Kirchhof verließen und an der Mauer entlang zur Stadtmitte spazierten. Schließlich grinste er. »Ein verdammt dramatisches Thema für dein Buch.«

»Es ist gräßlich, grotesk. Denkst du, du bist hier, damit ich mich an dir rächen kann? An dir und an wem noch, um Gottes willen? Und wer war Nick?«

»Ich sagte doch, daß ich das nicht weiß. Vergiß es, Jo! Beruhige dich. Ich habe nur Spaß gemacht.«

»Hast du nicht! Du warst verdammt ernst. Also sage es mir. Wer ist sonst noch beteiligt?«

Er blickte sie nicht an. »Im Grunde kann ich das nicht mal raten. Vielleicht Judy? Bet? Leute, die du kennst. Pete Leveson?«

»Und Nick?«

Er nickte. »Und Nick.«

»Und du glaubst, Matilda ist durch mich auf Rache aus?«

Tim blieb stehen, faßte sie bei den Armen und drehte sie herum, daß ihr die Sonne direkt ins Gesicht schien. Ein paar Sekunden lang sah er sie eindringlich an; dann ließ er sie wieder los. »Nein. Nein, das glaube ich nicht. Ich glaube, du bist in dieser Sache genauso hilflos wie wir anderen.« Sanft strich er ihr mit dem Finger über die Wange.

»Tut mir leid, was ich da über den Desco-Auftrag gehört habe.« Bet hielt Nicks Blick im Halbdunkel der Kneipe herausfordernd stand. Hinter ihm, entlang der Kante des Baldachins über den Zapfhähnen, hing matt schimmernd eine Reihe von zinnernen Bierkrügen. Sie schwangen in sanfter Eintracht, als ein großer Mann mit dem Kopf gegen einen von ihnen stieß, und ihre glänzenden Oberflächen leuchteten auf.

Nick legte den Kopf schief. »Ich hoffe umgehend Ersatz zu finden.«

Bet lächelte. »Das wird dir zweifellos gelingen. Aber du solltest deinen Partner am kürzeren Zügel führen.«

Nick runzelte die Stirn. Harte Linien der Anspannung umgaben seine Augen. Er wirkte blaß und erschöpft. »Es war Pech, Bet. Weiter nichts.«

»In diesem Spiel ist kein Platz für Pech, Nick. Das weißt du so gut wie ich. Sag mal . . .«, wechselte sie beinahe zu abrupt das Thema. »Wie geht es Jo?«

Sie beobachtete ihn aufmerksam, aber sein Gesichtsausdruck verriet nichts. Langsam hob er sein Glas. »Soviel ich weiß, geht es ihr gut.«

»Vor einiger Zeit hast du mich gebeten, einen Artikel von ihr zu kippen.«

Nick stürzte seinen Drink hinunter und stellte das Glas ordentlich wieder auf den feuchten Kreis, den es auf der Tischplatte hinterlassen hatte. Er lächelte kalt. »Eine Bitte, die du zu ignorieren vorzogst.«

»Ich bin Jos Redakteurin, Nick. Nicht ihr Kindermädchen. Wenn sie etwas schreiben will und ich es gut finde, dann drucke ich es. Es ist gut. Verdammt gut. Das weißt du auch.«

»Gut für die Auflage von *WIA* vielleicht.« Nicks Augen wurden plötzlich ganz schmal. Bet rutschte unbehaglich auf ihrem Sitz hin und her. »Du bist eine selbstsüchtige Viper, Bet Gunning«, fügte Nick hinzu. Sein Ton war nicht giftig, und doch fühlte sich Bet getroffen.

»Nein. Ich bin eine gute Redakteurin.«

»Kann sein. Ich bin nur froh, daß ich nicht für dich schreibe.«

»Könntest du aber.« Sie hielt seinem Blick stand. »Deine Version der Dinge, die mit Jo geschehen.«

Einen Moment lang dachte sie, er habe sie nicht gehört. Sein Blick schien geradewegs durch sie hindurchzugehen. Dann winkte er unvermittelt dem Barmann und bestellte zwei neue Drinks.

»Wo ist Jo?« fragte er schließlich.

Sie zog das neue Glas zu sich heran. »Nicht in London.«

»Hat sie dir erzählt, war vorgefallen ist?«

»Zwischen euch? Ja.«

»Und du hast ihr natürlich geglaubt.«

»Natürlich.«

»Wirst du mir verraten, wo sie ist?«

»Nein.«

»Ich werde auf jeden Fall versuchen, sie zu finden.«

»Sie arbeitet, Nick. Laß sie in Ruhe. Sie ist eine erstklassige Journalistin, und ihre Arbeit ist ihr wichtig. Deshalb stellt sie Recherchen über diese Lady Matilda an. Du kannst sie nicht daran hindern. Sie ist auf dem Weg an die Spitze, und entweder lernst du, dich damit abzufinden, oder du suchst dir eine neue Freundin.«

Nick musterte sie nachdenklich. »Und da kämst du in Betracht?«

»Könnte sein.« Sie lächelte.

»Was ist mit Tim Heacham? Ich dachte, du lebst mit ihm zusammen?«

Sie schüttelte den Kopf. »Ich habe ihn gelegentlich am Wochenende verpflegt. Es hat uns beiden Spaß gemacht, aber im Augenblick ist er anderweitig engagiert.« Sie lächelte wissend. Dann beugte sie sich vor und legte ihm die Hand aufs Knie. »Soll ich dir heute abend das Essen kochen?«

»Heute abend nicht, Bet.« Er lächelte schlaff. »Ich fühle mich geschmeichelt und natürlich auch versucht, aber im Augenblick habe ich andere Pläne. Und die drehen sich um Jo.«

Bet rückte ein Stück von ihm ab. »Aha. Liebst du sie?«

Er antwortete nicht.

»Sie ist mit Tim unterwegs. Aber das hast du dir sicher schon gedacht«, sagte sie leise und belauerte seine Reaktion.

Er lächelte sparsam. »Sie interessiert sich nicht für Tim. Wenn sie zusammen sind, dann arbeiten sie. Sind sie in Hay?«

»Du willst doch nicht hinfahren?« Nicks Blick war wieder hart, und das bereitete Bet Unbehagen.

»Kann sein.« Er schob sein Glas von sich; er hatte es kaum angerührt. »Ich weiß noch nicht, was ich mache.« Er stand auf und legte eine Hand leicht auf Bets Handgelenk. »Ich hätte Jo neulich abends fast umgebracht. Hat sie dir das erzählt, Bet Gunning? Es hat ihr gar nicht gefallen, was ich mit ihr angestellt habe, aber sie hatte sich über mich lustig gemacht. Sie war fremdgegangen und hat mich dann damit auch noch verhöhnt. Sie spielt ein gefährliches Spiel. Solltest du sie also vor mir sehen, dann sag ihr das und warne sie.« Er wandte sich zum Ausgang, blieb dann aber noch einmal stehen und drehte sich um. »Hat sie dir erzählt, daß sie es querbeet getrieben hat?«

Bet schüttelte den Kopf. »Das hat sie nicht getan, Nick, da bin ich sicher . . .«

»Da bist du sicher? Und du hast sie mit Tim Heacham losgeschickt, obwohl du weißt, daß er seinen rechten Arm dafür geben würde, mit ihr schlafen zu können.«

Bet beherrschte ihren Zorn nur mit äußerster Mühe. »Jo treibt es nicht querbeet, laß diesen Unfug!«

»Sie hat mir davon erzählt, Bet.« Verächtlich sah er sie an. »Sie hat damit geprahlt.«

Bet starrte ihn entsetzt an. »Wer ist es denn?« flüsterte sie.

Seine Fingerknöchel wurden heiß, als er die Fäuste ballte. »Richard«, sagte er leise. »Er heißt Richard.«

Sie blickte ihm nach, wie er durch die messingverzierte Schwingtür hinaustrat. »Richard?« wiederholte sie flüsternd. »Herr im Himmel, Nick! Richard ist ein Geist!«

Sie fuhr mit dem Taxi in die Redaktion und bezahlte mit zitternden Händen; mit dem Aufzug fuhr sie in ihr Büro hinauf und hörte nichts von dem munteren Geplauder eines Kollegen neben ihr.

Sie schlug ihre Bürotür hinter sich zu und griff zum Telephon. Die Nummer, die Jo ihr gegeben hatte, stand hinten in ihrem Adreßbuch.

Als das Freizeichen ertönte, setzte sie sich auf die Schreibtischkante. »Mrs. Griffiths?« fragte sie, als sich endlich jemand meldete. »Bitte, ich muß Miss Clifford sprechen. Ist sie da?«

»Tut mir leid. Sie und der Herr sind fort.« Die walisische Stimme drang laut und klar an Bets Ohr. »Sie wollten nach Raglan.«

»Nach Raglan?« wiederholte Bet. Sie legte nachdenklich den Hörer auf die Gabel. »Lieber Gott, ich hoffe, das ist weit, weit weg.«

Sie ging zum Fenster und blickte auf das breite Glitzerband der Themse tief unter ihr. Trotz der Nachmittagshitze war ihr sehr kalt.

Tim sah auf die massigen grauen Ruinen von Raglan Castle. »Ich bin froh, daß dein Freund Pugh uns empfohlen hat, hierher zu fahren«, erklärte er bewundernd. »Es ist prachtvoll.« Er warf ihr einen Seitenblick zu. »Aber du brauchst gar nichts zu sagen. Ich weiß, es ist nicht deine Burg.«

Jo lachte leise. »Es ist zu lange her, Tim. Natürlich ist da alles verändert. Laß uns vorerst hier draußen auf der Wiese bleiben.«

Sehnsüchtig schaute er sich nach der Burg um. »Soll ich mich nicht einfach davonmachen? Ich könnte dich dir selbst überlassen und auf Erkundungen gehen.«

Sie nickte. »Gute Idee.«

Er schaute sie zärtlich an, als sie sich ins moosige Gras fallen ließ; dann wandte er sich mit der Kamera in der Hand ab und stieg den steilen Hang zu den mächtigen Mauern hinauf.

Jo schloß die Augen. Auf dem Gelände der Burg war es still. Die Luft war drückend, schwül, dicke schwarze Wolken machten sich am Himmel breit. Plötzlich mußte sie gegen den Schlaf ankämpfen.

Tim kam zurück. Aus dem Augenwinkel sah sie ihn auf sich zuschlendern, groß, mit elastischem Gang. Hinter ihm sah sie für einen Augenblick Wetterleuchten über den majestätischen Mauern der Burg. Es leuchtete in den Fenstern, als würden dort noch immer brennende Kerzen flackern. Dann vernahm sie Harfenmusik.

24

Matilda stürzte sich auf die Steine der neuen hohen Mauer von Radnor Castle. Es kam ihr merkwürdig vor, auf die walisischen Zelte rings um die Burg schauen zu können und zu wissen, daß sie Freunde waren. Das rote Banner mit dem aufgerichteten Löwen des Fürsten Rhys flatterte fröhlich neben ihnen im kalten Wind, und sie sah auf ihre kleine Tochter herab, die fröstelnd neben ihr stand und deren pelzgefütterter Mantel sich im Wind blähte.

»Nun.« Sie lächelte. »Wenn man sich vorstellt, daß meine kleine Tochter eine Prinzessin wird.«

Tilly tastete ganz gegen ihre Gewohnheit nach der Hand ihrer Mutter und gab damit mehr Trost, als sie selbst suchte. »Ich habe Lord Rhys gern. Er hat mir eine Halskette aus Kristall geschickt.« Das Kind schaute mit glänzenden Augen zu den Zelten und Pavillons im Tal hinunter. »Und ein weißes Pony mit rotem Zaumzeug soll ich bekommen. John Spang, der Narr des Fürsten, hat mir außerdem zwei kleine Hündchen von seiner eigenen Hündin versprochen. Ich habe ihn gern.«

Matilda sah zu den schweren Wolken über den Bergen hinüber und lauschte dem Geplapper des Kindes. Dann beugte sie sich nieder und küßte die Kleine auf den Scheitel. »Du wirst glücklich sein in deinem neuen Heim, Tilda. Lord Rhys wird dir ein guter Vater sein.« Die Stimme brach ihr bei diesem Wort, und heftig zwinkernd drängte sie die Tränen zurück. Sie wandte das Gesicht ab.

»Kann ich jetzt gehen, um mit Shel und Margaret zu spielen?« Das Kind brannte darauf, davonzuspringen. Es spürte das mühsam beherrschte Leid der Mutter, das ihm Unbehagen bereitete und das es nicht verstand.

Matilda zwang sich zu einem Lächeln. »Natürlich, mein Liebling. Lauf nur. Ich komme später und gebe dir einen Kuß zur guten Nacht.«

Sie gestattete sich nicht, dem Kind hinterdrein zu schauen, wie es davonhuschte und die Stufen im Innern der dicken Mauer hinuntersprang. Statt dessen wandte sie sich wieder den tristen Hügeln unter dem dräuenden Wolkenhimmel zu.

Erst sehr spät nahm sie eine Kerze und kletterte langsam, den blauen Kittel in einer Hand zusammengerafft, zum Schlafgemach der kleinen Mädchen hoch oben unter dem Steindach des Hauptturms hinauf. Von der Aufregung erschöpft, schlief Tilly in dem großen Bett, das sie mit ihren Schwestern teilte. Auf Zehenspitzen näherte sich Matilda dem Bett, und entdeckte Eleanor, die Amme der Kinder, die im Schatten neben dem verlöschenden Feuer hockte. Das Mädchen schluchzte leise in seine Schürze.

Matilda blieb stehen. »Was ist, Mädchen? Warum weinst du?«

Eleanor hob das gerötete Gesicht. »Oh, meine Lady!« Sie rieb sich die Augen. »Meine Lady, ich will Euch nicht verlassen und zu den Heiden gehen.« Wieder rannen ihr die Tränen über das Gesicht.

Matilda schluckte ebenfalls heftig. »Rede nicht solchen Unfug, Eleanor. Rhys ist ein guter Christenfürst. Und ein gütiger Mensch. Sonst würde ich mein Kind nie zu ihm lassen.« Sie senkte die Stimme. »Ich hoffe, du hast so nicht vor Tilda geweint.«

»Natürlich nicht, meine Lady«, schniefte Eleanor empört. »Das würde ich nie tun; sie ist ja so glücklich.« Erneut brach sie in Tränen aus.

Matilda trat ans Bett und betrachtete die drei schlafenden Köpfe: Tilda selig und blaß; Margaret mit dem kupfernen Haarschopf auf dem Kopfkissen, ein Miniaturabbild ihrer Mutter; und die zierliche kleine Isobel, kaum dem Säuglingsalter entwachsen und glücklich darüber, ins Bett ihrer Schwestern befördert worden zu sein, ohne zu ahnen, daß sie hier war, damit Margaret nicht plötzlich allein wäre.

Margaret hatte den Arm schützend um die Schultern der Kleinen gelegt. Aber Tilly schlief, hatte den anderen den Rücken zugewandt.

Matilda fragte sich, ob Tilly wirklich klar war, daß sie sich morgen trennen würden. Langsam ließ sie sich neben dem Bett auf die Knie sinken, schluckte heftig und bekreuzigte sich dann lautlos. Und während sie zu beten begann, unterdrückte sie den unversehens aufsteigenden verwerflichen Gedanken, daß Tilly weit weg in Deheubarth nicht in der Lage sein würde, die Mutter oder den wahren Vater zu verraten.

Die Hochzeitszeremonie war vorüber, und das Fest in vollem Gange. Matilda warf einen besorgten Blick auf ihre kleine Tochter, die auf dem Ehrenplatz neben ihrem Gemahl saß. Gruffydd war ein gutaussehender junger Mann mit rotem Gesicht und goldblondem Lockenhaar. Er trank oft und in tiefen Zügen und aß von dem Teller, den er mit seiner jungen Ehefrau teilte. Tilly hatte fast nichts angerührt. Sie blickte mit unnatürlich leuchtenden Augen umher, und tiefe Röte lag auf ihren sonst so blassen Wangen. Die Kristallkette an ihrem Hals funkelte und blitzte vom Licht der Kandelaber auf dem Tisch, und das Band aus purem Gold, das ihr ins Haar geflochten war, glänzte über dem Schleier. Unter all den handfesten Männern und robusten Frauen wirkte sie wie eine zierliche kleine Fee. Voller Unbehagen betrachtete Matilda die Fürstin Gwenllian, Gruffydds Mutter, eine grobgliedrige Frau, deren Augen über der hochansetzenden Nase zu eng beieinanderstanden. Aber als sie sah, wie die Fürstin sich herüberbeugte und der kleinen Tilda mit lächelnden Augen den Kopf tätschelte, wurde ihr ein bißchen wohler ums Herz.

Die Festlichkeiten dauerten mehrere Tage, aber endlich kam doch der Morgen, an dem die Waliser ihre Zelte und Schutzdächer abbrachen. In Rhys' großem Pavillon küßten Matilda und William ihre feierlich dreinblickende kleine Tochter und ihren hochaufgeschossenen Bräutigam. Dann sahen sie zu, wie sie zusammen mit Fürst Rhys und seinem funkelnden Troß auf ihre Pferde stiegen und sich auf den Weg zu Rhys' Palast in Llandovery in Cantref Bychan machten.

»So, damit ist der Frieden besiegelt, mindestens solange König Henry lebt«, bemerkte William knapp, als sie davongeritten waren.

Beim Klang seiner Stimme wurde Matildas Herz so kalt wie Stein. »Und wenn der König stirbt, was dann?«

William zuckte mit den Schultern. »Wer weiß? Wir wollen beten, daß ihm ein langes und gesundes Leben beschieden ist. Sollte er sterben, und sollten Rhys und seine Söhne den Thronfolger nicht anerkennen, dann habe ich schlecht gespielt.« Er schwieg nachdenklich. »Tilda wird es gutgehen, was auch geschieht. Sie werden sie aus den Kämpfen heraushalten, falls es überhaupt welche gibt. Aber, bei

Gott, wenn sie versuchen sollten, sie gegen mich zu benutzen...« Er ließ seine Drohung unausgesprochen.

Matilda sah ihn in nackter Verzweiflung an. Hatte er denn von dem Tag an, da seine Tochter am Tisch eines anderen saß, nichts mehr mit ihr zu schaffen? War sie ihm nichts weiter als eine Schachfigur, die er in einem Spiel um wichtigere Figuren unbekümmert hatte fallenlassen? Wenn sich schon seine älteste Tochter von ihm kein Erbarmen erhoffen konnte, wer dann?

»Jo, weine doch nicht, Schatz.« Die Stimme war sanft. Jo spürte, daß sich ein Arm um ihre Schultern legte. Tim holte sie zurück, aber sie sträubte sich, kämpfte darum, in der Welt zu bleiben, aus der er sie herauszerren wollte. Noch immer sah sie die in Wald gehüllte Landschaft zu Füßen der Burg; darin eingeblendet wie ein Schatten ragten die verfallenen Steinmassen einer anderen Burg. Blitze zuckten über den Himmel. Sie merkte, daß sich die Szenerie vor ihren Augen wandelte. Die Mauer unter ihrer Hand war verschwunden; sie krallte sich ins Gras.

»Ich will wissen, wie es Tilly geht«, schluchzte sie. »Ich muß erfahren, was aus ihr geworden ist ...«

»Jo, du wirst es erfahren.« Tim zog sie behutsam an sich. »Aber später. Nicht jetzt. Steh auf, Schatz. Es beginnt zu regnen. Wir gehen zum Auto und suchen eine Unterkunft, ja?« Vorsichtig half er ihr auf die Beine.

Immer noch benommen, klammerte sie sich an ihn. Die Knie drohten unter ihr nachzugeben.

Tim mußte sie fast zum Wagen tragen. Er schob sie auf den Beifahrersitz und setzte sich hinter das Lenkrad. »Ein heißes Bad und ein gutes Abendessen – das ist es, was du brauchst.«

Sie lächelte matt. »Mir geht es bestimmt besser, wenn ich eine Nacht geschlafen habe. Ich bin nur so schrecklich müde.«

Fast eine halbe Stunde fuhr er im strömenden Regen durch enge Sträßchen, bevor er vor einem langgestreckten, weißgestrichenen Gasthof anhielt. Er spähte zwischen den Scheibenwischern hindurch und grinste. »Sieht gut aus. Das Essen kann ich fast riechen.«

»Dann geh voraus«, lächelte Jo.

Der Wirt, ein großer, rotgesichtiger Mann von etwa fünfzig Jahren, begrüßte sie wie zwei lange entbehrte Freunde. »Bei mir bekommen Sie das beste Abendessen in ganz Gwent«, teilte er Tim in vertraulicher Bescheidenheit mit, während sich Jo im dunklen Flur auf einen Sessel sinken ließ. »Und ich habe einen Keller, bei dem so manches Ihrer Londoner Hotels vor Neid erblassen würde, mein Freund. Es gibt allerdings ein Problem. Ich habe nur noch ein einziges Zimmer frei, verstehen Sie? Ein Doppelzimmer. Aber nur eins.«

Tim warf einen Blick auf Jo. Dann nickte er. »Wir nehmen es.« Sie protestierte nicht.

Nachdem sie ein heißes Bad genommen und sich in dem weißgekalkten, niedrigen Zimmer neu angezogen hatte, kam Jo allmählich wieder zu sich. »Nachher knobeln wir um das Sofa da«, grinste sie.

Er zog eine Grimasse. »Du kriegst es nicht. Ich benehme mich wie ein Gentleman und opfere mich.«

Sie betrachteten das kleine zweisitzige Sofa unter dem Fenster mit dem verschossenen Chintzbezug. Jo lachte. »Du bist über eins achtzig. Vielleicht können wir ja eine Polsterhürde ins Bett legen, nach bester Tradition.«

»Nicht nötig. Ich werde vorübergehend Abstinenz schwören. Solange es nur bequemer ist als dieses Marterinstrument.« Er klopfte auf die Armlehne des Sofas.

»Na, dann vertraue ich dir.« Sie lachte. »Komm. Laß uns essen gehen.«

Das Abendessen übertraf die Versprechungen des Wirtes. Tim sah sich in dem kleinen Speiseraum um und stöhnte vor Behagen auf. »Ich werde dafür sorgen, daß dieser Laden mindestens zwei Sterne erhält.«

Jo füllte ihr Weinglas auf. »Bloß nicht. Sonst werden ihn gräßliche Snobs überschwemmen und verderben. Es muß ein Geheimnis bleiben. Unser Geheimnis.« Sie gähnte verhalten. »Aber so hübsch es hier auch ist, Tim, ich glaube, ich muß ins Bett. Ich bin völlig erschöpft.«

Er nickte. »Das finde ich auch. Du siehst immer noch ziemlich zerschlagen aus. Geh nur schon hinauf, Jo. Ich werde noch einen kleinen Spaziergang machen. Es hat aufgehört zu regnen.«

Jo stolperte die schmale, gewundene Treppe zu ihrem Zimmer hinauf. Sie knipste das Licht an und sah sich um. Es gab nur wenige Möbel. Ein großes, altmodisches Bett mit einer gestickten Tagesdecke, eine edwardianische Frisierkommode mit einem Stuhl, das Sofa am Fenster. Auf dem gebohnerten Boden lag ein Sisalteppich. Seufzend streifte sie die Kleider ab und zog ihren dünnen Bademantel an. Sie bürstete sich die Haare, und dann zog sie eines der Bücher aus ihrer Tasche und setzte sich auf das Sofa.

Das Schiebefenster stand offen, und man konnte in den Garten hinausschauen. Jenseits der Mauer erstreckte sich der Hang in die Schatten des Tales. In der Stille hörte sie einen Bach dahinplätschern. Langsam schlug sie das Buch auf. Es war eine Biographie König Johns. Sie betrachtete sein Bild auf dem Umschlag. Es zeigte eine steinerne Statue mit Krone. Langsam blätterte sie die anderen Illustrationen durch, betrachtete Standbilder, Malereien, Skizzen und Münzen. In einem schienen alle übereinzustimmen: John war ein gutaussehender Mann gewesen. Eine gerade Nase, ein fester Mund - häufig mit Bart - und tiefliegende, arrogante Augen. Dies war der Mann, der Matildas Tod befohlen hatte.

Gewaltsam hielt Jo die Augen offen, während das Buch ihren Händen entglitt und zu Boden fiel. Sie hielt es nicht auf. Ihr Blick wanderte im Zimmer umher. Es war, als bewegten sich die Wände und der Boden geriete ins Schwanken. Sie richtete sich auf, und ihre Finger gruben sich in die Rückenlehne des Sofas. Ihre Beine waren so schwer, als gehörten sie nicht zu ihr. Es hämmerte in ihrem Kopf, und wieder nahm sie ein merkwürdiges Flackern hinter ihren Lidern wahr. Ihr Kopf sank auf den glänzenden Stoff der Sofalehne, und besiegt schloß sie die Augen.

Das Grenzland schimmerte unter dem strahlenden Augusthimmel, als Matilda und William mit ihrer Dienerschaft nach Marlborough zur königlichen Hochzeit ritten. Lange hatte Matilda nicht mehr an das Mädchen gedacht, das Johns Frau werden würde. Jetzt schmerzte sie die Vorstellung, daß das Kind aus ihrer Erinnerung - klein, zerbrechlich und verängstigt - bald für immer mit dem flatterhaften Prinzen verbunden werden sollte, mit einem Prinzen, der jetzt, da sein Vater tot war, nach seinem Bruder Richard Thronerbe war.

Die Downs warfen das gleißende Sonnenlicht zurück. Müde trotteten die Pferde auf den Lagerplatz rings um die Abteikirche zu. Wimpel und Banner hingen schlaff und regungslos an Zelten und Masten. Überall standen Pferde und Menschen erschöpft und benommen in der Hitze. In der Mitte des Lagers befand sich der königliche Pavillon, offen und leer. Prinz John hatte sich mit ein paar Gefährten in die schattige Kühle des Waldes zurückgezogen.

Spät am Abend, als sich William mit dem Prinzen und seinen Spießgesellen lärmend vergnügte, traf Matilda in den Räumen der Countess of Gloucester auf Isabella. Still und blaß saß sie vor einem polierten Spiegel und verfolgte fast verwundert, wie eine Dame ihr das silberblonde Haar kämmte. Sie befühlte die seidigen Strähnen, als hätte sie sie nie zuvor gesehen. Neben ihr auf dem Schemel saß noch ein Mädchen, fast ebenso blond, fast ebenso zierlich, aber ein wenig größer, mit dunklen, wachen Augen. Beruhigend tätschelte sie ihrer Schwester den Arm, als Matilda hereingeleitet wurde. Matilda sah, wie der Blick des größeren Mädchens sogleich im Spiegel den ihren suchte - feindselig und mißtrauisch. Das also war Amicia, Isabellas Schwester. Das Mädchen, das Richard de Clare heiraten würde, wie sie inzwischen mit Bestimmtheit wußte.

Ohne auf den Blick im Spiegel zu reagieren, legte Matilda einen Arm um Isabellas schmale Schultern und drückte ihr einen Kuß auf den blonden Schopf.

Isabella blickte auf und lächelte matt. »Ich bin froh, daß Ihr gekommen seid.«

»Ich habe es doch versprochen, oder?« Matilda nahm der Zofe den Kamm aus der Hand und kämmte sanft weiter. Sie strich dem Mädchen das helle Haar aus dem erhitzten Gesicht.

»Und werdet Ihr mich morgen in die Kirche begleiten?«

»Natürlich.« Matilda lächelte Amicia an. »Wirst du deiner Schwester ebenfalls das Geleit geben?« fragte sie ruhig.

Die Lider senkten sich, und Amicia erwiderte demütig: »Ich tue meine Pflicht, Madame, wie meine Mutter es mir befiehlt.«

»Wo ist Lady Gloucester?« fragte Matilda. Warum war die Frau in einem solchen Augenblick nicht bei ihrer Tochter?

Amicia hob die Schultern. »Wir sehen unsere Frau Mutter selten, Madame. Seit dem Tode unseres Vaters zieht sie die Gesellschaft anderer Herren und natürlich die des Prinzen vor.« Ihr Ton war bedeutungsschwanger. Im Spiegel sah Matilda, wie die kleine Schwester erbleichte und ihre Hände, die gefaltet im Schoß lagen, an den Knöcheln weiß wurden. Mitfühlender Ärger wallte in ihr auf. Es war unerträglich, daß dieses kleine, zarte Kind einem gefühllosen Klotz wie Prinz John anvertraut werden sollte.

»Ich hoffe, Lady Matilda«, fuhr Amicia fort, ohne im Spiegel den Blick von Matildas Gesicht zu wenden, »daß Ihr mir die Ehre erweist, mir bei meiner Vermählung aufzuwarten. Ich weiß, Sir Richard wäre entzückt. Ihr seid, denke ich, eine alte Freundin von ihm.«

Matilda spürte, daß sie errötete. Verärgert wollte sie die verletzende Bemerkung mit gleicher Münze heimzahlen. »Es wird mir ein Vergnügen sein, meine Liebe. Schließlich muß es eine ziemliche Enttäuschung für dich sein, nachdem deine Schwester einen Prinzen geheiratet hat.« Im gleichen Augenblick bereute sie ihre Worte. Isabella schrie leise auf und sah flehentlich zu ihrer Schwester auf, während Amicia, weiß vor Wut, aufsprang und sich umdrehte, um Matilda zum erstenmal direkt ins Gesicht zu schauen.

»Prinz John ist ein Vieh, Madame, und, wie jeder weiß, Frauen gegenüber ein grausamer Mann.« Sie bedachte ihre bebende Schwester mit einem kalten Blick. »Ich wünsche Isabella viel Vergnügen mit ihm. Ich werde einen gütigen und sanften Gemahl bekommen. Aber Ihr . . .«, fast spie sie die Worte aus, ». . . Ihr dürftet die Qualitäten Sir Richards doch genau kennen, Madame.« Sie raffte ihre sattgrünen Röcke zusammen und rauschte durch einen Vorhang hinaus. Die Zurückbleibenden starrten einander entsetzt an. Isabellas Augen füllten sich mit Tränen. »Ich weiß nicht, was aus Amicia geworden ist. Sie hat mich immer geliebt.«

»Sie ist eifersüchtig auf dich, Kind.« Matilda nahm den Platz der älteren Schwester auf dem Schemel ein und legte Isabella einen Arm um die Schultern. »Siehst du das nicht? Ihre kleine Schwester heiratet einen königlichen Prinzen. Das ist mehr, als sie ertragen kann.«

»Und auf Euch ist sie eifersüchtig, weil Ihr so schön seid, und weil alle Welt sagt, daß Sir Richard Euch einst geliebt hat.«

Einst.

Matildas Arm glitt von der Schulter des Mädchens. Ja, er hatte sie einst geliebt. Sie hatte gedacht, er liebe sie noch immer. Dieses Wissen war ihr in den langen, einsamen Nächten, da sie sich Williams rohen Zärtlichkeiten hatte hingeben müssen, ein sanftes Kissen gewesen. Irgendwie hatte es ihr nach seinen trunkenen Mißhandlungen immer wieder Trost gespendet. Plötzlich war ihr kalt. Sie hatte nicht geahnt, daß jemals irgend jemand dieser Liebe auf die Spur gekommen sein könnte. Aber schon die beiden hier wußten davon. Isabella, die des Prinzen Gemahlin werden würde, und Amicia, die Richard heiraten sollte. Und wenn diese zwei ihr Geheimnis kannten, wieso sollte dann nicht auch der Rest der Welt Bescheid wissen?

Über dem Lager funkelten die Sterne in unermeßlicher Zahl am samtschwarzen Gewölbe des Himmels. Auf dem Rückweg zu den Zelten de Braoses blieb sie kurz stehen und sah zu ihnen auf; sie fühlte die Unendlichkeit dessen, was da über ihr war, es machte sie still und ruhig. Ein leichter Hauch heißer Luft, eine Brise fast, ließ ihren Rock für einen Augenblick wehen; dann war die Nacht wieder still.

»Habt Ihr Mühe, Schlaf zu finden, Lady Matilda?« Beim Klang der tiefen Stimme neben ihr schreckte sie hoch. Als sie die Gestalt Prinz Johns im Schatten erkannte, versank sie in einem tiefen Knicks.

»Ich war auf dem Rückweg zu unseren Zelten, Sir. Ich habe Eure Braut besucht.«

John hob die Brauen. Sie sah sein Gesicht jetzt ganz deutlich im hellen Sternenlicht, stark und gutgeschnitten, mit den geschwungenen Brauen und der kräftigen, hochangesetzten Nase der Plantagents. Das Mannesalter hatte seine Schultern breiter werden lassen, und die heiße Sonne der Normandie hatte sein Gesicht gleichmäßig gebräunt. Als er lächelte, sah sie weiße, ebenmäßige Zähne. »Wie geht es meiner kleinen Braut? Zittert sie noch immer bei dem Gedanken an den Oger, den sie heiraten muß?«

Bei seinen spöttischen Worten ballte Matilda die Fäuste. »Sie ist sehr jung, Hoheit, und sehr schüchtern. Ihr müßt ihr Zeit geben.«

»Sie hat Zeit gehabt. Zehn Jahre Zeit, sich an den Gedanken zu gewöhnen.«

»Auch zehn Jahre Zeit, um über die Grausamkeit nachzudenken, die Ihr ihr zu Gloucester gezeigt habt.«

John warf den Kopf in den Nacken und lachte. »Ich habe nicht geahnt, daß ich in Gloucester überhaupt einen Eindruck auf sie gemacht habe! Um so besser. Ich sehe, Ihr habt Mitleid mit ihr, Lady Matilda. Ich finde, Ihr solltet auch für mich ein wenig Mitgefühl erübrigen. Denkt doch nur, was es heißt, mit diesem Milchlamm verheiratet zu sein. Könnt Ihr Euch vorstellen, wie sie im Bett ist? Könnt Ihr sie als Mutter vor Euch sehen, wie sie ihre Söhne züchtigt?« John lachte bitter. »Ich wette, was Euch betrifft, so hatte der gute Sir William solche Befürchtungen an seinem Hochzeitsabend nicht.« Er sah sie von der Seite an. »Andererseits muß ich Söhne haben. Es ist unerläßlich, daß ich den Fortbestand meines Geschlechtes sichere . . .« Er brach jäh ab. »Kommt Ihr zur Krönung meines Bruders, Madame?«

Sie lächelte, erleichtert über seinen plötzlichen Stimmungswechsel. »Ihr wißt doch sicher, Hoheit, daß Frauen dazu nicht geladen sind. Offenbar teilt der König Eure Wertschätzung des weiblichen Geschlechts nicht.«

John schnaubte. »Stimmt. Der König will, daß es ein heiliges Fest wird. Wäre es meine Krönung, müßten Weiber dabeisein. Weiber überall! Wenn ich je gekrönt werde, Matilda, dann sollt Ihr mein Gast sein. Ich schwöre es.« Roh legte er ihr den Arm um die Schultern und wollte ihr einen Kuß auf die Wange drücken. Doch bevor sie noch Gelegenheit zur Gegenwehr fand, ließ er sie schon wieder los und wandte sich von ihr ab. Erneut hatte sich seine Stimmung blitzartig geändert. »Ihr wißt, daß mein Bruder endlich heiraten soll? So kam man vor dem Tod meines Vaters überein. Er und Alice, die Tochter des Königs von Frankreich, sollen vermählt werden.« Er lachte zynisch auf. »Mein Vater braucht die Tröstungen der hübschen Alice nicht mehr, und so meinte er, könne er sie endlich ihrem rechtmäßigen Verlobten überlassen und die Abmachung mit König Louis befolgen.«

»Sir!« Matilda war schockiert. »Ich kann nicht glauben, daß an den Gerüchten, denen zufolge Euer Vater Prinzessin Alice geliebt hat, etwas Wahres sein soll. Es wäre ja fast blutschänderisch, mit der Verlobten des eigenen Sohnes . . . Ich bin sicher, auch Ihr glaubt dergleichen nicht wirklich.«

John zuckte nur mit den Schultern. »Mein Vater war ein leidenschaftlicher Mann. Ein großer Mann in vielerlei Hinsicht.« Einen Augenblick lang blickte er gedankenverloren zum funkelnden Himmel hinauf. »Er war ein guter König, mein Vater.«

Matilda trat unbehaglich von einem Bein auf das andere. Sie wollte zu ihrem Zelt zurück. In der Gesellschaft des launischen Prinzen wurde sie nervös, und das Lager schien menschenleer dazuliegen. Außerdem fragte sie sich, was er hier ganz ohne Begleiter bei ihren Zelten zu suchen hatte. Fast so, als habe er ihre Gedanken gelesen, grinste er sie an. »In der Bankethalle war es mir zu heiß. Eine Junggesellenabschiedsfeier ist schon recht, aber wenn der Bräutigam dahinschmilzt, bevor er zu seiner Braut gelangt, verfehlt sie doch ihren Zweck; deshalb bin ich hinausgegangen. Die Hälfte der braven Burschen dort drinnen ist ohnehin längst eingeschlafen, unter ihnen auch Euer Gemahl. Den anderen ist es zu heiß, um sich groß um meinen Verbleib zu scheren. Wenn sie es doch tun, werden sie vermuten, daß ich mir ein letztesmal ein freundliches Lager zur Nacht gesucht habe.« Wieder lachte er trocken und ohne Heiterkeit. »Meine letzte Nacht mit einem richtigen Weib, bevor ich Ehebruch begehen muß, um in meinem eigenen Bett ein bißchen Befriedigung zu finden.«

Wieder bewegte eine leise Brise die Wimpel über den Zelten, und auch Matildas Rocksaum hob sich leise vom Boden, auf dem sich mittlerweile der Tau sammelte. Sie trat einen Schritt zurück und ihre Finger krallten sich verstohlen in die Falten ihres Rockes und rafften sie zusammen, damit sie besser laufen könnte. »Es ist spät, Hoheit, und ich muß morgen in aller Frühe Eurer Braut aufwarten. Wenn Ihr mich jetzt entschuldigen würdet . . .«

»Ich habe Euch noch nicht für Euer Hochzeitsgeschenk gedankt«, fuhr er unbeeindruckt fort. »Dreihundert Kühe und ein prachtvoller Hereford-Stier, wie ich höre.« Er lächelte, seine blauen Augen wurden zu Schlitzen in dem dunklen Gesicht. »Ich habe den Verdacht, die Auswahl lag bei Euch, Lady Matilda. Ich glaube da einen Hauch von Ironie zu verspüren. Nein, meine Lady, ich werde Euch nicht entschuldigen. Noch nicht . . .«

Er streckte die Hand aus und berührte ihre Schulter. »Warum fürchtet Ihr mich?« fragte er leise. »Ich habe Euch nichts getan.« Seine Hände zogen sie sanft heran. Es waren starke Hände, die Hände eines Mannes.

Sie hob den Kopf und sah ihm ins Gesicht. Da war keine Spur mehr von dem Knaben, den sie verabscheut hatte, oder von dem ungebührlichen Jüngling, der sich ihr in Winchester hatte nähern wollen. Dieses schmale, arrogante Gesicht gehörte einem Mann, und zwar, wie sie plötzlich erkannte, einem bestürzend attraktiven Mann.

»Hoheit.« Sie wollte zurückweichen, aber er hielt sie zu fest. Sein Gesicht war dicht vor ihrem.

»Ich habe Euch noch nicht entlassen, meine Lady«, flüsterte er. »Und habe es vorläufig auch nicht vor.«

Wie gebannt vom intensiven Blau seiner Augen spürte sie, daß ihre Lippen die seinen berührten, und ein Schock des Erkennens durchzuckte sie. Einen Augenblick lang kam es ihr so vor, als klebe ihr Körper an seinem, doch dann war der seltsame Bann jäh gebrochen, denn in der Dunkelheit ertönte eine kühle, laute Stimme. »Guten Abend, Hoheit. Meine Lady.«

John ließ sie mit einem Fluch fahren und wirbelte herum, und seine Hand zuckte am Griff seines Dolches.

Eine Gestalt war aus dem Schatten eines Pavillons getreten, kam näher und verneigte sich tief. Als sie sich wieder aufrichtete, groß und schlank neben dem Prinzen, erkannte Matilda, daß es Richard de Clare war.

Richard verbeugte sich förmlich und distanziert vor ihr und wandte sich dann lächelnd dem Prinzen zu. »Wir haben Euch in der Halle vermißt, Sir.«

»In der Tat, Lord de Clare.« Johns Stimme klang dunkel und sehr kalt. »Es ist schön, daß Ihr Euch erboten habt, mich zu suchen. Da wir bald verschwägert sein werden, fühltet Ihr womöglich ein familiäres Bedürfnis, mich zu schützen?«

Bei dem ironischen Unterton lief Richard dunkel an, aber seine Stimme blieb liebenswürdig. »Soll ich Euch begleiten, Sir? Lady Matilda sieht müde aus. Ich bin sicher, sie brennt darauf, sich zur Ruhe zu begeben.«

Matilda wandte sich nach einem tiefen Knicks vor dem Prinzen ihrem Zelt zu. Sobald sie außer Sicht war, raffte sie ihre Röcke hoch und rannte, alle Würde vergessend, auf ihre sichere Behausung zu.

Es wurde schon dunkel, und die Hochzeitsfeierlichkeiten neigten sich dem Ende zu, als Richard sich endlich durch das Gedränge der Gäste einen Weg zu Matilda bahnte und sie in den Schutz einer hohen, von Geißblatt und wilden Rosen durchflochtenen Hecke führte. Sein Gesicht war grimmig. »Ihr spielt mit dem Feuer, wenn Ihr mit John herumtändelt, das wißt Ihr doch sicher«, begann er wütend.

Matilda errötete. »Ich habe nicht mit ihm getändelt! Er ist mir gefolgt. Ich wollte nicht einmal mit ihm sprechen, glaubt mir. Ich mag diesen jungen Mann nicht.«

Richard warf einen Blick über seine Schulter. »Nicht so laut«, warnte er besorgt. »Nun, er mag Euch jedenfalls, und es wäre nicht klug, wenn Ihr ihn Euch zum Feinde machtet, indem Ihr ihm zeigt, daß Ihr seine Gefühle nicht erwidert.« Er warf ihr einen schiefen Blick zu.

»Wollt Ihr damit andeuten, daß ich –«

»Ich will gar nichts andeuten, Matilda. Paßt nur gut auf Euch auf. Bitte.« Er legte ihr sanft die Hand auf den Arm.

Matilda drückte verzweifelt seine Finger und schluckte den Kloß in ihrer Kehle hinunter. »Ich werde aufpassen, Richard. Ich weiß, er ist ein gefährlicher Mann.«

»Ich reise morgen ab, um der Krönung beizuwohnen.« Seine Stimme war jetzt fast ein Flüstern. »Und dann reite ich nach Cardiff. Noch diesen Monat soll ich Amicia of Gloucester heiraten.«

Sie fühlte seinen Blick mehr, als sie ihn sah, und drängte die plötzlich aufsteigenden Tränen zurück. »Ich weiß, Richard. Ich wünsche Euch alles Glück.« Sie holte tief Luft und war bemüht, den Kummer zu bezähmen, der in ihr hochkam, bis er fast nicht mehr zu ertragen war. Sie brach die zarte, rosarote Blüte eines Buschwindröschens und schob sie behutsam in die Spange seines Mantels. »Laß uns dennoch Freunde bleiben, lieber Richard.« Sie war fast so groß wie er, und mit einem langen letzten Blick in seine Augen beugte sie sich vor und küßte ihn rasch auf die Lippen. Dann wandte sie sich ab und floh.

An diesem Abend schickte sie ihre Zofen früh hinaus und lag mit tränenleeren Augen im Dunkeln und lauschte den fernen Rufen und der Musik, die durch das Lager wehte. William war beim Prinzen, das wußte sie; Richard vermutlich auch. Die drei Männer, mit denen ihr Leben anscheinend unauflöslich verflochten war, sprachen an der Bankettafel zusammen dem Weine zu. Die Trinksprüche, mit denen sie einander bedachten, hallten durch die Nacht.

Lange lag sie so da und hörte, wie sich ihre beide Mägde kichernd hinter der dünnen Trennleinwand zum Schlafengehen bereitmachten. Nachdem die beiden zur Ruhe gekommen waren, wurden auch Matilda allmählich die Lider schwer, und schließlich döste sie ein.

Es war Gwenny, die ältere der beiden, die sie weckte. In der Dunkelheit rüttelte sie fast grob an Matildas Schulter. Es war still im Lager, und die Kohlen in dem Becken vor dem Eingang waren längst erloschen. »Meine Lady, Ihr sollt rasch kommen.«

Matilda fuhr auf. »Was ist? Was ist geschehen?« Sie griff nach ihrem Gewand und legte es um ihre bloßen Schultern, während das Mädchen die Kerze neben ihrem Bett entzündete.

»Man verlangt nach Euch, meine Lady. Im Zelt der Countess of Gloucester. Schnell.« Gwenny keuchte; der Schreck, den die entsetzte Zofe der Countess ihr eingejagt hatte, als sie sie aus dem Schlaf gerissen hatte, saß ihr noch in den Gliedern. Im Kerzenschein wirkte ihr rundes Gesicht pausbäckig und verschwitzt, als sie neben dem Bett nach den Lederpantoffeln suchte.

»Was ist geschehen, Kind? Sag es mir doch.« Matilda schob die Füße in die Pantoffeln, stand auf und griff nach der Kerze. »Was ist los?«

Aber Gwenny schüttelte nur benommen den Kopf; sie war zu verängstigt, denn die Zofe hatte jedem gedroht, der die Geschehnisse der Nacht ausplaudern sollte. Als sie sah, daß ihre Herrin fertig war, lief sie voraus in die stille Nacht.

Im Zelt der Countess of Gloucester, üppig mit Seide verhangen und von Myriaden von Kerzen erhellt, drängte sich eine Gruppe von Frauen mit bangem Tuscheln um die Countess. Als Matilda, den Mantel um sich gerafft, hereinkam, verstummten sie und wichen zurück. Hawise of Gloucester stand, noch völlig bekleidet, aber zerzaust und tränenüberströmt, vor einem knienden Mädchen. Sie hatte die Kleine fest bei den Haaren gepackt und schüttelte ihren Kopf mit gnadenloser Heftigkeit hin und her.

»Guter Gott!« Matilda blieb entsetzt stehen. »Was ist hier los? Was tut Ihr da?« Mit blitzenden Augen stürzte sie auch Hawise zu, schob ihre Hand beiseite und starrte auf die Gestalt auf den Teppichen zu ihren Füßen. Es war Isabella.

Matilda überlief es kalt, als das Mädchen jetzt, da das Zerren an seinem Haar aufgehört hatte, noch tiefer zu Boden sank und davonkroch, die Hände verzweifelt vor das Gesicht gepreßt. Hinter ihr stand Amicia, das Gesicht ausdruckslos vor Entsetzen, den Blick in verzweifelter Faszination starr auf die Schwester gerichtet.

Matilda vergaß die älteren Frauen; sie fiel auf die Knie, schlang die Arme um das Mädchen und barg den blonden Kopf an ihrer Brust.

»Du mußt zurück zu ihm, Isabella. Sofort!« Die Stimme ihrer Mutter, spröde vor Erregung, explodierte in der Stille.

Matilda schmiegte die Arme fester um Isabellas Schultern. Das Mädchen war völlig still; es weinte nicht, es schluchzte nicht, und sein Schweigen war irgendwie entsetzlicher, als alles Schreien und Klagen gewesen wäre. Die Stimme der Mutter rief keine Regung hervor – nur gefühllose, verzweifelte Starre.

»Wollt Ihr diese Damen bitten zu gehen?« Matilda machte eine ungeduldige Gebärde und sah durch den Vorhang ihrer Haare zu Hawise auf. »Amicia, hole einen warmen Mantel für deine Schwester.« Die Haut des Mädchens fühlte sich trotz der warmen Nacht kalt wie Alabaster an.

Amicia verschwand in den Tiefen des Zeltes, und langsam, eine nach der anderen, zogen sich die Frauen zurück, obgleich Hawise es ihnen noch nicht befohlen hatte. Endlich schien sie die Sprache wiederzufinden. »Niemand darf von dieser Schande erfahren«, wisperte sie rauh. »Niemand darf hören, was heute nacht geschehen ist. Wenn eine von euch je davon sprechen sollte, dann werde ich ihr die Zunge herausschneiden lassen. Habt ihr gehört?« Ihre Stimme schrillte hoch und brach hysterisch. »Meiner Tochter fehlt nichts. Zwischen ihr und dem Prinzen ist alles, wie es sein soll; es sind nur die Nerven in der Hochzeitsnacht. Sie wird unverzüglich zu ihrem Gemahl zurückkehren. Lady Matilda wird sie ins königliche Zelt führen.«

Bestürzt miteinander flüsternd huschten die Frauen nacheinander hinaus in die Dunkelheit; Matilda und die Countess sahen einander an. Amicia brachte leise einen Zobelmantel herbei und legte ihn behutsam ihrer Schwester um die Schultern. Dann schlich auch sie davon.

Hawise schaute auf ihre Tochter herab. Plötzlich liefen ihr wieder Tränen über das Gesicht. »Diese Schmach! Diese Demütigung! Vor der ganzen Welt hat sie uns unmöglich gemacht, als sie ihm davonlief.« Sie wühlte nach einem spitzenbesetzten Schnupftuch und drückte es an die nassen Augen. »Wie konnte das alberne Küken so etwas nur tun? Und was hat er sich dabei gedacht, als er es zuließ?«

»Was ist geschehen?« Matilda flüsterte sanft ins Ohr des Mädchens. »Kannst du es deiner Mutter oder mir erzählen?«

Isabella schüttelte den Kopf. Sie schmiegte sich enger an Matilda, und diese fühlte, daß die Wärme allmählich in den angespannten Körper des Mädchens zurückkehrte.

»Deine Mutter hat recht. Du mußt zurück zu deinem Gemahl. Es ist nicht so schlimm, was da geschieht, weißt du. Du wirst dich daran gewöhnen.« Sie lächelte traurig. »Vielleicht gefällt es dir eines Tages sogar, liebes Kind. Aber was auch geschieht, es ist deine Pflicht, zu ihm zu gehen. Komm.« Sie nahm das Mädchen bei der Hand und zog es sanft auf die Beine. Demütig und mit gesenktem Kopf stand Isabella vor ihr. Ihr mit goldenen Stickereien reich verziertes Nachtgewand fiel in üppigen Falten um ihre Gestalt; es war, wie Matilda eigentümlich erleichtert feststellte, weder zerrissen noch besudelt.

Behutsam führte sie das nicht widerstrebende Mädchen zum königlichen Pavillon, vorbei an erstickten Feuern und schlafenden Zelten. Die Wachen am Eingang grüßten, als sie hineingingen, und neugierig musterten sie die beiden Frauen in Nachtgewändern. Matilda legte den Arm fest um Isabellas Schultern und führte sie rasch weiter, um sie den gaffenden Blicken zu entziehen. Johns Diener verneigten sich und hielten die schweren Gobelinvorhänge zur Seite, die den Eingang zum Schlafgemach verdeckten.

»Geh zu ihm«, flüsterte Matilda. Nervös sah sie sich um; sie wollte nicht, daß der Prinz sie sah. Aber noch während sie sprach, erschien eine rundliche kleine Frau aus dem inneren Gemach und knickste. »Da seid Ihr ja, Hoheit«, sagte sie zu Isabella, die sie ausdruckslos ansah. »Der Prinz, Euer Gemahl, hat mir befohlen, Euch Gesellschaft zu leisten und Euch einen heißen Würztrunk zu bringen.« Sie streckte Isabella die Hand entgegen, um sie durch den Vorhang zu führen. »Seine Hoheit ist fortgeritten. Er werde wohl kaum vor dem Morgen zurück sein, sagte er. So mögt Ihr heute nacht ungestört schlafen.« Die Frau bemühte sich, ihre Stimme ausdruckslos klingen zu lassen, aber sie warf Matilda über Isabellas Kopf hinweg einen Blick zu und verzog resigniert das Gesicht, woraus Matilda schloß, daß der Prinz sich in Wirklichkeit erheblich länger und ausführlicher geäußert hatte. Sie seufzte und gab dem Mädchen einen sanften Stoß. »Gute Nacht, Isabella. Schlaf gut, mein Liebling.«

Sie sah noch einen Augenblick lang zu, wie die Frau umherwieselte und einen Krug mit einer dampfenden, duftenden Flüssigkeit und einen Becher herbeischaffte, während Isabella, die sich noch immer wie im Traum bewegte, in das hohe Bett kletterte. Matilda wandte sich ab; die drückende Wärme in dem Zelt drohte sie plötzlich zu ersticken.

In nervöser Hast begab sie sich zurück zu den Zelten de Braoses; halb fürchtete sie, der Prinz könnte ihr neuerlich auflauern. Sie sah die schwarzen Schatten hinter dem Rund der Zelte, wo die Bäume standen, deren Blätter sich in der windstillen Luft nicht regten, und die unbewegt dastehenden Lagerwachen, die sich halb dösend auf ihre Schwerter stützten.

Aber es war Richard, der auf sie wartete. Einen Finger an die Lippen gelegt, trat er aus dem Schatten und winkte ihr, ihm in den Schutz der Bäume zu folgen. »Ich konnte so nicht gehen«, flüsterte er. »Nicht ohne wenigstens noch einen Augenblick mit Euch allein zu verbringen. Guter Gott! Warum sind wir einander nicht rechtzeitig begegnet?« Wind kam auf; er spielte mit der Flamme der tropfenden Fackel am Rande des Lagerplatzes. Schatten zuckten über sein Gesicht.

»Es sollte nicht sein, Geliebter.« Sie legte ihm die Hände auf die Schultern. »Eines Tages vielleicht . . .«

Er griff nach ihren Fingern, umschloß sie mit seinen Händen und barg sie an seiner Brust. »Eines Tages!« wiederholte er bitter. »Wenn du de Braose gehörst, und wenn der Prinz dich schon als sein eigen ausersehen hat!«

»Das stimmt nicht!« Heftig riß sie sich von ihm los. »John bedeutet mir nichts, und ich bedeute ihm nichts! Gar nichts!«

Er sah sie an, und seine Augen glänzten seltsam im flackernden Fackelschein.

»Nichts?« wiederholte er.

»Nichts. Ich schwöre es bei allem, was mir heilig ist!«

Er schüttelte den Kopf. »Schwört nicht. Ihr wißt nicht, was geschehen kann. Der Prinz ist mächtig, Matilda.« Sanft berührte er ihr Haar. »Guter Gott! Am liebsten würde ich Euch auf mein Pferd werfen und mit Euch davongaloppieren. Euch für mich ganz allein haben!«

Für einen Augenblick verspürte sie blinde Erregung, als die Macht seiner leidenschaftlichen Worte sie durchflutete. Hätte er sie jetzt gefragt, sie wäre mit ihm gegangen. Aber statt dessen ließ er die Hände langsam sinken. »Ich soll der Schwager des Prinzen werden.«

Ihre Augen füllten sich mit Tränen. »Wie es einem großen Earl zukommt«, flüsterte sie und zwang sich zu einem Lächeln. »Ich muß hineingehen, Richard.«

»Natürlich.« Er nahm ihre Hand und hob sie an seine Lippen. »Ich werde Euch wiedersehen. Bald schon.«

Sie nickte wie betäubt; dann zog sie sich den Mantel fester um die Schultern, duckte sich unter der Fackel hindurch und verschwand in der Dunkelheit.

Als Tim heraufkam, war es bereits dunkel im Zimmer. Er war fünf Kilometer weit das Tal hinunter und wieder zurück spaziert, ohne die schweren, warmen Regenschauer zu beachten. Jetzt war er müde. Leise öffnete er die Tür und schaute hinein. Jo lag auf dem Sofa und schlief. Ihr Buch war zu Boden gefallen. Zärtlich lächelnd hob er es auf und legte es auf den Tisch, ohne einen Blick auf den Titel zu werfen. Dann nahm er eine Decke vom Bett und breitete sie behutsam über Jo. Als er ihr Gesicht sah, hielt er inne. Eine gequälter Ausdruck war über ihre Züge gehuscht, und als er nach ihrer Hand faßte, und sie sanft unter der Decke hervorzog, war sie zur Faust geballt.

»Jo?« flüsterte er. »Jo? Kannst du mich hören?«

Sie antwortete nicht. Ihr Atem ging in harten, kaum wahrnehmbaren Stößen.

»Wo bist du, Jo?« fragte er leise, aber sie reagierte nicht. Er strich leicht über ihr Gesicht und langte dann über sie hinweg, um die Lampe auszuknipsen.

Er zog sich rasch aus und schlüpfte ins Bett. Dann lauschte er, aber Jo blieb völlig still; nicht einmal ein Seufzen war von ihr zu hören, wie sie da, eingeschlossen in eine fremde Welt, an der anderen Seite des Zimmers lag.

Er mußte schon einige Zeit geschlafen haben, als er wieder erwachte, denn inzwischen hing eine Mondsichel vor dem Fenster. Er sah auf das Leuchtzifferblatt seiner Armbanduhr. Zehn nach drei. Jetzt merkte er, was ihn aufgestört hatte. Jo wälzte sich unruhig auf dem Sofa herum. Sie stöhnte leise, und er sah, daß sie sich aufrichtete. Die Decke glitt zu Boden, und sie schwang die nackten Füße herunter, stand auf und starrte ins Zimmer.

»Sag nicht, daß du jetzt an der Reihe bist, im Bett zu schlafen«, sagte er leise ins Dunkel hinein.

Sie schwieg und kam langsam auf ihn zu.

»Ich dachte, du wärst fort«, flüsterte sie schließlich.

»Ich war nur spazieren.« Er stützte sich auf einen Ellbogen.

»Wolltest du nicht dem Prinzen nacheilen?«

Tim erstarrte. »Jo?« fragte er leise. »Jo, kannst du mich verstehen?«

Sie lächelte halb, ohne den Blick von seinem Gesicht zu wenden.

»Es ist niemand hier«, wisperte sie. »Oh, Richard, bitte. Liebe mich nur noch einmal. Es kann doch gewiß keine Sünde sein, da wir einander doch so sehr lieben. Morgen kannst du gehen. Du wirst der Schwager des Prinzen werden. Du wirst für alle Zeit Amicia gehören. Schenke mir nur noch ein paar Stunden.« Sie nestelte am Gürtel ihres Bademantels.

Tim fuhr sich mit der Zunge über die trockenen Lippen. »Jo«, sagte er heiser. »Jo, ich finde, du solltest jetzt aufwachen . . .«

Sie ließ den Mantel zu Boden gleiten. Er starrte ihren nackten Körper an, den das fahle Mondlicht silbern überflutete, und spürte, daß sich jede Faser seines Körpers spannte, während sie sich auf das Bett warf und ich unter der Decke in seine Arme kuschelte.

»Richard! Oh, Richard!« Ihr Mund suchte seine Lippen, als seine Arme sich um sie schlossen. »Lieber Gott, bitte halte mich ganz fest!«

Aufstöhnend sank Tim zurück und schmiegte sie an sich; ihr seidiges Haar fiel schwer auf sein Gesicht und seinen Hals und verdunkelte seinen Blick.

Er küßte sie wieder und wieder, fuhr mit den Fingern durch ihr Haar und hielt ihren Kopf fest, während ihr schmaler, warmer Leib auf dem seinen ruhte. Er küßte ihren Mund und ihre Augen, ihren Hals und ihre Brüste; dann faßte er sie bei den Schultern, drehte sie auf den Rücken und schob sich über sie. Seine Zunge tastete sich zwischen ihre Lippen, und er fühlte, wie sie willig die Beine spreizte.

Im Morgengrauen schlief er endlich ein. Noch immer hielt er sie umschlungen; sein Schenkel lag besitzergreifend über ihrem.

Er schlief tief, als Jo aus dem Bett schlüpfte, ihren Bademantel an sich raffte und ins Bad flüchtete.

Sie war bereits angezogen, als ihn ein Klopfen an der Zimmertür weckte. Verschlafen sah er, wie Jo vom Wirt ein Tablett entgegennahm und es auf den Nachttisch schob. Dann setzte sie sich neben ihm auf die Bettkante und lächelte matt.

»Du bist also wach.«

Tim lächelte. »Kaum. Ist das Early-Morning-Tea, was ich da sehe?« Er richtete sich langsam auf, und dann sah er sie reumütig an. »Jo, es war meine Schuld. Ich habe dich letzte Nacht ausgenutzt. Ich hätte nein sagen sollen, hätte dich irgendwie aufwecken müssen . . .«

»Ich war wach.« Ihr Gesicht war ernst und angespannt. »Aber ich dachte, du wärest Richard. Ich war nicht in Trance, Tim. Ich wußte, daß ich in diesem Zimmer war. Ich wußte, daß wir in einem Pub schliefen. Ich wußte, daß dies das zwanzigste Jahrhundert ist. Aber ich war immer noch Matilda. Und du - du warst Richard.«

Tim lächelte. »Matilda war eine verflucht unbefangene Lady. Überrascht mich nicht, daß Richard sie nie verwinden konnte.«

Jo errötete heftig. Sie griff nach der Teekanne, und es gelang ihr, mit bebenden Händen zwei Tassen einzugießen, ohne etwas zu verschütten. Schnell nahm er ihr die Tasse ab, lehnte sich ins Kopfkissen zurück und starrte in seinen Tee. »Es war das letzte Mal, daß sie miteinander geschlafen haben«, stellte er leise fest.

Sie hob den Kopf. »Woher weißt du das?«

»Ich weiß es einfach. Sie waren nicht für einander bestimmt.« Er lächelte traurig. »Eine Schande, was?«

Sie sah ihn an. »Du warst Richard de Clare«, flüsterte sie schließlich. »Es hat doch geklappt bei Bill Walton!«

Einen Augenblick lang dachte sie, er werde nicht antworten; dann nickte er zögernd. »Aber ganz so einfach ist es nicht, Jo . . . Jo! Was ist?«

Sie weinte plötzlich ein lautloses, erschöpftes Weinen.

»Ich dachte, es wäre Nick«, brachte sie hervor. »O Tim, es tut mir leid, aber ich hab mir so sehr gewünscht, es wäre Nick!«

25

Nick lag in seiner Wohnung auf dem Sofa; mit geschlossenen Augen lauschte er den ruhigen Klängen Debussys, als Sam die Wohnungstür aufschloß, seinen Regenmantel auszog und ihn in der Diele ausschüttelte, bevor er ihn aufhängte. In der Wohnzimmertür blieb er stehen und starrte seinen Bruder überrascht an.

»Ich dachte, du wolltest heute nach New York?«

»Ich habe die Reise auf den zweiten verschoben.« Nick öffnete die Augen. »Dann kann ich alle Top-Leute auf einmal treffen.«

Sam ging zu dem Tablett mit den Drinks. »Das ist aber gar nicht deine Art. Willst du einen Scotch?«

Sein Bruder nickte. »Ich bin energisch, wenn es notwendig ist«, erklärte er. »Außerdem möchte ich hier noch ein paar Dinge klären, bevor ich fliege.« Es klang deprimiert.

Sam goß sich einen großen Gin ein. »Ist eines dieser Dinge vielleicht Jo?« fragte er leise.

Nick drehte den Kopf ein wenig, so daß er seinen Bruder sehen konnte, als dieser zum Fenster ging. Draußen braute sich wieder ein Sommergewitter zusammen; das Licht war schwefelgelb, und von Westen her ballten sich die Wolken über London. »Ich dachte immer, du hättest sie ganz gern«, meinte Nick versonnen. »Aber das stimmt nicht, oder?«

»Wie kommst du darauf?«

»Durch Beobachtung.«

»Dann ist deine Beobachtungsfähigkeit bedauerlicherweise nicht besonders gut ausgebildet. Ich habe sie sehr gern.« Ein flackernder Blitz erhellte den Himmel über dem Park, und für den Bruchteil einer Sekunde fluoreszierten die Bäume vor dem purpurfleckigen Hintergrund des Unwetters. »Du bist derjenige, der anscheinend Schwierigkeiten hat, sich über seine Gefühle für sie klarzuwerden. Ich glaube, du brauchst noch immer meine Hilfe.« Endlich drehte er sich um und sah Nick an. »All die Feindseligkeit ist immer noch da, hm?«

»Die Feindseligkeit, die deine Hypnose beheben sollte? Das hat nicht geklappt, was? Ich habe nie geglaubt, daß du es schaffst. Ich bezweifle sogar, daß ich richtig weg war.«

Sam lächelte. »Oh, du warst richtig ›weg‹, wie du es nennst. Du erinnerst dich nur nicht. Vielleicht sollte ich es noch einmal tun.« Sam setzte sich auf die Kante des Couchtisches und sah ihn an. »Wollen wir es noch einmal versuchen und sehen, was passiert?«

Nick sah ihn mißtrauisch an; plötzlich fiel ihm ein, wie besorgt seine Mutter gewesen war. »Wieso bist du so darauf aus, mich zu hypnotisieren, Sam?« fragte er.

»Ich bin nicht darauf aus«, entgegnete Sam. »Ich biete es dir nur an.«

Nick stellte sein Glas hin. Zu seiner eigenen Überraschung merkte er, daß er alle seine Bedenken verdrängte. »Vielleicht ist ein bißchen geistige Massage genau das, was ich jetzt brauche.«

Nick sank in die orangegelben Polster zurück. Wenige Augenblicke später lächelte Sam triumphierend. »Gut gemacht, Nicholas«, murmelte er. »So ist es recht. Jetzt bist du völlig entspannt. Du schläfst tief. Aber du kannst mich immer noch hören, nicht wahr?«

Nick nickte.

»Gut. Dann öffne die Augen und sieh mich an. Richtig. Und jetzt möchte ich, daß du dich an das erinnerst, was ich dir gesagt habe. Wer warst du früher, vor achthundert Jahren? Wer warst du, Nick?«

Sein Bruder sah ihn unverwandt an, seine Augen wurden schmal. »John«, sagte er.

Sam lächelte wieder. »Gut.« Er nahm einen tiefen Zug aus seinem Glas. »Weiter, Königliche Hoheit«, sagte er spöttisch. »Wir sprachen über Matilda de Braose, nicht wahr?«

Wieder nickte sein Bruder. Eine Falte erschien zwischen seinen Augenbrauen.

»Die Frau, die Ihr liebtet, Sir«, fuhr Sam unnachgiebig fort. »Die Frau, die alle Eure Anträge zurückwies und die Euch verschmähte. Die Frau, die Euch vor aller Welt des Mordes bezichtigte.«

Abrupt stand Nick auf und wäre fast gegen Sam geprallt, als er mit zornigem Gesicht und geballten Fäusten das Zimmer durchmaß. »Sie hat mich verhöhnt, wegen meines Neffen Arthur . . .«

»Und da habt Ihr den Entschluß gefaßt, daß sie sterben müsse«, fuhr Sam leise fort. »Und jetzt ist sie wieder da, um Euch von neuem zu verhöhnen. Auch in diesem Leben verachtet sie Euch. Sie glaubt, sie sei Euch überlegen - Euch! Ihr werdet sie wieder bestrafen, nicht wahr, Sir?« wisperte er. »Aber bevor Ihr es tut, werdet Ihr mir sagen, was Ihr vorhabt.«

»Ich werde es Euch sagen.«

Sam lächelte. »Ich frage mich, wer du wohl wirklich in diesem früheren Leben warst«, murmelte er nachdenklich. »Wenn du überhaupt jemand warst. Na komm, Brüderchen. Laß es uns herausfinden, nur so zum Spaß.« Er stand auf, faßte Nick bei der Schulter und bugsierte ihn zum Sessel. »Ich möchte, daß du dich an die Zeit erinnerst, als du ein Kind warst. Als du ein Baby warst. An die Zeit, bevor du im Leib der Mutter lagst, an die Zeit vor der Dunkelheit, an das späte zwölfte Jahrhundert, als Richard Löwenherz auf dem Thron Englands saß. Sag mir, hast du da auch gelebt? Kanntest du mich als William de Braose?« Nick hatte sich nicht gerührt. Sein Gesicht war wie aus Stein gemeißelt.

»Na?« Sam beugte sich vor, packte seinen Bruder bei den Haaren und zog seinen Kopf in den Nacken, so daß er ihn ansehen mußte. »Wer warst du?«

Nicks Augen waren kühl. Sein Mund verzog sich halb zu einem Lächeln, und zum erstenmal sah er Sam direkt an. »Ist es möglich, daß das so schnell vergessen ist?« fragte er langsam.

Sam zuckte zurück. »So.« Er fluchte leise. »Die Trance war nicht tief genug. Du hältst mich zum Narren. Und dabei hätte ich schwören können . . .« Er wich ein paar Schritte weit zurück. »Nick? Nick, kannst du mich hören?«

Nick beobachtete Sam, und das halbe Lächeln umspielte noch immer seine Lippen. Er nickte.

»Aha.« Sam griff in die Tasche seiner Kordhose und zog ein Taschenmesser hervor. »Na, dann wollen wir mal einen kleinen Test machen, ja? Ich werde dir mit dem Finger auf die Hand klopfen. Es wird überhaupt nicht wehtun, und ich bezweifle, daß du überhaupt etwas merken wirst.« Er klappte das Messer auf und packte Nicks Hand; er hielt sie fest und starrte ein Weilchen auf die Handfläche, die Klinge erhoben. Nick schien nichts zu bemerken. Langsam drehte Sam die Hand um und zog die Schneide zielstrebig in der Nähe des Gelenks über den Handrücken. Blut sickerte aus einer dünnen Linie, aber Nick zuckte mit keiner Wimper.

»So. Die Tieftrance besteht immer noch«, murmelte Sam und

steckte das Messer wieder ein. »Und dein Witz kommt aus einer anderen Zeit. Jawohl, Bruder, ich habe vergessen, wer du bist. Wieso erzählt Ihr es mir nicht?«

Nick reckte die Schultern und richtete sich langsam auf. »Ihr wagt es, mich Bruder zu nennen?« fragte er.

»Wie ist Euer Name?« erkundigte sich Sam. »Sagt mir Euren Namen: dann weiß ich, wie ich Euch zu nennen habe.«

»Ich bin John Plantagenet«, schrie Nick plötzlich. »Ich bin der Bruder des Königs! In England stehe ich jetzt an meines Bruders Statt«, fügte er langsam hinzu. »Und eines Tages, de Braose, werde ich Euch vor mir auf die Knie fallen lassen. Euch und diese Hexe, die Ihr Euer Weib nennt.« Er lächelte kalt. »Seid Ihr verwirrt, Mann? Kann es sein, daß Ihr Euren Prinzen nicht kennt?« Unvermittelt trat er auf Sam zu und packte ihn beim Hemd. Das Blut von dem Schnitt an seinem Handrücken rann ihm über die Handfläche und verschmierte auch den blauen Baumwollstoff, als Sam versuchte, sich loszureißen. »Seht mich an!« brüllte Nick plötzlich. »Und schaut gut hin, de Braose! Prägt es Euch ein, das Gesicht Eures zukünftigen Königs!«

Einen Moment lang reagierte keiner der beiden auf das Geräusch des Türsummers. Nick hatte es nicht gehört, aber Sam entwand sich seinem Griff, fuhr wütend herum und blickte in die Diele.

Es summte wieder. Sam fluchte. Wer immer das sein mochte, er mußte ihn loswerden. Wachsam wich er vor Nick zurück. »Ich bin gleich wieder da, Sir«, sagte er, bemüht, den Zorn und die Ungeduld zu zügeln, die in ihm aufgewallt waren. »Setzt Euch, Sir!« fügte er nachdrücklich hinzu. »Wir werden dieses Gespräch gleich fortsetzen.« Er schwieg und zögerte, sich zu entfernen, aber Nick blieb mitten im Zimmer stehen, die Arme vor der Brust verschränkt.

Sam eilte in die Diele und schloß die Wohnzimmertür hinter sich, als der Summer zum drittenmal ertönte. Er öffnete die Wohnungstür. Eine triefnasse Gestalt stand in einem Regenmantel auf dem matt erleuchteten Treppenabsatz. Es war Judy Curzon.

»Gott sei Dank!« Sie drängte sich an ihm vorbei. »Ich dachte schon, Sie wären nicht da. Ich bin halb ertrunken.«

»Judy!« Sam hielt noch immer die Tür auf. »Warten Sie! Sie können nicht hereinkommen!«

Sie hatte schon den Gürtel gelöst und den tropfenden Regenmantel auf einen Stuhl geworfen.

»Was soll das heißen, ich kann nicht hereinkommen? Wieso denn nicht, um Himmels willen?«

»Ich habe einen Patienten hier, Judy . . .«

»Quatsch! Sie haben keine Patienten. Sie machen sicher schauerliche Experimente mit armen Tieren.« Judy stieß die Wohnzimmertür auf. »Geben Sie mir einen Drink und ein Handtuch, und lassen Sie mich warten, bis das Unwetter vorbei ist; dann gehe ich wieder . . .« Sie blieb wie angewurzelt in der Tür stehen. »Nick?« Ihre gute Laune war verflogen. »Ich dachte, du bist in den Staaten?«

Nick drehte sich halb zu ihr um, sagte aber nichts, und einen Moment später wandte er sich wieder dem Fenster zu, wo es durch den strömenden Regen beinahe unaufhörlich blitzte.

Judy zog die Brauen zusammen. »Auch dir einen guten Tag, Nicholas, mein Herzchen!« Sie ging zum Tisch, nahm die Gin-Flasche und hielt sie gegen das Licht. »Sie sagte, Sie hätten einen Patienten hier, Sam. Gehe ich recht in der Annahme, daß Sie damit Ihren umnachteten Bruder meinten?«

Sam schloß die Tür. »Setzen Sie sich, Judy, und seien Sie still.« Seine Stimme klang bedrohlich ruhig. »Nick ist hypnotisiert und in Tieftrance. Er weiß nicht, daß Sie hier sind.«

Sie drehte sich um, wie vom Donner gerührt. »Im Ernst? Er kann mich nicht sehen? Haben Sie ihn in die Vergangenheit zurückgehext? Wie Jo?« Judy hob die Hand, als wolle sie Nicks Gesicht berühren, wich dann aber abrupt vor ihm zurück.

Sam nickte. »Das habe ich versucht, aber er ist kein so gutes Objekt wie Jo. Er sinkt nicht tief genug in Trance.«

Jo goß sich einen Zollbreit Gin in ein Glas. »Aber tief genug, daß er nicht merkt, wenn ich ins Zimmer komme! Was hat er denn mit seiner Hand gemacht?«

Sam lächelte geheimnisvoll. »Ich habe ihn geschnitten.«

Judy starrte ihn entsetzt an. »Wieso?« hauchte sie.

»Um festzustellen, ob seine Trance tief genug war.«

Jetzt verspürte Judy leichte Übelkeit. Sie starrte auf das Blut an Nicks Hand und wandte sich dann wieder Sam zu. »Sie haben sich bestimmt nicht geprügelt?« fragte sie matt.

Sam schüttelte den Kopf. »Selbstverständlich nicht.«

»Wecken Sie ihn auf, bitte.«

»Das wollte ich gerade tun, als Sie kamen.« Sam nahm sich noch einen Drink. Er beobachtete Judy aufmerksam; der Widerstreit ihrer Gefühle entging ihm nicht – Angst, Abscheu, Interesse, Erregung und dann so etwas wie Berechnung. Zärtlichkeit oder Mitgefühl entdeckte er nicht.

»Kann er uns reden hören?« fragte sie nach einer Weile. Nick starrte aus dem Fenster in den Regen.

»Kann er. Aber er hört nicht zu. Er ist in einer Welt für sich allein. Nicht wahr, mein Lehnsherr?« Er näherte sich Nick und schlug ihm scherzhaft auf die Schulter.

Nick drehte sich um. Seine Miene war eisig. »Ihr zeigt die Manieren eines Bauern, de Braose«, versetzte er.

Sam lief rot an. »Bauer oder nicht«, erwiderte er geschmeidig, »ich bin jetzt derjenige, der die Macht hat. Was geschieht mit einem Mann der sich für König John hält? Den schließt man irgendwo ein, damit er für den Rest seines Lebens niemandem schaden kann.«

»Sam!« schrie Judy auf. Sie stürzte herbei und packte ihn beim Arm. »Sam, um Gottes willen, wecken Sie ihn auf! Machen Sie Schluß!«

Sam lächelte sie an. »Haben Sie Angst, den hübschen Nicholas an die Männer in den weißen Kitteln zu verlieren?«

Sie klammerte sich an ihn. »Wecken Sie ihn auf! Was Sie da tun, ist abscheulich! Sie manipulieren ihn!«

»Nein, nein.« Sam entzog sich ihr behutsam. »Ihm wird nichts fehlen. Ich habe nichts getan, was ihm schadet.«

»Was ist mit der posthypnotischen Suggestion?« Gequält beobachtete Judy Nicks Gesicht. »Was soll er tun, wenn er aufwacht?«

»Ah ja, das einzige, wovon jeder Laie schon mal etwas gehört hat.« Sam verschränkte die Arme. »Vielleicht hätten Sie selbst ein paar gute Ideen für eine oder zwei posthypnotische Suggestionen?« Er sah sie an und seine Augen blinzelten belustigt.

Judy funkelte ihn an. »Na, zunächst mal könnten Sie ihm ja sagen, er soll Jo in Ruhe lassen«, fauchte sie. »Falls Sie etwas für mich tun wollen.«

Beide zuckten zusammen, als ein Blitz das Zimmer erhellte.

Sam betrachtete Nicks Profil. »Dazu bin ich nicht bereit.«

»Ich dachte, wir stünden auf einer Seite? Sie haben gesagt, Sie könnten sie auseinanderbringen. Sie haben mich nach Frankreich geschickt, um ihn von ihr wegzubringen!«

»Und das war offensichtlich eine lausige Idee.« Jetzt wandte er sich ihr zu, und Abneigung lag in seiner Stimme. »Ich kann ihn nicht zwingen, Sie zu mögen.« Er lächelte knapp. »Obwohl er es offenbar tut, wenn Sie auch gewisse Angewohnheiten haben, die meinen Bruder abstoßen.« Er ließ sich auf das Sofa fallen, zog den rechten Fußknöchel hoch und deponierte ihn auf dem linken Knie. »Aber wenn ich mich recht erinnere, hatten Sie ja gar nicht erwartet, ihn hier zu sehen, als Sie heute abend hier vorbeikamen. Ich nehme daher an, daß Sie gekommen sind, um mich zu besuchen – oder war Ihr Besuch lediglich ein Vorwand, um aus dem Regen zu flüchten?«

Judy blickte finster. »Was immer der Grund gewesen sein mag, es war offensichtlich ein großer Fehler!«

Sam ignorierte ihre Empörung. »Sie sind also hergekommen, um über Nick zu reden.«

»Kann sein.« Judy sah Nick unbehaglich an. »Aber ich kann nicht so tun, als wäre er nicht hier! Das wäre grotesk!«

»Dann werde ich ihn aufwecken, und Sie können ihm ihr Problem ins Gesicht schleudern.«

Sam stand auf. Er ging zu Nick und drehte ihn um. »Du weißt noch, was ich dir befohlen habe, Bruder?« fragte er ruhig. »Du weißt, was du tun mußt. Aber den Rest wirst du vergessen. Was immer du hier in deinem Kopf erlebt hast, du wirst es vergessen, wenigstens vorläufig. Du wirst alles vergessen, bis auf die Tatsache, daß du ausgeruht und entspannt bist, bereit, deinen Besuch zu empfangen, wenn ich bis drei gezählt habe. Jetzt. Eins, zwei, drei.«

Judy beobachtete ihn mit angehaltenem Atem. Nicks Gesicht belebte sich langsam, und plötzlich sah er sie an.

»Judy? Wann bist du denn gekommen?«

Sie zwang sich zu einem Lächeln. »Erst vor ein paar Minuten. Ich wollte hier das Gewitter abwarten.«

Nick sah verwirrt zum Fenster; dann legte er eine Hand an den Kopf. »Was ist passiert? Hab ich geschlafen?«

Sam grinste. »Du hast mich gebeten, dich zu hypnotisieren, weißt du noch? Ich war gerade dabei, als Judy kam.«

Nick stöhnte. »Hab ich was Komisches gesagt?«

Judy schaute weg. »Natürlich nicht.«

Judy wandte sich leise an Sam. »Ich kann sehr gut Geheimnisse bewahren, Sam. Wer war ich eigentlich in diesem früheren Leben, in dem alle so gemütlich beisammen waren? Das wüßte ich gern.«

Sam schüttelte den Kopf. »Ich arbeite nicht auf der Kirmes, und ich bin kein Therapeut.«

»Aber Sie haben Nick in die Vergangenheit zurückgeführt!« Sie lief vor Empörung rot an.

»Aus bestimmten Gründen. Und weil er mein Bruder ist. Tut mir leid, Judy. Es wäre unethisch, wenn ich es mit Ihnen tät. Außerdem wäre es wohl auch nicht der Mühe wert.«

Ihr Mund klappte auf. »Was soll das heißen?«

»Das soll heißen, ich glaube nicht, daß Sie schon einmal gelebt haben.«

Judy lachte. »Verstehe. Damit alles in der Familie bleibt, wie? Immer nett und gemütlich. Wie praktisch. Genauso, wie Sie Nick präpariert haben.«

»Was meinst du damit?« mischte sich Nick unerwartet ein.

»Ich meine damit, daß die ganze Sache ein Riesenschwindel ist! Du hast keine Regression erlebt. Er hat dir einfach gesagt, wer du warst, und dann hat er dir gesagt, was du tun sollst. Ein feines früheres Leben!«

»Judy!« Sams Stimme klang leise und bedrohlich. »Außer dem Ende unserer Sitzung haben Sie nichts gesehen und nichts gehört.«

»Wovon redet sie, Sam?« wollte Nick wissen.

»Sie redet davon, daß ich dir aufgetragen habe, deine Sorgen zu vergessen und dich zu entspannen. Aus irgendeinem Grund fand sie das unheimlich.«

»Sie haben ihm befohlen ...«

»Ich habe ihm gar nichts befohlen«, unterbrach Sam sie energisch. »Nichts, Judy, was auch nur den geringsten Anlaß zur Beunruhigung bieten könnte. Aber in einem Punkt haben Sie recht. Es war keine richtige Regression. Wie ich es Nick schon erläutert habe, ist er noch zu angespannt, als daß ein solcher Versuch gelingen könnte.«

Das Klingeln des Telephons durchschrillte seinen letzten Satz. Sam nahm den Hörer ab. Einen Augenblick lang lauschte er und lächelte plötzlich.

»Aber Jo! Wie nett, von dir zu hören. Wie geht's dir?« Er winkte ab, als Nick ihm den Hörer abnehmen wollte. »Nein, ehrlich gesagt, ist er nicht. Er fliegt erst am zweiten ... Aha. Du Ärmste. Wo steckst du denn? ... Nein, sag ich ihm nicht. Natürlich nicht.« Er lächelte Nick honigsüß an. »Ja. Ja, ich bin froh, daß du angerufen hast. Laß wieder von dir hören.«

Behutsam legte er den Hörer auf die Gabel. »Das war Jo«, erklärte er überflüssigerweise. »Sie ist im *Black Lamb*, in einem Ort namens Talgarth.«

Judys Augen blitzten. »Sie Schweinehund!« sagte sie. »Ich habe deutlich gehört, daß Sie Jo versprochen haben, Nick nicht zu sagen, wo sie ist.«

Tim fuhr mit dem Taxi von Paddington nach Covent Garden. Mit schweren Schritten stieg er die Treppe zu seinem Atelier hinauf und sah sich um. Der Raum war grell erleuchtet. Flutlichtlampen und Spots umgaben das kleine Podest, und eine Windmaschine richtete sich auf das Mädchen, das dort in hauchzartem, allerfeinstem Chiffon zwischen unordentlich gestapelten Strohballen stand.

George Chippen, sein Assistent, war mir seiner Kamera beschäftigt; er photographierte das lachende Mädchen, unterbrach aber seine Tätigkeit, als Tim auf ihn zukam. Tim änderte die Position eines Scheinwerfers geringfügig und zwinkerte George zu. »Ich krieg Heuschnupfen, wenn ich hierbleibe«, erklärte er mit einem mühsamen Versuch zu lächeln. »Mach nur weiter, George; du machst das großartig. *Ciao*, Kinder. Wir sehen uns später.« Er schleppte seine schwere Tasche in eine Ecke des Ateliers und ließ sie fallen. Dann stieg er die Wendeltreppe zu seinem Schlafzimmer hinauf, ohne die neugierigen Blicke zu bemerken, die ihn vom Atelier aus verfolgten. Er verschloß die Tür hinter sich, ließ sich auf das Bett fallen und starrte an die Decke.

Es war seine Idee gewesen, abzureisen. Sie hatte nicht widersprochen. Bedrückt, und fast ohne ein Wort zu sprechen, hatte sie ihn zum Bahnhof nach Newport gefahren. Dort hatte sie ihn einmal geküßt. Es war ein langer, wehmütiger Kuß gewesen, voller Zärtlichkeit, aber ohne jede Leidenschaft.

»Es tut mir so leid, Tim«, hatte sie geflüstert. »Ich wünschte, es hätte Wirklichkeit sein können.«

»Das wünschte ich auch, Schatz.« Er hatte ihr leicht übers Haar gestrichen und versucht, sich einzuprägen, wie es sich unter seiner Hand anfühlte. »Das wünschte ich auch.«

Aufstöhnend drehte er sein Gesicht ins Kissen. Leise, wie ein Kind, begann er zu schluchzen.

Einige Zeit später hörte er, daß George die Wendeltreppe heraufkam. Er klopfte. »Tim? Tim, kann ich reinkommen?« Der Junge klang aufgeregt und fröhlich.

Tim zog sich das Kissen über den Kopf, und nach einer Weile hörte er Georges Schritte auf den schmiedeeisernen Stufen hinunterpoltern. Tim seufzte. Er setzte sich auf, putzte sich lautstark die Nase und griff nach dem Telephon.

»Mrs. Griffiths? Tim Heacham hier. Sagen Sie, ist Miss Clifford heil zurückgekommen?«

Am anderen Ende der Leitung band Margiad Griffiths sich mit der freien Hand die Schürze los und streckte sich nach der Küchentür, um sie dort aufzuhängen. »Tja, Mister Heacham, es tut mir so leid, aber ich war nicht hier, als sie zurückkam. Miss Clifford hatte ja nichts davon gesagt, daß sie das Zimmer weiter mieten wollte, sehen Sie. Und da hatte es meine Tochter bereits anderweitig vergeben. Hat mir ja so leid getan. Leider weiß ich nicht, wohin sie gefahren ist. Und dabei hatte ich noch eine Nachricht für sie ...«

Tim schloß müde die Augen. »Ist nicht so wichtig«, sagte er. »Trotzdem vielen Dank.« Er legte auf.

In der Nacht war das Büro voll von seltsamen Geräuschen. Nick lag auf der eleganten Couch und sah auf die heruntergelassene Jalousie vor dem gardinenlosen Fenster. Die Laternen draußen schickten unheimliche waagerechte Schatten durch die Schlitze; sie schoben sich über den weißen Teppich hinweg auf ihn zu wie die Sprossen einer Leiter. Zum fünfzigsten Mal schloß er die Augen und versuchte zu schlafen. In seinem Kopf drehte sich alles, aber immer wieder kehrten Judys Worte zurück: »Das alles ist ein Schwindel .. Er hat dir gesagt, wer du warst ... er hat dir gesagt, was du tun sollst ...« Judy und ihr dämliches rothaariges Temperament! Sie war erst über Sam und dann über ihn hergefallen, weil sie aus irgendeinem Grund wütend auf sie beide gewesen war, und dann hatte sie ihren nassen Mantel an sich gerafft und war in den Regen hinausgelaufen.

Als sie fort gewesen war, hatten er und Sam sich hitzig gestritten.

Nick seufzte und setzte sich langsam auf. Es war nicht bloß Judy gewesen. Hier in diesem Raum hatte seine Mutter ihn gewarnt, seine sanftmütige, liebevolle Mutter, die Sam anbetete. Sie hatte versucht, ihm etwas mitzuteilen, hatte so gut wie gesagt, daß Sam gefährlich wäre. Nick schüttelte müde den Kopf. Warum sollte Sam ihm etwas antun wollen? Das ergab doch keinen Sinn.

Worüber hatten sie eigentlich gestritten? Daran konnte er sich nicht erinnern. Er hatte Sam nach der Hypnose gefragt, aber sein Bruder hatte sich geweigert, ihm zu antworten; er hatte behauptet, Judy sei neurotisch und sexhungrig. Daraufhin hatte Nick beschlossen, einen Spaziergang zu machen. Er war langsam den Constitution Hill hinuntergeschlendert, hatte im strömenden Regen in das harte Licht der elektrischen Straßenlaternen gestarrt, den Geruch von Blumen und nasser Erde hinter den Mauern des Buckingham Palace gerochen, war dann um das Victoria Memorial herumgegangen und hatte den Palast groß und dunkel hinter sich gelassen; er war den Birdcage Walk entlangspaziert, und in der Ferne, hinter Big Ben, waren immer noch Blitze aufgeflackert. Die Straßen waren leer gewesen: Horseguards, verlassen und regenüberströmt, die erleuchteten Fenster am Haymarket, gespenstisch über der einsamen Straße. Langsam war er dann über Piccadilly zurückgegangen; er hatte sich außerstande gefühlt, an diesem Abend noch einmal mit Sam zu sprechen. So war er schließlich hierher in die Berkeley Street gekommen und hatte das Büro aufgeschlossen.

Er lief unruhig auf und ab. Bet hatte ihm gesagt, Jo sei mit Tim Heacham in Wales. Der letzte Mensch auf der Welt, den sie sehen wolle, sei er... Aber jetzt, da er ihre Adresse hatte, wußte er, daß er zu ihr mußte.

Seufzend knipste er das Licht an. Er griff nach der Kaffeekanne und schüttelte sie; es war noch Kaffee drin.

Er mußte Jo sehen. Irgendwie mußte er die Sache mit ihr wieder in Ordnung bringen. Er fühlte sich hin- und hergerissen. Eine Hälfte seines Wesens wollte Jo wiedersehen, sie in den Arm nehmen, trösten und bitten, ihm zu verzeihen. Auch jetzt begriff er nicht, warum er ihr weh getan hatte oder was ihn so wütend gemacht hatte. Aber wütend war er immer noch, und ein Teil seines Ich kochte still vor sich hin; ein Teil von ihm war noch immer von fanatischer Eifersucht erfüllt. Ein Teil von ihm wollte ihr immer noch weh tun.

Nick setzte sich an den Schreibtisch, knipste die Lampe an und zog eine Karte hervor. Es konnte nicht schaden, sich die Strecke nach Wales anzuschauen. Morgen früh würde er endgültig entscheiden, ob er fuhr.

Als Jim um acht ins Büro kam, war Nick bereits bei der Arbeit.

»Mein Gott, Nick! Jetzt habe ich aber ein doppelt schlechtes Gewissen! Seit wann bist du denn hier?« Jim warf seinen Aktenkoffer auf einen Tisch.

»Ich war die ganze Nacht über hier.« Nick lächelte schief und streckte sich. »Aber jetzt hör auf mit der Show; du hast deine Buße abgeleistet, und ich bin hier, weil ich meine Ruhe haben wollte. Hör mal, Jim, bei der Besprechung mit Mike Desmond bin ich noch hier, aber dann muß ich für ein, zwei Tage weg.«

Jim stöhnte. »Nick, du wirst in der Firma gebraucht!«

»Nicht, wenn du da bist. Du kriegst das schon hin.«

»Das glaubst du immer noch?« fragte Jim bitter.

»Jeder von uns hat schon mal was verpatzt.« Nick stand auf und griff nach der Kaffeekanne. Sie war leer. »Das Geheimnis besteht darin, daß man sofort weiterkämpft.« Er sah Jim an. »Ich hab das Gefühl, du wirst diese Konferenz meisterhaft hinkriegen; deshalb will ich nur dabeisitzen. Und, mal ehrlich, wir haben nichts zu verlieren. Wenn wir Desco zurückgewinnen und ich den New Yorker Auftrag ergattern kann, dann werden wir sogar expandieren müssen!« Er ging ans Fenster und zog die Jalousie hoch; dann drehte er sich um und grinste Jim an. »Und ich bin in der richtigen Stimmung, ein Imperium aufzubauen. Du bist also gewarnt!«

Es war zwanzig nach sieben, als er an diesem Abend endlich die Bar des *Black Lamb* bei Talgarth betrat. Sie war leer.

»Was darf ich Ihnen bringen, Sir?« Der Barmann schob sich durch einen Perlenvorhang hinter der Theke, als sich Nick müde auf einen Hocker stemmte. Er bestellte einen Scotch mit Soda. Von Jo war nichts zu sehen. »Scheint nicht viel los zu sein.«

Der Mann zuckte mit den Schultern. »Die kommen später. Ist Freitag, wissen Sie. Donnern sich auf, die Leute; wenn's erst mal acht ist, sind sie alle da.« Er schob das Glas über den Tresen.

»Nehmen Sie sich auch einen.« Nick warf eine Fünf-Pfund-Note auf die Theke. »Sagen Sie, wohnt eine Miss Clifford noch hier?«

Der Mann grinste. »Vielen Dank. Noch eine Nacht, sagt sie. Jetzt ist sie aber unterwegs, wollte wohl nach Radnor, soviel ich weiß.« Er zapfte sich ein Bier, bevor er die Kasse aufspringen ließ und wechselte. »Freund von ihr?«

Nick nickte. »Sie haben wohl kein Zimmer mehr frei?«

»Für eine Nacht?«

»Nur für eine.«

»Na, wenn es Sie nicht stört, daß es ein bißchen schäbig ist, dann könnte ich Sie vielleicht noch unterbringen. Ist viel los hier um diese Zeit, müssen Sie wissen.«

»Ist mir egal, solange ich irgendwo schlafen kann.« Nick trank aus und schob sein Glas dem Mann hinüber. »Sagen Sie, erwarten Sie Jo . . . Miss Clifford zum Abendessen?«

»Na ja, also richtiges Abendessen servieren wir hier eigentlich nicht. Ein halbes Brathähnchen können Sie haben, oder schöne Scampi.« Plötzlich spähte er an Nick vorbei durch das Fenster. »Aber ist das nicht ihr Wagen?«

Nick fuhr herum. Seine Kiefermuskeln spannten sich. Jo parkte gerade den MG auf dem Platz hinter dem Pub rückwärts ein. Sie stieg aus und musterte einen Moment lang seinen Porsche. Selbst aus dieser Entfernung konnte er den ängstlichen Ausdruck in ihrem Gesicht erkennen. Sie trug Jeans und eine rosafarbene Bluse.

Jo stieß die Tür auf. »Was machst du denn hier, Nick?« rief sie. »Hab ich mich nicht klar ausgedrückt? Ich will dich nicht mehr sehen!«

Der Barmann lehnte sich an seine Kasse und verschränkte höchst interessiert die Arme.

»Ich habe Sam gebeten, dir nicht zu sagen, wo ich bin«, fuhr sie fort und warf ihre Tasche auf einen Stuhl. »Gin und Tonic bitte, Mister Vaughan.«

»Kommt sofort.« Grinsend griff er nach der Gin-Flasche. »Auf die Rechnung des Herrn, ja?«

»Allerdings.«

Nick sah, daß sie mit zitternder Hand nach dem Glas griff. Zu seiner Überraschung empfand er jähe Freude.

»Du solltest wissen, daß du dich auf Sam nicht verlassen kannst«, sagte er leise. »Du solltest inzwischen wissen, daß du Sam in keiner Hinsicht trauen kannst.«

Sie lächelte nicht. »Es ist aus, Nick. Vorbei.« Seine gutaussehenden Züge waren von Erschöpfung überschattet. Abrupt senkte sie den Kopf und blickte in ihr Glas. »Bitte, Nick. Mach hier keine Szene.«

»Ich werde keine Szene machen. Ich will nur mit dir reden.« Der Barmann lauschte mit unverhohlener Aufmerksamkeit. »Wo ist übrigens der begabte Mister Heacham? Ich dachte, er sei bei dir?«

Ihre Wangen röteten sich. »Er mußte nach London zurück.«

Nick bemühte sich, seine Genugtuung zu verbergen. »Um so besser. Dann können wir in Ruhe reden. Schau, Jo, ich fahre morgen zurück; es besteht also kein Grund zur Panik. Laß uns doch etwas essen, eine Flasche Wein trinken und uns unterhalten. Mehr will ich nicht. Bitte . . .« fügte er hinzu.

Jo zögerte. Dann stand sie auf und zwang sich zu einem Lächeln. »Also gut. Ich muß nur diese Jeans loswerden; ich ziehe mich um, und wir treffen uns in zehn Minuten. Aber nur zum Essen.« Sie nahm ihre Tasche. »Muß ich annehmen, daß du über Nacht hierbleibst?«

Er nickte. »Mister Vaughan hat einen Wandschrank für mich übrig, glaube ich.«

»Dann ist es ja gut.« Sie lächelte knapp. »Ich habe nämlich nur ein Einzelzimmer.«

»Aua!« sagte Vaughan ruhig, als Jo hinausgerauscht war. »Gehe ich recht in der Annahme, daß Sie die Lady beleidigt haben?«

Nick lachte trocken. »So was ähnliches.«

Jo schloß die Tür ihres Zimmers und lehnte sich heftig atmend dagegen. Sie hatte gewußt, daß Sam ihm sagen würde, so sie war. Hatte sie ihn deshalb angerufen? Sie zog die Bluse aus und warf sie auf das Bett; dann streifte sie müde die Jeans ab.

»Bist du wieder in die Vergangenheit zurückgekehrt?« Nick sah sie über den kleinen Tisch hinweg an. Inzwischen war es laut im Gastraum, voll und von Zigarettenqualm vernebelt.

Sie spielte lustlos mit ihren Pommes frites. Nach einer Weile nickte sie. »Weißt du, als ich in Tims Anwesenheit in Trance fallen wollte, damit er mich photographieren könnte, ist nichts passiert. Später aber dann doch.«

»Und das hat dich geängstigt?«

»Es hat mir Angst gemacht, daß ich es nicht steuern konnte.« Sie sah ihn aus halbgeschlossenen Augen an. »Ich wollte nach Radnor, aber auf halbem Wege habe ich angehalten. Ich wollte nicht, daß es wieder geschieht; plötzlich wagte ich nicht mehr, irgendwohin zu fahren, wo Matilda vielleicht war. Ich wollte nicht noch eine Regression auslösen - nicht allein.«

Seine Miene war ablehnend. »Deine Vergangenheit macht dir also keinen Spaß. Hast du die Absicht, Matilda zu verdrängen und zu vergessen?«

»Wie kann ich das? Ich bin irgendwie gefangen.« Sie hörte endgültig auf, so zu tun, als esse sie, und griff nach ihrem Weinglas. »Wirst du mich nun daran erinnern, daß du mir das vorher gesagt hast?«

Er überging diese Frage. »Du hättest nicht nach Wales zurückkommen müssen.«

»O doch. Ich arbeite schließlich an einer Serie. Und die werde ich fertigstellen.«

»Obwohl du Angst hast?«

»Obwohl ich Angst habe.« Sie lächelte kläglich.

Das Haar fiel ihr über die Schultern; sie trug ein lohfarbenes Leinenkleid und außer einer dünnen goldenen Kette keinen Schmuck. Während sie sprach, fiel ihr eine schwere Locke auf die

Brust. Sie stellte ihr Glas hin. »Bist du gekommen, um dich zu entschuldigen, Nick?«

»Wofür?« Seine Augen ließen sie nicht los.

»Wofür?« wiederholte sie. »Dafür, daß du mich fast umgebracht hättest und daß du mir beim letztenmal eine Heidenangst eingejagt hast, verdammt!« Sie funkelte ihn an. »Erzähl mir nicht, daß du nicht mehr weißt, was passiert ist!«

Er lächelte grimmig. »Ich erinnere mich genau. Hat Tim dich eigentlich abgelichtet, während du mit einem deiner Phantome geschlafen hast? Wird man überall in der Schmutzpresse Photos von dir sehen können, auf denen du dich in Ekstase windest?«

»Nein, und das weißt du gut genug, Nick. Wenn du hergekommen bist, um wieder Ärger zu machen . . .«

»Ärger?« Er hob eine Augenbraue. »Ich will doch keinen Ärger machen.«

Er betrachtete sie mit einem merkwürdigen Gesichtsausdruck – halb insgeheim belustigt, halb berechnend. »Nick, du hast dich benommen wie ein Wahnsinniger«, flüsterte sie. »Ich hatte Angst.«

»Aus gutem Grund.« Er nahm die Flasche und füllte sein Glas.

»Es tut dir nicht mal leid?« fragte sie ungläubig.

»Ich wollte dir nicht weh tun, Jo.«

»Warum hast du es dann getan? Warst du betrunken?«

»Vielleicht.« Ein halbes Lächeln flackerte in seinen Augen.

»Ich verstehe dich nicht mehr, Nick. Du hast dich verändert.«

»Offensichtlich zum Schlimmeren, was dich angeht.« Er lachte unbehaglich.

»Jawohl, zum Schlimmeren.« Ihre Augen blitzten zornig. »Judy Curzon mag ja vielleicht für dein neues Macho-Image etwas übrig haben, Nick, aber ich nicht. Was zum Teufel ist nur mit dir los?« Unvermittelt stand sie auf. »Ich bin müde. Zweifellos sehe ich dich morgen früh, bevor du abfährst.«

Einen Moment lang glaubte er, sie werde noch etwas sagen, doch dann schlängelte sie sich rasch hinaus, ohne sich noch einmal umzusehen. Nick griff wieder nach der Flasche, füllte sein Glas und starrte aus dem Fenster in das Zwielicht des Gartens. Was zum Teufel war mit ihm los? Er hatte auch keine Ahnung, und allmählich bekam er selbst Angstgefühle.

Jo lag im Bett und starrte an die Decke. Es war noch nicht völlig dunkel. Aus der Bar drang das Raunen der Unterhaltung zu ihr herauf, gelegentliches Lachen und das Schlagen von Autotüren auf dem Parkplatz. Draußen vor dem Fenster segelte eine Fledermaus durch das gelbe Zwielicht.

Unter ihrem Fenster rief jemand. Sie hob den Blick vorsichtig ins

Abendlicht. Es hatte jetzt einen grünen Schimmer angenommen. Auf lautes Gelächter und Geraschel in den Büschen draußen folgte das Zuschlagen mehrerer Autotüren. Irgendwo röhrte ein Motor auf. Mit einem Seufzer der Erleichterung stand sie auf, taumelte zum Fenster und spürte die kalte Nachtluft auf ihrem Gesicht. Sie roch den süßen Duft der Blumen unter ihrem Fenster.

In der Vergangenheit gab es keine Autos. Sie war noch hier, im Jetzt. Hinter ihr knarrte die schmale Treppe; jemand kam herauf. Sie sah auf die Uhr: viertel nach zehn.

Die Schritte verharrten vor ihrer Tür.

»Jo? Bist du da?«

Sie erstarrte. Nick. Lautlos formten ihre Lippen den Namen, und ihr Blick zuckte zu dem Schlüssel, der im Schloß steckte. Hatte sie ihn umgedreht?

»Jo?« Jetzt klang er ungeduldig. »Mach doch auf!« Der Türgriff ratterte. Sie spürte, daß sich die Tür leicht bewegte, als er sich dagegenstemmte. Aber das Schloß hielt. »Jo! Hör auf mit diesen verdammten Kindereien!«

Sie biß sich auf die Lippe und schwieg. Wieder drehte sich der Türgriff.

»Ganz wie du willst, Joanna-mein.« Seine Zunge war ein wenig schwer. »Wir sehen uns morgen früh.«

Sie hörte, wie er stolperte, als er die leiterähnliche Treppe am Ende des dunklen Flurs in das Dachgeschoß hinaufkletterte. Dann war es still.

Ihre Augen füllten sich mit Tränen. »Oh, Nick, was ist nur aus dir geworden?« murmelte sie und warf sich aufs Bett. »Was ist aus uns beiden geworden?«

»Es stört dich nicht, daß ich noch vorbeigekommen bin, Tim?« Judy stand unsicher in der Mitte des dunklen Ateliers. »Ich weiß, es ist spät, aber ich war auf einer Ausstellung in Barbican, und ich hatte keine Lust, nach Hause zu gehen. Noch nicht. Das Leben ist ziemlich beschissen.« Verzweiflung lag in ihrem Ton.

Tim zog die Brauen zusammen. »Ich bin sicher, hier wird sich was finden, um die Verzweiflung ein paar Stunden lang in Schach zu halten. Schnaps. Dope.« Er ließ sich in einen Segeltuchsessel fallen. »Mich, wenn du willst.«

Judy setzte sich auf die Kante des Podestes und schlang die Arme um die Knie. »Gegen einen Drink hätte ich nichts einzuwenden«, sagte sie kleinlaut.

Er lachte. »Und was noch?« Er stemmte sich hoch, ging in die Küche und zog eine Flasche Champagner aus dem Kühlschrank.

»Warst du wirklich in Wales?« rief sie ihm nach.

Er fuhr herum. »Wer hat dir das erzählt?«
»Nick. Er ist Jo nachgefahren.«
Tim hatte Gläser gesucht. Abrupt richtete er sich auf, sein Gesicht war schmerzverzerrt.
»Sie gehören zusammen, Judy«, sagte er nach einer Weile mühsam beherrscht.
Sie nahm ihm die Gläser ab. »Oh, ich weiß, daß ich ihn verloren habe. Vorläufig. Aber eines Tages werde ich ihn zurückbekommen. Ich muß ihn zurückbekommen, Tim.«
Er schüttelte den Kopf. »Jo und Nick haben eine Verabredung mit dem Schicksal, Judy.«
Sie warf den Kopf in den Nacken und lachte. »Quatsch! Du bist ja jetzt schon voll!«
Er riß das Stanniol vom Hals der Flasche. »Voll wie ein Wassermolch, mein Herz. Das hilft.« Er warf den Drahtverschluß in die Spüle und ließ den Korken herausfliegen.
Mit einem schäumenden Glas in der Hand sah sich Judy im Atelier um. »Hier hab ich Nigel Dempster erzählt, daß sie dabei ist, verrückt zu werden«, sagte sie über die Schulter hinweg. »Damals glaubte ich, ich hätte gewonnen. Dachte, Nick wäre endgültig fertig mit ihr.« Mit der Hand fuhr sie über das Schalterpaneel neben der Tür und überflutete den Raum mit grellem Licht. Mit einem leisen Überraschungsschrei zeigte sie auf die große Staffelei in einer Ecke des Ateliers. Sie war mit einem Tuch verhängt. »Hast du zu malen angefangen?« Zielstrebig ging sie darauf zu.
»Nicht anrühren, Judy!« Tim stand in der Küchentür, das Glas in der Hand. Er schwankte leicht.
»Wieso nicht? Ist es dir peinlich?« Sie lachte.
»Nicht anrühren, sage ich!« Mit verblüffender Schnelligkeit kam er auf sie zu. »Wenn du das Tuch anrührst, erwürge ich dich.«
Judy wich aus. »Tim. Du bist verlegen!« Champagner schwappte aus ihrem Glas, als sie an ihm vorbeischlüpfte und eine Ecke des Tuches zu fassen bekam. Sie riß es herunter.
Stumm starrte sie die lebensgroße Farbphotographie an, und ihr Blick wanderte über die schlanke Gestalt der hochgewachsenen Frau. Sie betrachtete das hellgrüne Gewand, das in schweren Falten bis zum Boden reichte, den pelzverbrämten Mantel, den Schleier und die Haube.
»Das ist Jo«, hauchte sie schließlich.
»Eine Eins für schnelle Auffassungsgabe!« Er hob das Tuch vom Boden auf.
»Aber wie . . . wie hast du sie dazu gebracht, daß sie sich so photographieren ließ?«
Tim lachte behäbig. »Ich habe sie nicht genau so photographiert.«

»Soll das heißen, es ist manipuliert? Aber es sieht so echt aus . . .«
»Von dir ist das eine naive Bemerkung.«

Sie ignorierte die Spitze. »Ihre Augen haben eine andere Farbe. Und ihr Haar«, fuhr sie fort und berührte das Photo dabei leicht. »Es ist Jo, und doch überhaupt nicht Jo. Du hast da eine andere Frau aufgenommen. Jemanden, der so real ist wie du und ich. Es liegt nicht nur an der Kleidung . . .«

Lange schwiegen beide. Dann sah sie ihn wieder an. »Du liebst sie auch.« Sie traf diese Feststellung mit flacher, unglücklicher Stimme, und er warf ihr einen scharfen Blick zu.

»Ein feines Pärchen, wir beide, was?« Er deckte das Bild wieder zu und zog es sorgfältig glatt. »Du liebst Nick, ich liebe Jo. Aber sie lieben einander.«

»Hat sie dir erzählt, wie sie in der Vergangenheit aussah?« wollte Judy wissen.

Er schüttelte den Kopf. »War nicht nötig. Vor meinem inneren Auge sehe ich sie so, wie sie damals war.« Seufzend ging er zur Wand und knipste die Lampen aus, eine nach der anderen.

»Ich frage mich, ob Nick das auch kann.«

Tim nahm die Champagner-Flasche. »Das frage ich mich auch«, meinte er.

»Sie war sehr schön, diese Matilda de Braose«, stellte Judy fest und hielt ihm ihr leeres Glas entgegen.

Tim schenkte ihr ein, bis der Champagner auf ihre Schuhe spritzte. »Die schönste Frau der Welt«, pflichtete er ihr mit schwerer Zunge bei. »Die schönste Frau der Welt.«

Nick saß vor der offenen Terrassentür im Speiseraum des Gasthauses, als Jo zum Frühstück herunterkam. Sie trug Jeans und eine weiße Seidenbluse.

Er legte die Zeitung beiseite. »Kaffee ist unterwegs. Wie hast du geschlafen?«

»Nicht allzu gut. Und du?« Sie musterte ihn wachsam und glitt ihm gegenüber auf einen Stuhl.

Nick grinste. »Es war sehr heiß unter dem Dach.« Plötzlich blitzte so etwas wie der alte Humor in seinen Augen auf, als Dai Vaughan ein Tablett mit Kaffee, Haferflocken und Toast hereintrug. Er schob es zwischen ihnen auf den kleinen, runden Tisch.

»Werden sie vielleicht noch eine Nacht bleiben?« fragte er Nick. »Nur, daß ich es rechtzeitig weiß. Das Zimmer ist nämlich jetzt frei.«

Nick schüttelte den Kopf. »Ich muß zurück nach London«, antwortete er.

Jo sah ihn scharf an. »Mußt du heute vormittag zurückfahren?« fragte sie, ohne zu überlegen.

Er nickte. »Ich denke, es wäre am besten so, meinst du nicht auch?«

»Vermutlich.« Die Anziehungskraft zwischen ihnen war so stark wie eh und je. Sie sehnte sich danach, über den Tisch zu greifen und ihn zu berühren. Aber aus irgendeinem Grund widerstand sie dem Wunsch.

»Vielleicht ...«, Nick zögerte. »Vielleicht könnte ich bis heute nachmittag bleiben; dann könnten wir eine Spazierfahrt machen. Ich würde gern ein bißchen von deinem Wales sehen, bevor ich zurückfahre.« Mit angehaltenem Atem wartete er auf ihre Antwort.

Dai Vaughan stellte Jo die Kaffeekanne hin und richtete sich auf. »Ich habe eine Idee«, erklärte er unbefangen. »Soll ich nicht ein Picknick für Sie beide vorbereiten? Wenn wir Glück haben, bleibt es noch ein Weilchen schön.« Er spähte aus dem Fenster. »Wohin möchten Sie? Ich kann Ihnen eine Karte leihen. Zum Llangorse Lake? Zu den Wasserfällen? Burgen? Oder warum nicht in die Berge – zum Castel Dinas vielleicht?«

Jo schob das Kinn vor. »Nicht heute. Das schaffe ich nicht. Burgen machen mich nervös.«

Dai lachte. »Oh, Castel Dinas ist keine Burg wie Bronllys oder Hay. Es ist 'ne Erdfestung, wissen Sie. Keltisch, glaube ich.« Er nahm das Tablett vom Tisch. »Wollen Sie auch heute nachmittag abreisen, Miss Clifford?«

Jo nickte.

Nick hob eine Augenbraue. »Nach London?« Er bemühte sich, seinen Triumph nicht hörbar werden zu lassen.

Sie sah Dai Vaughan nach, der gerade den Raum verließ. »Nein. Ich fahre wieder nach Hay.«

»Du willst also mit deinen Recherchen weitermachen?«

»Ich muß, Nick. Ich habe dir gesagt, ich kann nicht einfach aufhören. Noch nicht.«

»Aber für heute läßt du es auf sich beruhen?«

Sie nickte. »Das würde ich gern. Laß uns dieses Castel Dinas besichtigen. Ich bezweifle, daß die de Braoses eine Ader für Archäologie hatten.« Sie lächelte plötzlich, und die Wachsamkeit verschwand aus ihrem Gesicht. »Waffenstillstand für heute, Nick?«

»Waffenstillstand.« Er beugte sich vor und legte seine Hand auf ihre Finger.

Dunst lag über den Gipfeln, als sie den Porsche auf einem schmalen Weg parkten und ausstiegen. »Ich glaube nicht, daß es viel Sinn hat, den Proviant mitzunehmen«, meinte er. »Jetzt ist es vielleicht noch schön, aber es braut sich etwas zusammen. Willst du immer noch da rauf?«

Sie nickte und blickte empor zu den schroffen Flanken der Schwarzen Berge, die vor ihnen aufragten.

Nick schüttelte sich. »Was für eine gottverlassene Gegend! Das hier muß ...« er warf einen Blick auf die Karte in seiner Hand, »... Waun Fach sein. Weiß der Himmel, wie man das ausspricht.«

»Es ist schön.« Jo sah sich um. »Wirklich schön. Riech doch mal diese Luft. Hunderte von Kilometern weit nur Gras, wilder Thymian und Blaubeeren - und sieh nur da unten! Geißblatt, wilde Rosen, Kamille und Fingerhut - und tausend andere Blumen, von denen ich nicht mal den Namen kenne ... Nick!«

Er hatte die Karte auf die Kühlerhaube fallen lassen, ihr die Hände auf die Schultern gelegt und sie an sich gezogen. Er fühlte die Wärme ihrer Haut unter der dünnen Seide ihrer Bluse, als er sie an sich drückte. Sein Mund strich über ihr Haar. Jo schloß die Augen. Einen Augenblick lang hielt sie ganz still; sie spürte die Woge des Verlangens in sich aufsteigen, und ein Glücksgefühl überwältigte sie. Ihre Zweifel verflogen, und sie hob ihm den Mund zu einem langen, leidenschaftlichen Kuß entgegen. Automatisch nestelten ihre Hände an den Knöpfen seines Hemdes und liebkosten seine Brust.

Lächelnd wich sie ein kleines Stück zurück und sah zu ihm auf.

Sie erstarrte. Das Gesicht des Mannes, das auf sie herunterstarrte, gehörte nicht Nick. Die Erkenntnis traf sie wie ein Blitz, und sie erinnerte sich - an die blauen Augen, die arrogante Stirn, die herrische Hand, und auch an die hilflosen Reaktionen ihres eigenen Körpers, als dieser Mann sie an seinen harten Körper gezogen hatte, vor langer, langer Zeit.

»Nein!« Jos Augen weiteten sich angstvoll, als sie sich gegen ihn stemmte. »O nein! Nein! Lieber Gott, nein!«

Sie riß sich los und hastete den Weg hinauf.

»Jo!« rief Nick ärgerlich. »Komm zurück! Was ist denn los?«

Aber sie warf sich gegen ein Gatter und kletterte dann hinüber. Vor ihr lag ein steiler Grashang. Hoch über ihren Köpfen hörte sie den einsamen Schrei eines kreisenden Bussards.

Nick flankte über das Gatter und setzte ihr nach. »Jo, warte!«

Sie schüttelte sich das Haar aus den Augen, und das Herz hämmerte ihr in der Brust, während sie, so schnell sie konnte, die steile und unebene, von Schafskot übersäte Wiese hinaufhetzte.

Nick blieb einen Augenblick lang stehen und sah ihr nach. Seine gute Laune war dahin. Er zwang sich, tief durchzuatmen und seinen jähen Wutanfall zu überwinden. Weiter oben war auch Jo stehengeblieben. Sie drehte sich keuchend um und starrte den Hang hinunter.

Der Dunst hinter ihr trieb langsam den Berg herab. Ein Fleckchen Sonnenschein verblaßte und verschwand. Es wurde wieder drückend heiß. Kein Lüftchen regte sich.

Langsam kletterte er ihr nach.

Atemlos blieb Jo an der Erdfestung stehen und starrte auf die eingestürzten, verlassenen Mauerreste ringsum, auf den Graben und die Bollwerke der keltischen Festung hoch oben zwischen den Bergen. Der Nebel wurde immer dichter. In blinder Panik wirbelte sie herum, als leises Donnergrollen in der Ferne durch das Tal des Wye hallte.

Nick war ein paar Schritte vor ihr stehengeblieben; nach dem Aufstieg atmete er schwer. Er beobachtete sie mit einem merkwürdigen Halblächeln.

»Lauf nicht mehr weg, Jo«, sagte er ruhig. »Es hat keinen Sinn.«

Sie fühlte, wie das Blut in ihren Schläfen pochte, und taumelnd wich sie einige Schritte weit zurück, die Hände schützend vor sich ausgestreckt.

Sie wollte ihn rufen. Nick! Nicht diesen anderen Mann, sondern ihren Nick. Aber die Worte wollten nicht aus ihrer Kehle; sie waren gefangen in ihrem Kopf, den sie mit ihrem Dröhnen erfüllten, gefangen von dem Nebel und von der Stille und von Nicks seltsamem, unerbittlichen Lächeln.

Sie wandte sich ab und begann wieder zu laufen. Hals über Kopf stolperte sie den Steilhang hinunter. Rings um sie her rückten die Hügel zusammen, der Nebel leckte am Gras, und wieder grollte im Osten der Donner.

Guter Gott, hier war sie schon einmal gewesen. Sie erkannte alles wieder; es gehörte zu ihrer Geschichte und war unauslöschlich in ihr Gedächtnis eingegraben.

Hier durfte es nicht geschehen. Nicht vor Nick - nicht jetzt; sie durfte nicht allein und hilflos auf die Knie sinken, vor einem Mann, der sie haßte ...

»Jo! Bleib stehen, um Gottes willen ...« Seine Stimme klang jetzt gereizt. »Jo - Jo, komm zurück ...« Das Echo hallte durch die gespenstische Stille der Berge. »Jo ...«

26

Matilda sah gerade Rechnungen durch, als ein Besucher gemeldet wurde. Mit Schrecken und Erstaunen gewahrte sie den Bruder des Königs; sie hatte ihn mit William in Gloucester geglaubt. John war barhäuptig, und der Galopp durch die kalte Morgenluft hatte sein Gesicht gerötet.

»Wie geht es der gnädigen Lady Matilda an diesem schönen Tage?« erkundigte sich der Prinz und verbeugte sich spöttisch.

»Es ist mir eine Ehre, daß Ihr nach Hay zu kommen geruht, Hoheit. Mit geht es gut«, antwortete sie wachsam. Sie sah, daß sein Blick über die Konturen ihres Körpers wanderte, dreist wie immer, die Pupillen hinter trägen Lidern verborgen.

»Ich komme aus Hereford, meine Lady. Zweifellos ist Euch bekannt, daß mein Bruder, der König, mir befohlen hat, von den walisischen Fürsten Unterwerfung zu fordern.« Er machte eine kurze Pause. »Aber freilich, Eure Tochter ist ja mit einem von ihnen verheiratet, nicht wahr?« Er lächelte kühl. »Habt Ihr Nachricht von ihr?«

Matilda erbleichte. Seit ihre schlimmsten Alpträume wahr geworden waren und Gruffydd sich seinem Vater in der Revolte gegen König Richard angeschlossen hatte, war von Tilda keine Nachricht mehr gekommen.

»Nein, Hoheit«, erwiderte sie leise.

John runzelte die Stirn, als sei ihm ihre bange Sorge plötzlich bewußt geworden. »Sie ist unversehrt, da bin ich sicher, Lady Matilda«, sagte er etwas sanfter. »Ich werde, wenn Ihr es wünscht, Boten senden, damit sie Erkundigungen einholen.« Er lächelte. »Jetzt aber, meine Lady, gedenke ich eine der Burgen zu besuchen, die zum Lehen Eures Gemahls gehören – Dinas, irgendwo im Westen der Schwarzen Berge.« John nahm den Becher Wein, den ein Diener ihm reichte, und leerte ihn auf einen Zug. »Ich höre, daß es dort zudem eine Zauberquelle gibt, die mit heilenden Kräften gesegnet ist.«

Matilda überlegte rasch. »Die Bauarbeiten dort sind beendet, glaube ich. Ich selbst war noch nicht da, Sir, aber ich habe gehört, daß die Quelle gewisse wunderbare Eigenschaften hat. Doch habt Ihr gewiß solchen Zauber nicht nötig, Hoheit, oder?« Sogleich bereute sie ihre Frage, denn seine gute Laune verflog, und er machte eine säuerliche Miene.

»Ich interessiere mich sehr für solche Orte.« Er ließ den leeren Becher an seinem Finger baumeln. Sein Blick war auf die Wand hinter ihr gerichtet. »Ihr habt vermutlich gehört«, fuhr er plötzlich fort, »daß der König sich weigert, in Oxford mit Lord Rhys zusammenzutreffen? Ich befriede die walisischen Fürsten für ihn, sie sind bereit, sich kämpferischer Unternehmungen zu enthalten, solange sich der König auf dem Kreuzzug befindet. Ich bringe Rhys dazu, mit mir zu kommen und Richard zu huldigen. Aber Richard ist zu hochnäsig, ihm auf halbem Wege entgegenzukommen und sich mit ihm in Oxford zu treffen, wie unser Vater es getan hätte.« Er streckte den Becher aus, um sich neuen Wein einschenken zu lassen. »Mit der ganzen Empfindlichkeit des Walisers hat Lord Rhys nun befunden, er sei unsterblich beleidigt worden und weigert sich, meinen Bruder oder seine Gesandten fortan überhaupt noch zu empfangen.« Ungeduldig fuhr John sich mit der Hand über die Stirn. »Bei Gott, man kann nicht sagen, ich hätte es nicht versucht.« Wieder verstummte er für eine Weile, doch dann verschwand seine finstere Stimmung so schnell, wie sie gekommen war. Er lächelte sie wieder an. »Daher habe ich mir ein paar Stunden Zeit gewährt, mich von all diesen Enttäuschungen zu erholen, Madame.«

Matilda zwang sich zu einem Lächeln. »Ich bin sicher, ich werde Leute finden, die Euch in die Berge begleiten können, mein Lord, und eine Eskorte bekommt ihr selbstverständlich auch.«

»Ich habe eine Eskorte.« Er winkte ungeduldig ab. »Was ich brauche, ist ein Führer. Und ich wünsche, daß Ihr mich begleitet, Lady Matilda. Es wäre undenkbar, daß Ihr die Burg noch nicht besucht habt. Es ist dies eine Pflicht, deren Erfüllung Sir William von seiner Frau zweifellos erwartet. Er sendet Euch übrigens seine Grüße; er hat es vorgezogen, auf dem Rückweg zu seinen Ländereien noch einen Besuch in Wigmore zu machen. Zweifellos aber wird er bald zurückkehren.« Er ließ sich auf einen Stuhl fallen und schlug lässig die Beine übereinander. Wieder musterte er sie spöttisch. »Wie ich höre, reitet Ihr mit dem Mut eines Mannes, Madame; daher bin ich sicher, Ihr würdet Euch nicht weigern, mit mir so ein kleines Abenteuer einzugehen.«

Er warf ihr seine Herausforderung mit solcher Leichtigkeit entgegen, daß sie darauf eingegangen war, bevor es ihr bewußt wurde. »Natürlich nicht! Es sind ja nicht mehr als ein Dutzend Meilen . . .« Zu spät spürte sie die Gefahr, und seine nächsten Worte weckten weitere böse Ahnungen in ihr.

»Eine kleine Gruppe, gut beritten, vermöchte es zweifellos in einer Stunde zu schaffen. Nur Ihr und ich, Madame. Der Führer und meine Mannen. Dies ist kein Ausflug für ein Gefolge von Kammerzofen.«

Sie warf ihm einen wachsamen Blick zu, aber er war damit beschäftigt, angelegentlich mit dem Daumennagel über die Einlegearbeiten an seinem Weinbecher zu fahren.

»Schafft frische Pferde herbei, für Prinz John und sein Gefolge«, befahl sie unvermittelt. Der wartende Diener verneigte sich und wandte sich zur Tür. »Sattelt mir meinen Braunen, und schickt nach Ifor, dem Jäger; er soll kommen und uns nach Castle Dinas führen. Wir reiten gleich, so daß wir bei Einbruch der Dunkelheit zurück sein werden. Seid Ihr damit zufrieden, mein Lord?«

Grinsend wie ein kleiner Junge sprang er auf, raffte seine Handschuhe zusammen und rückte den Schwertgurt zurecht. »Das bin ich in der Tat, meine Lady.«

Der Wind frischte auf, als sie Hay verließen und gen Westen ritten.

Ifor, ein schmächtiger Lockenkopf auf einer grobknochigen Mähre, trabte voraus, den Bogen um die Schulter geschlungen, und hinter ihnen folgten die vier Ritter, die John von Hereford herbegleitet hatten.

Sie ritten schnell auf dem schmalen, aber gut markierten Pfad dahin, der sich am Fuße des Hügels entlang zu der kleinen Niederlassung Talgarth schlängelte. Die Hufe ihrer Pferde warfen die weiche, rote Erde in dicken Klumpen hoch. John ritt schweigend und mit zusammengepreßten Lippen, aber in seinen Augen glaubte sie einen triumphierenden Glanz zu sehen, als er sich einmal nach ihr umwandte. Sie trieb ihr Pferd mit der Peitsche voran, um mit ihm Schritt zu halten. »Ifor ist ein guter Mann, Hoheit. Er wird uns den kürzesten Weg weisen. Kennt Ihr Euch in Brycheiniog aus?«

»Nein.« Er blickte zu der dichtbewaldeten Bergflanke zu ihrer Linken hinauf. »Aber ich fand, ich sollte mich ein wenig besser vertraut machen mit dem, was de Braose gehört.« Lag da eine Anspielung in seinem Ton und in dem Seitenblick, den er ihr zuwarf?

Sie sah, daß John in Talgarth seinen dunklen Mantel über sein Kettenhemd warf, Brosche und Gürtel darunter verbarg. Dennoch folgten ihnen neugierige Blicke entlang der Hauptstraße des Städtchens. Sie war froh, daß Ifor bei ihnen war, der freundlich auf Walisisch nach rechts und links grüßte, während sie auf die Brücke zuritten, die über die tosenden roten Wasser des reißenden Enig Brook führte. Der verdrossene Bericht des Prinzen über das Scheitern seiner Verhandlungen mit Lord Rhys hatte sie mit bösen Ahnungen erfüllt. Sie wußte, wie rasch die Rache der Waliser in den Tälern des wilden Landes ringsum ihr Opfer ereilen konnte. Wußte John das auch?

Sie ließen Talgarth und den klobigen Wachtturm hinter sich, der die Brücke schützte. Vor ihnen lag das Gebirge. Matilda verfluchte sich, diesen Ausflug zugelassen zu haben. Sie kamen so langsam voran, daß angesichts der schweren Wolken, die so tief über den Berggipfeln hingen, bald die Dunkelheit über sie hereinbrechen mußte. Fröstelnd zog sie den Mantel fester um die Schultern und stieß ihrem Pferd die Fersen in die Weichen, um mit John Schritt zu halten. Die Eskorte schloß sich dichter zusammen, und sie ritten schweigend dahin; nur hin und wieder klirrte ein Panzer, klickte ein Hufeisen auf einem Stein. John legte die Hand auf den Schwertgriff und schaute sich um. Endlich schien auch er nervös zu werden.

Sie schonten die Pferde nicht auf dem zerklüfteten Pfad entlang den Windungen des gurgelnden Rhian Goll. Ein kalter Nieselregen setzte ein. Zur Linken ragte die große dreieckige Erhebung des Mynydd Troed steil und massiv empor.

Castel Dinas wachte über den Paß. Es war ein furchterregender, einsamer Ort. Matilda merkte, daß ihr Pferd zu beben begann. Es hatte die Ohren flach an den Kopf gelegt, und seine Augen waren starr; es folgte seinen Gefährten, als Ifor plötzlich scharf vom Wege abbog und eine steile Erdrampe erklomm, die zu den Mauern der Festung hinaufführte.

»Aufmachen, ihr da!« rief er durch den Wind. »Lady de Braose begehrt Einlaß!« Niemand antwortete; das Torhaus war verlassen.

Sie zügelten die Pferde vor dem Nordtor so scharf, daß sie sich aufbäumten. Die Torhäuser flankierten ein solides, nägelbesetztes Tor. Die Bauleute hatten Williams Anordnungen genau befolgt.

John drängte sein verängstigtes Pferd dicht genug an das Tor, um mit dem Knauf seines Schwertes dagegenpochen zu können. »Ho, da drinnen! Öffnet!« brüllte er, doch der Wind riß die Worte von seinen Lippen und trug sie davon. Hinter ihnen trieben Wolken den Paß herauf, grau und dick, und sie verbargen Bäume, Berge, vielleicht auch Menschen ... Aus dem Augenwinkel glaubte Matilda unten am Hügelhang eine Bewegung zu sehen. Ihre Handflächen waren schweißfeucht vor Angst.

Endlich zeigte sich ein Lichtschimmer oben in einem der Fensterschlitze des Torhauses.

»So öffnet, ihr trägen Tröpfe!« John legte jede Unze der ihm verbliebenen Kraft in seine Stimme. »Lady de Braose verlangt Einlaß in ihre Burg.«

Und endlich wurden die Riegel zurückgeschoben. Die großen Eichenholzflügel schwangen auf, offenbarten ein halbes Dutzend Männer mit gezückten Schwertern und hoch über die Köpfe erhobenen lodernden Fackeln. Haufen behauener Steine und Mörtel, gespenstische weiße Formen in der Düsternis, lagerten überall im Schutz der Innenhofmauern. Auf der anderen Seite war der untere Teil des neuen Hauptturms in der Dunkelheit zu erkennen, fahl und klobig, offensichtlich unvollendet.

»Wer ist hier der Burghauptmann?« wollte Matilda wissen. »Warum war kein Ausguck auf dem Posten? Prinz John und ich haben einen harten Ritt hinter uns. Wir erwarten, daß man uns nicht draußen vor dem Tor warten läßt wie Knechte.«

Ihre Angst hatte sich in Zorn verwandelt. Sie umklammerte ihre Peitsche und riß ihr Pferd herum. »Jetzt schließt das Tor, ihr Narren, bevor das halbe Land hereinspaziert kommt. Wo ist der Hauptmann der Wache?«

Vier Männer hasteten zum Tor, schoben die Flügel zu und befestigten die Riegel in ihren Halterungen. Einer der Soldaten trat vor und beugte ein Knie. »Der Hauptmann ist krank, wie viele hier in der Garnison, meine Lady. Vergebt ihm. Er wußte nicht, daß jemand kommt.« Der Mann zögerte und warf einen hastigen Blick hinter sich auf seine Gefährten. »Es ist schwer, hier oben eine volle Wache aufrechtzuerhalten.«

Matilda ließ sich nicht besänftigen. »Schwer! Schwer, eine Wache aufrechtzuerhalten! Dann stellt mehr Männer auf. Mir soll es recht sein, wenn Ihr sie heraufschleppen müßt, aber tut es! Der Feind kann Euch sonst überfallen, überrennen und an Eurem Feuer sitzen, bevor Ihr noch wißt, daß er vor den Toren steht.«

»Darf ich erfahren, welches die Natur der Krankheit ist, die hier die Männer der Garnison so zahlreich niederstreckt?« unterbrach die träge Stimme des Prinzen plötzlich.

»Ich ... ich weiß es nicht, Sir. Sie ist wohl recht verbreitet ...«

»Sie sind allesamt sternhagelvoll, Hoheit.« Ein zweiter Soldat trat plötzlich vor und beugte das Knie; Fackelschein fiel über sein Gesicht und offenbarte eine Narbe, die von der Augenbraue bis zum Kinn reichte. »Das ist die Krankheit von Castel Dinas. Wäret Ihr etwa eine Stunde später gekommen, hätte sie mich selbst auch ereilt, und meine prächtigen Gefährten vermutlich desgleichen. Keiner kann hier die Nacht nüchtern überstehen und dabei seinen gesunden Verstand behalten.«

John sah Matilda an und hob ironisch eine Braue. »Vielleicht sollten wir ihnen bei ihrem fröhlichen Treiben Gesellschaft leisten, meine Lady. Bei Gott! Es sieht nicht so aus, als könnten wir heute nacht mit viel Bedienung rechnen. Du da, Bursche.« Er stieß den Knienden mit der Fußspitze an. »Zeig Lady de Braose und mir die Herrlichkeiten eures neuen Turmes. Wir brauchen Speisen, Wein und Wärme.«

Der Mann rappelte sich auf, verbeugte sich und rannte voraus zum Turm. Es war in der Tat spartanisch dort. In die eine Wand war nach der neuen Mode ein Kamin eingelassen, aber er war kalt. Statt dessen brannte mitten auf dem Fußboden ein Holzhaufen; der Rauch waberte durch den Raum und entkam endlich durch die Tür. Rund um das Feuer schnarchte ein rundes Dutzend Männer. Becher und Weinkrüge waren auf den Boden verstreut, es roch nach Wein und Erbrochenem.

Matilda drückte sich voller Abscheu den Mantel vor die Nase. »Schafft sie hinaus«, befahl sie mit schmalen Lippen.

»Aber ... Lady ...« Der Mann sah sie entgeistert an.

»Schafft sie hinaus!« Sie hob die Stimme. »Ist die Halle meines Herrn und Gemahls ein Schweinestall? Schafft sie hinaus und wascht den Fußboden. Sofort!« Der Soldat warf nur einen Blick in ihre blitzenden Augen und auf ihr vorgestrecktes Kinn; dann verbeugte er sich, rannte zu den Schlafenden und scheuchte sie mit der flachen Seite seiner Klinge hoch.

John ging zu einer Treppe in der Wand. »Vielleicht gibt es da einen

Söller, der besser bewohnbar ist«, bemerkte er säuerlich. Er sprang mit klirrenden Sporen die Stufen hinauf. Gleich darauf hörte sie ihn rufen. »Hier ist es sauber und trocken. Da schlagen wir unser Quartier auf. Feuer und Licht!«

Erschöpfung, Angst, Wut und die Scham über den beklagenswerten Zustand der Burg hatten sie die unangenehme Lage vergessen lassen, in der sie sich befand. Aber jetzt begriff sie, daß es hier keine Schaffnerin gab, keine Zofen; was immer an Weibern zur Garnison gehörte - Wäscherinnen und Mägde - kehrte vermutlich des Abends zu einem nahegelegenen Dorf oder Lager zurück. Hier war jedenfalls keine Spur von ihnen. Am Fuß der Treppe blieb sie stehen; die Stufen trugen noch die Staubspuren der Steinhauer. Sie schaute hinauf zu den jagenden Schatten, die die Fackel an die nackten Wände warf, als der Soldat vor ihr hinauflief. Da oben wartete John auf sie. Sein Manöver - falls es ein Manöver gewesen war -, sie allein nach Dinas zu locken, war erfolgreicher gewesen, als er hatte hoffen können ...

Mit Hilfe einiger der weniger Betrunkenen der Garnison wurde der Söller bewohnbarer gemacht. Der Zimmermann hatte nur Bretter auf Kisten als Sitzgelegenheit bereitgestellt, aber jetzt brachte man Heu, um den Fußboden zu wärmen, Berge von Pelzen und Fellen - und der Wein war gut. Zu essen gab es, wie sich zeigte, nichts als kaltes Lammfleisch und Roggenbrot, aber davon die Menge. Sie aßen es von Zinntellern auf der Bretterbank.

»Ich kann verstehen, daß diese Männer sich besaufen müssen«, stellte John trocken fest. Er hatte die Ellbogen auf die Knie gestützt und nagte an einem Lammknochen. »Guter Gott, ist das eine wilde Behausung. Wie kamt Ihr auf die Idee, die Burg sei schon fertig?« Er lächelte sie spöttisch an und hob den Becher zum Mund. Sie spürte, daß sie errötete.

»Man hat uns mitgeteilt, sie sei fertiggestellt und bemannt, Sir. Kosten für Steine wurden nicht mehr berechnet.« Sie nahm einen Schluck Wein, dankbar für die Wärme, die er durch ihre Glieder rinnen ließ.

»Die Steine sind auch da. Sie liegen gestapelt im Hof. Aber die Burg ist nicht einmal zur Hälfte fertig gebaut.« John warf ein Stück Knorpel ins Feuer. »Keine Kapelle, keine Vorratskammern, keine Innenmauer, keine weiteren Gebäude neben dem Turm. Nur die Fundamente. Ich denke, ich habe sie im Dunkeln gesehen.«

Matilda hob die Schultern. »Sir William wird toben, wenn er es erfährt. Was die Betrunkenen angeht - man sollte sie auspeitschen. Man wird sie auspeitschen.«

John trank viel, der schwere Wein trieb dunkle Röte in seine Wangen. »Das würde Euch gefallen, was, Madame? Nun, wir werden sehen, was wir für Euch arrangieren können. Ich gedenke, selbst eine Untersuchung durchzuführen, sobald es hell ist und sie ihren Rausch so weit ausgeschlafen haben, daß sie stehen können. Keine Sorge. Sie werden ihre Strafe bekommen.« Unvermittelt stand er auf und schleuderte den Knochen quer durch den Raum. »Was das Schlafen betrifft . . .«

Matilda zuckte zusammen. »Ich werde heute nacht nicht schlafen, mein Lord. Das kann ich nicht.« Sie konnte kaum dem Bruder des Königs befehlen, unten in der Halle in Schmutz und Gestank zu schlafen. Sie konnte sich nur auf seine Ritterlichkeit verlassen. »Unsere Eskorte wird Euch zu Bett geleiten. Ich werde hier beim Feuer sitzen bleiben.« Sie stand auf, wandte ihm entschlossen den Rücken zu und streckte ihre Hände dem Feuer entgegen.

»Ach, kommt, Matilda, das ist nicht sehr freundlich.« Er war hinter sie getreten, und sie fühlte seine Hände auf ihren Schultern. »Am wärmsten wäre es doch gewiß, lägen wir beisammen.« Seine Finger wanderten nach vorn und weiter hinunter, bis sie sich um ihre Brüste schlossen.

Sie hielt den Atem an. »Das wäre nicht recht, Hoheit.« Verzweifelt schnappte sie nach Luft. Er drehte sie zu sich herum, und sein Mund suchte den ihren und erstickte ihren Widerspruch.

Ihr Körper war jung, schlank und stark, und obgleich sie sich sogleich sträubte, als er sie an sich zog, spürte Matilda doch, wie ihr eigenes Fleisch reagierte; es sehnte sich plötzlich nach der Berührung eines jungen Mannes, nachdem sie solange nur Williams Mißhandlungen erfahren hatte. Ganz wider Willen gab sie kaum merklich nach . . .

John lachte triumphierend. »So machen wir also endlich Fortschritte, meine Lady. Kommt!« Er zog sie auf den Berg von Pelzen und Fellen, der in einer Ecke aufgehäuft war. »Wir werden sehen, daß dieser Ritt doch nicht ganz umsonst gewesen ist . . .«

»Nein!« Matilda riß sich los. »Ich weiß nicht, was Ihr da vorschlagt, Sir.« Sie sprach beherrscht und hoffte, er möge nicht merken, wie heftig sie zitterte. Er war stark. Seine Hände umklammerten sie mit grausamer Härte, und sein Gesicht war nur eine Handbreit vor ihrem. »Ich bin die Gemahlin Sir William de Braoses, keine gemeine Hure!« zischte sie. Der Augenblick der Schwäche war vorüber. »Und Ihr solltet Eure Aufmerksamkeiten für Eure neue Gemahlin aufheben und dafür sorgen, daß Ihr den Sohn bekommt, den Ihr so ersehnt.«

Lange war es still. Dann lachte John leise und begann, seine Gürtelschnalle zu lösen. Er legte den Dolch neben sich auf den improvisierten Tisch. »Mag sein, daß Ihr noch keine Hure seid, meine Lady«, knurrte er, »wenngleich manche dennoch wagen, Eure Unschuld in Zweifel zu ziehen, wenn sie von Eurer Freundschaft zu Lord de Clare sprechen. O ja!« Wieder lachte er. »Ihr errötet, wendet den Blick. So bescheiden und so scheu, Madame. Doch Eure Zunge verrät das zänkische Weib in Euch, und, bei den Gebeinen des Herrn - zur Hure werde ich Euch machen! Sir William würde mir eine Nacht mit seiner Lady nicht mißgönnen, da bin ich sicher. Ihm liegt daran, meinem Stern zu folgen. Ihr solltet es auch tun. Wenn ich König bin, werde ich mich meiner Freunde erinnern.« Er näherte sich ihr zielstrebig. »Und auch meine Feinde werde ich nicht vergessen, Madame.«

Sie versuchte, sich um die Steinquader herumzudrücken und zu dem Türbogen zu flüchten, hinter dem die Wendeltreppe und die Rettung lag. Aber John war schon da und versperrte ihr den Weg.

»Was seid Ihr, Matilda?« flüsterte er schwer atmend. »Meine Freundin oder meine Feindin?«

»Keines von beiden, Hoheit. Ich bin das Weib eines der loyalsten Untertanen Eures Bruders Richard . . .« Sie brach ab, denn sie sah die blinde Wut in seinem Gesicht, als sie den Namen seines Bruders erwähnte. »Und das werden wir auch für Euch sein, Sir, solltet Ihr seine Nachfolge antreten«, fuhr sie hastig fort und wich weiter zurück. »Eure Freunde - Eure loyalen Freunde . . .« Sie stieß einen leisen Schrei aus, als er auf sie zusprang, ihren Arm packte und sie stolpernd auf den Berg Decken schleuderte.

»Dann beweist mir Eure Loyalität, Madame«, flüsterte er rauh und drohend.

»Nein!« Sie kroch davon, rutschte über die Pelzberge, verfing sich in ihren Röcken. »Hoheit, bitte! Denkt an Isabella. Ihr brecht Eure ritterlichen Gelübde, Sir . . .«

Ihr Jammern verwandelte sich in einen wütenden Schrei, als er sich mit einem Fluch auf sie stürzte und sie auf den Rücken warf. Er preßte ihr die Hand auf den Mund und griff mit der anderen nach ihrer Kehle.

»Still, Weib!« zischte er. »Oder soll die ganze Garnison zu Zeugen unserer Lust werden?«

Sie rang nach Atem, krallte sich panisch in seine Hände und hörte nichts als das Tosen in ihren Ohren. Ihr Sträuben wurde immer schwächer.

Ihr Rock wurde abgestreift, das Mieder aufgeschnürt und heruntergerissen. Nackt lag sie auf den Fellen vor dem Feuer und rang durch eine geschwollene, halbgeschlossene Kehle nach Luft.

Seine Lippen drängten sich an ihre, seine Zunge befeuchtete ihren trockenen Mund, seine Hände quälten ihre Brüste, bevor sie weiterwanderten, um über ihren Körper zu streicheln und sich dann fordernd zwischen ihre Schenkel zu bohren. Sie wehrte sich nicht; es war ihr kaum noch bewußt, was er mit ihr tat. Die Gewölbe der Decke, rauchig und dunkel über seinen Schultern, wichen kreiselnd ins Dunkel zurück, flimmerten im Feuerschein und verdunkelten sich neuerlich. Wieder und wieder nahm er sie. Es schien ihn nicht zu kümmern, ob sie lebte oder tot war. Er kühlte seine Wut und seine Wollust an ihrem nicht widerstrebenden Körper. Dann wälzte er sie roh herum und warf sich erneut über sie. Der eine qualvolle Schrei, der sich voll Schmerz und Demütigung ihrer wunden Kehle entrang, als er tief in sie hineinstieß, erstickte in der ranzigen Schafswolle des Felles, die ihr Mund und Nase füllte.

Lange Zeit verging, bevor sie merkte, daß er endlich von ihr abgelassen hatte. Ihr geschundener Körper lag ausgestreckt auf dem zerwühlen Fellhaufen. Als sie versuchte, ihn zu entspannen, wollte er erst nicht gehorchen. Sie versuchte sich zusammenzurollen, denn die Kälte überfiel sie, da der schwitzende Körper sie nicht mehr bedeckte. Stöhnend drehte sie sich auf die Seite, und es gelang ihr, ein Fell über sich zu ziehen; dann lag sie mit geschlossenen Augen und dumpf schmerzenden Gliedern bewegungslos da.

John hatte Hemd und Mantel übergeworfen. Er schnallte sich den Gürtel mit dem juwelenbesetzten Dolch um. Dann schaute er eine Weile auf sie herunter. »Wenn Ihr mich jetzt entschuldigen wollt, Lady Matilda«, sagte er schließlich lächelnd. »Ich will sehen, daß die Pferde gut untergebracht und gefüttert sind.« Sie hörte, wie er den Raum durchquerte und die Treppe hinunterlief. Er kam nicht zurück.

Lange rührte sie sich nicht. Als das Feuer schließlich erstarb, raffte sie sich, getrieben von der Kälte, auf und tastete nach ihren Kleidern. Dann warf sie Holz auf die erlöschende Glut.

Eine Ewigkeit lang stand sie starr vor dem auflodernden Feuer; schließlich aber überstieg ihre Müdigkeit das Maß des Erträglichen. Sie sank auf die Knie, wickelte sich in ihren Mantel und bettete den Kopf auf die Arme.

Sie schlief unruhig, mit halbem Ohr ständig auf Johns Schritte lauschend, doch er kam nicht. Als der Morgen graute, sank sie für eine Weile tiefer in Schlaf und wachte dann jäh auf, als irgendwo dicht vor dem Fenster des Turms ein Hahn krähte. Ihre steifen Glieder schmerzten, sie fror. Das Feuer war zu weißer Asche erloschen, und durch die schlecht gezimmerten notdürftigen Läden vor den Fenstern fiel kaltes Morgenlicht.

Wie betäubt kam Matilda auf die Beine; sie ging zum Fenster und riß den Laden herunter. Draußen schwamm alles im Nebel, der die Berge umleckte und auf dem Sims der Fensterhöhle zu Regentropfen gerann.

Die große Halle war gesäubert worden. Im Kamin hatte man ein Feuer entfacht, und auf der Estrade stand ein Tisch. Dort beendete John gerade sei Frühstück. Er erhob sich halb, als sie erschien, und bedachte sie mit einer spöttischen Verneigung. Dann aß er weiter. Seine Augen waren kalt.

Matilda kämpfte ihre Abscheu nieder und zog die Kapuze ihres Mantels enger um den geschundenen Hals.

»Kommt, setzt Euch zu mir und frühstückt, meine Lady«, rief John, ohne aufzublicken. »Nach einer solchen Nacht müßt Ihr hungrig sein.« Er winkte einem Diener, und deutete auf seinen leeren Becher.

Matilda raffte den Rest ihrer Würde zusammen, ging auf ihn zu und verneigte sich hochmütig. Die Burg schien heute morgen voller Menschen zu sein. Zögernd setzte sie sich neben den Prinzen. Ein Diener brachte mit schamrotem Gesicht Brot und warmen Wein. Ein anderer streute frische Binsen auf den Boden. Irgendwo im Hof hämmerte jemand. John blickte auf.

»Wo ist der Kastellan?« fuhr er den Mann mit den Binsen an. »Jetzt ist Lady de Braose hier. Also schafft ihn sofort herbei. Er soll uns erklären, warum sich diese Burg in diesem Zustand befindet.«

Der Diener verbeugte sich und hastete hinaus. Fast augenblicklich kehrte er mit einem hochgewachsenen Mann in Kettenpanzer und voller Bewaffnung zurück, der vor Matilda auf die Knie fiel. John aß scheinbar uninteressiert weiter.

Matilda schluckte. »Nun«, sagte sie mit Anstrengung, »was habt Ihr zu sagen?«

Das Gesicht des Mannes war aschfahl. »Ich bin Bernard, meine Lady. Vergebt uns.« Flehend rang er die Hände. »Diese Burg ist ein schrecklicher Ort. Niemand kann hier wohnen und bei Verstand bleiben. Ich habe um Versetzung gebeten, doch es kommt keine Ablösung.« Er sah den Prinzen an. »Mein Lord, habt Erbarmen.«

John schnaubte. »Erbarmen. Weil Ihr ein bißchen Unbequemlichkeit nicht ertragen könnt?«

»Es ist ja nicht die Unbequemlichkeit, Sir – nein, das ist es nicht.« Der Mann beugte sich mit ernster Miene vor.

»Was dann?« fragte John verächtlich. »Haben Euch die Mannen des walisischen Fürsten das Fürchten gelehrt?«

»Nein, Sir, vor den Walisern haben wir keine Angst«, erwiderte Bernard entrüstet. »Nein, meine Lady, es ist etwas anderes.« Er senkte plötzlich den Blick und verlagerte sein Gewicht unbehaglich von einem Knie auf das andere.

»Und was?« fragte John ohne Mitgefühl.

»Es sind die Alten der Burg, Hoheit.« Seine Stimme war zu einem Wispern geworden. »Sie wandeln neben unseren Leuten auf den

Mauern. Sie springen durch den Graben, reiten über die Berge. Sie sind überall in der Dunkelheit.« Er bekreuzigte sich inbrünstig und griff dann nach dem Amulett an seinem Hals.

Matilda warf einen Blick auf John. Unwillkürlich schauderte es sie.

»Was für einen Unsinn redet Ihr da?« fragte John. »Was heißt das – die Alten der Burg? Hier ist niemand in diesen Bergen außer Schafhirten und kriegerischen Waliserstämmen.«

»Es sind Schatten, Hoheit, Geister. Vor tausend Jahren hat ihnen Castel Dinas gehört. Bevor der Herr geboren wurde, gehörte ihnen dieses Land. Wir finden ihre Habe in den Fundamenten; die Gräben und die Wälle wurden von ihnen gegraben. Ihre Götter herrschen noch, mein Lord. Christus ist nicht willkommen hier. Die Mauern der Kapelle stürzen immer wieder ein, wenn wir zu bauen beginnen . . .« Er redete jetzt hastig, preßte die Hände zusammen, und Schweißperlen glänzten auf seiner Stirn.

John sprang auf. »Bei Gott! Wollt Ihr mir damit sagen, diese Garnison hat sich von einer Horde Gespenster in ein verängstigtes Häuflein Elend verwandeln lassen?« Seine Stimme klang eisig.

Der Mann schlug die Augen nieder. »Sie sind wirklich, mein Lord. Ich habe sie gesehen. Gespenster? Vielleicht, aus alten Tagen, aber sie sind wirklich. Meine Lady, bitte laßt uns gehen! Uns bleibt nichts, als ihnen die Burg zu überlassen.« Er flehte Matilda mit gefalteten Händen an.

»Wie kannst du es wagen, dergleichen vorzuschlagen?« Johns Stimme schnitt wie ein Peitschenhieb durch das Bitten des Mannes. »Zweifellos weißt du, welche Strafe dem Feigling droht. Du solltest es dir gut überlegen, ehe du vorschlägst, einen so wichtigen Ort wie diesen aufzugeben.«

»Das genügt.« Matilda erhob sich mühsam. »Vorerst mögt Ihr gehen«, sagte sie müde. »Niemand wird bestraft, bevor Sir William Nachricht erhalten hat. Bis dahin werdet Ihr dafür sorgen, daß die Bauarbeiten vorangetrieben werden und daß das Trinken aufhört.«

Der Mann rappelte sich hoch, verbeugte sich tief und floh aus der Halle.

John sah sie an. »Was? Niemand wird ausgepeitscht, Lady Matilda? Findet Ihr, daß sie das Recht haben, sich wie faule, nichtsnutzige Hunde aufzuführen, nur weil sie eine gute Gespenstergeschichte erzählen können?«

Ihr Gesicht rötete sich. »Vielleicht haben sie recht, mein Lord«, entgegnete sie tapfer. »Es ist etwas Schlechtes an diesem Ort.«

»Neben mir, meint Ihr?« fragte er mit schwerer Stimme. Ihre klaren grünen Augen richteten sich auf ihn. Er wandte den Blick ab.

»Gewiß, es ist einsam hier«, räumte er schließlich ein; er stand auf und ging zum Feuer. »Und unheimlich, in all dem Nebel.«

Sein gutgeschnittenes Gesicht war blaß und ernst, seine Muskeln wirkten sprungbereit. Sie erschauerte.

»Dem Empfindsamen sind die Berge oft unheimlich, Hoheit«, sagte sie leise. »Ich glaube, die Männer haben recht. Die alten Götter wandeln noch in diesen Hügeln. Dieser Ort gehört ihnen, und sie werden ihr Eigentum beschützen.«

Er fuhr herum und musterte sie forschend. »Seid Ihr auch ihr Eigentum, meine Lady?« höhnte er. »Ich glaube nicht. Diese Götter, Geister oder Menschen sind Euch letzte Nacht nicht zu Hilfe geeilt, wenn ich mich recht erinnere.«

Er ignorierte die ohnmächtige Wut, die für einen Moment in ihren Augen aufblitzte, und nahm nachdenklich noch einen Schluck aus seinem Becher. »Nein, das ist Unfug. Ich würde meinen, ein paar Leute auspeitschen und vielleicht den einen oder anderen aufhängen zu lassen, um sicherzustellen, daß hier niemand mehr Gespenster sieht. Ihr bekreuzigt Euch, meine Lady? Kann es sein, daß Ihr Euch auch vor Geistern fürchtet?« Es funkelte in seinen Augen. »Gewißt doch nicht, solange ich bei Euch bin, Euch zu beschützen.« Er kam einen Schritt auf sie zu.

»Ihr beschützt niemanden, mein Lord, Prinz John«, versetzte sie. »Gott helfe den Menschen dieses Landes, solltet Ihr je ihr König werden!« Schroff wandte sie ihm den Rücken zu.

Hinter ihr war es einen Moment lang still; dann spürte sie seine Finger leicht auf ihren Schultern. »Ihr maßt Euch viel an, meine Lady«, sagte er leise in ihr Ohr.

»Nicht anders, als Ihr es getan habt, Hoheit«, flüsterte sie. »Gott vergebe Euch!«

Seine Hände fielen von ihren Schultern. »Wir sind einander bestimmt, Matilda«, sagte er dann ruhig. »Ihr könnt Euch nicht wehren gegen das, was Gott fügt.«

»Gott!« Sie fuhr herum. »Ihr glaubt, es war Gottes Fügung, daß Ihr mich so nahmt, wie Ihr es letzte Nacht getan habt?«

Sein Mundwinkel hob sich. »Von ihm stammte vielleicht eher die Inspiration als die Methode, Madame. Das Ergebnis ist dasselbe. Ihr gehört mir.«

Einen Moment lang sah sie ihn stumm an; mit großen Augen suchte sie in seinem Gesicht nach einer Spur von Zärtlichkeit hinter seinen Worten. Sie fand keine.

Er streckte plötzlich die Hand aus, ergriff ihre Finger und führte sie an die Lippen. »Ihr müßt Euch in das Unvermeidliche schicken, meine Lady«, sagte er leise. »Die Sterne haben unser Schicksal bestimmt . . .«

»Nein!« Wütend entriß sie ihm ihre Hand. »Nein, das glaube ich Euch nicht!«

Er lächelte knapp. »Wie Ihr wollt. Die Lektion, die Ihr werdet lernen müssen, wird um so härter sein. Kommt, laßt uns jetzt den heiligen Brunnen begutachten, der diesen unheiligen Ort ziert. Dann können wir vielleicht nach Hay zurückkehren. Eure Gastlichkeit auf diesem Ausflug ist nicht gerade überwältigend, Madame.«

Er drängte sich an ihr vorbei, riß seinen Mantel an sich und eilte die Treppe hinunter in den kalten, dunstigen Sonnenschein. Sie folgte ihm zögernd.

Das kalte, windige Tal war in fahles Sonnenlicht getaucht. Schwere Wolken zogen über die düster brütenden Berge dahin.

Dinas Well lag vor dem Nordtor, eine kleine, sprudelnde Quelle, umgeben von Ginster und einer kleinen Schutzmauer aus losen Steinen. Überreste deuteten darauf hin, daß den Wächtern der Quelle, wer immer sie sein mochten, Opfer gebracht worden waren: Kränze aus welken Gänseblümchen zierten die Steine.

John blieb stehen und betrachtete die Quelle. Langsam legte er den schweren Mantel ab und begann, das rostbraune Wams darunter aufzuschnüren, hielt die entblößte Brust in den stürmischen Wind. Matilda verschlug es fast den Atem: Auf seinem Oberkörper war eine eitrig entzündete Wunde in Form eines Halbmondes.

Er kniete am Rande der plätschernden Quelle nieder und zögerte nur einen Augenblick; dann beugte er sich mit zusammengebissenen Zähnen darüber und spritzte sich das eiskalte Bergwasser auf die Wunde. Sie sah ihm zu, und plötzlich regte sich in einem Winkel ihres Gedächtnisses eine Erinnerung; sie hörte Jeannes Stimme, die vom heiligen Brunnen zu Dinas sprach. Dieses Wasser vermochte unheilbare Wunden zu heilen, die durch Hexerei hervorgerufen wurden; und dieser Mann war ein Abkömmling Melusines - der Tochter des Satans. Matilda schlug das Kreuz und wandte sich hastig ab. Als sie sich endlich wieder umdrehte, ließ er gerade eine Goldmünze in das grünschimmernde Wasser fallen.

John erhob sich, das Wasser glitzerte und funkelte an seinem Hals. »Wollen sehen, welche Zauberkräfte es bewirken kann«, erklärte er und warf den Mantel über die Schultern. »Vielleicht wird die Quelle meine Meinung über diesen gottverlassenen Ort ändern. Wollen wir die Pferde bringen lassen und uns auf den Weg machen? Mir ist, als hätten wir getan, was zu tun ist. Eure prachtvollen Verteidigungsanlagen habe ich gesehen.« Die Doppeldeutigkeit seiner Worte ließ sie zusammenzucken. »Kommt«, fuhr er fort, »den Brunnen haben wir nun auch gesehen. Ich möchte nach Hay zurück. Mir behagt die Vorstellung nicht, noch eine Nacht hier zu verbringen.«

In London hatte es kein Gewitter gegeben. Der Himmel über der hohen Kuppel des Lesesaales des British Museum war klar und blau.

Sam Franklyn streckte sich und lehnte sich in seinem Stuhl zurück. Unvermittelt faßte er einen Entschluß, klappte die Bücher zu, schloß das schmale Notizbuch und schob es in die Tasche seines Jacketts, das hinter ihm an der Stuhllehne hing. Dann stand er auf. Lächelnd lieferte er seinen Stapel Bücher wieder ab.

Er drängte sich zwischen den Besucherscharen aus dem Museum und lief die breite Treppe hinunter. Die Hitze traf ihn wie ein Hammerschlag. Im Schatten der Platanen lief er zügig die Great Russell Street entlang, auf Long Acre zu.

Tim betrachtete das hell erleuchtete Podest in seinem Atelier durch den Sucher seiner Kamera. Neben ihm änderte George die Stellung einiger Spots, die auf einen jungen Mann und einen großen, borniert-gelangweilten Dalmatiner gerichtet waren.

Sam beobachtete die Szene von der Tür aus über die Schulter von Caroline, Tims zweiter Assistentin, hinweg.

Der junge Mann auf dem Podest reckte sich demonstrativ. »Ich werde den Hund bald auf die Straße bringen müssen, Tim. Macht doch ein bißchen schneller.«

Tim ignorierte ihn. Er winkte George ein paar Schritte weiter nach links und beugte sich wieder über seine Kamera.

Sam ließ sich in einen Sessel sinken und wartete. Es dauerte etwa eine halbe Stunde, bis Tim vollends zufrieden war und der junge Mann mit dem Hund verschwand. Erst jetzt flüsterte Caroline etwas in Tims Ohr; er drehte sich um und entdeckte Sam.

»Tut mir leid, Doktor Franklyn. Ich wußte nicht, daß Sie hier sind.«

Sie musterten einander wachsam; George und Caroline tauchten das Podest in Dunkelheit und räumten die Requisiten fort. Tim war plötzlich sehr müde. »Was kann ich für Sie tun?«

Sam streckte mit entspanntem Lächeln die Hand aus. »Ich wollte mit Ihnen über Joanna sprechen. Sie waren mit ihr in Wales, wie ich hörte.«

Tim holte zwei Dosen Bier aus der Küche. »Jo ist eine alte Freundin und Kollegin von mir, Doktor Franklyn. Ich spreche über meine Freundin nicht hinter deren Rücken.«

Für einen Sekundenbruchteil schien Sam ungeheuer belustigt. Gleich darauf war seine Miene wieder unbeteiligt. »Ich wollte nur hören, ob sie gesund und munter gewirkt hat. Sie wissen vielleicht, daß ich ihr bei ihren Problemen geholfen habe.«

»Sie hat davon erzählt«, erwiderte Tim abwesend.

»Aha. Und welchen Eindruck hatten Sie von ihr?«

Tim riß seine Bierdose auf und warf den Verschluß in die Ecke. »Einen guten.«

»Hatte sie Regressionen?«

»Deshalb waren wir ja da.«

»Natürlich. Wie viele?«

Tim öffnete die Jalousien an den großen Oberlichtern. Sonnenlicht durchflutete den Raum. »Zwei oder drei.«

Sams Augen wurden schmal. »War sie darüber beunruhigt?«

»Die ganze Sache beunruhigt sie, Doktor Franklyn. Die Tatsache, daß es anfangs unter Selbsthypnose nicht zur Regression kam, machte ihr Angst. Und als es dann doch geschah, machte wiederum das ihr Angst. Wenn sie aufwachen und in diese Welt zurückkommen muß, hat sie ebenfalls Angst.«

»Sie fürchtete sich also. Aber sie hat hinterher keine physischen Symptome gezeigt? Blaue Flecken? Schnitte, Schmerzen, unerklärliche Beschwerden?«

Tim überlegte kurz. »Nein.«

»Haben Sie die Photos hier?«

»Ich weiß nicht, ob ich sie Ihnen ohne Jos Erlaubnis zeigen soll.«

»Ich bin ihr Arzt, Mann. Ich trage die Verantwortung in diesem Fall.«

»Fall?« Tim sah ihn scharf an. »Ich wußte nicht, daß Jo ein Fall ist.«

»Tim?« George war hinter ihnen aufgetaucht. »Soll ich schon mit dem Film anfangen?«

Tim nickte ungeduldig. »Caroline soll dir helfen.« Er wartete, bis die beiden die Kameras zusammengepackt und das Atelier verlassen hatten. »Ist sie noch in Wales? fragte er dann.

Sam nickte. »Mein Bruder ist hingefahren.«

Eine Welle fast körperlichen Schmerzes rollte über Tim hinweg, und er wandte sich abrupt ab. Er wußte, daß Sam ihn aufmerksam beobachtete und hatte das Gefühl, dieser Mann könne seine Gedanken lesen.

»Ich hole die Bilder«, sagte er. Er durchquerte hastig das Atelier und nahm eine Mappe aus einem Schrank. Dann knipste er die grelle Lampe an, die tief über dem Tisch hing, und schob Sam die Mappe entgegen.

Langsam klappte Sam sie auf. Sein Gesicht wirkte unbeteiligt, als er Photo um Photo betrachtete. Die Bilder, auf denen Landschaft, Burgen, Berge zu sehen waren, würdigte er kaum eines Blickes. Seine Aufmerksamkeit galt ausschließlich Jo.

Tim warf seine leere Bierdose in einen Abfalleimer und holte sich eine neue. Sein Gast hatte sein Bier kaum angerührt.

Er blieb an der Tür stehen und trank hastig sein Bier; dabei beobachtete er Sams Gesicht im Flutlicht der Arbeitslampen. Wie ein Gemälde von Rembrandt, dachte er plötzlich – das mit den Ärzten, die sich über den Tisch beugen und den Leichnam obduzieren. Die Vorstellung jagte ihm einen heftigen Schauer über den Rücken. »Sie hat gesagt, sie komme sich nackt vor«, sagte er und trat neben Sam an den Tisch. »Wenn ich sie so photographiere.«

Sam blickte nicht auf. »Ihr Gesichtsausdruck ist allerdings ziemlich enthüllend«, bemerkte er zurückhaltend. »Photos können so viel aussagen.« Er schwieg einen Moment lang. »Auch über den Photographen.« Er warf Tim einen Seitenblick zu. Der wich unwillkürlich zurück, schockiert durch die offene Abneigung, ja den Haß in den Augen dieses Mannes.

Sam lachte. »Vielleicht irre ich mich, aber das glaube ich nicht.« Er schloß die Mappe. »Haben Sie noch mehr?«

»Das sind alle.« Tims Stimme war sehr sachlich. Er vermied jeden Blick auf das Porträt auf der Staffelei.

Sam verschränkte die Arme und richtete sich auf. »Ich wußte, daß da noch jemand war«, stellte er leise fest. »Aber bis jetzt wußte ich nicht, wer es war. Haben Sie schon eine Regression erlebt?«

Tims Instinkt mahnte ihn zu äußerster Vorsicht. Sam war gefährlich. Er wünschte sich - wie so oft in den letzten Tagen - einen klareren Kopf. »Ja«, sagte er schließlich.

Sam nickte. »So«, sagte er wie zu sich selbst. »Jetzt sind es drei.«

»Drei?« wiederholte Tim.

Sam lächelte. »Drei Männer, die Lady Matilda liebten.«

Tim starrte ihn an. »Und Sie sind einer der drei«, stellte er nach einer Weile fest.

»Ich?« sagte Sam. »Sagen wir, ich bin ein Beobachter. Nur ein Beobachter.« Er hob seine Bierdose an die Lippen. »Vorläufig jedenfalls.«

27

Jo war auf die Knie gefallen und dann langsam zusammengesunken, bis sie ausgestreckt im Gras lag. Nick kniete sich neben sie. »Jo!« rief er eindringlich. »Jo, um Gottes willen, kannst du mich hören?«

Sein Ärger war verflogen, die plötzliche, unwillkommene Woge der Feindseligkeit vorüber. Er zog sein Hemd aus, rollte es zusammen und schob es ihr behutsam unter den Kopf. Sie war so reglos, daß er beunruhigt ihren Puls fühlte. Da war er, schwach, aber gleichmäßig. Ihr Atem ging flach. Während er sie noch hilflos beobachtete, streckte sie mit einem leisen, qualvollen Aufschrei den Arm aus.

»Jo!« flüsterte er. »Jo, wo bist du? Kannst du mich hören?« Sie reagierte nicht. Ihre Augen öffneten sich nicht, ihr Gesicht blieb ausdruckslos.

Zärtlich rieb er ihre Hand. Das Donnergrollen kam näher, ein erster Blitz zuckte über das Tal. »Jo, Schatz, du mußt aufwachen. Wir können nicht hier oben im Regen bleiben. Jo!« Er sprach lauter, schüttelte sie sanft an den Schultern. Sie seufzte und schlug die Augen auf, sah ihn aber nicht.

»Bitte nicht«, wisperte sie. »Bitte!«

»Jo! Du mußt aufwachen!« Nick schüttelte sie noch einmal, heftiger. »Jo, komm zu dir! Hör doch endlich.« Seufzend ließ er sie zurücksinken und berührte ihr Gesicht leicht mit der Fingerspitze. »Ist Lord de Clare wieder bei dir?« Sein Kinn straffte sich. »Liegst du in diesem Augenblick in seinen Armen? Warum hier, Jo? Was ist hier passiert? Was hat es ausgelöst?«

Sie antwortete nicht. Weit weg in den Nebeln jenes anderen Unwetters starrte Matilda in die flackernden Fackeln der verängstigten Soldaten.

Ein dicker Regentropfen klatschte auf Nicks nackten Rücken. Er blickte hoch. Der Himmel über ihnen war indigoblau und drohend. Zwei weitere Tropfen fielen auf Jos weiße Bluse, während er sie betrachtete und bemüht war, den Widerstreit seiner seltsamen Gefühle zu bewältigen. »Herrgott!« schrie er plötzlich. »Herrgott im Himmel!«

Er beugte sich über sie und küßte sie heftig. Seine Augen schlossen sich, während das komplexe Netz aus Wut, Frustration und Begierde über ihm zusammenfiel. Dann war es vorüber, so schnell, wie es gekommen war. Er wußte nur noch, daß er neben einer bewußtlosen Frau am unwirtlichen Berghang kniete und gleich ein Wolkenbruch niedergehen würde. Er kam auf die Beine, zog ihr behutsam das Hemd unter dem Kopf weg und streifte es über. Dann hob er Jo auf. Langsam begann er den beschwerlichen Abstieg zum Wagen. Er hatte etwa die Hälfte der Strecke zurückgelegt, als er jemanden rufen hörte. Der Regen war stärker geworden. Er schüttelte den Kopf, um besser sehen zu können, und merkte, daß ihm der Schweiß ausgebrochen war. Sein Herz klopfte heftig. Jo war schlank, aber sie war groß, und ihr Gewicht ermüdete ihn schnell.

»Warten Sie, Mann. So warten Sie doch! Ich helfe Ihnen!« Gestikulierend löste sich eine Gestalt aus dem Regen, dicht gefolgt von einem schwarzweißen Collie. »Ein Unfall, was?« Jetzt hatte er Nick erreicht, ein kleiner Mann in Knickerbockers, unpassenden Hemdsärmeln und einer Schirmmütze. Nick ließ Jo vorsichtig herunter, bis ihre Füße den Boden berührten, stützte ihr Gewicht mit seiner Schulter und schnappte nach Luft.

»Sie ist ohnmächtig geworden«, brachte er nach einer Weile hervor. Erleichtert betrachtete er die breiten Schultern und sehnigen Arme seines Retters. »Ich mußte versuchten, sie ins Trockene zu bringen.«

»Legen Sie mir ihren Arm um den Hals. Ich helfe Ihnen.« Der Mann sprach mit ruhiger Autorität. »Wir tragen sie zu meinem Wagen. Der steht gleich da unten.« Er deutete auf einen steinigen Pfad, der zur Straße führte. Im Schein eines zuckenden Blitzes entdeckte Nick einen silbergrauen Range Rover.

Gemeinsam hoben sie Jo auf den Rücksitz und legten ihr eine Wolldecke unter den Kopf. Dann hockte sich Nick neben sie, während Fahrer und Hund vorn hineinsprangen. Der Regen wurde von Sekunde zu Sekunde heftiger; er trommelte auf das Dach und schloß sie durch eine Wand aus strömendem Wasser von der Außenwelt ab.

Der Mann drehte sich um und legte einen Ellbogen auf die Rückenlehne seines Sitzes. »Die sind geradezu teuflisch, diese Gewitter. Blitzschnell sind sie da, und zehn Minuten später scheint wieder die Sonne. Ist das Ihr Porsche, den ich da drei Kilometer weiter unten gesehen habe?«

Nick nickte. »Mir war nicht bewußt, daß wir so weit gelaufen sind.«

Der Mann warf einen Blick auf Jo. »Passiert leicht in den Bergen.« Er nickte. »Zumal bei diesem komischen Wetter. Bringen wir die Lady ins Krankenhaus? Wird mit meinem Wagen einfacher sein, schätze ich.«

Nick sah Jo an. Sie war totenbleich. Ihr Kopf rollte zur Seite, während sich der Mann abwandte und durch die Windschutzscheibe hinausspähte, um den Wagen dann bedächtig über den holprigen Pfad zu lenken. Jo hatte eiskalte Hände, und ihr Atem ging flach. Nick entdeckte eine zweite, mit Hundehaaren behaftete Wolldecke und breitete sie über ihr aus. Seufzend nickte er dem Rücken des Mannes zu. »Ja, bitte«, sagte er. »Ich wäre Ihnen dankbar, wenn Sie uns zum Krankenhaus fahren könnten.«

Jo erwachte verwirrt und ängstlich im Krankenhaus. Aber lammfromm unterwarf sie sich einem Trommelfeuer von Tests, bis sie schließlich von einem ratlosen Arzt entlassen wurde, der außer einer möglichen Allergie gegen elektrische Entladungen nichts hatte feststellen können.

Zutiefst erleichtert darüber, daß Jo offenbar nichts fehlte, rief Nick bei Margiad Griffiths an und teilte ihr mit, daß sie am Abend in Hay sein würden. Ob sie sie aufnehmen könne?

»Sie armes Kind. Kommen Sie herein. Ich bringe Sie sofort in Ihr

Zimmer.« Mrs. Griffiths kam Jo entgegen, während Nick ihre Koffer aus dem Wagen zerrte. »Tut mir ja so leid, daß Sie am Mittwoch nicht kommen konnten. Aber es war tatsächlich alles voll.« Sie faßte Jo beim Ellbogen und steuerte sie zur Treppe. »Ihr Verlobter sagte, Sie teilen sich das Zimmer. Ich hoffe, das ist Ihnen recht?«

Jo nickte müde. »Das ist schon recht, Mrs. Griffiths. Danke.«

»Und was macht der nette Mister Heacham?« erkundigte sich Mrs. Griffiths neugierig, als sie nach Luft schnappend oben auf dem Treppenabsatz stehenblieben.

»Ist wieder in London. Er ist ein Kollege von mir, das habe ich Ihnen doch gesagt.«

Die Frau schniefte geräuschvoll. »Ein Kollege, sicher – aber auch schrecklich verliebt in Sie, mein Kind. Aber das wissen Sie bestimmt selbst gut genug.«

Jo zog ihren Arm behutsam aus der schützenden Umklammerung. »Ja, das weiß ich«, sagte sie kläglich.

»Können wir das Zimmer sehen?«

Jo fuhr zusammen, als unmittelbar hinter ihnen Nicks Stimme ertönte. Er war ihnen mit den Koffern gefolgt.

Geschäftig öffnete Mrs. Griffiths eine Tür. »Hier«, erklärte sie. »Hoffentlich gefällt es Ihnen.« Sie warf Nick einen nervösen Blick zu.

Es war ein großer Raum. Vor dem Fenster standen zwei Einzelbetten in einem halben Meter Abstand voneinander. Die Tagesdecken und die Vorhänge waren aus primelgelbem Chintz, der Teppichboden moosgrün. Jo ging zum Fenster, riß es auf und blickte hinaus auf die stillen Häuser auf der anderen Straßenseite. »Das ist ein hübsches Zimmer. Danke.«

Mrs. Griffiths war sichtlich stolz. »Ich wollte, daß Sie diesmal das beste bekommen, meine Liebe. Tja, Mister Franklyn hat gesagt, Sie würden gern hier zu Abend essen; ich habe deshalb ein schönes Stück Lamm in den Ofen geschoben. Es wird gegen acht fertig sein, wenn Ihnen das recht ist.« Lächelnd schaute sie zwischen ihnen beiden hin und her. »Mein Ted, der war begeistert von meiner Küche, als er noch lebte. Er meinte immer, mein Lammbraten sei der beste, den er je gegessen habe. Tja . . .«, sie blickte sich flink und mit zuversichtlichem Besitzerstolz im Zimmer um, ». . . ich denke, Sie werden hier alles finden, was Sie brauchen. Aber wenn Ihnen doch etwas fehlt, rufen Sie mich einfach. Ich bin unten.« Wieder warf sie Nick einen nervösen Blick zu, als er ihr die Tür öffnete.

Nachdem er die Tür fest geschlossen hatte, fuhr er herum und sah Jo an. »Aha! Sogar sie hat gemerkt, daß Tim Heacham in dich verliebt ist!«

Jo erstarrte. »Tim ist nach London zurückgefahren. Er war hier, um Photos zu machen. Das ist alles.«

»Hast du mit ihm geschlafen?«

Sie ging zu einem Bett und hob ihren Koffer hinauf. »Ich habe nicht mit Tim geschlafen, nein.«

Sie war Matilda gewesen, als sie sich in Tims Arme geschmiegt hatte. Und er? Er war für ein paar Stunden Richard Earl of Clare gewesen. Sie hob den Kopf und sah Nick einen Moment lang fest in die Augen, bevor sie ihre Kleider aus dem Koffer nahm. Dieses harte, mißtrauische Gestalt, die gespannte Kinnmuskeln, die Augen voll kalter Wut. Er hatte sich wieder in jenen anderen Nick verwandelt. In den Nick, der ihr große Angst einflößte, weil er sie an einen arroganten Plantagenet-Prinzen erinnerte.

»Sind da Kleiderbügel im Schrank, Nick?« Jo zwang sich, einigermaßen normal zu klingen. »Ich denke, ich sollte mich für dieses üppige Abendessen umziehen, meinst du nicht auch?« Sie schenkte ihm ein zögerndes Lächeln. »Ich werde erst einmal duschen, um diesen Krankenhausgeruch loszuwerden.«

Er warf seine Tasche auf das andere Bett. »Okay, ich dusche nach dir.« Er lächelte sie an und zog ein frisches Hemd hervor. Jetzt war er wieder der alte.

Jo nahm Bademantel und Waschzeug. Leise schloß sie die Tür hinter sich und atmete tief durch. Sie hörte, daß Mrs. Griffiths wieder die Treppe heraufkam und stehenblieb, als sie Jo erblickte.

»Miss Clifford, ich habe etwas vergessen. Nachdem Sie am Mittag abgereist waren, hat eine Miss Gunning aus London angerufen. Sie sagte, Sie möchten sie dringend zurückrufen. Sie können das Telephon im Wohnzimmer benutzen, wenn Sie möchten.«

Jo warf einen Blick auf die Uhr. »Vielleicht erwische ich sie noch, bevor sie ausgeht. Danke.« Sie folgte Mrs. Griffiths die Treppe hinunter.

Bet war gerade im Bad gewesen.

»Jo? Gott sei Dank, daß du anrufst! Wo steckst du denn?«

Jo blickte sich in der adretten kleinen Stube mit den tiefen Polstersesseln und den fleckenlosen Schonbezügen um. Sie roch den Lammbraten.

»Wieder in Hay. Was gibt es denn so Dringendes, Bet?«

»Jo, Schätzchen. Ich weiß nicht recht, wie ich es dir sagen soll. Aber am Mittwoch war ich mit Nick zum Lunch. Wir haben ein bißchen geplaudert. Jo. hör mal, ich glaube, er will dir nachfahren. Ich weiß, es klingt verrückt, aber ich glaube, er ist gefährlich. Ich glaube, er hat den Verstand verloren. Er haßt dich, Jo. Wirklich! Gott weiß, was in ihn gefahren ist . . .«

Einen Augenblick lang war es ganz still. Dann schrillte Bets Stimme wieder an Jos Ohr. »Jo? Jo, bist du noch da? Hast du gehört, was ich gesagt habe?«

»Ich habe es gehört«, antwortete Jo leise.

»Und?«

»Und ich hoffe, daß du dich irrst.« Jos Stimme klang verzweifelt. »Ich hoffe inständig, daß du dich irrst ...«

Judy Curzon stand in dem kleinen Wohnzimmer an der Gloucester Avenue. Ein weißes Sofa mit zwei geometrisch gemusterten schwarzweißen Kissen, das einzige Möbelstück neben einem weißen Tisch und einer Phalanx von Bücherregalen an der einen Wand, in denen neben Hunderten von Büchern eine Stereoanlage, ein Videorecorder nebst Fernseher und eine Reihe Aktenboxen stand.

»Etwas zu trinken, Judy?« fragte Pete Leveson, nachdem er die Wohnungstür geschlossen hatte.

»Danke, ja.« Sie sah sich noch immer interessiert um.

Er lächelte. »Das sind alle Möbel, nachdem meine beiden ersten Gattinnen hier abgeräumt haben. Mehr braucht man ja nicht – etwas zum Sitzen, Bücher und Musik.«

Sie nahm das Glas, das er ihr reichte. »Ist auch meine Philosophie. Nur lasse ich meine Gäste auf harten Stühlen sitzen, oder auf dem Fußboden.« Behutsam ließ sie sich auf dem Sofa nieder. »Stört es dich bestimmt nicht, daß ich gekommen bin?«

Pete schob das Fenster hoch und setzte sich auf die weißlackierte Fensterbank. »Ich bin froh darüber. Ich hatte Gesellschaft nötig. Was gibt's Neues in Fulham?«

»Ich bereite eine neue Ausstellung vor.«

»So bald?« Er zog den Fuß hoch und verschränkte die Hände vor dem Knie.

»Ist eigentlich nichts Besonderes. Ich hatte sowieso Material für zwei Ausstellungen. Aber diese ist spannend. In Paris. Aber – Pete, ich brauche deine Hilfe.«

»Du hast keine Hilfe von mir nötig, Judy. Es hat mir Spaß gemacht, über die letzte Ausstellung zu schreiben. Und die Vorstellung, nach Paris zu fahren, um über die nächste zu berichten, ist nicht unbedingt unangenehm.« Er grinste. »Könnte durchaus sein, daß ich diesmal sogar ein Bild kaufe.«

»Ich rede nicht von der Ausstellung! Ich möchte, daß du ... das heißt ...« Hilflos drehte sie sich um. »Du kennst Tim Heacham, nicht wahr?«

»Natürlich.«

»Wußtest du, daß er in Jo Clifford verliebt ist?«

»Ich habe da so etwas gehört.«

»Er ist nicht einfach nur verknallt in sie, Pete. Das ist viel, viel mehr ...« Pete entdeckte fast so etwas wie Mitgefühl in ihren Augen und betrachtete sie mit neuerlichem Interesse. Ihr kurzgeschnittenes rotes Haar war dekorativ zerzaust, ihr dunkelgrünes Hemd und die Jeans standen ihr hervorragend und waren diesmal sogar frei von Farbflecken. Sie strahlte jungenhaften Charme aus, der ihre Entschlossenheit nicht ganz verdeckte. Sein Blick ruhte auf ihren kräftigen, beinahe maskulinen Händen mit den kurzgeschnittenen Nägeln. Scharlachroter Lack war zwar mehr nach seinem Geschmack, aber zweifellos hatte sie eine unterschwellige sexuelle Anziehungskraft, die ihn ungeheuer ansprach. Er stand auf und griff nach ihrem Glas. »Ich hole dir noch einen«, sagte er sanft. »Ich nehme an, du denkst, ich könnte dieser Romanze irgendwie auf die Beine helfen.«

Ihre Augen zogen sich zusammen. »Ja. Und für den Anfang könntest du der Welt berichten, was Nick aus seinem Unternehmen gemacht hat . . . einen Scherbenhaufen!«

Pete staunte. »Moment mal. Ich hatte immer den Eindruck, daß du selbst ziemlich scharf auf Nick bist.«

Die grünen Augen blickten düster. »Nicht mehr. Der Grund dafür, daß er seine Agentur mehr und mehr vernachlässigt, liegt darin, daß er hypnotisiert worden ist, genau wie Jo. Er hat sie in seinem früheren Dasein gekannt und so sehr gehaßt, daß er sie umgebracht hat.« Sie nahm ihr nachgefülltes Glas und lächelte ihn wissend an.

»Das sind doch ganz interessante Informationen, oder, Pete?«

Nachdem sie das Gespräch mit Bet beendet hatte, blieb Jo am Fenster stehen und schaute wie betäubt auf das Dach der Kirche von Hay.

»Fertig, Kindchen?« Margiad Griffiths schob den Kopf um die Ecke. »In einer Viertelstunde steht das Essen auf dem Tisch, falls Sie noch rasch baden wollten.«

Jo starrte verständnislos auf ihre Badeutensilien, die sie auf einen Sessel gelegt hatte. Langsam hob sie sie auf. »Ich möchte das Telephonat bezahlen«, sagte sie heiser.

»Schlechte Nachrichten?« Mrs. Griffiths trat einen Schritt ins Zimmer. »Sie sind ja ganz blaß geworden.« Sie lächelte verschwörerisch. »Soll ich Ihnen nicht ein Glas Sherry bringen? Das wird Sie wieder aufrichten, ganz bestimmt. Sie können es ja mit nach oben nehmen.«

Dankbar nahm Jo das kleine Kristallglas entgegen und stieg wieder die Treppe hinauf ins Bad.

Das Abendessen wurde mit zehn Minuten Verspätung serviert, und Margiad Griffiths war ganz aus dem Häuschen. »Das ist der Wein, wissen Sie. Ich habe meine Doreen die Straße hinunter zum *Swan* geschickt, um welchen zu holen, aber ich weiß nicht, ob er was taugt. Mein Mann, der verstand was von Wein, aber ich? Ich mag das Zeug ja nicht!« Scheu hielt sie Nick die Flasche entgegen und reichte ihm dann einen Korkenzieher.

Nick betrachtete würdevoll das Etikett. »Der ist sehr schön, vielen Dank. Sagen Sie Ihrer Tochter bitte meinen herzlichsten Dank für ihre Mühe.« Er lächelte sie an.

Nachdem sich die Wirtin zurückgezogen hatte, grinste er Jo an. »Schaumwein ist es auf jeden Fall, nach dem Transport vom *Swan* hierher. Dem Etikett nach war es mal ein guter Wein, aber jetzt moussiert er mit Sicherheit.«

Jo bemühte sich um ein Lachen. »So, wie ich mich jetzt fühle, ist es mir egal, in welchem Zustand er ist, wenn er nur alkoholhaltig ist.« Sie sah zu, wie er den Korken aus der Flasche zog und behutsam daran schnupperte. »Das Essen sieht herrlich aus«, stellte sie nach einer Weile fest.

»Und der Wein ist es auch, allen seinen Abenteuern zum Trotz. Auf die furchtlose Margiad – ist das nicht ein hübscher Name?« Nick nahm einen großen Schluck. »Und auf dich, Jo.« Er sah ihr in die Augen.

Jo lehnte sich zurück. »Ich habe vorhin mit Bet Gunning gesprochen«, sagte sie, und ihre graugrünen Augen musterten ernst sein Gesicht. »Sie hatte bei Mrs. Griffiths um meinen Rückruf gebeten.«

»Ach?« Nick griff nach Messer und Gabel.

»Sie sagt, sie war vorige Woche mit dir essen.«

Nick lächelte. »Hat sie deshalb angerufen? Um dir zu erzählen, was da passiert ist?«

»Was ist denn passiert, Nick?«

»Sie hat mir gesagt, ich solle die Finger von dir lassen. Sie meint, ich ruiniere deine Karriereaussichten und verderbe deinen literarischen Stil. Dann bot sie sich als Ersatz an. Als ich ihren freundlichen Vorschlag zurückwies, war sie ein bißchen verärgert. Aber eigentlich nicht genug, um dir gleich alles brühwarm zu erzählen. Wie lautete denn ihre Version?«

Jo lächelte flüchtig. »Ziemlich ähnlich. Wenn Bet etwas ist, dann offen und ehrlich. Vielleicht wäre sie es nicht gewesen, wenn du ihr Angebot akzeptiert hättest.« Sie steckte einen Bissen Lamm in den Mund. »Außerdem hat sie gesagt, sie glaubt, daß du mich haßt.« Sie sah nicht auf.

Nick schwieg.

»Du haßt mich so sehr, daß du mir gefährlich werden kannst«, fuhr sie so leise fort, daß er einen Moment lang glaubte, er habe nicht recht gehört.

»Jo.« Er griff über den Tisch und nahm ihre Hand. »Bet ist eine

Unruhestifterin und ein Biest; das sagt sie selbst. Außerdem hat sie eine lebhafte Phantasie. Um Himmels willen...«, sein Gesicht nahm einen fassungslosen Ausdruck an, »... du glaubst ihr doch nicht etwa?«

Sie schüttelte seine Hand ab. »Nein, natürlich nicht. Aber du hast dich ziemlich eigenartig benommen, Nick. Das hast du zugegeben.« Sie zwang sich zu einem Lächeln.

Abrupt stand er auf und schob seinen Stuhl zurück; er hatte sein Essen kaum angerührt.

»Jo, wir müssen das klären. Ich liebe dich...« Er lächelte verlegen. »Nicht leicht für einen Engländer, so was am hellichten Tage über die Lippen zu bringen, aber bitte, ich hab's gesagt. Ich glaube, ich liebe dich, seit ich dich zum erstenmal gesehen habe.«

Einen Augenblick lang herrschte angespannte Stille. Ihre Kehle war so eng, daß sie kaum atmen konnte.

»Warum bist du dann zu Judy gegangen?« wisperte sie schließlich. Er stöhnte auf. »Keine Ahnung! Vermutlich, weil du mich zum Teufel geschickt hast. Weil du mich manchmal so wütend machst...«

»So wütend, daß du mir weh tun willst...« Sie sah zu ihm auf.

»Nein!« erwiderte er heftig. »Es ist, als wäre...« Er brach mitten im Satz ab und starrte an ihr vorbei. »Es ist, als wäre da etwas in meinem Kopf, das sich wie eine Klappe schließt. Wenn das geschieht, weiß ich für gewisse Zeit nicht, was ich tue. Das soll keine Entschuldigung sein, Jo. Es gibt keine Entschuldigung für das, was ich dir angetan habe. Vielleicht ist es gerade darum so beängstigend. Ich verstehe es nicht.« Er sah sie wieder an. »Aber es wird nicht – es kann nicht wieder vorkommen.«

Jo spürte plötzlich das sehnsüchtige Verlangen, ihn in die Arme zu nehmen. Aber sie blieb sitzen. »Ich nehme an, du bist überarbeitet«, sagte sie leise. »Die Sorgen wegen des verpatzten Auftrages und so weiter. Das könnte doch alles erklären.«

»Vielleicht.« Er lächelte müde.

»Warum bist du gekommen, Nick?«

»Nach Wales? Um dich zu sehen. Um bei dir zu sein.«

»Aber warum?« Sie ballte die Fäuste im Schoß.

»Weil ich mir Sorgen um dich gemacht habe, vermutlich«, sagte er schließlich.

»Und du willst morgen zurückfahren?«

»Ich muß. Ich soll am Mittwoch nach New York fliegen und habe noch eine Menge zu erledigen. Aber ich mache mir wirklich Sorgen um dich. Es beunruhigt mich, daß du diese spontanen Regressionen erlebst. Nimm nur mal an, es wäre niemand bei dir gewesen. Nimm an, es würde dir auf der Straße geschehen oder beim Autofahren...«

»Es gibt keinen Grund, weshalb es noch einmal passieren sollte, Nick.« Jo legte endgültig das Besteck aus der Hand. »Ich glaube auch gar nicht, daß das heute eine Regression war. Ich bin nur in Ohnmacht gefallen - genau wie bei Ceecliff. Der Arzt meinte, es hat wahrscheinlich etwas mit den Gewittern zu tun, die in letzter Zeit so häufig sind. Es ist damals auch bei einem Gewitter passiert, weißt du noch? Er meint, es sei eine allergische Reaktion auf elektrische Kraftfelder oder so was.« Sie lachte. »Er sagte, wahrscheinlich wäre ich eine von denen, die unter Hochspannungsmasten kotzen müssen.«

Nick brachte ein Lächeln zustande. »Aber von den Regressionen hast du ihm nichts erzählt, oder?«

Sie schüttelte den Kopf. »Dann hätten sie mich doch eingesperrt, Nick. Dann hätten sie mich einen Monat lang psychiatrischen Tests unterzogen. Aber wenn jemand mich testet, dann ist das Carl Bennet.« Sie sah ihn prüfend an. »Würdest du mitkommen, Nick, wenn ich nochmal zu ihm ginge?«

Sie sah, daß sich der Griff seiner Finger um das Messer spannte und lockerte. »Als Beobachter, Jo?« fragte er nach langer Pause leise. »Oder als zweiter Patient?«

Jo schlief. Nick knipste die Lampe neben seinem Bett an, aber sie rührte sich nicht. Einen Moment lang blieb er vor ihr stehen und betrachtete sie. Er hatte das merkwürdige Phänomen in seinem Kopf als eine Klappe beschrieben. Aber es war eher ein schattenhafter Dämon, der da in seinem Inneren schlummerte und sich ab und zu regte. Und wenn er das tat, mußte er gehorchen. Er spürte, daß ein Prickeln der Angst seinen Nacken überzog. Aber es war etwas, dem er sich stellen mußte. Bet hatte recht: Es bedrohte Jo.

Behutsam legte er ihr die Decke um die Schultern und berührte dabei eine Haarlocke. Wenn sie schlief, sah sie so verletzlich aus. Weshalb sollte irgend etwas in ihm ihr etwas antun wollen? Bet hatte es bemerkt. Ihr Plänkeln und Flirten hatte aufgehört, als sie dieses andere Wesen in ihm erkannt hatte. Und Judy. Was hatte sie noch gesagt? »Du hast keine Regression erlebt. Er hat dir einfach gesagt, wer du warst, und dann hat er dir gesagt, was du tun sollst.«

Nachdenklich setzte sich Nick auf sein Bett. Aber er hatte Jo das erstemal angegriffen, bevor Sam ihn hypnotisiert hatte. Sam würde doch niemals wollen, daß er Jo etwas antat. Verärgert drängte er die Stimme seiner Mutter beiseite, deren Echo durch seine Gedanken hallte. »Du darfst dich nie von Sam hypnotisieren lassen, Nick . . . Hat er schon herausgefunden, wer du in Matildas Vergangenheit warst? Was hat er dir in Erinnerung gerufen?«

Er dachte an Judys Gesichtsausdruck, als er im Wohnzimmer seines Apartments auf sie zugegangen war, weil er ihr das Glas nachfüllen wollte. Sie war vor ihm zurückgewichen, und in ihren Augen hatte er die gleiche Angst und Unsicherheit gesehen, die Bet gezeigt hatte. Auch Judy hatte das Fremde in ihm gesehen.

Jo bewegte sich und streckte einen Arm von sich, wachte aber nicht auf. Nick wagte es nicht, sie noch einmal zu berühren.

Im Morgengrauen wurde Jo wach. Ihr Blick wanderte verschlafen durch das unbekannte Zimmer und richtete sich auf das Fenster. Sie begann zu zittern.

Sie richtete sich auf, drückte das Kopfkissen an die Brust, vergrub das Gesicht darin und versuchte, das Grauen in sich niederzukämpfen. Die Erinnerung war unvermittelt zurückgekehrt. Castel Dinas im Gewitter. Prinz John, die trunkenen Männer und ihre eigene Verwundbarkeit und Angst, als der Bruder des Königs seine Absichten deutlich gemacht hatte.

Sie umklammerte das Kissen noch fester. Wieder sah sie das hübsche, trunkene Gesicht über sich, spürte seine Hände brutal auf ihren Brüsten, empfand ihre absolute Ohnmacht gegenüber seiner Entschlossenheit.

»Fehlt dir etwas, Jo?«

Sie unterdrückte einen Schrei, als Nicks Hand ihr Handgelenk umschloß. »Rühr mich nicht an!« Sie rutschte aus dem Bett, das Kissen immer noch an sich gepreßt, wich vor ihm zurück.

»Ich werde dich nicht anrühren, Jo.« Nick setzte sich auf die Kante seines Bettes. »Du hast schlecht geträumt, weiter nichts.«

»Geträumt!« Ihr Gesicht war leichenblaß. Sie sah in den Frisierspiegel. »Glaubst du, das hier habe ich geträumt? Und das?« Sie streckte ihm ihre Handgelenke entgegen, dann ihre Schulter in dem dünnen Seidennachthemd mit den Spaghettiträgern. Überall waren Blutergüsse, und an ihrem Hals klaffte eine lange Schramme. Ihre Kehle war von Würgemalen bedeckt und geschwollen.

Nick war plötzlich eiskalt. »Jo! Du glaubst doch hoffentlich nicht, daß ich das war, um Gottes willen. Ich war es nicht!«

»Nicht?« Sie drückte sich in die Zimmerecke wie ein in die Enge getriebenes Tier. »Wer soll es den sonst gewesen sein?«

»Ich jedenfalls nicht, Jo.« Nick fuhr sich nervös mit der Zunge über die Lippen. »Als ich gestern abend von meinem Spaziergang zurückkam, hast du geschlafen. Ich habe dich nicht angerührt. Ich habe hier in diesem Bett geschlafen, bis du mich eben geweckt hast. Um Gottes willen, Jo, meinst du, ich könnte dir so etwas antun, während du schläfst, und du würdest nicht aufwachen?« Er atmete schwer. »Du hast schlecht geträumt. Im Schlaf wieder eine Regression gehabt. Ich habe nichts damit zu tun, Jo.«

Sie war inzwischen ein wenig ruhiger, klammerte sich aber immer noch schutzsuchend an das Kissen. »Nein«, hauchte sie schließlich. »Es war in Castel Dinas; ich erinnere mich jetzt.« Sie atmete tief und qualvoll. »Es kam ein Unwetter auf, und die Burgwache hatte schreckliche Angst vor den alten Göttern. Ich weiß nicht, wer sie waren – Kelten vermutlich, Druiden. Aber sie gehen noch immer in den Bergen um. John und ich waren da, allein.«

»John?« flüsterte Nick entsetzt.

Zum erstenmal sah Jo ihm ins Gesicht. »Prinz John«, wiederholte sie.

»Und er hat dir das angetan?« fragte Nick erschüttert.

Sie nickte. Er sah die Anklage in ihren Augen. »Du warst es doch, Nick . . .«

»Nein!« Er sprang hoch. »Jo, komm endlich in die Wirklichkeit zurück! Du warst in Trance. Niemand hat dich angerührt; es ist alles nur in deinem Kopf geschehen. Ich habe dich ins Krankenhaus gefahren, und sie haben dich stundenlang dabehalten und untersucht. Du warst völlig unversehrt. Es ist geschehen, während du geschlafen hast, Jo!« Sanft nahm er ihr das Kissen ab und legte es auf das Bett; dann ergriff er ihre Hände. Sie waren eiskalt. »Jo, ich finde, wir sollten zu Bennet gehen. So schnell wie möglich.« Er schob sie zum Bett und drückte sie sanft nieder.

Zögernd hob sie die Hand und fuhr ihm mit den Fingerspitzen federleicht über das Gesicht. Plötzlich füllten sich ihre Augen mit Tränen, sie warf ihm die Arme um den Hals. »Oh, Nick, laß es nicht wahr sein. Bitte«, rief sie verzweifelt, »laß es nicht wahr sein!«

Zigarrenrauch kräuselte sich um silberne Kerzenleuchter und schwebte zur hohen Decke hinauf, um dort unter den Stuckverzierungen zu verwehen. Schwerfällig stand Sam auf, nahm sein Glas Portwein in die Hand und wanderte an dem langen Tisch entlang zu einem freien Stuhl am oberen Ende. Dort stellte er sein Glas ab und streckte die Hand aus. »Doktor Bennet? Mein Name ist Samuel Franklyn.«

Bennet musterte ihn kurz und deutete auf den leeren Stuhl neben sich. »Bitte, setzen Sie sich, Doktor Franklyn. Ich hatte gehofft, daß wir uns heute abend hier treffen würden. Wir haben eine gemeinsame Patientin, glaube ich.« Wieder blickte er auf, und seine Augen waren schmal. »Einer der interessantesten Fälle, die mir je begegnet sind. Zigarre?«

Sam schüttelte den Kopf. »Sie hat es sich jetzt doch anders überlegt, was eine Besprechung zwischen uns beiden betrifft. Jetzt, da ich Sie ohnehin nicht mehr daran hindern kann, sich einzumischen. Hat sie Ihnen das gesagt?«

Bennet hob eine Braue. »Nein. Aber ich muß gestehen, daß ich dennoch die Absicht hatte, mit Ihnen zu sprechen.« Interessiert betrachtete er Sams Gesicht. »Wann haben Sie sie das letztemal beruflich gesehen?«

»Am zwölften. Sie waren wohl nicht da.«

Bennet nickte langsam. »In der Woche darauf war sie bei mir. Wir hatten eine sehr beunruhigende Sitzung, in deren Verlauf ich sie auf ihre Bitte hin dahingehend zu beeinflussen versuchte, die Erinnerungen an ihre frühere Existenz auszuschalten. Sie widersetzte sich dieser Suggestion und geriet in starke Erregung. Ich mußte ihr ein Beruhigungsmittel geben. Seither habe ich sie nicht mehr gesehen.«

»Sie ist nach Wales gefahren.« Sam nippte an seinem Port. »Sie wollte sich über ein paar Fakten und Schauplätze ihrer Regression informieren. Inzwischen ist es wohl so weit, daß die Regressionen spontan einsetzen.«

Bennet seufzte. »Autohypnose. Ich hatte befürchtet, daß so etwas geschehen könnte.«

»Wenn ich recht verstehe, glauben Sie an diese Reinkarnation?«

Bennet lächelte wachsam. »Ich bemühe mich, meinen Patienten gegenüber objektiv zu sein. Genau gesagt, habe ich mit einer Reihe von Leuten Kontakt aufgenommen, mit denen ich Joanna gern zusammenbringen würde. Mit einem Historiker, Fachmann für mittelalterliche Geschichte. Mit einer Linguistin, die das Walisische begutachten könnte, das sie von Zeit zu Zeit spricht. Mit einem Kollegen, Stephen Thomson - Sie sind ihm wahrscheinlich schon begegnet. Sie alle wären besser befähigt, die Informationen zu beurteilen, die sie von sich gibt. Sie könnten uns so viel über die Herkunft all dieser Dinge sagen . . .«

Sam lächelte zurückhaltend. »Jo wird zurückkehren, dessen bin ich sicher. Mein Bruder ist zur Zeit bei ihr in Wales, und ich denke, er wird auf die eine oder andere Weise dafür sorgen, daß sie zurückkommt. Sie kennen meinen Bruder?«

Bennet lachte. »Er vertraut weder mir noch meinem Handwerk.«

»Nein, wohl kaum.« Sam verfiel in rätselhaftes Schweigen. Er schenkte sich Port nach und reichte die Karaffe am Tisch weiter. »Ich würde mich für die Ansichten Ihrer Experten interessieren. Nick auch, denke ich.« Er beugte sich vor und stützte die Ellbogen auf den Tisch. »Manchmal macht er mir Sorgen. Nick, meine ich«, sann er laut vor sich hin.

Bennet enthielt sich jeden Kommentars und beobachtete Sam aufmerksam.

»Er wird zunehmend instabiler«, erklärte Sam. »Hat heftige Stimmungsschwankungen. Als sein Bruder habe ich einige Mühe, objektiv zu sein.« Er grinste entwaffnend.

»Ich hatte eigentlich nicht den Eindruck, daß ihm etwas fehlt.« Bennet stützte sich mit dem Ellbogen auf seine Stuhllehne. »Er macht sich Sorgen um eine Frau, die er offensichtlich sehr liebt; das ist alles.« Er machte eine kleine Pause. »Darüber hinaus halte ich auch ihn für ein gutes Tieftrance-Objekt. Ich hätte gern einmal Gelegenheit, eine Regression bei ihm herbeizuführen. Ich spüre da eine Seele, die im Laufe der Jahrhunderte große Qualen durchlitten hat. Ich würde fast annehmen, Sie glauben das auch.«

Sams Hand ruhte auf dem Tisch neben seinem Glas; jetzt schloß sie sich zur Faust. »Ich bin nicht sicher, daß ich Ihren Glauben an die Reinkarnation teile, Doktor Bennet.«

»Das überrascht mich.« Bennet lächelte schmallippig. »Ich halte mir etwas darauf zugute, ein Gespür für diese Dinge zu haben. Ich würde sagen, Sie haben Grund zu der Annahme, daß Sie mancherlei mit Ihrem Bruder gemeinsam haben.«

»Möglich.« Sam sah ihn kalt an. »Wenn ich ihn überreden kann, noch einmal mit Jo zu Ihnen zu kommen, versammeln Sie dann Ihre Experten? Aber keine Suggestionen mehr, die darauf hinwirken, daß sie Matilda vergißt. Sie muß die Geschichte bis zum Ende erleben.«

Bennet runzelte die Stirn. »Sie muß?«

»O ja. Sie muß.« Sam stand auf. Er streckte die Hand aus. »Es war sehr interessant, Sie kennenzulernen, Doktor Bennet. Ich werde mich melden, wenn Jo und Nick wieder in London sind . . .« Mit einer Verbeugung schlenderte er zu seinem Platz zurück.

Bennet sah ihm gedankenverloren nach. Dr. Sam Franklyn hatte etwas an sich, das ihn zutiefst beunruhigte.

Jo und Nick fanden sich am nächsten Dienstag in Carl Bennets Praxis ein. Außer Carl und Sam waren drei Fremde zugegen.

Bennet ging Jo entgegen. »Erlauben Sie, daß ich Sie meinen Kollegen vorstelle, meine Liebe. Dies ist Stephen Thomson, Facharzt im Bartholomew's Hospital. Er ist ein Experte auf dem Gebiet der Stigmabildung und anderer derartiger Phänomene.« Er lächelte unverfroren. »Und das ist Jim Paxman, Historiker und Fachmann für das Mittelalter, der die walisische Geschichte genau kennt; und das Doktor Wendy Marshall, Expertin für keltische Sprachen. Sie wird versuchen, einige der walisischen Wörter und Sätze zu übersetzen, mit denen Sie ab und zu glänzen. Sie wird sofort wissen, ob sie echt sind – und aus der Zeit stammen.«

Jo schluckte. »Ein Rollkommando von Experten, um mir auf die Schliche zu kommen?«

Bennet runzelte die Stirn. »Wenn Sie Einwände haben, werde ich sie sofort bitten wieder zu gehen, Jo.« Er beobachtete sie beunruhigt. »Es ist nicht als Inquisition gedacht.«

»Nein.« Jo setzte sich entschlossen. »Nein, wenn ich mogle, dann will das niemand so genau wissen wie ich selbst.« Sie lächelte Sam sparsam zu. Er saß in einer Ecke des Zimmers und beobachtete die Szene.

»Wollen wir beginnen?« fragte Bennet sanft.

Jo nickte. Sie lehnte sich zurück, die Hände locker im Schoß gefaltet, die Augen auf Bennets Gesicht gerichtet.

»Gut«, sagte er nach einer Weile. »Sie haben gelernt, sich zu entspannen. Das ist schön. Ich habe gehört, daß Sie geübt haben.«

Aller Augen richteten sich auf ihn, während er Jo mit weicher Stimme in Trance redete. Wenige Sekunden später war er zufrieden. Er schaute über die Schulter hinweg zu Sam. »Die Selbsthypnose, von der wir sprachen, macht es leichter, die Regression auszulösen. Eigentlich braucht sie mich höchstens noch zur Kontrolle.« Er richtete sich auf. »Sie können sie jetzt befragen. Wer möchte anfangen? Doktor Marshall, wie wäre es mit Ihnen? Wollen Sie ihr eine Frage auf Walisisch stellen? Sie hat, wie wir alle wissen, behauptet, in ihrer jetzigen Inkarnation über keinerlei Kenntnisse in dieser Sprache zu verfügen. Es dürfte also leicht sein, in diesem Punkt einen Beweis zu erbringen. Leichter als in Fragen historischer Details.«

Wendy Marshall nickte. Sie war eine große, schlanke Frau von Anfang Vierzig. Ihr braunes Haar wurde von einer Spange im Nakken zusammengehalten und fiel in ungebändigten Locken über ihren Rücken – ein Überschwang, der in scharfem Kontrast zu ihrem strengen Gesichtsausdruck und der puritanischen Schlichtheit ihres Leinenkleides stand. Sie nahm ihren Block und trat neben Jo.

»Nawr te, arglwyddes Mallt.« Sie sprudelte einen Wasserfall von Worten heraus. *»Fe faswn i'n hoffi gofyn ichwi ychydig cwestynau, os ca i* ... Ich habe ihr gesagt, ich würde ihr ein paar Fragen stellen«, erklärte sie über die Schulter hinweg.

Die Stille im Raum war spannungsgeladen. Nick merkte, daß er die Fäuste ballte, während alle auf Jos Reaktion warteten.

»A ydych chi'n fyn deall i? Pa rydw i'n dweud? Fyng arglwyddes?« fuhr Wendy nach einer Weile fort.

Jo ließ nicht erkennen, daß sie etwas gehört hatte. Ihre Aufmerksamkeit konzentrierte sich irgendwo tief in ihrem Innern, weit weg von dem Zimmer am Devonshire Place. Wendy warf Bennet einen Blick zu. »Ich habe sie gerade gefragt, ob sie mich verstanden hat«, sagte sie gedämpft. »Ihr Gesicht ist so völlig ausdruckslos. Ich fürchte, es sieht so aus, als hätte sie Sie zum Narren gehalten.«

Nick fuhr hoch. »Meinen Sie, sie hätte gelogen?« platzte er heraus. »Sie glauben, das Ganze sei ein Schwindel? Irgendeine kleine Scharade, die wir uns alle ausgedacht haben, um uns zu amüsieren?«

»Nicholas, bitte.« Carl Bennet stand auf. »Ich bin sicher, Doktor

Marshall will nichts dergleichen andeuten.« Er wandte sich an Jo. »Könnt Ihr mich hören, Lady Matilda?« Sein Ton war gebieterisch.

Langsam wandte Jo ihm den Blick zu. Nach einer Weile nickte sie.

»Ihr habt uns gesagt, Ihr sprecht die Sprache der Berge«, erklärte er fest. »Ich möchte, daß Ihr die Fragen beantwortet, die diese Dame Euch stellt. Ihr könnt die Dame neben mir sehen, nicht wahr, Matilda?«

Jo wandte sich Wendy zu und sah ihr in die Augen. Ihr Blick war noch immer seltsam ausdruckslos.

»Sprechen Sie sie noch einmal an«, flüsterte Bennet.

»Fyng arglwyddes, dywedwch am y Cymry sy'n drigo o gwmpas y Gelli, os gwelych chi'n dda«, sagte sie langsam und sehr deutlich. *»Ydych chi'n fyn dealli i?«*

Jo runzelte die Stirn. Sie beugte sich in ihrem Sessel vor und sah Wendy jetzt aufmerksam an.

»Y... y Cymry o gwmpas y Gelli?« wiederholte sie zögernd.

»Das ist es! Ich habe sie gebeten, mir etwas über die Leute von Hay-on-Wye zu erzählen«, erklärte Wendy hastig über die Schulter hinweg; ihr Gesicht war plötzlich angespannt vor Erregung.

»Eres ych araith«, sagte Jo langsam, als suche sie nach Worten. *»Eissoes, mi a wn dy weddwl di. Managaf wrthyt yr hynn a ovynny ditheu ... pan kyrchu y Elfael a oruc Rhys ...«*

»Ich will Euch berichten, was Ihr hören wollt ... von Rhys' Angriff auf Elfael«, murmelte Wendy und kritzelte dabei hastig auf ihren Block. *»Siaradwch e, yn araf, os gwelych chi yn dda«,* wiederholte sie schließlich. »Langsam bitte. *Yn araf iawn.«*

Jo lächelte zögernd. Sie schaute jetzt an Wendy vorbei zum Fenster, als beobachte sie Nick.

»Rhys a dywawt y caffei ef castell Fallt a gyrrei ef Wilym gyt a'y veibion o Elfael a Brycheiniog megys ry-e yrrassei wynteu y ymdeith Maes-y-fed.« Sie verstummte. Die Stille im Raum wurde durch ein leises Klappern unterbrochen; Sarah hatte in der Ecke ihren Bleistift auf den Tisch fallenlassen; ungehindert rollte er über die blanke Platte und fiel geräuschlos auf den weichen Teppichboden.

»Sagen Sie nicht, das sei kein echtes Walisisch, was sie da spricht«, meinte Bennet triumphierend. »Was sagt sie?«

Wendy schüttelte den Kopf. »Es ist Walisisch«, erklärte sie leise. »Aber schwer zu verstehen. Die Aussprache ist ungewöhnlich, und ihre Syntax ... Der Gebrauch der alten Perfektform *dywawt* ist auffällig. Es ist eine frühe Form des Mittelwalisischen, die ausgestorben ist. Ebenfalls eigentümlich ist ihre Verwendung des Verbalpartikels *ry* mit dem angehängten Pronomen *-e*, was der Akkusativ der dritten Person im Plural ist. Ein solcher Gebrauch muß sehr früh angesiedelt werden.« Sie sah die anderen an. »Man würde nicht einmal erwarten, so etwas im Mittelwalisischen des dreizehnten oder vierzehnten Jahrhunderts zu finden. Das ist sehr, sehr interessant.«

»Sie spricht aus dem zwölften Jahrhundert zu Ihnen, Doktor Marshall«, warf Sam leise ein. »Da können Sie kaum etwas anderes als die Sprache des zwölften Jahrhunderts erwarten.«

Wendy drehte sich um. »Sie spricht modernes Englisch«, entgegnete sie scharf. »Nach Ihren Kriterien müßte ich die Sprache Layamons erwarten, wahrscheinlicher noch Normannisch-Französisch. Aber nicht das Englisch der achtziger Jahre.«

Sam zuckte mit den Schultern. »Ihr Gehirn stammt aus dem zwanzigsten Jahrhundert, Doktor Marshall. Die Erinnerungen, auf die sie sich bezieht, schließen die Sprachen ein, die sie damals gesprochen haben dürfte. Aber das Medium, durch welches sie übermittelt werden, ist eine Frau des zwanzigsten Jahrhunderts, die bislang angewiesen war, im Idiom des zwanzigsten Jahrhunderts zu antworten. Sprechen Sie sie doch auf Altfranzösisch an. Oder auf Latein. Mal sehen, was passiert.«

»Pan dducpwyt chwedyl o'n orchyfygu vi bydwn yngastell Paen«, fuhr Jo plötzlich fort, ohne den Wortwechsel zur Kenntnis zu nehmen. *»Gwybuum minheu yna ymladd a wnaem ninneu. Nyt oed bryd inni galw cymhorthiaid . . .«*

»Was sagt sie jetzt?« Bennet beugte sich gespannt vor.

»Ruhig! Ich versuche ja, sie zu verstehen«, zischte Wendy. Sie runzelte konzentriert die Stirn. »Sie sagt, sie werde kämpfen müssen. Es sei keine Zeit mehr, Hilfe zu rufen . . .«

»Wo? Wo ist sie denn?«

»Pain's Castle? Sie will Pain's Castle verteidigen.«

»Y glawr mawr – Y bu yn drwmm etto«, sprach Jo weiter.

»Der heftige Regen, es regnete immer noch heftig . . .«, übersetzte Wendy leise.

»Oed goed twe ymhob cyfer . . .«

»Da war überall dichter Wald . . .«

»Y clywssam fleiddyeu pellynnig . . .«

»In der Ferne konnten wir die Wölfe hören.«

Jo setzte sich kerzengerade auf; sie begann sehr schnell zu sprechen, und mit jeder Sekunde gingen ihr die Worte flüssiger über die Lippen. Ihre Augen waren aufgerissen, die Pupillen geweitet, sie wurde immer erregter.

»Sagen Sie ihr, sie soll jetzt Englisch sprechen«, unterbrach Bennet scharf. »Ich denke, der Beweis ist zweifelsfrei erbracht. Sagen Sie es ihr, rasch . . .«

»Dyna igud. Siaradwch Saesneg yn nawr, os fues dim ots gyda chi.« Wendy beugte sich vor und berührte fast zögernd Jos Arm.

Jo wich zurück. Sie starrte in weite Fernen, sah ein unbewachtes

Feuer, das niedergebrannt war; beißender Rauch hing in der Halle der Burg. Ein Holzscheit, dann noch eines, rutschte vom Kaminbock herunter und polterte in die Asche.

Sie empfand die Stille jener kalten, trostlosen Nacht, die dann von den häßlichen Schreien und Rufen der Männer und dem wütenden Klirren der Schwerter zerrissen wurde, als die erste Woge der Angreifer von den Sturmleitern heruntergeschlagen wurde, die sie gegen die Mauern gelehnt hatten. Sie, sie allein mußte jetzt das Kommando übernehmen. Das Leben jedes Mannes und jeder Frau in der Burg hing von ihr ab, nachdem der Kastellan tot war. Langsam stand sie auf und wandte sich zur Tür. Irgendwie mußte sie die Kraft finden, sein Schwert aufzunehmen.

»Seasneg, fyng arglwyddes. Nid ydyn ni ddim i'n eich deall chi!« rief Wendy. »Sprechen Sie Englisch. Wir können Sie nicht verstehen!«

Jo brach mitten im Redestrom ab. *»Avynnwch chwi y dywettwyf i Saesneg?«* fragte sie verwirrt. *»Saesneg* ... Englisch ... ich muß Englisch sprechen?« Stockend redete sie weiter in der Sprache, die sie verstanden.

28

Bennet legte Jo eine Hand auf den Unterarm. »Ganz ruhig jetzt, meine Lady. Ruht Euch aus«, befahl er sanft. Er sah Nick an. »Jetzt wissen Sie Bescheid über die Belagerung von Pain's Castle. Ihre Matilda war eine mutige Lady, wenn sie die Festung gehalten hat, bis Hilfe kam. Wollen wir weitermachen?«

»Warum nicht?« meinte Nick. »Sie ist nicht erregt.«

»Möchte sonst jemand ihr Fragen stellen?« Er sah Jim Paxman an, der den Kopf schüttelte. »Vorläufig bin ich einfach fasziniert. Später würde ich sie gern einmal ins Kreuzverhör nehmen.« Er hatte einen Bleistift in der Hand. »Ich notiere mir meine Fragen. Bisher sind ihre Detailangaben geradezu unheimlich!«

»Und zutreffend?« Sams kalte Stimme aus der Ecke veranlaßte alle, sich unbehaglich umzudrehen.

»Bisher habe ich sie bei keinem Fehler ertappt«, erwiderte Jim zurückhaltend. »Aber es ist so viel mehr, als ich oder sonst jemand überprüfen könnte, selbst bei sorgfältigstem Studium der Chroniken. Nein, Carl. Bitte, lassen Sie sie weiterreden. Ich möchte mehr über ihre Familie hören. Und über den Feldzug. Rhys hat sich nicht auf Dauer geschlagen gegeben. Er kam zurück!«

Carl nickte. Er wandte sich wieder zu Jo. »Matilda«, sagte er leise. »Erzählt uns, wie es weiterging.«

Es war fast dunkel. Matilda saß in einer Fensternische des Söllers der Burg Hereford und stickte. Sie wählte einen Goldfaden und hielt ihn blinzelnd vor den Rest von Abendrot, um ihn durch das Nadelöhr zu fädeln. Als es an der Tür klopfte, verbog sie den Faden und fluchte leise. Die stille Stunde hier oben auf dem Söller war ihr so kostbar, daß sie sogar ihre Töchter und die Zofen verscheuchte. Sie dehnte diese Zeit so weit es nur ging. Sie hatte leichte Kopfschmerzen, die Augen taten ihr weh - aber solange das Licht für ihre Handarbeit ausreichte, hatte sie einen Grund, allein sein zu können.

Wieder klopfte es, drängender jetzt, und der schwere Türgriff drehte sich. »Meine Lady?« Elen schob den Kopf herein.

»Elen, ich habe dir gesagt, ich möchte allein sein. Für ein Weilchen, bis es ganz dunkel ist.«

»Ich weiß, meine Lady.« Elen lächelte. »Aber Ihr habt Besuch, und ich dachte, es sei an der Zeit, die Leuchter anzuzünden und hier in der Garderobe ein wenig aufzuräumen. Und nach Euch zu schauen«, schimpfte sie plötzlich. »Versucht hier, im Dunkeln zu arbeiten und Euer Augenlicht zu ruinieren, was?« Sie stieß die Tür ganz auf und huschte durch das Zimmer. Hinter ihr auf der Schwelle stand Richard de Clare. Er war allein.

Unwillkürlich setzte Matildas Herz einen Schlag aus.

Er verbeugte sich, und sein altes, unverwechselbares Lächeln ließ sein Gesicht erstrahlen. Er streckte die Hände aus.

Matilda warf einen Blick zu Elen, die geschäftig mit einem brennenden Kienspan von Leuchter zu Leuchter ging; aber die Frau wandte ihr demonstrativ den Rücken zu und verschwand gleich darauf hinter einem Vorhang in der Kleiderkammer.

»Richard!« Matilda konnte sich nicht länger beherrschen. Mit ausgestreckten Händen stürzte sie ihm entgegen. Sie spürte seine starken Arme um sich, seine Lippen berührten ihren Mund. Dann, allzu bald, schob er sie sanft von sich und hauchte ihr einen leichten Kuß auf die Stirn. »Oh, Richard, mein Lieber, mein Geliebter! So lange ist es her.«

»In der Tat, das ist es.« Er trat zurück, ohne ihre Hände loszulassen, und musterte sie langsam von Kopf bis Fuß. Seine Augen nahmen jede Einzelheit ihrer schlanken, aufrechten Gestalt in sich auf. Ihr Haar unter der Haube war glänzend wie immer. Sein eigenes dagegen fast weiß; betrübt sah er, daß sie es bemerkt hatte.

»Richard, was ist geschehen?« Sie streckte die Hand aus, um sein Haar zu berühren, sehnsüchtig, wehmütig.

Er lächelte. »Das Eheleben, Allerliebste, und vorzeitiges Altern im

Verein mit dem Wetter in unserem East Anglia und den Knappendiensten Eures Sohnes. Er ist übrigens bei mir.«

Elen räusperte sich lautstark, bevor sie im Türbogen erschien. »Meine Lady, Sir William hat die Verhandlungen im Gericht des Sheriffs für heute beendet. Sein Schwager Adam Porter ist gegenwärtig bei ihm, aber ich glaube, er wollte gleich heraufkommen.« Sie trug einen bestickten Mantel über dem Arm. »Es ist besser, daß ich hier bin, wenn er kommt.«

Matilda warf Richard einen hilflosen Blick zu; der aber zuckte nur lächelnd mit den Schultern. »Er hat Euch nie verziehen, wißt Ihr, daß Ihr William Longchamp gegen Prinz John unterstützt habt«, flüsterte sie. »Seid Ihr zufrieden mit Reginald? Ich war so froh, als ich hörte, daß er Euer Knappe werden sollte. Ihr hättet ihn mit zu mir heraufbringen sollen. Vermutlich ist er so groß, daß ich ihn kaum wiedererkennen werde, wie meine anderen Jungen.« Sie seufzte. »Es fällt mir schwer zu glauben, daß ich die Mutter so vieler großer Kinder sein soll, Richard. Ich fühle mich gar nicht so alt.«

Er warf den Kopf in den Nacken und lachte dröhnend. »Es ist auch kaum zu glauben, mein Herz. Eure Hüften sind keinen Zoll breiter als damals, da ich Euch zum erstenmal sah. Erinnert Ihr Euch? Es war gleich nach Eurer Hochzeit, als Ihr nach Bramber kamt; ich sah Euch mit William über die Marsch reiten. So groß und so gerade saßet Ihr auf Eurem Pferd, das Haar frisch frisiert unter dem Schleier, wo es doch wieder hervorquellen wollte wie das eines Mädchens.« Sanft hob er die Hand an ihre Schläfe und ließ sie dann fast schuldbewußt wieder sinken. Beide hatten die festen Schritte auf der Treppe gehört und vergrößerten den Abstand zwischen sich.

William trat ein; er war leutseliger Stimmung und anscheinend bereit, seine politischen Differenzen mit Richard zu vergessen. Kein einziges Mal hatte er in all den Jahren auch nur andeutungsweise vermuten lassen, daß er von den Gerüchten über ihre Liebe zu Richard gehört hatte, die ja, wie sie wußte, im Überfluß die Runde machten. Jetzt – wie immer, wenn sie die beiden Männer zusammen sah – begann sie unwillkürlich, sie miteinander zu vergleichen, gegeneinander abzuwägen. Fast schuldbewußt trat Matilda an die Seite ihres Gemahls.

William streckte in großzügiger Gebärde die Arme aus, als er des Besuchers ansichtig wurde, und er umarmte ihn.

»Ich habe schon gehört, daß Ihr da seid. Wie macht sich Reginald in Euren Diensten? Moll, helft mir aus dem Gewand. Wo sind die Pagen?« Er begann, das schwere Kleidungsstück von den Schultern zu streifen. »Gott, ich werde froh sein, wenn diese Zeit hier in Hereford ein Ende hat. Sheriff zu sein ist schön und gut, aber des Königs Recht zu sprechen, wird nach einiger Zeit doch recht ermüdend, das kann ich Euch sagen. Ich könnte einen kleinen Kampf gebrauchen, um mir die Glieder zu lockern.«

Richard grinste. »Ich habe von Euren zusätzlichen Pflichten gehört, William. Meinen Glückwunsch. Wie ich sehe, seid Ihr ein Mann, mit dem jetzt überall im Lande zu rechnen ist.«

William strahlte und streckte die Arme dem neuen Gewand entgegen, das Elen ihm brachte. »Ich glaube, so könnte man es sagen«, pflichtete er bei. »Ich glaube, so könnte man es sagen.«

Als William am nächsten Morgen wieder zu seinen Pflichten bei Gericht zurückkehrte, verließen Matilda und Richard mit ihren Falken Hereford und ritten auf den großen Wald von Aconbury zu. Allenthalben färbte sich das Laub braun und golden. Die Hufe raschelten durch den knisternden Teppich und rührten bittere Düfte auf, die Matildas Nase neckten und ihr im Halse hängenblieben. Richard ritt dicht vor ihr, den Blick auf den frostig hellen Himmel gerichtet. Nach einer Weile zügelte er sein Pferd und kam an ihre Seite.

»Sagt mir, wie ist es Euch ergangen, meine Liebe?« fragte er leise. »Habt Ihr Nachricht von Eurer kleinen Tilda?«

Matildas Herz krampfte sich zusammen. Wußte Richard Bescheid? Hatte er erraten, daß er der Vater ihrer eigenartigen silberblonden Tochter war? Mühsam brachte sie ein Kopfnicken zustande. »Gerald hat sie im Frühjahr gesehen. Ich bin Großmutter, Richard.« In ihren Augen blinkte es verdächtig auf, und Richard mußte das Verlangen unterdrücken, ihre Hand zu ergreifen. »Sie hat einen kleinen Sohn«, fuhr sie fort. »Rhys Ieuanc, der junge Rhys, nach seinem Großvater - Gott strafe ihn!«

Richard sah ihr forschend ins Gesicht. »So ist es Rhys am Ende gelungen, Mallts Festung einzunehmen.«

Ihr Gesicht verhärtete sich. »Das stimmt; er kam, als der Schnee geschmolzen war, ohne jede Warnung zurück, mit einer so starken Streitmacht, daß dem Burghauptmann keine Zeit blieb, Hilfe herbeizurufen. William war mit Will nach Aberteifi in den Kampf gezogen, und Rhys erklärte, er werde die Burg nur schonen, wenn sie den Feldzug durch sein Land beendeten und nach Hay zurückkehrten.«

»Und er hat sich gefügt«, ergänzte Richard ruhig. »Ich habe nie verstanden, weshalb. Es paßte nicht zu William.«

Sie lächelte traurig. »Wer versteht William schon, mein Herz? Er hat seine eigenen Gesetze.«

Sie schwiegen lange, und die Pferde schritten gemächlich aus. Dann ergriff Richard wieder das Wort.

»Ich bin nach Hereford gekommen, um einen Vorschlag zu machen, der Euch hoffentlich gefallen wird. Ich muß ihn William unterbreiten, würde aber gern Eure Meinung dazu hören. Er berührt uns beide sehr.« Sein Blick war auf das goldgeprägte Leder des

Zügels in seiner Hand gerichtet; sie stellte geistesabwesend fest, wie schmal seine Hände geworden waren, wie ausgeprägt die Gelenke. »Ich möchte, daß meine Tochter, die kleine Mattie, einen Eurer Söhne heiratet. Ich denke, wenn Ihr einverstanden seid, wird William diese Verbindung ebenfalls annehmbar finden.«

Sie antwortete nicht sofort. Sonnenstrahlen brachen durch die dichten Wipfel der Bäume und ließen das Fell der Pferde golden aufschimmern. Dicht hinter ihrer Stute begann ein Hund aufgeregt zu kläffen. Ein Jäger brachte ihn mit barschem Zuruf zum Schweigen.

»Das würde mir gefallen, Richard. Mir vor allem würde es gefallen. Ihr denkt dabei an Reginald, nehme ich an? Haben sie denn Zuneigung zueinander gefaßt? Das ist gut. Giles gedenkt ohnehin, nach seiner Zeit in Oxford in den Heiligen Orden einzutreten und nach Paris zu gehen. Aber Reginald - o ja, ich bin sicher, William wird eine Verbindung des Hauses Clare mit Reginald billigen.« Sie sah zu ihm auf und lächelte. »Ja, es ist, was ich erhofft hatte, Richard. Für die beiden Mädchen haben wir natürlich schon Pläne. Margaret soll Walter de Lacy heiraten und für die kleine Isobel hofft William auf eine Verbindung mit dem Hause Mortimer. Aber für die beiden Jungen haben sich noch keine Heiratsmöglichkeiten ergeben. Ich glaube . . .«, fast verlegen senkte sie den Blick, ». . . ich glaube, William wird äußerst ehrgeizig, Richard. Er hat seine Ziele für die Zukunft hoch gesteckt.«

Zwei Tage später reiste Richard ab. Matilda war in ihrem Söller und gab dem Verwalter gerade Anweisungen, als Elen ihn hereinführte. Er war reisefertig gekleidet.

»Meine Lady«, sagte er förmlich, »ich bin gekommen, mich zu verabschieden.«

Ihre Hand umklammerte den Federkiel. Es dauerte einen Augenblick, bis sie aufblicken konnte.

»Müßt Ihr so bald schon wieder fort, Lord de Clare?« Der Verwalter hinter ihr verbeugte sich und verließ das Gemach. Sie hörte, wie Elen die Damen aufscheuchte, die mit ihren Handarbeiten am Kamin gesessen hatten. Wenige Augenblicke später waren alle gegangen. Sie waren allein.

Richard umfaßte ihre Hände. Der Federkiel fiel zu Boden, als er sie an seine Lippen drückte. »Ich weiß nicht, wie lange es dauern wird, bis wir uns wiedersehen.«

»Richard!« flüsterte sie. Blind klammerte sie sich an ihn und hob ihm ihren Mund entgegen. Ihre Augen füllten sich mit Tränen. »Ich dachte, mit dem Alter würde die Vernunft kommen«, murmelte sie. »Ich dachte immer, mit der Zeit würde es leichter zu ertragen sein.«

Er hielt sie so fest, daß sie kaum atmen konnte. »Es wird nie leichter werden, Geliebte. Niemals. Das ist die Strafe für unsere verbotene Liebe.« Sanft drückte er die Lippen auf ihre Lider. »Wenn unsere beiden Kinder in Liebe zueinander finden, wird vielleicht das unseren Schmerz ein wenig lindern. William hat der Idee grundsätzlich zugestimmt.«

Sie nickte.

»Ich muß jetzt gehen«, sagte er schließlich und versuchte, sich behutsam aus ihren Armen zu lösen.

»Ich weiß.« Sie umschlang ihn nur noch fester. »Oh, Richard, gebt auf Euch acht, mein Geliebter.«

»Wir werden uns wiedersehen.« Er zwang sich zu einem Lächeln. »Wer weiß ... vielleicht zu Matties und Reginalds Hochzeit, so Gott will!« Er nahm noch einmal ihre Hand und küßte sie rasch; dann wandte er sich ab und schritt zur Tür der hohen, gewölbten Kammer hinaus. Seine Sporen klirrten auf den steinernen Stufen, als er zum Ausgang des Turmes hinunterlief. Matilda brach in Tränen aus.

»Das reicht!« Nick hatte das Zimmer mit zwei Schritten durchquert. Seine Augen blitzten. »Wecken Sie sie auf. Schnell!«

Jo schluchzte so heftig, daß ihre Worte kaum zu verstehen waren.

Nick setzte sich neben sie und schlang ihr einen Arm um die Schultern. »Wecken Sie sie auf, Mann. Sie hat genug!«

Sam stieß sich von der Wand ab, an der er gelehnt hatte. »Misch dich nicht ein, Nick. Die Trauer ist ein Faden im Gewebe des Lebens. Sie hat gesündigt. Sie muß leiden.« Seine Stimme troff von Ironie. »Du vor allem müßtest doch damit einverstanden sein.«

Nick funkelte ihn an. Bennet und seine Kollegen bemerkten, daß Besorgnis und Schmerz aus seinem Gesicht verschwanden und kalte Wut an ihre Stelle trat. »Sie weint um Richard de Clare!« sagte er mit zusammengebissenen Zähnen. »Johns Berater, ja, sogar sein Freund! Gott! Sie verhöhnt mich, sogar jetzt! Trägt ihre Liebe zu diesem Mann zur Schau und weist mich zurück. Mich! Als wäre ich ein Niemand.«

Verblüfft starrten die anderen einander an.

Bennet sprang hastig auf. »Ruhig, mein Freund«, mahnte er und legte Nick die Hand auf den Arm. »Jo verhöhnt niemanden. Sehen Sie denn nicht, wie sie leidet?«

Nick schüttelte die Hand ab und wandte den Blick mühsam von Jos Gesicht. Man sah, daß in seinem Innern ein unerbittlicher Kampf tobte. Er sah Bennet an, schaute aber durch ihn hindurch, als wäre er nicht da, als sei ihm nicht bewußt, daß sich überhaupt noch jemand im Zimmer befand. Schweiß trat ihm auf die Stirn.

Bennet warf einen Blick auf Sam. »Was fehlt ihm?« fragte er scharf. »Der Mann ist doch irgendwie besessen!«

Sam schüttelte den Kopf. »Ich habe es Ihnen doch schon gesagt.

Ich habe den Verdacht, mein Bruder leidet an beginnenden Gemütsstörungen«, erklärte er kühl. »Es wird immer auffälliger . . .«

»Unsinn!« kläffte Bennet. Er schnippte mit den Fingern vor Nicks Gesicht. »Er ist genauso in Trance wie Jo. Er ist hypnotisiert worden – aber nicht von mir. Ich glaube, es handelt sich hier um eine Art Reversion. Wissen Sie, ob er sich einer Hypnosetherapie unterzogen hat? Oder hat er Ihres Wissens versucht, selbst eine Regression zu erleben?«

Sam hob eine Augenbraue. »Würde es Sie unter den gegebenen Umständen überraschen, wenn es so wäre?«

»Nein.« Bennet schob sich die Brille über die Stirn. »Ich mache mir nur Sorgen, daß er sich jemandem anvertraut haben könnte, der alles andere als kompetent ist.« Beide starrten einander lange an. Sam schlug als erster die Augen nieder.

Sam versuchte gar nicht, seine Belustigung zu verhehlen. »Wieso fragen Sie ihn nicht, was er getrieben hat?« Er wandte sich an Nick. »Nicholas, du machst dich hier zum Narren, Bruderherz«, sagte er scharf. »Wach auf! Schau dir all diese klugen Köpfe an, die deine Vorstellung über sich ergehen lassen müssen!«

Nick sah sich verwirrt um. Dann lächelte er betreten, und alle Wut war aus seinem Gesicht gewichen. »Entschuldigung. Ich weiß nicht, was über mich gekommen ist. Ich wußte nicht, was ich da rede . . .«

»Schon gut«, sagte Bennet langsam. »Zerbrechen Sie sich nicht den Kopf über das, was Sie gesagt haben. So, jetzt wollen wir mal sehen, was wir für Jo tun können.«

Jo blickte sich ausdruckslos um, als sie in die Gegenwart zurückkehrte. Ihre Nase war angeschwollen, Tränen liefen ihr über die Wangen. Diskret kam Sarah mit einer Schachtel Papiertaschentücher und legte sie neben ihr auf das Sofa. Jo zupfte eines heraus. »'tschuldigung«, schniefte sie kläglich. »Es ist albern, daß ich mich so anstelle. Aber anscheinend kann ich nicht aufhören zu heulen.«

»Ich mache Kaffee«, erklärte Sarah leise. »Für alle. Ich finde, das hat jetzt Vorrang, bevor jemand Fragen stellt.«

»Aber ich will es wissen«, beharrte Jo und putzte sich die Nase. »Habe ich richtiges Walisisch gesprochen? Haben Sie verstanden, was ich gesagt habe?« Sie sah Wendy an.

Wendy nickte. »Sie haben eine Variante des echten Mittelwalisischen gesprochen. Meiner Ansicht nach können Sie sich diese Sprache nicht ohne langes, intensives Studium angeeignet haben; somit handelt es sich nicht um einen Fall von Kryptomnesie. Ihre Aussprache war flüssig, wenn auch etwas ungewöhnlich – ich kann selbstverständlich nicht bestätigen, daß sie authentisch war, aber ich vermute es stark. Ich bin absolut außerstande zu erklären, wie Sie das geschafft haben.«

Bennet lächelte. »Mit meiner Erklärung sind Sie also immer noch nicht zufrieden?«

Wendy lachte. »Da halte ich mich noch zurück. *A ydych chi'n fyn deall i? Pa rydw i'n dweud*?« Unvermittelt redete sie Jo an.

Jo schüttelte den Kopf und hob die Schultern. »Es hat keinen Sinn. Es ist weg. Ich verstehe kein Wort. Was haben Sie gesagt?«

»Ich habe Sie gefragt, ob Sie mich verstehen.« Wendy stand auf und warf ihre Notizen auf den Tisch. »Es ist außergewöhnlich. Höchst außergewöhnlich.« Sie drehte sich um und sah Carl an. »Könnte es sich um eine Art von Besessenheit handeln? Oder gar um einen Fall von Mehrfach-Persönlichkeit?«

»Ausgeschlossen«, erklärte Bennet sofort. »Als Jo zu mir kam, gab es nicht den geringsten Hinweis auf psychische Probleme oder Persönlichkeitsstörungen. Ich bin völlig sicher, daß es aus ihrer eigenen Vergangenheit stammt.«

»Inzwischen ist es zu einem Teil ihrer Gegenwart geworden«, warf Sam ruhig ein. »Ich vermute, daß die Vergangenheit noch ungeklärt ist. Eine Lösung kann sie vielleicht nur in diesem Leben finden.«

Ein heftiger Schauer überlief Jo. »Sam! Das ist ja schrecklich! Was redest du da?«

»Man wird nicht ohne einen Grund wiedergeboren, Jo. Man kommt zurück, um sich zu Höherem zu entwickeln oder um für seine Sünden zu büßen.«

»Unfug, Mann!« Jim Paxman bedachte Sam mit einem Blick voll unverhohlener Abneigung. »Noch nie habe ich einen so ausgemachten Unsinn gehört. Wenn dies ein Echo aus der Vergangenheit ist, dann ist es nichts weiter als das: ein Echo. Nicht mehr als das zufällige Abspielen einer alten Schallplatte. Diese Frau fungiert in gewisser Weise als Instrument, als ... als ...« Er suchte nach einem passenden Wort.

»Als Medium?« schlug Wendy nachdenklich vor.

»Wenn Sie wollen. Aber darin liegen übersinnliche Konnotationen, die ich nicht akzeptiere. Wir haben es hier nicht mit Ektoplasma oder Kristallkugeln zu tun. Wir reden von etwas völlig anderem.«

»Tatsächlich?« fragte Nick.

Alle sahen ihn an. Erwartungsvolle Stille erfüllte den Raum.

Hinter ihnen stieß Sarah die Tür auf. Sie trug ein Tablett mit acht Tassen Kaffee herein.

Sam und Nick fuhren mit Jo nach Cornwall Gardens zurück. Im Taxi sprach keiner von ihnen ein Wort, und als sie in der Wohnung waren, begab Nick sich geradewegs zum Schrank und suchte nach der Scotch-Flasche.

Jo warf sich auf das Sofa. »Mir ist, als wäre ich durch eine geistige

Mangel gedreht worden«, erklärte sie. »Ist das nicht komisch? Ich dachte, heute würde sich etwas erweisen – entweder, daß ich halluziniere oder alles erfinde, oder aber, daß das alles Wirklichkeit ist und ich die Reinkarnation der Matilda de Braose bin. Aber all das Gerede, all die Auseinandersetzungen und all diese Experten haben überhaupt nichts gebracht. Tatsächlich ist alles jetzt nur noch schlimmer. Sie haben nichts weiter bewirkt, als daß mir schrecklich klar geworden ist, daß es sehr viel mehr Theorien zur Erklärung meines Zustandes gibt, als ich dachte. Nun bin ich noch verwirrter als zuvor.«

»Vergiß das alles, Jo.« Nick setzte sich seufzend neben sie auf das Sofa. »Wieso zum Teufel solltest du dich für diese Bande unters Mikroskop legen? Oder für mich.« Er runzelte die Stirn. »Wir wissen, was wir davon halten. Darauf kommt es an.«

»Und was halten wir davon?« wollte Sam wissen.

»Das ist der springende Punkt!« Jo richtete sich auf. »Ich weiß nur, daß ich es nicht allein bin. Wir sind alle drei beteiligt. Das sind wir doch, oder?« Sie sah von einem zum anderen.

»Vielleicht.« Sam ging auf den Balkon. Ein paar Kinder spielten mit einem gestreiften Plastikball auf dem Rasen hinter dem Zaun. Er drehte sich um und lehnte sich an die Balustrade. »Wir alle müssen das, was geschieht, unvoreingenommen erleben, sorgfältig aufzeichnen und vorurteilslos kommentieren. Vor allem du, Jo – falls du immer noch die Absicht hast, ein Buch darüber zu schreiben. Das Buch wird wissenschaftlich – okkultistisch, historisch, linguistisch oder wie auch immer – von großer Bedeutung sein. Wir brauchen Bennets Experten nicht. Der Mann selbst ist natürlich ein Schwachkopf. Das ist euch doch klar, oder? Auch wenn er sich mit einer kostspieligen Praxis und eindrucksvollen medizinischen Apparaten schmückt, ein qualifizierter Psychiater ist der jedenfalls nicht.«

»Er dürfte kaum den Doktortitel führen, wenn er nicht qualifiziert wäre«, stellte Nick fest.

»Er hat sich nach dem Krieg in Wien als Arzt qualifiziert. Aber soweit ich weiß, hat er weder als Allgemeinmediziner noch als Facharzt praktiziert, bevor er nach England kam, wo er eine Minimalausbildung als Hypnosetherapeut absolvierte und sich dann als Experte für gewisse Außenseitermethoden etablierte.«

Nick lächelte träge. »Ich hatte den Eindruck, daß er von dir auch nicht besonders viel hielt.«

»Haltet den Mund, alle beide.« Jo stand auf. »Soll ich uns einen Salat machen? Ich möchte mal zur Abwechslung an etwas anderes denken. Mein Kopf ist so müde, so schrecklich müde . . .«

Nick warf Sam einen Blick zu und folgte ihr in die Küche. »Jo, was ist bei Bennet mit mir passiert?« fragte er sie leise. »Bin ich etwa auch in eine Art Trance verfallen?«

Sie sah ihn verwundert an. »Du?«

»Ja, ich, Jo.« Er warf einen hastigen Blick über die Schulter. »Allmählich glaube ich, daß Sam mir vielleicht eine Art posthypnotische Suggestion vermittelt hat . . .«

»Sam?« Jo sah ihn entgeistert an. »Du hast dich doch nicht von Sam hypnotisieren lassen?«

»He – wer nennt da leichtfertig meinen Namen?« Sam stand mit der Scotch-Flasche in der Küche.

»Niemand.« Jo warf ihm einen betretenen Blick zu. Hastig nahm sie einen Teller mit kaltem Fleisch und eine Schüssel Salat aus dem Kühlschrank; dann förderte sie eine Flasche Wein zutage. »Sam, der Korkenzieher ist hinter dir in der Schublade. Laß meinen Scotch in Ruhe und gieß uns allen einen Wein ein, ja? Wann geht morgen dein Flugzeug, Nick?«

Nick beobachtete, wie sein Bruder mit dem Korkenzieher hantierte. Er runzelte die Stirn.

»Um elf. Ich muß nach dem Essen gleich los, Jo. Ich habe in der Firma noch einiges zu erledigen, bevor ich nach Hause fahren und packen kann.«

Jo begutachtete die Flasche Olivenöl in ihrer Hand. »Du hast nicht gesagt, wie lange du wegbleibst«, stellte sie fest. Er durfte nicht wissen, wie verloren sie sich bei dem Gedanken an seine Abreise fühlte.

»Mindestens zehn Tage«, antwortete er sanft.

»Zehn Tage Zeit für Jo, um ihre Affäre mit Richard de Clare zu regeln«, warf Sam ein, während er Wein in drei Gläser goß. Er ging in die Knie, um in Augenhöhe der Arbeitsplatte feststellen zu können, daß alle drei Gläser gleichmäßig gefüllt waren.

»Sam.« Jo warf Nick einen Blick zu. Sie befürchtete, die Erwähnung dieses Namens könnte ihn wieder verwandeln. Er könnte erneut zu jenem beängstigenden Zerrbild des Nick werden, den sie kannte. Sein Gesicht verhärtete sich, aber er blieb Nick.

»Sie ist fertig mit de Clare«, sagte Nick nach einer Weile und nahm eines der Gläser. »Und de Clare weiß es.«

»Wußte es, Nick«, korrigierte Jo hastig. »Das alles ist lange her. Hier, nimm den Salat mit rüber, die Flasche auch.«

»Du hast die Absicht, diese Geschichte bis zum Ende zu verfolgen, nicht wahr, Jo?« fragte Sam leise, als sich die Tür hinter Nick schloß.

»Sei nicht albern. Du weißt verdammt genau, daß ich das nicht vorhabe. Du weißt auch, warum.«

»Ich glaube, du wirst es tun. Ich glaube, du wirst es nicht stoppen können, wenn es soweit ist.«

»Oh, das werde ich, Sam!« Jo ballte die Fäuste. »Denkst du, ich will weitermachen, wenn sich John gegen sie wendet? Ich will nicht wissen, was dann passiert. Denkst du denn, ich könnte es ertragen, das alles zu durchleben – zu wissen, daß Richard für ihre Rettung keinen Finger gerührt hat, seiner Liebe zum Trotz? Und William! Nachdem sie so viele Jahre lang verheiratet gewesen waren und Kinder bekommen hatten – William betrog sie!«

»Sie hat William zuerst betrogen!« warf Sam ein. »Sie hat ihn zu weit getrieben.«

»Er war ein Feigling«, gab sie zurück. »Ein Schikaneur und ein Feigling.«

Ihre Verachtung ließ Sam zusammenzucken. »Für diesen letzten Verrat hat er bezahlt«, sagte er. »Er hat bezahlt. Gott, wie gern hätte er es gutgemacht! Glaubst du, er wäre nicht liebend gern zurückgekehrt, um sie zu retten?«

Nick öffnete die Küchentür. »Kommt schon, ihr beiden! Was ist denn mit dem Essen?«

»Nein!« Sie schien ihn gar nicht zu hören. »Nein, das glaube ich nicht. Er wollte seine eigene Haut retten. Alles andere war ihm keinen Pfifferling wert! Vergiß nicht, er ließ auch seinen eigenen Sohn sterben. Seinen Ältesten!«

Sams Augen wurden schmal. »Seinen Sohn! Will war nicht sein Sohn. Will war der Bankert dieses schwächlichen Dummkopfs, dieses de Clare. Ein Bastard!«

»Sam!« rief Nick. »Hör auf!«

Sam beachtete ihn nicht. Er ließ keinen Blick von Jo. »Weißt du, wen die kleine Matilda de Clare heiratete? Nicht Reginald. Nicht den braven, aufrechten, ehrlichen Reginald, der seinem Vater so ähnlich war. Nein, du ließest sie Will heiraten! Du gabst ihr den eigenen Bruder zum Mann!«

»Nein!« schrie Jo. »Nein, das ist eine Lüge! Will war Williams leiblicher Sohn.«

»Das glaube ich dir nicht. Matilda war eine Hure. Sie verdiente ihren Tod!«

»Sam, halt den Mund!« Nick funkelte den Bruder an. »Du Mistkerl! Laß es endlich gut sein, hörst du?«

Sam lächelte. »Natürlich. Es tut mir leid. Wie taktlos von mir.« Er atmete schwer. »Ja, laßt uns essen? Es kann doch wirklich heute nicht mehr wichtig sein, was vor achthundert Jahren passiert ist.«

Sie aßen schweigend. Jo rührte fast nichts an; sie schob ihren Teller beiseite und spielte mit dem Weinglas.

Kurz nach acht stand Nick auf.

»Ich muß los, Jo.« Er nahm ihre Hände. »Paß gut auf dich auf, ja?«

Sie lächelte flüchtig. »Klar. Mach dir um mich keine Sorgen.«

»Wenn du mich sprechen willst – Jim hat die Telefonnummer im Büro. Ich melde mich bei ihm, sobald ich in New York bin. Soll ich dich auch anrufen?«

Sie schüttelte den Kopf. »Vergiß mich für zehn Tage, Nick. Konzentriere dich auf deine Arbeit. Wir sehen uns, wenn du wieder da bist.«

Er küßte sie sanft auf die Stirn. »Vergiß nicht, Sam wird hier sein, um sich um dich zu kümmern, falls du ihn brauchst.«

Sam war sitzen geblieben. Langsam füllte er sein Glas und sah zu, wie Jo die Arme hob und Nicks Hals umschlang. Er runzelte die Stirn.

»Wir sehen uns dann später zu Hause, Nick.«

»Du kommst nicht mit?« Ein wachsamer Unterton lag in Nicks Stimme.

»Ich habe Jo noch ein oder zwei Dinge zu sagen.«

»Nein!« Jo war von ihrer Heftigkeit überrascht. »Ich meine, nicht jetzt, Sam, bitte. Ich bin so müde. Ich möchte heute abend lieber allein sein, wenn du nichts dagegen hast.«

»Ich werde dich nicht lange aufhalten.« Sam rührte sich nicht.

Nick legte die Hände auf Sams Stuhllehne. »Komm schon. Wie du siehst, möchte Jo, daß wir beide gehen.«

»Sie wird es sich anders überlegen.« Sam lächelte Jo an. »Eine Tasse Kaffee, dann verschwinde ich, wenn du es immer noch willst, Jo. Ich verspreche es dir.«

Auf der Treppe umarmte sie Nick noch einmal und sah ihm lange nach.

»Willst du wirklich einen Kaffee?« fragte sie, als sie wieder im Wohnzimmer war.

»Bitte.« Sam hatte die Teller zusammengestellt und trug sie in die Küche. Dann lehnte er sich an die Wand und sah zu, wie Jo eine Tasse Pulverkaffee aufbrühte. »Keinen richtigen?« erkundigte er sich. Ein leises Lächeln spielte um seine Mundwinkel.

»Dauert zu lange«, sagte Jo über die Schulter hinweg. »Es ist mein Ernst, Sam. Ich bin wirklich zu müde, um mich noch zu unterhalten.« Unvermittelt drehte sie sich um und sah ihn an. »Sam . . .«

Er hob eine Augenbraue.

»Ist Nick . . .« Sie zögerte. »Hast du Nick hypnotisiert?«

Sam lächelte. »Eine komische Frage.«

»Hast du?«

»Stell den Kessel für einen Moment hin und sieh mich an.«

»Ich mache dir deinen Kaffee.«

»Stell ihn hin, Jo.«

Sie gehorchte zögernd. »Sam . . .«

»So ist es recht, Jo. Schließ die Augen, entspanne dich. Du kannst dich nicht dagegen wehren. Du kannst nichts tun, nicht wahr? Du schläfst schon und kehrst zurück in die Vergangenheit. So ist es gut.« Sam trat an sie heran, nahm sie bei der Hand und führte sie in die

Diele. Nach rechts ging es in den vorderen Teil der Wohnung, ins Wohnzimmer mit den offenen Balkontüren. Links lag das Schlafzimmer, daneben das Bad.

Er wandte sich nach links. Im Schlafzimmer drückte er Jo auf das Fußende ihres Bettes. Dann ging er zum Fenster und zog die schweren Vorhänge zu. Er schaltete die Lampe ein; sie warf seltsame, synthetische Schatten in einem Zimmer, wo die Abendsonne noch immer durch die Falten des dicken Vorhangstoffes sickerte und einen blendenden goldgelben Keil auf das staubige Rosa des Teppichbodens malte.

Sam verschränkte die Arme. »So, meine Lady. Wißt Ihr, wer ich bin?«

Jo schüttelte benommen den Kopf.

»Ich bin Euer Gemahl, Madame!«

»William?« Sie drehte ihren Kopf ein wenig zur Seite, als wolle sie irgendeinem gleißenden Licht ausweichen.

»William.« Er hatte sich nicht gerührt. »Und vor uns liegt eine ganze Nacht, um Euch an Eure Pflichten zu erinnern.«

Jos Blick war erschreckend direkt. »Meine Pflichten? An welche Pflichten gedenkt Ihr mich zu erinnern, mein Lord?« Ihr Ton war verächtlich.

Sam lächelte. »Alles zu seiner Zeit. Zuvor will ich Euch eine Frage stellen. Wartet. Ich muß etwas holen. Wartet hier, bis ich wieder da bin.«

Matilda starrte William nach. Er warf die schwere Eichentür des Schlafgemaches hinter sich zu, und sie hörte seine Sporen auf dem Steinboden klirren. Sie fröstelte. Die schmalen Fenster der Kammer zeigten nach Norden, und ihre Läden hielten die Kälte nicht ab. Sie stellte sich vor den Kamin und zog sich den Pelzmantel fester um die Schultern. Der Winter saß in ihren Knochen, und ihre Seele lechzte nach dem Balsam der Frühlingssonne. Offenbar wurde sie allmählich alt! Was William nur holen wollte? Müde bückte sie sich über den Korb, nahm einen trockenen Apfel heraus und warf ihn in die Glut. Augenblicklich erfüllte sein Duft die Kammer. Sie schloß die Augen und stellte sich vor, es sei warm.

William war bald wieder zurück. Er stieß die Tür auf und blieb vor ihr stehen. In seinen Augen brannte neuer Zorn. Seufzend zwang sie sich zu einem Lächeln.

»Was wollt Ihr mich fragen, William? Laßt uns rasch darüber reden. Dann können wir in die große Halle hinuntergehen, wo es so viel wärmer ist.«

Was versteckte er da hinter seinem Rücken? Neugierig sah sie ihn an und empfand wieder jenes seltsame Gemisch aus Verachtung,

Angst, Toleranz und vielleicht sogar eine Spur Zärtlichkeit. Aber es war schwer, ihn gernzuhaben, diesen Mann, mit dem sie jetzt seit so vielen Jahren verheiratet war.

William nahm langsam die Hand vom Rücken. Sie hielt ein geschnitztes Kruzifix. Sie wich zurück und hielt den Atem an; sie erkannte dieses Kreuz: Es stammte aus einer Nische in der Kapelle, wo es in einem juwelenbesetzten Reliquienschrein aufbewahrt wurde. Es hieß, es sei aus den Gebeinen eines keltischen Heiligen geschnitzt.

»Nehmt es.«

»Warum?« Sie raffte den Mantel fester.

»Nehmt es in die Hand.«

Widerstrebend ergriff sie das Kruzifix. Es war unnatürlich kalt.

»Und jetzt«, flüsterte er, »jetzt sollt Ihr einen Eid schwören.«

Sie erbleichte. »Was für einen Eid?«

»Einen Eid, Madame, einen heiligen Eid. Ich will, daß Ihr bei dem Kruzifix in Eurer Hand schwört, daß William, die älteste Frucht Eures Leibes, mein Kind ist.«

Sie starrte ihn an. »Natürlich ist er Euer Sohn.«

»Könnt Ihr es beschwören?«

Sie betrachtete das zierlich geschnitzte Kreuz in ihrer Hand - die gemarterte Gestalt des Erlösers. Langsam hob sie es an die Lippen und küßte es.

»Ich schwöre es«, flüsterte sie.

William holte tief Luft. »So«, sagte er. »Ihr habt also die Wahrheit gesagt. Er ist nicht de Clares Bankert.«

Sein Blick zuckte über ihr Gesicht und sah, daß sich ihre bleiche Haut rötete. Es dauerte nur einen Augenblick, dann war sie wieder so weiß wie das Kruzifix, das sie an ihre Lippen gepreßt hatte.

Seine Augen wurden schmal. »Ihr habt einen Eid geschworen!«

»William ist Euer Sohn. Ich schwöre es bei Gott.«

»Und die anderen? Was ist es mit den anderen?« Er trat einen Schritt auf sie zu, packte ihre Handgelenke, hob das Kreuz vor ihre Augen. »Schwört. Schwört auch für die anderen!«

»Giles und Richard, sie sind von Euch. Seht Ihr es denn nicht an ihrem Haar, ihrer Haltung? Beide sind Söhne ihres Vaters.«

»Und die Mädchen?« Seine Stimme war eiskalt.

»Margaret ist von Euch. Isobel auch.« Sie schlug plötzlich die Augen nieder, unfähig, seinem Blick standzuhalten.

»Aber Tilda nicht?« Seine Stimme war kaum zu hören. »Meine kleine Matilda ist de Clares Kind?« Er preßte ihre Finger um das Kruzifix, bis es in ihre Haut schnitt. »Ist sie es?« schrie er plötzlich.

Verzweifelt versuchte sie, ihn zurückzustoßen. »Jawohl!« rief sie. »Ja, sie ist Richards Kind - Gott verzeihe mir!«

Jäh ließ William sie los. Sie taumelte zurück, das Kruzifix entglitt ihrer Hand und fiel auf den mit Kräutern bestreuten Boden.

William begann zu lachen. Es war ein Lachen ohne jede Heiterkeit, ein böses Lachen. »So gründet sich die großartige Allianz mit Rhys auf falschem Boden! Die Nachkommen des Gruffydd ap Rhys werden nicht meine Nachkommen sein!«

»Ihr dürft es ihm nicht sagen!« Matilda stürzte auf ihn zu und ergriff seinen Arm. »Um des lieben Herrn Jesu willen, William, Ihr dürft es ihm nicht sagen!« Aufschluchzend ließ sie seinen Arm fahren, sank in die Knie und kroch über den Fußboden, bis sie das Kruzifix gefunden hatte. Sie packte es und reckte es ihm entgegen. »Versprecht es mir! Versprecht mir, daß Ihr es ihm nicht sagen werdet! Er würde sie töten!«

William lächelte. »Das würde er in der Tat tun – mit der Frucht Eurer Hurerei mit de Clare.«

Sie zitterte, ihr Pelzumhang klaffte auf. »Bitte, versprecht mir, daß Ihr Lord Rhys nichts sagen werdet, William! Versprecht es mir!«

»Im Augenblick wäre es Wahnsinn, es ihm zu sagen«, meinte William nachdenklich. »Ich werde schweigen, um unserer aller willen. Vorläufig soll es ein Geheimnis bleiben zwischen mir und meinem Weibe.« Er lächelte kalt. »Was die Zukunft angeht, so werden wir sehen.«

Er streckte die Hand aus und nahm ihr das Kruzifix ab. Er küßte es und legte es ehrfürchtig auf den Tisch. Dann drehte er sich zu ihr um und nahm ihr den Pelz von den Schultern. »Es ist so selten, daß wir allein sind, meine Lady. Ich denke, dies wäre eine gute Gelegenheit, mir ein wenig von der Leidenschaft zu zeigen, die Ihr für andere so bereitwillig aufwendet, meint Ihr nicht auch?« Langsam zog er ihr das blaue Übergewand aus und warf es zu dem Mantel auf den Boden, bevor er ihre gefühllose Gestalt umdrehte und sich daran machte, ihr Kleid aufzuschnüren.

Sie erschauerte. »Bitte, William! Nicht jetzt. Es ist so kalt.«

»Wir werden einander recht bald wärmen.« Er dreht sich um und rief über die Schulter: »*Emrys*! Du erinnerst dich an Emrys?« fügte er leise hinzu. »An meinen blinden Musikanten.«

Sie drehte sich nicht um. Sie drückte ihr Kleid schützend an die Brust und hörte, daß sich die Tür hinter ihr leise öffnete und wieder schloß. Ein paar Augenblicke blieb es still, dann wehten die ersten schwerelosen Töne der Flöte durch das Gemach und schwebten hinauf zu den dunklen, verräucherten Deckenbalken.

Sie schauderte, als William ihr mit kalten Händen das Kleid herunterriß.

»So«, zischte er. »Da steht Ihr nun, nackt und bloß an Leib und Seele.« Er holte tief und erregt Luft. »Laßt Euer Haar herunter.«

Aus irgendeinem Grund konnte sie ihm den Gehorsam nicht verweigern. Mit unsicheren Fingern tastete sie nach der Haube und zog die Nadeln heraus. Dann schlang sie ihre Zöpfe los, noch immer kastanienbraun, von nur wenigen Silberfäden durchzogen, und begann, sie langsam zu entflechten. Die Zugluft unter dem Türspalt ließ eisige Schauer über ihre Haut rieseln. Noch immer hatte sie den Musikanten nicht angeschaut.

William sah sie schweigend an, bis ihr Haar offen war. Es fiel ihr über die Schultern, die weißen Brüste, und das Flackerlicht des Feuers erweckte es zu tanzendem Leben.

Wieder atmete er tief. Jetzt tastete er nach der Spange, die seinen Mantel hielt. »Ihr habt noch immer den Körper eines Mädchens, trotz der vielen Kinder, die Ihr geboren habt«, stellte er leise fest. »Echtes Blut oder Bankert, sie haben Euch nicht gezeichnet.« Er legte ihr die Hand auf den Leib.

Sie zuckte zurück. In ihren Augen glomm jäh der Haß, aber er lachte. »O ja, Ihr verabscheut mich. Aber ihr müßt mir gehorchen, mein Herz! Ich bin Euer Gemahl.« Er warf sein Wams zum Mantel auf den Boden. »Ihr müßt mir gehorchen, Matilda, denn ich habe den Schlüssel zu Eurem Verstand.«

Matilda schluckte. »Ihr seid von Sinnen, mein Lord!«

Als habe sie einen Zauberbann abgeschüttelt, konnte sie sich plötzlich bewegen. Sie wandte sich ab, raffte ihren Mantel auf und warf ihn sich um die Schultern, so daß sie von Kopf bis Fuß in dicken, braunen Pelz gehüllt war. »Ihr habt keinen Schlüssel zu meinem Verstand!«

»Aber freilich.« Unvermittelt brach die Musik ab. William hob die Hand vor ihr Gesicht. »Laßt den Mantel fallen, Matilda. So ist es recht.« Er lächelte, als sie fassungslos feststellte, daß sie ihm gehorchte. »Und jetzt auf die Knie.«

Wütend öffnete sie den Mund, aber kein Widerspruch kam über ihre Lippen. Sie begriff kaum, was sie da tat, als sie auf dem dicken Pelz niederkniete und zu ihm aufblickte. Der Feuerschein spielte auf ihrer blassen Haut, als er sich langsam entkleidete. Sie sah den vierschrötigen, nackten Leib, den Filz ergrauenden Brusthaars, der zum Bauch hin spitz zusammenlief, die stämmigen, muskulösen Schenkel, die weißen, häßlichen Narben, eine auf dem linken Oberschenkel, die andere an der linken Schulter. Sie hatte ihn selten nackt gesehen. Zwar schlief für gewöhnlich alle Welt unbekleidet, in Decken und Felle gehüllt oder im Sommer auf grobem Linnen ausgestreckt, aber sie pflegte sich, wann immer es möglich war, entschlossen in ihre Laken zu rollen und die Augen fest zu schließen. Doch jetzt gab es kein Entrinnen. Irgendeine Kraft seines Willens zwang sie, auf seinen Körper zu starren. Nervös wanderte ihr Blick hinunter zu dem steifen Penis und wieder hinauf zu den Muskelsträngen seiner Arme, die sie so unerbittlich festhalten konnten, wenn er sie benutzte. Trotzig ballte sie die Fäuste und sah ihm ins Gesicht.

Er lächelte. »Legt Euch hin, Weib. Dort auf den Boden.«

»Nein«, hauchte sie und nahm den letzten Rest ihrer Widerstandskraft zusammen. »Nein, mein Lord, das tue ich nicht. Es gefällt Euch, mich zu behandeln wie eine Hure, doch ich bin Euer angetrautes Eheweib und war Euch treu durch viele Jahre. Muß ich mich Euch unterwerfen, so wird es in unserem Ehebett geschehen!«

»Treu?« höhnte er. »Ihr habt mich mit de Clare betrogen. Mit wem wohl noch, so frage ich mich?« Sein Blick wurde berechnend.

Sie schaute zu Boden, und er lachte auf. »Euer Blick verrät, daß Ihr schuldig seid! Ein Mann? Zwei? Hundert?«

»Nur noch einer, mein Lord.« Weshalb antwortete sie ihm? Es war, als würde sie etwas zu diesem Geständnis zwingen.

»Und wer war er?«

»Einer, dem Ihr selbst mich gegeben hättet, mein Lord«, brach es aus ihr hervor. »Und ich habe nicht freiwillig bei ihm gelegen. Das schwöre ich vor Gott! Er nahm mich mit Gewalt.«

William hob eine Augenbraue. »Wer kann dieser eifrige Buhler gewesen sein, Madame?«

»Prinz John«, flüsterte sie.

»So!« Zornesröte stieg ihm in die Wangen. »So, da seid Ihr ja eine königliche Hure. Und wo hat John Euch genommen? In einem Bett mit goldbestickten Laken? Gleichviel. Für mich liegt Ihr auf dem Boden, denn dort gehört Ihr hin.«

Er bückte sich und hob den breiten Ledergürtel auf, den er mit seinen übrigen Kleidungsstücken abgelegt hatte. »Legt Euch hin, Matilda, oder ich gebe Euch die Prügel, die Ihr verdient.«

Hinter ihnen setzte unversehens die Musik wieder ein, fein und hauchend, unvereinbar mit der Dunkelheit der Kammer, den flackernden, qualmenden Fackeln und dem bittersüßen Rauch des Feuers. Draußen strich der Wind seufzend durch die Hügel, ein gespenstisches, trostloses Geräusch, einsam wie der Schrei eines hungrigen Bussards, der auf den Luftströmungen unter den ziehenden Wolken seine Kreise zog.

Matilda rührte sich nicht, ihre Augen zogen sich verächtlich zusammen. »Allzu leicht greift Ihr zur Gewalt. Ihr seid ein Tier, mein Lord. Was Ihr mit Gewalt nicht nehmen könnt, das wollt Ihr zerstören.« Sie sah, daß sich seine Hand fester um den Lederriemen spannte. Angst durchzuckte sie, aber sie rührte sich nicht. »Ich habe mich schon oft gefragt, weshalb Ihr mich nie geschlagen habt«, sagte sie halb nachdenklich. »Ihr habt es oft gewollt.« Lächelnd sah sie zu ihm auf. »Vielleicht habt Ihr es nie gewagt.«

Er blickte in die spöttischen Bernsteinaugen. Die Zauberin. Die Hexe. Wußte sie denn, daß er sie fürchtete? Die Faust ballte sich härter um den Gürtel, und er widerstand dem Drang, sich mit der freien Hand zu bekreuzigen. Er mußte sie nehmen, solange sein Verlangen noch brannte, solange seine Wut ihm Kraft verlieh. Er mußte sie auspeitschen und besteigen – und bei Gott, er war noch nicht zu alt, um sie noch einmal zu schwängern. Mit einem Kind von seinem Fleische, das den Bastard ersetzen könnte, den er den Walisern gegeben hatte.

Er trat vor, hob den Arm und ließ den ledernen Gurt mit aller Kraft auf ihre Schultern niedersausen.

Er hörte, daß die Luft pfeifend ihrer Lunge entwich, als der Schlag sie traf, aber sonst gab sie keinen Laut von sich. Einen Augenblick lang sah er Angst in ihren Augen, dann Haß – und dann, als er den Arm hob und zum zweiten Schlag ausholte, warf sie den Kopf in den Nacken und lachte. Es hallte durch die Kammer, wild und höhnisch, und er fühlte, wie seine Wollust schrumpfte und starb. Gänsehaut kribbelte auf seinen Schultern. Mit einem Fluch warf er den Gürtel von sich und raffte sein Hemd vom Boden auf.

»So soll es sein«, flüsterte er. »Ihr mögt jetzt lachen, meine Lady. Ihr mögt die Dämonen heraufbeschwören, die Euch beschützen, mögt mich verachten, aber ich werde es sein, der zuletzt lacht. Bleibt hier! Bleibt in Eurer Burg, meine Lady! Bleibt in der Vergangenheit und leckt Eure Wunden. Bleibt hier!«

Er warf sich den Mantel um die Schultern und stapfte zur Tür hinaus.

Mit tränenlosen Augen raffte Matilda sich auf. Sie hatte Mühe, das qualvolle Zittern zu beherrschen, das ihren Körper schüttelte. Müde stieg sie ins Bett und zog die Decken über sich.

Erst jetzt merkte sie, daß die Musik in einer dunklen Ecke am Fenster noch immer leise spielte.

29

Ein hartnäckiges Klopfen hallte irgendwo in weiter Ferne. Judy wühlte sich aus dem Nebel des Schlafes und tastete nach der Uhr auf dem Nachttisch. Es war viertel nach drei.

Stöhnend setzte sie sich auf, griff nach ihrem Bademantel und stand auf. Benommen stieß sie die Tür zum Atelier auf. Es war stockdunkel, und der Duft von Bienenwachs überlagerte den Geruch von

Terpentin und Ölfarben. Sie schnupperte wohlgefällig; im Dunkeln waren Gerüche immer viel stärker und eindeutiger.

Sie schaltete einen Strahler in der Ecke ein und ging zur Tür. Hinter ihr stand das fast vollendete Bild mitten im Raum. Im Vorübergehen warf sie einen stolzen Blick auf die Leinwand. Trotz des schlechten Lichtes hatte sie bis kurz vor zwei daran gearbeitet.

»Wer ist da?« rief sie und schob die Kette vor. »Hören Sie auf mit dem Krach und sagen Sie, was Sie wollen.«

»Ich bin es, Sam Franklyn.«

»Wissen Sie, wie spät es ist?« Vorsichtig öffnete sie die Tür und spähte durch den Spalt.

Sam lehnte an der Wand. Sein Hemd stand offen, sein Jackett hing an einem Finger über der Schulter. Seine Augen blickten glasig; er war offensichtlich erschöpft. Zum erstenmal erkannte sie – mit leisem Schrecken –, daß er auf seine Art ebenso gut aussah wie sein Bruder. Mit sichtlicher Mühe trat er vor und drückte gegen die Tür. Er fluchte heftig, als sich die Kette spannte und die Tür hielt. »Machen Sie auf, Judy, um Gottes willen. Ich muß mit jemandem reden.«

»Mit jemandem? Mir irgend jemandem?« Indigniert sah sie ihn an. »Sind Sie betrunken, Sam?« Sie langte nach dem Lichtschalter neben der Tür, und die Leuchtstoffröhren erstrahlten klickend und durchfluteten das Atelier mit ihrem Licht. Sie drückte die Tür fast wieder ins Schloß, um die Kette abzunehmen.

»Nein, ich bin nicht betrunken.« Sam ging an ihr vorbei. »Aber ich wäre es gern. Haben Sie etwas hier, das den gewünschten Effekt erzielen könnte?«

Judy hob ironisch die Brauen. »Wenn es nach den Franklyns ginge, hätte ich nicht mehr viel übrig, um noch irgend jemanden betrunken zu machen! Aber ich dachte immer, Sie seien kaffeesüchtig?«

Er grinste, aber in seinen Augen war keine Heiterkeit. »Kaffee vielleicht bis zwei. Danach Scotch.«

Sie hob die Schultern. »Einen. Aber dann können Sie gehen. Ich bin es leid, daß Nick und Sie diese Wohnung als Durchgangsstation benutzen. Was ist eigentlich los?«

»Los? Wieso sollte etwas los sein?«

Judy holte die Scotch-Flasche aus der Küche und kam ins Atelier zurück. »Normalerweise kommt hier keiner morgens früh um drei an und will etwas zu trinken haben«, antwortete sie kühl. »Ist Nick noch in Wales?«

Sam schüttelte den Kopf. »Sie sind am Wochenende zurückgekommen. Nick fliegt morgen in die Staaten.« Er leerte sein Glas und stellte es auf den Tisch. »Stimmt nicht. Heute. Er fliegt heute vormittag.«

»Und glaubt er immer noch, er sei König John?« Judy schenkte sich ein kleines Quantum ein und nippte ohne Genuß daran. Allmählich wurde ihr kalt.

Sam lächelte. Er setzte sich und stützte die Ellbogen auf den Tisch. »Er *war* König John.«

»Quatsch. Sie haben ihm diesen Unsinn eingetrichtert. Ich möchte bloß wissen, warum. Sie können Ihren Bruder nicht leiden, was, Sam?«

»Wie scharfsichtig Sie doch sind.« Sam hob sein leeres Glas und hielt es sich versonnen vor die Augen.

»Und Sie wollen ihm einen Streich spielen?«

»Kann sein. Geben Sie mir noch einen winzigen Schluck, und ich werde Ihnen alles offenbaren.«

Judy zögerte. Er war nicht betrunken, weckte aber doch ein gewisses Unbehagen in ihr. Er hatte etwas Merkwürdiges, ja Beängstigendes an sich, wie er da bewegungslos am Tisch saß. Fröstelnd griff sie nach einem alten Pullover, der über der Lehne eines Holzstuhls hing, und schlang ihn sich um den Hals. »Okay. Abgemacht. Noch einen Whisky, und Sie erzählen mir alles.«

Sie sah zu, wie er trank.

»Ich bin ein Puppenspieler, Judith. Der Mann vom Marionettentheater. Der Königsmacher. Nicholas tanzt an meinen Fäden.« Er streckte die Hand aus und ließ die Finger spielen, als ließe er eine Marionette zu seinen Füßen tänzeln.

»Sogar in den Staaten?« fragte sie trocken.

»In den Staaten, mein reizendes Kind, wird der König in seinem Kopf schlafen. Er wird abwarten, bis er in sein Heimatland zurückgekehrt ist. Dann wird er zuschlagen.«

»Zuschlagen?« wiederholte Judy. »Was soll das heißen – zuschlagen?«

»Wer kann das sagen?« meinte Sam gleichmütig. »Er ist ein König.« Ei lachte plötzlich. »Er hat meine Frau verführt.«

»Ihr Frau?« wiederholte Judy verblüfft. »Das tut mir leid, Sam. Ich wußte nicht, daß Sie verheiratet sind.«

»O ja.« Er kippte seinen Stuhl auf die Hinterbeine und wiegte sich. Seine Fingerspitzen ruhten sichernd auf der Tischplatte. »Weil er ein König ist, denkt er, er könne mit dem Leben anderer Menschen tun, was er will. Er ahnt nicht, wie sehr er sich irrt.«

Judy beobachtete ihn nervös. Er war wie Nick. Er konnte besinnungslos betrunken sein, ohne daß man etwas davon merkte. Sie warf einen Blick auf die Flasche, die in seiner Reichweite auf dem Tisch stand; sie war noch halbvoll.

Sie stand auf und drückte sich an ihm vorbei. »Ich weiß nicht, wie es mit Ihnen ist, aber ich brauche jetzt einen Kaffee.«

»Ich nicht.« Er drehte sich leicht auf seinem Stuhl, um sie nicht aus den Augen zu lassen. »Ich komme eben aus Joannas Wohnung«, fuhr er nach einer Weile fort.

»Ach?«

»Sie ist ein verlogenes Biest.« Er sagte es versonnen und ohne jede Bosheit. »Ein schönes, verlogenes Biest.«

»Darf ich dem entnehmen, daß Sie versucht haben, sich an sie heranzumachen?«

Er überging ihre Frage. Einen Moment lang starrte er sie an; dann lächelte er wieder. »Auch Sie sind eine schöne Frau, Judith. Eines muß man meinem Bruder lassen: Er hat einen tadellosen Geschmack, was Frauen angeht.« Er berühte ihren Arm. »Sehen Sie mich an.«

Verblüfft hob sie den Kopf und schaute ihn an. Einen Moment fühlte sie sich in diesen klaren, beinahe farblosen Augen gefangen. Sie merkte, daß sich ihre Sinne ihm zuwandten, begierig danach, mit ihm zu verschmelzen. Eine Sekunde lang verharrte sie regungslos; dann riß sie sich los. »O nein, das werden Sie nicht tun, Doktor Franklyn! Sie können mich nicht hypnotisieren. Ich bin immun!« Ihre Augen funkelten ärgerlich. »Ich war Ihnen einmal nicht gut genug, wissen Sie noch? Um keinen Preis wollten Sie mich in Ihre glückliche kleine Familie mittelalterlicher Gespenster aufnehmen. Wer könnte ich denn jetzt sein, nachdem Sie es sich offenbar anders überlegt haben? Eleanore von Aquitanien? Oder eine Magd, die für Sie die Röcke hebt, wann immer Ihnen nach einer schnellen Nummer zumute ist, nachdem Jo Sie ja wohl in die Wüste geschickt hat? Ist Ihnen eigentlich klar, daß Sie für all das Ihre Approbation verlieren können? Auch für das, was Sie mit Nick anstellen!« Behende wich sie zurück, als er einen Schritt auf sie zukam. »Fassen Sie mich nicht an, Sam. Ich warne Sie!«

Sam packte ihr Handgelenk. »Ach, komm schon, Judy.« Er zog sie zu sich heran. »Spiel mir nicht die keusche Jungfrau vor – du kennst dich doch aus! Ich brauche dich. Glaub mir, ich brauche dich.«

Sie war zwischen Arbeitsplatte und Schrank eingeklemmt und konnte nicht weiter zurückweichen. Bevor sie wußte, wie ihr geschah, preßte er seinen Mund auf ihre Lippen und drängte seine Zunge zwischen ihre Zähne. Nach einem Augenblick des Entsetzens riß sie sich los und versetzte ihm eine schallende Ohrfeige. »Ich gebe Ihnen zwei Minuten Zeit, von hier zu verschwinden!« keuchte sie wütend. »Dann rufe ich die Polizei.«

Er lachte nur. Er schwankte kaum merklich, als er erneut auf sie zukam.

Er wollte sie packen, aber sie hatte sich blitzschnell an ihm vorbeigeduckt und war entwischt. Sie hastete durch das Atelier in ihr Schlafzimmer, schlug die Tür zu und drehte den Schlüssel um. Sie lauschte. Sam kam ihr nach. Sie hörte, wie er im Atelier gegen etwas stieß und zuckte zusammen. »Bitte, lieber Gott, nicht das Bild.« Sie warf sich auf das Bett, griff nach dem Telephon, tippte 999 und wartete mit angehaltenem Atem, während er am Türgriff rüttelte.

Die Polizei war vier Minuten später da.

Als es läutete, öffnete sie vorsichtig die Tür und spähte in das Atelier. Zwei uniformierte Beamte standen da und sahen sich um, die Mützen unter den Arm geklemmt. Sam hatte sie hereingelassen.

»Sind Sie die Dame, die uns angerufen hat?« fragte einer der Polizisten.

Sie nickte. »Dieser Halunke ist blau wie hundert Russen, und ich will ihn rauswerfen. Er hat mich belästigt.«

»Also, Sir.« Der eine Polizist wandte sich Sam zu. »Anscheinend sind Sie hier nicht mehr willkommen. Wie wäre es, wenn Sie nach Hause gingen und sich schlafen legten, hm?«

Sam blitzte ihn an. »Wenn Sie mich für betrunken halten, Officer, dann verfügen Sie über eine miserable Menschenkenntnis.«

»Ich habe nicht gesagt, daß Sie betrunken sind«, korrigierte der Beamte gleichmütig. »Aber die Dame wünscht, daß Sie gehen.«

Sam schwankte leicht.

»Die Dame malt reine Pornographie«, stellte er nachdenklich fest. »Man sollte sie für die Produktion von so zweideutigem Schund belangen.« Mit ausladender Geste deutete er auf die breite Leinwand.

»Ich finde es keineswegs pornographisch, Sir«, widersprach der zweite Polizist. »Ehrlich gesagt, ich finde es recht hübsch.«

»Hübsch!« Sams Geringschätzigkeit lenkte die beiden von der empörten Judy ab. »Es ist häßlich! Schauderhaft, verdreht und irr, wie das Hirn einer Frau.« Bevor ihn jemand daran hindern konnte, hatte er die Leinwand von der Staffelei gerissen. Judys entsetzter Aufschrei hielt ihn nicht davon ab, das Bild mit lautem Krachen übers Knie zu brechen. Er schleuderte es in eine Ecke des Studios und lachte. »Es tut weh, nicht Judy? Es tut weh, wenn ich die Bilder zerstöre. Sind sie Teile von dir? Kinder? Oder Bastarde? Wie Matilda sie mir geschenkt hat?«

Die beiden Polizisten hatten ihn bereits in festem Griff.

»Das reicht, Sir.«

Sam zögerte kurz, in seinen Augen zeigte sich fast so etwas wie Reue, doch gleich darauf war es wieder verschwunden. »Es reicht?« schrie er. »Es reicht! Ich habe erfahren, daß meine Tochter der Bankert eines anderen ist! Herrgott im Himmel!« Er riß seinen Arm aus dem Griff der Polizisten und schlug einem der beiden mit der Faust so heftig ins Gesicht, daß das Blut über das Kinn lief. »Sagt mir nicht, das es reicht!« brüllte er, während sie sich auf ihn stürzten. »Ich habe noch gar nicht angefangen!«

Pete tippte die letzte Zeile seines Artikels, riß das Blatt aus der Maschine, schaltete sie aus und lehnte sich mit zufriedenem Seufzen zurück. Er sah auf die Uhr. Es war kurz vor vier in der Frühe.

Er nippte behaglich an einem Brandy mit Soda, während er den Artikel noch einmal überlas. Er war sauber und fetzig – kein Stoff aus der Traumfabrik wie der letzte, aber immer noch sehr, sehr romantisch. Er lächelte maliziös. Damit würde er Bet Gunning zeigen, was er von ihrem Anspruch auf Exklusivrechte hielt! Und wenn es den Nebeneffekt hätte, Nick und Jo ein für allemal wieder zusammenzubringen, schön und gut. Dann bliebe die reizende, informative Miss Curzon für ihn.

Er beugte sich vor und knipste die Schreibtischlampe aus; dann streckte er sich, stand auf und ging zum offenen Fenster. Er schaute auf die stille Straße und atmete die warme, duftende Luft tief ein. Zu dieser Nachtzeit, wenn der verfluchte Autoverkehr schlief, konnte man wenigstens die Blumen aus dem Regent's Park riechen.

Es war sehr kalt im Zimmer. Jo rollte sich ganz fest zusammen. Mit geschlossenen Augen tastete sie nach der Bettdecke. Sie war nicht da. Verwirrt öffnete sie die Augen.

Sie lag in ihrem Schlafzimmer auf dem Boden. Draußen hörte sie das Klappern der Mülltonnen und das Tosen des Straßenverkehrs auf der Cromwell Road. Am Himmel zog ein dickbäuchiger Jumbo-Jet im Tiefflug über London hinweg in Richtung Heathrow. Mit steifen, schmerzenden Gliedern stand sie langsam auf. Dann wurde ihr plötzlich klar, daß sie fror, weil sie nichts anhatte; und steifbeinig ging sie zur Tür und nahm ihren Bademantel vom Haken. Ihre Schultern taten weh, und ein brennender Schmerz zog sich über ihren Rücken.

Müde zog sie die schweren Vorhänge auf und ließ das Tageslicht ins Zimmer fluten. Ihr Bett war unberührt. Ihre Kleider lagen auf dem Boden; sie hob sie auf. Ihr Kleid war vorn zerrissen. Sie starrte es an und spürte die ersten Regungen der Panik. Sie war in der Burg gewesen – in welcher Burg? William war dagewesen, ein wütender William, der sie gezwungen hatte, sich auszuziehen, und der sie mit seinem Gürtel gepeitscht hatte.

Ihr Mund war wie ausgedörrt. Sie schleppte sich ins Bad und starrte in den Spiegel. Eine böse, blutunterlaufene Schwellung zog sich quer über ihren Rücken. Es kam ihr hoch und sie schluckte mühsam. Ihr Hände zitterten so sehr, daß es ihr kaum gelang, den Wasserhahn aufzudrehen. Jetzt brauchte sie Carl Bennets Experten und ihre Ansichten über hysterische und psychosomatische Phänomene! Gestern hatte sie keine produziert, aber jetzt!

Unter Schmerzen zog sie sich an. Die Balkontüren standen offen, auf dem Couchtisch standen die Überreste einer Mahlzeit. Sie mußte in Trance verfallen sein, nachdem Nick gegangen war. Sie nahm die drei Sets vom Tisch und stutzte. Sam. Sam war auch dagewesen. Wann war er gegangen? Nicht mit Nick - sie hatte ihm noch Kaffee gemacht - oder nicht? Stirnrunzelnd trug sie das Geschirr in die Küche. Alles, was man zum Kaffeekochen benötigte, stand auf der Arbeitsplatte. Das Glas mit dem Pulverkaffee stand offen. Automatisch schraubte sie den Deckel zu. Normalerweise würde sie nie ein Kaffeeglas offen herumstehen lassen. Nachdenklich ging sie zum Telephon und wählte die Nummer von Nicks Wohnung.

Niemand meldete sich. Jo sah auf die Uhr. Es war kurz nach neun. Nick konnte schon unterwegs zum Flughafen sein, und Sam war sicher ausgegangen. Sie legte den Hörer auf die Gabel zurück.

Mit einer Tasse Kaffee ging sie wenig später nachdenklich ins Schlafzimmer und runzelte die Stirn. Ihr Kassettenrecorder stand neben einem Stapel Zeitschriften, dabei wußte sie genau, daß sie ihn am Tag zuvor im Wohnzimmer in die Schublade gelegt hatte, nachdem sie aus Carl Bennets Praxis nach Hause gekommen war. Sie ließ ihn aufklappen und betrachtete die fremde Kassette. Schließlich schob sie sie wieder ins Gerät und schaltete es ein. Einen Augenblick lang blieb es still. Dann erfüllte der geisterhafte Klang einer Flöte das Zimmer.

»Nein!« Sie preßte sich die Hände gegen die Ohren. »Nein, das ist unmöglich! Es war in der Burg, nicht hier! Das kann niemand aufgenommen haben!«

Die Töne schwebten durch den Raum, die Töne, die der Alte hervorgebracht hatte, der in der Ecke des Gemaches gehockt hatte, während William sie gedemütigt hatte - die Töne, die auch da unaufhörlich weiter erklungen waren, als er den ledernen Gurt erhoben und auf ihre Schultern hatte niedersausen lassen. Sie schüttelte den Kopf und versuchte verzweifelt, die Töne auszusperren. Schließlich schaltete sie den Kassettenrecorder aus, ließ die Kassette herausschnappen und drehte sie um. Es war keine kommerzielle Aufnahme. Auf das weiße Label hatte jemand die Worte *perpetuum mobile* geschrieben. Sonst nichts. Es gab keinerlei Hinweis auf den Musiker oder den Komponisten. War das ein Scherz von Sam? Irgendein dummer Trick, um eine Regression auszulösen, auch wenn sie keine wollte? Eine Methode, sie ohne Präliminarien zu hypnotisieren - ja, ohne ihr Wissen? Aber so etwas würde er doch bestimmt nicht tun! Weshalb sollte er? Und wenn doch? Weshalb war er dann nicht bei ihr geblieben und hatte sie geweckt? Ihr Blick fiel auf das zerrissene Kleid in der Ecke. »O nein«, flüsterte sie. »Nein, Sam, nein! Du wolltest mir doch helfen! Warum solltest du mir denn weh tun wollen, Sam? Warum?«

Einen Moment lang glaubte sie, das scharfe Klopfen komme aus ihrem Inneren, zuckte gequält zusammen und drückte die Hände an die Ohren. Aber dann begriff sie, daß der Lärm aus der Diele kam. Jemand hämmerte an die Wohnungstür.

Es war Sheila Chandler aus der Wohnung über ihr. Die Frau lächelte mit schmalen Lippen. »Wie geht es Ihnen, meine Liebe? Wir haben das Baby in letzter Zeit nicht mehr gehört.«

»Das Baby ist nicht mehr hier«, sagte Jo ausdrucklos.

»Aha. Hören Sie, ich möchte nicht, daß Sie glauben, ich beschwere mich dauernd.« Mrs. Chandler blickte verlegen zur Seite, ». . . und am Wochenende würden wir selbstverständlich auch nie . . . na ja, aber es war wirklich schrecklich laut – um ein Uhr morgens!«

Jo schluckte. »Ich weiß. Es tut mir leid.«

Mrs. Chandler nickte. »Ich nehme an, Ihr Freund hatte ein bißchen zu viel getrunken. In letzter Zeit ist er anscheinend nicht besonders auf der Höhe, wie?« meinte sie spitz. Ihr Blick huschte an Jo vorbei in die Wohnung. »Harry sagt, er hat ihn gehen gehört. Er muß auf der Treppe gestolpert sein, meint Harry, denn er hat entsetzlich geflucht! So, daß es durch das ganze Treppenhaus gedröhnt hat. Meine Liebe, ich weiß, daß Blasphemie jungen Leuten heutzutage nichts mehr bedeutet, aber wirklich – bei den Gebeinen Christi zu fluchen! Was um alles in der Welt haben Sie, meine Liebe? Fehlt Ihnen etwas?«

Jo hatte haltsuchend nach dem Türrahmen gegriffen. Ein merkwürdiges Tosen erfüllte ihre Ohren. Sie spürte die Finger der Nachbarin an ihrem Ellbogen und dann einen Arm um ihre Schultern. Sheila führte sie in die Wohnung und setzte sie behutsam auf das Sofa. Sie sah, daß sich Mrs. Chandler mit besorgtem Gesicht über sie beugte. Ihre Lippen bewegten sich. Jo bemühte sich, ihre Worte zu verstehen. »Soll ich Ihnen einen Schluck Wasser holen, Kind?« Die Worte schienen aus weiten Fernen zu kommen. Matt schüttelte Jo den Kopf.

William! William war bei ihr in der Wohnung gewesen! Wie das Baby, hatten auch ihn andere Leute gehört. Er hatte sich als reales Wesen gezeigt!

Mit einer gewaltigen Willensanstrengung setzte sie sich auf. »Entschuldigen Sie.« Sie atmete konzentriert gleichmäßig. »Ich . . . ich war gestern wegen dieser Schwindelanfälle beim Arzt. Es ist so albern. Ich – ich will versuchen, dafür zu sorgen, daß es künftig keinen Lärm mehr gibt. Es tut mir leid, daß Sie gestört wurden, aber William . . .« Sie unterdrückte ein hysterisches Lachen. »William kennt sich mit Apartments nicht aus. Wissen Sie, er ist nicht daran gewöhnt. Eigentlich ist er überhaupt nicht daran gewöhnt, Nachbarn zu haben.«

Sheila Chandler stand auf und strich sich mit einer kleinen, automatischen Geste das Kleid glatt. »Ich verstehe. Er wohnt auf dem Lande. Nun, wir wollen nicht mehr darüber reden. Rufen Sie an, Kind, wenn Sie sich nicht wohl fühlen. Ich bin immer da. Möchten Sie vielleicht, daß ich ihnen eine schöne Tasse Tee mache?«

Jo schüttelte den Kopf. »Das ist nett von Ihnen, aber ich habe Kaffee, und ich wollte mich gerade anziehen.« Sie raffte sich auf. »Ich bitte nochmals um Entschuldigung wegen des Lärms.«

Mrs. Chandler war offensichtlich nur ungern zum Rückzug bereit. Als sie endlich draußen im Treppenhaus war, schloß Jo resolut die Tür.

Langsam kehrte sie in ihr Schlafzimmer zurück und griff nach der Tasse; der Kaffee war kalt. Sie trank einen kleinen Schluck und verzog das Gesicht.

Ihr Fuß stieß gegen etwas, das am Boden lag.

Sie beugte sich vor und entdeckte, halb verborgen zwischen den Falten der Tagesdecke, einen breiten ledernen Gürtel.

»Hör zu, Jo, ich kann aber nur eine ganz kurze Pause einschieben.« Tim drückte den Hörer fester ans Ohr und sah sich nach den beiden Models auf dem Podest um. Er seufzte. »Paß auf. Wir treffen uns um zwölf an der U-Bahn-Station Temple. Wir laufen ein bißchen das Embankment lang. Mehr Zeit kann ich heute wirklich nicht erübrigen. Bist du sicher, daß mit dir alles okay ist, Jo?« fügte er hinzu. Sie klang merkwürdig angespannt und atemlos.

»Mir geht es ausgezeichnet, Tim. Bis zwölf dann.«

Tim nahm seine Kamera und wandte sich an George. »Ich muß in zwei Stunden weg; also laß uns die Show in die Gänge bringen. Los.«

Jo saß in der Nähe der Statue von John Stuart Mill auf einer Bank in den Embankment Gardens und sah gedankenverloren den Tauben zu, die zu ihren Füßen umherpickten. Sie hob den Kopf und lächelte ihm entgegen. »Hast du schon mal versucht, diese unwahrscheinlichen Farben ihrer Hälse zu photographieren? Ich hätte schrecklich gern ein solches Abendkleid.«

»Versuch's mit Changeant-Seide«, schlug Tim trocken vor. Er sah sie prüfend an. »Du siehst sehr müde aus. Was ist los mit dir, Jo?«

»Können wir ein bißchen spazierengehen?« Sie stand auf, und er sah, daß sie leicht das Gesicht verzog, während sie sich den Riemen ihrer Tasche über die Schulter hängte. »Es wird mir gut tun, in Bewegung zu bleiben.«

»Wie du willst.« Schweigend schlenderte er neben ihr her und sah sie dann und wann an. Er war verwirrt und ein bißchen besorgt.

»Ich muß mit jemandem sprechen, Tim«, begann sie schließlich, als sie langsam die Stufen zur Essex Street hinaufstiegen. »Ich gebe die Sache auf. Alles. Das Buch, die Artikel, die ganze Idee.« Nach einer winzigen Pause fügte sie hinzu: »Ich dachte, ich könnte vielleicht in die Staaten fliegen.«

»Mit Nick, meinst du?« Seine Stimme klang sachlich. Sie schlenderten jetzt Devereux Court entlang und bogen in den Temple ein.

»Er ist heute abgeflogen ...« Sie brach ab und fing dann, nach Worten suchend, wieder an. »Ich kann nicht mehr, Tim. Heute nacht ist etwas passiert.« Voller Unbehagen schob sie den Riemen ihrer Tasche auf der Schulter zurecht, als sie vor dem Springbrunnen stehenblieben. Der hohe Wasserstrahl glitzerte im Sonnenschein und prasselte ein Stück weit außerhalb der kreisrunden Basis nieder. Wo sie standen, war der Rasen abgetreten; nur hier und dort ragten noch ein paar Halme aus dem lehmigen Bogen. Aber im Schatten der Bäume duftete die Luft kühl und frisch vom Wasser. In einer Ecke des Teiches stand eine gelbe Iris.

»Sam ist gekommen.«

Tim kniff schweigend die Augen zusammen.

»Merkwürdige Dinge sind geschehen, Tim. Ich habe Angst.« Sie ging weiter. »Ich hatte eine Regression, aber ich glaube, sie kam nicht spontan zustande. Und ich denke auch nicht, daß ich allein war.«

»Du meinst, Sam hat dich hypnotisiert?«

»Das hat er schon einmal getan. Ich hatte ihn darum gebeten. Aber diesmal nicht; ich wollte, daß er ging, aber ich glaube, er ist geblieben. Ich glaube, er hat mich hypnotisiert, ohne das ich es merkte. Heute früh habe ich ...« Sie biß sich auf die Unterlippe. »Ich habe eine Tonbandkassette gefunden. Musik, an die ich mich aus der Trance erinnere. Flötenmusik. Doch zu jener Zeit hatten sie überhaupt keine Flöten – wenigstens keine dieser Art. Es ist der einzige Anachronismus, der bisher vorgekommen ist. Aber da war noch etwas anderes ...« Wieder verstummte sie. Tim sah sie von der Seite an; ihr Gesicht war bleich. Er bohrte die Hände in die Hosentaschen und ballte sie zu Fäusten.

»Was denn noch, Jo?« fragte er leise.

Sie schüttelte den Kopf. »Tim, ich glaube, es könnte durchaus sein, daß Sam die ganze Sache irgendwie gesteuert hat. Ich glaube irgendwie, daß er hinter allem steckt – auch bei dir und Nick. Auf irgendeine Weise hat er uns alle so weit manipuliert, daß wir es für Wirklichkeit hielten. Weißt du, heute früh, als sich meine Nachbarin über die laute Musik in der Nacht beschwerte, da sagte sie, sie habe jemanden die Wohnung verlassen hören. Ich dachte, das sei William gewesen! Ich glaubte, er habe sich in einer physischen Erscheinung manifestiert, wie ein Geist! Aber später begriff ich, daß es Sam gewesen sein muß. Es war die ganze Zeit über Sam gewesen. Sam, der stets so tat, als wäre er William ...«

Sie hatten sich der Temple Church genähert. Einem Impuls

folgend, stieß Tim die Tür auf und ließ Jo den Vortritt in das kühle Gotteshaus.

»Ich habe das Gefühl, die ganze Geschichte ist irgendein schrecklicher Schwindel«, fuhr sie fort, fast ohne zu bemerken, daß sie den heißen Sonnenschein hinter sich gelassen hatte. »Ich könnte mir denken, daß Sam überhaupt alles initiiert hat – vor Jahren, als ich noch studierte. Nichts davon ist real, Tim.« Ihr Flüstern hallte durch die stille Kirche. »Und das kann ich nicht ertragen.« Sie atmete tief durch. »Ich weiß, ich bin nicht objektiv! Ich weiß, ich bin töricht, sentimental und sollte mir das Hirn röntgen lassen – aber ich will nicht glauben, daß alles nur Schwindel war!«

»Es ist kein Schwindel, Jo«, sagte Tim leise. »In mancher Hinsicht wünschte ich, es wäre so. Aber in einem Punkt hast du recht. Sam ist in die Sache verwickelt. Er hat mich letzte Woche besucht, und da wurde es mir klar. Er gehört dazu, Jo.«

»Wie denn?« wisperte Jo.

»Wir waren drei, Jo. Drei Männer, die dich als Matilda geliebt haben. Und die dich heute noch lieben.«

Jo starrte eine steinerne Grabplatte vor ihr auf dem Boden an, sah sie aber nicht. »Drei Männer?« wiederholte sie. »Wer?«

Tim hob die Schultern. »Ich weiß nur von Richard«, sagte er. »Nur Sam und Nick selbst können dir sagen, wer sie waren – wenn du es noch nicht weißt.«

»Sam haßt Nick«, erzählte Jo leise. »Ich wußte es nicht, bis Mrs. Franklyn es mir erzählte. Da war es plötzlich offensichtlich – in allem, was er tut und sagt.«

»Wie gut kennst du Sam?« Tim legte ihr einen Arm um die Schultern.

Behutsam machte sich Jo frei. »Ich kenne ihn seit ungefähr fünfzehn Jahren. Ich hab ihn gern. Er ist unterhaltsam, lieb und sehr attraktiv. Wenn Nick nicht gekommen wäre, könnte ich mir vorstellen . . .« Sie brach ab. »Oh, Tim . . .«

»Laß dich nie wieder von ihm hypnotisieren, Jo. Du darfst ihm nie trauen.«

»Nein«, flüsterte sie. »Nein. Aber jetzt kommt es eigentlich nicht mehr darauf an, denn es ist alles vorüber. Ob real oder nicht – es ist vorbei. Ich wollte, daß du das weißt, denn . . . denn du bist . . . du warst beteiligt.«

Tim verbeugte sich knapp. »Danke.« Er lächelte plötzlich wehmütig. »Wie seltsam! Siehst du, wo wir sind, Jo?« Er deutete auf die Grabplatten zu ihren Füßen.

Eines der vier Steinbilder vor ihr zeigte die Gestalt William Marshalls, des ersten Earl of Pembroke. Am linken Arm trug er einen Schild, in der Rechten hielt er ein Schwert. Sein bärtiges Gesicht starrte ausdruckslos unter der Kettenhaube an ihnen vorbei in die Kirchenkuppel. Der eine Fuß war beschädigt, der andere stand auf einem kleinen, fauchenden Tier. Ein feiner Sonnenstrahl, der durch das klare Glas in einem der Südfenster hereinfiel, streifte sein Gesicht.

»Wir kannten ihn, du und ich«, stellte Tim leise fest.

Eine Weile rührten sie sich beide nicht; dann wandte sich Jo ab und eilte mit leisem Aufschluchzen zur Kirche hinaus.

Tim folgte langsam; als er die Tür hinter sich schloß, hallte das Klappern durch die Stille des Kirchenschiffs.

»Ich fahre, Tim«, verkündete sie erregt und sah zum Himmel empor. »Ich fahre in die Staaten. Nichts von all dem wird dort von Bedeutung sein.«

Tim nickte. »Ja. Wann?«

Sie zuckte mit den Schultern. »Heute nachmittag gehe ich zu Bet. Da ist ein Vertrag, den ich kündigen muß.« Sie lachte kläglich. »Ich fliege, sobald ich kann.« Sie fröstelte. »Mir ist kalt. Laß uns am Fluß lang gehen.«

Es war Flut, die vertäuten Schiffe dümpelten neben der Kaimauer. Das dicke Themsewasser gluckste und gluckerte am grauen Gestein. Sie beugten sich über die Mauer und schauten auf die Boote, die in der Strommitte dahintuckerten.

Tim atmete tief. Wenn Jo die Vergangenheit abschütteln konnte, dann müßte er es doch auch können!

Langsam schlenderten sie nach Westminster zurück. Er sah auf die Uhr. »Ich muß um zwei zurück sein, Jo«, mahnte er sanft. »Da habe ich den nächsten Termin.«

Sie lächelte. Der Wind wehte ihr das Haar aus dem Gesicht und brachte ein wenig Farbe auf ihre Wangen. »Du findest doch, daß es richtig ist, Tim?« Es klang plötzlich beinahe flehentlich. »Daß ich hinüberfliege?«

»Man kann dem Schicksal nicht davonlaufen, Jo«, antwortete er und sah sie nicht an. »Aber schließlich ist dein Schicksal mit Nick verknüpft.«

»Ist es das wirklich?« fragte sie mit ganz dünner Stimme. »Ich weiß nur, daß ich bei ihm sein will.« Sie blinzelte im grellen Licht, das vom Wasser reflektiert wurde. Möwen kreisten und segelten über dem Kielwasser eines Polizeibootes, das westwärts brummte. »Das Dumme ist nur: Ich habe das Gefühl, daß er mich in unserem früheren Leben gehaßt hat.«

»Dann weißt du, wer er war?«

Tim mußte fast rennen, um mit ihr Schritt zu halten, denn sie lief immer schneller. Plötzlich blieb sie wie angewurzelt stehen. Fast wäre er mit ihr zusammengeprallt.

»Aber es ist nicht die Wirklichkeit, Tim«, sagte sie leise. »Dieser Teil der Geschichte ist keine Wirklichkeit.«

Tim ballte die Fäuste in den Taschen und schwieg. Erst als sie an der Westminster Bridge angelangt waren, blieb sie wieder stehen.

Endlich sah sie ihn an. »Du wirst die U-Bahn nehmen müssen, wenn du um zwei zurück sein willst. Entschuldige. Meinetwegen kommst du jetzt zu spät.«

Er nickte gleichmütig.

»Tim ...« Sie ergriff seine Hände. »Tim, diese Nacht in Raglan ... Ich bin froh darüber.«

Er lächelte. »Ich auch, Jo.« Sein Lächeln vertiefte sich. »Jetzt bin ich dem Schicksal etwas schuldig.«

»Vielleicht in unserem nächsten Leben ...?«

Er lachte. »Abgemacht.«

Tim sah ihr nach, wie sie sich über die Straße schlängelte und auf einen vorbeikommenden Bus sprang. Dann wandte er sich der Treppe am Westminster Pier zu, die zur U-Bahn hinunterführte. Sein Lächeln war so schnell verflogen, wie es gekommen war.

»Nein! Nein! Nein!« Bet schlug mit der Faust auf den Schreibtisch, daß ihre Bleistifte in die Höhe sprangen. »Du kannst diesen Vertrag nicht brechen! Das erlaube ich nicht! Wenn du versuchst, dich da herauszuwinden, werde ich dafür sorgen, daß du bei keinem Blatt in diesem Land je wieder etwas loswirst!«

Jo saß mit zusammengepreßten Lippen vor ihr. »Sei doch vernünftig. Hör mal ...«

»Ich bin vernünftig! Ich habe dir soviel Zeit angeboten, wie du brauchst. Ich habe dir ein horrendes Honorar zugesagt. Ich habe dir alle erdenklichen Recherchenmittel zugänglich gemacht. Ich habe dafür gesorgt, daß einer der Top-Photographen Londons mit dir nach Wales gefahren ist. Ich werde verdammt noch mal tun, was du willst, Jo – aber diese Serie will ich unbedingt haben! Was ist denn nur in dich gefahren? Ist es Nick? Er hat dich angestiftet, nicht wahr? Dieser Schweinehund! Oder ist es, weil du Angst vor ihm hast?« Ihr Blick war plötzlich forschend. »Du hast mir noch nicht erzählt, was in Wales war.«

Jo sah zu Boden. »Nicht viel«, sagte sie vorsichtig. »Bet, bitte! Du wirst mich nicht dazu bringen, es mir wieder anders zu überlegen ...«

»Dann wirst du mir einen plausiblen Grund für deine Entscheidung nennen müssen. Hat Nick dich bedroht?«

Jo schüttelte den Kopf und seufzte. »Im Gegenteil. Er hat mir gesagt, daß er mich liebt.«

»Aber? Da muß es doch ein Aber geben!«

Jo lächelte. »Du hast recht. Es gibt sogar viele Aber. Trotzdem will ich nach New York, um bei ihm zu sein.«

Bet stöhnte. »Jo, weißt du eigentlich, wie heiß es gestern in New York war? Fünfunddreißig Grad, und eine Luftfeuchtigkeit von neunzig Prozent. Willst du im Ernst da hin? Da brauchst du einen anderen Menschen doch bloß zu berühren, und ihr fusioniert!«

Jo lachte. »Wenn ich mich recht erinnere, haben sie da drüben recht anständige Klimaanlagen.«

»Ja, und die Leidenschaft wabert in den Straßen«, ergänzte Bet dunkel. In ihrer typischen Ungeduld stand sie auf und trat zum Fenster. »Wenn es nicht Nick ist, dann ist etwas anderes geschehen, das dir Angst eingejagt hat«, stellte sie über die Schulter hinweg fest.

»Ja.«

»Willst du mir sagen, was?«

»Ich glaube nicht, Bet. Sagen wir, ich mache mir Sorgen um meinen mitunter recht wackligen Verstand.«

Bet lachte. »Ach, das ist es.«

»Ja, das ist es. Ich mache es nicht, Bet. Auf keinen Fall. Und du weißt, daß du mich nicht zwingen kannst. Der Vertrag hat mich nur zur Exklusivität verpflichtet.«

Bet ließ sich wieder in ihren Sessel fallen. Sie holte tief Luft. »Okay, ich sag dir was. Laß uns beide nach Hause gehen und darüber nachdenken. In der Zwischenzeit kannst du mir einen Gefallen tun. Den bist du mir schuldig.«

Jo entspannte sich ein wenig, behielt Bet aber noch immer mißtrauisch im Auge. »Was für einen Gefallen?«

»Ich will einen Artikel über einen Knaben namens Ben Clements und seine Frau bringen. Er ist einer von diesen Selbstversorgungs-Freaks. Von der Sorte, die du in deiner ursprünglichen Serie zerfetzen wolltest. Zurück zur Natur, Nostalgie – alles, was modern, chemisch und mühelos ist, ist schlecht. Alles, was alt, matschig und mühsam ist, gut. Hättest du Lust, die beiden für mich zu interviewen? Ich will nette drei Seiten, mit Photos. Aber nicht wieder Tim Heacham, bitte. Das kann ich mir nicht leisten.«

»Von Clements hab ich schon gehört«, sagte Jo nachdenklich. »Er wohnt irgendwo oben im Lake District, stimmt's?«

Bet starrte vage in die Luft. »Er soll umgezogen sein. Ich kann im Archiv nachsehen lassen, falls du interessiert bist.«

Jo lächelte. »Okay, wenn es nicht allzu viel Zeit kostet. Nur, um dich wieder in Laune zu bringen. Dann fliege ich nach New York.«

Bet beugte sich vor und drückte auf den Summer auf ihrem Schreibtisch. »Sue? Bringen Sie mir bitte das Archivmaterial über Ben Clements, ja?« Sie sah Jo über die Brillengläser hinweg an. »Du wirst dich nicht wieder drücken?«

»Ich werde mich nicht drücken.« Jo stand auf. »Du mußt versuchen, mich zu verstehen, Bet. Es geht nicht einfach nur um eine Artikelserie. Es geht um mich. Ich kann die Ereignisse nicht mehr objektiv betrachten.«

Die Tür öffnete sich, und Bets Sekretärin kam mit einem Aktenordner herein. Sie legte ihn auf den Schreibtisch und lächelte Jo an.

Bet klappte den Ordner auf. Er enthielt einen oder zwei Zeitungsausschnitte, ein paar Notizen und ein Photo. Sie schob Jo das Bild zu. »Das ist er – allem Anschein nach ein netter alter Knabe.«

Jo betrachtete das Photo. Ben Clements wirkte wie Anfang Sechzig. Haar und Bart waren weiß, das Gesicht braun, runzlig und voller Lachfältchen.

»Wie ich höre, hat er eine junge Frau. Natürlich ist das die Ecke, aus der wir vorgehen. Hier.« Bet schob ihr den Ordner entgegen. »Steck das ein und arbeite es durch. Ich denke an die Dezember-Nummer, möchte es also spätestens am sechzehnten haben.«

Jo nahm die Akte an sich. »Keine Sorge, Bet. Du hast mir bereits so viele Gewissensbisse eingeredet, daß ich dich auf keinen Fall im Stich lassen werde. Ich habe außerdem überhaupt nichts gegen einen kleinen Ausflug in den Norden.«

»Ich sage doch, er ist umgezogen. Aber du findest alle Details da drin.« Sie sah auf die Uhr. »O Gott, in drei Minuten muß ich zu einer Besprechung.« Sie stürzte ihren brühheißen Kaffee hinunter. »Viel Erfolg.«

Zu Hause warf sich Jo auf das Sofa, streifte die Sandalen ab und legte die Füße auf den Couchtisch. Dann nahm sie Ben Clements Photo aus dem Ordner und betrachtete es eingehend. Wie Bet gesagt hatte – ein netter alter Knabe.

Sie sah das weitere Material durch. Seine Adresse und Telephonnummer standen auf einer Karte, die ihr zuletzt in die Hände kam. Einen Moment lang starrte sie vor sich hin. Dann begann sie zu lachen. »Du bist eine dreimal nichtsnutzige, gerissene, hinterhältige Kuh, Bet Gunning!« stellte sie laut fest. »Aber ich werde es mir nicht anders überlegen!«

Auf der Karte stand: Pen y garth, Mynydd, Brecon.

Die fette schwarze Schlagzeile der Morgenzeitung lautete: BÖSER KÖNIG JOHN GUT FÜR JO. Judy starrte sie stumm und wie vom Donner gerührt an, ohne auf den Straßenverkehr zu achten, der dicht vor ihr über die Fulham Road strömte. Pete hatte geschrieben, was sie ihm erzählt hatte, Wort für Wort! Sie las:

»Werbeunternehmer Nick Franklyn kann sich nach seiner großen Enttäuschung in der Werbewelt trösten. Im Kielwasser der Enthüllungen seiner Lebensgefährtin Jo Clifford über ihr früheres Leben als *Femme fatale* des Mittelalters ließ sich Nick von seinem Bruder, einem Psychiater, hypnotisieren. Man kann sich sein Erstaunen vorstellen, als er herausfand, wer er in seinem früheren Leben war: Nicht Jos Liebhaber, nicht ihr Mann - sondern ihr König!«

Judy faltete die Zeitung zusammen und stopfte sie in den Abfalleimer am Laternenpfahl neben ihr. Pete hatte versprochen, niemandem zu erzählen, von wem er die Story hatte. Aber würde er Wort halten? Nervös nagte sie an ihrer Unterlippe. Nick war in den Staaten, aber irgend jemand würde ihm ganz sicher von dem Artikel berichten. Jo würde ihn auch lesen. Und Sam. Sie fröstelte.

Sam hatte den Rest der Nacht in einer Zelle verbracht. Am Mittwoch morgen war er zerknirscht und stocknüchtern vor dem Richter erschienen, begleitet von seinem makellosen Charakter, seinem beruflichen Leumund und Nicks Anwalt Alistair Laver. Das Resultat war eine beträchtliche Geldbuße, und man hatte ihm dringend nahegelegt, fortan Frieden zu halten. Als er Judy später anrief, um sich zu entschuldigen, legte sie auf.

Sie kaufte einen halben Liter Milch, Brot, Käse und, nach kurzem Überlegen, ein zweites Exemplar der Zeitung. Dann kehrte sie in ihr Atelier zurück.

Pete meldete sich nach dem zweiten Klingelzeichen. »Hallo! Hast du den Artikel gelesen?«

Judy verzog das Gesicht. »Ein bißchen reißerisch, nicht?«

Pete lachte. »Ich dachte, du wolltest, daß man es von den Dächern schreit. Zu fetteren Lettern konnte ich die Redaktion nicht überreden, ohne daß man mich für vulgär gehalten hätte. Hat das Opfer schon aufgekreischt?«

»Pete! Du legst es darauf an, Ärger zu bekommen!«

»Nein, nein. Ich habe der Lady nur einen Gefallen getan.«

Judy seufzte. »Ich wünschte fast, ich hätte es dir nicht erzählt. Es kommt mir so billig vor. Nick ist in den Staaten. Jo ist vermutlich die einzige, die es lesen wird.«

Pete gluckste. »Und die gefürchtete Miss Gunning. Ich kann's gar nicht abwarten, daß sie es sieht. Ich sage dir was, Schätzchen. Wir treffen uns zum Lunch. Dann teilen wir uns eine Flasche Schampus und planen deine nächste Enthüllung. Wenn es so weitergeht, werde ich dir Informationshonorar zahlen müssen. Was meinst du? *Joe Allen's*, um eins?«

»Okay, Pete. Eigentlich ganz verlockend.« Sie zögerte. »Aber wenn uns jemand zusammen sieht?«

»Dann dementiere ich.« Pete lächelte in sich hinein, während er Milch über seine Haferflocken goß. »Streite einfach alles ab. Mache ich auch immer. Wir sehen uns um eins!«

Bet rief vier Minuten nach acht bei Jo an. »Hast du gesehen, was der prinzipienlose Schweinehund Pete Leveson jetzt wieder losgelassen hat?«

Jo setzte sich und zog sich das Telephon auf die Knie. »Das ist gut, Bet - ausgerechnet aus deinem Munde. Was hat er denn gemacht?«

»Er hat die Fortsetzung deiner Geschichte gebracht.«

Jo erstarrte. »Die Fortsetzung?«

»Über Nick. Du lieber Gott! Kein Wunder, daß er so merkwürdig war, als ich ihn das letztemal sah. Und wenn ich mir vorstelle, daß ich fast . . .« Sie verstummte.

»Daß du fast was, Bet?« fragte Jo scharf.

»Ach nichts, Schätzchen.« Hastig knipste Bet ihren Charme an. »Jo, Liebes, du mußt all das seit Ewigkeiten wissen! Du hättest es mir schließlich sagen können! Das erklärt doch sein verrücktes Benehmen, meine Güte! Und es macht die Story noch viel aufregender. Du mußt weitermachen, Jo. Du mußt! Das siehst du doch ein, oder?«

»Bet . . .« Ihre Bauchmuskeln krampften sich nervös zusammen, als sich Jo auf der Sesselkante vorbeugte. »Was genau hat Pete geschrieben?«

»Hör zu. Ich lese es dir vor.« Bet verlas den Artikel laut, schnell und monoton. Dann machte sie eine erwartungsvolle Pause. »Na?«

Jo schwieg. Ihre Hände waren schweißfeucht. Langsam begann sich das Zimmer vor ihren Augen zu drehen.

»Jo? Jo, bist du noch da?« Bets beharrliche Stimme drang durch das Pulsieren in ihrem Kopf.

Endlich fand Jo ihre Stimme wieder. »Woher hat er die Story?«

»Sagt er nicht. Zitat: ›Aus Nicks nächster Umgebung.‹ Zitat Ende. Er hat den Augenblick gut abgepaßt - jetzt, wo Nick im Ausland ist. Es stimmt doch alles?«

»Ich weiß nicht«, antwortete Jo. »Er hat mir nie erzählt, daß er eine Regression erlebt hat. Ich habe ihn gefragt, aber er ist mir ausgewichen. Er ist . . . es ist grotesk.« Ihre Stimme erstarb.

Ihr Verdacht, ihre schlimmsten, geheimsten Befürchtungen trafen zu, und jetzt wußte alle Welt Bescheid. Ihr war speiübel.

»Wirst du ihn anrufen?«

»Nein.«

»Aber das mußt du! Du mußt ihn fragen, ob es stimmt.«

»Am Telephon? Über den großen Teich hinweg? Wenn es stimmt und wenn er wollte, daß ich es weiß, dann hätte er es mir gesagt.« Jo atmete tief durch und schloß die Augen. »Laß es gut sein, Bet. Ich halte das alles nicht mehr aus. Bitte laß es gut sein . . .«

»Aber Jo . . .«

»Bet, du hast mir erzählt, Nick wäre eine Gefahr für mich. Das war nicht Nick. Das war John, der Matildas Tod befohlen hat.«

»Jo«, begann Bet vorsichtig.

»Nein«, fiel Jo ihr ins Wort. »Ich will nicht mehr darüber reden.« Abrupt wechselte sie das Thema. »Ich habe deinen Mister Clements in Brecon angerufen.«

»Oh, schön.« Bet klang nicht besonders begeistert. »Wann wirst du ihn interviewen?«

»Am Dienstag. Ich fahre Montag nachmittag hin und werde bei Mrs. Griffiths wohnen.«

»Ich wußte, daß du es tun würdest, Jo. Und falls, während du dort bist, irgend etwas passieren sollte . . .«

»Es wird nichts passieren«, unterbrach Jo nachdrücklich. »Glaub mir, Bet, nichts wird passieren. Jetzt schon gar nicht.« Ihre letzten Worte waren kaum hörbar.

Bet biß sich auf die Unterlippe und bemühte sich, in beiläufigem Ton weiterzusprechen. »Wann wird Nick zurückkommen?«

»Das kommt darauf an, wie es in New York läuft.«

»Und du willst immer noch hin, wenn du mit dem Artikel fertig bist?«

»Ich weiß nicht, Bet«, sagte Jo schließlich. »Ich werde es mir jetzt überlegen müssen.«

Es war ein steiler, stark ausgefahrener Weg zur Farm Pen y Garth. Nervös schaltete sie in den ersten Gang und steuerte den MG im Schrittempo bergauf. Oben endete der Weg unvermittelt an einem Berghang, der von flammendem Ginster übersät war, und vor einem niedrigen, weißgekalkten Bauernhaus. Erleichtert hielt Jo an; sie stieg aus und griff nach ihrer Tasche. Der vertraute Duft von Berggras, wildem Thymian und Farnkraut füllte ihre Lunge und mischte sich mit der schweren Süße der blaßroten Rosen, die sich um den schilderhausartigen Windfang vor der Tür rankten. Die weißen Wände krönte ein unebenmäßiges Dach aus dickem walisischem Schiefer, grün von Flechten und gelb gesprenkelt von Mauerpfeffer.

Jo sah sich um. Der Blick ging von hier nach Osten zum Tal des Wye. Sie konnte meilenweit sehen.

»Gefällt Ihnen unsere Aussicht?« Eine Gestalt war in der Tür erschienen.

Jo lächelte. »Sie ist atemberaubend.«

Ben Clements lachte. »In jeder Hinsicht, wenn Sie zu Fuß heraufgekommen sind. Herein mit Ihnen.«

Sie folgte ihm in den einzigen großen Raum, halb Küche, halb Wohnzimmer, der das gesamte Erdgeschoß des Bauernhauses ausfüllte. Der Steinboden war mit leuchtend bunten Flickenteppichen bedeckt und mit Spielzeug übersät, die Wände voll von Büchern und Bildern.

Jo war verblüfft, wie bunt und unordentlich alles war. »Ich wußte nicht, daß Sie kleine Kinder haben«, erklärte sie zögernd, während sie einer Holzeisenbahn auswich.

Er warf den Kopf in den Nacken und lachte. »Eine der Bußen für das Altwerden ist in unserer Familie der Wahnsinn! Ich habe mit siebenundfünfzig geheiratet, und da ich den Schrecknissen der Familienplanung nicht gewachsen war, sah ich mich unverhofft guter Hoffnung, wie man sagen könnte. Trinken Sie was. Ich lasse nie jemanden vor zwölf heraufkommen, dann brauche ich mich mit all diesem gesellschaftlichen Unfug mit Kaffee und was weiß ich gar nicht erst abzugeben. Sie können Scotch oder Bier haben.«

Jo lächelte. Sie spürte, daß sie diesen Mann mögen würde. »Einen Scotch, bitte.«

Er nickte beifällig. »Ich hoffe, Sie wollten sich nicht mit Ann und den Kindern unterhalten. Die sind nämlich heute nach Hereford gefahren, um sich dort mit irgendeiner durchreisenden Cousine zu treffen.«

Jo war enttäuscht. »Schade. Es wäre schön gewesen. Ich schreibe für ein Frauenmagazin. Insofern ist der weibliche Blickwinkel wichtig.«

»Ah.« Er zog eine kleine Grimasse. »Da hab ich's wohl vermasselt, wie? In meiner männlichen Eitelkeit dachte ich, Sie wollten mich sprechen. Normalerweise werde ich fast immer von Männern ins Verhör genommen, meine Liebe. Vergeben Sie mir.« Er reichte ihr ein halbes Glas unverdünnten Scotch.

Jo lachte. »Ich wollte Sie beide sprechen. Vielleicht könnte ich noch mal wiederkommen, wenn Mrs. Clements daheim ist.«

Das bedeute, daß sie länger in Hay bleiben mußte. War es das, was sie wollte? Jo drängte den Gedanken beiseite und konzentrierte sich auf das freundliche Gesicht des älteren Mannes vor ihr. Er lächelte immer noch. »Wollen Sie sich denn dann den Hof überhaupt anschauen?«

Jo zog Notizbuch und Kamera aus ihrer Tasche. Sie nickte. »Ich werde ein paar Schnappschüsse machen, wenn ich darf; wenn meine Bilder nichts werden, schicken wir später noch einen besseren Photographen herauf.«

»Selbstverständlich werden sie gut genug sein.« Er ging voraus zur Tür. »Sie dürfen nicht defätistisch sein, meine Liebe. Das darf man nicht.« Er drehte sich um. »Ann hat mir erzählt, Sie seien eine Lady, die fast nur vernichtende Artikel schreibt. Stimmt das?«

»Oft. Macht Sie das nervös?«

»Nicht die Bohne.« Er zog den Kopf ein und ging zur Tür hinaus. Sie folgte ihm um das Farmhaus herum nach hinten, wo eine steinerne Mauer einen großen Gemüsegarten umgab. »Ich hab mir von den

Bauern, die mich für verrückt halten, schon alles mögliche an den Kopf werfen lassen müssen. Zum Glück sind jetzt immer mehr Menschen meiner Ansicht; ich glaube, die organischen Methoden gewinnen allmählich die Oberhand.«

Schnell und systematisch führte er Jo auf dem kleinen Anwesen herum; er begutachtete ihre Notizen und machte die meisten Photos für sie. Dann brachte er sie wieder ins Haus und füllte ihr Glas auf.

»Ann hat uns einen kalten Lunch dagelassen«, sagte er. »Wollen wir draußen essen?« Er warf ihr einen Blick zu. »Ich amüsiere Sie, wie?«

Jo lächelte. »Nein. Ich dachte mir nur gerade, daß Sie mir ebenso gut an der Haustür hektographierte Waschzettel hätten geben können. Sie sind an diese Interviews inzwischen gewöhnt.«

»Okay, ich nehme die Rüge zur Kenntnis. Dann interviewen Sie mich jetzt richtig.« Er stellte die Teller auf einen Tisch neben der Hintertür, wo ein mit Geißblatt bewachsenes Spalier ein wenig Schutz vor der grellen Sonne bot. »Stellen Sie mir all die Fragen, die ich noch nie beantwortet habe.«

Jo setzte sich. »Wird es Ihrer Frau hier oben nicht einsam?«

»Müßten Sie sie danach nicht selbst fragen?« Seine Augen leuchteten humorvoll.

»Das werde ich noch tun. Ich wollte nur wissen, was Sie wohl glauben.«

»Na ja.« Er stopfte sich den Mund voll. »Ann ist eine bemerkenswerte Frau. Sie hat große innere Kräfte. Natürlich setze ich voraus, daß sie eine echte Liebe zu diesem Land hat, aber es steckt doch noch mehr dahinter. Sie liebt die Berge, die Flüsse und die Einsamkeit. Sie liebt die Erde, und es macht ihr Freude, Dinge zum Wachsen zu bringen, genau wie mir. Sie liebt Menschen, Dörfer, Städte - wir sind keine Einsiedler, nur weil wir allein hier oben leben. Aber wir vermissen die Menschen auch nicht, wenn wir sie mal ein Weilchen nicht sehen. Genau wie ich ist sie als Fremde nach Wales gekommen. Ich stamme aus Nordengland, und sie, Gott helfe ihr, ist Amerikanerin! Aber wir sind beide völlig gefangen von diesem Land mit seinen Menschen und seinen Traditionen, seiner Geschichte. Ihnen mögen diese Berge einsam und abweisend vorkommen, aber sie sind voller Leben, Träume und Erinnerungen. Faszinierend. Was ist? Habe ich etwas Falsches gesagt?« Seinen scharfen blauen Augen war Jos plötzliche Anspannung nicht entgangen.

Sie zwang sich zu einem Lächeln. »Nein, nein. Erzählen Sie weiter.«

»Sind Sie Skeptikerin? Eine Stadtmaus?«

»Nein.« Jo sah ihm in die Augen. »Ich habe auch mal hier oben gelebt.«

»Aha. Ich hatte mich schon gefragt, weshalb man gerade Sie hergeschickt hat. Sie verstehen also, was ich meine. Wo haben Sie gelebt?«

Jo zögerte. Jetzt, da sie es ausgesprochen hatte, konnte sie ihre Worte kaum wieder zurücknehmen, und außerdem verspürte sie einen überwältigenden Drang, sich ihm anzuvertrauen.

»Sie werden mich wahrscheinlich für verrückt halten. Es ist lange her. In einem früheren Dasein.« Sie schwieg und wartete darauf, daß er zu lachen begann.

Aber er beobachtete sie nur aufmerksam. Und sie erzählte ihm alles. Danach schwieg sie eine Weile und schaute hinaus über das weite Land.

»Das ist eine wahrhaft erstaunliche Geschichte«, stellte er schließlich fest. »Wahrhaft erstaunlich. Von Moll Walbee hatte ich natürlich schon gehört. Wer hätte das hier nicht? Aber so vollständig in ihr Leben eingedrungen zu sein, das ist schon außergewöhnlich.«

»Dann glauben Sie mir?«

»Ich glaube, daß es Ihnen passiert ist, ja. Was die Erklärung angeht . . .« Er hob die Schultern. »Ich glaube, ich muß nach einer Erklärung suchen, die profaner ist als die der Reinkarnation.« Er lächelte rätselhaft. »Vielleicht hat es mit der Relativität der Zeit zu tun. Ich möchte vermuten, daß ein Bereich Ihres Gehirns besonders empfänglich ist für das, was man das Echo der Zeit nennen könnte. Sie haben sich sozusagen auf Matildas Wellenlänge eingestellt und können ›mithören‹.« Er legte den Kopf schief. »Was halten Sie von dieser Theorie?«

Jo lächelte. Sie beugte sich vor, zog ihren Teller zu sich heran, und sie nahm sich eine Scheibe von Ann Clements steingemahlenem Vollkornbrot. »Ehrlich gesagt, mein Gehirn hat es aufgegeben, nach dem Wie und Warum zu fragen. Die letzten Male habe ich mich dagegen gewehrt. Ich will nicht mehr, daß es geschieht. Und ich glaube, ich weiß jetzt, wie ich es verhindern kann. Man darf die Gedanken nicht ins Leere abrutschen lassen. Es ist nur empfänglich, wenn es nichts zu tun hat - wie ein Auto im Leerlauf.«

»Faszinierend«, erklärte Clements. »Wissen Sie, Sie müssen tatsächlich mit Ann darüber reden. Sie hat an der Universität in Los Angeles Psychologie studiert, und Erinnerungen an frühere Existenzen haben sie immer besonders interessiert. Sie hat vor einer Weile einen Artikel darüber in einer Zeitschrift wie Ihrer veröffentlicht, vielleicht hat Ihre Redakteurin ihn sogar gelesen.«

»Das halte ich durchaus für möglich«, sagte Jo nach einem Moment des Überlegens. »Sonst wäre es wirklich ein allzu großer Zufall - daß ich hier bin, meine ich.« Sie seufzte. »Aber es hat gutgetan, darüber zu reden. Vielleicht hat Bet mir am Ende sogar einen Gefallen getan.«

Er blickte sie unter dichten Augenbrauen an. »Es überrascht mich überhaupt nicht, daß Sie nervös sind. Ich würde mir vor Angst in die Hose machen.« Er nahm ein Stück Brot, belegte es mit einer dicken Scheibe Käse und lehnte sich, nachdenklich kauend, auf seinem Stuhl zurück. »Aber nach Ihren Worten sind es weniger Ihre Ausflüge in die Vergangenheit, die Ihnen Angst machen und Sie davon abhalten, die Übung zu wiederholen. Es ist eher die Tatsache, daß andere Menschen aus der Gegenwart mit darin verwickelt sind. Wenn Sie mir meine offenen Worte nicht übelnehmen: Mir scheint, Sie haben sich zu sehr von Leuten einspannen lassen, die auf Ihre Kosten etwas beweisen wollen, von Ihren journalistischen Kollegen bis zu Ihrem Freund.«

»Aber sie sind alle beteiligt ...«

»Kann sein.« Er beugte sich vor und tätschelte ihre Hand. »Es ist eine hübsche Theorie, aber glauben Sie nicht zu bereitwillig alles, was andere sagen, meine Liebe. Suchen Sie die Antwort in Ihrem Inneren. Nur dort werden Sie die Wahrheit finden. Und jetzt werde ich Ihnen ein bißchen Käse holen. Es ist selbstgemachter Rahmkäse von unserer Aphrodite und ihren Töchtern; wir haben aber auch noch Quarkkäse von Polyphema, der einäugigen Ziege.« Er zwinkerte schalkhaft. »Sie müssen dafür sorgen, daß Ihr Gehirn hellwach bleibt, solange Sie hier sind, Joanna. Ich bin nicht sicher, den Besuch einer adeligen Lady so gut bewältigen zu können wie das nachmittägliche Melken!«

30

Am Fuße des Hügels bog Jo in die falsche Richtung ab und merkte bald, daß sie nach Nordwesten fuhr, statt sich durch das Tal des Wye auf Hay zuzubewegen. Sie wollte schon anhalten und wenden, folgte dann aber einem Impuls und fuhr weiter nach Brecon. Sie suchte sich einen Parkplatz und spazierte gemächlich durch das Städtchen, bis sie schließlich zu der Kathedrale mit ihrem gedrungenen Turm hinaufstieg.

Sie stieß die Tür auf und ging hinein. Zu Lebzeiten des Bischofs Giles de Breos und seines Bruders Reginald war der östliche Teil der normannischen Kirche, die Bernard of Newmarch hier errichtet hatte, durch Chor, Transepte und Turm ersetzt worden, wie sie heute noch standen. Ihr Blick wanderte die enggedruckten Zeilen der Informationsbroschüre entlang. Reginald war der einzige Lord of

Brecknock, der in der Abteikirche begraben war. Irgendwo unter dem schöngeschwungenen Gewölbe des Chores lag Reginald begraben ... Dieser kräftige, fröhliche Junge, den sie auf so unkompliziert Weise geliebt und der sie wiedergeliebt hatte. Ihre Augen füllten sich mit Tränen. Nur mit Mühe gelang es ihr, sich zusammenzunehmen. Schließlich hätte sie nicht herzukommen brauchen. Wenn sie wirklich nichts mehr mit der Familie de Braose zu tun haben wollte, dann hätte sie nicht nach Brecon fahren dürfen. Sie starrte zum Hochaltar mit seinen verschlungenen Schnitzereien hinauf, zu den Opferblumen unter dem hohen Buntglasfenster und zwang sich, wieder in den Führer zu schauen.

Von der Burg war nicht mehr viel übrig. Ein Hügel und ein paar efeubedeckte Mauerreste, mehr nicht, aber daran war sie inzwischen gewöhnt. Vorsichtig stieg sie die ausgetretenen Stufen hinauf und schaute dann über die Dächer hinweg zu der zerklüfteten Silhouette der Beacons hinüber. Ja, an diese Aussicht konnte sie sich erinnern, an die Zackenlinie im Dunst, und an den Sonnenuntergang hinter der fernen Bergbastion. Sie atmete tief ein und versuchte absichtlich, an nichts zu denken.

Es war dunkel in der Kammer, und in ihren Schläfen pochte es. Sie wollte den Kopf heben, ließ ihn aber aufstöhnend wieder auf das Kissen gleiten. Benommen erkannte sie, daß Menschen bei ihr im Raum waren. Jemand hielt sie, während sie sich übergab, und dann sank sie wieder zurück. Ein kühles, feuchtes Tuch legte sich auf ihre glühende Stirn. Sie hörte Elens Stimme, abwechselnd scheltend und beschwichtigend, und eine Männerstimme, die irgendeinen Singsang intonierte. Waren es Gebete oder ein Zauberbann?

In Aberhonddy waren zwei Menschen an der Pest gestorben, und auch einer von Williams Schreibern lag mit eiternden Beulen unter den Achseln darnieder. Sie hatte ihn besucht und sich dabei ein Rautensträußlein vor die Nase gehalten; sie hatte ihm sanft die Hand auf die Stirn gelegt und versucht, seine Schmerzen zu lindern. Erst dann erkannte sie, welche Krankheit ihn niedergestreckt hatte.

Dieser Sommer war verflucht. Kein Regen war gefallen. Die Ernte vertrocknete auf den Feldern. Flirrende Hitze hing über den Bergen wie eine drückende Wolke. Lord Rhys war tot. Seine Söhne bekämpften einander noch immer ohne Unterlaß; Gruffydd lag jetzt zu Corfe im Kerker. Von Tilda gab es keine Kunde, und auch nicht von dem kleinen Sohn, den sie Gerald zufolge zur Welt gebracht hatte. Keine Kunde ... keine Kunde ...

Verzweifelt rief sie nach ihrer Amme, doch Jeanne kam nicht. Matilda spürte, wie ihr die Tränen über die Wangen liefen, bevor sie das Delirium erneut ins Dunkel schwemmte.

Ein verfluchter Sommer. Ein Sommer, in dem William mit Trehearne Vaughan in Streit geraten war, ihrem gütigen, gelehrten Freund und Nachbarn zu Hay, dem Manne, der ihr einen walisischen Barden verschafft hatte, einem Verwandten des walisischen Fürstenhauses. Sein Gesicht trieb neben Williams durch ihre Träume. William, der niemals kam. William, der sich von der pestverseuchten Burg fernhielt, sie ihrem Schicksal überlassen hatte.

Als sie sehr viel später wieder zu sich kam, schien der Kopfschmerz nachgelassen zu haben, und erst jetzt wurde ihr das schreckliche Brennen in ihren Leisten bewußt. Stöhnend schloß sie die Augen. Draußen war es dunkel, aber das flackernde Licht der Fackel neben ihrem Bett brannte ihr in den Augen, und brennende Kräuter in einem Kohlenbecken verbreiteten ihren beißenden Duft. Sie wollte rufen - ihnen allen befehlen, fortzugehen, sie zu verlassen, ihre Kinder zu retten, ihre kleinen Kinder - aber ihre Zunge lag geschwollen und trocken im Mund. Sie brachte kein Wort hervor. Wieder versank sie in traumschweren Halbschlaf. Als sie aufwachte, war ihr Bett naß von Schweiß und Erbrochenem, und niemand schien da zu sein, der ihr half. »Sie haben mich dem Tode überlassen.« Ihre ganze linke Seite tat weh, und auch unter ihrem Arm brannte jetzt ein qualvoll schneidender Schmerz.

»Herr Jesus! Herr Jesus, steh mir bei!« Diesmal brachte sie ein Flüstern hervor, und sogleich war jemand zu Stelle und betupfte ihr das Gesicht mit einem Schwamm. »Seid tapfer, liebste Mutter. Ihr werdet wieder gesund.« Es war Margarets Stimme, zitternd, flehend. »Bitte, Mutter. Ihr müßt gesund werden.« Das Mädchen beugte sich über sie und versuchte, das besudelte Kissen fortzuziehen. Matilda hörte sich aufschreien, als Margaret an ihren Körper stieß, und sie sah das Entsetzen in den Augen des Mädchens. Dann sah sie nichts mehr.

Fahles Licht sickerte durch das offene Fenster am Fußende des Bettes, Fackeln und Feuer waren erloschen. Sie hörte den klaren, frohlockenden Morgengesang einer Drossel in der Eberesche im Innenhof. Matilda lag fröstelnd unter den klammen Decken, und wußte nicht, wo sie war. Ein furchtbarer Geruch erfüllte den Raum. Sie wollte sich die Lippen befeuchten, aber ihre Zunge war trocken. Eiter rann ihr über Arm und Schultern. Als sie die Augen schloß, versank sie erneut in unruhigen Schlaf. Sie wußte es noch nicht, aber ihr unbezähmbarer Körper hatte den Kampf gegen die Pest gewonnen.

Sobald sie kräftig genug war, saß sie am hohen Bogenfenster ihres Söllers und blickte auf die Stadt hinunter, über den Fluß hinweg zu den Bergen. Es bekümmerte sie, daß ihre Beine noch schwach und unsicher waren, aber es war angenehm, sich für eine Weile in der weiten Landschaft zu verlieren und vom Studium der Rechnungsbücher und Zahlenkolonnen auszuruhen, die sie sich an ihr Bett hatte bringen lassen. Die Menschen von Aberhonddu hatten durch Pest und Mißernte große Verluste erlitten. Matilda wußte, daß sie wie alle ihre weiten Ländereien im kommenden Winter nie gekannte Entbehrungen, wenn nicht gar eine Hungersnot zu erwarten hatten.

Wimmelnde Geschäftigkeit an der Brücke über den Honddu erregte ihre Aufmerksamkeit, und interessiert beugte sie sich vor. Eine kleine Schar von Reitern schien dort auf etwas zu warten; ungeduldig scharrten die Pferde mit den Hufen, Staub wirbelte auf. Dann kam eine Kolonne von Soldaten von Osten her die Straße heraufgeritten. An ihrer Spitze, unter seinem Banner deutlich zu erkennen, ritt William. Auf seinem Umhang schimmerte der aufsteigende Adler in der Sonne, und sein Rappe tänzelte leicht, sträubte sich gegen den harten Zügel.

Die Schar an der Brücke ritt ihnen entgegen, und die beiden Reiterhaufen verhielten voreinander.

Matilda strich sich mit der Hand über die Augen und seufzte. Seit ihrer Krankheit schien ihr Augenlicht schwächer geworden zu sein, und sie hatte Kopfschmerzen vom angestrengten Spähen ins gleißende Licht. Als sie wieder hinunterschaute, erkannte sie mit Schrecken gezückte Schwerter. Mit klopfendem Herzen beugte sie sich vor, und die Rechnungsbücher rutschten von ihren Knien auf den Fußboden.

Die kleinere Schar wurde zur Brücke zurückgedrängt. Es schien, als kämpften die Männer um ihr Leben. Matilda verlor William aus den Augen, entdeckte ihn wieder. Entschlossen kämpfte er mit dem Anführer der anderen Gruppe. Plötzlich war alles vorüber. Matilda sah, wie das Schwert des Angreifers nach einem wilden Hieb von William in hohem Bogen davonflog. Es blitzte im Sonnenlicht und landete im Unterholz neben der Straße. Der Mann wurde vom Pferd gezerrt, man fesselte ihm die Hände auf dem Rücken. Die Sieger bestiegen ihre Pferde, und galoppierten auf die Brücke zu. Der Mann bemühte sich verzweifelt, Schritt zu halten, aber er verlor sein Gleichgewicht und stürzte. Erbarmungslos schleiften ihn die Sieger hinter ihren Pferden über den Boden. Angewidert sah Matilda zu, bis sie beim Stadttor außer Sicht gerieten. William war also wieder da.

Elen kleidete sie in ihr scharlachrotes Gewand und lief dann, um Dai zu suchen, einen Schäfer, der aus den Bergen gekommen war, um seine Herden an die Viehhändler zu verkaufen. Er war geblieben, um für eine Weile in den Stallungen der Burg zu arbeiten. Irgendwie hatte er es sich zur Aufgabe werden lassen, Matilda die steile, gewundene Treppe zu ihrem Söller hinauf- und in ihren Kräutergarten hinunterzutragen, wann immer sie danach verlangte. So sanft und leicht war seine Hand im Umgang mit ihr, daß sie sich in ihrer Schwäche allmählich ganz auf ihn verließ, obwohl sie wußte, daß er sich nach seinen Bergen sehnte.

»Ich möchte Sir William in der großen Halle erwarten, Dai *bach*«, sagte sie lächelnd, als er sich über sie beugte. »*Ie, fyng arglwyddes.*«

Aber William erschien nicht in der Halle, obwohl sie eine Ewigkeit auf ihn wartete. Als sie schon aufgeben wollte, hörte sie draußen im Hof plötzlich Hufgetrappel und Rufe. Sie holte tief Luft und stemmte sich aus ihrem Stuhl hoch. Sie wollte stehen, wenn William kam.

»Hängen! Man wird ihn hängen!«

Sie hörte den aufgeregten Ruf des Pagen und sah, daß der Knabe wieder aus der Halle in die Sonne hastete. Die drei Männer, die gerade die alten Binsen auf dem Boden zusammengelegt hatten, sahen sich kurz nach ihr um, warfen ihre Besen hin und stürzten hinter dem Pagen drein.

Matilda sah sich nach Dai um, aber er war verschwunden. Der Mann an der Brücke mußte irgendein Schurke gewesen sein, und William wollte jetzt Gerechtigkeit walten lassen, bevor er daran dachte, sie zu begrüßen. Seufzend dachte sie an den armen Halunken, den sie vor ihren Augen durch den Staub geschleift hatten.

Langsam und mit zitternden Knien schleppte sie sich zur Tür im Innenhof. Die freie Fläche zwischen den Mauern des Hauptturmes und den Außengebäuden, die sich an der Ringmauer entlangzogen, war voll von Menschen und Pferden. Ihr Gemahl war der einzige, der noch im Sattel saß. Neben ihm stand ein Soldat auf einer Leiter und schlang ein Seil um einen Balken, der aus den rauhen Steinen der Mauer ragte.

Von dem Gefangenen war nichts zu sehen. Sie erschrak, als sie Williams Gesicht sah. Es war grausam verzerrt, voller Haß und Bösartigkeit. Mit Schaudern hob sie den Blick zum heiteren Himmel und zu der Eberesche, die schwer von Beeren über dem Menschengewimmel emporragte. Die Weiber der Burg drängten sich bei den Küchen zusammen und schwatzten leise untereinander; sie ließen das Männergewirr nicht aus den Augen. Jemand berührte Matildas Arm. Margaret stand hinter ihr. »Komm fort, Mutter. Schau nicht zu.«

Matilda schüttelte sie sanft, aber entschlossen ab. »Ich habe schon oft gesehen, wie jemand gehenkt wurde, Kind. Ich wollte nach deinem Vater sehen.«

Ein plötzlicher Laut – halb Schreien, halb Seufzen – ließ sie wieder in den Hof hinunterblicken. Sie hatten den Gefangenen auf den Rücken einer grobknochigen Mähre gehoben und führten das Pferd jetzt zu der Schlinge. Sein Gesicht war mit Schlamm und Blut beschmiert . . .

»Das ist Trehearne Vaughan aus Clyro! Es ist Trehearne!« schrie

Matilda entsetzt. »Gütiger Gott, hat William den Verstand verloren? Wir müssen ihn davon abhalten. Margaret, hilf mir, schnell!« Sie ergriff den Arm ihrer Tochter. »William, um Himmels willen, halt ein!« schrie sie. »Tu es nicht! Überlege doch wenigstens in aller Ruhe . . .« Aber ihr Schrei verlor sich im Aufheulen der Menge, als die Mähre nach einem Schlag auf die Hinterbacke auf dem Kopfsteinpflaster einen Satz nach vorn tat. Trehearne hing vom Balken herab. Seine Beine zuckten.

»Schneidet ihn ab, um Himmels willen!« rief sie durch das Johlen der Menge. »O Gott! O Gott, haltet ein! Rettet ihn!« Sie wußte nicht, woher sie die Kraft nahm, aber plötzlich stand sie neben ihrem Gemahl. »William, du weißt nicht, was du tust!« Sie packte die Zügel seines Pferdes, und das Tier bäumte sich auf. »Schneidet ihn doch ab, um der Liebe Christi willen.« Verzweifelt streckte sie die Arme nach ihm aus, blind vor Tränen.

William blickte kurz zu ihr herunter, ohne sie zu sehen. Sein Gesicht war verzerrt. Dann schien er zu bemerken, wie sie da an seinem Mantel zerrte. Er lächelte, und sie wich ängstlich zurück. »Abschneiden. Gute Idee.« Er trieb sein erregtes Pferd auf den Hängenden zu und durchtrennte das Seil mit einem Schwertstreich. Trehearne fiel auf das Pflaster und blieb zuckend liegen, das Gesicht geschwollen und purpurrot unter der Maske getrockneten Blutes.

Einen Augenblick lang starrte William auf ihn herunter. Erwartungsvolle Stille breitete sich aus, und William lachte. »Ich glaube, wir wollen seinen Kopf«, sagte er so leise, daß Matilda es kaum hören konnte. Er winkte, und zwei Soldaten packten den krampfhaft zuckenden Körper und zerrten ihn zu dem steinernen Block, der zum Besteigen der Pferde diente. Auf Williams Kopfnicken hin hob der eine sein zweischneidiges Schwert und trennte dem Mann mit einem Streich den Kopf vom Rumpf. Ein mächtiger Seufzer ging durch den Burghof, gefolgt von einem Aufschrei und wildem Gejohle.

Ringsumher gerieten Männer und Pferde in Bewegung; das Schauspiel war vorüber. Es gab Arbeit zu tun. William zügelte sein scheuendes Pferd und sprengte dann an Matilda vorbei zu der Treppe, die zur großen Halle hinaufführte. Dort stieg er ab, warf einem Knappen seinen Zügel zu und stapfte, ohne sich umzusehen, durch die Tür.

Matilda stand, gestützt auf Margarets Arm, mitten im Hof. Das Gesicht des Mädchens war weiß, und Matilda sah, daß die blauen Adern an ihren Schläfen heftig klopfen. Mit Mühe würgte sie die bittere Galle herunter, die ihr in die Kehle gestiegen war, und kehrte mit langsamen Schritten zum Turm zurück. Sie achtete konzentriert darauf, den Rücken geradezuhalten, und zwang sich Schritt für Schritt voran. Sie spürte die neugierigen Blicke der sich zerstreuenden Menge sehr wohl.

Als sie an der Treppe angekommen war erschien Dai. Ohne weitere Umstände nahm er sie auf den Arm und trug sie in die Halle zu ihrem Stuhl am Feuer. William saß am Tisch und goß Wein in seinen Becher.

»*Fyng arglwyddes,* darf ich Euch um die Erlaubnis bitten, in meine Berge zurückkehren zu dürfen?« Dai kniete vor ihr, sein Gesicht war teigig gelb. »Ich möchte Euch nicht länger dienen. Es tut mir leid, *meistress bach. Dioer,* Ihr wart gut zu mir, wahrhaftig, das wart Ihr, aber ich kann nicht bleiben.«

»Das verstehe ich, Dai.« Sie seufzte schwer. »Gott gehe mit dir, mein Freund.«

Sie sah ihm nach und erwartete, daß er sich noch einmal umschaute, aber er tat es nicht – so wenig, wie er Williams Anwesenheit zur Kenntnis genommen hatte, der hinter sie getreten war. Er verschwand durch die Tür, ohne sich noch einmal umzudrehen, und war nicht mehr zu sehen.

Margaret drückte ihr einen Becher Wein in die Hand. »Trinkt das, Mutter. Ihr seid so blaß.« Furchtsam sah sie sich nach ihrem Vater um, aber der beachtete sie noch immer nicht; er goß sich einen neuen Becher Wein ein und leerte ihn mit einem Zug.

Matilda drehte sich um und sah ihn an. »Hat Trehearne eine so willkürliche, barbarische Behandlung wirklich verdient, William?« fragte sie leise.

Er hieb den Becher auf die Tischplatte, daß es dröhnte. »Meiner Meinung nach, Madame, hat er sie verdient.«

»Mir schien, daß er Euch in Aberhonddu erwartete.«

»Gewiß, wir hatten vereinbart, uns dort zu treffen.« Er verließ die Estrade. »Anscheinend glaubte er, wir könnten unsere Meinungsverschiedenheiten erörtern und als Freunde auseinandergehen. Ha! Er hat sich in mir getäuscht!«

Matilda runzelte die Stirn. »Ich glaube, das tun viele, William«, murmelte sie. »Habt Ihr die Auswirkungen bedacht, die dieser Zwischenfall nach sich ziehen wird? Trehearne war beliebt und hat mächtige Verwandte.«

»Er konnte nicht aufhören, mir davon zu erzählen. Der Mann plapperte wie ein Feigling. Er glaubte, Ihr könntet mich aufhalten. Er glaubte, Gwenwynwyn werde seinen Tod rächen; er glaubte, die Grenzmark würde von Chester bis Monmouth brennen und Vergeltung fordern für seine dürren Knochen.« Er spie heftig in die Binsen. »Ich bezweifle, daß er so wichtig war, wie er glaubte. Page!« brüllte er zu dem Knaben hinüber, der mit offenem Maul am Dienereingang lauschte. »Hilf mir, das Kettenhemd abzulegen, bevor ich dich zu

Gwenwynwyn schicke, du Strolch!« Er warf den Kopf in den Nacken und lachte, dann schleuderte er seinen Becher an die Wand, daß er verbeult in die Ecke rollte.

In dieser Nacht lag Matilda schlaflos neben ihrem schnarchenden Gemahl. Das Bild von Trehearnes schmählichem Tod stieg immer wieder vor ihr auf. Dazu vernahm sie das schallende Gelächter ihres Mannes. Der Tod des Nachbarn, ihres Freundes, schien William nicht zu bekümmern, und auch nicht, daß er sein Wort gebrochen hatte - denn offenbar hatte er Trehearne doch freies Geleit durch sein Land zugesagt. Selbst die Rache, die zweifellos folgen würde, schien ihn nicht zu scheren. In seiner Eitelkeit und hochfahrenden Arroganz war er nicht zu übertreffen.

Und unwillkürlich - wenngleich es darauf nicht mehr ankam - nahm sie zur Kenntnis, daß er sich kein einziges Mal nach ihrer Gesundheit erkundigt oder für seine Flucht aus Brecknock im Sommer entschuldigt hatte. Als sie sich schließlich in ihr Schlafgemach zurückgezogen hatte, war er besinnungslos betrunken gewesen.

Mit Tränen auf den Wangen kam Jo wieder zu sich. Sie lehnte an der Mauer und starrte zum mächtigen Gipfel des Pen y Fan hinauf. Eine Zeitlang wagte sie nicht, sich von der Stelle zu rühren; sie fürchtete schaudernd, sie könnte die Narben der Pestgeschwüre noch immer an ihrem Körper tragen. Dann hörte sie unter sich auf der Straße Kinderlachen; es wirkte wie ein Zauber, der die grauenhafte Realität ihrer Trance aus Gestank, Schmutz und Elend wegwischte. Sie richtete sich auf und spürte, daß ihr die Sonne auf den Kopf schien. In ihren Schläfen pochte es, und der Schweiß, der zwischen ihren Schulterblättern herunterrann, verstärkte das Brennen des Peitschenhiebes auf ihrem Rücken; aber abgesehen davon tat ihr nichts weh.

Margiad Griffiths stand in der Küche, als Jo hereinkam. Besorgt blickte sie auf. »Da haben Sie's. Schon wieder sehen Sie so elend aus, Kindchen«, stellte sie bekümmert fest. »Kommen Sie, setzen Sie sich. Und ein Glas von meinem Sherry trinken Sie auch, nicht wahr? Sie sind zu viel hin- und hergefahren, das wird es sein. Wollen Sie nicht versuchen, ein bißchen hierzubleiben?«

Jo sank auf einen Küchenstuhl. »Das würde ich gern«, sagte sie. »Ich übe zwei Berufe gleichzeitig aus, das ist das Problem.« Sie nahm einen Schluck Sherry und schloß die Augen.

»Möchten Sie vielleicht ein Stündchen schlafen, Kind? Ich mache Ihnen später etwas zum Abendessen.« Margiad musterte sie eingehend. Sie sah die Erschöpfung in Jos Gesicht, die fahle Blässe unter der Sonnenbräune, Kummerfalten, die zwei Wochen zuvor, bei ihrer ersten Begegnung, noch nicht dagewesen waren.

Jo schüttelte den Kopf. »Glauben Sie an Bestimmung, Mrs. Griffiths?«

»An Bestimmung?« Margiad überlegte. Sie zog einen Stuhl unter dem Tisch hervor und setzte sich Jo gegenüber. »Vorherbestimmung, meinen Sie? Nein, daran glaube ich nicht. Das Leben ist immer das, was wir aus ihm machen. Am Ende ist niemand außer uns selbst dafür verantwortlich. Sie sind deprimiert, nicht wahr?«

Jo nickte. »Vermutlich.« Ohne zu überlegen, griff sie nach der Flasche und füllte ihr leeres Glas. Margiad hatte ihres noch nicht angerührt. Sie schwieg.

»Ich glaube, ich werde verfolgt«, stellte Jo leise fest.

Margiad hob skeptisch die Augenbrauen. »Von wem?«

»Von einer Frau, die vor fast achthundert Jahren gestorben ist.«

»Soll das heißen, Sie haben sie gesehen?«

Jo sah zu Boden. »Sie ist kein Gespenst. Sie steckt in mir. Irgendwo in meinem Kopf ... in meinen Erinnerungen ...« Sie stellte das Glas hin und fuhr sich mit den Händen über die Augen. »Entschuldigen Sie. Sie müssen mich für verrückt halten.«

Margiad schüttelte den Kopf. »Als ich Sie das erstemal sah, habe ich meiner Doreen gesagt, daß Sie etwas Übersinnliches an sich haben. Da fließt walisisches Blut in Ihren Adern, nicht wahr? Trotz Ihrer englischen Redeweise.«

Jo suchte in ihrer Tasche nach einem Taschentuch. Als sie keins fand, stand sie auf und riß ein Blatt von der Küchenrolle über dem Spülbecken ab. »Ich denke ja«, sagte sie langsam.

»Das geht vielen keltischen Menschen so«, erklärte Margiad genüßlich. »Sie haben das zweite Gesicht. Das ist nicht einfach, aber Sie müssen lernen, damit zu leben. Sie dürfen gegen das, was in Ihnen steckt, nicht ankämpfen, Kind. Nehmen Sie es an als eine Gabe Gottes.«

»Aber ich sehe nicht in die Zukunft«, entgegnete Jo gequält. »Obwohl, weiß der Himmel, das wäre noch schlimmer. Ich sehe in die Vergangenheit! Und zwar höchst detailliert.«

»Dann muß es einen Grund dafür geben. Eine Wahrheit, die ans Licht soll, ein Unrecht, das bereinigt werden muß – wer weiß?« Steifbeinig stand Margiad auf. Sie verschwand in ihrem Wohnzimmer, und Jo hörte, wie sie dort herumstöberte. Nach kurzer Zeit war sie wieder da. Sie brachte eine alte, ledergebundene Bibel mit und hielt sie Jo entgegen. »Beten Sie, wenn Sie können, Kind. Wenn nicht, legen Sie sie einfach unter Ihr Kopfkissen, Sie wird die bösen Träume fernhalten. So – ich habe ein leckeres Stew auf dem Herd. In einer Stunde ist es fertig; also gehen Sie, nehmen Sie ein heißes Bad, damit Sie endlich auf andere Gedanken kommen.«

Nick ließ sich auf sein Hotelbett fallen und riß sich die Krawatte herunter. Er fühlte sich verschwitzt und unbehaglich. Aber im Augenblick war er zu erschöpft, um auch nur unter die kalte Dusche zu gehen. Er legte sich den Unterarm über die Augen. Die Präsentation war gut gelaufen; eigentlich hätte er blendender Laune sein müssen. Müde lauschte er dem Heulen einer Polizeisirene fünfzehn Etagen tiefer auf der Lexington Avenue.

Er war fast eingeschlafen, als neben ihm das Telephon klingelte. Er wälzte sich auf den Bauch, stützte sich auf die Ellbogen und nahm den Hörer ab.

»Nick?« Es war Jim Greerson. »Wie ist es gelaufen?«

Nick drehte sich wieder auf den Rücken. »Okay. Ich glaube, es sieht ganz hoffnungsvoll aus. Und wie ist es bei euch?«

»Ich habe gestern abend mit Mike Desmond gegessen, wie geplant. Ich bin ein bißchen auf den Knien herumgerutscht und habe ihm dann gesagt, was für ein Esel er wäre, wenn er die beste aufstrebende Agentur von London in die Wüste schickt, nur weil wir einem neuen Burschen mal eine Chance gegeben haben. Ich habe betont, die neue Kampagne für ihn würden wir persönlich überwachen.« Er zögerte. »Wenn ich jetzt ›wir‹ sage, so habe ich in Wirklichkeit ›du‹ gesagt.«

»Und?« Nick kreuzte die Beine und starrte an die Decke.

»Bis jetzt ist er nicht allzu glücklich über den Service, den du-weißt-schon-wer ihm geboten haben. Ich nehme an, er hat damit gerechnet, daß sie sich die Beine ausreißen würden, wenn sie erstmal an dem Auftrag geschnuppert hätten. Aber statt dessen haben sie ihm, wie er sagt, einen Texter rübergeschickt, der noch grün hinter den Ohren war. Ich habe ihn in einem psychologisch günstigen Augenblick erwischt. Außerdem meinte er, er könne sich ja schließlich die Gelegenheit nicht entgehen lassen, königliche Dienste in Anspruch zu nehmen.« Jim gluckste.

»Königliche Dienste?« Nick drehte sich um und griff nach dem Krug mit Orangensaft, der auf dem Nachttisch stand. »Wieso königliche Dienste? Erzähl mir bloß nicht, daß Prinz Edward jetzt unter die Werbeleute gegangen ist?«

»Nein, alter Junge. Von dir ist die Rede.«

»Von mir?«

»Von deinem geheimen Leben. Soll das heißen, du weißt nicht, daß du aufgeflogen bist? Hier steht's in allen Zeitungen, um Himmels willen. Die *Mail* hat es am Donnerstag gebracht, der *Standard* am Freitag.«

»Was für ein geheimes Leben? Wovon zum Teufel redest du da?« Nick setzte sich auf.

»Moment, Moment. Ich suche die Seite; dann lese ich es dir vor.

Hab ein bißchen Geduld mit mir, alter Junge; es ist Mitternacht hier, und hinter mir liegt ein harter Tag.«

Nick lauschte regungslos, während Jim ihm über den Atlantik hinweg die Presseberichte vorlas. Er fühlte sich völlig unbeteiligt, als sei die Person, von der da die Rede war, jemand anderes. Er war nicht überrascht, nicht einmal empört. Er war nur sehr, sehr müde.

Als Jim fertig war, blieb es einen Augenblick lang still. »Ist das alles wahr, alter Junge?« erkundigte Jim sich dann vorsichtig.

»Es ist wahr, daß ich mich von meinem Bruder habe hypnotisieren lassen, ja«, erwiderte Nick sachlich. »Was dabei passiert ist, mußt du ihn fragen. Ich erinnere mich an nichts. Das alles kommt mir ziemlich weit hergeholt vor.« Er hörte sich lachen. »Vermutlich ist Judy Curzon für das alles verantwortlich. Ich drehe ihr den Hals um, wenn ich wieder drüben bin.«

»Wirf sie lieber in den Tower; das ist passender. Dann hat dir Jo also nichts davon gesagt?« fragte er gleich darauf neugierig.

»Nein«, antwortete Nick knapp. »Kein Wort.«

Einen Moment lang blieb es still; dann redete Nick weiter. »Du, ich habe morgen früh um acht eine Besprechung; ich sollte also jetzt Schluß machen, sonst komme ich nicht aus den Federn. Ich rufe morgen um die gleiche Zeit wieder an, okay?«

Nick legte den Hörer auf die Gabel. Die Klimaanlage hatte das Zimmer beträchtlich abgekühlt. Er ging ins Bad, zog sein Hemd aus und drehte die Dusche voll auf. Dann ging er zurück ans Telephon.

»Geben Sie mir London«, verlangte er schroff und nannte seine eigene Telephonnummer.

Margiad Griffiths weckte Jo mit einer Tasse Tee. Sie setzte sich auf die Bettkante. »Wie haben Sie geschlafen?«

Jo räkelte sich. »Sehr gut. Ihr Zauber hat wohl gewirkt.« Sie berührte die Bibel unter dem Kissen.

Margiad nickte. »Das wußte ich. Vorhin hat jemand für Sie angerufen«, berichtete sie. Sie langte in ihre Rocktasche und zog einen Zettel hervor. »Mister Clements. Er fragt an, ob Sie morgen gegen zwölf mit ihm und seiner Frau zu Mittag essen möchten. Sie brauchen nicht zurückzurufen, sagte er, es sei denn, Sie können nicht.«

Jo lächelte. »Das ist nett von ihm. Mister Clements ist der Grund für meinen Aufenthalt hier. Er hat eine Menge Bücher über Kleinlandbau, über Tiere und über die Geschichte Northumberlands geschrieben. Er hat sich in der Nähe von Brecon einen Hof gekauft.«

Margiad stand auf. »Da ist er wohl berühmt, wie?« Sie lächelte. »Und Sie schreiben über ihn? Gut. Das wird Sie von Ihren anderen Sorgen ablenken.« In der Tür blieb sie stehen. »Was haben Sie denn heute vor?«

Jo warf einen Blick zum Fenster; eine dünne, dunstige Wolkenschicht verbarg den blauen Himmel. »Ich werde noch ein oder zwei Tage hierbleiben, wenn ich darf«, sagte sie. »Ich muß Ben Clements noch ein bißchen aufarbeiten, und dann . . .« Sie zögerte. »Und dann werde ich wohl noch ein bißchen in Hay herumstöbern.«

Schwere, unheilkündende schwarze Wolken ballten sich am westlichen Himmel, aber noch regte sich kein Lüftchen. Matilda zügelte ihr Pferd und sah zu ihnen auf; dann winkte sie ihren Begleitern zu, sich zu beeilen. Sie sprengten auf Hay zu, den gewundenen Weg entlang, der sich durch dürre Wiesen schlängelte. Sie wirbelten Wolken pulvrigen Staubs auf, der in den Augen brannte und in der Kehle würgte. Ein Blitz zuckte über den purpurnen Himmel, so daß ihr Pferd scheute und in die Bahn ihrer Begleiterin sprang. Lady de Say fluchte unfein und klammerte sich krampfhaft am Sattelknauf fest. Es war unerträglich heiß.

»Ich wette einen Silberpenny, daß wir zurück sind, bevor der erste Regentropfen fällt!« rief Matilda über die Schulter. Das drohende Unwetter erfüllte sie mit freudiger Erregung.

Es war ein bitteres, unglückliches Jahr gewesen, und während dieses Rittes war sie zumeist in dunkles Grübeln über die Ereignisse versunken gewesen, die sich nach der Ermordung Trehearnes zugetragen hatten. Sein Tod hatte als Vorwand für weitere Kämpfe in den Bergen und für die Intervention seines Verwandten, des Fürsten Gwenwynwyn, gedient, dessen Macht unaufhörlich zunahm; er hatte seinerseits Pain's Castle mit einer mächtigen Streitmacht belagert. In einem letzten Vermittlungsversuch hatte man ihren Schwiegersohn, Gruffydd, auf Matildas Vorschlag hin aus dem Kerker zu Corfe geholt und nach Hay zurückgebracht. Aber seine mürrischen Bemühungen als Friedensstifter waren fehlgeschlagen. Am 13. August, dem Tag des Heiligen Hippolyt, hatten die Feindseligkeiten in einem heftigen Gefecht in den Bergen hinter Trehearnes Sitz Clyro ihren Höhepunkt gefunden, bei dem die Edlen darum kämpften, in den Grenzmarken die Oberhand zu behalten. Sie trugen den Sieg davon, doch um den Preis vieler walisischer Menschenleben.

Wieder zerriß ein Blitz den Himmel, gefolgt von fernem Donnergrollen. Matilda schob ihre trostlosen Gedanken entschlossen beiseite. Sie hob die Peitsche und trieb ihr Pferd zum Galopp. Ihr Schleier wehte im Wind, Haarsträhnen lösten sich unter der Haube und flatterten ihr um die Augen.

Sie hetzte den Hügel hinauf und nach Hay hinein, daß Kinder und Hühner auseinanderstoben. Sie merkte nicht, wie Männer und Frauen den Kopf schüttelten und insgeheim lächelten, während sie durch das mächtige Tor ihrer Burg sprengte. Die Wachen salutierten, und Matilda zügelte ihr schweißnasses Pferd so scharf, daß es sich aufbäumte. Mit einem Blick zu den mächtigen schwellenden Wolken wandte sie sich der arg zerzausten, unglücklichen Dame zu, die versucht hatte, mit ihr Schritt zu halten. Matilda wollte gerade ihren Wettgewinn kassieren, als ihr eine Gestalt über den Burghof entgegenkam.

»Tilda?« wisperte Matilda ungläubig und glitt vom hohen hölzernen Sattel. »Tilda, bist du es wirklich?« Das Mädchen war so groß wie die Mutter; sein Haar war silberblond, seine Haut so hell wie das Elfenbein eines geschnitzten Kruzifixes.

»Ich hoffe, es geht Euch gut, liebste Mutter.« Tilda lächelte und versank in einem förmlichen Knicks, bevor sie sich kühl in den überschwänglichen Kuß der Mutter fügte. »Ich bin gekommen, um bei Gruffydd zu sein.«

»Und dein kleiner Sohn, Tilda? Hast du ihn mitgebracht?« Matilda hielt beide Hände des Mädchens umfaßt und schaute ihr ins Gesicht. Es war so viel von Richard dort zu finden - und doch so wenig.

Tilda schlug die Augen nieder. »Ich habe jetzt zwei Kinder, Mutter. Rhys, der zwei Jahre alt ist, und dann Owain. Er zählt sieben Monate. Sie . . .« Sie zögerte. »Wir hielten es für besser, daß sie bei Gruffydds Mutter blieben, und bei ihren Ammen. Ich bin allein gekommen.«

»Du meinst, sie haben dir nicht erlaubt, die Kinder mitzunehmen?« Hitzig vertiefte sich Matilda in dieses Thema. »Die Waliser haben sie als Geiseln behalten. Zwei kleine Kinder!«

»Nein, Mutter; so beruhigt Euch doch. Es wäre unsicher und mühsam gewesen, sie mitzunehmen, das ist alles. Sie sind in Sicherheit und glücklich da, wo sie sind. Sonst hätte ich sie nicht zurückgelassen.« Tilda blickte auf, als die ersten dicken Regentropfen fielen. »Kommt, laßt uns hineingehen, Mutter. Ich möchte Euch meine Neuigkeiten nicht vor Eurer gesamten Eskorte in einem Gewitter zu Gehör bringen!«

Sie ging voraus auf den Eingang der Halle zu, eine schlanke, hochgewachsene Gestalt wie ihre Mutter. Aber damit war die Ähnlichkeit zu Ende. Während Matilda kastanienbraunes, rötlich schimmerndes Haar und eine gesunde Gesichtsfarbe hatte, wirkte Tilda blaß und zerbrechlich. Die Mutter gehörte der Sonne, die Tochter dem Mond.

Nachdem Margaret endlich, vor einem Monat, ihren Walter geheiratet hatte, war es in der Burg still geworden. Margaret hatte von allen Kindern die größte Ähnlichkeit mit der Mutter. Matilda vermißte ihre Unterstützung und ihre Gesellschaft schmerzlich. Mit Angst dachte sie daran, daß Walter Margaret irgendwann in seine Baronie zu Meath, jenseits der irischen See, entführen würde. Isobel würde auch bald gehen, zu Roger Mortimer in Wigmore, dessen erste Frau an der Pest gestorben war und dessen eifrigem Werben William huldvoll zugestimmt hatte.

Aber Tilda erwies sich als schmerzliche Enttäuschung. Sie zeigte ihrer Mutter nur wenig Wärme und beantwortete deren aufgeregte Fragen in einem gelangweilten Ton, der Matildas Enthusiasmus schnell dämpfte. Gehorsam nahm sie ihren Platz an Gruffydds Seite ein, als William mit ihm auf der Burg eintraf, und Isobel sah sich schneidender, kalter Kritik ausgesetzt, über die sie mehr als einmal in Tränen ausbrach.

Matilda hatte sie bitten wollen, zum Weihnachtsfest mit ihr nach Bramber zu kommen, doch sie versagte es sich, diese Einladung auszusprechen. »Du hast dich verändert, Tilda. Früher warst du sanft und gehorsam gegen deine Familie«, warf sie ihr traurig vor.

Tilda sah die Mutter mit zornblitzenden Augen an. »Ich schulde Euch keinen Gehorsam, Mutter. Meine Verpflichtung gilt meinem Gemahl. Und es ist schwer, sanft zu sein, wenn mein Vater überall in den Fürstentümern als Mörder verschrien ist. Er ist bekannt als ein hinterhältiger Verräter. Und was Euch angeht . . .« Das Mädchen brach kurz ab, seine Nasenflügel bebten. »Euch nennt man eine Zauberin«, zischte sie. »Ich muß hören, daß man meinen Kindern Geschichten von Mallt, der Hexe, erzählt, die sie holen wird, wenn sie nicht schlafen, und damit ist ihre eigene Großmutter gemeint!« Sie schluchzte schmerzlich auf.

Matilda starrte sie stumm vor Entsetzen an. »Warum stopfst du den Leuten nicht das Maul?« fragte sie schließlich hilflos.

»Weil es doch wohl stimmt.« Der harte Unterton der Abneigung in Matildas Stimme war nicht zu überhören. »Ich weiß noch gut, wie ich Euch Zaubersprüche murmeln hörte, Euch und Eure alte Amme. Ich erinnere mich an die dampfenden Tränke, die Ihr in Eurer Kräuterkammer zusammenbrautet. Und das ist nicht alles. Man sagt, daß Ihr mit den Geistern sprecht, daß ihr zu Dinas hunderttausend Teufel beschworen habt und daß ihr auf dem Gewitter reitet – so wie Ihr es getan habt, als ich hier ankam, Mutter!« Ihre Augen blitzten plötzlich.

Matilda ließ sich auf einen holzgeschnitzten Stuhl sinken und sah in die Glut. »Wenn du das alles glaubst, Tilly, weshalb bist du dann hergekommen?«

»Ich bin gekommen, um Gruffydd zu sehen. Ich wußte nicht, ob man ihm die Heimkehr erlauben würde. Ich mußte herkommen.«

»Ich verstehe«, hauchte Matilda. »Nun, mein Kind, dann solltest du lieber zu ihm gehen.« Sie wandte Tilda den Rücken zu.

Ihre Tochter blieb einen Moment lang unschlüssig stehen; aber dann huschte sie mit einem letzten Blick auf die zusammengesunkene Gestalt ihrer Mutter zur Tür hinaus.

Matilda sorgte dafür, daß sie danach nie wieder miteinander allein waren; zwar redete sie freundlich mit Tilda und behandelte sie zuvorkommend, aber sie sah es doch mit Erleichterung, daß sie und Gruffydd die Burg schließlich verließen.

An diesem Abend saß William, die Ellbogen fest aufgestützt, am Tisch und bemerkte: »Das ist eine gute Ehe. Oft genug hatte ich meine Zweifel an ihr; die Verbindung war nicht stark genug, um den alten Rhys zu halten. Aber dieser Gruffydd ist ein braver Mann, für einen Waliser. Ich wünschte zwar, er wäre stärker. Aber ich schätze, unserer Tochter ist er ein guter Gatte. Sie sah gesund und glücklich aus.« Er warf ihr einen Blick zu und lächelte. »Ich weiß, es hat dir nie behagt, sie im walisischen Hinterland zu wissen, Moll. Ich hoffe, dieser Besuch hat dich in deinen Sorgen ein wenig beschwichtigt.«

Matilda konnte nur die Augen niederschlagen und nicken.

»Nein! Das stimmt nicht!« Jo schüttelte den Kopf. »William wußte, daß sie nicht seine Tochter war! Er hätte so etwas nie gesagt! Sie wäre ihm gleichgültig gewesen . . .«

Sie schwankte leicht, in ihrem Kopf drehte sich alles. Ihr war übel. Sie versuchte verzweifelt, einen klaren Gedanken zu fassen. »Er hätte sie niemals ›unsere‹ Tochter genannt. Er wußte es. Er wußte doch von Richard. Er hatte mich gezwungen, es ihm zu sagen . . .«

Aber hatte er es wirklich gewußt? Unbehaglich begann ihr Herz gegen die Rippen zu pochen. War es William gewesen, der sie nach ihrem Ehebruch mit Richard befragt hatte oder Sam? Sam, der ihr in die Vergangenheit gefolgt war? Sam, der sie gezwungen hatte, sich nackt auszuziehen, und der sie dann ausgepeitscht hatte – etwas, das der wirkliche Sam nie wagen würde.

Sie schloß die Augen.

In Clare stand Tim Heacham, eine säuberlich aus der Zeitung geschnittene Seite in der Tasche, vor den Mauern dessen, was einmal eine mächtige Burg gewesen war. Das Taxi, das ihn von Colchester hergefahren hatte, war verschwunden. Er war allein. Langsam ging er über den Rasen, die Hände in den Taschen. Es mußte doch etwas geben, das er tun konnte. Aber sein Kopf war leer.

Nick und Sam Franklyn. Er hätte es wissen müssen. Er hätte seinen Instinkten vertrauen sollen. Er hätte Jo warnen müssen, als noch Zeit dazu war. Jetzt war es zu spät. Was auch passieren würde, es war bereits im Gange, und er konnte nichts tun. Nichts.

Er sah zum Himmel. »O Gott, Jo, es tut mir leid«, wisperte er. »Es tut mir so schrecklich leid.«

31

Ann Clements war fünfzehn Jahre jünger als ihr Mann, eine rundliche, sehr blonde Frau mit einem kräftigen Gebiß und warmherzigem, entwaffnendem Lächeln. Sie küßte Jo zur Begrüßung auf die Wange, als wären sie alte Bekannte.

»Werden Sie mich interviewen, oder soll ich Sie interviewen?« erkundigte sie sich fröhlich, als sie sich zwischen zwei kleinen Kindern, einer Unmenge von verstreuten Legosteinen und einem großen weißen Kaninchen mit rosaroten Augen ins Innere des Hauses schlängelten.

Jo lachte und strich einem der beiden Kinder über den Kopf. »Vielleicht sollten wir würfeln.«

»Okay.« Ann lächelte. »Das ist Polly, die Sie da streicheln. Der andere ist Bill, und das Kaninchen ist Xerxes. Setzen Sie sich; ich mache uns Kaffee. Wenn Bill kommt, fange ich mit dem Essen an.« Sie suchte in einem ungeheuren Berg schmutzigen Geschirrs nach zwei Kaffeetassen. »Ben hat mir natürlich alles über Sie erzählt. Stell das bitte hin, Polly.« Sie hatte sich nicht umgedreht; lächelnd folgerte Jo, daß sie Augen im Hinterkopf hatte, denn das Mädchen mit dem dichten blonden Lockenschopf stellte ertappt den Milchkrug hin. »Zu Hause in den Staaten habe ich schon Regressionen erlebt – da ist so was praktisch eine einträgliche kleine Industrie –, aber Ihr Fall klingt wirklich fabelhaft. Ben sagt, Sie hätten die Absicht gehabt, ein Buch darüber zu schreiben.«

Jo nickte.

»Aber Sie haben es sich anders überlegt?«

Jo zuckte mit den Schultern. »Das dachte ich, als ich mit Ben sprach. Jetzt bin ich wieder unentschlossen. Am Dienstag bin ich von hier aus direkt nach Brecon gefahren. Ich hatte eine Regression, und gestern in Hay noch eine. Beide Male absichtlich herbeigeführt. Aber ich weiß einfach nicht mehr, was ich davon halten soll. Wenn ich allein betroffen wäre, würde ich weitermachen. Es ist alles so real für mich, und jemand hat nachgewiesen, daß ich richtiges altes Walisisch spreche; das hat für mich eigentlich den Ausschlag gegeben. Aber dann sind ein paar sehr unangenehme Dinge geschehen.«

»Und Sie haben festgestellt, daß sich andere Menschen hereindrängen?« Ann spülte zwei Tassen aus.

»Ich habe festgestellt, daß die ganze Geschichte womöglich doch von jemandem inszeniert worden ist. Und wenn das stimmt, dann graut mir vor seinen Motiven.«

Ann blickte auf. »Können und wollen Sie mir davon erzählen?«

Jo hob die Schultern. »Es ist alles schrecklich verzwickt. Ich habe einen Freund ... einen Kollegen eigentlich. Tim Heacham. Er hat sich unabhängig von mir einer Regressionshypnose unterzogen. Er war einer von denen, die in Matildas Geschichte eine Rolle spielen.«

Ann sah sie nachdenklich an. »Das könnte stimmen, wissen Sie. Könnte sich aber auch um starke Autosuggestion handeln. Hat er ähnlich detaillierte Erfahrungen gemacht wie Sie?«

»Ich glaube nicht. Für ihn war es offenbar ein ganz anderes Erlebnis. Aber er hat Angst davor, sich noch einmal darauf einzulassen. Und jetzt habe ich herausgefunden, daß da noch jemand beteiligt ist, ein Mann, den ich sehr gern habe. Anscheinend hat auch er eine Regression hinter sich.«

»Klingt, als wäre es ein Virus.« Die trockene Feststellung ertrank fast in Bills Geschrei, als seine Schwester ihn heftig an den Haaren riß. Ann klemmte sich gelassen je ein Kind unter den Arm.

»Wenn Sie meinen Rat hören wollen, so halten Sie Ihre Freunde da heraus. Sollen die ihre Probleme doch selbst lösen. Konzentrieren Sie sich auf Ihre eigenen.«

»Soll ich also weitermachen?«

»Glauben Sie denn, Sie könnten noch aufhören?«

Jo rettete die Kaffeefilter vor Bill und fuhr ihm geistesabwesend durch das Haar. »Nein, ich glaube, das kann ich nicht«, gab sie halb verlegen zu.

»Dann sollten Sie die Idee mit dem Buch weiterverfolgen.« Ann stellte die Kanne auf den Herd. »Es ist eine gute Methode, die Sache zu bewältigen. Das Schreiben ist eine der besten Therapien, die es gibt. Aber das wissen Sie sicherlich selbst. Und es gibt Ihnen die Rechtfertigung, die Geschichte weiterzuverfolgen, ohne daß Sie befürchten müssen, es könne zu einer Besessenheit werden. Es rechtfertigt in gewisser Weise Ihre Handlungen, zwingt Sie dazu, sie zu analysieren und gibt zugleich eine Entschuldigung dafür, daß Sie das alles tun.« Sie machte eine Pause und sah Jo eindringlich an. »Es ist eine Art Sicherheitsventil. Ich glaube, so etwas muß man haben. Aber Sie können auch noch andere Vorsichtsmaßnahmen treffen – es überrascht mich, daß Ihr Therapeut Ihnen das nicht klar gesagt hat. Sie müssen aufhören, Regressionen auszulösen oder zuzulassen, wenn sie allein sind. Aus zwei Gründen. Das Gehirn genießt Ausflüge dieser Art. Sie werden zu einem fast narkotischen Zwang, es wird leichter und leichter – und nach dem, was Ben mir sagte, ist das bei Ihnen bereits der Fall. Sie brauchen inzwischen nur einen Auslöser – einen Ort, eine Assoziation, der Ihre Hirnzellen stimuliert. Sie wollen doch nicht, daß Sie die Vergangenheit am Ende verlockender finden als die Gegenwart! Der zweite Grund liegt auf der

Hand. Sie sind allein und unbeaufsichtigt. Das könnte gefährlich sein.« Sie sah Jo an und lächelte. »Wenn Sie mitten auf der Autobahn in Trance verfallen, könnte ein Unfall die Folge sein.«

Jo lachte unsicher. »Daran hab ich auch schon gedacht. Aber ich kann es nicht immer verhindern.«

»Ich glaube, das kann ich Ihnen beibringen. Wenn Sie es mir erlauben.« Ann nahm die Kanne vom Herd und goß Kaffee in die zwei Tassen. »Ich hoffe, es stört Sie nicht, daß ich das alles so sage, aber es ist ein Gebiet, das mich interessiert, und ich hatte irgendwie das Gefühl, das Sie mit einem fremden Menschen leichter darüber reden können. Aber wenn Sie möchten, daß ich das Thema fallenlasse, sagen Sie's nur. Ich nehme es Ihnen nicht übel.«

Jo schaute aus dem Fenster zu den Bergen hinüber. »Nein«, sagte sie langsam. »Sie haben recht. Ich brauche wirklich jemanden, mit dem ich reden kann. Und seltsamerweise habe ich das Gefühl, Sie verstehen mehr davon als Doktor Bennet.«

Ann schüttelte entschieden den Kopf. »Ich glaube, es liegt eher daran, daß ich mich besser in Ihre Lage versetzen kann. Er ist schließlich ein Mann. Er ist wahrscheinlich ganz aus dem Häuschen über die Mechanik dessen, was da mit Ihnen passiert. Dabei hat er vergessen, daß dabei ein menschliches Wesen durch die Mangel gedreht wird.«

Jo seufzte. »Das Schlimmste hab ich Ihnen noch gar nicht erzählt. Die Zeitungen haben Wind von der Geschichte bekommen - vielleicht haben Sie es gelesen. Wenn nicht, zeige ich Ihnen die Ausschnitte gern. Jeder in England kann es lesen.«

»Hier ist nicht England, hier ist Wales«, erwiderte Ann mit sanftem Tadel. »Sie sollten das besser wissen als irgend jemand sonst. Nein, ich habe nichts davon gelesen. Wir bekommen die Zeitung mit der Post, aber im Sommer ist irgendwie nie genug Zeit, um hineinzusehen.« Sie gab den Kindern Apfelsaft und ließ sich dann in einen Chintzsessel fallen. »So, dann zeigen Sie sie mir doch, bevor Ben kommt.«

Sie zog eine Brille hervor und las die beiden Artikel von Pete Leveson ohne Kommentar. Dann reichte sie Jo die Ausschnitte zurück. »Wenn dieser Pete Leveson ein Freund von mir wäre, würde ich ihn von meiner Weihnachtskartenliste streichen«, erklärte sie kurz und bündig. »Auf derartige Publicity können Sie verzichten. Ihr Nick Franklyn muß Gift und Galle spucken.«

»Der ist in den Staaten.« Jo lächelte matt. »Wahrscheinlich weiß er es noch nicht.«

Ann warf ihr über die Brillengläser hinweg einen langen, pfiffigen Blick zu. »Nehmen Sie das nicht allzu ernst, Jo. Hysterie ist einer der ansteckendsten Zustände. Diese Männer mögen Sie. Und - das ist übrigens ungewöhnlich bei Männern«, unterbrach sie sich nachdenklich, »... sie sehen, daß Sie intensiv mit etwas beschäftigt sind, woran sie nicht teilhaben können. Nun versuchen Sie, bewußt oder nicht, zu Ihnen in die Vergangenheit zu gelangen.«

»Sie glauben also nicht, daß sie ebenfalls wiedergeboren sind?«

Ann hob die Schultern. »Ich halte es für unwahrscheinlich. Ich kenne sie nicht, und infolgedessen kann ich mir keine Meinung über ihre Aufrichtigkeit bilden. Aber ich bleibe bei meinem Rat. Ignorieren Sie sie, wenn Sie können. Ergründen Sie Ihr eigenes Schicksal. Sollen die anderen das ihre tun.«

»Aber wenn nun meine eigenen Träume auch nicht real sind?« Jo stand rastlos auf. »In diesem Punkt kehren meine Zweifel ständig wieder. Nehmen wir an, Nicks Bruder hat ihm den König John in den Kopf gesetzt. Nehmen wir an, er hat mit mir und Matilda das gleiche getan.« Müde schüttelte sie den Kopf. »Sam hat in letzter Zeit etwas Merkwürdiges, geradezu Bösartiges an sich. Er ist äußerst clever, Ann. Er macht mir Angst.«

»Ist er clever genug, Ihnen altes Walisisch beizubringen, in drei einfachen Lektionen?«

Jo starrte in ihre Kaffeetasse. »Ich wüßte nicht, wie er das hätte anstellen sollen.«

»Ich auch nicht.« Ann lehnte sich entspannt in ihrem Sessel zurück. »Ich glaube, Sie sind irgendwie in eine andere Existenz getappt. Vielleicht versucht dieser Sam Franklyn aus Gründen, die nur er kennt, Sie und seinen Bruder zu manipulieren. Aber wenn es so ist, dann macht er sich etwas zunutze, was schon vorhanden ist, zumindest soweit es Sie angeht; glauben Sie mir.« Sie beugte sich plötzlich vor. »Hören Sie die Gänse schnattern? Sie haben Ben entdeckt. Wir reden nach dem Essen weiter darüber, ja?«

Gegen vier Uhr hatte Jo alle nötigen Informationen über Ann beisammen. Sie gingen noch einmal über den Hof, photographierten, und Jo versuchte sich als Melkerin. Im Kuhstall lehnte sich Ann an das eckige Hinterteil einer hübschen Jersey-Kuh.

»Würden Sie mir erlauben, ein paar Regressionstechniken mit Ihnen auszuprobieren, wenn die Kinder im Bett sind?«

Jo zögerte. »Ich weiß nicht. Ich glaube, es wäre mir peinlich ...« Sie sah zu Ben hinüber, der einem seiner Kälber sanft eine Salbe um das Auge rieb.

»Das braucht es nicht zu sein. Sie wollen wissen, was aus Matildas Kindern und Enkelkindern geworden ist. Es ist notwendig, daß Sie auch mal die glückliche Seite von Matildas Leben kennenlernen, falls es bei der armen Lady überhaupt so etwas gegeben hat. Warum soll ich nicht versuchen, Sie hinzuführen? Ist doch besser, als mutterseelenallein auf dem Parkplatz in Hay zu sitzen und unkontrolliert zu halluzinieren.«

Jo verzog das Gesicht. »So betrachtet . . .«

»Sie können gar nicht ablehnen. Schön. Dann rufen Sie Ihre Wirtin an und sagen Sie ihr, daß Sie über Nacht hierbleiben. Wir bringen Sie mit Vergnügen bei uns unter. So kommt es nicht darauf an, wie spät es wird. Wir lassen es ganz locker angehen, das verspreche ich Ihnen.«

Sie tranken selbstgekelterten Wein, während Ann das Abendessen zubereitete. Nach dem Essen führte sie Jo zum Sofa.

Ben hockte sich unbehaglich in eine Ecke und beobachtete das Gesicht seiner Frau, während sie Jo in Trance redete.

»Zum Teufel, Annie, ich wußte gar nicht, daß du so was kannst«, brummte er verdrossen, als Jo gehorsam den Arm hob und ihn über den Kopf hielt.

Ann nahm die Brille ab. »Ich habe eine Menge Talente, von denen du keine Ahnung hast, Benjamin«, gab sie zurück. »Und jetzt an die Arbeit.« Sie kniete zu Jos Füßen nieder. »Matilda de Braose, ich möchte, daß du mir zuhörst. Ich möchte, daß du mir von deinem Sohn erzählst. Von deinem ältesten Sohn - Will, der dir bei der Geburt soviel Schmerzen bereitet hat. Er ist jetzt erwachsen. Erzähl mir von ihm . . .«

»Will war wieder den ganzen Winter krank.« Jo schüttelte betrübt den Kopf. »So krank. Er wollte mit seinem Vater gehen, um mit dem König und mit Prinz John gegen die Franzosen zu kämpfen, aber er mußte bei mir auf Bramber bleiben. Und dann, als der Mai zu Ende ging, kam John wieder.«

Matilda wartete in ihrem feinsten Gewand, das Haar von einem silbernen Netz bedeckt, in der großen Halle. Will, hager noch, aber schon wieder kräftiger, stand zu ihrer Rechten, als lärmender Trubel vor der Tür die Ankunft des neuen Königs ankündigte.

König Richard war am sechsten April im Limousin gestorben. Sein Nachfolger war nicht Arthur, der Sohn seines älteren Bruders und, wie manche meinten, nach dem Recht der Thronfolge der wahre Erbe, sondern sein jüngerer Bruder John. Das Land brauchte einen Erwachsenen - John - zum König.

William hatte als einer der ersten vor dem neuen König die Knie gebeugt und ihm Gefolgschaft geschworen, bevor er sich auf den Rückweg nach England machte. Nach der Landung in Shoreham war Bramber ihr erster Aufenthalt auf dem Weg nach Westminster.

Matilda starrte zur Tür. Als John inmitten seines Gefolges erschien, schnürte es ihr fast die Kehle zu, aber unter Aufbietung jeder Unze Mutes, die sie besaß, trat sie vor, um ihn zu begrüßen. Sie beugte sich über die Hand, die er ihr zum Kuß bot, und versank in einem Knicks.

Als die den Kopf hob, war der Blick seiner blauen Augen unergründlich, aber er hielt ihre Finger einen Moment länger umfaßt als nötig. »Ich nehme an, meine Lady, Ihr erinnert Euch noch daran, daß ich Euch vor vielen Jahren zu meiner Krönung eingeladen habe.«

»Ich danke Euch, Euer Gnaden. Ich werde kommen.« Ihr Blick ging zu William, der strahlend an der Seite des Königs stand. Hinter ihnen drängte sich das Gefolge des Königs in die große Halle: Edle, Offiziere, Hauptleute der Garde, allesamt staubig von der Reise und erschöpft von der Fahrt über den Kanal und begierig nach den Erfrischungen, die Matildas Köche und Bedienstete schon seit dem Morgengrauen geschäftig vorbereitet hatten.

Als der König auf dem erhöhten Ehrenplatz saß und den Weinbecher entgegennahm, den Will ihm mit gebeugtem Knie überreichte, seufzte Matilda leise. Es hätte ein Augenblick voller Stolz und Glück sein müssen, denn offensichtlich stand ihr Gemahl hoch in der Gunst des neuen Königs. Warum war ihr nur so unbehaglich zumute? Sie warf einen Blick auf John und merkte, daß er sie über den Rand seines Bechers hinweg beobachtete. Gegen ihren Willen stieg ihr heiße Röte ins Gesicht, und sie wandte sich ab.

Dann sprach John, und sie wußte, daß er im Gesumm der Unterhaltung ringsum und inmitten derer, die ihn schmeichlerisch umwieselten, vor allem zu ihr sprach.

»Mit Freude sehen Wir Unserer Krönung entgegen, und auch den Diensten Unsrer loyalen und ergebenen Untertanen; Wir wissen, daß Ihr nichts anderes sein werdet. Wir wissen, daß es unter denen, die Unsere Freunde bleiben, keinen Verrat geben kann.« Er erhob sich und hob seinen Becher. William spendete begeistert Beifall.

Matilda dachte an die Krönung, die in Westminster Abbey stattfinden würde. Die Kirche würde von tausend Kerzen erhellt sein, die Luft schwer von Weihrauch. Dann würde es ein Fest geben. Sie versuchte sich mit solchen Gedanken die Sorgen zu vertreiben. John war König. Er würde, so versicherte Will ihr, beinahe unverzüglich nach Frankreich zurückkehren. Da William so hoch in seiner Gunst stand, dürfte es ihnen in den nächsten Jahren gutgehen.

Sie zwang sich, ruhig zu bleiben und an der fröhlichen Ausgelassenheit aller teilzuhaben, und so griff auch sie nach ihrem Becher, um ihn füllen zu lassen.

»Das ist gut«, sagte Ann leise. »Aber du solltest nicht allzuviel über den König nachdenken. Erzähl mir von deinen Kindern. Über ihre Ehen. Sprich von Reginald, Giles und Will. Sprich von den guten Zeiten, wenn du kannst . . .«

Jo antwortete nicht gleich, und Ben rutschte in seinem Sessel hin und her; er wandte den Blick von ihr ab und schaute zum Fenster hinaus, wo die letzten blaßgrünen Reflexe des Sonnenuntergangs langsam mit der Dunkelheit verschmolzen. Vom Hang schallte hin und wieder das zufriedene Blöken seiner weidenden Schafe herüber. Er merkte, daß seine Hände unwillkürlich die Armlehnen des Sessels umklammerten – wie um sich zu vergewissern, daß er wirklich vorhanden war.

Die Weihnachtsfeierlichkeiten hatten begonnen, als William mit einer wilden Schar von Reitern auf schweißnassen, schlammbedeckten Pferden in Hay eintraf und sein Weib begrüßte. Er war bester Laune, als er sie küßte. Und ganz gegen seine Gewohnheit hatte er ihr ein Geschenk mitgebracht – eine milchweiße Stute mit Mähne und Schweif wie aus reinster Seide, aufgezäumt in goldenem Geschirr.

»Ein Roß, wie es die Ungläubigen im Heiligen Land reiten«, verkündete er, als er Matilda in den windigen Hof hinausführte, um ihr das Tier zu zeigen. »Siehst du, wie sie den Kopf trägt, die Stellung ihres Schwanzes? Sie wird eine Königin aus dir machen, meine Liebe.«

Die Stute schnupperte an Matildas Händen, blies ihr leicht über die Finger, als sie sie streichelte. Matilda beugte sich vor und küßte die samtweiche Nase. Wie immer hatte sie die Ankunft ihres Mannes bedrückt zur Kenntnis genommen, aber dem Pferd brachte sie sofort ihre vorbehaltlose Liebe entgegen.

An diesem Abend ließ William Glühwein ins Schlafgemach bringen. Seine Frau saß, mit einem weiten, pelzverbrämten Nachtgewand bekleidet, auf einem Schemel, und William hockte vollständig bekleidet auf der Kante des hohen Bettes. Er trank in kleinen Schlukken. Er schaute sie an, während sie ihre Zofe hinausschickte und sich anschickte, ihre langen, kupfern glänzenden Zöpfe zu lösen. Silberne Strähnen zogen sich inzwischen durch das Haar, das bis zum Boden reichte.

Als Günstling König Johns hatte William jetzt noch mehr Macht, und wie so oft musterte Matilda ihn verstohlen und nahm seinen Stolz und das Selbstbewußtsein mit furchtsamem Staunen zur Kenntnis.

Er wurde immer unbeliebter im Lande, und ein Teil dieser Unbeliebtheit entsprang schierer Eifersucht. Der König zog ihn manch einem vor, der von höherem Stand war und eher Anspruch auf des Königs Huld hatte. Oft fragte sie sich, weshalb John so viel Vertrauen in William setzte. Von ihren ersten Begegnungen an, der König war noch ein Knabe gewesen, hatte er ihn bevorzugt behandelt, und offensichtlich war ihm der plumpe, vierschrötige Baron lieber gewesen als die faderen unter seinen Earls. Dennoch fragte sie sich manchmal, ob John William wirklich mochte. Sie hatte sehr wohl bemerkt, wie seine durchdringenden blauen Augen William beobachteten, wenn er bei Banketten und Festgelagen trunken und unbedacht wurde; danach pflegte dieser kalte Blick unweigerlich zu ihr weiterzuwandern, und sie wandte dann hastig den Kopf und weigerte sich, John in die Augen zu sehen.

Kurz nach seiner Krönung, die ohne Isabella von Gloucester stattfand, ließ John seine Ehe unter dem Vorwand annullieren, daß sein Weib eine Cousine zweiten Grades sei und er den für diese Heirat erforderlichen päpstlichen Dispens nie erhalten habe. Anfangs war Matilda über alle Maßen erzürnt gewesen, doch dann hatte sie eingesehen, daß ein Ende dieser Ehe dem armen, verängstigten Kind nur Erleichterung und Glück bringen konnte. Sie war nach Cardiff geritten, um Isabella zu besuchen, und hatte sie in die Arme geschlossen. Die Kleine war zum Skelett abgemagert und trug ein Büßergewand aus Sackleinen. »Mein armer Liebling«, murmelte sie. »Der König hat dich auf das schändlichste entehrt. Du solltest unsere Königin sein.«

Isabella schüttelte den Kopf. »Ich bin jetzt glücklich. Ich habe ja immer darum gebetet, daß dies geschehen möge. Darum oder um die Erlösung durch den Tod.« Sie schlug die Augen nieder und spielte mit den Perlen des Rosenkranzes, der an ihrem Gürtel hing. »Freut Euch für mich. Bedauert sein neues Weib, wer immer das sein wird.«

Sein neues Weib war, wie sich herausstellte, wieder eine Isabella – Isabella von Angouleme, eine Dame, die durchaus in der Lage war, mit John und seinem rüden Verhalten fertigzuwerden.

Als John erfuhr, daß Matilda in Cardiff gewesen war, packte ihn eine ganz unvernünftigte Wut. »Euer Weib, Sir William«, fauchte er den zitternden Baron an, ohne Matilda zu beachten, die gelassen neben ihrem Gemahl stand, »hat es sich einfallen lassen, sich in Angelegenheiten zu mischen, die ihre Sache nicht sind.« Er war weiß vor Wut. »Die Lady, mit der ich ehedem verbunden war, hat ihre Aufmerksamkeiten nicht nötig.«

»Isabella war und ist meine Freundin, Euer Gnaden«, unterbrach Matilda, bevor William eine Entschuldigung stammeln konnte. »Wenn meine Freunde Trost brauchen, besuche ich sie gern.«

»Sicherlich habt Ihr festgestellt, daß sie keinen Trost brauchte.« Johns Stimme wurde um eine Spur leiser.

Matilda lächelte. »Sie brauchte tatsächlich keinen. Sie war endlich glücklich, Euer Gnaden. So glücklich wie seit dem Tage ihrer Verlobung nicht. Aber das konnte ich nicht wissen. Ich wußte ja nicht, daß Ihr Isabella erspart hattet, was Ihr mir nicht erspart habt!« Unbedacht plapperte sie weiter: »Ich habe schließlich selbst erlebt, welche

Form Euer Gnaden Aufmerksamkeiten annehmen können.« Ihr Blick hielt seinen Augen für einen Moment stand. In ihren Augen loderte die Wut, doch dann erkannte sie plötzlich, wie töricht es war, ihre Gefühle derart offen erkennen zu lassen. Jäh wandte sie sich ab, sah aber noch, wie das Blut in Johns bleiche Wangen strömte.

Bei dieser Gelegenheit hatte er sich noch mühsam beherrscht. William und sie waren ohne ein weiteres Wort aus der königlichen Gegenwart entlassen worden. Erst als sie den Raum verließ und sich noch einmal, wie das Protokoll es erforderte, bei der Tür verneigte, hob Matilda wieder den Kopf und sah dem König ins Gesicht. Seine Miene verursachte in ihr angstvolle Übelkeit.

Draußen war William außer sich vor Wut gewesen. »Wollt Ihr meine Stellung aufs Spiel setzen, törichtes Weib?« Er hob die Hand, als wolle er sie schlagen, besann sich dann aber eines besseren. »Ahnt Ihr denn nicht, wieviel von meiner Freundschaft zum König abhängt? Wieviel er für mich tun kann? Wieviel Geld ich ihm schulde?«

Das letzte fügte er mit gedämpfter Stimme hinzu. Seine gewaltigen Schulden bereiteten ihm von Tag zu Tag größere Sorgen. Abgesehen von den fünftausend Mark für das Lehen Limerick, das ihm der König nach dem Tode seines Onkels Philip gewährt hatte, und einigem anderen würde er jeweils tausend Mark für die Hochzeit seiner beiden Söhne berappen müssen. Matilda konnte viel dazu beitragen, ihn in der Gunst des Königs nicht sinken zu lassen, dessen war er sicher, aber immer, wenn sie in die Nähe des Monarchen geriet, schien sie entschlossen, ihn zu verärgern.

Über die eigenartige Beziehung zwischen seiner Gemahlin und Prinz John hatte William sich schon oft den Kopf zerbrochen. Er wußte, daß John sich zu ihr hingezogen fühlte, wußte auch, daß er sich ihr einmal bei einem Jagdausflug im New Forest genähert hatte. Es hatte ihm durchaus geschmeichelt und behagt, daß der Prinz seinem Weibe Aufmerksamkeiten zukommen ließ. Damals war es ihm harmlos genug vorgenommen; ein oder zweimal im Laufe der Jahre hatte er sich allerdings gefragt, ob er seine Günstlingsstellung bei König Henry nicht dem Umstand verdankte, daß Prinz John an Matilda Wohlgefallen fand. Dann schien dieses Wohlgefallen jäh vergangen zu sein, und darüber war William trotz allem erleichtert gewesen. In manchen Kreisen hatte John durchaus den Ruf, mit den Gemahlinnen seiner Gefolgsleute recht freizügigen Umgang zu pflegen. Aber jetzt war William nicht mehr so sicher. Es wäre gut gewesen, wenn der König sich weiter für Matilda interessiert hätte. Feindseligkeit war das letzte, was William gebrauchen konnte. Immer häufiger fragte er sich, ob seine Freundschaft mit dem König vielleicht trotz Matilda – nicht ihretwegen – bestand, und das nahm er ihr bitter übel. War es vielleicht wegen ihrer Widerspenstigkeit, daß John den verlockendsten Preis von allen noch immer zurückhielt, den Earls-Titel?

Er hatte sie auf die Ländereien von Brycheiniog geschickt und war selbst hoffnungsvoll an der Seite des Königs geblieben.

Als Gwenwynwyn die Grenzmark de Braoses erneut überfiel, war William dank ihrer Warnung gut vorbereitet. Mit stürmischer Wut schlug er den Angriff zurück und wurde zum Lohn im folgenden Jahr Lord über Glamorgan, Gwynllwg und Gower. Danach hätte man meinen können, er stehe dem König besonders nahe. Gleichwohl munkelten manche, er habe die einträgliche Lordschaft über Gower nur dadurch an sich bringen können, daß er dem König gedroht habe, ihn zu verlassen, als dieser seine Unterstützung am nötigsten hatte.

Matilda ließ den Kamm in den Schoß sinken und sah ihn an. Er war John in die Normandie gefolgt, aber wie stand er jetzt zum König? Sie beobachtete ihn, als er den Becher zum Mund führte.

»Im Frühling kehren wir nach Frankreich zurück«, stellte er unvermittelt fest, als habe er ihre Gedanken gelesen. »Aber dann wird es zu spät sein. Die Normandie wird an den französischen König gefallen sein. Nur Château Gaillard hält jetzt noch die Stellung für uns, und die Küstenstädte. Allerdings hat Philip Augustus seinen besten Vorwand zum Kämpfen verloren.«

Matilda sah auf. »Was meinst du damit, ›seinen besten Vorwand‹?« Sie musterte ihren Gemahl voller Abneigung.

»Arthur. Prinz Arthur ist tot.« William setzte den Becher an und leerte ihn.

»Der junge Neffe des Königs?« Sie nahm den elfenbeinernen Kamm und begann, einen Knoten in ihrem Haar zu entwirren; sie spürte, daß sich ihre Bauchmuskeln spannten.

»Ja, Arthur. Wir haben ihn in Mirabeau gefaßt. Der kleine Giftzwerg hat versucht, seine eigene Großmutter zu belagern! Eleanor schickte Nachricht an John, und wir marschierten in zwei Tagen von Le Mans hinüber - wohlgemerkt, in zwei Tagen! - und steckten die ganze Bande innerhalb weniger Stunden in den Sack. John ließ den Jüngling nach Falaise bringen.« William bohrte sich mit dem Daumennagel zwischen den Zähnen.

»Und?« drängte sie.

»Seither wurde Arthur nicht mehr gesehen.«

»Ihr wißt also nicht, ob er tot ist.«

»Das ist ziemlich sicher«, gab er zurückhaltend zu.

»Aber der König muß Euch doch ins Vertrauen gezogen haben. Das tut er immer. Mir könnt Ihr es doch sagen, Eurem eigenen Weib.« Matilda konzentrierte sich beiläufig auf ihr Haar.

William beobachtete die rhythmischen Bewegungen des Kammes fasziniert. Er leckte sich die Lippen, halb erstaunt, daß er nach so vielen Jahren noch immer Verlangen nach ihr verspürte.

»O ja, der König hat mich ins Vertrauen gezogen.« Er konnte nicht anders, als auf ihre Bemerkung einzugehen; ihr verstohlenes Lächeln sah er nicht, als er sich plötzlich auf der Bettkante vorbeugte und mit leiser Stimme weiterredete. »Aber diesmal brauchte ich sein Vertrauen gar nicht, Moll. Ich war nämlich dabei. Ich hab alles gesehen. Er hat Arthur mit seinen eigenen Händen getötet und den Leichnam in die Seine geworfen!«

Matilda wurde eiskalt. »Mit seinen eigenen Händen?« hörte sie sich ungläubig wiederholen.

William glitt vom Bett, hockte sich neben sie und streckte die Hände dem Feuer entgegen. »Wir waren zum Osterfest in Rouen. John hatte getrunken, wie wir alle! Er wollte den Gefangenen vernehmen, und ließ Arthur bringen. Arrogant stellte der sich vor ihn hin und weigerte sich, seinen Onkel als König anzuerkennen. John geriet in Zorn und stürzte sich auf ihn. Aber, gottverdammt, wenn der Junge doch ein bißchen Mut gezeigt hätte ... Er stand einfach da und ließ zu, daß John ihm die Hände um den Hals legte und ihn würgte. Wir alle mußten bei den heiligen Gebeinen Christi schwören, niemandem etwas von seinem Tod zu erzählen. Der König wollte ihn eigentlich am Leben lassen.« William stand auf und rieb sich verdrossen den Nacken. »Er hatte Befehl gegeben, den Knaben zu blenden, zu kastrieren und von Hubert de Burgh zu Falaise als Gefangenen festhalten zu lassen, und Hubert weigerte sich wie ein zaghaftes Weib. Es war Huberts Schuld. Der Junge wäre ein nützlicher Bauer in diesem Schachspiel gewesen, verdammt!« Er hielt wieder inne und sah Matilda nicht an. »Ich half ihnen, den Leichnam mit Steinen zu beschweren. Dann warfen wir ihn in den Fluß. Aber wie es das Unglück wollte, fand ein Fischer die elende Leiche ein paar Tage später. Zum Glück war sie da schon nicht mehr zu erkennen. Niemand konnte sicher sein. Aber einige haben es wohl erraten.«

Matilda hatte schweigend zugehört. Entsetzt sah sie John in seinem trunkenen Jähzorn vor sich, wie er über den einsamen, verängstigten Jungen herfiel. Sie mußte daran denken, wie diese Hände sich auch um ihre Kehle gelegt hatten.

Warum hatte William keinen Finger gerührt, um dem Knaben zu helfen? Warum hatte er nicht wenigstens versucht, den König zurückzuhalten? Erschauernd sah sie ihren Mann an.

»Der Junge war ein Verräter! Er hatte den Tod verdient! Nur durch Johns Güte war er überhaupt noch am Leben ...«

»John kennt keine Güte, William. Er tat, was für seine Zwecke das beste gewesen wäre – bis er in der Trunkenheit die Beherrschung verlor. Nach dem, was du erzählt hast, war Hubert unter euch allen der einzige, der Güte und Mitleid bewies.«

Sie kletterte ins Bett, noch immer fest in ihr Gewand gehüllt. »Ruf die Diener, William. Sie sollen Holz nachlegen und die Fackeln löschen.«

William kam zum Bett und legte seiner Frau zögernd eine Hand auf die Schulter, aber sie wickelte sich noch fester in ihren Pelz und drehte sich mit geschlossenen Augen auf die andere Seite. William zuckte mit den Schultern und wandte sich wieder dem Feuer zu.

Er erwähnte Arthur nicht wieder, aber am nächsten Morgen ließ er seine Schreiber und Verwalter kommen, und sie zogen sich für mehrere Stunden mit Bergen von Pergamenten zurück. Dann schickte er nach dem Prior von St. John in Brecknock. »Ich gedenke Euch auf Eurem Berg eine hübsche neue Kirche zu errichten, Pater Prior«, verkündete er, als der alte Mann schlammbedeckt nach dem wilden Galopp mit Williams Kurier eintraf.

Als der verblüffte Mann sprachlos vor Überraschung und Dankbarkeit unter Verbeugungen hinausgestolpert war, lehnte sich William am Tisch zurück und lächelte Matilda an, die in herrischer Hast zu dieser Zusammenkunft befohlen worden war.

»Weißt du noch, wie ich dies vor vielen Jahren plante, Moll? Eine schöne neue Kirche zur Ehre Gottes? Es wird die größte Kirche im ganzen Land sein, wenn ich fertig bin.« Er stolzierte durch den Raum und schenkte sich einen Becher Wein ein. »Noch in Jahrhunderten werden die Menschen meiner gedenken, um der Schönheit des Bauwerkes und um meiner frommen Großzügigkeit willen, mit der ich alles bezahlt habe.« Lächelnd setzte er sich wieder.

Glaubte William wirklich, er könnte seine Komplizenschaft am Kindesmord damit wiedergutmachen, daß er eine Kirche bauen ließ? Sie sah ihm zu, wie er seinen Becher bis zur Neige leerte und sich dann wieder dem Pergament vor ihm auf dem Tisch widmete. Sie begriff, daß er tatsächlich davon überzeugt war.

32

Judy öffnete die Tür und riß die Augen auf. »Du bist es. Wie war es in New York?«

Nick folgte ihr ins Atelier. »Heiß.« Er ging zu ihrer Staffelei und betrachtete die Zeichnung, die sie dort angeheftet hatte. »Gehe ich recht in der Annahme, daß du dich in meiner Abwesenheit mit Pete

Leveson getroffen hast?« Er drehte sich nach ihr um und musterte sie.

»Gibt es einen Grund, der dagegen spräche?« fragte Judy trotzig zurück.

»Nicht den geringsten«, antwortete er mit schmalen Lippen. »Ich würde sagen, ihr seid wie für einander geschaffen. Deine Vorstellung von Loyalität ist, vorsichtig ausgedrückt, eigenartig, Judy.« Er verschränkte die Arme und wartete auf den Ausbruch, der kommen mußte. Er wurde nicht enttäuscht.

Judy kniff die Augen zusammen. »Ich schulde dir keine Loyalität, Nick. Ich habe mit eurem munteren kleinen Spielchen nichts zu tun. Es geht um dich, Sam und Tim. Also könnt ihr es auch untereinander ausfechten. Ich sitze auf der Zuschauerbank. Hast du deinen Bruder schon gesehen?« fragte sie plötzlich.

Nick schüttelte den Kopf. »Ich fahre jetzt in die Wohnung.«

»Na, er war inzwischen nicht gerade untätig. Er kann verdammt von Glück sagen, daß er nicht im Gefängnis sitzt. Sturzbetrunken tauchte er hier auf und demolierte mein Atelier. Ich rief die Polizei, und der Idiot hat einem Polizisten eine runtergehauen.«

»Du lieber Gott! Und dann?«

»Dein Freund Alistair hat ihn rausgepaukt; er ist mit einer Geldstrafe und einer Bewährungsauflage davongekommen. Aber eines sage ich dir. Falls du gekommen bist, um Ärger zu machen, dann kriegst du die gleiche Behandlung. Ich hatte dich wirklich gern, Nick. Du und ich, wir hätten es zusammen großartig haben können, aber damit ist es vorbei. Ich glaube, ihr seid verrückt – alle. Jo dem Sieger . . . wer immer das sein mag. Falls sie nicht tot ist, bevor die Entscheidung fällt.« Sie ging zum Fenster und zog es knallend herunter; der Verkehrslärm verstummte jäh.

»Was soll das heißen: Falls sie nicht tot ist?« fragte Nick scharf.

»Sam treibt sein Spiel mit euch, Nick. Ich habe dir das schon einmal gesagt. Aber du bist ja so blind und dumm, daß du es nicht begreifen willst. Er haßt Jo und ist eifersüchtig auf dich. Er hat dich dazu programmiert, ihr weh zu tun. Er hat dir diesen lächerlichen Floh ins Ohr gesetzt . . . Um Gottes willen, du glaubst doch nicht ernsthaft, du bist König John, oder? Du wirst in der Klapsmühle enden, wenn du das tust!« Impulsiv ergriff sie seinen Arm. »Nick, mir liegt immer noch etwas an dir. Ich fände es scheußlich, wenn dir etwas zustoßen sollte. Und was auch immer ich für Jo empfinde – ich will nicht, daß sie Sam zum Opfer fällt. Er ist wahnsinnig, Nick. Ich glaube wirklich, er ist wahnsinnig. Nimm dich in acht. Bitte!«

Nick schwieg verblüfft. Nach einem Moment fragte er: »Ist Sam noch in meiner Wohnung?«

Sie hob die Schultern. »Ich habe ihn nicht gefragt. Nach dem Gerichtstermin hat er mich angerufen, aber ich habe ihm gesagt, er könne sich zum Teufel scheren.«

»Und Jo? Ich habe versucht, sie von New York aus anzurufen, aber sie hat sich nicht gemeldet.«

Judy hob die Augenbrauen. »Dann wollen wir hoffen, daß er sie nicht schon erwischt hat. In der Nacht, als er bei mir war, kam er aus ihrer Wohnung, Nick. Mehr weiß ich nicht.«

Nick brauchte nur wenige Minuten bis Cornwall Gardens. Er hastete die Treppe hinauf. Die Wohnung war leer. Die Rosen in einer Vase auf dem Kaminsims waren verblichen, ein paar Blütenblätter lagen auf dem Teppich; davon abgesehen herrschte eine geradezu unnatürliche Ordnung.

Er öffnete die Balkontüren. Die Pflanzen in den Kübeln waren in der Hitze verdorrt. Er betrat wieder die Wohnung. Die Küche war makellos sauber, alles stand an seinem Platz. Die Vorhänge im Schlafzimmer waren halb zugezogen. Er entdeckte den Kassettenrecorder auf der Kommode und schaltete ihn ein. Feine, eindringliche Flötenklänge erfüllten den Raum. Einen Moment lang stand er verwirrt und regungslos da: Diese Musik hatte er gehört, als Sam hier mit Jo allein gewesen war. Er schaltete den Recorder ab und wollte das Zimmer verlassen, als sein Blick auf den Gürtel fiel, der quer über dem Stuhl lag. Er kannte die gravierte Schnalle. Der Gürtel gehörte Sam.

Außer sich vor Zorn stürmte er durch die Diele und zur Wohnung hinaus. Draußen hechtete er in seinen Wagen, fuhr nach einem flüchtigen Blick in den Spiegel los, schoß die Gloucester Road hinauf und bog dann rechts ab in Richtung Queen's Gate.

Sam saß an Nicks Schreibtisch und schrieb.

»Ah, der Reisende ist wieder im Lande. Wie war's im Reich der unbegrenzten Möglichkeiten?«

Nick durchquerte das Zimmer und baute sich vor dem Schreibtisch auf. »Wo ist Jo?«

»Jo? Keine Ahnung, Nicholas. Zu Hause vielleicht?« Sams Atem roch nach Scotch.

»Du weißt verdammt genau, daß sie nicht zu Hause ist.« Nick holte die Hand mit dem Gürtel hinter dem Rücken hervor. »Weißt du, wo ich das gefunden habe?«

»Das Werkzeug der Züchtigung«, sagte er fast versonnen.

»Was?« Nick erstarrte nur kurz. Er beugte sich über den Schreibtisch, packte Sams Hemdbrust und zerrte ihn halb vom Stuhl hoch. »Was zum Teufel willst du damit sagen, Sam? Bist du verrückt geworden?«

Sam lächelte. »Jemand mußte sie verprügeln, Nick. Und sie hätte weit Schlimmeres verdient. Andere Männer hätten ihre Frau getötet für das, was sie getan hat. Am Ende hat sie es zugegeben, weißt du. Sie hat sich auf den Knien ihrer Bestrafung unterworfen. Sie wollte es. Wahrscheinlich hat es ihr Gewissen erleichtert.«

Nick ließ ihn abrupt los. Er starrte seinen Bruder voller Entsetzen an. »Du bist von Sinnen«, flüsterte er rauh. »Herrgott im Himmel, du bist tatsächlich verrückt! Wo ist sie, Mann? Wenn du ihr etwas angetan hast, bringe ich dich um, das schwöre ich bei Gott!«

Sam lachte.

»John«, sagte er leise. »John, König von England. Dich hat sie auch betrogen. Sie hat dich verachtet. Sie ist in aller Öffentlichkeit über dich hergezogen. Könige lassen sich eine solche Behandlung nicht gefallen, schon gar nicht von den Frauen, nach denen es sie gelüstet. Du hast sie schon einmal getötet, Bruder-mein, und du wirst sie wieder töten.« Er beugte sich plötzlich vor. »Weißt du noch? Du willst, daß sie leidet! Und du willst, daß ich sie leiden sehe. Du wirst mir erzählen, was du mit ihr zu tun gedenkst. Du wirst mich anflehen, deiner Rache zuzuschauen.«

»Hör auf mit dem Unsinn, Sam! Ich weiß, was du vorhast.« Nick ballte die Fäuste, daß sich die Fingernägel in die Handflächen gruben. »Du verschwindest aus dieser Wohnung. Verschwinde, geh zurück nach Schottland und laß uns in Frieden!«

Sam stand langsam auf. »Es ist zu spät, Nick. An dem Tag, an dem ich erkannte, wer ich war, habe ich begonnen, die Samenkörner in deinen Kopf zu pflanzen. Ich erinnerte mich an das Massaker von Abergavenny, weißt du. Ich erinnerte mich daran, wie ich auf diesen walisischen Quisling einstach, bis mir sein warmes Blut über den Arm lief. Ich erinnerte mich daran, daß ich William de Braose war und daß Matilda mir gehörte - mir, Nick! Und sie wird wieder mir gehören. Diesmal werde ich bereit sein, wenn die Entscheidung fällt.« Er wich hinter den Schreibtisch zurück. »Ich habe den Boden allzu gut bereitet.« Er lachte. »Du bist ein arroganter Dummkopf. Du hast dich mir in die Hände gespielt, als du mir deinen Geist anvertrautest.«

Nick beherrschte sich eisern. »Was du redest, ist pures Melodrama, Sam. Was du da andeutest, ist unmöglich, und das wissen wir beide. Pack deine Sachen und verschwinde.«

Sam stand einen Moment lang da und starrte ihn an; sein Gesicht leuchtete in boshafter Belustigung. »Sie schläft mit Heacham«, erklärte er plötzlich. »In Wales. Ich habe ihn gleich erkannt. De Clare. Natürlich hat er immer noch Einfluß auf sie, aber er weiß, daß er sie verlieren wird.« Er lachte. »Er ist schwach. Er war damals zu schwach, um sie zu retten, und er ist heute zu schwach.« Er nahm ein paar Bücher vom Tisch, sammelte etwas Kleingeld auf und steckte es in die Tasche. Dann blickte er auf. »Du glaubst mir nicht, Nick? Aber es ist die Wahrheit. Ich habe dich wirklich zur Regression gebracht. Du warst, du bist John Plantagenet.«

Nick rührte sich nicht. Schweiß stand ihm auf der Stirn, während Sam das Zimmer verließ. Mit bedächtigen, langsamen Bewegungen, wie im Traum, holte er das Telephonbuch.

»Tim?« Sein Mund war trocken. »Hier ist Nick Franklyn.«

»Hallo, Nick.« Tim klang niedergeschlagen.

»Ich habe Grund zu der Annahme, daß Sie vielleicht wissen, wo Jo ist. In ihrer Wohnung ist sie nicht.«

Einen Moment lang war es still, dann sprach Heacham: »Sie ist nach Wales gefahren. Bet Gunning hat sie überredet, dort einen Burschen zu interviewen, der organische Landwirtschaft betreibt.«

»Der was betreibt?« explodierte Nick.

»Ich weiß, es klingt unwahrscheinlich«, antwortete Tim. »Offensichtlich war es ein Trick, sie wieder hinzulocken. Aber ich glaube nicht, daß es klappen wird. Sie will es aufgeben, wissen Sie; sie hat den *WIA*-Vertrag für die Story gekündigt. Und sie hat entschieden, weder mit Matilda noch mit der Vergangenheit etwas zu tun haben zu wollen. Irgend etwas hat ihr furchtbare Angst eingejagt.« Er zögerte, und als er weitersprach, hörte Nick, daß seine Stimme zitterte. »Haben Sie schon mit Ihrem Bruder gesprochen?«

»Das habe ich.« Nick warf einen Blick zur Tür. Er hörte, daß die Schranktüren im Gästezimmer geöffnet und geschlossen wurden. Offenbar nahm Sam seine Sachen heraus. »Ich denke, Sie können davon ausgehen, daß mein Bruder in Jos Angelegenheiten nicht mehr mitzureden hat«, erklärte er. »Und Sie auch nicht.«

Die Sonne schien. Jo saß hinter dem Haus an einem Tisch. Sie schob die Schreibmaschine von sich und stand auf. Ann war beim Wollefärben, wieder und wieder drückte sie die losen Stränge im Zwiebelschalenwasser aus. Mit dem Handrücken strich sie sich das Haar aus dem Gesicht. »Fertig mit dem Artikel?«

Jo lächelte. »Mit dem ersten Entwurf. Es wäre nett, wenn Sie und Ben ihn lesen und kommentieren würden.« Sie atmete die warme Bergluft tief ein. »Hier oben ist es so friedlich, daß ich sogar für Kritik zugänglich bin.«

Ann lachte. »Wenn Sie einen sanften Artikel geschrieben haben, besteht immerhin die Gefahr, daß Ihre Redakteurin Sie um eine zusätzliche kurzgeschnittenen Rasen aus. »Keine Sorge, ich bin immer noch grob genug, um Sie beide ordentlich zu ärgern, falls Sie es in den falschen Hals bekommen.« Sie beschattete ihre Augen. »Und ich möchte nicht, daß Sie es in den falschen Hals bekommen, Ann. Sie leben hier oben in einer ländlichen Idylle, aber Sie können nicht behaupten, daß es irgend etwas mit dem wirklichen Leben zu tun hat.«

Ann hob eine Braue, während sie einen Wollstrang zum Trocknen an die Leine klammerte. »Und wieso nicht? Warum sollte das wirkliche Leben ›da unten‹ und das unwirkliche ›hier oben‹ sein?«

»Weil die Wirklichkeit das ist, was neunundneunzig Prozent der Bevölkerung erfahren müssen – Massenproduktion, Massenverpackung und Massenverwaltung. Nur so kann es Fortschritt geben. Das ist traurig, aber wahr.«

»Weshalb sollten wir uns dem anpassen? Mithelfen, die Erde auszubeuten, das Wasser zu vergiften, die Luft zu verschmutzen? Nein, Jo. Wir sind Pioniere, Propheten. Wir führen die Menschen zurück zur Vernunft, zur Gesundheit und weg vom Wahnsinn.« Ann lachte plötzlich. »Na los, schreiben Sie das auch auf.«

»Wie ist es hier im Winter?« Jo ignorierte die Bemerkung, richtete sich halb auf und schlang die Arme um die Knie.

»Einsam. Hart. Manchmal beängstigend.«

»So wie es vor achthundert Jahren für jedermann war«, ergänzte Jo bedrückt. »Die Krankheiten damals. Der Schmutz, die Armut. Dagegen müssen wir angehen, Ann. Dem muß ein Ende gemacht werden. Das Leben muß leichter werden. Wissen Sie, ich – das heißt, Matilda hat es einfach hingenommen. Es hat sie unglücklich gemacht, und sie hat ihre kargen medizinischen Kenntnisse genutzt, so gut sie konnte. Aber sie hat es nie in Frage gestellt. Niemand hat irgend etwas in Frage gestellt. Es war so, wie Gott es angeblich wollte.«

»›Der reiche Mann in seiner Pracht, der arme vor der Tür, Gott hat sie arm und reich gemacht, nun sorgt er auch dafür‹«, zitierte Ann leise. »Ich weiß noch, wie wir das in der Kirche gesungen haben.«

»Gott!« Ann vergrub das Gesicht in den Armen. »William hat alles im Namen Gottes getan!«

»Es ist ein Segen für den Menschen, daß er aus seinen Fehlern lernt, Jo«, sagte Ann sanft. »Nicht aus allen und nicht schnell, aber er lernt. Und er macht Fortschritte, wie Sie sagen. Hatte Will de Braose Tbc? Das, was Sie erzählt haben, klang danach . . . Wir haben gelernt, diese Krankheit zu überwinden. Und Sie haben von der Pest in Aberhonddu gesprochen. Auch vor ihr brauchen sich die Menschen nicht mehr zu fürchten. Ich bin die erste, wenn es darum geht, diese Art von Fortschritt zu preisen, aber in manchen Dingen war der Mensch allzu clever. Er hat Gutes wie Schlechtes vernichtet. Und jetzt muß er seinen Stolz hinunterschlucken und ein paar Schritte zurückgehen – das ist alles. Er muß lernen, still auf den Rhythmus des Universums zu hören, wie es seine Vorfahren getan haben. Er muß lernen, auf die Natur zu hören und sie zum Partner zu machen, anstatt zu versuchen, sie in einen Sklaven zu verwandeln, den man straflos ausbeuten kann.«

Jo blinzelte in die Sonne. »Ich bin beschämt«, sagte sie leise. »Schreiben Sie das auf, Ann. Ich werde es bringen.«

Ann grinste. »Abgemacht.« Sie wandte sich zum Haus; dann blieb sie stehen und warf einen Blick zu Polly und Bill hinüber, die in der Nähe in einem Sandkasten spielten. »Wenn die Kinder nach dem Essen ihren Mittagsschlaf machen, führe ich Sie noch einmal zurück, wenn Sie wollen, Jo.«

Jo zögerte. »Ich glaube, ich muß weitermachen, Ann«, sagte sie schließlich zustimmend. »Bis zum Ende. Nur so werde ich von der Geschichte frei sein können. Und ich wäre froh, wenn Sie dabei wären.«

Ann runzelte die Stirn. »Sie meinen doch nicht, Sie wollen bis zu ihrem Tod weitermachen?«

»Ich glaube, das muß ich.«

»Sind Sie sicher?« Ann machte ein zweifelndes Gesicht. »Ich weiß, so etwas wird häufig gemacht, aber Sie wissen doch nicht, wie sie gestorben ist. Todesszenen können ziemlich traumatisch sein, selbst in tiefer Hypnose.«

»Ich weiß, wie sie gestorben ist.«

»Wie denn?« Ann setzte sich, stützte die Ellbogen auf und legte das Kinn auf die Hände.

»John ließ sie in einen Kerker werfen und verhungern.«

»Du lieber Gott!« Ann rang nach Luft.

Jo lächelte düster. »Daß ich es weiß, während sie es nicht weiß, macht es so schrecklich. Ein Teil von mir sieht zu, wie sie sich John zum Feind macht, beinahe absichtlich zum Feind macht, von ihrer ersten Begegnung an.« Sie ballte plötzlich die Fäuste. »Er hat sie geliebt, Ann. Ich glaube, er hat sie wirklich geliebt, und sie fand ihn als Mann durchaus attraktiv. Sie haben es jedoch nie geschafft, sich verständlich zu machen. Anscheinend sind sie immer nur aufeinandergeprallt, daß die Funken flogen.«

»Davon stand aber nichts in den Artikel, den Sie mir gezeigt haben.«

»Pete kennt die Geschichte offenbar nicht. Er fand einfach, es wäre ganz amüsant, den Namen eines Königs mit Matildas Geschichte zu verknüpfen. Nicks Namen zu verknüpfen mit . . .« Sie biß sich auf die Lippe und wandte sich abrupt ab. »Ich will es einfach hinter mich bringen, Ann«, sagte sie nach einer Weile, »damit ich mein eigenes Leben weiterführen kann. Matilda ist ein Eindringling! Ein Parasit! Sie lebt von mir, sie saugt mir . . . nein, nicht das Blut, aber irgend etwas anderes aus den Adern.«

»Ihre Lebenskraft.« Ann stand wieder auf. »Ich hab eine Idee. Kommen Sie und helfen Sie mir bei dem Salat, und später versuchen wir es auf einem neuen Weg. Kann sein, daß Sie da den Finger auf einen wichtigen Punkt gelegt haben. Ich würde gern ein Experiment machen. Ich möchte feststellen, ob Matilda wirklich eine Erinnerung ist – oder aber ein Geist, der Sie zu irgendwelchen Zwecken benutzt.«

Jo riß die Augen auf. »Das ist doch nicht Ihr Ernst! Sie meinen, ich sei besessen?«

Ann lachte. »Ganz von der Hand zu weisen ist das nicht. Na, kommen Sie. Machen Sie sich keine Sorgen. Nachher werden wir herausfinden, was die arme Lady von Ihnen will.«

Erschöpft von der Hitze gingen die Kinder ohne die üblichen Proteste schlafen. Draußen hatte Ben den Tisch inzwischen in den Schatten einer der alten Eiben gestellt. Er setzte sich auf den Holzstuhl und sah seine Frau ernst an. »Sei vorsichtig, Annie. Bist du sicher, daß du weißt, was du da tust?«

Ann setzte sich Jo gegenüber. »Ja«, antwortete sie. »Sie vertrauen mir, Jo. Nicht wahr?«

Jo nickte, ohne den Blick von Anns Gesicht zu wenden.

Langsam beugte Ann sich vor und legte ihre kühlen Hände auf Jos Finger. Der Baumschatten wanderte, und Jo spürte wieder die grelle Sonne in den Augen. Unwillkürlich schloß sie sie. In ihrem Bewußtsein hatte nur die schwere, duftende Stille des Nachmittags Platz.

»Matilda.« Ann sprach mit sanfter, aber beharrlicher Stimme. »Matilda, ich befehle dir zu sprechen. Matilda, wenn du ein Geist aus der jenseitigen Welt bist, dann sag uns, was du in unserer Welt willst. Deine Zeit ist vorbei, deine Geschichte zu Ende; warum also sprichst du durch Joanna?«

Lange war es still. Jos Augen blieben geschlossen, und sie war völlig entspannt. Ann wiederholte ihre Frage noch zweimal; dann sah sie Ben an. »Du hattest recht. Es ist kein Geist, oder ich kann ihn nicht erreichen. Mir war nur der Gedanke gekommen, Jo könnte ein natürliches Medium sein. Aber ich glaube es nicht. Wenn sie besessen ist, dann nicht in der Weise, die man normalerweise meint, wenn man von Besessenheit spricht.«

»Albernes Zeug, Weib! Weck sie auf und laß uns deinen modrigen Kaffee trinken.« Ben war es sichtlich unbehaglich.

»Es ist viel zu heiß für Kaffee.« Ann strich Jo sanft über die Hände. »Lady Matilda. Erzähl mir mehr von deinen Kindern. Wen haben sie geheiratet?«

Jo öffnete langsam die Augen. Sie wich ein Stück weit in den Schatten zurück und schaute an Ben und Ann vorbei über die Wiese zu dem Steilhang hinüber, wo der Garten sich ins Tal senkte. Die Berge dahinter lagen im Dunst.

Der Tag der Hochzeit von Will und Mattie de Clare dämmerte frisch und regnerisch herauf. In Bramber Castle herrschte helle Aufregung. Heute sollte nicht nur endlich William de Braoses ältester Sohn heiraten, der König höchstpersönlich würde Ehrengast sein.

Matilda stand in ihrem Söller und starrte gedankenverloren über den breiten Strom des Adur hinweg. Ihr Gemahl war unten beim König und den übrigen Gästen, die darauf warteten, daß Mattie und ihre Damen die letzten Vorbereitungen beendeten.

Mattie hatte in den letzten Jahren viel Zeit mit Matilda verbracht und von ihr gelernt, was eine adlige Dame zu wissen hat. Sie war ein stilles, sanftmütiges Mädchen, das langsam zu einer sehr schönen Frau herangereift war. Will hatte in dieser Zeit oft ihre Gesellschaft gesucht – ein entkräftender Husten und seine allgemeine Schwäche hinderten ihn an dem ersehnten männlichen Treiben und hielten ihn von der Seite des Vaters fern. Mattie begegnete ihm mit beinahe blinder Verehrung, was ihn halb verlegen machte, halb erfreute. Matilda war überglücklich, sie heiraten zu sehen, wenngleich es nicht ohne Schwierigkeiten abgegangen war, die Verbindung in die Wege zu leiten. Sie dachte an die Szene, als Reginald erstmals davon erfahren hatte. »Aber ich dachte, ich sei derjenige, den sie heiraten soll! Du hast immer davon gesprochen, daß ich es sein solle, Mutter«, hatte er sie bedrängt. »Ich kenne sie, und ich kenne ihren Vater aus der Zeit, da ich in seinen Diensten stand. Es ist mein Recht!« Aber William, der jetzt neben seinen anderen Titeln auch noch den des Lord of the Three Chastles trug und tiefer denn je beim König verschuldet war, hatte sich unerbittlich gezeigt. Er wollte, daß Reginald mit Gracia de Burgh vermählt wurde. »Sie ist ein heißblütiges junges Weib. Sie braucht einen Mann. Und sie braucht ihn jetzt. Will ist ständig krank. Manchmal bezweifle ich, daß er noch einen Winter überleben wird«, fügte er mit unverblümter Brutalität hinzu. »Mattie ist noch zu jung zum Heiraten; sie können also warten. Wenn Will kräftig genug und sie alt genug ist, dann können sie heiraten. Aber den Bund mit de Burgh brauche ich sofort.«

Was er brauchte, war de Burghs Macht in seinem Rücken. Dann aber war die Vermählung mit de Burghs Tochter verzögert worden. Reginald hatte seine irische Erbin erst vor kurzem heiraten können; sein Bruder Giles hatte den feierlichen Akt vollzogen.

Als einen seiner ersten Gunsterweise nach der Krönung hatte John ihren Sohn Giles zum Bischof von Hereford gemacht. Sie dachte daran, wie stolz William seinen hochgewachsenen, kupferhaarigen Sohn angeschaut hatte, der jetzt Mitra und Bischofskreuz mit ernster Würde trug. Das Amt des jungen Mannes verunsicherte William und erfüllte ihn mit abergläubischer Ehrfurcht, was ihn ärgerte und verwirrte, wenn er sich auch in dem Ruhm sonnte, den die Stellung seines Sohnes ihm einbrachte.

Matilda lächelte still in sich hinein. Alles in allem betrachtet, hatte sie mit ihren Kindern großes Glück gehabt. Isobel und ihr Mann Roger Mortimer hatten Matilda zwei Enkel beschert. Margaret, die fünf Jahre zuvor geheiratet hatte, schrieb regelmäßig lange Briefe aus Irland, wo sie jetzt den größten Teil ihrer Zeit verbrachte. Auch sie schien sehr glücklich zu sein, obgleich sie doch eine Sorge plagte, die sie in ihren Briefen nur ungeschickt zu verbergen wußte: Bis jetzt war ihre Ehe mit ihrem geliebten, schönen Walter, Lord of Meath, nicht mit einem Kinde gesegnet.

»Ich habe ein Gelübde getan, liebste Mutter«, hieß es in ihrem letzten Brief. »Ich will dem gesegneten Andenken der Jungfrau Maria ein Kloster stiften, wenn sie mir den großen Wunsch nach einem Sohn erfüllt. Auch Walter hat ein solches Gelübde abgelegt; er hat dem Wunsch Ausdruck gegeben, irgendwo im Schatten des Pen y Beacon, vielleicht zu Craswall, wo er ein Lehen besitzt, eine Abtei zu gründen. Betet für mich, liebste Mutter, auf daß meine eigenen Gebete erhört werden mögen. Ich hoffe, daß wir bald nach Ludlow werden zurückkehren können, so daß wir uns sehen können . . .«

Nur der Gedanke an Tilda brachte Leid in ihr Herz. Sie war jetzt seit vier Jahren Witwe, denn Gruffydd war an einem plötzlichen virulenten Fieber gestorben. Er war in der Abtei seines Vaters zu Strata Florida bestattet worden. Als Matilda ihr geschrieben und vorgeschlagen hatte, zu ihrer Familie zurückzukehren, hatte sie schroff geantwortet, sie gedenke ihre beiden Knaben als echte Söhne Wales' zu erziehen. Wenn diese Aufgabe erfüllt sei, wolle sie zufrieden an der Seite ihres Mannes ruhen. Seither hatten sie keine Nachrichten mehr ausgetauscht; Matilda trug ihren Schmerz im geheimen; den letzten Brief zeigte sie niemandem, bevor sie das Pergament in die Kerzenflamme hielt und zuschaute, wie es verbrannte.

Und jetzt war Wills Hochzeitstag da. Und mit ihm neue Ehren für William, denn König John hatte sich nun, da nicht länger eine Invasion durch Philip von Frankreich drohte, bereitgefunden, bei der Hochzeit zugegen zu sein.

So teilten sie also wieder einmal das Dach miteinander, die drei Männer, die ihr Leben so sehr beherrschten: William, der König und Richard de Clare.

Mit Schrecken hatte sie Richard wiedergesehen: Seit ihrer letzten Begegnung war er abgemagert, ging gebeugt und seine Haut war seltsam gelblich geworden. Aber seine Augen waren noch die gleichen – forschend und machtvoll hielt ihr Blick sie gefangen.

Er war ohne Gefolge mit Mattie und seinem Sohn Gilbert nach Bramber gekommen. Fünf Jahre war es her, daß er sich von der verbitterten Amicia getrennt hatte, und sie hatte es vorgezogen, bei der Hochzeit ihrer Tochter nicht zu erscheinen, ein Umstand, den Matilda zum Anlaß genommen hatte, eine Dankgebet gen Himmel zu schicken.

Hinter ihr räusperte sich jetzt eine der Frauen lautstark. »Meine Lady, Sir William hat schon wieder nach Euch gefragt. Seine Gnaden sind ungeduldig und wünschen zu beginnen.«

Langsam drehte Matilda sich um. Sie lächelte. Wenn ihr ältester Sohn und Richards Tochter zusammen glücklich sein könnten, dann hätte vielleicht auch ihre eigene unerfüllte Liebe einen gewissen Sinn gehabt.

Zu bald waren die Feierlichkeiten vorüber. In der Kapelle war es heiß und stickig von Kerzen, Weihrauch und Menschengedränge. Als sie nach der Trauung zur Messe niederkniete, warf sie Richard, der den Platz neben ihr innehatte, einen Seitenblick zu; er spürte es sofort und sah sie an. Am Altar zelebrierte Giles die Messe, unterstützt von seinem Kaplan aus Hereford, dem Burgkaplan und den Priestern aus der Nachbarkirche in Steyning, die ihn umschwirrten wie ein Schwarm bunter Schmetterlinge.

»Sind wir nun Bruder und Schwester, Geliebte?« flüsterte Richard durch den behäbigen Chorgesang. Sie knieten so dicht nebeneinander, daß sie merkte, wie er sich bewegte und wie dann seine Finger in den steifen Falten ihres Gewandes nach ihrer Hand tasteten.

Ein warmes Glücksgefühl durchflutete ihr Herz. »Für immer, Richard«, wisperte sie und sah ihm in die Augen. An ihrer anderen Seite kniete William. Sein Blick war starr auf den Altar gerichtet. Ganz vorn lauschten die Neuvermählten mit feierlichen Mienen den Worten ihres Bruders, und auch der König kniete auf einem purpurnen Samtkissen neben den Altarstufen.

Matildas Glück war fast vollkommen. Doch dann erkannte sie mit eiskaltem Schrecken, daß Johns Blick nicht auf dem Altar ruhte, sondern auf eine Falte im bestickten Damast ihres Gewandes gerichtet war, in der ihre und Richards Hand verschlungen lagen.

Langsam hob John den Kopf und schaute ihr in die Augen. Matilda sah, daß die Härte in seinem Blick nur notdürftig von einem leicht fragenden Ausdruck maskiert wurde.

33

Der Porsche folgte vorsichtig den Kurven und Windungen der holprigen Strecke. Nick spähte durch die Windschutzscheibe und dann wieder auf die Straßenkarte, die neben ihm auf dem Sitz lag. Er war sehr müde.

Oben angekommen, parkte er neben Jos Wagen, stieg aus und betrachtete die Aussicht. Dann veranlaßte ihn etwas, sich umzudrehen.

Hinter ihm, in der Tür des Bauernhauses, stand Jo. So sonnengebräunt hatte er sie nicht in Erinnerung. Sie trug ein schlichtes weißes Kleid, flache Sandalen, hatte das lange Haar im Nacken zusammengebunden, und sie war, wie er mit jäher, seltsamer Angst dachte, fast unwirklich schön. Langsam drückte er die Wagentür ins Schloß.

»Wie geht es dir, Jo?«

Sie hatte noch nicht gelächelt. »Woher wußtest du, wo ich bin?«

»Jemand hat mir gesagt, du seist wieder in Wales, und da bin ich nach Hay gefahren. Margiad sagte, ich könnte dich hier oben finden.« Er hatte sich nicht von der Stelle gerührt.

Sie betrachtete ihn. Sein Gesicht war schmal, um Augen und Mund zogen sich Falten der Erschöpfung; trotzdem war er für sie noch immer der bestaussehende Mann, den sie kannte. Er trug ein offenes blaues Hemd und eine Kordhose. »Du hast den Artikel gelesen?« fragte sie leise.

Er nickte.

»Stimmt es?«

Er antwortete nicht sofort, dann nickte er. »Wahrscheinlich.«

Hinter ihr war Ann aus dem niedrigen, schattigen Haus getreten. Schweigend musterte sie die beiden für einen Augenblick, dann streckte sie die Hand aus. »Hallo, ich bin Ann«, sagte sie.

»Nick Franklyn.« Nick ergriff die Hand flüchtig. »Es tut mir leid, unangemeldet hereinzuplatzen. Ich wollte von Hay aus anrufen, aber dann dachte ich, es sei vielleicht besser, wenn ich sie überrasche . . .«

»Für den Fall, daß ich weglaufen könnte?« erkundigte sich Jo.

»Unter den gegebenen Umständen hätte ich es dir nicht verdenken können.« Er zwang sich, Ann anzulächeln. »Entschuldigen Sie, wenn ich störe . . .«

»Sie stören nicht. Ich freue mich, daß Sie da sind. Und Sie kommen gerade recht zu einem Drink. Ben hat versprochen, daß wir uns heute wieder an den Gin halten dürfen, nachdem wir Jo gestern den ganzen Abend über mit Selbstgebrautem traktiert haben.« Ann drehte sich um. »Jo, Sie haben Bill und Polly versprochen, noch eine Sandburg mit ihnen zu bauen, bevor sie ins Bett müssen.«

Sie sah Jo nach. »Sie sagt, sie habe Kinder nie leiden können«, stellte sie nachdenklich fest. »Bis sie sechs hatte.« Sie lachte verschmitzt. »Jetzt kann sie großartig mit ihnen umgehen. Besser als ich.« Sie hakte sich unversehens bei Nick unter und führte ihn zu der Steinmauer, die den Garten an der Westseite begrenzte. Dort blieben sie stehen und schauten zu den fernen Bergen hinüber. Dunst begann das Tal zu ihren Füßen einzuhüllen.

»Jo hat uns ein bißchen von ihrer Geschichte erzählt«, berichtete Ann nach einer Weile nachdenklich. »Sie hat mich gebeten, ihr zu helfen. Und das möchte ich auch tun.«

»Wie ich höre, hat sie beschlossen, die ganze Sache zu beenden.«

»Das kann sie nicht, Nick.«

Nick seufzte.

»Sie hat mir den Artikel über Ihre Erlebnisse gezeigt«, fuhr Ann fort.

Nick schlug mit der flachen Hand auf die Mauer. »Meine ›Erlebnisse‹, wie Sie es nennen, waren nicht echt«, stieß er hervor. »Der größte Teil dessen, was in diesem Artikel stand, war ein Haufen Unfug!« Er fuhr herum und sah sie an. »Muß es gewesen sein!«

Ann sah ihn ernsthaft an und bemühte sich, den Ausdruck in seinen Augen zu deuten – Zorn, Frustration, und . . . ja, Angst.

»Der größte Teil?« wiederholte sie leise. »Dann hat auch etwas davon gestimmt?«

Er sah sie an. »Ich finde es sonderbar, daß sie sich Menschen, die sie kaum kennt, so vollständig anvertraut«, stellte er schroff fest und überging ihre Frage.

Ann lächelte. »Dafür gibt es einen Grund. Ich verstehe zwar etwas von Hypnose – und von Erinnerungen an früheres Dasein –, aber ich hoffe doch, daß es mehr ist als nur das. Ich hoffe, daß wir auch ihre Freunde geworden sind. Allerdings kann ich es mir nicht zugute halten, wenn es so ist. Das ist Ben. Jeder hat Vertrauen zu Ben.« Sie wandte beinahe scheu den Blick ab. »Ich hoffe, es wird Ihnen auch so gehen.«

Wie aufs Stichwort kam Ben hinter dem Haus hervor; er trug einen Korb voller Gemüse. Grüßend hob er eine erdverschmierte Hand und verschwand im Haus.

Ann richtete sich auf. »Kommen Sie, ich mache Sie mit ihm bekannt, und dann bekommen Sie Ihren Drink. Wahrscheinlich ist es auch Zeit, Jo vor den Kindern zu retten.«

Sie aßen bei Kerzenschein, draußen unter dem leuchtenden Nachthimmel, über den Sternschnuppen rieselten. Unten aus dem Tal hörten sie das Rufen einer Eule und in der Nähe das feine Zirpen der Grillen.

Ben schob seinen Teller zurück. »Das war herrlich, Annie. Du hast dich selbst übertroffen, meine Liebe.«

Sie lächelte ihn verträumt an. »Und meine Belohnung? Übernimmst du den Kampf mit dem Kaffeefilter, nur dies eine Mal?«

Ben lachte. Er beugte sich vor und fuhr ihr zärtlich durch das Haar. »Okay, dies eine Mal. Kommen Sie, Jo. Sie sehen aus wie eine kompetente Frau. Helfen Sie mir.«

»Vermutlich haben Sie keine Lust, sich zwei völlig Fremden anzuvertrauen, hm?« fragte Ann, nachdem Jo und Ben im Haus verschwunden waren.

Nick schaute hinauf zu den Sternen. »Da muß ein Meteoritenschauer vorüberziehen«, stellte er fest. »Das ist jetzt die sechste Sternschnuppe, die ich sehe.«

»Sie sollen Wünsche erfüllen«, sagte Ann. »Ich bin eine gute Zuhörerin, Nick.«

Er lächelte in die Dunkelheit. »Ich weiß nicht, ob es etwas zu erzählen gibt.«

»Sie machen sich Sorgen.«

Er nickte.

»Und Sie haben Angst.«

Sie sah, daß er sich verspannte, und glaubte einen Augenblick lang, er werde es bestreiten. »Ja, ich habe Angst.«

»Um Jo.«

»Was würden Sie sagen, wenn ich Ihnen erzählte, daß ich möglicherweise programmiert bin, sie zu verletzen?«

»Ich würde sagen, daß so etwas unmöglich ist.«

»Können Sie dessen ganz sicher sein?«

Sie fühlte seinen Blick. »Beinahe. Ja.« Sie beugte sich vor. »Was meinen Sie genau mit ›programmiert‹?«

»Ich habe meinem Bruder gestattet, mich zu hypnotisieren. Ich habe ihm vertraut und hatte keinerlei Vorbehalte. Wie sich gezeigt hat, war das ein Fehler. Er behauptet . . .« Er brach kurz ab. »Er behauptet, er habe mich auf einen Kurs gebracht, von dem ich nicht mehr abweichen kann, der auf Jos Vernichtung hinausläuft.«

Er drehte einen Löffel rastlos hin und her; plötzlich zerbrach er unter dem Druck seiner Finger, und Nick starrte ihn verdutzt an. »Entschuldigung . . .«

»Das macht nichts.« Ann hatte ihn nicht aus den Augen gelassen. »Sagen Sie, und seien Sie bitte ehrlich: Wie stehen Sie zu Jo? Mißtrauen Sie ihr in irgendeiner Weise?«

»Nein. Herrgott im Himmel, nein!«

»Das können Sie ohne Vorbehalt sagen?«

»Ja.«

»Dann bin ich sicher, daß Ihre Angst unbegründet ist.«

»Aber wenn Sam mir nun irgendeine Idee in den Kopf gepflanzt hat, an die ich mich nicht erinnere? Er hat entdeckt – oder versucht, mir einzureden – daß ich . . . daß ich König John war. Er weiß so gut wie ich, daß Jo Matilda ist . . . war. Sehen Sie nicht, was da abläuft? Er will, daß ich sie noch einmal umbringe!«

Ann fühlte, wie ein Lufthauch kalt über ihre Haut strich. Sie warf einen Blick auf die Kerze und erwartete ihr Flackern. »Was Sie da vermuten, Nick, kann nicht geschehen. Das ist reine Science-fiction. Wenn so etwas möglich wäre, dann hätte man ja die perfekte Mordwaffe, oder?«

»Sind Sie sicher?«

»Ganz sicher. Was für ein gespenstischer Typ ist Ihr Bruder eigentlich? Jo hat uns erzählt, daß sie ihn immer gern gehabt hat.«

Nick stand unvermittelt auf. Er ging zum Rand der Terrasse und starrte hinaus in die Dunkelheit. Auf der Hauptstraße weit unten im Tal erschienen für einen Augenblick Autoscheinwerfer, zwei winzige Lichtpunkte, die mit der Biegung der Straße verschwanden.

»Ich glaube, er liebt Jo«, sagte er leise.

»Weshalb sollte er sie dann umbringen wollen?«

Er zuckte mit den Schultern. Lange schwiegen beide. »Ich habe Sam immer fast angebetet«, sagte er schließlich. »Aber jetzt ist mir klar, daß er mich haßt. Ich nehme an, er hat es immer getan.«

Ann stand auf und stellte sich neben ihn. »Das ist hart.«

»Ja.« Seine Stimme klang trostlos. Nach einer Weile sagte er in die Stille hinein: »Bitte machen Sie keine Regression mehr mit ihr, Ann.«

»Wenn ich es nicht mache, wird sie es allein tun, Nick. Spontan. Der Drang, die weiteren Ereignisse zu erfahren, ist zu stark in ihr. Sie kommt nicht dagegen an. Vielleicht ist das etwas, was Ihr Bruder ihr eingepflanzt hat. Ich weiß es nicht. Aber wenn Jo Regressionen von solcher Gewalt erlebt, dann ist es viel besser, wenn es unter Freunden passiert, und nicht auf der Straße oder irgendwo in den Bergen.« Sie konnte sein Gesicht im Licht der Sterne klar erkennen. »Befürchten Sie, wenn Sie sie wieder als Matilda sehen, könnte Sie das veranlassen, ihr weh zu tun?« fragte sie schließlich.

»Vermutlich.«

»Das ist unnötig.« Sie zögerte, redete dann aber entschlossen weiter. »Wir hatten für heute abend noch eine Regression geplant. Wenn Jo es noch will, Nick, dann sollten wir es tun. Ich glaube, jetzt, wo Sie hier sind, ist es doppelt wichtig.«

Der Ritt durch die Berge war erregend. Matilda saß auf ihrer weißen Araberstute und nahm die Anmut und Schnelligkeit des Tieres bewußt in sich auf, das den robusteren Rössern ihrer Vettern Adam de Porter und Lord Ferrers leichtfüßig voraus war. Trotz der Angst in einem Winkel ihres Herzens war ihr seltsam zuversichtlich und leicht ums Herz.

Als sie in Gloucester einritten, hatte sich ihre Stimmung jedoch gewandelt. Ein feuchter weißer Nebel lagerte über dem Fluß, wallte durch die engen Gassen der Stadt, verhüllte die Türme der Kathedrale. Ein feuchtkalter Abend hatte den frohlockenden Frühlingstag ausgelöscht, und ihre Angst war machtvoll zurückgekehrt. Sie allein mußte dem König gegenübertreten und ihn anflehen, William wieder in Gnaden aufzunehmen.

Williams Sturz war plötzlich und unerklärlich gekommen. Nur zwei Tage, nachdem John nach Wills Hochzeit Bramber verlassen hatte, waren Boten vom königlichen Schatzamt gekommen und hatten ohne Umschweife die Rückzahlung sämtlicher Summen gefordert, die William dem König schuldete.

»Bei den Gebeinen Christi, wie denkt er sich das?« hatte William getobt und Giles dabei mit dem Pergament unter der Nase herumgefuchtelt. »Und wieso jetzt? Warum will er das Geld jetzt? Bei der Hochzeit hat er nichts davon erwähnt!«

»Ist es wirklich möglich, daß Ihr dem König so viel schuldet, Vater?« Giles war es endlich gelungen, ihm das flatternde Pergament aus der Hand zu nehmen. »Wie konntet Ihr Eure Schulden nur so anschwellen lassen!« Sein ernstes Gesicht blickte ängstlich.

William fuhr ihn an: »Es gibt keinen Edelmann im ganzen Land, der dem König kein Geld schulden würde! Gebühren, Abstandszahlungen, Lehnsgelder, Steuern! Guter Gott im Himmel, wie sollte einer von uns soviel zahlen können? Er weiß, am Ende kriegt er doch alles, oder seine Erben von den meinen. Abgesehen von allem anderen hatte ich in sechs Monaten zweifaches Brautgeld zu zahlen – eintausend Pfund jedesmal! Soviel haben die Weiber deiner Brüder mich gekostet!«

Giles las und fuhr methodisch mit dem Finger an den Zahlenreihen auf dem Pergament entlang. »Hier steht, Vater, daß Ihr für Limerick kein Lehnsgeld gezahlt habt, seit Onkel Philip starb. Das ist fünf Jahre her.«

»Fünf Jahre!« explodierte William. »Einige Halunken haben seit fünfzig Jahren nichts bezahlt! Wieso sucht John ausgerechnet mich heraus? Was wäre es denn mit einigen seiner kostbaren Earls?«

»Habt Ihr irgendwie sein Mißfallen erregt, Vater?« Giles' Augen musterten den Vater ernst.

»Selbstverständlich nicht.« William schlug sich in die flache Hand. Seine Kiefer mahlten vor Erregung. »Gott verdammt nochmal, Giles ...«, für einen Augenblick schien er den erhabenen Stand seines Sohnes vergessen zu haben, »... er war auf Wills Hochzeit. Er hat ihm Rubine und Smaragde zur Hochzeit geschenkt. Hätte er das getan, wenn ich sein Mißfallen erregt hätte?« Aufgebracht stapfte er im Zimmer hin und her.

»Vielleicht ist es eine bloße Routineforderung aus dem Schatzamt. Mag sein, daß der König gar nicht gemerkt hat, an wen die Forderung ausgestellt ist.« Giles zögerte. »Ich nehme an, unsere Mutter ...«

»O ja.« William fuhr herum. »Eure Mutter! Sie könnte allerdings etwas damit zu tun haben! Sie hat den König absichtlich gereizt. Ich habe es kommen sehen. Wenn sie wieder etwas gesagt haben sollte, was ihn erzürnt hat . . .«

»Nein, Vater.« Kühl beendete Giles den Ausbruch seines Vaters. »Ich wollte Euch vorschlagen, Mutter zu fragen, ob die walisischen Ländereien nicht einen Teil des Geldes aufbringen können, das Ihr braucht, um die Schulden zu bezahlen. Ihr Ackerbau ist berühmt in der ganzen Mark.« Er lächelte. »Einen besseren Vogt als sie habt Ihr nirgends, Vater. Manchmal glaube ich, Ihr macht Euch gar nicht klar, wie hart sie arbeitet.«

William schnaubte. »Nun, wenn sie mein Geld hortet . . .«

»Sie hortet es nicht, Vater. Sie ist stolz auf ihre Herden und Äcker. Sie liebt die Berge von Wales. Ich höre, wie die Menschen mit Ehrfurcht, Achtung und Liebe von ihr sprechen.« Nach einem Blick ins Gesicht seines Vaters wechselte er hastig das Thema. »Ich bin sicher, Ihr könntet diese Forderung stunden lassen, Vater, wenn Ihr den König seht. Warum fragt Ihr ihn nicht frei heraus? Bringt ihm ein Geschenk – ein neues Buch für seine Bibliothek wird Euch seine Gunst zurückgewinnen, das wißt Ihr so gut wie ich. Macht ihm Eure Aufwartung, sobald Ihr könnt.«

William sah seinen Sohn hoffnungsvoll an; Giles ruhige Worte linderten seine Befürchtungen ein wenig. Die Forderung hatte ihm Sorge bereitet. Noch ein Jahr zuvor hätte er darüber gelacht und das Pergament zu hundert anderen in seiner Kanzlei gestopft, im Vertrauen auf die vorbehaltlose Gunst des Königs. Nichts hatte sich ereignet, das dieses Vertrauen hätte erschüttern können, und doch war da etwas, ein Unbehagen, das an ihm nagte, das argwöhnische Gefühl, der König sei nicht mehr ganz so huldvoll wie früher. Es hatte auch Hinweise gegeben, hier und da von seinen Freunden: Er möge sich vorsehen. William hatte plötzlich eine Kälte gespürt, die nach ihm griff.

Matilda war über die Höhe der Schulden ebenfalls entsetzt gewesen. »Du hast dem König seit seiner Krönung nichts gezahlt?« Sie überflog das Pergament, und ihr Blick ging von William zu Giles und weiter zu Will, der mit verschränkten Armen und sorgenvollem Gesichtsausdruck am Fenster der Kanzlei lehnte. Der Schreiber und Williams Kanzleiverwalter hinter ihnen an dem hohen Schreibpult hatten die Federkiele gezückt. Warum diese plötzliche Forderung nach all den Jahren? Johns Gesicht in der Kapelle erschien vor ihrem geistigen Auge. Sie senkte die Lider und bemühte sich, den Gedanken zu verdrängen, diese Forderung könne mit dem Umstand zusammenhängen, daß der König gesehen hatte, wie Richard de Clare ihre Hand gehalten hatte.

»Wir müssen ihm sofort etwas bezahlen, William.« Sie winkte ihrem eigenen Verwalter, der mit einem Armvoll Pergamente in der Ecke wartete. Dann hielt sie inne. »Ich dachte, man hätte dir ursprünglich gesagt, du solltest die Steuern für Limerick nach Dublin zahlen? Wieso will Westminster sie plötzlich haben?«

William ließ ratlos die Schultern hängen.

Sie seufzte verdrossen. »Hier.« Sie zog ihrem Verwalter ein Pergament aus der Hand und studierte es eingehend. »Ungefähr siebenhundert Mark kann ich auftreiben. Sie werden unverzüglich an das Schatzamt gesandt werden. Sorgt dafür«, wies sie Williams Verwalter an; dieser beugte sich vor und begann zu kritzeln, während sie nach den Schlüsseln an ihrem Gürtel tastete. »Es ist ein Glück, William, daß wir in der Mark ein so gutes Jahr hatten. Ich werde Vieh verkaufen können, und in den Truhen ist Geld.« Sie reichte ihrem Verwalter den Schlüssel und befahl ihm, das Gold zu holen. »Es ist gefährlich, so tief in der Schuld des Königs zu stehen, William.« Sie legte ihm sanft die Hand auf den Arm. »Wir müssen es abzahlen.«

William lachte. Der Vorfall hatte ihn erschreckt und geärgert, und die Reaktion seiner Familie auf den Umfang seiner Schulden hatte ihn zunächst beunruhigt und dann aus unerfindlichen Gründen gereizt. Aber jetzt, da ein Teil des Geldes bezahlt werden würde – und so mühelos noch dazu –, war er wieder zufrieden. »Das wird reichen für den König«, erwiderte er und schüttelte ihre Hand ab. »Ich werde ein Wörtchen mit ihm reden. Bestimmt ist alles nur ein Irrtum.«

Es war kein Irrtum. Der König schien fest entschlossen, William zur Rückzahlung aller seiner Schulden zu zwingen. Er nahm den sorgfältig ausgewählten, exquisit illustrierten Band von Geoffrey of Monmouths *History of the British Kingdom* gnädig entgegen, aber bevor zwei Wochen vergangen waren, erhielt William eine neuerliche Forderung vom Schatzamt.

Zu Beginn des folgenden Jahres bekam William den Befehl, seine Lordschaft über Glamorgan und Gwynllwg zugunsten eines neuen königlichen Günstlings aufzugeben, eines Abenteurers namens Fawkes de Breaute.

»Bei den Gebeinen Christi, Moll. Was wird er als nächstes wollen?« In seiner Verzweiflung war William zu einem Verwandten, zu William Earl Ferrers, geritten, der noch immer hoch in der Gunst des Königs stand. Er war mit unbestimmten Freundschaftsbekundungen des jungen Mannes und dem Rat zurückgekehrt: Bezahle, soviel du kannst, und halte dich bedeckt, bis das Mißfallen des Königs verflogen ist.

»Er will Geld, William. Mit dieser Tatsache mußt du dich abfinden. Wir müssen welches auftreiben.« Matilda blickte auf ihre Stickerei und spürte, wie unbestimmte Angst in ihr hochstieg. »Du kannst ihm nicht entrinnen. Er wird sich nicht länger hinhalten lassen. John wird zornig.«

Wieder und wieder bettelte und flehte William den König an, ihm mehr Zeit zu geben, seine Schulden zurückzuzahlen und ihn wieder in seine Gunst aufzunehmen, doch es half nichts. Der König begegnete seinen verzweifelten Bitten um weitere Audienzen mit tauben Ohren und wandte sich neuen Freunden zu. Es war klar, daß die Familie de Braose ruiniert sein würde, wenn nicht noch etwas oder jemand den König zu einer Sinnesänderung bewegen könnte.

Nach langen Beratungen mit Giles und Will, der mit Mattie und ihrem kleinen Sohn John, den sie in einer diplomatischen Geste auf den Namen des Königs getauft hatten, angereist war, hatte man sich schließlich darauf geeinigt, daß es Matilda allein versuchen sollte. Vor allem sollte sie es versuchen, bevor der König erfuhr, daß Giles, seinem Gewissen gehorchend, beschlossen hatte, die Kirche in ihrem Streit mit dem König über die Wahl des neuen Erzbischofs von Canterbury zu unterstützen. Nachdem Giles in der Kathedrale von Hereford das päpstliche Interdikt verlesen hatte, mit welchem die Gottesdienste im gesamten Königreich suspendiert wurden, war er in weiser Vernunft dem Beispiel anderer Bischöfe gefolgt, die sich gegen den König gestellt hatten, und nach Frankreich geflohen waren.

Der König saß auf Gloucester Castle zu Rate. Von bedrückenden Ahnungen erfüllt, überließ Matilda ihre Stute dem Knappen, der herbeistürzte, um ihr beim Absteigen zu helfen, und begab sich, gefolgt von William Ferrers und Adam, in die große Halle. John konnte oder wollte sie nicht gleich empfangen. Mit klopfendem Herzen nahm Matilda auf dem geschnitzten Eichenstuhl Platz, den Johns Kämmerer ihr anwies; sie raffte den Mantel fester um sich und blickte zu Adam auf, der neben ihr stand, einen Arm schützend auf der Stuhllehne. Ferrers war weniger ehrfürchtig als die anderen; er machte sich unbekümmert auf die Suche nach Erfrischungen.

Sie schloß die Augen und lehnte sich zurück; die wuchtigen Holzschnitzereien drückten gegen ihren Hinterkopf. Zum erstenmal spürte sie, daß der Mut sie verließ. Wenn der König sich weigerte, ihr eine Audienz zu gewähren? Wenn er ihre Bitte zurückwies? Wenn er nicht bereit war, William zu empfangen, und hartnäckig bei seinem Plan bliebe, ihn und seine Familie in den Ruin zu stürzen? Trotz ihrer warmen Pelze fröstelte sie.

Lange, lange Zeit warteten sie in der großen Halle und sahen dem geschäftigen Treiben der Menschen zu. Von Zeit zu Zeit betrat jemand das königliche Gemach und kam dann wieder heraus, aber niemand erschien, um die Abordnung der Familie de Braose zu rufen.

Draußen hatte sich kalte Nacht herabgesenkt. Dann und wann

öffnete sich die Tür, und Matilda sah den wirbelnden Nebel und die weißen Lichtkränze rings um die brennenden Fackeln. Männer bewegten sich in ihrem Gesichtskreis hin und her. Neue Äste wurden auf die beiden Riesenfeuer geworfen, aromatischer Rauch stieg in dicken Schwaden auf und blieben unter den Balken der hohen Decken hängen.

Wieder öffnete sich die Tür. Eine Gruppe von Männern kam eilig heraus. Der Türsteher näherte sich dem Kämmerer, flüsterte ihm etwas zu, und der Mann kam zielstrebig auf Matilda zu.

Sie blieb bewegungslos sitzen und sah ihm entgegen. Nur ihre weißen Fingerknöchel verrieten, welcher Aufruhr in ihr herrschte.

Dann stand er vor ihr und verneigte sich. »Seine Gnaden werden die Lady of Hay empfangen«, verkündete er würdevoll. »Euch wünscht der König nicht zu sehen, Sir, und auch Euch nicht, mein Lord.« Er nickte Adam und Ferrers zu. Dann schritt er, ohne sich umzuschauen, gemessen den Weg zurück, den er gekommen war.

John musterte sie lange schweigend. Dann schickte er mit einem Schnalzen der Finger die Schreiber und Bediensteten hinaus. Er wartete, bis sich die Tür hinter der letzten katzbuckelnden Gestalt geschlossen hatte. Dann lehnte er sich in seinem Stuhl zurück und lächelte. »Ich frage mich, ob ich nicht erraten kann, was die Lady Matilda nach Gloucester führt.«

»Euer Gnaden sind sich meiner Zwangslage vermutlich bewußt. Ich würde mir nicht anmaßen, mich auf unsere lange Freundschaft zu berufen, wenn ich nicht geglaubt hätte, daß Ihr meine Bitte anhören werdet.« Als sie aufblickte, sah sie so etwas wie Belustigung in seiner Miene; sie faßte Mut und lächelte. »Bitte empfangt William noch einmal, Euer Gnaden. Gebt ihm Gelegenheit, Euch zu erklären, weshalb es uns zur Zeit schwerfällt, so schnell so viel Geld aufzubringen. Wir werden zahlen. Aber bitte gebt uns Zeit, Euer Gnaden. Und bitte schenkt William wieder Euer huldvolles Lächeln. Er ist Euch so zugetan, dient Euch mit solcher Hingabe. Ihr habt ihm das Herz gebrochen, als Ihr ihn in Ungnade . . .« Sie brach ab, als sie das finstere Stirnrunzeln sah, das bei der Erwähnung von Williams Namen der Erheiterung gewichen war.

»William, meine Lady, ist ein Dummkopf«, fuhr er sie an. »Er plustert sich auf und kräht, wenn er sich in meiner Gunst weiß, sammelt Vermögen und Lordschaften auf Kredit – und dann, wenn ich einen Teil meiner Schulden einzutreiben suche, kriecht und winselt er wie ein Hund, den man getreten hat.« Mit blitzenden Augen beugte er sich in seinem Stuhl vor. »Bei Gott, Matilda – ich habe Euren William gemacht! Aus einem unbedeutenden Grenzlandbaron habe ich einen der größten Edelmänner des Landes werden lassen. Und ebenso schnell kann ich ihn wieder vernichten!« Er schlug mit der Faust in die flache Hand.

Matilda hörte es mit Schaudern.

»Euer Gemahl, Madame, wurde mir zu ehrgeizig, zu mächtig«, fuhr er fort. »Da wittere ich Verrat.«

Matilda holte empört Luft. »Euer Gnaden, das ist nicht wahr! William ist ein loyaler Diener. Und er ist Euer Freund.«

John erhob sich, stieg von der Estrade herab, auf der sein Stuhl stand, schwang ein Bein über die Tischkante und ließ sich dort mit verschränkten Armen nieder

»Er hat ein Bündnis mit den aufrührerischen Lords von Irland gesucht, meine Lady. Lords, die sich dort meinem Gerichtshalter widersetzt haben. Sie haben sich beklagt, als er Eurem Schwiegersohn Limerick wegnahm. Und wißt Ihr, warum ich es ihm wieder entzogen habe?« Er starrte sie durchdringend an. »Ich habe es William genommen, weil er seinen Tribut nicht entrichtet hat. Der Earl Marshall war diesen Winter bei Hofe, um sich für die Sache der irischen Lords zu verwenden. Vielleicht wißt Ihr ja nicht, daß ich ihnen ihr Land jetzt zurückgegeben habe, nachdem sie mir Treue geschworen haben. Ja, auch Walter de Lacy. Aber auf William erstreckt sich mein Wohlwollen nicht. Er hat mich mit seiner Gier zu sehr gereizt. Beim Blute des Herrn! Ein Earl will er gar werden!«

Matilda biß sich auf die Lippe und nickte dann zögernd. »Aber darin liegt kein Verrat, Euer Gnaden.«

»Vielleicht nicht.« John machte ein nachdenkliches Gesicht. »Gleichwohl ziehe ich es vor, Männer um mich zu haben, die mir aus Loyalität dienen. Ich mißtraue dem Ehrgeiz.« Er schnaubte. »Eine Eigenschaft, die Ihr nicht an den Tag legtet, als es in Eurer Macht stand, einen Prinzen zu Eurem Geliebten zu machen, Ihr Eure Gunst aber einem bloßen Earl schenktet.« Dreist wanderte sein Blick über ihren Körper, und sie errötete heftig.

»Ich bin eine reife Frau und Mutter, Sir. Zu alt, denke ich, für solche Abenteuer«, stammelte sie.

Wieder lachte John; er stieß sich vom Tisch ab und trat dicht an sie heran. Langsam hob er die Hand und berührte ihre Wange. »Ihr seht kaum um einen Tag älter aus, meine Liebe, allen Euren walisischen Enkeln zum Trotz.« Er schwieg einen Augenblick lang. »Seid Ihr deshalb gekommen? Habt Ihr gehofft, mich zu verführen, auf daß ich Eurem Mann seine Schulden erlasse?« Ihre Blicke trafen sich. Sie sah die Herausforderung in seinen Augen, und auch noch etwas anderes – etwas, das hinter dem harten, rätselhaften Blick so schnell wieder verschwand, daß sie nicht mehr wußte, ob es wirklich dagewesen war.

Matilda wich einen Schritt zurück und spürte, wie es ihr erneut heiß in die Wangen stieg. Diese Unterredung verlief nicht so, wie sie es sich gedacht hatte. »Ich bin hergekommen, um Euer Gnaden um Stundung zu bitten, um der Freundschaft willen, die Ihr einmal für uns beide hegtet. Nicht mehr, Sir«, erklärte sie leise und würdevoll.

John wandte sich schroff ab. »Nun gut. Ich will ihm noch eine Chance geben. Um Euretwillen. Aber ich werde auf handfesten Beweisen für seine guten Absichten bestehen. Burgen. Geiseln.« Sein Ton war knapp.

»Geiseln?« wiederholte Matilda entrüstet. »Wozu Geiseln? Ist Euch unser Wort nicht gut genug?«

»Williams nicht«, bemerkte er über die Schulter hinweg, als er zu seinem Stuhl zurückkehrte und sich setzte.

»Dann aber das meine, mein Lord. Geiseln sollten nicht notwendig sein.«

»Kommt, Matilda, Ihr wißt, daß es so Brauch ist. Fürchtet Ihr, ich könnte Eure liebreizende Person fordern?« Er lächelte. »Ich bin sicher, wir können da jemanden nehmen, den Ihr nicht allzusehr vermissen werdet! Sagt Eurem Gemahl, er soll übermorgen zu mir nach Hereford kommen. Da will ich mir anhören, was er zu seiner Entschuldigung vorzubringen hat. Doch hernach nie wieder. Es ist seine letzte Gelegenheit, mich davon zu überzeugen, daß er einen Ausweg finden kann. Seine letzte.«

Mit einer Handbewegung entließ er sie. Als sie sich nach einer Verbeugung der Tür zuwandte, rief er ihr nach: »Ach, übrigens, meine Lady – gewiß habt Ihr gehört, daß ich nach dem päpstlichen Interdikt jetzt den gesamten Kirchenbesitz zum Nutzen der Krone beschlagnahme. Wie ich höre, erwartet mich in Hereford ein beträchtliches Vermögen. Bischöfliches Vermögen.«

Matilda schluckte.

»Ihr müßt zugeben, meine Lady . . .«, seine Stimme klang sanft wie das Schnurren einer Katze ». . . daß ich Grund habe, in der Familie de Braose Verrat zu wittern. Sehr guten Grund.«

Als William drei Tage später von seiner Unterredung mit dem König zurückkehrte, wirkte er, als wäre alles gutgegangen. Weit ausschreitend kam er in die Halle, wo der größte Teil des Haushalts zum Mittagsmahl versammelt war. Zwei Beamte des Königs gingen an seiner Seite.

Matilda legte ihr Mundtuch aus der Hand und erhob sich; bang suchte sie in der Miene ihres Mannes nach Anzeichen für Besorgnis oder Ärger. Ihre Blicke trafen sich, er schlug die Augen nieder.

»Vater, was ist geschehen? Was hat der König gesagt?« Will war blitzschnell um den Tisch herum und von der Estrade gesprungen und stand vor seinem Vater. In der großen Halle wurde es still. Aller Augen richteten sich auf William. Das einzige Geräusch kam von den Feuern, wo die Holzscheite knisterten und zischten, hinter denen die Dienstboten hantierten; ein verlegen unterdrücktes Kichern hallte von dort her durch die Stille.

»Wir sind zu einer Übereinkunft gelangt«, verkündete William endlich. Matilda sah, daß er noch einmal schluckte, und ein leises Unbehagen ließ sie erbeben.

»Der König hat sich bereit gefunden, mir mehrere Jahre Zeit zu geben, meine Schulden zu bezahlen«, fuhr er fort, und als werde ihm jetzt erst bewußt, daß ihn aus den Tiefen der Halle zahllose Augen beobachteten, stieg er auf die Estrade und senkte die Stimme. »Der König hat eine oder zwei Zahlungsgarantien verlangt.« Er warf einen Blick über die Schulter zu den beiden Beamten und schaute dann wieder nach vorn, ohne Matilda in die Augen zu sehen. Voll böser Ahnungen setzte sie sich wieder.

»Welche Garantien verlangt der König, William?« Langsam griff sie nach ihrem Becher.

»Ich habe mich bereit erklärt, all meine walisischen Ländereien und Burgen in königliche Verwaltung zu übergeben. Nur bis ich bezahlt habe. Er hat bereits seine Konnetabeln ausgesandt, damit sie sie übernehmen - alle außer Hay, denn das, meinte er, gehöre eher dir.« Er runzelte die Stirn. »Und dann . . .« Wieder schlug er die Augen nieder, seine Stimme erstarb unsicher.

»Und, William?« Matilda merkte, daß Reginald neben ihr den Atem anhielt. Beruhigend bedeckte sie seine Hand mit ihren Fingern. Das Fleisch in der Schüssel vor ihnen lag in einem Tümpel aus langsam erstarrendem Fett.

»Und ich mußte mich bereit erklären, ihm Geiseln zu geben, Moll. Viele, viele andere Familien haben das gleiche tun müssen. Nicht nur wir.« Er zögerte. »Er verlangt Will. Und unsere beiden Enkel, den kleinen John und Isobels Sohn Ralph . . .«

»Nein!« schrie Will seinem Vater entgegen. Er war bleich vor Wut. »Ihr würdet nicht wagen, dem König Kinder auszuliefern! Ralph ist erst drei Tage alt! Woher wußte der König, daß Isobel aus Wigmore gekommen ist? Woher wußte er überhaupt, daß es Ralph gibt?« Er drehte sich um und funkelte seine Mutter vorwurfsvoll an, aber William fiel ihm ins Wort.

»Nein, Will, nicht deine Mutter. Ich habe es ihm erzählt. Ich mußte ihm weitere Sicherheiten bieten. Ich mußte diese Frist erringen. Ich glaubte schon, er würde mich verhaften.« Jetzt endlich richtete sich sein Blick auf das Gesicht seiner Frau.

Sie stand langsam auf. John hatte sie also die ganze Zeit über verhöhnt; er hatte sie belogen, als er versprochen hatte, niemanden zu fordern, der ihr wichtig sei. Sie schob ihren Stuhl zurück, ging hinter den anderen, die am Tisch saßen, vorbei und trat an den Rand der

Estrade. Mit harten Augen wandte sie sich an die Beamten des Königs, die nebeneinander unten vor den Stufen standen. »Wenn der König Geiseln fordert, soll er sie haben«, sagte sie leidenschaftslos. »Ich gebe mich selbst dazu, wenn es nötig ist. Aber ich liefere keinen . . . keinen einzigen meiner Söhne dem König aus; das könnt ihr ihm sagen. Wenn er nach dem Grund fragt, so erinnert ihn an das Versprechen, das er mir gegeben hat. Sagt ihm, er solle sich vielleicht der ehrenhaften Behandlung erinnern, die er dem Kind seines Bruders, seinem Neffen Arthur, hat angedeihen lassen. Dann wird er wissen, weshalb ich ihm meine Kinder nicht anvertrauen werde!«

»Matilda!« William fiel ihr entsetzt ins Wort. »Davon dürft Ihr nicht sprechen. Davon soll niemand wissen! Ich habe geschworen, es geheimzuhalten!«

Matilda wandte sich mit blitzenden Augen an ihren Gemahl. »Ich denke, es ist nur recht, wenn der König weiß, daß seinem Volk bekannt ist, was vorgefallen ist. Ich würde ihm niemanden aus meiner Familie anvertrauen. Er hat mir weisgemacht, er werde niemanden als Geisel fordern, der mir etwas bedeutet, und nun tut er es doch.«

William kam hastig von der Estrade hinunter und legte einem der königlichen Beamten eine Hand auf die Schulter. »Sagt dem König, es tut mir leid. Sagt ihm, ich sei nichtsdestoweniger bereit, alles wieder ins Lot zu bringen.« Er zögerte. »Aber ohne Geiseln. Ich erscheine vor seinem Gericht, beuge mich dem Urteil aller Barone, die er über mich richten zu lassen beliebt . . . Aber erwähnt nichts von dem, was mein Weib gesagt hat. Ich bitte Euch.«

Aber der König erfuhr Wort für Wort, was Matilda gesagt hatte.

Er reagierte mit einem unvorstellbaren Wutausbruch und gab dann Befehl, William, Matilda und die ganze Familie ohne Verzug zu verhaften. Entsetzt stand Matilda mit Earl Ferrers im Hof und hörte die atemlos gestammelten Warnungen des Boten aus Hereford, der von seinem schäumenden Pferd gesprungen war und sich ihr zu Füßen geworfen hatte; mit wilden Gebärden deutete er hinter sich und stolperte in seiner Hast über die eigenen Worte.

Eiskaltes Grauen überkam sie, als sie schließlich begriff, daß der König Leute ausgesandt hatte, die sie verhaften sollten. »Ihr müßt fort«, bedrängte sie den jungen Earl. »Sofort. Dies ist unser Streit. Ihr habt nichts damit zu tun, und es ist nicht notwendig, daß Ihr Euch unbedacht gegen den König stellt.«

Ferrers war erbleicht. Hastig erklomm er das Pferd, das sein Knappe ihm herbeigeführt hatte, um auf die Falkenjagd zu reiten. Einen Moment später saß er im Sattel und schaute auf Matilda herunter. »Wenn ich etwas tun kann, werde ich es tun. Das wißt Ihr.«

»Ich weiß.« Sie lächelte mühsam. »Und jetzt reitet rasch. Ich will die Tore schließen lassen.«

Stirnrunzelnd sah sie dem jungen Mann nach, als er zum Burgtor hinaussprengte, ohne auch nur seine Bediensteten zusammenzurufen; nur der verblüffte Knappe hatte noch Zeit gefunden, sich auf seinen ungesattelten Wallach zu werfen und seinem jungen Herrn nachzusetzen. Hinter ihnen schlossen sich langsam – zu langsam, wie es Matilda erschien – die mächtigen Torflügel. Mit pochendem Herzen winkte sie den Boten heran und schickte nach ihrem Gemahl.

»Was tun wir jetzt?« William blickte zwischen seinen beiden Söhnen hin und her. »Das ist nur Eure Schuld, törichtes Weib«, fuhr er Matilda an. »Weshalb konntet Ihr den Mund nicht halten? Jetzt wird der König uns nie verzeihen! Es ist unser Untergang.«

»Sie hat recht gehandelt, Vater.« Reginald war der einzige unter ihnen, der mit ruhiger Stimme sprach. »Ihr hättet dem König nicht erlauben dürfen, unsere Kinder zu fordern. Wäret Ihr in Euren Zahlungen säumig gewesen, dann hätte er womöglich . . .« Er brach ab, als er Matties Gesicht sah. Sie hielt den kleinen John in ihren Armen. Die ganze Familie hatte sich im Söller um das Feuer versammelt. Will stand hinter seiner Frau, seine Hände lagen auf ihren Schultern. Nur Isobel fehlte in der Runde; sie lag noch im Wochenbett. Niemand hatte ihr gesagt, daß ihr kleiner Sohn Ralph als Geisel gefordert worden war.

»Es bleibt uns nichts übrig, als gegen ihn zu kämpfen«, stellte Reginald fest. »Ihr habt nichts zu verlieren, Vater, aber viel zu gewinnen, solltet Ihr siegen. Ihr könntet dann verlangen, daß Euch Eure Schulden überhaupt erlassen werden, oder Ihr könntet doch wenigstens zu Euren Bedingungen zahlen.«

»Nein, Reginald!« Adam de Porters ruhige Stimme fiel ihm ins Wort. »Ihr dürft nicht gegen den König kämpfen. Euer Vater muß eine gerechte Anhörung fordern, und ich denke, Eure Mutter muß den König für ihre unbedachte Äußerung um Vergebung bitten. Ihr alle müßt Euch dem König auf Gnade oder Ungnade ergeben. Gegen ihn zu kämpfen wäre Verrat.«

Matilda sah ihn an. »Nie! Niemals werden wir uns Johns Gnade ausliefern oder an seine Ehre appellieren. Er weiß nicht, was dieses Wort bedeutet.«

»Reginald hat recht, Vater«, ergriff Will das Wort. »Wir sollten kämpfen. Es ist jetzt zu weit gekommen. Ihr fordert Eure Privilegien und Ländereien zurück, bezahlt Eure Schulden, wie und wann Ihr könnt, und dann kann der König sich nicht weiter über Euch beklagen. Und Mutter darf den König nicht um Verzeihung bitten. Das wäre undenkbar.« Sein Blick wanderte zum Gesicht seiner Mutter. Für einen Moment schauten sie einander in die Augen, dann blickte Matilda zu Boden.

Es klopfte. Die Tür öffnete sich, bevor jemand etwas sagen konnte. Der Vogt Stephen trat ein, das runzlige Gesicht sorgenvoll umwölkt. »Des Königs Mannen stehen vor dem Tor, mein Lord, und fordern Einlaß. Sie führen das Siegel des Königs mit sich.«

»Man soll sie nicht hereinlassen.« William schlug mit der Faust auf den Tisch. »Schüttet ihnen Spülicht auf die Köpfe, sollten sie wagen, einzudringen. Sagt ihnen, sie sollen zum König zurückkehren und ihm ausrichten, William de Braose werde eher gegen ihn kämpfen.«

»Nein! William!« Adam legte seinem Schwager die Hand auf den Arm, doch William schüttelte sie erregt ab.

»Doch! Ich habe es satt, angstvoll umherzuschleichen, zu kriechen, zu betteln. Sagt ihnen das, Vogt. De Braose wird kämpfen!«

Die Boten des Königs ritten davon, aber es war klar, daß sie mit Verstärkung zurückkehren würden.

Adam zog ab, sobald die Luft rein war. »Mit dem, was Ihr hier tut, kann ich nicht einverstanden sein, William. Es ist Verrat«, erklärte er, bevor er davonritt. »Ihr müßt den König um Vergebung bitten und Euch ihm unterwerfen.«

Aber William wollte nichts davon hören. Die Tage der Angst und des Bittens waren vorüber. Jetzt, da er seine Familie endlich hinter sich wußte, glaubte er zuversichtlich, seine Selbstachtung zurückgewinnen zu können. Als eine königliche Truppe vor Hay eintraf, um die Verhaftungen durchzuführen, leistete er grimmig und fast gutgelaunt Widerstand. Als die Soldaten drei Tage später in östlicher Richtung abzogen, schleuderte er ihnen Schmähreden hinterdrein.

Nick richtete sich kerzengerade in seinem Stuhl auf. Sie glaubten also, sie könnten sich ihm widersetzen, diese Toren! Woher nahm de Braose nur diese Arroganz, und wie konnte sie so stolz sein, so halsstarrig . . .

Er sah sich um. Die anderen saßen schweigend da, jeder in seine Gedanken verloren. Jo starrte mit ausdrucksloser Miene ins Dunkel.

»Fehlt Ihnen etwas, Nick?« Ben beugte sich vor und berührte seinen Arm.

Nick zwang sich zu einem Lächeln. Die Kerze auf dem Tisch war so weit heruntergebrannt, daß der Docht in einem See aus flüssigem Wachs schwamm. »Entschuldigung.« Er holte tief Luft. »Ich muß eingeschlafen sein. Die Zeitverschiebung durch den Atlantikflug vermutlich . . .«

»Und Sie sind müde. Es ist ja schließlich Mitternacht. Kommen Sie.« Ben stand auf. »Ich zeige Ihnen, wo Sie schlafen können.«

Nick erhob sich unsicher; er hatte die Wirklichkeit noch immer nicht im Griff. Er zögerte kurz und drückte Jo dann einen Kuß auf die Stirn. »Gute Nacht«, murmelte er.

Jo und Ann sahen ihm nach, als er Ben ins Haus folgte. Dann stand Ann auf.

»Wir bringen ihn im Apfelspeicher unter, Jo. Im Sommer kann man da wunderbar schlafen. Es sei denn, ihr wollt zusammen schlafen?«

Ben ließ sich auf der Bettkante nieder und streifte sich die Socken von den Füßen. »Nie im Leben komme ich morgen früh zum Melken hoch«, ächzte er müde.

Ann lächelte. »Ach was. Du behauptest doch immer, du brauchst nur zwei Stunden Schlaf.«

»Das stimmt auch. Aber es müssen die richtigen zwei Stunden sein, und die beginnen um zehn.« Er stand auf und zog sich die Hose aus. »Was hältst du von diesem Freund?«

Ann hielt beim Haarebürsten inne. »Er macht mir Angst.«

»Er macht dir Angst?« wiederholte Ben ungläubig. »Ich halte ihn für einen anständigen Typ. Sehr anständig. Offenbar lieben sie einander. Wenn diese seltsame Geschichte erst vorüber ist, werden sie hervorragend miteinander auskommen.«

Ann schüttelte den Kopf. »So einfach ist es nicht, Ben. Ich habe Nick gesagt, es sei ausgeschlossen, daß man ihm posthypnotisch suggeriert habe, er solle Jo etwas antun, aber das war nicht die reine Wahrheit. Wenn sein Bruder nur halb so clever ist, wie ich glaube, hat er einen Weg gefunden, Nicks natürliche Hemmungen mühelos auszuschalten. Nick und Jo haben allen Grund zu Angstgefühlen, Ben. Ich glaube, er hat bei beiden posthypnotische Suggestionen hinterlassen. Er spielt sie aus unerklärlichen Motiven gegeneinander aus und ist sich seiner Sache so sicher, daß er Nick gegenüber damit sogar renommiert.« Sie schüttelte sich unwillkürlich.

Ann konnte nicht einschlafen. Ben lag neben ihr auf dem Rücken, entspannt und anscheinend traumlos. Schließlich stand sie auf, zog einen Seidenkimono über ihr Nachthemd und verließ auf Zehenspitzen das Zimmer. Die Kinder schliefen ruhig in ihrem Schlafzimmer unter dem Dach, Bill auf dem Rücken, die Arme über den Kopf gestreckt, und Polly zusammengerollt wie ein Fötus, den Daumen fest im Mund. Die beiden goldblonden Köpfchen wirkten unschuldig, engelhaft. Lautlos schlich sie hinaus und schloß die Tür.

In der Küche verbreitete der Holzherd noch immer seine Wärme. Sie zündete eine Lampe an, öffnete die Feuerklappe und warf ein Holzscheit hinein. Es war so schön, morgens heißes Wasser zu haben. Im Sommer machte sie sich diese Mühe häufig nicht ...

»Auf eine Tasse Tee ist wohl nicht zu hoffen, oder?« Die Stimme kam aus dem dunklen Wohnzimmer. Ann fuhr zusammen.

Nick löste sich aus dem Dunkel und kam näher.

»Doch, natürlich.« Sie sah ihn verwundert an. Er trug ausgebliche-ne Jeans, Oberkörper und Füße waren nackt.

»Tut mir leid, wenn ich Sie erschreckt habe. Ich glaube, ich bin einfach zu müde zum Schlafen. In meinem Gehirn dreht sich alles.« Er ließ sich am Rande des Lichtkreises auf der Kante eines Schemels nieder. »Ich habe meine Uhr abgelegt. Wissen Sie, wie spät es ist?«

»Kurz nach drei.« Ann füllte den Kessel und stellte ihn auf den Herd. »Es wird ein Weilchen dauern, bis es kocht. Das Feuer war ziemlich heruntergebrannt.«

»Ich möchte, daß Sie mich hypnotisieren, Ann.« Nick beugte sich plötzlich vor und streckte die Hand nach ihr aus. »Ich muß die Wahrheit herausfinden. Bitte.«

»Sind Sie sicher, daß Sie die Wahrheit wissen wollen?« Sie musterte ihn ernst. Dann, fast ohne zu wissen, daß sie es tat, nahm sie seine Hand, drückte sie leicht und ließ sie wieder los.

Er nickte. »Wenn Sam mir irgendwelche Ideen in den Kopf gesetzt hat, könnten Sie herausfinden, welche – und könnten sie unter Umständen auslöschen, verstehen Sie?«

»Nick.« Mit verschränkten Armen ging sie langsam auf und ab. Ihre bloßen Füße schoben die Seide ihres Kimonos in rhythmischen Wellen über den Steinboden der Küche. »Es gibt ein paar Dinge, die Sie begreifen müssen. Posthypnotische Suggestion ist eine merkwürdige, inexakte Wissenschaft. Ich weiß nicht, was Ihr Bruder Ihnen suggeriert haben könnte. Ich weiß auch nicht, welche Sicherungen und Bedingungen er eingebaut hat.«

»Er hat mir suggeriert, ich sei in einem früheren Leben König Johann Ohneland gewesen. Er hat mir suggeriert, ich wäre als John in Matilda de Braose verliebt gewesen. Dieser John hat damals offenbar den Tod Matildas angeordnet, weil sie ihn abgewiesen hat. Ich denke, Sam hat mir suggeriert, ich müsse Jo in einer Art von verrücktem Racheakt töten.« Er holte tief Luft. »Hat Jo Ihnen erzählt, daß ich sie schon mißhandelt habe? Zweimal?«

Ann holte tief Luft. »Nein, das hat sie mir nicht erzählt.« Sie sah in sein gutgeschnittenes, kraftvolles Gesicht, die festen blauen Augen unter geradlinigen Brauen. Er hatte die breiten Schultern des Sportlers, kräftige Arme, schmale Hüften. Er war fraglos ein starker Mann. Ein Mann, der jede Frau mühelos überwältigen konnte, wenn er wollte. Und ein attraktiver Mann. Ein sehr attraktiver Mann ... Sie bemerkte das leichte Lächeln auf seinen Lippen und wandte hastig den Blick ab.

Sie fuhr sich mit der Zungenspitze über die Lippen. »Ja«, sagte sie leise, »ich werde es versuchen.«

Behutsam betrat Sam Nicks Wohnung. In der Diele stellte er seine

Tasche ab und lauschte. Nichts zu hören. Die geschlossenen Fenster ließen die Geräusche der zu dieser Zeit nur vereinzelt über die Park Lane fahrenden Autos nicht hereindringen. Lautlos spähte Sam in Nicks Schlafzimmer. Es war leer. Sam lächelte in sich hinein; er schaltete die Lampe im Wohnzimmer ein und ging zum Fenster. Einen Augenblick lang blieb er stehen und betrachtete sein dunkles Spiegelbild in der Scheibe, ein Relief im Lichtschein der einzelnen Lampe. Dann hob er die Hände und zog mit scharfem Rasseln die Vorhänge zu. Er drehte sich um.

Der Raum war groß und rechteckig, und farbenfrohe Teppiche lagen auf dem schimmernden Parkettboden. Die Wände waren mit Bildern und Zeichnungen bedeckt, auch einer Skizze, die Jo zeigte. Sam betrachtete sie nachdenklich. Sie wurde ihr nicht gerecht.

Hinter ihm klingelte das Telephon. Er sah auf die Uhr. Vier Uhr früh. Er nahm den Hörer ab.

»Nick? Gott sei Dank. Ich dachte schon, du wärst über das Wochenende weggefahren.« Sam lächelte schweigend.

»Nick? Nick, bist du da?« Judys Stimme wurde fast hysterisch schrill. »Nick, hast du Jo gefunden? Pete und ich waren eben drüben bei Tom Heacham, und der erzählt die verrücktesten Sachen. Er war bis zum Kragen vollgedröhnt. Aber er sagte, Jo würde sterben, und keiner von uns könnte etwas dagegen tun – Nick!«

»Nick ist nicht hier, Herzchen.« Sam ließ sich in einen tiefen Sessel sinken. »Tut mir leid.«

Atemlose Stille. Dann wisperte sie: »Sam?«

»Genau. Wie geht es Ihnen, Judith?«

»Wo ist Nick?«

»Keine Ahnung. Bin ich der Hüter meines Bruders?« Er deponierte die Füße auf dem Couchtisch.

»Und Jo? Geht es Jo gut?«

»Kümmert Sie das wirklich?« Sein Ton war ätzend. »Hören Sie auf mit der Heuchelei, Judith. Es ist erst ein paar Tage her, daß Sie gegen Jo gewettert haben, mit dem gesamten Vorrat an Schmähreden, der Ihnen zur Verfügung steht. Ich habe Ihnen gesagt, daß Jo Sie nichts angeht. Gehen Sie zurück zu Ihrem *paparazzi*-Freund und kümmern Sie sich um Ihre eigenen Angelegenheiten.«

Mit fast zärtlicher Behutsamkeit legte er den Hörer auf die Gabel. Er stand auf und schlenderte in die Diele, hob seine Tasche auf, warf sie im Gästezimmer aufs Bett und öffnete sie. Draußen pfiff eine Amsel zögernd ihre ersten Töne über die Dächer; sie hallten durch die Stille des weiten Hofes hinter den Wohnhäusern. Sam griff in das Seitenfach der Tasche und zog etwas heraus. Er ging zum Fenster und hielt es in das graue Licht des Morgens. Es war ein geschnitztes Elfenbeinkruzifix.

»Es tut mir leid, Nick.« Ann sank erschöpft in den Sessel und schloß die Augen. »Ich habe es jetzt mit allen mir bekannten Techniken versucht. Es klappt nicht.«

»Es muß aber funktionieren!« Nick ballte die Fäuste. »Bitte versuchen Sie es doch noch einmal.«

»Nein, es hat keinen Zweck.« Sie stand auf. »Schauen Sie, es wird bald hell. Wir sind beide erschöpft. Warum gehen wir nicht schlafen? Wir können es morgen noch einmal versuchen.«

»Morgen ist es vielleicht schon zu spät.« Nick beugte sich vor und ergriff Anns Handgelenk. »Begreifen Sie das nicht? Bitte, nur noch ein einziges Mal. Wenn es dann nicht klappt, geben wir auf.«

Ann setzte sich auf die Kante des Couchtisches und sah ihn an. »Sie sind zu verspannt, Nick. Sie wehren sich gegen mich, und ich habe nicht genug Erfahrung, das zu überwinden.«

»Haben Sie denn keine Beruhigungstabletten oder so was?«

Sie lachte. »In diesem Hause? Ben würde die Scheidung einreichen, wenn ich gegen meine Migräne etwas Stärkeres als Mutterkrauttee nähme!« Sie seufzte. »Hören Sie, ich werde es noch einmal versuchen. Lehnen Sie sich zurück, legen Sie die Füße hoch und entspannen Sie sich. Ich werde einen Schuß Brandy in unseren Tee geben. Versuchen Sie sich zu lockern, Nick. Schließen Sie die Augen. Denken Sie an nichts.«

Sie stand auf und sah auf ihn hinunter. Überrascht spürte sie, daß sie eine jähe Woge fast mütterlicher Zärtlichkeit für diesen Mann überkam, der so hilflos vor ihr lag. Hastig wandte sie sich ab.

Sie brühte zwei Tassen Tee auf, goß einen doppelten Brandy in jede und kehrte ins Wohnzimmer zurück.

»So, damit müßte es eigentlich gehen.« Sie setzte sich ihm gegenüber und stellte die Tassen auf den Tisch.

»Nick?«

Sein Kopf war seitwärts auf das Patchwork-Polster gesunken. Behutsam berührte sie seine Hand. Er reagierte nicht.

Seufzend nahm sie die Decke vom Sofa und legte sie über ihn; dann drehte sie die Lampe herunter und blies die Flamme aus. Das stille, geisterhafte Licht des frühen Morgens drang durch die Vorhänge herein. Leise zog Ann einen auf und schaute dann, an ihrem Tee nippend, in den von fahlem, farblosem Licht übergossenen Garten hinaus. Plötzlich überfiel sie ein heftiger Schauder.

Sie drehte sich zu Nick um.

Was da auch für ein Teufel in seinem Innern sein mochte – sie konnte ihm nicht helfen. Er und Jo würden sich dem Kampf gegen ihn allein stellen müssen.

34

Mit dem Morgen kam der Regen, ein schwerer, alles durchtränkender Regen aus grauen Wolken, die mit ihren weichen Bäuchen über die Berge schrammten und die Erde überfluteten. Ben kehrte in leuchtend gelbem Südwester und Öljacke aus dem Kuhstall zurück, als die anderen am Frühstückstisch saßen.

Nick war blaß und ernst; düster sah er zu, wie Jo den beiden Kleinen Haferflocken in ihre Schalen löffelte. Sie blickte auf. »Du siehst müde aus«, stellte sie sanft fest.

»Ich habe nicht besonders gut geschlafen.« Er warf einen Blick auf Ann, die mit der Kaffeekanne hantierte. Es duftete nach Toast, frischem Kaffee und den zischenden Apfelholzscheiten, die Ben in den Herd geworfen hatte. Die Atmosphäre verströmte Normalität und Geborgenheit.

»Gehen die Kinder heute früh ins Tal?« Ben hängte seine nasse Öljacke auf und wusch sich die Hände.

»Ich bringe sie in einer halben Stunde hinunter.« Ann goß ihrem Mann Kaffee ein und schob ihm den Becher hinüber. »Wir wechseln uns beim Transport samstags mit den Nachbarn unten am Weg ab«, erklärte sie, während sie Nicks Tasse füllte. »So können wir an jedem zweiten Wochenende nach Brecon fahren und ungestört einkaufen oder irgend etwas unternehmen. Aber heute sind wir dran. Ich bin nur froh, sie danach ein Weilchen aus dem Weg zu haben.«

Ben lachte. »Das meint sie nicht ernst. Zehn Minuten, nachdem sie zurück ist, macht sie sich Sorgen um die beiden.«

Ann lächelte ihn zärtlich an. Dann wandte sie sich an Nick und Jo. »Was wollen Sie denn heute anstellen?«

»Spazierengehen«, sagte Jo rasch. »Im Regen spazierengehen.«

Ann hob die Brauen. »Damit können wir dienen, denke ich. Und Sie, Monsieur?«

»Ein bißchen frische Luft wird mir auch guttun. Und wir wollen Ihnen ja nicht im Weg sein.«

»Das sind Sie nicht!« entgegnete Ann entschieden.

Unvermittelt hob Ann Bill von seinem Stuhl und wickelte ihn in seinen Anorak, ohne sich um seine heftigen Proteste zu kümmern, er habe den Mund noch voll und sei überhaupt nicht fertig. »Will einer von Ihnen nicht mit mir hinunterfahren?« Ihr Blick wanderte zwischen Jo und Nick hin und her. »Ich kann mir nicht vorstellen, daß Sie beide wirklich im Regen spazierengehen wollen.« Sie sah, daß Jos Fingerknöchel an der Tischkante weiß wurden.

»Ich glaube, es gibt ein paar Dinge, über die Nick und ich reden sollten«, sagte Jo schließlich. »Wir gehen ja nicht weit.« Ann beobachtete wieder Nicks Gesicht und bemerkte, daß die Muskeln seines Kiefers zuckten. Sie seufzte. »Na schön. Dann nehmen Sie sich Regenmäntel, oder was da sonst noch an der Tür hängt. Wenn Sie zurückkommen, gibt es Kaffee und Kekse, ja?«

»Und verirren Sie sich um Himmels willen nicht«, warf Ben ein. »Wir sind hier im Gebirge, nicht im Hyde Park. Halten Sie sich in Sichtweite der Mauer. Sie wird Sie knapp fünf Kilometer bergab führen, falls Sie eine ordentliche Strecke zurücklegen wollen. Sie kommen an allen wesentlichen Aussichtspunkten vorbei.« Er warf einen Blick auf das gleichförmig düstere Grau der tiefhängenden Wolken draußen und lachte tief und dröhnend.

Nebel legte sich kalt und naß auf ihre Gesichter, als sie in die lautlose weiße Welt hinaustraten. Jo stopfte die Hände fest in die Taschen ihres Regenmantels. »Ich hatte ganz vergessen, wie sich die Kälte anfühlt. Kaum zu glauben, wie schnell das Wetter umgeschlagen ist.«

»Das ist eine Wolke.« Nick schlug den Kragen seiner Jacke hoch. »Unten im Tal scheint wahrscheinlich die Sonne.«

Als sie etwa zehn Schritte gegangen waren, konnten sie das Haus schon fast nicht mehr sehen; wie schwerelos begann es sich aufzulösen. Schieferdach und Mauern verschmolzen mit Dunst und Nebel.

Jo blieb stehen. »Wo ist die Mauer?«

»Hier neben uns. Ben hat recht; hier kann man sich leicht verirren.« Nick nahm ihren Ellbogen und führte sie nach links.

Jo entzog sich ihm wieder. Ihr Herz schlug schneller, sie fühlte sich unbehaglich. Sie sah sich um. Das Haus war verschwunden. Sie waren allein.

Sie schob die Hände noch tiefer in die Taschen. »Wie war es in den Staaten? Du hast mir noch nicht viel davon erzählt.«

Nick ging ein paar Schritte hinter ihr. Sein Blick ruhte auf ihrer schlanken Gestalt in Regenmantel und schwarzen Gummistiefeln. Irgendwo tief in seinem Innern erwachte plötzlich der Zorn.

Jo drehte sich um, zog das blaue Tuch vom Kopf, das Ann ihr geliehen hatte, und schüttelte ihr Haar. »Glaubst du, ihr bekommt den neuen Auftrag? Was ist, Nick? Was hast du?«

Hilflos schüttelte er den Kopf. »Nichts. Ich habe gar nichts. Nur zu wenig Schlaf, das ist alles. Ja, ich glaube, wir haben eine gute Chance. Nächste Woche schicke ich ein Team nach New York, das die Sache mit dem Marketing Director besprechen soll. Wenn alles gutgeht, übernehmen wir nächstes Jahr den Start ihres neuen Produkts in Großbritannien.« Er blieb stehen, hob einen Stein auf, der am Fuße der Mauer gelegen hatte und schleuderte ihn weit ins Weiß. »Wenn wir den Auftrag bekommen, muß ich neue Leute einstellen, denn wie es aussieht, hat Desco sich die Sache noch einmal überlegt.«

»Oh, Nick, das freut mich.« Unauffällig vergrößerte Jo den Abstand zwischen sich und ihm noch ein wenig. »Ich wußte doch, daß das nur eine vorübergehende Verstimmung sein konnte.«

Nick lachte fast verkrampft. »Es sind schon größere Firmen als meine den Bach runtergegangen, weil sie einen einzigen Kunden verloren haben. Jo, ich bin aber nicht hergekommen, um Freud und Leid der Firma Franklyn-Greerson mit dir zu besprechen.«

»Nein.« Sie wußte nicht recht, was sie sagen sollte. Sie sehnte sich danach, ihn zu berühren, aber sie wagte es nicht. »Was hältst du von den Clements, Nick?« fragte sie leise.

»Ich mag sie.« Er verzog leicht das Gesicht. »Und ich glaube, wir brauchen sie . . .«

Jo runzelte die Stirn. Sie sah die blassen Umrisse einer Baumgruppe vor ihnen. In der Ferne blökte ein Schaf. Unter ihnen am Hang wurde der Nebel grau, aber über ihnen schien es aufzuklaren; ein Hauch von Sonne lag in der Luft. Als sie merkte, daß Nick wieder neben ihr stand, straffte sie sich unwillkürlich.

»Hör zu, Jo . . .«

»Nein, bitte, Nick.« Sie wich zurück. »Bitte – rühr mich nicht an . . .«

»Rühr mich nicht an!« wiederholte er. Seine Wut kochte über. »Immer dasselbe! Du schläfst mit meinem Bruder, aber ich darf dich nicht anrühren!«

Er wollte sie packen, aber sie wich vor ihm zurück. Ihre Stiefel kamen im nassen, schlüpfrigen Gras ins Rutschen.

»Ich habe nicht mit deinem Bruder geschlafen! Das ist eine Lüge!«

»Woher weißt du das?« Nicks Stimme klang gefährlich ruhig.

Entsetzt starrte sie ihn an. »Was willst du damit sagen?«

»Ich will damit sagen, daß er dich hypnotisiert hat. Er hat mir alles erzählt, Jo. William de Braose – mein Bruder! Eigenartig, daß er sich dazu entschieden haben soll, ein solcher Mann zu sein.«

»Vielleicht hatte er keine Wahl!« rief Jo.

»Vielleicht gibt ihm diese Identität aber auch die Gelegenheit, Matilda zu bumsen . . . und auch ihre Nachfahrin!«

»Er hat nicht . . .« Sie wich zurück, bis sie die rauhen Mauersteine in ihrem Rücken spürte. »Er . . . er wollte es, aber er konnte nicht . . .«

»Und da hat er dich statt dessen geschlagen? Wenn ich recht verstehe, glaubtest du ja auch, das verdient zu haben. Vielleicht hat es dir sogar gefallen?«

»Nein, das hat es nicht!« explodierte Jo. »Wenn mir dein Bruder je wieder unter die Augen kommt, werde ich ihn mit bloßen Händen umbringen. Er ist ein sadistischer, verkorkster Psychopath!«

Nick lachte kalt. »Aber du mußt zugeben, daß er in einem Punkt recht hatte. Du warst deinem Mann untreu.«

»Darüber solltest du besser Bescheid wissen als jeder andere«, versetzte sie trotzig.

Er lächelte, aber seine Augen waren hart. »Ich kann mich nur an eine Gelegenheit erinnern«, sagte er langsam, »bei der du mit deinem Fürsten das Bett geteilt hast.«

»Ich wurde von meinem Fürsten vergewaltigt«, widersprach Jo heftig. »Er hätte mich fast umgebracht!«

»Er hat dich geliebt, Jo. Aber du hast ihn wütend gemacht. Du hast ihn immer wieder zornig gemacht . . .«

»Nicht ich!« schrie Jo. »Das war nicht ich, Nick! Matildas Verhalten ist nicht deine Sache. Auch nicht Sams. Vielleicht nicht einmal meine! O Gott, das Ganze ist ein Alptraum!« Sie stieß ihn verzweifelt von sich. »Bitte, laß mich vorbei. Ich will zum Haus zurück.«

Nick packte sie beim Handgelenk, bog ihren Arm zurück und drückte ihn für einen Augenblick auf die Mauer. Der weiße Ärmel des Regenmantels wurde grünstreifig vom Moos.

»Vielleicht hast du mit Sam geschlafen, vielleicht auch nicht. Aber mit Tim Heacham hast du geschlafen, als ihr in Raglan gewesen seid. Du hast dich gut amüsiert, nicht, Jo?«

Sie duckte sich. »Ich kann schlafen, mit wem ich will, verflucht, Nick Franklyn! Ich bin nicht dein Eigentum! Laß mich los . . .«

»Dein Mann hatte recht. Es stimmt, du mußt bestraft werden . . .«

»Ich habe keinen Mann!« schrie Jo. »Um Gottes willen, du bist ja auch wahnsinnig! Begreifst du denn nicht? Es ist nicht wirklich! Nichts davon ist Realität!« Schmerz durchzuckte ihre Schulter. »Nick, du tust mir weh. Nick!«

Er erstarrte, schloß die Augen und spürte den Schweiß auf seiner Stirn. Sein Magen drehte sich um; er ließ Jos Handgelenk fahren, taumelte ein paar Schritte zurück und erbrach sich ins Gras.

»Nick?« Jo beobachtete ihn ängstlich. Seine Wut war so schnell verraucht, wie sie gekommen war. In seinem Gesicht stand ratloses Grauen. »Nick, was ist passiert? Was hat Sam mit dir gemacht? Was sollen wir nur tun?«

Nick richtete sich auf und strich sich mit dem Handrücken über die Stirn. »Ich habe dir weh getan. Mein Gott, Jo, ich hab dir weh getan . . .« Er nahm sanft ihren Arm. Auf ihrem Handrücken war Blut; es sickerte zwischen den grünen Streifen hervor, die das bemooste Mauergestein hinterlassen hatte.

»Das ist nur ein Kratzer.« Sie entriß ihm ihre Hand.

Nick war schwindlig. »Er manipuliert mich! Er hat mich dazu gebracht, mich für jemanden zu halten, der ich nicht bin. Jo, er hat aus mir einen Mörder gemacht!«

Jo zitterte so heftig, daß sie kaum stehen konnte. »Laß uns zurückgehen ...«

»Ann kann mir auch nicht helfen.« Er rührte sich noch immer nicht. »Sie hat es gestern nacht versucht.«

Jo hatte sich bereits in die Richtung des Hauses gewandt. Jetzt blieb sie wie angewurzelt stehen. »Wann?«

»Wir konnten beide nicht schlafen. Wir haben Tee getrunken, und ich erzählte ihr, wovor ich Angst habe. Sie hat versucht, mich zur Regression zu bringen, hat es jedoch nicht geschafft.« Er atmete tief, seine Hände krallten sich so heftig in das Mauerwerk, daß seine Fingernägel splitterten.

»Ich liebe dich, Jo«, flüsterte er plötzlich, und seine Stimme war heiser vor Verzweiflung. »Was immer auch passiert, ich will, daß du das weißt.«

In der Küche roch es nach Gebäck. »Na, Sie waren aber nicht lange weg«, stellte Ann fröhlich fest. »Ich dachte, Sie würden wenigstens warten, bis die Sonne herauskommt.« Sie hob den Kopf, und das Lächeln verschwand von ihren Lippen. »Was ist geschehen?«

Nick hängte seine Jacke hinter die Tür und ließ sich auf das Sofa fallen. »Sie müssen mir helfen, Ann. Haben Sie Erbarmen und helfen Sie mir!«

Ann sah zu Jo hinüber, die an die Spüle getreten war und sich warmes Wasser über die Hand laufen ließ; sie hatte den beiden den Rücken zugewandt. Ann holte tief Luft. »Ich werde es noch einmal versuchen«, sagte sie schließlich. »Jo, lassen Sie uns bitte allein? Nehmen Sie Kaffee für sich und Ben mit; er ist draußen im Kuhstall.«

Sie wartete, bis Jo hinausgegangen war, und fragte erneut: »Was ist passiert?«

»Nichts. Aber fast wäre etwas passiert. Ich konnte es in mir spüren, Ann. Diesen Mann - kalt, berechnend, böse, verbittert. Ich wußte, daß ich - er - zu allem imstande war. Zu allem! Ich habe mich dagegen wehren können, aber beim nächstenmal kann ich es vielleicht nicht mehr.«

»Setzen Sie sich. Hierher.« Sie deutete auf den Küchentisch. »Ich werde die Petroleumlampe anzünden. Sie haben gesagt, Sam benutzt Licht zur Hypnose. So, schauen Sie jetzt in die Flamme. Blinzeln Sie nicht. Konzentrieren Sie sich im Geist völlig auf dieses Feuerpünktchen. So ist es richtig.« Ihre Stimme klang fester, sie gewann Zuversicht. »Gut, und jetzt entspannen Sie sich. Entspannen Sie sich, Nick, und hören Sie mir zu. Hören Sie nur auf meine Stimme. Schließen Sie nicht die Augen ... Sie können die Augen nicht schließen. Gut.« Sie bemerkte, daß die Anspannung langsam sein Gesicht verließ. »So, das ist gut. Jetzt möchte ich, daß Sie in der

Zeit zurückgehen, Nick – zurück zu der Zeit, in der Sie ein kleiner Junge waren ...«

Ben war über das Bein einer Kuh gebeugt. Sanft strich seine Hand über das Bein, dann richtete er sich auf und gab dem Tier einen liebevollen Klaps auf das Hinterteil.

»Ist das Kaffee? Seien Sie gesegnet, liebes Kind.«

Jo setzte sich auf einen Heuballen und umschloß ihren Kaffeebecher mit beiden Händen. »Ann versucht gerade, Nick zu hypnotisieren.«

»Sie hat mir erzählt, daß sie es gestern nacht erfolglos versucht hat.« Ben machte es sich neben ihr bequem. »Was haben Sie denn mit Ihrer Hand gemacht?« Seinen Augen entging nichts.

»Ich bin nur an der Mauer entlanggeschrammt.« Sie sah ihn nicht an. »Oh, Ben. Was geht nur mit Nick vor?«

Ben tätschelte ihre Schulter. »Gestern hat er Annie anvertraut, daß er zutiefst beunruhigt sei. Wenn Annie ihm nicht helfen kann, dann sollte er sich unserer Meinung nach unverzüglich an Ihren Hypnosetherapeuten wenden. Er ist schließlich Fachmann und kennt Ihren Fall.« Er lächelte. »Ich glaube, es wäre am besten, wenn Nick wieder nach London führe, Jo.«

Sie nickte. »Vermutlich.« Sie wollte den letzten Schluck Kaffee trinken, ließ den Becher dann aber sinken. »Er glaubt, er würde versuchen, mich zu töten, Ben. Aber wieso? Weshalb sollte Sam uns das antun? Er kann doch nicht ernsthaft glauben, Matildas Mann gewesen zu sein. Aber wenn er es doch glauben sollte, weshalb will er dann, daß Nick mir etwas antut? Das ist einfach nicht logisch.«

»Was dem kranken Geist logisch erscheint, ist für andere nur selten plausibel«, meinte Ben sachlich. »Und ich finde, daß alles danach aussieht, als wäre Nicholas' Bruder geisteskrank.«

Er stellte seinen Kaffeebecher zu seinen Füßen ab und wollte aufstehen, als sie beide einen Angstschrei aus dem Haus hörten.

Dicht gefolgt von Jo rannte Ben zur Küchentür und stieß sie auf.

Ann lag auf dem Boden. Nick war nicht zu sehen.

Ben fiel neben ihr auf die Knie, während sie mühsam versuchte, sich aufzurappeln. Ihr Gesicht war schneeweiß. »Ann, um Himmels willen, fehlt dir was? Was ist passiert?«

»I ... ich habe ihn verärgert«, erwiderte sie mit ganz kleiner Stimme. Haltsuchend faßte sie nach dem Tischbein. »Es war meine Schuld. Ich hätte nicht versuchen sollen, ihn zur Regression zu bringen. Ich verstehe nicht genug davon ...«

»Was hat er getan, Ann?« Jo war es eiskalt. Fast automatisch suchte sie nach einem Tuch. Sie hielt es unter den Wasserhahn, wrang es aus und kniete neben Ann nieder. Behutsam drückte sie das Tuch gegen die Beule, die an Anns Schläfe anzuschwellen begann.

»Er hat mich nicht angegriffen oder so etwas. Er hat mich nur beiseitegestoßen. Ich bin ausgerutscht und muß mit dem Kopf an die Tischkante geschlagen sein. Es war mein eigener Fehler.« Sie nahm Jo das Tuch aus der Hand und drückte es sich fester gegen den Kopf. »Ich hätte mich da nicht einmischen dürfen. Es war reine Dummheit. Ich hätte wissen sollen, daß sein Bruder für uns zu clever ist. Trotzdem nahm ich an, ich könnte die posthypnotische Suggestion irgendwie auslöschen. Ich hatte Nick soweit – er reagierte gut. Ich habe ihm ein paar Fragen über seine Kindheit gestellt. Offenbar war er sich als Kind über Sams Feindseligkeit durchaus im klaren; er ging ihm aus dem Weg und verehrte ihn aus der Distanz. Dann habe ich ihn weiter zurückgeführt. Ich wolle herausfinden, ob diese Idee, König John gewesen zu sein, tief in seinem eigenen Unbewußten wurzelt oder ob Sam sie ihm suggeriert hat.« Sie schüttelte den Kopf. »Er schien sich lückenlos an eine ganze Reihe von Existenzen zu erinnern. Er war unter anderem ein Mann, der um die Jahrhundertwende an Typhus starb.« Ann saß noch immer auf dem Boden; sie schlang die Arme um die Knie. »Dann war er zu Königin Annes Zeit ein Matrose. Er behauptete, er habe auf Matilda gewartet – aber es sei nicht die richtige Zeit gewesen.« Sie blickte auf, und Jo hielt den Atem an. »Wieder und wieder habe er gewartet . . . Dann förderte er noch eine Inkarnation zutage, die ungefähr hundertfünfzig Jahre früher datiert. Da sprach er offenbar Französisch. Diesmal starb er in Paris an der Pest. Danach kam eine lange Lücke.« Eine Weile schien Ann nicht weitersprechen zu können. »Aber dann kam John, der jüngste Sohn König Henrys II. von England.«

Jo war weiß wie die Wand. »Soll das heißen, es ist wahr?« wisperte sie. »Er war wirklich John? Sam hat überhaupt nichts damit zu tun?« Sie schloß die Augen; noch immer kniete sie neben Ann. »Er ist mir gefolgt. Ist mir aus der Vergangenheit gefolgt. Aber warum? John hat Matilda gehaßt. Er . . .« Ihre Stimme brach. »Er hat sie zum Tode verurteilt.« Verzweifelt hob sie den Kopf. »Ist er deshalb hier? Um mich über das Grab hinaus zu verfolgen? Ich wußte es, Ann. Ich habe ihn erkannt. Vor Wochen schon habe ich es in seinen Augen gesehen, aber nicht verstanden. Mir war nicht klar, was da geschah . . .«

»Nein, Jo! Das ist Unfug. Lieber Gott, ihr seid doch nicht dieselben Menschen! Das betonen Sie doch immer wieder selbst.« Ann rappelte sich hoch. »Und Nick liebt Sie. Er liebt Sie, Jo.« Sie ging zur Spüle und tränkte das Tuch noch einmal mit kaltem Wasser. »Es ist immer noch möglich, daß Sam ihm diese Idee in den Kopf gesetzt hat. Ich kann es einfach nicht mit Sicherheit sagen. Ich weiß es nicht. Ich habe nicht genug Erfahrung, um es erkennen zu können. Ich kann nur sagen, daß er sehr viel über John zu wissen schien.«

»Weshalb hat er dich gestoßen, Annie?« fragte Ben behutsam, aber mit grimmigem Gesicht.

Ann lächelte leicht. »Ich habe seine königlichen Vorrechte in Frage gestellt. Ich bin schließlich Republikanerin. Habe keine Ahnung, wie man Königen entgegenkommt. Er hat mich nicht absichtlich umgestoßen. Er hat mich einfach nicht bemerkt. Ich hatte ihn nach den de Braoses gefragt, warum er sie verfolgt. Er raste vor Wut und stürzte Hals über Kopf hinaus. Es war einfach mein Pech, daß ich ihm im Weg stand. Das war 1209. Er erzählte mir, William habe die Stadt Leominster in Herefordshire niederbrennen lassen. Einen Moment lang dachte ich, er bekäme einen Schlaganfall. Aber dann begann er plötzlich zu lachen . . .«

Ben tätschelte Jos Schulter und ging dann langsam zur Tür. »Ist er hier hinaus gegangen?«

Ann nickte.

»Ihr bleibt hier. Ich will sehen, ob ich ihn finden kann.«

Es war sehr still in der Küche. Im Herd fiel ein Holzscheit zusammen; es stieß gegen die Eisentür, und beide drehten sich nach dem Geräusch um. Als Jo endlich sprach, war es ein Flüstern. »Ann, ich muß wissen, was danach passierte. Ich muß wissen, was der König getan hat.«

»Sie wissen es doch!« fuhr Ann sie an. »Jo, können Sie die Sache nicht auf sich beruhen lassen? Sie wissen doch, was der König getan hat!« Sie setzte sich an den Tisch und stützte den Kopf auf die Hände. »Verflucht, es tut mir leid. Das war nicht fair. Vermutlich bin ich ein bißchen durcheinander. Ich werde Ihnen helfen, wenn ich kann. Das habe ich schon gesagt. Aber ich bin kaum von Nutzen, Jo. Das alles ist mir über den Kopf gewachsen.«

»Sie brauchen nichts zu tun, Ann. Bleiben Sie nur bei mir.«

»Jetzt? Aber sie können jeden Augenblick zurückkommen . . .«

»Das ist mir egal. Ich muß wissen, was er denkt. Verstehen Sie das nicht?«

»Nein, das verstehe ich nicht. Jo, Sie sind erregt. Es wird wahrscheinlich sowieso nicht klappen . . .«

»Es wird. Ich brauche nichts als einen Auslöser, das haben Sie selbst gesagt. Also werde ich mir einen Auslöser suchen.« Jo sah sich um. »Diese Lampe . . . das ist gut. Eine Lampe und eine Schüssel mit Wasser. Ich werde in die Reflexe starren.«

Sie ging zur Anrichte und spähte in die Regale. Mit dem Arm stieß sie gegen ein Glas. Es fiel klirrend zu Boden. Sie bemerkte es nicht. Sie streckte sich, nahm eine von Anns schwarzen Steingutschüsseln herunter und ging damit zum Spülbecken. »Ich muß es tun, Ann. Ich muß in die Vergangenheit schauen, damit ich in der Gegenwart weiterleben kann!«

Sie füllte die Schüssel mit Wasser. Dann setzte sie sich Ann gegenüber. Ann griff herüber und nahm sanft ihre Hand.

Stumm senkten sie die Köpfe und schauten in das Wasser.

Matilda hatte zu den fernen Schatten des Radnor Forest hinübergeblickt. Jetzt drehte sie sich um und sah ihren Verwalter ungläubig an. Der Mann scharrte unbehaglich mit den Füßen, wie er da in der Mitte des hohen, hallenden Raumes stand.

»Aber William ist ausgezogen, um Radnor Castle vom König zurückzuerobern!«

»Er ist gescheitert, meine Lady.« Stephen sah sie an und ließ verzweifelt die Schultern hängen. »Der König hat jetzt jede Burg der de Braoses besetzt, mit Ausnahme von Hay. Nachdem des Königs Hauptmann zu Radnor Sir Williams Angriff zurückgeschlagen hatte, konnte er nirgends mehr hin. Ich denke, es lag ihm nichts daran, als Besiegter hierher zurückzukehren, meine Lady . . .« Stephen sah sie von unten her an. »Und so marschierte er nach Leominster und machte die Stadt dem Erdboden gleich. Er hat sie bis auf die Grundmauern niedergebrannt. Das wird der König nie verzeihen, Lady Matilda«, fuhr er ernst fort.

»Man wird uns ächten!« rief Matilda entsetzt. »Was ist nur in ihn gefahren? Die Stadt niedergebrannt!« Sie schlug die Hände vors Gesicht und versuchte, das Schluchzen zu unterdrücken.

Am 21. September erklärte der König William de Braose öffentlich zum Verräter und beauftrage Gerald of Athies, in die Grenzmark zu reiten und Williams Lehnsmannen von ihrer Gefolgschaftspflicht gegen ihren Lord zu entbinden. So gut wie alle lösten sich von ihm und zahlten ihren Tribut fortan dem König.

Schließlich war nur noch der getreue Stephen übrig; er ritt mit Matilda in die Berge, um das, was an Gold und Juwelen noch übrig war, in einem verlassenen Bergtempel zu verstecken, wo die alten Götter, falls sie noch dort hausten, den Hort bewachen würden. Nicht einmal William erfuhr den genauen Ort.

Als sie unversehrt nach Hay zurückgekehrt waren, nahm Matilda Stephen beiseite. »Ihr müßt bleiben, wenn wir gehen«, sagte sie bekümmert. »Unser Streit ist nicht der Eure, lieber Stephen. Denkt an uns und betet für uns. Hay Castle müßt Ihr dem König übergeben, und Ihr müßt ihm vorbehaltlos Tribut zahlen.«

»Was werdet Ihr anfangen?« Stephen schaute sie traurig an.

Sie zuckte mit den Schultern. »Vielleicht versuchen wir, zu meinem Sohn Giles nach Frankreich zu gelangen.« Niedergeschlagen sah sie sich um. »Hier können wir jedenfalls nicht bleiben. Dank Euch, Stephen, für alles, was Ihr getan habt. So ist doch das Gold in Sicherheit. Sollten wir je zurückkehren, wird es uns helfen.«

»Ihr werdet zurückkehren, meine Lady.« Sanft hob er ihre Hand an seine Lippen. »Ihr werdet zurückkehren.«

Im Morgengrauen des nächsten Tages ritten William und Matilda zum Tor von Hay Castle hinaus, begleitet nur von Will und Reginald.

Es war der Anfang eines Alptraums. König John verfolgte sie unerbittlich. Seine Truppen hetzten sie gnadenlos, waren ihnen immer dicht auf den Fersen. Mehrmals versuchten sie, die Grenzmark zu verlassen und sich südwärts zu wenden, doch jedesmal wurden sie gezwungen, sich in die eisigen Wälder zurückzuziehen, in denen jetzt nach wochenlangem Regen die letzten Blätter fielen. Die Pfade waren ungeschützt und gefährlich. Reginald war der einzige, der gesund blieb und die Flüchtigen aufzumuntern versuchte. William hatte Schmerzen in der Seite, die von Tag zu Tag schlimmer wurden. Will litt wieder unter seiner kranken Lunge, so sehr er sich auch mühte, es zu verbergen. Und Matilda spürte, wie der verhaßte, brennende Rheumatismus, den das kalte Wasser hervorrief, ihren hochgewachsenen, schlanken Körper krümmte und ihre Gelenke schwellen ließ. Das Reiten wurde für sie alle zur Qual, und sie waren der Verzweiflung nahe.

Hier und da fanden sie für ein paar Tage Ruhe in der heimlichen Obhut von Mönchen oder Verwandten, die noch Mitleid mit der heimatlosen Familie hatten. Doch stets trieb sie die Angst vor dem Entdecktwerden wieder weiter.

Kurz vor Weihnachten befanden sie sich wieder einmal dicht vor der Grenze, nur wenige Meilen nördlich von Hay – also fast wieder dort, wo sie aufgebrochen waren. Zwei Tage lang waren sie angestrengt galoppiert, stets bemüht, den Soldaten aus dem Weg zu gehen, die diesmal näher an sie herangekommen waren als je zuvor. »Wir sind verraten worden.« Immer wieder redete sich Matilda dies ein, während sie, dicht über die Mähne ihres Pferdes gebeugt, hinter Will ritt. Ihre Finger waren geschwollen und rot, so daß sie die Zügel kaum noch halten konnte. Will, dem das nicht entgangen war, hatte den Einfall gehabt, die Lederriemen so zu verknoten, daß sie sie über ihr Handgelenk streifen konnte. Aber das war nicht nötig. Die Stute folgte den anderen automatisch. »Wir sind verraten worden«, sagte sie noch einmal. »Von jemandem, den wir für unseren Freund hielten. Sonst hätten sie uns nicht finden können.« Nur daran, daß ihre Wangen merkwürdig heiß waren, merkte sie, daß sie weinte. Wind und Regen ließen das Elend auf ihrem Gesicht erfrieren, und ihre Gedanken wurden wieder stumpf.

Sie folgten den Talstraßen und mieden die Höhen, in denen es keine Deckung gab. Sie konnte nicht sagen, ob Reginald noch wußte, wohin er sie führte. Es kümmerte sie auch nicht sonderlich. Sie wollte sich nur noch irgendwo niederlegen und schlafen, um nie mehr zu erwachen. Nie mehr ihr Pferd besteigen und ihre schmerzenden Knochen zwingen müssen, auch nur eine einzige Meile zu reiten.

Es war ein so stürmischer Tag, daß man nicht sagen konnte, ob es Mittag oder schon Abend war. Als die Bewaffneten vor ihnen auf dem überfluteten Pfad auftauchten, Reginalds Zaumzeug packten und sein Pferd zum Stehen brachten, empfand sie nur Erstaunen und hielt sie für einen Teil der finsteren Umgebung. Als sie dann schließlich erkannte, daß sie wirklich da waren, verspürte sie nichts weiter als dumpfe Erleichterung darüber, daß die Jagd endlich vorüber war.

Der Wind riß ihnen die Worte von den Lippen. Sie verstand nicht, was die Männer zu Reginald und Will sagten, der unter jämmerlichem Husten sein Pferd neben das seines Bruders getrieben hatte. Matilda sah nur, daß ihre Söhne zum Zeichen der Unterwerfung die Hände vom Schwertgriff hoben und sich ängstlich anschauten.

Die Soldaten ignorierten William, obwohl er bewaffnet war. Er verharrte regungslos im Sattel, nachdem sein Pferd von allein stehengeblieben war. Er hatte den Kopf zwischen die Schultern gezogen, die Hand in die schmerzende Seite gestemmt.

Dann zogen sie weiter, jetzt im Schrittempo, und ein Mann ging neben ihrem Pferd her. Sie waren Gefangene. Nun gab sie nicht mehr vor, die Zügel festzuhalten; lieber versuchte sie, die armen, geschwollenen Hände zu wärmen, indem sie sie anhauchte oder unter den Mantel schob.

Nachdem sie eine Ewigkeit auf vereisten Pfaden dahingeritten waren, kamen sie in einem Waldtal zu einer Lichtung, in deren Mitte ein langes, niedriges Holzhaus mit Reetdach stand. Irgendwie half man ihr aus dem Sattel, und zwei Männer schleiften sie vor eine Tür. Dann wußte Matilda nichts mehr.

Der Türriegel rasselte, und Ann blickte auf. Sie hatte sich so stark auf die Reflexe in der Wasserschüssel konzentriert, daß sie die Männer vergessen hatte. Ben betrat die Küche, hinter ihm Nick mit aschgrauem Gesicht. Sie sah sofort, daß er wieder bei sich war. Sie legte einen Finger an die Lippen. Leise setzten sich die Männer an den Tisch. Jo, die nichts von ihrem Hereinkommen bemerkt hatte, sprach langsam weiter.

Es dauerte lange, bis sich ihre Sinne wieder regten. Verwundert spürte sie, daß weiche Hände ihr die Kleider vom Leib streiften; weiche Linnentücher rieben sanft ihre eiskalte Haut, ein langes, warmes Gewand wurde ihr um die Schultern gelegt, um den Leib gehalten von einem Gürtel aus gesponnenem Flachs. Man reichte ihr heiße, würzige Hafergrütze aus einem Kessel über dem Feuer,

Fleisch vom Spieß und Honigwein. Dann führte man sie ins Frauenquartier, wo sie sich auf Schaffellen zum Schlafen niederlegen konnte. Erst als sie wieder so weit bei Kräften war, daß sie sich zu den Männern gesellen konnte, die im Hauptgemach um das lodernde Feuer hockten, begriff sie, daß sie gar keine Gefangenen, sondern Ehrengäste eines Häuptlings der Bergstämme waren. Sie blieben dort lange Wochen in einem der härtesten Winter, die die walisischen Berge je gesehen hatten.

Tiefe Schneewehen füllten Schründe und Täler, reißende Flüsse gefroren von einem Ufer zum anderen, und die Berge schliefen unter eisigen Schauern. Allmählich, von ihren walisischen Gastgebern gepflegt, kamen die Gejagten wieder zu Kräften. In dem Bewußtsein, daß ihre Verfolger sie in den eisigen Bergen nicht aufspüren konnten, gewannen sie ein wenig von ihrer Zuversicht zurück und schmiedeten neue Pläne. Sobald das Tauwetter einsetzte, würden sie nach Westen zur Küste reiten und von dort nach Irland übersetzen. Dort könnten sie zu Margaret und Walter gehen, dort hatten sie viele Freunde und Verwandte, die in der Lage wären, ihnen zu helfen.

Matilda fragte ihren Gastgeber nicht, weshalb er ihnen Schutz gewährte. Es wäre ihr wie eine Beleidigung seiner Gastfreundschaft vorgekommen, eine derartige Frage zu stellen. Vermutlich hatte es genügt, daß sie wahrhaft Wanderer im Sturm gewesen waren, angewiesen auf Vertrauen. Vielleicht aber war es auch die gemeinsame Feindschaft gegen König John, die sie endlich mit ihren walisischen Nachbarn vereinigt hatte.

Als das Tauwetter die Moorwege im Hochland wieder begehbar machte und die Wälder von Schnee und Eis befreite, brachen Matilda, William und ihre beiden Söhne auf; begleitet von zwei walisischen Führern, boten sie dem beißenden Wind die Stirn und ritten auf die Küste zu. Sie ritten schnell, in Schafspelze gehüllt; trotz der freundlichen Gastlichkeit, die sie empfangen hatte, machte es sie unruhig, so tief ins Land der Waliser einzudringen, die doch so oft ihre Feinde gewesen waren. Aber die Reise verlief ohne Zwischenfall, wenn auch die Kälte noch bitter war und das Vorwärtskommen mühsam. Schließlich kamen sie an die breite Mündung des Dovey. Eine Burg bewachte die Flußmündung, und aus der Höhe konnten sie unten an einem kleinen Holzkai am Rande des Marschlandes zwei Schiffe liegen sehen. Will lächelte seine Mutter an. »Jetzt sind wir fast da. So Gott will, sind wir morgen in Sicherheit.«

Ernst schaute sie zu den Schiffen hinunter. »Ich frage mich nur, wie lange es dauern kann, bis John weiß, wo wir sind. Er könnte uns nach Irland folgen.«

»Das wird er nicht tun, Mutter.« Reginald ergriff ihre Hand. »Die irischen Lords sind zu mächtig. Er würde sie nie herausfordern. Und wir sind mit den meisten von ihnen verschwägert.« Er stieß seinen Bruder in die Seite und lachte leise.

Die Pferde suchten sich ihren Weg ins Tal, und einer ihrer Führer handelte mit dem dunklen, vierschrötigen Herrn des einen Schiffes die Überfahrt für sie aus, bevor er sorgfältig ihr Gepäck auf dem Schiff verstaute. Ein starker Wind von der See ließ die Wellen gegen den hölzernen Bootssteg branden, eisige Gischtwolken sprühten über den sumpfigen Weg, der zu den wenigen Fischerhäusern am Strand hinaufführte. Heute würden sie nicht in See stechen können.

Betrübt nahm Matilda Abschied von ihrer weißen Stute. Die Pferde hatten sie ihrem Gastgeber als Bezahlung versprochen. Unter Verbeugungen verabschiedeten sich ihre Führer und ritten dann in leichtfüßigem Trab davon, die Kette der Reittiere hinter sich den Hang hinaufführend.

Vier Tage vergingen, bevor sich der Wind drehte und so weit nachließ, daß sich der Kapitän mit seinem kleinen Boot auf die hohe See hinauswagen konnte. In den kurzen Stunden des Tageslichts behielt Matilda die Berge hinter ihnen unablässig im Auge. Jeden Moment erwartete sie eine Reihe von Pferden, blinkende Helme und Lanzen auftauchen zu sehen. Aber es war niemand zu sehen.

Endlich wagte sich das Boot in die Bucht hinaus. Ein frischer, kalter Wind blähte die kleinen Segel. Matilda stand an Deck und blickte auf das zurückweichende Land zurück, das unter schwarzen Wolken halb verborgen lag. Der Wind zerrte das Haar unter der Kapuze ihres Mantels hervor, aber sie achtete nicht darauf. Sie erwartete wohl jetzt noch, John zum Ufer der Bucht herabgaloppieren und das zweite Schiff besteigen zu sehen, das noch am Steg lag. Will legte einen Arm um ihre Schultern. »Die Überfahrt wird nicht lange dauern, Mutter. Ist Euch übel?«

Sie sah sein Lächeln und den schalkhaften Blick seiner Augen. »Nein, und das weißt du, du alberner Junge. Ich wußte, daß mir das Meer gefallen würde. Ich wünschte nur, wir könnten die Überfahrt unter glücklicheren Umständen erleben.« Sie seufzte.

»Nun, John schaut jetzt jedenfalls in den Mond; also genieße die Reise.« Will lachte. »Wir beide haben die Seefahrerbeine in dieser Familie, das ist doch klar.« Mit einer Kopfbewegung deutete er über die Schulter. Sein Vater und Reginald hatten sich in einen geschützten Winkel auf dem Deck zurückgezogen, wo sie auf einigen fest vertäuten Fässern hockten. Beiden sah man ihr Unbehagen an, und schon nach kurzer Zeit schlüpfte erst William, dann sein Sohn in die stinkende Deckskajüte, wo sie sich in ihre Mäntel gehüllt niederlegten.

Bald frischte der Wind wieder auf. Er schwenkte nach Osten und pfiff durch die Takelage, und das breitbäuchige Boot begann beängstigend heftig durch Wellentäler und -berge zu stampfen.

Will bekam glänzende Augen. »Seid froh, daß der Wind zunimmt, Mutter. Um so schneller sind wir da.« Matilda mußte lachen über seine Begeisterung.

Die Nacht brach früh herein, und der Sturm wurde stärker. Die Passagiere wurden in die stickige Kajüte geschickt. Dort lagen sie wach, in einem Wirrwarr von umgestürzten Fracht- und Gepäckstücken hin- und hergeworfen. Es stank nach Fisch und Erbrochenem, und draußen kreischte der Wind in der Takelage, bis das dicht gereffte Großsegel mit einem ohrenbetäubenden Knall in der Mitte zerriß. Matilda bemühte sich um Haltung. Sie saß an die Kajütenwand gelehnt, hatte die Knie mit den Armen umschlungen und hörte, wie die Besatzung rufend und schreiend mit der knatternd in Fetzen gehenden Leinwand kämpfte.

Endlich war das Segel geborgen. Nur noch das Tosen von Wind und Wellen und das Pfeifen der Takelage waren zu vernehmen.

Drei Tage und drei Nächte lang schleuderte es sie in dem kümmerlichen Lattenverschlag hin und her, bis sich der Sturm erschöpfte. Dann, am vierten Morgen, entriegelte der Kapitän das Kajütenluk und spähte grinsend herein. »Würdet ihr glauben, daß uns die Gesegnete Jungfrau sicher vor die irische Küste geleitet hat?«

Auf schwachen Beinen wankte Matilda hinaus und spähte zu der in dunklem Dunst liegenden Küstenlinie hinüber. Noch immer gingen die Wogen hoch, aber der Wind hatte nachgelassen. Die Mannschaft setzte ein Notsegel, und sie sah, wie es den Wind aufnahm und sich blähte. Sofort hörte das Schiff auf, steuerlos zu rollen; es wurde schneller und nahm Kurs auf das Ufer. Wieder zog ein Regenschauer über sie hinweg. Innerhalb weniger Augenblicke waren die Deckplanken überflutet. Aber Matilda und Will blieben im Freien und beobachteten, wie das Schiff in den Hafen einlief. Über ihnen, auf felsiger Klippe, erhob sich eine Burg, die wachsam auf Hafen und Meer hinausblickte.

»Fitzgeralds Black Castle.« Der Kapitän blieb für einen Moment hinter ihnen stehen, ein triumphierender Glanz lag in seinen Augen. »Das ist ein Glück nach diesem Sturm, wahrhaftig. Wicklow. Da sind wir jetzt.« Und fort war er, die Augen im eisigen Regen zusammengekniffen, und lenkte sein Schiff zu seinem Ankerplatz. Das zerissene Segel lag auf Deck wie ein durchtränkter Haufen Leinwand.

Der Boden Irlands schien unter ihren Füßen zu schwanken. Matilda taumelte und wäre fast gestürzt, als sie den anderen voran über den hölzernen Anlegesteg ging. Reginald grinste unsicher, zum erstenmal seit Tagen. Selbst William machte ein frohes Gesicht.

Noch immer blaß und benommen blickte er sich um, und dann schien ihm bewußt zu werden, wo er sich befand. Er reckte die Schultern. »Will, Reginald, wir müssen Pferde finden. Erkundigt euch nach diesem Fitzgerald. Wird er uns Obdach geben, bis wir weiterreisen können?« Er drehte sich um und beobachtete, wie die letzten ihrer Truhen an Land gewuchtet und auf dem Kai gestapelt wurden. Wind und Gezeiten hatten allenthalben Tang und Treibgut aufgehäuft. Ein intensiver Geruch nach faulendem Fisch lag in der Luft.

Der Kapitän trat heran und deutete zum Hügel hinauf. »Da habt Ihr's. Männer von der Burg. Sie werden kommen, um Euch zu begrüßen, kein Zweifel«, rief er.

Sie spähten hinauf. Fünf Reiter kamen den Pfad herunter.

Will erstarrte. »Könnt Ihr die Livree erkennen, Vater? Ist es möglich?«

William rieb sich mit den Knöcheln den Regen aus den Augen. »Bei Gott, es sind William Marshalls Mannen. Er ist uns immer ein guter Freund gewesen.«

»Das waren viele, Vater.« Reginald legte ihm warnend die Hand auf den Arm. »Wir sollten wachsam sein, bis wir wissen, wo er steht.«

Der Ritter, der die fünf anführte, hob beim Näherkommen die Hand zum Gruß. Man hatte ihm wohl nicht gesagt, daß Reisende mit dem Schiff kommen würden, denn er musterte die zerzauste Gruppe auf dem Kai ziemlich erstaunt. Der Earl Marshall hielt sich offenbar auf Black Castle auf; nachdem der Ritter Matilda auf sein Pferd gehoben hatte, schickte er sich an, die Familie zur Burg hinaufzugeleiten.

Der Earl Marshall empfing sie in der hohen Halle des Hauptturmes; noch hier oben hallte das Echo der Brandung von tief unten.

»Meine Freunde!« Der alte Mann streckte ihnen mit breitem Lächeln beide Hände entgegen. »Willkommen. Seid mir willkommen!« Sein Lächeln machte Besorgnis Platz, als Matilda neben dem Feuer auf eine Bank sank. »Ärmste Lady, Ihr seht erschöpft aus. Aber erschöpft müßt Ihr alle sein. Der Sturm war so schlimm, wie ich kaum einen erlebt habe. Manch unglückliches Schiff muß darin auf den Grund des Meeres gefahren sein.« Betrübt schüttelte er den Kopf. »Kommt, ich will die Diener rufen; sie sollen Euch die Gastgemächer zeigen. Dort wird man Euch Speise und Wein bringen. Und wenn Ihr geschlafen habt, reden wir miteinander.«

Das Telephon klingelte. Einen Moment lang rührte sich niemand; dann stand Ben langsam auf. Jo sah benommen in die Runde.

Ann erhob sich, nahm die Wasserschüssel und leerte sie ins Spülbecken. »Essenszeit«, erklärte sie entschlossen. »Nicholas, würden Sie uns bitte Sherry einschenken?«

Ben hatte das Gespräch beendet. »Wir sollen die Kinder um vier abholen«, sagte er.

»Ist mir recht.« Ann beugte sich über den Backofen und begutachtete die Pastete darin. »In einer Viertelstunde können wir essen. Jo, könnten Sie mir ein paar Erbsen enthülsen?«

Jo starrte ihre Hände an. Die Fingerknöchel waren rot und geschwollen.

»So etwas kann einem ein Vormittag in den naßkalten walisischen Bergen einbringen, Jo«, sagte sie hastig. »Eine schreckliche Gegend für alternde Knochen! Ein Nachmittag in der Sonne bringt das bald wieder in Ordnung.«

Jo lächelte wenig überzeugt. »Das denke ich auch«, sagte sie. Erst jetzt gestattete sie sich, Nick anzusehen. »Weißt du, was passiert ist?«

Er nickte.

»Was wollen wir machen?«

Nick betrachtete die Flasche in seinen Händen. »Wir können die Geschichte nicht umschreiben, Jo.« Seine Stimme klang rauh.

»Sie können die Vergangenheit nicht ändern, aber es braucht nicht noch einmal zu passieren!« widersprach Ann heftig. Sie nahm Nick die Flasche ab und füllte die Gläser. »Wollen wir draußen essen? Wenn ja, dann muß jemand Tisch und Stühle abwischen.«

Die Sonne war endlich durch den Dunst gedrungen. Unten im Tal wogte und wallte es noch weiß wie eine Wasserflut, aber rings um sie her war es fast heiß. Bedächtig zog Ben seinen Pullover aus. Dann griff er nach seinem Glas. »Tja, es war ein ereignisreicher Morgen«, sagte er. »Ich finde, wir sollten auf etwas trinken: Darauf, daß Jo ihn erfolgreich beendet, ihren Artikel über *la famille* Clements.«

35

Jo saß auf der Mauer und betrachtete den Dunst in der Ferne, in dem die Sonne allmählich versank; purpurne und fleischfarbene Strahlen drangen wie Lanzen durch den pfirsich- und safrangelben Himmel. Nick stemmte sich neben ihr auf die Mauer.

»Ich dachte, ich sollte vielleicht heute abend nach Hause fahren«, sagte er.

Jo blickte auf ihre Hände. Wie von Ann vorausgesagt, hatten sie in der Nachmittagssonne ihr normales Aussehen wiedergewonnen. Sie nickte. »Vielleicht ist es am besten so«, sagte sie leise.

»Jo. Du mußt mit den Regressionen aufhören«, sagte Nick nach einer Weile. »Es ist dir doch klar, daß es auf das Ende zugeht. Matilda wird sterben.«

Sie schüttelte den Kopf. »Noch nicht. Noch nicht, Nick. Es ist immer noch Zeit, die Dinge in Ordnung zu bringen. Vielleicht irren sich die Bücher. Niemand scheint sicher zu wissen, was geschehen ist. Vielleicht hat William Marshall sie schützen können . . .«

»Nein!« Nick packte sie bei den Schultern. »Sieh mich an, Jo. Nichts kann sie retten. Nichts. Sie wird sterben!« Er wandte sich ab. »Ein Teil von mir will, daß du weitermachst, Jo. Ein Teil will dich vor mir auf Knien sehen.«

»Das bist nicht du, Nick«, sagte sie schließlich. »Und es ist nicht John. Es ist das, was Sam will. Es war Sam, der mich anfangs vor weiteren Regressionen warnte. Damals wollte er mir nichts tun . . .«

»Damals hatte er sich noch nicht in den Kopf gesetzt, er sei William«, meinte Nick finster. »Irgendwie will er sein schlechtes Gewissen besänftigen, indem er uns gegeneinander ausspielt. Ich kann nicht glauben, daß er dir etwas antun will, und doch . . .«

»Mir wird nichts geschehen, Nick. Nicht durch die Regressionen.« Jo lächelte wehmütig. »Carl Bennet führt oft Leute bis zum Todeserlebnis und darüber hinaus. Wenn wir an die Reinkarnation glauben, ist der Tod nicht das Ende . . .«

»Er ist aber das Ende des gegenwärtigen Lebens, Jo.« Nick schüttelte sie sanft. »Bist du zum Sterben bereit? Möchtest du aufhören, Jo Clifford zu sein, und für weitere achthundert Jahre in den Orkus abtreten – oder wohin du sonst deiner Meinung nach verschwindest?«

»Nein, natürlich nicht. Das wird auch nicht geschehen.«

»Es könnte.« Nicks Hände umklammerten ihre Schultern. »Bitte, Jo. Versprich mir, daß du es nicht riskieren wirst.«

Eine ganze Weile sahen sie einander schweigend in die Augen. Dann hob Nick die Hand und berührte sanft ihr Gesicht.

Jo spürte einen Kloß in ihrer Kehle. »Nick . . .«

»Du kannst mir nicht vertrauen, Jo. Was immer ich tue, was immer ich sage. Traue mir nicht, und traue dir selbst auch nicht.«

»Ann kann uns helfen, Nick . . .«

»Das kann sie nicht, Jo. Es wäre nicht fair, sie noch einmal darum zu bitten.«

»Dann Carl Bennet.«

»Möglicherweise.« Er küßte sie auf die Stirn. »Aber ich glaube, es muß Sam sein. Ich habe das Gefühl, er ist der einzige, der diesen Alptraum beenden kann. Ich werde dafür sorgen, daß er das tut.« Unvermittelt ließ er sie los und vergrub die Hände in den Taschen. »Da wäre aber noch die Sache mit Tim. Ich möchte herausfinden, welche Rolle er in diesem Schauspiel eigentlich spielt.«

»Sam hat Tim nie hypnotisiert«, sagte Jo so leise, daß er sie kaum verstehen konnte.

»Nein.« Nick wandte ihr den Rücken zu. »Das paßt nicht in die Theorie, was? Drei Männer. Richard, John und William. Jeder von ihnen hat Matilda auf seine Art geliebt. Und jetzt sind wir da. Tim, Sam und ich.« Er lachte kalt. »Bist du der Preis, um den es geht, Jo? Wenn ja, dann müssen zwei bei dieser kleinen Übung in Karma-Erkundung verlieren.« Er sah gelegentlich zu, wie ein schwarzer Wolkenstreifen über die dunkelrote Sonnenscheibe treib.

»Ich hoffe, daß du gewinnst«, wisperte Jo.

Nick sah sie an, und sein Blick war seltsam unpersönlich. »Das habe ich vor«, sagte er. »Diesmal habe ich es vor.«

Irgendwo am Berg hörte Jo das Blöken eines Schafes. Der Ton hallte klagend durch die Leere der Nacht.

Sie schlug die Decke zurück und stieg aus dem Bett, den Blick auf die blassen Vorhänge gerichtet, hinter denen sich der Mond verbarg. Sie zog sie zurück und betrachtete mit angehaltenem Atem die Schönheit des silbrigen Nebels, der an der Bergflanke unterhalb des Hofes heraufstrich. Sie sehnte sich danach, Nicks tröstliche Umarmung zu spüren, die Berührung seiner Lippen auf ihrem Mund. So groß die Gefahr auch sein mochte, sie brauchte ihn. Aber er war fort.

Sie ließ den Kopf auf die Arme sinken und schluchzte auf.

Es war Richard gewesen, der zwischen sie getreten war. Hätte sie Richard nicht kennengelernt, wäre es ihr dann möglich gewesen, den Prinzen zu lieben, der ihr die Gunst seiner Leidenschaft geschenkt hatte? Richard. Immer wieder Richard. Der Name ging ihr im Kopf herum. Hatte Matilda in diesen letzten Monaten Richard noch einmal gesehen?

Sie drehte sich um und sah zur Tür. Auch Ann hatte ihr das Versprechen abgenommen, nie wieder allein eine Regression zu versuchen. Aber dieses eine Mal mehr würde sicherlich nicht schaden – nur um herauszufinden, ob es Neues von Richard gab. Schließlich war Matilda nicht in Irland gestorben. Noch konnte also keine Gefahr bestehen. Nur zehn Minuten, mehr brauchte sie nicht, um ihr Gedächtnis nach seinem Anblick zu durchsuchen und ihre Gedanken von John abzulenken.

Auf Zehenspitzen ging sie zur Tür und drehte den Schlüssel um. Dann setzte sie sich vor das Fenster. Sie legte die Hände auf die Fensterbank, sah zum großen, silbernen Mond auf und bemühte sich, an nichts zu denken.

Spätabends erreichten sie die Burg Trim. Irgendwo hatte eine Amsel leise zu singen begonnen. Ihr Tirilieren hallte durch das grüne Zwielicht. Der Regen hatte endlich aufgehört, und eine blasse Sonne schickte schräge Strahlen über den Weg. Die mächtigen Torflügel der Burg schwangen langsam auf, und die Pferde trotteten über die Zugbrücke in das sichere Halbdunkel des Hofes.

Margaret begrüßte ihre Mutter mit offenen Armen. Sie herzte sie und versuchte zugleich, sie von dem dicken Mantel zu befreien. Lachend wischte sie sich Tränen von den Wangen. Dann erschien auch Walter, um sie willkommen zu heißen, groß und stattlich wie immer, in den Augen ein humorvolles Funkeln. »So kommen meine ruchlosen Schwiegereltern uns endlich einmal besuchen.« Er beugte sich zu ihr herunter, küßte sie und nahm ihre Hände. »Willkommen auf Trim, Lady Matilda. Wir werden Euch eine sichere Zuflucht geben; fürchtet nichts.« Er geleitete sie ans Feuer und überließ es seiner Frau, Vater und Brüder zu begrüßen. Eine Weile betrachtete er forschend ihr Gesicht. Matilda wich seinem Blick verlegen aus. Ihr war bewußt, wie unordentlich und zerzaust ihr silberglänzendes Haar unter dem Schleier hervorlugte. Sie dachte an die Falten, die Sorgen, rauhes Wetter und Angst rings um ihre Augen gegraben hatten, und an die geschwollenen, häßlichen Hände, die er so sanft umfaßt hielt. Die eine hob er jetzt an seinen Mund und küßte sie. »Habt Ihr noch genug Kraft, um einen Blick auf Margarets Stolz und Freude zu werfen, bevor Ihr Euch zur Ruhe begebt, Mutter?« Er sprach so leise, daß sie seine Worte über dem Lärm in der Halle fast nicht verstand. »Ich weiß, sie hatte noch keine Gelegenheit, es Euch mitzuteilen. Unsere Gebete sind endlich erhört worden. Wir haben eine kleine Tochter.«

»Oh, Walter!« Matildas müdes Gesicht leuchtete beglückt auf. Sie entzog sich ihm und drehte sich zu Margaret um. »Warum hast du es mir nicht sofort erzählt, du böses Mädchen? Bringe mich rasch zu ihr, bevor ich tatsächlich vor Erschöpfung zusammenbreche.«

Aber als sie ihrer Tochter die steile Treppe hinauf zu den Kindsgemächern hoch oben im Hauptturm hinauffolgte, merkte sie, daß sie ein heftiges Zittern beim besten Willen nicht unterdrücken konnte. Sie preßte eine Hand aufs Herz und spürte, wie unregelmäßig es flatterte. Bei jeder Windung der Treppe atmete sie tief durch und zwang sich, Margaret mit gleichmäßigen Schritten zu folgen, die mit gerafften Röcken vor ihr herlief. »Wir haben sie Egidia getauft«, rief Margaret über die Schulter. »Oh, Mutter, sie ist das schönste Kind, das Ihr je gesehen habt. Sie ist eine Perle.«

Matilda folgte ihr ins Kindergemach und ließ sich schwer auf den Schemel fallen, den ihr die runde, mütterliche Amme schnell überließ. Plötzlich fühlte sie sich von Übelkeit und Schwäche überwältigt; aber irgendwie gelang es ihr doch, sich vorzubeugen und das kleine, schlafende Gesicht zu bewundern.

»Sie ist so schön, mein Liebling.« Matilda lächelte.

Margaret hatte sie aufmerksam beobachtet. »Es geht Euch nicht gut, Mutter. Was fehlt Euch? Ihr hättet Euch nicht von mir die Treppe heraufhetzen lassen dürfen.« Sie ließ sich neben ihrer Mutter auf dem mit Kräutern bestreuten Boden auf die Knie nieder, plötzlich zerknirscht. »Es hat mich so aufgeregt, Euch zu sehen und zu wissen, daß Ihr endlich, endlich in Sicherheit seid.«

Matilda tätschelte lächelnd ihre Hand. »Mir fehlt nichts. Es hat nur so lange gedauert, bis wir zu euch kommen konnten. Der Marshall war so freundlich zu uns, doch dann erschien der neue Gerichtshalter und drohte, uns zu verraten. Der gute alte Marshall trotzte ihm natürlich, aber er hatte zu wenig Mannen. Da meinte er, hier wären wir sicherer.«

»Das seid Ihr auch, Mutter.« Wieder schloß Margaret sie in ihre Arme. »Niemandem wird hier ein Haar gekrümmt werden, das werdet Ihr schon sehen.«

Matilda lächelte traurig und schaute wieder in die Wiege. Das Kind verzog im Schlaf das Gesichtchen. »Vielleicht, mein Kind. Vielleicht.« Mehr sagte sie nicht, aber in ihrem Herzen wußte sie, daß ihre Zuversicht eine eitle Hoffnung war. Wieder sah sie Johns Gesicht vor sich, die wohlgeformten Züge, die gerade Nase, die kalten blauen Augen, den grausamen Mund, der einmal ihre Lippen gesucht und gefunden hatte ...

Als Walter den Brief entrollte und die dichtgedrängten Zeilen der schwarzen Handschrift las, ahnte Matilda nicht, daß er von Richard kam. Ihr Blick war ruhig, ihre Miene heiter, und sie hörte, wie Margaret vor sich hin sang, während sie im Licht des hohen Fensters an einem Gobelin stickte.

Walter erhob sich langsam. Lächelnd reichte er Matilda das Schreiben. »Neuigkeiten, die Euch gefallen werden, denke ich, Mutter«, sagte er leise. Dann winkte er Margaret und verließ mit ihr die Halle.

Matilda nahm den Brief und las ihn langsam. Es waren förmliche Sätze, einem Schreiber diktiert, aber nichts konnte das Glück der Botschaft verwässern. Mattie war von Wigmore nach Suffolk zurückgekehrt. Dort, zu Clare, hatte sie an einem der milden Dezembermorgen Will einen zweiten Sohn geschenkt.

Da Will sich vorläufig auf Trim niedergelassen hatte, schlug Richard jetzt vor, Mattie nach Irland zu bringen.

Matilda rollte den Brief zusammen und ging zum Feuer. Richard würde dem Kurier dicht auf den Fersen sein. Vielleicht war er schon in Irland? Sie unterdrückte ein Lächeln. Diese Aufregung, diese Sehnsucht bei einer Frau, die es in ihrem Alter eigentlich besser wissen müßte!

Als Will die Neuigkeit hörte, wollte er außer sich vor Freude unverzüglich zur Küste reiten.

Margaret packte ihn energisch beim Arm.

»Wage es nicht, ihnen entgegenzureiten, Will! Du mußt warten, bis ihr Vater sie hierher gebracht hat. Du mußt!« Verstohlen warf sie einen Blick zu Matilda hinüber. »Um deiner Mutter willen! Denke nur, wie ihr ums Herz wäre, wenn Richard am Hafen umkehrte!«

Will zügelte seine Ungeduld und wartete. Er beobachtete die allmählich trocknende Straße und den strahlenden Frühlingssonnenschein, der seine Frau vom Meer herbeiführen mußte, es aber nicht tat.

Doch endlich kamen sie. Richard de Clare ritt an der Seite seiner Tochter, gefolgt von den Ammen mit den Kindern und der Eskorte.

Matilda hielt sich zurück und ließ Will seine Gemahlin begrüßen. Ein Kloß stieg ihr in die Kehle, als sie sah, wie ihr Sohn das kleine Bündel betrachtete, das ihm die Amme entgegenhielt. Er sah, daß sie ihn beobachtete, und lachte ohne jede Verlegenheit. Er hatte den Arm um seine Frau gelegt, sein Gesicht strahlte vor Glück.

Dann war Richard bei ihr. »Es freut mich, daß die Kinder soviel Glück aneinander gefunden haben«, murmelte er zur Begrüßung, uns seine Finger berührten leicht die ihren. Sein Haar war inzwischen ganz weiß, sein Gesicht von Schmerz und Erschöpfung gezeichnet. Er sah ihr mit resigniertem Lächeln in die Augen. »Seht mich nicht so an, meine Liebe. Ich werde alt. Man sieht es; das ist alles.«

»Richard, warst du krank?« Sie hatte ihre Söhne und die Scharen der Leute ringsum vergessen, sah nichts als die tödliche Blässe seiner Haut und empfand furchtbare Angst.

Er hob die Schultern. »Ein Fieber, weiter nichts. Meine Mattie hat mich gesundgepflegt. Es hat keinen Schaden angerichtet; nur die Reise zu Euch hat sich verzögert. Kommt jetzt, Ihr müßt uns zu unseren Gastgebern führen. Walter wird sich schon fragen, was aus uns geworden ist.«

Während der Wochen in Trim konnte Richard nicht vor Matilda verbergen, daß seine Kräfte ihn verließen. Als sei es ihm bewußt, wie unglücklich es sie machte, ihn so gebeugt und matt zu sehen, während er täglich den Jägern nachschaute, die ohne ihn ausritten, bestand er schließlich darauf, noch vor Ostern abreisen zu müssen. Er ließ sich durch nichts davon abbringen und unternahm auch keinen Versuch, sie vor seinem Aufbruch noch einmal allein zu sehen.

»Lebt wohl, mein Lieb«, sagte er nur, als sie sich im Hof der Burg zu Trim von ihm verabschiedete. »Gott sei mit Euch und beschütze Euch allezeit.« Er hob ihre Hände, und seine Lippen verharrten in einem Kuß auf ihren Fingern. Dann bestieg er sein Pferd und ritt langsam mit seinem Gefolge über die Zugbrücke. Bald war er nicht mehr zu sehen. Er drehte sich nicht um.

»Jo!« Ann klopfte an die Zimmertür. »Jo, um Gottes willen, hören Sie mich nicht?« Sie rüttelte am Türknauf. »Jo, lassen Sie mich hinein.«

»Komm, laß mich mal.« Ben schob sich an ihr vorbei. Mit den Fingerknöcheln hämmerte er gegen den Türrahmen. »Bist du sicher, daß sie da drin ist? Könnte doch sein, daß sie spazierengegangen ist.«

»Sie ist da. Der Schlüssel steckt.«

Hinter ihnen fiel ein Sonnenstrahl durch ein kleines Oberlicht und beleuchtete die Holzdielen des Fußbodens, die anthrazit- und cremefarbene Wolle des Wandteppichs.

»Ben! Was ist, wenn sie es getan hat? Wenn sie allein eine Regression ausgelöst hat und dabei gestorben ist?«

»Sei nicht albern!« fiel Ben seiner Frau scharf ins Wort. »Jo ist eine vernünftige Frau. Eine solche Dummheit würde sie nie begehen.« Er ging in die Hocke und spähte durch das Schlüsselloch. »Hol einen Bleistift und eine Zeitung oder so was. Mal sehen, ob wir den Schlüssel nicht hinausschieben und unter der Tür zu uns ziehen können.«

»Wieso hat sie abgeschlossen?« fragte Ann kläglich, während Ben behutsam den Bleistift ins Schloß manövrierte.

Der Schlüssel klirrte leise zu Boden. Zufrieden knurrend zog Ben das Zeitungsblatt und mit ihm den Schlüssel unter der Tür durch. Ann stürzte sich auf den Schlüssel und schob ihn mit zitternden Fingern ins Schloß.

Jo lag auf dem Bett, die Arme über den Augen.

»Atmet sie noch?« Ann sank neben dem Bett auf die Knie. »Jo? Jo, ist alles okay?«

»Ich sehe von hier aus, daß sie atmet.« Ben blieb an der Tür stehen.

»Jo?« Sanft rüttelte Ann an der Schulter. »Jo, wachen Sie auf.«

Mit leisem Seufzen regte sich Jo. Dann schlug sie die Augen auf und blickte Ann verständnislos an.

»Jo, es ist schon nach zehn. Die Kinder haben uns keine Ruhe gelassen; wir sollten Sie wecken.«

Jo lächelte matt. »Egidia«, sagte sie. »Und Matties Knaben. So niedlich. Ganz wie Will, als er klein war . . .« Sie schloß wieder die Augen.

Ann warf einen Blick über die Schulter zu Ben, der die Augen zum Himmel aufschlug und in der Diele verschwand. Gleich darauf lief er die Treppe hinunter. Sie wandte sich wieder Jo zu. »Nicht Matties Knaben, Jo. Polly und Bill«, verbesserte sie sanft.

Jo runzelte die Stirn. »Ich habe so tief geschlafen. Und so lange.

Richard ist abgereist. Er hat aufgegeben . . . Er war alt, Ann. Alt.« Ihre Augen füllten sich mit Tränen. »Ich muß mich in den Schlaf geweint haben.«

Nick schaltete das Autoradio ein. Neben ihm lag die Karte mit der Route über Hereford und Ross, die Ben ihm gegeben hatte. Die Nacht hatte er irgendwo in einem Gasthaus in den Bergen verbracht und war schon vor dem Frühstück aufgebrochen, um die Strecke wiederzufinden, nachdem er am Abend zuvor stundenlang ziellos umhergefahren war. Er fühlte sich benommen.

Blinzelnd versuchte er, sich auf den blauen Wagen vor ihm zu konzentrieren. Er wollte nicht nach London zurück. Jede Faser seines Wesens verlangte danach, in Wales und bei Jo zu bleiben. Er biß die Zähne zusammen, trat das Gaspedal nieder und schoß an dem blauen Wagen vorbei. Dessen Stelle nahm jetzt ein grüner Lieferwagen ein, der ihm den Weg versperrte, so daß er fluchend bremsen mußte.

Irgendwo südlich von Hereford - die A 49 führte in weitem Bogen einen langgestreckten Höhenrücken hinauf - trat er wieder kräftig auf die Bremse und betrachtete einen Wegweiser auf der anderen Straßenseite. Die Geräusche aus dem Radio schwanden, ebenso das Rauschen des Verkehrs.

Aconbury 1 Mile stand da.

Er runzelte die Stirn. Der Name sagte ihm etwas. Aber was? Ohne den Grund dafür zu kennen, bog er in die Nebenstraße ein. Durch die Frontscheibe sah er Wälder und dichte Hecken zu beiden Seiten der gewundenen Landstraße. Er fuhr an einigen Gehöften vorbei und hielt schließlich vor einer kleinen, verlassenen Kirche an. Als er ausstieg, schlug sein Herz in unregelmäßigem Rhythmus.

Noch immer ohne zu wissen, warum eigentlich, ging er durch das Tor und an ein paar alten Eiben vorbei auf das Kirchlein zu. Zwei geschnitzte Engel hingen an den Eichenholzpfeilern vor dem Eingang und schauten über die unebenen Steinplatten des Weges. Er ergriff den großen, rostigen Eisenring an der Kirchentür, aber die Pforte ließ sich nicht öffnen. Dann sah er den maschinengeschriebenen Zettel, der an die schweren Eichenbalken geheftet war: »HINWEIS FÜR BESUCHER - Diese Kirche wird als Gotteshaus nicht mehr benötigt und dient als Lagerraum der Diözese. Besucher, die das Bauwerk besichtigen möchten, können sich gern nach vorheriger Absprache den Schlüssel aushändigen lassen.«

Nick ließ sich auf die schmale Steinbank neben der Kirchentür fallen. Hinter seinen Augenlidern brannten Tränen, ein Kloß saß ihm in der Kehle. Aus welchem Grund? Warum sollte ihn diese kleine, verlassene Kirche mit so übermächtigem Kummer erfüllen?

Plötzlich konnte er den Jammer nicht länger ertragen. Er sprang auf, hetzte zu seinem Wagen, stieg ein und ließ den Kopf auf das Lenkrad sinken. Zehn Minuten vergingen, bevor er wendete und zur Hauptstraße zurückfuhr.

Jo kam abends gegen sieben in London an. Die Clements hatten versucht, sie zum Bleiben zu überreden. Aber als sie auf der Rückfahrt bestanden hatte, war Anns Erleichterung nahezu greifbar gewesen. Sie hatten sich zum Abschied geküßt und einander ein baldiges Wiedersehen versprochen – aber niemand hatte Matilda erwähnt. Jo wußte, wenn ihre Vergangenheit noch einmal zurückkehrte, würde sie sich ihr allein stellen müssen. Von Ann und Ben konnte sie nichts mehr verlangen.

Sie stieg langsam die Treppe zu ihrer Wohnung hinauf und schloß die Tür auf. Sie blickte sich um und fragte sich mit plötzlicher Nervosität, ob Nick vielleicht da war. Aber das Apartment war leer. Sie ging rasch durch alle Räume, öffnete die Fenster und entspannte sich. Es war gut, wieder zu Hause zu sein.

Sie duschte, zog sich um und goß sich ein Glas Apfelsaft ein. Dann stapelte sie ihre Notizen auf dem Couchtisch. Der Clements-Artikel war praktisch fertig.

Als das Telephon plötzlich klingelte, fuhr sie zusammen. Unvermittelt hatte sie Angst, sich zu melden.

»Jo? Wie geht es dir?« Es war Sam.

Ihre Finger spannten sich um den Hörer. »Mir geht es gut, vielen Dank«, sagte sie kühl.

»Wann bist du aus Wales zurückgekommen?« Sams Stimme tönte so klar aus dem Hörer, als stünde er neben ihr.

»Vor einer Stunde.« In ihrem Kopf begann es zu pulsieren. Auflegen. Sie mußte auflegen. Aber sie tat es nicht, blieb stehen, wo sie stand, den Blick auf die Steinbalustrade mit ihrem Vorhang aus welkendem Grün gerichtet.

»Kann ich Nick sprechen?« fragte Sam jetzt.

»Er ist nicht hier, Sam. Ich weiß nicht, wo er ist.«

»Ist er wieder in Lynwood House?« Sie hörte die Belustigung in seiner Stimme.

»Ich sage doch, daß ich nicht weiß, wo er ist.«

Er schwieg einen Moment lang. »Verstehe. Darf ich daraus folgern, daß ihr euch wieder gestritten habt?« fragte er schließlich.

»Nein, Sam.« Jos Stimme wurde lauter. Verzweifelt bemühte sie sich, die Beherrschung nicht zu verlieren. »Es tut mir leid, dich enttäuschen zu müssen, aber wir haben uns nicht gestritten. Wir hatten eine herrliche Zeit in Wales. Und was immer du mit Nick zu tun versucht hast, hat nicht funktioniert. Und falls du glaubst, du könntest noch einmal herkommen und das Spielchen wiederholen – vergiß es. Wir wissen, was du vorhast. Es wird nicht klappen, Sam, hörst du? Es wird nicht klappen.«

Ein amüsiertes Glucksen drang durch die Leitung. »Ich weiß nicht, wovon du da redest, Jo, aber ich hoffe dich bald wiederzusehen. Sehr bald sogar.«

»Nein, Sam. Schlag es dir aus dem Kopf.«

»Wie du meinst, mein Schatz. Hast du eigentlich die Telephonnummer meiner Mutter? Ich bin zur Zeit hier bei ihr in Hampshire.«

»Ich werde dich nicht anrufen, Sam.«

»Vielleicht nicht.« Wieder lachte er. »Aber Nick wird es tun. Sieh nur zu, daß du die Nummer irgendwo greifbar hast. Kann sein, daß jemand mich dringend erreichen muß. Man kann nie wissen.« Er lachte noch einmal. »Dein Leben könnte davon abhängen.«

Dann war die Leitung tot.

Einen Augenblick lang starrte Jo ungläubig den Hörer an. Dann warf sie ihn auf die Gabel. Erst nach einer ganzen Weile griff sie nach einem Stift und kritzelte gehorsam Dorothy Franklyns Telephonnummer auf den Block neben der Lampe.

Tim sah Nick ohne jede Überraschung an. »Ich dachte mir, daß Sie eines Tages auftauchen würden«, stellte er fest.

»Na ja, wir haben ja auch das eine oder andere zu regeln, oder?« Nick folgte ihm ins Atelier.

»Nichts haben wir zu regeln«, fauchte Tim. »Sie ist nicht Ihr Eigentum.«

»Ich habe vor, sie zu heiraten.«

Tims Mund öffnete sich leicht. Er schien zu erstarren. Mit Mühe nahm er sich zusammen. »Dann ist ein Glückwunsch angebracht. Ich hoffe, Sie werden glücklich. Weiß es Ihr Bruder schon?« Er schaute zur Atelierdecke hinauf und konzentrierte sich auf das Wirrwarr von Scheinwerfern und Leuchtstoffröhren, die unter den verdunkelten Oberlichtern hingen.

»Noch nicht.« Nick stand mit verschränkten Armen an der Tür. »Auch Jo weiß es noch nicht. Halten Sie sich von jetzt an von ihr fern, Tim. Ich sage es Ihnen nur einmal.«

»Überflüssig. Jo hat nie etwas für mich empfunden. Sie und ich, wie waren Teil eines Traumes, und was mich angeht, so ist der Traum vorüber. Kommen Sie mal her.« Er bewegte sich langsam, als schmerze ihn jeder Knochen seines Körpers.

Erst jetzt bemerkte Nick die Staffelei in der Ecke. Tim zog das Laken herunter und sorgte für besseren Lichteinfall. »Mein Hochzeitsgeschenk für Sie, wenn Sie möchten«, sagte Tim leise. »Ich lasse es rahmen. Ich habe keine Verwendung mehr dafür.«

Nick sah das Photo an. Etwas in seinem Hals begann zu zucken. Es war Matilda de Braose. Nicht Jo. Da war keine Spur von Jo in diesen großen Augen mit der Andeutung von Liebe und Lachen, in der geraden, etwas langen Nase, dem entschlossenen Kinn, dessen kraftvolle Konturen von dem feinen weißen Linnen der Haube noch verstärkt wurden. Sein Blick wanderte langsam an dem Photo herunter, verharrte für einen Moment auf den Händen und bewegte sich dann über die schweren Falten des scharlachroten Gewandes und des blaßgrünen Mantels bis hinunter zu der Schuhspitze, die unter dem Saum hervorlugte. Er hätte sie überall erkannt, die Frau, deren Bild ihn achthundert Jahre lang heimgesucht, verfolgt, gepeinigt hatte, die Frau, in die ein Prinz sich hoffnungslos verliebt hatte, die Frau, für die er Leidenschaft und Sehnsucht empfunden hatte - Gefühle, die längst verzerrt und schal geworden waren.

Jäh wandte er sich ab. Bitterkeit stieg in ihm hoch. »So also sah sie für de Clare aus«, flüsterte er. »Für mich hat sie nie so ausgesehen. Für mich gab es nur höhnische Verachtung!«

Ohne weiteres Wort ging er zum Ausgang.

»Wo wollen Sie hin?« Tims Stimme klang plötzlich schroff.

Nick drehte sich halb um. »Was glauben Sie, wohin?« fragte er. Seine Augen waren hart.

Er tastete nach der Tür, stürzte hinaus, hastete die Treppe hinunter und auf die Straße hinaus.

»Tun Sie ihr nicht weh, Nick«, bat Tim leise, als die Haustür unten ins Schloß fiel. Bitte, tun Sie ihr nicht weh.«

36

Jo schob die Schreibmaschine von sich und stand auf. Sie war zu müde zum Arbeiten, zu müde zum Essen. Sam hatte sie erschreckt; immer wieder kehrten ihre Gedanken zu Nick zurück. Sie sehnte sich so nach ihm, daß es fast körperlich weh tat.

Das Telephon klingelte.

»Jo, Kindchen? Ceecliff hier. Wie geht es dir?«

Jo lächelte. »Ich bin mürrisch und müde. Es ist schön, dich zu hören. Wie geht es dir?«

»Ich brenne darauf, mehr von deiner Matilda zu hören. Ist sie noch bei dir?«

Jo brachte ein Lachen zustande. »Wie du es sagst, klingt es, als wäre sie eine Untermieterin. Ja, sie ist noch bei mir.«

»Gut. Dann mußt du mir alles über sie berichten. Ich komme morgen nach London, Kindchen. Ich muß zum Zahnarzt, und zu Harrods will ich auch. Könnte ich mein armes altes Gerippe wohl morgen abend auf deinem Sofa ausstrecken? Ich bin inzwischen eine solche Antiquität, daß ich den Hin- und Rückweg an ein und demselben Tag nicht überstehen würde.«

»Aber natürlich.« Jos Lebensgeister erwachten bei diesen Worten.

»Prächtig. Aber jage mir nur den armen Nicholas nicht vor die Tür, falls er da sein sollte. Ich möchte ihn sehen, und ich bin nicht naiv! Wir sehen uns dann gegen fünf, Kindchen, wenn es dir recht ist.« Sie legte auf, ohne Jo Gelegenheit zum Antworten zu geben.

Jo lächelte. »Du und naiv ...«, brummte sie. »Nicht die Spur!«

Unversehens stiegen ihr die Tränen in die Augen. Nicht an Nick denken. Nicht!

Bei seinem Abschied vom Hof der Clements hatte er ihre Hände ergriffen. »Ich will dich nicht wiedersehen, Jo. Nicht, solange es nicht vorüber ist«, hatte er gesagt. »Laß mich nicht in deine Nähe kommen. Unter keinen Umständen, unter gar keinen, hast du verstanden?«

Sie schaltete die Stereoanlage ein und ließ sich auf das Sofa fallen. Wenn Nick nur hier wäre, damit Ceecliff ihn morgen sehen konnte. Wenn er nur hier wäre ...

Sie schloß die Augen und bemühte sich, auf die Musik zu hören. Zehn Minuten Vivaldi, um die Anspannung hinter ihren Augen zu lösen, dann würde sie zu Bett gehen.

Als sie im Burghof zu Carrickfergus von den Pferden geglitten waren, schaute Matilda zu dem massiven Turm hinauf, dessen rauhes Mauerwerk im Licht der Abendsonne leuchtete.

Am Mittsommertag war die Nachricht aus Kilkenny gekommen, König John sei mit einer Armee von Pembroke aus in See gestochen und in Crook, an der Südwestseite Irlands, gelandet. Von dort sei er nach Kilkenny geritten und vom Earl Marshall mit allen Ehren empfangen worden.

»Aber was ist geschehen? Wo ist William? Warum haben wir nichts von ihm gehört? Weshalb ist der König nach Irland gekommen?« In höchster Erregung hatte Matilda von Walter zu seinem Bruder Hugh geblickt. Im Frühjahr noch hatte König John sich endlich bereit gefunden, William nach Wales zurückkehren zu lassen, wo er ihm eine weitere Audienz gewähren wollte.

»Ich verstehe es nicht.« Walter rieb sich gedankenvoll das Kinn.

»Ich habe einen Brief, mein Lord.« Der Bote wühlte in seinem Beutel. »Man hat mich geheißen, ihn insgeheim dem Earl of Meath und niemandem sonst auszuhändigen.«

»Nun, so gib ihn mir doch, Mann.« Walter schob den Finger unter das Siegel. Hugh und Matilda beobachteten ihn schweigend, während er die eng geschriebenen Zeilen überlas. Schließlich hob er den Kopf und sah Matilda an. »Es sind Nachrichten von der schlimmsten Art, fürchte ich. Setzt Euch lieber.«

Matilda wurde blaß und setzte sich sehr aufrecht auf einen schmalen Schemel. Hugh legte ihr beruhigend die Hand auf die Schulter und räusperte sich nervös. »Nun, Walter, sag es uns.«

Walter senkte den Blick auf das Pergament. »Wie es scheint, ist William nach Hereford geritten, hat sich aber im letzten Augenblick geweigert, vor den König zu treten. Statt dessen begann er, Männer anzuwerben, um einige seiner Ländereien zurückzuerobern. Der König machte sich sogleich auf den Weg nach Haverford, wo sich seine Truppen bereits auf einen Überfall auf Irland vorbereiteten.«

»Einen Überfall?« wiederholte Hugh entsetzt.

»So steht es hier. Lord Ferrers hat offenbar nachdrücklich zu vermitteln versucht. Irgendwie ist es ihm gelungen, William zu überreden, dem König nach Pembroke nachzureiten, und dort ist er tatsächlich mit ihm zusammengetroffen. Angeblich hat er dem König angeboten, ihm auf der Stelle vierzigtausend Mark zu zahlen, wenn ihn der König wieder in Gnaden aufnimmt.«

Matilda rang nach Luft. »Vierzigtausend? Er hat den Verstand verloren. Woher sollten wir so viel Geld nehmen?«

Walter fuhr sich mit der Zunge über die Lippen. »Das hat der König anscheinend auch gefragt. Außerdem hat er angemerkt, das Oberhaupt der Familie da Braose sei ohnehin längst nicht mehr William, sondern Ihr.« Er blickte kurz auf. »Wenn jemand Geld aufbringen könne, dann wäret Ihr es, nicht Euer Gemahl. Und er, der König, habe die Absicht, Euch und nur Euch für die Schulden haftbar zu machen.«

Matilda schloß die Augen; Hughs Hand auf ihrer Schulter verstärkte den besänftigenden Druck. Walter warf ihr einen prüfenden Blick zu und las weiter; mit dem Finger fuhr er an den Schriftzeilen entlang, die gegen Ende des Pergamentes enger und gedrängter wurden. »Der König bot William an, ihn hierher nach Meath zu begleiten, aber William weigerte sich. Er ist in die Grenzmark geritten und gedenkt, selbst eine Armee auszuheben. Es scheint, daß der König ihn hat ziehen lassen.«

»Nur Mut, Mutter. Hier sind wir sicher.« Will wandte sich halb um, sah seiner Frau und den Kindern nach, die geführt von Walter und Margaret niedergeschlagen auf die Treppe zum Hauptturm von Carrickfergus zugingen.

Matilda versuchte zu lächeln. »Ich muß immer an deinen Vater denken, Will. Warum hat er uns das angetan? Warum hat er nicht versucht, mit dem König Frieden zu schließen? Es scheint fast so, als habe er absichtlich alles unternommen, den König gegen mich aufzubringen.«

Wills Mund war ein schmaler Strich. »Es war unverzeihlich, was er getan hat. Er muß gewußt haben, daß der König versuchen würde, Euch zu finden, wenngleich Hugh vermutet, daß der König auch ohnedies gekommen wäre, und . . .« Er zögerte. »Nun . . . Vater benimmt sich sehr unberechenbar. Ich bin nicht sicher, ob er immer noch genau weiß, was er tut.«

Sie beobachteten, wie die letzten der kleinen Gruppe die Holztreppe zum Turm erklommen. Die Pferde wurden zu den Stallungen geführt. Über ihnen kreisten zwei Möwen am Himmel; ihre Flügel schimmerten rosig im Licht der untergehenden Sonne, und ihre Schreie hallten zwischen den Mauern wider.

»Der König ist uns quer durch Irland gefolgt, Will.« Matilda legte ihrem Sohn die Hand auf den Arm. »Hier gibt es für uns keine Sicherheit.«

Er lächelte liebevoll. »Ich weiß. Ich habe mit Reginald und Walter darüber gesprochen, und sie glauben es auch nicht. Wir müssen so schnell wie möglich nach Frankreich. Etwas anderes bleibt uns nicht. Und dies ist ein guter Ort, um in See zu stechen; wenn wir uns ein wenig ausgeruht haben, wird Hugh uns Schiffe beschaffen.«

Sie seufzte. »Oh, wie ich mich danach sehne, Giles wiederzusehen. Bitte Hugh, er möge sich beeilen. Mir liegt nichts daran, mich auszuruhen. Laß uns bald reisen. Ich glaube nicht, daß er es als eine Beleidigung seiner Gastfreundschaft auffassen wird.« Tapfer versuchte sie zu lächeln.

Aber wie sich zeigte, war es sehr viel schwieriger als erwartet, ein Schiff zu finden, um sie über das Meer nach Frankreich zu bringen. Die beiden ersten Kapitäne, die Hugh ansprach, gestikulierten schulterzuckend und feilschten lärmend. Aber kaum stand der Wind günstig, segelten sie ohne sie ab.

Ängstlich spähten sie über das Wasser und suchten nach Schiffen, die Kurs auf den geschützen kleinen Hafen hinter der Burg nahmen. Sie sahen Scharen von Möwen, die über verborgenen Fischschwärmen kreisten, doch kein Fischer schien sich dafür zu interessieren. Hinter den hohen Sandsteinmauern stieg die Spannung. Die Posten auf der Seeseite wurden verdoppelt. Stundenlang starrten die Wachen angestrengt zum anderen Ufer der kleinen Bucht hinüber, als rechneten sie jeden Augenblick damit, die gesamte Armee des Königs am Strand Aufstellung nehmen zu sehen.

Aber niemand erschien. Hoch über dem Turm kreiste eine einsame Möwe. Ihr Gelächter hallte zwischen den Mauern über den dösenden Männern und den Pferden, die in der Hitze des Hofes gelangweilt am Heu schnupperten.

Die Sonne sank langsam, lange Schatten legten sich über das schimmernde Wasser.

Der Reiter war meilenweit zu sehen. Er galoppierte den Pfad herunter, vorbei an St. Mary' s Abbey und den Häusern der kleinen Siedlung. Er kam aus Richtung Bael na Farsad, der Furt an der Mündung des Lagan. Schweigend legten die Wachen am Haupttor die Pfeile auf ihre Bogen und warteten.

»Schnell! Schnell!« Der Mann zügelte sein Pferd, daß es sich aufbäumte und mit donnernden Hufen den Staub der Straße aufwirbelte. »Sagt dem Earl, der König ist da drüben. Weniger als einen Tagesrittmarsch von hier.« Er deutete über das langsam dunkler werdende Wasser. »Holy Wood hat er schon erreicht. Andere kommen von Rath herüber. Über das Meer.«

»Die Heilige Jungfrau sei uns gnädig.« Will bekreuzigte sich inbrünstig, als er die Botschaft des atemlosen Reiters vernahm. »Was machen wir jetzt?« Sein Blick ging zwischen Hugh, Walter und seiner Mutter hin und her. Sie standen auf der Ostmauer. Ein leichter, warmer Abendwind fuhr ihnen durch das Haar. Hoch über ihnen schnitt eine Sternschnuppe einen glitzernden Bogen in den samtenen Himmel. Matilda spähte angestrengt in die Ferne; Hugh hatte dorthin gedeutet, als die letzten Strahlen der Sonne auf dem Meer geblinkt hatte. Aber sie sah weder Licht noch Feuerschein. Das andere Ufer war so dunkel wie das gekräuselte Wasser.

Plötzlich packte Reginald ihren Arm. »Ein Boot - es hält auf uns zu!«

Sie blinzelten in Richtung des kleinen Fischerbootes, das ihnen, beleuchtet von dem glühenden Kohlenbecken mittschiffs, geisterhaft entgegenschwebte. Hugh wartete, bis es die Landspitze umrundet hatte und den Bug dem kleinen Hafen unter ihnen zuwandte. Dann lief er lautlos zur Treppe.

Sie sahen, wie das Boot leise am Kai anlegte; schwarze Gestalten arbeiteten an Deck und schwangen Körbe mit Fischen über die Reling auf den Steg, wo sich ihnen Hände entgegenstreckten. Matilda sah es mattsilbern schimmern, als Korb für Korb hochgestemmt wurde. Dann sah sie Hughs Mannen, die mit gezückten Schwertern auf den Anlegesteg stürmten. Ein Korb Fische flog durch die Luft; eine silberne Spur breitete sich auf den schwarzen Steinen aus, andere glitten zurück ins dunkle Wasser. Die Fischer leisteten so gut wie keinen Widerstand, als die Bewaffneten an Bord sprangen. Von ihrem Ausguck hoch oben auf der Mauer konnten die Beobachter Hughs hochgewachsene Gestalt erkennen, die vom Kai heraufdeutete, während Wachen aufgestellt und die Fischer mit Schwertern im Boot in Schach gehalten wurden. Dann verschwand Hugh im Dunkeln. Das ganze Unternehmen war lautlos verlaufen.

»Er wird am hinteren Tor sein«, drängte Walter leise. »Schnell. Wir haben keine Zeit zu verlieren. Der Wind dreht sich; er kommt im Moment noch aus der richtigen Richtung, um uns von hier fortzubringen.«

Es war ein altes Boot, offen und wacklig, die Planken schlecht kalfatert. Und da die Fischer es steuern mußten, war für Passagiere kaum noch Platz. Sie drängten sich an Bord, Mattie und Will mit ihren beiden Kindern, Margaret, die Egidia auf dem Arm trug, gefolgt von der Amme, Reginald, Matilda und Walter; als letzter kam Hugh, der einen langen, wehmütigen Blick zurück auf die Festung warf, die er zu bauen geholfen hatte. Vier Wachen standen mit gezücktem Schwert mittschiffs, als die Leinen losgeworfen wurden und sich das Boot lautlos aufs Meer hinausbewegte.

Es klatschte und zischte, als Walter das Kohlenbecken über Bord warf. Dann war es stockfinster; nur das Sternenlicht schimmerte matt auf der viereckigen, ausgeblichenen Leinwand über ihren Köpfen.

Matilda schaute atemlos nach vorn. Es schien ihr, als kämen sie nicht von der Stelle. Endlich begann sich das Segel kaum merklich zu wölben und zu blähen. Das Wasser vor dem Bug des Bootes schäumte sanft auf.

Langsam versank die schwarze Küste Irlands hinter ihnen in der Nacht. Sie waren allein mit den Sternschnuppen und dem phosphoreszierenden warmen Meer.

Jo öffnete verwirrt die Augen, das Licht hatte sich plötzlich verändert. Etwas Dunkles stand zwischen ihr und der Lampe. Sie schüttelte die Schlaftrunkenheit ab und richtete sich mühsam auf. Die Musik hatte aufgehört, es war still in der Wohnung.

»Du dachtest also, du könntest über das Meer entkommen.« Die leise Stimme ließ sie ruckartig hochfahren.

»Nick? Wie bist du hereingekommen? Was willst du?«

»Du hast im Schlaf gesprochen. Du hättest deine Tür verriegeln sollen, Jo.« Er saß auf der Armlehne des Sessels neben ihr. Mattgoldener Lampenschein überschattete seine Gestalt. Der Balkon hinter der offenen Tür lag im Dunkeln.

»Warum bist du gekommen?« Ängstlich sah sie zu ihm auf. Sein Gesicht war nicht zu erkennen.

»Was glaubst du, warum?« Er wandte sich zur Seite. Er lächelte. Das war nicht Nick. In diesen stahlblauen Augen lag Eiseskälte und Haß.

Bevor sie sich rühren konnte, drückte er sie zurück in die Polster. »Nein, meine Lady«, sagte er sanft. »Nein. Laßt uns den Rest der Geschichte erfahren, ja? Laßt ihn uns gemeinsam erfahren.«

»Nein!« Sie stieß ihn verzweifelt von sich. »Nick, du mußt gehen. Ich darf nicht weitermachen. Das Ende ist zu nahe. Bitte, Nick!« Voller Entsetzen starrte sie zu ihm auf. »Nick! Es ist Sam! Sam bringt dich dazu, das zu tun. Bitte, laß Sam nicht gewinnen!«

»Sam?« wiederholte er. »Da war etwas, was ich Sam erzählen muß . . .«

Jo schluckte. »Er ist bei eurer Mutter«, sagte sie. »Er hat vorhin angerufen und wollte, daß du zurückrufst.«

Für einen Moment sah sie ein unsicheres Flackern in seinen Augen; dann war es verschwunden. Er lächelte wieder. »Du bist ja plötzlich sehr begierig darauf, daß ich ihn anrufe. Warum wohl?« Seine Hände umklammerten ihre Handgelenke wieder fester, und er beugte sich über sie, bis sein Gesicht nur noch wenige Zentimeter von ihrem entfernt war. »Glaubst du, er wird mich hindern, das zu tun, wozu ich gekommen bin?«

»Wozu bist du denn gekommen?« fragte sie flüsternd.

Ein Auto hupte unten auf dem dunklen Platz. Der Ton gellte durch die offene Balkontür ins Zimmer. Nick hob den Kopf ein wenig, wandte aber den Blick nicht von ihrem Gesicht. »Ich bin gekommen, um dich zu sehen«, sagte er gleichmütig. »Die Frau, die ich liebe.«

Schweratmend bemühte sich Jo, ihre Panik niederzukämpfen. »Wenn du mich liebst, Nick, dann wirst du mir nichts tun«, sagte sie überredend. »Bitte, laß mich los. Du tust mir weh . . .«

»Verglichen mit den Schmerzen, die du mir bereitet hast, wohl ein geringer Schmerz . . .«

»Ich wollte dir keine Schmerzen bereiten«, rief sie verzweifelt. »Du mußt mir glauben, ich wollte es nicht. Ich liebe dich doch . . .« Sie begann zu schluchzen.

»Liebe?« flüsterte Nick zynisch.

Er umfaßte ihre beiden Handgelenke mit einer Hand und berührte mit der anderen sanft ihre Wange. Einen Augenblick lang hin eine Träne an der Spitze seines Zeigefingers. Langsam beugte er sich vor, seine Lippen berührten ihren Mund.

»Wen hast du wirklich geliebt?« murmelte er. »War es de Clare, die ganze Zeit?«

»Du warst es«, wisperte sie. »Am Ende warst du es immer . . .« Sie spürte, daß der Druck seiner Hand nachließ, als sein Mund erneut ihre Lippen suchte. Als sie die Augen schloß, erwachte irgendwo tief in ihr das vertraute Verlangen. Sie erwiderte seinen Kuß und erbebte, als er seine Hand in ihre Bluse schob. Lange lag sie ruhig, versuchte dann aber hastig, sich seinem Griff zu entwinden. Sogleich schlossen sich seine Finger wieder fest um ihr Handgelenk. Er richtete sich auf und lächelte. »Entspanne dich, Jo«, sagte er leise. »Wehre dich nicht gegen mich.« Er blickte auf sie herunter, und sie sah eine neue, rätselhafte Leere in seinen Augen. Er berührte ihr Gesicht »Und jetzt, denke ich«, sagte er, »zum Ende der Geschichte.«

»Nein!« Verzweifelt wollte sie sich abwenden. Aber er faßte ihr Kinn und zwang sie, ihn anzusehen, während er über ihre Stirn strich, sie trotz ihres Entsetzens besänftigte und entspannte.

Er lächelte. »So ist es besser. Hör auf, dich zu wehren, Jo. Ich werde dir nicht weh tun«, sagte er leise. »Wir wollen doch beide herausfinden, was geschehen ist.« Seine Finger liebkosten weiter ihre Schläfen, und sie lag still und sah zu ihm auf. Sie konnte an nichts anderes denken als daran, wie intensiv blau seine Augen waren. Nick beugte sich lächelnd vor und drückte seine Lippen erneut auf ihren Mund. Mit reiner Willenskraft zwang er sie in die Vergangenheit zurück. Sie war gefangen, und spürte durch ihre Angst hindurch, wie die Welt um sie aus den Fugen geriet.

Endlich ließ Nick ihre Handgelenke sanft los, beugte sich über sie und küßte sie erneut.

»So, meine Lady«, sagte er. »Jetzt möchte ich, daß Ihr mir erzählt, was weiter geschah. Ihr wart auf dem Boot und wolltet Irland verlassen ... mich verlassen. Ihr dachtet, Ihr wäret mir entkommen, was?« Er lachte. »Kommt, erzählt mir, wie es weiterging. Erzählt mir, wie es Euch ergangen ist auf Eurer Reise in die Freiheit.«

Eine oder zwei Stunden vor dem Morgengrauen versank Matilda, gewiegt vom sanften Schaukeln des Bootes, in unruhigen Schlaf. Ihr kleiner Enkel John lag in ihren Armen. Als sie erwachte, war der Himmel bereits grau, und die Wolken hoch oben am Himmel vor ihnen waren von perlmutternem Rosa überhaucht. In dunstiger Ferne lag die Küste Schottlands. Der kleine Junge in ihren Armen regte sich und schmiegte sich tiefer in die wohlige Wärme ihres Mantels. Sie hielt ihn fest im Arm, ohne sich um ihre steifen Schultern und den Tau zu kümmern, der alles mit seinem Netz überzogen hatte. Der Steuermann hockte geduckt an seinem Ruder; er hatte sich einen alten Sack um die Schultern gelegt, sein Blick war ruhig auf den Horizont gerichtet. Sie konnte sein braunes Gesicht sehen, verwittert und von feinen Linien überzogen. Er hatte durchdringend blaue Seemannsaugen. Daß Hughs Posten mit blankem Schwert hinter ihm stand, schien er vergessen zu haben.

Dicht neben dem Boot sprang ein Fisch aus dem Wasser, sein gekrümmter Körper war ein silbriger Blitz. Wie von selbst huschte der Blick des Mannes zu der Stelle.

»Wo werden wir landen?« flüsterte sie, um den kleinen John nicht zu stören.

Der Mann sah sie einen Moment lang nachdenklich an; dann deutete er mit einer Kopfbewegung nach vorn zum auf und abstampfenden Bug. »Das da vorn sind die Rinns o' Galloway. Ich bringe Euch zum Hafen des Gesegneten Patrick, wenn der Wind so bleibt und wir es bis zur Flut schaffen.« Er spähte zum Mast hinauf, wo der blaue Wimpel kräftig flatterte. »Aber ich denke mir, der Wind wird nachlassen, wenn die Sonne erst aufgegangen ist.« Sein Tonfall war sanft und singend. Er sprach entspannt und ohne jede Hast.

Matilda sah sich um und betrachtete die weißen Wellen des Kielwassers. Die See wogte und rollte sanft hinter ihnen. Zum Horizont hin wurde sie dunkler, denn die Nacht wich nur langsam zurück.

»Euer König wird keinen besseren Wind haben als wir, Lady.« Mühelos hatte der Alte ihre Gedanken gelesen. »Und wie ich höre, ist er einen Tag hinter Euch. Ihr werdet längst über die Berge sein, wenn er in See sticht.«

»Und ich vertraue darauf, daß mein Burghauptmann zu Carrickfergus ihn ein Weilchen im unklaren halten kann.« Hughs Stimme kam überraschend aus der Dunkelheit. »Wenn wir Glück haben, können Wochen vergehen, bis der König begreift, daß wir nicht mehr da sind. Bis dahin könnten wir in Frankreich sein. Wenn wir Glück haben . . .«

»Der schottische William ist ein Mann des englischen Königs geworden; Ihr wißt das?« fragte der Fischer ruhig. »Von ihm dürft Ihr keine Hilfe erwarten. Der Löwe ist alt und müde. Er wird England nicht noch einmal trotzen.«

»Du weißt viel, alter Mann.« Hugh lachte leise. »Ich zweifle dennoch nicht, daß wir in Schottland genügend Lords finden werden, die uns helfen. Sie haben nichts übrig für John. Nur bis uns die Überfahrt nach Frankreich sicher ist. Mehr Zeit brauchen wir nicht.«

Wie der Alte vorhergesagt hatte, legte sich der Wind, als es heller wurde. Sie sahen, wie die Sonne in einem lodernden Meer von Dunst über den Bergen von Galloway aufging. Das Segel begann zu flattern und hing dann schlaff herab. Irgendwo klatschte ein Tau schlapp gegen den Mast. Eines der kleinen Kinder begann jämmerlich zu weinen. Die Wellen schäumten nicht mehr. Still lag das Wasser da; nur hin und wieder gurgelte es in einem Wirbel an den Schiffsplanken vorbei.

Lange Zeit lagen sie in der Flaute. Das Boot schien sich kaum von der Stelle zu bewegen. Der alte Skipper weigerte sich knapp, als Walter vorschlug, die langen Ruder hervorzuholen. »Dazu ist noch Zeit genug, wenn die Ebbe einsetzt, mein Lord«, erwiderte er fest. »Die Flut bringt uns beizeiten hin, wenn Gott es will.«

Der Horizont hinter ihnen versank im Perlmuttdunst, doch Verfolger waren nicht zu entdecken.

Es war nach Mittag, als sie endlich am Kai in Portpatrick anlegten. Zwei Männer, barfüßig in karierten Lumpen, fingen die Leinen auf und vertäuten das Boot an behelfsmäßigen Pollern. Mit weit aufgerissenen Augen betrachteten sie die blanken Schwerter, die Weiber und Kinder. Steifbeinig und verkrampft kletterte die Gruppe an Land. Auf dem Holzsteg blieben sie stehen und schauten sich um. Die Luft war warm. Abseits der Bucht stand eine Ansammlung kleiner Hütten. Ein ausgetretener Weg führte vom Meer durch das trokkene Gras landeinwärts.

»Wir werden Pferde brauchen.« Hugh wandte sich an den Skipper, der nachdenklich am Bootsrand lehnte und herüberschaute. Er hatte offenbar keine Eile, die Leinen loszuwerfen und in See zu stechen, obwohl seine Bewacher das Boot längst verlassen hatten. Die Fischer hockten untätig auf den Deckplanken.

Der Alte zuckte mit den Schultern. »Ich glaube nicht, daß Ihr hier welche findet.« Er grinste den Jungen an, der auf dem Kai die Leinen aufschoß, und sprach ihn mit flinker irischer Zunge an. Der Junge zuckte kopfschüttelnd mit den Schultern. Dann deutete er landeinwärts. »Er meint, am besten geht Ihr zur Burg«, übersetzte der alte Mann zwinkernd. »Aber nur, wenn Ihr genug Gold habt. Der Laird dort ist kein Freund der Landlosen.«

Hugh und Walter wechselten Blicke.

»Sag ihm, er soll uns hinführen«, befahl Hugh dann. »Wir haben Geld.«

»O Hugh, wie müssen doch nicht zu Fuß gehen? Doch nicht mit den Kindern und in dieser Sonnenhitze?« Margaret legte ihrem Schwager die Hand auf den Arm.

Zögernd wandte er sich an den Knaben. »Ist es weit bis zur Burg?«

Der Seemann übersetzte, und der Junge grinste schwerfällig. »So weit, wie es ist, nicht weiter«, lautete seine rätselhafte Antwort. Hugh murrte.

»Vermutlich ist es besser, wenn die Frauen hier warten – in einer der Hütten vielleicht. Will, du bleibst bei ihnen. Behaltet zwei meiner Männer da. Wir werden sehen, ob wir irgendwo Pferde auftreiben können.«

Er verschwendete seine Zeit nicht damit, auf Widerspruch zu warten. Matilda blieb mit Mattie und Margaret zurück. Sie schaute den Männern nach, die geführt von dem barfüßigen Knaben den Pfad hinaufstiegen. Als sie außer Sicht waren, wandte sie sich an Will. »Breitet unsere Mäntel dort unter dem Baum aus. Wir wollen hier im Schatten warten. Seht, ob ihr nicht in einer der Hütten Brot und Ale kaufen könnt.« Plötzlich war sie fast leichten Herzens – glücklicher als irgendwann, seit König John seinen Fuß auf irischen Boden gesetzt hatte. Endlich sah es so aus, als hätten sie genug Vorsprung, ihm entkommen zu können.

Die Sonne brannte vom Himmel herab, und die Steine auf dem staubigen Weg waren heiß. Der Berghang hinter ihnen war vom Feuer der knospenden Heide überzogen, von den rankenden, kletternden Buschwindröschen und dem wilden Thymian kam das Gesumm der Bienen.

Die Kinder schliefen, und mit ihnen die Amme, deren Kopf am knorrigen Stamm eines Baumes ruhte. Schnarchen drang aus ihrem schlaffen Mund, und das Mieder ihres Kleides hatte sich nachlässig geöffnet, so daß eine schwere braune Brust mit der großen, geröteten Warze zu sehen war. An Bord des Fischerbootes schliefen die Seeleute im Schatten des Segels, das sie über das Deck gespannt hatten, um die ausgeblichenen Planken vor der unnachgiebigen Hitze zu schützen.

Sehr viel später, als alle schon hungrig und durstig waren, hörten sie Hufgetrappel und das Klirren von Zaumzeug aus der Ferne. Endlich sahen sie Männer herankommen. Will rappelte sich hoch und spähte angestrengt in die gleißende Abendsonne, während er seiner Mutter beim Aufstehen die Hand reichte. »Es scheinen viele Leute zu sein. Soweit ich sehen kann, sind keine reiterlosen Pferde dabei«, stellte er schließlich verwirrt fest.

Sie blickten den Reitern entgegen. Von Walter, seinem Bruder und Reginald war nichts zu sehen. Anführer des Trupps war ein rothaariger Mann, auf dessen Umhang ein scharlachrotes Wappen prangte. Er zügelte sein Pferd und schaute auf sie herab. Eine Braue hob sich in seinem schmalen, sonnengebräunten Gesicht. »Seid Ihr gute Leute auf einer Pilgerfahrt?« erkundigte er sich träge. Sein Blick wanderte von einem zum anderen. Er musterte sie alle, nichts entging ihm. Schließlich sah er wieder Matilda an. Sein Blick wurde kaum merklich schärfer.

»Das ist doch gewiß die Lady de Braose?« Er sprach so leise, daß sie fast glaubte, er rede mit sich selbst. Dann verbeugte er sich im Sattel, und seine grünen Augen blitzten heiter. »Erlaubt, daß ich mich vorstelle, meine Lady: Sir Duncan of Carrick.« Er beäugte sie unablässig, und Matilda spürte, daß sie zu zittern begann. Seine nächsten Worte bestätigten sie in ihren schlimmsten Befürchtungen. »Ich bin erst kürzlich nach Schottland zurückgekehrt. Da war es unvermeidlich, daß ich von Eurem kleinen Hader mit meinem geliebten Vetter, König John, erfuhr.«

Aus dem Augenwinkel sah Matilda, daß Wills Hand nach dem Schwertgriff zuckte. »Ich glaube, Ihr irrt, Sir Duncan.« Sie bemühte sich um ein Lächeln.

»O nein, meine Lady. Das glaube ich nicht.« Er schnitt ihr das Wort ab, bevor sie weiter leugnen konnte. »Ich glaube, es würde Seiner Gnaden große Freude bereiten, könnte ich ihm sagen, wo Ihr Euch befindet.« Jäh hörte er auf zu lächeln und machte eine Gebärde über die Schulter.

Die Reihe der Reiter löste sich auf, und die Gruppe unter den Bäumen war rasch umzingelt. Mit einem Fluch zog Will das Schwert aus der Scheide, die beiden Ritter aus Carrickfergus taten es ihm nach und stellten sich zwischen die Frauen und Carricks Mannen. Kaum hatte Will den Arm gehoben, als drei bewaffnete Ritter ihn auch schon niederritten. Er stürzte unter die Hufe, seine Klinge zuckte hilflos in der Luft. Mattie stürzte mit einem Schrei auf ihn zu. Aber einer der Berittenen beugte sich lachend herab und hob ihren zierlichen Körper so mühelos vor sich in den Sattel, als wäre sie ein Kind. Dort hielt er sie fest und preßte ihr die Arme an den Leib.

Mit zerschundenem, blutendem Gesicht kam Will taumelnd auf die Beine. »Bindet ihm die Hände«, befahl Sir Duncan. Zwei seiner Leute stiegen ab, drehten Will die Arme auf den Rücken und fesselten sie mit einem Lederriemen. Mit einem um Vergebung bittenden Blick zu Matilda warfen die beiden anderen Ritter daraufhin ihre Schwerter zu Boden. Hilflos sah sie zu, wie auch sie gefesselt wurden. »Ich denke, Ihr werdet mir zustimmen, Lady, daß es töricht wäre, sich der Festnahme zu widersetzen.« Er winkte einen jungen Mann nach vorn. »Mein Knappe wird Euch im Damensitz hinter sich nehmen. Bringt die anderen!« befahl er seinen Männern. »Wir kehren noch heute abend nach Turnberry zurück.« Er riß sein Pferd herum, gab ihm die Sporen und sprengte zum Bootssteg hinunter, wo die Fischer inzwischen an der Reling lehnten und das Geschehen unbeteiligt verfolgten. Sir Duncan griff nach seiner Börse und warf eine Münze auf die Deckplanken. Der alte Mann betrachtete sie regungslos.

»Laßt den König wissen, daß ich die Lady, die er sucht, gefangen habe«, befahl der Lord. »Sagt ihm, ich warte in der Burg meines Vaters zu Turnberry auf seine Anweisung.«

Der Alte nagte ungerührt an seiner Lippe. »Ich laufe mit der nächsten Ebbe aus, Sir. Dann werde ich dafür sorgen, daß Eure Botschaft übermittelt wird.«

Matilda fragte sich, ob da Mitleid im Blick des Alten lag, als er ihnen nachschaute, während sie die Pferde wendeten.

Als sie landeinwärts ritten, senkte der Abend sich herab; sie folgten der deutlich markierten Straße durch eine offene Ebene und in den Wald. Bei Craigcaffie entzündeten die Männer Fackeln, um den Weg zu beleuchten, der sie um Loch Ryan und dann entlang der Küste nach Norden führte. Sie ritten geschwind. Matilda war gezwungen, den Leib des jungen James Steward vor ihr zu umschlingen; halb sah sie das Glitzern der Sterne auf dem Meer zur Linken, halb blendete sie die Fackel des Reiters zu ihrer Rechten. Sie schloß die Augen; jenseits des Lichtkreises und des Hufgedonners gab es nichts als Finsternis und Verzweiflung. Irgendwo in ihrer Nähe weinte ein Kind. Sie wußte, daß es der kleine John war. Matilda sehnte sich danach, ihn in den Arm zu nehmen und zu trösten. Sie drehte sich um und hielt Ausschau nach Mattie, doch wehender, beißender Rauch ließ die Gestalten auf den dahindonnernden Pferden rings um sie her verschwimmen.

Bis auf ein kurze Rast, um die Pferde zu tränken, machte Sir Duncan erst halt, als sie in Turnberry angelangt waren. Die schweißbedeckten, zitternden Tiere trabten über die dröhnende Zugbrücke und kamen vor dem hohen Turm zum Stehen. Ihr Atem war weißer Dampf. Sir Duncan glitt aus dem Sattel, kam herüber und reichte Matilda die Hand. Der lange, wilde Ritt schien spurlos an ihm vorübergegangen zu sein, auch seine sorgfältige Höflichkeit hatte nicht gelitten. »Willkommen, Lady Matilda.« Er verneigte sich tief. »Ich hoffe, Ihr werdet Euch als meinen Gast betrachten, bis wir erfahren haben, wie ich nach dem Wunsche Seiner Gnaden mit Euch verfahren soll.«

Matilda zitterte, halb vor Erschöpfung und Angst, halb vor Wut. »Ihr seid mein Freund nicht, Sir Duncan. Wenn ich Euer Haus betrete, dann als Eure Gefangene, aber niemals als Euer Gast«, fauchte sie ihn an und entriß ihm ihre Hand.

Er lächelte. »Wie Ihr wünscht.« Er machte schroff kehrt, kläffte seinen Leuten einen Befehl zu und eilte ihnen voran in die Burg.

Man drängte sie in den Turm und in eine Kammer hoch unter dem Dach. Möbel gab es nicht, und der Boden war blank gefegt. Inzwischen weinten alle drei Kinder. Im Licht der Kerze, die in einem Halter neben der Tür brannte, sah Matilda, daß auch Mattie den Tränen nahe war. Die Amme war bleich, und ihre Augen waren vor Entsetzen geweitet. Draußen im Hof hatte man Will von ihnen getrennt, und Matilda sorgte sich um ihn. Sie merkte, daß Margaret ihr beruhigend die Hand auf den Arm gelegt hatte. »Helft mir mit den Kindern, Mutter. Wir müssen sie zur Ruhe bringen. Vielleicht kann die Amme ihnen allen Milch geben. Zumindest sind wir hier unter Dach und Fach, und warm ist es auch.«

»Er hätte uns behaglich untergebracht, wenn Ihr es zugelassen hättet«, fuhr Mattie Matilda an. »Wir hätten seine Gäste sein können. Wir hätten ein Feuer, Decken, Speise und Trank. Warum seid Ihr so halsstarrig und stolz? Müssen wir immer alle darunter leiden?« Verärgert wandte sie sich ab, als Matilda sich zum kleinen John niederbeugte und ihn in die Arme nahm.

»Schweig still, Mattie«, versetzte Margaret warnend. »Mutter hat ganz recht getan, als sie es ablehnte. Wir brauchen kein Feuer. Die Nacht ist warm.«

Das Kind war schwer, und Matildas Arme begannen bald zu schmerzen. Dennoch setzte sie John nicht ab. Sie empfand die Wärme des kleinen Körpers tröstlich, als er zögernd seine Arme um ihren Hals schlang. Margaret hatte Egidia der Amme überlassen und wiegte Matties kleinen Richard; sie versuchte, sein jämmerliches Weinen zu stillen, und knüpfte behutsam seine Windeltücher auf. »Für eines müssen wir dem Himmel dankbar sein, Mutter. Walter und die übrigen sind entkommen. Die Dörfler, die zugeschaut haben, werden ihnen berichten, was geschehen ist. Sie werden herkommen. Irgendwie werden sie uns befreien. Es wird ihnen schon etwas einfallen.«

Mattie hob den Kopf. In ihren vom Weinen geröteten Augen blinkte ein Hoffnungsstrahl. »Glaubst du? O ja, natürlich. Sie werden uns retten. Walter wird nie zulassen, daß man dich gefangenhält. Sie werden uns retten und Will finden.«

Matilda zwang sich mit trockenen, rissigen Lippen zu einem Lächeln. »Natürlich wird alles gut werden. Keine Sorge. Ich bin sicher, es wird ihnen etwas einfallen, bevor der König nach uns schickt.«

Irgendwann später, als das erste Licht durch die offenen Fenster hereindrang, hörten sie Schritte auf der Steintreppe vor der Tür. Der Riegel wurde beiseitegeschoben. Männer mit Matratzen und Decken kamen herein. Dann brachte man Krüge mit Wein und Teller mit Fleisch und Haferkuchen sowie eine Schüssel Milchsuppe für die Kinder. Alles wurde neben den kalten Herd gestellt. Dann wandte sich einer der Männer an Matilda und grüßte. »Sir Duncan sendet Euch seine Empfehlungen, Madame. Wenn Ihr und die anderen Ladies seine Gastfreundschaft annehmen wollt, dann seid Ihr höchst willkommen, heute abend an seiner Tafel zu speisen.«

Matilda spürte, daß sich ihre Wangen röteten. »Ich dachte, ich hätte Sir Duncan schon gesagt, was wir von seiner Gastfreundschaft halten. Bitte sagt ihm, daß ich meine Meinung nicht geändert habe. Niemals werde ich freiwillig als Gast unter seinem Dach verweilen.«

Der Mann verbeugte sich stumm und mit ausdrucksloser Miene; dann zog er sich mit den anderen zurück, und sie verriegelten die Tür hinter sich. Kaum waren sie draußen, brach Mattie in lautes Schluchzen aus. »Warum? Warum habt Ihr ihn abgewiesen? Wir hätten doch versuchen können, ihn zu bereden. Wir hätten entfliehen können, wenn wir nur erst aus diesem infernalischen Kämmerchen heraus wären! Wir hätten fliehen können!« Sie warf sich gegen die Tür und hämmerte gegen das dicke, unnachgiebige Holz.

Matilda sah sie an. »Und die Kinder bleiben als Geiseln hier?«

37

Nick reckte sich träge auf dem Bett und blickte zu den Sonnenstrahlen hinauf, die durch die Vorhänge drangen und auf dem Stuckfries an der Zimmerdecke spielten. Er lächelte. Es war lange her, daß er zuletzt an einem Montagmorgen bei Jo aufgewacht war. Er hob den Arm vor sein Gesicht und schaute auf die Uhr. Allmächtiger! Es war viertel nach acht. Um halb neun wurde er in der Firma erwartet. Er sprang aus dem Bett und blieb wie angewurzelt stehen.

Das Bett neben ihm war leer, die Tagesdecke unberührt, abgesehen von der Delle, die er dort hinterlassen hatte. Und er war vollständig angezogen.

Langsam und mit schwerem Herzen ging Nick zum Wohnzimmer. Jo lag da, wo er sie verlassen hatte – auf dem Sofa, sehr still unter der Decke, mit der er sie zugedeckt hatte.

»Nick? Wie spät ist es?« Sie schlug langsam die Augen auf.

»Kurz nach acht.« Er setzte sich neben sie.

»Was ist passiert? Warum hab ich hier geschlafen? Wann bist du gekommen?« Sie strich sich eine Haarsträhne aus den Augen.

Behutsam küßte Nick sie auf die Stirn.

»Jo, ich fliege noch heute in die Staaten.«

Sie setzte sich auf. »Warum?«

»Ich muß weg, Jo. Ich muß fort von dir, begreifst du das nicht?«

Sie stützte sich auf den Ellbogen. »Aber warum in die Staaten?«

»Weil die weit genug entfernt sind, Jo. Ich habe dich gestern abend hypnotisiert. Ich weiß zwar nicht, wie – aber ich habe dir solche Angst eingejagt, daß du in Trance verfallen bist, gegen deinen Willen. Ich habe dich gezwungen, die Geschichte weiterzuerzählen, Jo, obwohl ich wußte, daß es für dich gefährlich war, obwohl ich wußte, daß du Angst hattest . . .«

»Nick, das stimmt nicht.« Unsicher stand Jo auf. »Ich kann mich nicht erinnern . . .«

»Du kannst dich nicht erinnern, weil ich dir gesagt habe, du sollst dich nicht erinnern. Du hast geweint, Jo. Erst das brachte mich wieder zur Besinnung. Ich befahl dir, zu schlafen und alles wieder zu vergessen.« Er ballte die Fäuste. »Irgendwie muß ich Sam dazu veranlassen, diese ganze Geschichte in Ordnung zu bringen. Ich will sehen, ob er noch in Hampshire ist.« Entschlossen ging er zum Telephon, hob er den Hörer ab und wählte.

Dorothy Franklyn meldete sich beim zweiten Klingeln.

»Er ist gerade abgefahren, Nick«, antwortete sie auf seine kurze

Frage. »Er sagte, er müsse nach London. Stimmt etwas nicht, Nick? Sam war das ganze Wochenende über sehr nervös.«

»Es ist alles in Ordnung, Ma.« Nick trommelte mit den Fingern auf dem Schreibtisch. »Ich rufe später noch mal an.« Er legte auf. »Er ist auf dem Weg nach London, Jo. Ich will nicht, daß du hier allein bleibst. Du mußt dich von uns beiden fernhalten.«

»Um nichts in der Welt würde ich ihn in die Wohnung lassen.« Sie lächelte müde. »Ceecliff kommt heute abend. Sie will bei mir übernachten.«

Nicks Gesicht hellte sich auf. »Das ist gut. Ich wünschte, ich könnte sie sehen.«

»Ich auch«, sagte Jo traurig. »Ich auch.«

Die Wohnung war leer. Nick vergewisserte sich in allen Zimmern, dann verriegelte er die Wohnungstür und ging zum Telephon.

Er buchte einen Platz im Nachmittags-Jumbo und rief Jim Greerson an.

Jim war verzweifelt. »Das kann doch nicht wahr sein, Alter! Du solltest hier sein!«

»Sorry, Jim. Ich bin sicher, du wirst mit allem blendend fertig.«

»Das bezweifle ich. Wenn die Sache in die Binsen geht, dann ist das deine Schuld! Mike Desmond war stinkwütend, daß du wieder nicht aufgetaucht bist. Ich habe ihm fest versprochen, daß du morgen höchstpersönlich in sein Büro kommst, um vor ihm auf die Knie zu fallen und ihm die Stiefel zu küssen.«

»Jim, ich fliege heute nachmittag nach New York . . .«

»Den Teufel wirst du!« Zum ersten Mal klang Jim wirklich wütend. »Es ist deine Firma, Nick. Wenn du sie retten willst, dann wirst du verdammt noch mal hier aufkreuzen und Einsatz zeigen! Es stehen schließlich auch Arbeitsplätze auf dem Spiel. Für dich arbeiten zwanzig Leute, falls du das vergessen haben solltest. Sie sind allesamt von dir abhängig!«

Nick fuhr sich mit der Hand über die Stirn. »Jim . . .«

»Nein. Keine Ausreden mehr, Nick. Komm her. Schleunigst.« Jim knallte den Hörer auf die Gabel.

»Verdammt!« Nick warf einen Blick auf den Notizblock, auf dem er seine Flugnummer notiert hatte. Er riß das Blatt ab, zerknüllte es und warf es in den Papierkorb.

Dabei fiel sein Blick auf einen Gegenstand am Boden des fast leeren Papierkorbes. Er bückte sich und hob es auf. Es war ein Kruzifix.

Bet blickte von ihrem Koordinationsplan auf. »Du willst hier arbeiten? In der Redaktion?«

»Nur heute, Bet. Aus einem bestimmten Grund möchte ich nicht zu Hause sein. Ich kann den Artikel hier fertigschreiben.« Jo beugte sich über den Schreibtisch und angelte nach der Zigarettenschachtel neben dem Telephon.

Bet ließ den Stift fallen, ging zur Kaffeemaschine und goß eine Tasse ein. »Trink lieber einen Kaffee.« Mit einer flinken Bewegung nahm sie Jo die unangezündete Zigarette weg und schob sie zurück in die Schachtel. »Bestimmt kann ich irgendwo einen Schreibtisch für dich finden, Schätzchen. Ja, du kannst sogar einen festen Platz haben, wenn du willst. Das weißt du.«

Jo schüttelte den Kopf. »Nur für heute, Bet. Aber trotzdem vielen Dank. Dann gehe ich nach Hause und nehme mir Matilda wieder vor. Ich habe alle notwendigen Recherchen hinter mir.« Sie holte tief Luft. »Jetzt will ich es ein für allemal hinter mich bringen.«

Bet lächelte. »Freut mich, daß du es dir überlegt hast. Es wäre das Ende einer wunderbaren Freundschaft gewesen, wenn du mich mit der Geschichte hättest hängenlassen. Ich habe dir erst einmal im März dreimal das Haupt-Feature freigehalten. Damit hast du drei Monate Zeit zum Schreiben. Reicht das?«

»Ich schaffe es in drei Wochen.« Jos Kehle war trocken.

»Wie du willst.« Bet spreizte die Arme in einer ausladenden Geste des Einverständnisses. »Ich habe mit Tim gesprochen. Er schickt alle Photos direkt an dich, bevor er abreist.«

»Bevor er abreist?« Jo hob den Kopf.

»Er fliegt am Sonntag für ein halbes Jahr nach Sri Lanka, mit der reizenden Caroline.« Bet vermied es sorgfältig, Jo anzusehen. »Es ist besser so, Jo. Er würde sich zugrunde richten, wenn er hierbliebe.«

Jo spürte verblüfft, daß es hinter ihren Lidern verdächtig kribbelte.

»Er wird darüber wegkommen«, schob Bet sanft nach.

»Natürlich.« Jo zwang sich zu einem Lächeln.

»Wirst du ihn in der Serie unterbringen?«

»Nein.«

»Aber er ist ein Bestandteil der Story . . .«

»Das ist Nick auch, und ihn erwähne ich auch nicht.« Jo erhob sich unvermittelt. »Keine Sorge, du kriegst was für dein Geld. Für meine begeisterten Leser werde ich mich an den Pranger stellen, meine Freunde jedoch nicht.«

Bet zuckte mit den Schultern. »Wie du willst. Aber damit läßt du ein paar der außergewöhnlichsten Teile der Story weg, Jo. Vergiß nicht, die große böse Welt hat bereits von Nick und Sam gelesen.«

»Dann kann sie ja ihre Schlüsse ziehen.« Jo nahm die Mappe mit ihren Notizen. »Im Moment arbeite ich an der Clements-Story. Und jetzt zeige mir bitte einen Schreibtisch, damit ich anfangen kann.«

Ceecliff bezahlte das Taxi, stieg langsam die Haustürtreppe hinauf und klingelte. Es dauerte ein paar Sekunden, bis die Sprechanlage summend zum Leben erwachte.

»Ich bin es, Kindchen.«

»Bist du allein, Ceecliff?«

Celia Clifford sah sich verdutzt um. »Völlig. Niemand ist mir gefolgt. Ich habe zweimal das Taxi gewechselt, um ganz sicherzugehen«, erklärte sie wichtig.

Sprudelndes Lachen tönte aus der Wand. »Dann tretet ein und gebt Euch zu erkennen.«

»Was um alles in der Welt soll denn das?« Keuchend vom steilen Aufstieg sah Ceecliff, wie Jo hinter ihr die Tür verriegelte und die Kette vorlegte.

»Nichts. Ich bin nur vorsichtig.«

Ceecliff entledigte sich ihres leichten Mantels, ließ ihre Handtasche und den Einkaufsbeutel auf einen Stuhl fallen. »Hast du Nicholas ein- oder ausgesperrt?«

»Ausgesperrt. Oh, Granny . . .« Jo warf sich der alten Frau in die Arme.

»So hast du mich nicht mehr genannt, seit du ganz klein warst, Joey«, sagte Ceecliff sanft. »Meine Güte, sieh dich nur mal an. Wenn du so weitermachst, wirst du dich auflösen, Kind.« Sie schob Jo zum Sofa. »Nun sag deiner alten Großmutter, was dich so bedrückt.«

Es war halb neun, als Ceecliff die Tür öffnete. Sie lächelte Nick an und hielt ihm auffordernd ihre Wange entgegen. Dann nahm sie ihn bei der Hand und führte ihn ins Wohnzimmer. »Joey ist in der Küche, Nicholas; sie macht uns eine Paella. Wir können uns also in Ruhe unterhalten.«

Nick stellte eine Flasche Wein auf den Couchtisch und setzte sich gehorsam. »Eigentlich wollte ich so bald nicht wieder herkommen«, sagte er langsam. »Ich hatte für heute nachmittag schon einen Flug in die Staaten gebucht.«

»Weglaufen löst kein Problem.« Ceecliff setzte sich neben ihn auf die Sofakante. Sie beugte sich vor und nahm seine Hände. »Deshalb hab ich Sie auch angerufen. Joey hat mir heute alles erzählt.«

»Einschließlich dessen, was ich gestern abend mit ihr angestellt habe?«

»Mit allem Drum und Dran.« Sie lächelte ein bißchen wehmütig. »Nicholas, bei all Ihren Problemen, Ihrem Schmerz und Ihrer Sorge – ist Ihnen schon einmal der Gedanke gekommen, die Tatsache anzuerkennen, daß Ihr Geist, das, was Ihr Wesen ausmacht, eine bestimmte Frau seit achthundert Jahren liebt? Das ist eine Liebesgeschichte, Nicholas. Und nach Jos Worten klingt es, als hätten Sie drei die Chance erhalten, Fehler gutzumachen, die sie vor so vielen Jahren begangen haben. Eine Chance, Ihre Liebe zu erfüllen, Nicholas - nicht, Ihre schrecklichen Fehler zu wiederholen. Eine Chance für Ihren Bruder - falls er dieser gräßliche William war -, zu beweisen, daß er kein Feigling mehr ist, und für Richard . . .« Sie hob die Schultern. »Ich weiß nicht, in welcher Weise Richard schuldig geworden ist - außer vielleicht, daß er alt geworden ist . . .«

»Das glauben Sie doch nicht im Ernst?«

»Warten Sie. Ich bin noch nicht fertig.« Ceecliff klopfte ihm mißbilligend aufs Knie. »Ich verstehe nichts von Psychologie und diesem beängstigenden Hypnose-Kram, aber es kommt mir vor, als habe Ihr Bruder Ihren Widerstand und Ihre Angst dazu benutzt, gegen Sie zu kämpfen, und zwar in Ihnen selbst.« Sie hielt inne und durchforschte sein Gesicht nach einer Reaktion. »Haben Sie schon daran gedacht, sich einzugestehen, daß Sie einmal ein anderer Mann waren? Daß dieser Mann Verfehlungen begangen hat, für die seine Seele in Qualen hat leben müssen, und daß eine gütige Gottheit ihm Gelegenheit gegeben hat, diese Verfehlungen durch Sie wiedergutzumachen?«

Nick atmete tief aus. »Nein. So hab ich es noch nicht betrachtet.«

Ceecliff lachte. »Sie können ja sagen, ich hätte nicht alle Tassen im Schrank. Aber ich bin nicht achtzig Jahre alt geworden, ohne etwas zu lernen. Und eines von den Dingen, die ich gelernt habe, ist die Feststellung, daß nichts unmöglich ist, Nick. Weshalb haben Sie Jo kennengelernt? Das kann kein Zufall gewesen sein.«

»Sam hat uns miteinander bekannt gemacht.«

»Vielleicht war das für ihn der erste Schritt auf seinem Weg zur Erlösung.«

»Vielleicht.« Nick wirkte skeptisch. »Schauen Sie, Ceecliff, es tut mir leid. Ich würde das alles wirklich gern glauben - aber ich kann es nicht.«

»Aber Sie glauben, daß Ihr Bruder eine bestimmte Macht über Sie hat?«

»Dafür habe ich Beweise.«

»Sie haben auch Beweise dafür, daß Ihre Liebe zu Joey stärker ist als seine bösen Absichten. Es stand gestern abend in Ihrer Macht, ihr etwas anzutun, ja, sie sogar zu töten. Aber Sie haben es nicht getan.«

Nick sah sie schweigend an.

»Sie hätten sie gestern abend dazu bringen können, Ihnen die Geschichte bis zum Ende zu erzählen, Nick. Sie hätten sie zwingen können, den Augenblick des Todes zu erleben. Haben Sie aber nicht!« Sie stemmte sich vom Sofa hoch und ging zu ihren Einkaufstüten in der Diele. »Ich habe bei Harrods eine schöne Flasche Amontillado gekauft. Wollen Sie sie nicht öffnen, Nick? Gießen Sie

Jo auch ein Glas ein.« Sie lächelte ihn an. »Denken Sie über meine Worte nach. Weisen Sie sie nicht gleich von der Hand.«

Jo war inzwischen im Schlafzimmer. Sie lag auf dem Bett und hatte sich einem Arm über die Augen gelegt. Nick ließ sich neben ihr nieder. »Ich bringe dir einen Sherry, Jo.«

Sie drehte sich. Ihre Augen waren noch immer geschwollen. »Was hältst du von Ceecliffs Theorie?«

Er lächelte. »Ich nehme sie ihr ab. Besser als meine ist sie allemal, und wie ich höre, ist John nach Richard III. der nächste, dessen historische Neubewertung und Rehabilitierung fällig ist.« Er strich ihr behutsam das Haar aus dem Gesicht. »Ich möchte Ceecliffs Liebesgeschichte gern glauben, Jo.« Er küßte sie. »Ich möchte sie so gern glauben. Es würde bedeuten, daß du am Ende deinen schönen Prinzen heiratest und mit ihm bis ans Ende deiner Tage glücklich und zufrieden bist.«

Jo schnaubte. Sie schob ihn von sich und griff nach dem Sherry-Glas, das er neben ihr auf den Nachttisch gestellt hatte.

»Übertreib nicht, Nick.« Sie schwang die Beine vom Bett und stand auf. Ihr Lächeln verflog. »Was ist mit Sam? Ein Happy End wird nicht in seinem Sinne sein, Nick.«

»Sam ist mir egal.« Er legte ihr den Arm um die Schultern. »Aber du darfst ihn nicht sehen, Jo. Und es ist dir doch klar, daß du nie wieder in Matildas Welt zurückkehren darfst? Du weißt über ihre Geschichte alles, was du wissen mußt. Mehr darf nicht sein.«

Sie nickte. »Das hatte ich bereits entschieden. Ich wollte sowieso nicht mehr wissen. Du warst es, der mich gestern abend gezwungen hat, noch einmal zurückzugehen, Nick.«

Er verzog das Gesicht. »Das werde ich mir nie verzeihen. Jo, Ceecliff sagt, sie wolle ein paar Tage bei dir bleiben. Ich finde, du solltest zustimmen.«

Jo nickte. »Ich fände es sehr schön.«

Er lächelte. »Gut. Es ist bald vorüber, Jo. Ich verspreche es dir. Bald ist es vorbei.«

»Warum so förmlich, Nicholas?« Sam beäugte seinen Bruder über den Tisch hinweg. »Und so extravagant. Unter dem *Claridge's* tust du es wohl nicht . . .«

Nick überflog die Weinkarte. »Ich wollte in Ruhe mit dir reden.«

»Warum dann nicht bei dir zu Hause?«

»Weil ich dir nicht traue.« Nick bestellte eine Flasche Bordeaux. Dann lehnte er sich zurück und sah Sam direkt in die Augen. »Es hat nicht geklappt, Sam. Du bist ein verschlagener Mistkerl, und ich gebe zu, daß du mir für eine Weile eine ungeheure Angst eingejagt hast. Aber am Ende hat es nicht geklappt.«

Sam lächelte. »Schade. Aber bist du da ganz sicher?«

Nick spürte, daß sich seine Nackenhaare unbehaglich sträubten. »Ganz sicher«, antwortete er fest. »Aber warum? Okay, du verachtest mich. Dagegen ist wohl nichts zu sagen – das Vorrecht eines Bruders. Aber warum Jo? Warum willst du ihr schaden?«

»Es hat mich amüsiert, euch wie die Marionetten an meinen Schnürchen tanzen zu lassen.« Sam streckte seine langen Beine unter dem Tisch aus. »Dich und diesen Schlappschwanz Heacham. Seine Erinnerungen sind echt. Er ist wirklich sensitiv. Armes Schwein.«

Nick sah schweigend zu, wie der Weinkellner ihre Gläser füllte. Dann griff er nach seinem und hob es Sam entgegen. »Ich trinke auf deine baldige und dauerhafte Rückkehr nach Schottland.«

Sam stieß mit ihm an. »Die wird noch in dieser Woche stattfinden«, erwiderte er. »Ich habe nur noch ein oder zwei Dinge in London zu erledigen. Was dagegen?«

»Solange sie Jo nicht betreffen ...«

Sam lächelte. »Jo existiert für mich kaum noch«, erklärte er doppeldeutig. Er trank einen Schluck Wein.

Nick griff in seine Tasche. Wortlos legte er das Kruzifix auf den Tisch.

Sam stellte sein Glas ab. »Wo hast du das gefunden?«

»Im Papierkorb. Ist es das Symbol eines abgelegten Glaubens oder ein Requisit, das seine Schuldigkeit getan hat?«

Sam nahm das Kreuz und betrachtete es ausdruckslos. Dann ließ er es in die Tasche seines Jacketts gleiten. Nick beobachtete ihn aufmerksam. »Oh, ich brauche es noch«, erklärte er leise. »Noch mindestens eine Woche. Was ist? Hast du gedacht, ich würde zurückzucken wie ein Vampir und mich in eine Rauchwolke auflösen, wenn du mich damit konfrontierst?« Er lachte laut auf. »Du bist ein bißchen durcheinander, Brüderchen.« Plötzlich war sein Blick eiskalt. »Durcheinander und ziemlich dumm.« Er wandte sich dem Essen zu, das gerade serviert wurde.

Nick kämpfte gegen eine Welle von Übelkeit. Entschlossen nahm er Messer und Gabel zur Hand. »Wag dich nur nicht in Jos Nähe«, sagte er noch einmal. »Übrigens ist ihre Großmutter bei ihr. Sie wird also nicht allein sein. Keine Minute.«

Jim Greerson lehnte sich in seinem Sessel zurück und stopfte bedächtig seine Pfeife. »Nick wird nicht begeistert sein, wenn wir mit dieser König-John-Geschichte weitermachen«, meinte er nachdenklich. »Wir dringen da ziemlich böse in seine Privatsphäre ein.«

Mike Desmond lächelte. »Eine Privatsphäre ist dazu da, daß man in sie eindringt, Jim. Sehen Sie mal.« Er reichte ihm ein Blatt. »Einer

Ihrer Burschen hat mir das zugesteckt.« Es war unverkennbar eine Karikatur von Nick. Eine Krone saß schief auf seinem Kopf.

Jim stieß einen Pfiff aus. »Sorgen Sie lieber dafür, daß Nick nicht herausfindet, wer das produziert hat. Dem würde er einen Tritt geben.«

»Oder eine Gehaltserhöhung. Hier.« Mike zog ein zweites Blatt hervor. »Sehen Sie? Bringen Sie so was zur Spitzenzeit ins Fernsehen, und Sie haben ein paar Kröten extra auf dem Konto.«

Jim schüttelte langsam den Kopf. »Nick bringt uns um, wenn wir das vorschlagen.«

»Wollen Sie den Auftrag von uns haben, Jim? Himmel, ich habe doch schon die ganze Arbeit für Sie gemacht! Im ganzen Land kann es keine Zeitung geben, die diese Geschichte über Nick noch nicht gebracht hätte. Jedermann weiß, wer er ist. Jeder wird ihn erkennen. Das verkauft sich von ganz allein, Jim. Schnallen Sie sich also die Rollschuhe unter. Ich will aktuell sein! Bringen Sie schleunigst das Nötige auf den Tisch. Es wird sich lohnen.«

Jim verzog das Gesicht. »Sie sind der Boß, vermute ich . . .«

»So ist es. Ich bin der Boß. Ich zahle Ihnen fette Honorare und den Sprit für den Wagen, mit dem Nick rumfährt. Außerdem werten Sie damit automatisch alle Ihre anderen Klienten auf. Wenn Nick Franklyn für ein paar Abende den Kopf hinhalten muß, so wird sich das zehnfach auszahlen, würde ich doch sagen.« Er stand auf. »Richten Sie ihm das von mir aus, Jim. Ich erwarte, heute nachmittag von ihm zu hören.«

Als Desmond gegangen war, riß Jim das Fenster auf. Ein Schwall Verkehrsdunst und Lärm drang herein. Verzweifelt fuhr er sich mit den Fingern durchs Haar. Dann kehrte er zu seinem Schreibtisch zurück und drückte auf den Summer.

»Jane? Wo ist Nick?«

»Noch zu Tisch.«

Jim sah auf die Uhr. »Es ist nach drei! Wohin wollte er denn? Wissen Sie das?«

»Er wollte sich mit seinem Bruder im *Claridge's* treffen.«

Jim seufzte. »Okay, Janey-Schätzchen. Sobald er aufkreuzt, jagen Sie ihn zu mir. Es ist mehr als dringend.« Er trommelte mit den Fingern auf dem Schreibtisch. Dann zog er die Zeichnungen zu sich heran. Er grinste. Sie waren wirklich gut.

Mondlicht überflutete das Haus. Es war absolut still. Die offenen Vorhänge ließen die Fenster aussehen wie dunkle Tümpel, deren Reflexe tief ins Innere des Hauses schienen. Langsam und auf Zehenspitzen näherte sich die Gestalt dem Rasen am Rande der Zufahrt und schlich zur Rückseite des Gebäudes. Behutsam rüttelte sie an der Hintertür, schob sich an den Mülltonnen vorbei und drückte gegen das kleine Fenster. Auch das war verriegelt.

Systematisch versuchte es der Schatten an jedem Fenster im Erdgeschoß, und leuchtete dann mit einer Taschenlampe zum ersten Stock hinauf. Der Lichtstrahl huschte über die Ranken rund um die Haustür, spielte fast zärtlich im Blattwerk, bis er sein Ziel gefunden hatte: Den blauen, viereckigen Kasten mit der Alarmanlage. Ein verhaltenes Lachen tönte durch die Stille. Lautlos bückte sich die Gestalt und hob einen der großen Granitbrocken auf, die den Rand des Vorgartens markierten. Er schleuderte ihn durch das Vorderfenster links neben der Haustür. Klirrend zersprang die Scheibe.

Das Heulen der Alarmsirene hallte durch den dunklen, mondbeschienenen Garten, während sich die Gestalt in die Büsche drückte und verschwand. Schon gingen im Nachbarhaus die Lichter an.

Jo und Ceecliff hatten gerade beschlossen, die Aquarelle bei Sotheby' s zu begutachten, als das Telefon klingelte. Jo nahm den Hörer ab und reichte ihn dann stirnrunzelnd ihrer Großmutter weiter. Wenig später legte Ceecliff mit blassem Gesicht wieder auf.

»Das war Julian Fredrickson von nebenan«, sagte sie heiser. »Bei mir ist eingebrochen worden.«

Entsetzt sah Jo sie an. »O nein! Ist viel gestohlen worden?«

Ceecliff hob die Schultern. »Das wissen sie nicht. Mitten in der Nacht ging der Alarm los, und sie haben ein zerbrochenes Fenster entdeckt. Julian hat einen Schlüssel; er hat sich im Haus umgesehen. Er meint, soviel er sehen konnte, war nichts kaputt, aber . . .« Sie nahm Jos Hand. »Ich muß wohl zurück.«

»Natürlich.« Jo umarmte sie. »Ich fahre dich hin.«

»Kommt ja gar nicht in Frage, Kindchen. Du hast heute nachmittag einen wichtigen Termin mit deiner Redakteurin.« Ceecliff lächelte. »Julian hätte sicher gemerkt, wenn sie etwas angerührt hätten. Er kennt das Haus gut genug. Anscheinend hat dieser schauerliche Alarm sie vertrieben. Ich ziehe mich rasch an und nehme den nächsten Zug.«

Jo suchte die Autoschlüssel aus ihrer Handtasche. »Hier. Nimm wenigstens meinen Wagen. Bis du quer durch London zur Liverpool Street gefahren bist, dort einen Zug erwischt und einen Anschluß nach Sudbury bekommen hast, ist es Mitternacht. Ich komme am Wochenende und hole den Wagen ab.«

»Ist das dein Ernst, Kind?« Ceecliff sah sie zweifelnd an.

Jo nickte. »Es ist mein Ernst.«

»Kann ich dir jemanden schicken? Du sollst nicht allein sein.«

»Es wird schon gehen.« Jo küßte sie auf die Stirn. »Hier gibt es jede Menge Leute, die ich um Gesellschaft bitten kann!«

Sie winkte Celia Clifford nach, die den blauen MG kundig in den Verkehr einfädelte und schnell verschwand. Dann ging sie langsam ins Haus und fühlte sich seltsam verwaist.

Nachdem sie die Tür geschlossen hatte, schob sie automatisch Riegel und Kette vor. Sie sah auf die Uhr. Kurz nach zehn. Genügend Zeit, später noch jemanden anzurufen.

Ceecliff war seit Montag bei ihr gewesen. Heute war Donnerstag. Sie hatte den Clements-Artikel geschrieben, aber nichts Neues begonnen. Sie fuhr nachdenklich mit den Fingerspitzen über die Bücher, Notizen und Kassetten, die sich auf ihrem Schreibtisch stapelten. Drei Wochen für die drei Artikel, hatte sie Bet gesagt. Aber was war mit dem Buch? Mit der Biographie, der Suche nach ihrer vergangenen Existenz? Was war mit Matilda?

Sie setzte sich und zog das erste Notizbuch heran. Dann spannte sie ein Blatt in die Schreibmaschine.

Den ganzen Tag lang arbeitete Jo konzentriert, befahl ihrem Gehirn, Fragen zu beantworten und Erinnerungen zu mobilisieren, behielt ihre Emotionen beim Schreiben eisern im Griff. Es fiel ihr jedoch schwer, sich aus der Geschichte herauszuhalten. Immer schneller flogen ihre Finger über die Tasten und schrieben Details nieder, von denen sie nicht geahnt hatte, daß sie sie kannte. Schließlich mußte sie, verkrampft und erschöpft, innehalten. Der Termin mit Bet war verstrichen. Zerknirscht rief sie in der Redaktion an und versprach, gleich Montag früh aufzukreuzen. Dann holte sie sich ein Glas Milch aus der Küche, schaltete das Tonbandgerät ein und hörte die Aufnahme einer der ersten Regressionen ab.

Um fünf rief Ceecliff an. »Wollte dir nur sagen, daß alles in Ordnung ist, Kindchen. Sie müssen es mit der Angst zu tun bekommen haben. Julian hat dafür gesorgt, daß das Fenster repariert worden ist. Hier ist also alles sicher und behaglich. Sag mir Bescheid, wann du kommst. Mein Wagen steht auf dem Parkplatz am Bahnhof ... Hoffentlich springt er nach einer Woche noch an.« Sie schwieg einen Moment. »Ist jemand bei dir, Jo?«

Jo zuckte schuldbewußt zusammen. Sie hatte ganz vergessen, sich darum zu kümmern. »Keine Sorge, es ist alles in die Wege geleitet«, behauptete sie. »Paß auf dich auf. Ich rufe dich morgen an und sage dir, wann ich komme.«

Sie drückte auf die Gabel und rief dann in der Berkeley Street an. »Bitte, komm doch heute abend her, Nick.«

»Ist Ceecliff bei dir?«

»Nein, sie mußte schnell nach Hause.«

»Dann sollte ich lieber nicht kommen.«

»Wir müssen Vertrauen zu uns selbst haben, Nick. Bitte komm! Ich brauche dich.«

Nick seufzte. »Du bist diejenige, die das Vertrauen aufbringen muß.«

»Das Risiko gehe ich ein. Ich möchte nicht allein sein.«

»Dann komme ich.« Nick legte auf und drückte auf den Knopf der Sprechanlage. »Jane, sagen Sie Jim, ich fahre in zwanzig Minuten. Wenn er will, daß ich die Unterlagen gegenzeichne, dann muß er sie mir jetzt bringen. Und, Jane – haben Sie die Champagner-Bestellung für morgen noch mal überprüft?«

»Jawohl.« Janes Stimme hallte leise durch den Raum. »Haben Sie sonst noch einen Wunsch, Majestät?«

Mit einem gutmütigen Fluch schaltete er das Gelächter ab. Ob sich das wirklich lohnte? Sich der Firma willen zum Narren zu machen? Entschlossen verdrängte er diese Überlegungen. Morgen um diese Zeit hätte Mike Desmond den Vertrag unterschrieben, und das Team für die Staaten wäre hoch über dem Atlantik.

Sie öffnete die Tür in einem burgunderroten Kleid aus zarter Seide, Er sah sie einen Augenblick lang regungslos an.

»Was ist?« Nervös befingerte sie den Rock. »Gefällt es dir nicht? Ceecliff hat mir beim Aussuchen geholfen.«

Er lächelte. »Es ist hübsch.« Er nahm sie in die Arme. Sie trug ihr Haar offen, ohne Tuch, ohne Band. Wie hätte er ihr erzählen können, daß er in Tim Heachams Atelier ein lebensgroßes Bild von ihr gesehen hatte, auf dem sie ein Gewand trug, das haargenau die gleiche Farbe hatte wie dieses Kleid?

Er schloß die Tür hinter sich und legte die Kette vor. »Warum ist Ceecliff so überraschend abgereist?«

»Bei ihr ist eingebrochen worden. Die Einbrecher hatten offenbar keinen Erfolg, aber natürlich mußte sie nach Hause, um alles zu überprüfen.«

»Und sie hat keine Angst, allein im Haus zu sein?«

»Anscheinend nicht.« Jo senkte den Blick. »Das ist derzeit nur meine Schwäche.«

»Es ist keine Schwäche. Es ist vernünftig. Es wäre töricht, allein zu bleiben, solange Sam in der Nähe ist.« Nick schob sie widerstrebend von sich und ging ins Wohnzimmer. »Ich habe vorgestern mit ihm zu Mittag gegessen. Es gibt gute Nachrichten: Er fährt am Wochenende zurück nach Edinburgh.«

Jo seufzte. »Hoffentlich kommt er nie wieder.«

Nick blieb vor ihrem Schreibtisch stehen und nahm eines der Bücher in die Hand. »Du hast dich also doch zu der Serie entschlossen?«

Sie nickte müde. »Nur so werde ich davon freikommen. Sonst wird Matilda mich für den Rest meines Lebens heimsuchen.« Sie zögerte kurz. »Bet möchte, daß ich dich in der Story erwähne, Nick. Wäre dir das nicht unangenehm?«

Er lachte. »*WIA* ist wohl das einzige Blatt, das mich noch nicht erwähnt hat. Aber ist die Story für sie nicht ein bißchen zu stark? Ich hätte gedacht, eine solche Geschichte von Liebe, Verzweiflung und unverbrämt männlichem Chauvinismus würde die Leserinnen von *Women in Action* gründlich vergrätzen.«

Jo lächelte. »Vielleicht. Bet meint aber, sie wird ihnen gefallen. Tatsächlich beweist sie nichts weiter, als daß mindestens einige Frauen schon damals genauso kompetent waren wie die Männer und daß die Männer, einer wie der andere, Chauvinistenschweine waren und sind. Die Leserinnen werden jubeln.«

»Und was ist meine Rolle? Vermutlich die des Erz-Chauvis, hm?«

Jo machte sich am Schrank zu schaffen und hielt Flaschen prüfend gegen das Licht.

»Ich werde deine Rolle mit schicklicher Diplomatie behandeln. Was wärest du lieber – der Schurke oder der romantische Held?«

»Das überlasse ich dir. Solange du weißt, was ich im wirklichen Leben bin.« Nick sah auf sie herunter, und sie hob den Blick. Lange schauten sie sich in die Augen. Dann schloß er die Schranktür. »Wenn ich je einen leeren Schrank gesehen habe, dann ist es dieser. Ich springe rasch hinunter und besorge uns etwas zu trinken.« Er lächelte sie kläglich an. »Kannst du inzwischen hierauf einen Blick werfen? Es ist das Storyboard für den Fernsehspot, den Desco von uns haben will.«

Als sich die Tür hinter ihm geschlossen hatte, betrachtete Jo die Skizzen, die er ihr in die Hand gedrückt hatte. Sie war wie benommen. Alles war auf einen dummen, billigen Witz reduziert. Der schöne, mächtige, bösartige John – veralbert in einer miesen TV-Reklame, die zwischen *Coronation Street* und dem Abendquiz gesendet würde. Schaudernd legte sie die Blätter aus der Hand.

Zehn Minuten später war Nick wieder da; er brachte eine Flasche Gin, vier Flaschen Tonic und eine Karaffe Chianti mit.

»Ich nehme an, die Idee gefällt dir nicht?« Er holte eine Zitrone aus der Jackentasche. »Ist Eis da?«

Sie nickte. »Es kommt mir nur ziemlich . . . schmalspurig vor.«

»Jo, Mike hat uns vor die Wahl gestellt. Er will es so oder gar nicht. Unsere Jungs meinen, es wird hinhauen. Es ist ein amüsantes Script, selbst für die Leute, die keine Ahnung haben, wovon wir da eigentlich reden – falls es solche Leute gibt. Wenn ich mein Veto einlege, verlieren wir den Auftrag.«

»Dann muß es wohl laufen.«

»Ist es schlimmer als das, was du mit deinen Artikeln und deinem Buch vorhast?« Sanft nahm er ihre Hände.

Jo schüttelte den Kopf.

Er lächelte scheu. »Jo, meinst du nicht, daß wir genau das nötig haben? Um uns ein bißchen aufzurichten? Humor ist ein recht gutes Abwehrmittel.«

»Ich weiß. Es ist nur . . .«

»Ich weiß, was es ist, Jo.« Nick ließ ihre Hände los und wandte sich der Küche zu. »Ich war auch dabei, weißt du noch?« Abrupt wechselte er das Thema. »Hast du Lust, mit nach New York zu kommen?« Hinter ihnen klingelte das Telephon. Nick machte kehrt und nahm den Hörer ab.

»Hallo?« Am anderen Ende der Leitung war es totenstill. Dann wurde die Verbindung unterbrochen.

Nick warf den Hörer auf die Gabel.

»Falsch verbunden«, erklärte er fröhlich. »Wo war ich stehengeblieben? Ach ja. Was ist, kommst du mit?«

Sie nickte zögernd. »Ja.« Sie wich einen Schritt zurück. »Ob es uns je gelingt, das alles zu vergessen, Nick?«

Er nahm die Flaschen und ging in die Küche. »Mit der Zeit wird es immer weiter in die Ferne rücken. Wie ein böser Traum, nehme ich an. Hoffe ich.« Er lächelte sein jungenhaftes Lächeln. »Bis dahin müssen wir dafür sorgen, daß nichts weiter passiert – vom Happy End mal angesehen.«

Sie aßen ziemlich schweigsam. Keiner schlug vor, Musik zu machen. Das Licht schwand, es wurde dunkel.

Erneut klingelte das Telephon. Nach kurzem Zögern nahm Nick den Hörer ab. Als er sich meldete, wurde die Verbindung wieder unterbrochen. »Das ist Sam«, wisperte Jo in die Stille. Er lehnte sich zurück, ohne sie anzusehen. Die Straßenlaternen warfen einen unechten, blassen Lichtschimmer auf die Balkonbrüstung. Er wagte nicht, sich zu rühren. Er wagte nicht einmal, an sie zu denken. Die Atmosphäre zwischen ihnen knisterte von plötzlicher Gefahr.

Dann war es vorüber. Nick drehte sich um und sah Jo verstohlen an. Unbehaglich saß sie da, vom Drängen der Telephonglocke nach vorn auf die Stuhlkante gezogen, die Schultern angespannt, den Kopf trotzig gehoben. Sie starrte an ihm vorbei, als lausche sie auf etwas, das aus der Tiefe ihres Inneren kam.

Nick fuhr hoch. »Jo! Jo, um Himmels willen! Tu es nicht! Jo!« Er packte ihre Schultern und schüttelte sie heftig. »Jo, kannst du mich hören?«

Ihre Hände hoben sich wie automatisch, sie klammerte sich an seine Hemdbrust. »Nick . . .«

»Jo, laß es nicht zu. Wehre dich, Jo. Wehre dich dagegen!«

Abrupt ließ sie ihn los und schlug sich die Hände vors Gesicht.

Die Dunkelheit um sie herum geriet ins Wirbeln; es dröhnte in ihren Ohren, Lärmwellen verschlangen sie wie die Ströme wütenden Wassers, das sich an einem Strand bricht. Sie hatte Ketten an den Handgelenken, und es regnete. Da war Regen in der Dunkelheit, Regen im Wind, der sie umtoste und an der großen, rotgoldenen Standarte mit den klauenbewehrten Leoparden Englands zerrte, die sich hoch in die Finsternis reckte. Die Kleider flatterten ihr am Leib, und über allem rollte der Donner. Aber Nick war immer noch bei ihr. Sie sah, wie sein Mund sich bewegte. Er redete mit ihr, und er hatte die Hände ausgestreckt, um sie festzuhalten. Es war Nick . . . Nick . . .

Die Telephonglocke schrillte durch den Lärm; zum drittenmal an diesem Abend tönte sie durch das Zimmer. Keiner von ihnen nahm Notiz davon. Für Nick hallte das Echo obszön durch die Stille, für Jo trieb der Klang den wirbelnden Lärm davon. So plötzlich, wie die Dislokation gekommen war, verging sie wieder.

Jo sank Nick in die Arme, Tränen liefen über ihr Gesicht. »Es wollte wieder passieren, Nick. Ich war auf der Burg in Carrickfergus. Du warst auch da . . .«

»Aber du hast dagegen angekämpft, Schatz.« Er drückte sie fest an sich. »Du hast dich dagegen gewehrt.« Das Telephon hinter ihnen verstummte. »Es wird nicht wieder passieren. Du weißt jetzt, daß du dich dagegen wehren kannst. Du schaffst es. Es ist gut, Jo. Es ist ja gut. Du bist in Sicherheit.«

Noch immer klammerte sie sich verzweifelt an ihn. »Geh nicht weg. Laß mich nicht allein . . .«

»Ich werde dich nicht alleinlassen, Jo.« Er lächelte sie beruhigend an. »Jetzt komm. Es ist vorbei. Du bist in Sicherheit.«

»Schlaf mir mir, Nick.«

Er schien sich zu verkrampfen. »Du weißt, daß ich das möchte, aber . . . Jo, ich habe meine eigenen Dämonen zu bekämpfen. Ich habe Angst vor dem, was ich tun könnte.«

Sie schüttelte den Kopf und hielt seinen Hals umschlungen. »Du wirst mir nichts tun, Nick. Bestimmt nicht. Liebe mich. Bitte. Du mußt . . .« Ihre Stimme wurde plötzlich lauter. »Bitte, Nick. Jetzt. Hier.«

»Nein, Jo.« Behutsam schob er sie von sich. »Nicht hier.«

Er führte sie in ihr Schlafzimmer, schloß die Vorhänge und knipste die Nachttischlampe an. Sie stand ganz ruhig da und sah zu Boden. Er legte ihr die Hände auf die Schultern. »Du bist sicher, das du es wirklich willst?«

Sie nickte. »Zieh mich aus, Nick.«

Er runzelte die Stirn. Sie stand so völlig ergeben vor ihm; alle Hysterie war verflogen, und sie rührte sich auch nicht, als er zögernd die Hand zu dem Reißverschluß auf ihrem Rücken hob. Die weiche purpurrote Seide fiel zu Boden. Darunter trug sie nichts als ein Hemd aus schwarzer Spitze. Er schob die Träger von ihren Schultern. Das Hemd folgte dem Kleid, und sie war nackt. Mit eiserner Selbstbeherrschung führte Nick sie zum Bett und schlug die Decke zurück. Er sah zu, wie sie sich gehorsam umdrehte, um hineinzusteigen. Quer über ihre Schultern zog sich die verblassende Spur von Sams Gürtel. Eine Woge blinder Wut rollte über Nick hinweg. Er ballte die Fäuste und fühlte eiskalten Schweiß zwischen den Schulterblättern.

»Nick?« hörte er Jo vom Bett her flüstern.

Sie hatte die Decke über sich gezogen und blickte ihn an. Er sah Angst in ihren Augen.

»Es ist okay, Jo.« Er setzte sich lächelnd neben sie. »Es ist nicht deinetwegen. Ich hatte nur gerade das ungeheure Bedürfnis, meinen Bruder umzubringen.« Sanft berührte er ihr Gesicht, und dann begann er, langsam sein Hemd aufzuknöpfen. »Ich werde dir nichts tun, Jo. Das verspreche ich dir.« Er streckte die Hand aus und schaltete die Lampe aus. Dann zog er sie in seine Arme.

Sie schlief nicht tief. Zweimal wachte sie auf, um sich zu vergewissern, daß Nick noch da war. Dann schmiegte sie sich an seinen warmen, entspannten Körper und versank wieder in unruhigen, von Träumen geplagten Schlaf. Einmal schrie sie auf. Nick drehte sich ohne aufzuwachen zu ihr um, und drückte sie an sich. Beide waren schon früh wach. Jo war blaß und hatte dunkle Ringe unter den Augen. Beim Frühstück warf er ihr ein oder zweimal einen besorgten Blick zu. Sie war so unnatürlich still.

»Jo, fehlt dir etwas?« fragte er schließlich.

Sie schüttelte den Kopf. »Ich bin nur müde, weiter nichts. Ich habe nicht besonders gut geschlafen.«

Er lächelte zärtlich. »Hoffentlich nicht durch meine Schuld.«

»Nein, nicht durch deine Schuld.« Sie lächelte ihn gezwungen über die Kaffeetasse hinweg an. »Nick, Ceecliff hat mein Auto. Kannst du mir deinen Wagen für den Vormittag leihen?«

Er sah sie prüfend an. Sie wirkte so gespannt wie eine Klaviersaite, ihre Finger krampften sich um die Tasse.

»Selbstverständlich.« Er langt in die Tasche, um die Schüssel herauszuholen. »Wohin willst du?«

»Ich habe ein paar Dinge zu erledigen, bevor ich nach Suffolk fahre.«

»Okay.« Er aß seinen Toast, trank seine Tasse leer und stand auf. »Ich rufe dich später an. Wenn du sehr brav bist, gibt es heute abend im Büro vielleicht sogar ein Glas Champagner für dich.« Er zog sich das Jackett an. »Möchtest du, daß ich wieder bei dir bleibe?«

»Das weißt du doch.« Sie kam zu ihm und küßte ihn. »Ich möchte immer, daß du bleibst, Nick.«

Jo duschte und zog einen blauen Leinenrock und eine Bluse an. Sie räumte die Wohnung auf, steckte Kamera und Notizblock in ihre Tasche. Mit den Autoschlüsseln in der Hand hielt sie zögernd inne. Sie blickte zu dem Bücherstapel auf dem Tisch hinüber.

Sie wußte, was sie zu tun hatte. Sie mußte herausfinden, wo Matilda gestorben war. Keine Trancen mehr, keine Hypnosen. Nur das schlichte Faktum, um die Geschichte zu beenden. Wenn sie an Ort und Stelle wäre, würde sie es wissen. Sie öffnete das Notizbuch und starrte auf die gekritzelten Zeilen - Notizen, die sie vor so vielen Wochen angefertigt hatte und die damals so wenig bedeutet hatten.

Sie fuhr mit dem Finger die Seite herunter. »Matilda und ihr Sohn wurden von Bristol in einen Kerker in Windsor gebracht . . .« Windsor oder Corfe. Sie würde es sofort wissen. Sie würde Matildas Angst fühlen. Das würde genügen.

Entschlossen klappte sie das Notizbuch zu, nahm ihre Tasche und verließ das Apartment.

Der Porsche jagte auf der Überholspur der M4 dahin, ohne sich um das Tempolimit zu kümmern. Schon aus weiter Ferne sah man die mächtigen Türme von Windsor schimmernd im Dunst über den von Weiden gesäumten Feuchtwiesen am Ufer der Themse. Jo steuerte den Wagen in die Altstadt und parkte in einer Nebenstraße am Fuße der massigen Maueranlagen. Sie atmete tief durch, öffnete die Wagentür und stieg aus. Es herrschte viel Betrieb in der Stadt, und sie wurde auf dem Bürgersteig hin und her geschoben, während sie sich ihren Weg zum Torhaus am Eingang des Schlosses bahnte.

Im unteren Hof drängten sich die Menschen. Grauer Stein. Mauern. Türme. Die Strebebögen der St. George's Chapel. Smaragdgrüner Rasen, wie mit der Nagelschere geschnitten. Den Hügel hinauf, wo der große Rundturm stand. Kameras. Kinder. Staunende Menschen überall. Lachende Menschen. Schwatzende Menschen. Menschen, die sich allenfalls flüchtig der Geister bewußt waren, die allenthalben umgingen. Jo schob den Riemen ihrer Tasche höher auf die Schulter und schaute zu der weiten Wölbung aus grauem Mauerwerk auf. Hoch oben an einer Fahnenstange flatterte eine Flagge. Ihr Magen krampfte sich zusammen. Fast rechnete sie damit, Johns zähnefletschende Leoparden vor dem stürmischen Himmel zu sehen. Ihr Geist streckte sich tastend dem Traum entgegen, verwarf ihn, zog sich zurück. Es war nicht Johns Banner. Jetzt erkannte sie das leuchtende Rot, Weiß und Blau des Union Jack und dahinter Fetzen von hohen Sommerwolken.

Langsam entspannten sich ihre Fäuste in den Taschen ihres Rockes, während sie um die Burg herumwanderte. Sie erwartete jetzt nichts mehr; der Moment war vorüber, die alten Steine von ihrem speziellen Alptraum frei.

Kurz nach fünf war sie wieder zu Hause. Sie warf den Schlüsselbund auf den Tisch und ging schnurstracks zum Telephon.

»Jane? Jo hier. Ist Nick noch da?«

Hintergrundgelächter drang durch die Leitung. Jo fühlte sich plötzlich ausgeschlossen und einsam.

Jane war nach ein paar Augenblicken wieder da. »Sorry, Jo. Sie haben ihn knapp verpaßt. Aber er wollte gleich nach Hause. Da werden Sie ihn erreichen.«

Jo fühlte sich auf seltsame Weise im Stich gelassen. Er hatte versprochen, zu ihr zurückzukommen. Sie wollte ihm erzählen, wo sie gewesen war. Sie wollte ihm erzählen, was geschehen war.

Langsam beugte sie sich vor und klappte das Notizbuch auf. »Matilda und ihr Sohn wurden in einen Kerker in Windsor gebracht . . .« Jo nahm einen Stift, strich »Windsor« durch und schrieb »Corfe«.

Eine halbe Stunde später wählte sie Nicks Nummer. Es klingelte ein paar Sekunden lang, bevor jemand abnahm.

»Hallo?« Das war nicht Nicks Stimme.

Jo schluckte nervös. Ihre Handfläche wurde schweißfeucht, der Hörer kam ins Rutschen.

»Sam?« Ihre Stimme war rauh.

»Hallo, Jo. Wie geht es dir?«

Sie konnte nicht antworten, aber auch nicht auflegen.

»Ich dachte, du wärest wieder in Schottland?« brachte sie schließlich hervor.

»Ich bin auf dem Weg dorthin.« Sie hörte die Belustigung in seinem Ton. »Nick und ich haben uns am Dienstag lange unterhalten und sind übereingekommen, daß ich nach Hause fahren sollte.«

Jo merkte, daß sie den Hörer immer fester ans Ohr preßte. »Ich möchte mit Nick sprechen.«

»Der ist noch nicht da, aber ich rechne jeden Augenblick mit ihm.« Seine Stimme klang äußerst gelassen.

»Gut, Sam; dann rufe ich gleich noch mal an.«

»Das ist nicht nötig, Jo«, entgegnete er. »Er wird sehr bald wieder da sein. Plaudern wir bis dahin miteinander.«

»Das möchte ich nicht, Sam«, erwiderte sie.

»Doch, das willst du. Seit Tagen willst du mit mir reden; du mußt mit mir reden, Jo.« Er senkte die Stimme um eine Nuance. »Deshalb hast du angerufen. Weil dir klar war, wie dringend du mich sehen mußt. Wegen deiner Kopfschmerzen, Jo. Ich möchte, daß du mir jetzt aufmerksam zuhörst. Kannst du mich verstehen, Jo?« Er schwieg für einen Moment. »Wenn du mit Nicholas sprichst, wird er dich fragen, ob du auf seine Büroparty kommen möchtest. Du wirst ihm sagen, daß du zu müde bist. Du hast Kopfschmerzen. Du willst ihn heute abend überhaupt nicht mehr sehen, nicht wahr, Jo? Du wirst ruhig zu Hause sitzen und fernsehen. Später werde ich zu dir kommen und deine Kopfschmerzen lindern. Du hast doch Kopfschmerzen, nicht wahr, Jo?«

»Ja.« Ihr Flüstern war kaum hörbar.

»Dann brauchst du mich, Jo.«

Nachdem sie aufgelegt hatte, starrte sie das Telephon verwirrt an. Warum hatte sie ihm auch nur eine einzige Sekunde lang zugehört? Sie wollte Sam nie wiedersehen. Aber es stimmte, sie hatte Kopfschmerzen.

Wenig später rief Nick an. Ihre Kopfschmerzen waren heftiger geworden; wie ein beklemmendes Band spannten sie sich um ihre Augen, während sie versuchte, ihre Gedanken zu konzentrieren. »Es ist alles okay, Nick, wirklich. Ich muß nur mal früh schlafen gehen.« Sie hatte ihm noch nicht zur Vertragsunterzeichnung mit Mike Desmond gratuliert. Sie suchte nach passenden Worten, und es war ihr schmerzhaft bewußt, daß das Zimmer anfing, sich um sie zu drehen.

»Bist du sicher, daß dir nichts fehlt?« Seine Stimme kam aus weiter Ferne. »Jo, ich schaue später vorbei. Wenn du schläfst, werde ich dich nicht stören. Paß auf dich auf, mein Liebling . . .« Mein Liebling. So hatte er sie noch nie genannt. Trotz der Kopfschmerzen mußte sie lächeln. Fast blind tastete sie sich zum Fernseher und schaltete ihn ein. Dann ließ sie sich auf das Sofa fallen, lehnte sich mit geschlossenen Augen zurück und überließ sich dem peinigenden Schmerz.

Sam kam gegen sieben. Er schob einen blinkenden, neu angefertigten Schlüssel in das Schloß der Haustür. Der Schlüssel hakte leicht, doch dann ließ er sich drehen. Die schwere Haustür öffnete sich. Der zweite Schlüssel paßte tadellos. Er hielt den Atem an, als er ihn umdrehte. Ob sie den Riegel vorgeschoben hatte? Aber die Tür öffnete sich lautlos. Er betrat die stille Wohnung.

Er lauschte. Ja, der Fernseher lief. Er schloß die Tür sorgfältig, schob den Riegel vor und hakte die Kette ein. Dann ging er in das Wohnzimmer. Jo lehnte auf dem Sofa, blaß und mit geschlossenen Augen, ohne den heftigen Faustkampf zweier Männer zur Kenntnis zu nehmen, der auf dem Fernsehschirm vor ihr tobte. Ihr Körper war vor Schmerzen angespannt.

»Hallo, Jo.«

Müde öffnete sie die Augen und lächelte schwach. Ein ängstliches Zittern überlief sie und war wieder vorüber. »Wirst du meine Kopfschmerzen vertreiben?«

Sam nickte. Er blieb zwischen ihr und dem Fernseher stehen. »Du weißt, was ich tun muß, Jo.«

»Du wirst mich wieder hypnotisieren.«

Sam lächelte. »Willst du das nicht?«

Sie nickte zögernd. »Aber ich möchte nicht wieder in die Vergangenheit zurück, Sam. Ich will keine Regression mehr . . .«

Sie wollte aufstehen, aber ihre Glieder waren zu schwer. Hilflos sah sie zu ihm auf.

»Warst du wirklich William?« fragte sie langsam. »Oder hast du ihn dir nur ausgesucht?«

War da die Andeutung eines Lächelns in seinem Blick? Sam griff in die Tasche. Er zog eine Kassette hervor, ging zur Stereoanlage und schob sie in den Recorder. Die weichen Töne der Flöte übertönten das gedämpfte Heulen der Polizeisirene auf dem Bildschirm.

»Wir suchen uns unsere Bestimmung nicht aus, Joanna. Sie wird uns zugewiesen«, sagte er und verschränkte die Arme. »Es ist Zeit, dich zurückzuführen. Du schüttelst den Kopf. Arme Jo. Du bist doch schon halb da. Hörst du die Musik? Du kannst der Musik nicht widerstehen, Jo. Sie bringt dich zurück in die Vergangenheit. Sie bringt dich zurück zu John. Sie bringt dich zurück zu dem König, der befohlen hat, dich in Fesseln zu legen wie eine gemeine Verbrecherin und auf den Knien vor ihn zu bringen . . .«

38

John saß vor dem Feuer in einem der Gemächer über der Halle, als die Gefangenen vorgeführt wurden, immer noch zerzaust und naß von Seewind und Regen.

Wortlos drehte er sich auf seinem Stuhl um, als die drei Frauen und Will vor ihm standen und sich die Wachen zurückzogen. Matilda hob den Kopf und sah dem König einen Moment lang direkt in die Augen. Dann kniete sie stolz, ohne den Kopf zu senken, vor ihm nieder. Die anderen taten es ihr nach. Als sie hörte, daß Mattie wieder zu schluchzen begann, verspürte Matilda eine jähe Verärgerung. Niemand sprach ein Wort.

Der König streckte die Hände gegen das Feuer aus und rieb sie langsam, ohne den Blick von Matildas Gesicht zu lassen. »So«, sagte er endlich. »Wir sehen uns also wieder.«

Sie schlug schließlich als erste die Augen nieder. Er stand so plötzlich auf, daß sie sich zwingen mußte, ruhig zu verharren und nicht zurückzuzucken, als er herankam und dicht vor ihr stehenblieb. Er war ihr so nah, daß sie das Lavendelöl in seinem Haar riechen konnte. Es war absolut still; nur der Regen prasselte gegen die Fenster, und gelegentlich zischte es, wenn ein Tropfen in die glühende Asche auf dem Herd fiel.

Einen Augenblick lang glaubte sie, er werde sie berühren, aber er ging zu einem Tisch am anderen Ende der Kammer. Er bog sich unter Pergamenten und Büchern, und dazwischen standen Federn und Tintenfaß des Königs. John nahm einen Brief und entfaltete ihn langsam, während er sich wieder den Gefangenen zuwandte. Sein Gesicht war hart.

»Fürst Llewellyn hat es, so scheint es, für richtig gehalten, sich Eurem Gemahl, meine Lady, anzuschließen und in Wales Unruhe zu stiften«, erklärte er mit eisiger Stimme. »Das ist bedauerlich.« Er kam zum Feuer zurück, den Brief noch in der Hand. »Bedauerlich für Euch, meine ich, wenn Euer Gemahl in seiner Aufrührerei fortfährt, wo er doch weiß, daß ich Geiseln habe.«

Matilda krallte nervös die Finger ineinander; sie war sich der eisernen Fesseln um ihre Handgelenke bewußt. »Werdet Ihr mir Gelegenheit geben, das Geld aufzutreiben, um die Schulden meines Gemahls zu bezahlen, Sir?« Ihre Stimme war rauh und zu leise. Sie war nicht sicher, ob er sie gehört hatte.

»Euer Gnaden«, versuchte sie es noch einmal ein wenig lauter, »bevor wir von Hay flüchteten, gelang es mir, ein wenig Gold und Geschmeide beiseitezuschaffen. Ich bin sicher, mit Hilfe unserer Freunde und meiner anderen Söhne könnten wir einen Teil dessen aufbringen, was wir Euch schulden. Wenn Euer Gnaden dies zunächst annehmen könnten . . .«

Ihre Stimme versagte, als er sich endlich vom Feuer abkehrte und auf sie heruntersah.

»Es ist nicht länger nur eine Frage des Geldes, Lady Matilda.«

»Ich werde William überreden, sich zu ergeben. Und in seinem Namen kann ich Euch alles Land der de Braoses übergeben . . .« Sie konnte den flehenden Unterton in ihrer Stimme nicht mehr verhindern, so sehr sie sich auch dafür verachtete.

»Euer Land, meine Lady, ist längst nicht mehr das Eure«, erwiderte er scharf und schaute unvermittelt Margaret hinter ihr an, dann Will und Mattie. »Anscheinend ist Irland zu einem Verräternest geworden. Die Ländereien der Lacys sind ebenfalls samt und sonders beschlagnahmt, sowohl die Eures Gatten, Lady Margaret, als auch die seines Bruders. Sie können froh sein, daß ihnen, wie es scheint, die Flucht gelungen ist, denn wenn einer von ihnen wieder auftauchen sollte, könnte es sein, daß sein Leben verwirkt ist«, sagte er leise. Margaret duckte sich unter den kalten Augen des Königs hinter ihre Mutter. Der König warf den Brief auf einen Stuhl und fuhr, halb zu sich selbst redend, fort: »Ich werde Irland unterwerfen. Jedermann soll mich als König anerkennen; wo nicht, will ich den Grund dafür wissen. Und wenn ich nach Wales zurückkehre, dessen sei man versichert, werde ich dieses Land - und seine Fürsten, wenn es ein muß - in Schutt und Asche legen . . . Wache!« Zum erstenmal hob er die Stimme. Die Eskorte sprang hastig vor. »Schafft die Gefangenen fort!« befahl er.

Matilda schickte sich an aufzustehen. Nach dem langen Knien war sie unbeholfen und steif. Zu ihrer Überraschung trat er vor und reichte ihr die Hand. Aber seine Miene war finster. »Ich werde Euer Geldangebot in Erwägung ziehen, Lady Matilda. Aber ich denke, es wird mir nur noch die volle Summe von vierzigtausend genügen. Vielleicht nicht einmal das. Unterdessen werdet Ihr und Eure Familie meine Gefangenen bleiben. Wir verlassen Carrickfergus morgen, und Ihr werdet mit uns zurück nach Dublin kommen.«

Erst nachdem sie bereits mehrere Tage in Dublin waren, schickte der König nach Matilda. Sie wurde in sein Zelt geführt, das hoch über Dublin Bay inmitten seines Armeelagers stand. Es war Vormittag, als sie, auf den Arm des hochgewachsenen Ritters gestützt, der zu ihrem Bewacher ernannt worden war, vor den König trat. John hatte ihr in Kells die Fesseln abnehmen lassen und ihr, Margaret und Mattie Zofen zugestanden, frisches Linnen und heißes Wasser. Aber Matilda war zu Tode erschöpft.

Es war kein Mitgefühl in Johns Blick. »Der Sheriff von Hereford hat mir geschrieben. Euer Gemahl hat eine meiner Burgen überfallen. Der Sheriff bittet mich um Anweisungen und fleht mich an, ich möge diesen Mann ein für allemal in Acht und Bann tun. Diesmal ist William zu weit gegangen, Lady Matilda.«

Sie war schneeweiß. Ihr Bewacher hatte sich aus dem Zelt zurückgezogen, und sie fühlte sich plötzlich schwach. In der Hoffnung, einen Schemel zu finden, sah sie sich um. Als sie keinen entdeckte, sank sie langsam auf die Knie.

»Gebt uns noch eine Chance«, flüsterte sie. »Ich bitte Euch auf den Knien darum. Irgendwoher werde ich das Geld bekommen. Ich werde William dazu bringen, daß er sich unterwirft. Er wird sich ergeben. Gebt uns nur die Gelegenheit, mit ihm zu sprechen.«

Mit verdrossenem Grunzen schob John seinen Stuhl zurück. »Mir ist, als hätten wir dieses Gespräch schon einmal geführt. Wie viele Chancen muß ich diesem Mann geben?«

»Sir, ich weiß, wo ich das Geld bekomme.« Verzweifelt redete Matilda weiter; sie hatte kaum gehört, was er gesagt hatte. »Ich habe viel darüber nachgedacht, und ich bin sicher, ich kann es aufbringen. Ich weiß, ich kann es. Laßt mich noch einmal mit ihm sprechen. Bitte, Euer Gnaden.«

John ging zum Zelteingang und blickte hinaus auf die strahlend blaue See. Weit draußen am Rande des dunstigen Horizonts segelten drei kleine Boote langsam nordwärts und schleppten Netze hinter sich her. Geistesabwesend kaute er an den Fingernägeln. Dann fuhr er unversehens herum. »Weshalb fällt es mir sogar jetzt noch so schwer, mich Euren Bitten zu verschließen?«

Einen Augenblick lang glaubte sie, eine Spur von Mitleid in seinem Gesicht zu sehen, doch es war wieder verschwunden, als er weitersprach: »Also gut, ein letztes Mal. Aber diesmal muß ich Euer schriftliches Versprechen haben.« Er trat an sein Pult, griff nach der Glocke und ließ einen seiner Schreiber kommen. »Eine Vereinbarung: Matilda de Barose, Lady of Hay, verpflichtet sich, fünfzigtausend Mark - jawohl, fünfzigtausend; für meine Geduld müßt Ihr zahlen - fünfzigtausend Mark an das königliche Schatzamt zu zahlen, und zwar bis . . .«, er zögerte und zählte an seinen Fingern ab. »Bis Petri Kettenfeier. Damit habt Ihr ein Jahr, meine Lady. Ihr werdet das Dokument unterschreiben, und wenn wir in Wales sind, wird auch Euer Gemahl unterschreiben. Ihr und Eure Familie werdet in meinem Gewahrsam bleiben, bis Euer Gemahl die erste Zahlung geleistet hat. Das ist das letzte Mal, daß ich diese Angelegenheit zu erörtern gedenke. Mir scheint, ich bin schon allzu milde gewesen.« Er beugte sich vor und sah zu, wie der Schreiber eifrig die formellen Worte der Vereinbarung niederschrieb. »Ich habe die Absicht, dafür zu sorgen, daß die Edlen in diesem Lande mich respektieren, Matilda. Es kümmert mich nicht, wer dabei zu Schaden kommt. Ich lasse nicht mit mir spielen, merkt Euch das. Ihr könnt Euren Söhnen und Euren kostbaren Freunden, den Lacys und dem Earl Marshall und Williams anderen Freunden sagen: Wenn sie mir trotzen und Verrat gegen die Krone begehen, werden sie erfahren, wie stark der Arm ihres Souveräns tatsächlich ist. Die Sicherheit des Reiches werde ich nicht in Gefahr bringen lassen.« Er beugte sich nieder und riß dem Schreiber, der noch über die Tinte blies, das fertige Pergament unter der Nase weg. »Ich habe Irland zurechtgestaucht, und jetzt werde ich Wales zurechtstauchen.« Er nahm dem Schreiber die Feder weg und hielt sie Matilda entgegen. Sie erhob sich mit Mühe von den Knien. »Und Ihr solltet lieber beten, daß Euer Gemahl sich diesmal an die Vereinbarung hält, denn ich werde Euch und Euren Sohn zur Verantwortung ziehen. Wenn nötig, werdet Ihr mir mit Eurem Leben dafür einstehen.«

Matilda nahm die Feder und warf einen Blick in sein Gesicht. Zwei rote Zornesflecke glühten auf seinen Wangenknochen, sein Mund war eine unerbittliche Linie. Sein Blick war starr auf das Dokument gerichtet. Der kalte, schwarze Schatten der Angst schlich sich in ihr Herz. »Bitte, Heilige Mutter«, flehte sie innerlich, während sie die

Feder ins Tintenfaß tauchte, »laß William zum König kommen.« Ihre Hand zitterte, als sie sorgfältig ihren Namen unter die schwarzen, krakeligen Zeilen schrieb. Dann ließ sie die Feder fallen.

Zwei Tage später landeten sie bei Fishguard, an der Nordküste der Halbinsel von Pembroke. Es regnete. Matilda nahm kaum Notiz von dem Weg, den sie einschlugen, so versunken war sie in Elend und Angst. Sie blickte stumpf auf die Mähne der kastanienbraunen Stute unter ihr. Über ein paar Meilen hinweg beschäftigte sie sich damit, eine Klette aus den verfilzten Roßhaaren zu nesteln. Dann zerdrückte sie sie zwischen den Fingern und sah empfindungslos zu, wie winzige Blutströpfchen hervorsickerten, um sogleich vom Regen abgewaschen zu werden.

Gleich nach der Landung hatte der König Reiter ausgeschickt, die William, falls sie ihn in den Bergfestungen Elfaels finden könnten, ihre Botschaft überbringen und ihn auffordern sollten, herzukommen und die Vereinbarung, die seine Frau getroffen hatte, zu unterzeichnen.

»Ihr seid närrisch, Mutter«, hatte Will gesagt. »Völlig närrisch. Ihr wißt, daß er nicht kommen wird. Wenn sie ihm sagen, wieviel Geld Ihr zugesagt habt, dann wird er fliehen oder vor Schreck tot umfallen, aber kommen wird er nicht.«

»Doch, er wird kommen, er wird kommen!« Sie ballte die Fäuste und sah ihrem Sohn mit schmerzlicher Zärtlichkeit ins bleiche Gesicht. »Wir haben Geld, Will. Unsere Pächter werden es für uns aufbringen, unsere Freunde. Reginald und die Lacys müssen längst bei Giles in Frankreich sein. Es gibt viele, die uns helfen können, Sohn. Und da ist auch noch das Geld, das ich versteckt habe. Es ist bestimmt da.«

»Habt Ihr Vater gesagt, wo das Versteck ist?«

Die Bitterkeit in der Stimme ihres Sohnes ließ Matilda zusammenfahren. »Er könnte es nicht finden, selbst wenn ich es ihm gesagt hätte. Es liegt an einem geheimen Ort in den Bergen. Ich müßte selbst hingehen, um es zu finden . . .«

»Und es könnte sein, daß auch Ihr es nicht wiederfindet, liebste Mutter.« Seine Stimme war plötzlich wieder sanft. Er küßte sie leicht auf die Stirn. »Mir scheint, wir müssen um ein Wunder beten.«

Es war auf Bristol Castle, am Tag des Heiligen Eustachius, als die Gefangenen am Abend endlich in die große Halle geführt wurden. John lauschte den Barden, die aus Gloucester gekommen waren. Er saß in seinem großen Sessel, die Beine von sich gestreckt, den Weinpokal noch in der Hand.

»Wie es scheint, hat Euer Gemahl beschlossen, Eurem Wunsche

nachzukommen, Lady Matilda«, rief er ihr laut entgegen. Es wurde still in der überfüllten Halle. Matilda richtete sich auf und fühlte Hunderte von Augen auf sich, als sie langsam auf die Estrade zuging und dort mit niedergeschlagenen Augen wartete. John winkte einem Diener, und dieser lief unter Verbeugungen zur Tür.

Im nächsten Augenblick kamen zwei Männer herein. Sie hasteten zur Estrade und fielen auf die Knie. Matildas Herz tat einen jähen Satz. Einer der Männer war William. Er sah sie nicht an. Sein Bart war struppig, Gewand und Mantel zerrissen und schlammbespritzt. Seine Wangen zeigten ihre alte, ungesunde Blässe.

John erhob sich leicht rülpsend und stellte den Becher beiseite. Er schnalzte mit den Fingern, und ein Schreiber brachte ein Pergament. Es war dasselbe, das sie wenige Wochen zuvor in Dublin unterzeichnet hatte.

»Wenn ich recht verstehe, Sir William, seid Ihr mit den Bedingungen Eurer Gemahlin einverstanden«, stellte John fest. »Fünfzigtausend Mark hat sie zugesagt. Das ist Euch klar?«

William nickte kaum merklich. Noch immer sah er sie nicht an. »Dann werdet Ihr diese Vereinbarung unterschreiben?« John sah zu, wie man William Feder und Tinte brachte. Dann wurde aus dem Beutel seines Begleiters das Siegel der Familie de Braose zutage gefördert. Kein Laut war in der großen Halle zu hören, als das rote Wachs behutsam auf das Pergament geträufelt wurde. Mit leisem Zischen traf das Siegel auf das Wachs, und der Schreiber nahm das Dokument sorgsam an sich und übergab es dem König. John winkte ab. »Genug. Ich will die Sänger hören. Die erste Rate, Sir William, zum Fest der Heiligen Agnes, und keinen Tag später.«

Sie wurden hinausgeführt, und die Musikanten spielten dem König eine heitere Weise auf.

Draußen in der Eiseskälte des Hofes stellte sich Matilda ihrem Mann in den Weg, als dieser den Ställen zustreben wollte. »William, wollt Ihr mich nicht einmal begrüßen? Gewißt dürft Ihr doch mit mir sprechen, bevor Ihr geht? Habt Erbarmen!«

Er drehte sich um und sah sie ausdruckslos an. »Was soll ich sagen, Moll? Ich muß gehen und das Geld beschaffen. Ich habe so wenig Zeit.«

Matilda fiel ihm um den Hals, klammerte sich an ihn. Die Wachen machten keine Anstalten, sie daran zu hindern. »Es ist doch nicht so viel, diese erste Rate. Zehntausend Mark, mehr nicht, Lieber. Der Marshall wird Euch helfen, Reginald und Giles natürlich auch. Ihr müßt ihnen allen sofort schreiben, auch unseren Freunden in den Marken. Bitte, William, werdet Ihr es versuchen?«

»Mutter.« Will legte ihr die Hand auf den Arm. »Mutter, kommt ins Warme. Mein Vater weiß schon, was zu tun ist.«

»Ihr wißt es doch, William? Ihr werdet es tun? Es ist so wenig Zeit. O mein Lieber, Ihr werdet mir helfen ...«

William schüttelte sie ab und wandte sich zum Gehen. »Ich hab es doch gesagt, Weib. Ich tue, was ich kann. Was soll ich noch sagen?« Eine Windbö packte seinen Mantel, daß er flatterte. Ein Roßknecht führte zwei Pferde heran, die Wache nahm Will und Matilda in die Mitte, drängte beide auf den Eckturm zu.

»William! William ...« Ihre Stimme wurde zu einem Schreien; Will legte ihr den Arm um die Schultern und zog sie mit sich. »William, helft uns, bitte! Bitte! Bitte helft uns!«

Aber schon trabte sein Pferd auf das Torgitter zu, das langsam nach oben ins Dunkel des Bogens glitt. Wenige Augenblicke später waren die beiden Reiter in der Nacht verschwunden.

Matilda klammerte sich haltsuchend an Wills Schulter, und Margaret und Mattie stürzten herbei, um sie zu trösten. Langsam führten sie sie zurück zum Turm. Die ersten Regentropfen fielen auf das Kopfsteinpflaster.

Sam stand am Fenster, Tränen liefen ihm über die Wangen, seine Hände krallten sich in die Vorhänge. Langsam drehte er sich um. »William hat Euch also verlassen, meine Lady«, flüsterte er, »um das Geld zu holen.« Er lachte bitter. »Habt Ihr ihm geglaubt? Habt Ihr Euch gewünscht, ihm eine treue, liebende Ehefrau gewesen zu sein? Erzählt mir, wie es weiterging, meine Lady. Erzählt mir, was für ein Gefühl es war, als Euch endlich klarwurde, daß William nie zurückkommen würde.«

Jos Finger wanderten rastlos über die Polster des Sofas; ihre Nägel kratzten über den Bezugsstoff. Ihre Augen huschten blicklos über den flackernden Fernsehschirm.

»William«, rief sie. »William, um der Gnade der Heiligen Jungfrau willen, bitte kommt zurück.«

Tim klopfte an die Tür und rückte dann den Tragriemen der schweren Kameratasche auf seiner Schulter zurecht. Er keuchte angestrengt nach der steilen, langen Treppe.

Judy öffnete erst auf sein drittes Klopfen. Sie trug einen Malerkittel und alte Jeans. Bestürzt sah sie ihn an.

Er grinste. »Hoffentlich komme ich nicht zu spät. Du hast gesagt, irgendwann nach acht wäre okay.«

»O Gott, Tim, es tut mir so leid. Das habe ich glatt verschwitzt. Bitte komm herein.« Sie öffnete die Tür ein Stück weiter. »Ich wollte dir bestimmt nicht solche Umstände machen. Als ich dich bat, den Katalog zu machen, hatte ich keine Ahnung von deiner Auslandsreise.«

»Sind keine Umstände, Judy. Es ist eine ziemliche Ehre für mich. Ein Katalog deiner innersten Gedanken, nicht nur eine Reproduktion deiner Gemälde. Wie könnte ein Photograph der Versuchung widerstehen, die innersten Gedanken einer Lady zu photographieren!«

Sie lachte. »Ich werde sie offenbar massiv zensieren müssen.« Sie schloß die Tür hinter ihm. »Willst du ein Bier, oder etwas anderes?«

Tim schüttelte den Kopf. »Ich denke, ich mache mich lieber gleich an die Arbeit. Ich würde gern die Sachen sehen, die für die Galerie in Paris bestimmt sind, dann das Atelier . . . und dich, dich will ich natürlich auch sehen.« Er grinste sie an. »Dir ist klar, daß so etwas zu einem großen Teil von der Laborarbeit abhängt. Das Entwickeln werde ich George überlassen müssen. Aber ich denke, du wirst zufrieden sein mit dem, was er produziert.« Er stellte seine Tasche hin und zog den Reißverschluß auf. »Als erstes will ich ein Bild von dir, und zwar vor diesem Sonnenuntergang. Bevor er weg ist.«

Das Rückfenster des Ateliers loderte in Karmesinrot und Orangegelb. »Ich ziehe mich rasch . . .«, sagte Judy.

»Nein! Bleib so. Jeans, Farbflecken, und so weiter.« Er schob sie zum Fenster; dort drehte er ihr Profil ins Licht. »Das ist es. Du wirst kaum mehr als eine Silhouette sein. Nur eine hauchzarte Aura von Farbe auf deinem Gesicht, und diese roten Farbstreifen auf deinem Hemd. Sieht aus, als wäre es von den Wolken heruntergekleckst.«

Er photographierte sie ein paar dutzendmal vor dem Fenster, während das Licht verblaßte, erst golden und dann grün wurde. Schließlich wandte er seine Aufmerksamkeit den Bildern zu. Sie trug eines nach dem anderen unter die hellen Studiolampen.

»Willst du tatsächlich morgen fliegen?« Prüfend betrachtete sie sein schmales, müdes Gesicht, während er den Belichtungsmesser vor eine große, ungerahmte Leinwand hielt.

Er nickte. »Morgen abend.«

»Und du wirst monatelang wegbleiben?«

»Mindestens drei.« Er spähte durch den Sucher und wich dann ein paar Schritte weit zurück, bevor er auf den Auslöser drückte.

»Siehst du Jo noch vor deiner Abreise?«

»Keine Ahnung. Wahrscheinlich nicht.« Er verließ seine Kamera und half ihr, die Leinwand wieder an die Wand zu lehnen. »Ich hatte daran gedacht, von hier aus noch mal bei ihr vorbeizuschauen, aber ich bin mir nicht sicher. Vielleicht ist es besser, wenn ich sie nicht wiedersehe.«

Judy hob eine Braue. »Das klingt aber sehr endgültig.«

Tim lachte rauh auf. »Ach ja?« Er half ihr, das nächste Bild auf die Staffelei zu heben. »Jo hat auch ohne mich jede Menge zu tun . . . Bei diesem Bild hätte ich dich gern dabei. Stell dich davor . . . Ja, so ist es recht, mit dem Rücken so zur Kamera, daß dein Schatten über diese Farblinie fällt.«

»Es ist doch nur ein Katalog, Tim. Du machst ihn zu einem Kunstwerk . . .«

»Wenn du mit weniger zufrieden bist, hättest du deinen Freund bitten können, mit seiner Box vorbeizukommen«, gab er zurück.

Judy wurde rot. »Mein Freund?«

»Ist Pete Leveson nicht der aktuelle Kandidat für diesen Titel?«

Judy schob die Hände in die Gesäßtaschen ihrer Jeans. »Ich weiß nicht.« Sie klang plötzlich ratlos. »Ich habe ihn gern.«

»Gern genug, um ihm die Schmutzwäsche deiner Ex-Liebhaber auf dem Silbertablett zu servieren.«

»Warum nicht?« funkelte sie ihn an. »Nick war nicht gerade nett zu mir. Hoffentlich schmort er in der Hölle!«

Tim lachte bedrückt. »Ich glaube, genau das tut er, Judy«, sagte er.

Drei Tage später verließ der König Bristol; die Gefangenen ließ er im Gewahrsam des königlichen Burghauptmanns zurück. Man wies ihnen mehrere Gemächer im Turm zu, und die Kinder und ihre Ammen wurden im Stockwerk darüber untergebracht. Aber es war nicht zu übersehen, daß vor den Türen der unteren Räume Wachen standen und daß auch die Pforte zum Hof stets von zwei Männern bewacht war.

Matilda saß stundenlang am Fenster ihres Schlafgemachs und blickte über die Wiesen zum Severn und zu den Bergen von Wales. Langsam fielen die letzten Blätter von den Bäumen; ein schneidender Ostwind fegte sie von den bleigrauen Ästen und trieb Wolken von bitterem Qualm durch die Kamine zurück in die Kammern, daß die Holzasche erstickend durch die Luft wirbelte. Trotz der Feuer froren sie alle, und obgleich man ihnen Kleider und Decken brachte, hörte Matilda kaum noch auf zu zittern. Sie hätte es nicht ertragen, das Nordfenster mit Läden verschließen zu lassen. Sie wollte während der kurzen Stunden des Tageslichts nach dem Pferd ihres Mannes Ausschau halten.

Aber er kam nicht.

Das Fest der Heiligen Agnes verstrich, und es kam keine Nachricht, weder von William noch vom König. Dann, als die ersten Schneeglöckchen hervorbrachen, traf ein Trupp Männer ein, die zwei Leute aus dem Haushalt des Königs eskortierten. Es waren Advokaten.

Matilda trat ihnen allein entgegen. In einen Mantel aus Biberpelz gehüllt, suchte sie in ihren grauen Büchergesichtern nach einem Anzeichen für menschliches Gefühl oder Anteilnahme.

Der eine, sein Name war Edward, hielt ihr die unterzeichnete Vereinbarung entgegen. »Ihr Gemahl, Lady de Braose, hat es versäumt, die benannte Summe Geldes zum vereinbarten Datum beizubringen. Seid Ihr in der Lage, das Geld an seiner Statt zu beschaffen?« Er sah zu ihr auf, leichte Neugier im ansonsten uninteressierten Gesicht.

Matilda schluckte. »Ich habe Geld versteckt. Kann sein, daß es genug ist - ich weiß es nicht. Ich bin sicher, mein Gemahl ist auf dem Weg. Könnt Ihr ihm nicht noch ein wenig Zeit lassen! Gewiß hat der König . . .«

»Der König, meine Lady, hat erfahren, daß Euer Gemahl nach Frankreich geflüchtet ist.« Der andere war ihr ins Wort gefallen. Er saß seitlich am Tisch und schnitzte mit einem Messer an seinen Fingernägeln herum. »Ein Irrtum ist leider nicht möglich.« Auch er belauerte sie jetzt.

Matilda atmete tief durch. Jetzt, da es geschehen war, fühlte sie sich ruhig, beinahe erleichtert, daß das Warten ein Ende genommen hatte.

»Dann muß ich das Geld selbst holen. Ich habe es mit Hilfe meines Vogtes zu Hay vergraben. Gold, Schmuck und Münzen. Wir haben alles in Truhen gelegt und in die Berge geschafft.«

»Dieses Geld . . .«, Edward fuhr mit dem Zeigefinger über die Zeilen des Dokuments. »Würde sich die Summe auf fünfzigtausend Mark belaufen?«

»Seht Ihr, da Euer Gemahl seiner Verpflichtung nicht nachgekommen ist, müßten wir auf der vollen Summe bestehen.« Diesmal machte sich der jüngere Mann nicht einmal die Mühe aufzublicken. Er schnitzte an seinem Daumennagel.

»Ich dachte eher an die erste Rate.« Matilda suchte sorgfältig nach den richtigen Worten. »Zehntausend dürften es mindestens sein, denke ich. Mehr könnte ich aufbringen, wenn uns gestattet würde, nach Wales zu reisen, zu . . .«

»Ausgeschlossen, bedaure.« Edward zog über den Tisch ein Pergament zu sich heran. »Habt Ihr Euch den Wert des Hortes, den Ihr versteckt habt, nicht notiert, Lady de Broase? Vielleicht ließe sich Euer Vogt auftreiben, damit er es herbringe. Wenn Ihr mir seinen Namen sagt, können wir Reiter schicken.«

»Es waren ungefähr viertausend Mark in Münzen, wenn Ihr es denn wissen müßt«, sagte sie. »Der größte Teil meines Schmucks war auch dabei. Der hat beträchtlichen Wert, auch die Ringe, Ketten und das Gold meines Mannes.« Sie blickte von einem zum anderen, aber die beiden schüttelten die Köpfe.

»Bedaure. Das ist nicht genug.« Edward stand auf und fuhr sich mit der Zunge über die Lippen. »Ich muß Euch mitteilen, meine Lady, daß Seine Majestät befohlen hat, das Recht des Reiches gegen

Euren Gemahl zu richten. Er ist jetzt vogelfrei in diesem Lande. Der König hat überdies verfügt: Wenn es Euch nicht innerhalb von drei Tagen nach dem Fest der Heiligen Agnes, dem in der von Euch aus freien Stücken unterzeichneten Vereinbarung benannten Tag, gelingt, die geforderte Summe bis auf den letzten Penny zu begleichen, so sollt Ihr die volle Strafe für die Vergehen Eures Gatten erleiden.«

Er hielt inne, als sich der zweite Advokat ebenfalls erhob und begann, die Pergamente zusammenzuschieben. Die Geste wirkte irgendwie endgültig.

»Was für eine Strafe?« Matilda hörte, wie ihr eigenes Flüstern durch die Stille des Raumes hallte.

Er zuckte mit den Schultern. »Ich habe Briefe für den Burghauptmann. Ihr und Euer Sohn William sind nach Corfe auf die königliche Burg zu schaffen. Die übrigen Damen sowie Eure Enkelkinder werden, wenn ich recht verstanden habe, vorläufig hierbleiben.«

Matilda fühlte Panik in sich aufsteigen. »Wann müssen wir gehen?«

»Noch heute. Sobald eine Eskorte zusammengestellt ist.« Die beiden Männer verbeugten sich gleichzeitig und gingen an ihr vorbei zur Tür hinaus. Einen Augenblick lang war Matilda allein, bis der Ritter, der sie vom Turm heruntergebracht hatte, neben ihr erschien. »Am besten geht Ihr jetzt und nehmt Euren Abschied, Lady«, brummte er freundlich. »Der Burghauptmann hat schon geahnt, was in den Briefen stehen würde. Eure Eskorte steht bereit.«

»Nach Corfe«, flüsterte sie verzweifelt. »Die Burg nutzt er als Kerker.«

»Nicht mehr als jede andere Burg. Manchmal wohnt er sogar selbst da. Keine Sorge. Da seid Ihr aus dem Weg. Er wird Euch bald vergessen, und dann können Eure Freunde Euch freikaufen.« Er legte ihr kurz die Hand auf den Arm, eine kleine Geste des Trostes. Verzweifelt sah sie ihn an und folgte ihm zurück in die Kammer, die sie viele lange Nächte hindurch mit Margaret und Mattie geteilt hatte, um sich von den beiden unter Tränen zu verabschieden. Dann umarmte sie die beiden Säuglinge und zuletzt ihren geliebten kleinen John, der sich weinend an sie klammerte.

»Wir werden uns bald wiedersehen, Mutter. Habt keine Angst.« Margaret nahm für einen Augenblick ihre Hand und hielt sie fest. »Sorgt Euch nicht. Ihr habt viele Freunde. Sie alle werden sich beim König für Eure Freilassung verwenden. Er wird Euch Vaters Vergehen nicht lange büßen lassen. Ihr werdet schon sehen.«

Matilda zwang sich zu einem Lächeln. »Ja, mein Liebling. Wir werden sehen«, flüsterte sie langsam. »Ich bin sicher, am Ende wird sich alles fügen.« Und sie küßte ihre Tochter ein letztes Mal.

»Genug!« Sam durchquerte das Zimmer, blieb vor Jo stehen und starrte auf sie herunter. Sein Gesicht wirkte gequält. »Es ist zu früh. John mag die Absicht haben, Euch zu töten, meine Lady, aber ich kann Euch noch retten.« Er atmete tief durch. »Diesmal kann ich es. Diesmal werde ich Euch nach Corfe folgen. Ich werde Wiedergutmachung leisten.« Er kniete vor ihr nieder und nahm ihre Hand. »Gütiger Gott, ich wollte nicht, daß Ihr so leiden müßt. Nur noch ein Weilchen, Moll. Nur noch ein kleines Weilchen. Ihr müßt dorthin. Ihr müßt hin, aber ich werde Euch folgen.« Er weinte jetzt ungehemmt. »Mein Bruder hat viel zu verantworten. Aber er wird es nicht sein, der Euch rettet. Ich werde vor ihm dort sein, Moll. Ich werde Euch retten.« Er hob ihre Hand an seine Lippen und drückte einen langen Kuß auf ihre Finger. Dann stand er langsam auf. »Und jetzt behalten wir Euch bis morgen früh in sicherem Gewahrsam. Ihr werdet hierbleiben, meine Lady, und Euch nicht rühren, bis es hell wird. Dann, erst dann werdet Ihr Euch auf Eure letzte Reise nach Corfe begeben. Ich habe heute nacht noch eine letzte Schuld zu begleichen.« Er lächelte plötzlich und reckte die Schultern. »Dann werde ich Euch folgen, und morgen seid Ihr mein.«

Er gab ihre Hand frei, ging zum Fernseher und drehte die Lautstärke auf. Dann nahm er die Kassette aus dem Recorder, schob sie in die Tasche und sah sich im Zimmer um. Jo hatte sich nicht gerührt. Ihr Blick war immer noch auf den Bildschirm gerichtet, aber sie sah nichts. Auf Zehenspitzen verließ Sam die Wohnung, zog die Tür hinter sich zu und lief die Treppe hinunter. In der Gloucester Road winkte er nach einem Taxi.

Judy stellte zwei Kaffeetassen auf den Tisch und schob Tim den Zucker zu. »Weißt du, ich habe nicht damit gerechnet, daß du soviel Sorgfalt darauf verwendest. Ich bin dir wirklich sehr dankbar.«

Er nahm zwei Löffel Zucker und ließ dabei ein paar Kristalle auf den Tisch rieseln; langsam rührte er in seinem schwarzen Kaffee, als unten die Haustür ins Schloß geworfen wurde. Schritte kamen die Treppe zum Atelier herauf.

»Tut mir leid, daß ich das Projekt nicht beenden kann.« Tim lächelte sie an. »Vielleicht ... wenn ich ehrlich sein soll, habe ich mehr Zeit aufgewendet, als nötig gewesen wäre. Ich war nicht gerade darauf erpicht, den Abend allein zu verbringen. Caroline muß packen, sich die Haare waschen und ihre Mama davon überzeugen, daß sie nicht auf Nimmerwiedersehen zu einem Guru fährt. Wir treffen uns morgen nachmittag am Flughafen.«

In Judys Augen lag eine Andeutung humorvollen Mitgefühls. »Wir könnten uns was zum Essen besorgen, falls du Lust hast ...« Überrascht sah sie auf, als es an der Ateliertür klopfte.

Tim erhob sich umständlich. »Gemacht«, sagte er. »Chinesisch oder was?« Er öffnete die Tür und prallte jäh zurück, als Sam an ihm vorbei hereinstürmte.

Judy sprang hoch. »Sam?« Angst vibrierte in ihrer Stimme. »Was suchen Sie denn hier?«

Sams Blick flog zwischen Judy und Tim hin und her. Dann lächelte er. »Ihr beide?«

»Verschwinden Sie, Sam.« Judy stemmte die Hände in die Hüften. »Ich weiß nicht, was zum Teufel Sie hier wollen, aber Sie verschwinden auf der Stelle. Haben Sie gehört? Wenn Sie nicht gehen, rufe ich wieder die Polizei!« Ihre Stimme war unnatürlich schrill.

»Kommen Sie, Sam.« Tim trat einen Schritt auf ihn zu. »Sie haben gehört, was Judy gesagt hat. Gehen Sie und machen Sie kein Aufsehen. Seien Sie ein braver Kerl.«

Sam lachte. »Seien Sie ein braver Kerl«, wiederholte er höhnisch. »O nein, mein Freund, diesmal nicht. Diesmal haben wir ein paar Rechnungen zu begleichen. Rechnungen, die schon sehr, sehr alt sind.« Drohend trat er einen Schritt auf Tim zu. Judy wandte sich ab und huschte ins Schlafzimmer. Sie griff nach dem Telephonhörer, aber Sam war schon hinter ihr und riß das Kabel aus der Wand.

»Keine Polizei mehr, Judith, meine Liebe«, zischte er. »Ich denke, wir werden diesmal sehr gut ohne sie fertig.«

Judy erblaßte. »Sie sind verrückt, Sam!« schrie sie. »Total verrückt!«

Hinter Sam war Tim in der Tür erschienen. Einen Moment lang rührte sich keiner der drei. Dann schleuderte Sam das Telefonkabel zu Boden. »Dich wollte ich sehen, Judith. Ich meine mich zu erinnern, daß wir noch eine unerledigte Angelegenheit zu regeln haben. Immer wenn ich von Joanna komme, habe ich diesen Drang, scheint mir. Eine andere Hure aufzusuchen. Alle Weiber sind Huren, sogar meine Mutter. Sonst hätte sie nicht noch ein Kind bekommen. Eine Hure für meinen Vater!« Er beherrschte sich nur mit Mühe. »Du solltest dich geschmeichelt fühlen, daß ich den Geschmack meines Bruders teile, was schöne Frauen betrifft. Tust du natürlich auch.« Er wandte sich an Tim. »Ich bin fast froh, daß Sie hier sind. So kann ich mich endlich auch mit Ihnen befassen. Die älteste Tochter meiner Frau . . . erinnern Sie sich . . .?« wilde Erregung loderte in seinen Augen.

Judy wich zurück, und Tim beobachtete ihn wachsam. »Hören Sie auf, Sam«, sagte er kalt. »Vergessen Sie es. Sie bilden sich das alles nur ein.«

»Ach ja?« Sam tat noch einen Schritt auf ihn zu. »Joanna denkt anders.« Er lachte.

»Falls Sie sich wieder an Jo herangemacht haben . . .« Tim reckte plötzlich die Schultern; er war sehr viel schmächtiger gebaut als Sam, überragte ihn aber um mehrere Zentimeter. »Wenn Sie sie angerührt habe, bringe ich Sie um – so wahr mir Gott helfe!«

»Natürlich habe ich sie angerührt«, erwiderte Sam spöttisch. »Dachten Sie, ich würde sie in Ruhe lassen? Sie gibt alles zu, wissen Sie. Wie sie mich betrogen hat. Wie sie mit Ihnen geschlafen hat. Ich habe sie dafür verprügelt, hat sie Ihnen das erzählt? Und wenn ich sie verprügelt habe, was soll ich dann erst mit dem Hund tun, der sie verführt hat?« Er stand jetzt dicht vor Tim.

Tim wich hastig zurück. »Sam, um Gottes willen, beruhigen Sie sich! Wir können doch über alles reden.«

»Diesmal nicht. Vor langer Zeit habe ich mich zurückgehalten und zugeschaut. Ich habe so getan, als wüßte ich von nichts. Ich habe gesehen, wie die Leute hinter vorgehaltener Hand kicherten und lachten, mich einen Hahnrei nannten. Ich konnte nicht verhindern, daß sie Unzucht mit dem König trieb, aber Sie . . . Bei Ihnen ist es eine andere Sache. Ganz sicher war ich nie. In der Vergangenheit war sie zu clever für mich, aber heute liegen die Dinge anders. Heute sitze ich an den Schaltknöpfen. Heute kenne ich die Wahrheit.« Er packte einen Messingleuchter neben sich auf einer niedrigen Kommode und hob ihn drohend. »Ihr werdet bezahlen für das, was Ihr getan habt, de Clare!«

»Nein!« kreischte Judy, als er den Arm hob.

Tim war fahl im Gesicht; er wich rückwärts durch die Schlafzimmertür zurück. Dabei blieb sein Fuß an dem Perserteppich hängen. Er rutschte zur Seite, schwankte und schlug dann mit dem Kopf hart gegen die Tür.

Sam lachte. »Jetzt habe ich Euch, de Clare! Auf die Knie – wie Eure Metze!« Er schwang den Kerzenleuchter hoch über dem Kopf. Judy stürzte sich auf ihn und packte seinen Arm. Sie rangen miteinander, während Tim langsam auf Hände und Knie sank und dann zusammenbrach. Eine häßliche, blutende Wunde von der Türklinke klaffte an seiner Schläfe.

Unvermittelt ließ Sam den Arm sinken. Er blieb stehen und starrte auf Tim hinunter.

»Tim?« Judy ließ sich neben ihm fallen. »Tim, ist alles okay?« Mit bleichem Gesicht schaute sie zu Sam auf. »Er ist bewußtlos.«

Einen Augenblick lang rührte Sam sich nicht; dann hockte er sich fast widerwillig neben Tim nieder und tastete nach seinem Puls. Judy hielt den Atem an.

»Ihm fehlt nichts«, erklärte Sam. Seine Stimme klang wieder ganz ruhig. »Aber für alle Fälle sollten Sie doch einen Krankenwagen anrufen.« Er stand auf. »Es tut mir leid. Ich habe die Beherrschung verloren.«

Judy wich vor ihm zurück. »Sie mieses Stück Mist!« Ihre Augen blitzten. »Machen Sie, daß Sie rauskommen, Sam! Raus, oder ich schwöre, ich bringe Sie für den Rest Ihres Lebens ins Gefängnis. Sie gehören in eine Zwangsjacke!«

Sie lief zum Bett und griff nach dem Telephonhörer; dann erinnerte sie sich und warf ihn aufschluchzend wieder auf die Gabel. »Ich muß von unten aus anrufen. Soll ich ihm ein Kissen unter den Kopf legen?«

»Nein. Rühren Sie ihn nicht an.« Sam betrachtete noch immer Tims reglosen Körper. »Rufen Sie lieber gleich an«, sagte er.

Musik hallte durch die offenen Fenster auf die Berkeley Street, als die Party allmählich in Gang kam. Jane saß auf Jim Greersons Schoß, und als das Telefon klingelte, nahm anfangs keiner der beiden Notiz davon. Schließlich lehnte Jane sich aber doch hinüber und griff nach dem Hörer.

»Nick?« rief sie dann. »Jemand den Big Boß gesehen? Hier ist einer, der sagt, es sei ein Notfall.«

Endlich tauchte Nick mit einem Glas Champagner in der Hand auf. Er grinste. »Ein Anruf um diese Zeit? Wahrscheinlich eine Beschwerde.« Er setzte sich auf die Schreibtischkante. »Hallo?«

Am anderen Ende der Leitung hielt Judys Nachbarin einen aufgeregten Monolog. Nick hörte eine Zeitlang verwirrt zu und stand dann auf. »Ein Unfall, sagen Sie? Wer ist verletzt?«

»Ich weiß nicht«, haspelte die unbekannte Stimme am anderen Ende. »Ein sehr netter Herr, ziemlich groß. Miss Curzon ist mitgefahren. Sie haben ihn ins St. Stephen's gebracht . . .«

Judy saß allein im matterleuchteten Warteraum des Krankenhauses. Mutlos blickte sie Nick entgegen.

»Was ist passiert?« Nick nahm sie tröstend in die Arme.

Sie schniefte. »Sie glauben, er hat einen Schädelbruch. Er ist oben im OP.«

»Wer?« Er schob sie von sich, um in ihr Gesicht zu sehen. »Wer ist verletzt, Judy?«

»Tim. Tim Heacham!«

»Tim? Aber was ist denn eigentlich geschehen?«

»Er war bei mir, um meine Bilder zu photographieren. Dann kam dein Bruder. Er bedrohte Tim, und . . .« Sie begann wieder zu schluchzen.

»Sam hat ihn geschlagen?« Nick ließ sich neben ihr auf die Bank fallen.

»Nein.« Sie schniefte heftig und suchte in der Tasche ihrer Jeans nach einem Taschentuch. »Er wollte, aber Tim ist ihm ausgewichen.

Dabei ist er über meinen blöden Teppich gestolpert. Oh, Nick! Wenn er nun stirbt?«

»Warum haben sie gestritten?«

»Sam nannte ihn de Clare. Ich glaube, der Streit drehte sich um Jo. Sam redete von seiner Tochter.«

Nick preßte kaum merklich die Lippen zusammen. »Mein Bruder ist wirklich wahnsinnig«, stellte er fest. »Wo ist er? Ist er ins Krankenhaus mitgekommen?«

Sie schüttelte den Kopf. »Ich weiß nicht, wo er ist.«

Sie blickten auf, als eine junge blonde Frau im weißen Kittel erschien. Sie hielt ein Clipboard in der Hand. »Ich höre, Sie haben Mister Heacham hergebracht?«

Judy nickte. »Wie geht es ihm?«

Die junge Frau hob die Schultern. »Er ist noch im OP. Später wissen wir mehr. Ich wollte nur fragen, ob Sie mir sagen können, wer seine nächsten Angehörigen sind?«

Judy umklammerte Nicks Hand. »Ist es so ernst?«

»Nein, nein. Es ist das normale Verfahren. Wir müssen versuchen, Kontakt mit seiner Familie aufzunehmen.«

Sie sahen einander ratlos an. »Ich weiß nichts von seiner Familie«, meinte Nick. »Bedaure. Wir sind nur mit ihm befreundet.«

»Verstehe.« Sie schob ihren Kuli in die Kitteltasche. »Seine Frau kennen Sie nicht?«

»Er ist Junggeselle«, sagte Judy leise.

Die junge Frau runzelte die Stirn. »Oben war er ein paar Minuten bei Bewußtsein, bevor er in die Chirurgie gebracht wurde. Da sprach er von seiner Tochter. Matilda, ja? Wenn wir die vielleicht finden könnten . . .?«

Nick stand auf. »Er hat keine Tochter«, erklärte er.

Als die Frau kopfschüttelnd durch die Schwingtür verschwunden war, wandte sich Nick an Judy. »Willst du nicht zum Telephon stürzen und Leveson anrufen? Ich könnte mir vorstellen, das gäbe eine saftige Schlagzeile!«

Judy lief hochrot an. »Selbstverständlich nicht!« Sie sackte in sich zusammen. »Wie lange wird die Operation noch dauern!«

Nick zuckte mit den Schultern. »Ich schätze, ich sollte Bet Gunning anrufen. Sie kennt Tim am besten. Sie muß wissen, wo seine Familie zu finden ist.« Er sah auf die Uhr.

»Jo könnte es auch wissen«, meinte Judy leise. »Ob Sam zu ihr zurückgefahren ist? Er sagte, er käme aus ihrer Wohnung . . . Nick?«

Nick war weiß wie die Wand. »Bist du sicher?« Er war schon auf dem Weg zur Tür. »Du bleibst hier, Judy.« Mit diesen Worten war er verschwunden.

Judy begann hemmungslos zu schluchzen. Es war Mitternacht.

»Jo? Jo, kannst du mich hören?« Nick kauerte sich neben sie und ergriff ihre Hand. Sie war eiskalt. Reglos starrte Jo in das Schneegestöber auf dem Bildschirm. Automatisch schaltete Nick den Apparat ab. Dann bewegte er die Hand vor Jos Augen auf und ab. Ihre Lider bewegten sich nicht. Behutsam tastete er nach ihrem Puls. Da war er – langsam und unregelmäßig.

»Jo? Jo, Schatz, hörst du mich? Du mußt zuhören, bitte!« Kräftig rieb er erst die eine, dann die andere Hand. »Jo, ich brauche dich. Um Gottes willen, liebste Jo!« Er holte tief Luft. »Jo, ich werde jetzt von zehn an rückwärts zählen. Wenn ich bei eins ankomme, wachst du auf, hörst du?« Sanft drückte er sie in die Polster zurück. Er berührte ihre Stirn. Sie fühlte sich unnatürlich kalt an. »Zehn, neun, acht, sieben, sechs, fünf, vier, drei, zwei, eins!« Er packte sie bei den Handgelenken. »Jetzt wach auf! Wach endlich auf!«

Sie rührte sich nicht, hatte noch nicht einmal geblinzelt. Nick geriet in beklemmende Panik. Jos Adreßbuch lag neben dem Telephon. Er sprang auf und fuhr mit dem Finger die zweite Seite entlang und fand den Namen, den er suchte: Bennet. Mit einem Stoßgebet wählte er die Nummer.

Mrs. Bennet meldete sich mit verschlafener Stimme. Vier Sekunden später war ihr Mann am Apparat.

Er hörte Nick zu, ohne ihn zu unterbrechen. »Das klingt nach einer katatonischen Trance«, sagte er schließlich, fast zu sich selbst. »Ich komme sofort. Versuchen Sie nicht, sie zu wecken, Nicholas. Ich bin spätestens in zwanzig Minuten bei Ihnen. Sollte sie sich kalt anfühlen, wickeln Sie sie warm ein. Dann nehmen Sie sich erst einmal einen Drink. Bin schon unterwegs.«

Nick sah auf die Uhr. Es war viertel nach eins. Er suchte zwei Dekken aus dem Schrank hervor und hüllte Jo zärtlich darin ein; dann ging er in die Küche und setzte den Wasserkessel auf. Kurz vor zwei läutete es endlich an der Tür.

Mit zwei Schritten hatte Bennet das Zimmer durchquert. Behutsam zog er Jo die Decken vom Gesicht. »Wie lange ist sie schon in diesem Zustand?«

Nick hob die Schultern. »Vielleicht seit mein Bruder sie verlassen hat; ich schätze, seit neun oder zehn.«

»Hat er sie in Trance versetzt?« Bennet sah Nick prüfend an.

»Ich habe den Verdacht«, erwiderte Nick grimmig. »Aber wir wissen, daß sie es auch selbst kann. Ich dachte, sie könne sich inzwischen dagegen wehren. Aber vielleicht hat sie es allein nicht geschafft.« Er kniete neben ihr nieder und nahm ihre Hand.

Bennet lächelte zum ersten Mal. »Sie zeigt Anzeichen von Augenbewegungen – sehen Sie? Ich glaube, sie wird bald zu sich kommen.« Er setzte sich neben Jo, legte ihr die Hände auf die Schultern und zog sie sanft an sich heran. »Matilda, kannst du mich hören? So ist es recht; du erkennst meine Stimme. Du kannst ohne Furcht mit mir sprechen; das weißt du. Du bist jetzt müde, nicht? Dir ist sehr kalt. Es wäre schön, wenn du jetzt aufwachen würdest, meine Liebe. Du wirst jetzt langsam aufwachen . . .«

Er brach ab, denn Jo zuckte unter seinen Händen zurück. Ihre Augen hatten ihre blicklose Starre verloren und richteten sich an ihm vorbei auf Nicks Gesicht.

Nick stand auf und lächelte erleichtert. »Jo, Gott sei Dank . . .«

»Bitte«, flehte Jo zitternd. »Bitte, gebt mir mehr Zeit. Ich habe das Geld. Ich habe Euch doch gesagt, es liegt verborgen in den Hügeln oberhalb von Hay. Bitte, gebt mir mehr Zeit. Bitte!« Tränen liefen über ihre Wangen. »William wird zurückkommen. Er hat es versprochen. Er wird zurückkommen, wenn nicht meinetwegen, dann um unseres Sohnes willen. Bitte, Euer Gnaden, bitte . . .« Sie warf sich vor Nick auf die Knie. »Bitte, bestraft mich, wenn Ihr müßt, aber nicht meinen Sohn. Nicht Will!« Sie schluchzte hemmungslos. »Nehmt mich. Tut mit mir, was Ihr wollt, aber verschont meinen Sohn! Er hat nichts getan. Es ist meine Schuld. Es ist alles meine Schuld!« Sie hob den Kopf; ihr Haar war naß von Tränen und klebte über ihren Augen. »Ihr habt mich einmal geliebt, Euer Gnaden. Kann Eure Liebe sich so restlos in Haß verwandelt haben?«

Bennet faßte sie sanft bei den Schultern. »Komm jetzt, meine Liebe. Das nützt nichts . . .«

»Nein!« Jetzt schrie sie. »Ich gehe nicht! Ihr müßt mich anhören. Mein Lehnsherr! Mein Herr und König! Verschont mich . . .«

Unter hysterischem Schluchzen krallte sie sich in Nicks Pullover.

Ruhig wandte sich Carl Bennet seinem Koffer zu. Er warf ihn auf den Couchtisch, klappte ihn auf und holte eine Spritze heraus. »Halten Sie sie fest«, befahl er leise. »Ich gebe ihr etwas, damit sie einschläft.«

Nick umfaßte sanft ihre Handgelenke. »Komm, Schatz«, sagte er. »Ich werde dich schonen. Ich werde . . .«

Sie schien nicht zu merken, daß Bennet ihren Ärmel hochschob, schnell ihre Haut betupfte und dann die Injektionsnadel einführte. Innerhalb von Sekunden löste sich der Griff ihrer Finger von Nicks Pullover, und sie sank zu seinen Füßen zusammen.

Einen Augenblick lang konnte er sich nicht rühren. Der Schmerz schnürte ihm fast die Kehle zu. Carl Bennet klopfte ihm beruhigend auf die Schulter. »Ich helfe Ihnen, sie ins Bett zu tragen. Ich habe ihr dreieinhalb Kubik Valium gegeben. Das wird sie für ein paar Stunden außer Gefecht setzen. Wenn sie aufwacht, ist sie wieder okay.«

»Sind Sie sicher?«

»Ganz sicher.« Bennet lächelte zuversichtlich. »Ich komme morgen früh gegen ...«, er sah auf die Uhr, »... gegen zehn Uhr wieder vorbei. Mit Ihrer Erlaubnis würde ich sie dann gern noch einmal hypnotisieren und ihr mit äußerstem Nachdruck suggerieren, daß sie nie wieder eine Regression herbeiführen darf - weder durch andere noch durch sich selbst. Ich denke, diesmal wird es klappen. Ihre Angst vor den Konsequenzen ist hinreichend groß.« Er beugte sich zu Jo hinunter. »Kommen Sie, Nicholas, helfen Sie mir, sie ins Bett zu tragen.«

Vorsichtig legten sie Jo auf das Bett. Nick zog ihr die Sandalen aus und deckte sie zu. Dann strich er ihr das Haar aus dem Gesicht und küßte sie zärtlich auf die Stirn. Fünf Minuten später hatte er Carl Bennet hinausbegleitet. Er goß sich einen Gin ein, ging zur Balkontür und stieß sie auf. Über dem grellen Licht der Straßenbeleuchtung rings um den Platz war der Himmel noch pechschwarz. Die Luft war kühl und frisch; sie durchdrang seinen dünnen Pullover und ließ ihn frösteln.

Er ging wieder hinein und warf sich auf das Sofa. Morgen - nein, heute - würde alles vorüber sein. Jo würde vergessen, daß das alles je geschehen war. Aber er würde sich erinnern. Er, Sam und Tim.

Armer Tim. Stöhnend stand er auf, sah auf die Uhr und wählte die Nummer des Krankenhauses.

»Darf ich fragen, in welcher Eigenschaft Sie sich erkundigen?« fragte die unpersönliche Stimme am anderen Ende, nachdem er eine Serie von Klicklauten und Wartezeiten über sich hatte ergehen lassen.

Geduldig buchstabierte Nick seinen Namen. »Ich war vorhin im Krankenhaus«, erklärte er. »Tim ist ein alter Freund.«

»Dann tut es mir leid, Mister Franklyn.« Die Stimme ließ plötzlich Mitgefühl erkennen. »Leider habe ich schlechte Nachrichten. Mister Heacham hat das Bewußtsein nicht wiedererlangt. Er ist um viertel vor drei gestorben.«

39

Sam umklammerte die Armlehnen des Flugzeugsessels und schloß die Augen. Er verabscheute den Augenblick des Starts - den Druck auf seinem Körper, wenn die Maschine beschleunigte; die rasende Asphaltbahn unter den Rädern, die draußen vor den Fenstern zu einem verwischten Strich wurde, der dem Auge keinen Halt bot; das Wissen, daß er eingesperrt war, gefangen und gefesselt im Bauch des

Flugzeugs, das voranschoß, ohne daß er etwas hätte tun können, und ihn dorthin trug, wohin es gerade wollte. Er fixierte das »No Smoking«-Schild und wartete auf den leichten Stoß, der anzeigen würde, daß sie den Boden verlassen hatten.

In seinem Kopf drehte sich alles. Ein monumentaler Kater, zweifellos – obwohl er sich nicht erinnern konnte, getrunken zu haben. Er erinnerte sich, daß er in der Morgendämmerung die Park Lane hinaufgegangen war. Es hatte zu regnen begonnen, und er hatte den Kopf den kühlen Tropfen entgegengestreckt. Erschöpft war er schließlich in der Wohnung angekommen. Nick war nicht da; vermutlich war er noch auf seiner Büroparty.

Sam packte seine Sachen und überzeugte sich, nichts vergessen zu haben. Bevor der die Wohnung verließ, griff er in die Jackentasche und nahm das Kruzifix heraus. Er betrachtete es lange; dann küßte er es und lehnte es gegen die Lampe auf Nicks Schreibtisch. Ein paar Augenblicke lang blieb er noch stehen; dann bekreuzigte er sich und wandte sich zur Tür. Er zog sie hinter sich zu, schob den Schlüssel durch den Briefschlitz und ging zur Treppe. In letzter Minute hatte er den Flug nach Edinburgh abgesagt und sich statt dessen ein Stand-by-Ticket nach Paris ausstellen lassen. Er nahm nicht an, daß Judy die Polizei über das Handgemenge in ihrem Atelier Anzeige erstatten würde, aber wenn sie es doch täte, wäre es vielleicht besser, sich vorläufig aus dem Staub zu machen. Mit grimmigem Lächeln nahm er seine American-Express-Karte und begab sich zum Schalter.

Er lehnte sich zum Fenster hinüber und schaute hinaus auf die Landschaft aus Miniaturhäuschen und -straßen, die sich da so säuberlich und flach unter dem stetig steigenden Flugzeug erstreckte. Dann kamen Wiesen und die silbrige Biegung eines Flusses. Für eine Sekunde erhaschte er einen Blick auf die majestätischen Türme von Windsor Castle, und dann glitt das Flugzeug in die weiche Daunendecke einer Wolke. Sam lehnte sich zurück, öffnete seinen Sicherheitsgurt und dachte zum ersten Mal an Jo.

Er spürte unvermittelt kalten Schweiß zwischen den Schulterblättern. Er hatte sie im Stich gelassen. Er hatte sie nach Corfe gehen lassen und sie in Stich gelassen. Er hatte versagt. Wieder war er geflohen. Nach Frankreich geflohen. Also sollte sich die Geschichte doch wiederholen.

Er spürte, wie Gelächter in ihm aufstieg. Einen Moment lang versuchte er, es zurückzudrängen, die Explosion niederzukämpfen, die sich da in seiner Brust zusammenballte. Doch als sie sich dann entlud, war es ein verzweifeltes, herzzerreißendes Schluchzen.

Es war acht Uhr, als Nick zu Jo ins Zimmer schaute. Zärtlich betrachtete er sie und stopfte die Decke fester um ihre schlafende Gestalt; dann beugte er sich zu ihr hinunter und küßte sie behutsam und zögernd auf die Lippen. »Jo, mein Schatz«, flüsterte er. »Ich fahre jetzt in die Firma und hole die Verträge. Dann komme ich sofort zurück. Kannst du mich hören, Jo?«

Sie rührte sich nicht. Er sah die blauen Äderchen auf ihren Lidern, und ihre Haut wirkte fast transparent unter dem dichten dunklen, kastanienrot überhauchten Haar auf dem weißen Kopfkissen.

»In vierzig Minuten bin ich wieder da, Jo; das verspreche ich dir«, flüsterte er weiter. »Dann lasse ich dich nicht mehr allein.«

Vor der Wohnungstür zögerte er einen Moment lang. Sollte er nach oben springen und Mrs. Chandler bitten, sich zu Jo zu setzen, bis er wiederkam? Er überlegte kurz, lief dann aber die Treppe hinunter. Dr. Bennet hatte gesagt, sie würde mindestens acht Stunden durchschlafen. Er würde in Windeseile mit dem Taxi ins Büro fahren, sich die Verträge schnappen und die Präsentationen skizzieren. Gegen neun wäre er mit Sicherheit wieder hier.

Nachdem die Tür hinter ihm ins Schloß gefallen war, schlug Jo die Augen auf. In ihrem Kopf drehte sich alles, ihr war sterbenselend. Mühsam kletterte sie aus dem Bett und wankte ins Badezimmer.

Vierzig Minuten, hatte Nick gesagt. Nur vierzig Minuten.

Sie stand unter der kalten Dusche, bis sie vor Kälte zitterte, aber hellwach war. Sie frottierte sich, zog Jeans und einen dicken Pullover an. Das Koffein ihres Morgenkaffees traf sie wie ein Hammerschlag. Es durchfuhr ihren Körper und ließ ihr Herz unbehaglich flattern, während sie im Regal nach einer Straßenkarte suchte.

Sie schlüpfte in eine Jeansjacke, nahm einen Schal und ihre Tasche mit der Karte und suchte dann nach den Schlüsseln für den Porsche. Sie lagen noch auf dem Schreibtisch. Mit einem leisen Lächeln schob sie den Finger durch den Schlüsselring und verließ die Wohnung. Es war siebenundzwanzig Minuten nach acht.

Nick war um viertel vor neun wieder da; er bezahlte das Taxi und lief, immer zwei Stufen auf einmal nehmend, die Treppe hinauf. Als er die Wohnungstür aufgeschlossen hatte, wußte er, daß sie wach sein mußte. Er roch den Kaffee, und die Lampe auf ihrem Schreibtisch brannte.

»Jo?« Die Vorahnung durchfuhr ihn wie ein Stich. Er ließ die Tür zufallen und legte seinen Aktenstoß ab. »Wo bist du?«

Instinktiv wußte er, daß die Wohnung leer war, aber er durchsuchte sie trotzdem. Er riß die Schlafzimmertür auf und sah auf das leere Bett; daß die Decken auf dem Boden lagen, zeigte, mit welcher Hast sie aufgestanden war. Sie hatte die Dusche im Bad nicht richtig abgedreht; sie tropfte noch.

Er beugte sich vor und drehte den Hahn fest zu; dann ging er ins Wohnzimmer. Die Notizbücher auf ihrem Schreibtisch lagen wie Kraut und Rüben durcheinander. Er ließ den Blick über eine eng beschriebene Seite wandern. Eine Zeile erregte seine Aufmerksamkeit.

»Matilda und ihr Sohn wurden in einen Kerker in Windsor gebracht...« Jo hatte Windsor so kräftig durchgestrichen, daß das Papier zerrissen war. Sie hatte »Windsor« durch »Corfe« ersetzt.

Er hastete auf den Balkon und spähte auf die Straße hinunter, wo er seinen Wagen abgestellt hatte. In der Frühe, als er zum Taxi gelaufen war, hatte er ihn gesehen und kurz überlegt, ob er zurückgehen und den Schlüssel holen sollte, doch dann war ein Taxi gekommen. Er hatte es herangewinkt und seinen Wagen vergessen. Jetzt wünschte er, er hätte ihn genommen. Der Parkplatz war leer.

Mit fliegenden Fingern wählte er Bennets Privatnummer. »Ich weiß, es war dumm von mir, sie alleinzulassen. Aber sie schlief doch, und ich mußte diese verdammten Verträge holen. Jetzt ist sie mit meinem Wagen fort.«

Am anderen Ende herrschte einen Moment lang Stille. »Es ist nicht gut, wenn sie in ihrem Zustand Auto fährt. Wissen Sie, wo sie sein könnte?«

»Sie will nach Corfe.« Nick trommelte mit den Fingern auf das Telephon. »Das liegt irgendwo an der Küste in Dorset. Ich war noch nie da. Aber es muß eine Fahrt von mindestens drei oder vier Stunden sein.«

»Ich hole Sie mit dem Auto ab«, erklärte Bennet knapp. »Wieviel Vorsprung hat sie?«

»Auf keinen Fall mehr als eine halbe Stunde.«

»Und eine halbe Stunde dauert es, bis ich bei Ihnen bin. Damit hat sie uns eine Stunde voraus. Halten Sie sich bereit!« Bennet warf den Hörer auf die Gabel.

Ann Clements stand in ihrem Hotelzimmer am Rande von Frome und sah mißmutig in den Regen hinaus. Bei schlechtem Wetter war ihr Autofahren zuwider. Sie warf einen Blick auf die Kartons mit den Handzetteln auf dem Bett; es war dumm gewesen, sie gestern abend aus dem Lieferwagen auszuladen. Aber sie hatte befürchtet, man könnte sie vom Parkplatz stehlen. Jetzt würde sie alles durch den Regen zum Auto zurückschleppen müssen. Am Tag zuvor hatte sie sie aus der Druckerei abgeholt, und jetzt mußte sie sie nach London bringen. Sie verzog das Gesicht. London bei Regen war noch schlimmer als London bei Sonne, und sie kannte nicht einmal jemanden, mit dem sie ins Theater gehen konnte.

Sie hielt inne. Jo!

Gleich nach dem ersten Klingeln wurde der Hörer abgenommen.

Lächelnd setzte sie sich auf das Bett. »Hallo, Nick. Wie geht es Ihnen?«

Seine Reaktion beunruhigte sie. »Nicht besonders, Ann. Jo ist in schlechter Verfassung.«

»Das tut mir leid.« Ann ließ sich rücklings auf das Bett sinken. »Ich werde heute nachmittag in London sein und hatte eigentlich vor, Jo zu besuchen. Ich würde immer noch kommen, falls ich irgendwie von Nutzen wäre. Gestern abend bin ich hier in Frome angekommen, und . . .«

»Sagten Sie Frome?« unterbrach Nick. »Frome in Somerset?«

»Na ja, genau gesagt, etwas außerhalb . . .«

»Ann, bitte, Sie müssen uns helfen. Jo ist unterwegs nach Corfe. Sie wissen, was das bedeutet. Sie darf dort nicht allein sein, Ann. Ich fahre jetzt los, aber sie hat meinen Wagen genommen, und der ist schnell. Können Sie nicht hinfahren? Bitte!«

»Sicher.« Ann stand auf. »Aber wo liegt Corfe?«

»In Dorset. Fast an der Küste. Von dort, wo Sie sind, kann es nicht mehr weit sein. Vielleicht eine Stunde. Haben Sie eine gute Karte?«

»Ja, aber der alte Lieferwagen ist nicht besonders schnell.«

»Ann, das ist egal. Sie können auf jeden Fall vor uns da sein. Bitte.«

Ann holte tief Luft. »Okay, Nick. Ich bin schon unterwegs.«

Sie warf den Hörer auf die Gabel und wandte sich den Kartons zu. Zum Teufel mit den Dingern! Sie würde mindestens zehn Minuten brauchen, um sie einzuladen.

Jo spähte durch die Windschutzscheibe und kämpfte gegen die Schwere in ihren Lidern. Die Scheibenwischer zogen weite Bögen über das regenüberströmte Glas. Hin und her. Hin und her. Die Straße zog sich endlos hin, und am Rand ihres Gesichtsfeldes verschwamm alles golden und malvenfarben von Kreuzkraut und Weidenröschen. Lastwagen ließen das Wasser in dichten Wolken aufsprühen, so daß sie nur wenige Meter weit sehen konnte.

Einmal hielt sie an einer Tankstelle, um Benzin nachzufüllen. Im Café nebenan bestellte sie eine Tasse schwarzen Kaffee und setzte sich damit an den Kunststofftisch. Vor ihr standen Margeriten in einem Marmeladenglas. Die Erschöpfung war wie ein dumpfer Schmerz. Die lange Fahrt durch den dichten Sonnabendvormittagsverkehr, das eigenartig pelzige Gefühl im Kopf und vor allem das Wissen, daß sie diese Fahrt machen mußte, auf jeden Fall und ohne allen Zweifel, laugten sie aus. Sie dachte weder an die Zukunft noch an die Vergangenheit. Ihr Kopf war dumpf und leer. Hastig und ohne etwas zu schmecken, trank sie ihren Kaffee. Sie hatte noch einen weiten Weg vor sich. Müde stand sie auf und kletterte wieder in den Wagen.

Der Verkehr stockte; im Kriechtempo ging es an einer Baustelle vorbei und dann weiter, wieder schneller werdend, in den New Forest hinein. Unvermittelt war die Autobahn zu Ende, und ungeduldig fuhr sie auf schmaler Landstraße dahin. Es regnete noch immer heftig, und die Scheibenwischer arbeiteten unablässig. Immer weiter. Hin und her. Entsetzt merkte sie, daß der Porsche auf die Gegenfahrbahn hinüberschwenkte. Sie riß ihn zurück, während ein entgegenkommender Wagen mit blendenden Scheinwerfern und schrillem Hupen an ihr vorüberrauschte.

Wachbleiben. Sie mußte wachbleiben.

Sie spähte zu einem Wegweiser hinüber, der in den silbernen Regenschleiern aufblitzte und verschwand, bevor sie genauer hinsehen konnte.

Dann durch Wareham, wo sie dreimal vor einer Ampel anhalten mußte und nervös darauf wartete, weiterfahren zu dürfen. Schließlich die letzten Kilometer auf der schmalen Straße vor ihr.

Corfe Castle erhob sich auf einem Hügel inmitten der Purbeck Hills; die Ruine seiner Türme ragten wie Finger in den Himmel. Jo bremste ab. Endlich hatte es aufgehört zu regnen, und leuchtend blaue Streifen erschienen am südlichen Himmel. Unter den hervorbrechenden Sonnenstrahlen leuchteten die Farben auf. Weiße Winden durchzogen die Hecken, am sandigen Straßenrand schimmerte Heidekraut purpurn, und überall funkelten die Bäume in sattem Smaragdgrün.

Sie fuhr langsam um den Burghügel herum und blickte mit trockener Kehle zu den weißen Ruinen hinauf. Im Zentrum des alten Dörfchens südlich der Burg hielt sie an, öffnete die Wagentür und stieg benommen aus.

Langsam ging sie auf die Ruine zu, überquerte die Brücke und bewegte sich durch den Schatten des Torhauses. Der Kassenkiosk und ein Drehkreuz zwangen sie zum Stehenbleiben. Ein Mann starrte sie an. Verschwommen wurde ihr klar, daß er Geld haben wollte. Sie mußte Eintritt bezahlen! Eine Woge hysterischen Gelächters wallte in ihr auf und zog ab, während sie die Tasche ihrer Jeans durchsuchte und eine Pfundmünze zutage förderte. Dann war sie innerhalb der Mauern und stieg den steilen, schmalen Asphaltweg zu den grotesk verfallenen Türmen des Märtyrertores hinauf.

So kurz nach dem Regen waren kaum Besucher in der Burg, aber Jo hätte sie ohnehin nicht wahrgenommen. Sie sah nicht das alte Mauerwerk, das Cromwells Truppen in seinen heutigen Zustand versetzt hatten, sah nicht die Wildblumen, Disteln, Schafgarbe, Kreuzkraut, wilden Majoran und die Girlanden des Efeus. Sie sah den blauen Himmel nicht und auch nicht das weiße Gestein mit seinen grauen Flechtenschatten. Vor ihren Augen wurde es dunkel.

Carl Bennet stieß einen saftigen Fluch aus, als sein Fuß das Gaspedal niederdrückte und der blaue Mercedes in eine Lücke im Verkehrsstrom stieß. Aufdröhnend schoß das Auto an zwei Lastwagen vorbei und entging beim Einscheren nur um Haaresbreite einem Frontalzusammenstoß. Nick klammerte sich an den Sitzkanten fest und schloß die Augen. Als er sie wieder öffnete, sah er einen blauen Streifen im bleigrauen Himmel. Er warf einen Blick auf die Straßenkarte auf seinen Knien.

»Noch fünfzehn Kilometer«, sagte er angespannt.

Bennet nickte. Seine Zungenspitze erschien im Mundwinkel, als die schmale Straße eine scharfe Kurve machte; dann gestattete er sich ein kurzes Lächeln. »Zumindest hat es aufgehört zu regnen«, stellte er fest.

Der Burghauptmann erwartete sie mit finsterem Gesicht. Die Befehle des Königs hielt er in der Hand. Während die Pferde schnaubend vor ihm zum Stehen kamen, las er noch einmal, was da geschrieben stand; er wollte es noch immer nicht glauben. Schließlich ergriff er eine der lodernden Fackeln und hielt das Pergament in die Flamme, bis es sich schwärzte und kräuselte.

Das Verlies lag im Keller des Westturms. Sie stießen Will durch die Falltür hinunter; seine Beine gaben nach, regungslos blieb er im Dunkeln liegen. Mit Matilda gingen sie behutsamer um; sie ließen sie neben ihm hinunter und warfen ihr ein Schaffell und ein paar Strohbündel hinterher. Benommen starrte sie nach oben. Gesichter spähten herab, Fackeln rauchten, und es gab Luft. Dann fiel die mächtige Steinplatte.

Das Licht war unstet; kroch kalt durch das Abflußloch am Fuße der Wand herein. Sie kniete nieder und sah den Berg, der sich gegenüber der Burg erhob. Er war schneebedeckt. Es war totenstill; nur Will stöhnte dann und wann auf. Im Dunkeln hatte sie mit sachten Fingern nach seinem Bein getastet und hatte gesplitterte Knochen und Blut gefühlt. Da hatte sie geweint.

Das Licht der untergehenden Sonne, das durch das Abflußloch drang, verblaßte langsam. Niemand kam. Sie hatten nichts zu essen und kein Wasser. Sie kaute die Weizenähren, die hier und da noch am Stroh hingen. Wills Körper war glühendheiß unter ihren Händen. »Heilige Jungfrau, rette uns. Maria voller Gnaden, tritt für uns ein.« Der Tag dämmerte, brachte aber keinen Trost. Sie kratzte mit bloßen Händen an den Mauern, krallte sich in den Stein und weinte.

Als es Abend wurde, nahm sie Will in die Arme. Er war kraftlos vom Fieber, und sie betastete sein qualvoll verzerrtes Gesicht. Zweimal schrie er laut auf, als sie ihn an sich drückte. Sie erinnerte sich an den Tag seiner Geburt, ahnte jetzt die Todesqual in den welken

Zügen der Gestalt in ihren Armen... Sie wußte, daß es keine Hoffnung gab.

Als neues Licht durch das Abflußloch sickerte und weißer Nebel vom Meer die Berge heraufwehte, war Matildas Blick trübe. Will ruhte steif in ihren Armen. Sie löste ihr Haar und deckte es über sein Gesicht, barg ihn an ihrer Brust und wiegte ihn sanft, um den Schmerz zu lindern.

Sam fand ein Zimmer in der Rue Saint Victor. Er öffnete die beiden Flügel des Dachfensters im sechsten Stock und stieß die Läden auf. Vor ihm lagen die Dächer von St. Germain. Dann drehte er sich um, und es gelang ihm, die Concierge anzulächeln, die ihm schnaufend die steile Treppe herauf gefolgt war. Er gab ihr ein Bündel Franc-Noten und überredete sie, ihm eine Flasche Cognac zu holen, indem er ihr versprach, sie dürfe das Wechselgeld behalten. In Gedanken war er nur noch bei Jo. Kein einziges Mal hatte er an Tim gedacht.

Als er die Flasche hatte, verschloß er die Tür. Über das ferne Rauschen des Verkehrs hinweg hörte er Kirchenglocken. Mit dem Glas in der Hand stand er am Fenster und schaute auf die Straße tief unter ihm. Irgendwoher kam der Duft von frischem Brot, Kaffee, Knoblauch und Wein. Der Duft von Paris. Aus dem Nachbarzimmer hörte er gedämpftes Lachen.

Er füllte wieder sein Glas. Seit mehr als vierundzwanzig Stunden hatte er nichts gegessen, und der Alkohol stieg ihm zu Kopf. Noch ein Glas; er leerte es mit einem Zug. Danach trank er aus der Flasche. Sein Blick begann zu verschwimmen.

Stirnrunzelnd blickte er zum Himmel auf und versuchte, etwas zu erkennen. Die Wolken lösten sich auf. Ein matter Sonnenstrahl funkelte in der Kette von Regentropfen an dem schmiedeeisernen Geländer zwischen dem Fenster und der Dachkante. Er verwandelte jeden einzelnen in einen blitzenden Diamanten. Er starrte die Tropfen an, und wieder kamen ihm die Tränen. Sie liefen ihm über die Wangen und durchfeuchteten sein Hemd. Er nahm noch einen Schluck aus der Flasche und stellte sie sorgfältig auf den Tisch. Er kletterte auf die niedrige Fensterbank. Und weiter. Einen Moment lang ruhte seine Hand auf den sonnenwarmen Dachpfannen, dann trat er leicht schwankend an den Abgrund.

Sein letzter Gedanke galt Matilda.

Anns Blick richtete sich auf die Lücke zwischen den Purbeck Hills. Die drohende Silhouette der Burg war nicht zu übersehen; hoch ragte sie über das Meer der Bäume. Über ihr wölbte sich weit und kalt ein Regenbogen. Die letzten dunklen Wolken zogen davon.

Sie entdeckte den Porsche sofort; er war nachlässig neben dem

Marktkreuz abgestellt worden. Sie parkte direkt neben ihm. Ihre Glieder schmerzten. Sie war es nicht mehr gewohnt, große Entfernungen zurückzulegen - schon gar nicht solche Marterfahrten.

Sie schlug die Tür des Lieferwagens zu und hastete über die Zugbrücke auf den verfallenen Mauerbogen zu. Ihre Turnschuhe flogen lautlos über den Asphalt. Wie Jo wurde auch sie an der Kasse aufgehalten. Dann lief sie atemlos durch den unteren Hof bergauf - folgte dem Pfad, der über die weite Rasenfläche zu dem Steindamm führte, der den inneren Burggraben überbrückte, und hastete durch die beiden massigen Türme des Märtyrertores.

Sie blickte sich um. Von Jo war nichts zu sehen. Zur Rechten ragten der King' s Tower und andere Überreste der Hauptgebäude auf. Links erstreckte sich eine Rasenfläche: der westliche Innenhof, umgeben von grauen Steinmauern, an deren westlichem Ende die kahle Ruine des Butavant Tower stand. Langsam ging sie weiter und blieb stehen. Zögernd wandte sie sich nach links und blickte um eine Mauerecke. Da saß Jo im kurzen, nassen Gras.

Erleichtert schluchzte Ann auf. Sie stürzte auf Jo zu und blieb zwei Schritte vor ihr stehen.

»Jo?«

Jo drehte sich nicht um. Sie sah starr vor sich hin. Ihre Hände hingen zwischen den Knien, ihr Haar wehte im Südwestwind. Ihre Hände waren zerschunden und blutig, die Nägel gesplittert.

Erschüttert starrte Ann sie an. »Jo, ist alles in Ordnung?« Sie kauerte neben ihr nieder und berührte ihre Schulter. Jo zeigte keine Reaktion. Ihre Haut war kalt.

Hinter ihnen waren zwei Männer und eine Frau durch das Märtyrertor gekommen; sie trugen Kameras um den Hals. Gemächlich und unbeschwert wandten sie sich den Überresten des Hauptturmes zu. Ihr Lachen schallte durch die frische, windige Luft.

Als Bennet und Nick eintrafen, saßen die beiden Frauen im Gras. Die Touristen waren an ihnen vorbeigeschlendert, hatten sie verstohlen gemustert und waren verschwunden. Ann hielt behutsam Jos Hand, bekam aber keinen Kontakt zu ihr; Jo wirkte leer, ausgehöhlt. Ein-oder zweimal fühlte Ann nach ihrem Puls, und jedesmal war er schwächer.

Bennet setzte sich neben sie. »Wie geht es ihr?« fragte er leise.

Ann schüttelte den Kopf. »Ich dringe nicht zu ihr durch. Wenn ich ihre Hand hebe, fällt sie ganz natürlich herab. Ihre Augen sind völlig normal; schauen Sie. Aber sie ist eiskalt.«

Bennet hatte inzwischen seinen kleinen Koffer geöffnet und wühlte darin herum. Nick trat zu ihm und legte ihm die Hand auf den Arm. »Keine Drogen mehr«, sagte er.

»Nicholas, es muß sein.«

»Nein. Überlassen Sie sie mir. Bitte!«

Ann richtete sich steifbeinig auf und wich ein paar Schritte zurück. Bennet folgte widerwillig. Beide ließen Jo nicht aus den Augen.

Nick beugte sich nieder, faßte Jo bei den Schultern und zog sie auf die Beine. »Steh auf. Hörst du mich? Steh auf. Gib nicht nach. Wehre dich.« Er schüttelte sie heftig.

Bennet trat einen Schritt vor, wollte eingreifen, aber Ann hielt ihn zurück. »Warten Sie«, flüsterte sie.

»Kämpfe dagegen an! Lebe! Ich will, daß du lebst! Weißt du, wer ich bin?«

Langsam und qualvoll richtete sich Jos Blick auf sein Gesicht.

»Ich will, daß du lebst! Komm zu mir zurück. Hörst du mich, Jo? Es ist vorbei!«

Finsternis und Schmerz wirbelten in ihrem Kopf durcheinander und zerrten sie hinab in die Erde. Dunkelheit, Schlaf, Entrinnen. Frieden. Sie wollte nicht zurückkehren. Sie empfand keinen Zorn. Nur Trauer, Trauer um die Sonne, den Himmel, das Lachen – Dinge, die nun hinter ihr lagen. Weiche, ewige Finsternis erwartete sie. Das Dunkel, in dem ihr Sohn schon in Frieden ruhte . . .

Sie wollte nicht zurückkehren. Eine zweite Chance. Eine Gnadenfrist; die Sonne strahlte grell hinter hohen Türmen aus weißem Stein. Sie hob die Hände schützend vor die Augen, aber er packte ihre Handgelenke und riß sie wieder herunter – der Mann, der ihr König gewesen war. Jetzt war sein Blick voller Mitgefühl. Er befahl ihr zurückzukommen. Ihr Leben war nicht gefordert. Der Leichnam in ihren Armen löste sich auf, verschwand im Nebel. In ihr war neues Leben, das darauf wartete, geboren zu werden. Sie mußte zurückkehren. Sie mußte gehorchen, mußte ihm Gelegenheit zur Sühne geben . . .

»Jo?« Mit der ganzen Kraft seines Willens zog Nick sie ins Leben zurück. »Jo, kannst du mich hören?«

Kaum merklich gingen mit ihr Veränderungen vor; er hätte es nicht zu benennen gewußt, aber es war, als werde ihr Widerstand schwächer. Sie hatte es sich anders überlegt. Sie würde zurückkommen. »Jo, mein Liebling, du mußt es schaffen.« Er schüttelte sie noch einmal, zärtlicher. »Es ist alles vorüber, Schatz. Es ist alles vorbei.«

Sie berührte prüfend seine Jacke, als wolle sie erproben, ob sie ihre Finger beherrschte, und zuckte schmerzlich zusammen. »Vorüber?« wiederholte sie benommen.

Ann und Carl Bennet wechselten einen Blick. Ann lächelte, aber sie hatte Tränen in den Augen.

»Es ist vorüber«, wiederholte Jo langsam. »Sie ist gestorben. Hier, unter diesem Turm.«

»Ich weiß, Schatz.«

»Nach elf Tagen holten sie die Leichen aus dem Verlies und legten sie in ein gemeinsames Grab. Sie hielt Will fest in ihren Armen. Es war nicht möglich, sie voneinander zu trennen. Es gab kein Kreuz, keinen Grabstein. Der König wollte vergessen ...«

»Er hat nicht vergessen, Jo. Er hat es nie vergessen.«

Sie löste sich zögernd aus seinen Armen; einen Moment lang wollte er sie zurückhalten, doch dann blieb er stehen, während sie auf unsicheren Füßen über den Rasen auf die Mauer zuging. »Hier«, flüsterte sie. »Sie sind hier – in den Fundamenten dieser Mauer. Sie haben sie in den Schutt geworfen und die Steine auf sie getürmt.« Sie bückte sich langsam, brach behutsam einen Stiel Oreganum ab, trat in den Schatten der Mauer und legte die Blume auf einen Steinvorsprung. Sie blieb einen Augenblick so stehen und betrachtete sie, und dann wandte sie sich ab und ging auf den halbdunklen Eingang des Märtyrertores zu.

Nick zögerte und folgte ihr dann, als sie langsam durch den unteren Hof und über die Brücke hinausging. Der Mercedes parkte vor dem Pub. Bennet öffnete die hintere Tür. Gehorsam stieg sie ein, lehnte sich zurück und schloß die Augen. Schweigend setzte Ann sich neben sie und legte einen Arm um ihre Schultern.

»Sie braucht einen Brandy«, stellte sie fest.

Bennet schüttelte den Kopf. »Das ist das letzte, was das Mädchen braucht«, widersprach er. »Nach all dem Valium. Ich habe Kaffee hinten.«

Nick blieb unsicher neben dem Wagen stehen und sah zu, wie Jo den Becher mit heißem, süßen Kaffee umfaßte und daran nippte. Er warf Ann einen Blick zu, dann Bennet. Beide waren mit Jo beschäftigt. Leise wandte er sich ab und ging in die Burg zurück.

Bennet sah sich um. Einen Moment lang rührte er sich nicht. Dann runzelte er die Stirn und gab Ann die Thermosflasche. »Kümmern Sie sich um sie«, sagte er leise. »Ich bin gleich wieder da.«

Nick starrte die kleine Wolke feiner malvenfarbener Blüten im Schatten der Steinmauer an.

Ihr Haar war von tieferem Rot gewesen als Jos, ihre Augen vielleicht eine Spur grüner. Sie war so voller Leben gewesen, so anmutig, so energisch. Und er hatte sie zerbrochen.

»Verzeih mir.« Er kniete sich neben sie ins Gras.

Fünf Minuten vergingen, bevor er sich wieder erhob. Ohne sich noch einmal umzuschauen, ging er zu den Autos. Bennet erwartete ihn im Schatten des großen Steintores.

Als Nick ihn bemerkte, machte er ein verlegenes Gesicht. »Ich dachte, ich sei allein.«

Bennet lächelte verhalten und ging neben ihm her. »Sie waren nicht allein«, entgegnete er. »Jemand hat zugehört. Ich glaube, Sie haben aus irgendeinem Grund eine zweite Chance bekommen.«

Nick nickte. »Das glaube ich auch.«

Auf dem Rücksitz des Wagens berührte Jo sanft Nicks Hand. Ihr Blick fiel auf die nassen, lehmverschmierten Knie seiner Hose. Sie lächelte unsagbar traurig.

Er zog sie an sich. »Es ist endlich vorbei.«

»Für Sie.« Sie lächelte kaum. »Aber was ist mit uns?«

»Für uns ist es der Anfang. Ein neuer Anfang.«

»Und Sam?« flüsterte sie.

»Ich glaube nicht, daß Sam zurückkommt.« Sein Arm umschlang sie fester. »Tim auch nicht, Jo. Die beiden hatten gestern abend eine Auseinandersetzung. Tim ist gestolpert und hat sich den Schädel gebrochen.« Er merkte, daß sich ihr Körper verspannte. »Er ist tot, Schatz.«

Sie kämpfte gegen die Tränen. »Aber warum? Warum Tim? Er hat niemanden etwas getan.«

»Es war ein Unfall . . .«

»Es war kein Unfall«, widersprach sie heftig. »Nichts war ein Unfall. Alles ist nach Plan geschehen. Vom ersten Augenblick an, als ich Sam in Edinburgh kennenlernte. Ich hätte es damals schon wissen müssen. Ich hätte die Gefahr erkennen müssen. Sam hat es in allen Einzelheiten inszeniert. Es war nicht Wirklichkeit. Du warst nicht König John. Ich war nicht Matilda. Es war sein abgekartetes Spiel. Er hat uns die ganze Zeit über ausgelacht.«

Nick schwieg. An ihr vorbei schaute er hinaus auf die Silhouette aus weißem Stein vor einem strahlend blauen Himmel.

Er sah die tiefen Risse im Mauerwerk nicht. Er sah die herabgestürzten Steinblöcke nicht, auch nicht das Unkraut und den Efeu. Er sah den massiven, neuen Hauptturm einer mächtigen, großen Burg, die drei zähnefletschenden Leoparden Englands, die rot und golden lodernd auf den höchsten Zinnen wehten.

Er war schon einmal hiergewesen.

EPILOG EINS

10. Oktober 1216

Margaret de Lacy schob ihre Kapuze zurück, zog sorgfältig ihr Gewand zurecht und schüttelte die Regentropfen ab. Das heitere Geschrei aus der Speisehalle ließ erkennen, daß die Leute von Lynn das Gelage genossen, das sie für ihren König anläßlich seiner Reise durch die östlichen Grafschaften seines Reiches bereitet hatten. Sie atmete tief durch und nickte dem Pagen am Eingang zu. Er steckte die Münze, die sie ihm gegeben hatte, unbekümmert in die Tasche, nicht ohne zuvor prüfend auf sie zu beißen. Schwungvoll stieß der Knabe die Tür auf und zwinkerte ihr zu. In der Halle drängten sich die Menschen, aber entschlossen zwängte sich Margaret durch das Gewühl an die Tafel, an der der König speiste.

Er bemerkte sie nicht sofort. Er hob seinen Becher und trank dem feisten Sheriff zu. Den ganzen Abend über waren immer wieder Bittsteller aufgetaucht. Aber heute war er in huldvoller Stimmung. Als er sich umwandte, sah er die Frau. Ruhig blickte sie ihn mit ihren grünen Augen an. Langsam, sehr langsam schwand das Lächeln aus seinen Zügen. Er ließ den Becher sinken. Schweiß trat ihm auf die Stirn, und er wischte ihn mit dem Handrücken ab. Er stand auf, stieß dabei seinen Stuhl um. Stille senkte sich über die Tafel; neugierige Gesichter wandten sich der Szene zu.

John bekreuzigte sich. Sie sah, daß sich seine Lippen fragend bewegten, mit einem Namen spielten.

Sie verneigte sich tief. »Ich bin Margaret, Sir. Ihre Tochter.«

Ein Wispern lief durch die Halle. Erregung und Verwirrung zeigte sich auf den Gesichtern in der Umgebung des Königs. Er war bleich.

»Ich bin hier, um Euch um ein Stück Land zu bitten, Sir. Ich möchte ein Kloster bauen, zum Gedenken an meine Mutter. Ich hoffe, daß Ihr wenigstens dies für sie tut . . . jetzt.« Sie senkte den Blick, wollte den Schmerz in seinen Augen nicht sehen.

»Selbstverständlich.« Sie konnte ihn kaum verstehen. sah aber, daß seine Lippen sich bewegten. »Wo?«

»In der Grenzmark, die sie so sehr geliebt hat, Sir.«

Er sah ihre Augen wie in einem fließenden Dunst, grün und wunderschön, golden gesprenkelt - die Augen einer anderen Frau.

Plötzlich krümmte sich der König, wurde von krampfartigen Schmerzen geschüttelt. Seine Hand krallte sich in seinen Magen. Er würgte. In der Stille wurden besorgte Ausrufe laut, aber als man ihm zu Hilfe eilte, winkte er ab. »Bringt mir Feder und Tinte«, keuchte er. »Schnell. Ihr sollt Euer Kloster haben, Margaret de Lacy. Um ihretwillen.«

Der Schreiber verfaßte ein königliches Schenkungsdokument über ein Stück Landes im königlichen Wald zu Aconbury, südlich von Hereford. Man versah das Schriftstück dort in der Halle zu King' s Lynn mit dem königlichen Siegel. Erst dann ließ er sich stöhnend ins Bett helfen. In dem allgemeinen Durcheinander schlüpfte Margaret hinaus, ihr Pergament fest an sich gedrückt.

Acht Tage später war John Plantagenet tot.

EPILOG ZWEI

Paris, Januar 1986

Judy trug ein Kleid im Stil der zwanziger Jahre, mit Tausenden von reflektierenden Perlen bestickt. Ihr rotes Haar war zu einer glänzenden Kappe in die Stirn gebürstet. So mischte sie sich unter die Gäste. Die Gemälde waren gut plaziert. Sie war zufrieden mit der Ausstellung und noch zufriedener mit dem Katalog, der unter George Chippens sorgsamen Händen fertiggestellt worden war und bereits zweimal nachgedruckt werden mußte. Tim Heachams letzte Arbeit erregte großes Interesse.

Hinter ihr kümmerte Pete Leveson sich um den Champagner. Sie lächelte ihm über die Schulter hinweg zu. Drei Tage zuvor hatten sie geheiratet.

Er stellte die Flasche ab und griff nach ihrer Hand. »Glücklich?«

Sie nickte. »Es sind viele Leute da. Ich kann nicht glauben, daß wir sie alle eingeladen haben.«

»Mir ist es egal, wie viele kommen. Solange sie sich amüsieren.«

Bet Gunning tauchte am Eingang auf; sie schwenkte ihre Einladung, nahm sich ein Glas Champagner, schlängelte sich heran und lächelte Pete an. »Wirst du für mich auch über die Ausstellung berichten?«

»Versuche mich daran zu hindern.« Pete trat auf sie zu und küßte sie freundschaftlich. »Sind Nick und Jo nicht mitgekommen?«

Bet trank einen Schluck Champagner. »Sie haben ihre Pläne geändert«, sagte sie. »Als sie am Mittwoch aus den Staaten zurückkamen, beschlossen sie, schnurstracks nach Hay-on-Wye zu fahren.« Sie warf Pete einen Blick zu; in ihren Augen glitzerte plötzlich boshafter Humor. »Vielleicht sollte ich es dir sagen, Pete: Ich glaube, sie wollen da heiraten.«

»Aha.« Pete gluckste. »Der Kreis der Geschichte schließt sich.«

»Wie es sich für gute Geschichten gehört.« Bet lächelte. »Ich trinke auf das Glück der beiden.«

»Und auf das Baby.« Mit Unschuldsmiene hob Judy ihr Glas.

»Was für ein Baby?« Bet fuhr herum. »Jo soll ein Buch schreiben!«

»Das eine schließt das andere doch sicher nicht aus«, flötete Judy. »Es soll Anfang Mai zur Welt kommen. Nick hat uns aus New York angerufen, um es uns zu erzählen.«

»Und da sie ein so liebenswürdiges Mädchen ist«, fügte Pete leise hinzu, »hat sich Judy unwillkürlich gefragt . . .«

»Sich gefragt?« wiederholte Bet. Sie beäugte Judy mißtrauisch.

Judy lächelte. »Wie ich es sehe, gibt es zwei Kandidaten für die Vaterschaft. Nick und König John.«

Bet nahm einen Schluck aus ihrem Glas. »Was das betrifft, so könnten der gute alte Tim und der schöne Earl of Clare ebenfalls Ansprüche anmelden, denke ich«, meinte sie leise.

Judy hob eine Braue. »Also . . .« Sie pfiff durch die Zähne.

»Und William de Braose habt ihr wohl ganz vergessen«, meldete sich Pete.

Sie sahen einander schweigend an. Dann hob Pete sein Glas. »Na, trinken wir auf Jo. Auf ihre problemlose Niederkunft und auf die absolute Diskretion der Presse!«

König John und Matilda de Braose hat es gegeben, aber ihre persönliche Beziehung beruht auf reiner Vermutung. Daß sie ihn wegen des Mordes an seinem Neffen zur Rede gestellt und mehr als einmal zu Wutausbrüchen provoziert hat, ist überliefert. Matildas Affäre mit Richard de Clare entspringt meiner Phantasie, ebenso wie die Spekulation über mögliche uneheliche Kinder der beiden.

Matilda und der junge William sind unter mysteriösen Umständen zu Tode gekommen, aber die Chroniken berichten mehr oder minder übereinstimmend, daß John sie in Corfe oder Windsor absichtlich verhungern ließ.

Für die Handlungen des Königs ist nie eine zufriedenstellende Erklärung gefunden worden, obwohl seine Geduld durch Williams Verhalten arg strapaziert worden sein muß. Die grausame Behandlung, die er Matilda und Will angedeihen ließ, führte selbst in einer Zeit, in der Brutalität und Rachsucht an der Tagesordnung waren, zu einem solchen Aufschrei der Empörung, daß es der König später für nötig hielt, eine Erklärung zu veröffentlichen, mit der er den Lauf der Ereignisse erläuterte, die zur Ächtung William de Braoses geführt hatten. Den Tod der beiden Geiseln konnte oder wollte er nicht erklären, aber sein Bericht wurde von mehreren Freunden und Verwandten Matildas unterschrieben, unter anderem von Adam de Porter, Earl Ferrers und dem Earl of Clare.

Für Johns Verhalten werden hauptsächlich zwei Gründe angenommen. Erstens: Matilda hat den König in unverzeihlicher Weise wegen des Mordes an Arthur of Brittany zur Rede gestellt. Zweitens: John hatte beschlossen, an einem reichen und mächtigen Baron ein Exempel zu statuieren und sich dafür den unverschämten Emporkömmling William erkoren. Es ist möglich, daß er es nicht über sich brachte, offen die Hinrichtung der Geiseln anzuordnen.

Falls der Sturz der Familie de Braose die anderen mächtigen Adligen einschüchtern sollte, so bewirkte er genau das Gegenteil. Das Land geriet in Empörung, und diejenigen, die Johns Erklärung unterschrieben hatten, gehörten vier Jahre später zu jenen Adligen, die John Plantagenet die Magna Charta, das erste »Grundgesetz« der Welt abtrotzten. In ihrem berühmten Artikel 39 heißt es: »Niemand darf verhaftet, eingekerkert, geächtet, verbannt oder sonstwie vernichtet werden, noch werden wir gegen ihn vorgehen oder ihn verfolgen, es sei denn durch das rechtmäßige Urteil seiner Standesgenossen oder durch das Gesetz des Landes.«

William de Braose starb am 9. August 1211 in Frankreich im Exil. Stephen Langton zelebrierte den Trauergottesdienst, und er wurde in der Abteikirche St. Victor in Paris bestattet.

Giles, Bischof von Hereford, kehrte 1213 aus dem Exil zurück, demonstrativ bereit, mit dem König Frieden zu schließen. Aber als John keine Anstalten machte, ihm die konfiszierten Ländereien der Familie de Braose zurückzuerstatten, schickte Giles seinen Bruder Reginald in die Grenzmark, und schließlich wurden die Burgen Abergavenny, White Castle, Skenfrith, Brecknock, Hay, Radnor, Builth und Blaen Llynfi mit Hilfe der Waliser durch die Familie de Braose zurückerobert. Reginalds Frau, Gracia de Burgh, bekam zwei Kinder und starb jung. Er heiratete in zweiter Ehe Gwladys, eine Tochter Llewelyns, und verband sich so mit den Walisern, die den de Braoses dabei halfen, ihre Ländereien zurückzuerobern. Paincastle wurde den Walisern zurückgegeben; Gwallter, Einion Cluds Sohn, machte es zu seinem Sitz.

Giles starb 1215, und im Jahr darauf erkannte der neue König Henry III. Reginald endlich als Erben der de Braose'schen Ländereien an.

Margaret und Mattie wurden unversehrt freigelassen. Mattie kehrte zu ihrem Vater Richard de Clare zurück, der bis zu seinem Tod Vormund ihres ältesten Sohnes John war, wenn auch ihre Söhne strenggenommen bis zum Januar 1218 als Geiseln zu betrachten waren. John heiratete später Margaret, eine weitere Tochter Llewelyns, und machte seinem Onkel Reginald das Recht auf die Familienländereien streitig.

Richard de Clare starb im Herbst 1217.

Matildas älteste Tochter, Matilda die jüngere, starb am 29. Dezember 1211 in Llandabarn Fawr und wurde ihrem Wunsch entsprechend an der Seite ihres Mannes in Strata Florida begraben.

Von Isobel Mortimer ist nur wenig bekannt. Ihr Mann Roger starb im Juni 1214; sein Nachfolger wurde sein Sohn Hugh.

Margaret de Lacy lebte bis mindestens 1255. Sie hatte drei Kinder, Egidia, Katherine und Gilbert.

Auf Margaret de Lacys Anweisung wurde im königlichen Wald von Aconbury »Land für drei Pflüge« - etwa 120 Hektar - gerodet. Dort gründete sie irgendwann vor 1218 einen reichen Augustinerkonvent und eine Stiftskirche zum Gedenken an die Seelen ihrer Eltern und ihres Bruders Will.

Von dem Kloster auf dem von John geschenkten Land ist heute nichts mehr erhalten - bis auf eine kleine, verwunschene Kirche, die als Lagerraum benutzt wird.

HAUPTDATEN

(Ungefähre Daten sind kursiv gesetzt)

1154 Thronbesteigung Henrys II.
1160 Matilda de St. Valerie geboren
1174 Matildas Hochzeit
1175 Massaker von Abergavenny
1176 William de Braose d.J. (Will) geboren
1176 Prinz John mit Isabella of Gloucester verlobt
1177 Giles geboren
1178 Matilda d.J. (Tilda) geboren
1179 Reginald geboren
1182 Fall Abergavennys
1182 Margaret geboren
1184 Isobel geboren
1188 Aufruf zum Dritten Kreuzzug
1188 Verlobung von Mattie mit Gruffydd ap Rhys
1189 Hochzeit von Mattie und Gruffydd
1189 Prinz John besucht den Westen
1189 Tod Henrys II. und Thronbesteigung Richards I.
1189 Prinz Johns Hochzeit mit Isabella von Gloucester
1191 William besetzt Elfael und erbaut Castel Mallt (Paincastle)
1192–99 William Sheriff von Herefordshire
1195 Belagerung von Paincastle
1196 William wird reisender Richter für Staffordshire; erlangt Beirechte für Barnstaple und Totnes
1197 Jahr der Pest. Trehearne Vaughan stirbt
1198 Zweite Belagerung von Paincastle
1199 Richard I. stirbt
1199 John wird gekrönt
1200 William wird Herr über Limerick
1200 John gewährt William das Recht, walisisches Land zu enteignen
1203 William wird Lord of Gower
1203 William in Johns Gefolge in der Normandie; Tod Prinz Arthurs
1205 William wird Lord of the Three Castles
1207 Erste Anzeichen dafür, daß William in Ungnade zu fallen droht
1208 23. März; Johns Streit mit Rom über die Ernennung Stephen Langtons zum Erzbischof von Canterbury veranlaßt Papst Innozenz III. zum Interdikt
1208 Die Familie Braose flieht nach Irland

1209–10 William wieder in Wales
1210 Frühjahr; König John kommt nach Irland
1210 Matilda flieht nach Schottland
1211 Matildas und Wills Tod
1211 9. August; William stirbt in Corbeil; der exilierte Erzbischof Langton hält in Paris seine Grabrede
1215 15. Juni: Magna Charta
1216 10. Oktober; John autorisiert als eine seiner letzten Amtshandlungen die Schenkung eines Grundstücks in Aconbury an Margaret de Lacy.
1216 18. Oktober; König John stirbt

ANMERKUNG ZU DEN NAMEN

Der Name de Braose wird in Chroniken und späteren Geschichtsbüchern unterschiedlich geschrieben; man findet de Briouse, de Breos und de Briouze ebenso wie de Braose.

Matilda wurde häufig auch Maud oder Maude genannt (diese Namen haben die gleiche Wurzel wie Matilda); davon abgesehen trägt sie in Heimatgeschichte und Folklore auch den Spitznamen Moll Walbee, Malld Walbri und Mallt oder Mawd.

Ihre Tochter Margaret heißt in der Überlieferung manchmal auch Marjorie.